苦海浄土

石牟礼道子

全三部

藤原書店

苦海浄土　全三部

目次

第一部　苦海浄土

解説

驚くべき本……作家 赤坂真理 1075
重層的な〝ものがたり〟……作家 池澤夏樹 1088
深々と命を生きる……歌手 加藤登紀子 1100
水俣を抱きしめて……ルポライター 鎌田 慧 1111
生き方の純度と魂の香りを壊さぬ文明を求めて……生命誌研究者 中村桂子 1120
「現代医療の原点」というべき作品……医師 原田正純 1129
巨大な交響楽……評論家 渡辺京二 1132

苦海浄土

全三部

本書は、「石牟礼道子全集　不知火」第二巻『苦海浄土　第一部・第二部』および第三巻『苦海浄土　第三部』（藤原書店、二〇〇四年）を底本とした。

第一部　苦海浄土

『苦海浄土』関連地図

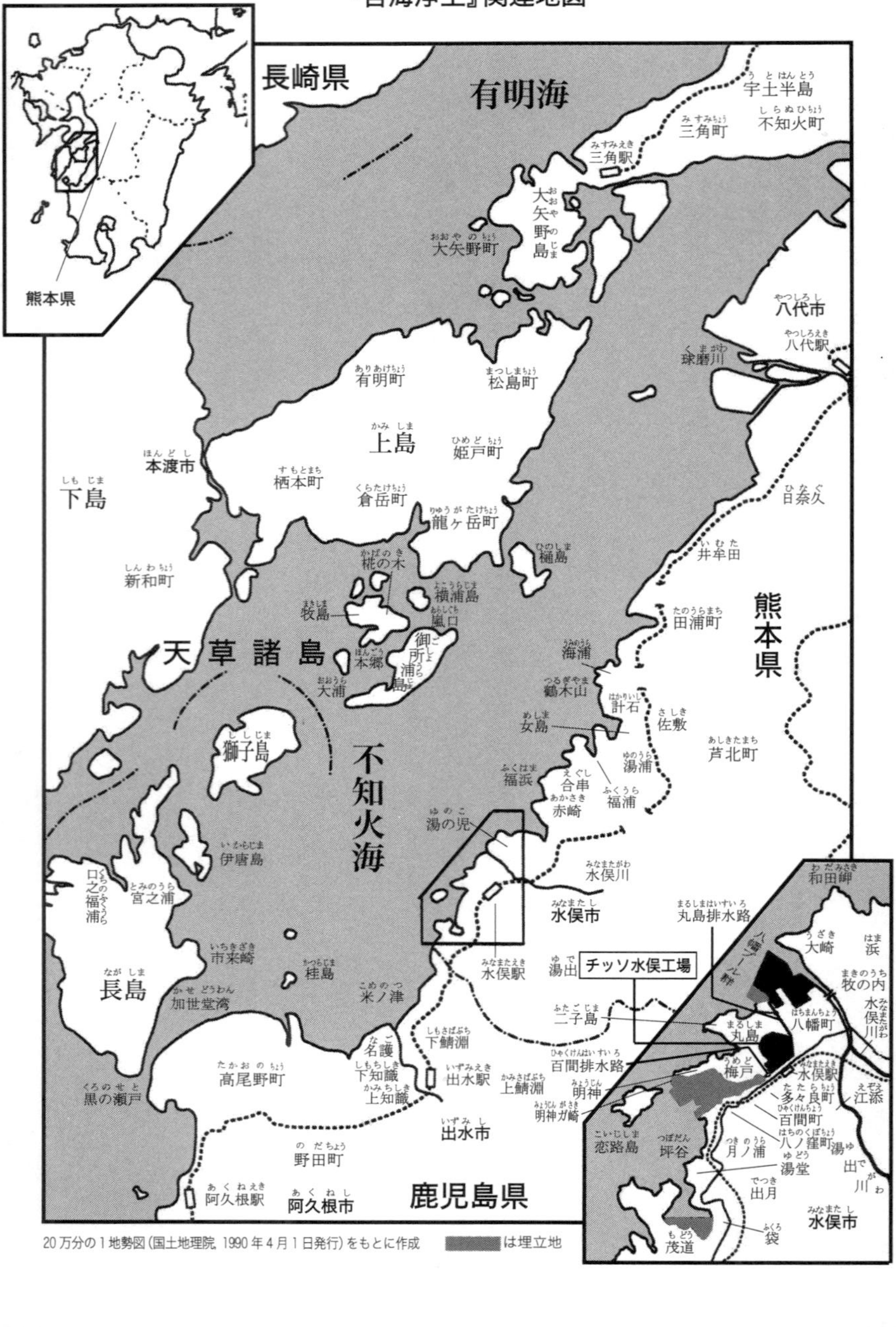

20万分の1地勢図（国土地理院 1990年4月1日発行）をもとに作成

繋《つな》がぬ沖《おき》の捨小舟《すておぶね》
生死《しょうじ》の苦海《くがい》果《はて》もなし

第一章　椿の海

山中九平少年

年に一度か二度、台風でもやって来ぬかぎり、波立つこともない小さな入江を囲んで、湯堂《ゆどう》部落がある。湯堂湾は、こそばゆいまぶたのようなさざ波の上に、小さな舟や鰯籠《いわしかご》などを浮かべていた。子どもたちは真っ裸で、舟から舟へ飛び移ったり、海の中にどぼんと落ち込んでみたりして、遊ぶのだった。夏は、そんな子どもたちのあげる声が、蜜柑畑や、夾竹桃や、ぐるぐるの瘤をもった大きな櫨《はぜ》の木や、石垣の間をのぼって、家々にきこえてくるのである。

村のいちばん低いところ、舟からあがればとっつきの段丘の根に、古い、大きな共同井戸——洗場がある。四角い広々とした井戸の、石の壁面には苔の蔭に小さなゾナ魚《め》や、赤く可憐なカニが遊んでいた。このようなカニの棲む井戸は、やわらかな味の岩清水が湧くにちがいなかった。

ここらあたりは、海の底にも、泉が湧くのである。
今は使わない水の底に、井戸のゴリが、椿の花や、舟釘の形をして累々と沈んでいた。井戸の上の崖から、樹齢も定かならぬ椿の古樹が、うち重なりながら、洗場や、その前の広場をおおっていた。黒々とした葉や、まがりくねってのびている枝は、その根に割れた岩を抱き、年老いた精をはなっていて、その下蔭はいつも涼しく、ひっそりとしていた。井戸も椿も、おのれの歳月のみならず、この村のよわいを語っていた。

湯堂部落の入江の近くに、薩摩境、肥後藩の陸口《りくぐち》番所、水口《みずぐち》番所があったはずであった。入江の外は不知火《しらぬひ》海であり、漁師たちは、

「よんべは、御所ノ浦泊まりで、朝のベタ凪《なぎ》の間に、ひとはしりで戻って来つけた」

などという。

御所ノ浦は、目の前にある天草《あまくさ》である。その天草にむいて体のむきを左にすると、陸路も海路も薩摩と交わりあってしまうのである。

入江の向こう側が茂道《もどう》部落、茂道のはしっこに、洗濯川のような溝川が流れ、これが県境、「神《かみ》の川」であり、河原の石に乗って米のとぎ汁を流せば、越境してしまう水のそちら側の家では、かっきりと鹿児島弁を使うのだった。

茂道を越えて鹿児島県出水《いずみ》市米《こめ》ノ津、そして熊本県側へ、国道三号線沿いに茂道、袋、湯堂、出月《でつき》、月ノ浦と来て、水俣《みなまた》病多発地帯が広がり、百間《ひやくけん》の港に入る。百間から水俣の市街に入り、百間港に、新日窒水俣工場の工場排水口がある。

井戸のある平にそって、板壁、板の間の公民館――青年倶楽部が、朽ちかけて建っていた。潮風の滲《にじ》んだこの小屋は、いつもがらんとして、久しく若者たちが使わないので、年寄りたちがひっそりと感じつづけてきた寂しさがこの建物に集められ、吹きぬけているようだった。青年たちが長く寄りつかない青年倶楽部は、村の生気をいちじるしく欠いてしまうのである。

若者たちが、村に、つまり漁師として、居つかなくなったのは、もうずいぶん前からのことのようである。ことに、水俣病がはじまってからは、元にもどらない。どんなに腕のいい漁師でも、それを親から子へと伝授することはもうできないのだった。

年とった漁師たちは、むっつりとそのことを想っていた。彼らはひとりひとり、自分こそ鯛釣りの名人だとおもい、鉾《ほこ》突きの名人だとおもい、ボラ籠の仕かけに達意しているとおもっていた。そのひとりひとりは、おのれの言葉どおり、他にありようもない名人にちがいなかった。彼らのプライドは、暮らしを支え、魚市場を支え、水俣市民の蛋白源を支え、不知火海沿岸漁業の一角を支えてきたのだから。

板戸の外れっぱなしになっている青年小屋の、ガランとした床の上に、孫を連れて老漁夫が坐っていた。彼の耳は、古いほら貝のように、不知火海にむけてひらいていたが、まなこは曇天のようにとろんと濁り、おそらくその視力では網のつくろいさえおぼつかなくなったので、ちいさな孫を当てがわれたにちがいない。

ひびわれた青年小屋の板の床には、彼の若気の思い出もあるはずであるが、老漁夫は、沖をみたり、孫をみたりして、不安げな、ぼんやりした顔をしていた。這いずりまわる孫は、彼の体力からいえば手にあまるのである。彼は半分ねむっているようであり、這い這いをやめて指をしゃぶったりして、ひとり遊びをしている孫とはもはや別の世界にいるようにみえた。

そんな老いた漁夫の顔は、わたくしの村の老百姓たちの顔つきともそっくりだった。彼らの伜たちも、娘たちも、もう、田んぼの水をいつひくか、いつ落とすか、ある夜には隣の畦《あぜ》のどこを切って自分の田んぼに水を落とすか、そうしたあとの畦を、どう塗りなおしておくか、などということも知らないのである。田植どきの代《しろ》かきにやってくる耕耘機《こううんき》をしげしげとみてとりまき、老百姓たちは嘆声とも怨嗟《えんさ》ともつかぬ声をあげて、

「いやあ、今は、機械持っとる者が殿さんばい。昔は牛や馬なら、一代かかって働けば何とか買えよったばってんのう。機械を買いきればのう、殿さんじゃが」

などといって嘆息し、脛《すね》に吸いついた蛭《ひる》をひっ外し、畦の上にこすりつけたりするのである。百姓たちが蛭をこすり殺すように、この老漁夫も、股の間に這ってきた舟虫を、杖の先でぷつりと潰《つぶ》そうとしたが、舟虫の逃げ足は、おぼろげな目つきで下される杖の先よりすばやく、お尻の先を半分潰されて、床の上にしみをのこし、ころがり落ちてしまう。

年寄りたちは、子どもたちにゆずり渡しておかねばならぬ無形の遺産や、秘志が、自分たちの中で消滅しようとしている不安に耐えているようだった。朽ちてゆく青年倶楽部のように、彼らの生身もこころも、風化を続けていた。夏の海辺のどこを歩いても、そのような風が潜んでいた。

そんな一昨年の夏を過ぎたある日の午後を私はまた思い出す。一九六三年の秋を。

子どもたちはもうすっかり海からあがり、湯堂の赤土の坂道には秋の影が低くさし、野花がこぼれ、青い蜜柑の匂いが漂っていて、海からも家々からも、何の物音もきこえなかった。撫でたような静寂が、漁家の多いこの部落に訪れる時があるのである。

人びとは沖に出たり、町に下ったり、鶏たちも、とまり木の上で昼寝をしているにちがいなかった。私は息を低くしながら、海にむいた部落の斜面の中ほどにある、九平少年の家の前庭に立っていた。

珍しく、少年は、家の外に出ていた。

彼はさっきから、おそろしく一心に、一連の「作業」をくり返していた。どうやらそれは「野球」のけいこらしくあったが、彼の動作があまりに厳粛で、声をかけることがためらわれ、わたくしはそこに突っ立ったままで、少年と呼吸をあわせていたのである。

九平少年は、両手で棒きれを持っていた。

彼の足と腰はいつも安定を欠き、立っているにしろ、かがもうとするにしろ、あの、へっぴり腰ないし、および腰、という外見上の姿をとっていた。そのような腰つきは、少年の年齢にははなはだ不相応で、その後姿、下半身をなにげなく見るとしたら、彼は老人にさえ見えかねないのである。少年の生まれつきや、意志に、その姿は相反していた。近寄ってみればその頸《くび》すじはこの年頃の少年がもっているあの匂わしさが漂っていて、青年期に入りかけている肩つきは、水俣病にさえかからねば、伸びざかりの漁村の少年に育っていたにちがいなかった。彼はちびた下駄をはいていた。下駄をはくということは、彼にとってひとかどの労働であることを私は知っていた。

下駄をはいた足を踏んばり、踏んばった両足とその腰へかけてあまりの真剣さのために、微かな痙攣さえはしっていたが、彼はそのままかがみこみ、そろそろと両腕の棒きれで地面をたたくようにして、ぐるりと体ながら弧をえがき、のびかけた坊主刈りの頭をかしげながらいざり歩き、今度は片手を地面におき片手で棒きれをのばす。棒の先で何かを探しているふうである。幾遍めかにがつっと音がして、棒きれが目ざす石ころにふれた。少年は目が見えないのである。

彼は用心深く棒きれを地面におくと、探りあてたその石ころを、しばらく愛撫するように、かがんだ膝の間で、その左手に握っているのだった。彼の右手は半分硬直していたから。拳大のその石ころは、彼の左手から少しはみ出し、それはまん丸い石ではなく、少しひょろ長い形をして、少年の不自由な左の掌によくなじみ、石の汗と、掌の汗がうっすらと滲み出ていた。——石は、少年が五年前、家の前の道路工事のときに拾いあてていらい愛用しているものであることを私は後になって知るのである。彼はいつもその石を、家の土間の隅に彼が掘った窪みにいれてしまっていた。ころげて遠方にゆかぬように——。半眼にまなこをとじて少しあおむき、自分の窪みをめざしていざり寄り、ふるえる指で探りあてて、石をしまう少年の姿は切なく、石の中にこめられているゴトリとした重心を私は感じた。

やがて彼は、非常に年とった人間が腰をのばして起きあがるように中腰になったが、左の掌に握りしめていた石を、重々しく空へむかってほうり投げたのである。そして、彼のこれまでの全動作の中ではもっとも素早く、両腕で棒きれを横に振りはなった。腰ががくんとゆれたが、少年はころばなかった。石はあらぬ方にごろりと落ち、棒が振られたときは地面にあったので、それは、あたらなかったのである。

少年は静かに石の落ちた方に首をかしげ、彼のバットで、そろそろと地面をまた探し出す。

昼餉《ひるげ》はとうにすみ、人びとは畑か、漁か、町に下り、部落全体がひとつの真空をつくっていた。石垣や家々や、細くまがった坂道の間から、このような秋の午後は下の入江のポンポン船の音だの、年寄りたちが孫を呼ぶ声だの、コツコツと地面を掘る鶏の声だのがきこえてくるのに、九平少年だけが、ひとりで「野球」のけいこをしている午後の村は、彼のけんめいな動作が、この真空を動かしてゆく唯一の村の意志そのものであるかのように、ほかに動いているものはなにもなかった。地面から息をはなっている草々や、樹々や、石ころにまじって私も呼吸をあわせていた。彼の動作にあわせて。少年はその頸すじにびっしりと汗をかいていた。

ながい間をおいた気がしたが、私は近より、少年の名を呼んだ。

彼は非常に驚いて、ぽとりと棒きれを落とした。なにか、調和が、彼と無音の部落とでつくりあげていた調和が、そのときくずれた。彼は立ちすくみ、家の戸口を探すために方向感覚を統一しようとするらしくみえた。そして、まるで後ずさりに突進するように、戸口の内に入ってしまったのである。

それが、山中九平少年と私との、正式な、はじめての出遭いであった。そして私には、この少年とほぼ同じ年齢の息子がいるのであった。激情的になり、ひきゆがむような母性を、私は自分のうちに感じていた。

山中九平について語るとき、水俣市市役所衛生課吏員氏たちは、困惑ともなつかしさともつかぬ表情を破顔させて、

「山中九平なあ、いやあ、あの九平しゃんにゃ、かなわんばい」

とおっしゃるのだった。市役所衛生課は彼には音《ね》をあげていた。ことに衛生課吏員、蓬《よもぎ》氏は、彼につい

て語るとき目を細め、この少年に一目おいているふうでさえある。

熊本大学医学部の水俣病患者の調査や検診が、水俣市立病院や、さらに現地部落でなされるとき、在宅患者たちにその通達をするのは市役所衛生課である。

衛生課は、患者たちを検診の場所に収容すべき専用バスを持っていた。専用バスの運転手、大塚青年は、あたうかぎり一軒一軒の患家近くまで、狭い部落の道を乗り入れるのである。患家のすぐ近くに来てクラクションを鳴らす。すると、たんぼや、切崖《きりぎし》や、杉木立や、海沿いの道に、人びとは五人、三人と集まっていたり、家々の路地をゆっくりと出てくるのだった。

母親や、祖父母に抱かれたり、背負われたりしてくる、首のすわらない胎児性水俣病の子どもたちや、おぼつかない足つきの成人患者たちが寄りそって、海辺や田んぼのわきの道に立っているそのような風景は、やはり、ふつうの田舎のバス停の風景とは異なっていた。

そばを通る人びとは、いくらか身を引く気配で、子どもたちの異形の集団をみて、言葉少なに声をかけてとおり、それはあるときは、人びとのやさしさともみえたが、そうでないときもあるのだった。

子どもたちと人びとが立っているというだけで、田んぼも、泥がはねる道も、波の光も凝固し、人びとは実に控えめな、とまどったような、心を深く屈折させたような顔をして、その上に人なつこい笑顔をいつも浮かべていた。

大塚運転手は、この人たちに、

「よう、とも子ちゃん、来たかい」

などと、威勢のいい声をかけるのだった。

そして、この青年が力を入れて、バタンと扉をしめると、バスの中に、微妙な変化が、外の風景の中にいたときの、不安げな様子とはちがう変化が起きるのを私はいつも感じていた。それはおおかた、口のきけない子どもたちのあげる、かすかな声や、なめらかにほぐされてくる大人たちの会話であった。十歳前後になった子どもたちは、母親や祖父の腕の中で、たいがい首を仰向けにがくんと背中の方にたれて、バスの外の景色を感じていた。子どもたちの視力は、まるで見えなかったり、視野が極度に狭められていた。発語を阻止されている子どもたちのあげる微妙な声やその視線からは、みかけの「四肢の異常姿態」つまり、硬直して鳥のようになったかぼそいその手足を、胸に抱くようにしている小さな彼らが、バスに乗せられたことを非常に喜んでいるのがわかったし、大人たちは、そのような子どもたちをみくらべて微笑しあい、心をほぐしたようにおしゃべりをはじめるのだった。

そのようなバスの中の様子は、ことに水俣病発生いらい、人びとが、バスの外の、つまり自分たちが生まれ育ち住みつき、暮らしをたててきた故郷の景色の中に、いつもすっぽりと入りきれないで暮らしてきたことを物語っていた。大塚運転手が、バタンとバスの扉をしめ、

「そうら、行くぞ」

というようなかけ声をかけてハンドルを握ると、人びとは安堵し、なごやかさを取りもどし、凝固していた外の風景から解きはなたれて、運転手青年の存在などはすっかり忘れてしまったようにみえるほど、自然なバスの中の光景になるのであった。

この青年は、「よう」とか「やあ」とか、かけ声のような挨拶を、返事のできない子どもたちにかけるほかは、おおかたむっつりと口をひき結び、子どもたちのくたくたと扱いにくい体を座席に乗せることを

吏員氏とともに手伝ったりして、運転席に戻ると、目元の微笑を消して、どこかおこってさえ見える顔つきをしていた。それは彼が、不必要なお世辞をひとつも持っていないことを現わしていた。

彼の水俣病の人たちに接する態度はいつもこんなふうだった。彼は押しつけがましく表にあらわれるあの善意というものを、むっつりと武骨な、それでいてどことなく愛嬌のある顔の奥にかくしていた。むしろ彼は、自分でもわからないままに、蓄積されてゆくいきどおりをためこんでいて、始末に困っているようにさえみえる。

それはたしかに、昔から水俣川の上流に住み海辺の友だちと往き来して育ってきた彼の、同じ故郷を持つもの同士への本能的な連帯心のようなものでもあった。水俣病事件に対する水俣市の住民の、幾通りもの微妙な反応の現われ方のうち、彼の態度は、実にもっともであり、それはこの土地をめぐっている地下水のような、尽きぬやさしさをあらわしていた。

水俣病発生当時、青年は、市内のタクシーの運転手をしていた。あの騒ぎの中で、彼は、全国からどっとやってきた報道関係者や、厚生省、「ナニナニ省」などの役人や、国会議員たちや、そしてえたいの知れぬ学者らしき人物などを乗せて走りまわっていたのである。

水俣病で来たなと思える彼のお客の行先は、日窒工場であり、湯の児温泉であり、大和屋旅館であり、それから市立病院であり、市役所であり、さまざまであったが、よそから来て、患家や、部落にせっせと通ったのは熊大医学陣であり、そうしたことを通じて彼なりの判断を水俣病全体に持っているらしくみえたが、みずから進んではそのようなことを口にはしないのである。

市役所衛生課の運転手になった彼のバスに乗りこみ、彼がバタンと扉をしめると、小さな患者たちも、大人たちも、安心して、バスの窓から入る風に、「しのぶちゃん」の頭から、ふわりと小さな花帽子が飛んだということだけでもうバス全体が、はしゃいで笑み崩れるのであった。

昭和二十九年から三十四年にかけて、水俣病の多発した部落の漁家に出生した子どもたちのうち、脳性小児麻痺様の子どもたちの部落集中率の高さがいぶかられていたが、三十七年十一月、水俣病診査会はこれら子どもたちのうちまず十七名を、三十九年三月末に六名を、計二十三名が、胎児性水俣病であると発表した。子どもたちは、母親の胎内ですでに有機水銀に侵されて、この世に生を受けたのであった。

胎児性水俣病の発生地域は、水俣病発生地域を正確に追い、「神の川」の先部落、鹿児島県出水市米ノ津町から、熊本県水俣市に入り芦北《あしきた》郡田浦におよんだのである。誕生日が来ても、二年目が来ても、子どもたちは歩くことはおろか、這うことも、しゃべることも、箸を握って食べることもできなかった。ときどき正体不明の痙攣やひきつけを起こすのである。魚を食べたこともない乳幼児が、水俣病だとは母親たちも思いあたるはずもなく、診定をうけるまで、市内の病院をまわり歩き、その治療費のため、舟や漁具を売り払って借財をこしらえたりしていた。

四年たち、五年たちするうちに、子どもたちはやむをえず、村道の奥の家々に、一日の大半をひとりで寝ころがされたまま、枕元を走りまわる猫の親子や、舟虫や、家の外で働く肉親の気配を全身で感じながら暮らしてきたのである。

いくらか這いまわったり、なまじよろりと立つことのできる子の方がむしろ、配慮を要した。

コタツやイロリの火の中に落ちこんだり、あがり框《がまち》から転げ落ちたりせぬよう、そこらを這ったり立ったりできるほどのゆるみを与えられて、背負い帯などで、柱に、皮脂のうすいおなかをつないでおかねばならない。それでも掘りゴタツに落ちてしまったりして火傷し、縁からおちた打傷など、多少の生傷は、たいていの子どもが持っていた。コタツに落ちても、おおかたの子が助けを呼ぶことはできないのである。

この子たちのうちには、やはり水俣病で父や姉や兄をなくしている子もいるが、父や兄姉のことはおろか、自分が生まれもつかぬ胎児性水俣病であることを、まったく自覚することもできないのである。しかし、兄弟が学校にゆき、親たちが漁や畠に出はらい、がらんとした家の内に、ひとりで柱と体を結びあって暮らさねばならぬことは、子どもたちにとって本意ないことである。

ひとりで何年も寝ころがされている子たちのまなざしは、どのように思惟的な眸《ひとみ》よりもさらに透視的であり、十歳そこそこの生活感情の中で孤独、孤絶こそもっとも深く培《つちか》われたのであり、だからこの子たちがバスに乗り、その貌《かお》が一途に家の外の空にむけてかがやくとしても不思議ではなかった。洗い立てのおしめを当ててもらい、着物を着かえさせてもらい、肉親の腕に抱きとられる間に、子どもたちはもうバスに乗りにゆくことを、孤独な家の中から外へ出ることを感じ出す。ほぼ十歳前後といっても彼らは例外なく赤んぼのようにあどけなく、バスに乗って病院にゆく、つまり、彼らの家の中よりも異なった「社会」にふれるということへの期待を(もちろん不安とともに)全身であらわしていた。

そのような様子の子どもたちをみるのは、自分たちの死後、この子がどうなるか、と考えざるをえない親たちにとってはいかにもいじらしく、お互いに今はまだ生きていて抱《いだ》きあっているという束《つか》の間《ま》の交感は束の間の慰藉《いしゃ》であるのにちがいなく、専用バスの中は、そのような肉親の情愛がひしひしと切なく、「しのぶちゃん」のご自慢の花帽子が、窓から入る風にふわりと浮きあがり、座席の間の床に落ち、しのぶちゃんがきょとんとしてあらぬ方をみて帽子の落ちたことを知らないで(彼女は目も耳も少しわるいので)いるのがさもおかしい、といっては笑み崩れ、バスが横ゆれにゆれ、一光くんと松子ちゃんの頭がぶつかっても、バス中がドッとはしゃぐのであった。

山中九平少年はしかし、専用バスに乗って検診にゆくことをガンとして拒んでいるのだった。

山中九平、十六歳（昭和二十四年七月生）。水俣市湯堂、父は代々の漁師であったが、三十五年にふとした風邪がもとで死亡。姉さつき（昭和二年生）三十一年七月、水俣病発病、同年九月二日、死亡。

彼は姉さつきより一年早く三十年五月に発病、姉と共に水俣市白浜伝染病院に一時収容されたこともあったが、以後今日まで在宅患者として扱われている。患者番号十六である。老いかけた母親千代（57歳）と二人で住んでいる。

少年は秋と冬と春さきには、たいがい黒い木綿の学生服を着ていて、冬にはその学生服の上に、大きな、チャンチャンコを着ていた。

少年が着ている木綿の縦縞の、袖のないその綿入れは、古びて、厚くごつく、それは漁師の家の暮らしに、深く馴染んでいるものであった。かつて、一家親族あげて、前庭を広げたような不知火の沖に漁に出ていたこの山中家では、もはや、魚を獲って暮らす生活の中身は、何ひとつ見あたらず、かし網や、魚籠や、柄のついた手網《たも》などを吊るしたり、干しならべていた前庭はただだだっぴろく、柿の古木が、ほうほうと丈高い幹の間に風を通し、唐黍《とうきび》の微かな葉鳴りを、その枝の下に抱いていた。

少年の着ている大ぶりの、綿の厚く入れられたかたいチャンチャンコはしかし、潮風を含む暮らしの年月を滲ませており、この家の、十年前までの暮らしを物語っていた。舟の上で父が着、姉が着していた、ゆずり渡しの仕事着を、二人の働き手が死んでしまった今、少年の母は彼女のすったれ――末っ子――に着せているのだった。

野球のけいこを中断された少年は、そのときも綿入れを着ていて、うす暗い床の間にすえてあるラジオの前に坐っていた。

よそから、水俣病患者を視察あるいは見舞いに来るものや、市立病院、熊大関係者や、市役所吏員たちや、そして私のようなえたいの知れぬ者たちがあらわれると、九平少年はラジオの前にガンと坐って振りむかない、ということを私はきいて知っていた。そのときも、まるでずっと昔からそこにいたように、彼はラジオの前に坐っているのだった。私にうしろをむけて、坊主刈りの髪が、肩の張りかけた少年らしいうなじの上に伸び、背中を前にかがめていた。そのようにして、ラジオのスイッチを、カチッ、カチッとまわすのだった。

そんなふうに曲げた背中は、引き絞られて撓《たわ》んだ弓の柄のように、ただならぬ気迫にみちて構えられており、けれども、それは引き絞られるばかりで、ついに狙い定めた的にぴゅうと放つことが、まだ一度もできないかなしみに撓んでいるようにもみえる。スイッチやダイヤルを探している彼の左手は、いらだたしいように、小刻みに、ラジオを撫でたり離れたりして寸刻もやすまず、みえない大きなそのまなこは、斜めな空の上にいつも黒々とすえられていた。

「九平くん」

と市役所衛生課吏員蓬氏は声をかける。

振りむかない。

ガクッと体が揺れてダイヤルをまわす。ハシユキオが歌っている。

「九平クン――、熊大のえらか先生の来とらすもんない。行こい、小父さんと」

母親が答えない息子にかわっていう。

「ほんなこてすみません。何べんも来てもろうて」

そして息子の方をみる。

「この世でああた、ラジオいっちょが楽しみですけん」

「はあ、そらそげんでっしょ、学校にも行かれんとですけん」

「九平、九平、市役所ン小父さんの、また来てくれらしたがネ、どげんするかい」

少年は背中を向けたままガクッとダイヤルをまわす。野球がでる。蓬氏は、少年のやり方を知っているので、のんびりと母親にむいて、大声で話す。少年は耳はよくきこえるのである。

「今日の検診な受けといた方がよかですばい。あの、見舞金ですたいな、会社からきよるあれがちっと、雀の涙ンしこ（ぐらい）でっしょばってん、こんど上がるそうですたい。それで、ほら、重症と軽症と、大人と子どもとにわけて来よるでっしょが。その重症と軽症ば診て、見舞金ば上げる基準にするそうですたい」

「見舞金なあ、上ぐる話はきいとりますばってん」

母親は何かあいまいに、ちょっと笑ってから息子の方を見て、

「熊大の先生方も、よう続かすなあ」といって声を落とす。

「――、すぐにハッと行こうちゃせんとですたい。病院ゆきがああた、いちばん好かんとですもん。何べんか通ううちにゃ、今日はちっと、具合がようなった。目でもぼやっと見ゆるごつなってきた、右手の指がちっとは動くごつなってきたちゅうことでもあれば、ガマ（せい）出して、診てもらおうちゅう気も起きるとですばってん。

　かかりはじめの三年間にゃ毎日通うたっですばい。そんときゃ尾田病院に。熊大の先生方もよかしこ診てくれらしたですばってん。薬も注射もいっちょも効きまっせんと。世界にもなかった病気そうですもん。こればなおしきる先生は、おらっさんそうですもんなあ。姉もあげんして死んでしもうたし……」

　ラジオの野球場が歓声をあげ、九平君が後をむいたまま何かを口ばしる。私にはよくききとれない。

「柴田ちゅうのがおるそうですなあ、足の早かそうばい。柴田が走ったちゅうて、喜びよっとですがな、野球いっちょがたのしみで、ああた」

「はあ、柴田。あいつは早かですもんなあ、鹿のごて走るそうですたい。九平しゃん、長嶋はどうや」

ピーピーとラジオがいう。ラジオだけしかきこえないというふうに、少年はガクッと上体を揺すって、ダイヤルを廻す。また歌謡曲。十人抜きのど自慢。

　蓬氏はこんなふうにして、十人抜きにつきあう。終わる。

　蓬吏員氏はサッとあがり框から腰をあげ、

「九平くん、行こうか、バスに乗って、小父さんと」

　少年はラジオに向かって手探りを止めず、振りむかず、また野球が出るのである。

　彼はたしかに野球にもきき入っていて、球場内のどよめきがきこえると、あぐらに坐ったズボンの中の細い太腿をばたばたさせたりするが、しかしその間も覚つかない右手と、幾分か動かせる左手でいつでもダイヤルがまわせるように、たえずラジオを撫でまわしているのだった。屈《かが》めたその背は、あきらかに闖《ちん》入《にゅう》者にむけて、総身の力をこめて引き絞られた弓のように、前に撓んでおり、ダイヤルは彼の応答であり、意思表示針であり、ラジオは彼が抱いている撃鉄装置であり、そしてまた彼自身は細心で用心ぶかい嘘発見器そのものに化しているようにみえる。

老いたノロのような眸をした母親は、このような息子を見やりながら、決して咎《とが》めたりはしない。うなずくように、自分にいうように、おだやかにいうのである。

「――見舞金の値上げですなあ、あれがなからんば食えもせんが、うちの九平は、ふつうであればもう一人前ばい。中学あがればここらへんじゃ男ん子はちゃんとした漁師ですけん。見舞金の方は子どもちゅうことでああた、年に三万円。――すみません、野球がああた好きで、自分じゃでけんもんですけん、ああして聴いとるばっかり。ほんに、この世で、ラジオいっちょがたのしみですけん。終われば行きますじゃろ。なあ九平」

蓬氏は中腰のまま、俺の本来の衛生課吏員という職務は、ここらへんからそろそろ内部分裂を起こし、哲学的深化にむかいよるぞ、と思う。そしてばたりと腰を下ろし、柴田であろうとのど自慢であろうとなんにでもつきあうのである。

市民の忠実な公僕であり、水俣市民のひとりである蓬氏は、運転手大塚青年と同様、控え目ではあるが、水俣病になった人々には全身的につきあっていた。彼の哲学の原理に、少年が突きささってくるのだった。彼は少年に血縁をすら感じているらしいが、中年男の自分の感受性を羞《は》じているので、

「長嶋がやっぱりいちばん調子のよかねえ。さあと、終わった。あば（そんなら）行こうか九平くん」などと話しかけるのである。ダイヤルに手をかけている少年は、ようやく後むきのまま重く不明瞭な声で答えるのだ。

「いやばい、殺さるるもね」

「殺さるる?……なんの、そげんこたなか。熊大のえらか先生たちの来て、よう診てくれよらすとぞ。小父さんがついとるけん大丈夫じゃが」

「いや。行けば殺さるるもね」

蓬氏はしばらく絶句する。

そもそも「殺さるるもね」などという発言は、水俣病に対する熊大研究陣の業績や権威や、水俣市行政や、そのリハビリテーション病院（昭和四十年四月に発足した先進的なこの病院は、少年がうんといいさえすれば、ベッドをあけてくれるはずである）が持っている「第三の医学」に対して、はなはだ不穏当で、筋違いの発言であるにちがいない。

けれども、誰の目にも、若々しかるべきこれからの人生を、全く閉ざされているとしかみえぬ少年が、歴代の水俣病にかかわる衛生課吏員氏たちを撃退し、診察も入院もこばみ、その日も歌謡曲十人抜きのど自慢をきいてねばり、プロ野球で時間を稼ぎ、ある日は角力《すもう》でだだをこねたあげくに、後ずさって追いつめられるように吐く「殺さるるもね」という言葉は切迫していた。

その言葉はもう十年間も、六歳から十六歳まで、そしておそらく終生、水俣病の原因物質を成長期の脳細胞の奥深く染みこませたまま、その原因物質とともに暮らし、それとたたかい（実際彼は毎日こけつまろびつしてたたかっていた）、完全に失明し、手も足も口も満足に動かせず、身近に感じていた人間、姉や、近所の遊び仲間でもあった従兄や従妹などが、病院に行ったまま死んでしまい、自分も殺される、と、のっぴきならず思っていることは、この少年が年月を経るにしたがって、奇怪な無人格性を埋没させてゆく大がかりな有機水銀中毒事件の発生や経過の奥に、すっぽりと囚われていることを意味していた。

水俣病を忘れ去らねばならないとし、ついに解明されることのない過去の中にしまいこんでしまわねばならないとする風潮の、半ばは今もずるずると埋没してゆきつつあるその暗がりの中に、少年はたったひとり、とりのこされているのであった。

細川一博士報告書

昭和三十一年八月二十九日
第一回厚生省への報告　　熊本県衛生部予防課

一、緒　言

昭和二十九年から当地方において散発的に発生した四肢の痙性《けいせい》失調性麻痺と言語障害を主症状とする原因不明の疾患に遭遇した。ところが本年四月から左記同様の患者が多数発見され、特に月ノ浦、湯堂地区に濃厚に発生し而も同一家族内に数名の患者のあることを知った。なお発生地区の猫の大多数は痙攣を起こして死亡したとのことである。よって只今までに調査して約三十例を得たのでその概要を記述する。

二、 疫学的事項

(一) 年度別　月別（表）
(二) 年齢別　（表）
(三) 性　別　男十七、女十三
(四) 職業別　主として漁業と農業である
(五) 地域別　海岸地方に多い（表）
(六) 家族感染
同一家族内に二人以上の患者を出したもの五家族、内一家族は四名を出している。其の他近所、隣、親戚知人等家族間の往来の頻繁の所に多い。

猫との関係
患者の発生した地区の猫は大多数が死亡しているという。

三、 臨床症状

(一) 症状並びに経過の概観
本症は、前駆症状も発熱等の一般症状も無く極めて緩徐に発病する。まず四肢末端のじんじんする感があり次いで物が握れない。ボタンがかけられない。歩くとつまずく。走れない。甘ったれた様な言葉になる。又しばしば目が見えにくい。耳が遠い。食物がのみこみにくい。即ち四肢の麻痺の外、言語、視力、聴力、嚥下《えんげ》等の症状が或いは同時に或いは前後して表われる。これ等症状は多少の一進一退はあるが次第に増悪して極期に達する（極期は最短二週間最長三カ月）。以後漸次軽快する傾向を示すも大多数は長期に亘り後貽症として残る。尚死亡は発病後二週間乃至《ないし》一カ月半の間に起るようである。

前駆症状なし

症状（表）

合併症

肺炎、脳膜炎様症状、躁狂《そうきょう》状ならびに栄養不良、発育障害等

後貽症

四肢運動障害、言語障害、視力障害（稀に盲　難聴等）

四、　検査成績

（一）血液像

Eosinophilie（好酸性白血球の増加）が二—十％位である外異状無し

（二）血清梅毒反応

何れも陰性

（三）血圧

全例に高血圧を認めず

(四) ワイル・フェリックス反応（発疹チフスの血清診断法）
所見なし
(五) 検尿検便
所見なし
(六) 髄液
所見（表）
(七) 肝機能
特に著明な肝機能障害を認めず

五、 経過及び予後

予後は甚だ不良で患者数三十名中死亡者十一名死亡率は三六・七%である。死をまぬがれた者殆んど凡てが前述の後貽症を残す。

六、 治療

VB_1大量療法副腎皮質ホルモン療法抗生物質コーチゾル、其の他を使用したが其の効果については結論が出せない。

七、 結　言

一、主要必発症状は四肢の痙性失調性運動麻痺、運動失調、言語障害（断続性言語）であり其の他重要症状は視力、聴力、嚥下等の障害、震顫《しんせん》、精神錯乱等であること。
二、運動麻痺が主であり知覚麻痺は殆んど無いこと。
三、発熱等の一般症状の無いこと。
四、家族ならびに地域集積性の極めて顕著なこと。
五、殆んど凡て後貽症を残すこと。
六、海岸地方に多いこと。

昭和三十一年八月二十九日

熊本県水俣市
新日本窒素附属病院
細　川　一

新日本窒素附属病院のカルテにはじめて書き入れられた患者は柳迫直喜《やなぎさこなおき》である。

氏名　柳迫直喜
年齢　四十九歳
性　　男

職業　新日窒水俣工場倉庫係
住所　水俣市多々良
既往歴　著患なし
現病歴　昭和二十九年六月十四日頃から左上膊及び右指のしびれ感、頭重感、眩暈あり、六月二十八日に至りしびれ感増強し口唇に及び、四肢の運動障碍《しょうがい》、特に歩行障碍、言語障碍、視力障碍が現われた。
七月五日に至りしびれ感は全身に及ぶと共に言語障碍及び四肢の運動障碍増強し、難聴をも現われ、七月五日入院した。

入院時所見
栄養状態は普通、心臓、胸部、腹部には著変はなかった。瞳孔は左右不同症なく対光反射は普通であった。言語障碍及び四肢の運動障碍は顕著で歩行は蹣跚《まんさん》性歩行（酔っぱらったような歩き方）である。知覚障碍は胸部より下肢にかけ軽度の知覚鈍麻を認め、特に胸腹部及び膝関節以下に於て強く証明した。膝蓋腱反射は強度に亢進し、バビンスキー趾現象は認めなかった。眼症状として視力減退（右0.4左0.5眼鏡不適）し同心性視野狭窄を認めた。尚眼検査は眼科医に依頼した。血圧は最高120最低80を算した。血液及び脊髄液の梅毒反応は共に陰性であった。脊髄液所見は初圧90粍、外観は水様透明、細胞数は4個、グロブリン反応はノンネ、パンディ共に陰性であった。

入院後の経過

VB_1の内服及び注射を行い経過観察した。入院後一週間位は病状に著変なかったが、七月十三日に至り言語障碍、難聴、運動障碍（書字不能、痙攣性失調性歩行）は急激に増強し七月十四日より精神障碍（時々泣いたり笑ったりする）及び軽度の嚥下障碍も現われた。七月二十四日に至りて発熱（37.3℃—38.1℃）し、意識溷濁《こんだく》すると共に顔貌無慾状となり、尿失禁を催す様になった。

其の後はリンゲル、葡萄糖、VB_1、VC、強心剤、ペニシリン療法を行う一方鼻腔栄養を実施して手をつくすも日々に全身衰弱増強し肺炎をも併発して八月六日死亡した。

三十年八月初旬、武田ハギノ、同様症状をもって来院。同年十一月二十二日死亡。この間熊本医大勝木《かつき》司馬之助《しばのすけ》教授、九州大学遠城寺《えんじょうじ》教授に来診を乞うも不明。

柳迫直喜が死亡したとき細川博士は、ふつうの病気ではなさそうだ、あとが出るのではないかという予感をもった。武田ハギノのとき、去年も出たし今年も出た、やっぱりあとが出る予感がした。結核の審査委員会が月二回ずつ集まっていたから博士は審査委員会にそのことを話した。場所も月ノ浦方面だから調査してくださらないか——。しかしそのときはそのままになった。

三十一年四月初旬〝不明神経疾患患者〟多発。小児科（野田兼喜医師）へ患者がきた。

「——野田さんはよく診た。熊大小児科の長野教授が野田さんの先生だったから、長野先生に先に診せていた。その患者はハシカをやっていた。長野先生はハシカのあとの脳炎だろうと帰られた。ほんとにそのハシカのあとの脳炎でしょうか、と野田さんがいった……。柳迫、武田、に酷似している。地域も寄っていた。これは他にも多くあるんじゃないか、これを調べなければ。事は重大である。内科、小児科、しまいには外科も総動員して一斉調査にかかった。同時に五月一日水俣保健所に野田医師を通じてとどけを出した——野田君保健所に行ってください。ウチだけでできる問題じゃない。僕もあとでゆきます」

はたしてすでにかなり前から出ていた。保健所、医師会、との協力態勢がこのとき生まれた。開業医たちの古いカルテと現地調査によって、既往の患者（死亡者もいた）と新患が続々みつけ出された。このときの調査によって溝口トヨコ（八歳）が第一号とされた。

八月九日、水俣市白浜伝染病院に八名入院させた。

八月十日、熊大医学部へ勝木司馬之助教授を訪問、来診を乞うた。

八月二十四日、熊医大が来てくれた。尚和《しょうわ》会館（チッソ倶楽部）で三十例の調査表を掲示して説明。六《ろく》反田《たんだ》教授（微生物）長野教授（小児科）勝木教授（内科）武内教授（病理）。

患者を学用患者として熊大附属病院に入院させることに決定。

八月二十九日、厚生省への報告書提出。この第一回資料（前記熊本県衛生部予防課報告）は書きなぐった。

この頃、看護婦さんが、手が先生しびれます、といいだした。看護婦さんたちが大勢で来て、先生うつりませんかという。よく消毒して、隔離病院にうつすようにするというと、うつらない証明をしてくれという。このとき手がしびれるといった湯堂部落出の看護婦さんは、あとになって胎児性の子どもを産むことになった。まさかそこまではそのとき思いおよばなかった。

熊大各教室からどんどんどんどん来るようになって、毎日毎日説明ばかりしていた。それで窓口を一本化してくれといった。

九月十五日、日本小児科学会熊本地方会が水俣でひらかれた。野田先生が本疾患について発表した。

水俣市議会、〝奇病問題〟をとりあげる。

十月十三日、熊本医学会。わが院の三隅《みすみ》彦三（内科）医師が発表。このとき猫のことを発表。

十一月、九州医学会（九大）。全部（附属病院）の名前で紙上発表。

三十二年になると熊大が発表しだした。


（細川一博士きき書きメモより）

四十四号患者

山中九平の姉、さつき。四十四号患者。

「おとっつぁんが往かしても、さつきさえ生きとれば、おなご親方で、この家はぎんぎんしとりましたて」

母親はいつもそういうのだ。

「舟の上でもあれが親方でしたもん。力は強し、腰は強し。あれがカシ網ひくときや、舟はゆらっともしよりまっせんじゃった。戦争中に娘になった子じゃったけん。男のごたるかと思えばこまごまと気のくばる子で。あれは踊りの好きな娘で、豆絞りの手拭いば肩にかけて、腰はすわっとったが身の軽うしてな。さつきしゃんが跳んでも、軽業の娘のごとして音もせんちゅうて、青年団の衆のいいよったが。舟の上でも、踊りのさまをして、ようたいよった」

その青年団の踊りの晴れ姿の娘の写真を、彼女とおない年であると名乗った私に、母親はいつもとり出してみせるのである。頬のゆたかな唇のあどけない、けむるようなまなざしをした漁師の娘の青春をわたくしはおもいみる。

湯堂湾の潮の香にむせていた公民館。あの磯のほとりの青年小屋。終戦とともにこの漁村にも〝兵隊〟たちが帰って来た。この村のあとつぎたちが。娘たちはどんなにいそいそとうちふるえるようなはにかみを蔵して、生き残って帰ってきた兵隊たちを、むかえたことだったろう。二十《はたち》前後の〝兵隊〟たちは、骨の髄まではなじみきれなかった〝兵隊〟から脱け出そうとして、上官からなぐられた話や、なぐられて死んだ、弱い要領の悪い町の出身の若者の話などを、熱心にくり返して娘たちの前で話すのだった。青年倶楽部に仕切られたいろりには、渚にうちあげられる流木の巨《おお》きな根や、官山の下払いをした松の枝などがいつもくべられて、赤々と夜が更けた。

そのような夜には不思議にあの「赤城の子守唄」や「流転《るてん》」の曲などが若者たちの心にぴったりかなった。そのような唄がどんなに終戦後の村々の心を切なくしたことだったろう。部落部落に青年団が復活してきて青年団主催の盆踊り大会が復活した。集団のおどりを終戦直後のここらあたりの若者たちはまだ知らなかった。

　好いた女房に三下《みくだ》り半を
　投げて長脇差《ながどす》　長の旅

踊り上手に厚化粧させて舞台にあげ、ときどき止まる蓄音機の拡声器にあわてたりしながら、アセチレンガスをともし、若者たちは村人をあつめベソをかくような目つきで踊りを観ていた。来たるべき解放への原衝動に、若者たちは息を呑んでまだ耐えていた。

終戦から占領体制へ――。

そのようなことは「やくざ踊り」を習い踊って、たちまち野火のように農山漁村に蔓延させた青年男女たちが考えるはずもなかった。抑圧された狂熱のようなものが、非知識階級の間にうつぼつと渦巻きはしっていたことを私は心におぼえている。そのような村の、彼女はスターだったにちがいない。

磯の匂いや草の匂いのする娘たちにむかえられて、ここらあたりの兵隊帰りたちは、徐々に百姓にたちかえり、会社ゆきにたちかえり、漁師に、つまり、本来の若者にたちかえっていったにちがいない。

「おとろしか。おもいだそうごたなか。人間じゃなかごたる死に方したばい、さつきは。わたしはまる一カ月、ひとめも眠らんじゃったばい。九平と、さつきと、わたしと、誰が一番に死ぬじゃろかと思うとった。いちばん丈夫とおもうとったさつきがやられました。白浜の避病院に入れられて。あそこに入れられればすぐ先に火葬場はあるし。避病院から先はもう娑婆じゃなか。今日もまだ死んどらんのじゃろか。そげんおもいよった。上で、寝台の上にさつきがおります。ギリギリ舞うとですばい。寝台の上で。手と足で天ばつかんで。背中で舞いますと。これが自分が産んだ娘じゃろかと思うようになりました。犬か猫の死にぎわのごたった。ふくいく肥えた娘でしたて。九平も下の方でそげんします。はじめ九平が死ぬかと思うて。わたしもひとめもねらんし。目もみえん、耳もきこえん、ものもいいきらん、食べきらん。人間じゃなかごたる声で泣いて、はねくりかえります。ああもう死んで、いま三人とも地獄におっとじゃろかいねえ、とおもいよりました。いつ死んだけ？　ここはもう地獄じゃろと――。部落じゃ騒動でしたばい。井戸調べにきたり、味噌ガメ調べたり、寒漬大根も調べなはった。消毒ばなあ、何人もきてしなはった。

コレラのときのごたる騒動じゃったもん。買物もでけん、水ももらいにゆけんとですけん。店に行ってもおとろしさに店の人は銭ば自分の手で取んなはらん。仕方なしに板の間の上に置いてきよりました。箸ででもはさんで、鍋ででも煮らしたじゃろ、あのときの銭は。七生まで忘れんばい。水ばもらえんじゃった恨みは。村はずしでござすけん。

さつきがおれば親方じゃが、いまは九平が親方ですもん。あれは自分の心で決めますと、親方ですけん。誰が来ても行きゃしまっせん。治しきる先生のおらっせばゆくちいいますもね」

少年はうしろむきのまま、いつまでもガクッ、ガクッと体を傾けダイヤルをまわす。そうやって少年は、「からいも」の値段について、去年、おとどしの売り値について、母親がことしつくって、出す「からいも」の値段の予想などについて、考えめぐらしているのにちがいなかった。

熊本医学会雑誌（第三十一巻補冊第一、昭和三十二年一月）

・水俣地方に発生した原因不明の中枢神経系疾患に関する疫学調査成績

今般水俣市周辺の漁民部落を中心として続発を見た錐体《すいたい》外路系障害を主兆候とする原因不明の中枢神経系疾患は、その症状が特異的でかつ激烈であり、予後が極めて不良であるところから、忽ち現地の注目を浴びた。本疾患に対する現地の水俣病対策委員会よりの依頼にもとづいて、昭和三十一年九月以降再三にわたり、現地に赴き、患家四十戸並びに対象としてその隣接非患家六十八戸に対しての訪問面接調査をはじめとする綿密な疫学調査を実施した成績は左記の通りである。

・患者発生地域の地理的気象的条件並びに現地住民の生活状況

患者発生の地域は熊本県南端にある水俣市の周辺部落で百間港に接した風光明媚の港湾沿岸地区であり、特に患者の多発しているのはその中、明神、月ノ浦、出月、湯堂の四部落である。これらの部落は海岸より、比較的急峻な傾斜をもって背後の丘陵地帯に続く狭隘《きょうあい》な漁村部落であり、生業は近海並びに、港湾内での漁獲に従事するものが多い。生活水準は低く、食生活は主食に配給米及び一部自作の麦、甘藷をとり、副食は漁獲の魚貝類を多食するほかは、蔬菜《そさい》果実の摂取は乏しい。

・患者発生地域の特殊環境

患者発生地域近傍の特殊環境として存在し、港湾汚染を招来する可能性ありと考えられるものとして某肥料会社の水俣工場、月ノ浦地区の水俣市営屠畜場、湯堂地区の海中に湧水個所のあること並びに茂道地区に旧海軍の弾薬貯蔵庫、高角砲陣地が存在した事実があげられる。工場よりの廃水は、百間港口へ排出されており、廃水中に含有される無機塩類の分析値（工場技術部の測定）は第一九表（略）のごとくである。また同工場よりの排気には、有毒ガスとしては通常の硫酸工場に発生する亜硫酸ガス並びに酸化窒素が含有されるのみである。屠畜場は月ノ浦海岸に面した小丘の頂に存し、廃水は真下の海中へ放出される。湯堂地区の海中湧水は、近年湧水状態に変化を認めた事実がなく、同海中で以前より行っている稚鮎の養殖には変化がない。茂道地区にあった弾薬は、終戦後、駐留軍により運搬撤去され、残存部品は某会社により買取られて、海路運搬されておりこれらを海中に投棄した事実は認められない。

・要　約

一、患者は昭和二十八年末より発生し、昭和二十九年、昭和三十年には、それぞれ十三名と八名、昭和三十一年には激増し、十一月末までに三十一名、すなわち三カ年に合計五十二名発生している。

二、月別患者発生は四―九月に比較的多発し冬季はその発生数が少なく、季節的変動が著明である。
三、患者は年齢別、性別の差がなく、殆んど一様に発生しているが、乳児には発生例がみられない。
四、本疾患の致命率は三三％、症状の経過では長期間不変のものが多く、全治した例は認められない。
本疾患の予後は極めて不良である。
五、発生地域は水俣市百間港湾沿岸の農漁村部落に限られ、その発生範囲の拡大は認められない。とくに漁家に患者発生は多く、家族集積率は四〇％と極めて高率である。また同地域飼育の猫は、同様の症状で多数斃《へいし》死している。
六、本疾患は共通原因による長期連続曝露を受け発生するものと認められ、その共通原因としては、汚染された港湾生棲の魚貝類が考えられる。

・特に臨床的考察について

病　例　第一例　山中、二十八歳女、職業漁業
発病年月日・昭和三十一年七月十三日
主　訴・手指のしびれ感、聴力障碍、言語障碍、歩行障碍、意識障碍、狂躁状態
既往歴・生来頑健にして著患をしらない。
家族歴・特記すべき遺伝関係を認めないが、同胞六名中八歳の末弟が三十年五月以来同様の中枢神経性疾患に罹患している。
食習慣の特異性なし。
現病歴・三十一年七月十三日、両側の第二、三、四指にしびれ感を自覚し、十五日には口唇がしびれ

耳が遠くなった。十八日には草履がうまくはけず歩行が失調性となった。またその頃から言語障碍が現われ、手指震顫を見、時にChorea様の不随意運動が認められた。八月に入ると歩行困難が起り、七日水俣市白浜病院（伝染病院）に入院したが、入院翌日よりChorea様運動が激しく更にBallismus様運動が加わり時に犬吠様の叫声を発して全くの狂躁状態となった。睡眠薬を投与すると就眠する様であるが、四肢の不随意運動は停止しない。上記の症状が二十六日頃まで続いたが食物を摂取しないために全身の衰弱が著明となり、不随意運動はかえって幾分緩徐となって同月三十日当科に入院した。なお発病以来発熱は見られなかったが、二十六日より三十八度台の熱が続いている。

入院時所見・骨格は小にして栄養甚だしく衰え、意識は全く消失している。顔貌は老人様、約一分間の感覚をとって顔面を苦悶状に硬直させ口を大きく開いて犬吠様の叫声を発するが言葉とはならない。その際同時に四肢のChorea様Ballismus様運動を伴い躯幹を硬直させ後弓反張《こうきゅうはんちょう》が認められる。体温38、脈搏数は105で頻にして小、緊張は不良、瞳孔は縮小し対光反射は遅鈍である。結膜は貧血、黄疸なく――（略）

入院経過・入院翌日より鼻腔栄養を開始、三十一日は入院当日同様の不随意運動を続けていたが、九月一日になると運動が鎮まり筋緊張はかえって減弱し四肢に触れても反応を示さなくなった。体温39、脈搏数122、呼吸数33で一般状態は悪化した。翌二日午前二時頃再び不随意運動が始まり狂躁状態となって叫声を発しこれを繰り返すに至ったが、フェルバビタールの注射により午前十時頃より鎮まり睡眠に入った。午後十時に呼吸数56、脈搏数120、血圧70／60mmHgとなり翌日午前三時三十五分死亡した。

死《し》旗《はた》

対岸の天草の島々が沖の方に黝々《くろぐろ》と遠のいてみえるときは、水俣の冬もめずらしく寒い。その島々や不知火海に、まっくろい「西あげ」の風足が立っている。

吹きさらしの丘の上の小屋で、仙助老人（79歳、水俣市月ノ浦）が死んだ。海に面した部落の家々は板戸を閉ざし、沖には一艘の舟もみえなかった。

昭和四十年一月十五日。水俣病発生（昭和二十八年十二月、第一号患者溝口トヨ子ちゃん三十一年三月十五日死亡）以来十三年目、水俣病患者百十一名中三十九番目の死者、八十六号患者並崎仙助老人の死は、生涯を貫いた独立自尊のいまわにふさわしく、一夜看《み》とりえた者は、その小屋の袖に庇《ひさし》をかけて住む次女（43歳）ひとりであった。

水俣市立病院、水俣病特別病棟につづく屍体安置室、それに隣あう解剖室にかけつけた市役所吏員、蓬氏と偶然にもゆきあわせたわたくしが、かいまみたのは、ひどくつややかにふっくりとした内臓の切れはしである。

それはようやくこの土地にもなじみ深くなったホルモン焼きのネタに酷似しており、かねがね筑豊廃坑界隈を徘徊し、朝鮮料理についてあやしげな一家言を持ち、仙助老人の入口から谷ひとつへだてて向かいあう市営屠畜場や、はたまた水俣川下流の僻村とんとん村の市営火葬場のガソリン窯の使用法について、

アナーキスト風な新知識をぶつ、このひげ柔かい市役所吏員氏は、ひどく稚《おさ》ない声で、

「俺あ、今日は昼めしは食わん」

とつぶやいた。

それよりつい二十日ほど前の日の光景を、私はあざやかに想い出す。

熊本大学医学部の検診が、水俣市月ノ浦、出月部落に出張し、患者の家族で組織している互助会の会長の家に、両部落の在宅患者（種々の事情から、発病以来ほとんど水俣市立病院水俣病病棟に入院できないもの、もしくは病いえぬまま退院してしまったものなど）たちがかれこれ十四、五名、集められていた。

波止《はと》ともいえぬ丘のくびれのとっかかりに、海にむけて、箱を持って来て置いたようなつつましい山本会長宅があり、そのあがり框に、脳波測定器が持ち込まれていた。

三抱えもありそうないかついこの脳波測定器からは、ちょろちょろと、幾本もの尻尾のようなコードがよじれて畳の上に這い出し、その上何やらひくい震動音さえ立てていたので、目のみえる幼い患者たちは、ひとめみるなり、母親のふところへ後ずさりした。

母親たちも、マジックマシンじみた大げさなこの機械をみると、気重そうな、けくりと息をつまらせたような顔つきになり、身をひくような姿勢で、機械と「先生方」を見くらべて坐ったのである。

十畳そこそこの家の中は、五、六人の先生方や、ケースワーカーの女性たちや、十数人の患者とその家族たちでぎっしりつまり、山本さんは、火鉢を抱えて、

「ちょっと寒いでしょうかな、裸になるとやけん、えーと、どこにおきまっしょか」

などと気を使って火鉢をずらしながら、病んでいる片方の目をおさえたりするのだった。

床下を風が通りぬけるのか、人でぎっしりつまっている家の中も、その日はなにかうすら寒かった。その寒さは、また、人びとの真中に置かれている黒くいかつい脳波測定器のまわりの、空気の冷えからもくるようであった。人びとがぎっしり坐り込んでいるにかかわらず、機械のまわりにはぽっかりとすき間ができ、そのすき間のむこうに、先生方が一団、こちら側に、部落の人びとの一団が坐っているのだった。

小児や、主婦や、青年、壮年、老年にいたるまで、おおよその階層を洩れなくあらわした人びとであったが、幼い患者や付き添いの家族たちがその表情にとくにあらわしている。脳波測定器への畏怖感は「先生方」や、ケースワーカーの女性たちが、つとめてあらわしている患者たちへの親和感と、きわめて対照的であり、それは、この十年余、生き残った患者たちが、病状の多様化の中で、種々の調査や検査をとおして表わし続けている、健康で普通である世界への、一種の嫌悪感とも受け取れるのだった。人びとは何かひそかに鼻白み、微笑みをたたえていて、小児も、主婦も、青年、老人、とそれらの人々は素人目にも、言語障害、聴覚障害、四肢硬直、脳性マヒ様の無意識状態などが観察され、先生方の種々の検査は、まずそれら障害のため、患者との意志の疎通がまどろこしく――医師の言葉がききとれなかったり、ききとれてもしゃべれなかったりで――遅々として進まなかったが、仙助老人の番になり、いちだんとそれは停止した。

軽度とおもわれる言語、聴覚障害患者たちに、医師は、たとえば、

「コンスタンチノープル、といってごらんなさい」

という。そしてくり返す。

意識も、情感も、知性も、人並以上に冴えわたっているのに、五体が絶対にスローテンポでしか動かせぬようになったひとりの青年の表情に、さっと赤味が走り、彼は鬱屈したいいようのない屈辱に顔をひきゆがめる。

しかし彼は、間のびし、故障したテープレコーダーのように、

――コン・ツ・タンツ・ノーバ・ロ――

というように答えるのだ。〈ながくひっぱるような、あまえるような声〉で。

何年間、彼はそうやって、種々の検査に答え、耐えて来たことであろうか。そしてまたほかに、どう答えようがあろうか。

「先生方」が問い、彼が答えるという、二呼吸くらいの時間が、彼にとってどれほど集約された全生活の量であることか。青年は、その青年期の――それは全生活的に水俣病を背負ってきた時間の圧縮である青年期の――すべてを瞬時に否定したり、肯定しようとしたりして、彼の表情はみるみる引き裂かれ、そのことに耐えようとし、やがて彼の言葉はこわれて発声、発語されてくるのである。そのような体で彼はほとんど一人前と思われるほどの漁師であり、彼が入院しないのは、十人家族の大黒柱であるからであった。先生方は、患者との間にあるこんな二呼吸ぐらいの時間を越えて、患者の心理の内面に入っていって、そちら側から調べるということはできないのだった。それはきわめてあたりまえのことであった。

「今度は、サンビャクサンジュウサン、といってごらんなさい。サンビャクサンジュウサン、と」

先生方は、熱心な目付きでそういい、また他の主婦患者が、

「サンバクサンズウサン」

というふうに答え、水俣病になじみの深い医師と患者の間では、徐々に、少し陽気で気はずかしそうな、あのなれあいをかもし出す、そうすることによって、両者は、互いをいたわっているようにみえる。不思議な優しさが両者の間に漂い、患者たちは、自分たちに表われている障害を、あの、ユーモアにさえ転じようとしている気配があるのだった。人びとはお互いの、〈ながくひっぱるような、甘えたようなもののいい方〉や、つんぼぶりや、失調性歩行に困り、いっそ笑い出したりするのであった。患者たちは、先生方のヒューマニズムや学術研究を、いたわっているのにちがいなかった。この、わたしの生まれ育った水俣という土地には、昔からたとえばそんなふうに、遠来の客をもてなすやり方がいろいろとあるのである。

しかしもし、たとえば仮に、その先生が、新しい論文を書くための関心のみで、自分たちを調べたりしていることを感じとれば、患者たちの間《ま》のびした声帯は、ほんとうに、棒か、壁のようにつっぱってしまい、五体不自由なこの人びとが発散するあの不思議なやさしさは消えうせて、両者の間はたちまちへだてられてしまうのだった。

このような人びとの中に、仙助老人は、ひとりで、付き添いなしでやって来ていた。彼の番がきて、老人は背中をのばし、両手をひろげて膝の上におき、丸く窪んだまなこでじっと先生をみつめる。まなこには白く長い眉がふかぶかと影さし、丸い鼻の下で、唇をへの字に結んでいた。

首ががくんと背中にむけて落ちかかっている、胎児性水俣病のトモ子ちゃんを抱いて坐っている若い母親が、抱いたその娘ながらに身を乗り出し、

——じいちゃん、じいちゃん、今日はひとりで来なはった?

と声をかけ、

「先生、このじいちゃんな、耳もよっぽどきこえらっさんし、口もちっと、不自由にあんなさっとですばい」

そう声高にいうのだ。

若い真面目な先生は優等生のように向きなおり、少し高い声で、

「お じ い さ ん、き こ え ま す か」

と、口を大きく動かす。部屋中がしんとする。

「ワ シ ン ト ン、といってみてください」

老人は長い眉毛のかげでまばたき、ぶっすりと

――あんまりふとか声でおめけばいちだんときこえん――

と呟く。

静まりかえっていた女房たちは、あら、と声をあげ、

――今日は、きこえらしたもんじゃ、と笑いあうのだ。若い先生も少しわらって、今度はふつうの音程で、

「ワシントン、といってみてください」という。

すると仙助老人は、先生の声だけが、まっすぐに、風の工合で耳に入ったというふうに、女たちの笑い声には、反応を示さない。

寝かされた女児たちの頭に刺されていた測定器の幾本もの針が抜きとられやがて、仰向けになった老人の、すべすべと地肌の光っている白髪の丸刈頭にその針は刺しかえられ、テープで地肌にとめつけられ、

いかつい脳波測定器の微動音が送られてゆくのであった。

自若《じじゃく》として動かない老人。彼はたしかに老人には違いなかったが、丸い頭と、丸い顔と丸い目のためばかりでなく、体ぜんたいに、稚気ともいえる若さを残していた。

黒光りしてぬっと差し出されている彼の脛《すね》と、それに続いている裸の全身の、そこだけくっきりと色変わりしている太く厚いあしのうらは、ながい労働の年輪を誇示していた。畳の上にたれた福耳は、南九州の漁村によくみかける長寿者の相をしていた。九十歳にして刺子《さしこ》の丹前を繕う針のめどをとおし、百歳に達して、漁の天気をその嗅覚で占うたぐいの人間であったにちがいないのだ。仙助老人がそうやって、グロテスクな測定器にとらわれるようにして仰向けに寝ているということは、いかに彼が自若としているようにみえても、それは天然自然に反していることである。いわれなく処刑されつつある人間の像をみるように、私は仙助老人をみていた。

先生方は、老人をいたわって、おじいさん、寒くありませんか、という。老人はその気配を感じるとぶっきらぼうに、いいや、とくり返すのだった。水俣病にかかった七十四歳まで、生まれてこのかた、彼は病気というものにかかった覚えはなく、「医者殿《どん》」に体さわられたことなどなかったのである。兵隊検査の時のほか「一ぺんも医者にかかったことのなかった体ぞ」というのが、ついぞ老人性の自慢話というものを、しなかった彼が、ただひとつ、その丸い鼻先でみずからの鼻毛をふくようなぶっちょう面で話した自慢話であったことを、村の人間は今でも覚えている。

「この病《びょう》にさえかからんば、あん爺さまは、きっと百まで生きらす爺さまじゃったよ」と女房たちは彼の死について語るとき、必ずつけ加えるのである。

彼の全身が異形とも思われるほど黒光りしていたのは、生涯の風呂ぎらいであったからである。風呂に入れとすすめる娘を軽侮するようにみていつもいったことは、

「お前どんがごつ、病弱ごろならいざ知らず、今どきの軍隊のごつ、ゴミもクズもと兵隊にとっておらんじゃったころに、えらび出されていくさにとられた飛びきりの体ぞ。兵隊ちゅうても兵隊がちがうわい。風呂のなんの入らるるかい。ふやくる！」

選び出されていくさにとられたとは青年の時期の日露戦役のことであり、風呂を使わなかったといっても彼は、蚤とり粉や、ＤＤＴのたぐいを、終生とりでのように、寝床の周辺に振りたててねむったのである。彼の衛生思想および一風変わった生活信条には彼なりの条理が通り、それを貫こうとしていた。隣近所とも、息子たちとも、娘たちとも、村とも、村という地域共同体そのものともつきあいをこばみつづけ、忘れ去られようとしていた彼が、再び月ノ浦部落の人びとの目にあざやかな存在として想い出されたのは、彼が、生涯の終わりになってから水俣病にかかったからである。

「おれえ！　仙助爺さんも水俣病にならったちぞ」

「そげんいやあ、あんわれ（あの人）も、ぶえん（無塩のとりたての魚のさしみ）の好きな人じゃったでのう」

人びとは仙助老人が、毎日三合の焼酎を買いに、線路をのぼった道の上の店にゆく時刻を思い出した。あまりに毎日きっかりと、午後四時半に彼が出てゆくので、その姿は線路に添う土手の先の、夕陽を散らした海を背にしている茅の葉の中の風景と化してしまい、いつ頃からそうなっていたのか、人びとは思い出せないくらいであった。人びとは爺さまが「焼酎の肴には、ぶえんの魚の刺身でなければいけない」としていたことも思い出した。

――海ばたにおるもんが、漁師が、おかしゅうしてめしのなんの食わるるか。わが獲ったぞんぶん（思うぞんぶん）の魚で一日三合の焼酎を毎日のむ。人間栄華はいろいろあるが、漁師の栄華は、こるがほかにはあるめえが……。

そして人びとは次々に思い出すのだ。

「いやあ、あん爺さまの水俣病にならしたら、まこて、時計の不自由になったわい。わが家の時計のネジを巻かんばならん」

めったに村や部落共同体に口をきかなかった爺さまの控えめな教訓がひとつあった。

「時計ちゅうもんは何のためにあるか」

村人たちは、つい最近まで彼が海を見はらす前庭に七輪を持ち出し、火を起こす気配《けはい》に、「爺さまのお茶の時間じゃ。もう六時ぞ」と起床し、昔は、彼がまだ達者で、漁に出かけていた頃は、まだ明けやらぬ部落の下の磯から、ひたうつ波のあいまに、ゴトゴトと船具の音がきこえるのにめざめ、「ほら、ほら、仙助どんの沖に出らすで、もう五時ぞ、起きんかい」といっていたものであった。

ふたときばかりおくれて啼いたりするあくびまじりの部落の鶏より、ねじをかけ忘れる家々の時計より、仙助老の暮らしにあわせた方が、万事が、きちんと進行していたのである。

彼はいつも身辺に古びた一個の枕時計をおき、眼下に見下ろせる新日窒水俣肥料工場が鳴らすサイレンにあわせて、朝の六時と、昼の十二時、そして夕方の四時に、きっちりとネジを巻く。朝水を汲みお茶をわかし、十二時には炊きあげた飯をたべ、午後四時半には、線路をこえて上がった道のべのなんでも屋の店に、焼酎をのみにゆく。それはゆうゆうとしていて一分といえども、たがうということはなかった。

隣で夕餉の鰯をどのくらい焼いたか、豆腐を何丁買うたか、死者の家に葬式の旗や花輪が何本立ったか、互いの段当割《だんとうわり》はいくらか、などといったことが、地域社会を結びつけているわが農漁村共同体である中で、たとえば、ひと昔前までは村はずれの観音堂の乞食でさえ、村との交わりにおいてひとつの確固たる存在でありえた土地で、生粋の土地人でありながら、まったく隣とも、部落とも、肉親とも、日常の行き来をせずに、しかも「村時計」の役目を果たしながら暮らしえた人間がいたにしても不思議ではなかった。

人びとはむしろ、そのようにしてひとりで暮らしている仙助老のことを「昔でいえば、仙人のごたる暮らしじゃなあ」と考えていた。いや、ひょっとすると、とある事情をもっていて、彼は自分の生涯と、他の人間との相対関係をみずから棄捨し、全生活的な黙秘権を行使しようとし、それを、ある種の風流に転化しようとしていたふしがある。

明治二十(一八八七)年九月、熊本県最南端、水俣村に生まれ、彼は生涯この土地を離れることなく死んだが、薩摩と肥後の藩境を出たり入ったりした屯田兵の村で、彼が出陣の踊りである「棒踊り」の、たぐいまれなうたい手であったことを、人びとは思い出すのだ——。仙助どんの唱わんごてならいてから、おもえば、棒踊りも気の抜けてしもうた——と。

国は近江《おうみ》の
石山源氏
源氏むすめのその名は
おつや

おつや七つで遊びに出たら
遊びもどりにものたずねます
同志の親さま
両親ござる
わしが父上どうしてないか

彼の節廻しとともに、白鉢巻の白の上衣、縞の袴をつけた美々《びび》しい若者たちの一団が、短い木刀や棒や、わらじの足をそろえて村の道を舞い、はるかな土埃《つちぼこ》りとともに樹々の緑の中に消え去ったことを。

字《あざ》名で区切る地区ごとに、馬頭観音やえびす様や「殿サン」をおくことの好きな村で、屯田の地侍とはいえ、頭《かしら》の格のある家に生まれた仙助老が、舟板がこいの小屋に晩年を送ったのは、彼が親ゆずりの山畑を一代できれいに呑み潰したからであった。十人近い子女に文字どおり一きれの美田をも残さなかったかわりに、どの子からもみごとに保護を拒絶したのである。村じゅうの女房たちが、彼の小屋住まいを放蕩《ほうとう》無頼《ぶらい》のなれの果て、などというふうにいわぬについてはわけがある。

十年前、破傷風がもとで五年間寝つき、他界した妻女を、子どもたちの手をいっさい借りることなく、こまやかに看とり終え、野辺の送りをしたころの彼の働きについて、彼女たちはほとほと親密な情をよせていうのだ。

「ただの酒呑みとは違うとったばい。女《おなご》でもかなわんような働き者じゃったで。朝の水汲み、炊事、洗濯、薪《たきぎ》とり、漁に出る、畑をする。病人の裾《そそ》の始末ばなあ、やり終えらした。たいていの女もああは働かん。ムコどんの鑑《かがみ》のあるとすれば、あげん爺やんばい」

「指の先ほども他人に頭を下げん気の見えとったばい。生活保護じゃろと、水俣病の銭じゃろと、子どもたちが欲しければ持って行ってしまえちゅうふうじゃった。昔このへんのトノサンの末孫じゃったげなで、そうした気位のあったばい」

爺やん、あんた、百までも生きるような体しとって、腰ちんば引いて。石もなかところで、ぱたっとこけたりするとは、そらきっと水俣病じゃ。あんた目えにはまだ来んかな、目えはまだどげんもなかかな、こう爺やん。

だいぶ耳もきこえんごつなっとらす。爺やん、爺やん、さあ起きなっせ、こげな道ばたにつっこけて。あんた病院に行って診てもらわんば、つまらんようになるばい。百までも生きる命が八十までも保てんが。二十年も損するが。

なんばいうか。水俣病のなんの。そげんした病気は先祖代々きいたこともなか。俺が体は、今どきの軍隊のごつ、ゴミもクズもと兵隊にとるときとちごうた頃に、えらばれていくさに行って、善行功賞もろうてきた体ぞ。医者どんのなんの見苦しゅうしてかからるるか。

そるばってん爺やん、ほらほら、せっかくの焼酎がいっこぼれてしもうて、地《じだ》が呑んでしもうたが。こげんところでつっこけて。目えもどげんかあっとじゃなかろうか。

水俣病、水俣病ち、世話やくな。こん年になって、医者どんにみせたことのなか体が、今々はやりの、聞いたこともなか見苦しか病気になってたまるかい。水俣病ちゅうとは、栄養の足らんもんがかかる病気ちゅうじゃなかか。おるがごつ、海のぶえんの魚ば、朝に晩に食うて栄華しよるもんが、なにが水俣病か

——。

しかし彼は、七十になってから妻女の野辺を見送ると、なにか不承不承に生きているふうになり、みずから決して他家や子女たちの家の敷居をまたぐことなく、したがって訪うひとりの客をも固辞して、一日、二合か三合の焼酎と、丹念にこしらえる魚を食し、酔いを発すると端座して、剣豪列伝風の小説、雑誌を、うとうとと読んでいた。

妙なこつじゃが、と前置きして、ある日彼は、だれにいうともなくいった。

「むこうから三人づれの人の来よらすとすると、真ん中の人間は見ゆるが、横の二人は、首ばあちこちせんば見えんが。目のかすんだちゅうともちごうとる」

やっぱり目えに来たばいな。そら水俣病じゃ。

爺やん、あんた七十になってから、よめごの永病ば看病しあげてあの世に送りやって。それからちゅうもんな、なんもかんもほたくりやってしもうて、なあんもせんとがこの世に残った栄華ちゅう面して。焼酎だけにゃ、いよいよ煩悩のゆくふうで、これがあるために生きとる栄華かな。親の家は子どんが家じゃが、子どんが家は他人の家。ましてもともとひとさまの家にゃ、おるも行かんかわりに、だあれもくんな。だあれからも死に水のなんの、取ってもらわんちゅうて家を出られんこんわれ（このおまえ）が焼酎買いにだけは四時半きっかりに出てゆかす。あんた、ようひとりで徒然《とぜん》のうもなかもんじゃ（さびしくないものだな）。あんたよっぽど栄華な気質ばい。焼酎は草に呑ませてしもうて、こげんよたよたするごつなって、やっぱり子どんが世話にゃならでな死ぬとや。
八十爺さまじゃばってん、こんわれは学者爺さまばい。人とはモノいうともしちめんどうちゅう面しとって、ひとりで電気とぼして、焼酎ども呑んで、毎晩毎晩、唄も唄わんで、きちんと膝も崩さんで本ば読みおらす。ほらあの、何ちゅうか、強か侍の、何じゃったけ、仇討の本。ほらあの荒木又右衛門てろん（とか）、宮本武蔵てろん、高田の馬場の堀部安兵衛の仇討。柳生十兵衛。侍の本ばかりじゃ。夜明けまでもちょくちょく電気のついとるもんな。昔ここらあたりのトノサンの末孫じゃったで、それできちんと坐ってそげんしたふうの本をば読ますとじゃろわい。

この病にならいてからもう、ばったり見やならんげな。絵のついた本ばひろげて、じいっと三分ばかり、にらむごつして、見とらるもんの、ゆらゆらばたっと打ったおれて、あきらめて、寝えとらす。

なあ爺やん、昔んごつ、かっきり時計の針のごとは、あんたが暮らしも、まわらんごつなってしもうたなあ。

仙助老人の小屋の庇にすむ娘のひとりが、父のひとりの酒宴が済んだところをみはからって、のぞきみると、彼は覚つかない手つき足つきで、裸電球を下ろし、端然と坐り、さし絵入りの荒木又右衛門か何かをひろげているが、両のまなこをおさえて、ばたりと引っくり返ったりするのであった。彼の発病は三十五年十月初旬である。

人びとは日々の暮らしのどこかがかすかに、たとえばほどけてゆくぜんまいのようになってゆくのを感じ、村の生活の中のごついネジのような存在であった並崎仙助老人のことを想い出した。彼はもう村の時計の役目を果たしえなかったのである。

私の生まれ住んできたこの地方には、酒を呑むよりほかに欲も得もない人間に関してひとつの表現がある。

「うっ死《ち》ぬときなりと色んよかごつ、みめんよかごつ、酒なりと呑まんば」

というのである。

八十年の生涯の並々ならぬ心情の曲折を今は知る由もない。三合の焼酎に酔を発して剣豪小説を読む。遂げられなかった彼自身のロマネスクの彩《あや》なる幻影の中で、ある夜ぽっくりと前かがみに倒れ、みめよい顔色のままに、舟板の破れでかこった小屋の壁にもたれて死んでいる。そう彼は願っていたのではなかったか。ロマネスク、というには、それはあるいは微意ともいうべき志であったかもしれぬ。

脳波測定器の針を額のあたりに幾本もくっつけられて、長く伸び、黒光りしている彼の全身を、電気の微動音の中で女房たちはしんとして見守っていた。老人はおおむね自若として瞑目していたが、ときどきその白く長い眉毛と、あしのうらがぴくぴく動くのだった。彼の番が終わり、仙助老は身づくろいをすますと、うやうやしく家の主である山本会長と、先生方と、女房たちにお辞儀をし、無言のまま帰途についた。

あがり框《がまち》をすべり下りたとたん、誇り高い彼の後姿が、ぐらりとかたむいた。水俣病特有の、失調性の歩行である。

臨時検診所であるこの山本患者互助会会長の家のすぐ裏は、水俣病集中多発地区である、茂道、湯堂、出月、月ノ浦の村落を、海岸沿いに貫いて、ちょうど、鹿児島から熊本に貫く国道三号線の改修工事がなされていた。彼は、掘り返されて海に落ちかかる土塊《つちくれ》の上を、国道三号線に並行している鹿児島本線の線路の方へ歩いてゆくのだった。線路の方にむいて歩いてゆくその歩行は、まるで進行方向とは逆にすべる、デコボコのベルトの上の歩行のように、なかなか前へ進まなかったが、彼はじつにゆっくりと熱心に、足をかわしていた。

沈みかけた不知火海の冬の夕陽の中に、老人の後姿を私がみたのは、それが最後である。

ふっくりとあざやかな色をした内臓のきれはしを解剖室にとどめて、彼の遺体を積み込んだ霊柩車が、うそ寒い水俣川の土手を走り去ると、同じくその川土手を、白い晴着をはたはたとさせて、笑いさざめく娘らの一団がこぼれるようにやって来た。それは、成人式帰りの娘たちの群であった。

仙助老人の死から二十日ほどした二月七日、ぬかるみの出月部落の国道三号線の上で、私はまたひとつの葬列に出遭うのである。

三十年四月、原因不明のまま発狂状態になり、熊本市近郊の小川再生院（精神科）に入院させられ、十年間家族のもとに帰ることなく死亡した荒木辰夫（明治三十一年生）の葬列であった。彼の発狂は水俣病と診定されたが、面会にゆく妻女をながい間識別できずに後ずさりし、夫の留守を守って必死に働いている彼女をかなしませた。

未完の国道三号線には、急激に増えた大型のトラックの列がうなりをあげ、わびしいこの葬列を押しひしゃぐように通りぬけ、人々の簡素な喪服の裾や胸元や、位牌にも、捧げられた一膳の供物にも、つぎつぎに容赦なく泥はねをかけてゆく。

私のこの地方では、一昔前までは、葬列というものは、雨であろうと雪であろうと、笛を吹き、かねを鳴らし、キンランや五色の旗を吹き流し、いや、旗一本立たぬつつましやかな葬列といえども、道のど真ん中を粛々と行進し、馬車引きは馬をとめ、自動車などというものは後にすさり、葬列を作る人びとは喪服を晴着にかえ、涙のうちにも一種の晴れがましささえ匂わせて、道のべの見物衆を圧して通ったものであった。死者たちの大半は、多かれ少なかれ、生前不幸ならざるはなかったが、ひとたび死者になり替われば、粛然たる親愛と敬意をもって葬送の礼をおくられたのである。

いま昭和四十年二月七日、日本国熊本県水俣市出月の、漁夫にして人夫であった水俣病四十人目の死者、荒木辰夫の葬列は、うなりを立てて連なるトラックに道をゆずり、ぬかるみの泥をかけられ、道幅八メートルの国道三号線のはしっこを、田んぼの中に落ちこぼれんばかりによろけながら、のろのろと、ひっそり、海の方にむけて掘られてある墓地にむけて歩いて行ったのだ。

ひととき、トラックの列が途絶え、小暗くかげった道の向こうはしに、雌雄判じがたい銀杏《いちょう》の古樹が、やはり根元からその幹に、いつからこびりついたともわからぬ泥をべっとりかさねて立っていた。茫々とともってゆくような南国の冬の、暮れかけた空に枝をさし交わし、それなりに銀杏の古樹は美しかった。枝の間の空の色はあまりに美しく、私はくらくらとしてみていた。

突然、戚《せき》夫人の姿を、あの、古代中国の呂太后《りょたいごう》の、戚夫人につくした所業の経緯を、私は想い出した。手足を斬りおとし、眼球をくりぬき、耳をそぎとり、オシになる薬を飲ませ、人間豚と名付けて便壺にとじこめ、ついに息の根をとめられた、という戚夫人の姿を。

水俣病の死者たちの大部分が、紀元前三世紀末の漢の、まるで戚夫人が受けたと同じ経緯をたどって、いわれなき非業《ひごう》の死を遂げ、生きのこっているではないか。呂太后をもひとつの人格として人間の歴史が記録しているならば、僻村といえども、われわれの風土や、そこに生きる生命の根源に対して加えられた、そしてなお加えられつつある近代産業の所業はどのような人格としてとらえられねばならないか。独占資本のあくなき搾取のひとつの形態といえば、こと足りてしまうか知れぬが、私の故郷にいまだに立ち迷っている死霊や生霊の言葉を階級の原語と心得ている私は、私のアニミズムとプレアニミズムを調合して、近代への呪術師とならねばならぬ。

とはいえ踵《かかと》のすりへった、特売場の私の靴は、ぬかるみを跳び渡ることもできず、バスに乗りおくれ、出月から二時間かかる水俣市内をつきぬけたはずれの、自分の草屋にむかってとぼとぼと歩き出した。並崎仙助老人の小屋のあたりでぞっと襲うような寒さで日が暮れ、風が出て、眼下にみえる新日窒工場の煙と灯りは、水俣市内にむかってまっすぐ横に流れ、海はまっ暗であった。このような夜、このような夜景をみおろしていた仙助老人は、工場というものを、文明、というふうに感じて眺めおろし、満足をもって暮らしていたかも知れなかった。

——時計は何のためにあるか。

そういって彼は、工場のサイレンに合わせて、唯一の私有財産ともいうべき枕時計のネジを巻いたのである。

超合理主義者にみえなくもなかったその生涯といえども、終始添えられていた彼の含羞をおもえば、切りおとされたみずからの内臓のはし切れを、解剖室にとり残して、火葬場につれさられるがごとき死をむかえねばならなかったとは、彼としては末期《まつご》の不覚であったにちがいない。新日窒水俣工場の有機水銀は、彼の晩年ともその死後とも決してなじむことのできない因果関係を残したのである。

――水俣病のなんの、そげん見苦しか病気に、なんで俺がかかるか。

彼はいつもそういっていたのだった。彼にとって水俣病などというものはありうべからざることであり、実際それはありうべからざることであり、見苦しいという彼の言葉は、水俣病事件への、この事件を創り出し、隠蔽し、無視し、忘れ去らせようとし、忘れつつある側が負わねばならぬ道義を、そちらの側が棄て去ってかえりみない道義を、そのことによって死につつある無名の人間が、背負って放ったひとことであった。

第二章　不知火海沿岸漁民

舟の墓場

昭和三十四年十一月二日朝、夜来の雨が、ぱらぱらと落ち残っている水俣警察署前から、水俣市立病院通りの舗道に、不知火海区漁民、約三千人が、ぞくぞくと参集しつつあった。

水俣警察署は、水俣市（人口五万）を貫流する水俣川の、下流にかかる三本の橋の、いちばん上手にかかる水俣橋のたもとに在り、その水俣警察署前からやや下り坂に約二百メートルゆけば、水俣市立病院前となるのである。

市立病院も舗装されたばかりの道も新しく、漁民たちは、濡れ光っている真新しい舗道の片側にぎっしりと坐り込みながら、自分たちの前をそそくさと通り抜けてゆく市役所職員たちや、出前持ちや、それから、のぞき窓の深い警察署やを、面映《おもは》ゆげにちらちらとみあげていたが、市民たちの目に、漁民たちのその姿は、澎湃《ほうはい》とこのような小さな田舎の街にも起こりかけていた安保反対の、あの何か品のいいデモ隊（新日窒肥料工場労働者を主とし、失対労働者、教職員組合、市役所自治労働組合、電通、全逓の組合、歌声、文学サークル等で組織されていた水俣地区安保条約阻止共闘会議）の姿とは非常に異なる大集団にみえ、それはデモ隊というより、大請願団、と呼ぶにふさわしかった。

思いつめた沈黙を発して坐りこんでいる人びとが、押し立てているのぼり旗や、トマの旗には、

「俺たちの海を返せ！」

「俺たちの借金を返せ！」

「工場排水を即時停止せよ！」

などと書いてあったが、なかでもきわ立ってまっさらな白い吹き流しに、

「国会議員団様大歓迎!!」

と大書した幾条《いくじょう》もののぼりは、追いつめられた漁民たちの心情をよく表わし、のぼりの下には、白髪よぼよぼの老漁夫や、髪をのばしかけた少年漁夫や（彼は所在なさにモモ引きぱっちのポケットからあの、ゴム銃を、雀や犬の尾っぽや鼻などをおどろかすあの、木の股にゴム紐をくっつけて小石をはじく玩具をとり出して遊んでいた）、ネンネコの中でむずかる赤んぼをずりあげずりあげ、首をめぐらして口うつしに飴をしゃぶらしている主婦も交り、地下足袋や、ゴム皮の草履をつっかけているものもあったが、男女に限らず、素足にすりきれた下駄ばきの者が多かった。

舟の上ではおおかた伝統的なはだしで働く人々が、「国会議員団様大歓迎」のために浦々から参集した日の、任意でにぎやかなそのはきものと素足を、私は今もまざまざと思いだすのである。

人びとは陸路をとって漁協のトラックからも降り立ったが、おおかたは漁協別に船団を組み、工場排水口のある水俣湾の百間沖や、丸島湾、水俣川河口の八幡湾付近に、久しくひるがえしたことのない大漁旗を、のぼり旗とともにひるがえし、エンジンの音を響かせて上陸し、港付近の住民たちを驚かした。港付近の人々は、そこが漁船の入る港であったことを、忘れはてていたのである。人びとはそのようなエンジンの音を何年ぶりかで聞いたのであり、そこが漁船の入る港であることを思い出したのであった。

不知火海区の漁民たちは、上陸しようとして、みるも無惨に打ち捨てられた水俣漁協所属の船たちをみて、胸をつかれた。

住む人を失った家が、加速度的に廃屋《はいおく》と化すように、船主を半年間も乗せずにいる舟というものは、たとえそれが、伝馬舟《てんません》のような、一本釣の舟であろうと、たちまち、舟自体が具えている生気や、威厳を失い、風化してゆく。まして、水俣湾のさまざまの異変を、漁民たちが気づきはじめてから、あの、夏のボラ漁の、糠の話が持ちあがってから、六年も経っており、実際上の操業不能から、まる三年も経っていたのであった。

引き綱をながくのばして、つながれている舟という舟の舳先《へさき》は、じっさい、だらりとのびているようにみえ、舟板は割れたように乾《ひ》ぞり返り、満足な姿の舟はただの一艘《そう》もなかった。なかには船体自体が、ある夜、ばらりと解けほどけたかとみえるほどに、風化解体の凄まじい進行をみせている新造船もあったのである。

百間港も、丸島湾も、水俣川河口の八幡の波止も、港はそれら打ち捨てられた舟の、墓場と化していた。

それら、ほとんど残影にひとしく解けほどけかかった無人の舟たちが黒々と、水先をわけてはいって来る不知火海沿岸漁協の船団が立てる朝波にまつわりつき、ゆらゆらとあふりやられて道をあけるありさまは、屈強な漁師たちにも、

「朝っぱらから、気色の悪か夢のさめんごたるありさま」

であり、

「背中から汗のひく舟の墓場のごたる景色」

であり、

「いんま（そのうち）、もうじき、自分どんが船も港もこげんしたふうになる」

と思われ、

「ものいえばおとろしかごたる気のして、なるだけそっちを見らんごとして、気が急《せ》いて上陸したばってん、あげんした気色で水俣に上がったこたなかったばい。昔はあんた、八幡さんの祭じゃの、為朝さんの祭に灘《なだ》の上同士で呼び合うて、船団仕立てて、もう、いっぱい機嫌になって、一村中押し渡りよったけん。港に入る時や、昔は太鼓三味線、それからはスピーカーをわんわん鳴らして打ち揚がりよったもんな。水俣病が出る前までは……」といい、

「自分たちの漁場の異変に気をとられて、話にゃなんのかんの水俣のことは聞いとったが、いっときの間に、幽霊船の港のごつきゃあなって、ガックリきたのなんの。背中から汗のすうっとひくごたる、うち交った心持ちの中に、今日は国会議員の衆の、東京から来てくれらすちゅうことで、押し渡って来たっだけんと思いなおして景気をつけて……」あがったが、「自分たちの墓ば見るごたる港」と人びとは思った

のであった。

港というものは、どんなに早くとも、朝もやの立つ舟の上に人の影があり、人の声や櫓の音や、エンジンを起こす音がする、つまり朝もやをかき立ててあける港の活気というものがあるものなのに、その頃、水俣の港や波止の朝は、風化解体してゆく廃船だけが、むなしく波にゆられ、人の影とては、こわれ舟に子どもらが乗って遊ぶ昼間ならとにかく、めったにあるはずもなかったのである。

不知火海区漁協の人びとは、水俣湾の潮の道先に当たる、鹿児島県長島の漁民たちのことを思い出していた。長島の漁師たちは、かねがね、漁の休みに、

「百間の港に、舟をよこわせ（憩わせ）とけば、なしてか知らんが、舟虫も、牡蠣《かき》もつかんど」

といいあっていたのである。

半農半漁の多い長島の漁民たちは、漁の休み、すなわち農繁期になると、実際に七、八年前から、わざわざ持ち舟をまわして、百間港につなぎ放しにしていた。次の漁期までに、漁師たちが必ずやっておかねばならぬ仕事に、舟の底を焼く仕事がある。舟の底に性こりもなくくっつく牡蠣がらや、藤壺の虫を落とすためである。陸にひきあげた船体を斜めに倒し、舟底に薪をくべ、舟火事にならぬように焼き落とさねばならない。簡単だが、やろうとすれば面倒なのだ。

その手間をはぶくために、わざわざ百間の港まで、持ち舟を連れて来て、置き放すというのだった。きれいさっぱり、虫や、牡蠣殻が落ちるというのだ。百間の港の「会社」の排水口の水門近くにつなぎ放してさえおけば、いつも舟の底は、軽々となっている、というのであった。

わたくしは、あの糠《ぬか》の話を、水俣の夏の、漁はじめともいうべき、ボラ釣りの、糠の話を、思い出した。

昭和二十七、八年頃から、水俣市を中心に、隣接、芦北《あしきた》郡津奈木《つなぎ》村、湯浦《ゆのうら》、佐敷《さしき》、そして鹿児島県出水《いずみ》、大口一帯の精米所に、糠が、麦の仕上げ糠がなくなった、という噂を、百姓たちが、笑い話にしていた。鶏の飼料のことから、精米所の親方たちが、

「どういうもんじゃろ、この夏は、ボラがいっちょもおらんごとひんなっとる（一匹もいなくなっている）げなばい。そってあんた、網元の親方どんたちが、血眼《ちまなこ》になって、糠の買い占めしよるちゅう話ばい。麦の仕上げ糠はもうどこをこさいだちゃ（かきあつめても）、いっちょもなか。そりゃあよかばってん、銭ばいっこう払うてくれんでな、困ったもんじゃが」

といっていたのである。

水俣の漁業のなかでも、ことに夏のはじめからしかかるボラ漁は、特徴的なものとされていた。梅雨《つゆ》になって、海にかすかな濁りの入る六月から十月末まで、百間沖の恋路島《こきしま》と、鹿児島寄りの茂道の鼻の坊主《ぼうず》ガ半島を結ぶ、その坊主寄りの、「はだか瀬」のまわりを、テント屋根を張った水俣漁協の船が、五十杯ほども、ぐるりととり囲む形で、いっせいに、ボラ釣りを開始する。〝釣り〟でやらぬ他の舟は、ボラ籠を仕立てて、漬けてまわるのである。

ボラ釣りには、麦の仕上げ糠を熱湯でこねて、蛮やさなぎや油を加えて調味し、針を含ませてだんごに作り、餌とする。

籠の中にも、工夫した味のだんごを入れておく。

餌のつくり方には一軒一軒の秘法があって、餌の工夫と、くじで定めた釣りの場所と、腕が、一致すれば、その夏一番の獲り手にだれがなるかと、漁師たちは競いあうのであった。

しかし、いくら工夫して糠のだんごをやっても、さっぱりボラは寄りつかなかった。ボラが、かかり出すときは一人では間に合わない。家族じゅうが食事をとる間もないほどつぎつぎに引くから、糸で指の関節が切れるほどにかかってくるのである。

籠でやるときも、入りのいいときは、半径一メートルぐらいの金網の中に、どうして入ったかと笑い出したいほど、ボラたちは、押しあいへしあいして、ぎっしりとつまり込んでいるのだった。それはそっくり、「銭」にみえるのである。

その年からしかし、小規模の家で二十俵、網元では、四百、五百と糠を使ってみても、さっぱり手応《てごた》えはなかった。

水俣ばかりでなく、津奈木の漁師たちも、「今年のボラ漁では、糠の借金の上に、夏じゅうの人間の食い扶持《ぶち》がそっくり借金になってしもうた。こういうことは、親の代から聞いたこともなかったが、ボラはよそさね、移動したかねえ」などといぶかっていた。

漁師たちは、この頃いわれはじめていた、全国的な、沿岸漁業の不振を、ボラの減少に結びつけて、いくぶん、時事評論ふうに、話しまぎらわしていたのである。

事態はしかし、目にみえて、急速に、進行しつつあった。

ボラのみならず、えびも、コノシロも、鯛も、めっきり少なくなった。水揚量の急激な減少にいらだった漁師たちは、めいめい、無理算段して、はやりはじめていたナイロン網に替えたりしたが、猫の育たなくなった浜に横行するネズミに、借金でこしらえたせっかくのナイロン網を、味見よろしく、齧《かじ》られたりする始末であった。

この頃、わたしの村の猫好きの老婆たちは、茂道や月ノ浦あたりじゃ、何べんくれてやっても、猫ん子が育たんげなばい、くれ甲斐もなか、と、いいあっていたのである。

網を繕《つくろ》って沖へ出る漁場の、百間港を起点に、明神、恋路島、坊主ガ半島と結ぶ線の内側の水俣湾内は、網を入れると、空網で上がってくるのに、異様に重たく、それは魚群のあの、ぴちぴちとはねる一匹一匹の動きのわかるような手応えではなかった。

網の目にベットリとついてくるドベ（泥土）は、青みがかった暗褐色で、鼻を刺す特有の、強い異臭を放った。臭いは百間の工場排水口に近づくほどひどく、それは海の底からもにおい、海面をおおっていて、この頃のことを、漁師たちは、

「クシャミのでるほど、たまらん、いやな臭いじゃった」

と、今でも語るのである。

芦北郡津奈木村の漁師たちは、

「夜の海に出て、灯ばつけて。夜漁《よぶ》りですたいな。その夜漁りに出て、目鏡《めがね》でのぞきながら、銛突きをやるです。すると、海底の魚どもが、おかしな泳ぎ方ばしよるですたい。なんというか、あの、芝居で見る石見銀山《いわみぎんざん》、あれで殺すときなんかそら、小説にも書いてあるでしょうが、ほら、毒のまされてひっくり返るとき、何とかいうでっしょ。テンテンなんとか、それそれ、そのテンテンハンソク。そんなようにして泳ぎよったです、魚どんが。海の底の砂や、岩角に突き当たってですね、わが体ば、ひっくり返し、ひっくり返ししよっとですよ。おかしか泳ぎ方ばするね、と思いよりました。

そしてあんた、だれでん聞いてみなっせ。漁師ならだれでん見とるけん。百間の排水口からですな、原

色の、黒や、赤や、青色の、何か油のごたる塊りが、座ぶとんくらいの大きさになって、流れてくる。そして、はだか瀬の方さね、流れてゆく。あんたもうクシャミのでて。

はだか瀬ちゅうて、水俣湾に出入りする潮の道が、恋路島と、坊主ガ半島の間に通っとる。その潮の道さね、ぷかぷか浮いてゆくとですたい。その道筋で、魚どんが、そげんしたふうに泳ぎよったな。そして、その油のごたる塊りが、銛突きしよる肩やら、手やらにひっつくですどが。何ちゅうか、きちゃきちゃするような、そいつがひっついたところの皮膚が、ちょろりとむけそうな、気色の悪かりよったばい、あれがひっつくと。急いで、じゃなかところ（別のところ）の海水ばすくうて、洗いよりましたナ。昼は見よらんだった。

何日目ごしかに、一定の間ばおいて、そいつが流れてきよりましたナ。はい、漁師はだれでん見とる。それがきまって夜漁りのときばっかり。

あん頃の海の色の、何ちいえばよかろ、思い出しても気色の悪か。ようもあげんした海になるまで、漁に出てゆきよったばい。何かこう、どろっとした海になっとった……。いったい、あん頃、何ば会社は作りおったっですか。ドベのゆたゆたしとる海ば、かきわけてゆくと舟もドベで重かりよったです。気色のわりい品物ば流しよったばい。儂《わし》どんがごたる頭のカンポス（空っぽ）にゃ、何じゃろいっちょも解らんばってん、あぎゃん品物ば、早よ、大学の先生たちに採ってやって、見てもらえば、よかったろて。馬鹿ん知恵は後からちゅうもんな。

会社は、へっちゃ（すぐに）排水ば、熊大にやりおらじゃったちゅうが、そげんじゃろ。排水口に番人つけて、盗られんごつしとったもん。儂どんが、どしこでん、盗ってやっとじゃったて。浮いて流れ出す先までは、番人つくるわけにはゆきみゃあもん。

いやあ、あん頃、儂どんも百間港さねゆきおったですたい。そっであの辺のこた詳《くわ》しかばい。地先権？　もちろん密漁にゆくとですたい。内緒たい。こっちの海にも、魚はちょろっともせんごつなって仕方なし、せっぱつまって。あそこは工場排水もあるがやっぱり魚も廻ってゆくとですな。魚の溜りのごたる風でよそよりゃ居りよったばい。そん頃水俣ン者はもう獲りよらんじゃったもん。

そんかわり猫ヤツがごろごろ舞い出して、うったまがった（驚いた）なあ。あすこの魚は利けたばい。てきめんじゃった。死んでしもうて。すぐに人間もなったし。タレソ鰯がよう利いた。

それからこっち、もう行かん。うちの部落で死んだ大将は、打ち殺しても死なんごたる荒《あら》しか男じゃったですが。十一月二日のデモのときは、その大将が一番のりして、会社の正門にかけのぼり、会社が開けんのを内側に飛びおりて開けた男でしたが。デモ隊が会社にはいれたのはあの篠原保がおかげでしたもん。それが、アウ、アウちいうて、モノもいいきらん赤子んごてなって、あの大将がころっと二週間ばかりでうっ死んだ。ショックじゃったばい。あげんして死んだちゃ情《なさけ》なか。死んでも死にきれんじゃったろと思うたなあ――。かかも子もどげんなるな。こらもう、網売ってでも、舟売ってでも、土方してでも、生きとらにゃとおもうて。もう魚は獲るみゃと思うたが、ここらあたりに銭仕事《ぜんしごと》は無し。沖の方さね目はゆく。はがゆさ、はがゆさ。

はい！　デモのときぁそれでいちばん先になって行ったです。何に当たろかい、会社に当たらんば。水俣の者じゃなし、会社に世話ばしなっとるごて。儂どんが大将じゃったばい」

右のような、水俣湾の状態の中で、昭和二十五年から二十八年まで、四十八万九千八百キロあった水俣漁協の水揚量は、三十年には三分の一の十八万三千七百キロに減少、三十一年には、さらに十一万千九百キロと激減した。

網についてくるドベの工合からみて、漁民たちは、湾内の沈殿物は三メートルはある、と推測していたが、後にくる国会調査団も沈殿物を三メートルとしている。この頃になると、湾内の死魚や生魚の浮上はさらにはなはだしく、月ノ浦方面の猫は、舞うて死ぬ、という噂は、かなりの市民が耳にするようになるのである。

海底に沈潜していた水俣湾の異変が、その目もりを、そっくり岸辺の地上に現わすように、沿岸漁家部落には、すでに水俣病が、発生しつつあった。

水俣病を最初に発見したのは、先に記したように当時水俣市に在住していた、新日窒肥料工場附属病院長、細川一博士であった。

水俣病の発端と、細川博士については、現代技術史研究会の『技術史研究』（第二十八号）富田八郎の「水俣病」の記述が適切であり、引用する。

――細川氏は――すでにその前年までに、数年を費やしてこの地方に散発するリケッチャ病の一種である腺熱の疫学的研究を、熊大の河北教授と協力してまとめたところであり、当然この地方で普通に起こる病気には精通していた。したがって昭和二十九年に、最初の水俣病患者が日窒病院に入院し死亡したときに、その症状が、これまでまったく知られなかったものであることをカルテに記載している。つづいて30年にも1名を発見し同様に記録しているから、31年5月1日に4名の患者が日窒病院を訪れたとき、事件の重大さにただちに気づいた。症状に一部日本脳炎と似た点もあり、熊本県はポリオの多発地帯でもあり、衛生学的な対策を立てるために、保健所に連絡をとった。ここから以後長期にわたる日窒病院と保健所の見事な協力関係が生まれるのである。

31年5月28日には、保健所、医師会、市、市立病院、日窒病院の五者で対策委員会が作られた。この委員会で、各開業医の古いカルテを調査する一方、細川博士をはじめとする日窒病院の内科の若い医師たちは、患者の看護のかたわら患者の住んでいた月ノ浦、出月、湯堂地区の現地調査を開始し、数カ月ののちには、この地区の全世帯の年齢構成表を作りあげてしまうほどの綿密な調査を行っている。この調査の間に、どんどん新しい在宅患者が発見され、事件はますます大きくなっていった。——

水俣病の発生およびその進行途次において、医師および学者として、細川氏がその高潔迫力ある人格を貫き、卓越した調査研究を続行せられたことと、附属病院の本家である新日窒水俣工場がみせたあらゆる態度とは、そのあまりにも見事な対比は、今となっては、それぞれに古典的な意味さえ持つのである。

当時、調査の結果、確認せられた患者数は、28年1名、29年12名、30年9名、31年32名、（この後31年度は続いて、11名発生）、計54名が、自己診断名で、中風、ヨイヨイ病、ハイカラ病、気違い、ツッコケ病などといぶかられながら家々の深くに発病していたのであった。このうち死亡者はすでに17名に達していたのである。

患者たちに共通な症状は、初めに手足の先がしびれ物が握れぬ、歩けない、歩こうとすれば、ツッコケル、モノがいえない。いおうとすれば、ひとことずつ、ながく引っぱる、甘えるようないい方になる。舌も痺れ、味もせず、呑みこめない。目がみえなくなる。きこえない。手足がふるえ、全身痙攣を起こして大の男二、三人がかりでも押えきれない人も出てくる。食事も排泄も自分でできなくなる。という特異で悲惨なありさまであった。このとき、対策委員会のあとを引き継いだ熊本大学病院院長の勝木司馬之助教授は、患者たちを診たときの印象を「ヘレン・ケラーの三重苦に加えて、おそらくは治る見込みのない四重苦の人たち」と、痛苦に満ちた言葉で評している。

病状が固定したかに見え、死をまぬがれた人びとも、さまざまな身体的障害や、精神障害を残すことがあきらかとなってきた。

患者集中部落は軒並みに続く病人や葬式や、消毒や、白衣を着た先生方の出入りでおびえていた。さまざまな噂が流れ、それを裏づける現象が起きていた。

水俣湾百間港付近を漁場とする漁村部落に集中発生していた水俣病患者は、工場が八幡地区水俣川河口排水口を変更しだした三十三年を越えると、河口付近の八幡舟津から遠く北にのび芦北郡津奈木村に発生、さらに拡大発生するきざしをみせた。水俣川河口から北にのびる芦北郡沿岸は、かねがね水俣川の氾濫期に上流からの漂流物が打ち揚げられるコースである。水俣漁協と新日窒工場、そして水俣鮮魚組合にしぼられ気味であった紛争は、対岸の天草を含む不知火海沿岸一帯漁協の問題ともなってきた。三十二年四月組織された熊本大学医学部を中心とする文部省科学研究所水俣病総合研究班が、三十四年七月、中間発表として、本病の原因と考えられるのは「水俣湾でとれる魚介類にふくまれるある種の有機水銀が有力である」と発表、浄化装置なしに、種々の有毒物質をふくむ汚水を流出する、新日窒水俣肥料工場による湾内の汚染を指摘したが、このことは必至的に、不知火海岸全域の、漁民生活の逼迫《ひっぱく》を招いたのである。

右発表後ただちに水俣市内鮮魚小売組合が、「水俣の漁民が獲った魚はぜったい売らない」と声明、この声明は漁民たちの生活にとどめをさした。漁場を失い続発する患者を抱えた漁民たちは代表を選出し、たびたび新日窒工場に補償要求を出したが、工場側は熊大説を否定、水俣病と工場廃液は関係ないとして、漁民たちを、もちろん患者たちをも、無視しつづけてきたのであった。

鮮魚小売組合が出した声明は皮肉な結果となって現われた。市民たちは「当店の魚は、遠洋ものばかりです」と貼り紙を出した店を、逆に恐れて、寄りつかなくなってしまったのである。罐づめや、肉の値上がりが、すぐ主婦たちの話題となった。

漁業組合と、鮮魚組合のデモ隊がかちあって、ケンカになったなどという噂が流れた。

熊本から来た客に、内海でとれるはずのないまぐろの刺身をとって出したのに、水俣病を恐れてどうしても箸をつけなかった、という話が悲喜劇ふうに話された。このような形で、水俣病問題は、水俣近辺町村のみならず、不知火海沿岸全域住民の蛋白源と、漁民の生活権など社会問題としてようやく表面化した。なかんずく患者発生の続く漁家を抱えた水俣漁協所属の漁民たちの生活は極度に逼迫し、網を売り船を売り、借金を抱えぬ者とてはなく、その日の米麦にもこと欠く家が多かった。昭和二十八年末に公式第一号患者が出てからさえ、すでに六年を経、右の状態は、放置されていた。

この年、三十四年の盆の大潮に、ついぞないことに、沖の磯に棲むはずの、チヌ、アジ、ボラ、スズキ等の成魚たちが、うろうろと水俣川河口の枝川である私の家の前の溝川に上がってきた。

潮の上下する合間を喜んで水遊びする幼児たちが、難なくこれを両手でとらえ抱えあげたが、母親たちは、川口にある「大橋」付近でもっと大量の魚たちが異様に腹を返して浮游《ふゆう》し、死んでいるのを見聞きしていたので、気味わるがって、これを捨てさせた。川向こうの、漁家部落、八幡舟津に、すでに六十九、七十、七十一、七十二人目と水俣病が出ており、遠い茂道、湯堂、月ノ浦の、猫おどりの話として、なかば笑い話にしていた奇病が、新しく設置された八幡大橋付近の、新日窒工場の、排水口の鼻をつく異臭と、たちまち排水口付近で浮上し出した魚群と、そこに波止を持つ舟津漁民の発病をみて、私の部落でも現実の恐怖となった。舟津の患者たちのすべては、魚を売りにきたりして、こちら部落に顔見知りの人びとであった。

八幡大橋付近から遠浅に潮が引けば、水俣川川口からひろがる干潟《ひがた》の貝は口をあけて死滅し、貝の腐肉の臭気と排水口の異臭とのいりまざった臭いが、海岸一面に漂っていた。

私の村の日窒従業員たちは、八幡排水口が設置される直前から、「排水口ば、こっち持ってくるけんね、こっちの海もあぶなか。もう海にゃゆくな。会社の試験でも、猫は、ごろごろ死によるぞ」と、家族たちに、「秘密ぞ」と前置きしていいつけたが、秘密というものは伝わり易いものであり、それは村中に知れ渡ってしまったが、魚や貝類の死滅するのを目の前にして、潮干狩り好きの農民たちも、これでぴたりと、盆の潮干狩りをやめてしまった。烏まで、目をあけたまま、海辺で死につつあったから。

八幡排水口付近にこの前々年夏にかけられた「大橋」の上は、この頃、新しい橋と、「奇病魚」を見物にくる人びとで賑わった。

人びとは、目の前で流れおちる工場排水を鼻をつまみながら指さして眺め、川の表面から底の方まで厚みをつくって、のたうちまわっては白い腹をみせて浮きあがったりする大小無数の魚のむれを、思案げに眉を寄せて眺めていた。

大橋の欄干に顎を乗せて、ずらりと並んでいる人びとの話題は、たとえば、こんな話であった。会社、附属病院で、水俣病の試験猫を、一匹二、三百円に買い上げるので、さっそくひと儲けやらかした人物がいるというのである。彼は夜陰に乗じて、野良猫かられっきとした近辺の飼猫までひっさらい、麻袋に入れて売ったはよかったが、自分の嫁御の猫まで売ったので、わがかかから慰藉料を請求されている、というのであった。

市民たちのひとり残らず、なにか重厚な空気に犯されていた。今にもどこか、なにかが深い根元からひき裂けそうな緊張に、人びとは耐えていた。

昭和三十四年十一月二日

十一月二日朝、どしゃぶりのあけた水俣の朝やけはほの熱かった。遠い、音ともいえぬどよめきが、空の仄《ほの》かな紅の中に、ひろがるのを私は感じ、かっかと逆流しだした血脈のようなものに乗って、私は家を飛び出した。

はだらな陽が、さしのぞいたり、かげったりしていた。

後列に当たる漁民たち、市立病院前あたりに坐りこんでいる人びとの方から、突如、言葉にならぬ歓声が上がった。静かな大集団の面上をさっと喜びの色が走った。十一時前後であったろうか。

「国会議員さんたちの来らしたぞお——」

人びとは実に嬉しげに、そうささやきかわしたのである。人びとに交って私も走った。

「国会議員団様」なる人びとを見るのは、実に至難なことであった。何しろ二千人あるいは四千人といわれた大漁民団や、報道陣や、野次馬の中に、その人びとは囲まれていたのであるから。ジャングルのような人びとの足を押しわけて私はほぼ前列に近いところまで進み出ることができた。

陳情やデモというものがいかなる形で行われるか、それがどう受け入れられるか、しかと見とどけねばならない、と私は考えていた。

このとき、私が人びとの背後から、伸びあがり伸びあがりして、目撃し、強く印象づけられている陳情は、今にして思えば、不知火海区漁協の人びとのそれではなく、水俣病患者家庭互助会の代表者たちであったのである。

不知火海区漁協（八代、芦北、天草各漁協）の大集団は、水俣病患者家庭互助会代表と、国会派遣議員団十六名、その他県議員、水俣市関係者等々を十重二十重《とえはたえ》にとりかこむ形でこれを見守っていた。

ことがらの推移をみて、私はこの日、「国会議員団様方」に陳情するのは不知火海区漁協の人びとのみならず、水俣病患者家庭互助会もその企てを持っていたことを首肯《しゅこう》した。

水俣病患者家庭互助会代表、渡辺栄蔵さんは、非常に緊張し、面やつれした表情で、国会議員団の前に進み出ると、まず、その半白の五分刈り頭にねじり巻いていたいかにも漁師風の鉢巻を、恭《うやうや》しくとり外した。すると、彼の後に立ち並んでいる他の水俣病患者家庭互助会の人びとも彼にみならい、デモ用の鉢巻をとり払い、それから、手に手に押し立てていたさまざまの、あののぼり旗を、地面においた。

このことは、瞬時的に、水俣市立病院前広場を埋めつくしていた不知火海区漁協の大集団にも感応され、あちこちで鉢巻がとられ、トマの旗が、ばたばたと音を立てておろされたのである。

理想的な静寂の中で、渡辺さんの次に進み出た小柄な中年の主婦、中岡さつきさんがとぎれ勝ちに読みあげた言葉は、きわめて印象的であった。大要次のごとくである。

「……国会議員の、お父さま、お母さま（議員団の中に紅一点の堤ツルヨ議員が交じっていた）方、わたくしどもは、かねがね、あなたさま方を、国のお父さま、お母さまとも思っております。ふだんなら、おめにかかることもできないわたくしたちですのに、ここにこうして陳情申しあげることができるのは光栄であります。

……子どもを、水俣病でなくし、……夫は魚をとることもできず、獲っても買ってくださる方もおらず、泥棒をするわけにもゆかず、身の不運とあきらめ、がまんしてきましたが、私たちの生活は、もうこれ以上こらえられないところにきました。わたくしどもは、もう誰も信頼することはできません……。

でも、国会議員の皆様方が来てくださいましたからは、もう万人力でございます。皆様方のお慈悲で、どうか、わたくしたちを、お助けくださいませ……」

彼女の言葉に幾度もうなずきながら、外した鉢巻を目に当てている老漁夫たちがみられた。人びとの衣服や履物や、なによりもその面ざしや全身が、ひしひしとその心を伝えていた。

日頃、〝陳情〟なるものに馴れているはずの国会派遣調査団も、さすがに深く首をたれ、粛然《しゅくぜん》たる面持ちで、

「平穏な行動に敬意を表し、かならず期待にそうよう努力する」

とのべたのである。

陳情団代表の人びとも、これをとりまく大漁民団も、高々とのぼりをさしあげて、国会調査団にむかっ

て感謝し、陳情の実現を祈る万歳を、力をこめてとなえたのであった。

なるべく克明に、私はこの日のことを思い出さねばならない。

漁民団の陳情をうけ終わった国会派遣議員調査団は、このあとさらに水俣市立病院の二階会議室において、水俣市当局に、水俣病の発生と経過、およびこれに対して市当局がとった処置等につき、種々の質問を発した。

現役海軍中将上がりのわが水俣市四代目の市長中村止氏のこれに対する応答ぶりは、陽やけした頬をけずり、まなこおち窪ませている漁民たちや、まして、この会見のさなかにも、この二階会議室の隣の水俣病特別病棟内で、身体の自由を失い、押さえがたい全身痙攣のためベッドから転がり落ち、発語不能となり、咽喉を絞り唇を動かしても、末期《まつご》に至るまでついに、人語を以てその胸中を洩らすことかなわなかった人びとが、ま新しい病室の壁を爪でかきむしり、〈犬吠えようの〉おめき声を発していたそのこころを代弁するには、はなはだ心もとなかった。

いや、しかし、市長ならずともまさかこのような形に、水俣病事件がその表皮を破りかけて拡大潜行しつつあるとは、水俣市民の誰もが気づくはずもなかった。前年の昭和三十三年二月、社会党系対立候補橋本彦七氏を市長選に破って、第四代水俣市長に就任した中村止氏は、任期半ばにして病にたおれ、〝助役市政〟などといわれたが、考えてみれば彼とても、水俣病の甚大な被害者であったにちがいないのだ。

ものものしく居並んだ国会調査団の質問は、ほとんど、詰問というに近かった。

世界にも類例なしという前代未聞の有機水銀大量中毒事件の、今や渦中の人である水俣市長は、カメラの放列の中で、ほとんど自失しているかにみえ、その語尾はかすれがちであった。

明治世代でなくとも、兵隊好きの多い郷土が生んだ元海軍中将閣下といえば、それ相当に、中村氏はひとかどの人物であったにちがいない。

しかし、退役後、〝東京の新興洗濯機メーカー下請会社社長〟におさまっていた氏が、水俣市長選の、革新系、橋本彦七候補の対立候補として、――自民党諸公に引き出され、ひょっくり勝ちに市長になってしもうたはよかったが、水俣病事件で、さんざんの目にあわされたロボット氏――という揶揄《やゆ》は別として、このとき、わが水俣市長は、郷土軍人出身の出世頭の中将閣下、という気鋭の前歴にもかかわらず、気の毒にも老いじわみ、片欠けた内裏雛《だいりびな》のように、いちだんとまた細まったかにみえるうなじをたてたまま、蕭々《しょうしょう》とした孤絶の中にいるようであった。

水俣市長中村止氏はこのとき、被害民、もしくは水俣病患者たちが追いこまれていた状況と心情を、もっとも重層的に体現していたにちがいないのだ。ききとりがたいことを呟いて、ぽとりぽとりとまばたいている彼の顔には、もはや言語における表現力は消滅していた。会場は報道陣も入れてざわめいていたが、市長の坐っている椅子のあたりはぽっかり沈んだ深海のようだった。彼のヒトリゴトは、沈黙だけがしんしんと降りつむ海底から浮上する、一掬《いっきく》の水泡のようなものだった。このとき底ごもるあの最大多数派無権力細民の側に彼も分化、遊離されつつあったのではあるまいか。

民意を担いあっているということにおいて、一方は一地方行政の、一方は国会の、相反映する権力同士の対面ながら、私はこの会見場に、国家権力対無権力細民、という想定図が重なりみえて仕方なかった。

平時であれば、詰衿黒サージの服でも似合いそうな、実直冥々とした村役場の書記ふうに、小柄なこの老紳士は、人口五万の水俣市四代目市長を、平穏泰平につとめ上げたにちがいなかったのである。

国会議員調査団の矢継ぎばやな一方的詰問に、想いくぐもり、ついに言葉を失ったかにみえた水俣市長の応対は、もちろんこれを補佐し、それなりに実状の一端をのべえた市当局関係者も布陣されていたわけであったが、見ようによれば、この水俣市にとっての歴史的会見図は、当時、未曾有の有機水銀大量中毒事件をかかえて、水俣市が逢着していた、困惑、混乱、苦悩、そして事態収拾への、たどたどしいながら精いっぱいの努力、あるいは破綻を如実に表わしていた。


今考えて、ほんに残念と思うのは、原因もわからんじゃったせいもあるが、正式には三十一年四月に奇病の発表があったわけですが、こうなるまで、患者も漁民もほったらかしじゃったことですよ。実質的な発生は二十八年暮ですから。

月ノ浦におかしか病気の出とるという。だんだん、だんだん出てきて三十一年には四十三名になった。えらい出るもんね、こりゃおかしかぞ、こりゃ議会でも、対策委員つくってやらにゃ、なんかえらいことになるぞ。はじめは議員連中も笑い話にしよったです。猫の話のありよったでっしょが。それで、なんかそりゃ、祟《たた》っとたい、ちゅうふうで。ところが衛生課に、その猫ば片っぱし、連れてくるごてなって——熊大へ送るためですな——わしどんも寄って見よったですたい。

くりくり、くりくり舞うかとおもうと、アレたちが、こう、酒に酔うたごつして千鳥足で歩くとですよ。だんだん舞うのがきつうなる。後にゃですね、ああた、鼻の先で、鼻の先ばっかりで逆立ちせんばかりして舞うとですよ。地《じだ》ば鼻でこすって。それで、どれもこれも、鼻の先は、ちょろりとむけよったですよアレたちは。

たまがって現地さね行たてみる。現地でもそげんしよる。もちろん人間もなっとる。こらやっぱり魚ばい、と誰でんいちばんにおもうたですな。漁師の家ばっかりでっしょが。それが次々出る。原因なわからん。薬も注射も利《き》けん、病院としても、お手あげちゅうでしょうが。こらえらいこてなるぞ、早よ対策委員つくってどげんかせんば、ちゅうことじゃったです。

だいいち、患者家庭はまあ、何といったらいいか、底辺家庭が多かったし、そうでなくても、家の働き手がやられとる。一軒で三人、四人と出た家もあるとですけん。市としては生活保護出さにゃならんとですよ。第一こげん出ては養いもきれんごとなったわけですよ。三十三年は七十名超えてきたですから。もうわれわれ水俣だけじゃどげんもならん。いっちょ政府か県にお願いして、援助方をですね、陳情せにゃならん、という気持ちに、われわれ議員も全部ならざるを得ない。まあ、だいたい保守も革新もなかったですな。こらおおごてなるばいと誰でんおもうた。せっぱつまっとった。それで三十二年に、第一回の対策委のメンバーこしらえて、上京して、厚生省にですね、行ったわけです。

ところが、厚生省あたりじゃ誰も知らんとですよ。水俣ちゅうても、水俣ちゅうとこはどこにあるかい、ちゅうふうで。九州の片田舎で、地図を出して、どこにあるや、ちゅうふうで。しかもその水俣のうちでも、とっぱなの局部のですね、月ノ浦、湯堂、茂道ちゅうても、問題にもされんわけですたい。てんで、うっちゃわん（相手にもしない）。きいてくれても、東京弁の鼻声で、あ、そうか、そうか、ちゅうふうで、ききながしじゃったわけですよ。

馴れん田舎者がですね、第一どこに、誰にききに行けばよかか、いっちょもわからんとですけん、最初のうちは……。最初から県に行ってきけばよかったかも知れんが、病人などんどん出る。始末はしきれん。みんな頭に上がっとるですけん、尻に火のついとる気持ちで、県ば飛び越えて、厚生省あたりをうろうろしとった。

あとでこれが、県にいわずに行ったちゅうことで事後処理をしてもらう段になって、県が感情的になりましたが、県も、水俣病のことは早よから熊大でわかっとったわけですけん、自分たちが先に行政指導ばしてですね。やってくるる気にもなってよかわけですよ。県の対策委も、こっちから頼んでやっと、つくってくるるごたるふうしとったくせして。

第一回目のメンバーで、東京にゃ行ってくるばってん、何の効果も上がらん。いっちょ奇病対策委ば替わってみゅうかい、ちゅうことになって、三十四年三月に、奇病委ば替わって、わしゃ、そんときメンバーになったですたい。自民の藤川氏が委員長で、わしゃ社会党で副ということで。

厚生省に行ってみると、「魚の有毒化したのを食わんようにするのは――大体三十一年には魚を食うてなるとわかっとったですから――うちの仕事ですが、それから先の魚の販売のことは、農林省の管轄です」という。じゃ、こういう毒魚、いや何か知らんが、工場があって汚水を流すから、流れんごとしてくれ、取り締まってくれと、厚生省の環境衛生あたりでいえば、「それはもう通産省の管轄だ」という。結局どしこ行っても、これは農林省、これは通産省、たとえば、水俣病の研究費のことをきけば、それは文部省という工合で、いざもらう先は大蔵省ちゅうし、馴れん田舎者がですね、五つの省にまたがって、廻される始末でした。

それで、われわれも、どげんすればよかか考えつめて、国会議員に、頼んでみゅう、ちゅうことになった。がさて、こんだは社会党だろか自民党にいうたもんじゃろか、いちおう迷うたですよ。われわれ田舎市会議員とちがうわけですから。参議院じゃろか、衆議院じゃろか、ちゅうふうで。どっち行きゃ早よ事情が通じるかと。

するうち森中さん（熊本県選出参議院議員）が何かのことでちょっと帰って来たので、何さま現地ばみてくだはる、と頼んで見てもろた。森中さんも見てみて、こら大へんぞ、ちゅうことで、参議院でやってくれることになったらしいが、なかなか、ハッと判ってくれんらしく待ち長かったですな。

そして、とにかく熊本県選出の代議士全部にまず来てもらお、ちゅうことになったが、渡りをつけるのにみんな苦労したですよ。あれがやっぱ邪魔になるとですな、保守革新の色わけが――。まあそんなして、やっと代議士連中頼んで、各省の局長クラスの責任者ば寄せてもらうことになった。

衆議院の会館に寄ってもろうて、そこで、やっと、はじめて、実状を聴いてもらうことができたわけですよ。

それでまあ、局長たちも、どうなりこうなりですね、のみこめたごたるふうで。それじゃ、政府の調査機関として、正式に、厚生省からも出そう、通産省からも、経済企画庁からもゆこうという。われわれとしては、口でいくら話してもわからん、水俣に来てはいよ。とにかく来て、見てさえもらえば、あぎゃんしとる患者たちは、見てさえくれれば、人間ならばですね、見過ごしにゃできんじゃろ、という気持ちじゃったです。くれん銭も、くれるじゃろと。どうでもこうでもまず来てくれることを、お願いしたわけです。

それで来てみて、彼らも、うったまがったわけですね。十一月一日に熊本に来て、県の対策委員に事情をきいて、二日にこっち来た。てんやわんやですたい。市長はほら、頭の弱かったでっしょが。熊本での、調査団の県に対する態度みとって、われわれ水俣から行っとる者は、心配でたまらんとです。県がさんざんおごられよるでっしょが。何ば今までしとったかちゅうて。

こりゃ明日、せっかくこれまでにこしらえてですね、水俣に来てもらう段になってですね、調査団の心証ば害するちゅうことにでもなれば、これまでの苦心が水の泡でっしょが。連中はやっつくるのは専門じゃし、きびしかったですよ。ミスでもして、すげのう帰られでもされれば、まったくこれまでの苦労が水の泡ですけん。心配でならん。

こりゃしっかりせにゃいかん。市長は調査団の先導もせにゃならんし、ムリしよる。何どころじゃなか、あわてて、晩になって雨のどしゃぶりしよる晩でしたが、水俣さね帰ってですね、今の助役の渡辺さんをたたき起こす。そんとき総務課長でしたけん。渡辺さんも心配して待っとらしたですたい。市長から何かいうてありましたか、ときいたです。いえ、まだいうてなか。そらいかん。連中はきびしかですよ。明日はなにさま、リッパなアイサツば市長にしてもらわにゃならん。いっちょわれわれで、水俣市として調査団ばリッパに迎える、アイサツば考えまっしゅ、ちゅうて、アイサツの草案の文章ばですね、二人して一生懸命考えてですね、つくりあげたのは夜あけですよ。どろころ（もたもた）しとれば水俣の恥ですけんな。あれしこの連中が政府から来るちゅうことは、水俣はじまって無かこっですけん。

それぞれの役目ばほかのもんたちも分担して、十一月二日の朝ばいよいよむかえたわけですよ。はじめ、市役所で会見するはずが、市立病院前の広場がよかろう、ちゅうことになって、変更されたのですが、そんときもう、例の、不知火海区の漁民の連中が、警察の前から、市立病院の前、そるからズーッと先まで、ダーッと坐りこんどる。

うったまがったな。あれしこの漁民が、めんめんにのぼり旗立てて来とるでしょうが。天草のなんのからまで来とる。調査団がくることは、あんとき、漁民には知らせてなかったっですがね。いついつ、どげんどげんして、ききつけて集まったっですかね。われわれ、アンポなんかのデモはやっとったが、雰囲気のちごうとる。まあ、はじめ、坐りこんどるときは非常におとなしかったですね。それが、ああいう騒動になった。――

農民出身の社会党市会議員、広田《ひろた》愿《すなお》氏は、そんなふうに、往時を回顧する。旧水俣川がまだ、今の市立病院敷地の底を流れていたころ、その下流の河原にあった広田氏の家は、白壁土蔵造りのがっちりした農家であった。今でも白壁土蔵造りにはちがいないが、年月にさらされて、いちだんと草深く、壁も落ちているが、ざっくばらんな土間を入ると、みがきこまれたいろりがある。

背広を窮屈そうに着て、あがり框をあがったり、自転車に乗ったりするときの彼の腰つきは実にあの百姓腰そのままで、この社会党農民議員氏は市会議員になりたての頃、畑仕事着と地下足袋姿のまま議会へ通っていたので、人びとに愛されていた。

肥桶をかついで畑にゆく途中――あいた、しもうた、たしか今日は市会の日じゃなかったけないい――と思い出す。こらしもうた、日和《ひより》ばっかり悪かもんじゃっで、かぼちゃの床に気い奪《と》られて、まちっとで市会のことはうち忘るるところじゃったばい……。それから肥桶を下ろし手を洗い、腰の手拭いで拭きながらのしのしと出かけてゆく。農作業の暦の中に市会の日付けをそんなふうに組み入れてゆく。

国会派遣議員調査団が来る前夜、彼が、「明日は市長に、水俣市としてリッパな挨拶ばしてもらいまっしゅ——」と渡辺総務部長と考えたとき——崩れかかった突堤を走りまわり、ごうごうと漲《みなぎ》って満水しつつある川面をみつめ続けてきた出水時のあの、村々に生き続けてきた水門見まわり世話方たちの気持ちが、一種の戦慄を伴って満ちきたっていたにちがいない。瞬時を見過つことなく、水門を切っておとせば、氾《あふ》れおつる濁水は潮のゆたかにひきあう力に呑まれて、水も田も、郷中ことなきを得る。

どこやら浪花節めかぬでもない彼の回想談にはしかし、いったんことある場合の、百姓の一心こめた祈念と闘志のようなものがこめられていて、わたくしは心うたれて聴いたのであった。

市会議員として当然、氏は常に自分の票数への怠りない関心をしめしていたが、それは作り出した自分の農作物の市場価格に対する関心に、ほぼ相似たものであり、それがまず、農民である彼の政治参加への基底核であろうと、私は納得がいったものである。

水俣とはいかなる所か。

九州、熊本県最南端。不知火海をへだてて天草、島原をのぞみ、明治世代にいわせれば、東京、博多、熊本などと下ってくる中央文化のお下《さ》がりよりも、直結的に島原長崎を通じ、古《いにし》えより支那大陸南方および南蛮文化の影響を受けた土地柄である、という。

鹿児島県に隣接し、天気予報をきくには、鹿児島地方、熊本地方、人吉地方をきいて折衷《せっちゅう》せねばならない。薩摩入国が厳酷であること鳴りひびいていた幕藩体制の頃も、薩肥藩境の農商民たちは、ひそかに間道を共有し、かなり自由に出入し、商いを交わし婚姻を結び、信教の自由をとり交した形跡がある。

延喜式（延喜五年——西暦九〇五年——）に、水股《みなまた》に駅家置かる、とはじめて記録され——。

天明三年古川古松軒『西遊雑記』によれば、

――薩摩米之津より肥後水俣まで三里半、此間に国界の標木双方より建、鹿児島札の辻まで三十六町道にて二十六里三十町、熊本札の辻まで二十五里二町九間、肥後侯の番所は袋村といふに在り。往来人をさして不改、さつまの番所にては旅人の改めむつかし。しかれども間道、抜道いく筋もあれば肥後の水俣、佐敷の商人、薩州への往来はみな抜道を入るといへり。

水俣は求磨《くま》郡より幾谷川となく北流落合ふ所なり。大概の町場に一村門徒宗にてよき寺院ある処なり。此節雨ふらずして井水もなきくらひにて数十箇村中合せて雨乞あり。

土人のうはさをきけば竜神へ人柱をたていけにへを供すと云。珍らしき事なれば一見せんと思ひ、其地に行見るに海岸にかけ造りの小屋をたて、藁にて長一丈ばかりの婦人の形をつくり、紙を以て大ふり袖の衣裳をきせ、それに赤きもやうを画き、髪は苧を黒く染て後へ打乱し、さて村役人、社人、巫女、見物人彼是《かれこれ》数百人群衆し、其の中の頭と覚しき社人海上にむかひ、至て古き唐櫃《からびつ》のうちより一巻を取出し、高々とよみあげし事なり。

その祭文の文章甚埒《らち》なき事ながら、かな書きの古文書と思はれ侍りしなり。

其後は太鼓を数々たたき、大ぜい同音に唱へるには、

竜神、竜王、末神神《すえかみがみ》へ申す、浪風をしずめて聞めされ、

姫は神代の姫にて祭り、雨をたもれ雨をたもれ、

雨がふらねば木草もかれる。人だねも絶へる。

姫おましよ、姫おましよ。

かくのごとく入かわり、入かわり雨の降るまでは右の通に唱へて雨ふる時かの藁人形を海へ流す事なり。

右文句を高声にいふ時に傍よりひやうしをとりいかにも、いかにもと云ふ。土人の物語に二百年以前には数十カ村の娘を集めてくじを取らせ、くじにあたりし姫は右のごとくして海に入れしと云ふ。辺鄙の地にはいろいろのをかしき事もある事にて古しへの事を伝へてうしなはず右祭文の文章聞なれぬ文多かりし、故に写しとらんと土人に頼みしに急にして調はず、あまりに古雅なる雨乞ゆゑに、聞流し見捨てにせんも心残りにて見る人の笑にもならんかと爰に筆を費しぬ。

――とある。

文政元年、頼山陽は水俣亀嶺峠に登った。

　一嶺㆓蟠四国㆒。　瞰視万山低。　雄抜者五六。
　指点自不㆑迷。　桜嶽在㆓吾後㆒。　依依未㆓分携㆒。
　阿蘇在㆓吾面㆒。　迎笑如㆓相徯㆒。　温出与㆓霧嶠㆒。
　俯仰東又西。　何図九国秀。

亀嶺峠付近からは縄文土器や石器が出土する。

水俣市市勢要覧をひらけば、扉のみひらきに定着したように、徳富蘇峰《そほう》、蘆花《ろか》の兄弟と、日窒の創立者、野口遵《じゅん》の写真がのっている。

明治言論界の巨魁《きょかい》徳富蘇峰が、晩年のまなこをいよいよけぶらせて、故山の小学校に詠い贈った、

　矢筈の山の空の色

月ノ浦わの波の音
清くさやけき水俣の
吾らは行かん人の道
延喜の御代に世に知られ
昭和の御代に名に高き
清くさやけき水俣の――（水俣第一小学校校歌）というときの清くさやけき水俣は、たとえばわたくしたち昭和初期の幼童が、まだズボンもスカートも知らず、膝ぎりの素袷の足を、高々と踏みあげて棒切れをかつぎ、行進曲風にうたいあるいた、日窒水俣工場歌（中村安次作詞、古賀政男作曲）、

矢城の山にさす光
不知火海にうつろえば
工場のいらかいやはえて
煙はこもる町の空
わが名は精鋭　水俣工場

という歌の、幼な心の記憶にさえ、何か晴々とさわやかな新興の気分が、煙はこもる町の空、という歌詞のあたりにあったのである。

徳富蘇峰作水俣第一小学校校歌と、水俣工場歌に、いかなる形にもせよ、故旧の念《おも》いを抱かざるをえないわが郷党たちは、市勢要覧の見ひらきページが、いみじくもあらわしているように、郷土出身である徳富蘇峰と、東京から、人口一万五千、戸数二千七百そこそこの水俣村にやって来て、日本窒素肥料株式会

社を創立した野口遵を、潜在恣意《しい》的に接合させることによって、おのずから草創の志となしてきたのにちがいない。

明治四十一年、その草創期のくさびを水俣村に打ちこんだ野口遵の日窒は、戦前、いわゆる新興コンツェルンと称せられた企業系列に、野口遵の日窒系、鮎川義介の日産系、森矗昶《のぶてる》の昭電系、中野有礼《うれ》の日曹系、大河内正敏の理研系などというふうにならべられて発展するが、村の唯一の産物であった塩が、専売制施行によって壊滅しかけていたあとを、工場設置によってよみがえらせようとしていた村民エリートたちは、土地買収運動の合間に、胸寛《くつ》ろげて碁をうちあったりした、若干三十五、六歳頃の、東京帝国大学電気工学科出の、〝和製セシル・ローズ〟(松永安左ェ門評)的人物を、いささか脂っこい世直し大明神として、いまだにまぶしみなつかしむこと、きわまりもない。

工場の煙をいまなお、桃桜の里の新興の気分としてゆめみつづけている世代が、あまたいるとしても不可思議ではない。

経済学用語ふうにいえば〈労働者階級に寄生する資本〉といえども、わが農民的市民派たちは、これを、同じ土壌に棲みついた共同体の新しい成員、というふうに迎えいれ続けてきていたのであった。

村民たちの共同体意識とは、数々の工場誘致運動を試みながらそれが実現を見ず、いまなお新産都市への夢を捨てきれずにいる熊本県の後進意識を、三太郎峠のむこうのこととしてながめ、横井小楠実学党直系徳富淇水《きすい》、蘇峰、いささか毛色は違うにしても、蘆花の父子、その他いずれにしてもこの家系を始祖にめぐるずば抜けた明治日本のリーダーたちの、その出自にもっともかかわり深い土地柄という正統派意識を持ちながら、その上に日本化学産業界の異色コンツェルン日窒を、抱き育ててきたのだという先進意識が幻想的保守の心情となっているのである。

いまなお水俣村桃源郷世代のエリートたちが「蘇峰サン、蘆花サン、順子サン（竹崎順子）」と実に気易げに日常呼びならべる歴史的人物名の中に、「ジ､ュ､ン､サンが――」とひときわまなこほそめて、馴れ親しむ語調に語るのは、野口遵氏のことなのである。

この、うららかな共同体意識はしかし、おのずから日窒の企業意識とは、別箇のものであることはいうまでもない。

しかしながら、明治四十年の村予算、二万一千百四拾六円と、みなまた郷土史年表（寺本哲往著）にあり、水俣病が公然と社会問題になった頃の昭和三十六年度市勢要覧の、市歳入予算四億八千百参拾六万中、税収入二億一千六拾万、うち日窒従業員源泉徴収約二千万、法人市民税日窒分一千八百万、固定資産税約六千万、電気ガス税一千四百八拾万、都市計画税二百八拾万、計、日窒関係だけで約一億一千五百六拾万とあるのをみれば、昭和二十四年に市制発足した水俣市の経済的基盤が日窒とともにあることもまた事実である。

その他、産業別人口のうち製造業四千四百六拾人中、日窒従業員三千七百、余の製造業従事人口はその約80%が、日窒下請工場か関連産業の従業員数であり、水俣市の全人口は五万弱である。

三十六年度市勢要覧にわずか百五拾九人に減少している漁業水産就業者人口は、一本釣、地曳《じびき》網、ぼら、いか籠、磯刺網、等の沿岸漁業であり、水俣病発生以前の漁業世帯数は三百拾八世帯であり、漁獲高の激減と、自主的操業停止により世帯数は百六拾八と半減しているのである。漁獲高についていいえば、昭和二十五年から二十八年平均、拾二万二千四百六拾貫の水揚量が順年毎に減じ、漁民暴動の前年昭和三十三年には、十分の一に足りぬ一万五百九拾五貫となっていたのであった。

空へ泥を投げるとき

昭和三十四年十一月二日、国会派遣議員調査団と水俣市当局との会見は、大要右のようなことを含めて、情景を判断せねばならないのであった。

会見が終わりに近く、わたくしはだれかが、たぶん新聞記者が、「不知火海区の漁民たちが、水俣工場正門前広場で、総決起大会をやる」といったのを、小耳にはさんだ。

市立病院前広場の横の芝生はまだ湿りをおびていたが、漁民たちはその上に坐り、アルミ箱や握りめしのべんとうを食べ終わり、中にはほんのりと酒気の匂いをさせて頬を和《なご》めている漁民も見受けられた。

このことを後日、直後に起きた工場乱入に引っかけて、〝酒気を帯びた漁民もいて暴れた〟というようなニュアンスで「不謹慎きわまる」ととがめた新聞もあったが、わたくしにはそうは今もって思えない。漁民たちの中に酒を呑んでいたものはたしかに私も見受けたが、石工や馬方や牛方や、百姓や、そして漁師が、仕事のあがりや仕事のやすみに、一杯の〝だれやみ(疲れなおしの酒)〟をすることはまことに昔ながらのことであり、そしてまた、よその土地に舟を揚げて行くことがあり、そこに親しげなうどん屋や、せいぜいオムライスくらいが最上の食堂があり、まして一合コップ一ぱいくらいの焼酎をそこで飲ませてくれるとしたら、店のおねえちゃんでもちょっとからかいながら、これを飲まぬという法があろうか。水俣に〝国会議員団様〟を迎えに行ってきた、という土産話もはずまぬではないか。

午前中の陳情により、国会議員団も、漁民たちに深々と頭さえ下げ、「ずいぶん苦労をしてこられたと思うが、これまでの平穏な行動に敬意を表し、自分たちも国会に帰り、せいいっぱいの努力をするからご安心下さい――」というような意味のことをいってくれたのである。

積もる苦労が今日でむくわれたような気がする。代議士さん方が大勢来てくれて、誓ってくれたのだから。漁ができなくなって久しく、水俣に来るにも乏しい小遣いをひねくりだして持ってきたが、陳情がきとどけられた祝いに子どもにキャラメルくらいは買って帰り、コップでいっぱい前祝いにきゅーっとやり景気をつけて、工場正門前までいっちょデモろうではないか。俺どもは労働者とちごうて、かねてはストもなあんもせんとじゃけん、今日がはじめの最後だけん、いっちょ水俣ン衆のたまがらすごと景気つけて、デモちゅうものをして並うで行こうじゃなっか――。

そんなふうに、目元やさしくほんのりしている漁師をみて、わたくしも心和む想いであったのである。

デモ隊は先頭の方に若者たちを編成したが、遠まきにしている市民の目を意識した若い漁夫たちは、しきりにテレて仲間をどなったり体をこすったりしていた。隊列が動き出すと、自然足弱なネンネコに赤んぼを入れた主婦だの、老漁夫だのが後尾となった。ねじり鉢巻をしているが相当な齢の〝とっつぁま〟といった感じの漁夫は、不運にもそのチビた下駄の鼻緒を切らし、片方を下げて歩き出し、やがてしてはだしとなり、両方の手にそれをぶらさげて最後尾を歩いていた。デモ隊の足音は、多彩で任意な履物《はきもの》のため、あの労働組合のデモ隊のサッサッサッという靴音とはまったくちがい、なかなかにおもむきのある足音であった、この音は、道行く市民や、市内商店街の興味をいちじるしくひくことになった。集中する視線の中を、羞らいさえ浮かべて、この異色ある大集団は行進して行ったのである。

デモ隊は、〝六っ角〟を通り、〝新道路〟を通り、その最後尾は、昭和町の電報電話局前にあった。ここまで来れば、右手目前に、散在する家並みの間の新日窒水俣肥料工場がみえかくれするのである。隊列の長さを推しはかれば、最前列はとっくに工場正門前に着いているはずであった。昭和町に入る前に、前列の若者たちがあげるらしい、わっしょ、わっしょという声が聞こえ、おくれがちになるネンネコの主婦に気をとられていたわたくしは、思わず彼女とほほえみ交わした。デモ隊と少しはなれた市民の列を私は歩いていた。

しかしこのとき、右手前方の、家並みの後の湿田をへだててめぐる工場排水溝の、それにへだてられている内側の工場の方とおぼしきあたりから、遠く騒然とした定かならぬ物音を、わたしはききとめた。後尾にいた人びともわたくしも、歩くともなく止るともない間、足をとめたようであった。人の叫びあうような、何か金属物をたたくような、物を投げてぶっつかる音のようでもあり、それはただならぬ形容しがたい気配であり、デモ隊は前列にむけて走り出していた。

そこから二百メートルも小走りにゆかぬうち、右手視界はすっかりあけ放たれ、新日窒水俣肥料工場のタンク群が見えるのである。凄まじい物音や声がしていた。道路はそこで、右鍵の手に、工場に隣合う水俣第二小学校と、その手前にある新日窒工場労働組合事務所の方に通じる道を接合している。この道に来て、どぶどぶと赤や緑色に濁っている工場排水溝を、もし飛び渡ることができれば、そこは工場内敷地の芝生であり、目の前に入り組んでうなりを立てている配電線やタンクが見上げられるのである。

ここまで来て、一瞬にわたくしは事情の大半を察知することができた。空耳かと思った物音が、目でとらえられたから。小学生たちが道に走り出てくる。人びとが走ってくる。

芝生のこちらへぱらぱらと、男女工員たちが逃げてくる。

漁民たちは左手正門から乱入しつつあった。石を拾い、事務所とおぼしい窓に投げている。それはなんと壮絶な破壊音だったろう。叫び声。窓に飛び入る。窓の内側から、椅子が飛び出した。机も。それをかかえあげて、排水溝めがけて投げ入れる。事務所横にならべてある自転車も。

こんちきしょう！　こんちきしょう！

こげん溝！

うっとめろ！

うっとめろおっ——

そう漁民たちはいっているのだ。怒髪《どはつ》天を衝《つ》く、といったような顔だ。まっ赤であるか、まっ青な顔をしていた。

工員たちは——芝生のこちら端にきてかたまり、立ちすくんだり、しゃがみ込んで、頭を抱えていた。溝をとび越えられぬ工員たちは排水溝のこちらにつめかけた市民の垣とにはさみ打ちになったようなおびえた姿になった。

工場のまわりの道路は、たちまち物音をききつけて走ってきた市民でぎっしりになった。

まさにこれはあの〝打ちこわし〟にちがいない。彼らは窓をこわすと、窓わくを手にしてそれで椅子をたたき、机をたたき、自転車をうちたたいているのだった。工場従業員たちを追いまわしながら、

「代表ば出せ、やい、いちばんえらか奴ば出せ！」

とどなっている。

逃げまわる工員たちを追っかけて打つ、ということはなかった。

〝見物人〟たちもすっかり昂奮していた。漁民たちが、溝の中に、テレタイプや、ソファを投げこむのをみて、

「やったぞ!」

どっとどよめいて喜色にみちた声をそう上げるのは、魚屋たちかもしれなかった。

背負い帯もなしに、小さな方を背に、大きな方を手にひいた、若い母親は、背中の赤んぼながら溝に落ちこむようにして踏んばり、人々に押されながら、窓わくが飛び、机がこわれ、その破壊音がするたび、

「ああ、

とうちゃんの、ボーナスの減る。

ボーナスの減る!

やめてくれーい!」

と叫ぶのであった。彼女は日窒工員の妻にちがいない。

工場内に入っているのは、あのテレ屋の先頭部隊のようであった。後半は門の外に残されていたのである。彼らは非常に怒り狂っていたが、一定の行動半径を保っているようにみえた。

たとえば工場正門に、昨日か、今朝がた、しつらえられたかと思われる、真新しい鉄条網があり、漁民たちの怒りはこの鉄条網や、それから工場排水溝、それから工場の利潤をあらわすもの、計算機や、帳簿類により集中的に暴発しているようであった。えっえっとしゃくりあげるような声をあげて下駄をふみ切ってはだしになり、そのはだしの足で地団駄をふんで泥をかきあつめている(石が無くなったので)若

者たちは、チラチラとぐるぐるにめぐらされてうなっている配電線にかこまれた塔や巨大なタンク群を見あげはしたが、そばにはよりつかなかった。

水俣工場正門前、というより鹿児島本線水俣駅前広場において、不知火海区漁協組合三千余人はこの日、国会議員調査団への陳情を終えたあと、総決起大会をひらき、水俣工場責任者に会見を申し入れ、決議文を手渡すはずであった。

漁民たちは午前中の陳情からみて、情況は一歩前進したと判断していた。

しかしその数日前、水俣漁協組合員に暴れ込まれた工場は、不知火海漁協が正門広場に到着する目の前で、鉄条網の補強工事をしており、門を閉ざし、会見に応ぜぬそぶりをみせたのであった。このことは先頭にいた者たちをいちじるしく刺激し、屈強の者たちが激昂して門をよじのぼり、内側からこれをひきあけたのであった。触れれば飛びあがりそうに、彼らの心も暮らしも追いつめられていたのである。

排水溝に沿った飲食店や安カフェの裏窓や、屋根や、そのような家々のあいだの湿田や窪地の塀を押し倒して刻々とふえる群衆は、そのまま電信柱や青桐の枝にびっしりよじのぼった。

工場の隣の第二小学校では低学年の下校時であった。

「オーイッ、生徒はかえれ、生徒はかえれ、踏み殺さるっぞ」

と若い魚屋の兄ちゃんふうがねじり鉢巻で両手を拡げ目をむいて叫んでいた。排水溝の最前列から絶えず、

「押すなーっ、押すなーっ、ひっちゃいくるぞおっ（落ちるぞう）」

という怒声があがり、群衆はそのたびに巨きくうねりながら野次ったり、けしかけたり、歓声をあげたり、おびえたりした。屋根の上のカメラマンたちをみつけて漁民たちは、

「やっ、カメラッ、カメラッ、会社のイヌぞっ、警察ぞっ、打ちおとせっ」

と口々にいいながら石を投げた。群衆と漁民たちとのエキサイトはしかし長くは続かなかった。群衆はだんだんと観衆になってゆきつつあったから。

群衆の心はそのまま内側の漁民たちに感応されているようだった。ひとあたり正門付近の本事務所、特殊研究室、守衛室、配電室等になだれこみ、手あたり次第に電子計算器やテレタイプをたたきこわしてしまうと、漁民たちは何をしてよいかわからないようにみえた。裏門あたりから逃げおくれた従業員たちは、おそらく漁民たちがこわがって深入りすることができない精密工場の奥や配電線の奥に退避しているのにちがいなかった。爆発すれば八里四方は吹っ飛ぶという伝説が信ぜられている巨大なタンク群の間へは漁民たちは入ってゆかなかった。工場敷地の縁をそっくりそのままあらわす排水溝の縁にところどころ張られている金網越しに、ほぼ三メートル幅の溝を経めぐってそのような漁民たちの動き一切は古代円形劇場さながらに観衆の目に丸見えであり、手持ち無沙汰になってゆく漁民たちの姿はまさに袋の中に追いこまれた鼠だった。

この騒乱のさなか、表通り、駅前表通り、すなわち大群衆の重なりあった背後の道路をかきわけて「国会議員団様方」のタクシーの列が連なり通って行った。百間港から船で、水俣湾をめぐり、湾内の実態調査をやり、「奇病部落」をみ、湯の児温泉へ向かったのであるという。

ほぼ小一時間前、水俣市立病院前での感動的な陳情場面をみていたばかりのわたくしの目には、流血事

態が激発している現場を突破していった音もない車の列は、非常に奇異なことどもとして心にのこった。漁民たちは自ら傷つき、つかれ、そして孤独な眸をしていた。

午後二時半、空はうっすらとくもり、雲は千切れ千切れにはやくとんだ。

武装した県警機動隊の到着は機敏きわまった。灰色がかった紺色の統一された武装集団。肩の破れた半端なアンダーシャツや木綿縦縞の半切りを着て先ほどからの奮闘で胸もとけほどけ破れ下がっていたりする漁民たちのなかに、到着したトラックの中からばらばらとこの武装集団が飛び込んで行ったとき、それは黒いひとつの染色体のようにみえた。

圧倒的に漁民たちの数が多かったが、鉄カブトと警棒を構えて進む機動隊のその色は不気味であり、あきらかに漁民たちはひるんだ。ひるんだあまりに一群の漁民たちは、通信車ともみえる小さなジープをとりかこみ、ゆっさゆっさとゆさぶりをかけて、乗っていた機動隊をおっぱらい、ジープをひっくりかえしてしまった。それは市民たちの前にはじめて姿をあらわした機動隊でもあった。

警職法反対デモ、安保反対デモ、のあいまに、デモ隊の人びとがややのんきそうな口ぶりで噂をしあっていて、「どこかで訓練を受けているそうな」といわれていた機動隊が、青黒い服装をまとってはじめて大きな装甲車からばらばらと降り、市民の前に姿を現わしたのであった。

水俣騒動の背景（十一月四日『熊本日日新聞』）

衆議院の水俣病調査団が水俣市に着いた二日、不知火海沿岸漁民約二千人と警官隊三百人が新日窒水俣工場で激突、漁民の血が、警官の血が流された。問題は漁民と工場の関係だが、この最悪事態は避けられなかったのだろうか。（M）

○真っくらな工場の構内で、無気味な漁民の喚声と怒号がきこえ、無数の石が警官隊に投げかけられた。この日の漁民の第二波攻撃だ。頭を割られた警官がよろめきながら何人か記者の前をかけ抜ける。〝署長がやられた〟〝救護班はどこか〟こんな叫びが交さくする。〝突っこめ〟の号令で漁民のなかにコン棒をふりかざした警官隊がなだれ込む。先頭にいた漁民が棒でたたかれてノビる。それを足でケル。一瞬現場は修羅場と化した。何がかれらをそうさせたか？　この責任はどこにあるか！

○この日の朝、数十隻の船団を組んで百間港に上陸した天草、芦北、八代などの不知火海沿岸漁民約二千人は、水俣市立病院前で国会調査団を〝万歳〟で迎え、村上県漁連会長、岡全漁連専務らから陳情したが、そのさい調査団の松田鉄蔵団長（自民）は〝みなさんがこれまで不穏な行動をとらなかったことに心から敬意を表する。私たちはこのみなさんのまじめさに応えたい〟とあいさつした。しかし松田団長がいった〝おとなしい漁民〟はその直後、工場側に激しい攻撃（第一波）をかけたのだ。工場のある職員は〝無秩序な暴徒だ〟とさえ憤っていた。

二人の漁民が検束された。第二波は検束者奪還のための漁民と警官隊の乱闘だったのである。

○漁民の計画では、大規模なデモで調査団に漁民の窮状を印象づけるはずだった。水俣駅前で総決起大会をひらいたあと、西田工場長に決議文を手渡せばそれでよかった。だが、調査団への陳情のあと、昼食のさい酒気をおびた漁民は総決起大会をそっち除《の》けで約半数の千人が正門から工場内になだれ込み、正門近くの守衛室や本事務所の工場長室、会議室、電話交換室、電子計算機などを破壊、その勢いで東門まで走り、特殊研究室や配電室などをこわした。損害は約一千万円にのぼったもようだ。

漁民が総決起大会をせずに工場になだれ込んだことについて、漁民のリーダーとなっていた竹崎芦北漁業長は〝制止する暇もなかった〟という。

いっぽう警察側は〝これが実はデモ隊の隠された予定の行動ではなかったか〟とみる。行動が偶発的なものにしろ、計画的なものにしろ水俣騒動の一つの原因は指導者の統率力の不足にあるといえそうだ。

○しかし問題の本質はむしろ他にある。水俣病対策が今日までほとんど放置された状態にあったことがこの事態をまねいたといえよう。一日熊本県議会の本会議場でひらいた衆議院調査団と関係者の公聴会の席上、調査団側は県の怠慢を激しく追及した。寺本知事が就任後はじめて水俣病の現地をみたのも、何と調査団が水俣に行く一日前だった。また公聴会で中村水俣市長は工場が水俣市に占めるウェイトや患者家庭の長欠児童の状態などについて満足な説明もできなかった。調査団の一人として帰熊した坂田元厚相も〝この問題では関係各省が敬遠しましてね〟と述懐している。〝誰もかれもが漁民を見捨てていたのだ。少なくとも、誰もこの問題に真剣に取り組んだものはいなかった〟というのはいいすぎだろうか。二日の不祥事件の責任はこのような行政当局の無為無策にあるといえよう。二日夜、旅館でこの事件をきいた調査団は〝やはり来るものが来た〟という表情だった。

○この日の事態収拾に当った荒木、田中両県議は〝もう当分大衆動員はするな〟と漁民代表を説得したという。しかし、漁民の生活に何らかの支柱が与えられない限り、不祥事件はくり返され、漁民の血は流れるだろう。この日漁民が数十人、警官が六十数人、工場側が三人、血を流したということにこりずに……。

県警、きょう態度をきめる（十一月四日『朝日新聞』）

二日の水俣事件について水俣署内に設けた警備本部では、三日朝から同工場内外で実況検分を行なったあと、高橋県警備部長、柿山水俣署長らが意見を交換、報告書をつくったが、四日朝は上原県警本部長、高橋警備部長を中心に捜査方針などを決める。

県警備課の見解では、暴力行為、建造物不法侵入、器物損壊、公務執行妨害などの罪名で捜査、検挙となろう。問題は証拠で県警本部では八ミリ、十六ミリ撮影機や写真機を動員したが、投石などの妨害にあい、果たしてどれほどこれが役だつか分らないという。

公務執行妨害などは普通現行犯で逮捕しているのだが、岩下水俣署次長は漁民を説得中、漁民側からなぐられアゴに二十日間の重傷を負いながら犯人を逮捕しなかった。「事態の収拾を第一に考えたから、涙をのんだのだ」という警官もいるが、「びしびし逮捕すべきだった」という意見も部内にある。

この日の乱闘で先頭近くにいて工場正門によじのぼり、内側から門を開いたという芦北郡津奈木の篠原保はそれより一週間ほどして激しい水俣病症状をあらわし、一カ月あまりで死亡した。

「ダイナマイトを抱いて工場と心中する」と漁民たちは公言するようになる。陣内社宅（工場幹部社宅、水俣市でのいわゆるハイ・ソサエティ）の夫人たちは漁民の襲撃をおそれて避難態勢をとっているという噂が流れた。
十一月四日夜、水俣市公会堂において新日窒従業員大会が持たれた。発起人、鬼塚義定、五島春夫、村越典夫名でビラがまかれた。

〝我々は暴力を否定する‼

工場を暴力から守ろう〟

という趣旨で、市公会堂をぎっしり埋めた従業員たちはむしろ被害者は自分たちではないかという不安を著明にした。前日の騒動で猛り狂った漁民からなぐられたり、自転車を排水溝にぶちこまれたり、どさくさに机の中の金品を紛失したりした従業員たちがこもごも登壇し、

「これまで自分たちは工場側とは別に患者に見舞金を送ったりしてきたのに、こうした暴力にあえば工場擁護のために実力も辞さない」

といった発言があるたびに、会場がどよめく拍手が起きた。

師走《しわす》の風が冷たくなりそめる工場正門前のアスファルトの上にゴザを敷き、補償交渉の坐り込みに入った水俣病患者互助会にむけて、この従業員大会の決議は忠実にまもられた。患者互助会に貸していた組合のテントを、さしたる理由もなくとりあげてしまったのである。女性が多かった坐り込みの互助会員たちは冬の水俣川にテントを抱えて行き、涙とともにこれを洗い、きれいにして返しに行った。

このとき新日窒従業員組合は年末一時金の要求をかかげて工場側と闘争中であったが、要求額を一般組合員には秘密にした。患者互助会や漁連の補償要求とのからみあいの中で不利になるからというのが理由であった。同じ理由によって工場側もまた回答額を秘密にした。このときその後の新日窒における労使協

調――対水俣病、対漁民対策――の基本的第一歩がみごとに打立てられた。従業員大会の主導者たちはこの後三十七年の安定賃金大争議が起きると第二組合結成指導者ともなるのである。

三十四年も押しつまり、会社側は排水浄化装置をつくり、記者たちをまじえた盛大な完工式を祝う。このとき担当工場幹部が浄化槽の水をコップに汲んで呑んでみせたところを、漁民たちは嘲笑したが、固形残滓を沈澱させるこの方式の浄化槽の上澄み水を海に送るといっても、無機水銀が水溶性でみかけだけ澄んだ水に溶けた無機水銀がそのまま流入することを、工場技術陣が知らぬ筈はなく、完工式は世論をあざむく応急処置であったことが後に判明する。

十二月下旬、不知火海沿岸三十六漁協にたいし、漁業補償一時金三千五百万円、立ちあがり融資六千五百万円を出すことを決定。ただし漁業補償金のうちから一千万円は、十一月二日の「乱入」で会社が受けた損害補填金として差し引き返済させた。

水俣病患者互助会五十九世帯には、死者にたいする弔慰金三十二万円、患者成人年間十万円、未成年者三万円を発病時にさかのぼって支払い、「過去の水俣工場の排水が水俣病に関係があったことがわかってもいっさいの追加補償要求はしない」という契約をとりかわした。

大人のいのち十万円

子どものいのち三万円

死者のいのちは三十万円

と、わたくしはそれから念仏にかえてとなえつづける。

第三章　ゆき女きき書

五月

水俣市立病院水俣病特別病棟X号室

坂上ゆき　　　大正三年十二月一日生

入院時所見

三十年五月十日発病、手、口唇、口囲の痺れ感、震顫、言語障碍、言語は著明な断綴性蹉跌性を示す。歩行障碍、狂躁状態。骨格栄養共に中等度、生来頑健にして著患を知らない。顔貌は無慾状であるが、絶えず Atheotse 様 Chorea 運動を繰り返し、視野の狭窄があり、正面は見えるが側面は見えない。知覚障碍として触覚、痛覚の鈍麻がある。

三十四年五月下旬、まことにおくればせに、はじめてわたくしが水俣病患者を一市民として見舞ったのは、坂上ゆき（三十七号患者、水俣市月ノ浦）と彼女の看護者であり夫である坂上茂平のいる病室であった。窓の外には見渡すかぎり幾重にもくるめいて、かげろうが立っていた。濃い精気を吐き放っている新緑の山々や、やわらかくくねって流れる水俣川や、磧《かわら》や、熟《う》れるまぎわの麦畑やまだ頭頂に花をつけている青いそら豆畑や、そのような景色を見渡せるここの二階の病棟の窓という窓からいっせいにかげろうがもえたち、五月の水俣は芳香の中の季節だった。

わたくしは彼女のベッドのある病室にたどりつくまでに、幾人もの患者たちに一方的な出遭《あ》いをしていた。一方的なというのは、彼らや彼女らのうちの幾人かはすでに意識を喪失しており、辛うじてそれが残っていたにしても、すでに自分の肉体や魂の中に入りこんできている死と否も応もなく鼻つきあわせになっていたのであり、人びとはもはや自分のものになろうとしている死をまじまじと見ようとするように、散大したまなこをみひらいているのだった。半ば死にかけている人びとの、まだ息をしているそのような様子は、いかにも困惑し、進退きわまり、納得できない様子をとどめていた。

たとえば、神の川の先部落、鹿児島県出水市米ノ津町の漁師釜鶴松《かまつるまつ》（八十二号患者、明治三十六年生―昭和三十五年十月十三日死亡）もそのようにして死につつある人びとの中にまじり、彼はベッドからころがり落ちて、床の上に仰向けになっていた。

彼は実に立派な漁師顔をしていた。鼻梁の高い頬骨のひきしまった、実に鋭い、切れ長のまなざしをしていた。ときどきぴくぴくと痙攣する彼の頬の肉には、まだ健康さが少し残っていた。しかし彼の両の腕と脚は、まるで激浪にけずりとられて年輪の中の芯だけが残って陸《おか》に打ち揚げられた一根の流木のような工合になっていた。それでも、骨だけになった彼の腕と両脚を、汐風に灼《や》けた皮膚がぴったりとくるんでいた。顔の皮膚の色にも汐の香がまだ失せてはいなかった。彼の死が急激に、彼の意に反してやって来つつあるのは彼の浅黒いひきしまった皮膚の色が完全にまだ、あせきっていないことを、一目見てもわかることである。

真新しい水俣病特別病棟の二階廊下は、かげろうのもえたつ初夏の光線を透《す》かしているにもかかわらず、まるで生ぐさい匂いを発しているほら穴のようであった。それは人びとのあげるあの形容しがたい「おめき声」のせいかもしれなかった。

「ある種の有機水銀」の作用によって発声や発語を奪われた人間の声というものは、医学的記述法によると〝犬吠え様の叫び声〟を発するというふうに書く。人びとはまさしくその記述法の通りの声を廊下をはさんだ部屋部屋から高く低く洩らし、そのような人びとがふりしぼっているいまわの気力のようなものが病棟全体にたちまよい、水俣病病棟は生ぐさいほら穴のように感ぜられるのである。

釜鶴松の病室の前は、ことに素通りできるものではなかった。わたくしは彼の仰むけになっている姿や、なかんずくその鋭い風貌を細部にわたって一瞬に見とったわけではなかった。

彼の病室の半開きになった扉の前を通りかかろうとして、わたくしはなにかかぐろい、生きものの息のようなものを、ふわーっと足元一面に吹きつけられたような気がして、思わず立ちすくんだのである。

そこは個室で半開きになっているドアがあり、じかな床の上から、らんらんと飛びかからんばかりに光っているふたつの目が、まずわたくしをとらえた。つぎにがらんと落ち窪んでいる彼の肋骨の上に、ついたて、のように乗せられているマンガ本が見えた。小さな児童雑誌の付録のマンガ本が、廃墟のように落ちくぼんだ彼の肋骨の上に乗せられているさまは、いかにも奇異な光景としてわたくしの視角に飛びこんできたのであるが、すぐさまそれは了解できることであった。

肘も関節も枯れ切った木のようになった彼の両腕が押し立てているポケット版のちいさな古びたマンガ本は、指ではじけばたちまち断崖のようになっている彼のみずおちのこちら側にすべり落ちそうな風情《ふぜい》ではあったが、ゆらゆらと立っていた。彼のまなざしは充分精悍さを残し、そのちいさなついたての向こうから飛びかからんばかりに鋭く、敵意に満ちてわたくしの方におそいかかってくるかにみえたけれども、肋骨の上においたちいさなマンガ本がふいにばったり倒れおちると、たちまち彼の敵意は拡散し、ものいわぬ稚ない鹿か山羊のような、頼りなくかなしげな眸の色に変化してゆくのであった。

明治三十六年生まれの、頬ひげのごわごわとつまった中高な漁師の風貌をした釜鶴松は、実さいその時完全に発語不能におちいっていたのである。彼には起こりつつある客観的な状勢、たとえば――水俣湾内において「ある種の有機水銀」に汚染された魚介類を摂取することによっておきる中枢神経系統の疾患――という大量中毒事件、彼のみに絞ってくだいていえば、生まれてこのかた聞いたこともなかった水俣病というものに、なぜ自分がなったのであるか、いや自分が今水俣病というものにかかり、死につつある、などということが、果たして理解されていたのであろうか。

なにかただならぬ、とりかえしのつかぬ状態にとりつかれているということだけは、彼にもわかっていたにちがいない。舟からころげ落ち、運びこまれた病院のベッドの上からもころげ落ち、五月の汗ばむ日もある初夏とはいえ、床の上にじかにころがる形で仰むけになっていることは、舟の上の板じきの上に寝る心地とはまったく異なる不快なことにちがいないのである。あきらかに彼は自分のおかれている状態を恥じ、怒っていた。彼は苦痛を表明するよりも怒りを表明していた。見も知らぬ健康人であり見舞者であるわたくしに、本能的に仮想敵の姿をみようとしたとしても、彼にすればきわめて当然のことである。

彼は自分をのぞいた一切の健康世界に対して、怒るとともに嫌悪さえ感じていたにちがいなかったのだ。そうでなければ死にかかっていた彼があんなにもちいさな役にも立たないマンガ本を遮蔽壕《しゃへいごう》のように、がらんとした胸の上におっ立てていたはずはないのだ。彼がマンガ本を読んでいたはずはなかった。彼の視力はその発語とともにうしなわれていたのであるから。ただ気配で、まだ死なないでいるかぎり残っている生きものの本能を総動員して、彼は侵入者に対《む》きあおうとしていた。彼はいかにもいとわしく恐ろしいものをみるように、見えない目でわたくしを見たのである。肋骨の上におかれたマンガ本は、おそらく彼が生涯押し立てていた帆柱のようなものであり、残された彼の尊厳のようなものにちがいなかった。まさに死なんとしている彼がそなえているその尊厳さの前では、わたくしは——彼のいかにもいとわしいものをみるような目つきの前では——侮蔑にさえ価する存在だった。実さい、稚い兎か魚のようなかなしげな、全く無防禦なものになってしまい、恐ろしげに後ずさりしているような彼の絶望的な瞳のずっと奥の方には、けだるそうなかすかな侮蔑が感ぜられた。

わたくしが昭和二十八年末に発生した水俣病事件に悶々たる関心と小さな使命感を持ち、これを直視し、記録しなければならぬという盲目的な衝動にかられて水俣市立病院水俣病特別病棟を訪れた昭和三十四年五月まで、新日窒水俣肥料株式会社は、このような人びとの病棟をまだ一度も（このあと四十年四月に至るまで）見舞ってなどいなかった。この企業体のもっとも重層的なネガチーブな薄気味悪い部分は〝ある種の〝有機水銀〟という形となって、患者たちの〝小脳顆粒細胞〟や〝大脳皮質〟の中にはなれがたく密着し、これを〝脱落〟させたり〝消失〟させたりして、つまり人びとの死や生まれもつかぬ不具の媒体となっているにしても、それは決して人びとの正面からあらわれたのではなかった。それは人びとのもっとも心を許している日常的な日々の生活の中に、ボラ釣りや、晴れた海のタコ釣りや夜光虫のゆれる夜ぶりのあいまにびっしりと潜んでいて、人びとの食物、聖なる魚たちとともに人びとの体内深く潜り入ってしまったのだった。

死につつある鹿児島県米ノ津の漁師釜鶴松にとって、彼のいま脱落しつつある小脳顆粒細胞にとってかわりつつあるアルキル水銀が、その構造がCH_3—Hg—S—CH_3であるにしても、CH_3—Hg—S—Hg—CH_3であるにしても、老漁夫釜鶴松にはあくまで不明である以上、彼をこのようにしてしまったものの正体が、見えなくなっているとはいえ、彼の前に現われねばならないのであった。そして、くだんの有機水銀とその他〝有機水銀説の側面的資料〟となったさまざまの有毒重金属類を、水俣湾内にこの時期もなお流し続けている新日窒水俣工場が彼の前に名乗り出ぬかぎり、病室の前を横ぎる健康者、第三者、つまり彼以外の、人間のはしくれに連《つら》なるもの、つまりわたくしも、告発をこめた彼のまなざしの前に立たねばならないのであった。

安らかにねむって下さい、などという言葉は、しばしば、生者たちの欺瞞《ぎまん》のために使われる。

このとき釜鶴松の死につつあったまなざしは、まさに魂魄《こんぱく》この世にとどまり、決して安らかになど往生しきれぬまなざしであったのである。

そのときまでわたくしは水俣川の下流のほとりに住みついているただの貧しい一主婦であり、安南、ジャワや唐《から》、天竺《てんじく》をおもう詩を天にむけてつぶやき、同じ天にむけて泡を吹いてあそぶちいさなちいさな蟹たちを相手に、不知火海の干潟を眺め暮らしていれば、いささか気が重いが、この国の女性年齢に従い七、八十年の生涯を終わることができるであろうと考えていた。

この日はことにわたくしは自分が人間であることの嫌悪感に、耐えがたかった。釜鶴松のかなしげな山羊のような、魚のような瞳と流木じみた姿態と、決して往生できない魂魄は、この日から全部わたくしの中に移り住んだ。

次の個室には八十四号患者――三十七年四月十九日死亡――が横たわっていた。彼にはもうほとんど意識はなかった。彼の大腿骨やくるぶしや膝小僧にできているすりむけた床ずれが、そこだけがまだ生きた肉体の色を、あのあざやかなももいろを残していた。そしてこの部屋には真新しい壁を爪でかきむしって死んだ芦北郡津奈木村の舟橋藤吉――三十四年十二月死亡――のその爪あとがなまなましく残っていた。このような水俣病病棟は、死者たちの部屋なのであった。

つくねんとうつむいたきり放心しているエプロンがけの付添人たち（それは患者の母や妻や娘や姉妹やであった）を扉ごしにみて、わたくしは坂上ゆきの病室にたどりついたのである。このような特別病棟の様子は壮《さか》んな夏に入ろうとしているこの地方の季節から、すっぽりとずり落ちていた。

ここではすべてが揺れていた。ベッドも天井も床も扉も、窓も、揺れる窓にはかげろうがくるめき、彼女、坂上ゆきが意識をとり戻してから彼女自身の全身痙攣のために揺れつづけていた。あの昼も夜もわからない痙攣が起きてから、彼女を起点に親しくつながっていた森羅万象《しんらばんしょう》、魚たちも人間も空も窓も彼女の視点と身体からはなれ去り、それでいて切なく小刻みに近寄ったりする。

　絶えまない小きざみなふるえの中で、彼女は健康な頃いつもそうしていたように、にっこりと感じのいい笑顔をつくろうとするのであった。もはや四十を越えてやせおとろえている彼女の、心に沁みるような人なつこいその笑顔は、しかしいつも唇のはしの方から消失してしまうのである。彼女は驚くべき性質の自然さと律義さを彼女の見舞人に見せようとしていた。ときどき彼女がカンシャクを起こすのは彼女の痙攣が強まるのでみてとれたが、それは彼女の自然な性情をあらわすべき肝心な動作が、彼女の心とは別に動くからであった。

「う、うち、は、く、口が、良う、も、もとら、ん。案じ、加え、て聴いて、はいよ。ぅ、海の上、は、ほ、ほん、に、よかった。」

　彼女の言語はあの、長くひっぱるような、途切れ途切れな幼児のあまえ口のような特有なしゃべり方である。彼女はもとらぬ（もつれる）口で、自分は生来、このような不自由な見苦しい言語でしゃべっていたのではなかったが、水俣病のために、こんなに言葉が誰とでも通じにくくなったのは非常に残念である、と恥じ入った。そのことはもちろん毫《ごう》も彼女の恥であるべきはずはなかったが、このように生まれもつかぬ見せもののような体になって恥かしいとかなわぬ口でいう彼女の訴えはしかし、もっともなことであるといえなくもないのであった。

　――うちは、こげん体になってしもうてから、いっそうじいちゃん（夫のこと）がもぞか（いとしい）とばい。見舞にいただくもんなみんな、じいちゃんにやると。うちは口も震ゆるけん、こぼれて食べられんもん。そっでじいちゃんにあげると。じいちゃんに世話になるもね。うちゃ、今のじいちゃんの後入れに嫁に来たとばい、天草から。

嫁に来て三年もたたんうちに、こげん奇病になってしもた。残念か。うちはひとりじゃ前も合わせきらん。手も体も、いつもこげんふるいよるでっしょが。自分の頭がいいつけんとに、ひとりでふるうとじゃもん。それでじいちゃんが、仕様ンなかおなごになったわいちゅうて、着物の前をあわせてくれらす。ぬしゃモモ引き着とれちゅうてモモ引き着せて。そこでうちはいう。(ほ、ほん、に、じ、じい、ちゃん、しよの、な、か、お、おな、ご、に、なった、な、あ。)うちは、もういっぺん、元の体になろうごたるばい。親さまに、働いて食えといただいた体じゃもね。病むちゅうこたなかった。うちゃ、まえは手も足も、どこもかしこも、ぎんぎんしとったよ。

海の上はよかった。ほんに海の上はよかった。うちゃ、どうしてもこうしても、もういっぺん元の体にかえしてもろて、自分で舟漕いで働こうごたる。いまは、うちゃほんに情なか。月のもんも自分で始末しきれん女ごになったもね……。

うちは熊大の先生方に診てもろうとったとですよ。それで大学の先生に、うちの頭は奇病でシンケイどんのごてなってしもうて、もうわからん。せめて月のもんば止めてはいよと頼んだこともありました。止めゃならんげなですね。月のもんを止めたらなお体に悪かちゅうて。うちゃ生理帯も自分で洗うこたできんようになってしもうたっですよ。ほんに恥ずかしか。

うちは前は達者かった。手も足もぎんぎんしとった。働き者じゃちゅうて、ほめられものでした。うちは寝とっても仕事のことばっかり考ゆるとばい。

今はもう麦どきでしょうが。麦も播《ま》かんばならんが、こやしもする時期じゃがと気がもめてならん。もうすぐボラの時期じゃが、と。こんなベッドの上におっても、ほろほろ気がモメて頭にくるとばい。うちが働かんば家内が立たんとじゃもね。うちゃだんだん自分の体が世の中から、離れてゆきよるような気がするとばい。握ることができん。自分の手でモノをしっかり握るちゅうことができん。うちゃじいちゃんの手どころか、大事なむすこば抱き寄せることがでけんごとなったばい。そらもう仕様もなかが、わが口を養う茶碗も抱えられん、箸も握られんとよ。足も地《じだ》につけて歩きよる気のせん、宙に浮いとるごたる。心ぼそか。世の中から一人引き離されてゆきよるごたる。うちゃ寂しゅうして、どげん寂しかか、あんたにゃわかるみゃ。ただただじいちゃんが恋しゅうしてこの人ひとりが頼みの綱ばい。働こうごたるなあ、自分の手と足ばつこうて。

海の上はほんによかった。じいちゃんが艫櫓《ともろ》ば漕いで、うちが脇櫓ば漕いで。

いまごろはいつもイカ籠やタコ壺やら揚げに行きよった。ボラもなあ、あやつたちもあの魚どもも、タコどももぞかい（可愛い）とばい。四月から十月にかけて、シシ島の沖は凪《なぎ》でなあ――。

二丁櫓の舟は夫婦舟である。浅瀬をはなれるまで、ゆきが脇櫓を軽くとって小腰をかがめ、ぎいぎいと漕ぎつづける。渚の岩が石になり砂になり、砂が溶けてたっぷりと海水に入り交い、茂平が力づよく艫櫓をぎいっと入れるのである。追うてまたゆきが脇を入れる。両方の力が狂いなく追い合って舟は前へぐいとでる。

不知火海はのどかであるが、気まぐれに波がうねりを立てても、ゆきの櫓にかかれば波はなだめられ、海は舟をゆったりあつかうのであった。

ゆきは前の嫁御にどこやら似とる、と茂平はおもっていた。口重い彼はそんなことは気ぶりにも出さない。彼がむっつりとしているときは大がい気分のいいときである。ゆきが嫁入ってきたとき、茂平は新しい舟を下した。漁師たちは、ほら、茂平やんのよさよさ、舟も嫁ごも新しゅうなって！　と冷やかしたが、彼はむっと口をひき結んでにこりともしなかった。彼の気分を知っている人びとは満足げな目つきで、そのような彼を見やったものである。

二人ともこれまで夫婦運が悪くて前夫と前妻に死に別れ、網の親方の世話でつつましく灘《なだ》を渡りあって式をあげた。ゆきが四十近く、茂平は五十近くであった。

茂平やんの新しい舟はまたとない乗り手をえて軽かった。彼女は海に対する自在な本能のように、魚の寄る瀬をよくこころえていた。そこに茂平を導くと櫓をおさめ、深い藻のしげみをのぞき入って、

「ほーい、ほい、きょうもまた来たぞい」

と魚を呼ぶのである。しんからの漁師というものはよくそんなふうにいうものであったが、天草女の彼女のいいぶりにはひとしお、ほがらかな情がこもっていた。

海とゆきは一緒になって舟をあやし、茂平やんは不思議なおさな心になるのである。

あんころは今おもえばもう百間の海にゃ魚はおりよらんじゃったもん。うちは、水俣の漁師よりか、魚の居るとこは知っとりよったもん。沖に出てから、あんた、心配せんでよかばい。うちが舵とるけん、あんたが帆綱さえ握ってこちょこちょやれば、うちが良うかとこに連れてゆくけん。うちは三つ子のころか

ら舟の上で育ったっだけん、ここらはわが庭のごたるとばい。それにあんた、エベスさまは女ごを乗せとる舟にゃ情けの深かちゅうでっしょ。ほんによか風の吹いてきたばいあんた、思うとこさん連れてゆかるよ。ほうらもうじき。

彼女はそんなふうに目を細めていつもひとりでしゃべっているのだった。茂平やんは鼻から息の抜けるような安らかな、声ともいえぬほどの返事をするのであったが、二人はそれで充分釣り合った夫婦であった。

魚はとれすぎるということもなく、節度ある漁の日々が過ぎた。

舟の上はほんによかった。

イカ奴《め》は素っ気のうて、揚げるとすぐにぷうぷう墨《すみ》をふきかけよるばってん、あのタコは、タコ奴《め》はほんにもぞかとばい。

壺ば揚ぐるでしょうが。足ばちゃんと壺の底に踏んばって上目使うて、いつまでも出てこん。こら、おまや舟にあがったら出ておるもんじゃ、早う出てけえ。出てこんかい、ちゅうてもなかなか出てこん。壺の底をかんかん叩いても駄々こねて。仕方なしに手網《たび》の柄で尻をかかえてやると、出たが最後、その逃げ足の早さ早さ。ようも八本足のもつれもせずに良う交して、つうつう走りよる。こっちも舟がひっくり返るくらいに追っかけて、やっと籠におさめてまた舟をやりおる。また籠を出てきよって籠の屋根にかしこまって坐っとる。こら、おまやもううち家《げ》の舟にあがってからはうち家の者じゃけん、ちゃあんと入っとれちゅうと、よそむくような目つきして、すねてあまえるとじゃけん。

わが食う魚《いお》にも海のものには煩悩のわく。あのころはほんによかった。舟もう、売ってしもうた。

大学病院におったときは、風が吹く、雨が降るすれば、思うことは舟のことばっかりじゃった。うちが嫁にきたとき、じいちゃんが旗立てて船下しをしてくれた舟じゃもん。我が子と変わらせん。うちはどげんあの舟ば、大事にしよったと思うな。艫も表もきれいに拭きあげて、たこ壺も引きあげて、次の漁期がくるまではひとつひとつ牡蠣《かき》殻落として、海の垢がつかんようにていねいにあつこうて、岩穴にひきあげて積んで、雨にもあわさんごとしよった。壺はあれたちの家じゃもん。さっぱりと、しといてやりよった。漁師は道具ば大事にするとばい。舟には守り神さんのついとらすで、道具にもひとつひとつ魂の入っとるもん。敬うて、釣竿もおなごはまたいでは通らんとばい。

そがんして大事にしとった舟を、うちが奇病になってから売ってしもうた。うちゃ、それがなんよりきつかよ。

うちは海に行こうごたると。

我が食う口を養えんとは、自分の手と足で、我が口は養えと教えてくれらいた祖《おや》さまに申しわけのなか。うちのような、こんなふうな痙攣にかかったもんのことを、昔は、オコリどんちいいよったばい。昔のオコリどんさえも、うちのようには、こげんしたふうにゃふるえよらんだったよ。

うちは情なか。箸も握れん、茶碗もかかえられん、口もがくがく震えのくる。付添いさんが食べさしてくれらすが、そりゃ大ごとばい、三度三度のことに、せっかく口に入れてもろうても飯粒は飛び出す、汁はこぼす。気の毒で気の毒で、どうせ味もわからんものを、お米さまをこぼして、もったいのうてならん。

三度は一度にしてもよかばい。遊んどって食わしてもろうとじゃもね。

いやあ、おかしかなあ、おもえばおかしゅうしてたまらん。うちゃこの前えらい発明ばして。あんた、人間も這うて食わるっとばい。四つん這いで。

あのな、うちゃこの前、おつゆば一人で吸うてみた。うちがあんまりこぼすもんじゃけん、付添いさんのあきらめて出ていかしてから、ひょくっとおもいついて、それからきょろきょろみまわして、やっぱり恥ずかしかもんだけん。それからこうして手ばついて、尻ばほっ立てて、這うて。口ば茶碗にもっていった。手ば使わんで口を持っていって吸えば、ちっとは食べられたばい。おかしゅうもあり、うれしゅうもあり、あさましかなあ。扉閉めてもろうて今から先、這うて食おうか。あっはっはっは。おかしゅうしてのさん。人間の知恵ちゅうもんはおかしなもん。せっぱつまれば、どういうことも考え出す。

うちは大学病院に入れられとる頃は気ちがいになっとったげな。ほんとに気ちがいになっとったかも知れん。あんときのこと、おもえばおかしか。大学病院の庭にふとか防火用水の堀のありよったもんな。うちゃひと晩その中につかっとったことのあるとばい。どげん気色のしょったっじゃろ、なんさまかなしゅうして世の中のがたがたこわれてゆくごたるけん、じっとしてしゃがんどった。朝になってうちがきょろっとしてそげんして水の中につかっとるもんやけん、一統づれ（みんな揃って）、たまがって騒動じゃったばい。あげんことはおかしかなあ。どげんふうな気色じゃろ。なんさま今考ゆれば寒か晩じゃった。

うちゃ入院しとるとき、流産させらしたっばい。あんときのこともおかしか。

なんさま外はもう暗うなっとるようじゃった。お膳に、魚の一匹ついてきとったもん。うちゃそんとき流産させなはった後じゃったけん、ひょくっとその魚が、赤子《やや》が死んで還ってきたとおもうた。頭に血の上るちゅうとじゃろ、ほんにああいうときの気持ちというものはおかしかなあ。

うちにゃ赤子《やや》は見せらっさんじゃった。あたまに障るちゅうて。

うちは三度嫁入りしたが、ムコ殿《どん》の運も、子運も悪うて、生んでは死なせ、育てては死なせ、今度も奇病で親の身が大事ちゅうて、生きてもやもや手足のうごくのを機械でこさぎ出さした。申しわけのうして、恥ずかしゅうしてたまらんじゃった。魚ばぼんやり眺めとるうちに、赤子のごつも見ゆる。

早う始末せんば、赤子しゃんがかわいそう。あげんして皿の上にのせられて、うちの血のついとるもんを、かなしかよ。始末してやらにゃ、女ごの恥ばい。

その皿ばとろうと気張るばってん、気張れば痙攣のきつうなるもね。皿と箸がかちかち音たてる。箸が魚ばつつき落とす。ひとりで大騒動の気色じゃった。うちの赤子がお膳の上から逃げてはってく。

ああこっち来んかい、母《かか》しゃんがにき（そば）さね来え。

そうおもう間もなく、うちゃ痙攣のひどうなってお膳もろともベッドからひっくり返ってしもうた。うちゃそれでもあきらめん。ベッドの下にぺたんと坐って見まわすと、魚がベッドの後脚の壁の隅におる。ありゃ魚じゃがね、といっときおもうとったが、また赤子のことを思い出す。すると頭がパアーとして赤子ばつかまゆ、という気になってくる。つかまえようとするが、こういう痙攣をやりよれば、両の手ちゅうもんはなかなか合わさらんもんばい。それがひょこっと合わさってつかまえられた。

逃ぐるまいぞ、いま食うてくるるけん。

うちゃそんとき両手にゃ十本、指のあるということをおもい出して、その十本指でぎゅうぎゅう握りしめて、もうおろたえて、口にぬすくりつける（ぬったくる）ごとして食うたばい。あんときの魚は、にちゃにちゃ生臭かった。妙なもん、わが好きな魚ば食うとき、赤子ば食うごたる気色で食いよった。奇病のもんは味はわからんが匂いはする。ああいう気色のときが、頭のおかしうなっとるときやな。かなしかよ。指ばひろげて見ているときは。

うちは自分でできることは何もなか。うちは自分の体がほしゅうしてたまらん。今は人の体のごたる。うちは何も食べとうなかけれど、煙草がすきじゃ。大学病院ではうちが知らんように、頭に障るちゅうて煙草は止めさせてあった。それでじいちゃんも外に出て隠れて吸いよらしたとばい。

どうにか歩けるようになってから診察受けに出たときやった。

廊下に吸殻が落ちとるじゃなかかな。

頭にきてからこっち、吸いよらんじゃろ。あんたもう嬉しゅうして。

わあー、あそこに吸殻の落ちとるよ、うれしさ、うれしさ。よし、あそこまでいっちょまっすぐ歩いてゆこうばい。そう思うて、じいっと狙いを定めるつもりばってん、だいたいがこう千鳥足でしか歩けんじゃろ。立ち止まったつもりがゆらゆらしとる。それでも自分ではじいっと狙いをつけて、よし、あそこまで三尋《みひろ》ばっかりの遠さばい、まっすぐ歩いて外さぬように行きつこうばい。

そう思うてひとあし踏み出そうとするばってん、いらいらして足がもつれるようで前に出ん。ああもう自分の足ながらいうことときかんね、はがゆさねえとカーッと、頭に来て、そんときまた、あのひっくりかえるような痙攣の来た。

あんた、あの痙攣な、ありゃああんまりむごたらしかばい。むごたらしか。

自分の頭が命令せんとに、いきなりつつつつつうーと足がひとりでに走り出すとじゃけん。止まろうと思うひまもなか。

そうやっていきなり走り出して吸殻を通りすぎた。しもうた。またあの痙攣の出た、と思いながら目はくらくらしだす。ちょっと止まる。やっと後を向く。向いた方にゆこうと思うけど、足がいうことをきかん。

じ、じ、じいちゃん！　た、た、お、れるよっ！　じいちゃんが後から支える。体が後ろに突張るとばい。それで後ろさね走るようにして、倒れるときは後ろにそっくり返って倒れるとばい。そうすると今度は倒れとるヒマもなか。すぐまた痙攣が来て跳ね起きて走り出す。うちゃガッコのころの運動会でも、あげなふうに跳ねくり返って走ったことはなかった。自分の足がいうことをきかずにあっちでもこっちでも馬鹿んごと走り出すとじゃもん。

吸殻のあるところば中心にして、自分もひとも止められんごつして走りまわる。そこらじゅうにおる人間たちも、うったまがっとるが、本人になればどげんきつかですか。涙が出る。息はもうひっ切れそうになる。そのうちぱたっと痙攣が止んで、足が突っぱってしもうた。そして、息が出るようになる。きょろきょろして、あれ、吸殻はどこじゃったけ、と思うとる。やっと口をぱくぱくしながら、じいちゃん、あの煙草が欲しかとよ、ちゅうたら、じいちゃんが泣いて、好きなものなら、今のうちにのませてもよかじゃろちゅうて、そんときからちいっとずつ、吸わせてくるるようになった。それでも一日三分の一本しか吸わせてくれんもん。

熊本医学会雑誌（第三十一巻補冊第一、昭和三十二年一月）

猫における観察

本症ノ発生ト同時ニ水俣地方ノ猫ニモ、コレニ似タ症状ヲオコスモノガアルコトガ住民ノ間ニ気ヅカレテイタガ本年ニハイッテ激増シ現在デハ同地方ニホトンド猫ノ姿ヲ見ナイトイウコトデアル。住民ノ言ニヨレバ、踊リヲ踊ッタリ走リマワッタリシテ、ツイニハ海ニトビコンデシマウトイウ、ハナハダ興味深イ症状ヲ呈スルノデアル。ワレワレガ調査ヲハジメタコロニハ、同地方ニハカカル猫ハオロカ、健康ナ猫モホトンド見当ラナカッタガ、保健所ノ厚意ニヨリ、生後一年クライノ猫ヲ一頭観察スルコトガデキタ。

ソノ猫ハ動作ガ緩慢デ横ニユレルヨウナ失調性ノ歩行ヲスル。階段ヲオリル時ニ脚ヲ踏ミハズシタガ、コレハオソラク目ガミエナイコトモ原因ノ一ツト考エラレタ。魚ヲ鼻先ニ持ッテユクト、付近ヲ嗅ギマワルノデ嗅覚ノ存在スルコトハワカル。皿ニイレタ食餌ヲアタエタ場合、皿ニ嚙ミツクトイウ状態モミラレタ。発作時以外ニ鳴クコトモナク、耳モ聞エナイヨウデ、耳ノソバデ手ヲタタイテモ反応ガナイ。興味アルコトハ、嗅覚ガ刺激トナッテ、ツギニノベルヨウナ痙攣発作ガオコルコトデアル。ワレワレガ鼻ノ先ニ魚ヲツキツケルト、数回、痙攣発作ヲ誘発シタ。シカシ魚ヲ食ベサセルト発作ヲオコサナカッタノデタンナル嗅覚刺激トイウヨリモ、食ベタイトイウ強イエモーションガ刺激ニナルノカモシレナイ。マタ発作ト発作ノ間ニハ、アル程度ノ間隔ガ必要デ、発作ノ直後ニ魚ノ臭ヲ嗅ガセテモ、発作ハオコラナカッタ。マタ発作ハ嗅覚刺激ノホカ偶発的ニモアラワレタ。

発作ガアラワレルト、猫ハ特有ナ姿勢ヲトル。スナワチ魚ヲ探シマワッテイタ場合ハタチ止リ、スワッテイタ場合ハ立チ上リ、右マタハ左ノ後脚ヲアゲル。同時ニ流涎ガ著明デ、咀嚼運動ガ見ラレルコトモアル。ソノ後チョットヨロメイテ、発作ノ頓挫スルコトモアルガ、ツイデ他側ノ後脚デ地面ヲ軽クケルヨウナ運動ヲスル。前脚ハ固定シタママ後脚デ地面ヲケルタメ、人間ノ逆立チト同様、体ガ浮キ上ガルヨウニナル。ワレワレハコレヲ倒立様運動トヨンデイル。二、三回倒立様運動ガアッテ、痙攣ガ全身ニオヨブト、猫ハ横倒シニナリ、四肢ヲバタツカセル。右側ニ倒レタラ左脚ハ強直性、右脚ハ間代性(間をおいて起きる)ノ痙攣ヲオコシタコトモアッタガ、マタ反対側ニ倒レテ痙攣中二、三回、体ヲ反転スルコトモアッタ。トキニハ倒立様運動ヲシナイデ、痙攣ノオコルコトモアッタ。

全身痙攣ハ約三十秒ナイシ一分ツヅキ、ツイデ猫ハ起キアガリ、付近ヲ走リマワル。コノ場合走リダシタラ止マルコトヲ知ラズ、狭イ部屋デハ、壁ニブツカッテ向キヲ変エテ走リ、反対側ノ壁ニ突進スル、トイッタ状態デ、水俣地方デ水ニ飛ビコンダトイワレルノハ、オソラクコノヨウナ状態デアッタト思ワレル。コノ運動ハ非常ニ激烈デ、手デハ制止シエナイホドデアッタ。一分グライデコノ走リ回リ運動ガスムト、異様ナ奇声ヲ発シナガラ、アタリヲ無差別ニ歩キマワル。コノ時ノ歩キ方モヤハリ失調性デアル。マタコノトキ流涎ノ著明ナコトモアッタ。三十秒歩キマワッタ末、放心シタヨウニスワリコム。以上ノヨウナ発作ノ全経過ハ約五分デアッタ。本例ハ観察一日デ、不慮ノ水死ヲ遂ゲタ。

それからうちはあの、肺病さんたちのおらす病棟に遊びにゆきおったたい。

あんた、うちたちゃはじめ肺病どんのにきの病棟につれてゆかれて、その肺病やみのもんたちからさえきらわれよったばい。水俣から奇病の者の来とる、うつるぞちゅうて。それでそのうちたちのおる病棟の前をば、その肺病の者たちが、口に手をあてて、息をせんようにして走って通りよる。自分たちこそ伝染病のくせ。はじめは腹の立ちよった。なにもすき好んで奇病になったわけじゃなし。そういう特別の見せもんのように嫌われるわけはなかでっしょ。奇病、奇病ち指さして。

それでも後じゃ、その人たちとも打ちとけて仲良うなってから、うちは煙草の欲しかときはもらいに行きよった。

うちは、ほら、いつも踊りおどりよるように、こまか痙攣をしっぱなしでっしょ。

それで、こうして袖をはたはた振って、大学病院の廊下ば千鳥足で歩いてゆく。

こ、ん、に、ちわあ、

うち、踊りおどるけん、見とる者はみんな煙草出しなはる！

ほんなこて、踊りおどっとるような悲しか気持ちばい。そういう風にしてそこらへんをくるうっとまわるのよ。からだかたむけて。

みんなげらげら笑うて、手を打って、ほんにあんたは踊りの上手じゃ、しなのよか。踊りしに生まれてきたごたる。

ここまで踊って来《こ》んかいた、煙草やるばい。そぎゃん酔食《えく》らいのごて歩かずに、まっすぐ来《こ》んかいた。

ほらほら、あーんして、煙草くわえさせてあぐるけん。落とさんごとせなんよ。

うちは自分の手は使えんけん、袖をばたばたさせたまま、あーんして、踊ってゆくもんな。くわえさせてもろて、それからすぱすぱ煙ふかして、すましてそこらへんをまわりよった。みんなどんどん笑うて、肺病の病棟の者は、ずらありと鳥のごと首出して、にぎやいよったばい。うちゃえらい名物になってしもうた。

大学病院のあるところはえらいさみしかとこやったばい。樟《くす》の大木のにょきにょき枝をひろげて、草のぼうぼう生えて。昔お城のあった跡げなで、熊本の街からぽかっと一段高うなっとる原っぱじゃった。下の方の熊本の街はにぎやいよるばってん、そこだけは昔のお城のあとで、夜さりになれば化物のごたる大きな樟の木がにょきにょき枝ひろげて、しーんとして、さみしかとこやった。ああ想い出した。そこは藤崎台ちゅう原っぱやった。

あんた、大学病院ちゅうとこは、よっぽどよか所のごと思うでしょ、それがあんた、藤崎台の病院ちゅうとザーッとした建物の、うちらへんの小学校の方が、よっぽどきれいかよ。そんな原っぱの中のゆがんどるような病院の中に、うちら格好のおかしな奇病の者たちが〝学用患者〟ちゅうことで、まあ珍しか者のように入れられとる。うちたちにすれば、なおりたさ一心もあるけれど、なおりゃせんし、なんやらあの、オリの中に入れられとるような気にもなってくる。うちは元気な体しとったころは歌もうたうし、ほんなこて踊りもおどるし、近所隣の子どもたちとも大声あげて遊ぶような、にぎやわせるのが好きなたちだったけん、うちはもう、こういう体になってしもうて、自分にも人にも大サービスして、踊ってされきよるわけじゃ。

夜さりになれば、ぽかーっとしてさみしかりよったばい。

みんなベッドに上げてもろうて寝とる。夜中にふとん落としても、病室みんな、手の先のかなわん者ばっかり。自分はおろか、人にもかけてやるこたできん。口のきけん者もおる。落とせば落としたままでしいんとして、ひくひくしながら、目をあけて寝とる。さみしかばい、こげん気持ち。

陸《おか》に打ちあげられた魚んごつして、あきらめて、泪ためて、ずらっと寝とるとばい。夜中に自分がベッドから落ちても、看護婦さんが疲れてねむっとんなさるときは、そのまんまよ。

晩にいちばん想うことは、やっぱり海の上のことじゃった。海の上はいちばんよかった。

春から夏になれば海の中にもいろいろ花の咲く。うちたちの海はどんなにきれいかりよったな。

海の中にも名所のあっとばい。「茶碗が鼻」に「はだか瀬」に「くろの瀬戸」「ししの島」。

ぐるっとまわればうちたちのなれた鼻でも、夏に入りかけの海は磯の香りのむんむんする。会社の臭いとはちがうばい。

海の水も流れよる。ふじ壺じゃの、いそぎんちゃくじゃの、海松じゃの、水のそろそろと流れてゆく先ざきに、いっぱい花をつけてゆれよるるよ。

わけても魚どんがうつくしか。いそぎんちゃくは菊の花の満開のごたる。海松は海の中の崖のとっかかりに、枝ぶりのよかとの段々をつくっとる。

ひじきは雪やなぎの花の枝のごとしとる。藻は竹の林のごたる。

海の底の景色も陸《おか》の上とおんなじに、春も秋も夏も冬もあっとばい。うちゃ、きっと海の底には龍宮のあるとおもうとる。夢んごてうつくしかもね。海に飽くちゅうこた、決してなかりよった。

どのようにこまんか島でも、島の根つけに岩の中から清水の湧く割れ目の必ずある。そのような真水と、海のつよい潮のまじる所の岩に、うつくしかあをさの、春にさきがけて付く。磯の香りのなかでも、春の色濃くなったあをさが、岩の上で、潮の干いたあとの陽にあぶられる匂いは、ほんになつかしか。

そんな日なたくさいあをさを、ぱりぱり剝《は》いで、あをさの下についとる牡蠣《かき》を剝いで帰って、そのようなだしで、うすい醤油の、熱いおつゆば吸うてごらんよ。都の衆たちにゃとてもわからん栄華ばい。あをさの汁をふうふういうて、舌をやくごとすらんことには春はこん。

自分の体に二本の足がちゃんとついて、その二本の足でちゃんと体を支えて踏んばって立って、自分の体に二本の腕のついとって、その自分の腕で櫓を漕いで、あをさをとりに行こうごたるばい。うちゃ泣こうごたる。もういっぺん――行こうごたる、海に。

もう一ぺん人間に

天草女《おな》ごは情の深かとじゃけん。そういって茂平の網の親方が、ゆきを世話してくれてから発病するまで三年と暮らしていなかった。娘たちを嫁にやってしまうまで、律儀《りちぎ》な彼はながいこと後をいれずにいたので、やっぱりむこうも後家で子も連れとらんそうじゃ、気さくはよし、手はかなうとる、きりょうも漁師のかかか女には上の方じゃ、相手がおらにゃ舟も出ん、もらえ、と親方がいったのである。

そのゆきが、夕食をしまえて針をもちながら、ときどき首をふって、しきりに目をこするようになった。ゆきの目は、松葉が飛ぶような沖のイリコの群を部落の山の上から見とおせる目なのである。それが、洗濯物をかかえて部落の湧き水のところに行って、帰りには水を吸うた洗濯物をぽとぽとと落としてくるようになった。落としてくることを自分では知らないのである。

だんだん口重くなって、考えこんでいるふうである。五月のタコ壺を揚げながら、ゆきはひとことずつ区切り区切りしながらいった。

「あんた、うちは、このごろ、なしてか、ちいっと、力の弱ったごたる。この壺も、一心に、あげよるばってん、なしてか、綱が手の先はずれて、ひじも、力がはいらん。婦人科の、悪かごつもなかが、どうしてやろか」

茂平は不安をこらえていった。

「働きすぎじゃろわい、ちったあ、ゆっくりせんけんじゃ」

あんた、とゆきは黙って、しばらくして、

「ウインチば、買うたらどげんじゃろ。うちの腕は、だいぶん前から、かなわんようになっとるとじゃもん。あんたひとりで、巻き上げは体にムリじゃけん。うちが嫁入りにもってきた舟道具売れば、ウインチ買えるばい」

茂平の厚い胸は動悸をうち、二人とも黙ってしまった。ゆきが嫁に来た年とすればここ二、三年、漁がへったと部落中がいいだしていた。そういえば茂平も自分の漁場を見捨てて、天草育ちのゆきの櫓に導かれて場所を変えている。

部落の高台にある網の親方の家から、

「おーい、魚のたおるる（押し寄せてきた）ぞうー」

というよび声も久しく聞かないのである。高台の石垣の上から湾の色をみていると、波のひかりの影に宿って、さざめくようにピッピッと飛び交うタレソや鰯の大群がみえるのである。そのような魚の〝たおれ〟て宿っている湾の色をみつけると、朝であろうと夕方であろうと、ほら貝とともに親方の声が、部落の前の湾にひびき渡る。

「おーい、魚のたおるるぞうー」

網子たちは男も女も家を出て呼びあいながら駈け出して、部落じゅうが舟を出す。小魚の群が波の表を染める時は、沖の深みに小魚を追ってきたタチや、サワラや、コノシロの大群が潜行しているのである。年寄りも子どもも舟の持ち場につく。夕方から出かけるときは網を入れたその舟たちが一せいに魚寄せのかがりを焚く。舟はぐるぐる網をせばめてまわりながら魚たちを寄せる。櫓を漕ぐ者、かぐらをまわす者、舵をとる者。灯と灯は呼びあい漁師たちの声はひとつになる。

えっしんよい、えっしんよい。

えっしんよい、えっしんよい。

調子は早くなり、暗い海の隅々をたぐり寄せるしぶきの中で、筋くれた皆の手が揃う。網の中の魚たちも応える。応える一匹一匹の尾や頭のはね工合まで、網の重みで漁師たちにはわかるのである。なにしろ海はいつも生きていた。それがめっきり、魚のたおるるぞう、と村中でよびあう声をきかなくなっていた。

猫たちの妙な死に方がはじまっていた。部落中の猫たちが死にたえて、いくら町あたりからもらってきて、魚をやって養いをよくしても、あの踊りをやりだしたら必ず死ぬ。

猫たちの死に引きつづいて、あの「ヨイヨイ」に似た病人が、一軒おきくらいにひそかにできていた。

中風ならば老人ばかりかかるはずなのに、病人は、ハッダ網のあがりのときなど、刺身の一升皿くらいペロリと平らげるのが自慢の若者であったり、八カ月腹の止《とどむ》しゃんの若嫁御であったり学校前の幼児であったりした。止しゃんの嫁御とは、湧き水のところでゆきもよく洗濯が一緒になることがある。

おら、今度の妊娠には、足のほろうなって、片っ方に片っ方の足の引っかかって、ほんに恥ずかしかごと転んでばっかりおるとばい、脚気《かっけ》やろか、ほら、洗濯物の手の先にマメらん、とその嫁御はいうのである。えらいこんわれも、ゆっくりものをいうようになったなあと思って、見ると、止しゃんの嫁御は前を、つくろいもせずに大儀そうにぼんやりとして、それが水にうつって、目だけがかっとみひらいているのである。あの嫁御もヨイヨイ病じゃなかろか、このごろ、前もあっぽんぽんにして、仕様んなか嫁御じゃ、と、この前、ゆきは茂平に話したことがあったのである。

「うちも、ヨイヨイ病じゃ、なかろ、か」

そうゆきはいった。

味わったことのないような不安が茂平を押しつつみ、二人はどちらからともなく、一緒になってからはじめて舟の上で、ながいことぼんやりしていた。

「ぬしが病気なら、ウインチより、医者どんが先じゃ」

と茂平はいい、ふたりはもつれながら錨を揚げ、櫓をとった。

村の病院では、別にどこも悪いところはなかごたるが、まあ栄養のちいっと足りんごたるけん、身につく物ば食べてみなっせ、ということだった。手足がなんとなくしびれて、よくつまずくのは皆の症状だったが、梅雨前の雨がきまぐれに寒いゆえかもしれないし、それに近ごろはアメリカからも支那からも放射能というものも降ってくるというから、用心したに越したことはない、と二人はいい合ったが、口のまわりの筋肉がなんだか鈍く張っていて、ゆきはものがいいにくく、唇に指を当ててみるが、指に唇が触れる感じも両方から鈍く心細くへだてられているのである。

茂平は一丁櫓にして沖へ出たが、舟を降りて陸へもどると、生簀《いけす》の中から素性の良さそうな魚を選んできて、おっくうがるゆきに替って土間に洗い桶をかかえ出して据え、まな板を乗せて踏んばり、ぴくぴく動く魚のうろこをはいだ。水甕《がめ》の水も冷たくとり替えて刺身をとり、塩湯を沸かしてタコを茹《ゆ》で、塩湯の下のカマドの中にくべていて焼きあがったグチ魚の頭と尾を捧げるように両手にもって、薪のくすぼりを吹き吹き、土間をあがってくるのである。

「ぬしが魚じゃ、うんと食え」

と茂平はいう。ぶりぶり引きしまっているはずの刺身が妙に頼りない舌の遠くに逃げて、布ぎれのような味気ない口ざわりになるのを、ごくんごくんと呑みくだしながら、ゆきは嬉しそうな顔つきをしていた。から藷《いも》の作りつけがすむころ、ときどきうねにしゃがみ込んで立ちあがれぬこめかみから、土用もこぬのに汗がとめどなく吹き出した。

足首をさすり、脛をさすり、腿をさすり、ふるえだした両足をひきずって彼女は、灸をすえに通った。街の病院に行き出している者もあったが、彼女はまた病院で栄養失調などといわれては、爺ちゃんにすまないと思ったのである。それに爺ちゃんの稼ぎは、自分が舟に乗れなくなってから、ほとんど金になっていない。

わずらいらしいことは、最初の嫁入りの冬、お多福風邪を病んだぐらいの達者な体であり、更年期に近いので、神経痛か脚気の気が出はじめたかと思いたかった。針灸院には、青ぶくれした神経痛の両ひざを立ててかがんでいる婆さまや、乳腫れを抱えたうら若い母親などが肌脱ぎになって、互いの病患をさすりあっていた。

「冬のあいだは、灸も、ホンゴホンゴと体をぬくもってよかばってん、今年の夏はもうから、いつもより、えらい暑かりようの違うばい」

と婆さまたちはいい、ゆきの震えを見ながら、その灸焼き仲間たちは、

「あんたも、月ノ浦のハイカラ病になったかな」

といった。刺身の一升ぐらいは朝晩にナメんと、漁師がたなかばい、といっていた剛気な網の親方の益《ます》人《と》やんが、朝舟からコノシロを入れた手網をかついで降りがけに、あれ、おるも、ちいっと左の腕のしびれたごたるよ、月ノ浦のハイカラ病にかかったかもしれんぞ、と冗談をいって笑った。土間に手網をおいて、息子の嫁女の話で出水からやってきた客のために、酒盛りの魚ごしらえをして、その接待を、たしかに十二時すぎまでつとめていたが、いつもは朝の早い益人やんが朝めしに出てこぬので、女房が毛布をはたきあげてみると、もうかすかに目ばかりをとろんとさせて、いくらゆすって呼んでも、コケのように口をひくひくあけて、あう、あう、と声を出すばかりだったのである。

つづけて、嫁女をもらう段取りになっていた息子と、女房が、すぐふたりとも動けなくなってしまったのである。益人やんの家族は三人とも〝学用患者〟というものになって熊大につれてゆかれた。益人やん

は二十日あまり、声の出ぬ口をあけたままに病んで、いい置きもできずに死んだのである。中風になるには早い四十五歳であった。

猫のいなくなった部落の家々に鼠がふえた。

台所といっても大方が窓もない土間の隅に水甕がひっそり置かれ、水甕の陰に鱗のこびりついた洗い桶があり、茶碗を置く棚が申しわけに外につき出してあるくらいだし、鼠たちは遠慮なしに赤土でこねたへっついの上にかけあがり、鉄鍋の上を通り水甕の縁に飛び移り、吊るされた鈎《かぎ》の手に飛んで伝って、手籠の中に入ったりするのである。吊りさげられた手籠の中には、ゆでたじゃがいもの、食べのこしの薄皮などが入っていたりするのである。鼠たちはすぐそのような土間から石垣道にくぐり出る。おぼろな月明かりの道を横切り、石垣をくぐって舟へ飛んで、手ぐりの釣糸やうず高く積まれてひさしく使わない網などを片っ端から嚙んだ。ひたひたと打つ夜ふけの波の間に、カリリ、カリリ、と石垣にそってつながれている舟のあちこちで、夜ごとに音がするのである。舟たちは曳き綱をながくのばして、鼠を逃れていた。

沖の糠餌《ぬかえ》には寄らないボラやチヌの大魚が、ふらふらと朝の渚にたどりつく。水あそびしているちいさな子どもたちは、キャッキャッと声をあげながら、波の間からそのような魚を抱えあげてくるのだった。ボラもチヌも、捉えられると、背びれや胸びれをいっぱいにぴいんと拡げたまま、かすかに、びち、びち、とふるえていた。

国道三号線は熱いほこりをしずめて海岸線にそってのび、月ノ浦も茂道も湯堂も、部落の夏はひっそりしていた。子どもたちは、手応えのない魚獲りに飽きると渚を走り出す。岩蔭や海沿いにつづく湧き水のほとりで、小魚をとって食う水鳥たちが、口ばしを水に漬けたまま、ふく、ふく、と息をしていて飛び立つことができないでいた。子どもたちが拾いあげると、だらりとやわらかい首をたれ、せつなげに目をあけたまま死んだ。鹿児島県出水郡米ノ津前田あたりから水俣湾の渚は、茂道、湯堂、月ノ浦、百間、明神《みようじん》、梅戸《うめど》、丸島《まるしま》、大廻《おおまわ》り、水俣川川口の八幡舟津《はちまんふなつ》、日当《ひあて》、大崎《うざき》ガ鼻、湯の児の海岸へと、そのような鳥たちの死骸がおちており、砂の中の貝たちは日に日に口をあけて、日が照ると、渚はそれらの腐臭が一面に漂うのである。

海は網を入れればねっとりと絡みついて重く、それは魚群を入れた重さではなかった。工場の排水口を中心に、沖の恋路《こき》島から袋湾、茂道湾、それから反対側の明神ガ崎にかけて、漁場の底には網を絡《から》める厚い糊状の沈澱物があった。重い網をたぐれば、その沈澱物は海を濁《にご》して漂いあがり、いやな臭いを立てた。漁民たちはその臭いから追われるように魚の気の少ない網をふり濯《すす》いで帰ってくる。高台から見る海はよどみ、べっとりした暗緑色だった。見てみろ、海が海の色しとらんぞ、部落の者は寄り寄りそういって坂道に佇んだ。若者たちは眼を光らせて舟を乗りまわし、ドベ臭くなった海の臭いを嗅いできて、あそこも臭かった、そこも臭うなっとるぞといいあった。

土用が来て、村の針灸院にはもぐさの煙がたちこめていて、煙の下に這う人びとの中でハイカラ病が増えた。赤土の段々畑も、まばらな針葉樹の林道も、村全体が炒《い》り上げられるようだった。坂道のところを茂平に背負われ、リヤカーに便乗させてもらってきたゆきは、背中から腕、足じゅうに火のともったもぐさを、びっしりつけたまま、急に、う、う、うう、と呻《うめ》き声をあげて跳ねあがり、驚いた皆が押え切れぬような恐ろしい力で、開けはなされた針灸院の障子を突き外して暴れまわり、縁から転げて悶絶した。

ゆきや、止しゃんの嫁御や、網元の末娘など十人くらいが、二岬ほど先の海のそばの街の伝染病院にかつぎこまれて間もなく、白い上衣を着た熊本の大学病院の先生方やら、市役所の人々が来て、一日がかりで村中の診察と調査が念入りに行なわれ、生活ぶりを、中でも食い物のことなどを聞かれ、軽い「よいよい」状の者たちは特に調べようがながかった。

昭和四十年五月三十日

熊本大学医学部病理学武内忠男教授研究室。

米盛《よねもり》久雄のちいさな小脳の切断面は、オルゴールのようなガラス槽の中に、海の中の植物のように無心にひらいていた。うすいセピア色の珊瑚《さんご》の枝のような脳の断面にむきあっていると、重く動かぬ深海がひらけてくる。

ヨネモリ例ノノウショケンハヨクコレデセイメイガタモテルトオモワレルホド荒廃シテイテ、ダイノウハンキュウハ——大脳半球ハアタカモハチノス状ナイシ網状ヲテイシ、ジッシツハ——実質ハホトンド吸収サレテイタ。小脳ハチョメイニ萎縮シ灰質ガキワメテ菲薄ニナッテイタ。シカシ脳幹、セキズイハヒカクテキヨクタモタレテイタ。

タダレイガイテキニ亜急性例経過ノヤマシタ例デミギガワレンズ核ガホトンド消失シテイタ。コノヨウニ本症ノケンキュウトトリ組ンダ初期ノボウケンレイ——剖検例デレンズ核ノショウガイガツヨイ例ヲミタノデハジメマンガン中毒ヲユウリョスベキデアルトカンガエタガ、ソノゴノ剖検例デハカヨウナ症状ハ一例モナク、ゲンザイデハマンガン中毒ヲヒテイシテイル。

ビョウリガクタケウチキョウジュノコトバ
「ビョウリガクハ死カラシュッパツスルノデスヨ」

病理学は死から出発するのですよ。

米盛久雄、昭和二十七年十月七日生、患者番号十八、発病昭和三十年七月十九日、死亡年月日、昭和三十四年七月二十四日、患家世帯主米盛盛蔵、家業大工、住所熊本県水俣市出月、水俣病認定昭和三十一年十二月一日。

水俣市役所衛生課水俣病患者死亡者名簿に記載された七歳の少年の生涯の履歴は、はかなく単純ですっきりしていて、それは水槽の中のセピア色の植物のような彼の小脳にふさわしかった。

この日私は武内教授にねがい、ひとりの女体の解剖にたちあった。

――大学病院の医学部はおとろしか。

ふとかマナ板のあるとじゃもん、人間ば料《こさ》えるマナ板のあっとばい。

そういう漁婦坂上ゆきの声。

いかなる死といえども、ものいわぬ死者、あるいはその死体はすでに没個性的な資料である、とわたくしは想おうとしていた。死の瞬間から死者はオブジェに、自然に、土にかえるために、急速な営みをはじめているはずであった。病理学的解剖は、さらに死者にとって、その死が意志的に行なうひときわ苛烈な解体である。その解体に立ち合うことは、わたくしにとって水俣病の死者たちとの対話を試みるための儀式であり、死者たちの通路に一歩たちいることにほかならないのである。

ちいさなみどり色の鉛筆とちいさな手帳を私は後ろ手ににぎりしめていた。肋骨のま上から「恥骨上縁」まで切りわけられて解剖台におかれている女体は、そのあざやかな厚い切断面にゆたかな脂肪をたくわえていた。両脇にむきあって放心しているような乳房や、空にむかって漂いのぼるようにあふれ出ている小腸は、無心さの極をあらわしていた。肺臓は暗赤色をして重くたわたわととり出されるのである。彼女のすんなりとしている両肢は少しひらきぎみに、その番《つが》い目ははらりと白いガーゼでおおわれているのである。にぎるともなく指をかろく握って、彼女は底しれぬ放意を、その執刀医たちにゆだねていた。内臓をとりだしてゆく腹腔の洞《うろ》にいつの間にか沁み出すようにひっそりと血がたまり、白い上衣を着た執刀医のひとりはときどきそれを、とっ手のついたちいさな白いコップでしずかにすくい出すのだった。

彼女の内臓は先生方によって入念に計量器にかけられたり、物さしを当てられたりしているようだった。医師たちのスリッパの音が、さらさらとセメントの解剖台のまわりの床をするのが、きこえていた。

「ほらね、今のが心臓です」

武内教授はわたくしの顔をじいっとそのような海の底にいて見てそういわれた。青々とおおきく深い海がゆらめく。わたくしはまだ充分持ちこたえていたのである。

ゴムの手袋をしたひとりの先生が、片掌に彼女の心臓を抱え、メスを入れるところだった。わたくしは一部始終をじっとみていた。彼女の心臓はその心室を切りひらかれたとき、つつましく最後の吐血をとげ、わたくしにどっと、なにかなつかしい悲傷のおもいがつきあげてきた。死とはなんと、かつて生きていた彼女の、全生活の量に対して、つつましい営為であることか。

——死ねばうちも解剖さすとよ。

漁婦坂上ゆきの声。

大学病院の医学部はおとろしか……。

人間ば料《こさ》えるふとかマナイタのあるとじゃもん。

こげな奇病にかかりさえせんば、あげな都見物はせんでも済んだろて。せっかく熊本まで出て行って、えらい都見物ばしてしもうた。月ノ浦の海で魚ども獲っておらるれば、熊本はよか都じゃったばってん。

うちは解剖ば見てきたとじゃもん、くまもとの大学病院で。

解剖ば一番はじめに見たときは——、まあ、えらいひどか怪我ばした人の寝とらすねえ——頭の皮もむけてしもうて、赤か腹わたやら青か腹わたを、ふわふわ出して、えらいやせた人やが、かあいそうに、なんでこげんなったのじゃろか。ほんに、このようなひどか怪我人は、初めて見た、と思うて、しんから見とった。

その日は病院も退屈してしもうて、どうせよその土地じゃ、ぼろ着て、こげなケイレン姿で踊っていようが、旅の恥はかき捨て、人が見て笑おうが、ただもう歩くぶんには迷惑かけぬし、と思うて歩くにも、こんなふうに、腰をうっちょいて、がっくんがっくん歩いて行きよった。大学病院は、ひろかとこばい。
ぶらあぶらあ、自分では歩きよるつもりで、かねて行きなれん方に歩いてゆきよった。草がぼうぼう生えとる中をずうっと通って、えらいぽつんと離れた原っぱにきてしもうたなあ、と思うて見ると、箱の置いてあるような建物のしんとして、草の中にあった。なんやらさびしか所やったばい。

建物にゃ窓のついとる。ここは何じゃろかいとおもうて窓に目をひっつけて見よったら、人間ばマナイタの上に乗せて手術のありよる。はらわたばあっちなおし、こっちなおししよらす。こらえらい手術やなあ、と、うちは、窓からしんからみとった。気がつくと、一緒にいたみっちゃんがおらん。あれ、さっきまで隣におったが。きょろきょろすると、みっちゃんはずっと先の方の、大きなくすの木の根元につかまって、おば、さん、おば、さん、ち、つかえたような声ば出しよった。

おばさん、さっきのは、解剖やったがな、とみっちゃんがいうて、げえげえするので、うちは何も知らんもんじゃけん、なごうまで見とったが、それからもう気持ちの悪うなって、めし食うても味はどうせいつもせんばってん、食えば吐くごたる気のして、その晩は何も食べんじゃった。解剖室のあるとこはほんにさびしかとこばい。このようになるまでやせてしもうて、ぐらしか（かわいそう）なあとおもうとったら、まあ、あれが死んだ波止の横の益人やんじゃったげな。同じ人間ちゃおもえんじゃったが。なんかえらい臭かったばい。臭うしてなあ、心の冷えびえして、生きとることと死んどることのけじめの所ば、出たり入ったりしとる気色じゃった。腹わたの赤やら青やらが遠かとこにあって、なんやらなつかしかごたる妙な気持ちじゃった。今なら見きらん。

うちの頭は、おろ良か頭になってしもうて、平気でカイボウまで見れたとやろか。うちも解剖さすやろばってん、有機水銀の毒気の残るばっかりのおろ良か頭の替えられるなら、頭はスパッとちょんぎってもろて、こんどは生まれ替わって、よか頭で生まれてこうごたる。

ああおかしか。また想い出した。

うちゃな、大学病院のながあか廊下ば、紙でぎょうさん舟ば作ってもろうて、曳いてされきよったとばい。紙で伝馬舟ばたくさん作ってもろうて。うちがぐらしかちゅうて、看護婦さんの作ってくれよらした。それに糸つけてもろうて長うに引っぱって、舟には看護婦さんたちの、キャラメルじゃの、飴んちょじゃの、いっぱい積んでくれよらした。

うちゃその舟ば曳いて、大学病院の廊下ば、

えっしーんよい

えっしーんよい

ちゅうて網のかけ声ば唄うて曳いてされきよったばい。

自分の魂ばのせて。

人間な死ねばまた人間に生まれてくっとじゃろうか。うちゃやっぱり、ほかのもんに生まれ替わらず、人間に生まれ替わってきたがよか。うちゃもういっぺん、じいちゃんと舟で海にゆこうごたる。うちがワキ櫓ば漕いで、じいちゃんがトモ櫓ば漕いで二丁櫓で。漁師の嫁御になって天草から渡ってきたんじゃもん。

うちゃぼんのうの深かけんもう一ぺんきっと人間に生まれ替わってくる。

第四章　天の魚

九竜権現さま

こえて三十九年初秋――

江津野杢太郎少年（9歳―昭和30年11月生）の家（水俣市八ノ窪）の〈床の間〉ともいうべき壁が改装されているのを、わたくしはしげしげと見上げていた。

床の間というものが、その家のほぼいちばん奥のつきあたりに、しつらえられてあるものであるとしたら、まさしく土間から、四畳の畳の一畳ごとに段落のついた窪みを、ひとまたぎした突き当たりの目前の江津野家の壁は、床の間というものであるに相違なく、いやそのような思案をめぐらすまでもなく、一目でこの家の土間に立てば、そこが床の間であり神殿であり須弥壇《しゅみだん》であることは見てとれることである。

わたくしは一種の敬虔《けいけん》な気分にとらわれていた。

「こんだの夏前の梅雨《ながし》で、どうもこうも、神さんたちの在《お》らす後の壁が、くされ落ちてしもうて、あん衆たちの、坐り工合の悪かろうごたる気のして、変えてさしあげました。背中のアッポンポンにほげて（大穴があいて）、夏の来るちゅうのに寒しゃさす」

爺さまと婆さまはこもごも目を細め、我が家の神々さまを仰ぎみる。

入口のほかに窓というものをつけないでいるこの家内全体が、この日ひとしお韻々《いんいん》たるわだつみのいろこの宮――それはもちろん青木繁流のロマネスクなどではさらさらなく――のごとき景観を呈していたのは、さきごろまで舟虫の食った破れ舟の舟板が、重々しくこの家の神棚の後ろの壁にうちつけられていたのが、ひときわ青み渡った波形のエスロン板にとり替えられているからであった。

神棚にそったうしろ一坪ばかりの壁自体はとりもなおさず、八畳ほどのこの家全体の明りとりともなっていた。当世流のこのエスロン波板の壁といえども、山腹にたぐり揚げられた朽ち舟が苔むして、おのずから竜骨を保護するおもむきを有しているこの江津野家の縷々《るる》たる年月に早くも溶けあい、ゆらめくような波形の青い光を放ち、その海《うな》底のもののような光線は、入口土間に籠のある庭先にかげりはじめている日ざしとまじわりあい、まだ電灯をつけない家の中に――この家のたったひとつの裸電球は、いつも家族たちの食堂の上に垂れているのだった――不思議な明るさをもたらしていた。

土間から上がってすぐの二畳が家族たちの食堂だった。そこには爺さまの手造りの食卓が、かなりの凹凸が目立つとしても、遠い昔からそうやっておかれているもののように、一種の安定を持って置かれていた。食卓のかたわらにはなつかしい手鈎のついたあの鉄鍋が置かれていたり、卓の上には爺さまの煙草盆や宝焼酎の三合びんやコップの箸立てやが、縁のかけた年代ものの湯のみ茶碗とともに置かれているのだった。それら決して稜線のととのうことのない小道具類や柱や、勝手な存在の向き向きはしていても、どれひとつとしてこの家から離れては存在しえないちいさな台所用具たちを、波形の青い光はすっぽりとやわらかくくるみこんでいた。

最初この家を訪れた秋にわたくしはこの家の神棚が普通のそれよりずいぶんとおもむきを異にしていることに気づいていた。幾分近視と乱視ぎみのわたくしはこの家の敷居をまたぐとき、いくどもまばたきした末に、小暗い家の中のすぐ目の前の、舟板でしつらえられた壁に、横にさし渡された一間ほどの棚がかけられてあり、恐ろしく煤《すす》をかぶった壁と棚と、そしてまた棚の上にずらりと並んだ、なにか形の定かならぬくろぐろした御神体をみたのだった。そのような物たちの間にそこだけ煤の薄い、白い瀬戸物の二本の花立てがあり、花立てには替えたての榊《さかき》の枝と、野菊の花があげられているのをみた。横にさし渡された一間ほどの棚は一家の神棚であり、ほかに仏壇らしいものも見当たらぬ家の内なので、これは仏壇をもかねているのにちがいなかった。

見るからに老い先みじかげな老夫婦と、誰の目にも、——あんわれもだいぶ水俣病の気《け》のまじっとるばい、腰つきも、もののいい方も中風にゃ早か年頃じゃもね——という工合にみえて、本人の自覚症状が水俣病の公式的な発生の時期よりいくぶん早すぎたという理由で、いやそれよりも一軒の家から何人も奇病が出ては、お上からいただく生活保護のことでもいちだんと世間がせまいということで、診察を受けにゆくことを遠慮している老夫婦のひとり息子と、(彼のことを村の人たちは清人しゃんとよぶのだった)この息子のもとを逃げ出した嫁女が産んだ三人の孫とが——中の孫の杢太郎少年は排泄《はいせつ》すら自由にならぬ胎児性水俣病であるが——計六人が、江津野家の一家であった。

「いやあ、あの清人しゃんな、この前までは模範青年で、薪荷のうて山坂下るときのなんの、腰ゃびゅんびゅんしなわせて、走って下りよったもんな。江津野の爺やんな、えらいお宝息子ば持っとらる。舟漕ぎでんなんでん、早さも早さ。波の上に櫓はちょんかけて、腰ゃすいすいひねらせて、清人が漕げば舟はひとりで飛んではってくごたる。あやつはよか漁師になる奴じゃったばってんねえ、今どきの若かもんにゃめずらしかったが惜しいことした、あれも奇病じゃ。よか男も台なしばい」

三十歳を越えて名前だけ江津野家の世帯主に立てられている老夫婦のこのお宝息子は、ありとあらゆるものに遠慮して暮らしていた。彼の言葉は、あの水俣病特有のもつれ舌で、彼はよほど自分のその生まれつきでもないいいまわしに嫌気がさしているのか、言葉という言葉を省いてしまい、そのかわり、大ていの用には意味を通じさせることの出来る微笑をもって、人と応対するのであった。なかなかの好男子で長身な彼が、気弱そうにもいんぎんていねいな微笑を浮かべて、二、三度頭を下げると、相手はいつもつりこまれて、用が済んだ気持ちになるのである。

爺さまに対して、彼はおそろしく従順だった。逃げ出した彼の女房は、彼と老夫婦に三人の男の子たちをあてがい、あっというまに他の男と再婚してしまったが、そんな女房のことも、杢太郎を中にした三人の子どもたちのことも、漁のことも、生活保護をめぐる市役所との交渉ごとも、晩酌の焼酎を今夜は何合買うかということも、いっさい爺さま任せだった。

爺さまは家の中のいっさいをとりしきっていた。彼は、財布を、お上からいただく生活保護の金を、「一、厘のムダづかいもせぬように」とりしきっていた。爺さまのまなこは、誰がみても普通の老眼以上の見かけだった。彼の両眼は白く濁り、したがって彼の歩きつきはいつも、杖を持たないだけいっそう暗夜を歩くような調子である。しょっちゅう涙やら目やにやらが滲み出るので、いつも煮しめたような和手拭を片っぽうの手に握りしめていた。孫たちの学校の費用や、運動会の弁当や、それから醤油や味噌を孫たちに買わせにやるとき、彼は婆さまがこしらえた布製の銭入れを腹巻の下からとり出し、大そうな難儀をして、お金をとり出すのだった。

そのようなとき、この家族たちは、爺さまが首すじから頭から顔から、幾へんとなく手拭いで汗やら涙を拭きまくり、かなりの時間かかって、ふるえる手元にお札や小銭をとり出すのを、じっとのぞきこんで、辛抱づよく待っているのだった。

百円札をやっと一枚とり出す。それから彼は清人にむけていう。

「いっちょお前も今夜は呑むか、たまにゃ呑め。そんならば今夜は宝焼酎の三合びんば買うてけえ」

すったれの孫の一年生がハイと手を出す。

「いくらじゃったかの、三合びんな、戦争前まじゃ一升一円じゃったが……」

「爺ちゃん三合びんな百二十円じゃが」

「じゃったじゃった、百二十円じゃったわい。あん頃は上等の焼酎が一升一円二十銭じゃったぞ。あきれ返った世のなかになったもんじゃ、三百倍に上がっとるわけじゃ。豆腐どま、五銭で買われよったて。豆腐は何百倍になったか」

四年生のほうのかしら孫はちょっと首をひねって、そげんいうたちゃ、五銭ちゅうとはどしこけ（いくらだったか）、聞いたこともなかと笑う。婆さまは、ほれほれ百二十円出さんかな、豆腐のかわりも二十五円、とうながす。

爺さまはこの一家を背負ってかなりの程度にしっかりしていたが、――今どきの銭の値うちというもんは変わり目の激しゅうして油断がならん、と思っているので、ときどきがむしゃらに戦争前の物価指数をおもいだして、使いにゆく孫たちにむけてうっぷんばらしをするのだった。

三十半ばになってわけのわからぬ萎《な》え病になり、やもめになってしまったひとり息子と、爺さまより年上の婆さまと、三人の孫たちは、このような爺さまを、心から頼りにして暮らしているのだった。

ここら一帯の信心深い年寄りたちが、他家の敷居をまたぐとき必ずそうするように、わたくしもこの家をはじめて訪うた秋に、一家の神棚と仏壇のありどをたしかめうると、まずそこにむかって礼拝したのである。

老夫婦はわたくしのことを、

「あねさん」

と呼ぶのだった。ふたりから天草なまりであねさん！と呼びかけられるとわたくしは、生まれてこのかた忘れさられていた自分をよび戻されたような、うずくような親しさを、この一家に対して抱くのだった。

口ごもり気味にわたくしはいいそびれていたおねだりを試みてみる。

「あの婆さま、九竜《くりゅう》権現ちゅう神さまは」

「はいはい」

「あのこの前きたとき教えてもろうた神さま、いったいどげん御姿しとらす神様じゃろ」

「ああ、あのひとは竜神さんでござす」

「いっぺん拝ませて貰おうごたるですばってん」

「そりゃまた有難かこつでござす」

「手に受けて拝めば罰かぶるでっしょか」

「なんの」

ふたりは声をそろえて中腰になる。

「なんのあねさん、心やすか神さんじゃもね」

ばあさまがそういうと続けてじいさまが、

「はよ婆《ば》さま、拝ませてあげ申せ」

と天草言葉でいう。

婆さまは裾短かに着た縞木綿の「半切り」の上にあてた、紺の前垂をくちゃくちゃと下ろして、あの〝神殿〟の前に立つのである。

彼女の、古風なまげがほつれて垂れている小さな後姿をすかしてみていると、〝神殿〟からの青い光はおごそかなものだった。

エスロン波板の壁がはからずも明りとりとなって、この神殿から照射するひかりの中に、ひとめで暮らしのさまをあらわし出したこの家の、タンスも押し入れも、およそあの規格にとらわれた家具調度らしきものの、なにひとつ見当たらない神棚のある景観は、土間に据えられている水ガメや入口に転がっているこわれた針金のボラ籠や、鱗《うろこ》のこびりついている魚籠やとともに、われわれがあの、暮らし、と総称しているもののもっとも明快な祖型をあらわしていた。そして、このような様相をした一家には、いまだに語り出されたことのない韻々たる家系がたたみこまれているにちがいなかった。
棚に乗せられた神々や榊の葉や花立てや、小さなお稲荷さんの鳥居や、写真や、それから紙の裁縫箱や、そして、この礼拝壇の脇に古び果てた緞帳《どんちょう》のように懸っている家族達のつゞれの着物や、男の子たちの帽子や布製のカバンなどは、それはそれで母親のいないこの家のよき整頓法であったし、エスロンの床壁はこのような品々の配置によって、ほとんど、ステンドグラスの趣さえそなえていたのである。

姿をあらわしている神々

九竜権現さま
えびすさま
こんぴらさま
天照皇太神宮さま
お稲荷さま
お稲荷さまの小さな鳥居
むかし爺さまの網にかかってきて、
それがあんまり人の姿に似ておらいたけん、
自分と子孫のお護りにといただき申してきた沖の石
御先祖さまのお位牌

どこのお宮のお守りかもう覚えこなさんが、
御嶽さんやらイツクシマの神さまやら、
四国のお寺に詣って来た人たちから貰いあつめたお札
あの写真なさち子の、はい、
さち子とは孫たちを産んだ母女《かかじょ》の名でござす。
そのさち子の写真
二度とこの家《や》に戻っては来んおなごで――
石ころ
石ころは、さち子がこの家《や》にくる前に流した赤子たちで
死んで生まれてもやっぱりここの孫たちとはきょうだいで、
拝んでやらねば浮かばれん仏たちでござす。

婆さまが暫く拝んでいるあいだに、爺さまがそんなふうに説明する。彼女は少し爪立ちして両腕をのばし「九竜権現さま」をお下ろし申し、煤《すす》を吹きやりながらわたくしの掌の上に、まっくろな和紙にくるまれている彼女の神さまを乗せようとするのだった。和紙には何やら墨書と朱印の痕跡があるが、それよりも煤だらけの和紙の中から、婆さまがはらりとわたくしの掌にこぼした御神体は不思議な見ものである。

「ほう、これは――」

「はい、竜のうろこでござす」

「竜の――」

「はい、わしどま、竜の姿というものは、絵にかいた姿しか知りやっせんが、海から空に泳ぎあがるそうで、角の生えとるそうでござす」

それは六ミリ幅、三センチ長さくらいの楕円形の、厚みのある乳褐色の、雲母でもない、たしかになにかのうろこ、にはちがいなかった。

「数知れぬ魚共がうろこは、わしも漁師で見とりますばってん、こがんしたうろこはありまっせんで、竜のうろこでござっしゅ。鬼より蛇より強うして、神さんの精を持っとる生きものでござすそうで、その竜の鱗ちゅうて、先祖さまからの伝わりもんでござす。天草から水俣に流れて来ましたとき、家もつくっちゃやれん、舟もこしらえてやれんで、この神さんばつれてゆけ、運気の神さまじゃけんと親がいうてくれて、一緒におつれ申してきて、運気の神さんでござす。ひきつけを、ようなおしてくれらす。なあ、ばあやん」

「はい、ひきつけも、ようなおさす。息子も孫も三人づれ、ひきつけのときや、この神さんにゃ、えらいお世話になりました。

この神さんな正直もんばい。なおらん子にゃ、嘘はいいなはらん。なおらんちいいなはるよ。杢がなあ、杢がひきつけたときや、なおらんちいいなはった。びちりとも動きなはらんじゃったもん。

なんのなおろうかいなあ。水俣病じゃもね。こういう病気じゃもね。いくら神さんでも知っとりなるもんけ。知っとりなさるはずはなか。世界ではじめての病気ちゅうもね。昔の神さんじゃもね。昔は、ありえん病気だったもね。

あれ、あねさん、あんた、その神さんば、ようみてみなっせ。あら、動きよらすとじゃなかけ？」

私の掌の上にある雲母のような、魚の鱗でもなし、見なれているあの軽やかな蛇の素抜けの殼でもなし、硬度を持った楕円形の、ひとひらの「竜のうろこ」が、みているうちにまことに微かに、じりっとみじろいだのである。

「あれえ、あねさん！

よう見てはいよ。ほらほら、あんたはよっぽど運気のつよかひとばい。ほらほら、権現さんのぴくぴく動きよらす。握っちゃならん。ひろげて見とんなはれ。あら、曲がらした、曲がらした！　ンまあ、こげんひとはめずらしか。ほう、まこてあねさんな運気の強かひとじゃ。運気の強かひとの掌に乗せれば、権現さんの、ぴんこぴんこ飛んでみせらすちゅう話じゃったが、ほんなこて、飛ぼうでしよらすよ」

おそらく、状況没入型アレルギー性発熱を常時内発させているわたくしの体熱と、ゆらめきながら上昇しているこの家の湿度にはさまり、掌の中の可憐な竜の鱗は、率直に物理的反応を示したにちがいなく、豆類のさやがかすかな地熱にも反るように、その細くうすい体をみずからくるむようにして、はらりと身を反らしたのである。

「へえっ、あねさん、あんたよっぽど運気のつよかひとばい。ほんにあんたのようなひとはめずらしか。いんま、きっと、よかことのあるばい。この神さんはウソはいわっさんで」

水俣の市街より一きわ高台の八の窪部落の秋は、稲とも、葦の穂の匂いとも嗅ぎわけられぬ匂いが立ちこめ、老夫婦の精霊信仰に抱かれて、久しくつやの失せはてているわたくしの頬は、そのときいくばくか紅潮し、幸福でさえあった。

「ほんに、この神さまは、その身になって考えらすとばい。あれまあ、こげんなるまで体ば曲げて。あねさんなふのよか（運がいい）。うちの杢《もく》がひきつけたときは、ぴーんと伸びたまんま、曲がりもしなはらんじゃったて。この神さんのああいう風に曲がりもせずのびたまんまおらすときは、もうつまらん。どれだけ拝んだちゃもうつまらん……。

案のじょう、熱ものうしとって、明けの日から手も足も、曲がったまんま、モノもいいきらん人間になってしもうた。杢ばっかりにゃ、この神さんも首振らした。

まあ、たまがった、たまがった。あねさん、あんたにゃよっぽどこの神さんの、ぼんのうばい。運気の強かちいいよらす――」

生きとるもんも、神棚にあげて拝めば、神さまとひとつでござす。ありゃ、杢どんたちが母女《かかじょ》の写真でござす。杢がような子ば、みすみすうっちょいて、老い先のなかわしどもにあてごうて、行ってしもうた嫁でやすけん、大がいのおなごじゃある。

わしがかかにとっちゃ姪にあたるおなごで。何の業《ごう》かその姪が家でも、九人家内のうち四人、水俣病が出やした。

この写真のさち子というおなごは、思えばしあわせの悪かおなごでござした。わしげの清人に来る前は、八代の農家奉公に出されとって。農家奉公しとるうち、父親《てて》の名乗られん子を奉公先で孕《はら》みおって。わしどもにすれば、かかの姪じゃあるし、ふびんがかかって。腹がふくるれば、どのよな訳じゃろと女の方だけがケガしたことになる。生むなり流すなり、どっちみち親がひきうける銭はなか。それでわしが出かけて、奉公先の親方に逢うて談判して……。

奉公人ちゃ辛かもんでやす。生んじゃ困るちゅうて、ケガさせた親方がおなごにダマされたちゅうふうにいうて。一度ならず二度ならず、ケガして戻ってきては泣きつく。男はいっとき良かおもいするばっかりでも、おなごのケガは、しんから好きあう男が出てこんかぎりなおりゃせん。親の家にも帰り辛かろうで、いっとき、おるが家にけえちゅうて、わしが引きとって、赤子下ろさせて養生させとるうち、うちの清人とどうやらできてしもうとるごたる。

そんならばよかったことにせんばならん。一緒にさしゅうちゅうて、うちの嫁御にしたわけでやした。いっときえらい仲良うして、お互い体いっぽんの貧乏もん同士、夫婦仲のよかとが何よりしあわせじゃと喜こうどったら、ふとしたことで、うちのばばとさち子がケンカして……。

嫁と姑が日なたぼっこしながら、破れぶとんを修繕しよって。ばばやつがついうっかり、さち子、お前の親もお前にゃ苦労ばかりさせて、奉公にゃ出す。もめごとにはうてあわん、お前が嫁にくるにも、ふとんのいっちょも買うてやらずに、とこういうて。

それが始まりで姪と叔母の嫁姑が仲が悪うなって。さち子が親にいいつけて、親同士のケンカのごとなって、とうとう出てゆくごとなってしもうた。するうち、さち子の家もちょうどそんころ、まだえたいの知れんじゃった水俣病に妹がなる、弟がなる、両親がなるで、いっときわが家に加勢にゆくつもりで帰って、飲み屋に働きにゆくごとなって。ほんのわかれになってしもうた。ほんにあのぞろぞろとあっちの家にもこっちの家にも水俣病が出て、世の中の黄色かごとなっとる頃のどさくさで、そげんなってしまいやした。誰にもどげんもなりゃあせん。あれが飲み屋にゆくごとなったにも、実家にもどるにしろ、わしげにおるにしろ、どっちみち体の達者かもんが、とにかく銭のとるる仕事をせにゃならんじゃった。

漁はいっちょもできんごとなっとったとじゃけん。さち子の家も漁師でやすで。あれもだいぶ頭のいたかったろ。飲み屋でよっぽど気の合う男ができましたとじゃろ。嫁御に行《い》たてしもうた。

わしが杢ば背負うていって、戻ってくれいと頼うだのもふり切って、帰らんちいい切った。

あれはわしが知っとるだけでも、九人の子持ちでござすばい。えらいな世の中を暮らすおなごじゃ。ほかの女ごの三世も四世もいっぺんに生きよるおなごじゃ。わしげの孫どもにゃ、お前どんばうっちょいて（ほったらかして）、はってく（行ってしまう）おなごじゃ。母《かか》さんちゃ思うな。棚にあがらした神さんちおもえといいきかせますばってん。

あれも、今はもうこの家《や》におったちゃ、ゴテ（夫）は萎えとる。杢ヤツは一生あげんしてころがっとる。おろごつ（居る気）もなかったろ。思えば、しあわせの悪か女《おなご》でござした。もう戻るこた、ありますみゃ。嫁ぎ先に三人も子どもができとる。戻ってもらおごとあるばってん、そらあならん。あっちの、嫁ぎ先の義理がすまん。

そるばってん、あねさん、やっぱり、想わぬ晩な、なかばい。ばばと、じじが死ねば、この三人の孫どもは、いったいどげんなっとじゃろか。

杢はまん中でござす。我が身を、我が身で扱いきれん体しとって。便所がなあ、ひとりじゃでけん。一生、兄貴と弟に世話かけにゃならん。兄貴ちゅうても、二つ上の十一でござす。父《とと》やつも、あやつも、たしか水俣病でござすとも。ちっとした怪我がもとで、足も腰も、腕も、ようとはかなわん。もともとは水俣病じゃと、わしゃおもうとる。人一倍働きよったっですけん、青年のころは。役せん体にちなってしもうた。

今になれば水俣病ちゃいいはなりまっせん。お上から生活保護ばいただきよって――。このうえ水俣病ばいえば、いかにも、銭《ぜん》だけ欲っしゃいうごたる。
今は、どうなりこうなり、じじとばばが、息のある間はよか。力のある間は、かかえて便所にもやる。おしめも替えてやる。飯もはさんで食《か》する。あねさん、ぐらしゅ（かわいそう）ござすばい……。
杢は、こやつぁ、ものをいいきらんばってん、ひと一倍、魂の深か子でござす。耳だけが助かってほげとります。

何でもききわけますと。ききわけはでくるが、自分が語るちゅうこたできまっせん。

生活保護いただくちゅうても、足らん分はやっぱり沖に出らにゃならん。わしもこれの父も半人前もなかもん同士で舟仕立てて、いい含めて出る。杢のやつに、留守番させときます。すると時間のたつうちにゃ、ぐっしょり、しかぶっとりますわい。臭かもなんも。それよりか、本人が気の毒じゃしとりますじゃろ。尻替えてもらうのが、杢にとっちゃ、いちばんきつか。これがいちばんぐらしか。腹の餓《ひ》だるかとは、こらえらるるばってん、うんこ小便は、大がいまではこらえとっても、それから先はこらえられん。わしも、ばばも、父《とと》も、半人前もなか人間ばっかりしとって、よたよたして沖にゆくとですけん。

杢が待っとるけん、はよ戻ろと思うても、陸につくまでは、それだけの時間の要《い》る。

しかぶっとるか、しとらんか、顔みりゃすぐわかる。じゅつなか顔しとります。気の毒しゃして。気いつこうて。肉親にでも気いつかうとですけん。冬でのうてもぐっしょり濡れて、寒さに青うなっとる。このじじばばが死ねば誰がしてくるるか。――親兄弟にでも、人間尻替えて貰うとは赤子のときか、死ぬときか。兄貴も弟も、やがては嫁御を持たにゃならん。そんとき、これが、邪魔になりゃせんじゃろか。そんときまで、どげん生きとれちゅうても、わしどま生きられん。ほら、わしがこの目、このように濁っとります。もう大分かすみのかけて見えまっせんと。この目ば一生懸命ひっぱってあけて、この前のごつお迎えのバスの来れば、ああいう風に、病院にも、背負《かろ》うて連れて行きます。からえば、腰の曲がってちぢんどるわしよりか杢の方が、やせてはおるが足の長うなって、ぞろびく（ひきずる）ごてござすとばい。もう数え年は十でござすけん。

　わしも長か命じゃござっせん。長か命じゃなかが、わが命惜しむわけじゃなかが、杢がためにゃ生きとろうごてござす。いんね、でくればあねさん、罰かぶった話じゃあるが、じじばばより先に、杢の方に、はようお迎えの来てくれらしたほうが、ありがたかことでございます。寿命ちゅうもんは、はじめから持って生まれるそうげなばってん、この子ば葬ってから、ひとつの穴に、わしどもが後から入って、抱いてやろうごだるとばい。そげんじゃろうがな、あねさん。

　杢よい。お前やききわけのある子じゃって、ようききわけろ。お前どま、かかさんちゅうもんな持たんとぞ。

　お前やのう、九竜権現さんも、こういう病気は知らんちいわいた水俣病ぞ。

　このようになって生まれたお前ば置いてはってたかかさんな、かかさんち思うな。母女はもう、よその人ぞ。よその子どんがかかさんぞ。

　杢よい、堪忍《かんにん》せろ。堪忍してくれい。

じじもばばも、はよからもう片足は棺にさしこんどるばってん、どげんしても、あきらめて、あの世にゆく気にならんとじゃ。どげんしたろばよかろかね、杢よい。

かかさんのことだけは想うなぞ。想えばお前がきつかばっかりぞ。

思い切れ。思い切ってくれい、杢。

かかさんの写真な神棚に上げてある。拝めねえ。拝んでくれい。かんにんしてくれい。お前ばこのよな体に成《な》かして。

神棚にあげたで、かかさんなもう神さんぞ。この世にゃおらっさん人ぞ。みてみれ、うちの神棚のにぎやかさ。一統づれ並んどらすよ神さんたちの。あの衆《し》たちば拝んでおれば、いっちょも徒然《とぜん》のうは無かぞ。お前やね、この世にも持っとるばってん、あの世にも、兄貴の、姉女のと、うんと持っとる訳ぞ。この家にこらす前じゃあるが、同じかかさんの腹から生まれた赤子ばっかり。すぐ仏さんにならいた。ここに在《お》らす仏さんな、お前とはきょうだいの衆たちぞ。

石の神さんも在らすぞ。

あの石は、爺やんが網に、沖でかかってこらいた神さんぞ。あんまり人の姿に似とらいたで、爺やんが沖で拝んで、自分にもお前どんがためにも、護り神さんになってもらおうと思うて、この家に連れ申してきてすぐ焼酎《おみき》ばあげたけん。もう魂の入っとらす。あの石も神さんち思うて拝め。

爺やんが死ねば、爺やんち思うて拝め。わかるかい杢。お前やそのよな体して生まれてきたが、魂だけは、そこらわたりの子どもとくらぶれば、天と地のごつお前の魂のほうがずんと深かわい。泣くな杢。爺やんのほうが泣こうごたる。

杢よい。お前がひとくちでもものがいえれば、爺やんが胸も、ちっとは晴るって。いえんもんかのい

——ひとくちでも。

なんの業じゃろかいなあ、あねさん。

わしゃ、天草から家別れして、親がびんぼで水俣に、百間港のまだ出けとらん時分にきやした。水俣にカーバイド会社のでけて、百間にもふとか港のでけるげなちゅうて、梅戸港ばかりじゃ足らんげなちゅう。それで百間港の護岸工事に人夫やとういう話が天草にも聞えて、それで人夫にやとわれて、銭ためて舟買うて、嫁御もろて、親代々の漁師ばして、水俣で暮らそとおもうて渡って来やした。港が大きゅうなれば人家もふゆる。人家がふゆれば漁師も立ってゆくにちがいなか。

わしゃ三番太郎《たろう》に生まれて家継ぐこたでけん。水俣ならば、親の家のある御所の浦島からは波の打ちかえすこっちがわの岸。

親のおる島のみえる水俣で暮らそとおもうて、十六のとき人夫になって水俣さね来たとでやす。水俣にゃ会社もでけとる、港も大きゅうなる、遠かアメリカやブラジルや、炭坑あたりに募集人につられて出てゆくもんもありよったが、いっぺんよその国に出たが最後、どこで餓死するかわからん。成功して戻ってくるもんもおりゃするばってん、そげんした者は百人にひとりでやす。親のおる島の目の先にめかかっとる(見えている)水俣も発展するかもしれん。ふとか成功はせんちゃよか、こまんか舟のいっちょ、こまんか小屋ばいっちょ、わが腕で稼ぎだして、嫁御もろて子どももって子どもたちに魚釣り教えて、人間並みに

暮らそうごたる。

そげんおもうて、水俣の百間の護岸工事の人夫にやとわれて、いわばなぐれてきたとでやした。

そんころの水俣の、百間ちゅうとこは、今の国道線のすぐ下は岩っぴらで、道のすぐ下まで潮の洗いに来よった。

港のなんのじゃなか、そらもうさびしか、ふつうの浦じゃった。今の会社の排水口のあるところあたりから、会社のほうさね、水俣駅のあたりまで潮の出たり入ったりする蘆《よし》の原で。今の排水口はそんころ、こまんか水門じゃった。百間にゃ家の四、五軒もあったろか。

そげんした百間の岩っぴらの松の木の下に、護岸工事の人夫小屋の建っとって。片ひら屋根の掘っ立て小屋で。その片ひら屋根も親の家よりゃかまえががっしりみえた。柱も板も鉋《かんな》はかけちゃなかが、新しゅうして。

よし、いつかは銭ためて舟造って、嫁御みつけて、片ひらの屋根の掘立て小屋でもよか、家持って、いつかは親の家に喜んでもらいぎゃ戻ろうち おもうた。百間の港はでけあがって、なるほどそれから水俣の町もひらけやした。

あねさん、わしゃふとか成功どころか、七十になって、めかかりの通りの暮らしにやっとかっとたどりついて、一生のうち、なんの自慢するこたなかが、そりゃちっとぐらいのこまんか嘘はときの方便で使いとおしたことはあるが、人のもんをくすねたりだましたり、泥棒も人殺しも悪かことはいっちょもせんごと気をつけて、人にゃメイワクかけんごと、信心深う暮らしてきやしたて、なんでもうじき、お迎いのこらすころになってから、こがんした災難に、遭わんばならんとでござっしゅかい。

なむあみだぶつさえとなえとれば、ほとけさまのきっと極楽浄土につれていって、この世の苦労はぜんぶち忘れさすちゅうが、あねさん、わしども夫婦は、なむあみだぶつ唱えはするがこの世に、この杢をうっちょいて、自分どもだけ、極楽につれていたてもらうわけにゃ、ゆかんとでござす。わしゃ、つろうござす。

これの父《とと》も水俣病でござすとも。あやつは青年のころは、そら人並すぐれて働きもんでやしたて。今はあんころとくらぶれば半分もござっせん。役に立たん体にちなってしもた。親子二人ながら水俣病でござすちゃ、世間の狭うしてよういわれん。役場にゃ世帯主に立てて、一人前の人間につけ出しとるが、わしがためにゃたったひとり出けた息子も、ああいうふうにしとるのをみれば、水俣病にちがいなか。後《のち》ぞえ貰うてくりゅうにも、このようになってしもうた家に、どこのおなごが、ちらりともかたぶいて見るじゃろか。決して来てくるるおなごはおりやっせん。

かしら孫はいま四年生でござす。わしが死ねば、この家のもんどもは、どがんなりますか。

あねさん、この杢のやつこそ仏さんでござす。

こやつは家族のもんに、いっぺんも逆らうちゅうこつがなか。口もひとくちもきけん、めしも自分で食やならん、便所もゆきゃならん。それでも目はみえ、耳は人一倍ほげて、魂は底の知れんごて深うござす。一ぺんくらい、わしどもに逆ろうたり、いやちゅうたり、ひねくれたりしてよかそうなもんじゃが、ただただ、家のもんに心配かけんごと気い使うて、仏さんのごて笑うとりますがな。それじゃなからんば、いかにも悲しかよな眸《め》ば青々させて、わしどもにゃみえんところば、ひとりでいつまっでん見入っとる。これの気持ちがなあ、ひとくちも出しならん。何ば思いよるか、わしゃたまらん。

こりゃ杢、爺やんな、ひさしぶりに焼酎呑うで、ちった酔いくろうた。

杢よい。

こっち、いざってけえ、ころんころんち、ころがってけえ。

こいつは、あねさん、このごろ、かなわん手で、金釘と金づちば持ち出して、大工のまねばおぼえぎしかかって。わしどもが海からあがってきてみれば、道具箱のところさねころがってきて、釘と金づちを曲がった手で摑《つこ》うで握っとる。体は横になっとって、首は亀の子ごとさしのべて、釘ば打とうでしよりますがな。このよな曲がり尺のごたる腕しとって。十ぺんに一ぺんな釘の頭に当たりますじゃろか。指にゃ血マメ出けかして、目の色かえて仕事のけいこばしよる。

きたかきたか、杢。

ここまでけえ、爺やんが膝まで、ひとりでのぼってみろ。

おうおう、指もひじもこすり切れて、血のでとる。今日はえらいがま出した（精が出た）ねえ、おまえも。

こら清人、富山の入れ薬にまちっと赤チンの残っとったろが。持ってけえ。

おるげにゃよその家よりゃうんと神さま仏さまもおらすばって、杢よい、お前こそがいちばんの仏さまじゃわい。爺やんな、お前ば拝もうごだる。お前にゃ煩悩の深うしてならん。

あねさん、こいつば抱いてみてくだっせ。軽うござすばい。木で造った仏さんのごたるばい。よだれ垂れ流した仏さまじゃばって。あっはっは、おかしかかい杢よい。爺やんな酔いくろうたごたるねえ。ゆくか、あねさんに。ほおら、抱いてもらえ。

海石《うみいし》

少年とわたくしの心は充分通いあっていた。

彼は「曲がり尺」のようにかぼそく青白い肱《ひじ》をうすい胸の上にあわせ、いつも、かじかんでまがってい る両掌の左の方を上に重ねて、爺さまのはだけた両膝の間に仰向けになっているのである。話の途切れ目 でもないのに、がくんと、頭《こうべ》をたれてねむったりする爺さまの腕と、組んだ膝の間から、少年は自分の体 がずり落ちないように、背中をわずかに曲げたりずらしたりしているようだった。というより、彼はそう やって、爺さまをあやしているといったほうがよい。

杢太郎少年とわたくしは、爺さまがそのようにしているあいまに、目と目だけでいつも会話をとりかわ すのであった。爺さまが、酔いの勢いで少し乱暴に、ゆくか、あねさんに、ほうら抱いてもらえ、などと、 少年の体を拍子をつけてほうり投げようとするとき、この少年とわたくしは、ちかりとまなざしをあわせ、 木仏さまのような重量しかない彼の体は、もう私の胸の中に場所を替えている、という工合である。その ようなやりとりの一部始終を眺めつけているこの家族たちは、なかでも少年の幼い兄と弟は大口をあけて 笑いころげるのだった。三人兄弟の父親、清人しゃんも、ぼうっと微笑んでゆらりと立ちあがり、腰をの ばして一灯きりしかない頭の上の裸電球のスイッチをひねる。団欒《だんらん》の夜がくる。

婆さまは食卓の上に、くずれかけた豆腐を切って出す。それから大山盛りに、タコの茹《ゆ》でたのを切って 出す。それから、黄色く色のついた大根の漬物を出す。二人の孫たちは膝を立ててカチャカチャと小皿をめいめいの前にならべはじめる。弟のほうが、食卓の下の猫の皿に釜の蓋をとって御飯をとりわけ、それから景気よく茹でダコの五切れか六切れをのせてやり、ついでに、したじをざんぶとかけてやる。

婆さまはそれをみながら、チョッチョッチョッと舌を鳴らして猫の頭をぽんと打ち、それからいいきかせをする。ほれほれ、ミイ、こっちがおまいの自分の飯ぞ、これだけもろうて食えばもうよか。人のおぜんの上に登るめえぞ——。

すると爺さまはすぐにききつけてかっと目をひらき、けちけちすんな、ミイにもうんと食わせろ、猫ちゅうもんは、腹いっぱいに食わせさえすれば、人の皿に来たりはせんもんじゃ——と説教をたれる。

かれが杢太郎少年を抱きゆすりながら泪だらけになったりするにしても、江津野家の夕餉は、爺さまというこの七十歳の大黒柱が、きげんよく三合の焼酎に酔っていることで、和《なご》められていた。健康児である二人の兄弟は、含み笑いをしたり箸でつつきあったり、それから思い出したようにかきこんだり、かわるがわる杢太郎少年の口に骨をむしりとった魚や、豆腐を押し込んでやったりして、忙しかった。「ミイ」は満ち足りた顔で前脚をなめ、それから婆さまの膝の上に乗りにゆき、あくびをしてあごを埋める。

爺さまが、今のような程度の気力と体力をもって、家父長権を保持してゆくかぎり、あとなにほどかの間は、この一家なりの日々がこのようにして営まれてゆくにちがいないのである。爺さまはポクリと今夜にでも死ぬかもしれない。

あねさん、わしゃ酔いくろうてしまいやしたばい。久しぶりに焼酎の甘うござした。よか気持ちになった。わしゃお上から生活保護ばいただきますばって、わしゃまだ気張って沖に出てゆくとでござすけん、わが働いた銭で買うとでござすけん。わしゃ大威張りで焼酎呑むとでござす。こるがあるために生きとる世の中でござす。

なあ、あねさん。

水俣病は、びんぼ漁師がなる。つまりはその日の米も食いきらん、栄養失調の者どもがなると、世間でいうて、わしゃほんに肩身の狭うござす。

しかし考えてもみてくだっせ。わしのように、一生かかって一本釣の舟一艘、かかひとり、わしゃ、かかひとりを自分のおなごとおもうて――大明神さまとおもうて崇《うやも》うてきて――それから息子がひとりでけて、それに福のさりのあって、三人の孫にめぐまれて、家はめかかりの通りでござすばって、雨の洩ればあしたすぐ修繕するたくわえの銭は無かが、そのうちにゃ、いずれは修繕しいしいして、めかかりの通りに暮らしてきましたばな。坊さまのいわすとおり、上を見らずに暮らしさえすれば、この上の不足のあろうはずもなか。漁師ちゅうもんはこの上なか仕事でござすばい。

わしどんがように目の見えん、つまり一字の字も読めん目を持っとるものには、世の中でこのようによか仕事はなかち思うとる。わしどもは荒か海に出る気はなかとでござす。わが家についとる畠か、庭のごたる海のそこにあって、魚どもがいつ行たても、そこにおっとでござすけん。

わしゃ、天草と水俣の間ば行ったり来たりするばっかりで、広か世間ちゅうもんにゃ、百間の護岸工事の人夫に志願して出たとき、他国者とつきおうたくらいで、都の暮らしちゅうもんは話にきくばっかりじゃが、東京ちゅうところは人の数よりゃ車の数が多《う》うなって、通りもならんちゅう。家も人間もあんまりふえて、陽様《ひいさま》の光さえ行き渡らんちゅう。それで、そこにおる人間どもは、かぼそか茸《なば》のごたる人間に、なるちゅうばい。

あねさん東京の人間な、ぐらしか(かわいそうな)暮らしばしとるげなばい。話にきけば東京の竹輪《ちくわ》は、腐った魚でつくるげな。炊いて食うても当たるげな。

さすれば東京に居らす人たちぁ、一生ぶえんの魚の味も知らず、陽《ひい》さまにも当たらぬかぼそか暮らしで、一生終わるわけじゃ。わしどもからすれば、東京ンものは、ぐらしか。鯛にも鯖にも色つけて、売ってあるちゅう話じゃが。

それにくらべりゃ、わしども漁師は、天下さまの暮らしじゃあござっせんか。

たまの日曜に都の衆たちは、汽車に乗って海岸にいたて、高か銭《ぜに》出して旅館にまでも泊まって舟借りて、釣りにゆかすという。どういう銭でも出して、舟借り切って魚釣りにゆかす。

そら海の上はよかもね。

海の上におればわがひとりの天下じゃもね。

魚釣っとるときゃ、自分が殿さまじゃもね。銭出しても行こうごとあろ。

舟に乗りさえすれば、夢みておっても魚はかかってくるとでござすばい。ただ冬の寒か間だけはそういうわけにもゆかんとでござすが。

魚は舟の上で食うとがいちばん、うもうござす。

舟にゃこまんか鍋釜のせて、七輪ものせて、茶わんと皿といっちょずつ、味噌も醤油ものせてゆく。そしてあねさん、焼酎びんも忘れずにのせてゆく。

昔から、鯛は殿さまの食わす魚ちゅうが、われわれ漁師にゃ、ふだんの食いもんでござす。してみりゃ、われわれ漁師の舌は殿さま舌でござす。

まだ海に濁りの入らぬ、梅雨《ながし》の前の夏のはじめには、食うて食うて（魚が餌を食う）時を忘れて夜の明けることのある。

こりゃよんべはえらいエベスさまの、われわれが舟についとらしたわい。かかよい、エベスさまのお前に加勢さしたぞ、よか漁になった。さすがにおるもくたぶれた。だいぶ舟も沖に流された。さて、よか風の、ここらあたりで吹き起こってくれれば、一息に帆をあげて戻りつけるが。

すると、そういう朝にかぎって、油凪《な》ぎに逢うとでござす。

不知火海のベタ凪ぎに、油を流したように凪ぎ渡って、そよりとも風の出ん。そういうときは帆をあげて、一渡りにはしり渡って戻るちゅうわけにゃいかん。さあ、そういうときが焼酎ののみごろで。

いつ風が来ても上げられるように帆綱をゆるめておいて。

かかよい、飯《まま》炊け、おるが刺身とる。ちゅうわけで、かかは米とぐ海の水で。

沖のうつくしか潮で炊いた米の飯の、どげんうまかもんか、あねさんあんた食うたことのあるかな。そりゃ、うもうござすばい、ほんのり色のついて。かすかな潮の風味のして。

かかは飯たく、わしゃ魚ばこしらえる。わが釣った魚のうちから、いちばん気に入ったやつの鱗ばはいでふなばたの潮でちゃぷちゃぷ洗うて。鯛じゃろとおこぜじゃろうと、肥えとるかやせとるか、姿のよしあしのあっとでござす。あぶらののっとるかやせとるか、そんときの食いごろのある。鯛もあんまり太かとよりゃ目の下七、八寸しとるのがわしどんが口にゃあう。鱗はいで腹をとって、まな板も包丁もふなばたの水で洗えば、それから先は洗うちゃならん。骨から離して三枚にした先は沖の潮ででも、洗えば味は無かごとなってしまうとでござす。

そこで鯛の刺身を山盛りに盛りあげて、飯の蒸るるあいだに、かかさま、いっちょ、やろうかいちゅうて、まず、かかにさす。

あねさん、魚は天のくれらすもんでござす。天のくれらすもんを、ただで、わが要ると思うしことって、その日を暮らす。

これより上の栄華のどこにゆけばあろうかい。

寒うもなか、まだ灼け焦げるように暑うもなか夏のはじめの朝の、海の上でござすで。水俣の方も島原の方もまだモヤにつつまれて、そのモヤを七色に押しひろげて陽様《ひいさま》の昇らす。ああよんべはえらい働きをしたが、よかあ気色になってきた。

かかさまよい、こうしてみれば空ちゅうもんは、つくづく広かもんじゃある。

空は唐天竺までにも広がっとるげな。この舟も流されるままにゆけば、南洋までも、ルソンまでも、流されてゆくげなが、唐じゃろと天竺じゃろと流れてゆけばよい。

いまは我が舟一艘の上だけが、極楽世界じゃのい。

そういうふうに語りおうて、海と空の間に漂うておれば、よんべの働きにくたぶれて、とろーりとろーりとなってくる。

するうちひときわ涼ろしか風のきて。

さあかかよい、醒《さ》めろ。西の風のふき起こらいたぞ。帆をあげろ、ちゅうわけで。この西の風が吹けば不知火海は、舟の舳《へさき》はひとりでに恋路島の方にむきなおる。腕まくらで鼻は天さね向けたまま、舵をあつかううちに、海の上に展《ひら》ける道に連れ出され、舟はわが村の浦に戻り入ってくるとでござす。

婆さまよい、あん頃は、若かときゃほんによかったのぃ。

なああねさん、わしどもが夫婦《みょうと》というもんは、破れ着物は着とったが、破れたままにゃ着らず繕うて着て、天の食わせてくれらすものを食うて、先祖さまを大切に扱うて、神々さまを拝んで、人のことは恨まずに、人のすることを喜べちゅうて、暮らしてきやしたばい。

会社が出けるときけば喜うで、そりゃあよかこつ。会社が出くれば、ここらあたりもみやこになるにちがいなか。会社も地《じだ》も持たんじゃったばっかりに、天草あたりは、昔は唐天竺までも出かけて、生まれた村にも、もどりつけずに、そこで死んで。

会社さえ出けとれば、わが一代には字の一字も見えんとでござすけん、ああいう所にゃはいりゃあならんが、会社の太うなるにつれて世の中のひらけて、子の時代には学校にゆくごとなって、あるいは孫の時代にゃ、会社ゆきが、わしの子孫から出てこんともかぎらん。わしどもは、畠も田んぼも持たんとでござすけん。あるいは子孫の代にゃ会社の世話になるかもしれん。そのように思うとりやしたばい。

このカーバイド会社を作った野口という人物は、あの鴨緑江《おうりょっこう》をうっとめて、あねさんあんた歌にある鴨緑江節を知っとるかな。いっちょ歌おか。

朝鮮と支那と境の
あの鴨緑江
流すいかだは

アリヤよけれども　ヨイショ

はっはっは、わしゃよか気色になったばい。かなしか。

えーとあねさん、わしゃどこまで語ったろうかな。

鴨緑江――うんその鴨緑江ちゅう河やつは日本にゃなかごたる太か河げなばい。その鴨緑江をうっとめて、自分がほうに流れをむけかえさせて、このカーバイド会社の野口という人が発電所をつくったげなで――。そのときの陸軍大将にかけおうて、鴨緑江の流ればひん曲げようと思うがどうじゃ、そうやって電気をとれば、自分げの会社は太うなる。会社が太うなれば国のためにもなるちゅうて、陸軍大将ば味方につけて、朝鮮に日本一の会社ば建てらいたげなばい。まあそういう人物が、水俣に会社ば持ってきて据えらいたとですけん、わしゃ、天草の者どもと沖で逢えば心の自慢が口にでて、水俣の自慢話に会社の話をする。あきずに人にも語ってきかせよったとでござす。会社も近年になるほど太うなったちゅうて。

なにしろわしゃ、水俣の会社が葦の原の中にひゃあっとった、こまあか時分から知っとる訳ですけん。会社の港の護岸工事に天草から出てきて、きばったとでござすけん。ここの港はわしが造ったとでござすけん。子にも孫にも、この港は爺やんが若かったときに、石ば運うで、造ったもんぞと教えておこうごたる。妙なこころもちじゃあるが、会社にゃ煩悩の深かわけでござす。

夜釣りで流されて天草寄りの沖の方から眺めると、九州の島がいかにもくろぐろとどっしり坐っとる。

あそこあたりが芦北の空。

あそこあたりが水俣の空。

あそこあたりから薩摩出水郡の空と、わしどもにゃ空の照り返しをうけて浮き上がっとる山々の形ですぐわかる。ひときわ美しゅう、かっかと照り映えとる夜空の下の山々のあいが水俣で、それが日窒の会社の燃やす火の色でござす。どうかした晩にゃ、方角違いの山の端のぼうとひろがって照りはえるときがあるが、それはきっとどこかに、遠か山火事の燃えよる夜空で……。

わしどもにゃ、水俣の夜空の色はすぐわかる。それをめじるしにして、いつも沖から戻ってきよりやした。

会社さえ早う出けとれば、わしげの村の人間も、唐天竺の果てまで売られてゆかんでもよかったろに。しゃりむり女郎にならんちゃ、おなごでも人夫仕事なりとありだしたものを。

わしげふきんの村じゃ、ことにおなごは生まれた村を出てゆくのがならいで。わしどもがこまかときや、判人《はんにん》ちゅうのが村をまわってやってきよったばい。

判をつかせて、おなごば連れてゆく。目立ってきりょうのよかむすめのおる家や、ちいっと魂の足らんような娘のおる家に目をつけて、その判人が談判にゆく。わしゃ今も忘れんが、おすみという色の白か顔のまるいみぞかおなごが、わしげの村におって、そのおすみが、わしげの家にゃ判人の来らいたちゅうて晩にはだしで、わしげのかかさんのところに泣いてきた。そこでわしげのかかさんは貰い泣きをして、

――判人が来てふた親が判をついたからには、もうしようがなか。おまや人より魂の多か娘じゃけん、小母やんがいうことばをようききわけろ。

お前やいったいいくらに値をつけられたかい……。みぞなげのう。

いくらに値をつけられてゆくかわしゃ知らんが、一度値をつけられて、売られて行ったその先では、魂

を入れて、年期をつとめあげようぞ。そしてこの、年期ちゅうもんだけは、親にも判人にも、行った先の親方にも、よくよくたしかめて、覚えておこうぞ。自分で自分を売る先を見つけようぞ。そして年期が、やがてもうすぐ、来るわいちゅうときは、二度と判人の手にかからぬうちに、自分で自分を売る先を見つけようぞ。

判人に売らせずに、自分の体はそっくり自分で売ろうぞ。さすれば、余分の年期を加えられることなしに、行たさき行たさきで、そのようにして年期が切れぬうちに、自分を自分でさきへさきへと売ってゆきおれば、我が身の借金もへり、判人がもうける銭は親にも送れて、年の五十にもなるころには、ひょっとすると、お前の魂と運気の次第では、生まれた村に戻りつけるかも知れん。

ぼんやりしとって判人の手にかかり、次から次に売られておれば、唐天竺の果てまでも連れてゆかれて、銭のとれん体にされてしもうて、銭のとれん体になれば犬のよめごにあてがわれて、犬とつがわせて、犬と人間のあいの子のでくる。するとこんどは、そのでけたあいの子を、見せ物小屋の見せ物に出されて、その子からさえも銭をとるげなぞ。

おすみ、小母やんがいうたことは自分の魂の中だけに入れて、親にも判人にもひとくちもいうこたならん。

おすみよい、戻ってこようぞ。なんちゅうみぞなげな……おまいが戻りつけるころにゃ、小母やんなもう、墓の中かもしれんが、必ず戻ってけえ。

墓の中からおまいが帰りば、手を合わせて、待っとるわい――。

そういうて、わしげのかかさんがおすみを抱き寄せて泣かるのをききつけて、わしもくど（かまど）の所に突っ立ってきいとった。婆やんの前ではじめて明かすが、わしゃ、そのおすみが、口にゃいわじゃったが好きでやした。もう時効にかかったことじゃ。婆やんも腹かくみゃあで。

おすみが戻った話は、この年になるまでついに、聞きやっせん。まあそのようなことのあって後に、わしゃ天草から渡ってきて、百間の会社の護岸工事の人夫に志願したとでござす。

なるほどカーバイド会社は出けとった。今のごたる会社じゃなかった。そんときこそ会社ちゅうもんは太かもんじゃと思うたが、今の会社の太さにくらぶれば毛の生えとるぐらいのもんで。今の百間の排水口のあるあたりから会社の正門のあるあたりは、一面の葦の原で、まあぐるっと会社のまわりは、そげんしたふうの景色でござした。それで会社に出し入れする石炭じゃろ何じゃろは、何か知らんが出し入れするコモ包みは舟で、その葦の間を押しわけて、舟というても笹舟のごたるもので、潮の満ち干の間を棹さしながら、出し入れしよったばい。

会社は太うなる。港はでくる。道がでくる。飯場もでける。

道のはたには田んぼのぐるりにおなごのおる家も出くる。おなごどもは、たいがい天草からきとるちゅう話じゃった。おすみは水俣にゃ来とりやっせんでした。せめてならまちっと早うに水俣に会社の出けとれば、水俣も港のひらけて、おなごどものおる家もふゆれば、おすみも行く先もわからん支那に売られてゆかずに、せめて近か水俣の女郎屋に渡ってきておれば、ちらりとなりと店の前をのぞくことがでけて、そのうちにゃ、わしも銭もため得たかもしれん。玄界灘《なだ》を渡って行く先もわからんところに、はってってしもうた。

そげんしたふうで、いっときのまに町がでけ、汽車が会社の前から走る。

ふとか学校《がっこ》もでけて、孫どもはなかなか感心に、字を読むことができるばな。字の一字も見えんわしどもにゃ漁師より上の仕事のあろうかいと思うが、字ちゅうもんを覚えてみると、しゃりむり漁師がよかとは、思わんかもしれん。わしに息子がうんとおれば、一人ぐらいは会社にとってもろて、会社ゆきになしてみるのもよかろとおもうとった。一人息子でやしたけん、高等小学まで上げて漁師をつがしゅうとおもうて、本人も三つ四つの頃から魚釣りをおぼえた子でやしたけん、その気になって漁師になったが、水俣病にちなって、役せん体になってしもうた。

孫の時代になれば、今度は中学校までも上がらるるようになって、本人がふのよけりゃ、ひょっとすれば、会社のボーイくらいに、やとっていただくかも知れん。どっちみち、わしゃ田んぼも畠も持たんとでござすで、海だけが、わが海とおなじようなもんでござすが、こんだのように水俣病のなんのちゅうことの起これば、海だけをたよりに生きてゆくわしどめにゃ行く先の心細かかぎりでござすばい。

もうわしゃくたぶれた。

あねさんかんにんしてくだっせ。わしゃもう寝る。

赤子のような湿った匂いが、杢太郎少年とわたくしの間に立ちのぼる。少年があてがわれている〝おしめ〟はそのか細い両脚の間に当てるには分厚すぎ、いつも湿っていた。彼もわたくしも何かに耐えている。この少年とわたくしの間がらはなんであるか。

酔い潰《つぶ》れた爺さまから投げ渡され委託されて、いま小半とき、少年はわたくしの膝と胸の間にいた。九歳という年にしては、爺さまがいうように〝木仏さま〟のように軽かった。膝を動かせばその軽さは、ひょい、と膝ながら浮きあがるような軽さである。少年の「曲がり尺」のような両肱《ひじ》はわたくしの両脇にかすかに垂れていたが、それがじりっじりっと、たとえば稚魚が釣糸の錘《おもり》をくわえてひくような力で、わたくしの背中を抱こうとしているのだった。

杢よい、おまやこの世に母《かか》さんちゅうもんを持たんとぞ。かか女の写真な神棚にあげたろが。あそこば拝め。あの石ば拝め。

拝めば神さまとひとつ人じゃけん、お前と一緒にいつもおらす。杢よい、爺やんば、かんにんしてくれい。

五体のかなわぬ体にちなって生まれてきたおまいば残して、爺やんな、まだまだわれひとり、極楽にゆく気はせんとじゃ。爺やんな生きとる今も、あの世に行たてからも、迷われてならん。

杢よい、おまや耳と魂は人一倍にほげとる人間に生まれてきたくせ、なんでひとくちもわが胸のうちを、爺やんに語ることがでけんかい。

あねさん、わしゃこの杢めが、魂の深か子とおもうばっかりに、この世に通らんムリもグチもこの子にむけて打ちこぼしていうが、五体のかなわぬ毎日しとって、かか女の恋しゅうなかこたあるめえが、こいつめは、じじとばばの、心のうちを見わけて、かか女のことは気ぶりにも、出さんとでござす。

しかし杢よい、おまや母女に頼る気の出れば、この先はまあだ地獄ぞ。

皮膚も肉も一重のようにうすい少年の頭骨と頬がわたくしのあごの下にあった。わたくしたちは、目と目でちょっと微笑みあった。

それからわたくしは彼の頭にあごをじゃりじゃりこすりつけ、さあ、といって爺さまのところに少年を持ってゆき、えびのように曲がって唇からぷくぷくと息を洩らしながらねむりこけた爺さまの胸と膝を押しひろげ、その中にこの少年を置いた。

杢太郎少年は、食事が、自分で箸を使うことが充分できぬということもあったが、彼の体自体が食事というものを拒否するしかけになってゆきつつあり、三日に一日は青くじっとりと汗ばみつづけ絶息状態になるのである。食べる日にしても、彼は喜んで食べはしたが、同じ年齢の少年たちとくらべたら、三分の一くらいしか受けつけなかった。彼の体重は三歳児にひとしかった。

少年はす抜けることのできないせつない蚕のように、ぼこぼこした古畳の上を這いまわり、細い腹腔や手足を反らせ、青く透き通ったうなじをぴんともたげて、いつも見つめているのだった。彼の眸は泉のかげからのぞいている野ぶどうの粒のように、どこからでもぽっちりと光っていた。

第五章　地の魚

潮を吸う岬

夜干しされて月光に濡れしとれているカシ網。網の下にとけほどけているひき網。物干しにひっかけられ、中天にぽっかり輪をつくっている木の枝づくりの手網《たも》。庭先の漁具や、前庭のつづきに吹き抜ける波止や、潮の引いたあとに重々しく坐りこんでいる舟たちや、岩や、そのような岩にこびりついている磯の苔類や、もずくや、海そうめんや、岩の間の流木や、流木にひっかかっている藻の類や、濡れ髪のように渚いちめんにうちなびき、光を放っている海草のさまざまから、磯の匂いが立ちのぼってくるのだ。

海岸線に続く渺々《びょうびょう》たる岬は、海の中から生まれていた。

岬に生い茂っている松や椿や、その下蔭に流れついている南方産の丈低い喬木類や羊歯《しだ》の類は、まるで潮を吸って育っているように、しなやかな枝をさし交わしているのだった。そのような樹々に縁どられた海岸線が湾曲しながら、南九州の海と山は茫として、しずかにふかくまじわりあい、むせるような香りを放っていた。人びとのねむりはふかく、星が、ちかぢかと降りてくるこういう夏の未明には、空の玲瓏《れいろう》さがもどってくるのである。

みしみしと無数の泡のように、渚の虫や貝たちのめざめる音が重なりあって拡がってゆく。それは海が遠くて、満ちかえしてくる気配でもある。優しい朝。ニワトリが啼《な》く。

対岸の天草に、かっと、朝日がさす。松蟬《まつせみ》がジーッ、ジーッと試し鳴きをはじめる。やがてそれが炒《い》り立てるような全山の声になる。

部落の坂道を若い男が下りてくる。

松の巨きな根元で、カーバイド燈のカスをこぼしていたひげ面が顔をあげる。かすんだようなまぶしそうな目つきで、若者の足元をチラとみる。腰から下が重くて、のしのし足が体の後からくっついて歩けば百姓。骨頬も鼻ばしらもどこか尖り、腰がひねれていれば漁師。いや、ここらの漁師ならたいがい顔みしりだ。背広を着て、目つきがのっぺりと卑しければ会社のスパイ。若くて大股で、ぴょんぴょん歩くのはたいてい新聞記者である。いやしかし、このごろの新聞記者というものもうろんくさい。会社の下請の現場に、水俣病のことをききまわるときは、読売の記者といい、部落の中をまわるときは西日本、といったりする。

若者はくたびれた、かぶってもかぶらなくてもよさそうな登山帽を頭にのせている。

——なんじゃや、小青年《こ》じゃや。

杉原彦次はそう思う。

若者はニコニコと杉原彦次に笑いかけ、ぴょこりとおじぎをする。

「こんにちは。あの網元の松本さんのお家はどこでしょうか」

よその訛《なまり》の言葉だ。笑えばすずしげな顔になる。

――おしめくさい小僧じゃ、しかし油断はできん。

杉原彦次はしょぼりと瞬《しばた》いて、「網元の松本さん方はあそこじゃが。網元の家に何の用かな」

といいい、若者の細々としたズボンの中のスネの長さをみてとる。

「ぼく学生です。水俣病のことを勉強しにきました。どうぞよろしく」

「いや」

なんだか拍子抜けする。よろしく、とおじぎをされるとへどもどする。

二人は並んで歩き出す。

「それじゃなにかい、あんたは大学生かな」

杉原彦次はどこの馬の骨かわからない小伜に、親身な口をきいている自分に気づく。話のつぎほがなくなる。それから唇をむっとひき結んでしばらく歩く。

村の道が平たんになる。磯の匂いがつきあげる。道というより石垣で、そこは渚である。石垣にびっしり付着している牡蠣がらからワッと蠅が飛び立つ。潮はまだ道まであがっていない。ただ、昨夜あがった潮の跡が乾いて道に地図を描いている。その上に這いでている舟あまめたちが、かげろうのように淡い多足をかげらして石垣の中にもぐりこみ、道をあける。朝漁の始末をし終えようとしている女たちや男たち、海につかろうとして裸で出てきた子どもたちが、二人をじっとあけっぴろげのまなざしでみつめる。杉原

彦次はいつもより大声で、

「松本さんな。おらるけ」

と、手仕事をやめている女たちにきく。

たとえばそのようにしてカメラマンや研究者の卵などがやってくる。

部落には実にさまざまな、よその人間たちが出入りしだしていた。それは水俣市役所衛生課の大がかりな、家々の井戸や床下や背戸や便所の消毒や、白い上衣を着た先生方——熊本大学医学部——の一斉調査を皮切りにはじまったのである。あれからもう、幾年経ったことか——。

もはや切りはなせない年月、血肉化された年月を、ひとびとはたえず反芻する。

あれはまるでコレラ騒ぎであった。家々の台所、味噌がめ、この地方独特の漬物である寒漬大根、だしじゃこ、魚などが調べられだした。家々の暮らしはくまなく白日のもとにひきだされ、ひっくり返され、消毒衣をつけた市役所吏員らによってＤＤＴをうず高くふりかけられたのである。生殺し年月が今朝もなんでもないことのように、そのようにして明ける——。

ひとびとははじめ、日々の暮らしの中にふとまぎれこんできた珍事を迎えるように、〝奇病〟を受け入れようとしていた。それは炉辺に寄ることの好きな村人にはかっこうの怪談だった。

猫たちがきてれつな踊りをおどりまわったり、飛びあがったりして、海に「身投げ」して死ぬ、という話を、ひとびとはしばらく楽しんでさえいたのである。舟幽霊やがわっぱを見たひとびとが、真実を語ろうとすればするほど、はためには虚構らしくみえ、しかしそのつくりごとをいかに迫真的に話し、それをききうるか、聞き手の方は、そのつくりばなしの中に身をのりだして参加することで、村の話というものはできあがってゆくものなのだ。まして聞き手の側に体験の共有があればなおさらに、話のさわりに近づくことができるのが、身についた伝統というものだった。死んだ猫や死につつある猫たちの話はだから、迫真的な親密な話題だった。

——おる家《げ》の猫もてんかんにかかったぞ。

——そりゃあもうダメじゃや。逆立ちするごてなったかい。

——する、する。キリキリ舞うて。鼻の先で舞うとぞ。

——鼠とりのダンゴば食うたとちがうか。

——うんにゃ、ちょうど酔食《えくろ》うたごと、よろりんよろりん歩くけん。舞うけん、ほかの病じゃ。

話し手は身振りをまじえて猫の〈倒立様運動〉をよりリアルに説明しようとし、人びとはつい笑いあってしまうのである。

奇病が徐々に、人間たちの中に顕《あら》われはじめても、人びとはしごく陽気に受けいれようとしているようにみえた。

——月ノ浦ふきんにゃ、えらい変わったハイカラ病の流行《はや》りよるげなぞ。

——きいた、きいた。手足のしびれて、大の大人が石もなかところでパタパタつっこけるちゅうよ。

——明神の仁助親子も枕並べて寝とったばい。「仁助、親父どんはもう年でしようのなかが、こなたはまあ、まあだ中風でもなか年して、どげんしたかい。朝帰りばっかりしよったけんじゃなかや。もうからその年で、脳に打ちあげるわけもなかろて、はやばや六〇六号ども打ってもろうたがよかぞ」ちゅうたら、仁助やつはえへへちゅうてな、よだれ垂らしよる。あの荒神さんのような男がなあ、三つ子のごたる甘え口で、こんだの病気は、妙なアンバイばい、ちゅう。
——じつは俺も指の先のしびるっとぞ。餌のはずれてばかりおって。餌もじゃが、魚ば外してばかりおって、これにゃ困るばい、妙なアンバイじゃ。
——ほう、そんならおまいも、てっきりハイカラ病ぞ。こっち岸にも移ってきたかも知れんねえ。ハイカラ病かねえ、やっぱり。

昭和三十一年九月第四回定例水俣市議会議事録

（六番　山口義人君登壇）

〇六番（山口義人君）日本には前例がない、病原体がいまだ発見できない月ノ浦の奇病、芦北脳炎は現在相当な患者が発生し、この病気にかかったが最後、全快しないという恐しい病気だそうで、現地の市民の方々の恐怖は想像にあまりあるものと存じます。発生当時新聞の紙上にて井戸水の中から農薬の一種を摘出されたと聞きまして、原因がわかってよかったとほっとした気持ちでおりましたが、最近私が私用で月ノ浦に行きまして友人四、五名と話した席上、この奇病の話が出ましてどうも原因は井戸水にあるというような結論を得たのであります。最近の干害時において飲水さえ足らず、ツルべを汲めば井戸水はたいがいあの付近は十八メートル以上あるそうです。そのツルべを汲めば水が底にある関係上水が濁って何時間もすえて置いて、その濁りを沈澱させて湯水に使用されておる現状である。

かくのごとき状態で洗濯水もほとんどなく、溜め水で洗濯いたし、ふろ水すらなく、百間までお湯に行っておられるそうであります。なお奇病には関係いたしませんが、いったん月ノ浦、出月部落において大火でも発生した場合においては焼けるにまかせるよりほかにしかたない状態である。ぜひこの際この部落に簡易水道の施設をし、ぜひ市内同様給水してくれるように要望があったので、市当局の御見解を聞かしてください。奇病予防対策と簡易水道実施の二点をご質問いたします。

○衛生課長（田中実君）月ノ浦の奇病では大へん皆さまに心配をかけておりますが、これは現在熊本大学の医学部と、それからこの地元においても対策委員を作っておりまして、大学の方では主としてこれを病理的に病原体の究明に当たっているわけでございます。現地の方の対策委員会ではこの環境だとか、あるいは発生時の状況だとか、あるいは続発の傾向だとか、そういうようないろんなことを研究いたしまして両者が一体になってこれの解明に当たるというような現状でございます。さっき申された井戸水のことでございますが、まだ水によってだという断定は下されておりません。それでその水によってと、かりにするならば、あの水を使っている方々のあるいは全部がそういうふうな現象をきたさなければならないと考えますが、これは水を使っておる者もごく一部の者でありまして、必ずしも究明されたとはわかりませんけれども、現在においては水のみと、さっき申したように断定するわけにはいかぬのであります。それでもって環境からもこれの究明に当たっておりますので、これが解明されなければ適切な、いわゆる種痘によって疱瘡を皆無にするというような意味の適切な、そういう適切な対策というものは立てられないのでありますけれども、しかし何といいましてもやはりわれわれは手をつかねておるわけには参りませんので、この地区におきましては市外地あるいは郊外地よりか、なお頻度に――頻度においてというよりも、はなはだしい意味の頻度においてあそこを消毒しておるわけでございます。五月一日だったかと思いますが、そういう変な病気が出たということで、これも一般の間に非常に問題になりまして、この前も約十四、五、今から考えれば十四、五名の、そうじゃなかったかと考えられる原因不明の病気があったとあとでわかったのでありますけれども、それがきっかけになりまして、その後二、三名出て――なお私の手元にありますのでは、その後の発生というものは十三名でありますが、そういうふうに非常に多数発生しましたので、ここにこれは非常にゆるがせにされないのだというところから、私どもはこういう措置をとってきたのであります。ところがとってきた現在といたしましては以前のような発生はいたしておりません。だからこれは必ずしも水だと、あるいはその他のヴィールスか、あるいはその他の菌かはまだわからないのでありますけれども、一応そういうふうな徹底的な消毒といいますか、そういうものは現地の人々に与える心理的な影響というものもありましょうけれども、しかし、今のところ、それによってのみではないかもわかりませんが、発生が中絶しているというようなことから考えますと、やはりこの病原体というものはどういうところにあるかということが的確に究明されねばならない問題だと考えます。それでさっき申しましたように、今日は実は熊大から七人の対策委員がまいられまして、現地の状況調査や、あるいは現在熊大に入院していないところの三人の患者について精密な調査をされるということになっておりますが、こういうふうに両者とも熱心にこの解明に当たっておられますのでありますが、そうは申してもやはり病原体というものは、例のポックリ病などでも十年からかかっても解明されないということからいたしまして、やはり急に解明されるかあるいは相当な時日が要されるかはわかりませんけれども、そういうふうにみんなが熱心にやっておりますので、あるいはこの治療という部面だけでも、実は私のところに――伝染病院に収容いたしました患者からやはり皆さんの熱心な治療といいますか、そういうことで非常に軽快になって帰ったのもあるんでございます。それを現在の患者が必ずしも――全部が死んでしまうとさっきおっしゃいましたけれども、十三名のうちの患者では今なくなったのは三名でございます。それでまあこれからその患者が重態になるということも入院しているもののうちではあるかもわかりませんけれども、やはりある程度進行してそれで停止するか、あるいは少しずつ軽快になるという状態も見受けられるのでございます。だから全部が死ぬとは考えられません。それでまださっき申しましたように的確なる対策というものは立てられませんけれども、やはり私どもは大学とそれから地元と私ども一緒になりまして、なるだけこれが発生しないようにという措置を講じておるわけでございます。

それから井戸のことでございますが、あそこの上水道、簡易水道のですね――簡易水道のことでございますけれども、これはご承知のとおり、あそこはほんとうに水がないところです。それで前々からいろいろ建設課とも話はしておりました。何とか考えなければならないということは考えております。けれどもあそこには水源というものがないのでございます。それで、これを冷水《ひやすじ》といいますか、あそこの水をかりに引きますといたしましても、これは前から――まだ具体的にどうということではなくて、内々の話でございますが、それでは約一千二百万円の経費を要するんじゃなかろうかと、そういうことになっております。この水俣港が将来発展をいたしまして、あの付近に住宅ができたり、あるいは現在の上水道の水でも足りなくなることも考えられますので、そういうときはまた別でございますけれども、今のところ一千二百万円といいますと、――やはりこれは一千二百万概算でございますので――しかしそういう膨大なことも非常に受益者の方が少ない現状でございますから、もう少し検討を要する問題じゃなかろうかと考えておりますが、何もこれも無関心であったわけではございませんのでご了解をお願いいいたします。

○六番（山口義人君）了解

事実はしかしなにひとつ了解されたわけもなく、奇病はより確実に、月ノ浦、出月、明神、湯堂、茂道と渚沿いの部落にあらわれつつあった。奇病の本体が公式に表明されぬまに、連鎖的派生的な事件が、人びとの暮らしと心をゆっくりとひきさく。

新聞記者や雑誌の記者たちがやってくる。彼らはじつにさまざまのことを質問する。彼らは紙切れとペンをまずとりいだす。

――えーと、お宅の生活程度は。

――はい？

――つまりですね、畑はいくらで、舟は何トンですか。

このような無神経な質問にでもひとびとはつい持ちまえの微笑を浮かべて答える。外来者用のことばを。心の中では憮然《ぶぜん》としながら。

――食べものは、主食は何を食べていられますか、米半分、麦半分、甘藷、甘藷が主食ですね。ほう、おじいさんはご飯はあまり食べない？　魚をねえ、魚を食べるとご飯いらないですか。いったいどのくらい食べるのです！　おさしみを丼いっぱい！　へえ、それじゃ栄養は？

記者たちや自称社会学の教授たちはビックリする。〝なんとここは後進的な漁村集落であるか〟そして記事の中に〝貧困のドン底で主食がわりに毒魚をむさぼり食う漁民たち〟などという表現があらわれたりする。慈善屋たちは、

——もっと悲惨な生活状況ときいていたのに、藁《わら》屋根の家が一軒もないとは遺憾ですよ。思うに漁民気質のあの、宵越しの金は残さぬとかいう主義で、会社の〝見舞金〟を家の造作などに使ってしまったのですな。水俣病の悲惨さを訴えてやろうにも、金の使い方がヘタでアピールしにくいよ——

などとおもいついたりする。

〝文明〟に閉ざされている都市市民たちには、もはや天地自然の中での原理的な生活法や、そのような生活者の心情がわからない。計りではかったりする栄養学や矮小な社会学しかわからない。

彼らはまたひとびとをけしかけたりもする。

——組織をつくらなければダメです。ばらばらに考えこんでいてもダメです。組織をつくって工場にかけあいにゆかなくちゃ。日窒や市内の労働組合は何をしているのですか。

それからちょっと声をひそめていう。

——共産党はいるんですか。なぜ来ないのです、え？　なにをしているんだ、アイツら。

初期の頃、若いよそからくる記者たちの助言は、それでもありがたかった。

患者家庭では一戸から五十円ずつ出しあって〝組織〟を作ったのである。事情がひっぱくしてゆくに従っ

て五十円の会費は二十円になった。親方が奇病になった家では女房が女親方になって寄合いに出た。水俣病患者互助会の成立した月日を、初代の渡辺栄蔵会長は定かにおぼえてはいない。続発する患者と死者と会員たちのさしせまる生活を、ぞっくり抱えこんでいたから。組織などというものはすでにどこかで、だれかがそれまでは、つくってくれていて、すっぽりといつでもそれにはいっていればよかった。〝兵隊〟や村の〝組〟や〝漁業組合〟、それに農業の〝小組合〟、女親方になったものは、〝地域連合婦人会〟などがひとびとを入れている組織のすべてであった。

——水俣病患者互助会は、総評やなにかのように上から、だれかがつくってくれるものでなく、いちばん始まりから、自分たちだけのチエと力でつくらにゃなりまっせんでした。若い記者さんたちが、つくれつくれといいなはります。そういわれるといわれるまでもなく、だれの力も借りずに自分たちでつくらにゃなりません。原因のわからんちゅうて、市も県も会社も、だれひとりうてあいません（相手にしない）。三十四年の補償交渉のときはそれで、自分の仇を自分でとりにゆく勢いでしかかりました。世論がしかし加勢しまっせんでした。仇をとるどころかあのようなことになりました。蜂の巣城のたたかいや三池炭坑のことや、アンポのありよりましたけん、水俣病のことは、肩身の狭うございました。月二十円の会費を資金にして、町の市役所や日窒や、熊本県庁や、日窒の東京本社にデモをかけたり、坐りこんだりして、思えばよっぽど思いつめておりましたばい。坐りこみにゆくにも銭の要る。思いつめにゃでけん。水俣の町の角には立てません。市民が憎みますけんな。よその町に行こうだい、ちゅうて、よその町の角に立ってカンパばお願いしました。夏の土用の日なかにも、師走《しわす》の風の吹きさらすときにも。ああいうときが、かんじんのなりはじめでござります。

渡辺初代互助会会長はもともと漁師ではなかった。大八車をひいて村や町の祭礼に、子ども相手のポンポン菓子や、鯛焼を売って歩く、あの大道の商人だった。親父の大八車のあとを押して、村々を歩き育ったのである。そのことは彼を人なつこくし、刻みのふかい人生観を持たせることになった。若い頃の流浪《るろう》と立志の記念に、いまでも彼は鯛焼の鋳型を大切に保存している。〝旅〟の話を孫たちに伝えるために。ともかく彼は水俣の南のはずれの漁村に家を建てるだけの土地と、三トンの舟を持ち、順調にゆけば大家族の長老でおさまっておれたのであった。彼の幼いときからのたのしげな村まわりの話の中に、不可思議に妻女の話が欠落して出てこない。障子一重の隣部屋にふとんをかけられて、声ひとつあげずに臥床して、骨細く屈曲した老婆の姿があることを、彼も私もいつも意識している。彼の孫は三人ながら水俣病患者であり、たぶん彼の老妻もそうである。国道三号線を見下す家の入口であるところの石段に、よく彼は腰に手をあてて立っている。バスの窓から顔を出すと、

「よっ」

とこの長老は笑って片手をあげる。

「おじいさんとこのおばあさんも、水俣病では」

ときくことはたやすい。が、水俣病は文明と、人間の原存在の意味への問いである。たぶん彼のそのような沈黙は、存在の根源から発せられているのである。彼こそは、存在を動かす錘《おもり》そのものにちがいない。だからわたくしは、彼の沈黙をまるまる尊重していた。彼がしゃべりだすまでは——。

さまよいの旗

昭和三十四年九月、安保条約改定阻止国民会議第七次水俣市共闘会議。

主軸はまだ割れない前の新日窒工場労組三千。新日窒労組書記局従組。水俣市教職員組合三百。水俣市職組五百、全日自労二百五十。君島タクシー従組、全食糧従組、厚生施設従組（日窒）、摂津労組（日窒下請）、水光社労組（日窒）、谷口労組（日窒下請）、全統計、全逓信、全専売、自由労組、扇興運輸（日窒下請）、国鉄、帝国酸素、高教組、全電通、全林野、全日通、革新議員団、共産党芦北地区、社会党水俣支部、サークル協議会。

新日窒工場に隣あう第二小学校校庭――。

大会は司会者挨拶、決議文採択、中央大会の社共への激電を発し、「ただちにデモ」へ移ろうとしていた。

――第一隊は第二小から新青果市場前へ。

――第二隊は第二小から西林業の角へ。

――第三隊は西林業角から丸島通りへ。

――デモ隊は外部とのまさつが起きぬよう十分注意すること。

そのときデモ隊の右前方、すなわち新日窒工場横の方から赤、青ののぼり旗をゆらめかせて、三百ばかりの漁民デモがあらわれたのである。期せずして両方のデモ隊は視線をあわせた。漁民たちの集団は、うつろで切なそうな目つきをし、手に握りしめているのは栄進丸、幸福丸、才蔵丸、などという舟の名を染めぬいた大漁旗である。なぜそのとき、漁民たちがそのようなあらわれ方をしたのか、いまもって、わたくしにはわからない。

しかし、このとき、わが安保デモの指揮者は勢いづいたままの声でいった。

――皆さん、漁民のデモ隊が安保のデモに合流されます。このことは、盛りあがってきたわれわれの、統一行動の運動の成果であります。拍手をもって、皆さん拍手をもって、おむかえしましょう。

安保デモは盛大な拍手をし、そのままいつもなりふりかまわぬ全日自労のおじさんおばさんたちを先頭に、ワッショワッショとくり出した。このとき安保デモ約四千余。お祭かぐらのようなプラカードをかかげ、人口五万水俣市の全市的規模の労働者、市民を動員しえていた。

工場正門あたりで紛争を起こしていた漁民デモの記事が、このころ小さく地方版の記事にのりはじめる。安保デモと合流したとの記事はみつからない。おそらく工場正門あたりをゆききして、相手にされなかった漁民集団が、記者たちをふりこぼし、流れ解散前のやりどない気持ちのまま、偶然、安保デモの横を通りかかり、赤旗の林立にひき寄せられて歩み寄ったのにちがいないのだ。

漁民たちは、安保デモの拍手に羞らいと当惑をみせたまま、そのままつつみこまれて、水俣警察署前を通り、水俣川を渡り、第一小学校前の解散式に合流参加した。思えばそれはうつろな大集団であった。あのとき、安保デモは、

「皆さん、漁民デモ隊に安保デモも合流しましょう！」

といわなかった。水俣市の労働者、市民が、孤立の極みから歩み寄ってきた漁民たちの心情にまじわりうる唯一の切ない瞬間がやってきていたのであったのに。このとき〝労農提携〟、〝農漁民との提携〟、〝地

域社会との密着した運動〟をかかげる自称前衛たちの日常スローガンは、数かぎりなく配り散らされ、道の上に舞う文字通りの反古《ほご》であった。その安保デモの中に、市民参加者としてわたくしもまじっていたのである。

〝おくれた、まだめざめない、自然発生的エネルギーは持つこともある、人民大衆〟とは何であろうか。常に組織されざる人びとを、常民とか細民、などとかねがねわたくしたちはわけ知り顔にいう。おもえば、わたくしたち自身のさまよえる思想がまだ、漁民たちの心情の奥につつみこまれていた。最深部の思想が。

このようにして劇的瞬間は何ごともなく流れさった。はしなくも安保デモが一地方の町で最高潮に達したかと思われた時期に、この国の前衛党を頂点にした上意下達式民主集中制の組織論がまだ全貌をあらわさぬ悲劇図の上を、ゆるゆるとゆく大集団となって、横切ったのである。赤や青の旗の色で彩りながら。紙食い虫の列のように――。

昭和三十四年十一月十六日

熊本県水俣市周辺におけるいわゆる「水俣病」に関する資料

衆議院農村水産委員会調査室

一、衆議院における現地調査

1、調査日程

昭和三四・一〇・三一　東京出発

〃　一一・一　熊本県庁において知事、水俣市長、県議会対策委員会、食品衛生調査会水俣食中毒部会、熊本大学、県漁連等関係者と懇談

〃　一一・二　不知火海水質汚濁防止対策委員会代表者（県漁連会長）等から陳情を受ける
水俣市立病院にて市、市議会、漁協等関係者と協議懇談
市立病院入院患者（二九名）の病状視察
湯堂において自宅療養患者の状況視察
水俣港の汚染状況及び袋湾における終戦時の遺棄投入物の有無について事情聴取
津奈木村にて陳情を受ける

〃　一一・三　新日本窒素肥料株式会社水俣工場視察及び協議懇談

〃　一一・四　東京帰着

2、派遣委員等

（一）派遣委員

社会労働委員会　委員　柳谷三郎（自）　理事　五島虎雄（社）　同　堤ツルヨ（社ク）

農林水産委員会　理事　丹羽兵助（自）　委員　松田鉄蔵（〃）　理事　赤路友蔵（社）

商工委員会　委員　木倉和一郎（自）　理事　松平忠久（社）

（二）党派遣議員　福永一臣（自）　坂田道太（〃）　川村継義（社）

（三）政府側（同行）

厚生省環境衛生部食品衛生課長　高野武悦
水産庁調査研究部研究第一課長　曾根　徹
通商産業省軽工業局肥料第二課長　高田一太
〃　企業局工業用水課長補佐　左近友三郎
経済企画庁調整局水質保全課長　深沢長衛

二、調査報告

例　農林水産委員会（三四・一一・一二丹羽兵助理事から報告）

（前略）

まず、水俣病といわれる病気でありますが、熊本県の南、鹿児島県との県境に程近い水俣市を中心とした一定の地域に発生する奇病であって、中枢神経疾患を主兆とする脳病であります。手足の麻痺、言語障害、視聴力障害、歩行障害、運動失調及び流涎等特異的かつ激烈な病状を呈し、気違いと中風とが併発した病状といわれるゆえんであります。

私共は水俣市立病院に入院している二十九名の患者及び自宅療養患者について視察したのでありますが、それぞれ長期にわたっていつ治癒するともわからぬ果てなき療養生活を送っており、また重症者においては、意識すらないもの或いは発作的に激烈な痙攣を起こすもの等正視するに耐えない悲惨きわまりない症状を有する病気であります。

しかも本病は、水俣湾周辺に産する魚介類を相当量摂取することにより発病し、性別、老幼の別なくその上一般に貧困な漁民部落に多発し、家族姻族発生が濃厚であるという実情であります。

現在これが治療法としては、ビタミン、栄養の補給等一応の手だてはあるとはいえ、いったん発病するときは完全治癒することはなく、幸にして死を免れた者も悲惨な後遺症のため廃人同様となるまことに憂慮に耐えない疾病であります。

この種の病気が、昭和二十八年末一名の初患患者を見て以来、現在までの患者総数七十六名の多きに達し、中でも昭和三十一年は最も多く四十三名の患者の発生を見ているのであります。

しかも、従来水俣市の地域に限られていたものが、去る九月にいたって、同市の北方約五粁の芦北郡津奈木村に親子二名の新患者が発生し、患者発生地域が更に拡大されて参った次第であります。

しかして昭和三十一年以来既に二十九名が死亡しており、その死亡率は四〇％に近い高率を示しておるのであります。

水俣病の原因究明については、昭和三十一年から始められ、当初においては、ろ過性病原体によるものとの疑いが持たれ、次に重金属による中毒と考えられ毒性物質としてマンガン、セレン、タリウムが有力視され、かつ魚介類による媒介とされていたのであります。

しかしこれらの物質は、何れも単独では水俣病と全く一致する病変を起こさしめることができなかったのであります。

その後、政府においても原因究明のための調査委託費等を支出し、熊本大学医学部を中心として研究を進め、引き続き本年においては厚生大臣の諮問機関である食品衛生調査会に水俣食中毒部会を設けさらに調査研究の結果、毒性因子として新たに水銀説が有力となり、去る七月十四日中間報告として、魚介類を汚染している毒物として水銀がきわめて重要視される旨発表されたのであります。

その根拠としては、各種障害の臨床的観察が、有機水銀中毒ときわめて一致することあるいは病理学的所見において神経細胞及び循環器障害が有機水銀中毒に認められること、また、動物実験においてもムラサキイガイ（水俣湾内産）を猫に与えた場合と自然発生猫とは全く同様の変化を起こし、さらにエチール燐酸水銀を猫に経口的に投与するときも介類投与の場合と同様であり、かつ、患者及び罹患動物の臓器中から異常量の水銀が検出される点を挙げているのであります。

なお、水俣湾の泥土中に含まれる多量の水銀が魚介類を通じ有毒化されるメカニズムは未だ明白でなく今後究明すべき点としているのであります。

この食中毒部会の中間発表に対し、新日本窒素肥料株式会社においては、水銀については研究に着手したばかりで実験に基づくデータは発表の段階にいたらないが、科学的常識上及び食中毒部会のデータの不備な点について次のとおりの見解を発表し、有機水銀説は納得できないとしているのであります。

すなわち、水俣工場は昭和七年以来今日まで二十七年醋酸《さくさん》の製造に水銀を使い、また昭和十六年以降においては塩化ビニールの製造にも水銀を使っており、これら水銀の損失の一部として工場排水と共に水俣湾内に流入しているのは事実である。しかもその量は、過去における醋酸生産十九万トン、塩化ビニール三万トン程度であるところから六十トン、最高百二十トンということであります。

しかるに昭和二十九年になって、突然水俣病が発生した事実は無視できない。また水俣病は昭和二十八年以前にはまったくなく、二十九年から突発したことは、昭和二十八年、同二十九年を境として水俣湾に異変が起こったと考えるのが常識的と思われるということであります。

また、有機水銀であるメチール水銀及びエチール水銀は有機溶剤にとけ易く、エチール燐酸水銀は水にも可溶である。このような有機水銀の性質にもかかわらず、熊大における既往の動物実験結果においては、介類を有機溶剤で処理した場合、抽出された部分からは発病を見ず、抽出残渣《ざんさ》の方から発病する。このことは工場における実験結果ともまったく同様であって、この結果毒物は、アルキル水銀化合物ではない等反証しているのであります。なお、新日本窒素肥料株式会社は、資本金二十七億円で、水俣工場を主たる工場とし、同工場においては年間硫安、硫燐安等約三十万トン、塩化ビニール、醋酸等三万トン、その他十二万トン計四十五万トンを製造し、現在一時間約三、六〇〇トンの排水を水俣湾に放出しているのであります。

しかし、会社の資料によると、この排水は機器の冷却用が主体であって、直接製造工程から出る排水は一時間約五百トン程度であり、その水質は問題にならないということであります。

すなわち、去る七月における分析表を見ると水俣湾流入排水及び八幡排水はそれぞれペーハー六・三、一一・九、水銀一立当たり〇・〇一、〇・〇八ミリグラム、過マンガン酸カリ消費量二四一、等となっております。

私どもは、工場における排水処理状況を視察するとともに明神崎、恋路島及び柳崎に囲まれた水俣湾及びさらに天草あるいは長島、獅子島等の島々に囲まれた不知火海の二重の袋湾になっている現地の状況を視察したのであります。

水俣湾においては、過去における排水による堆積物と思われる泥が三メートル以上にも及び、悪臭を放つ実情であります。

また、終戦時海軍所有の爆弾を投入したと称されていた湾についても、その現地において当時の責任者であったという元海軍少尉甲斐氏から当時の実情を聴取したのでありますが、すべて水俣駅に搬出し、一発も投棄していないということでありました。以上のとおり水俣病は水俣市周辺に産する魚介類を摂取することにより発病する関係から、水俣市鮮魚小売商組合は、すでに八月一日、水俣市丸島魚市場に水揚される魚介類のうち、水俣近海でとれたものは、たとえ湾外のものであっても絶対買わぬとの不買決議を行ない、以後漁民は全面的に操業を停止するの止むなきに至り、収入の道はまったく断たれている次第であります。

また、近隣の漁村においても、これが連鎖反応のため甚大な悪影響を蒙《こうむ》り、日々の食生活にもこと欠くにいたり社会問題となっている次第であります。

かかる事情の下において、去る八月三十日には、水俣市長をはじめとする九名の漁業補償あっせん委員のあっせんにより、会社から水俣市漁業協同組合に対して、水俣病関係を除く工場排水による漁業被害補償として、毎年二百万円を支払うことを約定すると共に、昭和二十九年以降の追加補償金二千万円及び漁業振興資金一千五百万円計三千五百万円を支払っておるのであります。

このように、とも角水俣市漁協に対しては補償措置がとられているものの日奈久《ひなぐ》と姫戸《ひめど》を結ぶ線南の二、三漁協、関係漁民四千名余は総て操業不能におちいり、他の海域に漁場を求めなければ生活できない状態に立ち至っている次第であります。

これがため、私どもが参りました十一月二日においても熊本県漁連が中心となる不知火海水質汚濁防止対策委員会の関係漁民数千人が参集しており、切実な陳情を受けたのであります。

その後これら関係漁民の一部が工場に押入り事務所を損傷する等暴挙に出たことは遺憾に存ずる次

第であります。(後略)

草の親

年月は、岩をうがってゆく潮の満ち干になんとよく似ていることだろう。それは風化や侵蝕やをもたらす。ことにこのような岸辺に住みついている人びとにとっては――。

杉原彦次の次女ゆり。41号患者。

むざんにうつくしく生まれついた少女のことを、ジャーナリズムはかつて〝ミルクのみ人形〟と名づけた。現代医学は、彼女の緩慢な死、あるいはその生のさまを、規定しかねて、「植物的な生き方」ともいう。黒くてながいまつ毛。切れの長いまなじりは昼の光線のただなかで茫漠たる不審にむけてみひらき、その頭蓋の底の大脳皮質や小脳顆粒細胞の〝荒廃〟やあるいは〝脱落〟や〝消失〟に耐えている。メチル水銀化合物アルキール水銀基の侵蝕に。

――ゆりちゃんかい。

母親はいつもたしかめるようにそうよびかける。

――ごはんは、うまかったかい。

――どれどれおしめば替えてやろかいねえと、十七歳の娘にむかって呼びかける。〝奇病〟にとりつかれた六歳のときから、白浜の避病院でも、熊大の学用患者のときにも、水俣市立病院の奇病病棟でも、湯の児リハビリ病院でも、ずっと今までそうやって母親はきたのだ。姉娘は〝軽症〟だから入院できないから、家におかねばならない。夫は専業漁師をやめて失対人夫にゆく。だから母親は毎日は病院に来てやれない。冬は、夫婦とも手がしびれる。唇のまわりも。母親はかすかな笑みを浮かべていう。——わたしどんも水俣病ばい。箸ばおっことしよったもね。このへんの者は誰でん、しびれよったばいあのころ。しかしこの夫婦は名のり出ない。〝このへんの者〟たち同様に。

カラス　ナゼナクノ
カラス　ハ　ヤマニ
カアイ　ナナツ　ノ
コガ　アルカラヨ

娘はそううたっていた。四歳の頃。カラスナゼナクノと母親は胸の中で唄う。

「とうちゃん、ゆりは達者になるじゃろか」

「————」

「まさか達者にゃなるめえなあ」

「——さあ、なあ」

「ゆりは入院した頃からすればいくらか太うなったごつもあるばい、あんたそげんおもわんや？」

「ん、ちっとは太うなったごたる」

「とうちゃん、ゆりは、とかげの子のごたる手つきしとるばい。死んで干あがった、とかげのごたる。そして鳥のごたるよ。目あけて首のだらりとするけん」

「馬鹿いぅな」

「うちはときどきおとろしゅうなる。おとろしか。夢にみるもん、よう（よく）。磯の岩っぴらの上じゃのに、鳥の子が空からおちて死んどるじゃろうがな。胸の上に手足ば曲げてのせて、口から茶色か血ば出して。その鳥の子はうちのゆりじゃったよ。

うちはかがんで、そのゆりにいいよったばい。何の因果でこういう姿になってしもうたかねえ。生まれ子のときは、どうぞ、手の指足の指いっぽんも、欠けることなしに生まれてきてくれい、きりょうは十人並みでよか。どうぞ三本指にはなってくれるな……。

人並みの子に生まれてくれいちゅうてかあちゃんも、ねごうたよ。赤子のときは当たりまえの子に生まれたがねえ。何でこういう姿になったかねえ。手の指も足の指もいっぽんも欠けることなしに生まれたものを、なして、この手がだんだん干こけて、曲がるかねえ。悪かことをしたもんのように、曲がるかねえ。

親の目には、なして、顔だけは干こけも曲がりも壊《く》えもせずに、かえってうつくしゅうなってゆくごと、見ゆるとじゃろ、これはどういう神さんのこころじゃろ。人よりもおろよかかあちゃんから生まれてきたくせに、このような眸ば、神さんからもろうてきて。

なして目をあけたまんまで眠っとるかい。ゆり、ほら、蠅の来たよ、蠅の来てとまったよ、眸に。

まばたきもしきらんかねえ、蠅の来てとまっても、ゆり。

ゆりよ、おまや赤子のときはほこほことした赤子で、昔の人のいわすごと、這うたと思えば立ち、立ったと思えば歩み、歩うだと思うたらもう磯に下りて遊びよったが。三つ子の頃から海に漬《つ》かり、海に漬ければ喜うで、四つや五つのおなごの子が、ちゃんと浮くみちをおぼえて、髪の切り下げたのをひらひらさせて波にひろげて。手足を動かせばそのまま泳げて。まあだ舌もころばぬ先から網曳くときの調子をおぼえて、舟にのせればかあちゃんが網曳くときは、いっしょに体をゆり動かして、加勢しよったばいねえ。ままんご遊びをしだしたら、もう潮の満ち干を心得て、潮のあいまに手籠《てご》さげて、ままんご遊びに、ビナじゃの貝じゃの採ってきて、汁の実のひと菜ぐらいは採ってきてくれよったよね。

片っぽの手には貝の手籠、片っぽの手には椿の花の輪ば下げて。ゆりちゃんもう花も摘まんとかい、唄もうたわんとかい。

一年生にあがるちゅうて喜んで、まあだ帳面いっちょ、本いっちょ、入っとらん空のランドセルば背負うて石垣道ばぴょんぴょん飛んでおりて、そこら近辺みせびらかしてまわりよったが――。ガッコにも上がらんうちに、おっとろしか病気にとかまってしもうた。こげん姿になってしもうて、とかげの子のごたるが。干からびてしもうてなさけなかよ。ゆりはいったいだれから生まれてきた子かい。ゆりがそげんした姿しとれば、母ちゃんが前世で悪人じゃったごたるよ。

悪人じゃったかもしれん母ちゃんは。おなごはどこに業を負うとるかもわからんちゅうけん、母ちゃんが業ば、おまえが負うて生まれてきたかもしれん。

ゆり、あんまりものいわんとめめずになるぞこんどはめめずに。

とうちゃん、うちは磯の岩の上にかがんで、鳥の子のゆりば責めよる夢みるばい。あの子ば責めてはならんとに。

あんたとうちゃん、ゆりが魂はもう、ゆりが体から放れとると思うかな」

「神さんにきくごたるようなことばきくな」

「神さんじゃなか、親のあんたはどげんおもうや。生きとるうちに魂ののうなって、木か草のごつなるちゅうとは、どういうことか、とうちゃんあんたにゃわかるかな」

「――――」

「木にも草にも、魂はあるとうちは思うとに。魚にもめめずにも魂はあると思うとに。うちげのゆりにはそれがなかとはどういうことな」

「さあなあ、世界ではじめての病気ちゅうけん」

「病気とはちがうばい。五つや六つの可愛い盛りに、知らぬあいだに魂をおっ奪《と》られて。あんたなあ、尻の巣をがわっぱにとらるる話はきくばってん、大事な魂ば元《がん》からおっ奪られた話はきいたこともなかよ」

「あんまり考ゆるな、さと」

「魂もなか人形じゃと、新聞にも書いてあったげなが……、大学の先生方もそげんいうて、あきらめたほうがよかといいなはる。親ちゅうもんはなあ、あきらめられんよなあ。大学の先生方もわが子ばそうされれば諦めつかすじゃろうか。まして会社のえらか衆の子どんがそげんなれば、その子の親は。おかゆを流し込んでやればひっかかりながらも咽喉はすべりこむ。ちゃんとゆりは食べ物は腹におさめよる。便もおシッコも人間のものを出しよるもね。手足こそ鳥の子のようにやせ干こけるが、顔はだんだん娘らしゅうなってゆきよるよ。あんたにはそういうふうには見えんかな」

「そうじゃなあ」

「ゆりはもうぬけがらじゃと、魂はもう残っとらん人間じゃと、新聞記者さんの書いとらすげな。大学の先生の診立《みた》てじゃろかいなあ。

そんならとうちゃん、ゆりが吐きよる息は何の息じゃろか――。草の吐きよる息じゃろか。うちは不思議で、ようくゆりば嗅いでみる。やっぱりゆりの匂いのするもね。ゆりの汗じゃの、息の匂いのするもね。体ばきれいに拭いてやったときには、赤子のときとはまた違う、肌のふくいくしたよか匂いのするもね。娘のこの匂いじゃとうちは思うがな。思うて悪かろか……。ゆりが魂の無かはずはなか。そげんした話はきいたこともなか。木や草と同じになって生きとるならば、その木や草にあるほどの魂ならば、ゆりにも宿っておりそうなもんじゃ、なあとうちゃん」

「いうな、さと」

「いうみゃいうみゃ。――魂のなかごつなった子なれば、ゆりはなんしに、この世に生まれてきた子じゃいよ」

「――――」

「あんた、しゅんじゅん（しみじみ）と考えてみてはいよ。草よりも木よりもゆりが魂はきつかばい。草や木とおなじ性《しょう》になったものならば、なして、ゆりはあげんしたふうな声で泣くとじゃろ。どのように生まれたての赤子でも、この世に生まれたという顔をして生まれ出る。あくびのなんのして。この世に生まれればもう、眠っとる間もひょいと悲しかったり、おかしさに笑うてみたりするもんじゃ、赤子は。ゆりがあげんふうに泣きよるのはやっぱり魂が泣きよるにちがいなか」

「しかし、いくら養生してもあん子が精根《しょうね》は戻らん。目も全然みえん、耳もきこえん。大学病院まで入れてもろて、えらか先生方に何十人も手がけてもろても治らんもんを、もうもうたいがいあきらめた方がよか」

「あきらめとる、あきらめとる。大学の先生方にも病院にもあきらめとる。まいっちょ、自分の心にきけば、自分の心があきらめきらん。あんたなあ、ゆりに精根が無かならば、そんならうちは、いったいなんの親じゃろか。うちはやっぱり、人間の親じゃあろうかな」

「妙なことをいうな、さと」

「ゆりは水子でもなし、ぶどう子でもなし、うちが産んだ人間の子じゃった。生きとる途中でゆくえ不明のごつなった魂は、どけ行ったち思うな、とうちゃん」

「おれにわかろうかい、神さんにきいてくれい」

「神さんも当てにはならんばい。この世は神さんの創ってくれらした世の中ちゅうが、人間は神さんの創りものちゅうが、会社やユーキスイギンちゅうもんは、神さんの創りもんじゃあるめ。まさか神さんの心で創らしたものではあるめ」

「おまえも水俣病の気《け》があるとじゃけん、頭のくたびれとっとじゃ、ねむらんかい、ねむらんかい」

「ねむろねむろ。うちはなあとうちゃん、ゆりはああして寝とるばっかり、もう死んどる者じゃ、草や木と同じに息しとるばっかり、そげんおもう。ゆりが草木ならば、うちは草木の親じゃ。ゆりがとかげの子ならばとかげの親、鳥の子ならば鳥の親、めめずの子ならばめめずの親――」

「やめんかい、さと」

「やめようやめよう。なんの親でもよかたいなあ。鳥じゃろと草じゃろと。うちはゆりの親でさえあれば、なんの親にでもなってよか。なあとうちゃん、さっきあんた神さんのことをいうたばってん、神さんはこの世に邪魔になる人間ば創んなったろか。ゆりはもしかしてこの世の邪魔になっとる人間じゃなかろうか」

「そげんばかなことがあるか。自分が好んで水俣病にゃならじゃったぞ」

「神さんに心のあるならば、あの衆《し》たちもみぃんな水俣病にならっせばよかもねな」

「――」

「あの衆たちはいいよらす。

――ゆりちゃん、まあ、やっぱりわからんかい。ほうほう、美しか眸はあけたまんま。ゆりちゃん何年ねむっとるかいねえもう。あんたあんき（のんき）でよかねえ。娑婆《しゃば》のことはなあんも知らんずく。ねむったまんまでよか娘にきゃあなって、ほんにほんにこのひとの器量のよさ。精のなか所がかえって美しか。おなごは器量で銭をとるちゅうて、昔のひとのいわしたが、ほんにこのひとは寝えとって、器量で銭とらす。

いつも新聞雑誌にのせてもろうてスターよな。親孝行者ばい、全国各地から供え物の来て。千羽鶴のなんの来て。弁天さまじゃなあ、ゆりちゃん。ゆりちゃん家《げ》はほんによか倉の立つよ――。

そういう風にいいよらす。あの衆たちも、みぃんな水俣病になってしまや、よかろうばい」

「人を呪わば穴二つちゅうたもんぞ」

「ほんにほんに。ひとを呪わば穴二つじゃ。自分の穴とひとの墓穴と。うちは四つでん五つでんひとの後に穴掘るばい。わが穴もゆりが穴も。だれの穴でも掘ってやろうばい。ただの病気で、寿命で死ぬものならば、魂は仏さんの引きとってやらすというけれど、ユーキ水銀で溶けてしもうた魂ちゅうもんは、誰が引きとってくるるもんじゃろか。会社が引きとってくれたもんじゃろか？」

「――」

「ゆりからみれば、この世もあの世も闇にちがいなか。ゆりには往って定まる所がなか。うちは死んであの世に往たても、あの子に逢われんがな。とうちゃん、どこに在ると？　ゆりが魂は」
「もうあきらめろあきらめろ、頭に悪かぞ」
「あきらみゅうあきらみゅう。ありゃなんの涙じゃろか、ゆりが涙は。心はなあんも思いよらんちゅうが、なんの涙じゃろか、ゆりがこぼす涙は、とうちゃん――」

熊本大学水俣病医学研究班が昭和三十一年八月からはじめて四十一年三月、十年の歳月をかけてまとめあげた大冊、「水俣病――有機水銀中毒に関する研究――」の中に、変り果ててゆく少女の姿が散見的に、次のように観察記録されている。

第3章　水俣病の臨床
――略
第2節　小児の水俣病……（上野留夫）
――略
第2項　臨床症状
例2　杉原ゆり　女（No.4）
発病年齢　5年7カ月
発　病　昭和31年6月8日

漁業、姉も発病、本人もそれまではまったく健康

6月8日　流涎著明
6月15日　上肢、手指の運動不円滑
6月18日　手指震顫、歩行障碍
6月20日　発語不明瞭、新日窒工場付属病院入院
7月3日　歩行全く不能、頭部震顫出現
7月10日　視力障害
7月30日　発語不能
8月30日　当科入院、強直性麻痺、不眠狂燥状態、涕泣、視力全くなく、聴力、言語、意識障碍著明、寝返り、起立、歩行不能、嚥下《えんげ》障害（＋）、著明な腱反射亢進、足搐搦あり、屎尿《しにょう》失禁。

——略

第4節　その他の臨床症状

——略

第2項　精神症状……（立津政順）

後天性および先天性（胎児性）水俣病では、精神症状より神経症状の方が臨床像に占める比重のより大きい場合が多い。しかし、障害の高度の例では、知能を含めて全精神機能と運動機能とがともに高度かつ不可分の状態で障害されている。また、経過とともに神経症状が軽快、消失するにしたがって、代わって精神症状が病像の前景に出てくるということが多くみられるようになった。このような患者で社

会復帰が考慮される場合、問題は精神症状にあるであろう。

水俣病においても、精神症状と神経症状は極めて密接な関係にある。たとえば、両者はその程度において平行するものがあり、経過において相互間に移行と入れ替わりの現象がみられ、両者のそれぞれの一定の症状どうしがとくに結びつき易いことがある。また、どこまでが精神症状で、どこからが神経症状であるかの区別の困難な現象も多い。以下は水俣病の主として精神像の記述である。ただし、ところによっては神経症状にも若干触れられてあり、さらに脳波所見も付け加えられてある。これは、まとまった全体的なものとして患者の人間像ならびに経過を叙述することが必要であったし、また精神症状と神経症状との関係が密であることなどによるものである。

第1　後天性水俣病

精神神経科教室では、第一回目の臨床的研究として、一九六一年五月から一九六二年八月の間に、水俣病患者の精神症状を井上孟文が、神経症状を高木が追究している。患者は、水俣市立病院入院中のもの15人、在宅のもの28人、男26人、女17人、計43人、年齢は7歳から75歳まで各年齢層に分布、発病後の経過年数は、1年2カ月から7年8カ月、6年のものがもっとも多く、平均4年6カ月であった（一九六一年12月31日現在）。第二回目の調査は、一九六四年12月から一九六六年2月にかけて、村山らによってなされた（この結果は未発表）、患者は、入院中のもの13人、在宅のもの31人、計44人、うち40人は第一回目の時にも、4人は第二回目の時に新たに調査の対象となっている。発病後の経過は、平均7年7カ月である（一九六四年12月現在）。

後天性水俣病の臨床像を構成する主な症状は、知能障害、性格障害、神経症状である。一九六五年の44例についての調査によると、知能障害は42例に他の症状は全例に認められている。

個々の精神症状について

後天性水俣病では、全例に精神障害が認められる。これは、つぎのように大別される。

(1) 知能障害
(2) 性格障害
(3) てんかん性発作
(4) 精神的要因に関係の深い発作
(5) 巣症状

(1) 知能障害

高度知能障害

この場合の患者では自発的動きがなく、自力では体位の変化も不能、言語や動作の簡単なものの理解も表現もできない、かろうじて「ひとーつ、ひとーつ」と検者の言葉を不明瞭にくり返すか、もしくはただ「あーあー」などと無意味の発声がみられる。顔貌は白痴様、表情は運動を欠くかないしは多幸症的で強迫笑いを浮かべる。開口反射、支持反射、部分的抵抗症などの原始反射と姿態の変形（第1図——略）も目立つ、失外套症状群に近似の状態である。

（2）性格障害

情意機能が消失に近い状態

失外套症状群およびそれに近似の状態の患者にみられる情意障害である。顔、他の身体部位における精神的なものの表出や周囲からの刺激に対する反応がきわめて少なく、知能障害も神経症状も極めて重い。一九六六年の調査では3例、うち2例は77歳と78歳で死亡、他は一九六六年2月現在16歳である。（第1図——略）後者ではてんかん性発作、高度の脳波異常がみられる。

（3）てんかん性発作

てんかん性発作は、一九六一年の調査では43例中3例、すなわち7％に認められている。しかし一九六六年2月現在は1例だけとなっている。後者は、高度の寡動状、拘縮を伴う姿態の著しい変形、原始反射、きわめて重い精神機能障害の例（第1図——略）。発作は「あー」という小さなうめき声ではじまり、全身ことに四肢、頭頂部が伸展位で強直し、被動的に曲げることはできなくなり、眼球は上方に回転、持続は8—10秒、発作の回数は、一九六一年には一日数回、一九六六年2月現在（16歳）はさらに頻回である。発作の間ケツ期にでも、指で睫毛《まつげ》にふれても眼瞼に反応的動きなく、痛刺激に対しても無反応。脳波所見として、発作性に出現する不規則棘徐波群《きょくじょはぐん》と低電位徐波群の基礎律動がみられる。

第六章　とんとん村

春

潮の満ち干とともに秋がすぎる、冬がすぎる。春がくる。

そのような春の夜の夢に、菜の花の首にもやえる小舟かな、などという句をものして目がさめると、うつつの海の朝凪が、靄《もや》の中から展《ひら》けてくるのだ。

そして「春一番！」という名の突風が一夜吹き荒れる。舟の碇《いかり》をひきちぎってゆくほどの風である。そのような風が来てしまえば、菜の花の朝凪とこもごもに、東風が吹き起こる。春の漁は不安定だ。だから、春は祭りや嫁取りの時期だ。ひとびとは忙しい。

水俣川川口の八幡様の舟津部落、丸島魚市場、二子島梅戸港、明神ガ鼻、恋路島《こき》、まてがた、月ノ浦、湯堂、茂道。磯沿いの道をつないで歩けば海にむけて、前庭をひらいた家のどこかの縁に腰かけて、男たちが随時な小宴を張っている。理由は何でもいいのだ。雨憩《よけ》、風憩《よけ》、日中憩《よけ》、舟底を焼いたあとの憩《よけ》、その他片っぱしに思いついてだれやみを、二、三杯やれさえすれば。通りかかったものは呼びこまれる。

――おる家《げ》の前を素通りする法があるか。挨拶に呑んでゆけ。

男たちは湯呑み茶碗をつきつけ、通行者が外来者で若くて焼酎にむせたりすれば目を細める。けろりと飲み干せばたちまち身内になれるのだ。そのような縁先に女房たちがいて、女客であれば、どっぷりとキザラや白砂糖を入れたシロップ様の番茶の馳走にあずかるのである。砂糖は家々にホクソに（ふんだんに）使うほどあり余っているわけでもない。子どもたちが砂糖を盗みこぼしたりしているのをみつけると、女たちは大声をあげて追いかけまわす。

不知火海を漁師たちは〝わが庭〟と呼ぶ。だからここに、天草の石工の村に生まれて天草を出て、腕ききの石工になったものの、〝庭〟のへりに家を建て、家の縁側から釣り糸を垂れて、朝夕のだれやみ用の肴を採ることを一生の念願として、念願かなって明神ガ鼻の〝庭〟のへりに家を建て、朝夕縁先から釣り糸垂らしていて、初期発病患者となって死亡した男がいても、庭に有機水銀があるかぎり不思議ではなかった。

――兄貴が、

とそのことを村のひとりの青年がうれしげに話してくれたとき、わたくしはまだ水俣病のことであると気がつくはずもなかった。

――明神にようよう家建てたもんな。縁先から朝晩、魚の釣れるちゅうて喜んどるばい。巨《ふと》か泉水の中に限りなしに、魚は養うとるけん、だれでも連れて来《け》え、そげんいいよるけん、行こや、みんな、家ば見に、魚釣りに。

土方をしていた青年はそういった。「巨か泉水」とは不知火海のことをいったのだ。行こや行こや、焼酎二、三本下げて、とわたくしの小屋に集まっていた青年たちははしゃいだ。みんながまだ家を見にゆかないうちに、ひときわ色の黒い所を好かれていたその青年が、けげんな面持ちになってきていった。

――兄貴が、妙な病気になって。中風じゃろか、そげん年でもなかが、よだれを繰って、筋《すず》のつって。もう、その世話であねさんな夜の寝もされんとばい。

彼が来たので兄者のところへ行こうと勇み立っていた若者たちは、ふーん、主《ぬし》もそりゃ、心配じゃねえと、口々の見舞をのべたのである。明神ガ鼻はそのときわたくしにはひどく遠い所におもえた。わたくしの住んでいる村の名を「とんとん村」というのである。そのような名前のつけ方は村の不思議であったが、調べてみればこの町の避病院やら、火葬場を抱えて発祥した部落の、はじめての兄弟の兄の方が火葬場の隠亡《おんぼう》であったり、弟の方がけものの皮をはいで太鼓をつくっていた場所があって、とんとんという単純でほがらかな村の名になったかと、青年たちが年寄りたちからきき出してきて話してくれていたから、わたくしたちは呑気に「赤トンボ」の唄などうたいあって、自衛隊へゆかねばならないという部落の二、三男が気を落とさぬよう、心ばかりの別れなどして、送り出したりしていたのである。それは全国的規模で起こりつつあった歌声運動やサークル運動がこのような田舎町にも波及してくる前であったから、昭和二十九年の夏であった。板の間のわたくしの草屋には農業の技手《ぎしゅ》がいた。「会社ゆき」がいた。土方がいた。舟大工がいた……。そしてもはやとんとん村はこわれ去った。南九州農漁民の共同体がこわれ去ってゆく中で。

とある日わたくしは坂上ゆき女が同病の少年（いやもう青年だ）の、嫁さん探しをしているという話をきく。ああそれではまた春がきた。いい春にちがいないとわたくしはおもう。坂上ゆき女があの体で……！

しかし彼女なら、そのようなことはあたり前にやってのけるだろう。さぞかし、いそいそ、まめまめと少年の世話を焼くことであろう。同じ病いを十数年も、同じ病室で病みあってきたのだから。そのようなこともきっと〝祖《おや》さまの教え〟だと彼女は自分にいいきかせているにちがいない。この世への報恩だと。

それで春のわかめを、わたくしは宮本おしの小母さんから買うのである。おしの小母さんはこんなふうに売りにくる。

「あねさん、よかわかめじゃが買わんかな」

「わかめなあ、このわかめは水俣病の気のするばい」

「馬鹿いわんぞ。こげんよかわかめ、水俣じゃとれんとぞ。阿久根の先の東支那海から来たわかめぞ」

「ほう。（ウソウソ、会社の沖の恋路島の根つけから採って来たくせ）えらい遠かとこから来たわかめじゃなあ、よう育っとる」

「安かぞ。一わ五十円。二わで八十円。百円でつりやるばい。あと半分で豆腐買うてもつりのくるぞ」

彼女のご亭主、宮本利蔵は三十九年二月に死んだ。川のこちらのとんとん村に、めっきり彼女が訪れなくなって久しい。私たちの部落にとっても利蔵やんの水俣病発病はショックだった。ダシジャコ売りの定期便のような、おしの小母さんの天秤棒をしならせた姿は、ここらの部落に溶けこんでいた。彼女のものいいは風格があり、要らないというと、

「要れ、永うもなか婆婆になんば辛棒するか、猫にも食《か》せろ」などという。部落の女たちは彼女とひとしきり口ゲンカをたのしみ、恩を着せ、「そんなら百匁ばっかり」という。彼女は、「そんなら猫の分は負けとくぞ」と腕におもりをつけてみせて、手の窪いっぱいのサービスをするのである。

「大丈夫じゃろかいねえ、会社の排水、まだ危なかごたるよ、熊大でまた出たばい水銀が。小母さんこの魚、匂いのするよ、排水の匂い」

とわたくしはいう。

「匂いのしてもよかたい。買え。おるばっかりふの悪うして後家《ごけ》になって。ひきあわん。あんた魚食うて、ちいっとしびれてみれ」

彼女は、ウソウソ、おるが持ってくる物は東支那海つきの磯から来た物じゃ、買わんかい、という。むべなることかな、とおもいわたくしはわかめを買うのである。

百間排水口の沖の恋路島の根つけに、またタレソ鰯やわかめが異常繁殖して、採り手が多いということはわたくしの部落の海好きたちに、すぐに伝わるのだ。水俣病わかめといえど春の味覚。そうおもいわたくしは味噌汁を作る。不思議なことがあらわれる。味噌が凝固して味噌とじワカメができあがったのだ。口に含むとその味噌が、ねちゃりと気持ちわるく歯ぐきにくっついてはなれない。わかめはきしきしとくっつきながら軋《きし》み音を立てる。

——会社は晩になると臭か油のごたる物ば海に流すとばい。夜漁のほこ突きに出て、そいつが膚にくっつけば、ねちゃねちゃして皮がちょろりとむけるような気色のするとばい。

漁民たちが奇病発生当時話しあっていた言葉を、わたくしはあんぐりとした口腔の中で思いだす。

――水銀微量定量法――ジチゾン法、発光スペクトル分析法、等々がわたくしの舌を灼《や》く。

おしの小母さんに少しは義理が立つか、とわたくしはおもったりする。

チッソの秘密実験について、富田八郎氏から便りとデータがとどく。

〈猫試験四百号〉のデータ。

わが故郷と「会社」の歴史

わたくしの年月はあきらかにすっぽりと〝脱落〟していた。山中九平は相変わらず野球をやっていた。彼は上達！　して、野球のひとチームすべての役を一人でひきうけてやっていた。柴田の役も、王の役も長嶋の球をほうるときの手ぐせまで盲目の彼がやってのける。審判の役目まで。

相手のいない一人野球では、それは必要にして欠くべからざることであり、彼のそのような没入状態の細かいしぐさは、ことにスポーツに関して白痴であるわたくしには難解であり、いちいち、説明をきかねばわからなかった。九平少年は十八歳となり、面倒臭がりながら、野球についての初歩的知識を繰り返し手ほどきをしてくれるのだが、その次ゆくとき、わたくしはそれを忘れはてる。

潮の回路の中にあらわれるように、わたくしの日常の中に、死につつあるひとびとや死んでしまったひとびとが浮き沈みする。ひとの寝しずまっている夜中に、まるで、きゃあくさったはらわたを吐き出すような溜息を吐くな！　と家人たちがいう。自分が深い深いほら穴に閉じこもっていることをわたくしは感じ出す。

とある夏、髪のわけ目の中に一本の白髪をわたくしはみいだす。なるほど、まさしくこれは〝脱落〟した年月である！　そしてその年月の中に人びとの終わらない死が定着しはじめたのだな、とわたくしはおもう。わたくしはその白髪を抜かない。生まれつつある年月に対する想いがそうさせる。大切に、櫛目《くし》も入れない振りわけ髪のひさしにとっておく。わたくしの死者たちは、終わらない死へむけてどんどん老いてゆく。そして、木の葉とともに舞い落ちてくる。それは全部わたくしのものである。

わたくしの中の景色、わたくしの中の故郷の、それはしかしすべてではない。それはこういうふうにもはじまるのだ。小豆《あずき》色のうつくしい自動車が並んで近づく景色の中から。

昭和六年、熊本陸軍大演習。

大演習などということは、あのサーベルをがちゃつかせた巡査たちが、突然わたくしの家に来なければ知らなかったのだ。まだ、生まれて四年目だったたから。

会社に、新日窒工場に、かしこくも天皇陛下さまがおいでなさるから、祖母を、（私たちは婆さまとよんでいた）会社の沖の恋路島に連れてゆく、というのである。不敬に当たるから舟に乗せて連れてゆく、いうことをきかなければ縛ってでも連れてゆく――。

女乞食の、ふところにいつも犬の子をむくむくと入れ歩いている。犬《いん》の子節ちゃんも、小田代《おたしろ》くゎんじん殿も、仏の六しゃんも、もうみんな舟に乗せて縛って連れて行ったという――。恋路島では泳ぎ渡らぬよう見張りをつけて「めしだけはお上のおなさけで、腹のへらぬごと食わせてやる」という――。

脳を病んでいた祖母がききわけるはずもなく、まして肉親に合点のゆくはずはなく、

「あやまちのあれば切腹しますけん」

と父が約束して、その日わが家では表戸に釘打ちして謹慎し、めくらの祖母はその日も無心に椿油の粕を煮立て、白い蓬髪《ほうはつ》を洗ってはまろいつげの櫛ですき流し、いつもしているように古びた白無垢《むく》を胸に抱いて、幾度も幾度も袖だたみしながら、やさしいしわぶきの声を立てていた。

「会社」の前の田んぼはこの日のために早々と刈りとられ、その湿田の上に藁を敷きむしろを敷き、人びとの土下座の中にはさまって、四つの子のわたくしは家を脱け出して、天皇陛下さまを拝みに行ったのである。田んぼの湿りに膝を濡らしながら、のびあがりのびあがりするうち、うつくしい小豆色の自動車が水俣駅の方から並んで来て、会社の中にはいってゆくのをわたくしはみた。わたくしの中にはじめてはいって来た「会社」とは土下座しているひとびとの間を、お伽ばなしのような小豆色の自動車がはいってゆくそのようなものである。

しかしながらチッソ水俣工場の草創はさきにものべたごとく当然に古い。

明治末年、戸数二千五百、人口一万二千、村予算二万なにがしの水俣村。

新しく入ってきたキリスト教や、野球や、公娼廃止運動や、ハワイ国移民などについて村民有志は識見を述べあっていた。もともと三太郎峠と秘藩薩摩の間にあって〈後進熊本〉に帰属意識を持たず、前面の長崎、中国大陸にそう潮流によって育てられ南蛮や中国文明を直輸入していた村だと、くり返し識者たちの生き残りが物語りつづけていた。塩の専売制施行によって、廃絶のうきめをみる運命にあった塩田に見切りをつけはじめ、北薩摩の大口、牛尾の金山に動力用石炭を、四百台の馬車でがらがらと転送するわだちの音を夜昼きいていた村では、その大口に曽木電気を設立し、余剰電力をもってきて村にはじめて電灯をともし、カーバイドなるものを製造したちまち、ドイツに渡ってフランク・カローの工業的空中窒素固定法だの、ローマ渡りのカザレー法アンモニア合成技術だのをひっさげてやってくる、創立名日本窒素肥料株式会社社長野口遵《じゅん》という男は、よほどにこの村の有志たちの開明的情緒にかなったにちがいなかった。創立時の社名を略して、ここらあたりの近郷近在は、くまなくチッソ工場のことを「会社」とよぶのである。

「会社ゆき」とはその職工たちに奉られたよび名である。このよび名はしかし単純明解につけられたごとくして、やがて会社ゆきにもなりそこねる下層村民たちの心情を反映してあまりない。

「会社」創立当時、職工たちの賃金は一日二十五銭であった。水俣宗栄《そうえい》氏の日記によればこの頃の物価指数は、

明治三十九年

鯛百匁八銭、洋てのぐい（四すじ）四十八銭、畳一枚八十五銭、金張三枚蓋懐中時計四円八十銭、インバネス十円、玉露二百匁一斤（宇治からとりよせる）一円十銭、金絵吸物碗二十人前八円、ガ鳥ヒナ八羽一円六十銭、米一俵六円三十銭、下払男賃金一日日当三十銭、焼酎一本七十銭、兵隊泊まり民泊（演習）、特務曹長七銭、フツウの兵隊六銭

明治四十一年

米一俵五円九十銭、杉苗一本四厘五毛、ケンビ鏡七十二円付ぞく機械七円四十銭、冬服一着二十六円、車エビ二百匹三円、木炭一俵五十銭

明治四十二年

米一俵十二円五十銭、ジョンソン体温計二本三円七十銭、蚊屋（周防もの）十三円八十銭
明治四十三年
カステラ一斤三十銭、大工賃六十五銭
明治四十四年
洋傘一本六円二十銭、塩一斤六銭五厘
明治四十五年
米一俵八円五十銭、ヒノキ苗一本四厘五毛
大正三年
硫酸アンモニア一俵六円七十銭
大正四年
粟一俵二円四十銭、金（一年）二十円貸して三円八十四銭、下肥くみとり十二荷（汲む方がヤル）二円四銭、小便十八荷九十銭

という工合であった。馬車引きの賃金は馬と二人分で（かいば料を入れる）八十銭。トビ職はこれに等しく、それから左官、石工、大工、人夫と下がり日室職工の賃金は人夫並みであったから、ついこの間まで、百姓土方で地下足袋というものを買った者がいるという噂に、足が濡れず藪《やぶ》クラを歩いてもトゲもさらぬそうじゃ、と首を振りあい嘆声をあげていた村民たちには、会社ゆきたちのはいてゆく靴の音は（はじめわらじばき、冬などドテラ姿であったが）よほどに気になったらしく、

——ほらほら、会社ゆきどん（共）が、きょうもクウズクワズ（食うず食わず）、クウズクワズちゅうて、

靴の音立ててゆきよるがね。会社くゎんじん、道官員《みちがんえん》（会社の中では乞食姿、帰りの道では官員さんのような洋服着て）――と批評したのである。このように水俣村とチッソとのなれそめのそもそもを語ろうとすればどこやらうらうらして民話じみてくる。そう考えようとして、あの湖南里《こなんり》の、朝鮮咸鏡《かんきょう》南道咸興《かんこう》郡雲田面湖南里の村をおもうだ。湖南里の村のことはもはや民話などといっては済まされぬ。

ここに一葉の写真がある。日本窒素肥料事業大観と銘うたれた昭和十二年創立三十年記念刊行の分厚い社史である。

朝鮮窒素肥料株式会社、昭和二年五月二日資本金一千万円をもって朝鮮咸鏡南道咸興郡雲田面湖南里一番地に設立。大正十五年末に撮影された湖南里の渺々《びょうびょう》とまろやかな漁村集落。ここにはどのような生活と日常と、そして村とがあったのであろうか。

――当社もまた無窮の国運に恵まれて異数な発展をつづけてここに三十の齢を重ね――

「無窮の国運と当社の異数の発展」のもととなった湖南里の村の、住人たちはどこへ行ったのであろうか。ページをひらくだにおそろしい朴慶植著『朝鮮人強制連行の記録』と重なって湖南里の海浜がはてしもなくひろがってゆく。その一葉の右肩にあるもう一葉の写真とその説明。

――下は興南工場用地買収の写真であるが、買収は警察官の立合いの下に行なわれた――

裾長に冬の民族服を着た村老たちの間に立ちまじる日本警察官の姿。その土地買収になぜ日本警察官が立ちあったのであるか。

――当時の工場敷地は鮮人家屋二、三十戸存するのみの一寒村で宿るに家なく飲むに水なしという不便な土地であった。道路の設置鉄道線路の敷設等から工事は始められたがいずれも非常な苦心が払われた。

また人情風俗を異にする鮮人の土地買収等にも随分面倒があったのである――「人情風俗を異にする鮮人の土地買収」には「随分面倒」があったから「警察官の立合いの下に行なわれた」とはどのようなことであろうか。社史はいう。

当社が創立以来閲《けみ》し来たった三十年の歳月は一言にして之を謂《い》えば拡張と発展の歴史である。……当社は鹿児島県下の一山村に二十万円の資本金を持つ曽木電気株式会社として創立せられたのであったが、当時青雲の志に充ちた青年技師野口、市川両氏等は其の遠大の理想を駆って電気供給事業よりカーバイド製造事業に進出し、カーバイド製造より石灰窒素を創設し石灰窒素より硫安を変成し年と共に加わる需要に恵まれて当社の基礎が全く確立したのが石灰窒素時代である。即ち当社の資本金についてみれば明治三十九年二十万円より大正五年には一千万円となり、世界大戦の好影響を享けて大正九年に二千二百万円となり我国の一流会社に伍して堂々一割五分の配当をつけるに至ったまでの十四、五年時代である。

当社が始めて採用したカザレー式合成法は当社の延岡工場に於て世界最初の成功を挙げ、空中窒素固定法の方法に於ける革命的成果を収め、……一方では朝鮮咸鏡南道に従前の能力に五倍する大工場を一挙に建設し此大英断は見事的中して社運の隆盛真に見るべきものあり、当社の地位は世界的大会社にまで上昇し……当社をして肥料工業の一角より全化学工業の大分野にまで展開せしめ……第二期に於いて当社資本金は昭和二年十一月に四千五百万円となり昭和六年に倍加して九千万円……。

昭和十年十一月、三菱が朝鮮総督府の権限下にあった長津江の水利権を放棄するやいなや、これを獲得した野口遵《じゅん》が、長津江水電株式会社の営業開始をするに当たり、その水利権をあたえた朝鮮総督陸軍大将宇垣一成は、これを祝して京城の総督室から京城放送を通し、祝辞をのべる。

朝鮮咸鏡南道咸興郡雲南面湖南里、という海辺の部落が消失したことはたしかである。数々の湖南里の里が朝鮮でうしなわれ、そこにいた人びとの民族的呪詛が死に替わり死に替わりして生きつづけていることをわたくしは数多く知っている。この国の炭坑や、強制収容所やヒロシマやナガサキなどで。この列島の骨の、結節点の病いの中に。そのような病いはまた、生まれてくるわたくしの年月の中にある。

自分の海辺にいて、わたくしはただ、指を折って数えているのだ。ひとり、ふたり、さんにん、よにん、四人死んだ五人死んだ六人死んだ、四十二人死んだと。

三十八年暮、桑原史成《ふみあき》の水俣病写真展を展《ひら》いてくれるよう、わたくしは橋本彦七市長に申し込む。

——あんた何者かね？

——はあ、あの、シュフ、主婦です。あの、水俣病を書きよります。まあだほんのすこし。豚も養いよりますけん、時間がなくて。家の事情もいろいろ……。

——ふむ、キミ荒木精之を知っとるかね。

——知ってます。

——いや荒木君はキミを知っとるかネ。

——ご存知です。

——つまりキミは荒木氏からみれば、熊本では何番目くらいの文士かね？

——さあ？　はあ、文士だなんて、ぜんぜん、その……。

そしてあっさり断わられる。荒木精之とは熊本文壇の族長的な存在である。つづけて熊本日日新聞社長に手紙を出す。いんぎんていねいな返事がきて断わられる。

気の毒がった記者氏に教えられて、熊飽（熊本市飽託郡）教組教育祭に申し入れる。熊本市鶴屋デパートで展いてくれることになる。熊本の新文化集団が手伝ってくれてやっと開催する。しかし半日くりあげてたちまちおろされる……。

小冊子『現代の記録』を出す。あの蓬《よもぎ》氏たちと。水俣はじまっていらいのチッソの長期ストライキ、その記録である。天草のおじいさんからきいた西南役と水俣病の話を入れる。続刊したかったが雑誌づくりというものは、えらく金のかかることを知り、一冊きりで大借金をかかえる。「水俣病」は宙に迷う。わが魂の、ゆく先のわからぬおなごじゃと、わたくしは自分のことをおもう。

すこしもこなれない日本資本主義とやらをなんとなくのみくだす。わが下層細民たちの、心の底にある唄をのみくだす。それから、故郷を。

それらはごつごつ咽喉にひっかかる。それから足尾鉱毒事件について調べだす。谷中村農民のひとり、ひとりの最期について思いをめぐらせる。それらをいっしょくたにして更に丸ごとのみこみ、それから……。

茫々として、わたくし自身が年月と化す。

突如としてわたくしははじめて脱け出す。日本列島のよくみえるところへ。

しかしよく見えるはずはなかった。そこはさらに混迷の重なりあう東京だったから。〝森の家〟という森にいたのだ。女性史を樹立した高群逸枝さんの森の家に。

そして四国へ、細川夫妻のふところへ。そこからまたもや東京の、若い技術史研究者たちに逢いにゆく。すでに簇生《ぞくせい》しつつある産業公害の発生の機序、とはなにか。

バクテリアに泥や酸素など食べさせて養っている、富田八郎氏の研究室へゆく。有機水銀などの重金属でもなんでも食べて処理してしまうかもしれないという、原始的微生物たちの大群はしかし、わたくしの視界の顕微鏡の中に、一匹あらわれたり、あらわれなかったりする。

君よ、われわれの列島を蚕食してしまわねば、もう河川や海の自浄運動をとりかえせといっているひまはない、とわたくしは一匹の輪虫にむけて問う。

それから一九六二年、ロンドンで開かれた国際水質汚濁研究会議の有様をきく。宇井純氏に。清浦雷作氏とイギリス・エクゼター州公衆衛生研究所ムーア氏の国際論争の、そのムーア論文の訳文を見せてもらったりする。第三回ミュンヘン国際会議について――。

そのようなことどもをおぼろげにきいて帰る。わたくしの抽象世界であるところの水俣へ、とんとん村へ。抽象の極点である主婦の座へ。ここはミクロの世界であるなどとおもい、首をかしげてぼうとして坐る。

第二水俣病が、新潟阿賀野川のほとりに出る。

ふかい、亀裂のような通路が、びちっと音をたてて、日本列島を縦に走ってひらけた。なんと重層的な歳月に、わたくしたちはつながれていることであろう。

わたくしの青年小屋に集まってきていたかつての青年たち、いまやそれぞれ生活苦を匂わせて焼酎などを呑み、工場誘致条例やゴミ処理問題とにらめっこしている中年男たちに再度呼びかける。患者集中部落に同行を強要しつづけてきた〝官員氏〟たちに。

チッソ第一組合員に。安保のころ干《ひ》菓子などをもって坐りこみ漁民を見舞いにいったりしたサークルの仲間たちに。「現代の記録」の仲間たちに。日吉フミコ議員に。議員歳費を入院患者たちに送りつづけているその志にむけて。

亀裂の通路を走って、新潟に飛んだ富田八郎氏と宇井純氏からの情報がとどく。

そして昭和四十三年がくる。

第七章　昭和四十三年

水俣病対策市民会議

一月十二日夜、水俣病対策市民会議発足。出席者三十名。

発足会決定事項

目的

1、政府に水俣病の原因を確認させるとともに第三、第四の水俣病の発生を防止させるための運動を行う。

2、患者家族の救済措置を要求するとともに被害者を物心両面から支援する。

会則

1、会費は月三十円とし、必要に応じて寄附を募り活動の費用にあてる。

2、会則の改廃その他、会の運営については幹事会で民主的に決める。
会長　日吉フミコ　事務局長は、工場誘致条例やゴミ処理問題で橋本市政に食ってかかっていたりしていて、「現代の記録」をいっしょに出した市役所職員、松本勉。

前途の困難だけが決定した。

わたくしはわたくしの年月をぶった切る。その切り口につながねばならぬ。

今年はすべてのことが顕在化する。われわれの、うすい日常の足元にある亀裂が、もっとぱっくり口をひらく。そこに降りてゆかねばならない。われわれの中のすでに不毛な諸関係の諸様相が根こそぎにあばき出される。われわれ自身の、裸になった、千切れた中枢神経が、そのようなクレバスの中でヒリヒリとして泳ぎ出す。

社会的な自他の存在の〝脱落〟、自分の倫理の〝消失〟、加速度的年月の〝荒廃〟の中に晒《さら》される。それらを、つないでみねばならない――。

こんどこそ、一部始終が見とどけられるだろう。目くらで、唖《おし》で、つんぼの子が創った目の穴と、鼻の穴と、口の穴のあいている人形《ひとがた》のような、人間群のさまざまが――。それらの土偶の鋳型を、わたくしはだまってつくればよい。


互助会の間のパイプはまだ脈うっていた。ことに前会長山本亦由《またよし》氏を中枢にして。このひとは、前互助会長というよりは古い浦々の肝入《きもい》り役、世話役、こわれかけた共同体の族長だった。冠婚葬祭のこと、舟の売買のこと、わかめの育ちぐあいのこと、小さなもめごとの仲裁、よろず身上相談が、できあがった国道三号線のトラックの地響きにゆれる家に持ちこまれる。彼は漁協の幹事でもある。その山本氏に手紙を書く。

「――市民会議は若いものたちばかりです。世間の苦労も、まして、水俣病の苦労は、なにひとつ知りません、なにをやりだしますことか、いろいろご相談せねばなりません。どうかくれぐれもご指導をいただき、お見守り下さい。」

市民会議発足の夜はなんとも重苦しかった。なにしろはじめて患者互助会と対面したものが大半だったから。水俣病公式発生以来十四年、ながく明けない初発の時期がここにまだ持ちこまれていた。それはこの地域社会で水俣病が完璧なタブーに育てあげられた年月である。どのようにタブーであったのか。

「うち、いややなあ。

お前どこから来たんかて、もうどこに行ってもきかれるんで。うちは水俣のもんじゃがとはようい いきらん。

ふうん、水俣いうたらきいたことあるで。

そやそや、いつかテレビで出よった水俣病いう病気のあるとこか。まだ何かテレビに出よったなあ、それそれ、ストライキや。

警察とやりよったわい。ストライキかける方はフク面なんかしよって、えらいあそこのお前んとこは、ガラの悪いところやの。お前あそこの水俣か、けったいな所から来たもんやの。そういうて水俣いえばクズみたいな、何か特別きたない者らの寄ってるところみたいに思われてるんや。よそに出たら水俣は有名やで。

水俣病いうたらできもんができて、うつるんやて、あざみたいに。そんなふうにうちらのいる部落のひとたちはいうんや。工場で、あのひと水俣病持っとるんやと、寄らずに、後から指さして、うちのそばにはだれもこんと、恐ろしいようなものを見るように、離れてるんやで。うちトサカに来て、その女の子らブンナグッテあたまの毛引っこぬいてやって、変わったんや、そこ。

今いるとこは部落いうとこや。ほンで、そこではどこから出てきた者かわからんふうにしとると、ふうん、お前そないに隠さんかてえやないか。ええ、ええ、俺たちかてよそに出稼ぎにゆくときは、部落じゃとは口拭うていわんことにしよる。ここに来てからは隠さんかてええわい。日本全国に部落はあるんじゃから、俺たちがみればわかるんや、身内や、いうて。

部落いうのは何や？

そのまた隣の町の人らがいうて聞かすには、仏さんやタンスの向きやら、普通の家と違うよにおいてあるんやそうやね？ ほンで部落とちがう所には、嫁にやったりもろたりせんのやて。ほンでそのおっさんらが、お前せっかくここの部落に縁あって来たんやから、ええ若い者に世話したるで、一生けんめい働きいな、ええ嫁はんになるでちゅうて。お前水俣の部落やろと、その部落じゅうできめてしもて、ほンで面倒臭いし、そうやジツいうと部落や、というてしもたら可愛がってくれるワ。お祭や田植えなんかに招《よ》ばれてゆくんで。

ジツはうちの父ちゃん水俣病とは、死んでもいうまいおもうとる。いやもうそこをでて、うちらの故郷水俣やいうたら、行くとこのうなるワァ。」

中条ヒロコの父親は縁先や土間でいつもアバを作りつづけていた。アバとは網の縁につける桐の木のウキである。不揃いの、形をなさぬうず高いアバの山。

「見てみてくださいまっせ、このひとば。おろよか頭になってしもて。漁業組合長までしたひとが。耳も聞こえんごとなったし、演説までしよったひとがひとくちもきけんごとなってしもうたし、あぎゃんして、毎日作りよります。いつまで作れば終わりますことじゃろ。

ありやきっと、死んでから先まで作る気ですばい。気持ちだけは海にゆきよる気持ちでっしょ。ありゃもうほんに、賽《さい》の河原の石積みじゃ。うち家《げ》の父ちゃんな、赤子になってしもた」

妻女は、赤子をあやすような遠くかなしげな目つきで、夫を見やりながら、いう。形のならぬアバをふるえる手にかざし、それをまたぽっとり落っことすとき、元漁業組合長は女房をみあげ、どこやらあどけなく困ったようにわらう。そのうずたかいただの木片の山はしかし、元漁業組合長がつくる刻苦の作である。彼が神経を集中すればするほど、小きざみな痙攣が大きな痙攣になり、小刀も材料の木片も他愛なげに地に落ちる。まるで遊びのように彼は指を刻み、指がアバになる。血が出ても、痛みはない。末梢神経はやられていつも痺れているのだったから。切傷だらけの指に唾ぐらい吹きかけておいて、彼は勘定をしはじめる。あと千本ぞ——。

彼は最初熊本市郊外の精神病院に入れられていた。あばれて手に負えなかったから。同じように入れられていた三人のうちの一人が死ぬと帰りたがった。以来どこの病院にもゆきたがらない。病院にゆけば死ぬと思っているのである。精神病院にいた残りの一人は四十年二月に死んだ。さきに記した荒木辰夫である。
ヒロコは中学を出て奈良、兵庫、愛知あたりの従業員七、八人から十二、三人ぐらいの織布工場を転々としたあげく、偶然にはいりこめた部落での生活の物珍しさや、そのような所ではじめて得ることのできたかりそめの心の安らぎらしきものを、水俣アクセントの関西弁で、折々報告に来ていたが、音信不通になった。たぶん「ええ嫁はん」になっているのであろうか。

父親はもうアバをつくらない。ひかりさざめくような波になる夏がくると、家の下の磯へ下りてゆくのである。大きく揺れる失調性の体に、少女の花絵のような手籠をぶらさげ、海青ノリに足をとられながら、巻貝のビナを拾いに。そのような姿をして両腕をひろげ、巨きな動く影絵のように、手の先にひっかけた籠をふりふり、彼は、あのまぶしい光を発してくる海の中を、いや、海が発する光の中を、泳いでいるのだった。渚のぬめぬめと濡れた岩につまずき、ぶつかり、びしょ濡れになり、彼の着ている形ばかりの服は、そのようにして、いつもひき裂け、垂れ下がる。あの、渚に打ちあげられている海草のように。そのような磯の匂いの立ちこめる渚で彼に逢うと、乾いてゆくさまざまの海草や浮遊物の中から、あの嬰児にもどったような無垢な笑顔が、いつまでも振りむくのだった。

「なあ、わたしたちはいまから先は、どけ（どこに）往けばよかじゃろかい」
「こんどは火葬場たい」
「うんにゃ、その前に人間料理《こさえ》るまないたの上ばい」
「うんにゃ、その前に精神病院ゆきよ」

「一番はじめに火葬場の手前の避病院ゆきじゃったろ、それから熊大の学用患者じゃったろ、それから奇病病棟ゆきじゃったろ」

「それから湯の児（水俣郊外の湯治場）のリハビリに」

「いつもいつも見物されよったよ。あれが奇病じゃちゅうて。なしてリハビリば退院するかちゅうたちゃ、なって見んとわからんばい、水俣病に」

「ほかの身体障害で入った者が、見舞人に水俣病と間違えられるときはおかしかったない。名誉傷つけられるちゅうて、水俣病の部屋とはなるべく離れておらんば迷惑じゃと、見舞人の来れば、こっちよこっちちゅうて、そっちの方は水俣病の衆じゃと、自分たちはさも上等の病気で、水俣病は下段の病気のごといいようらす」

「そんならわたしどんが名誉はどげんなさるや」

「名誉のなんのあるもんけ、奇病になったもんに」

「名誉ばい！　うちたちは。奇病になったがなにより名誉じゃが！」

「タダ飯、タダ医者、タダベッド、安気《あんき》じゃねえ、あんたたちは。今どきの娑婆では天下さまじゃと、面とむかっていう人のおる」

「そりゃいう方の安気じゃ。何が今どきの娑婆じゃろか。二度と戻ってくる娑婆かいな」

「水俣病がそのようにまで羨しかかいなぁあんたたちは。今すぐ替わってよ。すぐなるるばい、会社の廃液で。百トンあるちゅうよ、茶ワンで呑みやんすぐならるるよ。汲んできてやろか、会社から。替わってよ、すぐ。うちはそげんいうぞ。なれなれみんな、水俣病に」

「おとろしかこついいなんな、うちはたとえ仇にでもこの病《びょう》ばかりには、かからせとうはなか」きれぎれに、患者たちはそのようにいう。

発足式の夜招かれて出席した中津美芳《みよし》会長はその挨拶にいった。

「——十年前、せめて十年前、このような市民の方々の組織をつくっていてくださったなら、わしら、こんな苦労は……オソカッタ……」

出席者たちはただの一言もあろう筈もなくさしうつむくほかはない。

「あんたも水俣病を病んどるかな？　どのくらい病んどるな？　こげんきつか病気はなかばい。まぁだ他に、世界でいちばん重か病気の他にあると思うかな。その病《びょう》、病《や》んでおらぬなら、水俣病ばいうまいぞ」

坂上ゆき女はそのようにいう。

市民会議発足前後から彼女は錯乱状態におちいっていた。あるともおもえぬうつくしい夫婦《みょうと》にみえていたが、茂平やんが彼女を棄て、自分の荷物をも棄て、すたすたと夜になってから、リハビリ病院を出ていってしまったのである。

「あのような病人ばうっちょいて、ソラちっと、むごうはなかろうか茂平やん。まいっぺん思いなおして戻ってやる気はなかかいな。さきざき永か命とも思えんが、ゆき女も悪かったちゅうとるが」

山本氏は何べんも病院に彼女を看病にゆき、茂平やんの家を往復して頼みこんだ。

「先のなか命ちゅうことは知れとります。それまでしかし、わしのほうがもう保《も》てん。互いに添うには二年足らず。あとは男の方が尽くすばっかり。ゆき女はわしに財布も渡さんちゅうたばい。それではわしの男が立たんとじゃあるまいか。わしの方はどげんなると思うかな。子どもたちもこの先、あのような病人についとれば、お父っつぁんの先がなか、戻ってこいとすすむるし」

かねて口数の少ない彼があんまりきっぱりいってのけたので、山本氏は「ダメじゃ」と思った。山本氏の妻女は「やっぱり後添いじゃ情の移りきらんじゃろかいねえ、夫婦でも親子でも」と嘆息する。

「あんたほどの看病人は居らんじゃったて」

溜息まじりに山本氏がいうと茂平やんは、

「はい、つとめるだけはつとめました。もうつとめも終わったろ。わしの方が長うにつとめたで。二度とゆきがところに戻る気はありまっせん。水俣病ばわしにかぶせるごとなってしもてから。あんたんとこに嫁ごになってきさえせんば、こういう病気にゃならじゃったちゅう。わしゃ、水俣病をうちかぶることはできまっせん。会社もかぶらんものを。よろしゅうたのみます」

そういったのである。

水俣の、あんたんとこに、嫁入りして来さえせんば、
月のものまで、あんたにしまつさせるよな、こういう体にゃならだった。
天草に、もどしてもらお、
もとのからぁだに、して、もどせえ。
そういってゆき女は壁をたたく。自分の胸をたたく。
あれはにせ気ちがいじゃと、ねむられぬ病棟の者たちがいう。
ゆき女は歩く。

そこから放れようとして歩き出す。それはあの、踊り、である。
生まれた、ときから、気ちがい、で、ございました。
そうつぶやく。そしてばったりひっくりかえる。
ここは、奈落の底でござすばい、
墜ちてきてみろ、みんな。
墜ちてきるみゃ。
ひとりなりととんでみろ、ここまではとびきるみゃ。
ふん、正気どもが。
ペッと彼女は唾を吐く、天上へむけて。
なんとここはわたしひとりの奈落世界じゃ。
ああ、いまわたしは墜ちよるとばい、助けてくれい、だれか。
つかまるものはなんもなか。
そして一週間も十日もごはんを食べぬ。ふろにも入らぬ。
ひょっとして、茂平が帰ってきはせぬか、
そんとき、わたしはやせて弱って、息も絶え絶えに、なっていたほうがよか、
いやそのまんま死んだ方がよか。
ひとさじあのひとに、おもゆをすすらせてもらえば。
あんた、すまんかった、ながなが看病してもろて……。

すまんばってんうちはいまがいちばんしあわせじゃ、
うちが死んだら、こんどは、達者なうつくしか嫁女ばもらいなっせ、
草葉のかげで祈っとるけん……
いまに戻ってくるかと食べもせずに待っとるのに、
あのひとは本気で往ってしもたとやろか、まさか。
も、へ、いーっ、
もへいーっ、ふろにいれてくれい。
ふろにいれてくれい。
だめじゃだめじゃ看護婦さんとは入らん、
あの人がいれてくれるとじゃけん。
おそかねえ、なして、帰らんとやろか。

時間が彼女を更にそこから墜落させる。彼女は着地できぬ。墜ちながら、逆さになった声でいう。

——みい、とぉ、れぇ、
みい、とぉ、れぇー
みておれ、おぼえておれ
と。

熊大徳臣晴《とくおみはる》比古《ひこ》教授の水俣病症状の分類（34例の観察）によると「慢性刺激型」というのがある。「急性劇症型」は悉《ことごと》く死亡し、慢性刺激型は重症3例、中等症2例で廃人に等しく、……「入院時所見……体格栄養中等度、顔貌は無慾状、時に強迫失笑。強迫涕泣あり絶えずchorea（舞踏病）様、athetosis様運動を繰り返し……言語はまったく理解出来ない。脈搏83、心、肺、腹部に著変を認めない。項部強直、ケルニッヒ症状、眼瞼下垂なく眼球運動正常、瞳孔円形左右同大、対光反射稍々遅鈍、眼底に異常を認めない。視野測定不能（後に視野狭窄が証明された）、筋強剛転度、腱反射すべて亢進していたが病的反射はなかった。歩行はようやく可能であるが著しく動揺性、失調性であった。知覚をはじめとする指々試験（指と指をつきあわせるテスト）、指鼻試験等は患者の協力が得られず不可能。

経過……入院後諸症状は悪化、9月4日（31年）に意識混濁し、chorea様運動激しく後弓反張を示すに至る。プレドニゾロン投与により3日後意識恢復、数日後歩行可能となる。11月に入り諸症状は改善したが、企図震顫（何かをしようとするとふるえる）、失調症状は極めて著名。翌年5月突然全身の痙攣発作を起し、以後些細な精神興奮を誘因として強直性、間代性の痙攣発作を繰り返す。

本例のごとく最初普通型の症状を具備しているが、あるものは精神興奮はなはだしくなり、あるものは痙性歩行、腱反射亢進、病的反射出現など錐体路症状が著明であり、あるものは錐体路症状と頻発する痙攣発作などの刺激症状を主症状とし、その症状は起伏を伴いながら漸次悪化するものを慢性刺激型とした」

自分のゆき女、自分のゆり、自分の杢太郎、自分のじいさまをかたわらにおき、ひとりの〈黒子〉になって、市民会議の発足にわたくしはたずさわる。

「佐藤は……人命尊重を口にし、福祉社会の建設をうたいながら……今日新潟において第二の水俣病をひきおこしたことは……ひとえに第一の水俣病を放置した政府の――」

たとえばこのような挨拶を、労組幹部調演説、などと思ってはならぬ。

中津美芳氏の眼窩《がんか》はことにこの夜落ちくぼみ、そのような挨拶を絶句しがちにのべたが、水俣という地域社会において水俣病がタブーであるかぎり、その表現は一種の仮託法をとるのである。氏はなにひとつ、その暗い眼窩の奥や咽喉もとにおし溢れているであろう積年の恨みも、想いも、のべることはできないのだ。そのような、患者互助会員たちの、語り出されない想いをほんのかすかにでも心に宿しえたとき市民会議は何ができるのであろうか。市民会議だなんて、対策、だなんて。原理的、恒久的、入魂の集団のイメージを、まるで欠落しているではないか……しかし、出発した。もっとも重い冬。

いのちの契約書

大寒の夜、わたくしは西日本新聞に書く。

「まぼろしの村民権――恥ずべき水俣病の契約書」と題して。

昭和四十三年一月十二日夜、水俣病対策市民会議が水俣病患者互助会の歴代会長を招いて発足した。

信じがたいことだが、水俣市民の組織と水俣病患者互助会とのそれは、初めての顔合わせだった。水俣病の公式発生は昭和二十八年末とされているから、この間の年月は十四年間である。ながい初発の時期がそこにあった。

初代患者互助会長渡辺栄蔵氏は七十歳、現会長中津美芳氏は六十一歳、渡辺氏は昭和三十四年十一月二日、不知火海沿岸漁民の一大暴動を招いた日、初めて水俣を訪れた国会議員団様方に同漁民団よりもさらに孤立した患者互助会の会長として陳情をした人である。当時、氏の頭は半白であったが、まったくの白髪となり、その沈痛な面はいちだんと細長くなった。

市民会議は渡辺、中津両氏の額の皺の奥に刻まれている水俣病患者家族八十九世帯の苦悩に初めて対座し、これを身内のこととして、にないあってゆく、という意味のことをこもごも発言したのである。列席者はおおむね、その職を通じて患者家族にかかわってきた市役所吏員、女ひとり男ひとりの市会議員、医師、教師、ケースワーカーたちであったが、なかんずくチッソ労働者たちの、終始うつむきがちにして議事決定のたびごとにほおを紅潮させ、賛意を表している心情は、とくに市民会議が持っている水俣病事件に対する原罪意識をもっとも、よくあらわしていた。

水俣病患者およびその家族は、この十四年間、まったく孤立し放置されている。熊本大学医学部の研究によって、原因は新日本窒素肥料工場からの排水に含まれるメチル水銀化合物であり、その本体はアルキール水銀基であることが、疫学、臨床、病理、動物実験、水俣湾周辺の動物、魚介類、海底泥土中の水銀量証明など、あますところなく学問的に証明されている。

その責任は、学問的証明があるにもかかわらず、これを政治的に認めようとせぬ当該企業、地方自治体、日本国政府にあることはいうまでもない。

ここにまことに天地に恥ずべき一枚の古典的契約書がある。新日本窒素水俣工場と水俣病患者互助会とが昭和三十四年十二月末に取りかわした〝見舞金〟契約書である。要約すれば、水俣病患者の

子どものいのち　年間三万円

大人のいのち　年間十万円

死者のいのち　三十万円

葬祭料　二万円

物価上がり三十九年四月いのちのねだん少しあがり、

子どものいのち　年間五万円

その子はたちになれば　八万円

二十五になれば　十万円

重症の大人になれば　十一万五千円

「乙（患者互助会）は将来、水俣病が甲（工場）の工場排水に起因することがわかっても、新たな補償要求は一切行わないものとする」

これは日本国昭和三十年代の人権思想が背中に貼って歩いているねだんでもあるのである。

このような推移の中でチッソ工場は縮小、合理化を進め、わが水俣市は工場誘致をうたいあげ、水俣病事件は市民のあいだにいよいよタブーとなりつつある。

水俣病をいえば工場がつぶれ、工場がつぶれれば、水俣市は消失するというのだ。市民というより明

治末期水俣村の村民意識、新興の工場をわがふところの中で、はぐくみ育てて来たという、草深い共同体のまぼろし。

市民会議がこのタブーを返上することは、かつて持ち得たことのない村民権、住民権、市民権を自らの手で持とうとするにある。なぜ村民権というか。

「足尾銅山鉱毒加害の儀に付質問書」が田中正造によって第二回帝国議会に提出されたのは明治二十四年十二月であり、渡良瀬《わたらせ》川のほとりの谷中《やなか》村が鉱毒と明治政府によって強制破壊されてから七十年、時の政府を最後まで信頼していた谷中村村民の村民権はいまだに復権せず、鉱毒事件そのものも、政治による究明はなされていない。

水俣病事件もイタイイタイ病も、谷中村滅亡後の七十年を深い潜在期間として現われるのである。新潟水俣病も含めて、これら産業公害が辺境の村落を頂点として発生したことは、わが資本主義近代産業が、体質的に下層階級侮蔑と共同体破壊を深化させてきたことをさし示す。その集約的表現である水俣病の症状をわれわれは直視しなければならない。人びとのいのちが成仏《じょうぶつ》すべくもない値段をつけられていることを考えねばならない。

死者たちの魂の遺産を唯一の遺産として、ビタ一文ない水俣病対策市民会議は発足した。

しかしこの国の棄民政策に対して、水俣病対策とは、なんと弱々しくうかつな類型的名称であるか。

そうでなくとも、水俣病患者は最小の村という単位での月ノ浦部落、出月部落、茂道部落などでさえ孤立して、村民権すら失いつつある現状である……。

水俣病対策市民会議、会長日吉フミコ。

――わたしはね、自分が正しい、とおもえば、まっすぐに、前後もヨコも見えずに、まっすぐにしか、ゆけないのよ。

谷の上の一本橋を行進曲で渡るように、たしかに彼女はまっすぐにゆく。純情正義主義、とわたくしは彼女への尊称を奉る。彼女は小学校女教頭あがりの女性社会党議員である。日吉党、ともわたくしたちは呼ぶ。そのような意味で彼女はひとりだ。思わぬ晩年が、茨《いばら》の道が、彼女の前にひらけたことになる。いやしかし、彼女の愛嬢のひとりはいうのだ。

「お母さんは、いつもいつも損することばかりやるんです。ちょっと外れているんです。でも特殊才能がありましてネ。大そうじのときいちばん汚い所、ひとのやれないところ、ドブさらえとか、鼠の死骸を片づけるとか、そんなとき、ひとりではりきってやるんです！」

フミコ先生の隣の愛嬢一家の家計は、こうしてたちまち市民会議事務局にまきこまれてしまった。

彼女の活動は瞠目ものだった。いつでも先頭に立った。右の肘をかかえるようにしていつも撫でさすっている。神経痛が痛むのである。五十三歳で孫が七人いるのだから若いといえば若く、わたくしたちはいつもはらはらしていた。

一月十八日、日吉会長、患者互助会とともに園田厚生大臣の松橋《まつばせ》療護園で飛び入り面会陳情。松本勉事務局長、新潟水俣病弁護士坂東克彦氏と連絡をとり始む。宇井氏の来信しきりなり。

一月二十一日、新潟水俣病関係者たちをむかえる。粉雪まじりの寒い日であった。

この日チッソ第一組合宣伝カー不知火号が、市民会議約五十人、患者互助会約五十人とともに一行を出迎え、両水俣病患者重症者を乗せてデモの先頭に加わった。

ところどころに凹み傷やハゲ傷のある、どこやらきょとんとした不知火号が、この日、水俣病患者互助会とともに、新潟水俣病被災者たちを駅前広場に出迎えたことは、チッソ第一組合のひかえめな意思表示をあらわしていた。不知火号がそのようにして、ずんぐりした図体でかしこまっている場所は、十年前、患者互助会が寒風に晒《さら》されて坐りこんでいた工場正門前広場であり、そのとき、割れない前のチッソ労組が、坐りこみ漁民たちにいったん貸していたテントを、とりあげた場所でもあった。小型の〝三池〟といわれた三十七、八年の安定賃金争議のときチッソ労組は分裂し、割れて出た新労の方は、ぴかぴか大型黒塗りの新車で市中を走りまわり、旧来の不知火号は三池オルグをのせて、それぞれ「市民の皆様のご協力」を訴えまわったので、「こちらは不知火号でございます」とスピーカーを流しながらゆけば、市民たちは、ああ、旧労か、とおもうのであった。そのような不知火号がこの日駅前広場に出てきて患者たちをのせ、一行を先導したことは、市民会議の申し入れとはいえ、感慨ぶかい眺めであったのである。新潟関係、被災者六名（近喜代一《ちかきよいち》会長、橋本副会長、桑野四郎、古山千恵子、およびその両親）、弁護団、映画撮影隊（記録映画新潟水俣病制作班）、宇井純、新潟県民主団体水俣病対策会議代表。

「はやぶさ」を降り立った一行は水俣駅前、つまり十年前不知火海沿岸漁民が集結、大暴動となったその広場に整列、互いに胸せまる短い挨拶をかわしあい、不知火号の女声アナウンスを流しながら、やはりあの大漁民デモの道路を行進しはじめる。

日曜日の市中は静まり返り、約百人そこそこの人数で、先頭の、ぎくしゃくとした患者たちの足並みに合わせて、歩いてゆく異形の集団に息を呑んでいた。十四年間のタブーの、それはゆっくりとした顕在化の一瞬であった。無言でひきつっている水俣市をわたくしは感じた。

この道を、昭和三十年代に代わってから幾多のデモが通った。沖縄返還大行進、原水禁大行進、警職法反対デモ、安保デモ、水俣漁協デモ、水俣鮮魚小売組合のデモ、水俣病患者互助会のもっとも寂しげなデモ、不知火海沿岸大漁民団デモ、それから安定賃金反対争議、第一組合、第二組合のデモ、農民組合、その中にあらわれる黒い染色体のような機動隊の姿……。

最後尾にくっついて歩きながらわたくしは、虫追いや、遠い天明の雨乞いの祭文や、ドラや鐘の音を想い出していた。どんどん、かかかん、どん、かかかんとドラとカネの音が降りてくる。それは権現様の森の上や矢筈山のとっぺんや、妄霊嶽の方からも聞えてくるのだった。ハラッハラッと汗のしずくをふりこぼしながら、豆絞りの鉢巻を向うにしめあげた男たちが、足をけあげてまわりながら、ドラをかかえてやってくる。いくつもいくつも列をつくりながら。村中の子どもという子どもたちが、いくつもの川のような列についてくる。どん、どん、と六人抱えのドラが打ちこまれると、くるくるまわりながら、鐘打ちがドラを誘導しておどりながら、カンカンと鳴らす。なかでも「おもや鐘」という女性名を持った鐘がいちばんいい音《ね》の色を出す、そのような行列である。

竜神、竜王、末神神《すえかみがみ》へ申す、浪風しづめて聞めされ、

姫は神代の姫にて祭り、雨をたもれ雨をたもれ、

雨がふらねば木草もかれる。人だねも絶へる。

姫おましよ、姫おましよ。

八月の炎天に、行列はハッハッと息を吐いていた。ねじり鉢巻で汗をふりこぼしながらとび歩いていた

雨乞いのドラ打ちの、尻からげの若衆たちは、たぶんもうおじいさんになっているにちがいない。そう思うと、のみくだした遠い昔の祭りの唄などが、ちいさくちいさくきこえようとする。ふいにあの仙助老の棒踊り唄が。

それらは村々の小径から合流して、町にさまざまの祭りがくるのだった。雨乞いも、ひとつの祭りにちがいなかった。

一月二十六日、新潟最終班離水。
二月九日、全市民にむけて市民会議発足趣意書新聞折込み配布。
三月十六日、患者互助会長らとともに日吉会長、熊本県議会および、水俣市議会に同内容の請願書提出、県議会へは長野県議の示唆あり。

請　願　書

現在の水俣病の対策は当初より不充分の上に年月の経過と共に各方面の関心がうすらぎ先細りの傾向にありますので、当面の対策として次の事項を請願します。

一、水俣病患者がチッソ株式会社より受けている見舞金は生活保護の収入認定対象から除外するよう関係方面に働きかけてください。
二、水俣病患者家庭互助会からの就職、転業のあっせん依頼は積極的にあっせんを行ってください。
三、心身障害児を対象とした特殊学級を湯之児病院に新設してください。

理由

一、現在水俣病患者にチッソ株式会社より「見舞金」が支給されています。しかし、この「見舞金」は生活保護の収入認定対象となって生活保護を受けられず、また、現在生活保護を受けている四名は生活保護費から差し引かれ、生活保護の意義が事実上失われているのが現状であります。したがいましてチッソ株式会社より水俣病患者が受けている「見舞金」は生活保護の収入認定対象から除外するよう熊本県並に中央政府に働きかけてください。

二、昭和二十八年水俣病発生以来水俣病患者家族においてはある家族は病魔のために一家の支柱を失い、ある人たちは廃人となり、ある人たちは不自由なからだにむちうって世間の冷い目の中で生活しておられます。またこれから学校を巣立って社会に一歩を踏み出そうとしている若い人たちも水俣病患者のために就職の場合かなりの困難が見受けられます。患者家族にあって転業就職あっせんの依頼があった場合は積極的に援助してください。

三、胎児性水俣病患者また幼少時水俣病となった子どもたちのなかで教育可能な児童で特殊学級にも入学できず勉強の道を閉ざされているものが数名（二名〜五名自宅療養患者を含む）、他の事由により心身障害者となった子どもたち（湯の児病院入院患者十六名）のために水俣市立病院湯之児分院に心身障害児を対象とした特殊学級をぜひ新設してください。

右の通り請願します。

昭和四十三年三月十五日

「註」一、水俣病患者の家庭互助会とは昭和三十四年八月患者家庭の補償金交渉を目的として結成されたもので、現在構成家庭六十四世帯。
二、水俣病対策市民会議とは水俣病の原因を国に確認させることと、患者家庭の今後の対策を確立するため、自治体や政府に働きかけることを目的としたもので会員は現在二百名。

水俣病患者家庭互助会
会長　中津美芳（印）
水俣病対策市民全議
会長　日吉フミコ（印）

紹介議員

熊本県議会
議長　田代由紀男　殿

三月十八日、互助会とともに日吉会長ら国会に陳情、東京で新潟水俣病代表八名と合流、科学技術庁、経済企画庁、厚生省、通産省に同じ内容の陳情。

続いて市議会に対し原爆手帳よりも診療に直接的に有効な患者手帳の交付、機能回復後の患者たちの職業あっせん、リハビリセンター入院患者の完全看護、付添婦の増員、リハビリセンター内に特殊（養護）学級の設置を要求し続ける。市民会議の動きとやや並行しつつ地元熊日紙キャンペーンを張りはじめる。

タイトル「水俣病は叫ぶ」。

続いて朝日新聞キャンペーン開始。中央政府において天草出身園田公害大臣の動き。その発言「独走コース」となる。

五月、厚生省「イタイイタイ病の原因は三井金属神岡鉱業所からのカドミウム」と発表、そのまま国の結論となる。漸次《ぜんじ》、全マスコミ、潜在している諸公害の発生の予兆に対し感度高まり、両水俣病政府見解を追いあげる動向となる。国民の、生存の危機感の反応……。しかしおそろしくマスコミは忙しく忘れっぽい。

水俣病事件の潜在期間をいれて昭和二十四年に市政発足した水俣市政は、
二十五年三月〜三十三年二月まで橋本彦七市政
三十三年三月〜三十七年二月まで中村止市政
三十七年三月〜現在まで橋本彦七市政
三十一年度から四十二年度にかけて水俣市が支出した水俣病対策費は、生活保護費、教育扶助、医療扶助等八千六百九十三万円であり、三十四年六月竣工市立病院水俣病病棟工費八百八万円三十二ベッド。四十年三月竣工湯の児リハビリセンター工費二億五千万円二百ベッド。患者たちの使用は、現在しかし、十数ベッドである。
橋本彦七氏。北海道出身、チッソ社史によれば「当社、帝国特許、発明者の項」に「醋酸ノ合成方法」を昭和六年に獲得、続いて井手繁と連名で、「エチリジン、タイアセテートより無水醋酸およびアセトアルデハイドヲ製造スル方法」、「アセトアルデハイド製造方法」、「醋酸水溶液ヲ濃縮シテ純醋酸ヲ製造スル方法」等々六つの特許を有し、ドイツ、フランス、イタリー、カナダ、イギリスの同様特許を持ち、つまり昭和七年から生産体制に入る同工場の醋酸製造、のちのアルデヒド製造に基礎的貢献をした人材である。終戦時、水俣工場工場長であった。

チッソの功労者は水俣の功労者でもある。そのような地域感情が氏を革新系市長にかつぎ出す契機となった。

「平和な町、美しい町、豊かな町、新産業福祉都市の建設」というのが橋本彦七氏のモットーである。市民会議の発足に対する市当局の反応は、微妙で興味深いものだった。

――橋本水俣市長の音頭とりで〝合同慰霊祭〟が、市公会堂で開かれたのは、……またその数カ月前に、新潟からの訪問者を前に、胸を張って、「湯の児の病院を見ましたか。市はこれまで十分水俣病患者のためにやってきた。今さら線香花火のような市民運動などおかしいではないか」とタンカをきった橋本市長の豹変ぶりに驚かされた、というようなことがあったとしても……――。（『熊本日日新聞』10月6日）

そのようなことであったとしても、市当局は互助会と市民会議が申し入れていた前記の、小さくて基本的な諸要求を、自らの発意の形で、改善してゆく動きをみせていた。

九月十三日、はじめての水俣市主催〝水俣病死亡者合同慰霊祭〟。

実はその約三週間前に、気おくれしながら日吉会長が互助会に慰霊祭の相談を申し入れていたのであった。「それならば市でやってもらったほうがお供物《くもつ》も多かろうし」という互助会長の意向を尊重し市民会議は静観した。なんとそれはしかし異様な慰霊祭であったことか。

はじめて水俣市が主催した慰霊祭に、会場設営と受けつけをやった市役所吏員を別として、一般市民が、わたくしをのぞいてただひとりも参加しなかったのである。

そのようなことはしかし予想されないことではなかった。水俣市全体が異様なボルテージを高めつつあったから。三十四年暴動直後にくっきりと変わって行った市民の水俣病に対する感情がそっくりそのまま再現しつつあったのである。会社に対して裁判も辞さぬと朝日新聞に決意表明をした胎児性死亡患者岩坂良子ちゃんの母親上野栄子氏の家には、チッソ新労が洗濯デモをかけるぞというデマ情報が入っていた。「水俣病ばこげんなるまでつっき出して、大ごとになってきた。会社が潰《つぶ》るるぞ。水俣は黄昏《くれ》の闇ぞ、水俣病患者どころか」

仕事も手につかない心で市民たちは角々や辻々や、テレビの前で論議しあっている。水俣病患者の百十一名と水俣市民四万五千とどちらが大事か、という言いまわしが野火のように拡がり、今や大合唱となりつつあった。なんとそれは市民たちにとって、この上ない思いつきであったことだろう。それこそがこの地域社会のクチコミというものだった。マスコミの関心の集中度とそれはくっきり反比例していた。水俣病に関する限り、どのような高度な論理も識者の意見も、この地域社会にはいりこむ余地はない。マスコミなどはよそもの中のよそものである。園田厚相の言動から、政府の見解発表が近く、チッソの企業責任がかなり明確に、はじめて打ちだされるのではないか、ということを市民たちは苦々しく感じていたのである。

おそらくよほどに水俣市当局はゆとりをなくし、あわてていて、市民への参加よびかけをすっぽり失念していたにちがいない。

諸新聞は、政府見解を待って現地に待機ちゅうであり、連日多角的に「ネタ」を狙っていた。市民会議発足当時、市長は日吉フミコ会長に対して「線香花火ではネ」といい、あとは身ぶり手真似で、奇態な女性の姿態をしてみせたりして、氏は日吉先生を侮蔑したつもりらしく、わたくしたちはあっけにとられたが、それも市長の芸のひとつであろうから、わたくしたちはものめずらしくてそれを見物した。

そのような経過と情況であっても、深甚の想いをこめて市民の心に訴える心があれば、たとえば電光石火に出された橋本市政後援会(政治結社)のビラのような形ででも、あるいは町内事務長通達ででも、あるいは月々出される市報ででも、参加よびかけをしてよかったのだが市はそれを失念した。

水俣市公会堂、水俣病死亡者合同慰霊祭会場。二千人は楽に収容できる公会堂の受けつけにゆきわたくしは互助会名簿を数えた。このような水俣市の雰囲気の中を、くぐりぬけて集まってきた、遺族と患者の心をおもいながら。互助会八十九世帯中出席者三十九名。

会場中央前方にしつらえられた遺族たちの席のまわりはがらんどうとし、その左手に、遺族席より一段高い机をおき、造花を胸につけた来賓たちがならんだ。来賓弔辞。徳江チッソ支社長。報道関係ががらんどうの空間へむけてとびこむ。

「ひとことお詫びを申し上げます。……まことにまことに申しわけなく、……多大のごめいわくをかけました。近く政府の見解が出されます。誠実にその見解にしたがい……」

徳江氏の声はからからとしてよくがらんどうの空間に響き渡り、まことに卒然とした印象である。

遺族席をわたくしはみた。遺族たちの後姿を。宮本おしの小母さんのかきあげ損ねて落ちこぼれている白髪染めのはげた髷《まげ》を。彼女の夫は、弔慰金を半分に値切られて贈られたのである。直接の死因が水俣病でないという死亡診断書をたてにとられて。

「なあ、あねさん、魚ばこぎるごて（魚のねだんを負けさせるように）人間の命ばこぎられて。おるげん衆は、浮かばれみゃあと思うとったが、よか慰霊祭ばしてもろて、これで浮かばれたろ。きょうは久しぶりになつかしかった。よかお経ばあげてもろて、写真ども眺めよったらぼんのうの湧いてならん。ほんにきょうはありがとうござした。詣ってもろて」

彼女はそういって数珠《じゅず》をかけ合掌した。

チッソ江頭社長はこの日、「水俣に異常事態が生じており、地元の全面的協力が得られねば五カ年計画をすすめられない」と撤退をほのめかした。翌十四日チッソ新労名で市民むけビラが新聞折込みで配布された。「政府の公害認定がなされようとしております。この問題が水俣市の発展に暗い影を落とすのではないかという不安をお感じになっているのではないかと推察いたします――」という書きだしではじまり、「この暗雲を吹きとばし再び水俣に発展をもたらすため会社の決意をひるがえすよう皆様方と手をつなぎ」とそれは結ばれていた。チッソは市民感情の極点を探っていたにちがいない。慰霊祭直後を、もっとも有効な時期、と判断したにちがいないのだ。三十四年十一月工場排水停止は、操業停止だとした従業員大会の夜を境とし、一夜にして反漁民的となった市民感情のうごきを、覚えていたのだ。おのれの大量殺人には口を拭い、漁民を暴徒に仕立てあげ、産業誘致に血道をあげては、逃げられてばかりいる〝農業後進県保守熊本〟の世論を、そのようにして苦もなくくぐりぬけ、「見舞金契約書」に調印させたあの時期を、してやったりとこたえられない想いをしたであろうあの時期を、覚えていたにちがいないのだ。

もはや十分であった。より密度の濃いタブーが生まれつつあった。タブーよ、もっとも熱度低く冷やかに凍れ、とわたくしはおもっていた。タブーも高度に凝固、結晶すれば変質するのである。

四十二年三月、ひとたび革新側によって提出され、可決された工場誘致条例の撤廃が、九月、市長提案によって復活。このときゴミ処理に不正があったと共産党から糾弾されたし尿汲取業者である社党市議は橋本党にくっつき、ゴミ処理問題不発のまま復活条例はチッソ合理化計画の小会社に適用されていた。チッソ合理化五カ年計画とは、現人員二千七百人を半分にへらすということであり、この計画を発表する前後からチッソ水俣首脳は「先パイの話をきく会」というものを持ちながら本年五月、政治結社「橋本市政後援会」を結成していた。

八月三十一日、チッソ第一組合（合化労連新日室労組）は定期大会をひらき「水俣病に対し私たちは何を闘ってきたか？　私たちは何も闘い得なかった。人間として労働者として恥ずかしい。何もしてこなかったことを恥とし、水俣病を闘う！」と宣言する。それは予想されていた可変部分だった。チッソを守れ！　会社を守れ！　というシュプレヒコールは、だがさらにつづく。

てんのうへいかばんざい

九月二十二日園田厚相水俣入り。

水俣市役所階段下に患者互助会集結。天草出身の「大臣殿」をまのあたりにみて、互助会の人びとは言葉より先に涙があふれでた。十年前、〝国会議員のお父さま、おかあさまがた……〟と訴えた中岡さつきさんが進み出た。ただ「おねがいします。よろしく。患者と家族のためによろしく」という言葉が絞りだされたのみである。天草渡りが多い互助会員たちは、胸のうちを、と思うばかりで言葉が出ない。予定時間にない割りこみ陳情である。大臣は想い深い表情でこの集団を離れようとした。その後姿にむけて粛々《しゅくしゅく》と哭いていたひとびとの口から、高く、宗教的な響きをもった和音が、ひびき渡った。

「おねいがいします！」

という和音の輪唱である。互助会の孤立はきわまりつつあった。

湯の児リハビリセンター入院患者坂上ゆき女。リハビリセンターから保養院（精神病院）に転院中離婚手続き完了、五月離婚決定。旧姓にもどり西方ゆき女となる。強度の錯乱おさまり、

「捨てる神もあれば助ける神もあるちゅうけん」とほほえみをもらしうるようになっていた。天草牛深の生まれである彼女は、ひときわ心なつかしい想いを抱いて厚相の到着を待っていた。

「よか背広着た人たちのぞろーっと入ってきて三十人ばかり、どの人が大臣じゃろ、いっちょもわからん。三十人ばかりでとりかこまれて、見られたばい。なれてはおるとたいね、どうせうちは見せ物じゃけん。大臣はどの人じゃろ、とおもうとるうち頭のカーッとして……。杉原ゆりちゃんにライトをあてて写しにかかったろ、それで、ああ、また、と思うたら、やってしもうた……」

「やってしもうた……」とは水俣病症状の強度の痙攣発作である。のちに彼女は仕方がないというふうに、うっすらと涙をにじませて笑う。

予期していた医師たちに三人がかりでとりおさえられ、鎮静剤の注射を打たれた。肩のあたりや両足首を、いたわり押えられ、注射液を注入されつつ、突如彼女の口から、

「て、ん、のう、へい、か、ばんざい」

という絶叫がでた。

病室じゅうが静まり返る。大臣は一瞬不安げな表情をし、杉原ゆりのベッドの方にむきなおった。つづいて彼女のうすくふるふるとふるえている口唇から、めちゃくちゃに調子はずれの『君が代』がうたい出されたのである。心細くききとりがたい語音であった。

そくそくとひろがる鬼気感に押し出され、一行は気をのまれて病室をはなれ去った。

九月二十六日午後、厚生省・科学技術庁で政府見解発表。

水俣病をまとめた厚生省は「原因はメチル水銀化合物で、新日本窒素水俣工場のアセトアルデヒド酢酸設備内で生成されたメチル水銀化合物が排水に含まれ、水俣湾内の魚介類を汚染した」とし、はじめて企業責任をうち出した。患者発生以来じつに十五年ぶりであり、阿賀野川事件については科学技術庁が「旧昭和電工鹿瀬工場の廃液に含まれたメチル水銀化合物が阿賀野川を汚染し、中毒発生の基盤となった」とし、四年ぶりの見解であった。

九月二十七日。

チッソ江頭社長が東京からやってきて、患者家庭をお詫びにまわるという。なるほどなるほどとわたくしはおもう。しかとこの日をむかえ、みとどけねばならない。

報道陣の主力の大半は二十六日、政府見解が出た時点で引きあげていた。政府見解そのものの内容は園田厚相が「お国入り」した二十日前後の「おみやげ」の言動によってほぼ予測されていて、新聞の論調はもはやしめくくりの段階に入ったようだった。水俣病事件の最後の深淵がゆっくりと口をひらくのはこれからである。事件発生以来十五年、そのより深い潜在期間を入れると足尾鉱毒事件より七十年、この潜在期間もまた充分である。たっぷりとこの年月を、わたくしは味わった。はらわたがくさり、それが嘔吐になってくるまでに。チッソ社長は社用の自動車でまわるにちがいない。この日のためにやりくり無能の家計を切り盛りし、金は用意した。わたくしは、タクシーを借り切ってついてまわることにした。

まず山本亦由新互助会長宅。一足おそかった。氏は複雑な、充血した目をしていた。おそらく眠れない日夜が続いているにちがいない。政府見解にふれ、わたくしは氏の積年の苦労をねぎらい、これからの補償交渉の困難をおもんぱかって深く頭を下げた。氏は幾度もうなずき、めずらしく自分のほうから、患者である娘のことについてふれ、「朝漁に出ていたら社長が来て」といいかけた。そのとき前庭を、ひょろひょろと吹き寄せられるような足つきで一人の婦人があらわれ、

「小父さん！」

というなり、玄関入り口にかがみ込み、はげしくおえつしはじめたのである。髪のあまりのおどろさと両肩のあらわな下着姿に一瞬見まちがえたが、出月在宅重症患者、多賀谷キミさん（48歳）である。

「何したか！　どげんした！」

山本氏は腰を浮かせてそう呼んだ。

「小父さん、もう、もう、銭は、銭は一銭も要《い》らん！　今まで、市民のため、会社のため、水俣病はいわん、と、こらえて、きたばってん、もう、もう、市民の世論に殺される！　小父さん、今度こそ、市民の世論に殺さるるばい」

みればはだしである。

「何ばいうか！　いまから会社と補償交渉はじめる矢先に、なんばいうか。だれがなんちゅうたか」

「みんないわす。会社が潰《つぶ》るる、あんたたちが居るおかげで水俣市は潰るる、そんときは銭ば貸してはいよ、二千万円取るちゅう話じゃがと。殺さるるばい今度こそ、小父さん」

「バカいえ、そげんこついうた奴ば連れて来《け》え、俺家《おるげ》に！

俺がいうてやる、俺たちがこらえとるけん、水俣市は治まっとるとぞ、俺たちが暴れだしたら水俣市はどげんなるか、そげんいうてやる、連れてけえ、そいつどんば。俺が一人で引きうけてやる、連れてけえ、心配すんな――」

暗然としてわたくしは彼女の肩に手をおいた。

「帰りまっしょ、帰りまっしょ。体に悪かですばい、着物ば着らんと……」

何やらけげんな顔で、彼女は立ちあがり、泣きじゃくりを残してひょろひょろと帰りかける。左手にくたびれた洋タオルの端を長くぶらさげて地上にひきずりながら……。

彼女のその姿はこのあと九月二十九日に行なわれた〝水俣市発展市民大会〟の景色に重なるのである。

毎日新聞熊本版、43・10・19号
〝水俣病　公害は認定されたが〟連載（3）
病む水俣を象徴＝患者が背を向けた市民大会
①水俣病患者家庭互助会を全面的に支援する。
②チッソの再建五カ年計画遂行を支援する。
このふたつのスローガンを掲げて九月二十九日、水俣市発展市民大会が開かれた。

発起人は商工会議所からパーマ協会、風俗営業組合まで五十六団体の会長、婦人会青年団も含めたもので、中心は商工業者の団体。

その趣意書は「チッソとともに栄えた水俣市は……三十七年の大争議を境とし何かが狂い始め……この病弊が、今回の水俣病問題にも端的に現われ……再び繁栄途上にある水俣市に暗い影をなげかけております。さらにこの遠因はチッソにあるとはいえ、その責任を追及するあまり、現状打開の道を失っているのではないか」と訴えかけていた。水俣病患者支援を打ち出した市民大会は、おそらくこれが初めてである。しかし、チッソ支援もあわせてかかげたところに、この大会のきわだった特徴があった。

そのことはつぎつぎに壇上に上がった知名士たちの、どこか歯切れの悪い、弁解じみた口調にもにじみでていた。

田中商工会議所会頭は「会長就任を断わったのだが」と述べ、下田青年団長は「チッソと市民が心をひとつにして……」と訴え、大崎ミツ婦人会長は「会社行きさん（チッソ従業員のこと）ならヨメにあげますという人情豊かな町にもどそう」とこもごも訴えかけた。

橋本市長は「会社、従業員、市民が心をあわせればチッソの再建はできるはずだ」と強調、広田市会議長は「これまでも不幸な人たちにはある程度のお手当てはしてきた」といい、松田漁協組合長はただひたすら「いまの魚は安全です。安心して食べてほしい」と訴えた。

それはまことに異様な大会であった。

「患者を支援する。しかしチッソの再建計画の遂行には十分協力する」ふたつのスローガンはこの「しかし」という逆接の接続詞で結ばれる関係にあった。

それはまた九月十四日付の新労のビラが落とした「暗い影」と「地元の協力がなければ――」という新労に対するチッソ回答にピタリと照応するものであった。

この大会に参加を求められた山本亦由互助会長は「十年もうっちょいていまごろ……。自分たちゃ会社と自主交渉するから、はたからなんのかのといわんごつしてください」と参加を断わったという。

その山本会長に「いままでん悪かこつぁすんまっせん。ばってん、ああたたちも水俣市民ちゅうことを忘れんで交渉してはいよ」と要請したという山口義人氏は、この大会で唯一とも思える〝肉声〟で訴えた。

「公害認定されてから工場ひきあぐるなんちゅぅ社長はどぎゃんかい。チッソの社長ともあろう人がこっじゃ困る」

しかし、まったく皮肉なことだが、この市民大会の数時間後、江頭チッソ社長は「全面撤退などありえない。誤報だ。現に新工場も完成したばかりだ」と記者会見で答えていた。さらに、

――チッソが要請する地元の協力とは具体的にどんなことか。

「長期ストなど面倒があるようじゃ……」

――それでは、地元の協力とは労働組合のことか。というやりとりがあった。

市民千五百人を集めて開かれた〝水俣市発展市民大会〟は患者からボイコットされ、〝合同慰霊祭〟は市民からボイコットされることで、病む水俣の姿を象徴的に表現していた。

患者たちの補償交渉は、そうした水俣の空気の中で始まろうとしていた。

満ち潮

渡辺栄蔵氏宅の前でわたくしは一行に追いついた。長老はちょうど社長一行を送り出して石段を下りかかり、最後尾のわたくしの車をみとめ、かがみこんで、石段の上から例の、よっ、というような、少年のような目挨拶を送ってきて片手をあげた。車は三号線をすべり出す。

鹿児島県県境に近い茂道部落。車が通れば人間が通れなくなる渚の道。軒並につづく患家の前に、黒塗り大型の「会社」の車が止まる。前方に大型車をとめられてわたくしの小型タクシーは、動きがとれない。渚に突き出た菜園畑の小径にわたくしは降り立つ。このような小径にいつも這いでてきて、かげろうのような脚をそよがせ渡る舟あまめたちの影はきょうはない。時ならぬ人出と車の列におどろき、石垣の穴にかくれてしまったのである。

満ち潮である。胎児性水俣病患児森本久枝の家の縁先。

いかにも幹部ふうにすっきりと黒い背広を着た男たち。そしてわたくしの手元には、会社側が「健康体」などと、患者を査定した医学的な根拠もない「水俣病患者一覧表」があるのだった。

茫漠たるむなしさにわたくしはとらわれる。アスワンハイダムに沈んでいる古代中近東の神殿をそのとき、わたくしは想っていたのだ。

ぼとぼととのぼる気泡のような声をわたくしは聞いた。社長の〝お詫び〟の言葉を。

「……まことにながい間、申しわけありません。……この上は誠意をもって、必ず、お子さまの一生につきましては、面倒をみさせていただきたいとおもいます」

森本久枝ちゃんの母親はもじもじと首うなだれてその挨拶をうけ、深いおじぎを返して一行を送り出すや、縁先のわたくしのほうにいざり寄り、はじめて無言のままはらはらと落涙した。

患家には不在の家が少なからずあった。一軒一軒の患家には社長がゆくことは、口頭でも文書でも知らされていなかった。前日、政府見解発表後の記者会見でその意向が洩らされたのみである。

出月部落、茨木妙子、次徳姉弟の家。両親は急性劇症型、慢性刺激型で初期に死亡した。次徳氏の病状を抱えて姉妙子さんは嫁にもゆきそこねた。土方仕事を休んで弟と二人、彼女は社長の来訪を待っていた。

「よう来てくれなはりましたな。待っとりましたばい、十五年間！」

まず彼女はそう挨拶した。

秋の日照雨《そばえ》が降り出した。

「今日はあやまりにきてくれなったげなですな。

あやまるちゅうその口であんたたち、会社ばよそに持ってゆくちゅうたげな。今すぐたったいま、持っていってもらいまっしゅ。ようもようも、水俣の人間にこの上威《おど》しを嚙ませなはりました。あのよな恐ろしか人間殺す毒ば作りだす機械全部、水銀も全部、針金ひとすじ釘一本、水俣に残らんごと、地《じだ》ながら持っていってもらいまっしょ。東京あたりにでも大阪あたりにでも。

水俣が潰るるか潰れんか。天草でも長島でも、まだからいもや麦食うて、人間な生きとるばい。麦食うて生きてきた者の子孫ですばいわたしどもは。親ば死なせてしもうてからは、親ば死なせるまでの貧乏は辛かったが、自分たちだけの貧乏はいっちょも困りゃせん。会社あっての人間じゃと、思うとりゃせんかいな、あんたたちは。会社あって生まれた人間なら、会社から生まれたその人間たちも、全部連れていってもらいまっしゅ。会社の廃液じゃ死んだが、麦とからいも食うて死んだ話はきかんばい。このことを、いまわたしがいうことを、ききちがえてもろうては困るばい。いまいうことは、わたしがいうことと違うばい。これは、あんたたちが、会社がいわせることじゃ。間違わんごつしてもらいまっしゅ」

滂沱《ぼうだ》と涙があふれおちる。さらに自分を叱咤《しった》するようにいう。

「さあ！　何しに来なはりましたか。上んならんですか。両親が、仏様が、待っとりましたて。突っ立っとらんで、拝んでいきなはらんですか。拝んでもバチはあたるみゃ。線香は用意してありますばい」

彼女にうながされ、一行ははじめて被害者の仏壇に礼拝した。吹き降りの雨足の中を、背広を着た人びとは言葉を発することなく、自動車で次の患家にむかった。

その直後にわたくしが飛びこんだ。

「惜しかった！」

と彼女はいった。

「まちっとはよ来ればよかったて、今帰らした」

妙な気持ちじゃ、と彼女はまだ涙をふくんでいる大きな切れ長の目を、空に放っていう。

「ちっとも気が晴れんよ……。今日こそはいおうと、一五年間考え続けたあれこればいおうと、思うとったのに。いえんじゃった。

泣かんつもりじゃったのに、泣いてしもうて。あとが出んじゃった。悲しゅうして気が沈む」

彼女は前庭を歩きまわったり、そばに来て縁に腰かけたり、かがみこんだりしながらいう。

「親からはおなごに生んでもろうたが、わたしは男になったばい。このごろはもう男ばい」

伏目になるとき風が来て、ばらりとほつれ毛がその頬と褐色の頸すじにかかる。その眸のあまりのふかいうつくしさに、わたくしは息を呑んだ。霧のように雨を含んでひろがる風である。

「そうそ、お下がりば貰いまっしょ。仏さまから」

草いきれのたつ古代の巫子《みこ》のように、彼女はゆらりと立ちあがる。仏様のほうにゆき「お供物」を捧げ下ろし、そのまま台所にゆき片手に庖丁をもってあらわれる。

「いただきまっしょ、いただきまっしょ、社長さんのお土産ばみんなで。

何じゃろか、ようかんじゃ。東京のようかんぞ、次徳。お茶沸かそうかいねえ。忘れとった。お客さんに」

彼女は縁側にお供物を披露し、ポン、ポンというような手つきでそれを切り放し、じつにあどけない笑顔になってさしいだす。

「はい、どうぞ」

——第一部　終——

〔資料〕

新日本窒素水俣工場 水俣病患者家庭互助会　紛争調停案「契約書」（昭和三十四年十二月三十日）

新日本窒素肥料株式会社（以下「甲」という）と渡辺栄蔵、中津美芳、竹下武吉、中岡さつき、尾上光義、前田則義（以下「乙」という。但し本契約において乙は別紙添付の水俣病患者発生名簿記載の患者のうち現に生存する者については本人を、既に死亡している者についてはその相続人及び死亡者の父母、配偶者、子をすべて代理するものとする）とは両当事者間に生じた水俣病患者に対する補償問題について、不知火海漁業紛争調停委員会が昭和三十四年十二月二十九日提示した調停案を双方同日受諾して円満解決したのでここに甲と乙とは次のとおり契約を締結する。

第一条　甲は水俣病患者（すでに死亡した者を含む。以下「患者」という）に対する見舞金として次の要領により算出した金額を交付するものとする。

1、すでに死亡した者の場合

(一)　発病の時に成年に達していた者

発病の時から死亡の時までの年数を十万円に乗じて得た金額に弔慰金三十万円及び葬祭料二万円を加算した金額を一時金として支払う。

(二)　発病の時に未成年であった者

発病の時から死亡の時までの年数を三万円に乗じて得た金額に弔慰金三十万円及び葬祭料二万円を加算した金額を一時金として支払う。

2、生存している者の場合

（一）発病の時に成年に達していた者

（イ）発病の時から昭和三十四年十二月三十一日までの年数を十万円に乗じて得た金額を一時金として支払う。

（ロ）昭和三十五年以降は毎年十万円の年金を支払う。

（二）発病の時に未成年であった者

（イ）発病時から昭和三十四年十二月三十一日までの間、未成年であった期間についてはその年数を三万円に、成年に達した後の期間についてはその年数を五万円に乗じて得た金額を一時金として支払う。

（ロ）昭和三十五年以降は成年に達するまでの期間は毎年三万円を、成年に達した後の期間については毎年五万円を年金として支払う。

3、年金の交付を受ける者が死亡した場合すでに死亡した者の場合に準じ弔慰金及び葬祭料を一時金として支払い、死亡の月を以て年金の交付を打ち切るものとする。

4、年金の一時払いについて

（一）水俣病患者診査協議会（以下「協議会」という）が症状が安定し、又は軽微であると認定した患者（患者が未成年である場合はその親権者）が年金にかえて一時金の交付を希望する場合は甲は希望の月をもって年金の交付を打ち切り、一時金として二十万円を支払うものとする。但し一時金の交付希望申し入れの期間は本契約締結後半年以内とする。

（二）、（二）による一時金の支払いを受けた者は爾後の見舞金に関する一切の請求権を放棄したものとする。

第二条　甲の乙に対する前条の見舞金の支払いは所要の金額を日本赤十字社熊本県支部水俣市地区長に寄託しその配分方を依頼するものとする。
第三条　本契約締結日以降において発生した患者（協議会の認定した者）に対する見舞金については甲はこの契約の内容に準じて別途交付するものとする。
第四条　甲は将来水俣病が甲の工場排水に起因しないことが決定した場合においては、その月を以て見舞金の交付は打切るものとする。
第五条　乙は将来水俣病が甲の工場排水に起因する事が決定した場合においても、新たな補償金の要求は一切行なわないものとする。本契約を証するため本書弐通を作成し、甲、乙、各壱通を保有する。
昭和三十四年十二月三十日
（中略）
了解事項
将来物価の著しい変動を生じた場合は甲、乙何れかの申入れにより双方協議の上年金額の改訂を行なうことができる。（後略）

第二部　神々の村

第一章　葦舟

杢太郎《もくたろう》の爺さまが死んだ。

少年は腹這いのまま、いやいやをするように項《うなじ》を仰向け、曲った指をさしのべる。自分の魂の中に落下してゆくような微笑みを浮かべて。

片方のやっぱり曲った肘で、少年は上体を突っぱり、そのような眸で微笑むことに耐える。不揃いの前歯で笑ってみせようとして、片方の肘をさしのべたまま。

その指でスカートの端をつかもうとして、彼はひっくり返る。いやそのきわに、わたくしの指にからまり坐る、外側に反った指で。

外側に反ってもやもやと動く指と掌を握りしめたとき、ひとすじの力がびいんと、彼の細く曲った体の中を貫いた。ほんの束の間、わたくしたちは、そのようにして抱きあう。彼の肉体の芯を、そのようにして抱く。たぶんごく稀に、いつも束の間、少年はそのようにして抱かれる。

ここにきてから、湯の児リハビリ病院に来てから、見舞いの見知らぬ女たちに。付添いの小母さんたちや看護婦たちに。

あるいは束の間、抱かれようとして、突き放される。

——まっ、気色のわるか子じゃ、色気の出て来とる！

青ざめて片頬をぺったり畳につけ、その畳の目にむけて、少年は少しも荒げない息を吐く。蚕がひしゃげたような全身から、中身のトロトロを吐いてしまうように。首筋にも額にも、あぶらを滲ませて。


爺さまは違っていた。広げた胡座《あぐら》の中に彼を入れ、彼をゆすった。

ゆこうかい、のう杢よい
御所の浦までや
桶《ひ》の島までや
ん、
爺さまが島までや
ん、ん、
婆さまが島までや
ん、ゆこうかい、ん、
エンジンばかけて
ゆこうかい
漕いでゆこうかい

帆かけてゆこうかい、
うん、杢
帆かけてや、うん、
こんやは、十三夜じゃけん
帆かけて　ゆくか

爺さまは舟になって、こっくりをしながら帆柱をあげる。白く濁って朦朧として来た目で、いつもあけっぱなしの、縁板のない縁側にむかい、杢を乗せて舟はいざる。舟は揺れる。

爺さまはふらりとめざめては、呑み忘れていた焼酎を、ひと息に呑もうとして、呑みこぼす。

振りかかってくる焼酎にむせて、少年は、びくん、びくん、と体を反らす。項を反らす。

しあわせな靄《もや》のようなものが、爺さまのあぐらの中から立ちのぼり、ついこのあいだまで、少年は、その靄の中になじんで暮していた。

爺さまはあぐらの舟の中で、少年に、いや孫たちに、いつも、さまざまの、寝物語をして聞かせていた。たとえばある夜は、天草からご先祖さまとともに持ってきた、「ふゆじどんの話」である。孫たちをまわりに並べた秋の夜長に、彼は自分の一代記の、いちばん話したい断片を話す。自分の「かかさま」や「ととさま」からきき伝えている、変哲もない民話の寝物語を――。自分の想いをこめなおしたリアリズムで、たとえばこのように話す。

いつものあの、昔話ばせろちゅうかえ。よし、よし。

いつものあの、ふゆじ（無精者）どんの話ばして、くりゅうかい。

むかし、むかしなあ、爺やんが家《え》の村に、ふゆじの天下さまの、おらいたちゅう。

なして、ふゆじどんにならいたかちゅうと、三千世界に、わが身ひとつを置くところが無か。辛かわい、辛かわいちゅうて、息をするのも、世の中に遠慮遠慮して、ひとのことも、わが身のことも、なんにもでけん、おひとになってしまわいて、ふゆじの天下さまにならいた。

泣き仏さまじゃったもんじゃろのう。こら、杢、お前がごたる、泣き仏さまじゃったろうぞ、そのふゆじどんは。

なして、それほど、遠慮遠慮したおひとにならいたかちゅうと、あんまり魂の深すぎて、その深か魂のために、われとわが身を助けることが、できられんわけじゃ。のう、杢よい。

ちょうど、お前《まい》のごたる天下さまじゃのう。

それでまあ、わが身のこともなにひとつ、わが手で扱うことはできられん、そのふゆじどんが、道ばたに寝ておられば、爺やんが家の、村の者どもは、

――ふゆじどん、ふゆじどん。お茶なりと、あげ申《も》そかい。

という。

ふゆじどんは、わが身がふゆじじゃけん、気の毒さにして、こっくりをするような、いやいやをするような首を、振りなはる。すると、村の者どもは、

――そら、ふゆじどんの、こっくりをせらいたぞ。はよ、お茶ばあげ申せ。唐芋《からいも》もあげ申せ。

ちゅうて、自分たちの後生《ごしょう》のために、お茶ばあげ申す。

霜月の田の畦《くろ》にでも寝ておられれば、村の者どもはもう、おろおろ、おろついて、

——なんちゅうまあ、こういう所に、黙って曲らいて、体のさぞかし傷《いた》まいたこつじゃろう。はよはよ、寝藁ば小積んで寝せ申せ。着せ申せ。猫の仔どもなりと連れてきてあげ申せ。こういう霜月に、ふところ寒うしてなるもんかえ。

——まあ、寒かったろ、寒かったろ。こういうひとを打ち捨てておいては、わが身を捨てるもおんなじことじゃ。罰《ばち》かぶる、罰かぶる。

——ああ、後生の悪か、後生の悪か。

ちゅうて、村のもんどもは、拝まんばっかりにする訳じゃ。

寝藁ちゅう藁はのう、杢よい。お米のなる木で。

うんにゃ、爺やんが家の天草の村では、昔は、お米にさらに、さまをつけて、お米さまといいよったもんぞ。よかか杢。

人間は、お米さまと、魚《いお》どもと、草々に、いのちをやしなわれて、人間になるものぞ。そのお米さまを、天草では、天下百姓の衆がどのように、艱難辛苦《かんなんしんく》して、つくりよったものか。

天草は海の潮にはめぐまれたが、真水にめぐまれん島じゃけん。八月の日でりを越えて、赤センブ（トンボ）の飛んで来て、稲の花の咲き出す盆のころまでは、夜星さんを拝んで、朝星さんを拝んで、爺やんがかかさまたちの辛苦ちゅうもんは、話にも語りきれん。そのようなおもいをしてつくったお米をば、都におらす天下さまにさしあげ申すのが、天草の天下百姓じゃった。

米という字をなんと書く
八十八夜を逆さに暮らす
ちゅう唄ほどに、女ご衆《おなし》たちの苦労ちゅうもんは、田植えの前のかしき切り、水あげ、前肥、もみ蒔《ま》き、苗とり、あぜ塗り、代《しろ》おし、田植え、植えなおし、追い肥、あぜ切り、草とり、虫とり、虫追い、雨乞い。ほんにほんに、体を逆さにして自分の髪毛《かんげ》さえ稲といっしょに植えこまんばかりじゃぞい。

そのような想いして、やっと、はらんだ穂に、二百十日、二百二十日の風の吹き凪《な》いで過ぎるまで、田んぼにつかりつづけて、白穂の出ぬようにして、虫の出れば虫追いをして、やっと、稲のなる木に、お米がみのるわけぞ。

爺やんが小《こ》まかときは、お米のひとつぶでも、井戸の端にこぼしたり、飯食うはたにこぼし落せば、百姓の辛苦をば拝みなおせ、ちゅうて、かかさまの、割れ木で、地べたをたたいておごりよらいたもんじゃ。

そのよにしてなったモミを、天下さまにまず、さしあげねばならんために、庄屋さまの前庭に新しか藁でむしろを織って、白木のおぜんにモミをのせて、白木の箸で、粒をえりわけ揃えて、御上納俵を仕立てよった。そのおこぼれの、くず米をいただき申して、われわれ、しもじもの人間は、いのちを養うてもろうて来たような次第じゃけん、藁すぼいっぽんといえども、藁の灰のひとつまみといえども、奉って使えちゅうて、爺やんの親たちは、教えおらいた。

人間の死に目のときに敷かせてもらう寝藁ちゅうもんは、百姓の辛苦が育てた藁じゃけん、綿のふとんより、つくった人間の一心のこもっとる。涼ろしゅうして、ぬくうして、この世とあの世のあいだの仮の寝床には、ふさわしか。

天草は、天領の島じゃったけん。天領の島は、天下さまに供ゆるお米をさし出す百姓のおった島じゃけん。なみの人間は、藁でも、ただのときは敷くことはできん掟じゃったわい。

ひとたび寝藁にねてみれば、そのあたらしさちゅうもんは、杢、おまいが、このようなおしめは、外してしもて、ごろんごろんと野原をころがるような匂いの立って、股のあいだをば涼ろしか風の、こちょこちょ、吹いてゆく。おかしかかえ杢、うふふふ、笑え、笑え。そのよに、気持のよかもんじゃ。そのまたあったかさちゅうもんは、ほんごほんごと、陽《ひ》いさまの匂いのして、うっ死《ち》ぬ筈の病人も、藁のむしてくれる熱にあたれば、ひょいと生きあがるときもありよったわい。

寝てみろかい。杢よい、爺やんと。厚々入れた寝藁の上に。

さてのう、ふゆじどんの話じゃった。

さてそのふゆじどんが、ひょいと、あるとき発心《ほっしん》をして、旅に出かけらいた。田舎者じゃけん、ふとか往還道《おうかんみち》にたまがって、そろい、そろいと地に足をつけて、歩いてゆかいたわい。

八月の、炎天みちじゃったげな。

ふゆじどんは、もうさきほどから、じつは、腹のへって、腹のへっておらいましたが、遠慮ぶかい人じゃから、なかなか、尻べたをおろす軒の下もなか。よその村じゃったけん、ふゆじどんの通らることを知っとるものはおらん。

はて、誰なりと、通ってくれんもんじゃろうかい。おるが背中にゃ、村のおなご衆《し》の作って持たせてくれらいた、塩のついた、梅干しの入った、ほっぺたのごたるふとかにぎりめしの、あるばってん。

誰なりと背中のにぎりめしば、藁づとから、ほどいてくれる人は、おらんもんじゃろうかい。その人と二人で、わけおうて食おうばってん。

ふゆじどんは、腹はへる、藁づとのにぎりめしをとってくるる人は来ん。

困りはてて、やっぱり、それでも往還道のどこまででも続くけん、どこまででも、ぼっつり、ぼっつり、歩いてゆかるより、しようがなか。

ふゆじどんは、悲しゅうなって、しゃがみこんで、しばらく地面ば見よらいた。

するど蟻どんがな、この暑か八月のさなかに、一心に、荷物ばかたげて、地の上《じだ》ば、どこまででん、どこまででん、行《ぎょう》ばしてゆきよるけんのう。よくよくみれば、その歩いてゆく地の上の長さちゅうもんは、とても人間の歩いてゆく比《ひ》じゃなか。

ふゆじどんは、蟻にむかっていわいた。

ほんに、おまいどんが太鼓も破れてしもて、穴のあいとるわい。それでもやっぱり、どんつく、どんつく、どこまででん、行列つくって叩いてゆかんばならんかい。おお、おう、もぞなげ、もぞなげ（いとしく、かわいそう）――

するとわらわらと涙が、ほっぺたに流れ出て、ひもじゅうして、咽喉のかわいた口に入る。ふゆじどんは思わいた。涙ちゅうもんは、なんとまあ、この世で、うまかもんよのう。

自分の涙をすすりこんで、また歩いてゆかいた。

すると、むこうの方から、身につけたもんは、頭にのせた、ばっちょ笠いっちょの人間が、首をかたむけて、こっちをむいて、ひょろりひょろりと歩いてこらるげな。

あらよう、来らいた来らいた。

人間の懐かしさのう。腹の減らいたらしかお人の、どこやらひょろりひょろりとして、やっとこさ来よらるよ。あの汝《われ》こそきっと、背中の握り飯を、とってくるるお人にちがいなか。おう、おう、みればあの汝は、よっぽど、ひもじかおひとにちがいなか。

あのように往還道を、口をあんにゃ、あんにゃとさせて、歩いてこられ申す。あのように、ひもじかそうなお人ならば、ご相談もしやすかろ。

――あの、もし、これはこれは、ほんに、よかところでおまいさまと逢い申した。つかぬご相談じゃが、じつを申せば、このわしが背中に、村の女ご衆の握って下さいた握り飯の、藁づとに入れてあり申す。ほんに、ほんに、お世話じゃが、おまいさまと二人して食ぶるけん、背中のにぎりめしをば、藁づとからおろしてくださる訳には、ゆき申さぬじゃろか。

ふゆじどんの、そのように、ご相談をせらいた訳じゃ。

するとその、ばっちょ笠のお人が、いよいよ、ゆらゆらと笠も体も泳がせて、いわるには、

――おうおう、なんとなつかしか。わしが方こそ、ほんによかところで、おまいさまに逢い申した。わしが方こそ、きっとおまいさまに、ご相談せねばならんと思うとった。

じつは、このばっちょ笠の、ほらこのとおり、あご紐の解けて垂れさがっとる。

ああ、誰なりと、よか人にお逢いして結んでもらい申そ。その人に逢うまでは、なんとしても、この笠を風どもにふき飛ばされてはなるまいぞ、そのように想うて、わしはいかに苦労して、笠を落さんように、あごで拍子をとりとり来たことか。せっかくの往還道をば、横歩きして、えらい遠か道になり申したわい。やっとこれまで、辿りつき申した。おまいさまに逢うたが、天の助け。しにくいご相談じゃが、わしがばっ

ちょ笠の紐をば、なんとか、結んでは下さるまいか。

二人のふゆじどんたちは、おたがい天の助けになりおうて、笠の紐を結んであげ申し、塩のついた、ふとかにぎりめしを藁づとからおろして食べ合うて、また後《あと》さねと前《さき》さねと、わかれて歩いてゆかいたげな。

どうじゃ、杢よい。

にぎりめしのふゆじどんも、ばっちょ笠のふゆじどんも、おまいによう似た、天下さまじゃのう。

おもしろかったか。杢、爺やんが話は、これでしまいぞ。

寝たか、みいんな。ごんすけも寝たか。与一も寝たか。みいも寝たか、みい。婆やんもねたかのう。婆やんな、眠るがやまいで、ほんによかのう。話半分は、ねて返事する婆やんにならいて。のう、杢。婆やんは極楽寝して、よか身分じゃねえ。

すると、婆さまは、首ももたげず、やせた手首を、一人の孫のうなじからひきぬき外して、はらりとひとふり、ふりあげる。

「たいがいに語って、ねらんかい、爺やん。ふんふん、わが魂は半分、ひっ飛んどるくせして」

などと、あくびまじりの悪態をつく。爺さまは、ゆらりと首をすくめ、おっほっほ、杢よい、婆やんなまだ、ねてはおられんぞ、狸寝入りじゃったぞという。

杢だけが、爺さまの相手をつとめていた。

杢よい、今夜はなしてか、さみしかねえ。

お月さんのあんまり美しゅうして。

おまや、さみしゅうはなかかえ？　ああ、爺やんが、おまいに、このようなこころを言うてはならん。呑もうか、杢。

婆やん、おごるな。

ううん？

杢よい、おまいも呑むか？　焼酎ば。

よしよし、なめさしゅう、おまいにも。

からすも呑まん、魚も呑まん水じゃけん。

うまか水じゃなかばってん、なめてみるか爺やんが水ば、ひとくち。

ほら、なめてみろ——

ちゃぷっと爺さまは、太い親指を湯のみ茶碗の中に漬けて、孫の口にふりかける。少年は、口をひき結び、ちょっといやいやをして、がぶりと、爺さまの親指にかみつく。湯のみ茶碗がひっくり返る。

あいた、こら、はなせ。はなせ。はなさんか杢。

うん、なめたか、爺やんが水ば。うまかったか、辛かったか。

爺やんが水ば呑めば、魂の飛ぶぞ。

魂のひっ飛ぶ水ぞ。爺やんが水は。

飛べ、飛べ、おまいも。

飛んでゆこうかい、舟で、天草に。

おまいも握るか、ほうらよ、とも綱ば、握ってみるか。

そうじゃ、そうじゃ、足で握れ、足の股で、ん、力ば入れろ。足の親指の股に。
爺やんが、帆柱ば巻くけん。
よかか、ゆくぞ、南風《はえ》の風の吹いてきた。
お月さんも、のぼらした。
どこにゆくとじゃったかのう、ん
杢よい、どこまでゆくかのう
黒の瀬戸までゆくかのう、天竺までゆくか。
爺やんが家《え》の島のにきまでゆくか、のう
祖《おや》さまの島に
飛んでゆくか、のう
こら、杢、握っとるかえ、とも綱は。爺やんはくたぶれてねむるけん、おまいが頼りぞ。うん、おまいもくたぶれたか、ねむかか。ほんにほんに、むりもなか。おまいも毎日、くたぶれる。
兄しゃん達が薪《たきもん》ば割れば、縁のへりに這い出て来て、かなわん指ば握ったりひらいたり。おまや、そのよな体に気合いをいれて、薪を割って加勢する。うん、今日も加勢したのう。すっすらすっすら、汗流してのう。こまんか体から。
今日のたきもんは、おまいが割って加勢した。おまいが割った。
今夜の魚は、おまいが割って加勢したたきもんで、炊いた魚じゃった。のう、婆やん。
ごっつおさまじゃった、杢。ごっつおさまじゃったぞ、杢。

おかげで、爺やんは、焼酎のうまかった。
ほっほ、爺やんは、そろそろ魂の、ゆらゆらとしてきたわい。
おまいも飛ぶかえ。飛ぶかえ、いっしょに。
爺やんと。
それ、
漕げえ、漕げえ。
揺れえ、揺れえ。ほら、爺やんが、揺すってやるけん。
寝れ、おまいが魂もくたぶれるわいのう。
爺やんが膝ば、枕にして。ほらよ、爺やんが舟は、ねむり心地のよかろうが。
楽になれ、楽になれ。臍は天さね向けて。
むけたか、臍は、こら。ふっふ。

祖《おや》さまの島に、舟で飛んでゆこうかと言っていた爺さまの魂は、ほんとうに飛んでいって帰らない。昭和四十四年六月。

ひきつけを起して、舌を、右や左の歯の間に、はげしく痙攣させて死んだ。

自分より大きくなって、かなわない脚をだらりとひきずっている孫を、ぞろぞろ、ぞろびいて、背負い歩いていた爺さまは、もう村の道を歩かない。

簡単な死後の法名が、爺さまにおくられる。釈良善位という位牌の文字。享年七十二歳。

ひとつ　積んでは　母のため
ふたつ　積んでは　父のため
自分の魂だけをあやすような、かすれた声で、婆さまは呟きながらお燈明をあげる。そして、呟いたことはすぐに忘れてしまう。

婆さまは、相かわらず髪を染める。まっ黒な髪に染めるのだ。ひとまわり、また、小さく骨だけにやせこけた体と顔に、乾かない白髪染めの、びんの毛が垂れ下がる。そのような髪のまま、ことことうごきまわって、土間のへっついの前にかがみこみ、小枝の柴を折って燃やそうとする。やがて、へこんだアルミのやかんの口から湧きこぼれる湯が、煙とともに匂う。

青い地肌のこめかみに貼った梅干しのこうやくを、老人斑もすうっと細まったような指でかきわけて押さえながら顔を出し、どぼどぼと、砂糖茶を注いで、呑ませてくれるのである。いつも、こうやくか、梅干しの肉をそのように貼っている。わたしはうろたえる。

「あっ、こんなにたくさん、砂糖ば――」

すると婆さまは、わたしの袖をひき、仏壇の前に連れてゆくのだ。仏壇の下の隠し戸をそろりとひきあけ、長い前かけでかこってみせる。

「ほら、見てくれな、この箱。全部砂糖ぞ。うんとあるじゃろが。このようにうんと、ほら。みんな、爺やんの貰わいた品ぞ。死んで砂糖ば、このようにたくさん貰わいた。見舞いにな。ただでもろうたわけじゃなか。この婆が、近所の無常の時に、昔から、しといたけん、このようにうんと、返ってきたわけじゃ。

婆が貰うたも同じこつ。遠慮せんちゃ、よか。うんと、呑んで帰れ」

そのように耳うちする。

「はあ、これはまたうんと、貰いなはりましたなあ。たまがった。婆さま、梅干しは、どげん風に利きますか」

わたしは、爺さまにお詣りするついでに、きかなくてもよいことを、ひょいときく。

「うん、涼しかな。これば貼っとれば。梅干しにゃ、魔の来ん、ちゅうし。これば貼っとらんば、穴のほげとるごたる。ここに」

こめかみを指さして、見せにくる。

「貼っとらんばなあ、目まいのして、立ち眩《くら》みのする。世界の傾くとばい。立ちも坐りもならん。業晒《ごうざら》しに遭うとるけん。ほんに、ほんに、うちの爺やんばっかりは、我ばかり、はよ、逝ってしもうて。こういう、やせ婆に、残った業は全部うちかぶせてなあ、逝ってしまわいた。はよ逝たもんが逝き得ばい。残ったもんは、業晒《ごうざら》しじゃ」

小腰を折って、しょっちゅう、彼女は鍋や雑巾を置きなおしてみたり、立ち働こうとして、肩で息をする。白髪染めからにじみ出た墨が、うすくなったネルの襦袢の衿にしみつき、その髪が、乾いてくる。

「まあいっぱいほら、あねさん、お茶なりとのんでゆけな。遠慮は要らん。ただの柴《しば》の葉じゃけん」

腰を折りながら寄ってきて、またささやいた。

「爺やんの死ないたらあんた、まだ中身の入っとる焼酎びんの、どこそこから出て来て。四合びんばっかり。隣近所の衆の、爺さんからあずかっとったちゅうて、葬式の済んだら、持ってきてくれらいた。竹藪の藪《やぼ》くらからも出てきてな。この前は、舟小屋の破れ網を鼠どんが、人間がもう扱わんもんじゃけん、鼠どんがせっせとくわえ出してくれたが、その破れ網の下からまであねさん、出て来たばい。まだ、中身の入っとる焼酎びんの。

なんちゅう爺やんじゃろ。よその家にまであずけておくごと、家の者が、文句いいよったわけでもなかとに。気の毒かったわけでもあったろばってんなあ。わが考えばっかりの爺さまじゃったで。

それほど呑もうごつあった焼酎なら、呑めな、ほら、ちゅうて、墓にもざぶざぶ、かけてやったばってん。あの汝《われ》の居らんことには、一向に、へらん。

想われてならんけん、あねさん、持って行って、呑まんかい。うちの者は、よれよれ者ばかりじゃけん、要らん。爺やんで、しまいじゃった、焼酎は」

わたしはあの、水俣市役所衛生課吏員、蓬氏に、中身入りの四合びんを、進呈しようか、などとおもう。爺さまの死後に出て来た焼酎びんについて、蓬氏の水俣病学的人間考察を、拝聴せねばならない。

杢太郎は、爺さまの死に目には逢えなかった。

おのれの死を予感していた爺さまは、あれほど頑《かたくな》に拒んでいた、少年の、湯の児リハビリ病院ゆきをみずからねがって、彼を入院させた。入院費はタダであったが、付添う手がなく、着替えに持たせてやる着物もない、小遣いもない、とこの家の大人たちはおろおろしていたのである。

入院の日、婆さまの昼夜帯を持ち出し、宮詣りもどきの四つ身の、人絹の、揚げを全部おろした晴れ着の付け紐の、ひらひらとするのを十三歳になった孫に着せ、爺さまは自分で孫をしょった。踏みしめて、一歩あるくごとに、まわりの者たちも、よろよろと、力を入れた。

「大丈夫ぞ、爺やんが、背負《かろ》うてゆくとじゃけん」

孫は、息をつめて、なかばずり落ちながら、水俣市湯の児リハビリ病院までの車に乗せられ、声もなく酔って青ざめていた。そして到着した部屋の畳に顔を伏せたまま、なかなか回復しなかった。


少年には、かなりの間、爺さまの死は、知らされてなかった。

三七日《みなのか》が過ぎた日、婆さまが、重箱に精進物の煮〆ぐさや落雁《らくがん》を入れ、面会にやってきた。

杢は、転げ寄って、婆さまを見あげ、目つきでたずねる。

(爺やんな?)

婆さまは、なんども人形の首のように、かくん、かくんとうなずき、はっきりと教える。

「ほら、杢、こうしてみろ、ほら、両手ば貸してみろ。ほんにおまいも、骨ばっかりの掌になって。当り前に、お拝みもでけんかい。ほら、こうして合わせて拝め。

爺やんなねえ杢。おまいが爺やんな、仏さまにならいたぞ。まんまんさまにならいた」

彼女は、外側にわん曲している孫の手首を、いずれが細いともわからぬわが掌に持ちそえて、振ってみたが、「おまいが、この手の」といったまま、ほんのしばらく、噛み絞るような声を洩らして哭《な》いた。

「合わせてみろ、杢よい。合わさる筈がなかねえ。外側に曲っとるもね。おまいがこういう指しとるけん、爺やんの魂の名残り惜しさにして、まだ、ゆくところにも、ゆきつかずにおらるわい。毎晩、婆やんが夢見も悪かぞい」

孫にはそのことはすぐに理解された。けっして合わさらぬ両の掌で拝みつけている孫には。耐えられないことを、耐えさせられる生きものの眸になって、少年はなにかを呑み下す。そして、やはりしゃべれない。彼の眸《め》の色を読みとっていた巨《おお》きなひとつの世界が、彼の前から消え果てる。彼をつつみこんでいた爺さまという肉づきのあった世界が消える。見交《みかわ》していた相手が。彼はふるえながら沈みこむ。自分自身の眸のいろの奥へ。

やがて、先立つ年寄りを持った沈うつな孫の表情にもどり、彼はそのことに耐える。停止したままの青い半眼の笑顔になって。

面会に来はじめた婆さまは、重箱を拡げて、せっせと、魚の煮付けやら、卵焼きやらを、孫の同室者たちに食べさせようとする。

病院食のうどんなどとともに。長い食事の時間が、——爺さまが生きていたころの、江津野家の夕食の団欒《だんらん》はもう、かけらもないが——婆さまと孫との食事の時間が、胎児性の患者たちの病室で、そのようにして展開される。

付添婦のひとりがいう。

「婆ちゃん、杢ちゃんには、あんまり食べさせんで下さい。病院のごはんは、ちゃんと、計ってあるし、栄養も足りとりますけん。腹下しますばい、あんまり食べさせすぎると。時間どきにばっかり食べさせんと——」

婆さまは、聞えたような、聞えないようなふりをして、ひろげた風呂敷を片づけない。

寝ころがっている久枝ちゃんや末子ちゃんの口の上に、婆さまは、やわらかい卵焼きなどを、重箱からはさみあげていう。

「ほら、おまいどんも、ごちそうになれ。ほら、口あけてみろ、婆やんが作って来たで、あーんしてみろ」

婆さまが面会に来ると、この病室には一種ののどやかな世界が出来あがる。

廊下をすたすたとやって来て、重箱をぶらさげたまま、彼女は、一人一人の子どもたちの顔をさしのぞき、一流のあいさつを投げかける。

寝ころがったまま口も体もきけない子どもたちは、彼女がはいってくると、気配で、首をめぐらしつつ彼女の姿を追い、全身で期待する。婆さまのあのやりかたを、婆さまの乾いた手の甲のあいさつを。

彼女は、首をさしのべて待つ子どもたちのほっぺたを、ぴたぴたと、ひとりずつ、重箱を持たない方の手の甲で、はじいてまわるのだ。

「こら、おどもんよい（いたずらものよ）、今日はまだ泣かんかい」

「千鶴ちゃんよい。きげんはどうかい。ま、よかおなごよねえ。このようなよかおなごは、頬っぺたなりと、たたいてやらんばねえ」

などという。ぴたぴたとさすられた子どもたちの頬に、ぱあっと喜色にみちた赤味がさす。

おせじにも上等とはいえない、裾の切れた木綿縞《もめんじま》の、袷《あわせ》のよそゆきを短く着て、婆さまは、しわの刻まれた細い素足で、ひらり、ひらりと、軽くやわらかく四股を踏むような足つきになり、子どもたちの頬っぺたをはじきながら、その中心の位置で、ぐるりとおおきな弧をえがく。廻転し終えて、自分の孫の前に坐ったとき、部屋の空気が、子どもたちの気分が、婆さまの気分に、あやつられていることを、わたしは気づく。

草履をつっかけて、草道を踏みわけて歩いてゆく足音や、その後姿だけで、ひとつの村の成り立ちから終りまでを、そっくりあらわすような、老媼《ろうおう》だけがもつ、おのずからなる権威でもって、婆さまは、部屋にいる間じゅう、子どもたちの心を統帥する。お世辞もお行儀も斟酌もない、直截な心で。

声を発しない世界が、不思議なゆたかさにたゆたい、ひとりの老婆と、言葉をもたぬ、体もうごけぬ子どもたちの間に魂が通いあう。杢太郎と、婆さまの会話を媒体にして。あるいは婆さまひとりの、きわめて無愛想なものいいが、子どもたちの心に、じかに放射する。

山本富士夫・十三歳、胎児性水俣病。生まれてこの方、一語も発せず、一語もききわけぬ十三歳なのだ。両方の手の親指を同時に口に含み、絶えまなくおしゃぶりし、のこりの指と掌を、ひらひら、ひらひら、魚のひれのように動かすだけが、この少年の、すべての生存表現である。

中村千鶴・十三歳、胎児性水俣病。炎のような怜悧《れいり》さに生まれつきながら、水俣病によって、人間の属性を、言葉を発する機能も身動きする機能も、全部溶かし去られ、怜悧さの精となり、さえざえと生き残ったかとさえ思われるほど、この少女のうつくしさ。

水俣病の胎児性の子どもたちが、なにゆえ、非常にうつくしい容貌であるかと、子どもたちに逢う人びとはいう。それは通俗的な容貌の美醜に対する問いばかりでもない。

松永久美子をはじめとして、手足や身体のいちじるしい変型に反比例して、なにゆえこの子たちの表情が、全人間的な訴えを持ち、その表情のまま、人のこころの中に極限のやわらかさで、移り入ってきてしまうのだろうか。

このような極相をそなえた事件の全貌を、一身に荷って生まれ出た子どもたちの、みずからは知らない、予言的病像からくる表情のあどけなさ。いたましさ。おそろしさ。

婆さまには、部屋の中を一瞥し、子どもたちのものいわぬ眸をひとめみやれば、全部すべてがわかってしまう。付添婦たちに気をかねたり、病院風のモラルに服する気は、彼女には全くない。

残りの生も少ない彼女としては、ただ率直に、誰に遠慮も気がねもなく、よその孫の頬っぺたといえども、音がする位には、はじいてみる必要がある。ほら、いま、この婆さまが、おまえに、ものをいいよるぞ。

死にかけている生きものを抱えあげ、その心音をたしかめて、耳をあてる念力のごときもので、彼女はものをいう。

千鶴ちゃんよ。

おまえ、このような、よかおなごに生まれつきながら、と婆さまはいう。頬っぺたなりと、たたいてくりゅう、とさすってやる。わが孫を含めて、花の盛りどころか、いのちの芽のまま、変型しつつあるものたちを目の前にして、なすすべもない本能者のいかりとやさしさが、彼女をそうさせる。みずからの生もくずおれようとするきわの、族母のような無口な寂寥から。

このようにして、婆さまの面会のやり方は、いちじるしく非病院的であった。

そのことを、よくこころえているのは、他ならぬ婆さま自身である。病室や、廊下や、廊下のガラス窓や、自動エレベーターや、車椅子や、看護婦。付添婦、ケースワーカー、ある間隔を置いている病院当局や、そのようなものたち一切が、婆さまの闖入《ちんにゅう》に我慢していた。同時に婆さまの方も、病院当局以上に、限界をこえる気力で、病院という「場」を乗りこえて来ねばならない。

青みを帯びて土気色《つちけいろ》になってゆく皮膚の色の、三昔くらいも前の、縞の木綿羽織をはおった姿は、このような瀟洒《しょうしゃ》な大病院が持っている奇妙な併呑性の中でさえも、そのやせた手足や、それに絡まる真黒い髪の毛は、いわば、非常に舌ざわりの悪い存在であろう。

「杢ちゃんは、もうこの頃、泣きまっせんけん、婆ちゃんには、もう病院には来なはらんでもよかごと、いうて下さいませんか」

たとえば付添婦のひとりが、月に二回の「帰宅日」に、少年を連れ帰りにゆく、市民会議のものたちにそうことづける。

病院当局の意志は、そのような形で伝わってくる。患者を治療し、社会復帰させるのが目的のリハビリテーション病院であれば、家庭での不規律な生活を病院に持ちこまず、病院生活になじむよう、規律に従ってもらわねばならぬ。

不規律な生活もよい生活も、家庭の生活も病院の生活も、胎児性水俣病の患者たちにある筈もなかった。生活体験の中に、はじめからそれは欠落していた。あるとすれば、胎児性水俣病患者の病状だけである。

——水俣病の原因物質は、メチル水銀化合物である。新日窒水俣工場のアセトアルデヒド酢酸工場設備内で生成されたメチル水銀化合物が、無処理のまま、水俣湾に放流されたことによって、湾内が汚染され、湾内を汚染したメチル水銀化合物は、魚介類の体内に蓄積された。水俣病は、この魚介類を連続摂取した人びとの間に、ひきおこされた、中枢神経系の中毒性疾患である。胎児性水俣病は、右の症状に至らずとも、発病限界内外にいる母親の体内に蓄積されたメチル水銀化合物が、胎盤を通じて胎児に移行し、胎生期に、すでに、水俣病となって生まれ出た子どもたちをいう――。

この子どもたちの生活に、なにかがあるとすれば、家庭の生活でもなく（家庭はやがて、消滅する。子どもたちの家庭は、確実に消滅しつつあった）、病院の生活でもなく、生まれながらの、メチル水銀化合物による中枢神経系の中毒性疾患人間の生活が、あるのみである。

しかしながら子どもたちは、病院の規律に服していた。肉親の手をはなれ、完全看護、というたてまえのとおりに、医師の回診や、食事や、それから、おむつ替えや、機能回復訓練や、見舞客があることに、服している。肉親の恋しい夜に耐えて、彼らはなにかに服従する。

昭和四十年、水俣病患者の機能回復訓練のために、という名目で、当初二百ベッドで建てられた水俣市立病院湯の児分院には、四十五年七月現在、公認生存患者七十五名中十三名が入院し、うち九名が胎児性患者である。

機能回復訓練や、完全看護とは、現代医学とは、胎児性水俣病児たちにとって、どのような意味のものであろうか。

たとえば杢太郎は、この耳のききわけができる子は、子ども部屋の片隅にしつらえられた特殊トイレに、たまにはひとりでゆくことができるようになった。

それはやはり、ひとつの感動ではあった。

「どんな風にしてゆけるの！」

わたくしは、じつにびっくりしてきく。

彼はしばらくはじらい、頭を振り振りしながら仰ぎみて笑ったが、四つん這いになり、ここに来てから、やや、心持ち大きくなった体に、ふうっと息をととのえ、しばらくして、稚《いとけな》い蛙のように、畳の上をぴょんこ、と跳んだのである。跳ぶというより、ひしゃげた、というにそれは近かった。けれどもそのようにして、彼はけんめいに跳び続け、遂に、トイレの上り框《がまち》にまでわたしを導く。

少年の家の、母屋から遠く離れた網小屋の中の便壺をわたくしは思い出す。

水俣市南部の高台の集落。孟宗竹林の根のからむ、坂道がかりに拓いた爺さまと婆さまの家。家というよりは小屋というにふさわしい。申請しても申請しても、水俣病に認定されない、よいよい病の一人息子と、この家を去ったその妻の写真と、三人の孫たちと、孫のうちのひとりであるこの少年とが住んでいる家。

汲み取り手がいなくて、便壺はいつもあふれでていた。地面に掘りくぼめて埋めただけの壺だったが、壺の上に二枚の舟板を乗せてある故に、人の用いる便壺となるのであった。

この家の二人の年寄りも、わが身を支えるだけがやっとで、足許のふらつく父親も、母屋から離れた野壺に、少年を抱えてゆける筈はなかった。少年の股の間の「おしめ」はいつも厚ぼったく湿り続け、(それは、爺さまが着古してやわらかくなった、ズボンであったりする)ながい時間かかって、おしめを当て損う爺さまや婆さまの手つきに、少年は耐え続けてきた。

少年が、うなじでさし示してはにかむ、湯の児リハビリ病院の、水俣病の子ども部屋の特殊トイレは、子ども達が、ひと膝かけて這いのぼれば、ほどよい高さを清潔にしつらえてあり、のぼってしまえば、前と左右に、かがんで、手をさしのばせる位置に、丈夫な横桟がさし渡されていた。つかまって用が足せるように。大方は、野壺育ちの子どもたちにとって、そのこと自体が、ひとつの快適感を伴なう遊びとしての、あるいは躾《しつけ》としての水洗便所が、そこにしつらえてあった。

けれどもまだ、彼も他の子どもたちも、おしめから解放されたわけではない。

月に二回の帰宅日には、彼はやはり、ことに雨風の日などもある母屋とはなれた便壺に、地面の上を這いずり下りて、ゆける筈もなかった。

パートタイムで、代りばんこに雇用されてくる付添いの小母さんたちも、勤務時間や賃金や、気質や環境や子どもたちとの相性に支配されていた。

子どもたちは敏感に、小母さんたちの気分の反映をうける。出勤してきた朝の気分などに。そして彼女がひきずっているであろう彼女の家のさまざまな錘《おもり》に。

ひとりの、比較的「わかっとる」子どもが、朝、病院内にもうけられた特殊学級にゆく前に、大便のおもらしをする。自他ともに、それは朝の気分にそぐわない。彼が息をひそめていても、匂いですぐわかる。

「あっ！　またやったね。

ああ！　この朝の忙しいときに。治ちゃん！　二、三日前、いうてきかせたじゃろが。ちゃんと、学校にゆく前にやってゆけぞ、ちゅうて！

ああ！　このバカ児は、バカ児のくせしとって、当り前の子のごとして、横道《おうど》か口はたたくくせに。かんじんのことは言わん！　始末する身になってみろ、ほんにほんに、ああ、もう！」

いくらか言葉らしきものを発しうる彼は、ひとことも口をきかず、ぎくしゃくと、ただでさえかなわない体を硬直させる。

そしてお尻を拭かれ、着替えをさせられ、登校の用意をさせられる。

するとまた、匂い出すのだ。

おそらく、彼は一度目のおもらしの途中で気を兼ねて、渾身の力をこめ、こらえ続けていたに相違ない。こらえ切るつもりであったろう。便秘する子どもの常として、昨夜のみならず、一昨夜あたりからの腸の蠕動《ぜんどう》運動の関係や、なにかのせっぱつまった時間のことで、彼は、ゆきそこね、言いそびれて、おもらしをやってしまったのだった。

彼女は激怒し、逆上する。

「ほら、自分で洗え。洗うてみろ。わざとやったね。小母さんにたてついて。はんぱもんの上、根性まで曲っとる。洗いにゆけほら自分で」

彼は、脱がされたパンツを、自分の鼻の先につきつけられる。

部屋中が、身動きのできない子どもたちの部屋が、息をのむ。耳ではなく、目でもなく、子どもたちは、全身の五官のごときものでそれを感じる。自分が叱られたように、息をひき、成りゆきを感じつづける。

ベッドの上に片手をぶらさげている千鶴ちゃんや、うなじを、いつも両腕の中に垂れ、上膝を合わせ、小さなスネを横開きにして、拝み坐りにしている末子ちゃんや、仰むけに寝て首をわずかに動かすだけの久枝ちゃんにも、小母さんの声の波長のようなものがびりびり伝わる。小鳥たちにそれが伝わるように。逃げ場のない小鳥たちのように、それぞれの姿態のまま、子どもたちは、小さく小さく、かすかなものになって、息をする。

彼は、つきつけられた自分のパンツを、まなざしを伏せたまま受けとり、(この少年はいくらか、上膊が自由に利けるのである）両膝を前にさし出す、独特ないざり方で、特殊トイレの方にいざってゆく。水洗の把手を押し、あっというまに、その中にパンツを落としてしまう。

彼はたぶん、そこで洗い流すつもりであったにちがいない。

まさかと思っていた彼女の声はまにあわない。

「ああ、このバカが！　便壺がつまるぅっ」

朝の沈鬱と、彼女の憤怒が夕方まで、いや、二、三日は続く。子どもたちは、このようにして、「おしめ」から解放されることはない。

ここに、胎児性水俣病患者の解剖記録がある。「田中敏昌君の死を悼む」という熊大医学部・病理学助教授・松本英世氏の一文である。

昭和四十四年十一月十一日、その日私は、昨年来とりくんでいる、ネズミの塩化メチル水銀投与実験で得られた末梢神経の病変を電子顕微鏡下にとらえた成績について、熊本大学医学部内の電子顕微鏡懇話会の席上で発表していた。

私の話が一段落した時、水俣市立病院の三島副院長から「胎児性水俣病患者が死亡したので病理解剖をお願いしたい」という電話があったという報告を受けた。午後四時すぎであったと思う。

早速、病理解剖の準備をととのえて、ようやく夕方のラッシュを迎えた国道三号線を、教室の須古、桜間、富尾、小島先生らと二台の車に分乗して水俣へと急いだ。

車中で私の頭の中には、過去二回の胎児性水俣病の病理解剖と、それに関連した研究のことが、次から次へと浮かんでは消えていった。

最初の解剖は昭和三十六年三月二十一日、岩坂良子二歳六月、ひきつづいて二人目は、翌三十七年九月十五日、岩坂まり六歳三月の、いずれもまだ本当に小さい女の子だった。そしてそれらは水俣病全体の剖検としては十八人目と二十人目にあたった。

当時は水俣地区に多発した脳性小児マヒ症状を呈する患者は、水俣病と密接な関連があることが強く疑われながらも、おとなの水俣病のように水俣湾の魚を沢山たべたという事実がないこと、またその子ども達の母親は誰が見てもはっきりした水俣病の症状を呈していないこと、またおとなの水俣病患者に見られる視野狭窄《きょうさく》、失調などの症状を他覚的に実証できないこと等から、水俣病であるという認定がなされていなかった。

しかし、この二人の子どもの病理解剖は私どもにいろいろのことを教えてくれた。おとなの水俣病患者が示す小脳と大脳の特異的な病変を持つと同時に、その他の発育不全の病変をも脳はあわせ持ち、特有な脳形態を形成していた。私どもの教室の武内教授はこれに対して胎児性水俣病という名称を付され、私どもはその詳細な結果を、熊本医学会、日本神経病理学会等の学会で発表し、またアメリカの神経病理の専門誌 J.Neuropathology and Experimental Neurology にも掲載発表した。

かくて昭和三十七年十一月に十七名が、昭和三十九年三月には五名が、ついで本年（昭和四十四年）五月にも一名がつぎつぎと熊本県水俣病患者審査会によって胎児性水俣病と診定されたのである。

昭和三十七年来、胎児性水俣病患者はともかくにも生き続け、死亡者は出なかったが、これで三名の死亡患者を数えたわけだ。

午後八時すぎ、やっと水俣市立病院に着いた私どもは、休む間もなく術衣に着換えて解剖室にはいった。

岩坂まりの時が六歳三月で体重六・四キログラムしかなく、同年代の平均体重一七・九キログラムに比してはるかに小さく、全身の発育不全があったから予想はしていたものの、目の前に裸でよこたわるもの言わぬ遺体は、首、四肢を強直して特異な肢位をとっており、手足はまさに骨と皮の状態。体重は数日前に測定したところによると一三・五キログラムだったという。

私の二番目の子どもがやがて満三歳の誕生日を迎えるが、それでも一四キログラムはある。これが十三歳のひとの体重といえるだろうか。しかし現実には、これが十三年間生まれながらにして、否、生まれ出る前から、胎児性水俣病という病苦とたたかって遂に亡くなった田中敏昌君の遺体であった。しかも頭蓋も胸郭も、永年の不自然な病床での生活から強く変形し、左右の不対称性がめだち、脊椎はまさにくの字状にわん曲していた。

外観上特に印象に残ったのは、強い発育障害とやせがあるのに、性器には一般の子ども同様、めざめを物語るかのように陰毛の発生をみとめた。しかしこれも所詮はうわべだけの発育であり、睾丸の方の発育は全くすすんでいないということであった。

脳の重量が一一五〇グラムであったから、これも同年令の平均重量一三四〇グラムに比し発育不全があることは明らかである。割面でも今までの二例と同様に脳梁が小さく、また特に前頭葉、頭頂葉等が正常程の発育を示していなかった。いずれ顕微鏡標本を作れば著名な病変が出てくることはまちがいない。

もう一つここで述べておきたいことは、直接の死因が、のどに食べ物をひっかけたことによる窒息死であったことだ。喉頭から気管にかけて昼食時にたべさせてもらった米粒が、かぞえきれぬ程ひっかかり、さらに右気管支内からも一コの米粒が見いだされた。

脳障害により意識の明らかでない患者は、よく誤飲によって食べ物を呼吸器の方に流しこむ。それがもとで、窒息死には至らないまでも嚥下《えんげ》性肺炎をおこしやすい。

私は病理解剖を終えて解剖室の隣りの遺族室におられた御遺族におくやみの言葉をのべた後、生前の様子をきいてみた。「あの子は食事のあと、むせて苦しがるのはいつものことでした」と言っておられた。そのために、これまで何度も肺炎をおこし、重体になったことがあるという。今度は遂にそれが命とりになったのだから、これこそ水俣病そのものが、直接の死因であると、声を大にして言わざるを得ない。

解剖が終り、今度は深夜の国道三号線を逆に熊本に急いだ。大学に帰りついたのは十二日午前二時をすぎていた。

十二日の新聞には敏昌君の死を報ずる記事が載り、「口もきけず、歩行もできない寝たきりの重症者で、祖母のスワノさんが付ききりで看病にあたっていた」と記してあった。

遺体に褥瘡《じょくそう》がなかったことを思い出す。十三年間意識もなく寝たきりの生活で、褥瘡がみられないということは、まごころのこもった看病のたまものにほかならない。さらにもう一つ、オシメをはめていたことを思い出す。十三歳になっても大小便さえ肉親の手を借りなければ、自分の意志ではどうにもならない身体。そこには意識の世界は勿論、意志の世界すらないのだ。

人間誰しもこの世に生をうけ、自分の意志によって能力に応じて社会のために働くことの喜びを知ることができる。胎児性水俣病患者には、その喜びを与えることができないという事実を私は悲しむ。

大脳生理学は、まだ深い未知の中にあるときく。

けれども、子どもたちの大脳皮質が、胎生期に塩化メチル水銀によっておかされ、ひどい場合は「海綿状」になり、大脳後頭葉の鳥距野が萎縮し、小脳顆粒細胞が大量に脱落し、プルキンエ細胞が脱落し、神経繊維が失われる。解剖すれば極端に脳重量は少ないにちがいない。そのことは全剖検例の統計の示すところである。

十四畳ほどの、子どもたち専用の小ぎれいな一室。子どもたちの姿そのものが、塩化メチル水銀胎生中毒症の病像の多様な例が集められている部屋。

緑色のクレヨンが、いっぱいに塗ってあるからには、山だとうなずける杢太郎の絵や、万国旗がひらひらとしていたり、小ざっぱりした彼らの寝巻。

畳の上は、いつもきれいに掃除され、ものわかりよさそうにさしのぞく見舞客たち、あるいは見学者たち――。

ときどき、子どもたちを連れにくる親、めったに来てはやれない親。めったに来てはやれなくて、一斉帰宅日にも、連れにこれない親を持つ子は、スリッパをかき寄せてしゃぶり出す。

スリッパをとりあげると、自分の親指をしゃぶり出す。十三歳にもなったのに。

お尻をすえて、両足を揃え、反転しながら前進する。十四畳ほどの病室の中だけを。この子の爪は、のびるひまもない。おしゃぶりで溶けてしまうのだ。この子の小脳顆粒細胞はどのように溶解しているのか、どのような脱落症状なのであるか。

溶けてゆく自己運動のために、両手を口にふくみ、いや両の親指を口にふくみ、両掌の指をいっぱいにひらき、いっしんに、ひらひら、ひらひら泳がせる。大きな上体をわずかにくねらせて。

てのひらは、この少年の両頬のあたりに生えてきた、かすかな桜色のヒレのようなものである。けれども彼は、どこへも泳ぎつくことはない。水槽ならぬ水俣市立病院湯の児分院の畳の上で、自己運動をくり返すのみである。ふくらんだうつくしい頬の中に、切りこまれたような小さなまなざしと、第三者の目の間は、あきらかに、一枚の分厚いガラス板でへだてられている。

彼は畳の上を反転しながら泳ぐ。そのヒレで。海中を反転し、転々反側していたあの魚たちのように。無音の世界の奥深くに、ちいさく切りあけられている眸で、彼の前に来ては去る異次元の観察者たちを、いぶかしそうに出て来てみやりながら彼は泳ぐ。

大脳皮質の「低形成・形成異常」……


然れども、くみどに興《おこ》して生める子は、水蛭子《ひるこ》。この子は葦舟に入れて流し去《う》てき。次に淡島を生みき。

こも亦《また》、子の例《たぐひ》には入れざりき……


国稚《わか》く浮きし脂《あぶら》の如くして海月《くらげ》なす漂える時……古事記序章の数行のくだりを、国頽《くず》るる浮きし脂の如くして海月なす漂える時、と誦し替えて、わたくしはとらわれる。

(――この子は葦舟に入れて流し去てき。次に淡島を生みき。こも亦、子の例には入れざりき……)

胎児性の子を一人ならず二人も産み落とした母親たちがいる。

水俣病事件発生前期、不知火海の受難がその海底《うなぞこ》ですでにはじまりつつあった頃、妻たちは夫婦舟をあやつり、一家一族を、自分たちの海を、腰つきひとつでまだ統帥しえていた。何かが一斉に頽れ去る予兆をも、そっくり乗せていた舟とも知らずに。

胎児性水俣病の子どもたちは、たとえていえば「葦舟」にのせられているごときものたちである。この子たちにとっては、我が家も、海岸《うみぎし》の大病院も、葦舟の漂い寄ったひとときの、倒影図絵ではあるまいか。彼らの漂流はさらに永かろう。油のゆらめく闇の中に、漂い没してゆくその道のりのために。

「神さま、罪のない人を、なぜこんなにしたのですか。どうして救ってあげないのですか」

カネミライスオイル患者、紙野文明青年は、ベッドに横たわったまま日に日に小さくなってゆくような杉原ゆりの姿をみて青ざめ、立ちつくし、身ぶるいしながら泣いていた。


国が〈公害認定〉なるものをしたあと、婆さまが杢太郎のことを、

〈金の卵〉

と言ってのけたことが、病院中の目ひき袖ひきする噂になった。

患者家族に対するもっとも隠微な侮蔑としてそれは市民たちの間に流れ出た。

「見せ物に出してよかような孫を持っておって、遠慮するどころか、園田大臣の来水で図に乗って、病院にくりこみ、おるげの孫は患者ちゅうても、寝ておって銭とる孫ぞ。金の卵ぞ、大事に扱うてくれい、というた婆さんがおるそうじゃ。水俣病患者は金の卵げなばい」

爺さま亡きあと、彼女は、ぽとぽととまたたくほどに、亡失の時間を持ったであろう。

二つ年上の姉さま女房である彼女はこのとき七十四歳である。

爺さまが残した沖の石や、九竜《くりゆう》権現さまや、死んで生まれた孫仏たちや、宮地嶽《みやじだけ》さまや、中身入りの焼酎びんの始末や、入れ替わり入れ替わりこの家の食事に加わりにくる野良猫たちや、砂糖のことやで、婆さまは忙しかった。

彼女は時間をふり捨てる。

残りの生が居ねむりの時間を欲していた。そのような居ねむりのあと、彼女は〈首足人間《くびあし》〉のような心持ちになって、出かけてゆく。にわかに、あの、アトラスのような心になって。

いや、アトラスなどという神は、彼女にとっては縁なき異国神である。たぶん彼女には、九竜権現さまがのりうつるのにちがいなかった。あの、竜のうろこの、ご神体が――。

いまや、残りの全能力を駆使して、孫を庇護しておかねばならぬ。

五官に伝わってくる看護婦たち、付添婦たちのまなざし、同病患者家族たちのまなざし。

彼女はときどき孫の病室をまちがえる。

「おるげの孫は、どこさね、行きましたろか。この前は、ここの部屋じゃったようにあるばってん」

「さあ？　孫さんは、なんのご病気で？」

「奇病たいあんた、奇病。おるげの杢やつは――。業晒しじゃがな、ほんに――」

ふつうの病気の入院者たちは、ちょっと身をひきながらこの闖入者を、しげしげと言葉少なく観察する。

「わたくしたちは、あのここは、水俣病患者の部屋じゃありまっせん！　あっちあっち、あっちの方ですばい。あっちの廊下のむこう！」

あごでしゃくり、体を半分かくしてそういう。

村の人間たちの、見て見ないふりしているびっしりとしたまなざしが後からついてくる。丘の上の坂道の、ぐるぐるしたでこぼこの窪地にある僅かばかりの台地のぐるりは、魚の鱗やアラを洗い流したり、洗濯水を流したりする素掘りの溝がある。婆さまの姿は、コンクリートの排水溝ではないそんなドブの脇から出現した、やせた精霊にも見えた。奇病分限者といわれるものたちと、ただの昔からの貧乏者から、さらに、奇病貧乏におちたものたちとが赤土の坂の道に混在して、壁の穴から互いをみていた。

爺さまに死なれたあと、急に大きくなったかと思われる杢の弟たちに、とり縋《すが》るような姿で添寝してふと目ざめれば、ぺたんとなったと思える五体を包みこむ闇はひときわ寒い。めざめかけた闇をけんめいにかきわけて、這いのぼるように、孫たちの、あの幼いものの熱のふくらむ体にさわり寄り、婆さまは、朝にもならないのにめざめたりする。彼女の躰はなんだか寒ざむとしてきて、魂ごと曲がるのだった。九竜権現さまの体のように。

それだから病院にはいってゆけば、やっぱり五体が曲がろうとするのだ。そのことの無念さの中に杢をかきよせ、彼女はとうとう言いはなってしまった。

――

おるげの杢は、このような病院に来とればこそ、奇病児《ご》たちのあいだでは、一番の難儀ぼで、捨《う》したり者かも知れんが、わが家にもどれば、この子は金の卵ぞ。このよな体の孫が、おるげの家をば養うてくれて――。会社からくる金で……役せぬ婆と役せぬ父親《てて》と、あいつも奇病で……年端もゆかぬ弟子《おとうとご》たち二人と、猫ちゅう猫まで、杢がおかげで……おるげの家は立ってゆく。

杢は、おるげの生仏さんぞ、金の卵ぞ、仇やおろそかに、扱うては、もろうまい……。

ひとりの人間にとって、文明とは何であったろう。すべての文化とは、文明とは、ひとりの人間にとっての、属性でしかない。


冬ともいえないあわあわとした寒さが、かき消えるように過ぎてしまうと、あの、永い酔いの季節が、うつくしすぎる水俣の春が、はじまるのだった。

さだかならぬ不吉をはらんだまま、もうろうとして光りを放つ春が、わたしの風土の地の中に醸されていた。

とある日、南西の風が吹く。風はかすかな霧雨をいつも含み、薩摩の海の方から吹いてきて、この街のなだらかな肩に、あの権現さまの森の丘陵のあたりにたゆたい、それから、小さな市街の方へ降りてゆく。ほそいほそい糸のすじのように絡まる工場の煙を、市街の上に散らしながら。

異臭を含んだ煙の流れの向きがそのようにして変る丘陵の上に、地の中からともり出すいのちのように、椿の花が咲く。権現さまや山の神さまのあたりから。

あの、永井家の嫁御《よめご》たち、奇病といわれていた頃の病人たちが、やっとやっと、そこまでたどりつき、やさしい枝ぶりを探して歩いた岩のかたわらに。

曲がってゆく指をふるわせながら縄をかけ、春の夜のお月さまにむかって首をさしのべ、くびれて死んだ権現さまの椿が、そのようにして咲く。

椿の丘は、海岸《うみぎし》の方へ、海岸の方へとつづいていて、明神の岬も湯堂の岬も、茂道の岬も大崎ヶ鼻《うざきがはな》の岬も、海にまじわる岩の間に、椿を咲かせていた。

れんぎょうが咲き、ぼけが咲き、青い麦畠の間を敷きつめてゆくように菜の花の色が、この街の四囲《しい》をめぐる山の段々畠へむけて、のぼってゆく。

鼻をつく工場の煙が、そのような春のかすみの中にまじりあう。そのような世界の中に桜が咲く。人びとは、じっとしていることができなくて、乳色の夕闇の中に、さまよい出てしまうのだった。

「花見ぞ、花見ぞ」

今日も今日もと花見をやるのは〈酒呑みたち〉ばかりではなかった。

市役所職員たちも、教師たちも、婦人会も、農業小組合も、漁業組合も、チッソ従業員たちも、商工組合も、運転手たちも、子どもたちも仲のよい連れたちが、戸外にあふれだす。

今日は花見ぞ、といいさえすれば、その日の仕事の帳面は消えてしまうのである。

ことし一九七〇年の春も、そのようにしてはじまった。

一升びんを抱えたり、お煮〆の重箱を抱えたりして、人びとは水俣川の川土手に、あふれだす。桜のある土手にゆきさえすれば、何年も逢えない知った顔が、目元をまぶし気に染めて向うからやってくるのに出逢ったりする。

若い労働者たちは大仰に浮かれて、

「おお、こなたもまだ、生きとったかのい」

などと、きのう職場で逢ったばかりの同僚たちに言ってみたりする。

そのようなあいさつを交わすのは、ふだんならば、村の長老たちでなければ、身につけ得ないやり方なのである。

「ほんに、ほんに、生きとるあいだじゅう、世話になることじゃのう」

威儀を正して相手もまた、ひどく古典的な返礼を返す。そのようなユーモアは、ここらあたりの村々の伝統なのだった。

桜の時期がくると、まるで、自分たちのいのちがまぶしいような面になり、人びとは老いも若きも、薄墨色に照る空をふり仰いで歩くのだった。

夜が更けても、飛び交わしているのは、蝶や蜂ばかりではなかった。

国道三号線をわたしも歩く。

丘陵の裏手の、月ノ浦や、出月《でつき》や湯堂の部落にむけて。坪谷という、ちいさなちいさな波止場などにむけて。

舗装しつくされた国道三号線は、くたびれてきたわたしの足の、土ふまずの性《しょう》に合わず、足のうらの骨がいつも痛いそのような道を幾重にもめぐりながら辿ってゆくと、湯堂の部落の奥に、ぽっかりと花あかりの空がひらけ、わたしの好きなあの、ゆうれいの娘たちの桜が、毎年咲いていたのだ。

二十八歳で死んだ娘の名前は、坂本きよ子というのである。彼女の絵姿は、死ぬ前の臥床《ふしど》の中にいつもいるのだった。伏目づかいのまなざしは、いつも左ななめの方をむき、庭先の巨木から散りこぼれる花びらを見あげようとして重たげにひらいているけれど、それより上を見あげることはできなくて、死んでゆく視力の奥の方へ揺れていた。

そのような彼女の視線は、いまは伐られた桜の巨木の下蔭《したかげ》にいつも漂い、その下蔭はひろびろとして、閉ざす間際のまなぶたの中に、湯堂湾の岬や帆かけ船や、彼女が好んでいた小さな巻貝たちや、愛らしい魚籠を下げて岩の上を飛んでゆく少女たちや、湯堂の村の井戸の椿などが浮かびあがる。

「かかさん、なして、静子ちゃん家《げ》の猫も、文ちゃん家の猫も、たかえちゃん家の猫も死んでしまうとやろか。

ぐらしか（かわいそう）なあ——」

病気になって舞う猫たちの方へ、自分もおなじ病いになりかけていた手を伸ばし、娘はよく泣いた。

井戸に飛び込む猫も、石垣の下の海に飛び込む猫も、渚に落ちる鳥の死骸をも拾いあげてきて、食べごしらえも忘れている日が続いた。

そして娘の愛猫は、庭先のゴミや、穫り入れのあとの、唐藷《からいも》のつるを焼く野火《のび》の中に飛び込み、炎の中で、水俣病症状の回走運動をしてうずくまった。

「かかさん、かかさん、おとろしか、……」

はじめのころ、ちいさな生きものたちの死に、ぐらしか、ぐらしかと言っていた娘は、腹のはじけた生焼けの愛猫をみた頃から、起きあがれない床についた。

魂にも体にも毒になることが続いて、娘はすっかり稚いときにかえってしまい、言葉つきまでたどたどと、よけいに口数がすくなくなってしもうたわい、と母のトキノは思っていたのである。

彼女の娘は、目から入る毒よりもわが身の内に、確実な言語失調の原因毒を棲まわせていた。

潮で洗いあげて茹でた巻貝の小さな身を、木綿針でくるくると丹念に抜きためて水に晒らし、春の野芹を摘んで来ては和え物にしたり、菜種の油でからりといためて食べさせたりして、このかしら娘は、家族たちを喜ばせていた。

海にむいた縁側の日ざしに、愛らしい形のさまざまな巻貝をかざして見て、ひらりひらりと、その貝の身を抜きとるのである。そのような袖口には、いつも潮が匂い、人前ではあまりしゃべらない娘が、唄の続きにぽいぽいと、貝の身を、じぶんの口の中にもほうり込んでいた。貝をむく手つきのまま、同じ縁先で、編物を編む手つきも軽やかだった。庭先にいつも桜があったから。


あの貝が毒じゃった。娘ば殺しました。

おとろしか病気でござすばい。人間の体に入った会社の毒は。

死ぬ前はやせてやせて、腰があっちゃこっちゃに、ねじれて。足も紐を結んだように、ねじれとりましたばい。嫁入り前の娘の腰が。

どういうあわれでございましたろか。桜の咲きます頃にはあなた。それが散ります頃には。

あの娘が迷うごとありますけん、ここの庭先の桜の木は、伐り捨てましたです。

そらそら巨きな桜の木で。

下の段の道にかぶさって、そのまた下の段の部落にかぶさるごと、ここの家についておんなさる主のごたる、いや、部落の主とおんなじでございます。あのような桜は。

夜更けになっても、ここだけ、花あかりの灯っとります。ひと晩中。

それが散り出すと、座敷の中も縁の上も、庭も、下の道も、花で編んだ薄べりひろげたようにありました。

きよ子はあなた、達者なときは、掃除神さんでございましたですよ。

花どきになりますと、そこらじゅう、高ぼうき持って、舞いよりました。


わたしはもう、助からん娘じゃろと思うようになっとりましたです。

人間のあなた、肉と骨のあいだは、深うございますとですよ。

もう大方動けんごとなりましてから、桜の散りはじめまして、きよ子が這うて出て、縁側から、こう、そろりそろり、すべり下りるとでございます。もう口はきけんごとなっとりました。

水俣病の痙攣な、知っとられますか。

顔から先にゆきますとですよ。地《じだ》の上でも、石の角にでも。

猫どもも、鼻の先からちょろりとむけて逆立ちして舞いよりましたけれども、人間の体は重うございます。いくら骨ばっかりになりましても、猫より骨の重うございます。

それで逆立ちはしきりませんけれども、自分の体は、地面にそうやって、打ちつけますとですよ。顔から先に。痙攣の起きると。鼻やら頬骨やらですねえ……。怪我しよりましたです。いつも。

きよ子が怪我の少なかように、わたしはいつも、地面の尖がっとるところば、ハンマー持って、たたいてされきよりましたです。

それでも、あの娘は転びまして、泥まみれになりよりました。花の中で。

庭に下りるなと言うてきかせても、もう聞きわけのでけん人間になっとるもんですけん。そのような痙攣がおさまると、ほろほろほろほろ、涙ば流しまして、地面に、ゆらりゆらりして片膝立てて坐りよりました。

花びらば、かなわぬ手で、拾いますとでございます。いつまででも坐って。

達者なときには、掃除神の娘でございましたのに。

家の中も外庭も、お寺さんのごと浄めとくのが好きじゃった娘が、掃除する者もおらんようになった庭の中にそうやって坐りまして。

きよちゃんあんた、そげんして花びら拾うても、賽の河原ぞ。風邪ひくけん、家にはいろ、ちゅうても、耳だけは不思議にきこえとりまして。耳のきこえんごとなって死んだ奇病人さんたちも、おんなさいましたけれども。

それでうちのきよ子は耳はきこえて、親に口返答したことのなかった娘がいやじゃと首振ってですねえ。

わが頭も抱えあげんような、ほそぼそした頸になっとりましたが。

指先でこう拾いますけれども、ふるえの止《や》まん、曲がった指になっとりますから、地面ににじりつけて。

桜の花びらの、くちゃくちゃにもみしだかれて、花もあなたかわいそうに。

何枚にいちまいかはそうやって、片っぽの掌の窪に乗るわけでございます。

なんのつもりでございましたろか。

頸はゆらゆら傾けて、だまってそうやって、いつまでも拾いよりました。

地面に体をうちつけますときにはあなた、骨と肉の間が、ぽっくり離れて、指さし入れてもとどかぬくらいにぽっくり、深か穴のほげまして、ももたぶのところがですなあ。深うございますとですばい、人間の肉と骨のあいだは……。ああ、と思いましてのぞきましたですよ。人間の汁のですねえ、血でもなか、脂でもなか、うつくしか汁の、溜まっとりました。娘でございますけん……。

体中そのようにして、生傷の絶えませんとですよ、この病気にかかりましたならば。どこの病人さんでも。

そのようなことのあった後では、熱の出て熱の出て、破傷風にでもなりましたとでしょうか、焼けるような熱の出ましてですなあ。

ありゃきっと、熱で焼け死んだかも知れん。

わたしはあの、佐敷の奥の岩神さんに、深かほら穴の奥におんなさる岩神さんにも願かけにゆきましたですよ。

草っぱらの深かところば潜ってゆきましてですね。あそこはいったいどこでございましたやら、どうもしんから覚えもなか、夢のような気もしますばってん、一心になっとりましたけん行きましたです。わが腰だけ、やっと這入ってゆくようなほら穴をくぐってですねえ。おとろしかところでしたよ。かねてならゆききらん。

奥の方にろうそくの何本も、岩の地にともしてありまして、這入りこんでみると、中は広かところでございました。奥の方に、音のおんおんとして。そのような恐しかところにも、治してやりたさ一心で、ゆきましたですよ、汽車にのって。

もう狂うとりましたですけん、わたしも。ふつうの人間にはゆけん恐しかところにも、狂うてしまえばどこまででもゆきますとですよ。

さあ、その神さんの名前ですか。ちゃんとした名前は持っとんなさるとでしょうばってん。岩の中におんなさる神さんで、何の神さんでしょうか。やっぱり、人助けの神さんにはちがいなか。あんなにろうそくのいっぱい、灯っとりましたけん。

みんな、お詣りなさいますとですよ。

それで、その神さんに、おたずねしましたです。いったい、どのようなわけの病気でございましょうか。治るみこみのあるもんでしょうかちゅうて。

信心次第じゃといわれまして、一心に拝みましたばい。

先祖さんの祟《たた》っとんなさるち、神さんの言いなはるもんですけん。

うちの先祖さんにも、よっぽど死に目の悪かったおひとの、おんなさったとでしょうね。人にでも殺《あや》められなさったとでしょうか。よっぽど恨んで、命ば落しなさったとでしょうよ、その先祖さんは。

それで、えりに選《え》って、いちばん優しか人間に、きよ子に、とりつきなさった。

とりつきやすかったとでしょう。あれは、この世になかごと優しか性の人間でしたけん。もともと、この世のものの性ではなかったかもしれん。

先祖さんの、そのときの恨みの相手は、恨みの晴れてしまわんうちに、早死でもしなはったとでしょうか。きよ子のような娘にとりつくとは、先祖さんも、よっぽど、恨みのつきんおひとじゃと思いかけて、そのようにおもうては、なおさら、離れては呉れらすまいと思いなおして、一心に拝みましたです。

後には祈祷師さんまで養うて。

病人の出た家三軒で、味噌やら米やら持ちよってですね。

わが身にかけて治してみせるちゅうて、どこからか、祈祷師さんの来なはったです。

治してみせるまでは、お礼は要らんといいなさるもんですけん。治してみせる気で、おんなさったとでしょう、そのひともはじめのうちは。

網にゆきよりましたですからね、魚やら持ちよって、その人ば養いましたですよ。

二ヵ月くらいも養うたでしょうか。その人も一心じゃったようでした。治らにゃ、顔がありませんですから。

夏でございましたですから、汗はすらすら流してですね。お経ば唱えながら、太か木のお数珠で撫でたり、体ば、こう、そりゃ、力入れて、揉みなさっとですよ。よっぽど一心になっとんなさったごとありました。

あの病気になりましたら、体の曲がるでしょうが。有機水銀で。

苦しがりよりましたです。治る筈のなか体ば、大男の人の揉みなさるとですけん。はねくり返りよりましたですよ。わが体を扱いきれんようになっとりましたけれども。

脂汗べっとり流して、痛かちゅうことも、わが口ではいえんようになっとりましたから。

ひょっとしたら、揉み殺したかもしれん。

いついつ、帰んなさったかわからんようにして、その祈祷師さんも、おらんごと、なんなさいました。

三軒とも死にましたけんね。

祈祷師さんも、自分で、おとろしかったとでしょう。ああいう姿に、人間がなってゆくのを見ておっては。

あの人にも、あの頃の魚ばずいぶんさしあげました。ひょっとしたら、水俣病貰うて帰んなさったかもしれん。

思えばあの人も、災難であんなさいましたよ。水俣病のようなものに、かかわりあいに来てですね。このようなおとろしか病気に。どこから来なさったひとじゃったろ。

お礼にあげるお金はなし、お礼は要らんとおっしゃいましても、お礼のつもりで、せっせとお魚ば御馳走にと思って、朝晩にさしあげよりましたですよ。刺身じゃ、煮付じゃ、焼魚じゃちゅうて。刺身が一番おいしか、このように新しか魚は食べたこともなか、御馳走じゃとおっしゃるもんですけん。わが家の者は、小さな魚食うても、その人にだけは、娘治してもらいたさに、大きな魚ばですね、せっせと、さしあげよりましたです。三軒とも。

ありゃ考えてみれば、一番危なかときの魚でしたばい。あっちでもこっちでも、奇病の病人さんのごろごろ死によるときの魚ですけん。

なんの因縁で、水俣に来なさった人であんなさったよ。

ただの体で、無事に帰んなさった筈はなか、あれだけ魚食べさせれば。ほんなこて、いつ帰んなさったか、誰も知らんうちに消えなさった。

どこから来なさったかと、詳しゅうきいてみることも、考えつかじゃったですなあ。おかしな話ですばってん。

もうあなた、そんときの話ちゅうたら、ぞろぞろ、いろんな人の来なったですよ。薬売りさんやら祈祷師さんだけでもあなた。

いちいち、きいてみるちゅうことは、考えもつきまっせんでしたです。ああいう時には。

あたまが、そういう風には動きません。遭うてみにゃ、わかりまっせん。

お医者さんにも全部かけ、人の言うてきかせるお薬ちゅうお薬は、全部のませ、治してくれるちゅう人には、ぜんぶ、片っぱしから見せましたです。

あのような人間の姿ば、二度と、みろうごとはありませんです。わが子ですけんあなた、みとどけにゃなりませんでしょうが。鬼子母神《きしもじん》さんも見きんならんですよ。泣き狂いしなはるですよ。

それでですねえ。桜の木は、伐り倒しましたです。あの子が死にましてから。

桜の咲きますと成仏しませんけん。

人前に出きらん面《つら》なしの娘で、死んだ子をほむれば、ただの親煩悩《ぼんのう》でいうごとありますばってん、親がみてもうつくしか子に見えとりましたが面なしで。写真うつるのが嫌いな子で、いつも隅っこにひっこんどりました。写真もなか子じゃとあきらめとりましたら、熊大で、撮ってありましたそうで。解剖しなはるときに。

熊大で、ひきのばしてくださいまして、これがその写真でございます。

ひきのばすとき、この子の手が、あんまりかわいそうで、おそろしゅうございますけん、絵描きさんの、ふとんの中に隠してくれなはったそうで。行儀の良う寝とるように、描いてくれなさいました。

桜が伐られて、絵姿になった坂本きよ子のまなざしは、伏目使いに彼女の仏間から庭先を、晴れない靄の奥を探すようにいつものぞいていた。

そのようにして死者たちの春はいつまでも終らない。

おおいかかる工場の煙を、あえぎのけるようにしながら、かげろうの季節が続く。

南国の春はまだそのようにして、定かならぬ万物の生と死とを地上に擁しつづけていた。

ここらあたりの海辺に、〈ときじくのかぐのこのみ〉めいた蜜柑の花の時期が、青葉の光の間から匂い出す。水俣のながい春は、くらくらとめまいの旋律を伴って、人も蝶も酔死するような玄妙な季節が終る。するともう青葉の奥に、蜜柑の小さな小さな、まだ実ともいえない核のような実が、こぼれおちるまぎわの花びらの奥に、うっすらと露ばみ、確実な実りにむかって、ふかいねむりをねむりはじめているのだった。

第二章　神々の村

切崖《きりぎし》の上に、ふかぶかと光る冬の空がある。静かな恍惚が湧いてくる。一年に幾日かは、このような空の色の中にすっぽりと包まれる平静な時間がくる。わたしは渚を歩いている。

視力がむかしのように蘇えったら、いま少し海と空の色を、うつくしくみることができるであろうにとおもう。

展《ひら》かれてゆく海と空のあいだに、魂が還ってゆくときだけ、束の間わたしは、失われてゆく視力について、葬送のおもいをおくる。しかしそれもほんの束の間だ。天が与えてくれる深い慰藉《いしゃ》と透視力の中にわたしはもどる。はじめて野天に転がされた赤んぼの頃のように、自分の空と自分の海を感じ、落ちついた青々とした光茫の中で、無限のなかを出はいりする。

たしかに生命の系の中で、わたしは醒めていた。あるいはそれは、先取りしてしまっている死の中であるかもしれなかった。

雲や天草の島や、空の青さを包みこんで発光している不知火海や、その上に浮かんで流れているえび漁の、〈うたせ流れ〉の帆かけ舟たちや、空のかなたの唐や天竺や中近東や、〈有色〉といわれている血すじの近い国々にひしめく、下層の人びとの肌のきめや、皺や、流血や、子どもたちのやせたあばら骨の下の鼓動やに呼応して、自分の血管と眼窩《がんか》がうずくのにわたしは耐えている。

左の眼窩は〈自分の病患をわたしは「彼女」とよんでいた〉たぶん変調を来たしているわたしの魂にくっついていて、おかしくなってしまったのだった。わたしのひとり息子はわたしの目のことを〈雀の目ん玉〉とよんでいた。うちの母さんの目ん玉は雀の目ん玉のごたるでしょう、というのだった。だからわたしは、雀の目ん玉の彼女に、奥深くて重い友情を抱いているのかもしれなかった。

もっとも近い文明の未来図——それはひどく寡黙な朝日の編集記者である大川節夫氏が訳して送ってくれたイギリスの科学ジャーナリスト、G・R・テイラーの『人間に未来はあるか——爆発寸前の生物学』の中から浮上してくる、相当に絶望的な具体世界、それはレイチェル・カーソンの『沈黙の春』の報告書を、さらに西欧近代合理主義で男性的に発展、貫徹させた論文の内容である——が、わたくしの空にくっきりと描かれる。

空の中に浮かぶのは、躰から切り離されたサルや、イヌたちの脳である。

そのような状態に置かれて、脳たちは、「光に照らされると目の瞳孔が縮み、規則的なあえぎ」を残して、七時間とか、二日間とか「生きていた」というのだ。

臓器移植手術の流行がゆきついた末期的研究が、尖端性をよそおい、地獄図の到来を予兆させて出現させてしまったことについて、テイラー氏は、嫌悪と憎悪と、冷淡さをこめてちみつな資料を提出し、強靭な合理精神で、これをやっつけている。

この本によれば、「クリーブランド・メトロポリタン総合病院の、ロバート・J・ホワイト博士が、協力者と共同で行っていた実験を世界が初めて知ったのは一九六三年のこと」だという。


「研究チームは、サルの脳を頭蓋骨から摘出して、人工血液循環によって、七時間生かしておくことまでこぎつけた。この離された脳の電気的活動の記録が最初はだいたい正常であり、酸素を消費し、炭酸ガスを循環する血液中に放出するという事実は、脳が依然として生きていることを証明しているようであった」

「すぐその後、ウイスコンシンの三人の外科医が、十五頭のイヌの首を切り、その脳を生きたままで保存するという実験を報告した。――首の、露出している組織には、局部麻酔が施されていることから考えると、外科医たちは、生きているこれらのイヌの脳は、痛みを感じる可能性があると考えているように見受けられるという」

「一九六六年までに、これらの実験は、一段階から二段階進み、クリーブランドのチームが、彼らがつかっていた人工心臓のために血液がだめになることを知り、脳を数時間摂氏二度か三度に冷やし、それからもう一匹のイヌの循環系につなぐという、脳を切り離す新しい方法を開発した。その電気的な活動と化学的な代謝回転を監視していると、これらの脳が生きていることは明らかだった。脳は二日間生きつづけた」

「第二段階では、チームは頭全体を切り離して同じ方法で維持した。そして光に照らされると目の瞳孔が縮み、『規則的なあえぎ』が起ることを発見した。彼らの結論によると、『これらのことは、脳の中の個々の神経細胞が生きていることを示しているだけでなく、脳はある場合は、全体として働いていることを示していた』これらの脳の電気的な活動は六時間は維持されたが、十二時間後には、電気的応答は全然なくなった」

「この実験を受けたイヌは『軽い麻酔状態か、覚醒状態かのいずれかにおかれた』この脳は意識をもっていたろうか？」

一九七〇年十一月末、割腹自殺した日本のノーベル文学賞候補作家の生首と脳について、（彼のひどく古典的な死に方は、わたくしの水俣病事件と思わぬ出遭いをすることとなった。チッソ大阪本社における株主総会にむけて、患者たちの巡礼団が出発しつつあった時刻と、この作家の切腹と斬首は、ほぼ同じ時間であった。）ロバート・J・ホワイトチームは、海のかなたにおいて、悪魔的探求心を起さなかったであろうか。

生きつづけている水俣病患者たちの脳は、生体の中で、肉体と心臓の完全な死の日まで保存されている。巨大な実験工房の中の片隅で。光に照らされると瞳孔を縮めたり、まったく縮めなかったりして、規則的や、不規則的にあえぎながら。電気的な活動は、かのサルたちやイヌたちよりも、超長期的に持続される。患者たちの血液は、近代化学産業の循環系につながれる。生体ごとまるまる、この世と切断されながら。手も足も指も彎曲して、モヤモヤと動きながら、まだ死のやすらぎをえずに、生体につながれて、保存されていた。水俣といい、熊本といい、日本という三重もの四重もの試験管の中で、医学実験や政治的日常の中に。そのような、よくいえば保存されっぱなし、ないしは棄てられている〈生〉は生きているとも、死んでいるともじつのところはきわめがたい。

胎児性の患者たち、諫山孝子や、上村智子や、松永久美子たちの吐く息や吸う息、おもむきを変えていえば、彼女らのふしぎないのちを保たせている酸素と炭酸ガスを、いやおうなくわかちあい、わたしとても自然の系ではない循環系につながれて、さえざえと青い空の下の渚を歩いているのである。だから、醒めているということは、萎縮して蜂の巣状やスポンジ状になった七歳の米盛久雄の脳や、九歳の田中静子や四歳の坂本マユミ、淵上洋子三歳、江郷下和子六歳、岩坂まり六歳、岩坂聖次三歳、塩平静子三歳、岩坂良子三歳、溝口トヨ子八歳、いや、子どもたちだけではない。あの舟の上で生活していた青年たちや年寄や、娘やれっきとした漁婦たちの、生きていたかもしれぬ脳の断面図を、イヌやサルのまだ生きていて電気活動をしていたというものと、ともにおもいうかべたり、いやおうなくかの作家の自死について、思いめぐらすことにわたしは耐えていた。

進歩する科学文明とは、より手のこんだ合法的な野蛮世界へ逆行する暴力支配をいうにちがいなかった。

東洋の徳性が、その体質に隠していた専制主義と、西欧近代が、技術史の中に貫徹させてきた合理主義の、もっとも荒廃した結合によって、日本近代化学産業は発展し、この列島の髄に食い入った腐蝕瘤の露頭を水俣病事件はあらわしていた。有機合成化学産業の体質を考えれば、分析する前にまず無気味である。その本性は汚わいの沼だけに生きる巨大な蛭《ひる》か絛虫《さなだ》を想わせる。このものの体質はぬめぬめとして口と肛門が定かならず、その両方に強力な顎《あご》の吸着力を持っているのが特徴である。顎の下にネクタイを結んでいる蛭たちの小さく丸まり、陸上りしてキョトキョトとしながら、しぶとさを秘めているあるかなきかの目つきを、わたくしは水俣病訴訟の法廷でしげしげと観察することともなった。

ひとすじのおだやかな白く細い波頭をくっきりとつけて、渚は海と陸とをわかち、波がひくとき、足の底から砂は潮の方へ流れさる。それは破滅の予感へむかう渚である。いつの世紀においても、人身御供は、もっともかよわい魂と無防備な生活者たちが選ばれる。死にゆく魂の哀憐さに化身して語ろうとするものは、同行の道行をたどらねばならない。

毒を沈めている海は、古代採集漁民の時代の安らぎを潮の面に夢みつづけているがゆえにうつくしく、波をくぐるつまさきに、わたくしは心をおとして歩く。

そのときわたしは岩の上に乗り、はだしだった。

潮のしぶきをかすかに含んで流れる風を嗅いで、岩の上から岩の上へと飛ぶと、不知火の冬の風はまろやかな泡のように、髪の地肌のあいだを通りぬけた。

そのようなときもっともつよく海は匂う。それはたぶん、生まれるずっとずっと前から知っていた妣《はは》たち、あの祖《おや》たちの膚の匂い、生活の匂いである。たしかにここには、太古からの風が湧いていた。

もし視力が、まったく失われるときがくるとしても、わたしは、つまさきやあしのうらの感触で、巻貝の名前や、その巻貝についている海苔の色がみどり色であるか、濃い褐色であるか、海草のさまざまを識別することができる。ここらあたりの童女たちや、老女たちとおなじように。海がそのように、わたしたちを育ててきたのであるから。

白髪をまじえてきたわたしの髪は、(白髪に意志があることはたしかであった)溶解しはじめている文明紀に対して、岩の上からひとすじひとすじ、まだ原始の本能をそなえたアンテナの役目を果していて、ほつれながらつやのうせはてた両の頬に垂れていた。

白く汚れた水鳥が、なぜ動かないのだろうか、もしやまた、死んだ鳥ではあるまいか、とさっきからわたしは想っていた。

ひとみをそばめてみると、それは水鳥ではなく、あの、塩化ビニールの袋の残片が、渚にうち寄せた木ぎれや、藁のくずのあいだに乾いていた。気がつくと、紙よりもうすいビニール袋の残片は、渚伝いに点々と漂流して葦の根にひっかかったり、流木にからまったりして、まだ乾いていないのもあるそれらの破片は、不愉快にベトベト光り、褐色のノリ状の汚物をくっつけていた。

いいようのない倦怠感が渚の葦を通じて伝わってくる。それは海が伝えてくる汚感だった。

日本のちいさな内海の、そのまたひな型のような不知火の渚を、いちじるしく非情緒的にしている塩化ビニールの残片は、日本近海にだけ漂着しているのではあるまい。それにしても、この、奇型の錬金術が生み出した消えない泡が、わたくしの海に湧いていることはよいながめではなかった。それは、チッソ水俣工場が、この国ではじめて工業化した製品のひとつであった。

有機合成化学工業が生んだこのような代物が作成される過程に、たとえば昇汞《しょうこう》が使われているのは知れ渡っていた。石灰からカーバイドを産することから出発したこの工場は、カーバイドに水をかけて発するアセチレンガスと塩化水素ガスをくっつけるとき、昇汞を使えば固まることを発見した。草創期の日本化学工業の祖宗をなしたチッソは、開明期の好奇心にみちた技術者たちをたくさん集めていた。はじめ、この製品は、技術者たちがつくり出すおもちゃだった。工業化の過程で後もどりできない巨大な非人間的魔性にそれは変貌してゆく。
たとえば昇汞——広辞苑によれば、（しょうこう、塩化第二水銀。無色透明で放線状の結晶または針状結晶。極めて有毒。工業上では染色工業、水銀化合物の製造、写真術、分析試薬などに用い、医療上では腐蝕薬として外用し、また、消毒用に用いる）
昇汞が「極めて有毒」とは理科教室の標本びんをいうような間接的でおだやかな表現ではある。海の生態系はどのような異変を起していったことか——。波音もたてない内海の底の苦悶はいまでも人びとには感ぜられない。時々尾やヒレや目のない魚が静かに浮上しても。
海は、〈急性劇症型〉の時期をこえ、たぶん、ながい後遺症の時期を病んでいた。この海に廃棄されつつあるのは昇汞のみでなく、メチル水銀化合物のみではなかった。セレンやタリウムやマンガンだって、致死量をこえ、ヒトやネコの臓器中に発見されていた。

外洋にかこまれた列島がその内懐《うちふところ》に秘めつづけていた辺境の内海とは、いったいなんであったろう。あらゆる生命の母なるところ、透明な香気を空に発してみじろぎもせぬ海とは、この列島の羊水を意味する処にちがいなかった。動かぬ海に魂を奪われる人たちが、相ついでこのごろ水俣にくる。死にいたる病いがはじまっているここに。この海はたしかに母性だった。
〈椿の海〉と、わたしは自分の海をよんでいる。じっさい、鹿児島、熊本、福岡、佐賀、長崎にかこまれ、天草の島々を抱いたこの海は、冬と春と夏のはじめにかけて、椿の古樹に縁どられていることで、神秘すぎる〈不知火〉の別名に生命感をそえていた。海のへりに点在するゆたかな井戸は、漁をする人びとには、なくてはならぬものだった。活きている〈無塩《ぶえん》の魚《いお》〉は、活きている水をかけながら料理しなければ、漁師たちの味覚の中に活きかえらない。そのように活きたまんまであることが、人びとと魚との聖なる関係であった。

村々の井戸は、天草の石工たちが繊細な心をこめてうがち取った石垣やくり石で築かれていた。だから、このような共同井戸で、女たちはひとつぶもこぼさぬようにと敬って、〈お米さま〉や麦をとぎあっていた。井戸は神域でもあるのだった。

陸路ではゆけぬ遠い井戸にも、舟人たちは難なく水を汲みにゆくことができた。陸につけられる道よりも、海のもっている水脈が、おのずからなる道であった。舟のへさきに宿っている船霊さまが、海の上の道を知っておられるのだと漁師たちはおもっていた。井戸端に集っている女たちと、舟から水を汲みにくる男たちがいて、ここらあたりの通婚圏をもなしていた。ことに水俣の海岸線には温泉さえも湧いた。

村の共同井戸は、かならずといってよいほど、椿や、それに近い常緑樹の繁るところに掘られていた。樹々が泉を湧かせ、泉は樹々を育てる。発祥の定かならぬ年月が泉や樹々にきて宿る。

井戸には井戸の神さま、山には山の神さま、舟には舟神さま、岩には岩の神さま、田んぼには田の神さまが、海には海の金比羅さまが、川には川の神さまが、それぞれユニークで愛らしい性格を付与されて宿っていた。

頭に皿をもっているうかつものの川の神さまは、山系の奥深く川をさかのぼり、薩摩の布計《ふけ》金山の坑夫小屋の深更《しんこう》にしのび入っていたりした。いねむりしている坑夫たちのすねの毛を、風がひと吹きしのび入るあいだに、ちょろりと毛根ながらむしり食べてしまうのが得意だったが、川口に下ってきて、夜ふけのいたずら疲れで、〈大回《うまわ》り海岸〉の丈高い芒《すすき》の土手の陽向《ひなた》につつまれて居ねむりをする。するとそこは、異なる神々たち、毛むくじゃらの鋏を持つツガネの穴居群のある潟《がた》地帯であったから、川の神よりもいたずら好きのツガネたちに、居眠りしているコーガンの毛をむしりとられてしまうというのだった。

人びとは、田んぼに田の神をつくろうとおもうと、ただちに、頃あいの石をおったてて、好きなだけ焼酎を捧げ、忽ちその石に魂を入れる。そのように成るべくして成った神々によって、やはり、村々は、守られていたといってよい。神々とはじつは、そのような人びと自身でもあった。

もっとも原始的で無欲で、大らかな牧歌の神々は死に絶えつつあった。一度も名のり出たことのない無冠の魂であったゆえに、おそらくはこの世に下された存在の垂鉛とでもいうべき人びとが、〈椿の海〉から生まれ出ていて、ほろびつつあった。そこから出郷《しゅっきょう》したものたちも、土地や海の魂をひきついで残ったものたちも。

流人《るにん》や漂着民や炭坑夫や土工たちや淫売婦や逃散者や、ありとあらゆる賤民の名を冠せられ続け、おのれ自身の流血や吐血で、魂を浄めてきたものの子孫たちが殺されつつあった。かつて一度も歴史の面《おもて》に立ちあらわれたことなく、しかも人類史を網羅的に養ってきた血脈たちが、ほろびようとしていた。もっともやわらかな情念の世界に生まれ育ち、他にむいて、ひけらかして語る文化的用語を持たず、いかなる情報社会にも深層においては無縁に暮し、腐りはてていることを伝統的純血と思いこんでいるスペシャルな階級にもかつて所属したことのない生民《せいみん》たちがほろびるのである。そこには、退化しきった活字メディアなどへの信仰は歴代にわたって存在せず、次なる世紀を育くむ〈言霊《ことだま》〉のるつぼが、静かに湧いていた。海と空のあいだの透明さは、そのゆえにこそ用意されていた。ことに椿の海からたちのぼる、いのちのかげろうは。

視角のはしに光っている芒に風が吹く。芒は空を掃きながら揺れて、切崖の上の部落があらわれる。それは現世の部落である。

部落の横の濃い空の中から、忽然と、白いきものを着た少女があらわれる。まぎれもなく、潜在水俣病患者の、深い無表情とたたずまいとを曳《ひ》きずって、ゆらゆらと切崖の斜面の、芝の中を横切ってゆく。

空に懸っているガジュマルの古樹の葉が、少女のうしろ影を追ってさやさやと鳴る。にわかに、陽の落ちる気配が部落の中に立ちこめる。

それは今まではみかけなかった少女である。石垣を低く築いた道ばたの家に、少女はほんとうに音もなく消える。リアス式海岸の延長線上の、小さな、いくつもの湾をかこむ突端の集落に、かならず、そのような生殺しの人身御供がまだ生きている人魂のようにあらわれていた。多分、彼女の肉親たちは、彼女を、水俣病患者として申請することを拒むにちがいない。

わたしたちの調査は、非常にゆっくりと進められていた。

干しあがったイリコに、かすかな夕方の湿りが来て匂いが立ちもどり、部落はいつもこのようにわたしを包み、魚を醤油で煮つめる匂いがひとしきりする。それは昔から嗅《か》ぎなれている漁村の匂いである。船の機関の匂いや、このごろ使用されはじめたダシジャコ製造用の重油釜や、ガスの匂いにまじり、家々や石垣の間から、パチパチと植物性の薪《たきぎ》を燃やす音がきこえはじめる。岬からかき寄せてきた松葉や枯れ枝や、紙くずや、潮の滲みた流木を拾い寄せておいて、風呂釜の下にくべるので、そのような薪のはじける音がしだすと、軒下に帰ってきてうずくまる鳩たちの声がするのだ。

イリコ干しの竹籠を積みあげるのに、女たちは高々と裾をからげて素足にぞうりをつっかけ、老いた漁婦たちはまだ向う鉢巻をしめていた。舟の上をとり片づける音も、一斉に夕餉をねだる豚たちに語りかける娘の声も、石垣にひたひたと満ちてくる潮の上に小さな残響を残し、それもやがて静まってゆく。満潮の波の上に家々の灯がともり出すと、昼間舟を漕いだりしていた子どもたちは、夕食を口に入れたまま睡りこんだりしてしまう。

潮のしめりのある爪さきに靴をつっかけて、わたしは形ばかりの小屋の中にむきあげられたおびただしい赤貝の殻の山をよけて主婦たちにあいさつし、渚をあがる。切崖に垂れている茨科のつる草に隠れていたほとんど垂直の小道をくぐって、子どもたちは、真っくろになるまで遊びまわる。ズボンをゆすりあげるいとまもなく臍を丸出しにし、はきものを履かずに、はだしで、とすとすとかけぬけてゆく子どもたちは、お腹を充分へらしているが、それよりもっと遊び足りなくて、相手のおなかを棒でちょっとつついてみたり、耳をひっぱりあったりするのだった。

学校前の子ども達にとって、すぐにちびたりこわれたりしてしまう下駄や、サンダルや靴などというものは、足にはくものというよりも、長い棒きれの先につっかけて走りまわる遊び道具、といった方がよかった。緒の切れたサンダルはその方がサンダルらしく、穴をそなえた布の靴は、靴らしく生きかえるのだ。むかしの大人たちが子どものころ、馬の糞や、牛のはき古したわらじにこよない尊厳を見出し、棒の先につっかけて遊んだように。

このように生き続けている世代、お昼に子ども達ばかりで食べたソーメンの醤油汁や鼻汁を、紅潮した頬っぺたや破れた袖口に、ぴかぴかこわばらせたまま走りまわっている〈汚れ子〉たちに逢えるのは、地獄めぐりから浮上するひとときであった。

じっさい、去年死んだ網元の、杉本家の若夫婦が怪我をしたり、突然入院したりする家の子たちや、おなじく両親の病弱な淵上家の子どもたちは、部落きっての子だくさんであるが、ふしぎな幼児世界の自治をつくり出していた。

余暇をもてあましてみせかけの躾を習わせるような町のおくさま風は、ここの村の伝統にはなく、切実な人間家族の核が、ひとりひとりの存在をおぎないあって部落を形成していた。水俣病患者を抱えている家では、患者が重症であればあるほど、失われた人間性をとりもどしながら生きていた。

舗装されてしまった道の曲り角のガードレールに体を寄せてわたくしは、ひときわくっきりと大きくなりながら、もう半ば沈みかけている太陽の方をむき、自分の肩にうなじをもたせて子どもたちを眺めていた。網元杉本進は昭和四十三年の秋に水俣病のまま死亡し、残されたその妻杉本としの水俣病は〈かくらん〉ばかりする鬼のように、みかけは陽気をよそおっていた。養子夫妻が今年に入ってから不意に入院したからである。

その杉本家の肇や、清や、勝や、この四つか三つか五つのちいさな年子たちは、けんめいに反りくりかえって走り去ったが、すれ違うとき汚れた頬っぺたがももいろをおびて、金毛の孫悟空のように笑い、清がバイバイをしたとき、そのかさかさになってまっくろな筈の掌は沈みかけた夕陽と重なりゆれて、一瞬静止し、あざやかに紅く透明な血の色の、黙示の形をのこして去った。

海も空も村も、静かな夜に入りかけ、墓の上は一段と透明だった。

部落の高台に墓はあったが、墓をいとなむ腐葉土は、どのように踏み固めても、丈高い兵隊草や、露草をしげらせる。枯れた草の中に沈みながら、墓石や、土《ど》まんじゅうの上のただの石や、新しい卒塔婆《そとば》たちは昏れかけた海の方をむいていた。

草と卒塔婆のあいだに、この秋の初盆の小さなほおずきちょうちんが、自分の骨の痕跡をたたんでおいたようにして落ちていた。卒塔婆の下に埋葬されている新仏《にいぼとけ》は、まだ少年だった。

指でなぞれば、古い墓石についた花びら型の石苔《いしごけ》がぽろぽろと朽ちて、海のむこう縁《べた》の出身地を刻んだ人びとの、死んだ年月と名まえが読める。

しゃらしゃらと足元でかすみの湧くような音をたて、ぺんぺん草の穂が落ちる。あのときぺんぺん草の穂は青く稚《おさな》く雨にぬれ、よろめき登ってくる女たちの喪服の裾に、びっしりとまつわりついていた。

赤い高坏《たかつき》を両の手にかざして、死者の母親は、墓地の区切りの段を、ちいさく飛んだ。高坏の上には白紙を切りそろえてその上に、〈おまいもうさん〉の小さな団子が、乗せられていた。

秋の日照雨《そばえ》が降り続いたあがりだったので、露をふくんでひかっている足元のぺんぺん草の穂がぞろりと抜け、彼女の黒い喪服の裾に濡れたまま移った。そのような草の穂にまみれながら、低い草丈の上を、葬式についてきた村の子どもたちの方へ、彼女は游《およ》ぎ寄る。

男の子どもたちは、掘られたばかりの墓の穴の片側に、花筒を抱えたり、友だちの背中に手をまわしたりして、読経の続く葬送の一団の中にたたずんでいた。

つかみどころのない悲哀感を、黒い汚れた頬に浮かべ、大人たちの心の裂け目に、遠慮勝ちによりそっている子どもたちが出てくると、村は葬礼を通して、その貌を揃えたことになる。

いつまでたっても稚な顔のこの母親は、げっそり細くなって皺の寄った首をかしげ、死んだ少年と同じ年頃らしくみえる少年たちの方へ、絞り出すような声をかける。唇をへの字に曲げて、ひどく親しい者によびかけるように、微笑みながら。

「マサがなあ。マサが団子ぞう。食うてくれい、マサが団子じゃ……」

真新しく掘りあげられた墓の穴をのぞき入っていた少年たちは、一夜のうちに、すっかり異相となった彼女の笑顔を見つめ返す。

「マサが団子ぞ、ほら、食うてくれんかい。別れじゃけん……」

赤い高坏を、胸に抱こうとして、彼女はそのまま喪服の袖をはたはたと振りひろげ、掘りあげられた土の上に登ってくるのだ。

「マサが団子ぞ、ほら……」


甘藷のとりいれをしていた昼に、敏昌が死んだと、この少年につききりであった祖母の使いが、段々畠の上に知らせに来た。

愛し児の死は、まっ青な秋空の中から、静かにくっきりとやって来た。

ちいさな段丘をつなぐ草の道を、あえぎあえぎ登ってくるひとたちをみていて、彼女はすぐに直感した。死者の使いというものは、そのようにしてやってくるものだ。

（なぜ！　かかしゃんが居らんときに！）

そういいながら走り下る。なんども、草の上に坐りこみながら。

（マサよーっ！

あと、たったの五年も、まさか生きながらえるとは思うておらんじゃった。

けれどもけれども、なして、かかしゃんが抱いておらんときに、お前は黙って、祖母《ばば》しゃんの夢みておらすとき死んだか）

息子の魂が、はかないかぎりの十三歳の肉体の、まだ暖かいであろう亡骸《むくろ》から離れ去ってしまわぬうちに、帰りつきたいと思いながら、へたへたと腰も足も萎えて、草の道の上に坐りこむ。

ああ、うつくしか空よ、と彼女はおもう。空がまわる。櫨《はぜ》の紅葉《もみじ》が舞う。

ああ、やっぱり、やっぱり親よりも先に死んだかいおまえ。そのような体をしていて、おまえ、どういう足で冥途の旅に出るつもりかい。

ああこのかかしゃんが、親より先に死んでくれいと願かけしたことを、そのまんま早どりして、かかしゃんがおらんときに命《めい》を落したかよ、マサよ。かかしゃんが抱いておらんときに。

南無八幡大菩薩さま方、敏昌こそは、罪科《つみとが》けがれのひときれもなか、神さん方の子、仏さん方のまぎれもなか子でございます。見せもの小屋に出してよかような片輪児じゃと、世間のいう子の旅立ちをば、ひきとって下さいますか？　大菩薩さま方よ。

産まれてこのかた、ただただ拝み倒れて、十三年も……。布でつくった人形じゃとて、足くつろげてやれば坐りますのに。

六月《むつき》たっても、敏昌は坐れませせじゃった。体も首も、なんであのように、わがひろげたひざの間に首ながら拝み倒れよったか。

うつくしか赤ちゃんじゃが、なして、と、人さまのいいよらしたことのうらめしか。

こりゃきっと、生まれてくる前に、かかしゃんや祖母さまたちが、産《うぶ》の神さんに供ゆる飯の盛り方の、足らんじゃったせいじゃろと、婆さまたちが寄り合うて、産の神さんに飯も高々と盛りなおして供えたに……。

生きとるあいだ、膝のあいだから、逆さにこの世を眺めて。

さみしかったろうて、重かったろうて、辛かったろうて。わが首をもたげる力もなかったお前が。たったひとりで旅立つとは。いざりにもなれぬ手と足をしとって。マサよい、いざってゆかずに、飛んで往ったか、よう。

海は墓地よりも高くひろく鎮まり、海底へゆく影のような人びとの中から母親はあらわれる。うるんだちいさなつむじ風が、彼女のほほのあたりに絡み寄る。ひき結んだその唇に、煙のような髪がただよいなびく。

身内の女たちが、黒い紋付の晴れ着を打ち着せたのであろう。葬礼の喪主は、この母親にちがいなかった。女たちはまた、黙り人形のようになった彼女の髪に、形ばかりの櫛を当てたであろう。そのような、くたくたのうなじをさしまわし、彼女は哀願するように、おまいもうさんの団子をさし出すのだ。

つみ重ねた団子がひとつ落ち、胸にも袖にも白い米の粉のあとがついた。

(今日どもは、狂え、あんたも)

女たちはそう思う。

死んだ直後に祖母は言った。

「ただもう、マサをかかえて舞うばっかり、舞うばっかりでございました」と。

おまいもうさんの団子とは、死者とのわかれに、村の女たちが葬式の朝、しゃく米をとぎ、石臼でひき、杵《きね》でつき合ってこしらえる、米の味だけの団子である。

墓地につき従う子どもたちに、有縁無縁を問わず洩れなく配り、死者と生者のあいだにとりかわされる聖なる共食の団子。彼女の顔を凝視していた無邪気なひとりが重ねた手をのばし、一番先に団子を掌にうけた。

「食うてくれい……

噛んでくれい……」

細まった躰の内ふかく、彼女のやさしさは凝固していた。凝固して、解き放たれないでいるそのやさしさの前で、少年たちはたじろぐ。彼らはそれでも、ズボンに米の粉をなすりつけながら、つとめをなし終える。ふた口くらいで食べおおせるだんごを噛みしぼる。

「マサが別れぞうっ」

荒く砕いた米の味が、あの稲の花と稲の核の味が、口腔の中に満ちわたる。一度も遊んでやったことのない「田中さん家《げ》の奇病の子」が、いま足元に掘られた赤土の穴の中に埋められようとしているのを、少年たちは待つ。

たぶんこの葬礼のことを、おまいもうさんのだんごの味とともに、少年たちは大人になってから思い出すのだ。異形の人びとの上に続いた村の〈無常〉のことを。あの、〈白骨の御文章〉のきれぎれの文節とともに。

青竹の上にさし渡されたちいさな柩が、するすると荒縄を伝って降ろされる。墓穴のめぐりの土が、ぱらぱらと柩を追って落ちこぼれる。

その上にかがみこみ、少年の祖母が、ひとくれの土を伏し拝み、ばら、ばら、と、柩の上に投げかけた。自分の魂のかわりに。

「マサよーいっ、先に往っておろうぞおう。よかところに……ゆけぞ――

祖父《じい》さまのところに……」

ふたくれめの土をつかみかけ、拝みかけ、わなわなと母親はふるえだす。

「ああっ！　マサ。

目ぇつぶれぇっ、つぶってくれい、マサ。成仏して、よか、仏さんに、なって――」

ながい道のりを、ひとたびは、母親の胸からはなれて帰ってきた死者だった。水俣市湯堂から水俣市立病院まで、冥土の旅の一里塚を、解剖されて帰ってきたのだ。生まれていちども歩いたことのない足の道のりを。顔いっぱいになったまなこをくわっと見開いたまま。

「おお、やっといま、仏さんの戻って来らしたごたる」

「なに、おお、やっと、仏さんの戻らしたかな。遠か道じゃったよ」

夕方の五時に出て、午前の二時すぎに帰ってきた仏。湯堂の部落から子どもの足で歩いても、四十分もすればゆける市立病院から、解剖されて帰ってきた稚い死者の道を、「難儀じゃったろ」と、仏の留守の通夜をしていた婆さまたちはいうのだ。

「灯りをつけろ、灯りをつけて、照らしてあげ申せ、足元のおぼつかなか仏さまじゃけん」と。

蠟燭をつけ足して、身内や部落の客たちは仏壇の前に置かれた死者の前にすすむ。

「寒かったろうて、寒かったろうて。このような骨の冷ゆる晩に。かぼそか骨の仏さんばなあ。ふとか俎板《まないた》の上に乗せられて、みぞなげな仏さんじゃ。このよな、おとろしか病気につかまえられて」

面の白布をひらいて拝もうとした身内の婆さまが胸をつかれていう。

「ああこれは。この仏さんは、かかさんや、かかさんや、お経さまも念入れてあげてもらおうぞ。目ぇつぶらせてやらねば、往くべきところにも、往かせはならんぞ。なむあみだぶつ、なむあみだぶつ。そろっとほら、撫でてやってみろ、目えをそろっと……」

仏の、そのようなまなこをした顔の、両の耳のうしろから頭蓋のいただきにかけて縫合《ほうごう》の糸がみえ、あぶらのような薄い血の色がその糸を滲ませていた。糸の閉じぎわの耳の前に、ぽくぽくと微《かす》かに淡く脈うっていたこめかみが、呼吸の絶えたしるしに、ぼっくりと窪んでいた。

抱き取ればぼとぼとと千切れて落ちこぼれそうに白布で巻き継ぎ、浄められた手も足も胸郭も、うなじも、後頭部も、生きていた昨夜よりまた一段とかぼそく折れ曲がり、仏壇の前に置かれたその骨の放つ光が、蠟燭のあかりを暗くする。

「これだけの業をば打ち背負《かろ》うてきた仏さんじゃ、こまんか体になあ。まだまだ往こうごともなかったろうて。花も咲かせぬ身に生まれて。目えも、つぶろうごとはなかろうぞ！　そのよな目して敏昌ちゃんや、なあ」

お茶ばかりくんでいた婆さまたちは孫をたたいて寝かしつけるようなしぐさをし、前かけを頬のあたりでつかんで号泣する。そしてわたしにいう。

「おとろしか病気でござすばい、この病気は……ご遠方からなあ、ああたもお悔みにきて下はったか。このよな暗か晩に。親も子もなあ、難儀でござした。

ああもう、骨の冷ゆる晩でござす」

トン、トン、トンと釘を打つ音がする。白木の柩の上に。出棺の別れがくる。にじり寄って、母親は、視点を失ってみひらいているわが子のまなこの上に、はらはらと涙をおとした。それから、まるでお乳を含ませるようにやさしい手つきで、瞑《つむ》らないまなぶたを震えながら愛撫した。そのまなぶたの上にかぶせて、白い柩に打ちこまれる釘の音がひびく。このとき母親のまなこもまた、釘差しになったのである。たぶんわたしのまなこもまた。

黒い、どこをもみえていない眸でみつめ、彼女は片袖をさしのべる。

「マサが別れに、ありがとう……ね」

母親のこころがわからぬ筈があろうか。少年たちは黙りこくり、目ばかりのようになって、この村の受難史をほんのひとめくりした日のことを、彼らは自分の息とともにごくりとのみこむ。

読経が終り、ながい合掌を終えて、墓石の間を立ちあがってゆく人びとの影絵の列が、海の中に降りてゆくように丘の下に消える。古い卒塔婆の影をつつんで残照の海は動かない。その海に、線香の煙が細く妖々と這いのぼり、流れて絶えるあたりから、昏れてしまう風がおこる。

からからと足元の草が鳴る。枯れてゆく芒や萩や、野ぶどうや、墓地をめぐって丘をおおう葛の葉の音が。村の小字の区切りの畠にまだ立っている唐もろこしの遠い葉ずれの音がきこえてくる。墓の石にも海の上にも、骨冷えの夜がくる。

少年が死んでから一年と半年がすぎた。杢の爺さまが死んでからは三年忌が過ぎた。そして自分の父親が死ぬ。

「お前は昔なら、寝首をかかれるところぞ。獄門磔《ごくもんはりつけ》ぞ」

父のことばが哀れんでいう。いまわのぼんのうと無念をこめて。

「おかみにたてついて、目にみえんものにたてついて、おなごが」

親にたてついて、というつもりでもあったろう。「男ならよか、おなごが」と気力をそがれた永い肺病病みは咳こみの発作の合い間に、ひゅうひゅう鳴り続ける喉でいいつづけた。

ちいさな部落の中の暁闇を、一軒一軒蹌踉《そうろう》とした足どりで豚の餌をとりにまわっていた。老いさらばえた肺病をみずから養うために焼酎の酔いを借りていた。その腰と足元が、天びん棒より先にくずおれて、うちこぼれた豚の餌とともにうずくまる。部落中の目の哀憐を、やせ尖った肩にしみこませながら。その肺病をいやしてやる金の工面も才覚もまったく持ちえなかった娘の奇病狂いの分まで。

かけつけてその肩の天びん棒をとって替ろうとすれば、

「嫁にやった娘に世話になるほど、この亀太郎の魂は落ちぶれはせぬぞ」

とあえいだ。

〈わが水俣病〉は、さなきだに不遇きわまる生涯だった老父の晩年に追いうちかけてさいなみ殺したのではあるまいか。日本近代下層民の歩く道を父は歩き通し、くずおれ果てたのである。わが父系はかくして地酒の酔いのまぼろしの中に、杢太郎の爺さまや仙助老となって輪廻転生する。ゆえに、これらのことどもはいっさい〈わたくしごと〉にすぎない。水俣病事件は、わたしにとっては〈わたくしごと〉の一部にすぎない。〈わたくしごと〉の一部をもって、公け事の陰影の中に入るのみである。あの骨ばかり冷える婆さまたちとおなじように。わたくしのペンは彼女らの深い吐息や夜半の涙のひとつぶの純度にもおよびつかないでいた。

五月、五月の東京。

いつの五月でもよいのだ。この国の首都の、どこでもよい、とある一日からたぐり寄せられる年月の中にどっぷり漬っているのだから。

どこやらで祭りがあるという風の便りがとどく。逃亡奴隷のみやこから、逃亡してはならぬ虚妄の村にとどく。祭? そのようななつかしいものがまだあるという……。けれども、わたしの祭は、まだ帰ってこない年月のかなたにあった。

今日という日がいちばん遠い年月だから、去年昭和四十四年五月も、なんとはるかな、みどりのかなたの五月であることだろう。逆年順に来つつある昭和三十四年にむけて、わたしの死者たちは帰って来つつあった。白い病院衣を着た寡黙な細川一博士の青々と沈む御目《おんめ》に導かれて。

死者たちはつねに生者たちの恥を、さしのべたうなじに鎖のようにからませながらもどってくる。渚につながれた舟たちのように。死者たちが耐えている恥の錘によってわれわれは生きのびる。ありとあらゆるデリカシィを自ら剝離することによってのみ生きられる。垂れ下った裸の神経だけになっているから、この世の風が痛くてならず、わたしは自分を埋葬しかけてみる。墓の中の胎児たちの力を借りて。ことほど左様に死者たちの病いから立ちなおれないのだ。そして細川先生の病いから。先生の病いはいつまでもなおらない。おびただしい死の中にあってなおらない。すくなくともわたしの中では。

死者たちのもどってくる年月の一里塚は昭和三十四年十二月である。いのちの契約書がつくられた日を、更に乗り越えて近づく人びとの気配をわたしは感じ出していた。墓の中の胎児たちの髪がのびる気配とともに。胎児性有機水銀中毒児特有のみそっ歯の伸びとともに。彼らの喉笛がそのようにしてひらく。丈高い五月の墓地の草の下で。事件発生の頃の闇の中への道がそのあたりからひらかれる。

さらなる闇のこちらにあってわたくしのゆきたいところはどこか。この世ではなく、あの世でもなく、まして前世でもなく、もうひとつの、この世である。逃亡を許されなかった魂たちの呻吟するところにむかって、わたしは、自分に綱をつけてひっぱったり背中を押したたいたりして、ずるずるひきもどす。

この世ではないもうひとつのこの世とはどこであろうか。

生まれたときから
気ちがいでございました
ゆき女に仮託しておいた世界にむけて、いざり寄る。黒い死旗《しにはた》を立てて。

昭和四十五年五月、東京——。

〈水俣病補償処理委員会〉の〈結論〉が出されることはわかっていた。

橋本龍太郎厚生省政務次官

水俣病補償処理委員

座長千種達夫（元東京高裁判事、中労委公益委員）

三好重夫（地方制度調査会副会長）

笠松　章（東大医学部教授）

細川先生ご臨終の日にわたしは〈水俣病死民会議〉という吹き流しを二十本つくった。死者たちへの思慕をこめて。風にやさしく吹き流れるやるせない黒い布に、わたしは化身する。うつつの集団への親愛と訣別をこめて。わたし一人《いちにん》ならぬ〈私〉のそれはひそかな義務でもあった。

水俣病事件のいまだ計りがたい残忍な全貌の潜在的意図について注意をうながす首都へのアピールが急がれていた。いや、首都へのアピール、とは表むきのたてまえである。こののっぺらとした鉄とコンクリートと造り花で飾られたみやこの、穴ぼこのようなまなざしの中でこそ、呪術の復活はなされねばならなかった。三べんに二へんはかけ間違う電話を、焚《た》きこめた香をくゆらせるように幾たびも試みる。東京の既知と未知の友人たちにむけて。熊本市の「告発する会」を準備した繊細きわまる友人たちにむけて。そして水俣へむけて。

「もう、患者さんたち、上京なさってもよさそうです」

五月十四日、十五日。患者たちとその家族たちは、おぼつかない視点を、ただひたすらおのれのうちにうずく痛恨の中に据えることで、その身もいつわりの地上に坐れるのだというおもむきで、荒菰《あらごも》を敷き、厚生省の前に坐りこんだ。

既知未知の友人たちは、またたくまに機敏縦横確実に連絡しあい各機関に手を打ち、肩書あるなしにかかわらず、黙々と注意ぶかく、はじめて首都に迎える水俣病患者たちを世話し尽した。

黒い吹流しの死旗は、首都に漂う不吉を顕在化し、象徴するために捧持された。発祥地の痛苦と尊厳を焚きこめて。

初日、霞ヶ関官庁街の役人たちはあきらかにたじろぎ、禁忌し、あるいは無視してその前をとおった。みえないものの魂を負い、地に坐るものの尊容をもって、患者たちは坐っていた。坐り続けるものたちと、その前をそそくさと通り抜けねばならぬものとの優位と劣位が転倒しつつあるのを患者たちは実測していた。

かつて人類史がさしのぞいたこともない受苦をくぐることによって、洗われつつある精神の高貴さのみが透視しうる一瞥をもって。

原初《はじめ》の神も土俗の信仰もうしなった軽文明にむけて、患者たちは無言のまま香を焚く。香の煙を追いながら、患者たちは〈東京〉をみあげる。造り花のみやこを。

その目前たかく、ミニスカートが通る。患者たちは観察し、堪能する。そして太古の神々のように野太い無言のわらい声を、地の底をゆすりひろげるようにわらった。

なかんずく、厚生省の中における橋本龍太郎厚生政務次官の、患者家族との会見記ほど、上出来の〝ノンフィクション〟はなかった。この出来ごとについてはやや詳述した別稿（「死民の故郷から」『文藝春秋』昭和四十五年八月号）があるゆえ追記しない。政務次官の暴言によって患者たちの流した涙を、権力への屈服と思いちがえてはならない。患者・家族たちは涙を落したまなこでただちに見てとるのである。

「三十になるやならずでなあ。役人の飯食えば蛆になるちゅうが、蛆の魂ほどもなか男じゃったばい。あれほどにも人間のこころに暗かもんに、日本政府の高官がつとまるなら、日本ちゅう国も腐れたもんじゃ。日本ちゅう国ば、はじめてみた」

当日の会見記の一部を、ここに朝日新聞から抄出してみると左の如くである。

訴訟派患者代表渡辺栄蔵（72）発言

「厚生省が取持った補償処理委が一任派（補償処理委に一任――後述――）に示すという補償額は、死者最高三百万円程度と現地に伝わっている。交通事故死には五百万円の保険金が出るのに、この額は少なすぎると思う。政府は人命は尊いといっているが、これでは全然尊重していない。厚生省は一生懸命やってほしい」

橋本龍太郎厚生政務次官（32）

「政府が人命を大事にしなかったことがあるか。いまのことばを取り消してもらおう」

政務次官は「患者の言葉じりをつかまえては大声で逆につめ寄り、ある患者は口を閉ざし、婦人は泣き出してしまった」

同政務次官

「補償処理委員会はいま微妙な時期にあり、訴訟派には会わない方がいいという意見もあったが、それでも会うことにしたのだ」

訴訟派患者坂本マスオ（46）

「私たちいなか者は、厚生省は国民のことを考えてくれていると思っていた。次官さん、あなたのことばはひどすぎます。私たちは犠牲者です。やわらかいことばでしゃべって下さい」

五月二十八日、朝日新聞座談会記事、出席者、野村好弘氏、水上勉氏、千種達夫水俣病補償処理委員会座長。

野村　およそ人命は、法的と道義的解決を問わず差があるべきではない。むしろ、重かるべき道義的解決で、低い結果が出た。

水上　まったく同感だ。

千種　それで会社が和解に応じなかったらどうするのか。この額を低いという根拠は何か。

野村　今日の生命の価値は最低一千万円が常識だ。

千種　十数年前の事件に、なぜいまの基準をあてはめねばならないのか。

水上　千種さん、あなたの命が四百万円でケリをつけられたらどうするか。

千種　私は四百万円や一千万円でケリをつけてもらいたくないが、責任の明らかでない人に支払えとはいえない。

野村　道義的社会的責任からだけでも、もっと常識にあった線を出せなかったか。
千種　水俣は、東京とは貨幣価値が違う。こんどの場合でも、年金で最低の十七万円というのは軽症で月給もらってるし、多すぎるという気もするほどだが……（略）

水俣病事件発生より二十年近くを経て、絶息し果てるかと思われていた患者・家族二十八世帯は昭和四十四年六月十四日、加害者チッソを相手どり、総額六億四千万円の慰謝料請求の訴えを、熊本地方裁判所に提起した。

チッソによる、熊大医学部の真相究明に対する悪質きわまる種々の妨害、真相の隠匿、昭和三十四年十二月の一方的示談という行政機関と組んでの犯罪的迫害行為、そして、これほどの事件を辺境の海浜のとるにも足りぬ噂話として葬り去ろうとしていた地域社会の中のながい年月。提訴に踏み切った人びとの気力のバネは皮肉にも四十三年九月、本事件に対する（政府および公的機関はこれを事件とは呼ばず、意図的に〈水俣病〉とのみいう）「政府見解」以後、加えて念入りにこの国が確認してみせた水俣病患者に対する棄民の意図、おなじく熊本県および県民の重なる酷薄非情、そして水俣市民がむき出しにあらわにした有形無形のおそるべき残虐性、民衆が特定の状況の中で顕著にみせるあの不変の残虐性であった。

「政府見解」によって、総資本の「公害対策」さらに隠蔽糊塗するための再編成の時間稼ぎにおとりとして、表に出されたかにみえたチッソは、たちまち本来の鉄面皮に立ちもどり、

「モデルケースになるから公正な基準を政府にお願いしました。貴互助会も政府にお願いされては――」

などと、またもや患者互助会を支配するに至った。訴訟派はつぶさに充分に、この反面教師から学んだ

のであった。公式の第一号患者とされている溝口トヨ子が発病した昭和二十八年から数えても、十六年後のことであり、そのほとんどが、文字通り、崩壊、欠損あいついでいる家族たちであった。

「血迷うたか。会社さまにむかって裁判するのなんの。千三百万とは、ようも吹きかけたもんじゃ。普通の人間が一生働いても握れん銭ばいうて。つぶすつもりか会社ば。

会社が倒れるちゅうことは水俣市がつぶるることぞ。水俣市民四万五千のいのちと水俣病患者百人あまり、どっちのいのちが大切か」

「水俣市民はな、魚はよう食うよ。会社の水銀なら市民みんなかかる筈じゃが。とくに魚屋なんかはみんなかかる筈。あの病気にかかったもんは、腐った魚ばっかり食べる漁師の、もともと、当り前になか人間ばっかりちゅうよ。好きで食うたとじゃろうもん。自業自得じゃが。会社ば逆うらみして、きいたこともなか銭ば吹きかけたげなばい。市民の迷惑も考えず、性根の悪か人間よ。あやつどんは、こう、普通の人間じゃなかよ。見せものに売ってよかよな化けもん子を持っとる親じゃもんな。銭の欲しかれば、子ば、売らじゃ」

「会社がせっかく銭出して呉るるちゅうとにその上の欲出して、裁判のなんの。見さかいのなかけんな、おとろしかよ、はしかい犬（狂犬）と同じじゃ。水俣の恥ばい、ああいう人間どもが居って呉れては」

くらくらとしてわたしは立ちすくみ、帰ってきて病気になるのだ。幾日も幾日もただ茫然としているばかりの病いに。そのような病いには、もう慣れなくてはいけないのだが。

そのような地域住民の患者・家族にとどく声ととどかぬ声がある。とどかぬ声をわたくしはきく。きわめて日常的な平穏な会話の中で。あるときは銭湯の中で。買物にゆくバスの中で。

「この前裁判派でテレビに出た子な。ありゃ、いとこ同士の結婚げなよ」

「ほう、見たよ、わたしもあのテレビは」

「それでな、いとこ同士の結婚は、悪い子が出来るとどこまでも続いて悪か子の出来るげなばい。テレビに出た家は、二人も続けて出来たげなよ。姉の方も育たずに死んだげな」

「ほう、それで、水俣病にひっかけて」

アラブあたりのどこかの地域には、「眼には眼を」というあのハムラビ法典の同態復讐法がまだ現存しているという。

チッソ首脳部が次々に交代してゆくそのひとりひとりのリストを、患者・家族たちは死者たちの戒名に重ね、おのが怨念の中にあぶり出す。

庶民たちには秘匿されてみることかなわぬあの〈ブラックリスト〉にならい、生き残りの者たちは、おのおののこころの中に、より深いうちなる〈リスト〉を秘匿する。人びとの怨念を焚きつけてやまないものは、永遠に生木のようにくすぼりつづけているかの満たされざる民たちでもある。

近代法の中に刑法が生きているかぎり、死につつある患者たちの呪殺のイメージは、刑法学の心情を貫いて、バビロニアあたりの古典的同態復讐法へと先祖返りするのもいなめない。

自然死ではない死を遂げる下層民たちの大部分の死はなぶり殺しにちがいなく、まして水俣病事件の死者および、いまもたしかに殺されつつあるものたちは「法の下に平等」どころか、法の見捨てるところにおいて平等であるという歴史的実感を超えて、これをひきずりながら訴訟に踏み切ったのであった。

訴訟派患者・家族たちとこれにつき添う水俣病対策市民会議と水俣病を告発する会による東京抗議行動を進めながら、まったく未知数の、東京周辺の有志たちにむけて、〈水俣病を告発する会〉の機関紙、『告発』は、よびかけのビラを発送した。

このとき〈水俣病を告発する会〉は、発足してほぼ一年を経ており、「水俣病患者と水俣市民会議への無条件かつ徹底的な支援を目的とし、水俣病を自らの責任でうけとめ、たたかおうとする個人であれば誰でも加入できる」という言葉のとおりの集団であった。

われわれは存在をかけて処理委回答を阻止する

水俣病を告発する会

『告発』によって結ばれた全国の友よ。

五月二十四日、水俣病補償処理委員会は一任派患者に補償額を回答する。西日本新聞によれば、死者には最高三百万円の一時金、生存者には三十二万円ないし十六万程度の年金を払うというものである。

金もうけのため人を狂い死にさせておいて三百万円とは、もはや常人の感覚を逸脱した裁定といわねばならぬ。しかし今回の処理委の決定は、その金額の異常な低さもさることながら、チッソの企業責任をあいまいにする点で決定的に犯罪性をおびている。

それは昭和三十四年の見舞金契約を考慮するという処理委員の言明に明白にあらわれている。見舞金契約は水俣病に対するチッソの責任を認めないという前提のもとに患者におしつけられた契約であり、全水俣病患者のうらみの的となってきたものである。今回処理委が患者におしつけようとしている和解契約は、本質においてこの見舞金契約のまったき再現である。補償処理委はチッソ資本と結託して、昭和三十四年の犯罪的見舞金契約を強化しようとしているのだ。

今回の事態が意味するものは何であるのか。すくなくとも七割の水俣病患者については、チッソの犯罪責任がうやむやなまま、問題が永久に葬られることを意味する。むろん、一方には補償処理委の斡旋を拒否して訴訟を提訴している二十九家族があり、われわれはその人びとと運命をともにするたたかいを組んでいる。しかし、水俣病患者に訴訟派・一任派という本質的区別は存在しない。一任派の患者を見殺しにすることは許されないし、このような回答を許すならば、訴訟派患者のたたかいをも裏切ることになる。

全国の友よ。われわれは、今回の事態があの「うらみの昭和三十四年」の再現であることにあなた方の注意を喚起する。昭和三十四年、あなたがそこにいたら、あなたは何をしたか。今、われわれに突きつけられているのはそういう問なのだ。

友よ、われわれは今、自分のすべての存在をかけるべき時だ。われわれ告発する会は、その全存在をかけて補償処理委の回答を阻止することを決意した。今必要なのは抗議の身ぶりではない。阻止の意志と行動である。

事態の進行を現実に阻止する意志を欠いた抗議が何を生んだか――戦後二十五年の運動史は無言でその答を与えている。

われわれは組織もジャーナリズムもたよりとはしない。事態を阻止するために、われわれはただ自分の肉体的存在というひとつの直接性を所有するのみである。五月二十四日、われわれは自分の直接的存在をそこによこたえることによって、処理委の回答を阻止する。

チッソ資本に対する水俣漁民の深い憎悪とうらみは、この日その表現を見出さねばならぬ。

血債は返済されねばならぬことをチッソ首脳と処理委に思い知らせるのだ。友よ、二十五日の回答阻止のために、行動に参加できるものは行動を、金を出せるものは金を、宿舎を提供できるものは宿舎を、実務をとれるものは実務をとろう。

告発する会は二十五日の阻止行動にその全存在をかける。

このよびかけの草稿は本稿第一部をのせた『熊本風土記』の編集者である渡辺京二氏によって書かれた。印刷費滞納などが主な理由となって同誌廃刊ののち、隠棲の哲学者になりきろうとつとめている風であったが、ながい沈思ののち、生活の資をうるための英語塾の同僚ひとりを伴い、ビラをまき、ある朝、熊本市からきてチッソ水俣工場正門前に端然と坐りこみを敢行した。千枚まいたビラを読んだ未知の一人がやはり熊本市から合流した。半田隆さんという。わたくしの息子を入れて四名、まったく無名の市井人が、個人の資格をもってチッソ工場前に抗議行動を起したのははじめてのことであり、これをひとつの意志表示として『熊本風土記』同人、高校教師本田啓吉氏を代表とする「水俣病を告発する会」が、熊本市に誕生する。

その間の下工作を、まなざしやさしい『毎日新聞』の記者三原浩良氏が準備した。準備会を持ちあった人びとは、『熊本風土記』に参集していた地元『熊本日日新聞』の記者たち、詩人、教師、文学者、僧侶、水俣を取材しつづけていたＮＨＫのアナウンサーやプロデューサーたち、である。

余力を持たない水俣市民会議のため、まず水俣病事件と患者のおかれている実態をあまねく知らせるための機関紙を出してほしい、という要請にこたえて、月刊紙『告発』が出されることになった。『熊本風土記』にひき続き、編集長は渡辺京二氏が受け持った。準備期間に集っていた喫茶店夫妻や居酒屋姉妹、学生たち、魚屋さん、大学教授などを含めてゆくことになる。

水俣ヤクショ内ミンセイガカリサマ
オオハラ　ミキノケン　オシラセシマス。

ハタケハ。一町一反。七十万円デ参年マエニウリマシタ。又父、参年マエ　キビョーデシニマシタ。

オカネハサカノボッテ三十三万モライマシタ。オカネモチデス。

ジブンハ一反八セバカリノ、ハタケヲ、ツクリテ、オリマス。デキマシタモノハ、イチバニダシマス。

次女ハ、フクオカ、タンコ。

イモト、ナガサキ、タンコ。ハタライテオリマス。コヅカイハ、ツヅケテオクッテオリマス。

四女ノムコハ水俣ニテ左官。シナイデハタライテ、オリマス。

五女ハサセボデオオキナショクドヲモッテオリマス。

オカネハ、ツカミドリ。母ニモ、オカネハオクリテヤリマス。

アネハ、サセボデ、マメウリショバイ。オカネハツカミドリ。母ニモオクリテヤリマス。

オカサンハ、オカネノ、フジユハ、ヒトツモアリマセン。

モッテイルカネヲ、ヘラサヌタメニ、セイクワツヒヲタノンデオリマス。

ナカナカ、イジハルイ、オンナデスガ、シッカリ、カカリテシラベテクダサイ。

ミナサンガ、シッテオリマスデ、コノヒトニ、セイクワツヒヤレバ、アトハ、タクサンデマスガ、ヨクシラベナサイ。

ハタケハ、オトトノ、ヨメゴノ、父上ニウリテオリマス。

ソノヒトハ、ゴンゲンサマニ、スンデオリマス。

ハタケハ、ジンノサカノトーゲデアリマス。

一反八セノハタケハ、オトトノモノデスカラ、カシテイルトユウコトハ、ナカナカイハナイダロトオモウ。

イジハルイ女デスカラ、シカリ、シラベナサイ
ミンセイガカリサマ
　ネガイマス

市役所民生課にとどいたひとつの投書を、くり返し、くり返し、わたしは誦していた。とくべつな意味をもつ投書というわけではなく、この投書があらわしている文言は、いわば、下層民たちの日常思考の、ほんの一端をあらわしているにすぎない。つらつらとおもえば、わたしの世界は、幼児体験からしてすでにこのような文言に満ち満ちていたではないか。

蔭口やつげ口や密告や、いやもっとそれよりも直截に、ことばで互いを殺し、殺される世界に育ったよ

うなものである。人びとはもちろんそのような世界の中から生残る。ことばがひとを生き返らせもしていたから。

にもかかわらず、ここに置かれた投書の文言は、ひどくわたしをひきつける。くり返し暗誦していると、その筆調は、ひとりの、年とった頭株《あたまかぶ》の患者家族の、かねがねの口調にそっくり符合してくるからである。投書した患者と、投書された患者との日常の関係の、思い当るふしぶしがこころに浮かぶ。

水俣病患者が、他の水俣病患者の受けている生活保護をひき剝いでやるために、ミンセイガカリサマに密告したとてなんの不思議もない。

アネハサセボデ、マメウリショバイ。
オカネハ、ツカミドリ。
オカサンハ、オカネノ、フジユハ、ヒトツモアリマセン。

ふだんでさえ「隣の貧乏は鯛の味」というからには、たがいにひっぱくしている水俣病の村にしてみれば、マメウリ商売に故郷を出て、はたしてオカネハ　ツカミドリなのか、オカサンはオカネニフジユはないのか、そのような事実のあるなしはすでに別の次元のこととなる。

水俣病患者家族の母と娘たちのことは、まだ遠い物語のあわれとはなりきれず、現在形で進行中のことであり、いちばん身近な隣近所の娘たちがひどく目についたり、健全そうにみえるだけでもう、おなじ年ごろの胎児性患者の娘を持つ親などにしてみれば、心のどこかがひき裂けるのである。ましてそのような娘たちが、たまの盆暮に着かざって華やかに帰家し、納戸の中に閉じこめ同然の五体不自由なわが娘に対して、親の心を刺すような一べつを投げたとしよう。そしてまた家系同士のしがらみが前々からあったとしよう。親の怨念は水俣病を浅くしか病んでいないと思われる、身近かな家の娘たちとその母にとりつくのである。怨敵としてのチッソに対するよりも、相手がおのれと同等ないし、おのれ以下の身分のものであれば、なお許しがたく、チッソが強面であればあるほど、「国」が水俣病に対して強大な敵であればあるほど、おのれより力弱き「敵」への憎悪はより深くなる。いわれなき差別というけれど、差別の湧いてくる源はもっとも虐げられるものたち同士のよるべなき怨念の間から立ちのぼるのであり、差別のいわれほど深く救いがたいものはない。

アネハサセボデ　マメウリショバイ
オカネハ　ツカミドリ
次女ハフクオカ、タンコ。イモトナガサキタンコ。
オカサンハ
オカネニフジユハアリマセン
又父、参年マエ　キビョーデシニマシタ。
オカネハサカノボッテ三十三万モライマシタ。オカネモチデス。

一家のあるじが長病みの奇病で死に、さかのぼつて弔慰金三十三万チッソからもらったから、お金もちだ、この「オカサン」に生活保護費を出すならば、後にはたくさん、保護費を申し出るものが控えているが、よいか、という。

ひとたびカナ文字にきざんでこのように書きつけてみれば、日常朗々とうっぷん晴らしにやりとりされていた筈の生活者の言葉が、にわかに面貌を変え、魂を入れ替えられて、あやかしの呪力を持つにいたるのである。

日常ふだんに軽々と文字をあつかいなれている階層によっては、このような念力をそなえた文字を生むことはおそらくできない。活字信奉を持たぬ階層は、文字を知らぬのではなく、たぶん胸底ふかく、文字というものを隠し持っているにちがいなく、文字というものに乗りうつるじぶんの言語を研《と》いでいるにちがいないのである。

投書者の念力は、そのまわりをめらめらと這いまわっている怨炎によって、むしろそれ自身は燃えあがったりはせぬ。そのような怨念によってのみあぶり出され、むしろひえびえと生き返り、浮き出す血脈によって、念じたものにとり縋り、とり殺すのかもしれない。

オオハラ　ミキ　ノケン　は、このような投書によって、確実に保護費をへらされたり、ミンセイガカリサマにある種の心証を打ちこんだりする。

大原みきの生計状況調書（最低生活認定表）には、たとえば次のように記載されている。

世帯主
大原　みき

保護開始
S25・3・18日
水俣市へ居住開始年月日
S21・4・9日
資産の調査（住居の状況）
家屋一棟―借平家、瓦葺、10坪　畳4・6　水道　無　電灯①
不在者の状況
〔氏名〕　〔家族との関係〕〔不在者の現住所〕
大原　太　（夫）　天草郡姫戸　（不仲）
小夜子　長女　長崎県佐世保市　（嫁入り）
花　子　二女　福岡県飯塚市
洋　子　三女　長崎県松浦郡
加　代　四女　水俣市内　（嫁入り）
澄　子　五女　長崎市
寝具所有状況
敷ぶとん③　かけぶとん③　其の他③
家具什器所有状況
鍋③　釜③　バケツ②

家財の状況
室数② (畳数10)
茶棚① タンス① その他必要品

水俣市舟津部落の患者、上田秀次も、保護費を引き剝がれたりする。妻が、隣近所の「子守奉公」に出たところを、担当の民生員に密告したものがいたからである。

歳の三十にもなろうという「奇病どんの嫁御」が、朝の八時半から夕方の四時半まで他家の赤子のめんどうを、一生懸命心配しながら、みてあげて、月にたかだか三千円の「奉公賃」をもらったばかりに。

「二《ふた》馬鹿半のおとことおなごの夫婦《めうと》でおって、一人前の奇病面《づら》して銭貰うて。当り前の人間かお前どもが。お前どもは夫婦合わせても半人前ぞ。生活保護貰うても、多うすぎゃせんかい。奇病のもんばかりが苦労ば荷負《かろ》うとるごつ思うな。オレ共がふところも、どれだけ傷むか。アカの他人の有難くも思わんもんどもの為に。市民の銭ぞ、生活保護は。市民がな。出し被《かぶ》りよる訳ぞ、水俣病のもんどもに。

わかっとるか。太えつらして道ば通るな」

などと面罵されながら。

「太えつらして通るわけじゃなかばってん………。

自分家《げ》の道ばっかり通ろうにも、オレにゃ親の残してくれた地所はひときれもなし。

漁師はなあ、陸の上の地所は持たんばい。出来ればなあ、海の上の道ばっかりをゆこうごたるばい……。

海の上ばかりゆこうにも舟はなし。いままで、舟持ちこたえていたにしても、腕も足もなあ、失《う》しのうたし、使いもんにならん。

わが体のゆく先が、あっち、ひょろひょろ、こっちひょろひょろ、道の幅いっぱいに踊ってゆきよる風ですけん、目立つとでしょうなあ。心は気の毒しゃして、小《こ》もうになって歩くとですばってん。体がな。

焼酎呑みのごたるですもん、いつも。そりゃ、はあ、時々や、呑んどることもありますばってん。じぶんにもひとにも区別のつかんもんな、千鳥足でいつも。焼酎よりも先にあんた、水銀に酔食《えく》らうとるわけですもんな、ワハハ。

こりゃ、一生、精根《しょうね》のもどらんばい。二馬鹿半ですもんな、じぶんでも、そげん思うことの多かばい。当り前じゃなかもんになってしもうたもんな。まあな、面とむかっていう人間はそれでもよかうちばい。

役場に生活保護費をひっ剝げと〝突っ込んだ〟人間は、こりゃまた別の人間ぞ。奇病殺しは会社ばっかりじゃなか。数知れんごつおる。ひとりやふたりじゃなか。オレにゃわかる。誰が〝突っ込み〟をしたか。馬鹿んマネしとるけんな、オラ。

ヨーシ、見いとおれえ、ち思うとるばい。殺されたちゃ、人間、忘れんことは忘れんよ。ひょっとしたら、馬鹿が思うとることは、おとろしかかもしれんぞ、いちばん。オラな、馬鹿にも足らん、二馬鹿半じゃけんな。な、あねさん。身内ぞ、おなじ奇病人ぞ。そやつは。

奇病分限者も奇病貧乏もおるけんな。利口もんの奇病人と、二馬鹿半とおるけん。利口もんならば、会社にももぞがらるる。市民にももぞがらるる。市民会のひとたちにも、もぞがらるるよ。オラ違う。オラ、くずじゃもん。くず拾いしよるけん。オラ、失《う》したりもんばい。奇病人の中じゃや。

奇病人でもな、出世したもんもおるぞ。外づらの良うして、あいさつの上手がな、出世する。わがばかりよかつらして。

オレたちの方向くときは、つらの違う。〝あの、外道が〟ち、心でおもうとる……。もともと生まれの良うなかけん、オラ、良か患者じゃなかもんな。焼酎呑むし……、嬶《かかぁ》は持ち替ゆるし、銭の使い方も、もうけ方も知らんし、オラ、なあんも知らん。わが水俣病んほかはなあんも知らん」

「おんなじ水俣病ちゅうても、ありゃ特別の人間じゃ。まっぴるまから、焼酎は呑むし、酔食うて歩くし。ちいっとは、世間に対して、つつしむ気持もなからんば、ほかの患者が迷惑する。ひとが迷惑するちゅうことも考えんばなあ。ほんとの患者ならば。患者の恥じゃけんな。あいつとはな、わしゃ、いっしょにゃ歩きませんよ。

奇病の歩き方で歩きよるのか、酔食ろうて、よか気色になって歩きよるのか、けじめのつきまっせんよ。じっさい、ありゃ、ニセ患者じゃ、ちゅうものもおるのですから。ああいうのが居って、会社の銭はとろうとする、生活保護はとろうとする。そういう風だから、よけいにほんとうのわれわれ患者は憎まるのですよ」

オオハラ　ミキのように、よく密告される上田秀次患者について、しばしば、わたしは右のような誹謗をきく。

昭和四十三年九月十三日、政府の水俣病公害認定を前にして、市当局が、はじめて水俣病死亡者の慰霊祭を催した日のことは特に印象的である。慰霊祭をもよおすことは、放置されてきた死者とその遺族に対するおそすぎる心やりとして、市民会議が発意し、水俣病患者互助会にその申し入れをしたのであった。

これに対し、互助会から、ことのついでの潮時だから、市当局に話してみよう、市民会議でやってくれるとなれば、かくも永年にわたり犠牲者を放置黙殺しつづけてきた市当局としては、押し迫っている政府見解を前にして、さらに面目なかろうし、今となっては、水俣市も慰霊祭をこばむ理由もあるまい。

「むしろ、ひょっとして、その方が、お供え物も格のちがうもんを貰わるるかもしれんばい。あんた方の市民会議は、言っちゃ気の毒じゃが、お金もあんまり持ちなはらんし」

という次第で市当局の執行ということになった。よほどに市当局はあわてて、にわか発心をし、ふてくされている気配さえみえ、その日のことにつき、ひとことの案内も四万五千の市民に対して言うことがなかった。慰霊祭のそらぞらしさの委細はさきに記したごとくである。もしかりに市当局が案内の広報を出したにしても、市民の弔慰など受けられる雰囲気でもなかった。市民は水俣病患者そのものを憎悪しているのであり、その憎悪は生者と死者とを区別することはなかった。

そのようなことは、外側がみせる反応のひとつだった。外側に生じるそのような憎悪は長い長い年月が、少しずつ風化させ溶解させてゆくにちがいない。けれども、内側には、内輪の中のものたちには、逆にそのような年月に溶解されてゆく憎悪はそのままそっくり、丸ごと生き返ってくる。それは足元から這いのぼってきて、内輪の中のものたちを少しずつ引き裂いてゆく。ながい間かかって、少しずつ確実に引き裂いてゆく。あの有機水銀の蓄積のように、一度とりついたら決して離れない。それはおおむね、左のようにしてとりつくのである。

四十三年九月十三日、わたくしは家から川口を渡ればもうすぐそこにある八幡舟津部落を歩いていた。慰霊祭に出かける為に。

患者たちの家にゆくのは、いつもながら気が重くてたまらない。あの家、この家の誰それさんに逢いにゆかねば、と思い定めて半年もたち、一年もたち、とある日、災難の日がふいに訪れる。蓬氏が誘い出しにきてくれたりするからだ。それとて、彼の焼酎の呑みぐあいや、酔い気分によって、運、不運が定まるのである。もとはといえばまず、じぶんが人間であることがうまくゆかない半毀《はんごわ》れのにんげんのまま、べソのかきようにさえ困って立ちすくんでいるので、うっかり他の人間に遭うだけで、それはもう確実に自他の災難というよりほかはなかった。

それゆえ、心の半分はもうこれ以上毀れぬよう、いつも架空の押入れに隠れていて、その片割れの方が、ろくろ首のようになっておそるおそる世の中を眺めたりしている始末だった。

その日も、蓬氏の、火葬場からの誘いの電話があって、慰霊祭の成行きはほぼおしまいにいたるまで推察できたので、わたしは、市民の憎悪を焼き払い、炎々と浄めてやりたいほど心にはずみをつけて、出かけることにした。

宮本おしの小母さんをまずわたしは誘った。このごろめっきり天秤棒をかついでダシジャコの押し売りにもこなくなったと思っていたら、おしの小母さんはボーコーえんでひとまわり小さくなっていた。

「役場の衆のあんまり急に、いまごろ慰霊祭して呉るるちいいなはるもんで、たまがって、頭ん毛を染むるヒマもなかったばい」

彼女は、白髪染めのはげた髪を結い、立派な喪服の帯をたたいてみせた。遺族たちは当然のことながら喪服を着て来たが、そういう町の雰囲気の中を礼装で歩いてくることは、ひとつの示威をあらわしていた。患者家族たちは、礼服で武装して来たのかもしれなかった。

おしの小母さんを誘い、林信義患者を誘い、上田患者を誘った。時刻がせまっていることとて、会場近くになると、あちこちから患者家族が到着しつつあるのがみえた。わたくしは、歩行力のふつうでない上田患者と林患者の間にいくども立ち止まり、この三人といっしょに、歩こうとしていたようである。すると、林患者を待とうとして立ち止まれば上田患者が、けんめいに手足をふりまわして、ぎくしゃくと林患者を追い越して行ってしまう。上田患者を待とうとすれば、林患者も、目のいろをしん、とさせ、かなわぬ体で追い越してゆく。

はじめにすれちがったときこの三人は、たがいに、

「あ」

とか、「よう」とか「ほう」とあいさつし、その次にすれちがうとき、

「よか天気じゃな」

とか、「ぬしも　ゆくや」とかいう。はためにもなにかがひどく抑制され、よそよそしかった。

「小母さん」

とわたしは言った。

「なかなか、足の揃わんなあ」と。

「なんの足並の揃おうかい。焼酎呑んどるもね」

彼女は両方をみくらべて吐いて捨てるように言った。

「あやつどもはな、ほんなことは、軽かつばい。患者に見しゅうと思うて、あげん風に奇病歩きばするわけぞ。うちの爺さんのごて、重か奇病であってみろ！　道のなんの、歩かるるか。ああいう段じゃなか

ぞ、狂いまわっとばい、重かもんな。生きちゃおられん。ふたりともな、じぶんがいちばん、きつか病人じゃと思いこんどるけんな、一緒にゃ歩かんと。あやつどんは打っちょいて、行こ行こ、さあ、あねさん」

そう言ったのである。

常の世であればわたしなどは、ひとさまに違和感を与えぬよう、おろおろとおよいでいる首もすっぽり押入れの中にしまいこみ、子猫とでもじゃれあって隠れ寝をたのしみ、年経て押入れがそのまま柩になれば、どんなにしあわせであったろうに。水俣病に逢うなどおそろしいことにちがいなかった。

春になればその猫が背中につけてくるこごめ桜の花びらなどを嗅ぎながら、ちょっぴり梅酒を盗み呑みに出たり、夏が来れば山のはざまの樹木の高い巣のような家に棲み、今昔物語などに出てくるものの怪《け》たちのところに通って暮らす。それから、木の葉の落ちつくす頃、風とともにひっそりちいさな町に舞いもどって冬を待つのだ。ときどきは節穴の光から外界をのぞき、うつらうつらとまどろむこともある。ねむりこんでしまわないのは、雪の季節の匂いがすぐそこにやってきているからだ。

しんしんと雪の降りつむ音がしてきて、町の辻々に夜が更け、人間という人間が居なくなるとき、はじめてわたくしは幼いころになって外に出る。

〝しんけい殿《どん》〟とよばれていた祖母の亡魂《ぼうこん》に逢いにゆくのである。

雪の辻に白毛をかきあげながら優しくしわぶいているのは祖母のみならず、老いた額田王《ぬかたのおおきみ》さながらの〝ポンポンチャカ殿〟である。彼女は体じゅうに、ひらひらと、朱色やそら色や枯葉いろの布切れを引き裂いて、天女の瓔珞《ようらく》さながらに巻きつけ、たなびかせ、彼女だけにしか聞えぬ玄妙な旋律に魂を貫かれて雪の上にいた。ふところに暖かい犬の子を何匹も何匹も入れ歩いているしあわせな顔の〝犬《いん》の子節ちゃん〟や、〝自動車しんけい殿〟や、〝六しゃん〟や、末広楼の十七娘のいんばい、〝ぽんた〟などがいる。雪の辻の夜ふけの遠景に、かならずあらわれるのは日窒工場のまだ童画めく煙突である。

たとえば自動車しんけい殿などは、文明について過度すぎる感受性を持っていたにちがいなかった。世の常の秩序からずり落ちたまま、そこからもどるすべを知らず、魂《たましい》あそんで帰らぬものたちを、むかしこの町の人びとは愛していた。日常社会のあつれきや苦悶を一身に負って、魂解きはなたれたものの姿をそこに見出していたからにちがいない。世俗の人としては、ひとたびは死んだひとたちである。〝しんけい殿〟の血統となることは恥そのものと化すことでもあった。

現世の苦悶の影絵を、所作してみせるものたちとして、しんけい殿たちは以後の世界を魂だけで生きることになる。町のひとたちはそのような境涯になったものたちに対して一抹の安堵と羨望を感じていたにちがいなかった。女房たちがいまもなお「いっそ、しんけいどんになった方がまだましじゃ。わたしがごと、苦しみ受ける人間の、ほかにおるとは思われん」などと言い継ぎ、魂もろいものたちが、神仏の化身かも知れぬとさとす古老たちがいるのはそのせいである。

土や木や水や石にさえ、ここの土地柄では神が宿っていた。肥料工場とともにやってきた文明があやかしの神にみえたのももっともだった。

文明とは、はじめのうち、電気や電話や地下タビや靴やラジオや自転車、そして自動車だった。

大正初年ごろからたとえば「会社ゆき」たちには、自動車というものは、村の祭の日に、会社の門の前に客馬車の中にまじって現われるようになった。村々の祭はそれぞれ日にちをずらしてあるから、「会社ゆき」ならずとも、仕事をやすみ、招んだり招ばれたりして、なかでも諏訪宮の祭は大祭で草角力《ずもう》などもあることだったから、その日、会社ゆきたちはうわの空で時間をすごした。それをめがけて、稼ぎ時の馬車たちがいっせいに門の前にむかえにゆく。

歩けば三十分ほどのところだが、祭の日に歩いてゆくなどしみったれてみられる。門の前にそわそわとして馬車の順番を待っていると、自動車というものに乗って、景気づけに往復してみたというイキがりの者たちが、ほいほい飛んでくる。

「おい！　お前どんも自動車ちゅうもんにいっぺん乗ってみろ、祭ぞ、今日は！　もう、早さも早さ、たとえようもなか。目の回るごたるぞ。じっさい乗ってみんことにはわからんよ。話にもなるけん、いっぺん乗ってみろ！」

人びとはこのようにして、「ホロつき四人乗り」でさっそうと祭にゆく。

「お諏訪さまの祭のおかげで、今日は自動車ちゅうもんにも乗せてもらいましたばい。ハア、もう、今日のお神酒は特別きけるばい。

ほんにほんに、お諏訪さんの祭はよか祭でござす」

などと柏手をうち、ホロつき自動車を撫でさすったりするのである。

後年あらわれる〝自動車しんけい殿〟は、まぼろしとうつつさだめがたき自動車というものを、片っぱしから感にたえぬように撫でさすった。彼のいう言葉といえば、

「ああ、自動車、自動車」

というものであったけれど、町のものたちは彼の言動に、なにか解きがたい存在の深遠をさし示されたように首をかしげながら、二者の間の関係の不思議について語りあい、しばしば妙なる気分になるのであった。

このようなひとたちを配置するわたしの町の雪景色は、先隣の末広楼に天草の島から売られて来た美少女が、ひとりの少年に殺されたことによって朱に染むが、淫売とよばれた少女の死は、ひとつのちいさな村の歴史が町の歴史に変わってゆく行政史のすべてよりはより重く、村の人間たちはそのことを口伝えのきれぎれの物語の中に入れて記憶した。そして、そのような物語集の遠景にかならず相伴ってたちあらわれるのは、日窒肥料工場の煙突の煙だった。

村史の時代がすぎ、町史の時代がすぎ、逢いにゆくべき魂たちはもうそこにはいない。わたくしの柩の中にぜんぶ、連れてきてあるのだから。

みずからはことばをしゃべらぬものたちの物語にわたしは耳を傾ける。それは三つ児の魂が見聞きした物語である。わたしの見ているのは、日本資本主義発達史とやらの概要からはこぼれ落ち、辺境の野末に相果てたものたちの影絵である。それゆえたてまえの社会正義をいう自信のごときものは毛筋ほどもわたしにはない。いうもはずかしいことながら、自分の押入れだか柩だかの中からときどき、出没してしまうのは、ただただゆえしれぬ困惑のためである。

白昼というのにそこを出て、ゆくあてもないからたちまちゆきなずむ。たぶんわたしは、遠い遠い昔の村へむかって歩くつもりなのであろうか。

少女の頃、代用教員というものになっていたとき、わたしは、生徒たちのいる学校に困惑して、家はそのつもりで出ても、足は学校へは向かず、〝山学校〟へ行ってしまうことがたびたびあった。度重なるといよいよ学校へゆきづらく、その上、困惑の最大たるものは、戦争と貧困であったから、学校の先生が、そのような片輪な少女につとまる筈はなかった。

そもそもは、母の背中に負われて行って聞いた、源光寺の彼岸会の説話である。坊さまが衆生たちにくり返しくり返し話したのはこの世は地獄という説話であったから、ものごころつきはじめにわたしは、現《うつし》身《み》のあるところすべてこれ地獄であるというリアルな認識につきおとされた。たぶんその幼児体験は、水俣病事件に出遭うための、仏の啓示であったにちがいない。

もはや、済度かなわぬ幼児体験の中へ、おそるべきスローテンポで、ゆっくり、わたくしは帰りつつあった。四十もなかばになろうとするのに。

そんなある日、救いのように田上義春さんがやってくる。一家中で仲良くなった患者である。もう、今年の冬だけで九羽も兎を獲ったのだと、義春さんはまぶしそうに含み笑いをし、まなじりを下げながらいうのだった。そのようなまなじりのまま畠のあいだを見廻り、山ゆきズボンのくちゃくちゃのポケットに両手を突っこみ、時々わが家の庭のざくろの冬芽や、椿の枝の切口の前に中かがみになる。

妹は、洗濯をやめたままの濡れ手をエプロンの腰にあて、彼の後をちょっとはなれてついてまわる。小鼻をならし、いつ、文句をいおうかと思っているのだが、いつも来なれているこのお客が、まなこを細め、庭の樹々に武骨な指をのばしてさわりはじめると、きっかけがなくなってしまうのである。

彼女がその真うしろに立って、お河童の髪を振りあげたとき、お客は、つたかずらを指でほぐしながら、中腰のまま、ひとりごとをいいはじめる。

「いやあ、しもうた。一生の不覚！

こないだは不覚じゃったばい。妙子さんに見つけられてしもうたなあ。いや、妙子さんにだけは、撃った兎は見せんつもりでおったばってん。うふふ、見つかってしもうた。

いやもう妙子さんが来たときにかぎって、二羽も撃ち揃えて、戸口に転がしとったもんなあ、予告なしに来らったもんじゃっで、俺もたまがった。こらもう、大事《おおごつ》！　今度は、怒《おご》らるるぞ、ち思うとった。いやもう、隠すひまもなんも、なかったもんなあ、うふふ」

妹は、またもや出鼻をくじかれ、それでも、ひとことやっと食い下がる。

「なんで、兎ば殺すと！」

「うへっ、いやあ、妙子さんが来るちゅうことのわかっとれば、隠しておくはずじゃったが、間に合わんじゃったもんねえ。とうとう、見つけられてしもうたわい。わはははは、しもうた、しもうた」

「一生の不覚」を連発しながら、彼は一向に不覚の気配もなく、天を仰いで笑うのである。妹は彼をにらみながらいうのだ。

「不思議じゃ！……

なんで殺すと？　蜜蜂ば養うたり、チャボにわとりのヒナばかえしたり、山の椿ば育てたりするくせ、なして、殺すと？」

「わは、妙子さん、そげん目付きで睨めばおとろしかねえ。

こりゃやっぱりムジュンじゃねえ。鉄砲は飛び道具じゃし。兎撃ちは殺生じゃし。困ったねえ」

彼はますますたのしそうな声でいいながら、今度はそこにかがみこみ、ポケットをもぞもぞとやってゆっくり、煙草を探し出す。わたしは大急ぎでマッチを探しにゆき、妹に、

「お茶、お茶」

といいながら、わが家中がいつも心待ちしている客人を招じいれるのだ。

「いやなあ、解禁になってから今年の冬、今年の冬というても、去年の十二月の冬までに、九羽もとったばい。

兎はひと山に、ひと番いずつしかおらんとじゃもんな。いやもう、あのへんの山は、残りなし、漂浪《され》きよるなあ。

ありゃな、妙子さん、つまり山の魚ばい。えーと、魚じゃあるが、一匹二匹ちゃいわん。一羽、二羽ち数えるとばい。まあ、野生のにわとりち思えばよかねえ――山におるにわとり、まあ、鳥と同じこつじゃ」

お茶を持って来ながら妹はいう。

「義春さんな、鳥も撃つと！」

「いや、うんにゃ、鳥なあ、あやつは飛ぶけんなあ……。あやつは予告なしに飛んではってくけん、ありゃダメじゃ。

こっちの腰も坐りきらんうち、ひゅう――ち飛んではってく。あいつは撃ちきらん。ありゃ水俣病の人間にゃむかん。飛ぶけん。

ま、分相応ちゅうことのあるけん、あきらめとる。まあ、兎ぐらいが似合うとるな、俺共にゃ」

「なして、兎なら撃ってよかな、あげん風にもぞか者ば」

「うふっ、こりゃ今日は妙子さんに、しこてこやらるるねえ。蜜蜂や樹は養うばってん、それも動物愛護のためちゅうわけじゃなし。うん、兎なあ、あやつはほんなこつ、もぞかもんねえ、草ども、もぐもぐやりよる鼻のなんの、小愛《こや》らしかでねえ。なして兎ば撃つか……。うーん、そもそも、飛道具のなんの、持つちゅうことがそもそもやっぱり、只事じゃなかねえ。並の人間ならいざしらず……片輪もんがじゃなあ」

「自分が死ねば、どげんするとな！　そげん危なかもんば、持って漂浪《され》いて。おとろしか」

「うーん、いやな、テッポはな、今度、新しゅう、買い替えたばい。富士オート35ちゅう鉄砲じゃ。重か道具じゃもんなあ、こやつは」

「また！」

「はい、前から替ゆうち思うとったもんな。それでな、自分の指がその、銃に、いやテッポにその、なんちゅうか、自分の指ばっかりじゃなか、自分がその、鉄砲になりきれるように訓練してあるわけじゃ。もう、指ば銃身にかけたときはもう、銃の部分品になるわけたいな。

もう指ばかけたとたんに、引き金と、安全弁になりきってしまうように、かねがね訓練しとるわけ。撃たんときも、握って漂浪きよるときも、指は銃の部分品になっとるわけたい」

「義春さんの！　指がな？」

「うへっ、妙子さんにゃ困るねえ。どうもおら、信用のなかねえ。うーん、しかし、こっちの指もその、もちろん、一人前じゃなかし、いつ、鉄砲やつが、暴発するかもしれんしなあ。まあ、意志力ちゅうのはひと一倍にあっても、操作が外るるちゅうことはあるかもしれんな。相手が機械のかなしさで。人間よりは間違わんばってん。鉄砲よりもこっちの人間の方が、よっぽど危のぅ出来とる。暴発でもしてくれたときは、仕様のなか、一巻の終りちゅうことになっとる」

「打捨《うし》てんな、そげん道具は」

「それがなかなか替えたばっかりじゃし。ありゃな、妙子さん、味のよか野菜ち思えばよかばい。野菜はムリかな、まあ山の魚《いお》じゃなあ、よかおかずじゃし、酒の肴に一等じゃ」

「へえ、酒の肴のなんの、自分はけっして食いきらんくせ！　ぜんぶ、ひとにやってしまうくせ」

「うふ、自分じゃ食わん」

「そら、やっぱり。聴いとるばい。自分が撃った兎は見ろごつもなかちゅうて、ぜんぶひとに呉れてしまうちゅう話じゃが。なして、自分は食いきらんとや！　よかおかずならば」

「うーん、ありゃなかなか小味のあって、いまごろのバタリーにわとりのなんの、あれば食うてから食われんちゅうばい。それで妙子さん、俺が獲ってくる兎やつは、まだ獲らん分まで予約済ばい。鉄砲かついで山に行きよれば道端からおめいて来て、あれ、今日も行くとや、ちゅうもんな。うん、天気の気分に合うたもんで、と言えば、あ、そんなら戻り道には、鍋もネギも、焼酎も用意しとくぞ、ちゅうてなあ、ほんなこて、用意して待っとるばい。野生で育っとるけんな、ひきしまってうまかじゃろ。妙子さんが言えば、いつでも持ってくるばい、いまの兎はいちばん肥えとるけん」

「好かん、もう。うまかれば、自分が食わじゃ」

「撃つと食うとは、えらい、ちがうもんなあ」

「そんなら！　なして殺すとや」

「そこ、がその、いわくいいがたしで、俺にゃどうもこうも、山がいちばん向いとる風で、行こ、と思い立ったら、必ず、行くもん。六時に起きろ、と思い立てばかならず六時に目えさます。じつをいえば、人間相手じゃ、こう、しちめんどうくさかで。人間のおらんところが向いとるもんな、うふ。

人間相手なら、つまり、アイウエオから探し出してきて、モノ言わんばならんし。苦労するとばい、わが思うとることに、口が追いつかんちゅうことは。

大体奇病になる前から、口の不調法な方じゃったが。奇病になって、言葉の出来《け》んごつなった。意識はちゃんと在りよるばってん、言葉が出ずに、アイウエオから思い出して言葉ばつくってゆかんばならんもんなあ。意識じゃつくれても、口がいうことききかんようなあんばいで、なさけなかもんなあ。言葉ば忘れとるわけじゃなし。

アイウエオば思いだして言葉ばつくりあげるわけじゃが、舌はかなわんし、バカんごたる。めんどうくさかしなあ、いっときやめてしまおと考えてな、黙って眺めとった時代もあってな。そしたら、こりゃもう、いっそ、黙っとる世界の方が、なんちゅうか、ゆたかじゃし。石のごたる者の心が深かかもしれん、オラそげんおもうばい。一寸の虫にも五分の魂ちゅうが、口ば持たん者の方が、ひょっとすれば、魂は深かかもしれん、オラ、そげん風に思うごつなってな、山に向くようになって。海にゃゆこうごつなかで、山にゆく。

兎ちゅうやつはぐあいの悪かねえ、魚ちゅうても、魚でもなかし。鼻はモゴモゴやっとるし、目えは小《こ》愛《や》らしかし。おら飛道具は持っとるしなあ。

人間撃つわけにゃゆかんし。人間のかわりに兎ば撃つわけでもなか。あやつは人の為にはならんで畠の害ばっかりする奴じゃが、しかし、殺生してよかちゅうわけじゃなし。うち殺してから困るごたる風で、持ってゆけ持ってゆけちゅうことになるわけじゃなあ。ありゃタンパク質としては上等やしな。つまり、人間にとってはじゃな、必要欠くべからざるタンパク源じゃ。

な、妙子さん、あんた、生きもの好きじゃって、犬ば呉りゅうか」

「うん？」

「あんな、こりゃもう、俺家《おるげ》の犬は、俺がよう仕込んどるけん、よか犬ぞ。めったにゃ、水俣にゃおらん犬ばい。こりゃもう、口数の要らん犬ばい。三口も四口も言わんちゃよか。人間よりよかばい。もうあんた、体のよう動くことがなあ。山に犬ども連れてゆけば、人間よりか働くばい、狸とりの犬じゃって」

「タヌキ！」

「はい、狸」

「義春さんな、タヌキも捕っと‼」

「うふ、いや、狸はしっぱいした」

「なん？」

「いや、狸は、あやつはほんなこつ、たぬき寝入りするもんな」

「ふーん」

「えーと、あんときはたしか、あんまり狙わずに、ボンヤリしとって撃ったじゃろ。枝の先から、ストーンち落ちてきたもんな。音にたまがって、つっこけたっじゃろ。まだ子狸じゃったで」

「へえ」

「狸もおるとばい、ここらの山にゃ。ときどきな、穴ば見つけ出せば、子連れで、二、三匹、おることの、ちょくちょくある」

「ふーん」

「はぐれとったやつじゃったろなあ、そんとき、あの子狸は、親に。それでな、俺が撃ったもんじゃっで、枝からひっちゃえて来て、気絶しとった」

「そん子狸はどげんした？」

「頭ば、銃の先で、コクーンち、くらわせてみたらな」

「まあ！」

「いや、そげん風にしとかんば、あやつは、もの凄か歯ば持っとるで、指でん何でん、ひとくちで噛み切るとばい。なんしろ、むこうも、いのちがけじゃもん」

「そして？」

「それでな、ぐんにゃりしとるもんでオラ、死んだちばっかりおもうて、手足ば縛ってたいな、枝の先につっかけて、帰ったわけたい」

「そして」

「はい、家に帰って、庭先にぶりやっとった」

「そしたら？」

「死んだ狸のそばにゃ、犬もあんまり寄りつかんもんな。あやつは臭かし、噛みつくし、犬も知っとる。

山におるあいだは、わが仕事と思うて忙《せ》し交《か》うばってん、わが家に帰れば役目は済んだち思うて、ぶりやった獲物にゃ目もくれん。まあ、腹のべっそりひきあがってしまうほど山では忙し交うけんな、怪我だらけで。どっちが獲物じゃいよ、わからんようにして、長うになって転がっとるもんな。

まあ、好き好きのおるけんなあ、ほう、こんどは狸ば獲って来たちゅうが見せてみろ、とさっそく、貰いに来た。鍋は火にかけてきたぞちゅうて」

「まあ」

「ほう、こりゃあ、まだ、子狸じゃねえ、ちゅうわけで、ぐんにゃりしとるやつば、ひっくり返したもんな」

「！」

「そしたらなあ、妙子さん、そん子狸やつが、両手、両足縛られたまんま、眸《め》えば、ぱっちり、あけて俺ば見上げたもんな」

「へえっ、そして、そして」

「でなあ、その目つきちゅうのが、どうも、いまいま醒めたごたる目つきじゃなか。いや、いかにも、たったいま醒めたちゅう風な目つきば、ぱっちりしてみせたばってん、ありゃきっと、狸寝入りしとったにちがいなか眸じゃったよ。枝からポテッと、ひっちゃえて来たときは、たしかに、鉄砲の音にたまがって落ちたじゃろ。なんしろ、子狸じゃもん。犬やつは落ちた落ちたちゅうて大騒動してまわる。

俺《おら》ぁちょっとみて、ありゃ、こらまたえらい可愛《もぞ》かもんの居ったわいとおもうて、かがんでな、いっときそこで煙草呑んどった。そやつば眺めて。あやつはぐんにゃりしとったもんな。

それからまたそこらあたりで藪椿の童木や万両なんかの根ばちょっと掘ってみたり、ずいぶん長うに、忘るる間、そいつばほったらかしてから、小便どもして、犬がまた催促するまで遊んどったもんな。戻ろかねえ、と思うて、ま、とったものは山に残しとくわけにゃゆかん。あやつはいかにもぐんにゃりとしとったし、俺ぁくわえ煙草で手足ばまとめてな、枝の先につっかけて、ぶらぶらさせながら、下げて戻ってきたわけじゃなあ。ぶら下げてくるときも、びちっともせずに、長うなってのびて、よくよく、死んだもんのごつしとったばい。俺もう、すっかりだまされたわけじゃが、あやつは、いついつ、目えば醒ましとったろか。俺が途中で、煙草したときじゃろか。小便したときじゃろか。

山から降りてきて、四、五時間は経っとった。枝から下ろして転がすときも、ぐんにゃりして、死んだもんのごつ見せとったもんな。それがな、いよいよ、鍋が島にやろうかい、ちゅうときになってから、な、妙子さん、ぱっちり、目えあけたばい。子狸はすずしか眸しとるでなあ。そういう風にしてみせんでもよさそうなもん。ありゃな、やっぱり狸寝入りちゅうとの見本ばい。ありゃ、いかんなあ。そんなとき目の合うたもんな。

それからちゅうもんは、狸にゃ気が向かん。狸はやめた。

どうも俺《おら》、木の上に居るもんにゃ、気の進まん。

あやつが木の上のなんのに登るちゅうのが、そもそも怪我のもとちゅうもんじゃな。ありゃいかん。鳥だけが、「飛ぶと思うとったら、あの子狸やつは下さね飛んだ。俺にとっては意表外じゃった。考えてみればまあ、こういうことは、常識も常識、常識もよかとこじゃ。俺も妙なもんに、たまがったもんじゃや。そこでじゃがなあ、妙子さん、今日はそのことで遊びに来た」

「子狸ば呉るっと！」

「うんにゃ。あやつは鍋が島に行った」

「まあ」

「呉るるちゅうて約束しとったもん」

「まあ」

「あんまり甘うはなかったげな、子狸じゃったし。俺家のな、狸犬のことじゃが、こいつば妙子さん、あんた家に呉りゅうか」

「――」

「よか犬ばい。こいつはな、水俣あたりにゃ、めったにおらん犬で、ダックスフントちゅう種類でな、利口者ばい。人間の心ば知っとるもんな、働き者で。あはは、しかし、狸犬じゃっで、妙子さんが手伝いにゃならんかなあ、洗濯はでけんし、ま、しつけようじゃがなあ。


うーん、こりゃ、しかし、ここの家にあずければ役に立つ犬でも、役に立たんごつなるかねえ。どうも、過保護になるとじゃあるめえかねえ。

チビちゅう名じゃが、ビー、ビー、ちゅうごつなっとるもんな。

このビー助がな、どうもその、泣くもんな。人間のごたる声して。犬のごて、わんわん吠えればよかばってん、とても泥棒の番のなんのする犬じゃなか。泥棒のなんのくればなつかしがって、尻尾どま振るばい。いつもは泣かん。

犬のくせ、淋しがりでな、人間のおらんばすぐに泣く。どこにか行こう、と思えば、もう行かん先から察して泣く。すすり泣きのごつして、しくしく、しゃくりあげて遠慮しいしい泣くもんな。オラ、どうも、こういう風なのにゃ弱かもん。打捨《うし》つるわけにゃいかんし、俺もいつもいつも山にばっかりゆくわけにゃいかんし、兎とりには向かん犬じゃし。連れてばっかりも漂浪《され》かれん。一人でおけばしゃくりあげて泣くし。性根のしれん人間には、呉りゅうごつなかし、誰に呉りゅうかとおもうとった。そこできめたが、妙子さんに、呉りゅう」

ドイツ産ダックスフントなる珍妙な犬は、南九州の欠損百姓であるわたしの家に、ある日突如として養子入りをし、秋と冬と春とを納戸の炬燵に婆さまや猫たちと共にもぐりこみ、うつらうつらとねずみの番をして暮らすことになる。

妹が畠にゆけばビー助は、甘藷畠のうねの間の雑草の中にもぐりこみ、尻っ尾を潜水艦の潜望鏡のようにピンと立て、その尻っ尾の先が雑草のトンネルの中を、風のそよぎのように走ってゆく。

義春氏が狸犬に仕立てたというだけあって、狸穴ではないけれど、畠のうねの間の深く掘り下げられた擬似穴様の溝とみればただちに飛びこんで、じっとしているときは、坐っているのだか立っているのだかほとんどわからないあの短い脚で、長い胴体をくねくねと揺すりながら走るのである。尻っ尾の先だけ見ていると、水の面に、一条の風足がそよぎ渡ってゆくようにさわやかである。

もはや意味もなく住宅台地に切拓かれてしまったわが家の畠の岩の蔭から、狐や狸や猿たちが去って久しいのだが、ビー助は、躾られたとおりに穴と見れば、どぶの中であろうとおケラの穴であろうと突進するのであった。妹にかまって貰えないとき、穴の中に住む小動物たち、もぐらの子や、冬眠中の蛙や、カニたちが彼の遊び相手であった。しばしばカニの穴の中に手を突っこみ、千切れたハサミをぶら下げ、びっこをひきながら、泣いて飛んで帰って来る。

「いやもう、ビー助がお世話んなって」

義春氏はちょくちょく犬の様子を見にくるが、そのうち彼は、チャボにわとりの卵を持って来るようになり、次にはその卵から自家で孵化したひと番《つが》いを、コツコツコツと胸の中で鳴かせながらやって来た。義春さん家《げ》と、わたし家《げ》の間で、のん気そうにしていたビー助は、チャボにわとりの家族が来て、その小さなにわとりの妻女に鼻先をつつかれて以来、非常に気兼ねして暮らすようになった。もともとわが家に居ついている素性わからぬ猫族たちに遠慮して、外遊びばかりしていたのだから、夜、猫達がねむってい る間、梁の上のネズミの番をひきうけるようになったのである。ひきうけると言っても、あの脚では、梁に登れるわけはなく、ネズミが騒ぎ出すと、コタツの中からガバと起き、天井を見上げて吠え立て、ねむっている猫たちの方を見る。猫たちが動く筈はないからそれをくり返す。わたしたち家族はそのようなビー助やチャボたちや、山椿やを人質にして、義春氏がやってくるのを、そわそわして待っているというぐあいであった。

一字も書いたことこそないが、彼こそは天性の詩人であり、彼がそこに存在していることこそ玄妙な哲学であった。彼は、本質、というものを、いつも微笑っているその下がり気味のまなじりの奥に、のどかそうに宿してやってきた。

「どうも、俺が話は、自分でも何の話じゃい、わけはわからん。

水俣病は第二の人生で、これは第一の人生とどうちがうか、死んでみらんとわからんもんな、どこから語ってよかか。

二十六じゃったでな、そのとき。まさか、水俣病のなんの、思いもかけん。心の底では、なんとか、元のように、ならんもんじゃろか、と思い続けてはおったな。青年の盛りじゃけん。ムリはなか。どん底ちゅうとは、やっぱりあるもんばい。生活保護もひととおり受くるごつなったし。

ふつう、大学病院ちゅうところは、生きとる一生の中で、こういう田舎の人間が、何年かにひとり、まああのひとは、大学病院にまで診てもろても、とうとう、立ちなおりのできずに、逝かした、ちゅうて、あいさつするほどですけんな。銭のある家の人間でよっぽど死にごわか病気にかかったとき、ゆけるか、ゆけんか、ちゅうところですけん、そういうところへ、奇病にかかって、ゆく気になった。銭のあったわけじゃなしに、それほど特別の人間しかゆかんところにでも、行ってみようかと思うほど、きつかったですもんな、この病気は。意識はあるわけですけん。アタマも体もバタ狂いよっても。それで助かりさえすれば、銭は、どげんかなる、体が先決と思うてはじめ本院に、のちは藤崎台の分院に行ったなあ。とても今のようにじっと坐っちゃおられんじゃったばい。頭のうち割るるごつあっとですけん。ひとからみて、見苦しかろ、と思うばってん、思いながらバタ狂いますけんな。鈍行の汽車に乗って行ったが、その汽車の中のせつなかったばい。見苦しかより体の方がきつかった。三時間ぐらいかかりよったけん、そのころ、熊本までの鈍行は。俺が一番先じゃったろ、熊大ゆきは。

検査は、いろいろ、あった。

どういう病気で、どういう養生ばして、いつ頃治る、ちゅうことをききに行っとるわけでしょう。もう、看護婦さんじゃろと、若かヒヨコのごたる先生じゃろと、病人にとっちゃ、顔みた相手が神様のごたる風ですけん。

病気は治らんでも、治る、というてくれれば、それを頼りに、治るけん、治るというて下さいと、頼もうごつあるとですけんな。ところが、なんもはじめは、いうてくれん。個室に入れられた。隔離病棟のごたる風のところに。

それでもう、意識もうろうとしておっても、ガックリしてなあ……するうち、ゾロンコ、ゾロンコ、やってきたよな。二徳じゃの、実子ちゃんじゃの、ゆきさんじゃの、二徳げのおやじに、かかさんじゃの……。あの頃は、みんなまだ、急進行の頃じゃったな。苦しかちゅう意思表示もできんとですけん。舌のひきつれてしもうとるし。年は若かし。自分のこともまわりのことも、なにひとつ思うようにならんし。ひどかったばい。ノイローゼでもう包丁持ち出して騒動しよった、やりっぱなし。

いま考えれば、整理できる。

隔離病棟に入れられて、妙な病人どもが来るとぞ、あやつどもは気違い部落から来たとかなんとかいうわけでしょ。ああいうのを気違いというなら、気違いの気持はよくわかるばい。

二十六歳といえばじゃんじゃん働きよったばい、そのころ。運転手しとったで。精米所とあわせて。部落じゃ一番早かったもんな、運送はじめたのは。二十九年の十月、三輪トラックば買うたもんな。熊本の松田から、二十五万円で。えらい高かった。そんな頃の銭で。仕事しよう！　と思うとったけん。中古じゃあったが、そん頃まで、袋も出月もまだ、馬車で荷出しする頃じゃけん。茂道に一台、似たような車は持っとった人のおったばってん、はしりの頃で、結構、仕事のありよった。わが家の精米所の荷ば積んでゆけば、その帰りに、ちょっと、積んで行ってくれろ、ちゅうわけで、頼む方も気のおけんし、肥料やら米麦に薪、いまはプロパンガスのなんのオート三輪で運送するばってん、そんころはまだ、山から切出した薪ばみんな使いよったけん。個人運送のごたることばやりおったわけ。今の世の中のごつ、まだ車ちゅうもんは影もみえん頃じゃし。珍しがられてな、嫁御の荷でも引越荷でも、まだ馬車で、ものごとすべて、用をなしていた頃じゃった。車はまだ、開発途上じゃった。

そういうもの一切引きうけて働きよったのが、三つ児同様になってしもうた。モノば言おうとして、アイウエオばいうてみても、そのアイウエオすら、舌が言うてくれん。ほかのところもぜんぶ、しびれて、かなわん。足もな、一尺の階段も上りきらんごつなった。どげんやって踏みかけて車に乗るか、それができん。まあ、アタマ冒されとるちゅうけん、そげんなるし、冒されとるけんなお、ノイローゼになる。

もう、学用患者になって、早い話がモルモットになった。

おもしれえことばやりよったな、大学病院も。

こういう病気にゃ、なにから、どこから手をつければよかかわからんじゃろし、片っぱし、いろいろ薬ばやってみよったな。手っとり早か話、一番効力のある薬ば見つけ出さにゃならんわけじゃろ。神経痛の薬ばやってみたり、あの、蟻酸のあの、蜂毒のはいっとる、尻の腫れあがる薬ば注射してくれたり、心電図に、筋電図、いろいろやられよったばい。

筋電図ばするときは、もう痛さも痛さ。向うすねに、ブスッと針ば突っこんで、電線通すとじゃもんな。ありゃもう苦になるもんばい。

あいたっ！ と思うて力めば、グラフに出るけん、力んじゃならんちゅう。息もしちゃならんげなで。とてもじゃなかが正常な人間には、たえられん。

看護婦どもは、水俣病患者はバカか気違いか、まあ三つ児のようなもんじゃと思うとるし、みんな、よう、泣きよったで、赤児あやすようにダマカすようにいうけんな。こっちも裏かいて、看護婦ばダマシよったばい。

藤崎台のあそこにゃ太か樟《くす》のあるでしょう。あそこんところを、本院ゆきのバスの通りよったけん。連れてゆかるるとき、あ、小便、小便ちゅうて列を離れて便所にゆくたいな。おいて、樟の大木のかげに、隠れとるわけ。さあ、看護婦さんは探す。時間のきてバスは行ってしまう。本院の検査は逃れられるし、そういう風に病院側をごま化すくらいがたったひとつのあわれな楽しみじゃったな。

結局、なんの検査も、なんの薬も、役には立たんじゃったもね。

後にゃもう、水俣の病院に来てからも、公然と脱出しよったばい。看護婦がここでもおごりよった。

――先生にいうばい――ちゅうて。それで、

「言え、先生に。オラ、治りにきたわけじゃなかぞ、治しきるなら治してみれ。県と市で役場のものどもが奇病病棟造ったで、入れちゅうけんきたわけぞ。はじめ入らんちゅうたばってん、まあ、入った。員数揃えに誘われたけん、員数揃えてやりに来たっぞ。俺家は生活保護もらうごつなってしもうたで、ここはただめし食わせるそうじゃけん、オラ、治療のなんのする気はなか、治らん病気じゃけんね、水俣病は。ただめしならゆくばいちゅうて来たっぞ」ちゅうて、いま考えれば、横着なものも言いよったな。

大学病院じゃ、忘れもせんが、小国町の室原ちゅう先生が、退院許可ばくれらしたもんな。

――あんたたちの病気にゃ、薬もなか、医者もおらん。これから先のことは日常の習慣性と自覚ひとつじゃ――。

その先生が、そげん、言いなった。ここにいつまでおっても治らん。この病気ば治すのは、本人の気力

ばっかりじゃちゅうて。そして退院させる前、映画にゆかんかいちゅうて、映画にはよう出してくれて、あれも検査のうちのひとつじゃったろな。

視野狭窄ちゅうても、他人にゃ具体的にわからんわけじゃし、それで映画にゆくと、前の方に坐っとればみえんけれども、後に坐ればみえるもん、視野のひろがるけん。

そういうことを報告しよったな。先生方にわかってもらえんのは聴覚のことやった。

音はきこえるばってん、喋りよる内容はわからん、そういうと、なんの、そげんことのあろうかい、ちゅうて、おごられたりしよったばい。

早い話が、日本映画見ても、音は、があがあきこゆるが、チンプンカンプンで、日本映画より、あちら映画の方が、スーパーの出るけん、わかりよか。赤子がこの世に出てきて、人間の言葉をきいても意味はわからんじゃろうが、音はきこえるとおもうけれども、あれと同じ状態じゃ。最初の言い出しの母音をつよう言えば、あ、なら、あ、ときこゆるが、あとがきこえん。ことばの形がわからん。いやもう、あの頃の不安ちゅうもんは、口じゃいわれん。

あんたの主神経は水銀でやられとるけんダメじゃ。残った神経ば総動員して使え、日常の習慣が大切ぞといわれて退院した。

退院して一ヶ月、自転車のけいこばまずしたばい。オラ、七つの時、自転車に乗ったもんな。三十過ぎてから、七つの前のときからまたやりなおし。恥ずかしかったばい。水俣病患者が悪化するのは、この恥かしさがなにごとにも先立っとると、オラあ思う。恥ずかしさというものは、じっさいに、恥ずかしめを受けることをいうもんな。

オラあやっぱりもとの体になりたさ一心で、最初から、毎日、けいこした。一ヶ月かかって、どうやら、乗れたとき、ちょうど、サーカスの一輪車乗りになったごたる気色やったばい。そのかわり体中、打ち傷だらけやった。

俺のようにつまらんような人間でも、結婚のことのなんの、その頃一心に考えざるをえん。人生も二十六で、えらいつまずきじゃったが、先々、じわじわ、どのようになって死ぬじゃろか。どげんなるもんじゃろか、何かせんことには、生きのびようもあるかなかか、どうしたもんじゃろかと考え続けとった。

もうオラ、水俣病になってから、ごろっと性格の変わったばい」

そう語って長い間姿をみせず、気を揉ませていたが初夏の光をあびながらあらわれたりする。

「今年の春は、どうもこうも、御無礼ばっかりして、顔も出さずに済まんこつでした。

いやあもう、蜂の都合のいろいろとありますもんでなあ。

いやあもうあれ達は、人間の都合のなんの考えてはくれませんもんで、なかなかわたしも忙しゅうて」

花粉やら蜜やらに、睫毛もまろい鼻の先もまぶされたような顔をしていて、「ううん」と彼はひとり笑いをする。いつもよりくぼんでいる瞼のうえのくまに、野性の憂愁のようなものをかすかに重く漂わせながら。

そのようなあらわれ方をするとき、いつも着ている洗いざらしのカーキ色の単衣《ひとえ》のシャツが、ぺったりと肩甲骨や肋骨の上に貼りついている。まるで、上半身の皮膚の一部のように、シャツはそこから垂れ下がり、両の腕をぶらんと長くおおいかくしているようにみえるのだが、よくみると、シャツは破れても引き裂けてもいるわけではないのだった。それはながい放浪から帰って来たものが、見忘れていた景色を思い出そうとでもしているような、ぼうぼうと重々しいまなざしのせいかもしれず、みえない修羅を、いましがたくぐって来たもののような気配を漂わせ、蜜蜂のところや、あの兎撃ちから、ふいに帰ってくるときなどはことにそのような様子にみえるのである。

ひょっとすると、彼がどこからか帰って来たなどと思うのはまったく逆のことで、こちらへ来るのは、村の人びとが言うように、「漂《さ》浪《れ》いて来る」のかもしれないのである。彼がいつも帰るのは、こちらの方ではなく、むこう側の世界かもしれなかった。それは、樹々の匂いや、花粉や花蜜の匂いの流れてくるところ、そのような風の起きる玄谷《げんこく》や、そのようなものを統合する山野の神々の世界かもしれなかった。彼はときどきこちらの方に、すなわちわたしたちのいる世俗のただなかに、つまり彼が、あの若い時代の哀楽を抱えて生きていたところにまで、「漂《さ》浪《れ》き」出て来るのかもしれなかった。村の人びとが、

「義春は漂浪くでねえ、あやつは、あすこあたりの山という山はぜんぶ漂浪くかもしれん」

というように。

彼のいまいるところはといえば、女王蜂や雪の空や、無精卵の産んである巣箱や、梅の花や、川やなぎの萌えている土手や、菜種や彼岸桜の咲きはじめる明るみや、なかんずくげんげ畠や、つまりは無限に迂回しながら広がっているらしい彼の世界を漂浪いていて、たまには、出自したもとのところに、輪廻のようにめぐってくるのではあるまいか、と、ときどきわたしは考えるのだった。

だから、彼の笑顔には、むかしむかしのそのまたむかしに、どこかで逢った筈だけれども、なんだかおもい出せんなあ、という風なはにかみとなつかしさが同居していた。それゆえ彼と逢っていると、なにかしらふんわりとして気にかかるのだった。そのような気分は、いまはもう置き去られた山野の草の中に深

く没していたり、ブルドーザーに追い払われた野の神々、あの賽《さえ》の神や、雨や岩の中の神など、ついこのあいだまでここらあたりの部落のそこここにいたアニミズムの神たちの、ひょっとして、変身にむきあっているのではあるまいか、とわたしはひそかに彼を観察するのである。

　日々の暮らしとともにどこにでもいたあの在野の神々は、もとをただせば、人びとの災いを身に負うていた身替り仏であったり、災厄の神などと相討ちなどになって果てたりして、村の守護神となったうつつのヒトでもあったから、そもそも、はじめから神格などをそなえていたわけではなく、むしろ生きていたときの姿というものは、なまなまとした人格であったにちがいない。そのような神々は、岩の中から生まれたり、人びとが野尿《いばり》を放つとき、草の穂の先に宿っていて、飛び出て来たり、祭りの野宴のにぎわいの中に、にぎわい神といわれる年とった女房たちの中などにもついていたりするのであった。

　彼はよろずの花粉や、花蜜の実体に触れていて、四季のうつりかわりのどのようにかそかな変化にも精通し、土の中にいとなまれている根茎類の世界や地下虫たちの生態についても熟知していた。したがって、自然のいとなむすべての運行の中に、見えざる司祭者のごとくあらわれる。もっとも親しい顔をしているものたちの中に交わり、誰にも気付かれることはなく、おのれ自身にさえも気付かれないのであった。

　そのような世界の総和の中に壊疽《えそ》にかかったごとき彼が漂浪《され》き寄ってくるとき、ざんばらになった棘林の中をくぐり抜けて来たけもののように、どこやらなまなましい気息を吐き出しているのもむべなることであった。

　のちのち人びとが気付いて信じられる神というものは、人神一如でなければならず、それはひとや生きものの気息の中につねにひそんでいて、ただちに対者に乗りうつって来ねばならなかった。ほとんどのアニミズム神たちはまた呪術神でもあり、呪術神と災厄はつねに結びついてもいたのだった。

あの急性劇症型といわれていた有機水銀中毒症に襲われはじめ、彼が包丁や刺叉《さすまた》のたぐいをぶるぶると握りながら部落の内外によろけ出て、宙を飛んでは地に墜ちる鳥獣のように、のたうちまわっていたころ、人びとは背戸の狭間から爪立ち覗き見しては声をひそめ、溜息をついておそれた。

「ありゃまあ義春じゃが……こりゃあ、八狐《やこ》のついたかもしれんぞ、本人ちゃ思えん」

おそれるわけは充分にあった。

ものかげに隠れてそのように耳うちしあったものたちもまた、八狐、八つの狐の古びた尾ならぬネクタイをしめている背広姿の魔のたぐいに、もうそのとき、逃がれるすべなく、脳の中枢を食べられている潜在患者たちであった。そのとき人びとが八狐にみたてて魔性や外道のもののなせるわざだと思っていたのは至当な比喩《ひゆ》と言わねばならぬ。

「義春までが、あげんなった。あの家じゃ、かしら坊主じゃが。まっくら闇《すみ》じゃもう、あの家も」

そのような妖魔たちは村の人びとが言ったように彼の中に洞《うろ》をうがち、彼の主なる神経を食餌として彼の体内に生きはじめるのである。

そのような性のものを身内に巣食わせていて、日に日に狭くなってうつろう青年の視野、「視野狭窄」と名づけられる視野にちらつくすべて、きこえなくなってゆく内耳にとどいてくる五感の外の気配、二十六歳の身内にただでさえ熱度をもって発火しようとしていた誇りや煩悩のすべてが、内からも外からもじわじわと生きながら穴埋めにされて行った日々であったから、彼はそこから這い出して来る間に、チッソ幹部たちを元兇として深まるくらやみをもそっくり、抱えこむようになった。

「自分には幸い持病というものはなくて、その、純粋に、水俣病を病んどるわけですもんな」と彼はいう。

野原の牛が胃の中からもどしてはまた咀嚼《そしゃく》したり、あるいは沖の鯨が、時の機嫌で潮を噴きあげてみたりするように、彼は自分の胎内の寄生者たちを出し入れして眺めてもいた。

彼自身が、「外道会社の娑婆」がつくられてゆく錬金術の器《いれもの》となり、彼はたしかにそこで、魔性のものの触手にかかり、煮溶かされて、もはやうつつの世界のものだけではない性《しょう》を兼ねそなえる者として、転生してきたわけであった。そのようにしてよろばい出てくる彼の、この世ならぬ出生の相《すがた》をまのあたりにのぞき見したものたちは、家々の窓の狭間にひそみ隠れ、今でもそれは語り伝えられることになる。ただならぬ死相を浮かべながらこと切れて行ったおびただしいものたちの間から、転生して来た人間であったから。

彼の胸底や五感のすみずみはいまだにくすぼり灼《や》けつづけ、あの寄生者たちを入れている五体の中でなにが煮溶け続けているかは見定めがたく、彼のぼうぼうとしているまなこの、ことにぼっくりと窪んでいるときの奥には、かすかなくろい憤炎がしずかに立ちゆらいでいた。

だからあの、立ち割れるまぎわの溶鉱のように変化しようとするおのれを、しょっちゅう彼は慰撫したり、さすったりしているのにちがいなかった。空の瑠璃の中に溶け去りにゆくことによって。あの働き蜂たちの群と共に。

なにしろ、彼ら、いや彼女らメスの大群たちは、五分間で四キロもの飛翔力を有しているのだったから。

そのようにして、義春氏は求心力や遠心力を蜂の群と共に試み、自分の魂をあのメス蜂たちの花蜜の中に溶かしてみたり、分離してみたりするのである。

そしていう。

「雄ちゅうもんは、つくづくほんにもう、なあんにもならん道具じゃなあ。女王蜂と交配したあとはもう、要らんもんばい。おなごどもから飯も当てがわれずに、揚句の果は殺さるるもんな。おとろしか話ばい、うふん」

同性である雄蜂のことをそのように笑う。

彼の秘蔵する井上丹治氏の名著『新しい蜜蜂の飼い方』によればなるほど、

雄蜂はもちろん♂で体長十七ミリメートル、尾端は円く、体色は鉄漿色を呈し、女王蜂や働き蜂に比べて体が軟かい。刺針はなく、その挙動はノロノロし、仕事は何一つしない。

かれらの天職は新しく産まれた女王と交尾することで、交尾すると直ちに生命は絶たれるのである。新女王と交尾する雄蜂は僅か数匹で、他の雄蜂は野外に花が少なくなると、働き蜂からうとんぜられ、ついには餌を絶たれ、巣外へ追い出される運命にある。雄蜂の天命は大体三ヶ月位である。


と記されている。「お伽話のごたる」女王国を指先で扱い、睫毛を接するようにしながら、彼はこの国にも出入りしていた。

まったく不思議なことに、山ひとつ、畠ひとつ、田んぼひとつ持っているわけではないのに、咲きひろがるげんげや菜種や、あの撩乱の春の百花というものは、田んぼの持ち主や、山主の花ではなく、春がくると、春はみんなのものであるように、あきらかにみんなのものだった。そして花粉や花の蜜は、鳥たちや、昆虫たちや、なかんずく蜜蜂たちのものであり、働き蜂たちと義春氏のものになるというのが、ほと ほと感心きわまることだった。もとはといえば、谷あいにしろ山々にしろ道端にしろ、個人の所有という ものはありえない。春がくると、そこまでは彼自身はまだ行ったことのない谷あいやげんげ畠、あの線香 よりはかぼそい茎の上に揺れている花々の群生するところとの行き来が、彼の巣箱の中ではじまるので、はるかな田んぼや山あいなど無限にげんげがある限り、彼のものにちがいないな、とわたしは思うのだった。

ちょっと下がりぎみのそのまなざしの中が、胸底の憤炎をしずめて、ぼうぼうと遠くの方へ晴れ渡っているときは、視野狭窄になっている視力、「横は一〇八度、上下は一番ひどいとき四〇度やった」というまなざしの中を、三月の雪がちらつくと、彼の蜂たちはもう翅を雪のあいだの空に光らせて、飛行をはじめているのである。

彼と蜜蜂たちの空はしかし百花爛漫の空からはじまるわけではない。冬の間から、越冬蜜がなくなりかけ、裸の樹々に水気がなくなり、油断をすると餓死してしまう冬の間も、彼と、彼の蜜蜂の国はその蜂球の中で、体温を合わせるようにして暮らしの音を立てながら、細心に、緻密にいとなまれている。

麦の芽がまだ肌寒い弥生の風にそよぎ出すと、冬草の間に固くぽっちりとすみれが蕾む。梅が蕾み、立春が来る。彼の女王蜂が、空いた巣房の中心に、優雅に透明になった体をはこび、産卵をはじめる。

女王蜂は♀で、体長二十ミリメートル、腹部は細長く太り、翅《はね》は短く、常に数匹の働き蜂に護られ、あたかも女王様といった恰好である。

女王蜂は、出房後すぐに元気よく、だいたい七日後には発情し、巣外へ飛び出し空中で交尾する。交尾した女王蜂は、にわかに温和となり、重々しいうちにも鷹揚で、腹部は次第に肥り、体色は優雅となり、女王らしくなる。そして交尾後、二、三日で産卵しはじめる。

女王蜂は、有精卵と無精卵とを自由自在に産む神秘力を有し、王台（女王蜂の産まれる房）と働き蜂房には有精卵を産みつけ、雄蜂房には無精卵を産みつけるのである。

女王蜂の産卵力は一年か二年がもっとも強く、春二月立春の頃には産卵しはじめ、だいたい花の数に比例して増加し、花盛りの頃には一日二千個も産むが、花の減少するにつれ産卵数も減少し、秋十一月の終りには中止する。

女王蜂は五年の寿命を有し、老いるにつれ産卵数を減じ、ついには無精卵を多く産むようになる。

女王蜂は、一蜂群に必ず一匹で、二王の存在を許さないものである。繁殖期には新しい女王が産まれるが、親女王は子王が出房する前に、蜂群から飛び立ってしまうもので、これを分蜂（巣わかれ）といっている。

女王蜂には刺針があるが、女王間の闘争の時のみに用い、人畜には決して刺さない。

——井上丹治著『新しい蜜蜂の飼い方』——

川やなぎの赤芽がぽおうと蕾み、それを先がけにして丘にかこまれた家々のボケの花が、ルドンの花のいろそっくりにひらく。れんぎょうの花蔓が、菜の花よりも先に黄色く野面を照らしながら綴れてゆく。

なだらかな丘をすべり下りて、彼の最初の偵察蜂が、蕾の匂いを嗅ぎ当てに飛んでゆく。帰巣しては次の第二群に方向を教え、蜜の味と芳香を口うつしに教え、第三群、第四群とネズミ算式にふえて飛び立ってゆく頃になるともう、げんげが、陽ざしの伸びとともに霞のかなたまで咲きひろがる。蜜蜂たちはいっせいに群をなしてうなりながら飛び立ち、そのような山野や「春の虫出し」という名の風やが、彼を、わたしたちの前から連れて行ってしまう。

春が深くなり、野面にそって吹く風が、やや風足をあげて、高い樹々の幹や枝の間を吹きめぐるようになると、あのがじゅまるの枝のようにたわんだ枝のあいだに、櫨《はぜ》の花が黄金《きん》色の花粉を、天空に吹き散らしてたなびくのである。彼の働き蜂たちはその頃になると酔ったようになり、巣箱と花々の間をゆきつもどりつし、乱舞し、疲れ果て、空から帰ってくると、ポットリと力つきて、巣箱の手前に落ちてしまう。ちいさなその体の、半分ほどにも当る多量の蜜をその蜜嚢の中に入れて運んでくるからである。

百花が乱れ咲く春四、五月の頃巣箱の蓋をあけて、そっとのぞいてみられよ。まさに蜂の狂乱で、かれらは嬉しさいっぱいのダンスで、大さわぎである。

外役蜂は花から花へと訪れ、この光景をみる人は詩や俳句でもつくりたい気持であるが、かれらの体は働きつかれて一日一日と衰え、被毛はぬけ、神経は尖って来て、われわれを刺す蜂は、この老いたる働き蜂である。

——井上丹治著・前掲書——

義春さんはつい、指先でつまんで、巣箱に入れてやりたくなったりするが、刺されないように用心する。

蜂は、刺針を相手の体内に残して死んでしまうから。

蜂と彼とのそのような世界は、彼だけが所有している世界にちがいなかった。彼は体中に木の葉や後追い草のいろいろをくっつけて、道のべの岩や樹々の根に腰かけ、煙草を吸っていたり、がたがたの車に、頬っぺたの赤くふくらんだ幼い自分の娘をふたり乗せ、犬を乗せ、チャボにわとりのひなや、山どりの卵や、椿の根や、巣箱を乗せたりして走っているのだった。彼はもと、森岡組とか、チッソの下請に使われていた運転手でもあった。


「まるでお伽話の国のごたるですもんな。あすこはまるまるもう女護ガ島で。最初あの本ば読んだときは、こりゃ実際にあるお伽話の国じゃと思うたですばってん、実際に当ってみたら、集団の、その、人間も含めて、ムレから始まる生きものの集団の、とくに蜜蜂は神秘力のおもしろかですもんな。知れば知るほど奥行きの深うして、下等動物ちゅうても人間よりはよっぽど上等に出来とるごたる。

あすこじゃ男は、雄はもう、役無しのヘソで、居候のごつ、ウローウローしとるです。数もちいっとしか産んでもらえずに、無精卵から生まるっとですもん、あやつは。それでなして精子があるか、ちょっとわけのわからんとこもあるばってん。メスにくらべれば数にもならんくらいおればよか。ウオホホ、ただの種じゃあな、あれは。

そん為に生まれてきて、もう、それでしまいですたいなあ。役目の終って花時の終れば、もう要らん者になって、おなごどもから始末さるっとですけん、きびしかっぱい。

人間には判断力のあるわけでしょうばってん、なまじこの判断力のある為に、その、チッソのごたるやりくちになって間違うわけで、こういう、なまじ判断力のようなものは、人間の集団には害になるかも知れん。ところがあれたちは、よう見ておれば、判断力のごたる邪魔なもんはたぶん無かっじゃろうと思うですばい。そのかわりに本能力で生きとりますもん。

もう為にならん、役に立たん、要らんとなれば、ちゃんと天命のあって自分でひとにめいわく、いや他人に、いやその自分の集団にですたいな、めいわくかけずに、草の蔭かなんかに這うて行って、死ににゆきますし、死なん奴はすぐ始末されるし。順々送りの、スムースに出来とるです。殺すと言えばおだやかじゃなかですけれども、これはまあ、自然の力のなせる安楽死の一種でっしょ。超自然力というた方がよかかもしれん。

しかし天命ちゅうても働き蜂などは、ほどよい生活をして六ヶ月の命が、人間が中間搾取、まああれたちは、人間のため蜜をとるわけじゃなかですばってん、この搾取ちゅうのがあるもんですけん、集めても集めても足らんようになりますし、花の盛りのときは狂うたごつ酔うたごつ働きづめに働いて、三十五日くらいで死ぬわけですよ。あとはまたどんどん産卵しますけんよかですばってん、女王蜂が。

働き蜂もそのちゃんと、あとの蜂を自分たちが育児して、頭の先から乳のなんの出して、それを次に生まれてくる働き蜂たちにやったり、蜜をなめさせて育てておくわけで、補給はいつでもついとるわけです。女王蜂ちゅうても、指導権や命令権はいっちょも無かっですよ。あそこにゃ権力ちゅうとは発生せんように出来とります。

ありゃまた雄蜂よりは、大切にされて永生きしますばってん、その女王蜂も、よう観察してみれば、働き蜂が、よってたかって管理しよりますもんな。王乳、ローヤルゼリーちゅうのを自分たちが飲ませて、女王蜂に仕立て上げるわけですけん。あれは種族保存の神秘力がつようして、本能的にそげんします。女王蜂はひょっとすれば、見方によっては、奴隷かもしれん。労働はいっちょもせんとですもん。産卵するばっかり。

一国に一女王制と言えば君主制のごたるばってん、あすこは完璧な分業ですばい。産んだ卵はぜんぶ、働き蜂たちが管理します。成虫になるまで育児係がついとります。この女王がまた超神秘力を持っとって、有精卵と無精卵を産み分くるわけですよ。あのほら六角形の巣房の中に。次の女王蜂の卵はここ、働き蜂の卵はここ、雄蜂の卵はここ、と産みつける場所も大体定まっとります。その巣房もちゃんと働き蜂たちがつくります。自分の体から蠟鱗ちゅうのを出して。働き蜂もいろいろおって、家の内のことやるのを内役蜂、これはですね、育児や、女王蜂の護衛や、つまりつききって世話をする。ほかにお掃除や、玄関番、つまりいざ外敵侵入というときにですね、そなえとる。熊ん蜂がよう来ますけんね。そういうときは、もうぜんぶで当るわけです。一致団結、みごとなもんです、そういうときは。熊ん蜂はまったくギャングと同じですもんな。晩秋ごろになって、山野にソバの花も、クリの花も樹液もなか、ハギの花もなか頃の、蜜が少のうなる頃になると襲いに来《く》っとですから。遠慮なしに食い殺すとですから。

まあそん頃になると、おるげのかか女《じょ》は、熊ん蜂とチエくらべで、巣箱の横にかがんどって、板切れ持って待っとるのが仕事ですたい。最初の一匹をゆだんせんように見張って殺さんば、その次は二匹来て、それが帰って「行こ」というと、こんどは四匹で来て、その次八匹で来る、というあんばいで、十匹も来たら、もう人間もかなわん。そん前に板切れで頭をこくんとやるわけです。巣箱の入口にぶんぶん浮いて、獲物に気をとられて狙うとるとき、後の方はゆだんしとりますから。後の方からこくんとやる。最初のヤツを殺せばそれで無事ですもんな。残っとる熊ん蜂は、その最初の偵察蜂がどこに行ったかわからんもん。テッポウのタマと同じで。

外に出稼ぎ、蜜やら花粉やらをとりにゆくのを外役蜂ち言うとです。

女王が産んだ有精卵のうち、王台、王台というのは次の女王蜂になる卵が産んであるところで、そこに産んだのには、働き蜂たちが王乳を六日間やりつづけるわけですよ。王乳というのは産まれてから六日から十二、三日たった働き蜂の頭にある咽頭線から出る乳で、幼虫の時は乳の中に浮かすようにして、これで育つるとですよ。あとの有精卵には、はじめの三日やって、離乳食というか、そのあと、蜜と花粉をまぜてやる。すると、女王蜂より体のちいさい、自分らと同じ働き蜂が産まれてくる。王乳を続けてもらった方は、確実に体の大きさもひときわ目立ち、寿命はずばぬけて五年、産卵力をそなえた女王蜂が出来上る。

つまり女王蜂はムレの中心で、これが居らんことには、そのムレは全滅するようになるのですから、見ておっても特別大切にされよるようで、いつもお供ちゅうか護衛つきですもんな。昼も夜も。でまあ、雄蜂は雄蜂、働き蜂は働き蜂でその役目役目の分担はじつにはっきりとしておって、つまりそのいまばやりの言葉でいえば自主的にですね、おのずから運営されているわけですよ。そのような分担についての争いやら混乱は起きらんです。それが自然に守られとりますけん。よう似とるのがわしゃ感心しとるばってん、ちょうど、「水俣病を告発する会」の、熊本のひとたちのごたる。上も下もなかですもん、ここでは。

女王蜂ちゅうても、特別えろかわけじゃなし、いばっとるわけじゃなし、ありゃみんなからよってたかって保護されて生きとるですもんな。働き蜂たちが保護してくれんことには、五年間も産卵しつづけて生きては居れんとですから。卵産む前はもう、透きとおったごつなって、おっとりとして、うつくしゅうなりますもんな。やっぱり、見たばっかりで、これが女王さまちゅうことがわかります。あげん風なのば、優雅ちゅうとでしょうな。働き蜂たちがそういう風にさせとくわけです。自分たちの女王ですけんね。まあ、女王蜂ちゅうのは、けっして権力者ではなかし、人間の国のようにロボットでもなかが、蜂のムレの中では根源的な存在ですけんね。

権力があるとすれば集団の意志のようなもの、いや、全体の生命力のようなものに規制されとるごたる。ムレというものはおかしなもので、全体をあらわしとります。これが破綻したときはムレではなくなりますもんね。したがって、個々の働き蜂なら働き蜂、女王なら女王、雄蜂は雄蜂で、ムレの外に出てその、独立しようとしても生きてゆけんわけで、これを離れるともう、絶対に生きてはゆけんとですよ。雄蜂は、春先ばっかりしか産んでもらえんですけれどもねえ。そのう、役目が終るとこの女護ガ島では、一番早く天命を終るようになっとりますしな。まあそれが雄の本当のですね、使命ならば、それが天命か本能ならばですな、ただただ、種というか道具というかその、労働はメスたち、あの働き蜂たちの天職ですけん、つかの間養うてもろうてですね。あのメスたちはもう文字どおり、ほんなこて死ぬまぎわまで一生、働き死するわけですけんね、労働者どころじゃなかですよ、人間のおなごも昏れから昏れまで働きますばってん。それでまあ、つかの間、まるまる雄蜂は養うてもろうてですね、新しゅう生まれた女王さまと交配して、種族の繁栄のためにですなあ、短命でも、それでよかわけでっしょ。文句のなんのいうひまもなかですもん、短命で。蜜蜂の国はそげんして成っとるわけですから。

働き死するというても、あれたちになんのたのしみもなかかというと、人間よりももっと本能的なよろこびを持っとって、上等に出来とるように見ゆるばい。なんしろ、おなごばっかりの集団ですけんな。することなすことがぜんぶその、小愛《こや》らしかですもん。誰かに使われとるわけじゃなし、もうおのずから熱中して一心にやりますけん。命令されたわけじゃなしに。育児じゃの処女飛行じゃのがあって。

姉さん蜂と妹蜂とがつねに、代々居るわけですから。

産まれたばかりのときは、指でちょっとさわっても、潰るっとじゃなかろかと思うほど、柔らしゅうして心細か格好しとりますひよわで。それでも蛹《さなぎ》からかえると一人前のごつして、かげろうのごたる手肢で、体を拭いたり、翅を清めるしぐさをして、小愛らしかもんですばい。人間の赤子があくびしよるころは夢んごたるでしょうが。あのような風で。

そんころはまだ、蜜もひとりじゃなめきらんとですよ。心細か体で。まだ自分の口ちゅうもんは、自分では養いきらん。姉さん蜂たちから運んでもろうて、なめさせて貰うとですけんね。これがまた、じつにもう一心に育児ばやりますけんな。

まあ、これという仕事も、蜜をもろうてなめよる間はできんわけです。うじゃうじゃとして、もうぎっしり、とまっとります巣脾の上に。けれども、ただとまっとるのではなく、このやわらしか蜂たちがそうしとるだけでこの部屋の中の保温、次の卵たちが育つのに必要な保温も兼ねた役目になっとりますから、よう出来とります。

まあそうやって十二、三日くらいすれば、丈夫になります、飛べるようにですね。

人間で言うと、ひとり歩きできるようになる。蜂は日令、蜂の歳は日令というて、日で数ゆるわけですよ。もうそれで立派な働き蜂になりますな。

その日になると、おない歳で育ったその働き蜂たちが、うち揃うて処女飛行をやります。成人式のごたる風で、にぎあうとですばい、その日は。巣箱全体で。

姉さん蜂たちが喜んでこの処女飛行を加勢して、総出で見物しますもんな。自分たちが一心に育てた甲斐あって、よう育った、ちゅう気持でしょうな。

一匹がまず空を見あげるごつしとって、それから飛び立つと、続いてあとから、ワアと出て行きますが、そうやって先に飛んだのから、しばらく宙に浮かんで待っとります。申しあわせたようにして頭を巣箱の方にむけて見下しながらですね。このとき、巣箱の位置やら方角をいっぺんに覚ゆるそうで。打揃うたら、だんだん上空の方に昇って行って次第に大きく円を拡げて飛行するですもんな。地上の巣箱を点にしてそれを中心に。

姉さんたちはこのとき心配して、巣箱の門のところに出て、みあげとります。飛行時間は大体、二十分か三十分。もうこれくらいでよかろうということ、この姉さん蜂たちは、おもしろかこつばするとですばい。お尻ばその巣門のところでほっ立てててですね、翅を立ててまわしてですね、ぶんぶん旋風ば起すとですよ。もうよかろ、早う帰れ、ちゅうことでしょうな。この風を起すのは、そのような合図と、はじめて飛行した妹蜂たちが帰りやすいように、道をつくってやるためでしょうな。

春先のうらうら晴れた昼下がりの日ですもんね。処女飛行する妹蜂たちだけじゃなく、この日は、「晴れ」の日でしょうけん、育てた方にとっても。天気もそんな風な日を選ぶとですばい、きっと。

それで帰ってくるともう、よかった、よかったちゅう風に、お互い翅ふるわしてよろこんで、その騒動のにぎわうこつ。小愛らしかもんですな。この日はきっと全巣、祭か祝か「褻《よけ》」の日で、花粉採取も蜜とりもお休みですたい。

けれどもこの記憶飛行を終り、よかったよかったの行事が終ると、もうすぐその記憶が失われないうちに、天職の仕事が始まるわけです。姉蜂たちがまず仕事を教えます。自分たちが集めてきた花蜜や花粉を口うつしでこの妹蜂たちにあたえますから、それを受け取った妹蜂たちは、蜜房にこれを貯える仕事をやりはじめるわけです。そうやって仕事を覚え、花粉を持ち帰ったならばこれに蜜を加え、腐敗せんようにして保存する仕事もあるわけで。

日令十四日頃になると、自分の体の下腹部から蠟をにじみ出させて、巣づくりをはじめて、この造巣やら掃除、外敵に対する警戒など、分業がじつに整然と自然に分担されて、これをみていると、人間ちゅうのはその、なあんもせずに、その蜜だけもらうわけで。もう申し訳なかごたるあんばいですもんな。せめて蜂たちが住みやすかように、巣箱を日当りや風通しのよかところに抱えて行って、移してやったり、しよります。蜂にくらべたら、だいぶ性の悪かですもん、人間は。

蜜ですか、いろいろ、ありますばってん。げんげ蜜がいちばん。その次が菜種蜜、それから櫨《はぜ》の花の蜜。この櫨の花の蜜ちゅうのは、日本中で、水俣にしかとれんとばい。井上先生の本にもちゃんと、書いてあるもん。樹が無かってすね、ほかの地方には、櫨《はぜ》の樹が。ありゃ昔は細川藩の御用木で蠟ば作りよったですもんな、櫨の実で。いろいろ為になる樹じゃなあ、ああいうもんは。

秋になれば、あの樹がいちばん早うに紅葉して水俣の野山の美しゅうなりますもんな。

まあやっぱり蜜はげんげ。げんげの蜜がいちばんうつくしゅうして香りのよかです。とれたてのときはもう、うすかうすか、みどり色ばい、げんげの蜜は。

第三章　ひとのこの世はながくして

一九七〇年十一月はじめ、霜の来る前の出月部落は、どことなくにぎわっている気配があった。患者家族、浜元フミヨとその弟、二徳《つぎのり》夫妻の家に、東京土方風の男たちが宿を借りていた。飯場のような出はいりが人目に立ったし、フミヨさんはなんだか、いよいよぶっきら棒になったし、彼女の家のつくり方の、風通しのよさから言って飯場にするにはもって来いのようでもあるし、部落としては、どうしても気にかかってしかたがない。

映画のロケ隊が来たのだという噂は部落中に伝わっていた。人びとは半信半疑で、それとなく注目していたが、どうも美人女優も美男の俳優も連れては来ていないようだし、したがってラブシーンの撮影もないようだった。あれば仕事の二、三日くらいほうり出してでも、見にゆきたいものだとひそかに期待もしたのだったが、そのような気配もない。いろいろ用事にかこつけて、フミヨ家をさしのぞいてみると、夜中まで五、六人のひげ男たちが酒を呑んでいたりするかとおもえば、ながいながいフィルムが座敷中にとぐろを巻いていて、それをひげ男たちがひっぱったり、巻いたりしていて、素人が持つには大きすぎるカメラの類が畳の上にほうり出してあるのだった。

それで、やっぱり、水俣病のことだけを映画にとる撮影隊かもしれん、と三分《ぶ》くらい納得が行って、

「よか男は連れて来とらんし、愛の恋のちゅう悲劇物は、撮らん活動屋ばい。まあ、あぎゃんした風に、ひげも剃らずに汚れとれば、つや話にもならんじゃろう。それでも頭は低うして、言葉は東京べんのごたるが、ここらの土方とあんまり違わんような、荒しか男ばっかりじゃ」

まだ七分方くらいは納得がゆかぬ風で、みんな頭をかしげていた。ときどきその部落にゆくわたしにさえ忠告して、

「あの衆達もなあ、ひとの好かん水俣病ばっかりほじくりまわらんちゃ、よかおなごと、よか男の出てくる、ひとの好く映画ば、つくってみせらすごと、いうてみれば」

と、まだ期待しているようでもあった。

映画隊の出現は村はじまって以来のことで、それとて、水俣病が連れこんで来たようなものだったが、しかし、出月の部落のひそかなにぎわいの感じは、そんなことだけではなかった。

そろそろ、早生蜜柑の収穫もはじまる頃であった。稲刈りと甘藷掘りと、ここらあたりでは甘藷といわず、唐藷《からいも》というのだが、その三つとも霜が来ない前、稲刈は、村祭りの天満宮の祭礼や小学校の運動会前までにやってしまうのが、季節のならいのようになっていたし、太刀魚のかかり工合もそろそろ、という季節だったたし、それで結構忙しいというのに、夜になると、国道三号線が出月の丘から海岸線に、ゆるゆるすべり下りる坪谷の波止の、義光殿の家で、水俣病の衆がご詠歌のけいこをやり出した、というのだった。

早生蜜柑の収穫、といっても、ここらあたりは専業蜜柑農家というものは、ひとり居たり居なかったりで、大ていは漁や日雇いや、チッソの「会社ゆき」、その下請にゆき、養豚をやる合間に、蜜柑を育てて来た。

達者で五体満足の若いものたちはほとんど村を出払ってゆく。会社ゆきでちゃんと蜜柑畠をやれていたものでも、第一組合で水俣病患者の運動に親しかったりすると、すぐ、東京の先の千葉県の、五井やら野田やらに、家族ぐるみやられてしまう。残った欠損家族や崩壊家族が、働き手のなくなったちいさな畠を貸したり返したりしていて、丘陵地帯の段々畠に、十年くらい前までは特産の唐藷をつくっていたのが、澱粉会社がどこかへ行ってしまって値下がりしていた唐藷の買い手もなくなってしまった頃から、蜜柑山にしてみようか、と言い出すものがふえた。

三月の忘れ雪もすぎて桜が散る頃に、ここらあたりの丘陵地帯は、土が底の方から醸《む》れてくる。その頃になると必ず、

「あんた家《げ》は、唐藷の床は伏せたかい」

と、女房たちは隣近所といい交わすのだ。

「まだばい」

とか、

「今からじゃ」

とかいうけれど、そのような土になってくると、冬中、土の中に穴を掘って藁で囲っておいた種藷をとり出し、芽の出かけている頭の方を上にむけて土に埋《い》け、床伏せというのをやる。

梅雨あけから夏に入りかけの、わっと汗が噴き出るような忙しい時期に、一尺ばかりにのびた若い蔓を切って、片っぱしから雨あがりの段々畠に持って登り、うねを立て、植え込んでゆく。蔓が伸びて来たら、うねの外にはみ出してゆかぬよう蔓返しをし、崩れたうねを立てなおして草をとる。この草とりと蔓返しが大てい八月の炎天の仕事になる。合間に、豚に敷かせておいた草やら藁やらの堆肥も早目にやっておかねばならぬ。元肥にやっておけばこれに越したことはないけれど、あいにくその頃は、ぼら漁の忙しくなる頃だし、じゃがいもも玉ねぎも穫りそこなってしまう頃だし。

働き盛りたちがごっそり居なくなって、足腰が痛くなるばかりの年寄りにはもう、毎年の床伏せや苗植えは、ことにうねを立てるのは、腰がつらくて見込みがない。

蜜柑ならば、苗木を買うて、元肥を埋める穴を一度掘っておけば、毎年毎年、苗植えじゃ、うね立てじゃと、雨のあがりに山坂を登り下りせんでもよかじゃろう。植えてその年、実が成るわけのものではないが、一度思い切って苗を買うておけば、恐らく一生、植替えをする間もなしに、そのうち、お迎えの来る方が早いかも知れんし。孫子どもがもどって来て、口に入れてくるれば、それが形見になろうし、などと思案しあってたいていの唐藷畠が蜜柑畠になってしまった。

今は流行りで植えるが、「もともとここらは、日本でいちばんはじめのそもそもの前から、〈長島蜜柑〉があった所じゃったし」そう、年寄りたちは言っていた。

昔は、唐藷さえ植えておけば三時と言わず、六時といわず、いつでも茹であげて竹の籠に入れ、大人じゃろうと子どもじゃろうと、いつでもそこにある食いものと思うて、漁のあがりさがりにひとつ持ち出し、ふたつ持ち出しして、道ばたじゃろうと畠じゃろうと、歩きながらでも食うておったが、今はパンじゃの、ジュースじゃのガムじゃのバタじゃの、妙なもんがはやってきて、唐藷のなんのには、見向きもせん、と、婆さまたちは言う。

作り替えてみれば、蜜柑というものも、最初思ったよりはずっと手間がかかる。貯蔵も唐藷よりはむずかしいようだし、唐藷が恋しくなって、作り替えなどもするゆとりのなかった家に秋が来ると、出来た蜜柑と替えてもらいにゆくのである。

蜜柑の樹は、連なる丘の形にふさわしく、外側にまるい弧をえがいて枝が垂れ、実が成ったとき採り易いよう、地面にとどくように剪定されていた。

お上が、開拓政策で教え、唐藷の値で教え、米作りで教え、豚の値でそのやり方を教えていたから、人びとは、蜜柑の値下りが、必ず近いうちにやってくることもよくわきまえていた。年寄り衆だけの結《ゆい》のようなもので出す蜜柑にも大して期待などしていない。まあ、丸々損、というわけでもあるまいや、と考える。植えてさえおけば、自分の家ばかりでなく、親類中や知りあいにも配れることだし、正月が来ても買わずに済む。

成り下がった実の重みで、青い枝が地面にとどく頃になると、蜜柑の丘を包んだ海岸線の続くかぎり、櫨の樹がしんしん燃えるように赤くなり、すすきが光ってきて、胸がうずくような気持になってくる。そこらじゅう、春とはまた違う木草《きぐさ》の匂いが立ちこめていい天気が続く。だから、収穫の時期というものは、とれるものがなんであろうと悪い筈はないのである。

議員さんたちが、

「南九州オレンジベルト地帯を!」

などと、時々のキャッチフレーズをぶちあげても、年寄りたちの持っているみのりの時期というものは、おのずから質を異にしていて、村々はたいそう忙しかった。人びとがつくり出すものには必ず値段というものがくっつくしかけにはなっていたけれど、値段や計算のしかけでは計れないものもあったゆえ、たとえ、大暴落が続いても、十度に一度は、市場の値というものも、ひょいとあがったりするのである。そのときは、もうかった！　という余分なしあわせに逢うのだから不思議なものだった。そういう好運だって、一生のうちには何度もあるのだし。人びとはそのようにいつも思っていた。

だから、蜜柑のヘタというものは、力まかせにひきちぎったりしてはならない。ちぎり口の破れたところから匆ち風がはいって、保存がきかず、もちろん、市場になど出せたものではない。ハサミできちんとヘタを切って、ほうり投げずに、そろりと籠に入れねばならない。

近ごろの若い者はもう、大学を出ていてさえも、蜜柑のちぎり方ひとつさえ知らん、ひとがいいばかりで実の入った仕事というものが出来ん、と村の中に来ていて水俣病をやるのだという学生たちのことを女衆たちはいう。

よそから、学生たちははいってくるが、どうして地元のものが、村に居りつかんようになったやら。人びとは、世の中のしくみがそうなっているとは言わない。「困った世の中になったもんじゃ」という。

「田舎はなあ、カスばっかり残ったばい、都会のカスに」

「そのうちにゃ、こんどは、残ったカスが都会に出てゆくけん、順々送りで、都会も田舎もなしになろうよ」

蜜柑のヘタをパッチンと切り離しながら、年とった女たちがそう話す。親指のふしや人さし指のふしに血マメをこしらえながら。潰れてゆくマメにつばをつけたり、絆創膏を巻いたりして。そのような指は、今ごろから先になると、あのあかぎれの原因になるのである。五、六年前まで、いや十年も前までは、唐藷の首をポキポキ手折るときに滲み出る〈乳のやに〉がねちゃねちゃくっつき重なって、正月が来ても落ちないくらいだったのだ。あんまり落ちない時は舟に使うガソリンで拭きとるのだけれど、取入れがおくれ野稲の時期と重なったり、霜が早く来たりなどすれば、黒く変色したヤニの割れ目がそのままあかぎれになってしまい、掌ぜんたいが割れて、冬の漁がことにつらい。

いまは、唐藷のヤニをくっつけている女たちはあまり居ないが、青い粉をふいているような蜜柑の農薬が掌に残る。もともと奇病の気もあるから、あんまり気持のよいものではないけれど、病み出すときは自分ひとりではなか。みんないっしょだから、と考えている。

「変わった、よか話はなかろうか」

村はいつもそう思っていた。ご詠歌のけいこの話は、だから村の心になんとなくひっかかりはじめていた。義光どんが師匠役で、六十婆さまたちが生徒だと。

「坪谷の、竜神さんの石垣の海縁《べた》で、残り蚊のぶんぶんいうごたるよとおもうとったら、あの衆たちのご詠歌のけいこじゃった。まあ、ご詠歌じゃいよ、ならぬお経じゃいよ。うたじゃいよ、きかれたしこじゃなかばい。患者の組は、ほかに仕事もなかもんじゃ。あぎゃんした風の細工ばして、こんだは大阪まで打ちのぼるげなばい。えらい、ひまなもんじゃ」

色づきはじめた蜜柑の樹の下で、あつしの紺の前かけで手を拭き拭き、女房たちがいうのだった。

「あの組もえらいひまなもんじゃ、団体組んで巡礼にゆかすげな」

むかし、義光どんというおひとは、ここらの部落を修行してまわんなったおひとで、いわば、その道で、ひところは本職にしていたほど。一風違う人間じゃったが、やっぱり、患者の師匠にあん汝《われ》がねえ、と人びとはうなずいた。つや話の多い小父さんだったし、娘たちは二人とも水俣病になって生まれたし、親爺殿もあの病で、舟納屋の奥に曲らいたままじゃ。嫁御はわけのわかったよかひとでひと一倍大人しゅう、出来た母さんじゃが、まあ、それやこれやを打背負《うちかろ》うて、あの小父さんも業の深かひとじゃ。ご詠歌のけいこをする方もさせる方も、さぞかし、おおごとじゃろう。

けいこがあるそうだ、あるそうだという噂のわりには、若い患者や、家族たちは、はじめおそれをなして近づこうとしなかった。それで、にわかの御師匠が、早生蜜柑の早出しの畠の登り下りに、後家の多い〈昔の処女会〉の家にひょろりと立ち寄り、庭先に小積んである唐藷や里芋やささげの品さだめから、つくり方の講釈をゆっくりとやりにかかるのである。

なにしろ師匠のつくるイカ釣り道具の〈イカガナ〉の出来映えというものは、東京から水俣病を支援しにやってくる相当えらい人びとが持ち帰って、その道のひとたちに見せたところでも、芸術品だと折紙がついたというし、そんなことを言われなくとも、ずっと前から、師匠は、水俣かいわいに育つ樹は柔らかすぎるというので、雪のふる国に育った木をとり寄せてつくっていた。ものをつくり出す手先のことにかけては、相当の腕だったから、思わずしんから聞き入らざるをえない。

すると、講釈の途中で、ふいに、

「どげんするつもりかい、ここの処女会たちは」

と、相好をやわらげて、ご詠歌の催促らしきものをするのだった。それで、師匠に立ち寄られた婆さま

たちは、

「どげんかな、あんたげの蜜柑は」

と話題を転じて先にいう。

すると師匠は小粒の早生蜜柑を作業ズボンのポケットからほいとさし出し、

「食うてみればよかろ、ほら、おまいのまんじゅうよりは、よか味じゃろうが」

というのだ。

なるほど、この義光小父さんの山の畠の蜜柑は、かけねなしの香りと甘さと、適度の酸味と、なによりも、蜜柑そのものの芳醇な味を持っていた。うすくうすく、ふわふわに育てあげられた皮をひらりとむいて口に含むと、小つぶに育てられた袋の、袋というよりはまるでオブラートのような、これもまたうすい膜の袋のひとつぶひとつぶから、のどの奥と鼻の外にむけて果汁がじゅっとほとばしり、のどの奥がごくごくとひらかずにはいない。東京むきに育てあげられた今様の、人工甘味剤をうすめただけのような、たよりない蜜柑とは、まるきり違っているのである。漁師組のつくる蜜柑はいうにおよばず、本職の蜜柑農家でも、彼の蜜柑をひとくち口にふくめば、鮮烈な果汁をのどにひっかけて、うーん、と唸らずにはおれなかった。

「なんのこやしばやれば、こげな風な味の出来るじゃろうかなあ」

婆さまたちはしんから感心する。

「なんでこやしをやるかといえば、畠をこやすためぞ。即製の肥料で、苦労せずによか蜜柑ばとろうとおもうてもダメぞ。おなごと同じこつじゃ。わが手にかけたおなごとおんなじぞ、蜜柑も。しんから心がけて、まことをつくして、なでたりさすったり、年数をかけて可愛《もぞ》がれば、こういう味もおのずから湧いてくるちゅうもんじゃ。どだい、お前方とは畠の育て方が違うわい、可愛がり方が」

小父さんは軽蔑したような、けしかけるようなまなざしをして女色談義を必ずまじえ、婆さまたちは、あおむけにひっくり返るように笑いながら、

「はあい、まこてなあ、そげんじゃろう。そげんじゃろう。あんたにゃかなわんばい」

と、合槌を打つのであった。

すると小父さんは、やおらこわい顔になり、

「馬鹿話はいつでもよかが、どげんするつもりか、ご詠歌は」

と、こんどは単刀直入にきく。

「見込みのあるか、ここの処女会は」

婆さまたちは、そら来た、とおもってうろたえる。

「はい、はい、こんだは忘れんごつ誘い合わせて、おせわになりに参上しますで」

返事だけはいつもよりずっとふたつ返事で愛想がいいので、師匠としては撫然たらざるをえない。彼はしばらくじろりと婆さまたちを眺める。

「——忘れんごつするのなんの——習わねばならんと、一度わが心できめておいて。うち忘るるちゅうことが、俺にゃかんに来ん。

こういうことは、年寄りぼけして、もの忘れしたちゅう訳のものとはちがうことぞ。わが家の仏さまにまいるのを忘れるちゅうことぞ。なんちゅうこつか。そもそも、仏たちのために、大阪にゆくちゅうこと

ではなかったか。大阪や高野山には、いつ行くごつなるかと、日にちの催促はするが、ご詠歌は習いにゃ来ん。どげんなるかい、そういうことで。情なかよほんに。どういう気色かのう、おなごどもというものは」

　そのようににらんでおいて山畠の方へ登ってゆくというのだった。

　柔らかな冬が来ようとしていた。蜜柑の樹の間に敷きつめた藁の上に陽が照り、青い、葉の厚い樹々と枯れた藁の匂いが午後の村を包んでいた。

　婆さまたちは一応恐縮するが、そのことをけっして忘れているわけではなかった。むしろ片時も忘れずにいたからこそ、「残り蚊のぶんぶんいうように」、人びとの耳許に、あやしげなご詠歌のふしらしきものが、波の音にまじったり、風の音にまじったりして、時ならぬ時刻や場所からきこえて来て、部落のそこここをびっくりさせるのであった。

　月ノ浦や三年ガ浦かいわいといえば、昔は、枝ぶりのよい松の木が海の方にむかってさし出ている切通しの道がいくつもあって、誰かがぶら下がっていたりした。そのような死人や、姿の見えぬ山川や海のものの怪《け》どもが、道のはずれの樹々や丈の高いかやの暗がりのそこここにひそんで、通るひとたちを押さえ込んだりしていた。祝言帰りの酔っぱらいの重箱の土産ものを、中身だけ、それもいちばんうまそうな鯛の塩やきやら油揚げやらを抜き去ったり、同じ道をぐるぐるひと晩中往ったり来たりさせたりしていたが、国道三号線が開通して見晴らしがよくなると、絶えてそのようなものの怪たちの出没もなくなってしまい、部落の年寄り子どもたちをさびしがらせていたのである。

　村やわが身の中の水俣病だけではもう久しく気がめいるだけであったし、そこへ、今まで耳にも口にもなじみのなかった株主総会ということばや、撮影隊のことや、婆さまたちの高野山のぼりのご詠歌のけいこの話が入れまじって、村のにぎわいも、ようようすこしはよみがえり、話がこんぐらがってきたこと、とめどもなかった。

いい年をした女衆が、五衛門風呂の下に海縁《うみべた》から拾い寄せて来た薪物をくべながら、なにやら口ずさんでいて、風呂釜がしゅんしゅん音たてて湧き立ち、白子魚を入れて茹であげてもよいくらいふっとうさせてしまったとか。

舟に来るあいまに山の下払いにやとわれて行って鎌をふりかざしたまま、あけびかずらの蔓にからまれてつんのめり、きもが冷えたが、その拍子に、心にかかっていたあのひとふしを、――かわらぬ春と、おもえども――と、山肌に這いつくばいながら思い出したとか。

「おるげの嬶ぁもおとろしかばい、一心になれば、なにもかもほかのことはぜんぶうち忘れて、命がけじゃ」

とは男たちの話である。

師匠の家には呼び出しがかかっても、三度に一度くらいしかゆかなかったが、心のうちでは飯を炊くひまにもかわやに行っても口ずさんでいた。あっちの三人組、こっちの四人組というふうに、気の合った同士が寄りあつまってモンペを端しょり、手拭いをひっかぶったまま、出来秋《できあき》の忙しさに合わせた仕事のなりで、とりたての蜜柑や唐藷や、寒漬大根のお鉢を抱えこんで来て内輪話をまずにぎやわせ、誰かが、

「ときに、もう覚えたや」

というと、それぞれがもうすぐうたい出してみるのだった。

彼女たちはじつにさまざまに自己流の節をうたい出していて、ひとのも自分のもどれがどれやら、きけ

ばきくほどさっぱり自信がなかった。師匠さまは本職だから、教えるときは恭々しく礼式をととのえて正座し、紫の綾紐を垂らした鈴鉦を見事な作法で目の高さにかまえて打ち振り、じつに哀切な節をろうろうとひびかせた。

ひとのこの世はながくして
かはらぬ春とおもへども
はかなき夢となりにけり
あつき涙のまごころを
みたまの前に捧げつつ
おもかげしのぶもかなしけれ

かねての、どこかひょういつで油断ならぬような面貌が、そのときはまるでかなしみの弘法大師さまのように変化して、まなこは半眼に閉じられている。

坪谷の崖のなだらかな松林は、さやさやとさびしい秋の夜の風を吹かせ、遠くかすかに夜漁《よぶ》りの舟の燈りが明滅していた。彼女たちは、師匠さまの発する人生の哀韻ともいうべきその節まわしと文言に、たったのいっぺんきき入ったばかりに、すっかり魂を奪われてしまったのであった。

師匠の家からちいさなトンネル道をへだてた松本トミエさん方に、あいかわらず漬物類や駄菓子のいろいろを持ち寄って集まったとき、

「師匠殿のごと、鈴のあれば、もちっと、有難味のつくばってん」

と彼女らは言い出した。

「いくらぐらいするものじゃろうかね、あれは」

「ぜいたくば言うなぞ。まだ、唄もしかしか、成っちゃおらんとに」

「唄とはいうな、お経の種類ちゅうぞ。ご詠歌と言え。またおこられるぞ」

彼女らはトンネルのむこうの入口の師匠殿を気にしてあごをしゃくった。

「そうぞ、唄とおもえばいかん。わたしゃなあ」

と岩本マツヨさんはあたりを見まわし、ちいさな声になって、それでもなんだか、うれしくてたまらぬように打ちあけたのだ。

「あのなあ、わたしゃなあ、寝てもさめても、便所の中でも、これしこのものを覚えこなさんものかとおもうて、うたいよるばってん。この、はかなき夢になりにけりのところばな、何べん歌うて見てもな、どういうもんじゃろ、いつのまにか、はかなき恋になりにけりちゅうて……」

言いも終らぬうちに、六十近い坂本の小母さんが、頓狂な声をあげた。

「あらっ。わたしもぞ、おほほほほっ」

彼女たちは一斉に思い当って笑いこけた。

「こげんした風じゃ、まだ師匠さまの前にゃ出られん。何と言わるるか」

「まあ、まだ、とても、鉦の、鈴のという段にはゆかんわい。これこれ、これでちょうど似合いじゃ」

坂本の小母さんは、すすりかけていた掌の中の湯のみ茶碗を目の高さにあげてみせ、目じりの皺をやさしくしてにっこりした。

するとこの家の女主人のトミエ女《じょ》が、誰かに食べさせるつもりであったらしい高菜漬をぞろぞろ長くはさみあげ過ぎて、自分の掌に受けて口にほうりこみざま、

「うん、そうぞ、この箸で」

と、うてばひびくようにいう。ここらの村で唄というものがはずんでくるときには、茶碗や皿を箸でたたくのはもっとも即妙の基本的な楽器であったから、婆さまたちは否も応もなくすすりかけていたそれぞれの湯呑みを、鈴鉦のかわりとすることになったのだった。けれども、一度かかえてみた師匠さまの鈴鉦のどっしりとした指ざわりと、紫のふさの揺れるさまは、いよいよ、彼女らの憧憬となってゆくもようであるので、わたしまで心いそいそとなり、博多の仏具屋まで揃いのものを買い入れに出かけてしまったほどであった。

仏具屋の主人がいうには、紫のふさのついているのは、なりも少し大きく男持ちで、赤いふさのついたのが小ぶりになっていて、女持ちであるとのこと。わたしは考えこんだが、半分ずつ、巡礼団の人数分買い揃えて持ち帰った。

赤いふさのついた鈴を婆さまたちがよろこんだのはいうまでもない。

それほどまでにして彼女らはご詠歌の修行にうちこんでいるのに、師匠さまのご機嫌は、あんまりうるわしくなかった。

彼女らの覚え方が芳しくなく、

「第一、これほどいうてきかせても、作法が、全然、なっちゃおらん」

というのである。彼女らは、直接、師匠さまから、名ざしでそういわれると、じつにうらめしそうな顔をした。

「そりゃまあ、本職の修行をしたおひとからみれば、なっちゃおらんかもしれんばってん……。水俣病のアタマじゃもね。覚えの悪かとはむりもなかよ」

「アタマだけじゃなし、わたしゃ、足のこの、膝のところが、いちばんきつか水俣病じゃもん。きちんと坐らんば、信心の足らん証拠じゃといわれても、膝がなあ、師匠どんの言うことば、きかんとじゃもね」

「だいたいこう、若いとき修行したひとと、六十、七十になってから修行するもんと同じになる筈もなかよ。同じになったならば、区別もつかん」

「自慢じゃなかが、ちいさいときから、字のなんの、覚えん方の大将じゃったて！　節がどうの、揺りの工合がどうのというても、言う方がムリというものぞ」

などと賑やかなことになってきた。

師匠の方にも十二分、怒りうる理由はあるのだった。

「ご詠歌は習おごつなか、大阪にゃゆこうごたる。いんにゃ、この婆あたちゃ、ほんとはチッソの株主総会のなんの、ほんとはそういうものは頭になか。株主総会のなんの、そげんとはどげんでもよかわけじゃろうが。

ちっとは、けいこどもは進んだろかとおもうてまわって見れば、けいこどころか、着てゆく着物の算段どもし合うとる。

やれ、裾の長さはどれくらいすればよかろかとか、白着物《しろぎもん》つくろか、赤着物《あかぎもん》つくろかとか。むすめの子の見合いにゆくとじゃなか。これはな、みなさん、修行にゆくとですぞ。はるばる、大阪まで、チッソの総会に。よかですか。仏の力で。

ご詠歌ちゅうもんは、死んだ仏に贈るもので、あたかも目の前のそこに、死んだものがおるとおもうてうたわんことには、魂がこもらん。

着てゆく着物の心配どもしよって、なんの上手になろうか。しわくちゃ婆ぁのくせにしとって――。ええですか。おいらん道中にゆくとじゃなかですよ。自分というものをよくわきまえて、犠牲になったものたちのことをいつも心におもうてですね。いや、死んだもんだけでなしに、現に、ああた方は、我が身に水俣病というものをうち背負《かろ》うとるわけですから。死んだ霊とわが身で、仏になって、株主総会に乗り込んでゆく。ええですか。わが身が仏になってゆけば、いかなる怨敵、いかなるチッソの社長も、機動隊も、仏の前には、手出しは出来ん。いや機動隊が出て来てひっくくるちゅう話もあるが、ひっくくりきればやってみろ、とわしゃおもうとります。

京大阪は、高野山ご本山のおひざもと、まさか、水俣、くまもとの人間のようなものたちばっかりはおらすまい。きっと、まことの情を持ったひとたちがおらすにちがいない。現の証拠に、若い支援のひとたちが、株主総会に招いてくれる準備を一心になってしよります。あの連中は、どげん苦労ばしよりますか。申し訳なかですぞ、みなさん、こういう風では。

いいですか、わしゃ、水俣病患者が、長い苦労の果てに、とうとう修行して、はるばる立派な作法を覚えて、やって来たかと、本場のひとたちに、ほめてもらおうと、一心になっとります。まあ、そういう諸々方々の義理もあることじゃから、ただただ、高野山に登りたさ一心で、赤着物の、白着物のちゅうことばかり心配せずと、あれは、白いうちかけに南無大師遍照金剛と書いて、それをうちかろうてゆけばよいのだから、あくまで、株主総会ちゅうことと、魂の信心ちゅうことを忘れんよう、願います。

配ってやった鈴のふさの、赤がよかったの、紫の方がよかったのと、三つ子のいうようなことをいうて、はずかしゅうはなかですか。かんじんのけいこのときは、それすら、今夜うち忘れて来たもののおる。まことに女どもというものは、済度しがたいもんじゃ」

婆さまたちはさしうつむいて心の中で、(白着物ちゅうことはいうたが、赤着物ちゅうことは、誰も言わんじゃったもね)と思っている。

そもそもなぜ、このような株主総会の、ご詠歌のという騒動になったのか。

秋はやはり華やぎの季節だった。

不知火海は光芒を放ち、空を照り返していた。そのような光芒の中を横切る条痕のように、夕方になると舟たちが小さな浦々から出た。舟たちの一艘一艘は、この二十年のこと、いやもっと祖代《おや》々のことを無限に乗せていた。それは単なる風物ではなかった。人びとにとって空とは、空華《くうげ》した魂の在るところだった。舟がそこに在る、という形を定めるには、空と海とがなければならず、舟がそこに出てゆくので、海も空も活き返っていた。出漁どきの景色は渚をはなやかにし、釜場では、火が焚かれ、塩湯が煮立ち、干し場が用意されていた。エンジンに注ぐ油の匂いのかすかに漂う渚に、松葉や紅い櫨《はぜ》の葉が舞い落ちて、その渚から一見風の足のようなさざなみが走り出して、漁師たちの目には湾内をめぐる魚たちの動きが、くっきりとみえていた。

ちいさな舟たちは釣具や櫓や梶や、一家の歴史や日常を乗せ、部落のありようを乗せ、漁業組合や水俣市行政のありようを乗せていた。チッソとのかかわりを乗せ、水俣病の発生史を乗せ、訴訟派とか一任派とか呼びわけられてはいたが、どの舟とても一様に、訴訟提起に至るまでの分裂の経緯を乗せ、東京における昭和四十四年十一月の厚生省の補償処理委員会のてんまつを乗せていた。それから、株主総会へむかってゆく日々を乗せて、幾筋もの条痕のように、青くきらきら輝く海へすべり出てゆくのである。

舟たちは帆柱の根元ほどに、ウスとキネを形どったちいさな木の〈舟霊さん〉をいただいていたが、じつはもう、舟霊さんとは、舟に乗って出てゆく人びとにほかならなかったのである。舟はめったに沈むことはなかった。

重すぎる受難にもかかわらず、ますます舟は軽々と、沖へ出てゆくようにみえる。人びとはたぶん、心の重荷をひとつずつ、沖へ出て、網と共にふりそそいで帰るのかも知れなかった。慰藉されぬ心と、チッソの流すヘドロが、この海の底には、魚たちの死や病いとともに沈んでいた。病いを乗せた舟がそこへゆくのはなんとこの海にふさわしいことだろう。海が光芒を放っているのは、そのせいかもしれなかった。打ち重なる受難の数々は捨象されて、舟の形となって残っていたが、まるで、なんの変哲もない、そこにもここにもある日常とまったくそっくりに、海と舟とひととは安らいででもいるようにさえ見えていた。漁師たちは、もう二十年、どのようにそれが儚《はか》ない願望であろうとも、万が一にも、いつかは安らげる日のくることを願っていたし、この、とどめがたく広がってゆく不吉な一角に住む人間たちを、忌みとおしてきた町の人びととてそれを求めていたから、一見見なれたこの景色が、とほうもない異変の、じつは変相であるということを、思いたくはないのだった。

海はいよいよのどかに見え、まだ患者にはみえない人びとの間にも赤ちゃんが生まれ続けているように、魚の子たちも生まれ続けていて、網を入れれば結構、魚たちが揚らなくもなかった。

沖に出てゆく漁師たちの姿は、しあわせにさえ見えていた。じっさい、そのようになっている海だとしても、陸の上にいるよりはどんなに気分がましなことだったろう。

ほかの新しい仕事にとりついてみる試みは、若い者ならもうとっくに、幾通りもやっていた。けれども、はなからやってみたことのない仕事というものは、足の踏んばりの力もなく、握力もない人びとは出来る筈もなかった。結局、もとからやりつけている漁師仕事ならば、出来なくなってゆく漁の技術でも、何かちょっと、全身の動かしようで、いく通りかは、カバーできることもあり、それがどんなにぶざまに見えようとも、すっかり廃人になってしまうまでは、奇病仲間であればお互い気兼ねもせずにわかり合えて、体の動けるものはほとんどみなが、舟に復帰していた。

たとえば土方などに出ていても、仕事の現場から海が匂ったり見えたりすると、もう土方仕事などはうわの空になってしまうのだ。いくら視野狭窄になっていても、海の方角にまなこをやれば、たとえ竹の筒からのぞきみるようなぽっかりとした一点ほどの視野の中にも、海のありさまは、そこに魚が来ているかいないか、ちゃんとはいってくる。一点がぽっつりと見えさえすれば、首をめぐらし、筒先のようになっている視野の先をズームレンズのように使い、海の面の全容をひとわたりなぞってみる。漁師であれば天性の視力の習性というものがある。広い海の面のどこかの一角には、必ず魚群の流れが波の色を染めておらぬことはなく、それをとらえるともう、心は魚群の流れについて沖の方に行ってしまい、つるはしなどを使ってはおれなくなるのだ。

そのような意味では農作業と漁とは、ここらあたりの漁村では、互いにほどよくつりあいをたもっていた。春は冬野菜の切れ目にわらびやタラの芽やつわぶきが萌えるころ、貝たちや新しい「海の草」もふくざつな味わいの食べごろになり、三月の節句浜には春蒔きの畠を仕上げておいて、村中で呼びあいながら浜に出はらってゆくような季節々々のならいがあった。そのような山野草と、巻貝とを、山椒の芽を香らせてあえものにしたり、五目飯にして、老いた母たちは、家々に伝わる味をつくり出していた。貝類を主にして野山のしゅんのものをそえて食べ、食べることとそれを得るために働くことはぴったりと一体をなし、海と陸との暮しははなれることはなかった。

大根の間引き菜が冴え冴えと青い塩漬けになり、間引いてくるたんびに、その菜に精がでて、茎も太くなってくる頃は、鰯にも脂が乗り、ちょうど新米もできあがる。その頃また、甘藷もひととおり掘りあげの時期を終るのだ。

おそい南国の霜が一、二度おりると、掘りあげた藷を、これも今年の新しい藁で土中に囲った「からいもがま」が段々畠のわきに出来あがる。その段々畠には、干し広げておいた藷の蔓が霜にうたれて黒く変色し、からからに乾しあがる午頃《ひる》から夕方にかけて、人びとはぐるりの林から枯れ落ちた櫟《くぬぎ》や松葉などをこさぎ集めて下に敷き、焚きつけにして、干し蔓を燃やすのである。そのような干し煙が丘のあちこちから幾筋も立ち昇り、空にまっすぐ吸いこまれていた。

煙の下で爆《は》ぜていた音がしずまり、熾《おき》が出来てくると、そこらの小枝を折ってきて金網と火箸がわりにして、薄塩をまぶした鰯を熾の中に入れて焼く。

熾の下の灰の中にはふくいくと蒸し焼きになった「新がらいも」が匂いを立て、鰯というものはそのような「からいも」と共に、脂がじゅうじゅう言っているのを歯にはさみ、歯にしみる熱さを舌にうけて食べるものだと、ここらあたりで育ったものたちは思っていた。

両のひざをさしのべて土の上に坐り、はろばろと沖を眺めている忘我の時も、ないわけではなかった。焼藷の皮やら灰やら魚の脂やら、口のはたと掌のよごれを、畠の区切りの岩まで這って来ている大きな葛の葉で拭きよめる。陽の沈んでゆく沖を眺めているともう、鰯の群れてゆく波の色が見え、名残り惜しい焼藷を片手にしながら、夕方の漁の胸算段をしいしい畠を下りて、鍬を持っていた手に手網《たび》やら、エンジン油をかかえ、さてまた舟に乗りにゆく。

そのような坂道などで出逢ったりすると、人びとはひょいと、あの法廷のありさまなどを想い出したりするのだった。

「やっぱりなあ、東大出ちゅうのは、嘘のつき方まで一風ちごうとるばいなあ」

坂本キヨ子の母のトキノ小母さんは感心する。

「はあい。やっぱりなあ、並のもんにゃつかれん嘘じゃ」

江郷下家の小母さんと坂本の小母さんはいつも二人連れで、一人でいると、「今日は何か足らんばい」と人にも思われていた。

それは、法廷での、原告側が証人として呼び出した工場長に関する感想だった。

「ああ、そりゃあほんなこつ」

寄合のふれにまわる途中の、坂本マスオ女《じょ》は、おぼつかない足でそろそろと石垣を伝い歩きしながら二人に出逢い、いきなり挨拶ぬきでいう。

「ありゃあな、あん人物、ほら、えーと」

せき込んでいてなかなか思い出せないが、思い出せばただでさえ痙攣のくる体がいちどきに身ぶるいしていうのだ。

「あんひと。厚生省の、あのほら、橋本政務次官ちゅうひと。あんひともなあ、東大出ちゅうばい。やっぱり並のもんじゃなか。魂のちがう人間じゃ」

「あはは」

小母さんたちは唇で藷の皮をむいていたが、その皮を足元の刈萱《かるかや》の中に吐き落し、同時に笑い声をあげた。坂本のおマスさんがあの、〈補償処理委員会〉がはじまる前、浜元二徳青年らと共に上京して、橋本政務次官に、むごいしうちを受けて帰ったことは、知れわたっていた。政務次官は、「訴訟を起した患者には用はない」と叱りつけ、その報告は新聞にも出てみなを仰天させた。おマスさんの話は迫真的だったが、このひとの人柄でなんだかユーモラスでもあるのだった。

「そうそ、水俣病ん者は、魂の足らん人間のなるちなあ、みんなで言うて呉れらすばってん。会社の衆やら、「国の人たち」ちゅうとは、何の学問ばしなはったか、東大で。魂のちがうねえ、奇病んもんとは」

「国の人たちとくらべれば、おっどんが方が、当り前に近か人間のごたる」

彼女らは会社の上々の衆も「国の人」も東大出だと思いこんでいた。学歴社会とは縁のない彼女らの人間識別法である。

「国に行って、国の人にきいてさえもらえば、国の人ならばわかるじゃろうもん。国ならば」

厚生省からすごすごと帰って来て言ったものだ。

「東京にゆけば、国の在るち思うとったが、東京にゃ、国はなかったなあ。あれが国ならば国ちゅうもんは、おとろしか。水俣ん者共と、うつつ、がっつじゃった。うんにゃ、また一風ちごうて、まあだひどかった。むごかもんばい。見殺しにするつもりかも知れん。おとろしかところじゃったばい、国ちゅうところは。どこに行けば、俺家《おるげ》の国のあるじゃろか」

「今になっておもえばなあ、訴訟を起した患者ば、あれほど悪人あつかいにしたことが、そもそも、チッソと国は、はじめからひとつ口になっとった訳じゃ。考えてみれば熊本の裁判所に行ってみたら、裁判所の屋根に菊の御紋章のついとったて。菊の御紋章のついとるならば、熊本の裁判所も国のひとつじゃろうて。東京の国と熊本の国とは違うとじゃろかいなあ。橋本政務次官にきいてみればよかった」

裁判所は国だから、国が公害認定をしたんだから、当然、チッソをまずそこに呼び出してすぐにも患者たちの目の前で、謝罪させ、天下にむかってただちに裁きをつけてくれるものと思いこんでいた。

「芝居や映画じゃなあ。御奉行さまの出て来て、罪人な、へへーっ、ちゅうてな。ひれ伏すじゃろうがな。おらな、ああいう風になると思うとった。行ってみたらチッソに弁護士のついとったろうがな。これにゃたまがったばい」

胸の中にこなれないものを呑みこんだような顔をして彼女らはそう言った。

法廷というところに行ってみると、そのような場面が全然なくて、こともあろうに、チッソにも弁護士がついていて、聞けばチッソは、患者たちの起した「慰藉料請求」（この法律用語とて、じつのところみんなには、「何か足らん感じ」をあたえていた）に対して、「裁判で争う」のだという。そのためのチッソ側の弁護人だと。「国」が定めてくれている法律でそうなっているのだと聞かされ、彼女らは溜息をつく。

「ああ、しもうた！　今になって間に合わんばってん、字ちゅうもんをば習うておけばよかった。国にあるちゅう法律の学問ば、人並みよりも、うんとせんでもよか。水俣の漁師どもば、なぶり殺したのはチッソじゃ。チッソが犯人じゃ。犯人は縛ってよか。タイホしてよか、タイホせろ。こいつは悪者じゃと、たったそれだけでよか。それだけ書いてある法律の本の、どこにかなかろうか」

「無か筈はなかばい、なあ。たったそれだけの法律が。これだけ展けた世の中じゃもね。映画でもテレビでも、悪者は悪者に、ちゃんと扱こうてあるもね。なして水俣ばっかり、そこが見えんとじゃろうか、上々の衆には。田舎じゃっでやろか、ここは。ああ、おれ共も、目の見えれば、その法律ば見つけ出すばってん」

「無からんば作って見しゅうばってん、頭のまちっと良かなれば」

「頭は大して要るまいぞ、自分どもぐらいの頭で」

「そうそう、水俣病ぐらいの頭で、そんぐらいの法律なれば出来そうなもん」

「歯がゆさなあ」と小母さんたちは野道を下る。


彼女らが国というものを見て来た気分というものは、自分たちを捨てた親に、赤の他人というものを見て来たような、いや、親さまと信じて疑わなかった人間に逢いに行って、どなり返されて来たような、情けない気分のものだった。それがだんだんわかりかけて来たのは裁判をきめる前ごろからのようだった。三夢でも見ている山水図のような水俣の海浜から出て、津奈木太郎、佐敷太郎、赤松太郎という名の、三太郎峠を越え、まず熊本地裁にむけて出発したとき、自分たちの父のような、巨きなふところの祖《おや》が、たとえば裁判所というところのずうっと奥の方に、いてくれる、そこにむかってたどりつくのだというおもいもあったのである。だから提訴の日、いとし子たちの遺影を抱きながら、あんなにもしみじみとした気持になってバスに揺られていたのだ。

「ああはじめて、親子いっしょに抱きおうて、いまからゆくとぞねえ」

娘の遺影に紅さしてやるような、さしうつむいた自分のうなじまでがいとしいような気さえして、なにかしら、心は遠いみやこの方角をふり仰いでいた。

大阪・東京にまではゆけなくとも、熊本までゆく、ということは、それまでの彼女らにとって一生に一度あるなしのことがらに属していたのである。

裁判にゆくたびに「市民会の衆」が調達してくれるバスの窓から、見るともなく眺めていると、三太郎峠を越えてゆく道のりというものは、これをひとりで思い立つ旅だとしたら、とてものことに容易ならざる旅なのだ。バスを市民会が調達してくれ、熊本につけば宿泊の用意まで、熊本の「告発会の衆」がやってくれる。まるで自動的に裁判所のゆき帰りを運ばれているような気がするものの、これを昔の仇討の旅だとすると、一家親族に永《なが》のいとまをつげ、水盃《みずさかずき》をして、あるいは帰らぬ覚悟もして出立せねばならなかった。

「なあ、自分たちで、自分たちの仇ば討ちにゆくとぞ」

そう言い合うとき思ったのである。

五体完全なひとりならともかく、五体から魂が肉ばなれしているような生残りの、自分自身の魂、親の魂、きょうだいたちの魂を抱いてゆく道のりである。思えば、なんとゆくあてもない遠い道のりであったことか。

「ひとりじゃのぅして、団体組んで行かるるごつなった。魂どもも一統づれ引きつれて、バスに乗せてもろて」

「ありがてえこっちゃ。人さまのおかげで、銭も要らずに」

ゆく手にあらわれる山々も不思議、谷も不思議、町も不思議。えんえんとどこまでも続いてつきない道というものは、更に不思議の最たるものだった。

「いま、行きよるとばいなあ」

という気が、しんからする。

チッソは水俣の現地に、どうまばたいても、つぶって見ても、まのあたりに坐っているのに、このごろは、

「これがほんなこつのチッソじゃったかねえ」

という気がする。

永年、頭の中にも暮しの中にも、水俣の玄関口に坐りこんでいて、あかの他人ともおもえなかったのに、これと正面からむき合おうとすれば、にわかに、どでんとした化物《ばけもん》工場にみえて来る。

学校ゆきたちが持っている地図などというものは読めなくとも、自分たちぐらいの頭の中にさえ、それなりに、チッソを配置した水俣の地理ぐらいは、目をつむってもちゃんとおさまって這入っていた。

沖の方から来て陸へ上る水路は幾すじもあるけれど、そのひとつに、恋路島と明神岬のあいだを通る太い水路があり、出口に百間排水口があり、排水口の源はチッソそのものである。

チッソの正面玄関口は水俣駅で、鹿児島本線から水俣へ初めて来る「支援の衆」はまず、チッソの玄関口に降り立つのである。「水俣を明るくする市民大会」の者たちがいうように、チッソあって水俣市が出来たというのは、いまさらいうまでもないことだった。町というものはそんな風にしてできるものだと、みんな昔から思いこんでいた。いやもっとたわいなく、チッソの縁につながれて、ここらあたりの日常の景色があったのだ。

あたまや、体が知っている水俣の地理の中に、自分たちも「会社」も、いわばいっしょに住んでいることは、奇病になった今とても変らないのである。たとえば朝の八時と、昼の十二時と、夕方の四時に鳴る会社の吹筒《ふいとう》の音だとて奇病になる前と変った音色とはおもえない。考えるまでもないくらい、チッソとは、一心同体になっているようなところさえある。

彼女らは、なんだか奇体な気がするのだが、いっしょに住んでいるといってよいチッソを、ことごとしくどこかに求めて、バスに乗っていま熊本の裁判所にゆく。自分たちの中に肉質化しているチッソをとり出して眺めてみるのはむずかしい。市民たちとはちがう屈《かが》まり方になってしまった自分たちの姿というものをも、見てみたくて、ゆくのである。裁判所というところにおけば、彼我の姿は世間さまにどう見えてくるのか。人の魂というものはどういうものか。

山々や迫《さこ》の上の雨雲のしだるる方角、南風《はえ》の風のくる方角、国道三号線のゆき来する方角の、どこらあたりの一角をチッソが占めているか。東風《こち》のときは、どの方角にむかって、チッソの煙が流れるか。目をつむっていてもたちどころに人に教えることが出来る。彼女らはそうおもう。

チッソ会社ちゅうところはしかし、この頃化物《ばけもん》のように腸の動くようになって来た。顔はいくつも持っておって。西田さんという顔、徳江さんという顔、江頭さんという顔、吉岡さんという顔。顔に不自由はしとらんとみえて、化物のように首だけはいくつもいくつもすげかえのきく。けれども腸のところはひとつにつながって動きよる。わたしどもはな、ほととぎす。泣いて血を吐くほととぎす。チッソのどの顔かが同じ血を吐いて、泣いて見せんことには、こっちは助からん。昔はそうそう悪くは思っていなかったのだ。それよりか、

「また本船の這入っとるばい」

爺さまが生きていた頃、江津野家でも、漁から上ればタめしの話にはそれが出た。

「このごろ、また、ふとか本船の這入っとるばいね」

本船とはチッソの積荷を乗せる外国船のことである。その外国の船にくらべたら、自分たちの船は、つくりもみかけも用途も万事簡便にすませていて、くらべればあっちの船は位があるようで、本船などと、敬愛を表していうのであった。

その異国の船が来て泊るあたりの沖から、チッソにむかう水路のある湾の、そこらじゅうがいちばん、魚の豊庫である。外国船の波は大きいから、あふりやられもするが、それほど暴力的な波とも漁場の邪魔とも思わなかった。

「御互いじゃ」

漁民たちはそうおもいやって眺めていた。

網や、釣糸片手に、そのような船を眺めあげるのも漁に出るときの、見聞のひとつであった。

本船は、チッソへの荷を下したり、チッソからの荷を積んでゆくのである。百間港の岸壁から運搬船に、

厚くてよくしなう板が幾筋も渡されて、顔見知りの沖仲仕たちが、板橋をゆさゆさしなわせながら荷を運びこみ、そのような沖仲士たちも、満更赤の他人ではない。こんなせまい町だから、たどりたどればたいがい親類になってしまうのだ。

「食うかい」

空船になって帰る運搬船のそちらから声がかかってくる。魚は餌を食うかいと。

「あんたどんが邪魔するけん食わんぞ」

そう返しても、べつに憎まれ口のつもりではない。そういう挨拶なのだ。

「なんか珍らしか事のあったかな、今日の本船にゃ」

「あったもあった。黒んぼ殿の、小便すっとば見た」

「ほほう、おまいどもとおんなじぐらいじゃったかい」

「うんにゃうんにゃ。ボラの親魚《おやいお》のごたったばい」

「ふふーん、そりゃ、ここあたりの魚も栄養のついたろう」

漁師たちはしげしげ、その外国船に近づいてみたりする。

なんだかききおぼえのあるような音楽が鳴っていて、陽気な唄声がきこえたりする。黒んぼ殿たちがうたいよるばいな、あの連中もえらい唄好きな連中じゃな、とおもう。

帰ってから、膝の上にくる孫をとっつかまえて、爺さまがまずさっそく話してやるのだ。

「外国の船員どもはね、赤面《あかづら》ぞう。ひげも、火の燃えよるごたる、赤ひげの、もじゃもじゃぞう」

孫たちはそのような男親や爺さまのひげをよけ、話がはずんでくるのを期待しながら婆さまの膝の上に逃げる。彼女が抱きとってこっそり耳うちしてやる。

「あんねえ、黒んぼ殿もおらいたぞ」

「ふーん、黒んぼ殿のなあ。父ちゃんよりも黒かったな？」

「うーん、父ちゃんよりもまあだまだ」

「じいちゃんよりも黒かったな」

「うーん、まあだまだ、父ちゃんや爺ちゃんの黒さの段じゃなかった」

「塩平の鍋しゃんよりも黒かったな」

「うーん、まあだまだ、まっくろけじゃった。お寺の金仏《かなぶつ》さまんごたった」

「ふーん、魚とりゃ上手じゃろうか？」

「上手じゃろなあ、色の黒かもん」

「ふーん」

「こんだから行こわいねえ、沖に。黒んぼ殿の唄ききに」

「ゆくゆく」

と孫たちはいっせいにいう。

「ありゃあやっぱり、俺どんが御先祖さんより、ずーっと遠うから、船乗りじゃったにちがいなかねえ、南洋の連中は。あのくらいまっくろけになるちゅうは何百代かかろうか。容易なことじゃなかろうもん」

婆さまたちは、アフリカというのを知らないから、黒い人間はみんな南洋だとばっかり思っている。

「こっちの唄とおんなじ唄ばうたいよらしたばい、こっちのうたとそっくり同じ節で。こっちのもんより節のいっぷうまた、よかったぞ。文句はあっち語のごたった」

するると、中学生が言うのだ。

「そりゃな、婆ちゃん。もとは、外国の唄ばいきっと。どげん節じゃったかな」

「どげん節かねえ、お前どんがよう唄いよるがねえ、唄うてみろ。あの唄じゃが」

「あの唄ちゅうてもわからんが。婆ちゃんがいうてみんな」

「うーん、あの唄じゃがねえ。ほら、よう唄うじゃろが、学校ゆきどもが。テレビのなんのでも」

「そりゃきっと、外国の唄ばい。外国の唄ばこっち語に直してあるとぞ」

「ふーん。お前どもが、船に乗っとればわかったがねえ」

「こん次、本船の来たときゃ、行くばい」

本船が来るのは、船に乗らずとも、沖から吹いてくる汽笛ですぐわかる。

一種独特の哀韻を含んで、ボオーッ、ボオーッとそれは沖の方から鳴るのだった。そのような汽笛が鳴ると、胸がもやもやとなんだかせつなくなってきて、自分と海とのあいだに、霧が湧いてひろがるような気分になるのだった。

時化の朝に汽笛が鳴れば、

「時化じゃあち、言いおるばい」

胸がさわいで子どもたちはいう。

「本船は、時化のときも出てゆくとな」

「うん、ふとか船じゃけん、大丈夫じゃろう」

村中がひっそりとなって、鐘が鳴り出すのではないかと、きき耳を立てた。

――本船はどこにゆくとじゃろうか――と、ちいさな子どもたちはおもう。

鐘が鳴り出すことはついぞなかったが、遠い昔の難破船の語り伝えが、人びとの心をひっそりさせていた。湾の口をはなれてゆく異国の船の姿を思い浮かべると、日常の暮らしとはなにやら別の心になって来て、霧の中の船についてゆくのを人びとは感じる。チッソの荷を積み下しする外国船。人びとはそのような風に、昔の百間港の沖の景色を思い浮かべる。心のありようはもちろんそれぞれ異なっていたが、暮らしのなかにも、夢の中にも、チッソ会社とはゆったりつながって住んでいて、異国の船もいろりばたも、ひとつの世界の中にあるものと思いこんでうたがうことはなかった。ここで育つ人間たちはその揺籃期から、あの、数々の重金属類の毒さえなければ、ほとんど不知火海の本質であるところの、牧歌そのものを営んでいた。それゆえ、彼女たちのとまどいは二重にも三重にもなるのだった。

最初彼女らは、チッソの顔を、あの天草出身の園田厚生大臣が来たあとの「公害認定」の直後、はじめて患者家庭にお詫びにまわって来た「江頭さん」の顔に見たてて、これがチッソの顔だと思いこんでいた。けれども、その後江頭さんはぱったりあらわれず、「お詫び」をするといいながら自分の方からはなんの手だてもしては来なかった。

市民会議の松本事務局長は、新潟水俣病弁護団の坂東克彦氏と、水俣の患者たちの提訴の場合を考え、いやそれを一刻もすすめたい具体策について、速達のやりとりをはじめていた。同時に日吉フミコ会長と共に、患者部落をまわりはじめ、訴訟の心づもりのある患者たちを探しはじめていた。

——市民会の衆がなあ、まだここらへんじゃめずらしかったオートバイを買うて、船のエンジンの音もせんようになった部落のうちを、ぐわらぐわら言わせて走りまわって、されきよらしたもんで、あんひとがいま、どこの家から出て、どこの家にはいって行かしたか、何軒まわらしたか、部落中にも会社のものにも、市のものたちにもすぐにわかってしまいよったばい。ハハア市民会議は裁判させる気ばい。手分けしてまわりよるちゅう話ばっかりじゃ。いま、あそこに這入ったけん、こんだは、あんた家《げ》ぞちゅうてしらせにくるもんもおったが、あんときゃ、ひやひやしよったがねえ。まちっとわからんように、上手にすればよかて。世間知られん無邪気な和郎《わろ》じゃねえ。そげんおもいよった。熱心に世話焼いてくれて、今になれば有難さよ。かけひきもせずになあ、正直者で、誰にでもはできん。熊本へゆくバスの中で、小母さんたちはそう思っていた。

——チッソんもんな、まだまだ上手にやるもん。市民会の人たちゃまるで赤子ばい。ウラもオモテも知らずに。オモテオモテとばかり走ってされいて、裏の方はごっそりチッソにやられてしもて……。それでも、二十九世帯がこうして踏み切ったけん、水俣はひっくり返る騒ぎになったが。

市民会の衆たちのおかげもあるばって、ほんなこて、しんから肝の据わったのは、やっぱりあの確約書ぞ……。はじめ市民会の衆たちは、馬鹿んごたった。正直で。それにくらぶれば、国もチッソも市も、利口者で利口者で、なかなか尻尾は出さんじゃった。そうばってんキツネはキツネ、とうとう尻尾出した。何回も何回も、わたしどももだまされて。よっぽどだましやすか者どもじゃったろう。

しかし、こんだばかりは、あっちの方の油断じゃった。

親代々から、馬鹿の組のうちに分けられて、利口な人方の言わす事は、はい、そうでござりますか、はい、そうでござりますか、と頭を下げて言うとるうちに、馬鹿のふりする癖のひっついて、こりゃあ、ひょっとすると、だまされよるがと心の内でおもうておっても、自分の馬鹿に義理立てて、顔から声から、しんからむこうさまののぞみなはるようにつくってみせて、だまされて見するのがふつうのこつ。

むこうは利口面、利口面、になる。こっちはいよいよ馬鹿面になる。たいがい退屈じゃったもん。こっちが違う顔してみせれば、あの人たちはどげん顔になるか、いっちょ、本心ばみせて見ろうか、ちゅう気にもなるよなあ。ちょっと気の毒かばってん、魂切《たまが》らせて見ようかねえ。馬鹿のふりをするのも、辛棒の要るとぞ。気のついたらまあ、命とひきかえに馬鹿つくっとった。

互助会の雰囲気はじつに微妙きわまった。漁協は実質的に、チッソの手に収められ、市議会議長などが歴代漁協長などをやっていたから、市当局にもからめとられていた。訴訟提起は、これらのつながりを切り破って出ることにほかならなかった。漁業不振におちいってからの借金は、漁協を通して市の信用金庫から借り入れてしている漁民たちであってみれば、漁協幹部である網の親方などにその口ききやら、保証人に立ってもらうしくみになっている。がんじがらめのしがらみをほどき切って「裁判組」に加担することは、自分の首をしめることでもある。

「ひとより義理堅い人間」である山本会長の苦悶はこのときもっともきわまり、会長はひときわやせて来て、市民会議に絶縁状を持参することになった。

今は死者となった山本互助会長が、このような肚のくくり方をしたことについて、チッソと市当局と、漁協がどのように多様な策をめぐらして、この胸板の厚い老漁夫の互助会長という立場をついにはチッソ寄り、行政寄りに引きずり込んで行ったのか、氏はその苦悶を顔貌にありありときざみつけてはいたが、ついに言葉に出しては、わたしごときに語ることはなかった。じつにこまやかな人情味をそそいで、被害民たちの面倒を見続けていたこの人の、その人情をチッソがいかに巧妙にあやつろうとしていたか、氏の表情の色でよくわかっていた。訴訟提訴をした人びとより、より深い苦境に氏は落ちこみ、急激に水俣病が発症するようになって、会長は死んでしまう。目元のなつかしい会長の顔貌が激変して、奈落へおちてゆくのを、まざまざとみながらなすすべもなかった。

労働組合のオルグ式に、漁民の家々をまわりはじめた市民会議の、人間の心についての読みのあらっぽさのごときものを、会長は口に出して忌避していた。

「訴訟せん人間ば、犬畜生のごついいよる。弱か人間ば犬になして、敵にまわして、市民会議は、何ばするつもりか」

こぶしを握りながらこの老漁夫はわたしに言った。握りしめたこぶしがぶるぶる膝の上でふるえていて、ああっ、このひとも、遠からず死ぬ、とわたしは思った。

しかし確実にこの老漁夫を追いつめたひとつの要因は、まぎれもなく例の「確約書」であったにちがいない。

公害認定後、なんの便りもない国やチッソの態度をもどかしがり、具体的な救済策を求めて、互助会はひんぴんと寄合を持っていた。それは、昭和四十四年三月一日、市民会議も参加していた総会の席に、市当局者や交渉委員たちが、あまり晴れない顔をして持ちこんできた紙切れに発していた。

「やっと国が、案ば示してきましてですな」

そう互助会の交渉委員がいいながら、紙切れをとり出した。なにかどよめきのようなものが一座の間にあがった。きき耳を立てている人びとに、その文言は、一語一語、もどかしく這入りこんできた。

「えーと、かくやくしょ」

最初、かくやくしょと、耳できいたとき、国のやくしょの証文だろう、と小母さんたちは思った。国の役所が、約束をしてくれた証文だろうと。彼女らは、うん、と膝を乗り出してきいたのだ。

確約書

私たちが厚生省に、水俣病にかかる紛争処理をお願いするに当りましては、これをお引受け下さる委員の人選についてはご一任し、解決に至るまでの過程で、委員が当事者双方からよく事情を聞き、また双方の意見を調整しながら論議をつくした上で委員が出して下さる結論には異議なく従うことを確約します。


「これにですね、早急に、インカンばついてですね、とりまとめて早う送ってくれろというて来とりますが」

「なん？　なんば確約しますちな」

一度きいただけで、耳になにやらひどくひっかかって、意味がわかりかねた。紙切れをまわし、もう一度、耳にもとおるようにそれは読まれた。

「なんじゃこら。死者にいくらとか、動ききらんもんにいくらとか、どこにも書いてなかよ」

「かくやくち、なんな？」

「確実に約束しますちゅうことばい」

「なんば国が約束して呉るっとちな」

「国が約束して呉るっとじゃなか。俺どんが方が、約束ば破りませんち、証文ば書けちばい」

「そぎゃん妙な証文ちあるかい」

「こらおかしか。うん、こらあおかしか」

「国から言うて来たなら、チッソにちゃんとせろち、ちゃんとさするち、患者に約束するち、いうことじゃろうもん。そげんどこにも書いてはなかかな？」

字の読めない小母さんたちは、紙切れを逆さにして、首をひねっている。

「そげんことは一字も書いてなか。委員の人選はご一任し、異議なく従えち書いてある」

「何に従えち」

「そりゃまだわからん、中身は」

「中身もわからんとに従えちな？」

「うんにゃ！　おいっ、こりゃあ、サギぞ！」

総会は「騒動が煮え」た。

「しかし、国がはじめて言うて来たことですし、国がよかあんばいにしてくれるというのですから、まず信用ということが大切ですから、まずインカン押してですね」

そのような発言はしかし、たちまち野次り倒されてしまった。よくよく聞いてみると、この文言は、厚生省から、市当局への電話によるのだという。

「そういう大切なことば電話でな」

「いや、厚生省は、一日でも早く患者の身になってやろうとしとっとじゃなかろうか」

そういうやりとりがあった。

訴訟提起にいたるまでの経過について、この頃の市民会議のメモをたどると左のようにある。
二月十一日　寺本知事帰任談として「チッソ会社と互助会の言うことは喰い違いがあるから双方から文書で出してもらい意見の一致を見た上で具体的にとりくみたい」と発言。
二月十二日　互助会長山本亦由《またよし》氏の心境。
知事から何か言ってくるのを待っている。
仲裁というのは拘束力をもつから識者の意見を聞きたい。
市民会議で弁護士は用意するがと申しいれてみたことに対し、副会長と相談してみるとのことであった。
二月十五日　市民会議チッソ会社へ抗議文提出。その趣旨、患者の要求を全面的に受け入れること、水俣病関係市費九千万円を返済すること、回答期二月末。新潟坂東弁護士来水。
二月十六日　互助会員宅で互助会員の約八割を集め〝仲裁〟と〝あっせん〟〝訴訟〟についての説明を行う。同時に三池ＣＯ患者来水交流。
二月十九日　戒能通孝先生個人的に来水。
二月二十日　政府公害二法を今国会に提出すると発表。
二月二十五日　市衛生課長、熊本県企画部長上京、厚生省に第三者機関の設置を陳情。夜市総務課長へ厚生省より「確約書」について電話あり。
二月二十八日　チッソ会社、河島総務部長、樺山総務課長のふたり市民会議日吉会長を訪れ、「いま互助会との補償に誠意をもって当っている。市民会議の抗議文には回答の時期ではない」と申しいれ。
互助会の幹部、交渉委員十五名に対し、印鑑を持って集るよう連絡。午後四時より会長宅で確約書に捺印して即日上京の準備をすすめる。交渉委員会で検討の結果十五名のうち六名が捺印、九名保留、上京とりやめ、同夜市民会議緊急会議をひらく。
三月一日　互助会総会、確約書に反発、協議の末の「あっせん依頼書」に書きかえることに圧倒的多数で可決。
三月三日　互助会幹部、市役所より厚生省へ「あっせん依頼書」ではどうかと電話。厚生省が受けつけられないと言ったため、互助会幹部、もう一度検討すると返事する。
市民会議、この事態について、昭和三十四年の見舞金契約のくり返しにならぬよう本腰になり、その危険度について、話し合いにくり出す。
三月四日　交渉員二名がさらに確約書に捺印、捺印したもの計八名、保留七名。
三月五日　互助会幹部「確約書」に捺印した場合、あとで裁判ができなくなるかどうか、斎藤厚相に会って意見を聞くため上京する意向で交渉委員会を招集したが、上京計画つぶれる。
三月十一日　社会党議員団来水、田中寿美子、阿久根登、坂本泰良氏をむかえ、互助会員宅で集会。患者たちの要望と、確約書の危険について話しあう。
三月十五日　互助会幹部、チッソ会社側の弁護士を来水させる。確約書に捺印した方がいいと説明する。

三月十七日　熊本告発する会、熊本市消防会館を準備。市民会議と弁護士たち九名との初顔合せを取りはからう。この会合、「水俣病法律問題研究会」と名づける。熊大より、専門の先生方に参加してもらう。
三月十九日　斎藤厚相、田中寿美子氏の質問に対して「確約書に捺印しても訴訟権の放棄ではない」と答弁。夜山本会長宅で交渉委員会、自主交渉を決める。
三月二十日　会社側、訴訟決意者のひとりに対し裁判を思いとどまるよう、けんせいに訪れる。
三月二十二日　熊本より弁護士六名来水、教育会館にて互助会員三十名、市民会議とともに会合。訴訟になった場合の患者の心配ごとに答えてもらう。
四月五日　互助会総会。会長、確約書を「お願い書」に書きかえて提案、内容が同じなら意味はないということでもめる。「自主交渉」か「お願い書」かで議論ふっとう。「お願い書」に捺印したいものだけ印鑑もってこい。裁判やりたいものはかってにやれ、と会長激こうし、結論出ないまま散会。マスコミ、この模様若干報道す。
四月六日　互助会幹部「お願い書」に捺印するよう説得に廻る。自主交渉派も自主交渉再開の署名を集め出す。
四月七日　自主交渉派会合、署名者四十名に達す。それを持ち代表山本会長を訪れ自主交渉をもう一度再開するように申し入れる。同時に互助会の金で上京するのは筋が通らぬではないかとつめよる。
四月九日　「お願い書」派代表上京。自主交渉派会合を開けども具体策出ず、「お願い書」派に対する厚生省のとり扱いを見て、交渉に入ることになる。
四月十二日　チッソ会社に自主交渉派ゆく。二十二日まで回答するよう要求書を出す。

四月十七日　チッソ、自主交渉派へ「第三者機関に依頼するよう再考してほしい」と回答。熊本「水俣病を告発する会」の三名チッソ正門前で坐りこみ。

後日、この確約書は、チッソの案に従って厚生省の係官が書き、それを電話で市当局に示し、インカンのとりまとめを指示したことが、折よく来水していた、参議院の田中寿美子議員や阿久根登議員の参院にもどってからの質問によって暴露せらるに至る。

このようにせっぱつまった時期に至っても、手もなくチッソの手の内にはまってゆく被害民たちの在りようそのものが、水俣病を抜きに考えてもいたましすぎる。

さすがに辛うじてこのときは、すでに印鑑をついて上京しようとしていた交渉委員たちも腰くだけになった。市民会議は緊急会議をひらき、ことの重大性を手分けして互助会の人びとの間をまわり、話しこんだ。このことはただちに熊本の「告発する会」にも知らされた。確約書は、「あっせん依頼書」と書き直されて、厚生省にこちらも電話で、差しもどされた。

四月五日の互助会総会で三役が提案し、なお人びととの疑念を残して未決定のまま、希望者のみが捺印し、厚生省に提出したものは、左のとおりであった。

お願い

私たちが厚生省に水俣病にかかる紛争の処理をお願いするに当りましては、これをお引き受け下さる委員の人選につきましてはご一任し、解決に至るまでの過程で委員が現地水俣の実態を充分調査して当事者双方からよく事情を聞き、また双方の意見を調整しながら、論議をつくした上で委員が出して下さる結論には従いますからよろしくお願いします。

——確約書やら、お願い書やらを先に書かせ、インカンを取らんことには、国はなんにもしてくれんという。国というものは、あのように大騒動して園田厚生大臣が来てくれて、いよいよ公害認定というものが下り、そのうえでもなして、患者どもを、まるでむほん人かなんかのように、扱うとじゃろうか。はじめから患者をうたがって、中身もみせずにまずインカンをつけという。いったいなぜか。

公害認定というものが下る、ということは、国が、チッソに、ベタリ、とはっきり、太かも太か印鑑を背負《から》わせて、おい、お前は、もうのがれられんとぞ、これだけの人間に苦しみ負わせているからには、はっきりした償いば、はっきりしめせ。国がそれをばとりしきる。患者さんたちはもう、心配要らんばい。長い間、ほんにほんに、あんたたちは御苦労であんなった。もう心配要らん。そういうことをやってくれるのが、公害認定という、国のインカンじゃと思うとった。

そういう気配はひとこともなしに、新聞紙《がみ》に、公害認定と出たばかり、そういう字を書いてみせたばかりでなんになるか。チッソが原因で、患者が出たと。たったそれだけ書いてあった。チッソが原因とは、あったり前で、病人が出たそんときから、おっどま、そんくらいのことは、もうまっさきに知っとった。国にあらためて、チッソがやったと教えてもらわんでも、病人が出たまっさきの昔からわかっとった、あったり前のことじゃや。そっでも、教育のなか馬鹿もんどもが、死んだ魚食うて成ったと、水俣の市民どもが反対して憎むけん、国が、国のえらか衆が言うて呉れたなら、いっぺんに、なんもかんも、片づいてしまうと思うとった。もう、今までやっとかっと起きとった病人も、枕をつけて、寝て、待ってさえおれば、何《なん》もかんも、国が公害認定で、やって呉るるち、おもうとった。

いったい、公害認定ちゅうもんは、なんや？ ありゃあ……、確約書ちゅうは——

なしてか、国ちゅうものは、いっちょも見えて来ん。ひょっとして、裁判所というところは国じゃろうけん、そこにゆけば、国というものが見ゆるかもしれん。公害認定は、シロもクロも言うてくれたことではなかったぞ。それが証拠に、確約書のお願い書のちゅうて、この上なんのお願いばせんばならんか。何べん、何のため、国に、交渉委員が出かけて行ったか。もう何年がかりのことか。国というものは……そげんも、遠かところにあるもんじゃろうか！……。

そのような思案のあいまに、ひょっと肚がきまったのである。有志三十四名の名を連ねて、水俣病の交渉がはじまって以来はじめて、控えめながら、戦闘的な意志をこめ、チッソへの「申し入れ書」なるものを全員でその門前へゆき代表がはいって、手渡した。代表たちは背広でゆくべきか、漁師姿でゆくべきかまだ悩んでいた。

申し入れ書

チッソ株式会社
取締役社長　江頭　　豊殿

水俣病患者家庭互助会

貴会社水俣市工場廃水によって起った水俣病の補償要求について互助会は、自主交渉、あっせん、裁判の三段階によるという基本方針を決定しています。互助会は誠心誠意、貴会社と自主交渉してきましたが、何回やっても貴会社は回答を示されず、なしのつぶてで終ったのであります。この間、貴会社は厚生省に第三者機関を作ってくれるよう互助会からも働きかけてほしいとたっていわれるのでやむなく互助会も厚生省にあっせん機関の設置をお願いしました。

しかし、厚生省はあっせん機関の設置を断られ、結論には従うという文書を出せと回答されました。私たちの多年の苦しみ、今後の苦しみに思いをいたすとき補償金額がいくらになるか分らないのに結論に従うという約束はどうしてもできません。互助会の内部にはそれでいいという人たちもいますが、あっせん不成立になった以上、私たちとしては互助会の基本方針にかえりここに下記事項を申し入れます。

記

一、互助会補償要求について四月二十二日正午までに満足のいく回答をもって出して下さい。

二、なお上記日時までに満足のいく回答がない場合、誠にいかんに思いますが、裁判をもって正義を争いますので申し添えます。

以上

昭和四十四年四月十三日

右申し入れ書に対する会社側回答

昭和四十四年四月十七日

水俣病患者家庭互助会　有志三四会員

代表　渡辺　栄蔵　殿

回答書

昭和四十四年四月十二日付貴信による申入書拝誦致しました。水俣病補償交渉につきましては誠意をもって、これが解決に当るべく過去四回に亘って交渉を続けて参りましたが、公害補償の基準がないため交渉は具体的な進展がなく、そのため貴互助会にも同調していただき、貴我共に政府に補償基準の明示、その他解決のための行政措置を講じていただくよう御願いしました。

これに対し貴互助会には昭和四十四年一月二十日、弊社には同二十三日それぞれ政府としては補償基準を示すことはできないが、その代りに解決のための第三者機関を設置する意向のある旨が表明せられました。

その結果、貴互助会はこの政府が設置する第三者機関によって補償問題の解決を計ることを決定せられ、また昭和四十四年一月二十五日弊社に御来社の上、弊社も上記第三者機関によって補償問題の解決を計るよう申入れがありましたが、弊社はこれに異議ない旨を申上げましたのみならず、弊社は既に昭和四十四年二月六日厚生省に対し、上記設置につき、受諾回答済であります。

上記のような経過でございますので、弊社としましては貴方からの御要求には遺憾ながら御回答致しかねますので不悪御諒承下さい。

なお、貴互助会におかれても既に会長殿を始めとして全会員の六割を超える方々が昭和四十四年四月十日厚生大臣殿に対して、本問題の第三者機関による解決を正式に依頼され、厚生省も早急に第三者機関を発足させる意向を表明しておられます。

貴方におかれましても、本問題が上記第三者機関によって一日も早く且つ円満裡に解決に至るよう御再考いただくことを御願い申し上げる次第であります。

以上

大部分のものたちを、からめとってあるぞという自信と、威嚇が露骨な文面となってあらわれているではないか。裁判の提訴はこの「申し入れ書」から二ヶ月後になる六月十四日である。小母さんたちは、その裁判にゆくバスの中でおもった。

――水俣は、よっぽど国からひっぱなれた、遠かところにあるとじゃろう。

「涯ばいなあ、水俣は涯じゃった」

そう言ってバスの外をみる。

「よか道のどこまでも出来とるよ」

それは改修された国道三号線である。

女の車掌さんが、ここが三太郎峠と言って、昔は薩摩のお殿さまさえ、江戸に上るのにこの峠を越えるのに難儀して、島原の方へ船で渡りたがったのだと教えてくれたりする。

「こういうことでもなからんば、三太郎峠のなんの、知りもせんじゃった。昔の殿さまは徒歩《かち》じゃったろうで、経費も要ったろう。

江戸ちゅうところまで、どのくらいの経費じゃったろうか、幾日かかったろうか」

婦人会の旅行や、遺族の靖国神社参拝には、熊本や、もっと上方の方へ、のぼってきたものもおって、そのときは汽車で、今バスで通ったよりも長いトンネルで、鼻の穴に、トンネルの煤がつまった、と話した。裁判所へは全員はじめてゆくのである。

「よか道の出けて、こうして出て来てみれば、つくづく水俣は、はずれの方にあるとばい、あら、この川の太さよ」

「球磨川ばい」

と青年たちが教える。

町というものが続いてあることの不思議。人がきれめなく、その町に湧いていることの不思議。自分も、その人ではあるばってん、なして自分たちは水俣病に遭うたか。町はだんだん広がって長六橋をバスが渡る。おるい小母さんが、長六橋だときいて、「おれえ、まあ、こるが長六橋かなあ、まあ」といいざま、ふいに、座椅子から腰を浮かせ、身ぶり手ぶりでうたい出した。

くまもとの
長六橋から文とりおとし
文は流るる恋路はしずむ
とるにとられぬ
さおさえとどかず
わたしとあなたの
身をながす
さのさ

どのようなよか橋かと思うとったら、鉄筋コンクリートの大橋じゃが。ふーん、これがなあ。そるばんてんこりゃ、えらいゴミのクズのち、ひっかかって、風情もなあんもなかもんじゃね、うたの方が、よかったぞねえ、といった。

するとそこらあたりからは裁判所のある熊本の街であった。人びとはふっとだまりこんで、かげろうのように排気ガスの波立っている街の呼吸のようなもののなかに、つれこまれてしまう。それから、ひくい声でぶつぶつ、面々につぶやき出した。

「こういう人間どもは、毎日、いったいどこから湧いてくるもんじゃろか」

「自分が家《え》ふきんの八幡さまの祭にさえ、これだけの人間ちゅうもんは、出ては来んぞ」

「それはその筈。水俣の人間は四万足らず。くまもとの人間の数は、四十四万ちゅうもんな。十一倍、おるわけばい。八幡祭とはくらべもんにならんな」

田上義春と、浜元二徳は、くまもとに関してはちょっとしたものしりだった。学用患者になって熊本大学医学部に連れてゆかれ、何べん、そこから、水俣にむかって脱走したことだったろう。

「俺どんが事が日本に知れん筈。この熊本にさえも、水俣からいちばん近か筈の県庁所在地の熊本にさえも、はじめてこうして、自分たちで自分のことを訴えに来たわけじゃ。何ばとぼけとったろうか。熊大におったころは、水俣病であることは、隠したい一心ばかりじゃったが、思えば損した。なさけなか」

律儀な衝動が、小母さんたちをつきうごかした。彼女らは表情をあらためて、「水俣病訴訟患者家族」と書いたタスキをちゃんとととのえてかけ直した。

自分たちがすこし、みやこの方角へ、にじり出て来たような実感がする。

（ここまで、来たわけじゃなあ）

とにわかに胸に来た。

ようもようも、今日まで馬鹿つくっとった。やっぱりきつかった。並のきつさじゃなかった。えらい月日の経っとった。やっと、この世に半歩ばっかり踏みかけたような気のするよ。

――みやこばいなあ、ここは。もうひとつある世の中の、入口じゃろうか。熊本ばいな、ここは。まこてこげん毎日毎日、祭りのごつ賑わえば、若か者どもが出てくる筈。わが家にばっかり居ろうごとあるもんけ。

しかし今日は、祭に招ばれて来たわけじゃなか。こういうみやこの裁判所なれば、ちゃんとしてくれらすじゃろう。人目につきようも水俣とはちがうじゃろう。

赤レンガの、りっぱな西洋づくりじゃった。

菊のご紋のついとった。国の建てらした建物ちな。拘置所ちゅうのもついとったよ。ひとならびのところに。罪人入るるところちな。わたしどもが勝てば、チッソのもんどもをあそこに入れらすとばいな。勝たんばならん。仇討ちじゃもん。

渡辺の爺ちゃんも、なかなかの年寄りじゃ。えらいよか挨拶ばせらいたばい、今日は。

「今日ただいまから、私どもは、国家けんりょくに立ちむかうとでございます」

ちな。立派じゃった。今日こそは、心はひとつじゃった。なしてまちっと早う来んじゃったろうか。早うくればよかったて。菊のご紋のついとる建物のここにあったて。いっちょも知らずに。学問のなかもんじゃっで。熊本のよっぽど遠かったわけじゃ。来てみれば近かったて。国家のけんりょくち、政府のことも言わした。政府は下手ばいち、やっぱり年とった人はちがう。よか言葉ば知っとらす。遠まわしにいうて上手ばい、今日は、中には入れて呉れらっさんじゃった。門の中にちょっと入れてもろて、受けつけばしてもろたばっかりじゃった。おそれながら訴えますちな。よか裁判所のごたった。国というもんは奥の深かそうにある。

訴訟のハラをきめたとき、船に乗るのだと、ゆく先のはっきりした船に乗りこむのだと、人びとは言った。

「なあ、おっどまもう、沈没しかけた、いっ壊《く》え船じゃ」

「いや、なんばいうか。これからあらためて乗るわけぞ。病人じゃっても船に乗るわけぞ。一艘の船に乗る場合に、はっきり、鹿児島ゆきか、アメリカゆきか、こんどこそは、ゆく先のはっきりしとる船に乗る。いままでの船は、チッソ船になってしまいよったもん。こんどこそ、船頭さんの丈夫な船に乗るとぞ。自分たちの船に、ひとりでも、丈夫なもんの、ゆき先の見ゆるもんの、乗るごつしゅうじゃなかや」

確約書を前にして、内々に話されたことは、山本互助会長とついには、絶縁してしまう内容を含んでいた。

「おっどんが立てた会長ぞ、そん会長が、ゆき先のどまぐるれば（まちがえば）、やめてもろうてよかよ」

「うんにゃ、そげんもゆかん。確約書組は、五十六人、こっちはいくらか、十人か。肚のうちのわからんうちに、会長にゃやめてもらうのなんのちゅうても、こっちの人数の少なければ、ペケぞ」

「いいえ、いくら肚の見えんちゅうても、これは当り前に言うて、通るこつと思うよ。当り前のこつばいえば、こっちの方に、つくと思うがな」

「おっどんがいうとき、うん、そうそうち、手どもたたいてくるれば、二人、三人と、こっちの方が増えやせんじゃろうか」

「日本の国はインカンの国ぞ。インカンで泣かする国ぞ。よかか。なあ小母さんたち、確約書ちゅうはな、当り前なら、会社が患者に、つぐないする確約ばいたしますと、そういう意味なら、これこれ、こんな風につぐないを確約しますとな、会社が本来ならインカンついて、われわれに持って来んばならんとが本筋ぞ。それをな、患者に白紙《しらかみ》持って来てな、確約せろち、国の言うことに確約せろ、確約したうえでなからんば中身をみせん、あっせんもきめてくれんちゅうは、どういうことか。国の公害認定ちゅうは、こういうことじゃったか。確約ちゅうはな、確実に、お約束しますち、いうことばい。患者がまず確約せろと。患者の中身もしらん国がいうて来た。この意味をとりちがえんごつせんばな。われわれが、まだもらいもせん中身も知らんで、何ば確約せんばならんか。日本なインカンの国ぞ、これでまず縛る。手も足も口も縛る。見舞金のときのごつ。あとは文句いうな、中身はいうな、まずインカンつけ。な、これに、また縛らるるめえぞ。何ばわれわれが、悪かこつしたか。中身も教えず、なして、先に縛っとくか。

折角、国が、公害認定してくれて、こんだこそは患者の味方かと思いこんどったら、こういう始末をもって来た。油断するるめえぞ。

こういう国に、国を頼んで、任せる……。国にすがれば、ちゅう肚のもんもおる。しかし、ここにある二項はな、紙の裏ばひっくり返してみろ。こりゃほんとは白紙《しらかみ》ぞ。何ち書いてあるか。――これをお引受け下さる委員の人選につきましてはご一任し、とある。親子、一家中のこういう災難の中身を頼む相手の、顔も名前も知らんでお願いしますち、インカンのつかるるか。もう一項ある。——委員が出して下さる結論には異議なく従います——。どうかな、インカンつかるるかな」

患者互助会は、交渉委員をつくって、四たびの〝自主交渉〟をした。〝自主交渉〟と言っても、これまで常に、チッソ側が指定して呼び出す日時と場所とを、こちらから「おねがい」して、テープもなし、報道機関もいれぬと、約束を申しいれた上での自主交渉で、話しあいの日にちをはじめてこちらから、申しいれてみたにすぎぬような内容のものだったのである。もちろん、なにひとつ実のある返答がきけるわけではなかった。

最終的には「お願い書」となった確約書の問題をめぐって、患者互助会が、訴訟派と、厚生省の案にすべてを一任する、という一任派とに分裂するきざしをみせはじめる前に、わたしはある思いをもって熊本に足しげく通いはじめていた。市民会議の路線の延長に、レールを敷かねばならない。患者互助会の分裂は、必然性を持っていた。あいなるべくは、来たるべき分裂を少しでも先の方へのばしたかった。けれどもひび割れを早めた要因のひとつは、市民会議の体質がそこに割って入ったことでもあった。

いかなる既成組織の体質をもこれに持ちこまない、個人の集団であるとは言葉ではいうものの、まるまるの無から、患者たちの脳の中のように溶解し去ったところから、支援の質も形も出発するのだと、いくら自分に言いきかせてみても、ものを書いているなどといえば、あからさまに嘲笑されかねない、およそ肩書なしの主婦の、純未組織人間はわたしひとりで、はいって来た面々といえば、ほとんど政党や労組の役職づきの人間ばかりだった。そこには、個人の意志はもちろん動いているのだが、会議ひとつひらくにしても、おのおの、役づき出身であれば、言葉づかいからして、出身母胎の手垢にまみれた役員幹部コトバの議事運営になってしまう。それはわたしもときどき義務で加わる、村の寄合とは、ずいぶん異った世界の産物にきこえた。

「えー情宣班はですね、情勢に応じてですね、各方面にオルグも派遣せんばならんち思うですもんね、なるべく多岐にわたって……」

などと、婆さま爺さまたちの前でやられると、わたしはキモを潰した。ジョウセンハンもたぶんききとれまい。オルグもわかるまい、タキもチンプンカンにちがいない。そのような用語は漁師の生活言語とはほとんど無縁だった。けれども、進行させねばならぬ事態であればなおさらに、そのようなやり方は一見テキパキとして会議慣れしてもみえ、集りを終えるとき、小父さん小母さんたちから、

「今後もよろしく御指導おねがいいたします」

などと頭を下げられてしまう。言葉そのものには耳なれしなくとも、ひとまわり深い本能で、患者たちは、意訳して、きいているのかもしれなかった。

けれども、のっけから指導者意識など持ってもらったら、この場合ばかりは、なんとしても困るのである。そのような組織として発足してしまっては。

——なんにもまだ、みなさん方の胸のうちを、市民会議はわかっちゃおりまっせんのです。会議には慣れとるばってん。御指導もへったくれも、どうやって、事の次第を世間に知らせるか、まず自分自身がわかりうるか。事の始末の手伝いをどこまでやれるか、いま顔つなぎだけが出来たわけですから、こっちがなにもかも教えてもらう立場で——と言いかけて、しかし、このように加速度的に状況が逼迫して来ては、

みなさんのことはまだ知らないのだなどと言ってしまえば、さぞかし頼りなかろうにと、われからたちまち心細くなったりするのである。それで役づきを、日吉フミコ会長と、松本勉事務局長だけに絞ったが、それとて、やはり既成組織の借り概念をまぬがれえない。せめて水俣病対策市民会議の対策を、どうしても削ってもらいたい、非常にこだわるのだとわたしは申し入れた。それこそは今までの行政のことばではないのかと。恒久的な宿命になるのだからと。

既成オルグたちに、初心の含羞がないわけではなかった。けれども、ひとりの人間が背負っている原罪が、集団の原罪となるときに、それはゆっくりと倍音のごときものを発して、もとの心音がかき消える。その心音をききとろうとして会議の隅っこにいると、爺さまたちから、

「あねさん、あねさん、お茶、お茶」

と声がかかる。まだ、あねさん、と呼んでもらっていて、わたしは会議のとき、お茶くみ係をさせてもらっていた。

ワラ半紙一枚ずつの「市民会議ニュース」が、とぎれとぎれながら出されはじめていた。小学校教師である若い森紀代子さんがそれをひきついで受け持ってから、労組の機関紙の速報風だったのがおもむきを変え、字を読みつけぬ患者家族たちにも、血のあたたかさが通ってゆくような文章で、彼女手書きのガリ刷りで配られていた。それは、小・中学校の学級新聞の、父兄むけ便り、といった感じのものだった。たとえば、訴訟提起前の雰囲気をよく伝える手短かな、左のような記事がみえる。昭和四十三年十一月四日付けのニュースである。

15名の交渉委員、ねばり強く!!

第一回、第二回と、互助会と会社の自主交渉は続けられている。交渉に先立ち、互助会は、交渉委員15名を選んだ。それは、内部で色々事情もちがい、要求が出しやすいようにと、次の四つの分野から代表を選出することにしたわけである。15年間という年月は、権利を主張することもなく、ひっそりと片隅で生き続け、人間性を無視されてきた人びとが自然のうちに学んだ英知を生み出した。

〔死亡者家族〕園村昇・中岡さつき・山田進・上野英子
〔大人生存者〕田上義春・杉本進・津川小満子
〔胎児性〕滝下ふじえ・前田則義・坂本ふじえ
〔一時金〕渡辺栄蔵

これに会長・副会長・会計（松永善市）が加わり、15名となっている。これまで貰った見舞金の額も違い、病気の程度も違い、一時金や死亡見舞金で今は全然会社とつながりのなくなった人たちもいたのだから、当然すぎる要求の出し方であろう。人の命は金で買えるものではないけれど、この交渉の過程の中で、その人間の生命、人間の苦悩を、補償という形で一般化しようと苦しみぬいている。過去15年間も病魔とたたかい、住民の目とたたかい、今また総資本や国家権力と対決したような形となって、互助会の人びとのやせた肩におっかぶさっているような観がある。

続けて二日後の十一月六日づけ「市民会議ニュース」第二十一号は、熊大水俣病研究班の武内忠男（第二病理学）入鹿山且郎（衛生学）徳臣晴比古（第一内科）の三教授が、新潟水俣病の損害賠償請求裁判の、出張証人調べに応じて、熊本地方裁判所に出頭した模様を報じている。このころ、とくに新潟の坂東克彦弁護士と、来るべき水俣での提訴にそなえておくべく、松本勉事務局長がひんぴんと連絡をとりあっていて、そのすすめもあって、互助会の人たちもひとごとならず、この出張証人調べなるものを傍聴した。「熊大三教授、熊本地裁で証言――塩化メチル水銀排出確認――」という見出し。

「――日常生活からかけ離れた裁判など遠い存在でしかなかった感覚から、レンガ造りの古めかしい法廷に入り込んだ互助会の人達を含めて傍聴者は、(チッソ労組員なども傍聴)カーテンで室内を暗くし、古色蒼然たるシャンデリアに照らされてはじまった審議に、一種、異様な厳粛さをおぼえながら開廷を待った。……証言の内容は学問的にも高度で、証言の一つ一つを納得して聞いていくということは難かしかったが、互助会の人びとの吐息の中には、自分らを苦しめて来たものが、今、目の前で静かに暴露されてゆくのと真正面にむきあった暗闇での表情であった」と書く。この暗闇というのは、証拠資料として徳臣教授と武内教授が昭和三十六年ローマの国際神経病学会で発表した非公開の十六ミリフィルムの上映のことで、急性劇症型で死亡した患者たちの、いまわのきわの凄惨な姿がうつし出されたことをいう。

「――『あ、あら、おがオヤジばい』と、学用患者の症例として証言されていく図表(映像のこと)をみながら、隣に坐っていた本人も患者である人は、うめくように教えてくれた。『こっから、おめきならんとな(このようになった先は声を出しておめくこともならん)。おっどが、よう知っとる。説明しようごだる』と被告側の反対尋問にじれったそうに膝をたたいたという人。『はっきり、いわしたな』とは帰りの汽車の中でのある人の弁――」

訴訟提起を、いやがおうでも考えてみなければならなくなった患者たちに、この淡々とした、ガリ刷りのニュースの記述は、しんとして、ある判断の基準としておかれていたとおもわれる。

市民会議の力の限界を補強する、もうひとつバネのきいた行動集団を、いよいよ発足させねばならぬ時期になっていた。組織エゴイズムを生ましめない、絶対無私の集団を。その集団は、澄明な水のような法則を持って、流れてゆかねばならない。流れの上に患者たちの「いっ壊《く》え船」を乗せ、その船のみを浮上させねばならぬ。支援者たちは、船ばたに隠れてみえぬ舟子《かこ》たちでなければならぬ。いっさいの戦術は、この国の下層民が、いまだ情況に対して公けに表明したことのない、初心の志を体し、先取りしたものでなければならぬ。水俣病事件の全様相は、たんなる重金属中毒事件というのにとどまらない。公害問題あるいは環境問題という概念ではくくりきれない様相をもって、この国の近代の肉質がそこでは根底的に問われている。これにかかわるとすれば、思想と行動とは、その人間の全生涯をかけたある結晶作業を強いられる。そのような集団をつくれるだろうか、つくらねばならぬ、とわたしはおもっていた。

「ゆくさきの定まった船にのる」

のだと、ゆくりなくも患者たちはいう。とはいえ、ゆく先など定まっているはずはない。逆にいえば、定めたい、という願望の帰着するところは、あまりにも平明平凡なことゆえに、その志のあまりにもちいさきものゆえに、かくも心を乱されるのである。しかも「いっ壊え船の難破船」だという。船長も舵とりも、乗り手全員が病人たちであるならば、支援者たちは、たたかいのイメージとその内質をつくってゆく過程では、船が破砕して、たとえば海中に落ちねばならぬときなどの、全乗り組員たちのスタンド・インをつとめ、ある場合には、船長なり舵とりなりに化身せねばならぬ瞬間も来るにちがいなかった。『苦海浄土』第一部の原題「海と空のあいだに」を連載してもらっていた『熊本風土記』の編集者とその同人たちに、いっさいを報告し、わたしはその心をたたいていた。

熊本市京町の裁判所といえば、この古い城下町の人びとなら、ああ、とお城のある方角の高台をふり仰ぐ。お城の並びの高台の、明治期洋館造りの赤煉瓦のその建物は、樟の巨木群に囲まれていて、近代化されながら騒々しくなりかけているかつての「森の都」の一角では、まだかろうじて古拙なおもむきを漂わせていた。右端に続いてゆく地所のはしに、異様な分厚いコンクリート塀に塗りこめられている拘置所が、目にはいりさえしなければ。

その赤煉瓦の裁判所の前にふさがるように、無人格な建物の検察庁があり、県教員組合の教育会館があった。そのような建物の前を、植木・田原坂《たばるざか》方面にゆく道が通り、道をへだてて熊本城や樹木園がつづいていた。

裁判所や拘置所の裏塀の、切り立った背面を眺めあげるようにして、唐突に低くなったひろがりの中に、いかにも古くからの城下町らしい、小生活者風の家並が低く連って、湿気の多い屋根の色をしているのは、川幅がせまくて、氾濫しやすい坪井川に囲まれているせいかもしれなかった。

それはなんだか不思議な眺めだった。たまたま、陽ざしのつよい夏の日に、この一劃《かく》まできて坂をのぼりかけると、硬質な、異様な光の破片が、拘置所の塀の上から目を射てくる。近寄ってみれば、分厚そうな塀の上に、その鋭い切っ先を天の方にむけて、ぎっしりと無数に植え立てられたガラスの破片なのである。家並を低くしたこの町の人びとは、もう、いちいち、その高いところを見あげたりなどしないのかもしれなかった。拘置所の裏の坂道を朝夕のぼり下りするのに、分厚いコンクリートのずっと内側に、いかなる罪人《つみびと》たちの心が閉じこめられているのか、思いやってみたところで、一日一日が、えんえんと暮れて光る坂道だろうから、仕方がないのかもしれなかった。それで、そこを通りかかるお婆さんなどは背中を曲げ、コンクリートの反対側の、坂のはしっこの方へ、はしっこの方へと、腰のうしろにまわした手提げをひらつかせながら通るのだった。連れ立って通りかかるものたちも、なんとなく影のうすい首つきになって、見えないコンクリートの内側へちらと視線をやり、一種うわのそらで喋りながら、その坂道を下って来たりする。

この界隈に通い出した水俣のものたちは、裁判所の裏側から見あげるこのような、ギザギザの、ガラスを突き刺された空になじまなかった。村の景色にそれに似たものはないのである。みやこの街には、見たことのないものが、いろいろあるものだと人びとは思う。

いったいガラスの破片の尖ったものを拘置所の塀に植えこむなどと考え出すのは、どのような魂の状態であるのだろう。ここの裁判所の古い記録では、罪人や被疑者という概念が出てくる前には、曲者誰某などと書いた調書が残してあるということだから、やっぱり曲者なるものたちのために、あのギザギザの切っ先を植えこんだにちがいなかった。

このような拘置所を設計する人間、塀をこしらえた人間、一升びんやビールびんを割ったものを空にむかって植えこむ人たちは、この街の日常にどういうかかわりを持ったのか、そのような人間たちの残した形象が、まだいのちをもっていて、街の高台の陽の高い日に、田舎から来たものたちの目を射たりするのだった。裁判のためにここにおもむくというのに、このコンクリート壁は、患者たちの精神風土とも、いまから進行するであろう患者たちの心の中の裁判の世界とも、なじみあわぬ感じを持ちはじめていた。

表門から這入るときの裁判所のけしきと、背面からそこへ登ってゆく道の区別がつきかけて来て、切っ先のギラギラが遠くから光ったり、あるいは近くに来て坂をのぼるとき、不意に気づいて女たちは声をひそめて口々にいう。

「刑務所ちなあ、ここは。好かんよ」

「ここば通るときは、おるも、好かん」

「ああ、ほんに好かん」

ここらあたりの道ばたの、そのコンクリートの脇に添いながら、表門の方まで、マタタビに似たタビの樹が、なぜかよく育って続いていて、夏のはじめから秋にかけて実がなっていた。そのような拘置所の下方の一劃に、若き日の夏目漱石夫妻が住んだという邸宅が、ひときわ風雅なたたずまいで昔日のごとく保存されているのも、不思議に感ぜられるのである。

この坪井川の内側の裁判所寄り、お城寄りの、軒の低い下町では、まだごく慎ましい商いをする蔀戸《しとみど》風のちいさな構えが交じっていて、自転車の輪替屋や、靴の修繕屋があるかと思えば、「洋服のカケツギいたします」という毛筆の紙の貼り札が格子戸の横に貼ってあったり、コマや線香花火をボール箱に入れた横に、ひねりん棒や、パンやカステラの耳のところを売っている店があったりもする。古い城下の細民のくらしが今も町の襞々に生きていて、そういうつつましげな商いの店先には、袷の残りの対《つい》の布で作った前かけのお内儀さんが、出て来たりした。

裁判所のまわりには、そのようなお内儀さんが今朝つくったような巻ずしやいなりや、いきなり団子などが、ちいさな縦型のガラスケースの仕切りの中に、二十個ずつばかり入れられていたりする。鯖や大根や、こんにゃくを色濃く煮たものなどを皿に盛り分けて入れてある店もあって、そんなおかずのおいてある店では五、六人が昼食をしても間にあう食台がおいてある。

そのような店の大きくなったような見かけの食堂が、裁判所のすぐ前にぽつぽつあって、ここらあたりの建物につとめているらしい人びとや、面会人たちやが昼食をとっているらしい。すぐそばに差入れ屋があるときいて、水俣のものたちはびっくりする。

「ほう、都会に来れば、商売のもとはなんでもあっとばいな。罪人を相手にする商売まででけて、それが飯のもとになるちゅうはなあ。思いもよらん」

裁判をうち出した日から、月に一回通い出した、国道三号線ぞいの話にはきいていた景色。

熊本県に工場というものはふたところあるそうな。ひとつはもちろん、水俣に来た大日本窒素で、八代に来ていると話に聞く十条製紙と興国人絹という会社。なるほど、不知火海沿岸ぞいの三号線をバスが行けば、それらしき煙突と、有名な悪臭の間を通り抜けるのである。煙突の大きさも水俣並みのようにみえる。八代をすぎると、益城《ましき》平野が拡がってくる。夏になれば藺《い》で織った花茣座《はなござ》売りの小母さんたちがやってくるけれど、益城平野の田んぼの中に、稲とはみどりの具合がちがう藺草《いぐさ》の田んぼが、点々と広がっていた。稲架《いなか》の小積み方も、三反百姓以下が多い水俣とはやり方が全然ちがう。藺草どころ、米どころときいてはおるが、田んぼのしかけがちがう、と人びとは思うのだった。

「娑婆も、だんだんに、幾重もあるばいなあ」

風土も人も、動きあっているのだということを、人びとは自分たちが動いてきてみてそのたびに実感する。そしてくりかえす。

「熊本は祭かな」

「いんや、ただの日じゃろう」

熊本通がいう。

「ただの日でも、毎日、こげん賑わうばい」

「熊本の衆たちは、毎日、祭のごたる着物着て」

「昼の陽中《ひなか》に、いつ来ても楽隊の鳴る」

ひとむかし前までは、昼の陽中に楽隊鳴らすのは、祭に来たサーカスか活動写真か、芝居の宣伝隊で、楽隊が鳴ると猫も犬も、大人ものぞいて、人だかりした。

「ひま人《じん》ばっかりじゃろ、毎日、祭着物着て」

「都会に都会にちゅうて戻らん筈、若か者たちが」

「あきれた、あきれた、どこどこから湧いてくる人間じゃろ、ひま人の多さよ」

「おれどんもひま人で、来たが」

みんなはどっと笑った。

「祭しに、なあ」

「ひま人になったもんじゃ、海にも出らじな。あそびに来た」

そしてまた笑う。

村の公役でもなく、冠婚葬祭でもなく、身内の用事でもなく、どこかうろんな、たとえば選挙の隠密な作戦などのために、仕事をやすまねばならぬとき、あるいは、村の秩序をはみだした、災屋《わざわいや》がかった人に、言いたくない用事でどこぞにゆくとき、あそびにゆく、と水俣あたりではいう。今日はどこゆきな。はい、と間をおいて、

「今日は、あそび、あそび」

という。

そのような用事のときは、もちろん仕事を休み、泥着物を脱いでいる。村の人目にいやでも立ちすぎるからである。今日はどこゆきなといわれたら、あそびに、とわれから挨拶するので。村の心は、ああ、人に言うてはならぬ用事らしいと納得する。しかしなんの「あそび」じゃろうと思いやりながら。ただの貧乏人がひとりであそびにゆける筈はないから、はい、あそびにと先をとっていい、意味ありげなはにかみ顔になるから不思議であった。

そのような村々を出て、バスさえ借り切って団体を組み、たとえそのバスの手配は「市民会」がやり、経費の大部分は「告発会」がかき集めてくれていようと、裁判に出てくるなどということが、いったい、村々にとってどういうことであったのか。水俣流にいうならば、これほどのあそびというものがあろうか。裁判にくればそのたんびに、二十九世帯の大家族が、まかないつきで、旅館にまで泊まらせてもらうことになったのである。派手派手しい遊行に見えたにしても、もう仕方なかった。婦人会の団体旅行にさえ出かけたものはすくなかったのに。

だからあの、特別仕立てのバスの車体に、れいれいしかったが、市民会の字の上手が「水俣病患者、原告団」と大きく墨書した横幕を巻きつけてくれたとき、すっと、世間をはばかる気持が、消えてゆくよう

な気がしたのだった。

昭和四十四年六月十四日、水俣病患者互助会の訴訟派はこうしてチッソを相手どり、総額六億四千万円の慰謝料請求の訴えを、熊本地方裁判所に提起した。この日の訴訟に揃えられた原告は、患者四十一人（死者十七人、重症者七人、労働不能者十四人）とその家族七十一人の合わせて百十二人、二十九世帯という内訳であった。熊本の町のにぎわいの中に、こうして水俣病裁判もはいってゆく。

熊本の町というものを見たことはなくとも、そこには熊本城というものがあり、加藤清正が建てたものだとお婆ちゃんたちも知っていた。お城のある町、昔、お殿さんのおらした町。水俣は薩摩に近い日本のはしで、熊本見物に行ったものといえば、村々でも数えるほどしかいなかった。けれども、まれに、熊本見物に行った面々が、必らず買って帰って隣近所に配るのに、熊本城せんべいという、子どもの顔ほどもあるおおきな瓦せんべいがあったのである。加藤清正せんべいというのもあって、それには例の虎退治の焼印が押してあり、熊本城せんべいには、もちろん、お城の姿の焼印が押してあった。

熊本見物たちが帰ると、あけの日、村の子どもたちは顔の前に、そんなおおきなせんべいをかざしながら、お城の形ののこるよう上手にそれをかじったり、虎の方から先にかじったりした。

そんなみやげを持って帰るのは、ばくろうたちとか、石屋組合とか、六師団帰りとか、熊本に「奉公」に行っている女たちの里帰りなのである。わたしのとんとん村だとて、戦後が来ても、三太郎峠のバス道が貫通しなかった間は、わざわざ畠仕事を休んで熊本見物に出かける女たちなどはいなかった。村から兵隊たちが召集されて、十六部隊に入営し、いよいよ戦地に送り出される気配となると、面会が許される。身内たちは、兵隊たちの喜びそうな巻ずしやおハギを重箱にぎっしりつめこんで面会にゆく。この世の名残りに、家の心づくしの御馳走を食べさせる、そのような情景へのもらい泣きとひきかえに、熊本城せんべいなどが、村への土産に配られるのだった。

熊本見物などは、身分のちがう分限者達のすることで、ただの百姓漁師の女たちが、近隣の、親戚の村の祭に招ばれてゆくことはあっても、わざわざ物見遊山に出かけてゆくことなど思いもよらなかった。熊本の近くに縁家があって、清正公さまの祭に帰ったりするものがあると、その者は、どこかしら、都の風を持ってくる。挨拶ことばが、ちょっと熊本がかって来たりして。村々では講を仕立てて、本願寺の大遠忌に行ったりするものもあったが、それとて、「成りあがらしたものたち」に限られていた。

どこどこから湧いてくるか見当もつかぬ、熊本の祭り賑わいの中の、「ひま人」たちの中に、バス仕立てで乗り組んで来て、告発会（告発する会のするを取り去って、患者たちはそういった）や市民会の衆たちに肩を貸してもらい、街頭カンパに立っていると、体とともに、心がかなしくねじれるような気がして、バカのような楽隊がお供のように、おかしくなっている聴覚の底に、いつまでもついてくるのだった。

第四章　花ぐるま

沿線の桜はすっかり散っていた。

汽車に乗って熊本の仕事場からわたしは帰る。汽車に乗るというと、都会から来る若い人たちは瞬いて、ちょっとの間わたしを眺める。そうだ東京ではもう、汽車とは言わない。蒸気と煙を吐かない電気仕かけだから、電車のはずだがと思うのかもしれない。

そのことを思うがとらわれていられない。わたしは自分の時間を、もうながいあいだ停めているので、たとえわたしの乗るものが電気仕かけであろうとも、汽車であるのにかわりはなかった。けれどもそれに乗ってどこへ帰ろうというのだろうか。

二十世紀の終焉がわたしに憑いていた。わたしだけでなく、地表の上のものたち、魚や鳥にも、果物や野菜たちにさえそれが憑いていた。あのヒエロニムス・ボッスが生きていたとしたら、憑いているものが悪霊であるか神であるかを描きわけることだったろう。

わたしといえばこの三十有余年の間に、左の目と、右の聴覚とを失ったことに気づいた年月だった。病人集団の中に居ればそれで等しなみといえなくもなく、遠い神話の時間が、意味を持ちなおしてここに流れ込んで来ているのを、失われた目と耳とが、教えてくれる。それゆえ二十世紀の神と悪霊とをこもごも眺めているのは、ながい歳月のあいだのひそかな愉悦といえなくもないのだった。

自分をこの地に縛りつけ、出郷してはならないと思いきめたときから、わたしは遊魂状態となっている。そして飛ぶ夢をよくみる。夢の中で飛ぼうと思えば、いつでも、躰のまわりに水の流れだすような飛翔感が得られるのだったが、若い頃のように、天山山脈の上を飛んでゆくような夢ではなくなって、飛ぼうと思い立つところは、つねに今いる自分の村の、わずかな谷間だったり樹の上だったりして、地をけって躰が流れだすとき、地上からの空隙は二十センチぐらいから、丘の上に沿って、三十メートルくらいの高さだった。

目ざめてからいつも思うのだ。夢の中での、ローラースケートのように躰を動かせれば、大地をただ歩くよりも、どんなにか快く、今いるところを振り返ることが出来るだろう。わたしは、ひとつの秘術を会得したような感じになり、いつでもあの方法で往くのだと思い込んで、畳の上で試みてみるのだが、今のところはまだうまくゆかない。そういうわけで、まわりに流れる時間はつねに、三重ぐらいになって交わり、天と地と中空の世界とがわたしを包んでいるのである。

熊本から鹿児島へゆく特急列車はわりと空いていて、坐れないということはめったになかった。以前とくらべて、人びとの表情が変ってきたようにみえる。いちじるしく表情の乏しい、商社マン風の若い男たちがよくこの列車に乗っている。煙草をふかしていても談笑していても、彼らはいちように、心をどこかにしまい忘れたような、仮面めいた表情をしていた。ほかの乗客たちのひとりひとりも、それぞれ透明な試験管の中にでも沈みこんでいて、みえない隔壁に頬をもたせかけているようである。ものうい表情で、わたしとほぼ同じような年齢の女性が、あくびなどをしているのをみると、生活に疲れているというよりは、生きてそこにいるのが、なにかしら腑に落ちないというようにもみえた。そんな様子に気を配っていると、生命というものがこの世に存在するということには、どこかに無理があるのではないかとも感ぜられるのだった。思えば、なんと永い歳月をかけて、この世は人びとの吐息によって手織られていることだろう。

車窓から見る民家の庭の椿が地に落ちて、茶褐色に腐蝕しはじめていた。

踏切りの脇や旅館の壁の、ポルノ映画のポスターが飛んでゆく。どれもこれも少女の顔だった。たぶんこの列車の速度よりも加速度のついた文明と、性器化したような風俗が、無名の顔で田舎の隅々へも出没する。

ほとんど閉塞して暮らしていても、聞えて来たり見えたりすることがある。記録映画の土本監督たちといっしょに、おびただしい未申請患者のひそむ天草の島で、ひどく気が滅入りながら、天草出身の、旧軍慰安婦のことを話しあっていたことがあった。そのとき、ことのついでという風に、監督が言ってきかせたことがある。

「いまね、道子さん、東京に来てごらんなさい。日本の性がどういうところまで行きついているか、そりゃ、すさまじいことですよ。連れて行ってみせてあげてもいいですよ」

まわりのスタッフたちは黙って聞いていた。その場にいたもので「日本の性の現実」を知らなかったのはわたしだけだったのかもしれない。「ううん、ゆかなくてもいいんです」とわたしは言った。

戦場でたて続けに何百人もの兵隊を相手にせねばならぬ性とはそもそもなんだろう。そういう経験をもつ女性が、命ながらえて帰った果てに、水俣病を病んでいるのだった。

もしも、あるがままの自然というものが人類に残されるとすれば、最後の神秘として性は残るはずだった。胎児性患者を生まねばならなかった母親たちも、太初からそうであったように、魚を養う海の潮とおなじ羊水を、その胎に湧かせていたのである。女の胎と海とが、おなじ潮であることを人びとはまだ充分に思いつかない。そこに直接毒が注入されたことと「日本の性の現実」とは、たぶんふかい関わりがあるのにちがいなかった。慰安婦の傷痕をとどめた女身であろうとも、いやそれであればなおのこと、僅かの余生を浄福してくれる相手を得て、もとの海べの光につつまれながら、終ることができたろうに。

不知火海の沖は曇っていて、天草の島影がかすんでみえる。曇った午後だからだろうか、太陽は光を拡散させず、真下にあるおぼろな島影を包み入れるような淡い光を、海の面に落していた。列車が移動するにつれて、銀色に沈みこんだ海に浮かぶ光の暈が、オレンジ色の鏡面のように移動し、次の島影を包みこんだ。

沿線に続く小さな山々の形は、この三十年たいして変らない。昔日の甘藷畠はなくなって、甘夏蜜柑の山になったが、山のもとの形は変らない。

思考の内視鏡をさし入れてのぞくように、わたしはそういう景色の中を帰る。一九八六年四月の水俣へ。坂本トキノ小母さんの息子が裁判にかけられているから。

重症の息子が引きずられて逮捕された事件の後、十一年目に判決が出るという福岡高等裁判所へ、七十八になるトキノ小母さんと九十三になった嘉吉小父さんともどもゆかねばならない。この家の娘が紐のようにねじれたまま、地面に坐り込み、桜の花びらを拾おうとしながら死んでいってもう何年経ったろうか。熊大の学用患者となって写真にとどめられてからさえ、もう三十年になる。沿線からの景色をぼんやりと見る。ここらあたりにも駘蕩《たいとう》とした山野の春というのが、たぶん五、六十年前まではみられたにちがいない。

まったく不意に出現したように、菜の花と桃の花咲く里を、8の字型に貫通して、高速道路がかかっている。このごろの新式なのか、無蓋車が疾走している。ケンタッキーフライドチキンだか、ハンバーガーだか、脂肪の匂いをくゆらせて疾走する車にいつか出逢ったことがある。世の中にずいぶんおくれているわたしは、フライドチキンの店に入ったことがない。あてどない目つきの、せせら笑っているようなのが、僥ない感じの、だぶだぶ服を着た少年少女がはいる店の前を、ごくまれに通ることはある。

ついさきごろ、水俣の隣の鹿児島県出水地方の、元軍用飛行場のあたりで、喫茶店にはいったことがある。畠作地帯の野壺の上に、二年ばかり前に建てられたという感じの喫茶店だった。

三つばかりの赤んぼを、空き椅子の上に乗せてあやしながら、若い夫婦が店をやっていた。いかにも人のよさそうな笑顔で、マスター服を着た店主は、腰をかがめて言った。

「奥が空いています、どうぞ奥へ」

ほかに客はなかった。全部で六台のテーブルを囲んだ店内の、入り口に坐るのも悪い気がして、奥のテーブルに坐った。なるほどその一台は、衝立てで囲んだ四人がけの、すっぽり躰が沈むソファで、「奥」という感じがなくもなかった。

壁をみるとサインペンの手書きで、ダンボールの紙に、「朝の特別定食、うどん、漬物、コーヒー」のセットで三八〇円也とある。
まだ水洗便所にはできないとみえ、いっしょに入った連れたちが扉をひらくごとに、生あたたかい厠《かわや》の匂いが店中に漂った。武蔵野あたりが東京に変ってゆく頃は、こういう感じででもあったかと思ったが、朝の特別定食を注文するお客は、どんな人が多いですかと聞くと、客のいないカウンターの中で、お嫁さんがうどんを煮ているあいだ、赤んぼのおしめをはずしかけていた若いマスターは、

「ゴルフをしに来やる人たちじゃなあ」

と答えた。

いま南九州畠作地帯でゴルフをしに来るとは、どういう人たちかしらと、わたしは考えこむ。たくあん漬とコーヒー、そしてうどんが朝のメニューとは、なかなか考えたものである。きっとあの婆さまたちの「茶呑み時間」を、若夫婦は知っているにちがいない。あの歯の欠けた婆さまたちの、たくあんを噛む音と、渋茶をすすりあう世界の伝統が、たぶんこの店によみがえったのだ。

むかしからこういう感じの若い衆がいたものだった。村の中でも少し早生《わさ》もの好きで、いわゆるモダンボーイが。働きものの娘を射とめて、色つやがよくなって、野良着だか漁師着を脱ぎ、白いマスター服を祭の法被《はっぴ》ふうに着こんでいる姿には、晴れがましさがまだ残っていた。彼は束の間、なにかを脱却したばかりかもしれなかった。しかし、白い服と、彼自身が、どこやらしっくりしていないようにもみえるのは、その姿ぜんたいの中に、鎮静しかかっている出郷心と、すでに故郷を喪っているものの望郷心とが、ないまぜになって、たゆたい行き交っているからに相違なかった。眺めなれている沿線の、まぎれもない田舎の景色は、じつはそんな風にも変貌しつつあったのだ。

赤白のだんだら模様の煙突を立てた八代市を過ぎると、肥後の穀倉地帯は急に尽きて、鹿児島本線は海岸ぞいの日奈久町に入る。ここから二駅ばかり先から、水銀汚染地域のリアス式海岸になってゆく。たぶん大潮のときは縁の下まで波が来て、下駄や草履や土間のへっついまでもが、渚を往ったり来たりするかもしれないような海岸線が、見えかくれする。甘夏蜜柑の発祥地である田浦あたりから、小さな湾曲部に隠れこんでいる集落は、およそ百メートルあまり先の鹿児島県沿岸や山間部、対岸の天草島沿岸へと、患者たちを伏在させながら続くのである。

入り込んで来た潮を囲って、まどろませているようなこの、リアス式海岸というのが、運が悪かったのかもしれなかった。磯辺はちょうど引き潮で、分厚いほどに成育した海藻類の、緑や紅色や茶色などを、岩礁にびっしりつけて沖まで広がっている。濃密な磯の香りが、細目にあけた窓から流れこんだ。前の坐席の女子学生が、読みさしの本を膝に伏せて顔をあげ、いぶかしそうに外を見た。わたしは窓をしめた。

陸の上の春にもまして、目もあやな海草の育ちぐあいからみれば、牡蠣も紫貝も巻貝の類も、海胆《うに》も海鼠《なまこ》も、ひしめきあって育っていることだろう。魚介類の味と水銀の味との合成について、今のところ変化のメカニズムを解明した研究論文はあらわれていない。元漁師たちはときどき、内緒ごとを打ちあけるように笑みを含んでいう。

「水俣湾の魚はな、とくべつうまかっじゃもんなあ。きっと、水銀入りじゃって、うまかっじゃろと思うよ」

そこで彼らは、嬉しそうなまぶしそうな顔になる。

「土佐ちゅうところに行ったもん共が、話の種に、鰹のたたきちゅうもんば、食うてみろかいちゅうことになって、みんなで注文して食うてみたちな。たいしてなぁ、うまかもんでもなかったちよ。くらべもんにもならんじゃったちばい。何十種類ちあるもんなあ、こっちの海にゃまだうまか魚の。咽喉のちりんちりん喜ぶとの。水銀入りじゃっでばい、きっと」

そしてうふっと噴き出す。味がすこしでもおかしければ、都会人の「通」などには気の毒なくらいに、味覚の純度を持っているここらの者たちが、食べ続けるはずがない。

もちろん今も魚なしではいられない。つまりはそれは日本人の基本的な日常の食生活なのだった。あろうことか「腐った魚を食べた漁師ども」と今もいわれる。

腐った魚を食うものたちという説は、姿を替え形を替えて、ある種の人びとの中に生き続けた。おどろくべきことに、地元の医師たちや、県が設立した「水俣病審査会」のかもす気分や、熊本県議会公害特別対策委員会の委員長の言葉の中などに。「金の亡者どもが」というふうに言葉を替えて。

思えば潮の満ち干きしている時間というものは、太古のままにかわらなくて、生命たちのゆり籠だった。それゆえ魚たちにしろ貝たちにしろ、棲みなれた海底にその躰をすり寄せてねむり、ここら一帯の岩礁や砂底から離れ去ろうとはしない。

人家にほど近い磯に立って、渚の樹木の根元に今朝ほども捨てられたかとおもわれる、貝塚の山を眺めていると、漁夫たちの誰かれの顔が、縄文期の人びとのように見えてくる。ここにはついさきごろまで、いや今ですら、労働と牧歌と祖型の神舞いのごときが、日常の中に混和して、山間の祠《ほこら》の間や洋上の舟の上で、わかちがたい世界をつくっている。水揚量の多寡も漁の種類もそういう世界のためにこそあり、年寄りたちから赤子まで、そのような村落の欠くべからざる要員だった。

車用に改装された道が、山を横切っているのが時々みえる。狐や狸の仔や、子連れの猪が出て来て車に突き当り、目をまわしていたそうだという話をよく聞く。

「昔の往還道《おうかんみち》ならなあ、祭のご馳走じゃの、祝儀のご馳走じゃの、狐たちも人間の通るのばたのしみにしておったて。今はなあ、気の毒でござすばい。車で、ガーッち通ってしまいますで。ご馳走もやらずに、ガソリンども嗅《か》ずませてな、香りも実《み》もなかこっじゃが。昔はなあ、往還道の崖から落ちて、人が死ぬちゅうこた、めったになかったでしょが。あのひとたちば、車で轢《ひ》くけんじゃろなあ、ご馳走もくれずに」

東京の坐りこみに、わたしがゆき来していた頃、死んだおそよ小母さんは言っていた。

「東京は都じゃろなあ、わたしゃ、往たこたなかですが……。やっぱりここらへんの往還道から、続いとりますとでしょうもんねえ。祭より賑おうとるちゅう話ですが……。はあ、思い出すよ。

うちげの村に、往還道が、はじめて通りました時にはですなあ、みんな喜んでもう、道祝いじゃちゅうて、みんなして、道の神さまに参りに行きましたですばい。一統《そう》連れで祭り着物着て。山ん峠に、薩摩の方と往還道のつながりましてなあ。

山ん向うにまでですなあ、遠うさね、ひかひか道の出来とって。あの道は、どこまでばっかりゆくとじゃろうかち、考えればおとろしかごたるよち、婆さんたちの言いおられましたがなあ。わたしゃ五つばっかりで、子どもでしたばってん、おぼえとりますと。紐解き着物着せられてゆきましたけん、ばばさんに手えひかれて。

道の神さまにお神酒《みき》あげて、お払いして、踊りば上げんばならんちゅうて、迫々《さこさこ》から、うっ立ち晴れしてなあ、みんな神さん参りの着物着て。婆さんたちばかりじゃなか、爺さんたちまで、紅白粉つけて、太鼓持って、菅笠かぶってですよ、花結びにしてなあ、顎の緒は。そして道行き三味線ば弾いてゆきますとですよ襷《たすき》がけで。その襷の美しゅうございましたこつが、水色やら桃色で後結びにして。飛びなはるもんで、ひらひらしますと。飛ぼうごたる道でしたもん、まっさらか道でしたけん。

婆さんたちのまあ、目のさむるごたる赤か腰巻きして、高う高う飛んで、舞いなはりましたがなあ、いつもは、腰の萎えとらす人もですよ。草履にまで紅白布《ぎれ》ば編み込んで、舞い草履にして。熊笹やらすすき原の間ばなあ。山に出来《け》た新しか道ですけん、道の神さんたちの、まっさき往きなはっとでしょうなあ、ああいう時は。芝居、映画でも、ああいう景色はみたこたなかですよ、山の美しかですけん、あのあたりは。

大関山やら、御嶽さんやら、亀齢峠のあるあたりですけん。途中で、こうまか神さんのおんなはるところでは、止まって、舞いおさめしてですね。そういうときは、みんな神さんの子になっとる気のしますとなあ。目えのくらくらしとって、もうよか霧の出て。

往還道の来たけん、水俣にも、赤緒の下駄はいてゆかるる、布計《ふけ》金山からは馬車も出るげなち。よか下駄持っとる者は少なかったですけど、そげん婆さんたちの言いおられましたなあ。往還道ちゅうのは、どこまでもどこまでもつないでゆけば、世界の涯までゆかるるとでしょうもん。

道のひらけましたもんで、亀齢峠の傍《にき》までゆけば、水俣の町の見ゆるところのあるとですもん。天気のよか日には煙突のな、光ってみえますと。日窒会社の煙突のですね。

世界の涯までゆこうちゃ思わんが、水俣の祇園さまの祭に、いぐり桃売りに、赤緒の草履はいてゆこうばいち、言いおられましたばい。祇園さまは七月でございますで、町の人たちの喜んで、いぐり桃買いなはるですもん。

今ならバスで五十分ぐらいですど、祇園さままでは。日窒会社のすぐ傍ですけん、ついでに、会社見物に往こかいち言いよりましたですよ。うちの親類のもんも町におりますばってん、会社におせわになっとりましたですもん、祇園さんの傍に。

今はなあ、東京まで汽車道《みち》の出来て、二日でゆかるるちなあ、夢んごたるよ。

わたしはああたに、語ろうごたることのあるとですばってん、東京になあ、ゆきなはるなら……。いつ帰っておいでなはりますと？　花の長崎ち、むかし言いよったですばって、今は、みやこは東京ですもんね。わたしどま、そういうところにゃゆかれませんとなあ。なんばして生きとりましたやら、空夢《からゆめ》ばっかり見て、都のなんの、ゆくこたなかでっしょ、田舎人ですけん。」

車窓をすぎてゆく景色は、自分のゆけない都市をめざし、田舎のよそおいを脱いで、屋根の色や玄関の造りを変えつつあった。

――特急も止まる水俣へ

水俣をイメージアップさせたいという市民運動のスローガンが思い浮かぶ。いじらしいような、むずがゆいような心持ちがする。

――水俣病発生以前から、ここには特急が止まってくれていたのである。チッソという会社があったおかげで。なにしろ会社の玄関先に水俣駅があり、お車寄せという感じに特急が止まる。会社の幹部の人たち、着ている背広も、ひと目で田舎人とはちがう人たちが、東京から来て、沓脱《くつ》ぎ石を踏むように改札口を通る。おかげで市民たちも特急に乗ることができる。特急が止まる駅ということは田舎ではないということなのだ。チッソがあるから、東京とわが市は直結しているのだ。鹿児島本線が熊本県に入って、有明海、不知火海に沿いながら南下する途中で、特急が止まる駅といえば、大牟田、熊本、八代、水俣だけなのだ。それも会社があるからこそである。県南の雄都水俣市、というのがわが市のプライドであったのだ。水俣病を言い立てすぎると、特急も素通りしてしまう。

それは市民たちの切実な危機意識だった。そう思うことがまたチッソへの心中立てであり、愛郷心の表出だった。

特急と東京を招き寄せたいという心情は、田舎から出郷することのできなかったものたちの、断念の上に生じた願望だった。「三日東京弁」や、「ゆかず東京弁」をあやつって、村の者たちをよろこばせる人士がいるのもそのせいである。そういう人間を「田舎ハイカラ人」とからかうのも、はるかな都会を反映させた心情の賑わいというものだった。

まろやかな風土と、人の情感が親和していた時代の名残りを、そういう事柄にみることができる。そのような親和の中から選ばれて、徳富蘇峰も蘆花も出郷した。徳富蘇峰への市民の傾倒ぶりというものは、ほとんど神格への傾倒と言ってよかった。蘇峰の著書を一字も読まない人びとにしても、彼を郷土出身名士のシンボルとするにやぶさかではなかった。蘇峰とチッソ会社とは、当事者たちの意向ともかかわりなく、二つながらに水俣のシンボルたりえたのである。特急のイメージはこの両者と切り離せない。

墓域を守って来た者たちの心情の有為転変がそこに結実する。故郷に残らざるをえなかったものたちは、近代の曙、都の花あかりを、招き寄せたいあまり、奇天烈な満艦飾の町のかざりとするのかもしれなかった。土着の姿の上に、都市の仮り着をまとうようになった町の景色が、汽車の窓から飛んでゆく。年中枯れ落ちることのないプラスチックのさくらが、都への憧憬をたくされて年中雨に濡れ、風に鳴っていた。

道行き三味線に導かれて、菅笠の紅緒を顎にかけ、頬うつむけて往ったものたちは、たいてい老婆たちである。皺の深い頬に、紅を刷かせている村の心は、たんなる敬老精神ではない。まだ往還道もひらけなかった細い草道を、後から袂を摑んで引きもどしたいのを見送り続けて、泣いて来た年月を村が知っているからである。山の上をゆく道行き三味線の細い列に、とおい彼方からの花吹雪が散りかかる。

たぶんプラスチックのさくらはその名残りから、「なんでも店や」が点々としている村々に綴れて往ったにちがいなかった。山間の村は、一日だか三日だか、町を夢みてはなやぎ、夢のなごりのさくらは、車の風速にあふられて、ただしゃらしゃらとひるがえる。あの道を、誰と誰と誰が通ったのだろうか。


あらゆる精神の深い衝迫、人類がその本能から保存して、めったに表にあらわさなかった、生きることへのつつましい欲求の衝迫は、情況の表に出ることなく、伏在すべきところを求めて身を隠しつつあった。終ろうとする二十世紀の中に。

時の流れの表に出て、しかとは自分を主張したことがないゆえに、探し出されたこともない精神の秘境が、人びとの心の中にまだ保たれていた。それは、とるにたりないようなみかけをした田舎の景色の中に、山深いところや漁村の日常などに隠れているのだった。

人びとの顔と心は、暗示的な民話や仏教説話などに出てくる顔に酷似している。村や町は、そっくりそのままよそおいを替えて、ありし世の物語を再生する。

人間というものは、まだまだ自分というものを語ることができていないのかもしれないのだ。それは、ごくごくやさしいことなので、気づかないのかもしれない。にもかかわらず時代というものはたしかに動き、村や町がそのままそっくり、来たるべき時代の供犠《にえ》にされることがある。

このような地で生き生きとしているものたちもいた。土俗的な口調でご先祖さまの数をかぞえさせ、外車でまわる僧侶たちだった。葬式も供養ごとも、極瑞にこの地域では多かった。

景色は近づいて来て海がゆっくりまろく傾いている。海面に落ちた陽の影は一点に凝縮され、その逆光の中に小さな島が沈みつつある。天は昏く、わたしはなにか、この世の縁《ふち》にぶら下がっているような気分になってくる。

仏陀であって仏陀ではなく、ヤーヴェであってヤーヴェでもない、あの多神教のうしろにいて、それらをつくり出した片方の目のようなものが、今世紀とさきの世紀へ向かって、うっすらとひらかれているのが見える。その目の下に、人間たちのいとなむ諸相の結果が氾濫し、人びとは自分のしぼり出す体液を祝杯のようにかざして、せまりくる時代の瘴気の中を、気弱く照れたように笑っていた。それは、歴史の中をよぎって往ったものたちが、自分自身を反復しているのにすぎないのだった。

十五世紀南スペイン生まれの宣教師ラス・カサスの手になる『インディアスの破壊についての簡潔な報告』は記している。

エスパニョーラ島の諸王国、サン・フワン島とジャマイカ島、ペルラス海岸、キューバ島、あるいはニカラグヮ地方、ユカタン王国、サンタ・マルタ地方、ベネズエラ王国、ペルーの広大な王国などなどへ、キリスト教徒の名によって侵入したスペイン人たちに、虐殺されつくしたインディアスの受難を彼はつぶさに目撃した。

「世界でもっとも謙虚で辛抱強く、また、温厚で口数の少ない人たちで、諍《いさか》いや騒動を起こすこともなく、喧嘩や争いもしない。それればかりか、彼らは怨みや憎しみや復讐心すら抱かない」

焼殺され、獰猛な犬をけしかけられて八つ裂きにされ、思いつくかぎりの方法で女も幼児も殺された民族のことをこの宣教師はそう記している。この事件はそっくり北米インディアンの運命ともなった。人間はこの時、自らの内の、もっとも善きものを、自分の手で殺したのだった。文明的な野蛮の中へ、この時もなだれを打って突入したのである。

ラス・カサスの目にうつったインディアスは、水俣および不知火海沿岸の人びとになんと酷似していることか。被害民らが、見かねた少数の支援者らのすすめで裁判に踏み切ったのは、災厄発生以来十五年も二十年も、あるいは三十年も経っていた。スペインの虐殺者たちの神と、わたしの地方の事態を抹消しようとしたものたち、あるいは見て見ぬふりをしたものたちの宗教心とをくらべてみるとき、五世紀を経た地球のこちら側では、名のある神仏はほとんど無表情であって、この無表情こそが現代の悪霊たちを呼び出したのだった。

フレイザーの、殺される王のように、王たちは民衆の為に祷《いの》らなくなり、かわりにここらあたりのまだ絶息せずにいるものたちは呪祷《じゅとう》を深くして、たぶんまだ名づけられない神になりつつあるのだった。

早く逝くものの中にはなぜか美少女が多かった。彼女たちのうちの幾人かがすでに息をひきとった。松永久美子も、中村千鶴も、上村智子も、前島さゆりも。

情況の灰が降りつもる。三十年はすこしながい。いやいやこの分では一生かかっても終るまい。われながらどうしようもなくひとりごとがとまらない。このくせは、ごく若い頃からのことだったと思いつく。

しかしそれで安心ということもない。熊本の仕事場に年老いた黒い猫が住みつきに来た。目の上の毛がはげている黒い猫にものをいうとき、呑み下す歌がある。

　石をもて追わるるごとく
　ふるさとを出でしかなしみ
　消ゆることなし

石の飛ぶところ、半ばはその石に埋れているものたちのところにわたしはいるのだが、かなしみ、では言い得ない。

　ふるさとは遠くにありておもうもの
　よしやうらぶれて
　異土のかたいとなるとても
　帰るところにあるまじや……

この一連も呑み下そうとおもうが、胸まで下りずにつっかえる。まだある。

　巷をゆけば千の矢が飛んでくる。

高群逸枝さんの詩の一行だ。

「東京へゆくな　ふるさとをつくれ」。これは谷川雁さん。

先人は幾人もいたのだ。都市と田舎は等質となり無化しつつある。わたしは出てゆかない。親をまだ抱えていて、たぶん出てゆく甲斐性がない。いや辺境と秘境はもうなくなってしまったから、人の心の中に残された秘境へとわたしは旅立たねばならない。なにしろ二十世紀の終焉にとりつかれたのだ。いやわたしがそれに憑いたのだ。

一人の部屋でしずかに狂乱する。黒い猫にむかって。

——ねえ、おまえちゃんや、水俣の魚、おまえにもすこし、あげるからね、みんなもたべているんだし。それでわたしの元気なうちに死ぬんだよ、わたし、看病しなきゃならないひとがいるからね。

黒い猫はノンノという名を寺からもらっている。わたしの部屋に「せりこみ」に来て久しい。たぶんこの、目をしょぼしょぼとさせている猫の老女が、わたしの深夜の姿をいちばんよく知っている。願わくばおまえさんや、化けてごらんよとわたしはその猫にいう。

「ちょっと踊ってごらんよ、猫じゃ猫じゃをうたうから」

膝にのせ、前脚をとって踊らせる。そしてしばらくわたしは機嫌がよかったりする。

カラオケをうたっている日本列島。この愚者の船に、わたしもともに乗り込んでいる。東京へ行こうがゆくまいが、この世紀をこそ運命共同体というのだ。

今年はひときわ寒かった。梅がひときわよく香った。梅の花、と深夜ひとこと口に出してみれば、世界がすっと冥くなる。東洋の冥界の奥、いと古き花樹の姿が、苔むしてさびさびと、高雅な姿で浮いてみえる。わたしはその樹木の姿におよばない。詩の中でその樹の精になるよりほかには。つかのま、そのようなしあわせな幻想が来たりする。

例年半年は寝込んでしまう喘息が今年は軽い。そのかわりしきりに吐き気がして、肝臓が少し肥大していると医者さまにいわれる。べつにわたしはがんばってなどいやしない。ただ夢寐《むび》の間もあの人たちの影やまなざしが、わたしのまわりに立ちゆらいでいるだけである。そしてこのようにしている間も不知火の潮が、朝な夕なに磯辺の岩に記し続けているのだ。まだ未解読の黙示録を。

ここからは、出来そこなってしまったらしい二十世紀の成り立ちがよくみえる。なぜならばここは、魚の胎、母の胎にあたるところだから。その血と肉をもって日本近代を生み育て、送り出し、見とどけ、帰って来ないものたちの父祖の墓域を、守って護持し続けたところだから、ここからはそれがよくみえる。

出征兵士をホームのかげから見送って、銃後の村を守ろうとしたように、いやそれともちがう断念を秘めて、異郷の都市から、風の便りにきこえてくる声を聞きとろうとして、うかつにも化学工場を、〈みやこぶり〉と勘ちがいして、劇毒もろとも懐ふかく抱き入れてしまったものたちの傍で、わたしの魂はゆらゆらする。

崩折れてゆく母たちの、妹たちの、姉たちの、祖父母たちの姿のわきをぼんやりとただゆき来する。

民俗学や芸能史の母郷や、遊行の地にもまだ入れられず、学術や文学から、故郷という名はほんの時々振り返られる。世間的成功をおさめえた人材の無名時代に、彼らを無視し、居心地悪くさせ、なんらかの形で追い立てたにちがいない故郷は、世俗的栄誉を与えられる者の出生地となればごくたまに、ほまれを荷ったりもする。

けれどもここに、それら一切のことどもを、歴史の流れ下る河の、台地とひとしいものになって受けとめ、しのび音のような地下水脈をその身に湧かせていた者たちがいたのである。このようなものたちの、みぞおちの上を歩み、日本近代にむかって「出征」したものたちは、遠いアフリカの砂漠と飢餓に寄せる想像ほどにも、それぞれの母郷をむしばんでいる病変をわが身のことと思わない。

ひとたび絶たれた臍の根元、初源の羊水に注入されつつある文明の害意を読み解こうとはしない。人間全般の内部に、壊死が起こりつつあることの予兆を。

しかしながら、もはや情況の溶解槽に、田舎も都市も原発も、旧や新の宗教も、カラオケも学問・芸術も、いっしょくたに入れられて溶けつつあるのであれば、ぜひもないことだった。熊本県ではもう十年来、水俣湾内の魚を漁師たちにとらせ、百間港の丘に建てた白い大きなタンクに捨てさせていた。漁師たちはこの愚挙に参加させられるのを笑いながら、次の日には同じ海域に密漁に出かけ、県庁所在地の魚市場に水揚げにゆく。

魚を腐らせるタンクの脇の海辺を、成人式を迎えた胎児性の少女たちが、セットしてもらったセミ日本髪をかしげながら歩いていた。彼女たちの歩きぶりと、父祖の墓域の境界を越えようとする人びとの身ぶりや、心の動きは、どこかしら似ていなくもなかった。ただちがうのは、ここから脱出できる条件を持つものと、故郷の実相の中に沈んでゆくものたちとのちがいだった。

二十歳になった少女たちはあどけなかった。親たちの想いのこもった振り袖を着せられて、その日のしぐさや姿態はことに際立ち、あの古雅な姫人形が出て来たように、彼女らは入魂していた。森羅万象も人の言葉も、ふかぶかと、ただ吸い入れるだけの、深い淵から出て来た精のようにほほえみ、そして瞬いた。かなわない繊《ほそ》い手で、あやうく形を保っている髪に幾度も、簪《かんざし》を挿そうとしたりした。

花色をした簪は、光を散らして幾度もすべり落ちた。畳の上や土間や、おだやかな海を背にした石垣道の上に。

めったにない晴れ姿であるだけに、みのることのない愛を求めて、前《さき》の世からでも出て来たようにいじらしかった。いつもは家から出たがらぬ彼女らが、運命の黒子たちのあやつるような足つきで歩くたびに、御所車や牡丹模様につつまれた躰が折れ、細い脚にはいた白足袋の裾が、めくれてひるがえり、重そうな振り袖がゆれる。

近所の者たちも出て来て、さざめき褒めた。

「ほら、笑子ちゃん、花じゃなあやっぱり、よか嫁御じゃが、ほんに」

「はあい、いつもはなあ、出て来んとに。見て下はりまっせ。今日は花ですばい。こら、挨拶せんかい、折角みんなして、褒めてくれらすとに」

母親も衣服をあらためていて、挨拶を返す。村の神さまに詣でにゆくのである。娘は羞らい、母の方へ向き返ろうとして、ぐらりと躰が傾く。少女たちの姉や兄は、死んで生まれたか、生まれてすでに死んだかしているのである。死んだ子には咲かなかった花が、この娘の、今日一日だけ咲いたのだと、母親は自分に言い聞かせる。

「もうなあ、こげんした風ですけん、折角の髪が台なしじゃもう」

ずり落ちる簪のかげの娘の顔を、見物人たちは見てとるのだ。

「やっぱり今日は、嬉しかばいねえ、笑子ちゃん、娘じゃもんなあ」

あの魚のタンクの脇を、娘を乗せた車がゆっくりゆく。振り袖の模様の花車をじっとみていて、二十歳になった娘は、青く透きとおる頬に、くずれかかる鬢と、すでにほどけた絞りの赤い手絡《てがら》をぶら下げ、うなじを傾けていた。

恵比須さまの小さな石像が、夜の海に黒く浮き上っていた。

恋路島の影がくっきりみえる。まだ若い形の月が、島の上に出ていた。波止の石垣に囲われて、小舟が四、五艘浮いている。坪谷という名の波止である。鹿児島からの夜行列車が、谷の上の台地を過ぎてゆくのが聞える。やがて水俣駅に着くことだろう。満ち潮の波がひたひたと石垣をなでている。

わずかばかりずつ海へ突き出たさまざまの岬が、鹿児島県境のここらあたりから、熊本県南部の海岸線を形造っている。このような岬を浅く突っ切りながら、国道三号線が不知火海に沿って伸び、それに沿って、鹿児島本線が走っているのだった。

坪谷という波止場は、いかにもその名にふさわしかった。岬というよりは、わずかばかり海にせり出した、ふたつの出っぱりに囲まれて、潮が遊び入ったような舟だまりがあって、浅い水面をさしのぞくように、庇をおろして三軒の小屋《しょうおく》がある。入江の砂地につながれていた小舟が、陸にあこがれて、夜毎の夢の中で、長い舳《へさき》をのばしては、砂を撫でつけているうちに、ある朝、家のようなものに変身していたとでもいおうか、坪谷の底部にある三軒の家は、手作りめいて、はれがましいような、眩《まぶ》しげなたたずまいをしていた。

そしてそのような表情は、江郷下家のおマス小母さんの目差しに、もっともよくあらわれていた。下り眉の下で、ぱちぱち瞬く目が、途惑うように笑うと、眩しげな光が細い目の奥にかすかに浮ぶ。それがなんとも愛らしかった。もう七十をすぎている。いま一軒が、ご詠歌の師匠となった田中義光氏の家である。

この三軒よりは坂の斜面に引き上って、四軒ばかりの家があり、そこからさらに上った台地の国道三号線を間にして、出月の集落が散開している。

　坪谷を囲む出っぱりのひとつを、ここらあたりの人びとは「鳩ん尻のすただれのごたるところ」とも言う。

　すただれとは、物の形が水平線より下に垂れている状態をいう。たとえば、着物の裾が合わずに片方が垂れていると、「まあ、裾はすただれさせて」とたしなめる。あるいは、軒先の簾が雨風にさらされて、軒端の線より傾き下っている風情になると、だいぶ、すただれた状態といわねばならない。

　海に向って鳩の尻の形に出張っている地形で、傾斜地の常として、鳥が身ぶるいするときのように、絶えず微塵の泥土を、浮きすべらせているところであるから、そのような言いまわしとなったわけなのだろう。「鳩ん尻のすただれ」とは、大地生成の動態の端っこを、よくもとらえた微視的な表現だとわたしは感心する。

　この表現にはさらに隠された意味がある。「鳩ん尻のすただれんごたるところに、這い上って来た者のくせに」といわれることがあるからである。江郷下家のことをそのようにいうのを、わたしは事変発生のごく初期の頃に聞いていた。それを言ったのは、台地の上に住む「会社行き」の妻女だった。「鳩ん尻のすただれんごたるところに、這い上った衆がなあ、多子《うご》持って。子は宝ち、よう言うたもんばい。会社になあ、子の数だけ銭吹っかけて、銭の来るげなで。うちん衆の退職金より高かろうよ。旦那じゃがもうあん衆は。なあ、会社ゆきに、あん衆が肩並べる勢いじゃが」

　患者互助会がチッソ側と、ろくに交渉もできないでいるころから、奇病の家に銭がくるという噂が先走りして広がり、渦をなしていた。

江郷下家はこの地に来るまでは、舟を家として暮しをいとなむ人びとであった。わずらわしい地上をはなれて、海をひろびろと往き来する人びとについて、沖の白帆をうたうような面差しで、わたしの老いた母は、

「舟人《ふなと》の衆はよかろなあ、綺麗ずくめで。海の上は晴ればれして」と、いったことがある。

患者たちの会合で、それぞれの家の出自が語られる時があったが、江郷下家のことになると、大方ののが身をのり出してうなずいた。

「あそこの家の建っとる地《じだ》はなあ、もとは土地台帳になかった地ばい。山ん端《はし》の、すただれ泥ばかき寄せて、家建てらしたっじゃもんなあ」

誰かがそういうと、一様に深い嘆息が起きた。その息の続きで、

「そらまあー、工面のよかったなあ。誰にでもはできんよ」と言うた者がいたが、しばらくしんとなったところをみれば、大方の気持がそうだったのだろう。

なるほどそういうわけのことを、坪谷の上の段に住んでいる会社ゆきの妻女は、おとしめて言いたかったのである。

わたしは、杢太郎の爺さまが声をおとして語っていたことを、あらためて思い出した。親の島のみえる磯の上に、いつかは片平の屋根でもよい、小屋がけをしてでもとりつきたい一念だったと語ったことを。海の上から眺めて、陸からこぼれるひとくれの泥土というものが、このようにも切実な希求の対象としてあるということを、わたしは鳩の尻のすただれ泥、というふうに、際《きわ》やかに思ってみたことはなかった。

浅い襞をなしている斜面は、なるほど、毎日ぽろぽろと表土をこぼし続けている。雨が降ったり、上の

台地をトラックなどが通れば、すただれ落ちる量もいくぶん増えるにちがいない。その泥を、海に落ちるにまかせておくという法はない。一粒もあまさず受けとめて造成し、土地台帳にもなかった敷地を誕生させるという手があったのだ。放っておけばむざむざと波が持ってゆく泥粒である。他人の田の畦を盗むたぐいのことではなく、誰に迷惑をかけるでもない。営々としたいとなみがなされて家が建った。

「税金の対象には、おそらくなっとらんばい」

というのが、人びとの意見であった。

海にせり出した傾斜をこぼれる表土を、丹念に受け止め、家の敷地とするまでには、どのような努力と歳月が要ったろう。やたらに、どこの傾斜でもよいというわけにはゆかないのである。こぼれ落ちる泥がほどよく一ヶ所に集まって、湧き水のあるところや、村との通路もなくてはならない。坪谷は、江郷下家にとって、神の差し示し給うたところにちがいなかった。

おマス小母さんの、八の字型の眉を、ほんの少ししかめたような、空を見あげている表情を思い浮かべながら、わたしは、人が暮しを立てねばならぬことへの、いじらしいような素志というものを、まじまじと眼前に視た気がして、甘悲しい想いがいく度もこみあげた。

その夜のご詠歌の稽古は、坪谷と出月の間の患家で行なわれることになっていたが、いつもより早く出かけてしまったので、人数がまだ揃っていなかった。

四、五人集まっていた女房たちが、

「あらあ、折角早う来らしたて。まだなあ、師匠さんも見えらっさんとですばい。神山さんもなあ」

「ほんに、ひょっとして病人さんの、ぐあいの悪かっじゃなかろかなあ」

「そうかもしれん、病人持ちばっかりじゃもんで」

「いや、神山さんは、トキノ小母さんば、待っとらすとじゃろ」

師匠の家の病人さんたちについては、誰もがほぼ知っていて眉を曇らせたが、「神山さんがトキノ小母さんを待っている」と言ったのには、笑い声が出た。

この婆さまカップルが、いつも手をつないで歩く姿は、患者たちが行動を起すときの、もっともほほえましい風景となっていた。どちらかが一人でいると、必らず、「相棒は、どげんしたな」と声がかかった。その二人もまだ見えてなかった。

仲秋の月というにはまだ早く、長かった夏の日のあとの夜風が、ようやく涼しく感ぜられて、わたしは海に向いた坂を下りて、師匠の家にゆこうとしたが、途中で立ち止まった。おそい家では夕食の時間でもあるし、「病人さんたち」になにかがあっていれば、邪魔にしかならぬのである。思い返して、恵比寿さまの突堤のところに足をむけた。かがみ込んでいると、ぴたぴたと石垣を吸うような波の音のあい間に、無数の貝たちの呼吸する音が聞えた。

ここらの岩場には、さまざまの巻貝や牡蠣がびっしり付着していて、上の台地の人びとの浜あそびと、日々の味覚のたのしみになっていた。ことに梅雨が近づく頃になると、岩という岩には、濃い紫色をしたカラス貝が艶を増して、すき間もなく増殖するのだった。一粒一粒採るのは面倒なので、ツルハシの雛型のような「牡蠣打ち」を持参して、三粒も四粒も一度にかき落とす。一斗ザル一杯は三時間くらいでかき落すことが出来た。海の水で籠に入れたままゆさぶって、苔を落とし、大鍋にぎっしり入れて沸騰させ、味噌を落せば、これ以上はない濃厚で豊潤なスープができあがる。梅雨じめりの頃、湯気のわき立っているこのスープを、咽喉をひらいて飲みおろす感じをどう言いあらわせばよいだろう。蛤とも浅蜊ともまたちがう乳のような香ばしさが、躰じゅうに溢れてくるあの無心な悦びを。このような海の乳に養われて、その昔からわが身にいのちが満ちていたのを、わたしは今になって思いつくのだ。

もっとも美味な時期になると、この貝は形もふくらみ、濃い紫紺色の光を滲ませてくる。その色艶をみていて、古代レヴァント地方の海岸の貝からとれたという、高貴な紫の染料のことをわたしは想っていた。シルクロードの市場で、古代の女王たちが憧れた紫貝の色。もしかして、不知火海のこの貝から、紫が取れないだろうか。世界の服飾史のなかでまだ発見されていない秘色が、この貝に含まれていないともかぎらない。そのように想像することはわずかな幸せだった。

カラス貝はムラサキ貝という学名で、岩に定着しているところから、水銀含有量を調べる実験資料となった。坪谷から海に出る開口部は、資料採集の場所とされていた。

義光師匠は、日窒工場病院や水俣保健所や熊本大学へ送るムラサキ貝や、その他の魚の採取を取りしきっていた。その係をつとめる以前から、最初の娘を、生まれてまもなく死なせている。異変発生の初期の模様を語りあうとき、かならずこの人は、肩をふるわせて呻くようにいう。

「……おるげの娘が第一号ぞ」

続けて父親が発病、次女も胎児性患者として出生、当然ながら妻女も患者であり、様々な症状を彼も自覚していた。

陸揚げされ、突堤の上で殻から取り出され、実験用に小積みあげられた貝のむき身は、もはやあの、潮の乳を含んだ肉ではなかった。土にも海の水にも異物となった腐肉が、生臭い匂いを放っていた。蝿の群れ飛ぶ岩場の上で、まだれっきとした漁夫であった彼は、老巧で精悍なまなこをすえ、夏場などたいてい裸で、黙々と役目をつとめていた。

その家の灯が、池のような入江にうつっている。実子ちゃんがひきつけを起したのではあるまいか。隠居屋に寝かせてある父親に、異変が起きたのではあるまいか。「病人さんたち」を抱えこんだ家は、他者の覗いてはならぬ、身内や親族ぐるみの生々しい軋轢や悶着にとじこめられていることもある。

師匠の家のことだけではなかった。それぞれ病人を抱えながら、女たちは夕食を仕舞わせて、赤土の坂の、石の多い草道を上り下りして来る。いつどこの家に「無常」があるとも限らず、通夜の仕度や葬式の仕度のこともお互い胸におさめ合っている。そろそろあそこの家ということも察しがついていた。

十月に入ってから始まった稽古が、時間通りにはじめられたことはなかった。「裁判組」に入ったこの二十九世帯は、それぞれの集落に親族をめぐらせていて、潜在患者群の底の深さを思わせ、突出したグループだった。それゆえ、ひとりひとりを囲む集落だけでなく、水俣を中心にひろがる地域社会の、有形無形の圧力をもろにうけていた。

そうした日々の中で、ひさしく忘れ去っていたあの川祭りや二十三夜さまの気分が、ご詠歌の稽古の夜に復活した感じがあった。

誰かが必ず自家の漬物を丼に入れて、うれしそうに持参した。初掘りの唐藷を茹でて、笊に山盛りにして持ってきたり、それを餡《あん》にした団子を持って来てはほめあって、お茶を飲む時間があった。おくれ勝ちな者の切実な消息が、おもな話題になった。そのような和やかさの中心が、とぼけた笑いをいつもかもし出す、江郷下マスと坂本トキノの二人の婆さまだった。

わたしは、師匠の家にもおマスさんの家にも寄らずに、もと来た径《みち》を登って行った。人数が揃わなければ、巡礼用の白衣の寸法を定めるのに、都合がわるかった。天竺木綿やキャラコの白布をどれくらい買えばよいだろう。洋裁のできる友人と支援者第一号の女性と妹に、それを作成して貰うことになっている。負い袋も、躰の悪い人たちばかりだからリュック式でなければならず、白布で縫った方が経費の上で助かる。鈴鉦の方は、博多の友人たちに教えてもらって、仏具屋にゆき、男物と女性用があるのを知って、それぞれ頼んでおいたが、全部はまだ揃っていなかった。

巡礼衣を縫う女性たちの苦労がおもわれる。手甲脚絆《てっこうきゃはん》ひとつにしても、ひとりひとりの寸法がちがう。物さしは面倒だから、指寸法で計って仕上げるしかないが、仲の良いおマスさんとトキノさんにしても、まるで寸法がちがうのである。じつは昼間、この二人に、わたしは、段々山の蜜柑畠のわきで出逢っていた。

出かけるとき、二人は手をつないで歩く。躰のどこかに失調があって、動きがゆっくりしているので、七十前後の二人が手をつなぎあっている後姿は童画めいてみえる。

草藪の坂の段を上るとき、背のやや低い方のトキノさんが先にあがって、腰をうんとかがめながらひっぱりあげるようにするのは、浮腫気味のおマスさんの膝をいたわっているからである。つないでいない方の手に、ふたりとも道々摘んだのだろう、薹《とう》の立った蓬《ふつ》を茎ごと下げて大事そうに持っていた。声はかけずに、後からゆっくりわたしはついて歩いた。

トキノさんの家は、坪谷を大きくまわった先の、湯堂湾に面した丘の上にある。どこで待ち合わせをしたのか、寄り添ってゆく後姿は機嫌がよいようにみえる。

「ほう、蓬ぼうんと摘んで。艾《もぐさ》にしなはるとな」

段々畠の上の草の中から、首をのばした女房が声をかけた。昔は唐藷の段々畠だったが、ほとんど蜜柑畠になっている。どの家でも手入れができないで、枯れ穂の飛んでいる秋草や、丈の高い蓬の中に、蜜柑の木は埋まっていた。

「艾もじゃがなあ、煎じて呑むと」

足を曳きずりながら振りむいて、おマスさんが答えた。すぐ下の脇道から、わたしは彼女らの後に上りついた。女房は言った。

「あら、今日は聞えたなあ、小母さん」

「はあい、今日は聞えたばい」

わたしは女房に、二人の後から会釈した。彼女は見なれぬ人間にとまどうような笑顔を見せたが、一語ずつおおきく口をあけて、続きの言葉をおマスさんにかけた。

「小母さんな、聞えなはらんときの、あるもん」

「風の向きでなあ、聞ゆる時もあるばぁい」

「なんの」

やりとりを聞いていたトキノさんが、茶々を入れて、女房を振り仰いだ。

「勝手耳じゃが、この人は」

女房は瞬きをして笑い、おっかぶせるように声を張りあげた。

「なんのなあ、小母さん、ここら辺の病気じゃもんなあ」

そう言って、自分の耳を指さした。

これもはっきり聞えたらしい。おマスさんは持っていた蓬の束で陽ざしをよけて、おおきくうなずいた。

「ほんに、ここら辺の病気ばい、聞えんちゅうは。あんたのとこの婆ちゃんも、聞えなはらんなあ」

「はあい、うちの婆ちゃんな、小母さんよりひどかですばい。あっちといえば、こっちち言わすと。西といえば東ち」

手をつないだ二人は、眩しそうな瞬きをして、お互いを見た。

女房は真面目な様子になって、二人の手にある蓬を見くらべた。

「煎じて呑みなはると？　ここら辺の病気にも利くじゃろか」

「利くかも知れんち思うてなあ。もうなんでもかんでも、呑まんよりはよかろうち思うて」

「うちの婆ちゃんにも呑ませてみろかしらん。まあほんに、うちの畠も蓬畠《ふつ》になってしもうた。もう始末もでけん」

「ほんに、よか蓬の生えとるよ」

二人はなにごとによらず、ほめればよいと思っているらしく目をほそめた。

「どこの畠も蓬ばっかりじゃなあ。精のある草じゃ。人間は萎えてしもうて」

「ほんにそうじゃ。人間の方はなあ、どこもかしこも萎え病になってしもうて。蓬ばっかり盛えて。草取りももう、根負けのする」

「おたくが摘みなはらんなら、摘ませて貰おかと思うとりましたですけどなあ。よか蓬ですが」

トキノさんは頼みごとをする時は、あらたまってよそ弁を使う。若い時、他所《よそ》へ行ったことがあって、言葉を身につけて来たらしく、あらたまる時はよそ弁になった。そういう歳下の友人に、おマスさんは一目おいているらしかった。

「もとはよか蜜柑山じゃったがなあ。蓬畠じゃもう。艾にでも薪にでも、引きこがして持って行って下はりまっせ」

「まあ、有難うございます。ここのはまだ青々として、薬気《くすりけ》の多かごとあります」

「ほんに、青汁の濃ゆ濃ゆと出そうにあるよ。あんたげの婆ちゃんにも、きっと利くばい」

おマスさんは本気になると、しかめるように目を細める。

「あぁ、そげん言えば、よその畠のとくらべれば、うちのは色の濃ゆかなあ。よか蜜柑山になそうちゅうて、もうせっせ、せっせ、魚の頭やら腸《わた》ごなば、爺ちゃん婆ちゃんたちがまだ力のあらす頃、荷い上げておらしたもんでなあ。蓬にもよう、肥しの利いとる」

あらためて自分の立っている蓬畠を見廻して女房はたずねた。

「今日は何事な、また、うち揃うて」

二人はくっくっと忍び笑いをしている。トキノさんが言った。

「今日はな、ご詠歌の稽古。この人がな、いちばん覚えのよかと」

「ウソ！　いちばん覚えんと。怒《おご》られにゆきよると」

「ご詠歌ちゅうは、むずかしかろうなあ」

「難しかも難しか。師匠さんの一心になって、怒らすばってんなあ、覚えんもん。頭のおろよかもんで」

二人は躰を反らせ、はじめてわたしの気配を感じたらしく、振り返った。

「あらあ、びっくりした。どこに行きなはっと」

わたしは「解《と》ぎ場」を知らなかったので、見に行って来たと答えた。

「ええ、まあ、解ぎ場になあ、はじめて見た人は、気持の悪しゃしなはるもんなあ」

おマスさんはそういうと首を傾け、

「うちのすぐ上ですばい」

と、言った。

江郷下家のわきの坂を越えた小さな谷を通って、屠殺された牛馬の血が海に流れるようになっているという話は聞いていた。それはしかし見ては来なかった。わたしは言った。

「気持ちの悪かちゅうても、肉は買いますもんねえ」

「はあ、ほんに」

小母さんは眉をしかめたまま笑い、

「今もな、ご詠歌まで劣等生で、困ったもんち、この人からいわれよったところですばい」

「わたしもそんなら、同じ」

「なんの」

二人は子どものように背中をたたき合って笑っていたが、手をとり合って歩きはじめた。おマス小母さんは訴えるようにいう。

「勉強のなんの、この歳になるまで、したことはなかですもん。師匠さんの愛想つかしおらす」

「まあ！　小母さんのおられますけん、賑わいます」

「うー、覚えの悪かけん、行こうごとなか気が半分、行こうごつある気が半分で。ぐずぐずしとれば、この人の連れに来なはると」

そう言って彼女は、自分のカップルを振り返った。

チッソ大阪本社の株主総会への巡礼上阪は、義光師匠の発案で稽古に入り、詰めの段階に入っていた。その夜のご詠歌の稽古は、ひどくおくれて始まった。義光師匠は小作りで精悍な顔を、いつもよりしかめてはいって来た。戸口をはいれば上り框の先はもう座敷といってよく、集まっている者たちと向きあわなくとも、うしろ姿から、互いの表情が見てとれる。

「野暮用ばっかりでけてな、すまんじゃった」

義光師匠は、五、六歩、女房や婆さまたちの間を歩いて不自由そうに膝をまげながら、いつもの自分の席に坐った。

彼女たちは師匠がつかつかと歩いた間、気を吞まれていたが、やせたその躰を傾けて膝をなんとかまげる間に、居ずまいを直す。

おマス小母さんが、一緒に並んでいるトキノさんのペタンとした腿を横からそっと突っついた。師匠の来る前のお喋りの中心は、おマス小母さんだったのである。

自分の方が喋っとったくせ、そうトキノさんは思ったが、だれよりもすまし顔が早い。

よもやま話ののんびりした表情が、急にはご詠歌向きにならない女房たちが、師匠の顔をみないようにして、古畳の上に目をおとした。

さざ波の途惑っているような空気は、耳の遠い師匠にも感ぜられたらしい。ちょっとの間、波紋の生じていたところを探すような目つきになったが、背すじをのばそうとした姿勢のまま、師匠は抑揚を押えたような声で言った。

「だいたい、儂も今日は、のっぴきならんことでおそうなって、申し訳なかと思うとる。そういうときはじゃな」

言っているうちに額に瘤が立って来て、肩で息をついた。言葉を一語ずつ区切って、ゆっくり、丁寧に出す。

「子どもじゃなかっですから、みなさんは歳もちゃんと、人並以上にとっておんなはる人たちですから」

婆さまたちは、垂れたうなじを、両肩の間に少しずつ、めりこませている。

「だいたい、こういう人数で寄っておって、馬鹿ばなしをしておる暇があれば、鉦のいっちょも、たたきみちを覚えおうて、早く立派に、ご詠歌を覚えようちゅう気は、なかっですか、あなた方は」

あなた方、などという言葉遣いを、ここらあたりでするものはいない。汝《わ》ら、と言うのが当地方の親愛をあらわす言い方である。その言われつけない言い方をこの人にされると、妙に気がこもっていて、不意をつかれる。特上の敬語で「あなた方」などと言われては、居心地悪いのを通りこし、恨めしいのである。早くも痺れている膝を扱いかねて、おマス小母さんならずとも、裏返っている足の親指がぴくぴくしている。

「よいですか。あなた方は、ご詠歌を流行歌と間違えとりゃせんですか。だいたい心がまえが」

師匠は言葉を探しているふうだった。

「ご詠歌ちゅうのは、死んだ仏に、死んだ霊たちに供え奉る心でございますぞ。なあ、まさか、死んだ者共を、忘れたわけではなかじゃろうが」

声の調子が急に落ちた。

「なあ、江郷下さん、あんた家《げ》は、どういう死なせ方をしたか。儂家《わしげ》も」

おマス小母さんは、浮腫気味で血の気のうすい顔をはっとうつむけ、ふだんの八の字眉が泣きそうになった。

「よかですか、遊びやもの好きで、ご詠歌習うとじゃなか。死んだ霊たちに奉る心で習うとですよ。そればっかりじゃなか、大阪や京のみやこの人方に、水俣病患者は見あげたもんじゃと、水俣病患者は屑のごたる者共ではなかと。見あげたものじゃと、見て貰わんがために、巡礼姿で、巡礼姿になって、ゆくと定めたでしょうが、高野山まで。稽古もしておかんちゅうがありますか」

婆さまたちは背中を丸め、息を膝の内側へと吐いている。

「今夜は大事な稽古が、儂のおかげでおくれました。すぐとりかかります」

師匠は持参の布袋から鈴鉦をとり出して構えた。

「いつものごとく、いいですか、みんなで唄うても、一人でおっても、ちゃんと唄われるように、ならんばいかんです」

市民会議の日吉フミ子会長が、さっそく形を見ならって、鈴鉦を胸の前に構えた。熊本県下で最初に小学校の女教頭になった人である。女たちはさっきまで呑んでいた湯呑み茶碗を鈴に見立て、漬物をはさんでいた箸を構えた。わたしは、注文している鈴鉦が間に合うかと気になった。

「ええですか、つけて唄うとですよ」

人のこの世は　ながくして
かはらぬ春とおもへども
はかなき夢となりにけり
あつき涙の、まごころを
御霊《みたま》の前に　捧げつつ
面影しのぶも　かなしけれ
しかはあれども　み仏に
救はれてゆく　身にあらば
思ひわづらふこともなく
とこしへかけて　安からむ
南無大師遍照尊《へんじょうそん》
南無大師遍照尊

日吉先生の声がやっぱり小学校のベテラン教師らしく凛《りん》と張って、乱れもせずに師匠の声についてゆくのだが、あとの声は、節も調子も文言もふたしかで、ぞろぞろと絡まりあいながら、先き細りして立ち消えてしまう。

「まちっと、思い切って声を出さんと。間に合わんばい、これじゃ。馬鹿ばなしするときの元気は、どこにやんなったか。まいっぺんやる。ほら、鈴の持ち方がだいたいなっとらん。まちっと、肩をはって、胸も」

誰かが湯呑み茶碗を、ぽろりと畳の上に落っことした。手足の利かぬ者が多いのである。転がって来たのを拾って、手渡しで廻している。

「ちっと長かが、これだけぜんぶおぼえんことには、大阪、いや高野山にはゆかれんとぞ、お前どもは」

三べん目に入ってしばらくして、師匠の鈴鉦がふっと止まった。

「はかなき夢のところが、どうも、蚊が、ぶんぶんはいったごつして、よう聞えん」

たちまち全員がうつむいた。おおきな溜息を師匠がつき、困惑し、見回す目つきになった。彼女らは首をちぢめ、師匠の視線が頭上を一巡し終るのを待っている。

「まいちどやり直しですぞ、はじめから。よかな、言葉を、はきはきと出して」

人のこの世は　ながくして
かはらぬ春とおもへども
はかなき夢となりにけり

じゃらんと音をさせて、師匠が鈴鉦と小槌を膝の脇においた。両の手のひらで、はたはたと太腿のあたりをたたいている。

さっき、はかなき夢のところを、はかなき恋とうたっていたのは、おマス小母さんである。師匠は聞きつけた気配だったが、そのときは空耳か、というような顔つきになってやり直しになった。

こんどは、総勢十五、六人の出席者のうち、三人ばかりの声が、それとわかる声で、はかなき恋とうたってしまった。

（あらあ、伝染したばい。こんだは聞きつけなはったぞ）

トキノ小母がまっさきに気づいて、前にいざり出ていたおマス小母の足の小指をつねりあげた。少々のことでは、足に麻痺が来ているので、感じない。

事態が少しものみこめていないのんびりした顔で、おマスさんがふり返り、内証ごとでも囁きかけられると勘違いしたか、笑顔になった。

これだから、とトキノさんはおもう。

（あんたばい、あんた）

首をひくくしたとたん、おマス小母にむけて、師匠の声が飛んだ。

「おマスどん、どこば向いとるかな」

おマス小母は自分に原因があるとはまだ思っていない。

後に坐った者たちが急いで前方を指さしてみせ、いっせいに目を伏せた。

「まこて」

声がするする出ない分だけ、師匠は自分の腿を摑んだり放したりしている。

「お前どもは、うう、いや、ああた方は」

おマス小母はほうとした目つきで前をみたが、ほかの者より頭が少しばかり出ているので、師匠のまなざしとぶつかってしまった。

「やっぱり」

師匠は声を絞り出した。

「あんたじゃな、やっぱり。はかなき恋ちゅうがあるか。夢と恋ば間違うちゅうがあるか、だいたい。はかなき恋、ちがう、夢じゃ夢。夢ちゅうは、死んだ者、死んだ者ちゅうは赤児もおる、働き盛りがおる、わが身内のことじゃろうが。死んだ者の想いじゃろうが。どういう死に方したか、思い出してもみろ。二、三人、恋のなんのち、唄うたもんのおる。まこて、おろよか頭ばっかり」

そして師匠は、いちばんいいたいことを言った。

「ああ、やっぱり、お前どもは水俣病あたまじゃ」

それからおもむろに補足した。

「儂も水俣病あたまぞ、しかしじゃな、心がけはちがうぞ」

じつは師匠が来る直前まで、おマス小母さんの思いこみが、話題の中心になっていたのである。

「なんとかおぼえんばいかんちおもうてなあ、クドの下焚くときも、風呂の下焚くときも、一心になって稽古しよるとばい」

「ほんにこん人は、一心じゃがなあ。一心に、はかなき恋ち、うたいよらすとじゃもん」

トキノ小母さんがよろこんだようにいう。

「こんだはな、小母さん、字いに書いてあぐっで。そこだけ、おぼえればよかばい、はかなき夢ちな。カタカナで、間違わんごつ」

いくらか若いおサノ後家がそう提案した。

「うーん、まあな。わたしゃ、小学校もろくろく行たとらんもんで、流行歌しか知らんとじゃもん」

ほとほと困りきったという顔に、おマス小母さんはなっている。

「ほんになあ、わたしどもも、学校ん歌はおぼえんじゃったもんなあ。小母さん、カタカナで書いてあぐっで」

「うー、カタカナなあ、選挙んときにも書いてもろてゆくとじゃもん、カタカナば。読みこなさん、うんと字のあれば」

「あれ、そら困ったなあ。そんならどげんしたろばよかろうか」

トキノさんが取りなした。

「よかよか。わたしも字いは知らずに唄いよっと。昔の者《もん》な、字いは知らずに唄いよった。夢も恋もたいしてちがわん。だいたい好きじゃけん、愛じゃの恋じゃの。唄わんよりよか」

「うんにゃ、好きちゅうわけじゃなか。くせじゃもん」

七十近いおマス小母さんがくせだといって照れて、みんなが笑ったところへ、めずらしくおそくなった師匠がはいって来て、夢も恋もたいしてちがわんと、さっきトキノ小母がしめくくったのに笑い合った続きで、御詠歌の稽古がはじまったのだった。

（あいやあ、伝染のもとはわたしじゃが）

トキノ小母はちらと思わないでもなかったけれども、伝染の種を蒔こうと蒔くまいと、この場に集まってくる女房や婆さま達の無手勝手が、たいした影響をうけるとも思えなかった。師匠がいうように、みんな水俣病あたまでもあることだし、もともとおろよか頭とおのおの思いこんでいる。

はかなき恋と唄うくせを、自分らではひそかに「宿題」と称して、直してこようと心がけてはいるのである。けれども七十前後の歳になるまで、小学校の勉強はおろか、覚え事《ごと》などついぞやったことはないおのおのであったから、彼女らの日常の、久しく忘れていた歌ごころが、地のままそこに持ち込まれたとしても、いたしかたのないことだった。

彼女らは稽古の夜を、むしろいそいそと集まって来た。

この世の涯にいるような年月の中から、それぞれが浮上し、吹き寄せられて来てみれば、

「ああまだ、あんたも生きては、おったなあ」

「はあい、まだ。娑婆《しゃば》盗人《ぬすっと》でなあ」

なつかしいものに出逢ったように顔がほころびて、そう言いあえば、ふさがりづめの胸に少しは息が通う気がした。

死んだ者たちを見送り、看とり、やがてわが身もゆくことだけれども、胸の奥のいちばん底の底のことは互いに言葉にも言えず、ましてや、なじみのうすい文字になどなるはずもない。仏に縁のありそうな御詠歌ならば、ひと節なりと声に出してみようかという気になっていた。

夢と恋とはちがうのだと聞きとがめられて、それぞれの顔がぽとぽと瞬いている。

(もともとから、おろよか頭じゃが、まっぽしに（的中するように）言わすよ、水俣病あたまげな)

「人間には、間違いということもある。わしも、間違いをせんとはいわん。しかしじゃな、ここは間違ってもろうては困るとぞ、ぜったいに。十七、八の頃の、はやり唄うたう気分でおってもろうては困っとぞ。

天下の人方《ひとがた》の前で唄うとじゃけん。よかですか、水俣病患者は人間の手本、手本じゃと、見上げたもんじゃと」

師匠は絶句した。夜風が吹き入ってくる。海に向いた斜面の家は、開け放つと風がよくはいる。どこかの畠の唐黍《とうきび》の葉づれの音が、時々からからと鳴っている。このところ雨が降らない。

その唐黍の乾いた葉ずれを聞いていて、わたしは師匠の妻女が呟いていた声を思い出す。

姉は七つで

妹は四つ

どういう神さんの心じゃろ

もう十六になって、坐ったまんま首をかしげ、躰をゆらゆらさせながら、いつも糸くりをしているような手つきの実子ちゃんの姿を思い浮べる。唇のはしから、絹をひくような涎がひとすじ、あどけない顔のむきが変るたんびに光るのだ。

「あんまりよか子でしたで、咽喉の穴ば潰そかち、神さんの思いなったっでしょ。食い物も通らんごつなしなはって。あんまりなあ、にこにこして、そら美しか子でしたで、目も潰そかち、目も見えんごつなしなはって。七つの子が泣きに泣いて、泣き切って死にましたもん」

と、死んだ姉のことを妻女はいう。

そしてこの妻女は、よその家でのご詠歌の稽古に出てこれない。海老のように曲ったままの老人をかかえ、実子ちゃんからも目がはなせない。自分もしょっちゅう立ちくらみがしている。

うちのあれはまあ、字ぃぐらいは読む、書かせれば、時候のあいさつぐらいは、人並に書く、と師匠はおもう。

水俣病裁判支援ニュース『告発』一九七〇年四月二十五日号にのせた妻女の手紙がある。8ミリ映画『水俣病』をみて、福岡県中間市の識字学級の婦人たちが、励ましの手紙を寄せて来たのに対しての礼状である。まず識字学級の丸木郁子さんからの手紙。

「日本は文盲のない国といわれながら、部落の婦人の中には全く字の読めない人、読めても書けない人が多くおります。新聞はもちろんのこと、バスの行く先を書いた文字さえわからなくて、その苦しみは文字が空気のように氾濫する社会では、想像できないほど苛酷なものだと思います。中年以上のおばさんに多いのですが、青年の中でも、自動車の運転免許をとろうと学校へ行っても、実技試験は優秀な成績でとおるのに、文字の障害のため、どうしても学科がとおらなくついにあきらめたという人が仲間にも何人かおります。

このような中で、まず字を覚えることから出発しようと、識字学級がはじまりました。」

師匠はご詠歌の時間に、この手紙のことをちらと思い浮べることがある。

(やっぱり、ここらの婆さんたちにも、字ぃから先に覚えさせせんばならんじゃったろか。

いやいや、間にあわん。字ぃのなんの、一般には要らんとじゃ。ここらにも、運転免許持たずに、車に乗る青年どもはあちこちおる。バスに乗るのに、行き先が読めん女どもも、うんとおるが、口で聞けばよかこつじゃ。ただ問題は、水俣病は口が利けん。銭払うのに指が利けん。乗り降りするのに足が動かんちゅうことがある。それが問題じゃ。だいたいをいえば、学校のなんの、ここらに暮しておるぶんには、要らんとじゃった、こういう問題が出て来んじゃったならば。学校の先生になるか、役場の吏員になろう

ちゅうなら別の話じゃが。ご詠歌ぐらい唄うとに、本来ならば字ぃはいらん。水俣病あたまじゃけん、どもこもならん)

識字学級からの手紙の続き。書き手は学級の指導者かもしれなかった。

「二月十八日『水俣病』の8ミリ映画の上映が行なわれましたが、8ミリに映された患者のあまりにもひどい姿にはどよめきの波がひろがり、『他人事ではないばい』というつぶやきが聞かれました。そのあと、『差別』という観点から、患者が病気の苦しみに加えて、まわりの社会の人たちから『お前たちが悪い』といわんばかりの差別を受け、さらに意識的に患者たちの問題を何年間もおしかくし、無視して来たこと、また、やっと『公害』と認定されても事態は一向に変わらなかったこと、しかし今は患者自身が資金ゼロの中で裁判闘争に立ちあがり闘っていることなどが、部落解放運動との関連づけの中で話されました。」

べつの婦人からの手紙。

「水俣の皆様、さぞ苦しい悲しいことかとお察しいたしお見舞申上げます。皆さんの気持はきっと神仏にとどきます。ではしっかりと大地をふみしめてがんばって下さい。皆様のことを一日も早く……お祈りいたします。部落解放同盟の老婦人です。」

字の書けない婦人たちが字を稽古して、慰問の手紙をくれたのだと、その束をみせられて、婆さまたちは泣かんばかりの顔になり、しばらくの間拝んでいた。

「あれえ、どげんしゅうかなあ、見も知らん人方《ひとがた》がなあ、映画まで見てくれて」

「世の中に字ぃ知らん者は、わたしどんばっかりち思うとったら、よそにもおらすとばい」

「ちがうがな。この人たちは、このごろ覚えなはったじゃろが、学校にゃ行かずにおって」

「感心よ、ちゃんと手紙まで書いて。頭のちがうとぞ」

「なんば感心しとるかな。お礼ば書かんばならんとぞ。お礼ば、誰が書くか」

しばらく顔を見合わせて、いやあと手を振り、彼女らは後ずさりした。

「手紙はな、書いたこたなか。いつも、学校ゆきに書いてもらうと」

学校ゆきというのは小学校生徒、学校というのは小学校をさす。

「学校にゃな、勉強しに行きよったわけじゃなか、先生の帳面ふさぎにゆきよった。立たせられにゆきおったもん。立つ者も居らんことには、話も賑やわんじゃろが」

そういうことを言いあったあとに、師匠の妻女を拝み倒した。

「代表でな、書いてくれんな、あんたなら、わたし共が気持のわかる。病人さんもうんと抱えとらすで」

まず、時候の挨拶ぐらいは忘れんように、と師匠は言った。「告発新聞に載るとじゃから、恥をかかんように」。まあまあ、そう見苦しゅうはなかったと師匠は思っている。


「ご免下さいませ。桜の花も散る頃となってまいりました。先日市民会議会長様より、お便り見せていただき、さっそくお返事をと思いましたが、おそくなって申しわけございません。

昭和三十一年四月十二日、三女と四女が発病いたしました。十三回忌も四月を過しています。おそろしい奇病、忘れることはできません。姉が七歳、妹が四歳でした。姉の静子はいつもいつもにこにこした、目のくりくりした子でした。ふと奇病にかかり食べることもできず、のみこみもできず、苦しさのあまりに泣いて日夜を暮し、二週間目には目も見えなくなり、鼻孔栄養、入院して四年、おしめを着用し、大便は浣腸でとり、実に苦労は富士山より高うございます。熊大病院の先生、看護婦様に懸命にめいわくをかけたかいもなく、泣き死に致しました。

私も一日でも家にいなければならない母親ですが、家には中学一年生を上にして、四人残して、熊大病院に二人の患者をつれて行き、おしめを二人分、夜も昼も泣いて寝ることもできずに、手も足も固くなり、泣くと汗を出してはカゼをひいて、急性肺炎を起して死んでゆき、カイボウされてホネとなって帰って来ました。

妹の実子四歳は、むくむく太って暮して過しておりましたら姉に二週間おくれてかかり、次第に悪くなり、食べること、歩くことができなくなり、坐ることもできずに、姉は寝台の上で一生懸命泣く、妹はわたしの背中から放されずに、ひととおりの苦労ではなく、おしめ着用、浣腸年中、今年は十六歳になりましたが、手は持っていて、何ひとつ取って食べないし、三度の食事、おしめ着用、話になりません。

坐れば坐ったまま、立ったら立ったままして、熊大病院四年、水俣市立病院三年、七年も入院しておりましたが、言葉も出ないし、よだれが出るし、十六年も赤ちゃんあつかいしており、親ながらもあきましたが、しかたがないのです。

私が死んだらと案じては一日何回とまぶたがあつくなって来ます。会社の見舞金ぐらいではといつも案じておりました。

議員日吉先生、公務員の松本様現われ、すくいの舟を出して下され、今本舟にのりまして、私達水俣病はすくわれるのでございます。このお二人の方が日夜ご苦労下さいましたことによりまして、全国のかたがたにお世話ご迷惑をおかけしております。

今後ともいっそうお引き立て下され、裁判の勝利させて下さることをくれぐれもお願いしてやみません。」

みしらぬ人びとの無垢な祈りとはげましにふれ、妻女がこのとき、「すくいの本舟に」のせてもらったと思うことができたのは、せめてもの、かりそめの浄福であった。

師匠の家とおマス小母さんの家は、岬を中にして、ほとんど隣り合っているといってもよかった。両家ともに、縁の下すれすれに潮がくる。

「前は泉水ばい、不知火海の泉水。ころのよか島も浮かべて、座敷から魚の釣るっと」

という眺めなのである。ころのよか島とは、天草の島々のことで、近い島なら七里か八里、手漕ぎの舟でうまく潮に乗れば、一昼夜でゆき来して縁談がまとまり、気の早い仲人なら、嫁御を乗せて、帆をあげてくることさえあったのだ。

平安時代などからの、物語りのみやこが造った庭というものが、このような借景の、朝《あした》の茜、夕べの光《ひかり》凪《なぎ》を、かつてはどのように恋うていたことか。形ばかりとなったミニ庭園の、古池にちりちりよどむ風よりはまだひろやかな西の空、黄河上流あたりの古代茜が、ここらの海辺を染めていた。その残照の中で、満ち干きする潮をほぞの緒のように結びあい、われ人ともに生き替わり死に替わりして来たと言ってよかった。それぞれの家風といい個性といい、千も万もある巻貝類や平貝や、海のものとも陸のものとも定かでないような草のように、形も色も味わいも、くっきり異なっているのだったけれど、そのちがいは、不知火という海の胎を染めわける母斑のようなものだった。

それゆえ、義光師匠とおマス小母さんの両家も、世帯の内実も家族内の出来ごともお互い熟知しあっていて、それから先については、見たり聞いたりしてはならぬことなどがあり、人としての弁《わきま》えというものは、そのへんにあるのだと心得あっているのである。だから師匠が、

「おマスどん」

と声を出すとき、それから先を儂に言わせるな、というひびきになるのであった。

いつだったか、師匠の家で稽古がはじまる前にこの人が、へのへのもへが苦笑したような眉になってみせて、嘆息したことがある。

「あの組はなあ」

あの組とは、稽古にくる連中、初発の水俣病訴訟派二十九世帯の、主には小母さん達をさしていたろうが、もっと抽象名詞としての、男とはまるでべつの生きものの女たち、というふうにもとれた。

「あの組どもはな、バカ装《つく》っとっとじゃもんなあ」

わたしは思わず笑いそうになって小父さんの顔をみた。かたわらでおしめを替えてもらったばかりの実子ちゃんが、無心な顔で、あやとりのような手つきをしながら躰をゆっくりゆらしはじめていた。﨟《ろう》たけた頬からその指の先へ、重たげな黒髪がほつれてはらはらふりかかる。小父さんはそちらを見ず、つづけて言った。

「しんからバカならば、始末もよかがなあ。バカ装るのが本性じゃけん、勝たんもんなあ」

わたしは首をかしげたままこちらを見て、みえない糸をたぐりつづける実子ちゃんに話しかけた。

「ほんとかもしれんなあ、実子ちゃん」

実子ちゃんについて、小父さんはほとんど何にも言わない。思い凝らしたような、断念のにじむような表情で、妻女と、十六になるこの四女をときどきじっとみて、客の応対にあたる。

これまで師匠が長年接して来た「あの組のものどもの本性」から、みちびき出されたひとつの感想を、わたしは納得できた。世間一般のことにも、女の道にも人より精《くわ》しかご仁といわれている小父さんがいうように、「バカを装るのがあの組の本性」であるのなら、わたしとて少々身に覚えもあることだし、その本性とは、一代二代で出来上ったものとは思えない。相当な歴史的所産といわねばならぬのかもしれなかった。

さすればさっき、ご詠歌の覚え方が一向にはかがゆかぬのにいら立って、小父さんが、

「おろよか水俣病あたま」

と言い放ったのは、思わず出た女たちへの敗北宣言ないし、逆説的献辞かもしれないのだった。この言葉をいただいて、婆さまたちが、海の凪より静かな気配であったのは、もちろん師匠の愛敬に満ちた人柄を、身内だと思っているからである。幾月か経って、本番の日が来て、チッソ大阪本社と高野山詣でを果したのちのちになってからも、彼女らは、この夜の言葉をしばしば思い出し、いとも初々しく、咲《え》まいほころんだのである。

「おろよか頭じゃってなあ、師匠さんから保証してもろたもん、水俣病あたまち」

その夜は、夜気の湿りが早く来た。散会して、師匠の後姿を見送りながら、いちばん歳の若い秋子さん

が腰のうしろをしきりにたたいている。

「あいたた、今夜は腰の痛かったなぁ」

「膝も腰もとくべつ痛かったぁ。手は手によう動かんし」

「師匠さんな、まだ痛かったろ、人におごって、我が身は、ちゃんと坐らんわけにゃゆかんしなあ」

それぞれ、唄っていたときとは、うって変って、張りのある高声《たかごえ》である。ひとつには耳の聞えぬ者が多い。

「苦労ばい、師匠さんも、わたしども相手じゃもん」

「そりゃ、網にゆくより苦労よなあ、面々勝手で」

「なんさま、覚えんとじゃもん、みんな」

「一日中、ご詠歌ばっかり考えちゃおられんもん。今日はな、まヽっヽぽヽしヽさヽんのごたる人の、また来てなあ、信心しろちゅうて、騒動がにぎおうた」

「ほう、あんた家《げ》にも」

「はい、やっぱ、来らした。黒焼き持って」

「ありゃ、なんの黒焼きじゃろ。なめくじじゃろか、蟇《がま》じゃろか、匂いの悪かった」

「何の黒焼きかわかるもんか。数珠持って、頼みもせんとに上ってな、参ってくれらした、仏さんに。そしてな、黒焼きば、竹《たか》ん筒《ぼ》から出して、信心すれば効くちゅうてな、飲ませらしたよ、婆ちゃんに」

「ああた家《げ》の婆ちゃんなら信心深かで、効くかもしれんばい」

「ほんに、困っとばい、何も彼も信心せらすで、なんまんだぶ、なんまんだぶちゅうて」

「まさか、蛙《どんく》の黒焼きじゃなかろうなあ、呑めば、なおりの早かち」

「うちの爺ちゃんな、河童ん黒焼きなら、医者さまの薬でなおらん病も、なおるかもしれんがち、本気になって聞かすとじゃもん。河童じゃなか、猿じゃろな、ちゅうて」

「病人のぞろぞろしとるわけじゃから、一年か二年ここに居りついて、何人かなおしてみせたなら、みんな黒焼き呑むばいち、爺ちゃんのいわした」

「なんのかんのちゅうて、戻らしたろ」

「一年の二年のちゅう、路銀がなかちゅうて、往ってしまわした」

突っかけ草履をぺたぺた言わせて、あとから追いついた一人が声をかけた。

「まあまあ、現金さよ、さっきとくらぶれば、元気のよさ」

「ほんに、師匠さんの見えんごつならしたら、もう、どんどん賑わうとばい」

「そらそうじゃ、空元気《から》なりとつけんばなあ」

四十四年六月に提訴された水俣病訴訟は二年目になろうとして、第四回口頭弁論を終えたばかりであった。

政府の任命した水俣病補償処理委員会のうごきは、表面は「一任派」を対象としていたものの、あきらかに訴訟派患者たちへのゆさぶりと、大ぜいの出現が予想される患者たちへの牽制を意図していた。

それまでに判明していた患者数は百十六名、うち胎児性二十三名、四十五人目の死者田中敏昌ちゃんの葬儀がすみ、生前のいたいけな姿が桑原史成氏の写真集に遺されて、まだ患者に接しえないでいる支援の者たちの胸に、そのむざんさが灼きついた。

患者の実数が、人口五万弱の水俣市と周辺町村、隣りの鹿児島県沿岸部、対岸の天草諸島を巻きこんで、万を越える被災に及んでゆくとは、この時期、おおかたのものの予想せぬことであった。熊本市在住のマスコミ関係者を含んで発足した告発する会では、ことの重大さをほぼ察知し、把握することに身命をかけつつあった。

昭和三十四年十一月の漁民暴動における参加規模、水俣市のみならず、葦北郡沿岸漁協、対岸の御所浦、姫戸、樋島《ひのしま》あたりを含んだ漁船のおびただしさ、水俣市民の前にはじめて姿をみせた漁民たちの全身にあらわれていた切迫感、この日の先頭部隊にいた者たちの発病や死亡は、向後に起きるであろう事態を、充分に予測させた。

事件の厚みは、当初から8ミリや16ミリカメラを用意していた警察のかまえをみても、工場側を被害者として、漁民側にだけ絞って大がかりな即時検挙が行われたことでも直感された。「工場廃水の停止、操業を一時中止せよ」という切実な漁民側の要求に対して、被害者はチッソ工場という地域感情を一挙に方向づけ、漁民のうごきを初発の段階で徹底的に封殺したい意志がきわめてあきらかであり、権力側行政側の構えのなみなみでないことを思わせた。漁協の最高幹部三名は懲役一年から八ヵ月の刑、その他の幹部たち五十二名は罰金刑に処せられた。かたわら寺本知事が斡旋者として立ち合った漁業被害補償の調停では、二十二億円の漁民側要求に対して三五〇〇万円で妥結させ、しかもこの額から、乱入時の工場被害額一〇〇〇万円を差引くという内容であった。しかも付帯条項として、「県漁連は新日窒水俣工場廃水の質と量が悪化しない限り、過去の廃水が病気の原因であると決定しても、一切の追加補償を要求しない」旨が、知事立ち合いのもとで明記されていた。

「工場廃水の質と量が悪化しない限り」などと記すあたり、いかに漁民らを無知無識と見くだしていたことか。かさにかかって自己の損失分は抜かりなく差し引くあたり、微細なことにも功利性だけはしたたかに働くという企業の体質がどのようにして出現したのか、近代を、その内部から蝕《むしば》み荒廃させてゆくものの姿が、ここに結像されているのを、まざまざと見るおもいがする。

この文面にぴったり貼り合わせになる文書がいまふたつある。大正十五年、工場周辺の漁業組合が、廃水による被害補償を要求したのに対し、「永久に苦情を申出ないことを条件に漁業被害に対する見舞金一五〇〇円を支払う」とした文書が最初のひとつ。さらに昭和十八年、漁業被害問題が再燃したさい「工場悪水、諸残渣塵埃を廃棄放流することによる過去および将来永久の漁業補償として一五万二五〇〇円を支払う」というのがいまひとつである。

法というものは、文字を読まずとも、人の道であると思いこんでいる庶民の倫理感覚とは、まことに質の異なった条文である。みすみす数十年間、めくら判を押し続けて来た漁民らに、危機意識が点ぜられたときは、排出不可能なほど体内深く毒物が侵入していた。摂取された水銀量がいかほどのものであったか、それを類推させるに足る貴重な資料がある。

熊本県衛生研究所の松島儀一氏によって、昭和三十五年末から昭和三十七年の三年間にわたり、不知火海沿岸漁民二千七百余名を対象に行なわれた毛髪水銀量の調査がそれである。

松島氏は、熊大医学部研究班公衆衛生学、喜田村教授の毛髪水銀量の調査に示唆をうけ、「衛生研究所としましては、同病の発症の可能性=予防の観点から、大規模に調査する必要」があると思い、「乏しい予算のやりくり」上、「千代田生命が、研究テーマを公募して費用を寄附するという話があったので、不知火海沿岸住民の毛髪水銀量調査として応募」資金をつくり、三年間の調査結果を各市町村にコピーして送付された。もとの台帳は退職とともに衛生研究所に残された。昭和四十六年五月、告発する会会員の宮沢信雄さん（ＮＨＫ熊本局アナウンサー）に、松島氏は述べられた。

「分析が進むにつれ、特に多量の水銀を保有した人については、危険を感じ、土井所長に訪ねていって頂いたり、再度毛髪の提出を求めるなどして、追跡調査をするよう心掛け、はじめは葉書によって本人に水銀量を通知しました。しかし、水銀量の特に多かった人、たとえば御所浦で九二〇ｐｐｍを検出した老婆についてなど、審査会の先生方に報告しても、検診にいったり、その後の追跡検診を行なったりした形跡がないのは残念で、いつも気がかりに思っていました。」

一人の人間の中に九二〇ｐｐｍとか六〇〇ｐｐｍとかの水銀があるとはいかなる事態なのか、想像もつきかねる。御所浦の九二〇ｐｐｍの老婆は、映画の土本典昭氏らが訪ねて行ったときはすでに昭和四十二年に死亡していた。

御所浦島は水俣の百間《ひやっけん》港、すなわちチッソ工場排水口の真向いにあり、八里ほどを距てて、天草諸島の中でももっとも水俣に近い。衛生研究所の名において松島氏の分析された、水銀量地区別成績書、昭和三十六年度の表によればその最高価は、水俣漁民六〇ｐｐｍ、津奈木《つなぎ》漁民六六・五ｐｐｍ、湯浦《ゆのうら》九三・八ｐｐｍ、などである。この時期、各市町村衛生担当者には、発病の恐れのある毛髪水銀量のボーダーラインを、五〇ｐｐｍとして通知していたというが、松島氏の希望していた具体的な予防措置はなにひとつとられなかった。

漁村地帯の対照地区にえらばれた山村の八代郡泉村での水銀量は、最高一三・五ｐｐｍ、平均一・四ｐｐｍ、不検出の者が四四％であったという。通常ならば、もっとも理想的な国民的蛋白源の摂取量が、そのまま毒物の摂取量となることが示されている。

不知火海沿岸の漁民たちは、自己の体内にあるべきはずもない水銀に生身を焙《あぶ》り出され、その生身に点ぜられた鬼火のごときまなこで、うつつの世を眺めなおしつつあるのだった。

たとえばここに、昭和三十九年一月、同工場が作成した『水俣病患者一覧表』なるものがある。一〇五名の患者名が列記され、症状が判定されている。昭和三十四年見舞金の改訂にでも利用されたのだろうか。患家への地域感情を利用し、家並みのかげにたたずんでいる表情まで浮き上ってくるような記述である。

たとえば、

14号、中津芳男、一般人と変るところがない。漁獲高も専業者なみ。夜間も操業している。

20号、田上勝喜、自宅でぶらぶら。歩行やや困難。

29号、田中実子、自宅にて歩くようになった。

34号、江郷下マス、家事全般の仕事をしている。外見なんともない。

36号、井上アサノ、健康。常人と変らない。山畠の仕事をしている。

43号、田上義春、森岡組オート三輪車運転士。健康体。

50号、浜元二徳、健康、扇興運輸勤務、現在南九州自動車学校在学中。

71号、嶋本利喜蔵、健康体、二月二十六日死亡。

73号、杉本とし、少し悪い。

88号、杉本進、全快と思われる。
74号、伊藤政八、全快と思われる。
80号、岩坂きくえ、自宅でぶらぶら。
87号、牛島直、健康体。

「健康体で死亡」あるいは「全快と思われる」と書くとき、記述者本人もいささか腑に落ちかねる気がしたのではあるまいか。患者の実情がたいしたものではないように報告したいという調査者の忠誠心と、おそらく上の方での、実態を抹消したいという想いが、ひとつになっての一覧表であったろう。重要なことは、工場側の最初のこの判定法が、あとあとまで一貫して犠牲者抹消の手法となり、強力に働いたことである。いわくニセ患者、いわく金の亡者等。

県下の医師会や、水俣病審査会において、あるいは熊本県公害対策委員長に就任したばかりの杉村国夫氏の口からさえ、「金の亡者のニセ患者がふえて困る」という発言が、環境庁においてなされた。昭和五十年八月七日のことである。この人物は県の警察医として知られており、水俣を訪れたこともなく、患者を診たこともない。漁民暴動以後、県警本部はしばしば百キロの道を疾駆して、患者らを逮捕しに来るのにきわめて迅速であり、意欲的でありつづけた。自ら一度も犠牲者救済に腰を上げなかった県公害対策委員会の長に、この人物を任命した行政側の意図が奈辺にあったか、透けてみえる。

一覧表に記載された患者たちの症状について、私の知りえた一部を描出してみる。

まず、20号患者、田上勝喜はチッソ資料が語るように、「自宅でぶらぶら、歩行やや困難」という程度の患者だろうか。

他の患者たちと同様に、彼もまた舌がしびれ、唇がしびれ、手足の麻痺、全身の痙攣、流涎、とやってきて、「犬吠え様」のおめき声を発し、自らの意志しない激烈な痙攣のために、家の中といわず、道ばたといわず突進してころげまわり、人びとの手におえなくなって、小川再生院に収容されるのである。

見落されてならないのは、一家の柱であった父親の廃疾化が、多数の患家の例と等しく、専業漁家であったこの家庭をたちまち貧窮化せしめたことである。発病は昭和三十年十一月であった。

発病前の彼を物語る「表彰状」が、今でも水俣市梅戸の家の欄間に、この一家の宝物として掲げられている。人並すぐれて壮健であった彼が、水俣市の漁業組合長をよくつとめあげたことを表彰した主旨のものである。大音声をはりあげ、ねじり鉢巻で演説をぶちあげるのが好きであった豪快な漁師のおもかげは、言語も、日常の動作も全く奪われて、嬰児性の顔貌にもどった彼からは、うかがい知ることはできない。ただ懐しそうに、にこにこと来訪者にむけて途方にくれているようなまなざしだけが漂い、わずかに生きながらえている彼の、魂の所在を物語る。

漁のあがりや集会のときは、度の過ぎない程度の晩酌を好み、子沢山の家族をよせ集めては、しぶい声で、浪花節をうなっていた。

一家が貧窮のどん底に落ちた時、十代前後であった彼の娘たちは、海辺の流木を薪に拾い、「つわ蕗」やわらびをつんで町に商ったり、夫の発病の衝撃で寝込んだ母親を看病しながら、家計を支え続けた。娘たちは、

「せめて父ちゃんの、昔のように焼酎のんで虎三節でもやってくれれば、この世の苦労も笑うてするばっ

てん、唖《おし》の仁王さんにならった」

となげく。病状の激期がすぎたあと、妻女のあとを慕い歩き、失調性の歩行でゆらゆらとさまようばかりの父親になったのである。

このようになった元漁師たちの、失なわれた歳月の中に、ときどき夢遊動作めいてよみがえる漁の動作は、みるものの涙を誘う。たとえば田上勝喜は、とある日、網につける「アバ」つくりに熱中しはじめる。網の裾にとりつける木のウキである。桐の木を削って、たとえば鰯の形のように、木片を形づくるのである。絶えまない全身痙攣の中で行なわれる作業であるから、はた目には、両手を宙にふりあげたり、急にガタリと拝み倒れたり、こわれ朽ちて、やたらと水をはねるだけの、水車の空まわりといったかなしさである。小刀をとりおとし、木片をとりおとし、指先や手指を傷つけながら、彼の大切なアバは、血だらけになったりして、意味ありげな木片と化す。

そのようにして、彼は営々とアバ作りを続け、彼の漁具を縁の下いっぱいに小積みあげたりする。時間の堆積がそこにある。彼の作製した小さなひとつの木片、いやその木片の山は、彼のみならず、海を奪われ、漁を奪われ、全生活を奪われ、言語のみならず、存在そのものを奪われつつある漁師たちの、唯一の象形言語をあらわしている。

チッソ資料による水俣病患者一覧表記載の「自宅でぶらぶら、歩行やや困難」とは、田上勝喜および、彼の発病によってひきおこされたこの一家の苦難について、失われた歳月について、ひとことも語りえていない。ましてこの一片の記載が、患者や患家の生活資金と行政当局からみなされている「見舞金」改訂の資料となるならば、その酷薄さはまことに空恐しい。

チッソおよびその弁護団は、田上勝喜の作製する木片について、どのような人間的言語をもちうるのか。一人の人間の歴史に対して、このような記述をするならば、おのれの存在をかけて、その意味を明らかにせねばなるまい。

34号患者、「外見なんともない」と片づけられた江郷下マスの場合、彼女の娘和子は昭和二十五年末に出生し、昭和三十一年、水俣病によって死亡した。娘の看病中にマス女は発病した。息子一美は33号患者、美一は42号患者である。またいま一人の娘は婚家先で胎児性患児半永一光を生み、この子の父も後年認定されることになる。続いて夫も発病する。まことに書いていてやりきれない。

おおざっぱに言っても以上のような有様の家族を抱えながら、発病以前は、他の漁家のように、船の上でも家の母として綱をひき、とりしきっていた。漁村においては、陸上での家族の主婦よりは、船の上の労働の比重がより重い。母ないし妻の乗らない船というものは難破船に等しいのだと、夫たちはいう。一本釣の舟を「夫婦舟」とよぶゆえんである。

家族と自身の発病以来、手足の麻痺や難聴や視野狭窄によって心身の自由を奪われた彼女は、船に乗れなくなった。家から船着き場にゆきつくまでに、たかだか六十メートルぐらいの距離をマス女はまともに歩けない。

潮がひくと、四メートルほどの高さの岸壁ともいえぬ石垣の波止場を伝い歩くことは、幼児といえども、「前庭に出る」近さである。そのくらいを歩くのに彼女は海中にころげ落ちたりする。同じ岸壁につないである船のとも綱を、握力が失せてしまったために、引き寄せて握ることができない。近所じゅうの目が見ている事実である。

家族が船を引き寄せてやっても、失調性の歩行のため、あるいは目まいのために、船に乗りうつることはできない。就寝していても、海中に落下してゆく感じに襲われ、安眠することもできない。落下感は、娘和子の解剖された屍体を、水俣駅から線路伝いに背負って帰ったときの感じと背中合わせになっていて彼女を襲う。

「あのですなあ、白か繃帯で、頭の先から足の先まで、ぐるぐる巻きにしてありましたですもん。解剖してあるけん、千切れんごつ、巻いてあったわけでしょなあ。車の運転手さんの、えらい気持の悪しゃしとらしたです。どげんしゅうかち思うて、ハイヤー代もかかりますし、水俣駅の先の、踏切りの、あんまり人の通らんところで、下してもらいまして、和子ばそろっと線路の脇に寝せてな、帯ばほどきまして、背負いましたです。

和子、きつかったね、解剖のなんのに逢わせて。母ちゃんが何も知らんで、魚《いお》食わせて。魚、小切《こぎ》る如《ごつ》、お前や小切られて。ここから先は母ちゃんが、背負うて家に戻るぞ、ち言いましたです。あんまりな、涙も出らんごたったです。解剖ちゅうは、どこば切るとでしょうかなあ、足のちゃあえて、線路の上に落ちゃあせんじゃろか、腹ば横切りしてあっとじゃなかろか、手ぇも、ひっちゃえはせんじゃろかちなあ、心配で。首の落ちればどげんしゅうちおもって。

繃帯でぐるぐる巻きして、目ぇと、唇しか出とりませんとですもん。血ぃちゅうか、汁ちゅうか、滲んどるとですもん、我が子の汁のですな。まあ、わたしが生んだ子ぉじゃが、わたしの汁じゃがち思うて、涙も出たやら覚えませんと。

線路の上じゃけん、ただもう、ばらばらにならんごつ用心するのが一心で。なんさま、この上、汽車にでも轢かれたなら、あんまりじゃ、そげん思うとりました。くたくた音のしますとば、そろーっと背負うて。

生きとる時より、そりゃ重かちゅうか、魂の無か躰の、背負いにくかですもん。生きて寝とる時は、背中で手足のぶらぶらしとっても、気になりませんばってん、解剖して、ずてずてしとっとですけん、縫い合わせてはあるとでしょうが、いつ、ひっ切れ落ちるか心配で。

仏さまの前に、ちゃんと連れて帰らんば。

その一心でなあ、本《ほん》な道、あの表の本な道は人の恐ろししゃしなはります。綳帯巻きの死んだ子ぉですけん。線路道ばゆきましたです。お月さまの在《あ》んなはりましたっでしょうかなあ、枕木の、ちっと見えとりましたっでしょうか。坪谷の手前まで、水俣駅から、小半里ぐらい。今夜が和子、別れじゃねえち、母ちゃんが背中におるのも、今夜までぞう。苦しみ死にするため、生まれて来たかいち、死んどる子ぉに語り語り、歩きました。なあ、ふだんなら、線路の夜道のなんの、歩き得ませんとぉ。

百間の踏切りば通って、ずうっとゆけば、あのほら、三年が浦ちゅうところのありますなあ。あすこの松の木のさし出とるあたりにゃ、昔から、何か、ぶら下がっとるち、恐《おと》ろしか、魔のごたるもんの、人の通ればぶら下がってくるちゅうて、男衆たちも、夜道はあそこは通ろごたなかちゅうところですもん。そげん恐ろしかところも、考えませんでした。なんの、わが身が、人の恐ろししゃしなはるもんに、なっとるわけですもんなあ。親子ながら。

白かもんになっとる背中の子ぉが、連れてゆきましたっじゃろ。ふだんならゆきもきらん、夜中の線路道ば、歩いてゆきましたですもん。

わが家の庭先でああた、歩きよって、海の中に、ひっちゃえますとですけん。和子ば今もまだ背中に背負うとる気のしますとばい。背中から呼ぶとじゃろかいち、思うときのありますと。淋しゃして海の中に呼ぶとじゃろかち。

そんたび、助け上げてもろて。病み病み、まだ生きとりますばってん、和子がな、わが身は死んで、ずたずたなっとって、押しあげて、母ちゃん生きとれなあち、押しあげてくるっとかも、知れませんとなあ」

マス女《じょ》は物を食べても味覚がなく嚥下障害がある。小学生のときに発病して青年期になった二人の息子のゆく末を考えねばならぬ。

「一美はですな、何年生でしたろか、小学校にゆく道のわからんち、戻って来よりましたですよ。思えばあん時、発病しとったですもん。いくらなんでも、今までゆきおった学校に、ゆく道のわからんちゅうことのあるでしょうか。家から上の道にあがりさえすれば、あとは海岸べたにひっついて往還道一本でしょうが、ちっと曲がっとるくらいで。ただ行きさえすればよかとに、道のわからんちゅうて、学校にもゆかんごつなってしもうてなあ。子どもの足は速かけん三十分もかかりませんとに。わたしも頭のおかしゅうなりよりましたが、何年生でしたろか。和子も死んで、自分もおかしゅうなって。もともとおろよか頭でなあ、なんもかんも一ぺんに災難のかぶって来て、今でもわけのわかりませんと」

熊大医学部精神科の原田正純先生が話されたことがある。数々患者を診て来た方である。

「あのあたりに検診をしにゆきますでしょう。今は、いろいろ思い当たるんですが、どうも江郷下家に、集中的に出ているらしい。やはり診せて頂きたいと思ってゆくわけです。

あそこは行き止まりで、今日こそは少年たちに逢いたいと思ってゆくんですがね、お母さんと話している間に、彼ら、勘づいて、磯づたいに逃げるんですよ。あそこの先は、いつもは人のゆかぬ岩場でしょう、あの岩を伝って、逃げよるんですよ、病人が。追っかけると危ないもんですからね。あの頃、重大な時期なんですが、診れなかったですよ、後になってからでないと。僕ら、逆の立ち場だったら、逃げたと思いますね、年ごろでねえ、口もよう利けなくなってますからねえ」

たくましい漁師になる筈であった彼女の息子は二人ながら、家の中でさえ、壁に手を当てていないと平衡感覚を失ない、歩くことができない。

一家が、ここらあたりの変異の先ぶれのように発病したのは、他の漁家にくらべて船上生活が長かったせいかもしれない。地域との縁が他家より多少うすいということもあろうか。業病一家といわれていることも勘定に入れて、チッソ工場一覧表は、マス女のことを「家事全般をしている、外見なんともない」と記したのであろうか。

43号田上義春「健康体」について、『告発』第九号に水俣市民会議の赤崎覚さん（蓬氏）が書いたものがある。義春さんがいかに芳醇な人となりであることか。江郷下兄弟の、「学校へゆく道を忘れる」ということを解くカギもありそうである。

田上義春さん（三十九歳）は、二十六歳で羅病した。

全く突然のことである。ひと息眠って目覚めたときには、両手の指先は痺れていた。「おっかさん、手の痺れとるばい」。母親は「びっくりしたばってん、この子が悲観してはならんで、言葉では、優しゅう言うときました」。その頃でいう奇病、得体の知れぬ業病、その想いが黒い鳥のようにかすめた。昭和三十一年七月である。その病状がどんなものか、まずどのように現われるか母親は知っていた。「指、唇、舌から痺れるとばい」。開業医に診てもらった。医者は十二指腸虫のせいだから絶食するよう指示した。「思えばこれが悪かったとじゃろ」。効果はまるで逆方向を現わした。

母親の志向はここで医療の先祖返りを目指す。米《こめ》ノ津《つ》（鹿児島県出水市）に高名な灸師がいる。母親に連れられてヤツ（灸）焼きに通った。

「歩くとに、びくびくするとですけん。道路ば向う側に渡るとに一人では渡れんとです。あたしが引き返して連れて来よりました」

「なにしろ汽車の踏み切り、歩道は一人じゃ恐しくて立竦《たちすく》むとばい。人の行った後ならよか、人の影ば見詰めてゆくと安心するとですたい。視野の中に人影のなからんば、どうにもならんじゃった」

田上さんが絃楽器の奏者であることはかくれもない。ことにマンドリンをよくした。母親によると「うちは男も女もぞろぞろ集まって、まこて、楽団のごたった」。進歩派流にいえば音楽サークルである。彼らは「青空楽団」と称した。技倆のほどは「音符を知らないと合奏は出来ない。基本が大事ばい」と田上さんがいうように、楽譜から忠実に始めている。

ある夏、青空楽団は阿久根、大島にキャンプした。携えて来た楽器で演奏を楽しんでいた。すると鹿児島県庁の職員が、自己紹介の上演奏を頼みに来た。終ると、断わるのも聞き入れず謝礼を差し出した。それだけでは納まらず、幾つかのテントに招かれる仕儀になった。田上さんは、記憶を手繰りながら、カラカラと笑った。ある夜、福満さんと村中を流した。海ばた気質のユーモアからはじまったことである。爆発的好評であった。

病状の進行はすさまじく早かった。発病して二十日ばかり経ると、惑乱状態を示した。家業は精米所兼米穀配給所である。発作が始まると、灰神楽の立つような騒ぎになった。衣類を引き裂く。それをことごとく漏斗《ろうと》形の精米機の口に放り込む。新調、ふだん着の区別はなかった。「義春はなんでもかんでも叩きつけて、飯ばやっても食わない。三つ児と同じ、ちょうど、こる（三歳ぐらいの孫を指して）がごたった」

もはや地域で知らぬ者はない。精米所は放棄せざるを得なかった。田上さんは熊大に入院した。学用患者として入院したので費用は省けたが、「モルモットですたい」である。家の窮乏は澱むことなく進んだ。或る日母親は町に行って耳よりな話を聞いた。役所に行って、なんか手続きを取れば、お金が貰えるということである。帰ってすぐに「ととさん、今来た。手続きすれば市役所から金ばくれらすとげな」。庭先で手仕事に没頭していた父親は振り向いて、「おう、おう、それは生活保護のことたい。おるげも、とうとう生活保護ばもらうごつなったかい」。ほろほろと泣いた。

父親は、田上さんが入院して一年後に世を去った。物静かな真のある人であったが、「思い死のごつして死なったとばい」。母親の語り口は淡々としている。それは、鬼相を帯びた巷の味を知った故であろう。

田上さんは、二年後熊大を退院した。一年を経て再度市立病院へ入院。県衛生部発行の報告書によると、「患者の現況」欄は軽症と、晴ればれとするような感じで記載してある。「まこと（ほんとうに）難儀ばした。こん病気で。こるが（田上さんのこと）荒ぶってなし」。母親が持った苦闘と忍耐の時間は、物理的時間のはるか何倍もの時間であったろう。

今、田上さんはチッソ開発土建部に勤めている。しかし水俣病は水俣病である。「良くても悪くても」それはついてくる。「こげんなからんば、人並に暮して行かれるとになー」。弦を弾いて自在に音階を創り出した、あの時はもはや帰って来ない。

次にやはり「健康」と書かれた51号浜元二徳患者。彼は両親の死の前に発病した。

熊大医学部水俣病研究班の学用患者であった両親(49号、50号)の、死に至るまでの姿は、担当研究班の徳臣晴比古教授らによって、克明に撮影され、保存されている。息を呑んで合掌せずには正視しえない悲惨な経過をたどっての最後であった。両親の入院前に、浜元二徳は田上義春とともに、学用患者となった。長い経過の中で死線を越えて生き残り、歩行不能となっているこの人が、ぎくしゃくの体をあやつって、オートバイに乗るのを、支援の者たちははらはらして眺めた。しかしオートバイ乗りは、長くは続かなかった。

患者たちは、不思議にも知力や情操を損われなかった。本人にとって病苦はより深かろう。にもかかわらず、心は明澄さを増し、時に濶達でさえある。人柄に接したものたちは、人間性への深い啓示を受けずにはいない。

この人もしばしば病状が悪化するため、湯の児リハビリ病院や市立病院に入退院をくり返している。食えぬこともあって、勤務先に顔を出さねばならぬからでもある。訴訟提起の昭和四十四年になり、勤務先のチッソ直属下請「扇興運輸」は、症状をいたわるという見せかけをとってこの人を首切った。「健康体」であれば首切られることはなかったろう。訴訟派であることが原因とみられている。裁判判決のあとにひき続いた東京本社坐り込みのさ中に、姉のフミヨも認定患者となった。

拡大し、深化してゆく潜在患者らの心の内圧と、チッソが潰れるという地域感情の昂ぶりの中で、わたしは形になりつつある運動の方途を見定めたいとおもっていた。情況が動くときの物理力がひしひしと感ぜられた。このような坩堝《るつぼ》の中で立ちのぼり、昇華され、見えてくる理念とはなんだろう、それを見なければ、と思いながら白光のような花ぐるまが坩堝の上に浮くのをわたしは視つづけていた。


厚生省が任命した水俣病補償処理委員会とは、じっさいはチッソが筋を書き、厚生省が加担したにすぎぬ機関であった。政府機関とチッソ、あるいは財界等の、どのように具体的な人脈でのやりとりがあったのだろうか。

地域社会から突出し孤立してゆく訴訟派の動きにたえきれず、右のような機関を「国」と信じ、一切を白紙のまま一任するという条件で印鑑を捺させられ、「一任派」と言われている人たちの生活保護が打切られはじめた。どちらを選ぶにしても、はじめて患者を名のり出たものたちが、もろに受けねばならぬさらなる苦難であった。水俣病補償処理委員会は、このような人びとを袋の中に絞りこみ、退路を絶つ形で低額の補償を押しつけた。

熊本告発する会の五月行動、「自分の肉体的存在というひとつの直接性をそこによこたえることによって、処理委の回答を阻止する」という行動は実行に移された。

行動に参加するための上京費用と事後の責任、たとえば逮捕された場合に生じるであろう事態などについては、一切自らが責任を負うという確認のようなものが、暗黙のうちに了解されていた。職についているものはひそかに免職を考えていたし、自営業のものはそれが崩壊するかもしれなかった。

そのようなことを胸におさめて、五月のはじめ、わたしは仲間たちより一足さきに、出発した。

なによりも細川一先生におめにかかりにゆかねばならなかった。戦術会議を重ねているさなかに、先生ご入院の知らせがとどいていた。躰も心も宙に浮く感じであった。世界というものにわたしを辛《か》ろうじてつないでいる、深部のきずなのようなものが切れそうであった。どうしよう、このようなせっぱつまった情況のさなかに。この方はわたしにとって、うつつに視ることのできた秘蹟のような存在だった。

そもそもは谷川雁さんのすすめで、新日窒病院に先生をおたずねしたのはいつだったろう。

会社病院、とその頃までわたしたちは言っていた。正式名称新日窒水俣工場付属病院は、幼時に育った町の、わたしの遊び場と洗濯川の間にあった。後が田んぼに面した病院の、あまり頑丈ではない木の塀は隙間だらけで、入院患者や、白いシーツなどを干している看護婦さんの姿がそこからみえた。夏になると、塀の内外に、赤く熟れている鬼灯《ほおずき》が群生していて、それをかがんで見るついでに、病院の様子があきることなく眺められた。塀の中へは、子ども心にもはばかられてはいることはなかった。

思い返せば、名称だけが深層意識の中の単語のようにある「会社」より、「会社病院」の方が、この町の者たちにより身近かで、親しみのもてるところだった。今の市立病院のような、公立病院のなかった頃、町医者の手に負えぬ病人は、「会社ゆき」でなくとも「会社病院」に診てもらえることで、最高の医療を受けられたのである。初期の患者たちのことごとくが、市内中の病院を廻って、会社病院に運ばれたのも、右のような事情によっていた。

病院入口に接していた官舎風の院長住宅にうかがったとき、わたしは遠い日の鬼灯の色に導かれている感じであった。夫人が出て来られ、わたしは谷川雁氏のお名を言い、われながら要領を得ぬ来意をつげた。

細川先生は、おおきな蒼味をおびた、つよい光をたたえた眸をしたお方だった。その光にわたしはうたれた。あとにもさきにも、このような眸の光に逢ったことがなかった。それは言葉にならぬ叡知とでもいおうか、かりにたくさんの言葉をおっしゃられたにしても、なお深々とした叡知の湖《うみ》が、眸の底におおきく湛えられ、それが言葉を超えて光をはなっているようだった。

わたしは、水俣市役所内にあった文書、すなわち熊大医学部の研究論文を読んだことをおぼつかない口調で言い、医学に対してなにも予備知識がないこと、なにをどうおたずねしたらこの問題のいとぐちにたどりつけるのか、途方にくれていると言った。

先生はおおきな目でじっとわたしをみつめたまま、うなずいておられたが、しばらく待つようにいわれた。次に出て来られた時、五、六十センチばかりの厚さの、あれは患者のカルテなども含んでいたのだろうか、生の資料を胸いっぱいに抱えて、丁寧にわたしの前に置かれたのである。

思いもかけないことで、一冊の本すらまともに読み通したことのないわたしは、ただ仰天し息がつまった。目の前のうず高い資料の山が、ど素人も並外れているわたしに、読みとれるのだろうか。正直に、わたしはそのことを申しあげた。先生は微笑された。

「誰だって、はじめはそうですから、小さなことから、だんだんはじめればよいのです。僕にわかることでしたら、何でもご協力いたします。お役に立つことでしたら、全部すべてお教えいたします。

これは大切なことですけれども、僕なりに、若い先生方と協力しましてね、病状の原因をですね、できるだけはっきりさせようと思いまして、研究しておりましたんです。責任がございますからね。ネコをたくさん飼いましてね、この病院で。熊大の研究と平行の形でしたが、結果がはっきりと出ましたんです。僕らの方でも、廃水がね、原因ということですね」

わたしはハレーションを起しているような心理の状態で、それを聞いていた。やがては四国へ帰られるご予定であること、そこはいわゆる無医村状態のところで、農夫病といわれる症状を持つ人びとが多いこと、将来は、そういう人びととの病状とおつきあいすることになるでしょう、などと話された。

思えばこの時先生は、初対面の人間に、ご自分の決意を、なにげなさそうな静かな口調で語られたのだった。

熊大研究班と平行の形で、初期患者に接していた新日窒付属病院のネコ実験が、熊大の研究と一致したということは、水俣病裁判の重大な要にあたるご発言であった。予備知識もなんにもない頭にいきなり這入って来た先生のお言葉の意味を、整理して理解するのには時間が要った。水銀の化学記号すら知らなかったのである。具体的な研究内容、工場廃水のネコへの直接投与による、四〇〇号ネコ発病の経過について、東大工学部の宇井純氏が専門家としてたしかめ、さらに新潟阿賀野川水俣病にかかわって来た坂東克彦弁護士が、愛媛に帰られた先生から確認していた。

医師会長をしておられた谷川家の手引きがあったとは言え、どこの何者ともしれぬ無学な、まだ若かった一主婦にあたえられた、全面的な援助であった。それを感じればこそ、わたしは非常事態の続く中で頽《くずお》れずにいられたのである。先生の眸の光が遠いところからさしていて、わたしはその力によって支えられていた。お言葉もさることながら、あの湖のような眸の色がわたしを導いていた。外にはあらわれぬ剛毅さをひそめたその光は、人類が意識を持ちはじめた頃から、自分自身を読み解こうと希求しつづけてきた眸の色におもわれた。チッソ工場付属病院長細川一という真摯な、運命的な人の眼において、その意識は光を点ぜられたのだとわたしには思われた。

先生から伺ったお言葉は、非常に少なかった。お目にかかれたのも、水俣で二度、四国へ一度、東京の癌研に入院されてから二度きりである。数少なく頂いたお言葉のなんというやわらかさ、深いひびきであったろう。

行動の前夜、早稲田大学付近の某所で、休日をやりくりして続々と上京した告発する会の会員らと、東京在住者らによる戦術会議がひらかれた。厚生省で行われる補償処理案提示会場に躰を横たえるということは、物理的にその場を占拠することである。当然、逮捕も覚悟せねばならない。誰がその要員となるか。いわゆる七十年代の諸情況、大学紛争などが、形をとろうとしている時期だった。そのような気分を負った学生たちが、運動の助っ人として集まる予感もあった。東京在住の学生たちのうちで、患者らの家に泊まり込んでいた者たちが、逮捕要員を志願した。

しかし学生だけが前面に出ては、学生運動ととられかねない。患者たちの思いを表現せねばならぬ最初の行動である。要所要路に、しかるべき大人たちが柱となって立たねばならぬという配慮が、運動を提起した者たちの胸にあった。熊本組の大人たちの中から確実な要員が定められ、ことがらの成りゆき上、宇井純氏も一員になっていただくことになり、わたしももちろん志願した。しかし、足手まといになると一《いっ》蹴《しゅう》された。

夜が明けてからの段取りが綿密に練られた。この人びとが核となって会場に乗り込むのを、学生を含む告発する会の会員たちが囲んで、砦をつくり、素手で無腰の集団が、厚生省の道路から正門前に坐り込むことになった。

五月二十五日早朝、行動が開始された。デモ隊に気づいた厚生省が鉄の扉を閉ざす隙間を縫って、本会場坐り込み要員たちは首尾よく途中の要路をくぐり抜け、目ざす場所に入り込んだという連絡が、正門前のデモ隊にとどけられた。どの部屋かと広い道路から見あげているものたちに、ひとつの窓が開き、宇井純氏と土本典昭氏が半身をのり出して合図の手を振った。

世論をこの場所に注目させ、体をそこに置いて事柄の非人間性を訴えるというこの日の行動は、ほぼ成功したといえる。

この時、告発する会の代表、本田啓吉先生が、閉ざされた厚生省の鉄の門扉《もんぴ》によじのぼり、拡声機を片手に、厚生省内部にいる職員らに向かって、くり返しくり返し呼びかけられた大音声の短い言葉とそのお姿は、獅子の王とでもいおうか、荘厳きわまる姿であった。デモ隊の怒号はしずまり、暮色の近くなってゆく官庁街の一角にあって、車の音さえ遠退く感じであった。純潔な、気迫のこもった先生のお声のみが、凛々《りんりん》と凝縮し、谺《こだま》となって厚生省の巨大な建物の前に響きつづけた。

「厚生省の皆さんたち、なぜ国民を中に入れないのか。ただちにこの門をあけなさい。厚生省は門をあけなさい。

君たちは遠い水俣で起きていることを知っているか。国が、厚生省みずからがどのようにして、加害者チッソに加担して、水俣病患者らを、国民である水俣病患者ら、虐殺されつつある患者らを、闇に葬り去ろうとしているか。内部にいる皆さんにはわかるはずだ。

いま皆さんのいる厚生省内部で、何が行なわれようとしているか、内部にいる皆さんにはわかるはずだ。

厚生省はなんのためにあるか、企業のためにあるのか。厚生省は国民のためにあるはずではないのか。

昭和三十四年、チッソと県と国が患者らの訴えを圧殺して、非人道的な低額補償を押しつけたその再現が、今また、補償処理委員会の名で、皆さんのいる厚生省の中で、今そこで患者さんらを閉じこめて、押しつけられようとしているのだ。

これが許せるのか、皆さんは許せるのか。

昭和三十四年をくり返させぬ決心で、われわれはやって来たのだ。ぜったいにくり返させてはならないのだ。

そのことを訴えに来たわれわれに門を閉ざすのか。国民を入れないのか、厚生省！　門をあけなさい、ただちに門をあけろ。

厚生省は、企業のためにあるのか。企業のためにあるのなら名前を替えろ。企業育成省と名前を替えろ。

厚生省は、企業育成省と名前を替えろ。

心が痛まないのか、厚生省の皆さん。門をあけろ」

一語一語、誠実一途なお言葉をデモ隊は粛然となってまなこを伏せ、聴いていた。

この日の行動に参加したものたちは、道ゆく人びとに、用意しておいたビラを配った。内容は左のごとくである。

死者の名において

水俣病を告発する会

われわれが、本日ここで水俣病補償処理委員会の回答を阻止しようとするのは、それだけが全水俣病患者の真実の魂を表現する唯一の道だと信じるからである。

補償処理委員会は、第三者の立場をよそおいながら、完全にチッソ資本の走狗と化している。

それは、異常に低い補償額に端的にあらわれているばかりでなく、昭和三十四年の見舞金契約を基礎とするという言明によって本質的に暴露されている。

見舞金契約とは何か。困窮の底にある患者らに押しつけられたこの犯罪的文書は、チッソの責任を徹底して否認する立場で一貫し、全水俣病患者のうらみの的となってきたものである。

今回、補償処理委員会が、政府、チッソ資本と一体となって斡旋をたくらんでいる和解契約は、この見舞金契約の再現であり、チッソの殺人責任をうやむやにしたまま、患者を闇に葬ろうとするものである。

このようなしうちを許すことは、訴訟派、一任派を問わず、全水俣病患者の忍びえないところであり、さらに患者と運命を共にすることを誓ったわれわれの黙視しえぬところである。

よって、われわれは、ここに全身の怒りをこめて抗議し、補償処理委員会の犯罪的回答を全水俣病患者と四十五名の死者の名において阻止しようとするものである。(五月二十五日)

次は東京在住有志らがメモした行動目録。

五月二十二日　水俣病、五月東京抗議行動を成功させる会が午後六時三十分から、東大工学部で総会。百六十人が参加、処理委の回答阻止行動固まる。

五月二十三日　新宿、池袋など都心五ヵ所でビラまき。新宿西口フォーク広場には警官隊が出勤、紀伊国屋前へ移動。

五月二十四日　荻窪など都内各所でビラまき、処理委やチッソの患者圧殺への抗議行動を呼びかける。(この夜、上京した熊本組との合同会議・筆者註)

五月二十五日　午前八時、日比谷公園噴水前広場に結集、百二十人で集会。▽午前九時、抗議、阻止行動開始。十六人が厚生省五階の処理委会場を占拠、阻止の坐込みにはいる。代表が抗議声明発表。▽午前九時四十五分、厚生省、丸の内署の警察官を導入、警備員といっしょに排除、十三人が不当逮捕さる。厚生省反戦(準)もビラまき。夕刻まで厚生省をとりまき抗議デモ、坐込み、集会、ビラまきカンパ活動を続ける。▽夕刻警察は機動隊を出動させて規制、十三人を丸の内署など三警察に分散留置したため、差入れ。ただちに救援体制がスタート、この夜の総括で闘いを進めることこそ最も原則的な救援活動であると確認。

五月二十六日　「内なる水俣病を告発しよう」と厚生省の職員が告発する会を結成した。門前に坐りこんでいたデモ隊にこのことが伝わると、深い感動が生れた。参加を呼びかけるビラまき、正午、午後六時、丸の内署へ抗議行動、厚生省へも抗議行動。駅頭でビラまき、カンパ活動。都民の関心高まり、大きな反応がかえってくる。午前〇時から二時まで、厚生省の中にカン詰めになっている患者代表たちを外から励ます。山本会長、初めて窓から顔をみせ「ヒヨシさーん」と答える。十三人の仲間たち完全黙秘を続ける。

五月二十七日　午前九時から厚生省へ抗議。十時十五分、患者代表屈服させられ第二次補償案で妥結、ただちに抗議弾劾集会にきりかえる。午前十一時から午後一時までチッソ本社前でチッソ弾劾集会、ビラまき、午後五時、駅頭ビラまき、それぞれカンパに立つ。
五月二十八日　夕刻、十三人全員の釈放をかちとる。続いて東大内で二百人が参加して総括集会。「阻止行動によってチッソ、厚生省、処理委の犯罪性が暴露されたことを積極的に評価、今後はこの基盤を有効に生かしつつ、地道な努力を積み重ねていこう」と確認。『東京、水俣病を告発する会準備会』の結成が提起された。

第五章　人間の絆

市民会議が発足して、はじめて患者互助会との会合を持ったときの様子は、みものだった。たとえ組合や政党に属していようとも、市民会議なるものは、肩書き外した個々人の集まりのはずだった。けれども、教職員にしろ市役所職員にしろ、おのずと自分の属している階層の言葉づかいになる。なかでも組合用語が、それぞれの職種をつないでいるらしく、彼らはそれを手放さなかった。はじめての会合ということもあり、各組合の顔役ともいえる人物たちが来て、来賓風の挨拶をした。たとえばこんな風だった。

「われわれはその、自分らのタンサンのですね、センジュウシャだけでなくてですね、三池の時もですが、そのオルグに行ったわけです。カクタンサンのジョウブからのデンタツでですね、デンタツジコウを徹底させろちゅうことでですね、それがセンケツだというように、ともかく、イチマイイワの団結がこのさい何より大切ですから、そういう意味でイシトウイツをしたわけですよね。

まあ、これから困難な闘いになると思いますが、皆さんのごケントウをお願いするちゅうことでまあ、今日は、ご挨拶だけですが」

ごケントウとは検討とも健闘とももとれた。

字面で読めば意味がわからなくはないが、わたしの村にしろ、漁村にしろ、いやいや、町の人間にしても、各単産や上部や伝達事項や一枚岩という言い方で、日常の会話をしない。耳にいきなり、こういう用語がぞくぞく飛び込んでくるものだから、婆さまたちは、最初、緊迫した雰囲気に神妙にしていた。発言者たちの好意やオルグ精神はわかっている顔つきながら、その用語はかぎりなく耳を素通りしているらしかった。やがて、彼女らは天性ののびやかな表情にもどって、議事の進行とはつかずはなれず、自分らだけにわかるまなざしや息のひそめかたで、私語を囁き交わすのだった。彼女らのその様子は、蟹たちが露地の日だまりや砂地に寄って泡を吹きながら、しわしわと囁き交わしているあののどやかな景色を想わせた。

まだ訴訟派と一任派に分裂していない時期だったから、山本亦由会長がさやさやと空気が波立っているような一群を気にして、

「そこの婆さんたちゃ、わが勝手話ばかりしよるごたるが、こっちの話の内訳は聞えよっとか」

とたしなめた。たぶんそれはお客さまの手前があるからだった。村の寄合ならば、話のすじからまるまる外れる女どものお喋りは、むしろ賑わいのひとつである。それが楽しみで寄合に来る者もいるのだったから、最後の議決のときに、反対、といいさえしなければ、出席人数が多いほどよいのであった。

訴訟の方針を出すという会議ではまだなかった。互助会以外の市民もはじめて加わっての初顔合わせの場であった。緊迫していたが、ユーモラスなながめだった。

このときお喋りのきっかけをつくり、その中心となっていたのは、かのご詠歌のカップルの、トキノ小

母さんとおマス小母さんだった。しかしこの二人でなくとも、もともとの素地は、充分ここらの女房たちにもそなわっていると言ってよかった。それはこんな具合だった。

「今夜は寄合ぞ」

と触れがまわれば、

「はあ、まあ、ごくろうじゃなあ。あいたた、わたしゃ、今夜は神経痛の疼く」

などと尻込みするものが、必ず二、三人はいる。

「みんなして、よかごつ定めてくれなはりまっせ。わたしは寄合にゆけば、口のまわりまっせんもん」

だいたいそういうときの言いわけは似たり寄ったりだから、おっかぶせて触れ役はいうのである。

「神経痛なら、艾《もぐさ》と線香ば持って行ってやるばい。来んな、来んな、寝ころびに。寄合の方はな、頭数さえ揃えれば、ものはいわんでもよか」

「そうかな。そんなら、頭数になりと入れてもらいにゆこかいなあ。灸《やいと》は、すえてくれんばよ」

「わかった、わかった。そんなら人数に入れとくよ」

これで出席はきまりになる。

「あのな、艾は夏の八月のがよかちゅうもんな」

おマス小母さんの声が、進行している議題の合間に聞えた。年とった漁師たちは、そういう婆さまたちになれているらしく、顎をしゃくって、ほら、ほら、しっ、と横から一応は制止する。しばらくすると元の杢阿弥になる。

彼女たちはしかし、とぼけたような顔をして、よほどによい心耳を持っているらしかった。議事が進行

して、去就をはっきりさせねばならないところに来ると、非常に慎ましやかな態度になって坐り直す。それから、

「わたしも、そっちの方に、賛成します」

というのだ。そして、なんともいえない親密な口調で、わたしを手招きした。

「あねさん、こっち、こっち。お茶、お茶、お茶ばこっちにも下はるまっせ。まあ、お世話になるなあ」

それから膝をひきずりながら、耳に口をつけて来るのだ。

「こういう婆さんたちばっかりじゃっで、よろしゅう頼みますばい、なあ」

なんとそれは、あどけないばかりの表情だったことだろう。


訴訟派と一任派に分裂する前の、山本亦由互助会長にいわれたことがある。

「市民会議の幹部ちゅう人が、オートバイで、ここら近辺を走りまわって、裁判を進めてまわりよるちゅうですもんな。儂や、裁判を進められた連中から相談受けて、どもこも始末に困っとるですよ。一軒二軒の家内《やうち》のことじゃないですもんな。人の顔みれば裁判せろち、加勢してもらう気持はそりゃ、有難う思わにゃならんですけど、まちっと事情ば嚙みわけてから、ものいうてもらわんば、困っとじゃがなあ」

訴訟こそ口には出せずにいたが、わたしとて市民会議の一員だった。それはせいいっぱいに押えた間接的な非難だった。

病状も生活も逼迫してゆくばかりの患者家族らの面倒をみるため、日夜かけずりまわって心身消耗し、会社への「お願い」ごとにも、常に顔役としてのつとめを果して来た山本会長の責任感からすると、非難

されてももっともだった。

これまでは縁もゆかりもなかった人間がわたしのように入れ替わり立ちあらわれ、戸口のかげにたたずみ、なにやら、ものもろくに言えずにおろおろしているだけでも、目ざわりであるにちがいない。そのような者も混じる町中《まちなか》の「市民会議」が、唐突に世話焼き顔して、一軒一軒の事情もわきまえないままこの界隈に出没するその後始末が困るというのである。そうでなくとも情況は、この篤実な会長の力量をおおきく上廻っていた。

会長のいうように、わたしとても、家々の事情はもとより、まして近所や親族どうしのつきあいの内容など知るはずもなかった。それどころかまだ、個々の漁師たちの顔さえ思い浮べられない。わたしは山本会長の苦渋に染まった実直な顔と、言葉がとぎれる口許と、わなわなふるえている大きな握りこぶしがあぐらに組んだ膝の上に乗っているのをみていて、返事が出来なかった。

半開きの握りこぶしは、自分の症状を語らぬ会長の症状と極度の困惑をあらわしていた。浮腫の目立つ節くれ立った指と掌の中に、ここいら一帯の人情や人事や、困窮の度合い、家々の出自などが、詳細にわたって把握されているにちがいなかった。

昭和四十三年九月、患者公式発生以来十五年目に、園田厚生大臣が水俣入りした。いかなる政府の指示を受けていたのだろうか。また大臣個人はどのような真意をその胸の内に持っていたのだろうか。ゆき女が「てんのうへいかばんざい」をとなえた日である。

五日置いて、水俣病の原因についての政府見解が発表された。発表の段取りは、園田大臣の出発前にたぶん定まっていて、いわば民情をなだめ、経済界などを含めた内々の閣議によって、企業側、行政側の受ける損失を最小限にとどめるべく、出向いて来たのにちがいなかった。いくぶんかの同情はあったのだろうか。

そのことによって、さらに孤立のきわみに立たされることになった患者互助会への思惑などは、政治が当然切り捨てるべき負荷価値にすぎなかったろう。政府見解が出されたあとに患家を回ったチッソ社長らもまた、自分らがはじめて、患者のみならずマス・コミの目にさらされることで患者側が市民らの集中砲火にさらされることを、充分計算ずみであったにちがいなかった。あるいはそのように、演出したにちがいなかった。

山本亦由という人が荷ったものは何であったか。

ゆき女をはじめ、目にあまる患者たちを看病もしてまわったのだといえばこと足りるだろう。わが娘も、発病しているもんですからと語ったとき、声をおとし、目を伏せて、いかにも言葉少なであった。会社幹部の誠意、国の誠意を信じ、同じ郷党の園田大臣の誠意を感謝するというとき、この人は、自分と同じ厚情を、あるいはそれ以上の篤い心を当然相手も持っていると思い込んで疑わなかった。だから、チッソ幹部が村々をまわった日に、半裸体になった女性患者が、この家にはだしで飛び込んで来てへたり込み、身悶えしながら、

「もう、もう、小父さん！　小父さぁん、今度こそ、市民の世論に殺されるばい、殺されるばいもう。今まで市民のため、会社のため、水俣病は言わんと、こらえてこらえて、来たばってん、もう、もう、市民の世論に殺される！　今度こそ。

会社は潰るるがどげんするか、あんたどもは、二千万円取るちゅうが、銭貸せちなあ、いわす、小父さん、今度こそ殺さるるばい」

そう訴えたとき、この人は言ったのだ。

「バカいえ、何ばいぅか、いまから会社と交渉せんばならんとに。そげんこついぅた奴ば、連れて来《け》え、俺家《おるげ》に！　俺がな、いうてやる、俺たちがこらえとるけん、水俣市は治まっとるとぞ。俺どんが暴れ出せば水俣市はどげんなるか、そげんいうてやる、連れて来え、そやつ共ば。俺がね、一人で引き受けてやる。よかか、泣くな。心配すんな、連れて来え、全部。俺が引き受けてやるけん、よかか。バカが、着物もよう着らずにおって、ちゃんと着物着らんか、またほら、いろいろ言わるるが」

女性患者も、「小父さん」も、わたしも涙がとまらなかった。

山本亦由氏は一人で、すべてを引きうけていたのだった。

こまめで親身で、「何でもかんでも、相談しやすか小父さん」だと、近所の人たちがひとかたならぬ心服の態度でいう。この人の掌の中にある人間の絆について、わたしはほんのちらりと垣間みたばかりだった。

同じ水俣市とは言っても、出月の漁村を通ったのは、小学三年生の時の遠足で、ただ一度だけ通り抜けたきりであった。このような問題に逢着しなかったならば、一生でも縁がなかったのかもしれない。

握りこぶしとおなじように、何かを口腔の中にたくわえて、わくわくと半開きになっているこの人の口許に向きあっては、わたしの方から、訴訟をなどといえたものではなかった。それは、時が定めることであったから。

漁村地域の伝統的な生活にも、人間関係にも一切無知なわたしは、ただ数ページの、熊大医学部が発行した医学論文を読んで、わが村から一里ばかり離れた出月部落に通いはじめたばかりだった。通うといえば嘘になる。一度往っては数ヶ月寝込み、思い直してふらふら起きあがり、また往ってみる、というぐあいだった。目ざす家の前にたどりついても訪なう勇気を持てず、二回目、三回目に「ごめん下さい」といえには言えても、何と切り出せばよいか、常に挨拶に困った。しばらくは保健婦と思われていたのである。市役所吏員の蓬氏にくっついて往くことがあったから。

おマス小母さんの家の上の、市営食肉解《と》ぎ場の主は、蓬氏にむかって焼酎をすすめ、わたしが脇を向いたとき、右手の小指をかざして、片目をつぶった。

「コレな」

と言ったのである。蓬氏はそっくり返って笑ったが、わたしはそんなふうな迎えられ方もしていたのである。会長の家と、市営食肉解《と》ぎ場と、おマス小母さんの家と、ご詠歌の師匠の家の間は、小さな谷をはさんで、それぞれ、五百メートル前後もあるだろうか。わたしはしかし、どの家にもゆき馴れるということはついぞなかった。自分の家にいてさえ、よほどの用がないかぎり近所の家をのぞいたことはないのである。ましてや知らない村で、よそものとしての、それは最小の礼儀でもあった。

その日は、ひんぴんと会社側に「お願い」に行っているこの人をねぎらい、会社側の対応をたずね、出来れば新聞記者たちなりと、一緒にお願いの場に同行してはいかがであろうか、とすすめに行ったわけだった。できれば、テープレコーダーというものも、後で話をたしかめるためには、あった方がよいと思うが、と。

人のよさそうな表情と、ものいいで、この人は急いで手を振った。

「いやいや、会社の幹部ちゅうても、人間と人間ですけん。人間はなあ、信頼、まず信頼です、何より。それがあって、はじめてお願いもでくるわけですけん。長かですもんな、漁協の役目つとむるようになってから。会社の幹部とも、つきあいはこれまであったとです。対等は対等ですばってん、そげん思い上るつもりはありませんと。漁民ばっかりじゃなくして、こういう問題が出て来ては、水俣市民が世話になっとるわけですからな。そこば考えんでよかなら……、儂らも苦労はいらんとですよ。裁判ちゅう道もたしかにある、それは最後の最後じゃ……。会社との、市民との、絆ちゅうとがある……。人間の絆ですたいな……。これが無からんば、苦労はせん」

会社との絆、という言葉を、会社との癒着というふうには、わたしは受け取らなかった。それをいうには、この人の　漁民たちの心情や生活への心くばりは、あまりに篤実なものだった。会社側にとって、山本会長のいう絆とは、どういう意味を持つものだったろう。

それはただ、ただ、無償というに値する心だった。それをも超えたものだった。

わたしはあまりに無垢なその心にふれて、深々とお辞儀をしつつ山本家を辞した。ある時期まで、いや、いまも、この沿岸の人びとの心の中にある人間の絆とはそのようなものである。

昭和四十五年五月二十六日、厚生省の一室に閉じこめられて、山本会長らが補償処理案を呑ませられつつある時、後にも先にも、人のいるところで初めて拡声器を持ち、わたしは仲間たちとともに窓の下から、

「小父さぁーん、小父さぁーん、顔みせて下さぁーい。ちょっとでもよかですけん、顔みせて下さぁーい、

心配しとります。体は大丈夫ですか、大丈夫ですか」

と水俣弁丸出しで呼んだ。思いがけなく、閉め切られたままの窓が開いて、山本会長が顔を出した。そして、圧ししぼるような声で、

「日吉さぁーん」

と答えたのである。わたしの声を、日吉フミコ市民会議会長の声とききちがえたらしかった。あるいは名前を呼びちがえたのかもしれなかった。あまりに沈痛なその声に、わたしは次の言葉が出なかった。窓はすぐに閉められた。

日吉先生らの、国にだまされるなという説得を振り切っての、一任派幹部の厚生省入りであった。「日吉さぁーん」と応えたそのひと言は、哀切な尾をひいてその場にいた者たちの耳にのこった。数日前までの市民会議への、あるいは日吉会長への激烈な批判を反芻しながら、わたしはふかい思いに閉ざされた。

十三名の仲間たちが機動隊にひきずり出されたあと、マス・コミも入れなかった厚生省内の補償処理委会場では、何がどのように話されていたのか。窓が閉められた時、あきらかに一任派幹部とはちがう役人風の顔が立ち上がるのが、山本会長の後ろにみえた。

この日、本田啓吉先生の呼びかけに応じて、厚生省の職員が内部告発のビラを省内に配った。門扉を固く閉ざした省内で、職員たちはことの動きを確実にとらえていたのである。たそがれてゆく厚生省のまわりに坐りこんだデモ隊の中にそのことは伝わり、感動的な静寂の中に日がくれた。山本会長のひと声が、その静寂の中に流れ、やがて車のライトが、坐り込み隊のまわりを音もなくめぐり始めた。

和解契約が妥結したのは、翌日であった。

人間の絆、と躰をふるわせながら呟いた会長の声音は、「日吉さぁーん」と呼んだ声とともに、わたしの心の底によみがえってやまない。「人間の権利」という言葉は、それとは同列に並びえない。

この人が、その病身にぞっくり抱え込んでいる共同体の地縁・血縁を、じつはわたしとても、別の形で全部抱え込んでいるのだった。そのようなことどもと絶ち切れた場所にいては、ものなどひと口も言えたものではなかった。

この人の全身像を心の中心に据えながら、動き出した事態の中で、見かけ上は、路線のちがう方向へ、心ならずもついてゆかざるをえなかった。その人の死の三日まえ、わたしは、病床を見舞った。なつかしさのつのる人柄であった。

「小父さん」

かろうじてわたしはそう言った。妻女に助けられて顔をあげ、その人は苦悶の表情のまま、かすかにうなずき、じっとわたしを見た。それがお別れだった。

一人の人間に原罪があるとすれば、運動などというものは、なんと抱ききれぬほどの劫罪《ごうざい》を生んでゆくことか。人の心の珠玉のようなものをも、みすみす踏みくだかずにはいないという意味で。そのことに打たれ続けることなしに、事柄の進行の中に身を置くことなど、出来なかった。

夢がさめて、しばらくして坐り直した。

またあの夢がやって来たのである。何年ぶりだろうか。あのまろみのある水の勢いはどうだ。黒硝子が青色に変る前のように、透きとおった春の川だった。今度でもう三度目だ。

ひょっとすれば、わたしは歩き出すのかもしれない。父のように。えいっ、とかけ声をかけて布団をはねのけた。歳月というものも、ひょっとすれば、潮のように満ちてくるのかもしれない。

幾十年もぼんやり思いめぐらしていたような気がしたが、そこそこ三晩くらいねむっただけかもしれなかった。何かを剥ぎ落とし、捨てることができる気がした。捨て去るほどに身につけたものがあるだろうかと点検してみる。羊歯《しだ》の葉のようなものが腕の片方にぶら下っている気がした。しかしこれはつれづれの眺めというものだ。

たぶん歳月がわたしそのものになったのだ。それゆえ、あらゆるものたちと距離を等しくしている感じなのがわかる。

それはこういう感じの距離なのだ。たとえばあの、ナマケモノというのはじつにわたしによく似ている。ひとつの木の枝にとっつかまって、じーっと動かない、動くことをよく知らない。

背中の方についている目で地面のことどもを眺め続けている間に、そこに写ったやや広大な事象を、これが宇宙だと思いこむ。それはまあつきせぬたのしみといえなくもないのだが、何十年かに一度、ぽとりと地面におっこちることもある。何か、覚醒のようなものが来たのである。

誰かが拾ってくれて、元の枝に戻そうとしても、戻り方がちょっとわからない。覚醒が終っていないものだから。そういう感じのときにあの夢が訪れるのである。

噴きあがってくる川の湧出口が、この前の夢とわずかにずれていた。育った家の上の、丘の畠の脇であることはかわらない。太古の頃、ひょっとして、ここらは海中の泉の大湧出口だったのかもしれない。どっと、大地の生命力が噴きあげるようなぐあいに盛りあがり溢れかえりながら、分厚い水の層がひろがって、畠の土手の脇をめぐり、ただちに川になって流れ下る。心がとどろくようだった。

こんなところに水が湧くなんて……。

ただ心が踊って、流れゆく川を追っかける。水はあちこちに分岐しはじめる。流れてゆく先を見定めねばならない。

ほんとうは、小さな丘なのだが、川はもう勢いをととのえて流れているので、丘の窪みのあちこちはみるみる大きな谷になった。その谷にそった畠の、馬鈴薯などがもう十五センチばかりに、生毛を吹いたような葉を張っている。中耕をすませた土の色。畠地は陰影を濃くして隆起し、岩はたちまち苔の瘢痕《はんこん》を滲み出させ、藪はひろがり、昔なじんだ灌木林が出現する。くぬぎ林も昔のままだ。胸をしめつけられるようななつかしさ。幼時の頃に野兎の糞をたどってゆくうち、耳の片っぽが黒い兎の仔と、ぱったり顔を合わせた石山だ。

いきなり出現した川を、ちゃんと受けいれることのできる台地になっているだろうか。わたしは坂を大きく跳んだ。三つの流れをつくりつつある最初の谷へ。巨きな樹の根があちこちで露出して垂れ下り、それがそのまま崖になっている地形のところである。流れ下る水はうまいあんばいに伏流水となって、大地に吸収されつつある。洪水になることはまずあるまい。

そこからさらに跳んで灌木の茂みがひろがるあたりへ降りる。野生の躑躅《つつじ》や野茨や笹や苅萱などが根を張っている脇を、出来たての川が音を立てて流れている。水の底で草がふるえる。

遠い昔、ここらあたりで誰かを待っていた記憶がある。柴を刈って背中に荷った村の小母さんたちとか、鎌を持って向こう鉢巻をした父とかを。がっしり根を張った躑躅の株の曲りめから、父がやってくる。長い間逢っていないのだ。死んでいるのだから……。痛切な想いをかかえて、あらわれるのを待っている。川の出現をきっと悦ぶにちがいない。この人は視る人だから。彼が肯けば、この世のことは、よしとされる、とわたしはおもっていた。父の後に、みえない者たちがついてくる。

（世の中の根本ちゅうは、なんか）

父はそう呟きながらやってくる。川をみて、部族の創世に立ちあう老いた神のように、背中を和ませるにちがいない。

なににつけかににつけ、この世のことに憤激していた。その激情的な率直さは、まわりの男たちを萎えさせていた。

けれども、山陰《やまかげ》の岩の間に、わずかばかりに湧く泉をみつけたり、潮の干《ひ》いてゆく渚から長い藻をたらしてあらわれる岩などに向きあうと、遠い世の血縁を見守るような、それはくろぐろとやさしい目つきになって、いつまでも屈みこんでいた。泉のまわりを埋めている朽ち葉を丁寧にかきのけていた指の形は、言葉よりも先に置かれる手であった。

（人間ちゅうものは、はなから、やり直しがきかんごつなっとりやす）

酔ったはてに仏壇の前にゆらゆら端坐して呟くひとりごとを聴いてしまったことがある。その父がもうすぐ、茂みの根元をおおきく曲ってやってくるのだ。後についてくる者たちのことがわかった。それは歳をとった者たちの苦渋なのだった。その苦渋が父の影に連なってついてくるのだ。

姿をみないうちにわたしはまた次の谷を跳び越える、発作のような痛苦をバネにして。樹の根で出来た丘の中腹。垂れ下った樹根の間に、貝殻虫のようにとりついているバラックの家々がみえる。これは最小の部落である。家のまわりに赤い飛びしゃごの花なんぞを咲かせ、小さな菜園のまわりを、尾っぽが黒緑色の鶏が、のんきそうに歩いているのをみおろしていると、村人たちが分に応じて、日々の暮しのためにいそしんでいるのがわかる。

今しも一人の男が村の辻の樹の根に腰かけ、他郷から得て来た見聞を開陳しているところだ。種物を商っている男だそうだ。目をかがやかして聴いている男、女。わたしの今いる村落の、ずっと昔の姿なのであるから、南国で、女も男も膝までしかない半切《はんぎり》を着て、陽に灼けた贅肉のない脛を出し、形ばかりの藁草履をはいている。村落を抱えて張り出した樹の根の間を、透明な毛細血管のように、じわじわと水がぐってゆく。風にゆれている蕎麦《そば》畠のまだ若い緑。

村の者たちはただ熱心に、種売りの話を聴いている。なにかしら寂寥感がある。どうも基本的にはこの程度にしか出来上らない村だという感じがある。

そして目がさめた。深い呼びかけがあった。一緒に起きてのびをする黒猫がいる。のびのついでに鼻をこすりつけてくる。冷たくぬれている鼻の先からすれば、少なくとも今朝この老猫は、わたしより元気である。

猫を撫でながら、山本亦由老人の顔を思い出した。人間の絆、とこの人が言ったことを。それは遺された言葉である。それはどんなに躰をよじっても、そこから自分を切りとることのできない大地の絆、大地化した人間の内なる絆をいうのではないのか。

彼の顔があのようにひきゆがんでいたのは、患者互助会が訴訟派と、第三者機関に調停をゆだねるという一任派とに分裂したことはもとより、より深いところで文明の毒を注入された精神の土壌の苦悶が、彼の類に滲み出たからにちがいなかった。

(人間ちゅうものは、はなから、やり直しがきかんごつなっとりやす)

そのように言った父の言葉が、山本老人の背中にはりつくのをわたしは夢の醒めぎわに視た。それは絶望というよりは、何かを決定された者の言葉に聞えた。運命の蹉跌へ向けて、歩いてゆくものの声に思えた。

動き出している運動体に対して、私一人《いちにん》の気持をいえば、集団というものになじまないものをひそかに持っていた。

その経験のひとつにたとえば、徴兵検査に通り、村から出てゆく壮丁たちが帰って来てから、やおら使いはじめる兵隊ことばというものがあった。丁稚奉公や炭坑にでもゆかないかぎり、村を出ることのなかった青年たちが、唯一体験したであろう外界の軍隊生活、そこで身につけた言葉を村に持って帰れる青年は伊達男にもみえた。それは村の若者が身につけた一種の近代だった。

上等兵にでもなって帰って来た者は、村での序列も上位とされた。そのような者を核に壮年団が形成されていたが、寄合などできわ立つのはデアリマス式の語調で、通りもよく、おのずと寄合の時の男衆たちの公用語ともなっていたのである。

村の語り言葉とはちがう兵隊語の影が、戦後ようやくうすまった頃、耳新しく登場したのが労働組合の用語だった。土着のなまりの中にはいって来た組合用語は、かなりユーモラスでもあった。

「キョウセン(教宣)が悪かち思うよ、キョウセンが。ゴウカロウレン(合化労連)のサンカ(傘下)ちゅうても、カクタンサン（各単産）の末端がよう把握できとらんじゃ、イチマイイワもなかけんたいな。中央の指令も貫徹せん。だいぶキョウセンが足らんとじゃなかろうか」

昭和三十七、八年のチッソ第一組合の長期ストライキの折、村落に分散して置かれた団結小屋の脇を通れば、そのような会話をきくことができた。労働組合流の組織というものを体験したことのない村の者たちは、耳なれないこの用語から、ひどく昂揚した気分のようなものを感じていた。

合化労連や三池炭坑労働組合から、オルグたちが大挙してやって来た頃、町の方ばかりでなく、はしばしの村落にもその気風は伝わった。村々からえらばれて「会社ゆき」となるような気の利いた青年たちは、新旧いずれかの労働組合の、教宣部というのに組み入れられた。会社ゆきになれなかった者たちには、組合運動をしている者に流通している用語が、かつての兵隊ことばにかわるものに聞えたが、あたらしいこの言葉遣いは、村の共用語にはなりにくかった。

患者互助会がはじめて市民会議を加えた寄合に出席した時、労組出身の革新議員が、長嘆息して洩らした感想をわたしは忘れない。

「何というか、あれじゃあ、まとまりませんねえ。ぜんぜん、会議にならんですなあ。婆さんたちゃあ、井戸端会議に来とるようなぐあいですもんねえ。いやあ、しかし、彼らはソシキロンを知りませんからねえ」

婆さまたちや老漁夫たちに組織論なるものを教えれば会議が成り立つと、この議員氏は本気で思っているのかもしれなかった。たぶん彼は組合とか、党というものでソシキロンを身につけたのであったろう。書記長がいて、支部長とか代議員とかがいて、「組合のカブ（下部）でモ（揉）んでジョウブ（上部）を突きあげる」などいうような言い方をおぼえ、タテワリの線の支持などというのを得て、議員にまでなったのだろう。そのような、タテワリの線というものから成り立つものでなければ、組織というものが実感できない頭のしかけになったのであろう。

組織を体験したことのない人間に、教えることのできる組織論があるとでもいうのか、聞いてみたい気もしたが、ばからしかった。

ことばにあらわれる時代の動向というものがたしかにあった。多かれ少なかれ、右のような言葉遣いは、組合活動家でもある市民会議のメンバーにも影をひいていたのである。後々やってくるようになった学生活動家のセクト用語などにもそれはあらわれた。

小母さんたちが聞きかじって、

「今日はいっちょ、連帯ば高めにゃならんけん、オルグしにゆこかいなあ」

などとサービスしてみせると、活動家は無邪気に、

「わあスゴイ！　進歩！」

などとよろこぶのであった。

しかし、そのようなことども全部加えて、遠からぬ死を前にした患者たち、ことにあの実子ちゃんの母、師匠の妻女などにとっては、前世の蜃気楼に浮かび出る、あの顔この顔ばかりかもしれなかった。逢えば幾度もうなずいて手をとり、

「ありがとうなあ」

というのを彼女たちは忘れない。遠い世からの人間の絆へむけて、婆さまたちはなつかしそうな顔つき

になって手をのばす。世の中は変る。人も変る。都会から来た若者たちが聞き慣れぬ言葉を使うのは当然だ。大学まで行ったのだから。たぶん良か家の子が、こういう田舎までやって来てくれて、有難く思わにゃならん。

山本亦由会長が言っていたことがある。

「どうもなあ、会社の幹部たちと話すときは、儂どま、言葉ももたもた、漁師言葉しか使いきらんしなあ。あっちは東大出ばっかりで、言葉も近代的ですし。位負けするちゅうか。漁師のなりのままじゃ、いかにも、汚れ者《もん》共が押しかけてゆくようで、ろくろく逢うてもくれませんしなあ。漁民騒動のときの例もあるし、服装もやっぱ礼儀じゃし。向うに、必要以上に嫌がられんごつ、コンブ、そのコンブなりと下げてゆこかいちゅうことになったわけですなあ」

コンブ、と言ったとき、会長はいいようもない羞《はに》かみをその表情に浮かべ、そのようなことを言ってしまった相手を、正視しがたいとでもいうように目元を瞬かせた。コンブといえば、ここらでの、いささか揶揄《やゆ》的なネクタイの通り名だが、口にするさえ恥ずかしい、というような声音でそれは発語されたのである。

漁師のプライドが、ネクタイ族を心ならずもそのときだけ、真似なければならない屈辱を、一息にふり払うように軽く、コンブと言ってみせたのだが、言葉とうらはらに表情に浮き出た初々しい羞じらいの前で、わたしはほとんど度を失った。ある種のことがらに対する極端なデリカシイがそこにあった。そのようなデリカシイはもちろん会社の幹部にも、県の役員にも、ましてや「国の人」などにはわからない。

言葉からまずそれぞれの共用語をつくりあげ、精神の内部から近代化してゆく集団の中では、このような羞じらいは見落される。言葉を専門化してゆく知識層なども、山本会長のいるようなところから、はるかに遠い位相にある。まして身内の用語を学習しなければ、意識がおくれるという気分を持つ集団の中ではなおさら、もたもたした歯切れの悪い、前近代的な田舎者とされるのである。

そういうことを一瞬に考えめぐらして、わたしはただ泣き笑いの表情を浮かべるしかなかった。

山本亦由氏を会長とする一任派が補償処理委員会の斡旋案を呑んでから十日あまり後、『厚生』という雑誌が、斡旋案作成にかかわった三人のメンバーと、事務処理の中心となった厚生省職員の座談会を載せた。

東大附属病院小石川分院長、笠松章氏は、補償額をどういう風に算定したかという司会者の問いに答える中で次のようにのべている。

「――水俣病で多少身体がフラフラする人が道を歩いているときに自動車にはねられて死んだとすると、直接の死因はたしかに外傷にきまっているのですが、その前の原因とすればフラフラしたことである、という理由も成り立つ。だからこの問題を、医学的にも、ひいては法的にも後へ残してもらいたくない」

この発言を受けて中央労働委員会公益委員であるところの千種達夫氏はいう。

「法律上もそうですね。仮に水俣病は軽いが、お嫁にいけないからといって自殺したような場合に、水俣病で死んだといえるかどうか」

千種氏はさらに支援者の存在にふれ「それにしても訴訟に全く関係もない人たちが妨害（補償処理委員会への意志表示と五月行動）しているのはどういうわけか」と首をかしげている。

笠松委員の発言にも、千種委員の発言の文脈にも、「水俣病で多少身体がフラフラする人が歩いているときに自動車にはねられて死んだり、自殺したり」するような面倒が起きぬうちに補償額を算定し、医学的にも法的にも後へ残らぬようにしてしまいたい、と明らさまに言ったのだ。

山本亦由氏がその病身に荷っていた苦渋は、患者らが、身体の均衡を保てないまま辛うじて歩き、ある時は家に帰る道を忘れ、バス代も財布から取り出せない指つきで医者に行こうとして、バスを見送ってしまう間によぎる思念の底に寄り添ってのことであった。その愛娘は、千種委員がいうような事態をはるかに超えた深刻な病状を抱え、みるからに儚なげなたたずまいをみせて、ひっそりと起き伏していた。

弱者の上に特権を持って立つ者の、人間的な鈍感さとはくらべようもない重荷を自ら負ったまま、この人は倒れたのだった。

愛娘への情愛を口に出したことはめったになかった。ときどき、あぶなっかしい手付きと足許を見せて、そろそろと茶を運んで来る娘を、気づかわしげに見やった。そのようなときこの人は、落ちつかなさそうに、詫び言めいたことを口にした。

「どうも今日は、家内がおらんもんですけんなあ」

そう言いつつ、畳の目にひっかかりながら盆を抱え、ゆらゆらしている娘を見上げる。

「急ぐな。ゆっくりでよか」

丸い盆の上の湯呑み茶碗が、カタカタ、カタカタと音を立てた。

「危のうしても、やらせんば、いよいよ、出来んごつなるもんですけん」

娘と客の双方に気を使って、おろおろ声を出す。汽車の音が突然ごーっと、家の真横をぶった切るような勢いで通ってゆく。家全体が震動する。国鉄鹿児島本線の線路が山本家の脇にそって通っているのである。汽車の音が消えると、娘さんがくっくっと小さな笑い声をあげる。湯呑みがまた音を立てる。

「湯呑みが、あっちゆき、こっちゆきするもんで」

言いながら彼女がまた笑う。年頃なのだ。二十を超えたと思えぬあどけない顔だった。亦由氏の顔が困った、というようにゆがんで、ほころんだ。

それは父娘だけが交わしうる、わずかな平安のひとときだった。


情況はうねりを生じ、波打ちはじめたかのようだった。

一九七〇年七月、「東京・水俣病を告発する会」第一回例会において、会員の後藤孝典弁護士より、患者および支援者が株券を取得して、チッソ株主総会に乗りこもうという戦術が提案された。裁判ははじまったが、法廷ではチッソの最高責任者たちの顔を見ることができない。彼らと直接相対しうる場として、株主総会というものがある、というのであった。提案はただちに受け入れられ、後藤弁護士は東京・告発する会の方針をたずさえて熊本に飛び、熊本・告発する会との検討をすませるなり水俣に入った。

訴訟派および市民会議との話しあいが持たれた。訴訟提起以来の緊迫した会合であった。訴訟派の長老渡辺栄蔵氏が「株主総会では江頭社長にものがいえるのでしょうか」と後藤弁護士に問い、「出来ますとも」といわれると、患者たちの間に一種のどよめきが起った。裁判に通いはじめてみると、それはそれで肝要なことだが、水俣から積年の思いをつのらせながら、はるばる病身を運ぶのに、法廷には目ざすチッソ幹部の姿はみえず、代理人やチッソ側弁護士が来るばかりである。のっぺらぼうの法廷用語はもどかしく、自分らの思いを直接表現できぬことに、患者たちはいささか気落ちしていた。

何かが展開しそうだという気分が、後藤氏の機関銃速射のような口調を聞くうちに立ちこめて、いつもは発言せぬものも口をひらいた。訴訟の進行とにらみ合せて、わいわいがやがやの戦術会議が昂奮の中でなされた。

七月二十一日、水俣・熊本・東京の三ヶ所において同時記者会見。ついで、東京・熊本でチッソ株取得の具体的な作業に入り、呼びかけに応じて、株主総会会場を抱えた大阪で「大阪・水俣病を告発する会」が発足した。八月に入り、京都・名古屋・福岡等で連動芽生える。陸続と各地から株購入の問い合わせや、取得した旨のニュースが熊本・告発する会にとどいた。多様で、独自な「告発する会」が、具体的な株券取得の運動とともに各県に広がった。新聞各紙が敏感にこの動向を報じはじめる。遠い波のかすかな震動のようにそれらのことは患者たちに伝わった。彼らは、海の渦を見て、さらに海底の一点を探るような面もちとなって、巡礼姿で株主総会へ乗りこむことをきめたのだった。

巡礼団という発想には、五月行動の直後、地球座の俳優砂田明氏らの一行が、白装束姿で東京から水俣まで巡礼を行ったということもあったろう。また、義光師匠が般若心経とご詠歌を「修行」していたことも、ことがきまるのに幸いした。巡礼姿でゆくならば、株主総会だけでなく、高野山にものぼるべきだという師匠の提案に、否をいうものはなかった。高野山への巡礼、何とそれは患者たちの気持にふさわしいことだったろう。

しかしこの方針について、訴訟を受け持った弁護団から、九月二十六日の日付で『一株運動に対する弁護団見解』なる物言いがついた。『見解』は第一項で「水俣病闘争の現段階において、水俣病に関するチッソの法的責任を明確にし、適正な損害賠償を支払わせるという被害者の要求を実現する道は水俣病訴訟に勝利する以外にない」と言挙げし、第二項では「株主総会を利用しようという限り、会社の利益に反する被害者の要求を実現することは出来ないばかりでなく、この基本的制約を無視して会社ないし社長との直接対決という場面を見出そうとしても出来ないであろうし、無理に見出そうとすれば、不慮の混乱と刑事弾圧を招き、運動及び裁判に悪影響を及ぼすことになるだろう」と警告、さらに第五項では「この運動が裁判闘争の意義を失わしめる程に有効かつ主要なものであるとか、又は会社責任者に水銀を飲ませよう等の無責任な宣伝で動員が行われていることに注目せざるを得ない」とのべた。

七〇年十月二十五日付の『告発』は第一面論説でこの『見解』に反論、第一項については「水俣病患者が支払いを要求する適正な損害賠償が、賠償金だけでなく比類のない受苦の重さと積年の思いを含んでいることを考えるとき、ブルジョワ法の支配する現在の法廷での勝利ですべてが実現されるはずはない。われわれは水俣病闘争における訴訟の重要性について今さら余人のお説教をうけるまでもなく十分に理解しており、それゆえにこそ過去五回の公判闘争を先頭に立ってたたかいぬいて来た。しかし、われわれは裁判闘争をすべてとし、金とりをすべてとするような思想とは無縁であったし、これからも無縁であるだろう。なぜならそういう思想は患者自身が切り開いて来た水俣病闘争の意味を根底から裏切るものだからである」とまず運動の原点を明らかにし、第二項については、「不慮の混乱と刑事弾圧」が万が一生じた場合「決定的なダメージを受けるのはチッソ側なのかわれわれの側なのか」と問い、裁判への悪影響とは「具体的にどのようなことなのか、プロである弁護団はまずそこから正確に分析して明示する必要がある」と反論した。第五項については「この運動が裁判闘争の意義を失わしめる程有効かつ主要なもの」などとかつて主張されたことがない事実を指摘、水銀云々については、「むろんこれは一種象徴的なアピールにすぎない。しかしこの言葉は何よりも患者自身の言葉であり、そのたたかいのエネルギーの総体を表現したものである。したがってこのアピールに激しく心を貫ぬかれるどころか、かえってそれに冒険主義的な意味を非難として付会するような理解のしかたは、水俣病闘争にかかわる姿勢について根本的なものを欠いているところから生れるものといわざるをえない。われわれは賠償金を取ってもなお残る患者の思いに表現を与える場、賠償金を払ってもなお残るチッソの責任を追及する場を作り出さねばならない」と述べた。

しかし弁護団の見解表明は、心の中ですでに旅立ちはじめているような患者たちの、ご詠歌の稽古にも諸々の準備にも、ほとんど影響をあたえなかった。

「裁判は裁判で、弁護士さんたちにゃお世話になるばってん、巡礼の方は、わが心でゆくとじゃけんなあ。仏たちを連れてゆくわけじゃやからな」

義光師匠はそう言っていた。法廷にゆくとき、おのおの必ず遺影をかかげてはいたものの、もっとちゃんと、「仏を背負える身になって」ゆき直したい、と小母さんたちは思っていたのである。彼女らは出発が近まると、一様に口数が少なくなり、深沈とした気配を身辺から立ちのぼらせていた。

第六章　実る子

霜が降りたような、空気の凛とした朝だった。

昭和四十五年十一月二十四日、水俣病患者高野山巡礼団十九名が、菅笠《すげがさ》に白木綿の手甲脚絆と袖なしの笈摺《おいずる》、頭陀袋《ずだぶくろ》を身につけて水俣駅を出発した。輪袈裟《わげさ》のかわりに、水俣病患者巡礼団と墨書した白い襷《たすき》をかけていた。

市民会議からは日吉フミコ会長が一行を引率する形で同行、チッソ第一組合員も交え、若干名が世話係として付き添った。上阪できない患者家族らや市民会議の会員たちが見送りにつめかけ、報道関係者のカメラの中で駅はごった返していた。巡礼姿の晴れがましさとともに、思いのひそまってゆくような、しんとした表情をうつむけ、患者らは胸に抱いた位牌の上に目をおとしていた。

ご詠歌の師匠義光小父さんにとって、大阪株主総会ならびに高野山巡礼行は畢生《ひっせい》の勤行《ごんぎょう》であった。娘静子を死なせ、父親は重篤な症状で寝たきりである。自分のみならず妻女にも症状がある。それを押して夫妻で巡礼行に旅立つについて、一番気にかかるのは留守の間の十六歳の三女のことである。お襁褓《むつ》の手当は妻女でないとつとまらないのを、姉娘に頼んでは来たものの、口の利けない三女が、もの問いたげに首を振って、あやとりをするような手つきをしていたのがあわれでならない。

父親の七之助がほとんど廃疾のようになってしまったについては、名状しがたい逆上感がつきあげることがあるが、老い先のなかった宿業《しゅくごう》だと思いきかせ、自分を納得させてみることもある。しかし、娘のことを考えると、帰依し修行しているつもりの般若心経の教えも、頭ではわかる気がするが、心の修羅はどうにもならない。実子という名は般若心経から戴いて、実《みの》る子と命名したのである。実る子という名にどんな想いを託していたことか。一行を率いる代表は渡辺栄蔵老だった。裁判提訴の日、「本日ただいまから、われわれは国家権力に対して、立ちむかうことになったのでございます」と挨拶して以来、熊本や各地に代表としてゆくごとに、その言説には気合いが入ってきた。「儂やあひょっとすれば参議院議員にでも出ろうか」、などと本気で言い出したりして、助っ人たちをあわてさせたが、この老人も、巡礼行の本当の代表格は義光どんじゃろう、と思っているふしがあった。「情況に応じて、まあ、役者もいろいろ出さにゃならん。おのおの、出番ちゅうことのあるけんな」とわたしに洩らしたことがある。駅頭での見送り人たちへの挨拶も、そのような節度をしのばせて、渡辺老は義光師匠を立てていた。

巡礼姿となった者たちの旅立ちの雰囲気は、駅に来合せた他の乗客たちの視線からすでに脱却し訣別していた。そのような乗客たちは白衣の集団から身を離し、畏怖するかのようなまなざしになって、別の乗降口から列車に乗りこんだのが印象的であった。

出発にあたって巡礼団は、大阪市民にむけた左のようなビラを用意した。

「チッソの株主ならびに
大阪市民のみなさんへ

わたくしども水俣病患者訴訟派二十九世帯は、このたび、事件の公式発生から数えまして、十八年目に発心をいたし、巡礼となって御地にまいります。

いまだに、犯行の続行されております本事件のはじまりの時期に、童女であったものたちは、すでに妙齢をこえました。

少年であったものたちも、すがた形だけは壮年となり、青年であったものたちは、髪に霜をいただく初老となって、とにもかくにも生き残り、今日、火の国の辺境を発しまして、はるばると皆さま方に相まみえに、のぼりゆくのでございます。

京・大阪のみやこから、遠くはなれた僻遠の水俣の、日本列島から眺むれば、南のはしの片隅にうち捨てられた、深い深い井戸の底のような、村の中にいるものたちでございます。

さりながら、その村の中で死者たちはもとより、生者たちは生きながら、魂魄《こんぱく》のさまよい続けること約二十年。いまだに救われませぬ。

事件の経過につきましては、本年五月、東京の国家的舞台において、厚生省が委嘱した〈水俣病補償処理委員会〉が〝死者最高四百万円〟をもって、文字通り処理し去り、葬り去ったことはご記憶にあろうかと思うしだいでございます。

このとき、治るみこみのない患者を抱え、永年の生活苦に疲れはて、国民世論にも国家行政にも見捨てられた患者家族六十九所帯は、右の補償案を、涙とともに受諾して、今日にいたりました。

（中略）

まことにわたくしどもは、いわれなくして生きながら、この世の地獄におちました。身に負うたやまいのみならず、原因がチッソによって隠匿されている間に、業病と忌みきらわれ、伝染病と追いはらわれ、とじこめられ、おなじ地域社会の中で、村の井戸を汲むこともできず、食べものを売ってもらえない地獄にもおちたのでございます。

わたくしども訴訟派が、この国がチッソ企業と共になってお定め下さいました、さきの水俣病補償処理委員会の補償案に承服いたしませず、親の代には知らなかった空恐しい訴訟提起などに踏みきりましたのは、補償案の異常なる低額さゆえにとどまりませぬ。

ただひとえに、いまだになぶり殺しに逢いつづけている死者たちの霊が、成仏せぬからでございます。

わたしどもがおります生き地獄は、この国の力よわき人民たちの、あすの地獄に相違ございませぬ。

京・大阪は、いにしえからのみやこだと、わたしども、辺境を出たことのないものたちはあこがれております。

みやこには、まことの心があるにちがいない。

みやこには、まことの仏がおわすにちがいない。

そのように思いさだめて、人倫の道を求め、わが身はまだ成りきれぬ仏の身でございますが、それぞれの背中に、死者の霊を相伴ない、浄衣をまとい、かなわぬ体をひきずって、のぼってまいります。

胸には御位牌を抱いて参ります。口には死者たちへ鎮魂のご詠歌を、となえつづけてまいるのでございます。

法廷にはお出でなさいませず、罪がないとおっしゃるチッソ社長さまはじめ、チッソのおえらい方々、順々に、この目で死者たちの霊とともも拝顔し、一期の闇につながる出逢いをいたして、死者たちを成仏させねば、わたくしどもも、生き霊となって、未来永劫、さまようほかはありませぬ。

（中略）

なにとぞ市民の皆さまも会場においで下さいまして、御唱和をたまわりとうございます。

昭和四十五年十一月二十四日」


列車の中は静謐だった。横ゆれの震動が常よりひどく感ぜられた。その度に、女たちは気づかわしげに、胸の頭陀袋におさめた位牌に手をやった。沿線の田の早いところは刈りとられ、山裾の人家の間に柿の実が色づいていた。

「今年は、柿の表年《おもて》でございますねえ」

と、色の白い山田はる小母さんが話しかけてくる。物静かな品のよい人である。

「柿は、裏年と表年とあるそうでございますねえ」というと、

「ほんとに。美しゅうございますこと。近所にある柿も、何年も見る暇がなかったんですよねえ。ほんとにまあ、鈴成りで」

小づくりな顔の目がほそくなって、遠くを想うような表情になった。巡礼着の大部分を、夫を死なせたこの人が縫ったのである。おマス小母さんもこの人にいうとき、言葉に気をつける。

「ああたのごつ、上等の手に生るればよかったですけど、すみまっせん、ほんに、ただで縫うてもろうて。おろよか手に生れた上、ここがなあ」

と、自分の掌をさし出してみせる。

「ここがこれだけ、痺れの来とりますもんで、自分の破れ着物さえ、つくろいなりませんと」

浮腫の来ている指が少し曲って、白い手甲からはみ出しているのをひろげようとするが、うまくひろがらない。泣きそうな眉が、彼女の、申しわけないという気持ちをよくあらわしていた。

はるさんは急いで手を振る。

「いいえ、気持ばかりの供養、いえもう、このぐらいが、わたしの供養でございますから」

恥ずかしそうにそういうと身を揉んだ。

師匠の妻女の席はことにひっそりとしていた。舟小屋めいた別屋に、曲って寝たままの舅と娘を残しての上阪である。海に面して小さな窪みのような入江の縁の家。娘のお襁褓《むつ》を替えてやる部屋は、家の戸口からもっとも離れた納戸の奥にある。庇のすぐ下に、池とも思われるような入江の潮が、じんわりと湧いたり干いたりして、ときには白魚が浮き上る。満ち潮の昼間は、鏡面のように照る入江の光が、娘と母親とのそういう部屋の明りとなってさし入るほか、誰もこの部屋をのぞかない。

そんな光の奥に閉ざされている部屋の中で、十六年あまり裾の世話をしてもらっていても、やっぱり娘はその度に、不自由な手をつっぱらせて両の大腿を閉じあわせ、ちぢこめ、隠そうとする。すらりとした大腿部には病状があらわれないのか、全身のゆるやかな変型から目をそらせば、ふっくらとしていかにも瑞々《みずみず》しい。

――おしめ替えるときが、一番きつかですよ。本人も親の私もですね。月のものまであるごつなって。先に死なんばならんですよね、親は。誰のお世話になって、下の世話ばしてもらうとでしょうか。男の子ならばよっぽど、始末もしやすかですけれど、娘ですけん。姉は嫁にやらんばなりませんし。第一、貰い手のあるとでしょうかなあ、こういう、病人だらけの家の娘ばですねえ。拭いてやりながら、涙のせきあげるときのありますと。

吐息をつきつき、以前そう語っていたことを思い出しながら、隣の義光師匠にわたしは挨拶した。

「ほんとにこの度は、お役目ご苦労さまでございます」

会釈を返して師匠は前の席を指し示した。

「ここに坐んなっせ、ああたも、ご苦労さまじゃ」

そう言ってふと気づいたようにわたしを視た。

「巡礼着は、なして着なはらんじゃったか」

「新聞の人たちやらが、いっぱい来なはりますでしょう。写真に写されると、なんですし。付き添いでゆかせて貰いますわけですから」

「うーむ、ああたのご詠歌は合格じゃがなあ。ま、それぞれじゃから、ああたの役目もあるしなあ。よろしゅう頼みます」

翁の面というにはまだ俗気も残っている、精悍な風貌の瞼を閉じて、師匠はぽつぽつ語りかけた。

「思い立つことがあって、若かとき修行しとったが、こういう大事なお勤めをするようになるちゅうは、やっぱり仏のご意向と思うとるですよ」

列車がゆれる。車輌が噛み合っては外れるような落ち着かない横ゆれの間、彼はまなこをつぶって黙っている。深い息を肩でついて、また口をひらいた。

「うちの実子の実というのは、みのるちゅう意味でですね、いつかも話したが、般若心経の中から戴いた名ぁじゃが」

黒い念珠が、無意識のように指の間でつまぐられている。ふいに師匠は聞いてきた。

「般若心経は知っとんなるか、ああたは」

「いいえ、あの、うちは浄土真宗なもんで、あのう」不意をつかれて、言葉が出ない。

「そりゃいかん、般若心経ぐらい知っとらんば」

「はい、すみません……。ほんとに、これから」

膝の上の念珠を持ち直して師匠はちょっと居ずまいを正し、低い声で唱えはじめた。

「三世の諸仏、般若波羅蜜多に依るが故に、阿耨多羅《あのくたら》三藐《みゃく》三菩提を得たまへり。故に知る、般若波羅蜜多は、是れ大神咒《だいじんしゅ》なり、是れ大明咒《だいみょうしゅ》なり、是れ無上咒《むじょうしゅ》なり、是れ無等等咒《むとうどうしゅ》なり、能く一切の苦を除きて、真実にして虚ならず、かかるがゆへに般若波羅蜜多の咒を説く……。真実にして虚ならずという、その実をとって実る子とつけましたんじゃ。真実にして虚ならずとは……」

師匠はそこで瞼をかっとあげてわたしを視た。そしてうめくように言った。

「日本の真実……、なあ、真実ですよ日本の、この水俣の姿は。わが身にそれを負うて、実る子は生まれたわけじゃろうな。儂や、そう思うとります。真実にして虚ならずとは、実子の姿じゃ、虚の一かけらもない真実じゃ。末法の、逆世の世ですからな」

妻女がうつむいて目頭を拭いた。

「水俣病患者の姿はみんなそうじゃ。逆世の真実を身に負うとる。虚というのはわかるでしょうがな」

「はい」

「ふつうの世であれば、虚というのは空しか、なにもなか、ちゅうことじゃろうが。それをば仏は、実りじゃといわれたと、儂ゃあ解釈しとります。心をむなしゅうしてへり下っておるのが実りじゃと、それが仏の救いじゃと儂ゃおもうとる。その文言を戴いて名をつけた娘が、水俣病を貰うて生れましたよな。まあ、一家全部で分けおうて貰いましたよな。無か頭で、やっと考え出したですよ。やっぱりこりゃ、逆世の、末法の世が来たんじゃろうと。水俣に先がけてそういう知らせが来たんじゃろうと……」

一語一語、言葉を探して、自分に言い聞かせるように師匠は言った。

わが愛《ま》な子は、逆世の実りとして生れて来たのだと、師匠は言っているのだった。

遠縁の老女がついこの間も来て、芭蕉の若葉のようにゆらゆらさせている娘の片手をとって言った。

「おお、実子ちゃん、実子ちゃん、よかおなごになったねえ……。だんだん、はぎのさんに似てくるが。坪谷小町ぞ、こりゃ。こげん、よかおなごに生んで貰うてなあ……。もののひと口も、言いはならんちゅうは……むげえこつじゃ。玉の輿《こし》にも乗らるるかもしれんじゃったてなあ」

そう言いながら涙を拭いていた。

「きりょうは、はぎのに似たっじゃろなあ。実子、ほめてもらいよっとぞ。どこの小母さんか知っとるか、親類じゃが」

顔を見て、言うて聞かせても、怪訝《けげん》そうな表情で親をみて、客を素通りした眸があらぬ彼方へゆく。絹

糸のような細いよだれが、唇の端からすうっと一筋光って垂れる。そのよだれを、父親の無骨な指で拭いてやりながら、

「これじゃからなあ」

と客へ詫びた。

家を出てくる前にも、客とのそんなやりとりがあった。

「姉ちゃんたちがおるもね、ねえ実子ちゃん。どうにかなろうよ、男の子とはちがうけん、女の子たちは」

返事のできぬ娘に、老女はおろおろ声になってそう言った。

母親のはぎのに似た面長な、色白な顔立ちで、しっとりと怨ずるような、ほほえむようなまなざしである。

ユージン・スミス夫妻がはじめて訪ねてきたとき、あんまり長い間、実子ちゃんとスミスがみつめあったまま動かないので、妻のアイリーンは(とられた!)と思ったと語ったことがある。古い昔の風土の影から生み落されたような美少女の、ひとこともものいわず、おもいのたけを呑みこむように、時々うなじを振るほつれ髪が、この頃なまめかしい。

(戻ってくるまで、おしめは足りるじゃろうか)

妻女はそう思っていた。

(雨が降らんとよかが)

「やっぱりなあ、儂やおもうですよ」

師匠はときどき、妻女に目をやり、同意をうながすような目付きになりながら続けた。

「水俣病のうっ発《た》ちは、溝口家の娘が第一号ちゅうことになっとるが、どう考えても、儂家の静子の方が一番じゃったですよ。

騒動のはじまるはなの頃、保健所長の伊藤先生から頼まれて、いや、会社病院の細川先生からも、丁寧に頼まれて、あの先生にはえらい世話になっとるですからなあ。原因をつきとめにゃならんで、ぜひ、定着性のムラサキ貝を集めてくれちゅうて頼まれて、儂や、わが家も病人だらけじゃから、いやいや、隣近所もおかしなあんばいの者が出とる最中じゃったが、近所の女衆ば頼んで歩きよったですよ。

伝染病じゃの、遺伝じゃのちゅう噂も出はじめとる頃じゃから、頼みにくかったですよ。実験用に使う貝げなちゅうと、気味悪しゃしてですねえ。朝晩食うとる貝でしょうが。そういうことに手を貸して、漁業組合に知れたら、具合の悪うなるとじゃなかろか、ちゅう者もおってですね。だいたい、貝採りのなんの、女の仕事ですもんね」

ねえ、と妻女の返事を促した。

「これはその、静子、実子と続けて様子がただごつじゃなかったもんですから、貝採りのなんの、ゆかれんとですよ。わが家のぐるりに付いとる貝ですがね。儂がこさぎにゆきおったですよ。牡蠣打ち持ってですね。

だいたい男がですね、沖にも出らずに、小おまか牡蠣打ちぶら下げて、海の縁《へた》にひっついて、貝こさぎにゆくちゅうは、情けなか仕事ですよ。よっぽど能のなか、ひま人のごたる。ありゃ昔から、女子どもの仕事ちゅうか、娯しみごとでしょうが。

ひとところにじっとかがんて、ムラサキ貝をこさぎとる。あの貝はああたは知っとんなはるか」

「よう知っとります、美しか貝の。梅雨どきになれば、ぞっくり殖えて、中身も肥えて。母が、梅雨どきのが美しか、採りやすかちゅうて大崎鼻の先からぎっしり採って来ます。あれは、おみおつけに入れますと、アサリよりおいしゅうございますねえ」

「おお、よう知っとんなはる。ああたの所も海べたじゃな」

「はい。あれはいつもは、貝の殻に苔が生えとりますけど、梅雨どきになりますと、苔がとれて、ぴかぴかになって殖えますすねえ」

「そうそう、月夜の夏の蟹は痩せて、採り手はおらんが、アサリも牡蠣も盛りをすぎて痩せてしまう頃から、ムラサキ貝が肥えてくる。あの頃どっと繁殖しますからな。岩という岩が、ぎっしりムラサキ貝で成ったように殖えますからな。

しかしまあ、こさぎ落すちゅうても、なかなか、きつうくっついとるから、はかがいかん。やっぱり、女どものように手まめにはいかんからなあ。牡蠣打ちも使いようというか、なかなか、要領をえん」

わたしは師匠が、烏賊釣りの擬似餌であるところの、「烏賊《いか》ガナ」作りの名人であることを思い出した。

桐の木を丹念に削って鰯のような形に作りあげ、色を塗り、模様を描き、とり揃えておいた軍鶏《しゃも》の胸毛を、あたかも背びれのように胸びれのように、さらには尾びれのごとくにとりつける。それだけでは海の上に浮くだけで沈まないので、鉛を溶かして腹部のあたりにはめこむのである。それから目玉、これが、もっとも肝要である。えつり竹の節を焼き固め、つやを出してとりつけなければならない。この作業がもっとも精根がいる。

舟の上から糸をつけて垂らし、烏賊たちを誘うと、なんとも美麗な魚がひれをそよがせて、生きているかのごとくに海中を游泳する。

「烏賊どもが、おぅ、と目え醒まして、はっと追っかけてくるように、作りよっとじゃもんな」

日ざしのよいある日、舟小屋の土間に坐りこんで作業中の師匠をのぞいたことがある。あぐらの中に青い模様をつけた「烏賊ガナ」を幾匹も並べて、やわらかい蛍色の羽根をとりつけているところだった。その尾びれの下に烏賊を引っかける曲り針が、花びら形にとりつけてあるのだ。

師匠はほとんど、とろけるような目をして、出来上った一匹を掌に乗せて見せた。

「これがなあ、下手くそもおるとじゃもんなあ、同じ漁師でも。分けてくれちゅうて、釣り具屋が買いに来るですよ。売らんですよ、安ぅ値切ろうとかまえとるもんな。企業ヒミツじゃけん売らん。鉛の着け場所がな」

特徴のある悪戯っぽい目をあげて、

「一匹一匹、ちがぅとですからな、仕上げが。烏賊にも性格のありますもんな。好き好きのそれぞれちがう」

そういうと、小さな潮の輪が湧いているような眸の色になってわたしを視た。たぶんそういう時間は、師匠の、つかのまの忘我の時間かもしれなかった。

列車は芦北郡の海岸線をすぎて、八代に近づきつつあった。師匠は妻女を見やった。

「ここらあたりの海岸は、儂家あたりの磯とは、だいぶ趣きがちがう。あの白か島、ほら、白ぅ光っとる島があるじゃろうが。あれは、石灰島じゃもんな。儂ゃ昔、上ったことのあるが、ありゃ丸々石灰ぞ。切り出して、低か島になってしもうたが」

「ほう、丸々石灰ちなあ」

くぐもった声で返事はするが、うっすらと目をあげるはぎのさんの眉は一向に晴れない。

「石灰ちゅうは、大昔のサンゴじゃの貝殻じゃのちゅうぞ」

「ンまあ。そんなら、えらいなサンゴと貝殻じゃったろうなあ、昔は」

妻女はこんどはおどろいたらしく、

「うちのお父さんな、物知りですもんなあ」

とわたしにほほえみかけた。

「そういうこたあ、常識よ」

むずがゆいような顔になって師匠はわたしをみた。

「ここらの海べはどうか知らんが、儂家あたりの海べたは、どこからどこまでも貝だらけでしょうが。品数も知れんごつ、ざっくざっく、貝だらけでしょう。ことにもムラサキ貝ちゅうは、あちこち、ぽつぽつ、砂にまじっとる貝じゃなか。一つの岩に着いたならば、ぎっしりどんどん子を生みつけて、蜂の巣のように丸か巣穴は作らんが、岩の表《おもて》に隙間もなしに棲みついて、梅雨どき頃になれば、岩ちゅう岩は、ぎっしりムラサキ貝だらけになるですよな。

あれを採るのは、女どもの娯しみじゃったですもんなあ。

坪谷の女どもばかりじゃなしに、上は陣の坂から侍部落、坂口、冷水、出月、月浦から、潮どきになれば女どもが下って来ます。梅雨どきの蟹《がね》が出揃うたごとくして、あそこのへたには、ずらっと這うとりよったですからな。女どもが尻からげして。

面々に牡蠣打ち振りあげて、そりゃせっせと、まるで田打ち蟹の出揃うたような、あんばいじゃったですよ。潮がどんどん満ち返して来ても、早よ帰ろうとするものは、ひとりとしておらんじゃったですよ。足首まで潮が来て、ようよう、その潮で、籠ながらざぶざぶゆさぶり洗うて、採ったものをきれいにして、振り返り振り返りして、また明日来ようばいと思うて、潮時《しおどき》の間は三、四日は採れますからな。その明日を楽しみにして、ずっしり下げて帰りよった。

あの娯しみがなあ、何処《どこ》に行ったか。貝の生き身が人間どもの身を養うてくれる娯しみは、何処行ったですか。うちのはぎのは、貝採り名人ですよ。人の三倍は採るですよ」

「一つ一つ拾うとじゃなか。牡蠣打ちで一つ一つこね起して、こさぎ落とすとですもんね、ムラサキ貝は」

妻女が話の中に入って来た。

「籠に入れたまんま、潮の中で、籠ながらざっくざっく、冴え冴えとなるまで洗うとですよ。それをそのまま鍋の中に入れますと。アサリがうまか、牡蠣がよかちいいますが、五、六月頃のムラサキ貝の味噌汁は、いかなる喰い道楽の人も、王様ちいいなるですよ、きっと。なあ、お父さん」

「儂家《わしげ》あたりの海辺の者しか知らんじゃろうよ」

首を振って、師匠はしばらく黙っていた。

「そのムラサキ貝に、いちばん水銀がたまっとったちゅうは何事か」

師匠の語調が変った。ひどく抑制した声音だった。

「アサリもハマグリもマテ貝も、砂の中に棲んどるものどもは、ここらに居るな、と見当をつけとっても、ひと晩で移動することがあるけれども、岩に付着しとるムラサキ貝は定着性のものじゃから、潮の中の滋養分といっしょに、殻の中いっぱい、水銀漬けになっとったわけですよ。猫実験の結果があれで出たわけですから。なんともいえんですよ、この気持ちゅうものは。

ああいう上等の、都の者はぜったいに知らんような、牡蠣もイノメ貝も、貝の王者のようなのが、水銀の塊りちゅうは。

近所隣りの女どもも名人ですからな。貝採り名人たちが、実験用の貝採りをせにゃならんじゃったですからね。世も末ですよ。ああいうことをするちゅうは、娯しみじゃなかですよ、ぜったい。ムラサキ貝の生ま身をですね、剝きとるちゅうは。汁の出ますからね、生ま身から。生の殻をこじあけて、身を出すわけですからね、あの小さいのをひとつひとつですよ。指先仕事ですからね、むつかしかです。

考えてみれば、みんなもう、指先がおかしゅうなっとるわけですからね、常のごとにはゆかんとですよ。うちのはもう、病人抱えて貝剝きどころではなかったですけれども、女《おな》ご衆《し》たちが、はかがゆかんちいうとですよね。

これ落して帰って、一升も二升も一ぺんに鍋の中に入れるものを、小父さん、ひとつひとつ剝けちゅうは、ムリな注文ばい。ムラサキ貝ば剝いて、市場に出したことは無かよなぁち、いいよるんですよ。

もう、はかがゆかずに、はかがゆかずに、指がいうこと利かん。はがゆうして気の狂おうごつあるばい、小父さん、ちゅうとですよ。麻痺の来とるわけですからなあ、もうみんな。

保健所も会社病院も、いくら出してくれらすとじゃろか。四百も五百も剝いても、手の窪いっぱいにもならん。もう指先は、傷だらけじゃが。やり甲斐のなか、見映えのせん仕事じゃなあと、いうとですよね。やり甲斐のなか、情けなか仕事ちゅうは、儂がいちばん知っとるですよ、なあ。そういう思いをして身を剝いて、実験にさし出した貝はどれくらいのものじゃったか、えらいな量ば出したですよ。けっして娯しみの貝採りじゃなかった。

波止めのセメントの上に小積《こづ》んだ貝の生ま身にですね、青蠅のわんわんたかって、情けなかりよったですよ。そして、人間はその時どうなっとったか。俺家のじいさんと静子は、あとに生まれた実子までもですよ。殻から出されて、打っちゃげて、汁の流れとる貝の身とおなじじゃろうが。姉は五つで、妹は二つで、発病しとっとですから」

妻女は頭をひくく垂れ、

「はい」

と小さな声を出した。

「家の中におっても、殻ながら打っちゃげとる、貝の生ま身とおなじじゃが、実子は」

さらにひくく妻女の頭が下がった。自分にもただならぬ症状が出はじめて大儀でならないのに、娘と舅の看病は、じつに手まめにゆきとどいている。人のいるときはしゃんとして応対してみせるが、這うようにして寝床に入る姿は、これもやがて重病人じゃ、と師匠は思っている。

「しかしなあ、おかげさまで猫実験の結果が出ましたと、細川先生の、わざわざ頭を下げなはったけんなあ。静子も浮かばれますよ。先生のお世話になった子ぉじゃけん」

わたしはその細川一先生のノートを、ごく初期の頃見せてもらっていた。水俣病発見の四症例中の二つとして、姉は五つ、妹は二つの頃の発病時の、いたいけな姿が克明に記されていた。姉の方だけ抄記しておく。

氏名　田○し○子（女）　昭和二十五年五月二十七日生
（満五歳十一ヶ月）
既往歴　特記事項なし
現病歴　昭和三十一年三月下旬、一月間だけ発熱した事あり。その後摂食時に箸を上手に使えず、又、運動靴が上手に履けなかった。四月十四日頃から歩行障碍、四月十七日発語障碍、嚥下障碍出現し、漸次睡眠障碍増強し、狂躁状態を呈する様になった。
初診　昭和三十一年四月二十一日
所見　体格中等度、栄養状態不良、顔貌痴呆状、常時叫喚す。顔色正常、瞳孔軽度に散大、反射正常、舌乾燥、胸腹部に著変を認めない。四肢では、右上下肢の自動運動制限なし。反射正常。左上下肢では軽度の自動運動制限を認める。反射稍亢進、バビンスキー（＋－）、ケルニッヒ（－）、項部強直（－）。
その後の経過　四月二十三日入院、上記所見と変りなし。睡眠比較的良好。四肢自動運動障碍増悪。四月二十六日（約三〇病日）、両側上下肢共腱反射亢進、バビンスキー（＋＋）、睡眠障碍益々増悪、時折全身の強直性痙攣を来し、舌咬傷を認む。五月二日（約三五病日）、全身強直性痙攣頻繁に出現。眼球右上方に固定、発汗著明。痙攣のない時にも上下肢共筋強剛を認める。特に上肢に強い腱反射は著明に亢進。五月七日（約四〇病日）、上下肢共著明な筋強剛を認め、尖足、足搐搦を認む。瞳孔散大。五月二十八日（約六〇病日）、眼科受診の結果、両側共散瞳、反射消失、眼底所見は検査不能。右側は乳頭に軽度の充血を認め、球後視神経炎？　の像を呈すと。視野検査不能の回答あり。その後も、全身痙攣は著明に発来し、為に上肢は拇指を中にして強く握りしめ、肘関節に於て約九〇度に屈曲。下肢では、右下肢は股関節に於て強度に内転、大腿は腹部に密着、膝関節で強度に屈曲、尖足を呈す。左下肢は、伸展したり屈曲したりしているが同じく尖足を呈す。全く脳実質変性或は脳炎後遺症状態を呈す。途中、六月十六日（第八〇病日）及び七月十四日（約第一一〇病日）より二～三日間三十九度に達する発熱ある他、特記すべき所見なく現在に至る。

（中略）

死亡　三十四・一・二

乗客たちは、水俣から乗り込んだ巡礼姿の集団を、ほとんど凝視するようなまなざしでみつめていた。白装束をいちばん羞らっているのは、浜元フミヨさんのようにみえた。かねてなにごとにも率直簡明なもの言いをして、極端なデリカシイを隠しているこの人を、その旅装束はことにも初々しく見せていた。二重瞼のくっきりした大きな眸が、いつも内心の憂悶と鬱積のために充血してみえるのが、この朝はすっかり肩の張りが溶け去ったような、どこやらほろほろとした少女のようにあどけなくみえた。網元だった両親を劇症型でなくし、弟は人一倍意欲にあふれた青年なのに、誰の目にもあきらかに、じわじわと悪化していた。そして彼女自身も数年後に、判決後の東京チッソ本社での直接交渉の最中、その心身に「水俣病の判ば捺《お》され」ることになる。

おおきな眸が、刷毛《はけ》で撫ぜたように和んで、まぶしむような、なつかしげなその目つきで彼女は話しかけて来た。

「まあ今朝はなあ、忙しゅうして、忙しゅうして、てんてこ舞いじゃったばい。ゆうべのうちに花はとっておいて、仏さんに花あげてな。お仏飯もあげてなあ。ふた親とも連れてはゆくばってん、朝じゃけん、お仏飯《ぶっぱん》もあげんばち思うてな。そしてからまた、衿足ども剃ろうかいちおもうてなあ、お湯湧かして。めったに剃ったことのなかもんで、剃刀の切れずになあ。あっちこっち、切り傷の出来たかもしれん」

手甲をつけた片手で、白い手拭いをかぶった髪にそっと触れ、衿足をかきあげるしぐさをした。それから彼女はほんのりと、匂やかな笑顔になった。

胸つかれてその顔をみた。

両親、弟と続けて発病し、三人とも熊大医学部の学用患者となってゆく日々があった。辛うじて弟は助かっているが、日常の用も自分では足せない不自由な病躰である。今日が何時の幾日か、おぼえもないような歳月であったろう。女荒神さまじゃと、この人のことをいうものもいる。

「あの姉と弟の小《こ》まかときを見とりますが、親の手伝いをよくする、そりゃやかしこか、感心な姉弟《あねおとと》でしたよ。さすが、網元に育った子はちがうと思うとりよったですよ」

とは、元近衛兵で、水俣から五〇キロばかり離れた田浦漁協の漁協長をつとめ田浦漁業を近代化したといわれ、「水俣病被害者の会」の会長もつとめられた隅本栄一さんが、のちに語られたことである。

「ふつうの娘とは、見たばっかりで、ちがう面つきしとったですよ。利発ちゅうか、そんな顔を小まいときから、あの人はしとったですよ。坪谷の波止めにゆきますと、あそこの家の舟がありよったですからね。舟を手伝いに子どもさんも来とりましたから、よう見よったですよ。感心じゃと思いよりましたねえ。

どういう親御さんかと、親が偲ばれるようなお子さんでしたよ。親御さんもよく知っとりましたけど。そのふた親の看病で、嫁にもゆけずに。縁談の来よると聞いておりましたがね、その頃でしょう、ご両親の発病は。

ああいう立派な娘さんがですねえ、どこに出しても恥ずかしゅうない人ですがねえ」

他村の漁協長がいとしみをこめて語る彼女の少女時代を、わたしは知らない。

紅白粉など、たぶん一度も刷いたことのない膚である。

そういうひとが、ひとむかし前の女たちがしていたように、旅立ちの日のたしなみに、衿足をのべ、めったに当てぬ剃刀で、自らうぶ毛を剃って来たというのだった。

「鏡もなんも見らんもんでなあ。メンソレータムつけて来たら、ひりひりする」

そう言ってまたほほ笑んだ。

やるせなくて、涙が出そうになった。

蜜柑山や畠をして、陽に灼けた顔や手足にくらべ、わずかばかりかきあげてみせた衿足は、ゆたかに白く艶めいていた。身の内に走るふるえのようなものを、わたしは黙ったまましずめていた。

熊本駅から、付添いと護衛のために、告発する会の会員らが乗りこみ、巡礼団に合流した。博多で下車し、発足して間もない福岡・告発する会の、いちずな熱意のこもる歓迎と世話を受けて一泊、ついで広島に降り、おのが身の上にひとしおの想いを重ねて、受難の地に立った。

「広島のことは、水俣病患者がいちばんようわかるとじゃなかろうか、ありゃ、やっぱり、人間のしたことじゃ」と、患者らは言葉少なに語った。

福岡を出てからだったろうか。寝台車の向う側の上段から、あどけなさの残っている熊本大学の学生、末松勝喜くんが顔を出し、しきりに合図を送ってくる。まだ二年生ということだった。震動でよく聞きとれないが、渡辺のおじいちゃんの係になったから心配するな、ゆく先々で配るべきビラの手配もすんだから安心せよ、と言っていることがわかった。のびやかな愛くるしい表情が、わたしを安堵させた。

余計なことをいわず、下働きに徹したこの若者は、のちのち熊本・告発する会の専従をつとめて、熊大工学部を卒業しなかった。内省的で、樟の若葉のような知性を持った若者だった。頼めば気軽に資料助手のようなこともやってくれたのに、思いもかけぬ事故で若死してしまって、悲しくてならない。このような若者たちが幾十人、幾百人、患者たちの間の、見えない黒子となって立ち働いてくれたことか。

大阪駅ははじけるような雑踏だった。

手に手に歓迎ののぼりを押し立てた大阪・告発する会の会員たちが、人波をかきわけ、付添いのものたちに介助されながら降り立った巡礼団をとり包んだ。ものやわらかな大阪弁のいたわりの言葉が、どれほど巡礼たちの心をなぐさめたことだろう。報道陣のフラッシュが間にまじり、幾重もの人の渦の中心で、巡礼たちは菅笠のかげに面ざしを伏せ、声をつまらせ、ただただお辞儀をしながら、案内されるがままに集会の場所へと移動した。おとがいに結んだ笠の緒が、笠の内にかくれた顔を、奥深く見せていた。

ふかいかげりをひそめた白い蓮華が、微風を従えて静かに漂いゆくかのような一団だった。大阪市街の雑踏も喧躁も消えうせ、怨の一字を染め抜いて、ゆるやかに流れる幾筋かの黒いのぼり旗も、この世の無《む》明《みょう》の中に、つかのま、浮上した象《かたち》のようにみえる。

大阪駅到着前後のことを『告発』では「ドキュメント株主総会」と名づけて特集記事を組んだ。

白熱の扇町集会

十五都道府県より仲間

午前七時、熊本大学の学生部隊が大阪駅到着。ただちに『大阪告発の会』有志らと合流して街頭カンパへ。十時東京部隊百二十名到着。宿舎ベルマンビルの熱気に包まれ、足の踏み場もない室内で部隊編成。熊本、東京、下関、静岡、圧倒的に若者が多い中で、大阪告発の人たちが炊き出しに大わらわ。食欲をそそる匂いが部屋じゅうに流れる。めしに味噌汁にタクワン。一食二百円、名づけて怨念ランチ。

十二時、各部隊大阪市内の主要ターミナルに進出。まいたビラ三万枚。集ったカンパ九万円。午後六時、扇町公園は全国告発する会の仲間で埋った。総数およそ千名。巡礼姿で日本海沿いに南下してきた北海道、すでに数百人を送りこみ、明日はさらに倍の人数が来るという東京。

この時刻に総会を開いており、やがて大阪へ出発するという名古屋の先遣隊。七時半に患者巡礼団到着。

北海道を先頭に挨拶がはじまる。十五都道府県の仲間が集っている。ふりはじめた雨の中で決意表明が続く。黒のぼりの「怨」の字が水銀灯のあかりに凄みをおびて浮き上る。チッソ第一労組の代表が長い抑圧の歴史と合理化攻撃について報告、共感をよぶ。

『告発する会』本田代表は、「患者さんの恨みを晴らせる場所ならどこへでも出かけて、責任をとるほか生き残る途がないことをチッソに知らせよう」と呼びかける。最後に『東京告発する会』の砂田明さんの音頭で、「元の体にしてもどせ！　チッソ！」のシュプレヒコールがとどろいた。

散会後宿舎で全国の仲間の交流会。焼酎をくみ交しながら各地の経験を報告。しかし十一時頃からチッソ側が職員を総会場に送りこみ列を作って坐りこみをはじめたとの情報が入り、交流会は即座に打ち切られ、仲間たちは総会場へと闇の中を飛び出して行った。

一方、部落解放センターにくつろいだ巡礼団の人びとはさめやらぬ感動を次のようにのべあっていた。

「駅での迎えがうれしすぎて、御詠歌もうたえなかったほどだった」

「歩いていたらどこかの人が、しっかりして下さいよと声をかけてくれた。嬉しかった」

「一任派の人たちにも、来てもらいたかった」

「今まで苦しんだ甲斐があった」

「わしゃ涙ばかりで何もいえんじゃった」

「水俣病がはじまってから、ずっととじこめられて来た。わしは今日はじめて人間世界に戻ったと思った」

明日の株主総会を待ち兼ねて、師匠および一部の巡礼たちが、大阪告発する会の会員に案内されてチッソ大阪事務所を訪れた。

婆さまたちに師匠は言った。

「相手の顔も知らんじゃ、ものの言うみちもわからん。事務所には、社長はおらんちゅう話じゃが、幹部の誰なりと居りそうなもんじゃ。本番の前に、一人なりと顔見ておこうと思うが」

事務所は狭くて大勢ははいれないそうだ。代表を出してゆこうと思うがという提案に、彼女らはもの静かに「お任せします」と答えた。大きな潮が満ち返す前の海底のように、彼女らは静謐であった。

人びとはひどく寡黙になっていた。いよいよ大阪事務所の所長、つまり「チッソの偉か人」に逢えるのである。巡礼団のおマスさんは押しあいへしあいしながらエレベーターに乗る前にわたしの耳許に囁いた。

「所長さんちゅう人は、社長さんとはちがう人ですよな、な?」

「はい、ちがう人と思います」

われながらしまらない返事をしたものだ。患者たちの本当に逢いたがっている「チッソの偉い人」というのをどうイメージしたものか、じつのところわたしにもわからない。

「何段目くらい、偉か人でっしょか」

うろたえた。そんな事は考えたこともなかった。

「さあ、何段目くらいの人でしょうか。ともかく大阪事務所、任せられる人でしょうから」

うかつなことだが、この瞬間までチッソ重役の陣容について、わたしは調べたりする発想がなかった。死んでゆく少女たちのいまわのまなこにあった桜の空だの、線路だの、蝶々だのに魂を奪われて、足許ふたしかになっていたのである。

あらためて彼女たちが抱えてきた歳月の中身を想った。

「会社の偉か人ならば、胸の内を聞いてくれるにちがいなか。水俣におる幹部には、いうてもようわからん」

ご詠歌の稽古の合間にも裁判にゆくバスの中でも、しばしば「会社のえらか人間」について話された。イメージはさっぱり結像しなかった。そして、必ずつけ加える言葉があった。

「水俣にやられる幹部は、おろよか人間かもしれん。ああも道理のわからんちゅうは」

善徳をそなえた人のことを水俣では「よか人間」という。善において徳において、いささか不完全と見れば、「おろよか」という。人間ばかりでなく細工物などにも「よか品物」と「おろよか品物」にわけられる。どこかしら、出来上りに欠けるところがあるという言い方である。自分たちの住む町に来るチッソ幹部は「おろよか者ばかり」と判断したのには自己哀憐の情がにじんでいた。いくら会社でも上の方にゆけばものの道理や、もののあわれのわかる人物がいると思いたい。「出来そこない」とはめったにいわない。毒を含んで、言葉で殺すからである。よっぽど深刻なことでも牧歌的に言いならわして毒を消す。不必要に相手を串刺しにするやり方をしたら、相手より先に自分が立ち上がれないのである。人間に対する基本的な絆を踏みにじらない心性が、まだここらあたりの風土には根深く残っていた。それゆえ言葉がスローモーションの舞踏でもしているように、

「この出来そこないが」と言ってのけてもよさそうな場合でも、「まあ、おろよか人間じゃなあ」と間のびしたようにいうのであった。

チッソ水俣工場正門に「お願い」にゆくたびに会社幹部は言ったものだ。

「社長はわれわれとちがいまして、非常に多忙でございまして、水俣には来れないのでございます」

暗に漁師風情とはちがうのだといわれても、患者たちは、こういう種族というものは、たぶん頭の中に

は、人間らしい考えも持っているにはちがいないが、立場とやらがあるのだろうと察していた。その人間性をひき出すにはどういう手だてが必要か。長年そのことで悶々としてきたのである。漁師になるには、試験や学歴など一切問われないけれども、試験を受けて「会社」に入る者は会社がきめたことに従わねばならないだろう。そういう者たちの上に立つ社長であれば、徳において知において、人を動かす真情において、並にすぐれた人格でなければつとまるまい。

師匠があぐらを組んで、イカの疑似餌《ぎじえ》をつくりながらこう洩らしたことがある。

「日本化学工業界のパイオニア、といわれるほどのチッソじゃから、社長ともなれば一般の会社とくらべて位も高かろう。人格、見識ともに兼ねそなえた人物でなくちゃならん。阿弥陀さまとまではいわんが、まあ、万人の慈父というてよかろうか。それに近か人物じゃとわしゃ思う。思いたかですよ。それがなあ、なして水俣に来んか。わしらの世界にゃ書物はいらんが、あの組は書物も読んで学問も積んどるわけじゃろう。その教養の力で」

今、生き残った患者たちは巡礼装束をまとい、数珠と鈴鉦を構え、胸にはチッソとのゆかりもただならぬ位牌をしのばせた姿で、目ざす事務所の戸口とおぼしきあたりに立ったのである。いかなる人物が出てきて応待するるか。

扉があいた事務所のそこにはごくふつうの顔をした中年の男性が、緊張した表情を隠さず、とまどった表情で立っていた。代表格の師匠が言った。

「ああたが、ここの所長さんですか」

「はい、ここの事務所をおあずかりしております」

尊大でも威丈高でもない気弱そうな男性が、その部屋の中心にいて、外から持ち込まれた空気に包みこまれまいとしているのがみてとれる。巡礼たちは一瞬にそのことを感知した。

歳月のまじりあわない空虚な事務所の中に、下の方から市街の喧噪が流れこんでくる。チンドン屋のチャルメラのようだった。それはいかにも大阪という町の音を思わせた。江郷下の小母さんはあっけにとられたような、泣きべそをかいたような、それでいてチンドン屋の方についてでもゆきそうな頼りない顔になって後ろに立っている。窓の下をのぞくと、チンドン屋のグループは黒い細い幟旗の流れる横の路地をまわっているらしい。小母さんは鈴鉦をかまえたまま茫として、時を止めてでもいるかのような手つきをしていた。わたしは海辺の村の誰彼を思い出した。

死んだものたちの中には踊り神とか唄い神といわれる「ひょうげ者」が大勢いた。それが鬱屈も限りない年月であったろうに、今は仏となって大阪まで来たのである。チンドン屋と、黒い幟旗を担ぐ若者たちのシュプレヒコールと、白装束の患者たちとはからまりあって、しげしげと互いを見つめあいながら離れてゆきつつあるようにみえた。

事務机にもたれるように立ち、うつむきかげんに所長は立っていた。白装束の一団はひどくゆっくりとした不自由な足つきで、机の間に少しずつ躰を入れた。そこはみんなを入れるには狭かった。師匠がまず尋ねた。

「ああたは、社長さんとはちがうとですね」

「はい」

「社長はどこですか。社長さんに逢おうごたるとですが」

「社長は、」

しばらく絶句して、この人物は何かを固く守る口調になった。

「社長は特別な立場で、非常に多忙でございまして、ここにはおりませんのでございます」

社長は多忙という答えを長い間、患者たちは聞いてきた。いくら忙しくても裁判所からの呼び出しがあれば、熊本地裁の法廷に、社長や専務という人が来るはずだとみんな思っていた。法廷にはしかし、代理人とか、チッソ側の弁護士しか現われなかった。面会申込みを思い立ってから十七年が経っていたが、「社長は多忙で不在」ということに患者たちは、けして慣れていたわけではなかった。

「私はただ、ここの事務所を預かっているだけの者でございまして」

間違っても社長の代理であるとは思われたくないというようにこの人はかぶりを振った。三十四年末の「漁民騒動」の頃、水俣工場幹部の一人であったことを患者たちは知らない。

大阪事務所には、たぶん、巡礼団が立ち寄りそうだという情報はもたらされており、それなりの対応は心がけていたかに思われる。所長は用心深かった。昼も夜もない病苦と、いたる所にひそんでいる地域の迫害を丸抱えして、息をひそませてきた巡礼団と、そのような事態など、あいなるべくは知りたくなく過ごして来たものとの、しらしらとした出逢いがほんの半刻、そこに現出した。

師匠はまた尋ねた。

「ああたは社長の代理ですか」

「代理ではございません」

所長はかぶりを振った。

――代理ひきうければ名誉じゃろうが。

トキノ小母さんが小声で呟やいた。所長に聞こえた気配はなかった。この時、チッソ大阪事務所にさ迷いこんだのは、巡礼団が白装束に包みこんできて、どこに下しようもない歳月であった。白衣を脱がせてみればあまりに凄惨な心身である。明日にせまった株主総会を前にして、行き倒れる所を見定め得ず、瞑《くら》み寄ったような気息で、婆さまたちはふらふらと、男性患者たちの後ろに立っていた。おマス小母さんは、トキノ小母さんの言葉が聞こえたのか聞こえなかったのか、いつもならとぼけた相槌をうつのに、事務所の内側をのぞくなり唇をかくかくさせ、泪をぽとりと落とした。彼女の息子も、うら若い身に巡礼着を着せられて、びっこをひきひきついて来て、言葉が出ないまま、白衣の筒袖から老いた母親の袖につかまり、その袖をわななかせているばかりだった。

所長を菅笠の下からちらりと見やった師匠の目に、一種憐憫の情が浮かんですぐに消えた。師匠の巡礼装束は完璧だった。彼は巡礼を、仏に帰依するための修行であると思い定めていたし、手甲脚半の出立《いで》ちも数珠のつまぐり方も、他の面々とは格段にちがった。背負っている仏たちが精悍な面がまえに宿り、その立ち姿には何ともいえぬ威厳が具わっていた。

多くを語ってもここでは無駄だと最初から思っていたらしく、明日の株主総会に社長は出席するのか、ただしに来たのだと念押しした。

「代理でもなかああたにいうても、仕方がなかが、わしらは仏たちを背負うて、仏の身になって、はるばる……」

そこまでいうと声をつまらせ、上体がゆらりとしたかにみえたが踏み止まった。

「どういう月日じゃったか……、命がけでのぼって来たとですから、公器としての会社なら、誠意をみせてもらいたい」

時が、自身の重みでひき裂けてゆくような、びりびりした空気が室内をゆき来した。川村所長はいかなる感情をも表に出すまいとつとめているかのように、低い、暗唱するような声で答えた。

「その件につきましては、明日の総会におきまして、社長が誠意をもってお答えいたします」

多くはない職員らがいっせいに顔を伏せ、書類の上に目を落していた。気配がして目をやると、浜元フミヨさんがおマスさんの息子を軽くかきのけて半歩ばかり、前に出たところだった。重くよじれた声がその口からずしりずしりと出てきた。

「わたしゃ、恥も業もいっちょもなかぞ。よかですか、川村さん。

おらぁな、会社ゆきとは違うとぞ。自分家《げ》で使うとる会社ゆきと同じような人間が、もの言いよると思うなぞ。

千円で働けといえば千円で、二千円で働けといえば二千円で働く人間とはわけがちがうぞ。人に使われとる人間とはちがうとぞ、漁師は。

おる家《げ》の海、おる家の田畠に水銀たれ流しておいて、誠意をつくしますちゅう言葉だけで足ると思うとるか。言葉だけで。いうな！　言葉だけば！」

フミヨさんはやるせなげにゆっくりと地団駄を踏んだ。足の動きがままならず、声に、両の足がついてゆかない。母親のそばに坐りこんだ一美青年をほとんど身悶えしながらフミヨさんは指さした。

「そらっ、あんたの横に坐っとるその青年、みてみろ！　その青年ばあっ」

川村所長はその声に胸をうち抜かれたのか頭をひょいと下げて一美青年をみた。

「よか青年じゃろうが！　仏さんのごたる面じゃろうが……」

川村所長は思わず声を洩らし、頭を下げた。

「はあ、ほんとに」

「雇うかその青年ば、雇えっ。雇いきるかぁ」

「……」

「雇いきるか、その青年ば。片輪ぞ、汝《わる》げの会社に片輪にされた青年ぞ。その青年ばかりじゃなかぞ。もひとりおるぞ、その家にゃ。片輪ぞ、もひとりも。世間に出てゆくこともならずに家の中におるぞ。もひとりも雇うかぁ。おっかさんもぞ。そらそこに立っとらすぞ、おっかさんも。妹もぞ、その妹は死んだぞぉっ」

おマス小母さんはさっきよりも困ったように、しんとなって菅笠をうつむけ、ふるえながら静かに哭いている。

「……まことに、お気の毒と思います……」

「お気の毒ですむと思うか、お気の毒で。まだおるぞ、そらっ、あんたの前の、坂本タカエちゃん。嫁にゆきならずに戻されてきたおなごぞう、水俣病で。子ども生まされて。

あんたが貰うかぁっ、貰うかあんたが、貰うかそのおなごば。貰えっ、貰いきるかぁっ」

水俣病のおなごば貰えっと言ったとき、かねてみずみずしい大きな彼女の眸の色がさっと蒼白になった。

言葉の矢は川村所長個人だけに放たれたのではなかったろう。彼女はこの時、長年抱えこんできた自家の悲惨とその歳月を言わなかった。彼女の独白を聞いたことがある。

「わたしにもな、心に定めた人がおったがな。男なら誰でもよかちゅうわけじゃなか。この人ならと、頭下げさせる器量じゃなからんば、心にきめはせん。おなごにいわれて、うじゃうじゃする男なら嫁《ゆ》かん。世間がこうなら、自分はこう立つと、向きあう男しか好かん。そうじゃろうがな。定めてはおったが嫁かれんじゃった。ふた親の看病で。弟は、生まれもつかぬ片輪になって。ほったらかしては嫁かれん」

網元であった父親の、そして母親の「劇症型」がどのように凄まじいものであったか。わたしたちは土本典昭監督の記録映画『水俣・患者さんとその世界』でみることができる。彼女は、公には語ったことのない身内の苦悶を重ねて、江郷下家の受難について披瀝しようとしたのだった。

浜元家の船がつながれていた同じ波止に江郷下家は住んでいた。家族のほとんどが発病したこの家の有様を、フミヨさんは熟知していたにちがいなかった。人間が耐えられる限界をはるかに超えたいちいちを、チッソ大阪事務所の所長が知るはずもなく、話したからとて、きく耳なければわかるはずもなかった。フミヨさんは江郷下家の事情の一端にふれただけで、わが家のことはひとことも言わず、浮いたような舌を口腔の中に包みこんだ。

空虚さをさらに拡散させるようにして、チッソ事務所のあるエレベーターは路面の雑踏の中にこの一団を吐き出した。

おマスさんとトキノさんは宿舎で、腰の後ろやももの後ろにぺったりとなにやら黒い膏薬《こうやく》をはり合って寝た。オマスさんの方がトキノさんより浮腫がひどい。そういう足でも巡礼に入れてもらったからには少しなりとも歩かねばと心がけて来たのである。

おマスさんは今度、湯の鶴温泉のお湯を持って来なかった。時々一升びんにつめて持ち帰り、タオルにしめして、痺れた足首や浮腫で光る膝の上に当てて湿布をする。列車の中で尋ねてみた。

「湯の鶴のお湯は利きましたですか」

「利きゃあせんかち思うとるだけ。相手は水銀ですけん、利きまっせんと。ほらな」

片掌づつさし出してみせる。

「掌の痺れとりますと。もの握っても、握っとる気のせん。鈴はな、一生懸命、落とさんようにしとります、袋に入れて。あれば振れば、和子に聞こゆる気のしましてなあ」

集合場所の公園まで歩く間、みんな言葉少なかった。フミヨさんが後に立つ気配を感じて振り返った。ものいいたげである。

「今日はな、両親からもな」

何事かと思った。

「お礼ば申します」

片手に鈴鉦をかまえていて、やわらかいくぐもった声であった。動転した。旅立ちのはなむけにおくった鈴鉦のお礼を言っているのだ。

「こちらこそ、お供させてもろうて」

のどがつまった。

「有難うございます」

彼女は瞑目しながら残った片手で、胸の頭陀袋を慰撫するように撫ぜた。看とりやった両親の位牌がその布袋に入っていた。これ以上はない静かな表情だった。菩薩といえば言いすぎだろうか。くるりときびすを返してゆく後背に簾《すだれ》のような木洩れ陽がさした。魂の奥殿というものがもしあるならば、そこへ登ってゆく後姿に見えた。

集合した各地の『告発する会』などに囲まれて、巡礼団がご詠歌をとなえ始めた。ひくい、どこか不揃いな声の、ひたすらわが手で打ち振る鈴鉦だけを見つめる御詠歌には、地霊の声のような響きがあって、道行く人びとをとらえずにはいなかった。

「仏たちを背負うて、仏たちの身になって」いるにちがいなかった。師匠の教導はここに来て、海底の声のように婆さまたちの心身に湧きはじめたのである。道行く人びとはしばし立ち止まり、喜捨を思いつき、財布を探してはあけしめして、何がしかをカンパ箱にねじこんで、恥ずかしげに振り返り振り返り、立ち去って往った。

十一月二十八日、大阪厚生年金会館の前には、前夜から泊まりこみで集った学生たちが道路にぎっしり坐りこみ、巡礼団のための道を確保しようとしていた。総会屋や右翼といわれる人たちであろう、学生たちをなじってつめ寄り、あちこちで軽い押しあいが生じた。誰がたたくのかドラの音がはいりこみ、ちょっとした混乱が生じていたが、白装束の巡礼団が姿をあらわすと、騒ぎはいっせいに引いていった。うつむけた菅笠のうちで、思い定めたような伏し目がちのまなざしになった人びとが、道路にじかに坐りこんだ学生たちの間を静かに通った。右翼の街宣車からの、

「患者の皆さん、赤色革命を狙う左翼の学生らにだまされないで下さい」という呼びかけもふっつりとやんで、巡礼団のしのびやかな足音だけが聞こえた。あたかも、姿の見えぬ者たちのあとをゆくがごとき足どりであった。

上空には報道陣のヘリコプターが旋回していた。巡礼団の静謐《せいひつ》の中にいると、その爆音はしばしば海の上の船のエンジンに聞えた。あとで知ったことだが、この時かけつけた全国からの一株株主の隊列は、先頭から後尾まで三百メートルくらいあり、「怨」を染め抜いた黒地の吹流しは七百本にもなっていたという。菅笠をうつむけ、白装束で黙々といく巡礼団と、これを警固しながら、のどにつまった声でシュプレヒコールをあげ、目を窪ませてゆく埃まみれの学生たちの姿。大阪という街の中央近くに突如あらわれた異様なこのデモ隊は人目をひかずにはいなかった。低空でまわっているヘリコプターの下には、空を恋うかの如く吹き上る幟旗があった。七百条もの怨旗はいったいどこから集まって来たのか。

そもそもは私の父親の葬式に五色の幟を立て、市役所の呑んべえの蓬氏が、焼酎好きの先輩を崇めて、五色のうちの黒い幟を墓場まで担いでくれたのがヒントであった。

千鳥足で歩くこの人には黒い旗がよく似合い、彼がその布を肩にかけると、酔いどれの鞍馬天狗というおもむきでもあった。

「おれが死んだ時は白着物より、この幟の裂《きれ》で、死衣裳作ってくだはるなあ、小母さん」そう、わたしの母に言ったものだが、彼よりも、母の方が先に死んでしまった。どこかよろよろ歩くものたちのため、はじめ二十流ればかり、水俣病死民会議と白抜きで染めてみたのだが、すぐに黒一色にして、頭に怨としるしをつけた。この一字くらいなら、これからはじまる街頭劇の幟旗にふさわしかろうと、芝居っ気もあったのである。案の定、佐敷の染屋さんがたずねたそうである。

「お芝居に使いなはりますと?」

しかし、これがあちこちの告発する会の旗印めいていっせいにつくられると、死者たちの出魂《しゅっこん》というおもむきになり、都市の無機質な建造物の間にはためきはじめると、呪術的な集団にも見えたのであろう。

その細長い幟旗の念力に動かされているのか、学生たちは古代の民のような目の色をたたえて来て、ようやく形をとりはじめた土俗訛りの史的前衛劇が、ここ大阪の街頭の一角から始まり、しつらえられた花道をゆくように、巡礼団は、学生たちのつくる細い道を、音のないモノトーンの映像さながらに歩き、大阪厚生年金会館に入った。総会屋や右翼や会社側のガードマンたちもぎっしりつめかけていたが、彼らもまたこれから始まる舞台の要員であった。

午前十一時前、二階の中央座席ふきんに巡礼団は陣取った。異様な緊張が薄暗い一階座席から立ちのぼってくる。一階座席にはチッソ社員やガードマン、総会屋といわれる人びとがいるのであろう。各地から馳せつけた一株株主らも入場した筈だが、黒い頭があちこち動いているばかりで区別がつかない。わたしは師匠のすぐ後ろの椅子に坐った。

「ああたは、ここ、ここ」と指定されたからである。耐えかねて発するような若い怒声が聞え、それに応ずるだみ声があがり、しばらくあちこちで男たちの躰がもつれ、ぶつかるやりとりが続いた。

「株主をしめ出す総会は無効だ」と怒鳴る声が聞える。入場制限があるので整理員と揉めて、はいれない株主が怒っているのだろう。誰かが言葉の火を放てば、無限業火《ごうか》となって炎上しそうな熱気をはらんで、場内は身ぶるいしていた。

その時、よく透る中年男性の迫力のある声が、全会場に響き渡った。名古屋からきた株主だという。

「皆さん、ここで、亡くなられた患者さんのために黙祷をささげましょう」

進行係とも思えぬ一株主からの不意の提案である。巡礼団の入場と着席は、全入場者の心を摑んでいたにちがいなかった。静寂が広がった。用意していた香炉の線香の、細い細い煙が会場内にのびてゆくのがわかる。黙祷が終りかけ、長い呆心の刻にざわめきが生じかけたとき師匠が立ち上って、おもむろに鈴鉦をかまえた。横にいる日吉フミ子市民会議会長も続いて立った。香の煙のしみ入ってゆく会場に師匠の第一声がびしりと放たれた。

「チッソに毒殺された、水俣病犠牲者の霊に奉る」

肺腑をえぐるとはこのような声であろうか。

この人の口から群集の中で「毒殺された」という言葉が出たのははじめてだった。もちろん自分の娘もその一人である。ふだんの稽古の時は言わなかった。

日吉会長が歌い出しの先導をつとめた。ひたむきな、小学唱歌のような発声がよかった。婆さまや女房グループがあとに続いた。

人のこの世は永くして
かはらぬ春とおもへども
はかなき夢となりにけり
あつき涙のまごころを

みたまの前に捧げつつ
おもかげしのぶもかなしけれ
しかはあれどもみ仏に
救はれてゆく身にあらば
思ひわずらふこともなく
とこしへかけて安からむ
南無大師遍照尊

一切の想念からはなれ、ただただ、亡き者たちに語りかけているだけのような声音であった。ひとりひとりにすればかぼそい声の、コンクール用の合唱とは全くちがう質の斉唱は、不思議な波動をもちはじめ、鳴りをひそめている会場にしみ渡っていった。一節、二節、三節。婆さまたちはやっぱり、ところどころ文言をたがえる。しかしそれが何であろう。外れた文言は言葉の微妙な行間をおぎなって、歌詞も音節もむしろ重層化しながら、とぎれなく続く。三十名足らずの小学校読本もろくに読まなかった「田舎人」の婆さまたちが打ち鳴らす鈴鉦と、慎ましさも極まったご詠歌の声は、階下の席で心身を澄ましている学生たちの胸をよほどにゆさぶったらしい。感きわまって押さえがたくあげる嗚咽《おえつ》の声があちこちから聞える。異様な、まったく予想だにしなかった情景である。

どの学生も一株株主も、不眠不休で巡礼団一人一人の世話をし、自分らはパンと牛乳を立ち飲みして、道ゆく人びとに浄財の喜捨を仰ぎ、患者たちの容態を気遣っては東奔西走しながら付添って、供護《くご》して来たのである。

その彼らが、互いに肩をつかみあい身を揉んでしゃくりあげている。患者の家々に出かけ、不自由な暮しにおどろいて手伝いをしようとした者たちもこの場にいた。大して役に立つと思えずとも、その心を患者たちは受けとめていた。片想いのような奉仕作業だったが、彼らはめげなかった。政治的な革命要員をめざして来た者たちもいて、患者たちの土俗的でわいざつな生活方針を「毛語録」とくらべてみたりした。

婆さまたちの心身の実情は「毛語録」などとなじむはずもなかった。限りなく解体してゆく時代状況の中で、彼らは存在の証しを求めようとして大学をずり落ち、親許からも社会からもずり落ち傾向で、つまりは反社会的身分でもあったろう。はじめ患者たちは、「大学生ちゅうても、学校にはゆかんようじゃし、落第生じゃろう」などともいっていたのである。政治的心情とやらも摑めず、ひたすら盲目的な至情を抱えて、ここにたどりついた者たちに、わたしは胸をつかれていた。その彼らが、株主総会出席が決まるまでのスケジュール作成や、出発の諸準備、具体的な付添いと持ち場が定まってくるに従い、体験としては思い出せないような、肉付きをもった海浜の民の、年寄りたちの膚にじかにふれつつあった。婆さまたちはたいがいびっこをひいていた。寄りそってその片腕にそっと手をかす。しなびてぽってりと垂れた、肉ばなれしそうな老女たちの腕とふるえる声。

「すみませんなあ、ほんに」

若者たちは何と返事してよいかわからない。膚にふれただけで全身に打撃をうけながらただ「いいえ」というほかはない。一族の、肉身の者たちの、虚空を摑んで悶死してゆくのを看とり、自分も病毒がまわって痙攣がくる心身で、ふるえながらいう「すみません」という音声。

若者たちの、無償ということさえも意識しない至情の行ないに対して、受難の底にいる人たちが、いま白装束で浮上しながらみせている存在の純度のようなもの。

ご詠歌が終る頃には会場の空気は一変し、脈うつ水の底にいる者たちが大勢であえいでいるかのようになった。

師匠の声がほとばしった。

「ああ、情けなか！」

その短かい言葉は、水俣病発生から十七年間の、すべての経過を受苦の根底から貫いて一気に吐き出された声だった。それはどうしようもない虚無とも、発光する直前の憤怒とも聞えた。この声に打たれなかった者は、よほどに鈍感な人間であったろう。

えっえっというような、小さな悲鳴に似た声が左の眼前でして、人がもがくのが見えた。すわ、誰かが痙攣を起したと思った。なんと浜元フミヨさんが欄干の手すりに、もがきのぼり、立ちはだかり、一瞬わたしの目の前で仁王立ちになったのだ。咽喉笛がひきさけたかのような声をあげている。白い手甲をつけた片手がわななきながら宙を摑もうとしていた。後ろにいた市民会議や告発の男性たちが驚愕して腰に抱きつき、あやうく彼女を引きもどした。それは一瞬のできごとだった。彼女の咽喉からはなたれたその声が谺となって天井との間に行き来した。

「両親《ふたおや》ぞぉ、両親ぁ」

ふだんゆったりしか歩けないフミヨさんが、まかり間違えば落下するにちがいない階段状の欄干に立ちはだかるとは、誰も思い及ばなかった。引き下されたあと、彼女の躰は、陸に揚げられた大きな魚のように、しばらくびくびく震えていた。

どういうつもりだったのだろう、その時、舞台の暗幕が揚がり、照明を当てられた壇上にチッソ幹部が、白布をかけた机を前にして並んでいた。腕を組んで、うそぶくようにみえる人物もいて、場内はヤジのるつぼと化した。ああそうか、今この場は、チッソ株主総会だったのだとあらためておもう。

チッソにすれば巡礼団と一株株主の登場にそなえて、総会屋やガードマンを待機させ、高まりを見せて来た「公害企業」非難の世論をかわすための株主総会の開始であったろう。しかし、白衣の患者集団がもの静けさの極《きわみ》のように登場し、ひたすら死者たちのためだけに歌った哀切なご詠歌の声は、場内の空気を一変させた。

十七年間、「会社のいちばん偉か人に逢わせて下さい」と懇願し続けた患者やその家族が、はじめて、正式に望みを果たす場が今この刻となったのである。総会開始の口火を切ったのは、遠路病軀を押して上阪した患者たちであったといってよい。政府の「公害認定」のあと、世論に促される形で急遽、江頭社長が患者宅に「お詫び」にまわったけれども、積年の念いをのべる機会とはもちろんならなかった。患者たちは、いつ裁判の場に、社長が出向いてくるかとばかり思っていたが、「近代法の法廷」の中ではありえないのだと聞かされて、長い間はなはだ腑に落ちかねていたのである。

チッソ側の幕明きの演出はまるで逆の効果を生み、次の情景を創るための、仕組まれた伏線のようになった。午前十一時、十四人ほど舞台に並んだチッソ幹部の中央で江頭豊社長が立ち上り挨拶をはじめた。

「私がチッソ株式会社の……」

その声はあちこちからあがる怒号や、悲鳴に似た哭き声にかき消されそうになった。患者たちには株主総会の内容などどうでもよく、聞いたからとてわかりもしなかった。

「定款《ていかん》の定めるところにより……」

聞きとれない。

「人殺しい！」

「患者にもひと言のべさせよ！」

日吉会長の声。

「この位牌を見ろ、位牌を！」

事務局員の株主出席数の報告も監査役の決算報告もかき消え、身悶えする怒号の気流に乗って、巨大な空虚が騒音の中にかがまっているかのようだった。

「ご異議ありませんか」

「異議なーし」

はじかれたように声を揃えたのは最前列の総会屋グループだったろうか。満場総立ちになり、口々に叫ぶ。

「異議あり、異議あり」

場内は怒濤となってゆれ、ぶつかりあっていた。座席の左側に花道めいたのがかかっていた。一人の男性が白い紙片をかざしてかけ上り、チッソ幹部たちの居並ぶところへ、突進せんばかりの勢いで近づいてゆく。

後藤孝典弁護士だった。今日の総会をにらんで、一株株主としての参加を、水俣・熊本までおもむき、熱心にすすめた人である。片手に白い紙をかかげ、一直線に幹部たちの居並ぶところを目ざして突進している。腕章をつけた男たちが飛びかかって引き戻そうとすると、花道の脇にいた若者たちがいっせいに立ち上って腰をひねりながら壇上に跳ねあがり、後藤弁護士の後を追った。花道はたちまち蜂が蝟集《いしゅう》するような有様になる中で、チッソの社員や警備員たちであろう、両手をひろげて押し止めようとするが、揉み合いになって収集もつかない。

過熱した昂奮の渦の中、幹部たちを取り囲んでなじる者、テーブルの白布をひきはがす者もいる。そのような情景の中に突然、天井から白い長い幕がするすると下りてきた。大きな字で墨書してあった。

「決算議案は可決されました。続いて説明会に移ります」

あっぱれな演出というべきか、これが以後の進行に劇的効果を与えた。虚をつかれて一瞬しんとなった会場が、前にもまして沸騰しはじめ、踊り上った若者がその垂れ幕をひきちぎった。垂れ幕は周到に用意されていたプログラムだったかもしれない。しかし視野と射程をとり直してみればこのような情景などは高度成長期とは何であったか、裏側からひび割れてゆく史的物語の劇中劇が、入れ子のように仕かけられてるのを見るような情景だった。

ひきちぎられた垂れ幕をみて、束の間だったが、虚脱したような気分が会場を支配した。さきほど師匠が絶叫した、

（ああ、情なか！）

というひと声の内実がその空虚さの中につまっていた。百万言の言葉もいかなる行為でもそれを表現することはできなかった。躰はばね仕かけじみて動いていても、心はなくなってゆくのを互いに自覚した一

瞬でもあった。

「患者たちに発言させよ」

という声がふたたびあがる。

「しーっ、静まれ、しーっ」

あちこちから静まれの声が湧く。沸点にまで達していた皆の感情が、ひきちぎられる幕を目のあたりに見て、醒めたらしい。ざわめきがいささか静まった。十一時十五分。社長があらたまった態度で挨拶をはじめる。

「水俣病につきましては、私ども、患者の皆様方にまことにお気の毒と思っております」

ヤジでかき消される。黙って聞くべきなのに、一株株主らは精神の痙攣症状が昂じたというべきか、若者たちがうつろな声でしきりに何かを口ばしる。


前々年の九月二十七日の情景が私の頭の中をよぎっていた。国の「公害認定」の翌日、就任早々の江頭社長は東京から来て患家をお詫びにまわった。社長来訪のことは政府見解発表後の記者会見でその意向が漏らされたのみで、口頭でも文書でも患家には知らされておらず、不在の家が少なからずあった。茂道の栗田りつ子ちゃんの家でわたしは社長の姿を見、その声をきいている。

「……まことにながい間、申しわけありません。……この上は誠意をもって、必ず、お子さまの一生につきましては、面倒をみさせていただきたいとおもいます」

「お子さま」と母親と一家がその後どういう悲惨な末路であったか、村の人たちはよく知っている。誠意ということばに嘘はなかろうけれども、面倒をみるとはどういうことだろうか。

　胎児性の少女たちは寝たきりで初潮を迎えていた。もちろん自分では始末できない。朝夕の裾の始末を母親にゆだねるのさえ、もののいえない娘が全身で拒もうとするのだ。開放的な漁村の、奥座敷とてない家で、裾も自分で繕《つくろ》えない十五、六の娘の全身が人目にさらされることもある。母親も同じ病で寝こんでいて、娘より先には死ねないとかねがね言っていた。この家のことだけではなかった。りつ子ちゃんの母親はもじもじと首うなだれて社長の挨拶を受け、深いお辞儀を返して一行を送り出すや、縁先にいた私の方にいざり寄り、無言のままはらはらと落涙した。娘や一家に人格や人権は無きにひとしかった。神棚や仏壇の花も水も枯れたままだった。花や水を供えるにも、足はゆらゆらし、手はふるえる者ばかりである。母親は言った。

「神さまのことも、ご先祖さまのことも、忘れるようになりましたがなあ」


「責任を回避するが如き気持ちは毛頭ありません。しかし、原因がまだ当社に帰因することがわからない時……」

　フミヨさんが絶叫した。

「嘘ばいうな！」

　社長はそれなりに条理をつくした言葉を用意して、不退転の決意をもってこの場に臨んだのかもしれなかった。ふくよかな容貌をした紳士である。チッソ生えぬきの人ではなく、吉岡喜一前社長のあとを受けて、日本興業銀行から配されてきたといわれていた。ようやく世論の非難をあび始めた「公害企業」を守るために、経済界が後盾となって選んだ配材であったろう。背景にある日本経済界の動向など、患者たちの知るところではなかった。

はじめて間近に対面した社長の口から、ようやく耳にした儀礼的な挨拶が、屈辱にまみれて生き残り、ここまでたどりついた者たちの念いにとどくはずはなかった。言葉の出てくる母層がまるでちがうのだ。ある家では、うら若いきりょうよしが全身紐のようにねじれて縁の下にころげ落ち、一人では起き上がれない事態になり、失禁も月のものも隠しおおせない家々はほかにもざらにあった。

時代から忘れられた村の古道や渚辺を不自由な躰であちこちし、小学校への道さえ覚えられない子らを抱えてきて、大方の者は特急列車なるものにはじめて乗せられ、ここまで辿りついたのだ。その歳月をどういえばよいか。

「すなわち患者の方々には誠意をもって円満な解決を計ることを……」

またもやどっとヤジがあがる。お互い何をいっているのか聴きとれない。

人それぞれの重層化した歳月が円型劇場のような会場の中で波立ち、渦をつくってまわりはじめた。ただただ眺めるだけの観客もいたことだろう。チッソの従業員も幹部も右翼も警備員も、ことの成りゆきについてひたすら身をひき、内心忸怩《じくじ》たる念いをひそめ、あるいは無知な漁民らがと思ってきたにしても、それ自体、凝縮したこの一幕の重要な劇的要員となっていたのである。心も躰も全員中腰になっている中で、中心はやはり舞台の上にあった。患者たちが身動きする度に骨のきしる音がした。わたしの後ろにトキノさんがいた。列車の中でこんなふうに言っていた。

「ほんにまあ、裾も満足に直してやれず、仏さんになってしまいまして。恥かしかったろう、やるせなかったろう……。娘の恥は親の恥でございます……。

親の欲目じゃが、きりょうよしで……。見せようごつございました。縁から落ちたモモの傷ば、あの、骨と身の間から、血ではなか、きれいな液のにじみ出てですね。あれは何の液でございましたろ。化学工場の社長さんなら知ってはおられませんでしょうかねえ……。

ほら蝶々、守護霊でございます」

紙に包んで持ってきた蝶々のその羽をトキノさんはひらいてみせた。暗くて表情は見えない。

「円満な解決ちなあ……。ほら、ゆけゆけ、解決して下はりますげなよ……」

うすい紙切れをひらいて、トキノさんは蝶々の羽根らしいのを軽くあふりやった。それは塵のようにしばらく漂って下の階に消えた。

「責任を回避するような気持ちはどこにもありません。次に二番目の水俣工場を閉鎖するかというご質問につきましては……」

「待てえっ」

という声が天井まで突き抜けた。誰の声だったろう。総立ちになった者たちがふたたびどっと壇上にかけ上り、誰が何を言っているのかわからない。社長の背広に手をかけ、何か口ばしっている者もいる。「水俣工場の閉鎖」という言葉が患者らの背中を射ぬいたのだ。患者らのおかげで水俣工場がよそにゆくと、市民から憎悪されてきたのである。

見定めて、わたしは師匠の肩にそっと手を置いた。

「行きましょう、今すぐ舞台へ」

大きくうなづいて師匠は立ち上った。巡礼たちの列がゆったりとした足どりで花道にさしかかった。若者たちが躰をひいて坐りこみ、道をつくった。澄んだ鈴鉦の音とご詠歌が低く流れる中、永遠の映像が流れるごとくに、白装束の列が通った。

今やうつつの眼前において、何かが展開する、と誰しもが想い、好むと好まざるとにかかわらず、それまで体験したことのない世界の中に、全会場の者が導き入れられつつあった。

それから一気にこの劇のクライマックスになった。

もの静けさの極のような気迫で、患者たちは社長の方へにじり寄った。社長の背中を押しているようにも、引っぱっているようにも見える若者たちがとり囲む中、浜元フミヨさんが両親の位牌を社長の胸元近くにさしのばし、わなわなふるえている。師匠が巡礼の団長として何か言うつもりで真向いに坐った。たぶん公式の場での対決の文言をいうはずであったろう。しかしそれはすぐには出てこなかった。はじめて接近した彼我の間は一メートルくらいだったろうか。

「首替え」の続くチッソの最高幹部、いま師匠の目の前にいる人は二年前、国が「公害認定」をした時、患者宅をまわった人である。任期の長かった前の吉岡喜一社長とは逢わずじまいだった。

「お前さまは……」

ひくく呻いて師匠は絶句した。ふた息ばかりあったろうか。さらに低い声が吐息とともに絞り出された。

「ああ情なか！　なして生きとるか！」

身を揉みしだいている師匠の口からさきほどと同じ言葉が吐き出された。――わが身は、なして生きとるか、お前さまとはなしてここで逢うか。やせたその頬に惚陀《ぼうだ》と泪があふれ出した。末法の逆世の縁……。

生き恥死に恥にまみれ、わが家だけでなく、人間苦の極相の中で死んだ者たちを看とりながら、師匠は巡礼団をまとめてきたのである。師匠の胸底にある般若心経の文言をわたしはなぞっていた。上阪する列車の中で聴いたあの「実る子」のいわれを。生まれてから一度ももものを言ったことのない「坪谷小町」が、もの問いたげに首をゆすって家に居る。その前に生まれた女児は、同じ症状で死亡したのだ。さらには老いた父親が、船小屋の片隅で海老のように曲がったままなのを置いてきている。師匠はいまや現実の社長にではなく、何か超絶的な存在に対してものを言いたいのかも知れなかった。あるいはそれをも言いたくないのかもしれなかった。

言葉にならぬ想念の渦巻く只中を、根底からぎりりと切り裂くような声をあげたのは浜元フミヨさんだった。手甲《てっこう》をつけた両の掌をわななかせ、二つの位牌を、社長の胸もとに押しつけんばかりにさし出している。

「親さまでございますぞ！　両親でございますぞ」

会場は一瞬にして静まりかえり、息を呑んだ。二つの位牌がふるえながら上下した。

「どういう死に方じゃったと思うか……、弟も、弟は片輪……。親がほしいっ！　親がほしい子どもの気持ちがわかるか、わかりますか」

自分の言葉に耐えかねてフミヨさんは絶句する。あたりに聞えた孝行者で、その看病ぶりは凄絶というほかなかった。まもなく彼女自身も発病する。この時チッソは高度成長も凋落《ちょうらく》の兆しを見せはじめた経済界の一角を荷う、突堤であった。日本興業銀行が江頭豊氏を吉岡喜一社長の後に配したのは、よほどに重要な人事であったろう。氏はくぐもりのきわまった目の色を自分の内心に向けた表情のまま、フミヨさんの気迫に打たれ、正座して、反射的にうなづいていた。

「わかります。ようくわかります。責任は感じています。ですから……」

この雰囲気と情況の中で、ほかにどういう言い方があったろう。荒れ狂っていた学生たちが互いの肩をつかみ合って悶え泣きしはじめた。

「親がほしい子どもの気持ちがわかるか！　わかりますか」

場面が転換したかのように、舞台は車座風となっていた。社長をかばい、補佐するものはいなかった。まわりにはカメラを持った報道陣も含めて茫然と立っている者も多く、立錐《りっすい》の余地もなかったが、足の悪い患者たちの、ぎこちなく坐っている場所は、海底の水炎のごとくに揺れていた。宙をかきむしるかのような手つきでいざりながら、巡礼たちは正座した社長をとり囲んだ。誰かがとり縋ったらしくその背広が脱げかかっている。

未認定患者の川本輝夫さんが泣きじゃくりながら、隣の若者にいった。

「何とかして（社長に）わからせる方法はなかもんじゃろうか、わからんとじゃろうか」

まるで頑是《がんぜ》ない子の、途方にくれたような表情と低い泣き声だった。一人の男が立って、ゆっくりと社長の肩を抱くようにした。巡礼団に付き添ってきたチッソの工員、田上信義さんだ。来年は合理化でクビだと自分で言っている。

「社長……、」ふるえをおびたもの静かな声であった。

「わたしは……、水俣の従業員です。ちゃんとしてくれなければ、恥かしかです。よかですか」

あとでこの労働者は言った。

「おら、はじめて社長にものいうたがなあ。はじめて逢うて」

どこからか、お前も水銀をのめという声が飛んだ。むなしさが、舞台にも会場にもひろがった。少数の幹部たちが社長のまわりにいた。社長を退席させるべきかいなか、この情況では判断がつかないらしく無理もなかった。舞台の上は収拾もつきかねるほど人がいれまざっていた。巡礼たちの情念や総会屋の怒号がぶつかっては散乱し、喧噪をきわめる中で社長は挨拶をあきらめなかった。言葉でなく声だけが聞こえた。それをも、徐々に無意味というものに変質して氾濫しつつあった。親がほしい、親がほしいというフミヨさんの声が、流れ落ちる瀑布の奥から湧くように続いていた。

海面の一角にふいに立った巨大な三角波のような、熱度の高い気分は急速に衰え、人間の哀れさだけが定着してゆくような場面であった。わたしは立って呼びかけた。まったく予測しなかった自分の行動だった。

「みなさん、もう席へ帰りましょう。これ以上は無意味です。あとは天下の眼がさばいてくれるでしょう」

人びとが無言で、醒めぎわの夢の中を横切るように壇を下りはじめた。

「私たちは水俣へ帰りましょう」

水俣以外のどこへ、帰れるところがあっただろうか。

踏切りのそばの溝口家を出発前にたずねた。積年のかなしみが、その面ざしをただただ美しくするということもある。トヨ子ちゃんのお母さんはいつ逢っても、大きなまぶたを伏せたまま笑わなかった。

「死に支度《じたく》ちゅうても、もう間に合いません。ああ、巡礼着ですね。早う揃えませんとね。気持ちはトヨ子の方にばかりゆくもんですから。わたしも長うはなかろうで、生きとる間はわが身から離さんぞちいよります。たおれたところが死に場所ぞ。わたしはそう思うて、線路道ばゆききします。江郷下の小母さんも水俣駅から線路道通って和子ちゃんば背負うて来らしたが、線路はなあ、あの世とこの世ばつなぐ道でございます。ようまあ、あの和子ちゃんも包帯巻きにされて線路に落ちもせずに、わが家にもどって。解剖されても家にもどれてよかった。水俣病は町の道は通れませじゃった。線路しか。

家《うち》の横は汽車の通り道で。トヨ子はその話ば背中で聞いております。ヘソの緒切れても背中と胸でつながって、死ににゆきよるちゅうことの、わかっとります。母《かか》しゃんといえませずに、ががしゃんちゅうて、ががしゃん、しゃくら、しゃくらの、あっこに、花《あな》の」

ががしゃんとしかいえずに、花ともいえませずに、あな、というて。背中でずり落ちながらのびあがって、苦しか声でいうとですよ。

――ああ、花《あな》ち。

死んでゆく子が親に花ば見せて、かなわぬ指で花ば教えてあなた、この世の名残りに。

母《かか》しゃん母しゃん花みてゆこといいよるが。ああわたしは、この病気のはじまってから、昼も知らず夜も分らず、ただただ雲を摑むような夜昼じゃったが、死んでゆく娘に教えられて目を上げましたら、桜の中にトヨ子の指のみえかくれして。ちりぢりふるえとる桜の雲でございました。

線路のぐるりには蓬《ふつ》のなあ、ずうっと生えとります。かがみまして、汽車ば待つ気いじゃったろか、ふらふらかがんで、トヨ子、どこにゆこか。花の向うにゆこかいねえちゅうて、かがみますとふらふらするもんで、蓬ば摑みます。ここらの女ごはみんな蓬が好きで、団子にも餅にも蓬くろぐろ入れて、トヨ子がひなの祭りにも蓬餅ば菱に切って供えました。まだ指も目立つほど曲がってはおりませんで、蓬餅よろこびましたが、あれが食いおさめで、あとの節句は祭どころじゃありませんでした。それで汽車待つ間にも手は蓬摘んで。

薬ですので、絞って飲ませたり煎じて自分も飲んだり、床ずれにつけたり、艾《もぐさ》に摘んだりしますもので。線路にそってずうっと蓬のありまして、この道ゆけば、よかところにゆくような気のしておりましたが、トヨ子があっち、あっちといいますもんで、ひょいと立って、家に向かいましたら、ごーっと汽笛の鳴って通りました。桜の道のひらいて蓬の匂いのしよりました。

家の横が線路でございますけん、桜の道も蓬の道も、たどってゆけば、よかところにゆくとですよ。わたしより先に逝きました。何の薬も利かん病でございますが、蓬は気持にしっくりしますもんで、株主巡礼にも蔭干してお守り袋にしたり、艾にしたりして身につけて行きます」

この人は、仲良し二人組のお婆さんより歳がうんと若かった。

憂いの深いまなざしなのに、なぜか瞼のあたりはいつも上気してほのかに赤く、美貌をひき立てて、いたましかった。おマスさんもまた艾を守り袋に入れている一人だった。お数珠に艾がくっつかぬよう別袋にしていたのは、田中の師匠さまをはばかってのことである。

「ご詠歌もろくに覚えんくせして、蓬じゃの艾じゃの、何の効能のあるか。効能のあるなら、株主巡礼にも高野山にも、行かんでよかじゃろうが」

そういわれるのがおちだったので、互いに手縫いの袋にそっと手をやり、

「お守りは持ってきたや?」

と囁き交わすのは、秘中の秘を打ち明け合うようで嬉しそうだった。宿に入る前、後ろから、のどの奥がずいぶんふさがっているような声がした。ふりかえるとやっぱりおマスさんだったが様子がかなりへんであった。

総会場の厚生年金会館に入る前日、大阪是宗町のチッソ大阪事務所に「挨拶」にゆくという男性患者たちの後ろからこの二人連れもエレベーターに乗るには乗ったのだが、支援者や報道陣に巻きこまれ、中の様子もしかとはわからず、エレベーターが上ったか、下がったかも、うろ覚えのまま、押し出されてきたらしい。

「ああ、魂のぐあいのわるうなった」

とおマスさんがいうのを、トキノさんが気づかっている。

「魂のな、エレベータのなんのに乗ったもんで、電気にかかったばい」

「ああ、電気にかかっておかしゅうなった。社長さんにゃ逢われんし」

「ここはな、本社のチッソとちがうと。社長さんな、明日の株主会に見えらすと。あんた、そんため、ご詠歌習うたろが」

「明日逢わるるちな。わたしゃ魂に電気のかかって、ぐあいの悪かがなあ」

「和ちゃんば、ここまで抱えて来ただけでもぐあいの悪うなったろうに。それより、足のぐあいの悪かけん、魂も坐りの悪かろうよ。足ばまず治療せんことには」

ゆうべ宿舎で二人して「黒膏薬」を腰や肩や太股の後側に貼り合って寝た。「富山の入れ薬」だそうだ。腰にはとくにきちんと貼らないとおしっこの始末に困るのである。

「これがなあ、手のふるえて、やおういかん」

かわるがわるそう訴え、ついでに、

「ああたもなあ、大事にせんと。とぽとぽ歩きおらすがなあ」

トキノさんがそういうとわたしの背中を撫ぜてくれた。それから二人とも無口になった。

十七年という歳月の毒素が、あのチッソ事務所の中からどっと流れ出して来て、二人の老女を押し包んだにちがいなかった。

大阪弁の若い人たちが寄って来て、抱えあげんばかりにいたわりながら巡礼団のいる所へ付きそってゆく。お手洗いのことをわたしは頼んだ。二人とも足がご不自由ですと。じっさいおマスさんの足の浮腫はひどくて、膝頭はぴかぴかに腫れ上っている。ご詠歌の声や文言が心もとないのはそのせいかもしれなかった。

解剖された娘も、二人の息子もご亭主も自分も、身体だけでなく魂さえもままならない。それゆえ都会の人方が乗るというエレベータに乗せられた時、魂がいきなり電気にかかって、仲々自分の所へかえって来ない気がするというのであった。その気分はトキノさんにも伝染したらしい。

「わたしはねえ、社長さんに一日も早う逢いとうして行きましたがねえ」

トキノさんは、あらたまった気分の標準語でいう。

「おられませんもんで、川村所長さんのまわりば、蝶々のようになりましてね、まわりよる気分でしたよ、しゅり神山に魂あずけとりましたもので」

「しゅり神山ちな、わたしも連れて来た。あそこから和子の蝶々ば。守護霊ば」

「やっぱあそこにあずけとったなあ、和ちゃんも。なあ、今は会社の裏山ちゅうて、裏にしてしもうて。だいたいあそこの山が表山ですよ」

「ほんに、あそこが、しゅり神さんの表山よ。菜の花の蝶々の山で、狐たちの山で。裾には井川まであって、万病の神さんで、大園《うぞん》の塘《とも》の女郎衆が願かけに来よらしたげなですよ。誰も詣らんごつなって粗末にしてから、水俣病まで出て来たと、わたしは想うとります」

「おしゅらさまば、わたしは信仰しとる」

宣言するように言ってトキノさんは唄う調子になった。

しゅり神山の菜種照り
沖にゃ白帆がゆくわいな

はじめて聴く古雅な節である。この人は患者たちの集会で興がのると、のびのある声で牛深ハイヤ節や江差追分をよく唄う。

「はじめて聴きましたが、よか唄ですねえ」

「はじめて唄いましたですよ」

けろりとした顔でトキノさんはいった。

会社の裏山はもと「しゅり神山」という立派な名を持っていて、そこは狐たちの持ち山であったと教えてくれたのはトキノさんである。

前面に不知火海、その沖は天草の島々、右手には梅戸の二子島、左手には明神が岬《はな》を連ねていた。天草島には眷族《けんぞく》たちも棲んでいるので、チッソが来てこの山をうち崩した時、大方の狐たちはつてを求めて渡海した。もっとも近い御所浦島まで七、八里である。最初の組は漁師たちの舟を頼み、祖先《おや》の山、しゅり神山の見える御所浦島に渡った。人間の姿になって来て事情をのべ、本物の銭を持ってきたのもいたし、狐の姿のまま、舳《へさき》のところに遠慮ぶかげに腰かけているので、それとわかったりした。しゅり神山で発破《はっぱ》の音が続き、山の斜面が崩れる日は必ず幾組かの子連れ狐が、明神の浜辺をゆき来した。

「今は持ち合わせがござりませんが、向うの島に渡してもらってから、必ず都合をつけて、渡し賃はお返しいたします」

と申し出たのも少からずいたという。そのことをトキノさんは、

「なあ、そういう時は人間も畜生もな、変りません。哀れでなあ、漁師はみんな親切ですから、お互いじゃちゅうて、渡してやりましたそうで」と語った。

「菜の花の頃は、雲も菜の花照りになって、わたしどもは狐照りちいいよりましたがね。狐どもの愛じゃの恋じゃのも、ありましたろうにな。

そら豆畠の花がひらく頃には、子狐たちが親と磯辺に下りて来て、蝶々が潮の満ちてくる海面にひらひらするのを、猫の仔がするように手えさしのべて追いますのをね、親がはらはらして止めたりする眺めもありましたりね。よか眺めでございましたよ」

トキノさんは改まってくるとなめらかな東京弁になる。

「チッソの人方もね、魂の高かお人なら、しゅり神山のおしゅらさまのことは、お解りになりそうなも

のでございますよねえ。位の高か狐ですがねえ」

菜の花色したしゅり神山の雲の中から、守護霊の蝶々をこの二人が大阪まで連れて来たのは、エレベーターに一ぺん乗ったくらいで、弱りはてた魂が、「電気にかかってしまう」おそれが自覚されたからであったろう。次の朝二人は手をつなぎあって巡礼団に加わり、総会場に入った。


株式総会が終った次の日、巡礼団は高野山に登った。南の海辺に生い育った者たちに、高野の風は冷え冷えとしていた。道のべの黄苺《きいちご》の枝に、ぎっしりと願い文が結びつけてあるのが目をひいた。

「まあ、ぎっしり結びつけて」

「それぞれなあ、願いのあるもんじゃ」

婆さまたちは願い文の内容に関心を持ったかに見えたが、すぐに自分の想いの中に浸りこんでゆく様子だった。

「昨日は、狂うたなあ、みんな」

誰の声だったか、大きくはない、微笑を含んだ声が冷気の中にした。

「――ほんに……。思う存分、狂うた……」

澄んだ細い笑い声があがり、すぐに消えた。いつものおしゃべりは出ない。ゆるやかな山坂道だった。彼女たちの伏し目がちの表情が、弥勒菩薩さながらにふかぶかとしていたのが、今なお忘れがたい。

晴れて胸の内を吐露し、狂える日もなかったのだ。重みのある山の風が、一行の足許をとりつつみ、頂きの方へと吹き抜けていった。

トキノさんが寄りそってきた。わたしと並ぶくらいの背丈である。

「高野のお山は寒かですねえ。やっぱ海辺がよござぃますねえ。あのですね、昨夜《よんべ》、夢見ましてねえ。蝶々がですね、舟ば連れて、後《あと》さきになってゆきよるのでございます、花びらのようでもありました。おしゅら狐が漕いでゆきよりましたがなあ、影絵でしたけど……。明神の岬から、しゅり神山のあの、光凪《ひかりなぎ》で、おしゅらさまでした。どこにゆくつもりでしたろか。

昨日はフミヨさんの、親がほしい、親がほしいちゅうて哭きなさいましたので、わたしも貰い泣きしてしもうて、きよ子のことは言わずじまいでしたが、念《ねん》の残りまして、ああいう夢見たのでしょうね。

チッソがしゅり神山に来ましてから八十年近くなりますげなですねえ。あの時、発破《はっぱ》で空に打ちあげられて、ちりぢりになった蝶々たちの子孫が残っておって、明神やら梅戸やら、うちらの湯堂に寄りついておって、おしゅらさまが舟出しなはる時、後さきになって、ついてゆくとでございますよ。昔恋しさにですね。恋路島ちゅう舟がかりの島もありますしね。

夢のさくらは、いや蝶々はきよ子でした。それでああたに、お願いですが、文《ふみ》ばひとつ、チッソの人方に書いて下はりませんでしょうか。いんえ、もうチッソでなくとも、世の人方《ひとがた》の、お一人にでもとどきますなら。

ひとことでよろしゅうございます。

あの、花の時季に、いまわの娘の眸になっていただいて、花びら拾うてやっては下はりませんでしょうか。毎年、一枚でよろしゅうございます。花びらばですね。何の恨みもいわじゃった娘のねがいは、花びら一枚でございます。地面ににじりつけられて、花もかあいそうに。

花の供養に、どなたか一枚、拾うてやって下はりますよう願うております。光凪の海に、ひらひらゆきますように。そう、伝えて下はりませな」

――第二部　終――

第三部　天の魚

序詩

生死のあわいにあればなつかしく候
みなみなまぼろしのえにしなり
おん身の勤行に殉ずるにあらず　ひとえにわたくしのかなしみに殉ずるにあれば　道行のえにしは
まぼろしふかくして一期の闇のなかなりし
ひともわれもいのちの臨終《いまわ》　かくばかりかなしきゆえに　けむり立つ雪炎の海をゆくごとくなれど
われよりふかく死なんとする鳥の眸《め》に遭えり
はたまたその海の割るるときあらわれて　地《つち》の低きところを這う虫に逢えるなり
この虫の死にざまに添わんとするときようやくにして　われもまたにんげんのいちいんなりしや
かかるいのちのごとくなればこの世とはわが世のみにて
われもおん身も　ひとりのきわみの世を
あいはてるべく　なつかしきかな
いまひとたびにんげんに生まるるべしや
生類《しょうるい》のみやこはいずくなりや

わが祖《おや》は草の親　四季の風を司り　魚《うお》の祭を祀《まつ》りたまえども
生類の邑《むら》はすでになし
かりそめならず今生《こんじょう》の刻《こく》をゆくに
わが眸《まみ》ふかき雪なりしかな

第一章　死都の雪

道のべに座すものにふさわしく、片っ方だけれどもやっと、盲《めしい》の瞽女《ごぜ》にわたしはなった。

「田中正造さんといぅひとは、目がびっこでね」

渡良瀬川沿岸の古老の声音《こわね》が、枯れたあかるい風のように耳もとでいぅ。自分の冬を胸もとにかき抱き、わたしは目をさます。かすかにあたたかく、青い寝息をたてている若者たちの体温に、わたしは包まれている。いま、路の上に並び寝ているこのものたちは、どこにゆくのか。

遠くこころに昏れる雪景色をふり払い、起きて、ふたたび路上に寝ているものたちの姿をまじまじとみる。

「こうなればもう、東京乞食じゃなあ」

そのようにいうとき、なぜこうもはればれと互いの顔がまぶしいのか。

見きわめ難い業苦を身内に養い耐えている七十五歳小道徳市。四十四歳佐藤ヤエ、その夫佐藤武春四十六歳、川本輝夫四十歳、江郷下一美二十八歳。肥薩境の故郷水俣を脱出、離脱、よろばいいでてここに辿り来たったものたちと、これに相寄り殉ずる無名者たちの集団。集団というよりは、群。群というより襤《らん》褸《る》というに近いひとびとの姿をわたしはみる。そのような景色の上に照る一九七一年大晦日から一九七二年への、まだ明けやらぬ元旦、東都の月。

丸の内東京ビル、チッソ本社前。ビル街の谷間は、都市深夜轟音の巨大なミキサーと化していた。あまねく全身をうち晒《さら》してその底にねむるものたちが、こころの中の渚に打ち揚り、ひくひくと地の霊のごときものに化身しようとして、元旦の満月とまみえつつあった。

もはや物量そのものと化し、無差別殺戮用凶器そのものと化した汽車や電車や、自動車やトラックたちの暴走拠点である東京駅前に、チッソ東京ビルがあった。線路を轢《ひ》き、舗装道路を轢きくだき、土を轢き、土の中のあらゆる生命を轢きくだき、にんげんをくだく轟音が東京駅あたりから発生していた。東京につくやいなや、わたしたちは音の巨大なミキサーの中にのみこまれたのである。このような拷問機の中にいると、身のまわりをめぐる音という音が、極限に至ればしだいに光芒を放ち、光そのものに変化することに気づく。音はついに坩《る》堝《つぼ》をなして光輪になることに気づく。わたくしたちを呑みこんでいるのは、黄金色の光輪を放っている音の遠心分離機である。

かすかな咳《しわぶ》きのようなおもいが胸にきざす。煉獄の時期はもはや過ぎつつあるのかもしれぬ。汝、地《つち》の平《たいら》をゆき昏れて奈落へ下りゆくものの涯を語れるや、とわたくしはみずからに問う。凍て月の光が体を刺す。刺し通す。語れるや汝。

確実な死の方角にむいて起きあがるひとびとをわたくしはみる。いまはねむっているひとびとの姿を。たぶんこれは、われわれの歴史の上にいくたびもめぐり来たった出エジプト記の幻影ではあるまいか。

――モーゼエホバにいいけるはわが主よ我はもと言辞《ことば》に敏《と》き人にあらず汝が僕《しもべ》に語りたまえるに及びてもなおしかり我は口重く舌重き者なり　エホバかれにいいたまいけるは人の口を造る者は誰なるや唖者《おおし》聾者《みみしい》目明者《めあき》盲者《めしい》などを造るものは誰なるや我エホバなるにあらずや

一度も弾かぬ琵琶の絃が出京前のこの秋、ぼろぼろとほどけ散ったことを思い出す。たぶんわたしには、絃をうしなったインド渡りの楽器の流竄《るざん》の情が宿ってしまったと思われる。

モーゼやエホバに名前をあたえたのは、後世つきせぬひとびとの苦患であったろう。名前あって名なきものたちの行程の一瞬を垣間見ようとして、わたくしもその列の中に入った。

しわぶきかがまりながら、あらあら書きの第一信のごときものを、ひざの上に紙きれを乗せて書きはじめる。まだ相逢わぬ都民の心にむけて、水俣病都民集会のよびかけのビラを。

大型トラックが、座りこんでいるわたしたちの前を通り、排気ガスのつむじ風がわたしたちをとり巻いて立ちのぼる。そのような朝の光やたそがれが、こごえてしまっている掌の先にくる。排気ガスの風に飛ばされぬよう、左手で紙きれを押さえたまま、ほんの時々メモらしきものの断片を心の中にしるす。現世の世が明けることをわたしはかすかに嫌悪する。いや、じつは棕櫚《しゅろ》の葉の繊維さながらにわびしい自分の髪を、すだれのように道ばたにむけて垂らし、わたしはなじめない〈みやこ〉を、あきらかに遮断していた。

水俣病都民集会へ
おいで下さいますよう！

丸の内東京ビル、チッソ本社前路上に座し、つつしんで新年のごあいさつを申しあげます。

十二月五日水俣を出発いたしましてより、思いもかけぬ都民のみなさまとのえにしに結ばれて、稀有の元旦をむかえました。

大晦日、東京ビルの頂きには満月かたむき、帰らぬ旅に出た想いのものたちにふさわしく、晴海とおぼしきあたりから除夜の鐘ならぬ年明けの汽笛が、ボー・ボーときこえました。

船よ！

来る夜も来る夜も、黄金色の轟音の渦巻きの中に眠ります。神経という神経が、そのようにして、うすくうすくそぎとられてゆきます。

もしかしたら、これは、わたくしたちの存在そのものが気体となって立ちのぼる過程ではありますまいか。あの、浄化や昇華とよびうる作用の坩堝《るつぼ》の中にわたくしどもはいま、いるのではありますまいか。

しかし、あかつきの面を氷雨に打たれる風流から目がさめると、まさしく人間的肉塊の一箇となって、一本の冬草もなき路上にいることを、思い知らされずにはおりません。

そのようなわたくしたちに対してチッソ社員たちが吐き飛ばし、吐きかけてゆく唾の飛沫や、土足の靴底の厚みや、若者たちの怒声や、お嬢さんたちの太ももや、雨足のそそぐ中にひきちぎられる服の袖や、打ち倒されるカンパ箱や、ここは今昔物語めくにぎわいの巷でもあり、すでにくされゆく都の、卒塔婆《そとうば》の並び傾く墓場でもあります。

水俣病患者たちはこのまま故郷に帰れません。

ここにいるものたちは、水俣市民とその支配者であるチッソにとって、叛逆・大逆を犯したものたちであり、のこりくまなく、水俣市とチッソの恥と業《ごう》を、さらには日本下層民の恥と業を、みずからわが身とひきかえに晒しつづけるものたちであるからです。

いわばまだ、息絶えずにいる晒し首のものたちとして、満都のこころに相まみえんとしつづけているわたくしたち。

このものたちが、その肺腑に宿していて吐くものはなにか。まだ生きているこのものたちの心根とはどのようなものか。

そのおもてが、なにゆえ、ゆくえさだめぬかなたをむいて、かがやいてさえいるか。

もはや奇跡をゆめみて、それぞれの受苦をわけあい生きるほかはない、しもじものにんげんたちにとって、正月三カ日三夜、首都の夜空は忽然《こつぜん》として聖夜のごとく明澄きわまりました。

心の遠くにかき鳴っている琵琶の音のごときものに、こうべをかたむけている方々によびかけます。

一月八日の都民集会にぜひおいで下さいますように。心から患者たちとともにお待ちしています。


ワラ半紙に書きつける手刷り手配りのガリビラとはなんであろう。はしきれの紙を破って書きつけたものを、名前も知らぬビラ係の、恥ずかしそうな若者に渡しながらそう思う。おそらく、若者や学生たちの間にゆきかっているらしいビラ式コミュニケーションというものは、夭折《ようせつ》を余儀なくされている思想が行なうはかなき写本のたぐいではあるまいか。手負いの思想の伝統を雪模様の空の下でせっせと稚拙に写本しながらよごれはて、はだしの若者たちは無口になって、甘美で透明なまなざしをしていた。

ひそかにおもえば活字とは、精神の老醜をひきずって生きのこるものたちのための共同免罪符であろうか。この世に生きのこるには、それ相応の恥を負わずには生きのこれず、存在することの恥をわたくしも充分に負っていた。チッソ社員たちに対して思わずまなこを伏せるとき、このひとたちの恥がわたしにうつってくる。わたくしは自分を腑分けする。死んでゆくものたちのため、冥土のみやげに、かりそめのゆかりをたまわりたいという思いの電話を、とぎれとぎれにかける。都民集会よびかけ人の依頼を。たぶんこの世におけるえにしとは、通りすがりのことから始まったりするにちがいなかった。いなむしろ、この世における無縁のはじまりをこそ、水俣病の全経過は逆テーマともしていた。

水俣病新認定患者川本輝夫グループの東京チッソ本社自主交渉は、ことを起こすまでの準備期間、隠密に行なわれた。ゆえに事前の、世論への説明は一切省かざるをえなかった。のちに、水俣出身の在京作家谷川健一氏にむかい、その秘策を練った熊本告発する会の渡辺京二は、頬あからめて、

「どうも、わたくしどものすることは、衝動的なものですから」

と感想をのべることになる。表にするまでに、水底をゆく影のような人びとの動きがあった。

怨念のはやり出した東京に、南の僻遠の地から、黒い死旗《しにはた》が、いいしるしのようにまぎれこんだ。

新聞もテレビも見なくなって久しかったが、いま東京は、ゴミ戦争に突入しているのだそうだ、という噂を誰からか聞いたりした。熊本の「告発する会」は、水俣病事件発生以来最初にしておそらく最後になるであろう、患者自身の、自力のたたかいの場を確保するために働く人員と、上京滞京資金をひねり出す

のに、文字どおり生活を割き、気力をふりしぼりつつあった。少しずつ、東京の告発する会や、よびかけるにあてもない感じであった都民有志の間から助力者が出て来つつあった。

大道に座り、かつねむる、ということは、故郷の認識によれば非人《かんじん》になるということである。

「水俣病患者たちは、非人になりに、大阪くんだりまでゆくそうじゃ、水俣の業ば晒しに」

一昨年十一月、大阪のチッソ株主総会に患者たちが巡礼姿でゆくということがきまったとき、水俣の市民たちはそのように言い、患者たちを背後から串刺しにした。それよりもさかのぼってすでに事件発生当時から、被害民たちの行末のごときものは予兆としてあったのである。

「奇病を訴えにゆこうにも銭はなし、訴えにゆくべき人間も次々に死にますし、動ける人間は厄病神《やくびょう》がとりつきに来たようにいわるるし、水俣の町の角には立てません。市民が憎みますけんな。それで、水俣の人間の知らんところに、鹿児島の方やらにですな。バスでやら、歩いてやら漂浪《され》きまして、今流にいえばカンパをもらいにゆきまして、それで互助会を作りまして資金にして、熊本の県庁までゆきましたが、水俣の市民は何もしてくれません、憎むばっかりで。わたしども厄病神になりまして、それが非人のなりはじめでございます」

渡辺栄蔵じいさまがそのようにいう昭和三十四年前後から数えてもすでに十五、六年たち、非公式の事件発生からすれば、すでに二十年を経過していた。

川本グループは、みずから非人となり、故郷やこの国への厄病神となって、二十年の年月をかけ、はじめてチッソ東京本社にあらわれたのである。

福岡県鞍手郡の炭坑長屋に住む作家、筑豊文庫主人、上野英信氏がまず、『苦海浄土』を出して下さったゆかりでわたくしどもの小屋のわきにやって来て、『展望』の編集長原田奈翁雄氏とともに「お願いがあります。お邪魔でしょうけれども」とかたわらでハンストをはじめられたのは、大晦日の夕方からである。このようなことはまず、わたくしどもの予定になかった。

「昔はねえ、このあたりじゃ、丸の内乞食というのがいたんですってねえ。洋モクなんか拾って吸って、なかなか高級な暮らしをしていたんだそうですけれど。せめて丸の内乞食の復権をと思うのですけれど、貰いがあがりますかしら」

上野氏は端正に正座してそう呟《つぶや》き、恭々《うやうや》しく、

飢餓新年
み民われ生けるしるしありあめつちのほろぶるときに逢えらくおもえば

と墨書した紙を地面の前に置いて風に飛ばされぬよう、カンヅメの罐《かん》を文鎮《ぶんちん》がわりにその上に乗せられた。さらにもう一まい、「腹がへるので、問答無用に願上げ候」これはマスコミ用、口をきくと腹がへりますからねえ、とおっしゃる。このお二人が色浅黒く、野武士のような威儀を正してやって来たので、のちのち東京の「大人の支援者たち」の質を方向づけることになった。

上野夫人にわたくしは長距離電話をかけ、思わぬ事態の出来《しゅったい》について報告し、恐縮した。

「いえいえあなた、男でございますもの。

うちの英信はそのようなときのため、かねがね鍛えてございますのよ。せっかく思い立ちましたのです

から、落伍せんごとやり抜くよう、いうて下さいませ。それよりあなた、道子さん、まぁだ、ご自分は、目えは、見えよりますか」

ホホホ、というごあいさつである。

「はいはい、それがまぁだ、見えよりまして、早う見えんようになりました方が気が楽でございますけれど、まだ見えよりますので、申しわけないあんばいで」

わたしはつい楽しくなったりして、テントの若者たちに上野夫人の言葉を伝えた。

むしろ水俣病患者たちの方が、あらゆる東京人の生態や支援者のタイプや〈小説家の先生方〉の在りざまを、つきせぬ興味をもってひそかに観察していた。

「東京で、正月の来るとじゃなあ」

川本輝夫は笑いかけて、

「いや、まさか、正月までおるちゃ、おもわんじゃったばい。こりゃあチッソ様のおかげで、えらいよか正月ぞ、一生のうちじゃ、めったになかろ」

そういいさすと、佐藤武春は顔中晴々と真顔になった。

「いやあ、ほんなこつ、ふとか声じゃいわれんが、非人三日すればやめられんちゅうばってん、こりゃ、ひょっとして、東京に遊びに来たっじゃなかろうか。この調子なら、わしゃ、二年でも三年でも、ここでがんばるばい」

マンガ本を読みさしていた学生たちが、凍てついた空気の下からふわふわと息を吹きあげるような声で笑った。

まさか、あそびに来たのではあるまいか、という想いは誰の胸にもきざすのである。あそびというものがすでにもう、日常の遠くにあるものだとしたら、ここはもうはるかな異界のようなところだった。日常の形骸はあっても生活の中身は異なり、水俣の人間たちにとって、生存の形骸はあってももはや通常の生存はない。

「川本さんという人はですね、そりゃ、たしかに、認定された患者さんでしょうよ。だけれど、僕らよりよっぽど元気がいいですよ」

チッソの久我取締役はそのようにいう。たしかに、チッソの役員たちの生存のありようは、患者たちにくらべて、位相を異にしていた。患者たちが、自分の生存を裏返した転生を遂げつつあることに、彼らは気づかない。生の側より死の側から見つめている眸を。

川本輝夫の顔の土気色《つちけ》をみても、その土気色を久我氏は意に介さない。気づいているかもしれぬが気づいてしまえば、全くやりなおしの考察を、あの、水俣という田舎で扱いつけている種族の人間にほどこさなければならない。氏は有能な事務屋だったのでなんだか張り切っていた。

「今度の患者さんは、従来の患者さんと違いまして、県（熊本県）が認定の資料を教えて下さいませんので、我々には確認の材料がございませんのです」

というとき、久我氏の顔は、もっとも生彩を放つ。

そして氏は、ぴったりとすり寄ってきていうのだ。

「あなた、ねえ、先生、知っているでしょうが。僕が、こういわざるをえないことを、知ってるでしょう。なぜそうなのか。それをいわせるのですか僕に。それは、あなたの方が百もよくご存じなのじゃないですか。先生」

患者たちにつき従う係の最前衛をひきうけている「水俣病を告発する会」の代表、本田啓吉先生にむかって、なれ合いを求めるような、ほそぼそと微笑《わら》っているような視線をやりながらいう。

本田先生は、そのような言葉の体質に、そもそも耐えられるひとではない。先生は一歩踏み出し右手をあげてまっすぐ久我氏を指さし、しばらくむずむずとだまっているが、やがて大音声をはりあげる。本田先生のつま先からだんだん、熱をおびた怒気が、体の中を昇ってくるのがみえる。

「なんで！

なんで僕が！　あなたが思っていることと同じことを思っているなどと、あなたにわかるんだ！

なんで川本さんたちが、こんなところに、こんなおもいをしてくるようになったか、川本さんだけでなく江郷下の一美くん、小道のおじいちゃんたちが、こんなところに、七十五歳のお年寄りが来られるようになったか、あなたは、まともに考えたことがありますか。え、ありますか」

先生は、ぶるぶるっとふるえて発火する。怒れる獅子のような荘厳さと純潔さが、この熊本の高校教師である先生の全身に満ちてくるのを、わたくしたちはあの昭和四十五年五月の厚生省における補償処理委員会事件のとき以来しばしば、まのあたりにみていた。

昭和四十六年十月六日、ながい痛苦のなかで、川本輝夫ら十六人が、あらたに、熊本県知事沢田一精氏から水俣病患者として認定された。それをさせた力は、患者自身である川本輝夫の転生した生命力といってよい。

なににむかって転生したかといえば、個体史としての水俣病世界をずるりと裏返し、さらに、全水俣病世界にむかって転生したのである。久我氏は頑強に、曳《ひ》きずりこまれまいとしていた。川本輝夫は、父親や、叔父叔母や幼な友達や、近所隣りや、目につく限り耳につく限り心のとどくかぎり、部落の隅々に這いまわっている患者たちの魂とともに常にあった。

「おらぁ、あのひとたちより軽か方じゃ」

と彼はおもいながら、その軽いとおもっている全身全霊の中に、チッソの病いを病んでいた。自分一個の水俣病でなく、そのようなすべての患者たちの病患を曳きずって、彼は水俣病を名乗り出た。

「急に、はずかしゅうなってなあ、いやぁな気持ちで、水俣工場の門ばくぐったばい」

血の気のひいた自嘲をかげらせて、認定されたときの気持ちをそう告白した。水俣病は軽く病んでも重く病んでも一生かかって病みおおせる病いではない。

「病んでみろ、病み切れんぞこの病《びょう》は。一生かかっても、一生かかっても」

チッソの病いを替って病んでやっているので、患者たちはそんな風に云った。当の相手を前にして、患者たちは、本能的な羞かしさを感じていた。無恥なるものに対して。——お前たちが病まんけん、俺たちが病むとぞ。

たぶん、かつて誰も歩いたことのない道を通って来て、このような命を生きる生に対して目が見えねば、

「少なくとも、川本さんは、私らより元気ですよ」

などというよりほかはない。

「今度の患者さん方は、ですねえ、従来の認定基準では却下され、不服を申し立てられておりました。それでまあその頃、例の環境庁がですね。水俣病に対する新しい考え方を打ち出したんです。え、ご存じ

でしょう、先生。例の〝疑わしきは救え〟という医療救済措置を目的としたものですね。私どもね、この救済制度、結構だと思うんです。早い話が、中風で寝たきりの方、中風というのは神経欠陥ですからね、そういう患者さんも、水俣で魚を食べた、昭和二十八年から三十五年ごろまでの間に魚を食べたと、そういう経歴さえあれば水俣病と認定されるという救済法、政府が医療措置としてそうすることにしたというのは結構なことです。が、まあ、今度の患者さんが水俣病であることは認めますですよ。そういう基準で認定された方々、ねえ先生、これは民事の損害賠償などとは別のことで、次官通達にも〝賠償権を確定するものではない〟と明記してあるのご存じでしょう。

はっきりいって、理屈でいえば、民事訴訟とは別のことなんで、知らぬ存ぜぬという立場もありうるわけです。しかしわれわれとしては、県が認定した以上、基本的には補償しようというわけですから、その認定の内容をですね、まあ、私どもとしては無差別にですね、補償をする、というわけにも参りませんのでね、知事さんにですね、病状の重い方もいらっしゃいましょうし、軽い方もいらっしゃいましょうし、教えてほしいとお願いしてあるわけですよ。ところが、教えて下さらない。なぜ教えて下さらないか。本田先生、百もご承知じゃないんですか、わたしに、それをいえと、おっしゃるんですか」

このさわり文句をいうとき、氏の青ずんだ細面は上気し、かすかな血の色さえさしてくる。首を傾けてまぶしそうな上目づかいになるそのまなこが、ほそい光を放って、そこら中を見回すのである。久我氏は丈高く痩身であるけれども、その骨格は強靱らしくみえる。そのように細めたまなざしを、さらにわずかに開いて上体をゆらゆらとさせ、腰に手を当てて、

「仰せではございますけれどねえ、本田先生」

とか、

「ねえ、川本さん、そうだろう」

言葉から使いわけてそういうとき、氏のまなざしはかすかな光を帯びてくる。そのように嘲笑《わら》うとき氏のまなざしは上方をみて、ほとんど柔媚《じゅうび》なかがやきさえもってくる。氏の顔色も病者のものであるようにもみえる。その身に沈んでいる病いの故に、氏もまたわたしたちとは色の異なる淵の中に棲んでいられるように見える。

「久我さんがなあ、あの時、わしが膝やら肩やらに手ばかけてきて、な、川本さん、な、決心しろや、男やろがあんたも、な、決心しろや、な、旅館にゆこう、旅館に。ホテルでもいいよ、いまゆくというなら電話帳持ってきてもいい。あんたが、ここ、と指さしてくれれば、どこにでも連れてゆこう、さ、ゆこう、ふたりで。男同士、ふたりきりで話そうや、な、ちゅうたときは、気色の悪かったばい。気色の悪かひとじゃなあ、べたっとして」

川本輝夫は東京チッソ本社内から実力排除されたときのことを思い出して、困ったような笑顔でそのようにいう。

昨年十一月一日、現地水俣市のチッソ水俣工場正門前に新認定患者十八家族が座りこむ前、熊本の市民有志から成る「水俣病を告発する会」約七十名は、左のような抗議文を、水俣工場に持参し、門衛たちの制止を振り切って工場内に入り、座りこみの抗議行動を起こした。なおその抗議文は、当日熊本市および水俣市において道ゆくひとびとに配られた。

チッソの責任回避を追及する

今回新たに認定された、一八名の患者世帯に対し、チッソはあくまで補償交渉を拒否し、中央公害審査委員会への一任を固執している。

この態度はもちろん前回の交渉の経過から予想しうるものであった。すなわち前回六月の新認定一三家族に対しても、チッソは頑強に自主交渉を拒み、昨年五月の補償処理委の斡旋金額による解決を主張して一歩もゆずらず、その結果三家族を訴訟提訴のやむなきに至らしめたのである。今回さらに中央公害審査会への一任という新たな提案を行なったのは、今次認定の医学的妥当性を争う意図すら秘めてのことと考えられる。

われわれは昨年五月の補償処理の際、患者の基本的権利をふみにじるものとしてこれに反対した。患者の基本的権利とはなにか。

ゆえなく親子兄弟を虐殺され、自分自身を片輪にされたものは、加害者を目の前にひきすえ、たとえ彼らが破産しようと納得のいく謝罪の金を積ませる権利がある。この権利を否認することはたとえ国家権力であろうとできない。

しかるに昨年五月、チッソは国家権力と結託して、「公」の仮面をかぶる処理委に解決を一任させ、患者に低額補償を押しつけた。今回の中央公害審査委員会一任はその再版であり、被害民の譲渡することのできぬ権利を盗みとろうとするものである。

チッソは加害者の責任を自覚するなら、何をさておいても患者に謝罪の意を表明し、即刻患者世帯と交渉に入るべきである。

国家という虎の威をかりて患者を威圧し、それへの一任が「いやならどうぞ勝手に裁判を」という態度は傲慢不遜というべきであり、われわれはこれを許すことができない。彼らは交渉回避の口実として「補償の基準がない」と広言している。横着なことをいうものではない。長い苦しみの年月に耐えてきた患者のいいぶん以外に「補償の基準」がどこにあるというのか。チッソは即刻工場の門を開いて患者との交渉に入り、その要求を心を空しくして聞くべきである。

われわれ「水俣病を告発する会」は発足以来二年半、つねに患者と運命を共にすることを最高の目標として闘ってきた。

いわゆる「地元の世論」を作りあげ、患者に圧力をかけながら、被害住民の当然の権利である自主交渉を拒否するチッソの態度を座視することはできない。ゆえに本日われわれは全身をかけてチッソ首脳部に抗議し、すみやかに患者と補償交渉に入るよう勧告するものである。

昭和四六年一〇月二五日

水俣病を告発する会

抗議文の中にある、水俣病患者らに対する「地元の世論」とは、川本輝夫らの動きが始まってから新聞折込みにして、水俣全市に配られ続けているビラのことをいう。発行者は水俣市民有志の名が連らねられているが、久我氏をはじめとするチッソ幹部たちの発言や、会社側発行の印刷物と符節をあわせていた。

公文書口調をととのえざるをえない会社側名の文書よりは、チッソによって支配形成されているこの町の意識と心情の具体的なうごきを露出させていて、患者たちに対するむき出しの殺意と息遣いがこもっていた。その中の典型例はおおよそ次のようなものだった。

患者の皆さん　会社を粉砕して
水俣になにが残るというのか
（私達の明日の生活をだれが保障してくれるとでも言うのか）

水俣に会社があるから人口わずか三万たらずの水俣に特急がとまり、観光客だって来るのではないですか。会社ゆきさん（チッソ従業員）が、会社から高い給料をもらい、水俣で使ってくれるから水俣の中で金が流れるのではないのですか。もし水俣から会社が去ったら、どんな事業だって縮小せざるを得ないでしょう。そこで働いて生計を立てている我々市民はどうなるというのですか。真昼間、乱暴さわぎを起こし、チッソ爆発をさけぶと思えば、夜こそこそと電柱にチッソ粉砕のビラをはりあるく、名もなきよそものよ、我々市民に堂々と正体を現わしてみよ。会社の工員さんとフウテン族とのつながりはどうなっているか……だれが静かな水俣につれてきたのか、会社前のテントの中で何をごそごそしているのか……

私達市民の知りたいのは、患者さんと過激学生、会社の工員さんとの続きがらです。まさか水俣の住民が、さわぎを大きくする為によそ者をつれて来ているのではないでしょうね。この点、患者さんの見解を明確にして下さい。
新認定患者の皆さん、支援に名をかりて水俣をこんらんにおとし入れる諸君、我々市民の声を良く聞いて下さい。私達署名に積極的に協力した者が主催して開いた、市民の座談会の声を聞け！　この声が今迄何も云わなかった市民の腹の底からの叫びなのだ。
司会—今度の署名運動には、積極的にまわってもらったんですが、一人一人話してみて、患者さんに対してどんな考えをもっていましたか、できるだけ理解してあげると言うことで率直に話してもらいたいのですが……
B氏—私のまわった所では、第一（チッソ第一労組）の人達が会社に対するにくしみと、患者さんの欲とが、たまたま一つになって各々は心は異なっているが、たまたま闘う相手が会社だもんだから、市民に理解されんようなひっついたようなわけのわからん運動になったんじゃろと云っていましたよ。
C氏—僕がきいたのは、あの患者達は自分達のことばかり云って、いっちょも反省せんとだもんね。同情する必要は全くないよ。あんた達が不必要な署名運動なんかして、仕事をつくってやるとか、手厚い看護とか云うからノボせるとですよ。俺達の立場を少しでも患者が理解するようになったら、その時に考えると署名はことわられ、いくら金をもらえば気がすむか聞いてくれろと云われこまった。
D氏—神経痛か、小児マヒか、アル中か、ようわからんとに、金をやるようにとか、仕事を与えるようにしなければならんとか……この前、川本の馬鹿には手紙を出したから（筆者註・脅迫状がこのビラと同時に川本輝夫あてに送られた）署名はせんが御苦労さんと云われた。
E氏—あいつらは、弱った魚を喰べたから奇病になったのはこれは事実じゃ。その証拠には俺達はいくらでも食べたし、魚屋で買って食うた市民は誰もならんかった。
C氏—私の行ったところでの日吉さん（註・水俣病市民会議会長）に対する批判は、自分の夫すら捨てるような薄情な女が水俣病患者の救済を叫んでも、連添った夫に冷たい女がどうして他人に愛情を感じるだろうか、あれは売名だと云っていた。
A氏—日吉はテレビに出るのが英雄になったとでも思っているのだろうという人もいます。この点は渡辺（註・訴訟派代表）も川本も同じような、又今度も株主総会に一株もってテレビに出ようと思っとるだろうもんね。
D氏—日吉さんは、水俣市の恥さらしです。市内で騒ぐだけではなく、東京、大阪と水俣の恥をさらして歩いていて全く困った女だ。
司会—ところで最近ハデな動きをしている新認定患者についてはどんな感じですか。
C氏—非常に冷たいですね。川本なんか去年まで医師会運動会では、いつも一等だったのに今年は水俣病に認定された関係か出なかったですね。本当に病気なのかどうかわからんね、といっていました。
B氏—本当の患者は気の毒と思うが、この前の一斉検診の時には畳のヘリをまっすぐ歩かないよう練習したり（註・水俣病の運動失調をいう）、針でさされても痛いといわない練習をしたやつが（註・末梢神経の麻痺の検査をいう）居るとふんがいしていた。
C氏—三千万円の要求については、よくもふっかけたもんだ。アル中か神経痛に三千万円は多すぎるよといった調子ですね。
市民はあなた方に対しては好意もなければ同情もないというのが今の姿です。その原因はどこにあるのでしょうか。あなた方は会社をうらむあまり、補償金がとりたいばかりに、巡礼姿で全国をまわったり、チッソ株主総会で騒いだりした為に今なお水俣病が起こっているような印象を与えてしまいました。どうか手段を選ばないことが会社ばかりでなく市民も敵にまわしてしまっていることに気づいて下さい。限度を越えた補償金獲得は市民が迷惑します。

海の流れるような音が、シュルシュルシュルと深い空の上に続いていた。高くはるかな海溝から、その音は発せられてくるのである。たぶんそのような海溝は、この関東平野をかこんでいる三国山脈や関東山地や、そのうしろの赤石や飛騨の山脈あたりの天に、深くきざまれて形成されているのである。だから、海は空の深みで、この首都の未明の刻にもっとも重く流れ出す。

空の奥から流れる海は、新しい海峡をもとめてそのように回流しはじめていた。海は、地の上の陥没やちいさな突起、たとえば霞ヶ関ビルや京王プラザや貿易センタービルなどの突起を呑みこんで流れるとき、かすかな渦巻の音をたてていた。

シュルシュルシュル、シュルシュルシュル……。

そのような音を立てて海が降りてくる。

一九七二年二月初旬、午前三時ごろの丸の内界隈東京ビルの前。一個の繭のようなテントがまだそこにねむっていた。繭の中に、まだ充分に口元のヒゲさえ生え揃っていない稚い若者たちがねむっていた。ユーコだとか、サンポールだとか、アナケンだとか、ホトケのランだとか、ニューボーだとか、アッコチャンだとか、桶屋の鬼吉のようなアキラがよんでいる。なぜホトケというの、といえば、アキラは、いや、自分はホトケだと自分でいうんですアイツ、という答である。ユーコというのは男の子だけれども、水俣にいる彼の兄貴分がつけてやった源氏名で、その彼が渚に立って海に魅せられている風情をおもえば、夕子とはじつにふさわしい名前だった。昼は地面の中にめりこまんばかりに、ほつほつと背中を曲げてねむりほおけながら歩いていた。

この少年少女たちを、わたしはただならず愛していた。それはわたしにとって新しい愛かもしれなかった。そのような未明にも、黒ぐ細い吹き流しの旗は、テントの前の鈴懸《すずかけ》の枝に垂れ下がっていた。もはや雨が降ろうが陽がさそうが、身内の底からうるおい、息づくなどということのない東京の大地に、あわれな鈴懸は立っていた。生き埋めにされてしまった大地の、たまたま露出した毛穴のひとつほどの空地から、曲った骨をさしのばすようにして鈴懸の樹は生えていた。まるで胎児性水俣病の子どもたちの反り返った掌の骨のように。わたしの黒い旗はどんなにこの樹たちに気兼ねしいしいよりそっていることか。

もとはといえば、水俣で十一月一日からチッソ水俣工場正門前に川本グループが座りこんだ直後の十一月六日、患者さんたちが座りこんだのなら僕たちも座ろうじゃないかと、新聞紙をもってきて、東京農大のグループが東京本社前に四、五人でちょこなんと座りこんだ。それが、そもそも東京での座りこみ小屋になってゆくはじまりであった。川本グループは水俣のテント小屋にいて、わたくしどもはまだ定まらぬ準備をととのえつつあった。鈴懸はその頃青い葉っぱをつけていて、そろそろ落葉の季節に入りかけていた。若者たちはもうこの頃から眸だけが異様に透明で、やせて、農大の子たちだからというわけではないけれど、みんな汚れていた。汚れるのは主に排気ガスのせいだった。風呂に入る暇もなくて、暇がもしあったとしても風呂などに入っていたら風邪をひいてしまう。

東京ビルの横の中央郵便局では、年末の郵便物を処理するために、ひるも夜も郵便車を東京ビルの前の、鈴懸の樹々にすりつけるように連ねて置き、排気ガスを出しっぱなしにしていた。同じ路面のむこう側はといえば、東京名所見物用のはとバスの発着所でもあった。落葉の季節に入って散りしきる鈴懸の青い葉を、かねて、かぼちゃやきゅうりの苗をあつかったりしている、まだ稚い植物学の権威たちは、感慨をこめてふり仰ぎ、着のみ着のまま路面に体を添わせるようにしてねむっていた。もう久しく雨のない東京の、秋の夜長。ビルの守衛の小父さんたちが、あどけなくさえ見える寝顔をのぞきこんでいとおしみ、湯気の立つアン饅や肉饅を運んでくれたりした。

「泥棒がはいったら、ボクらを呼んで下さい」

若者たちはお礼のつもりでそのようにいい、つつましい、思いつきのような東京での座りこみがそのようにして始まったのである。

チッソ東京本社座りこみに至るこのグループたちの、みじかい討議の前提に次のようなことがあった。

患者達が座りこみに入る直前、大阪での十一月株主総会の三度目の参加を大阪告発する会が討議し計画し、その主体となるべき現地水俣の訴訟派患者たちに正式の参加よびかけがあった。そのような動きに対し、熊本告発する会は、手きびしい批判を提出した。戦力、戦略、責任を欠いた「運動坊ちゃん」や「運動嬢ちゃん」のおあそびではないか、水俣病闘争は大阪ではスケジュール化されたのか、といったのである。この批判はまず患者家族たちにも直感として納得され、訴訟派は正式に不参加をきめた。各地の告発する会は、さまざまな困惑をみせていた。このような情況の中で川本グループの上京にそなえ、ある種の感受性と可能性にむけてわたくしどもは準備しつつあった。

各地からかかってくる株主総会参加問合せの電話に対し、

「さあ？　だいたい素人が考えても、三番煎じの株主総会などは気が抜けて」

とわたしは答えていた。

株主総会にゆかずに東京に残っていた残留グループとは、そのようにして連絡がとれていた。

「それで僕たちも、そちらに合わせて座りこむことはきめたんですけれど、どうも、チッソの人たちといっしょに、ラッシュにもまれてチッソの前に出勤することになるなんて、バカみたいといったら大笑いで……。泊りこんじゃおうか、と新聞紙持って来て。ちょっと、夜寒いんでネ、ということで一、二枚着こんで、それで東京ビルの入り口にちょこんと座ってるんですよ。いやもう、排気ガスが臭くてね、鼻の下黒くなりましてね、ウフフ」

そのようなわかい声の気楽そうな電話がつぎつぎにかかっていた。

白皙《はくせき》の面にいつも微笑をたたえている若い医師が、おにぎりやお茶などを毎夜とどけてくれた。彼は、川本グループの未認定水俣病患者洗い出し作業に、資料部門を受け持ってきた都公害研の研究者である。おにぎりや重詰めを座りこみ組に運びはじめ、いまもえんえんと運び続けてくれている大人の都民グループは、彼をもって嚆矢《こうし》とした。かよわい夫人は、しばしば疲労困憊してよろけこむ若者たちの面倒を見続けるため、ご自分も過労ぎみでよく病床に伏され、おひなさまのようにうつくしいこの若夫婦にはすでに令嬢がある。幼稚園で彼女は、保母たちから、

「お父さまは？」

ときかれるとあどけなく、

「水俣病にゆくの」

と答えるのだと、御本人からはきいたことはないが、厄介になりにゆくその若者たちからきいた。

落葉をかき寄せたしとねの上で朝目ざめると、形のあった鈴懸の葉は、若者たちの体温にまみれて粉々になり、葉裏についている排気ガスの、ねばっこい粉塵とともに彼らの体にまぶしつけていた。後に彼らは非常に忙しくなり、そのような格好のまんま、はだしで「スッチング」や「カッチング」や街頭カンパやらに、走りながら出かけてゆくのである。うなじの産毛の根元や、手足の若い皺の間や爪の間に、そのような黒い垢が、洗っても追いつかぬふうにいつもたまっていた。風呂にでもはいる機会があると、柔かい肌が光りながらあらわれて頬には紅がさし、互いにほうと、まぶしい思いをする。

東京都には、もはや浮浪者の体といえども一匹もいなくなってひさしく、いや、都公害研にたった一匹、大切に飼ってあるのだという伝説の虱が、ここの若者たちのふところに湧いているのだといいはじめたのは、チッソ社員たちだった。男子社員たちが、

「あいつら臭いから寄るな。虱がわいているぞ」

と女子社員たちにいいふらしている、というのだった。この噂に若者たちは多少くさっているようだった。もしもテントの中に虱がわいたら、都公害研に貢献することになるであろうにと、わたくしはなかば期待した。少年たちはじつは内心非常におしゃれでもあった。はだしで歩きまわり、ズボンがずたずたに垂れ下がるまで着ているのは、はだし戦《いくさ》へのやむなき対応でもあるけれど、それは彼らの伊達やいなせでもあった。

夜中をすぎるとひときわ兇暴性を発揮して、五官の神経という神経を、なかんずく聴覚を、ずたずたに轢《ひ》き潰しにくるあの拷問機たちの到来にそなえ、いやその暴走拠点の東京駅から、轟々と着実にやってくる車たちの意向をこちらからもう先取りしてしまい、若者たちは路面の上に、まったく無防備にのびてしまう。彼らのやわらかで鋭敏な聴覚は、確実にそのように轢きくだかれてゆく。それは若い彼らが、我が身に課している水俣受難史への踏絵だった。

彼らはつまり、あの兇器たちに対して、いっそやさしくしてやっているにちがいなかった。たぶん、なり替ることのできない水俣病そのものへの追体験を、そのようにして自らに課していた。

彼らは、花模様や絣《かすり》の綿入れねんねこを、東京のど真中で着たがった。それを着ると心がいそいそとなって、カンパにでもなんでも飛んでゆく。ねんねこはすぐにまっくろになる。

綿入れのねんねこ。それは水俣で、爺さまたちや婆さまたちが着ている半纏《はんてん》や、舟の上で潮をたっぷり含んで、こくこくとなってしまう刺し子の丹前や、野良着のたぐいである。田舎の母親たちがあかんぼをくるみ入れて、口うつしに飴などをしゃぶらせるあの綿入れのたぐいでもあった。その綿入れと彼らのうなじの間には、忘れることのできない水俣の、肌をほぐしにくる潮の香や丘を形づくって光る樹々や、やわらかな道のべの冬草が香っていた。寝入りばなの首をめぐらせて、衿《えり》の間から匂い立ってくるみずからの体温に、彼らはそのようなものを嗅ぐ。むせてくる球磨や薩摩の焼酎の匂いにまじり、それは太古の野辺のまどろみのように彼らをねむらせる。

ものみなすべて〈喪失の時代〉に生まれあわせて、水俣病事件にめぐり逢った彼らへの、つかのまの天の憐愍《れんびん》ともいうべきものが、そのように彼らをくるみこんでいた。ただの夜天の下の、路上にねむることを彼らは志願していた。よろい戸を閉ざしてしまう東京ビルの、正面玄関のたたきの上は、体を寄せあってねむれば十二人くらいはねむることができ、そこにねむることは彼らの光栄でもあった。東京ビル玄関の夜のたたきは、彼らにとってゴルゴダの丘のごときものにもなっていた。

雪が降り出すと、彼らはしあわせだった。未明に降り出した雪が、垢と排気ガスにまみれた貸布団をおおい、ようやく短く深いねむりに入りかけている彼らの顔に降りこんでくる。雪は可憐に、冷たく、彼らをよび起こす。

「おい！　雪だ雪だ。起きろ！　みんな。寄れっ、こっちに寄れっ、体くっつけろ、凍えてしまうぞ。凍えるぞ！」

気がつくとあの走る拷問機たちが、雪のために動けなくなっている。浄福のような白い世界がやってくる。ねむれないねむりを、雪はそのように甘美にする。あの終焉のときの予感が、若い胸の奥でどっとうずきだす。

雨のとき、若者たちは心身ともに病み疲れ、目がくぼみ、ひときわやせていた。

けれども雪は、布団の中に少しずつしみとおり、凍ってくるのだった。東京に、布団の乾燥車というものがあることを、はじめは誰も知らなかった。そのような布団を着て寝て三日目ぐらいに、雪のびしょびしょ道の中を乾燥車がやってくる。「美容と健康のため、あなたにこころよい睡眠を」車にそう書いてある。

若者たちは腰に手を当てて、その乾燥車に飽きずに眺めいる。

「うん！　美容と健康は、じつにいいなあ」

ほとほとと眺めあげてそのようにいう。

排気ガスを伴う車たちのうなりとは別の、むずむずとするような乾燥車のうなり声につれられて、わたしもぐるぐる乾燥車をまわって観察する。まるで生まれ替わったように、ふくらむだけふくらんで熱気を立ちのぼらせ、雪の中に布団たちが出てくるのだった。わたくしは、たちまちこの乾燥車を愛さずにはいられない。

うれしいひと朝がそのようにあけ、彼らはいつものような羞じらい顔にもどり、綿入れ雑巾のようなみかけにふさわしくあろうとして、雪を丸めながら大きな声で怒鳴りはじめる。チッソ社員たちに対して。そして手書きのビラを渡そうとして読め読まぬで乱闘になったりする。わたしはただ坐っているよりほかはない。

「おめえら、それでいいのか、それで!

知ってるか、おめえら、行ったことがあるか! 水俣に。どんなふうにして患者たちが死んだか、答えてみろ、おう!」

すると、そんな雪の中のせめぎあいの中から眼鏡をかけた色の浅黒い、五十くらいの社員が、形相ものすごくまっすぐに、路上に坐っているわたしを指さしながらやってくる。

「お前か! お前がやらせているのか!」

いきなりペッと唾が飛んでくる。額に生暖かいそれが命中する。家族を抱えて奮闘しているお父さんかもしれない。わたしは目を伏せる。

唾、それはわたしにふさわしいのかもしれない。唾はゆっくりとわたしの心を貫通する。弾ならば、はやばや討死であろう。

若者たちはあの四階の高さに、雪の球をほうり投げる。若者たちがひそかに羞じらい性《しょう》であることは、チッソの河島人事部長に感じとられてしまったりする。全く任意な選択から、若ものたちは〈敵〉を愛してしまったりもする。

怨念の亜流たちから、わたくしの死旗《しにはた》は離れたがっていた。ただ垂れ下がっているだけで、ひとびとにみられるということは、あの縊死《いし》人になったよりも気がひける。

だから、未明に近い空から海がずっしりと降りてくる時刻になると、わたくしの旗は鈴懸の枝から離れ去り、ほの明りのようになってねむりこんでいる繭のテントをみやりながら、幾筋もの藻となって揺らぎ出す。藻にでもならねば耐えられないのだ。潮のやわらかな浸蝕にひたひたと噛まれ続けて成った硬い岩の膚《はだえ》や、あのくぼみを探る手つきをして。より深い海溝の気配の中に、そのようにして降りてゆく。それからのぼってゆく。

あらたな東京海溝は、貝殻虫のようにそこに付着しているにんげんたちによって、うがち続けられていた。かすかな条痕が、あの、舗道らしきものが、いくすじもそのようにしてつけられる。貝殻虫たちはちいさな口を持ち、小さな、あるかなきかの歯で、自分たちの棲んでいるコンクリートの壁やそれに付着している分泌物のたぐいのものを、えいえいと食べうがっているにちがいなかった。彼らがつけてゆくそのような条痕だとて、あらたな海峡への通路の一端にはちがいない。

耳をすませばはるかな天蓋の空に、暗く重々しくまわりはじめる渦巻の音をきくことができる。シュルシュルシュル、シュルシュルシュル……。

塗りこめられたビルの岩壁の谷間を、わたくしの藻は浮游していた。四角な穴を無数に持ったこの累々たるビルは、あらたな黙示録というものであるのかもしれぬ。つるつるとしたビルの壁に、繊毛のようになったあしのうらの指でさわってみる。ここに付着すべきであるかどうかをわたくしの藻は考えていた。近寄ってみれば、これはなんと巨大な墓石群の集中する都市の遺跡であることか。あの原初の共同体の洞穴を祖型にして見たてようとすれば、それは似ていないこともなかった。

壁に付着するには早いのだとわたくしは思っていた。遺跡の中に沈んでいるひとびとの言葉はなんであったのか。ビルの壁に刻み残すべき叙事詩をひとびとは持っていたのであろうか。未来学を好んでいたらしい証拠に、コンピューターが沈んでいるが、これとて、種族の韻律を語り伝えている痕跡ではない。未来にのこす甲骨文字のごときものすら、考えるいとまもなくて沈んだ都市について、なにかを語ろうにも、出自のそもそもから、ビル自体は、一箇の石ころにさえくらぶべくもなく、あの〈魂〉というものを入れられていなかった。歴史の永遠を語っていた石さえも、この都市文明はくだき去っていた。

あいあいとしたかなしみのようなものが心をふさぎにくる。そのようなとき、わたくしは一人《いちにん》の唖者《あしゃ》であり盲者であり、いちまいの色あせた黒い布であり、ただひらひらとしているよりほかはないのだった。やさしい声がそのようなときわたくしを救う。黒いのぼり旗になっているわたくしに、また雪が降ってきた。山あいの木々が交わすような和やかさでその声はいう。

「雪が降って、よかったなあ、おっかあ」

それはあの「楢山節考」の、おりん婆さんを背負った息子の声である。母親をお山に捨てにゆく息子の心のように、雪は降らねばならなかった。そして深海の死んだ都市にも雪が降ってくる。マリン・スノーの雪がそのようにして降ってくる。東京ビルの前の、大切なわたくしの繭を、包みこむようにしてまた雪が降ってくる。

一条の日ざしが、ふかぶかとマリン・スノーをこえてとどく。南の国の不知火海から、漁師たちを乗せてわたくしの漂流船がやってきたから、不知火の潮をわたくしは東京によびよせる。光そのものであるような、やわらかな緑いろの潮を。そのような潮のいろをくぐりぬけて、ぶるん、と身ぶるいして立たぬことには、とてもチッソの建物の内部などには入ってゆけないのだ。それはわたくしにとって、禊《みそぎ》のようなものである。

漁師たちは東京にきて、いつもまぶしそうな、くろいつぶらなまなざしでみつめていた。チッソの社員たちと怒鳴りあうときにも、彼らのまなざしはあの点のような帆を浮かべていた。東京人と水俣の漁師たちとのあきらかな見わけは、まなざしの色を見れば画然としていた。

去年十二月八日に、ひとびとと共にチッソの社長に逢いにゆき、埒があかねばそのまま泊らせてもらうよりほかはなかったのだ。ほかにどういうあてがあったろう。けれども、

「まるでわが家に帰ったごたる」

にここにことして漁師たちがいい出すとは思いもかけなかった。しかし、いわれてみると、もはやけっしてどこに帰れるあてもなく、「チッソに帰る」のが、ことがらの推移からして当然であると、わたくしはうらがなしくもしんみりとする思いだったのである。チッソ内での〝籠城〟は、はいってしまえばここに出逢うチッソのひとたちすらなつかしくなり、ながいながい寓話のごときものだった。ことのついでにわ

たくしはまた一文を草した。若者たちはそれをガリ刷りにして、既知未知のひとびとにむけ、チッソ社長室前廊下からカンパ要請をかねて発送した。

まぼろしの舟のために

朝はたとえば、なまことりの話から始まるのです。

ひとりの漁師が、まださめやらぬ夢の中からいうように語りはじめます。

「いやあ、よんべは、えらいしこ、なまこのとれたとれた。ああいうことは、近年になかったばい」

チッソ社長室に近い応接室の床にごろ寝をつづけ、髪もひげも珍妙にほこりをかむって、もこもこと動いている若いひとたちは、もうそれだけ聞いたとたん、おきぬけのまなこにちろちろと、あの、不知火を明滅させる。

「へえっ、どこらあたりに、そげんたくさん、なまこの居りましたか」

「いや、たしか、ありゃ、どうも明神の鼻の崎の方の海じゃったな。

箱眼鏡でな、のぞくでっしょ。いやもう、のぞく先々に、ぼろぼろ、居るもんなあ。うれしさまかせに、かたっぱしからとりよったですけれども、全部とってしもうては、罰の当るけん、半分は戻しとこ、とおもうて、戻して来ました。

黒なまこのなあ、しこしこして、うまかったろうて。いやあ、あれだけのなまこじゃれば、つるつるすりこんで、腹の冷ゆるまで食うてよかったぞ。いや惜しいことをした、夢じゃった……」

どんなにみんなが、とれたなまこと、海に戻してきたなまこのことをなつかしがっていることか。夢も、漁師たちにとっては、なりわいの一部です。

もと漁師であるゆえに、未来永劫漁師であるひとたち。

水俣病も、いろいろに病み方があり、それを病みとおすにも漁師である以外はない彼ら。

そもそも、〈チッソ東京本社座りこみ決行〉などと名づけても、このひとびとたちにとっては、茫々たる漂流記の中の一節ではありますまいか。

どこにむかって漂流するのか。

もとの不知火海の、わが家の庭先に帰りつくために、みえない舟が出る。

帆布より、舵より、機関より先に故障した人間たちが、みえない舟をあやつって東京にくる。

劫火《ごうか》のあとのようなスモッグの霧が、のどの奥に焼きつきふりつもる首都。

逃げられない所へ、逃げられないところへと、ひとびとのなだれ込んできた所。死相を浮かべた首都へ向けて、この舟もまた漂い来たりました。

丸の内かいわいのビルがねむる刻、東京はスモッグの深海の中に沈みます。もはや、東京の夜景は海の底の遺跡ではありますまいか。

さて、魂浮ばれぬゆえ、水俣病患者、ないしその家族は不死のものたちです。永遠に不死のものたちです。永遠に不死であることのさびしさとやるせなさ。

そのようなものたちの魂にとって、東京は、まじまじとこころをすえておもうほどに、けげんさのきわみです。牡蠣殻《かきがら》もついていないビルの通路をひとびとは歩きまわる。それは古代採集漁民のまなこがみる探検でもあるのです。

たとえばチッソ本社の幹部たちは、胴体から離れてくる顔だけの、目のきょときょとしているだけの、ものたちとして、あらわれたり、かくれたりします。

漁師たちは東京駅の、東京温泉なるものにゆき、足首だけの人間を見たりします。ロッカーのカギを輪ゴムで足首に結えつけられた、足首たちをみるのです。

「東京の人間は、隣ん者《もん》と、ものをいわんとばい。電車の中でも、ポケットに手ばっかり突込んでものいわんとばい。

風呂でもなあ。裸になって隣同士体をならべても、ひとくちもものいわん。下むいて、自分の体ば撫でとるばっかり。ひょいとみたら、みんな、裸の足首に番号札つけとるもんな。ぞっとしたばい。アウシュビッツのごたる。蟻よりもあわればい。風呂屋で死んでもな、ロッカーの番号札ばつけとるばっかり、どこの誰じゃいろ、わからん。

東京の人間なもう、どげんなりますか。ありゃもう、なにか、罰《ばち》かぶっとる姿じゃなかろうか」

とある日、ひとりの漁師の子は、デスマスクめいたチッソ社長の顔と、食事抜きの十三時間という対話を試みます。いや、社長との対話というより、彼が死力をつくして試みていたのは、もはや日本近代には復活しえない最下層民の末子《まっし》としての、自らの来歴のあかしのごときものでした。

「なして、社長は、患者の家に廻って来んか。なして病人ばみにきてくれんか」

「いや、みなさんの家に伺いましても、医者ではありませんから、私どもにはわかりませんのです。病状の重い方も軽い方もいらっしゃいましょうから、認定なさいました熊本県にまず、ランクをつけて頂きませんと、伺えませんのです」

(やっぱりな、貧乏人の家にゃ、来んじゃろう、来られんじゃろう。おどま非人《かんじん》、あんひとたちゃ、よか衆《し》ちゅうわけじゃ)

彼は青ざめる社長を問いつめているうちに、ふいに、がんぜない哀切さの中にじぶんが落ちこんでゆくのをおぼえます。

彼は一瞬、生きつづけて仰臥《ぎょうが》している社長の首をかき抱こうとしました。

巨きな、ぽっかりとした目をあけっぱなし、おびえている社長の鼻孔の上に、はらはらと彼の熱い涙が落ちこぼれました。

「ああ、
俺《おる》が……鬼か……」

死んだ父をそのようにして抱いた記憶をとりもどし、彼はげにもやさしきしぐさをもって、仰向けになった社長の上にかがみこみ、ひざまずいて顔を寄せ、泣きじゃくりながら自分にいいきかすようにいいました。

「俺が名前はな、輝夫ちゅうとぞ、な」

狂い死に、ひとり死にした老漁夫が、その子を愛でてつけてくれた輝く男の子という名を、その子に寄せた父の心を、社長の胸に手をふれたとき彼は思い出す。死にゆく父のあとを追うがんぜないひとり子のように、ひざで足ずりをして泣きじゃくる。

「俺家《おるげ》のおやじはな、たったひとりで死んだぞ、たったひとりで……。畳もなかところで死んだぞ……。食わせる米もなかったぞ。俺あ……おら、おやじにひとさじ、米ば……食わせてやろうごたったぞ、のどもふさがっとったぞ……。

精神病院の保護室で死んだぞ。格子のはまった牢屋んごたるところで、たったひとりで死んだぞ。誰も、見とらんところで……、あんたは、しあわせぞ、社長……わかるか……」

もはや、少年になってしまった川本輝夫の涙は、聖水のように社長の顔の上に注がれ、社長の首は生きのびる。チッソは生きのびる。少年の、死んだものたちのかなしみの深さによって、逆に生かされる。

重役たちやご大層な会社医たちにものものしく囲まれながら。

このものたちもまた患者たちの愛怨を、その生涯に植えつけられて生きねばならぬことにおいて、その生は安らかならぬでありましょう。

水俣病患者らによる〈チッソ東京本社座りこみ〉とはなにか。この国の近代と前近代のはざまに出現した、さまざまの幽霊奇譚でもあるのです。

港をへめぐる舟のまぼろしを見うるものたちはさいわいなるかな。
この舟に、現世の金をもって、天の水と天の魚が積まれんことを！

一九七一年十二月二十一日

チッソ本社社長室前にて
水俣病被害民とともに

おどろくべき額の、最初の浄財が、「丸の内東京ビル四階、チッソ社長室前、水俣病患者座りこみご一同様」という宛名でどっと来る。

そもそもわたくしの死に恥のような〝吹き流しの旗〟のことは、細川一博士のご臨終に由来していた。そのような黒布を心の中にながい間つむいで来たにはちがいなかったが、そのときわたしは浜元フミヨ家にいたのである。

一九七〇年九月十三日の午後、東プロダクションによる記録映画『水俣』が完成に近づき、この家で〝ラッシュ〟というのを見せられていた。

東プロダクションの映画『水俣』は、最終場面に細川博士の、おそらく最後になるであろうおもかげを映像に残そうと意図していた。博士のご臨終が間近にせまっていることは、博士御自身にも、夫人や令嬢にも、わたくしどもにも、チッソにも、水俣病訴訟派弁護団にも、つまりあまねくみんなに知れ渡っていた。死の床にある博士に対して、水俣病訴訟の証人という過重な負担が、課せられてもいた。その過重さはしかし水俣病事件の訴訟が起こされたからではもちろんない。極端に慎み深い博士とその御一家が、たやすく映像の対象者になることをお許しになる筈もなく、面会謝絶の日は日一日ときびしくなっていた。

博士にわたくしが切におめにかかりたいのは、裁判とも映画とも関わりない私ごとの理由によっていたから、東プロダクションのスタッフの、細川博士と会ってほしい、そのシーンを撮らせてほしいというそれはそれで真摯な懇望を、かたくなにわたくしも謝絶しつづけていた。

生死のあわいとは、生きそこなっているか、死にそこなっているかのあわいのことをいう。人間は死にごわいから、わたくしもまた死にごわくて、そのような自分から、いくつもの分身を出没させてはひとびとの死に相まみえていたのかもしれない。けれども、細川博士に対しては、わたくし自身をそこにひきずってゆくほかはなかった。もう二度ほど、おわかれかも知れぬ対面をゆるされて、戻ってきていたのである。そのときから詩経を書きはじめていた。生き遺るひとびとへむけて書く遺文を。死んだひとびとへむけて綴るじゃがたら文を。なによりも、じぶんの闇の中へはいってゆくための、じぶんのためだけに誦唱する詩経である。

細川先生が息をひきとられたというお電話を受けたとき、スタッフたちも浜元フミヨさんも、顔を見合わせ、ながい間、誰も声を発しなかった。受話器をかけ忘れたまま握っていたわたくしは、心がずんずん沈んでゆき、湖沼の底にかすかな濁りを立てて横たわった。それがしずまったあと、どこへもとどかぬ小さな石の声にわたくしはなった。そのときあの旗のことを、握ったままの受話器に云って見た。

「黒地に〈水俣死民〉と染めて下さいませ。市民ではなく、死んでいる民と書きます」

それからまたながい時間がすぎ、みんな黙ったまま映画のラッシュは続き、映像に再生されて写される水俣の海は、沈んでゆく光芒を発していた。

柱にもたれていると高木隆太郎プロデューサーが、

「寒かでっしょ」

と毛布を何枚ももってきて、ぐるぐる巻きにしてくれた。なんだか非常に、ふるえが来て寒かった。あぐらに座った畳の上で映写機をまわしながら、土本監督は顔をそむけっぱなしにしていた。

「とうとう、細川先生に出て頂くことが出来ませんでしたねえ」

どんなにみんなが、細川先生を敬慕していたことだろう。フミヨさんが、

「あれ、患者さんたちに、知らせんば、なあ」

そういって出て行った。

嗚咽《おえつ》にも慟哭《どうこく》にもなりえないおもいがいまもわたくしの中で石になっている。

水俣死民と呟いてみて胸にきざすのは、自分に課する孤立だった。いまや存在していることが、ただちに他者に対する罪でありうる現世であってみれば、意識されうるかぎりの生の内部は罪にみちていた。あいいいのひとたちの死にぎわのまぼろしを、ぜんぶ見終えるために生者たちから、孤立しなければ、したい、とわたくしはおもう。死者は死者としてしか甦ることができないゆえに。


「ほらね、ちょっとお手を貸して下さい。ぼくの癌は、こんなにほら、どんどん、どんどん大きくなってゆくのですよ、毎日。わかるでしょう? この骨の下です。わかりますか?」

青い光の失せない大きな目でじっとみあげて、先生は、ベッドの上からそのようにいわれた。わたくしはだまってうなずき返した。

胸の骨の上にうすい浄らかな皮膚と肉。癌は、先生のお胸の中によくなじみ、先生と一体になっているようだった。熱をもち、べっとりと汗ばみながら。そのときわたくしの手は、先生の手にあずけられている、こわれた聴診器のようなものだった。今生のわかれとは、いまこのような刻をいうのだと、わたくしは、熱のためにふるえているうすい繊《ほそ》い、先生のお掌の中のじぶんの掌でおもっていた。

それは非常に軽く軽く、宇宙の一点に静止していた聖なる時間だった。

五月のはじめの黄昏《たそがれ》であった。夫人は松山からの飛行機の都合で、東京の癌研の附属病院に入院される先生にご同伴なさることができず、令嬢の夫君井上氏が、言葉すくなく、しんしんとした目つきをして付添っておられた。

先生のおられる学士会館に案内してくれた近江青年は、東京生まれで東京育ちの新聞記者なのに、すぐになんべんも道に迷い、迷いぐせのあるわたくしが、朦朧《もうろう》としているのにはとてもふさわしい道連れだった。東京の、鉄板でできている道の上を、わたくしは幾日も歩きまわった。ぽん、ぽん、と地の底にむけて穴のほげ（あき）つづけている舗道の上を。夕暮れにも白昼にも夜あけにも、自分がどこにいたかわからない。

七〇年五月の〈東京行動〉がそれにつづいていた。患者さん達に〈座りこみ〉に出てきてもらったり、それをむかえ入れてくれそうな、しかるべき人びとにも逢いにゆき、〈水俣病補償処理〉てんまつは、そのようなことからはじまり、そしてすぎ去った。

わたくしはふたたび夢中遊行のつづきで、先生におめにかかりに行かねばならなかったが、裁判のための証言のおねがいなど、先生よりもわたくし自身の方が耐えがたいことである。

けれども四国松山の病院におられた先生に、水俣病訴訟弁護団の内意もあり、おめにかかるべく出かけたが、ある種の不安におそわれて途中の対岸の岩国まで行って電話をかけた。思いがけなく電話はご病室に通じ、ご自身が出られた。

「ぼく、明日ここを出て、東京の癌研でみていただくため飛行機でゆきますからね、あなた、ほんとうによいときにお電話下さいました。必ず、来て下さい、東京に。学士会館にいますから必ず――」

ひとつの確実な予感が、暗黙の了解のように双方の会話にこもっていた。先生に呼ばれてわたくしは東京に行ったのである。

静かに、呼吸をしずめるようにして先生は話された。

「――あの子どもたち……ずいぶん、大きくなったでしょうね。どうしていますかしら……」

あの子たち、とは、先生のノート（わたくしたちはそれを細川ノートと呼んでいた）のカルテの中に生き残っている、胎児性水俣病の子たちのことである。

――元気にしています――

といえば、そらぞらしい。すぐに先生は気がつかれ、涙が、仰臥されている目にふくらんだ。

「おおきく、なりました」

わたくしはそのように申しあげる。

――江郷下和子（五）、江郷下一美（一一）、松永久美子（五）、坂本まゆみ（二）、田中静子（五）、田中実子（二）、丸目修（八）、石原和平（一四）、中間照子（一七）、江郷下マス（四四）、前島留次（四四）、柳迫直記（四九）、武田はぎの（四二）、長島辰二郎（五一）、川上タマノ（四一）、吉永タカエ（一七）……

昭和三十一年八月、第一回厚生省への報告書のカルテに記入されている患者三十四名のうち、すでに死亡していたもの、十三名。江郷下和子死亡、田中静子死亡、坂本まゆみ死亡、柳迫直記死亡、武田はぎの死亡、長島辰二郎死亡……。

いかような死と、生のすがたであったのか、たぶんまならうに灼《や》きついているにちがいない。

「私はね、ひとりで癌と、向き合おうとおもいましてね。家内に知らせますと悲しみますからね。最初隠しておりました。そしたら、ぼくの頭脳が、じつに、ほんとうに生まれてはじめて、じつにきれいに冴えてきましてね、あんなこと、ぼく、びっくりしましたねえ。

ほんとうに、ぼくの頭に、冴え渡る時期が、はじめて訪れまして。

やっぱり一生に一度は、そのような時期が訪れるのですねえ。

本をたくさん読みましたよ！　勉強しよう！　と思ったのです。きれいに、みんな、はいるのですよ。いろいろなことが、よくわかった。学生のときにも、あんなこと、なかったなあ。しあわせでしたよ。よく勉強した。みじかい間でしたけれど。あなたの本も、読み直そうと思ってやりました。よく読めましたよ。

あなた、ほんとうにあなたのような……方が、ほんとうに、つらいですねえ――ぼくはもう、あなたを、助けてあげられません。ぼくは、あなたのことが、心配です。ぼくはついて行ってあげられません。ちゃんと医者にかかって下さい。どこがいいかなあ……。

肝心のとき、皆さんのお役に立てなくて、ふがいないです……。

チッソはしかし、このままでは、助からないなあ。ぼくはほんとうに、不思議でなりません。どうしてでしょうか、何故、でしょう。あんなにがんばっていて罪がない、などと……。早く悔いあらためなければ、助からないのに……」

そのときは確実にやって来た。遠くはなれて、先生、先生とわたくしは胸のうちに呼びつづけていた。

ご臨終の前にくり返し申されたという。

「石牟礼さんは、なぜ早く来ないのかなあ」

――いずれいろいろ終りましたらば、四国巡礼にまいります。笠をかぶって、鈴を振って。そのときはお風呂と、なにとぞ一碗のご喜捨をお願い申しあげます――。

「――おやすいご用ですとも。心からお待ち申しておりますよ。藤の花が咲くころにいらっしゃい、この川ぞいの上流の藤、そりゃきれいですから――」

博士御夫妻との、そのような会話があった。藤の季節は幾度もすぎた。しかし、わたくしはゆけなかった。そして、いまもまだゆけないでいる。

第二章　舟非人《ふなかんじん》

東京の空の美しゅうございました。外国の空のごつありました。

息子もまさか、ああいう都にまで行って、お世話になろうとは夢にも思うてはおりませんでしたじゃろ。地《じだ》の上じゃろとなんじゃろと、都は都でございますけん。水俣病になってようございました。見も知らぬひと方にこれほど情をかけられて。水俣に生まれましたのが悪世で、東京にまでもゆきまして、よか後生《ごしょう》になりました。

ときどき戻って来なはるひと方のいうて聞かせなはるには、このごろ地の上から二寸ほどあがって、テントにもお座敷の出来ましたげな。晴れがましゅうございます。業晒《ごうさら》ししとりますて。

東京までどげんしてゆこか。雨のふれば雨もろて、雪のふれば雪もろてゆこ。雨非人《かんじん》、雪非人と思い思いしとりました。思いもかけず、このよな情にあずかって生きとるばっかり。どのようなご恩返しがございますものやら。永生きしてくれというてくださるが、水俣病の永生きとはどういう永生きをいうものやら、わからんとでございます。

非人になりに行くと申しても、雨雪に濡るれば人間もなあ、生きもんでございますけん、かなしゅうございます。やっぱり屋根の恋しゅうなったり、床の上の恋しゅうなったりいたします。非人に似合わんりっぱなテントの屋根まで出来ました。道の上に寝るつもりでまいりましたのが、いまは、茣蓙《ござ》のかわりに、ベニヤ板の床まで乗せてもろて、若かひとたちの、神さんにでも仕ゆるごとくしてくださいます。水俣病患者にでもならんことには、東京のなんのに行きはしても、けっしてそのような扱いようは、して貰えませんです。

都のひと方からみれば、ふだんでも、田舎人のわたしたちは、汚なか非人のごたる者《もん》の来たと思いなはるでしょうに。水俣でも、とっぱなの田舎の、わたし共の部落は、非人病気の村に落ちぶれまして、わたし家《げ》は五人もこのような非人病気になりまして、もう魂のひっ飛んどるものばっかり。そういうもんになりまして、告発会のひと方の可愛がってくだはりますけん、字の見えん者《もん》ばかりして、東京にまでも漂浪《され》くとでございます。

元気であれば息子たちは舟からでもはってくでしょうが、わたしのようなもんは、東京にまでも行くちゅうことは、もうあなた、生きとるあいだの涯にまでゆくということでございます。途中で行き倒れんごつ、わたし共は話し合うて、あの、ゆのつる温泉に、ゆきましたです、婆さまばっかりして。よっぽどでなからんば、ゆのつるのなんのにゃ行き得まっせん。あそこになあ、三カ月に一ぺんなりと行くことが叶いますならば、きっと骨の疼《うず》きのなおりますとでございますばってん。いつもは行きはなりませんけれども、このたびは一日中行って漬かっておりまして、帰りには一升瓶にゆのつるのお湯ばつめて持って帰って、土瓶で沸かしましてな、タオルに湿して、節々の腫れとるところば、びっちゃんびっちゃん、なんべんもたでたでして、治ってくれ治ってくれち思うて。一週間ばかりかかってたでて。

あそこのお湯は薬湯でございますけん。社長さん方に逢いたかばっかりに。それでだいぶん、ようなりましたようにございます。一週間も十日も居つづけに居れば、もちっと芯の方まで治りも早うになると思いますが、長う居るわけにもゆきません。ゆのつる温泉のなんのに行たて、奇病分限者ちいわれますけん。

高野山にまでもなあ、おかげさまで登ってまいりましたですから。一昨年《おとどし》の五月に、あのほら、株主会のございましたろ。

高野山に詣ろうごたる一心で、そんときも、ゆのつるに行って、骨のぎりぎり疼きますのを宥《なだ》め宥めしてから行きましたです。高野山でだいぶん、ようなったごとありました。けれどもな、信心ばときどきうち忘れますけん、ぶり返しますとばい。頭のうしろの手の窪でかぶせたしこ（ほど）、痛かちゅうか、なんちゅうか、えぐって持ってゆくようにありますと。わたしは手の窪もしびれて、この手の窪も、水俣病でございます。握る力がございませんもん。

社長さん方はどういう家に住んどんなはるじゃろうかい。奥さんな、どういう風なおひとじゃろうかいと、考えますもんなあ。ひと目御目にかかりにゆこうかねえ、どげな暮らしをしておんなはるじゃろうかねえ、ひと目なりと拝もうごたる。多子《うご》持ちで、わが身のあんまり苦しか日には逢いにゆこうごたる、社長さんの奥さんに。どういう人じゃろかち思うてなあ。わたしどもがような人間とは、逢うてはくだはらんかもしれん。打ったて帯どもして奥さんの出て来なはれば、どうしゅうかいと思いまして、門口に立ちましたです。

目は逢わんじな、わたしは地《じだ》ばっかり見て、鉦《かね》ばたたきよりましたです。

ひとのこの世は永くして
かわらぬ春とおもえども
儚《はか》なき夢となりにけり

そげんいうて歌いますでしょう、地にむけて。どうぞ、おる家《げ》の業をば、ちっとなりとなあ、貰うてくだはりまっせちなあ。

あつき涙の真心を
御魂の前に捧げつつ
おもかげしのぶも悲しけれ
しかはあれども御仏に
救われてゆく身にあれば

この御詠歌は、とくべつに悲しゅうございますけん、わたしはこれがいちばん好きでございます。寄ってけいこをいたします時分には、なかなか覚えきれずに、はかなき夢のところをほかの婆さまたちも、はかなき恋となりにけりちゅうて歌うてばかりおって、師匠さんに、魂の入っとらん証拠じゃと、頭から火の出るごと、おごられてばかりおりましたですがなぁ。しまいにはとうとう、お師匠さんの溜息ついて、

「これだけ一心に教えても、覚えこなさんとは、やっぱりお前どもはみんな、水俣病のあたまぞ、はぁー」と溜息つかれて、一統づれ、しゅんじゅんとなりよりましたが、もうおぼえましたもん。和子が死にましたとき、この歌を知っておればようございましたばってん。歌うてやりましたて。供養になあ。覚えてしもうて、うたえばかなしゅうして、涙のこぼれますと。わたしども婆さま組がゆきましたのは夏でございましたけれども、こんどは息子どもが、川本さんのお世話になって、爺さまのかわりに行っとりますとでございます。

わたしども家《げ》の御亭《ごて》はほら、ああたも知っとんなはるように、カラスの呑まん水ばっかり呑んで、方角もわからんような爺さまでしょうが。わたしゃもう、旅に出ますときには、爺さまが海に落ちろが川に落ちろがもう仕様のございませんです。舟でもなんでも、打ち割ってしまいなはるようなひとでございますけん。百万円近うもかけてつくりました舟も打ち割ってしまいなはったですけん。海の上の時化《しけ》じゃなか。方角のわからん陸《おか》の上の時化に遭うて、六十狂いばして。自分のおったてた帆柱の方角のさ、で狂うて。後家花の咲いとる方角にうちあてて。底ばうち割って。ありゃ死んだ娘の死に金、その兄貴と弟と、わたしの生き身と取り替えたような銭で造った舟でございましたて。

わたしどもにとっては、舟の方が本家、陸の家は分家のごたるふうでございますのに。仕様もございません。大黒柱が名乗り出るわけにゆくかというて、目にも見えん大黒柱ば突っ張ろうとしとんなはったばってん、とうとう自分も水俣病ば付け出しなはりました。同じ茶碗の中の物を食うたわけですけん。川本さんにえらいお世話になりまして。

もうこの病気になれば、一軒の家の内に一人出ようが五人出ようが、かならず後引《あとひ》く病で、わたしの家がとっぱなちゅうばかり、あともさきもなか、順々めぐりで、一番げっつ（下等の）の病気でございますばい。

御亭はまだ、背負《かろ》うてはおりまっせんが、死んだ和子ば、いまでも背負うとります。あれば背負うとりますけん、大阪にでも高野山にでも、東京にまでも行くとでございます。背中から千切れ落ちるような気の今でもいたしまして、落ちんごつ、いっしょうけんめい背負うとる気持ちじゃなあ。この病気のあらわれました時分に、解剖されて、繃帯巻きになって帰りましたですばい。連れて帰りますときに、タクシーの運転手さんの気味悪さにして、かんにんしてくれち、断わりなはったですもんなあ。

はらわたのくずじゃろとなんじゃろと、わが子にはちがいなか。残しておけばそれにも魂の残る。骨のかけら、髪《か》ん毛《げ》いっぽんもわが腹いためて産んだもんですけん、拾いあつめて、連れて帰ろうごたる。他人ならばおとろしゅうもありまっしょ。

舟の上ならば、足ば交さんでも波が連れて行くごたるふうでございます。汽車道はひと足、ひと足、交してゆくのが、ただのときでさえ、おなごの足には合いませんもん。解剖してあるのば繃帯でつないでございますけん、ひと足かわしては、首のつっこけはせんじゃろか、手えの、千切れ落ちはせんじゃろか、くたくた、音のしますもんな、背中で……。泣きよりますようで、

和子ォ、……

まこてェ、死んだ後までも痛か目に遭うかい。おう、痛かねえ、ほんに。

柔らしゅう歩こうばってん、この汽車道の、なかなか、よかあんばいに歩かれんとぞ……手切るるめえぞ、うちに着くまで、首ども、つっ転《こか》すまいぞ……。

解剖してある子にそういいきかせまして、歩いては止まり、歩いては止まりしながら、雨のしとしと降る晩に、汽車道の上ば、長うかかって連れて帰りましたです。親子ながら、ぐっしょり濡れしょぼたれて。かなしゅうございましたばい。今でもなあ。そん時ばかりは、わたしげの御亭殿《ごて》も小《こ》もうなって泣きなはりました。

社長さん方のお家にゆくときもチッソの前にゆくときも、わたしはいつも、あれば背負《かろ》うとります。首の縫い目の、くたくたいいよるのをば、つっ転さん如《ごつ》。体のなあ、曲がりますとばい。自分の骨にもなあ水銀の沁みこんで。

権堂さんの爺さまの、酔狂《すいきょう》まわしなはったときに語りなはりました。

——わしゃもう、涯までなあ、一度ならず往ったばってん、戻されてきたちゅうて。

——毎晩々々、先《せん》の嬶《かかあ》が恋しゅうして。

と泣きなはりました。いつもは人を笑わせてばかりおんなはる仁王さまのような爺さまが。六十になるやならずで、まだ男の盛りを持ち余っておって、後添いまで貰いなはったて。西あげの凪に揉まれた舟んごつなって、こういうて、泣きなはりました。

——小母女《おばじょ》よ、

おら、前のおなごに見立てた似せ人形ば抱きおるとばい。

おれにゃなあ、前の嬶だけがおなごじゃったばい。今の嬶はなあ、申し訳なかけれども、前の嬶女《かかじょ》の影じゃなあ。男のかなしさに、似せ人形とおもうても、それを抱いてみれば、もとのおなごがおりゃあせんかと、逢いたさになあ、さびしかことをするわけぞ。

助からんおなごの看病ばする身になるときは、男の哀れも尽きるばい。看病したつもりが殺してしもうた。

どれだけの毒を食わせたもんかなあ、わが手で。食わんちゅうて、ものもいいきらずに口をひき結んで、首をふるのを、食え食えちゅうてねじこんで食わせたばい。小母女よう、こりゃあわしが罪か、会社の罪か。刺身がよかろか、味噌汁がよかろか、煮付魚じゃろか、酢牡蠣じゃろかと、嬶あ孝行のつもりで、念入りに、わが手で食わせました。海の物《もん》はぜんぶ。

どのような苦しみをして死んで往ったか、目にいちいち縋りついとる。おら、わが手でなあ殺した。しんから惚れ合うておった嬶じゃったて。

惚れとらん夫婦は、相手が死ねばよかと思うときが多かそうじゃが、おら、あれが奇病になる前からこのおなごに先立たれでもすれば、どげんしゅうかいとばかり、思い続けとったわい。なんでわが手にかけたことになったろか。

会社の毒ちゅうことがわかったときはもう手おくれじゃ。骨のずい、はらわたのずい、脳のずいまで沁みこんどる毒じゃげな。ああもうこのおなごと俺はどげな因果になっとるか。夫婦は二世というばってん、先の嬶とは水俣病の二世じゃった。恋しゅうして恋しゅうしてならん。ふたりとおらんおなごじゃった。けれどもなあ、残されてみると、あれがところにゃやっぱり往きゃならん。あれはなあ宝物でござした。小母ぁん、おなごは男にとっては宝物ぞ。俺ぁ男の願かけをして、自分が食わせた毒をば吸いとれるものなら、どこからでも吸いとって見しゅうと思うて、男の願をかけもしたが……。

口も手足もしびれて、どこを押さえてみても応えはなしに、ただおんおんおめくばっかり。ここが痛か、ここも痛むかと揉んでやりよったが、どこが痛かともいえやせん。ひといちばい身だしなみのよかやつじゃったのが、赤子のようになって、自分のよだれを拭くことが出来ずに、涙ばかりわらわら流して。泣くよりほかはなかったろうて。まだ口のきける間、あたまの疼く、あたまの疼くちいいよった。どのくらい痛かったろうかいなあ。七人前も八人前も働き通した体じゃったが。最初はな、頭にナマリの入っとるごたるち、いいよった。ナマリが何やら水銀が何やら知らずにおって、ナマリの入っとるち、いいよった。あとで聞けば、水銀は、脳みそを好んで、一度そこに沁みこめば、決して死んだあとでも離れんげな。

生まれるも死ぬるも、めぐりあわせ。めぐりおうてなあ、たった一度。あわれなもん同士が、めぐりおうて。なあ、小母女。俺家《おるげ》ばかりじゃなか、あんた家《げ》の和ちゃんも、御亭《ごて》も。

死んだもんより、死なせたもんの方が哀れぞなあ。

このようなことを吐けば小母女におごられようが、いまのおなごなら替えの手のあるばってん、前の嬶の替えの手は絶対におらんぞ。おら、ふとんの中で男泣きしよるばい。あれは叶わぬ手で何度も手首を切って何度も切り損のうて。俺ぁ何度もそれを介抱して共泣きした。自分で死なんでも、とうとう、立派に、会社が死なせてくれた。あわれな最後で。今でも、前の嬶あが恋しゅうして。おらぁ恥ずかしかが、男にも操というものはあるもんぞ。あとから来たおなごも、思えば哀れでならんわい。

生命は金に替えられんのなんのと、会社のもんどもは、俺どんが口真似をして、おうむ鳥の如《ごつ》いうが、生命一般のことをいうて貰うみゃあ。おなごばなあ、なんとか、俺が罪ば、なんとか、いや、あのおなごば助けてくだはるよ、なあ……。

仁王さまのような男衆がそのようにいうて……。

嫁御のあとを追うて猫いらずも呑んでみなはった。首に縄もかけてみなはったがまだ死んなはらん。往ってしまえば二度とはもどって来られぬ遠かところの、すぐ手前まで往きなはったが、戻って来なはりました。奥さんに先に往かれてしもうて。この世の生《しょう》のよっぽど強かおひとであんなはる。

そういうふうにして、二度も三度も往き損のうた者の、ぞろぞろしとる村じゃが、往ってしもうた者たちも、この世とは生裂きぞ。往ってしまえば二度と戻って来れぬこの世も、あの世も、ふたつながらに恋しかぞい。嬶女の恋しゅうして、往きも戻りもならんといいなはりました。ほんにほんに、往きも戻りもならずに、居り場所の無か人間は、どのようにしてこの世に居ればよかものじゃいよ。

わたし家《げ》も五人、このよな非人病気になりました。もうすぐ御亭《ごて》もなりますじゃろ。御亭もわたしが背《か》負《ら》います。ひとつ茶碗のものば食いましたで。あんまり永うにみんなで病んどりますけん、もう水俣病に病み馴れてしもうて、病気のきつかときが普通で、病気の軽かときは、頭のおかしかようなあんばいでございます。

潮風のやわらしゅう吹くときのなんの、体のしびれのやわらいできて、のどの奥の展くような気のいたします。歌おうかなぁとも思わんとに歌いよります、昔から好きで。先隣りの家に、手拭や打ちかぶり、かなわぬ口にひきくわえて、磯伝いに両手ばさしあげさしあげ、踊ってはってきます。歌じんけいい（気違い）で、踊りじんけいですもん、だいたい。

ハイヤー　エー　ハイヤ
ハイヤーで　今朝出した　舟はよ
もとの港に　いつ帰るやら
ア、牛深、三度ゆきや、三度裸か

よか気色になりまして、腰ども打ち振って歌いこんでゆきますと、隣の小母女も好きでございますけんな、

「ほう、奇病しんけい殿《どん》の、歌い込んで来《こ》らいたわい」

ちゅうて、自分も食いかけの碗の縁ども箸でちんちん叩き、もう腰はひょいひょい浮かしてなあ。そここから首のさし出て、

「ふんふん、昼の日中から、欠け茶碗同士して、にぎやわすよう」

また始まった、ちゅうふうで大賑いさせて。ハエも蝶々も、魂《たま》がりこなさず、枝の上に飛び直っとるふうでございます。どっちもこっちも水俣病の気《け》のあるもんばっかりでございますけん。腰付のおかしなものばっかりしとって、「牛深三度ゆきや三度はだか」ちゅうて、踊ってしもうてから、

「はあ、やっぱりこりゃ、だいぶ頭にうち上って来たばい。ああ、これで、ちっとはほけ出しした（胸のつかえをおろした）。やっぱりよかねえ、これが一番」

と顔見合いまして。

だまって引きこんでおるときが病気じゃいよ、踊っておるときが病気じゃいよ。精根《しょうね》は当り前の人間の

如《ごつ》もありますばってんなあ。

ほんとに、当り前にあんなはるひと方の見て、なんとおもいなはるか。思いなはっても、仕様のございまっせん。この病気ばっかりは、針の先で突ついたほどにも、よかところはひとつもありまっせんとですよ。

最初わたし家《げ》に四人出ました頃、えらい多銭《うぜに》のきてよかよと、銭も来んうちから羨やみなはったひと方も、次々に病気になんなはりました。もういまは部落中、この病の気のなかものはございません。もうみんな、非人病気。これより上の病気ちゅうはございません。わたし家ばっかりじゃあんまりでございますもん。やっと釣合いのとれて来ました。みんな、なってしまいなはればようございますとですよ。一並《いちな》みになればようございますとですよ。

家の中に動きもならずにいるか、出て漂浪《され》くか、死ぬるかでございます。どういうふうにして死んでもこれから先の一生は水俣病と定まっとります。なんか、良かこつのあったかといえばなあ、ただの一生で終りましたなら、一生かかっても行けるかわからぬ東京にまでも連れて行ってもらいまして、陛下さまのおんなはるところにですねえ。

うちの一美や美一のなんのは、から一生、同じ年頃の若か衆には、交じってはもらえまいと、わたしは思うとりましたです。この病で口はきけませんし、自分からひとに語りかけようちゅうこともありませんし。小学校にも出しておりませんし。大きうなれば舟の上で暮らすもんじゃとばかり思うとりましたけん。学校に出る年頃に奇病になりまして、バカんごつ見ゆるとじゃなかろうかと。親からみれば、よかところもある子たちでございますばってん。

最初和子が死にましたときは、部落のひとたちの、ほんとに、あんた家は羨ましかよといいよんなはりました。

「あんたは多子《うご》持ってよかったばい。子宝ばい。百万も銭の来て。一家四人も奇病出して会社から多銭《うぜに》の来て、殿さんじゃなあ、大したもんじゃ、会社ゆきより上の殿さんになったぞ」

と、いいよんなはりました。とくに会社ゆきの衆たちの。ここの村に来たときは陸《おか》に家も持たん揚りもんじゃったがと。坪谷《つぼたん》のやどかりごなでおって、のしあがったもんじゃ、銭貸さんかいと、いわれよりました。

舟をわが家にして暮らしておりましたけん。

坪谷のとっぱ先の磯べたに、牡蠣の縁《へた》のごたる土地ばお世話してもらいまして、揚がりましたもんで。谷のくぼみに、よか井戸の湧きよりました。味のよかおなご水の、いまでも湧きますとでございます。泳ぎくたびれた童《わ》っぱどもが水をかぶってあそんだり、磯のゆき帰りに上の村のひとたちの呑んでゆきよんなはりましたです。娘どもが、椿や萩のかげから鏡にして、さしのぞいて髪ば撫でましたり。井戸の神さまも、竜神さまもおんなはるところに、舟の泊り小屋のような家ば建てまして、片足ばっかり揚りました、最初。

生まれ里の桶の島は、すぐむこうべたでございますけれども、あそこは、島ながら舟の漂浪《され》くところで、舟をわが家にしとるひとたちも多うございます。機帆船で食いますわけで。昔は薪やら、坑木やら、木炭やら、瓦やら積んで、行ったり来たり、筑後川やら大川やら洞海湾の方さねもゆきよりました。坑木はあそこらへんの炭坑に持ってゆきよりました。

いくつも港は知っとります。舟の上ばっかりで暮らすなら学校もあんまり要りませんですから、体だけ丈夫な子を産めばようございました。羞ずかしか話でございますが、当り前の子はひとりもおりません。産む子も産む子も、この病にかかりまして、学校どころか、舟にも乗れんごとなりました。潮から生まれたごたる人間が、岸から舟に乗り移ることができずに、あえ（落ち）ますもんなあ、海に。足のもつれる病で。

舟乗りはもう絶えますとじゃろ。嫁にやりました先の娘に出来た外孫までも、この病になりまして。外孫は杢太郎ちいいますばってん。孫まで入れて六人、その孫を産んだ娘もいま申請ば出しとります。わたし家もあと何人この病気のふえますやら。生きとる間だけの娑婆《しゃば》ですけん、もう考え得ん。

陸の上は人間にも土地にも、暮らしむきにも間仕切りのございまして、海の上で暮らしつけておるもんには、窮屈でなりまっせん。

それはもう、おしまいじゃなかろうかと思うような嵐に逢うことも、一度や二度ではございませんけれども、舟の上の暮らしむきは、物さし当てて囲いをして、時計の針できざむようにはありません。もうほんなこて、簡単も簡単、ことにおなごには、陸の上の百姓わらと違いまして、肥《こえ》も汲まんでよかでしょうが。仏壇飾り立てるわけじゃなし、台所飾り立てるわけじゃなし、食うた茶碗は、ふなばたの波でじゃぶっと洗うてそれでおしまい。おなごにとって、この上簡単な暮らしはなか。どっちかといえば、わたしどもは魚の性でございましょうなあ。

体の達者な間は、たいがい、それで渡ってゆけるもんでございました。舟には魚だけじゃなか、蝶々《ちょうちょ》も鳥もいるかもついて来るとですばい。舟霊《ふなだま》さんもついて来なはるですばってん。海の上を見て、今日はあそこらへんにゆこうかいとおもえば、わたしどもの舟のゆくところに蝶々も舟霊さんもついて来なはる。明日の仕事はどういう算段でゆこうかい、とおもえば、約束仕事の信用も第一でございますばってん、風の吹きようと、竜神さまに相談してきめますわけで。

海のことなれば、三つ子のときから魂が知っとりますけん。

わたしどもはもうみんな、夢のごたる人間ばっかりで、陸の上の理屈のごたるもんは、しちめんどう臭うして、なんにも知りませんとでございます。はあ、字ぃのなんの、親の代から一字も見《め》かかりまっせんと。ああいうおとろしかようなものの書かれた紙に、判でもつけば、売り飛ばさるるか、保証かぶりになるか、どっちみち、自分の身を縛ることになるばっかり。字ぃのなんの覚えればろくなことはなか、と昔の年寄りたちがいいきかせしよりましたけん、学校のなんのには、一、二年、真似ばっかり行きました。字の要る娑婆にはご縁のありません。空一生《からいっしょう》、夢んごたるふうでございますけん。

夕めし済ませて、子どもに小便どもさせながら眺めておりますと、波の先に、お月さんのゆらゆら揺れておいでなはります。

「あら、今夜はもう、十三夜さんばい。今度の闇夜までには、肥前まで渡って来んばならんなあ、父ちゃん」

というふうでございます。

「昨日は、北の風の吹いとったなあ。宗太郎丸は、三角の沖まで、行き着いたかしらん」

隣におった舟の噂ども心配して赤子をあやしましたり、あんまり背中のが泣きますときには、舟板を足でゆすって櫓を漕ぎながら、口から出まかせをば歌にしますとでございます。

戸の崎の竜神さまは
酔食《えく》らい神さんばい
石ば据えてきて
魂入れよと思うて
お神酒ばあげ申したら
竜神さまの
お神酒をば
しこてこ
御馳走《ごっつお》になって
魂の入らいて
酔食うて
お高さまの赤子を
深海の瀬戸に
蹴《け》えこかさいた
もう
鱶《ふか》ん餌《えど》わい

もう、と歌うて、鱶ん餌わい、と背中ばゆすれば、赤子はすやすや、ようねむりますもん。大きうなりましてから、鱶ん餌わい、という節のところだけ覚えておったりいたします。

わたしどもの子守唄のなんの、そげんしたもんで、なんでもかんでも、口に出てくるものは、歌にしてしまいますもんな。

ただもう、赤子と語ったり、魚にものいうたり、風にものいうて空一生を過ごしますもん。胎《はら》の太かおなごをみればその胎をみて、ここらあたりの婆さまたちが、いわれます。

「うーん、二人分じゃや。胎の太かときゃ中尾山に汁かけて啜《すす》りこめというたもんじゃが、啜りこみよるや」

中尾山くらいに盛りたててめし食わせてもろて、多子《うご》持って育てますのが仕事でございましたけん。どげんして育てたかと聞かれても、ただ、病気させんごつ、太う高うなれ、と思うとりましたばっかり。どれもこれもひとのせんような水俣病になしてしまいましたがな。

わたしは学校にも行っとりませんし、子どもに教ゆることというても、なんば教ゆればようございますかしらん、引いたり、抱えたり、背中に結いつけたりして櫓を漕ぐ、舵をとる、魚こしらえる。水汲みにゆく、ただただ、太う、高うなれ、と思うとるばっかりで、舟の上から天《そら》ば眺めて、

「あれ、もう八朔潮《はっさくじお》じゃやねえ、
ほらみろ、叔母殿のからいも畑のかしきの、今度の雨で、うるうる利いてきよるばい、ほら、あすこの太か椿の木の下あたりぞ。青々なって来よるが、見ゆるか、からいもの蔓どもが、ほら。

今度の八月の盆の魚には、タコども、うんと干しあげて持ち申して、からいもと替えてもらいに、行こ

うわいねえ、――」

おるだけの子どもの名前ばとりちがえてものいいましても、子どもの方は、それが当り前ぐらいにおもうとりまして、取り結んだりほぐれたり、子どもたちといっしょに、舟のひっくり返るような暮らしがふだんのことで。

舟の上から段々畠ども数えたり、先祖の墓所にまいったり、山の岬《はな》の目じるしの木のことやら、岩のいわれを語りおうたり、潮の工合や魚や風に、春夏秋冬の舟仕事をば、神さんから授《の》さった仕事じゃろと思いまして、それで、済んでゆきよりましたです。

わたしどものように運搬船を廻すものたちは、漁師方と違うて、舟人《ふなと》ちゅうとでございます。舟人といえば陸に揚らずに家も持たず、空一生《からいっしょう》を暮らす者どもじゃ、うたせ流れのような者共じゃと、見差別《み》していう衆もおんなはりますけれども、舟の上におりますと、陸と違うところは、なんでもかんでも、うつくしゅうして済んでしまいます。鍋もいっちょ、釜もいっちょ、くどもいっちょ。飾り立ててひとに見せるような台所じゃなし、茶碗皿も余分にゃ置きません。米味噌も余分に欲出して置く必要はございません。ゴミがいっちょもたまりませんし、子どもが二人ぐらいまでは、おなごには舟の上がいちばん極楽でございます。薪《たきぎ》をいくらぼんぼん燃やしましても、くどは厚うに塗りあげておりますけん、舟が燃ゆるということはありません。天井もくすぼらず、煙は天さねむけて登るばっかり。気の晴れわたりますことがなあ、どこどこまでも。

子どもが三人四人になりまして、這いまわったり取り結んだりする程になりますと、甲斐性《かいしょう》があれば、太か船を買い替えるか、揚がって家を持つかせねば、狭うなって、どうにもこうにもなりませんけれども。

そりゃ、たまには死ぬるかと思うような雨風の吹き降りにも遭うことは遭いますけれども、めったに雨風で死んだ話は、ここらの海にはございませんとです。雨風も吹かんとに、死に続けることは水俣病の起きてから、ほんなこつ、はじめて。一体ここの海はどげんなりますとやら、気の晴れんですよ。

少し辛いといえば、冬になれば、ほんの気持ちばっかり、辛うございました。西あげの風の暗うになって、天草の沖から吹きあげて参りますけん。冬の風はやっぱり冷たかし。なまこやら、牡蠣やら、海の奥《おく》底《ぞこ》の方を這うて漂浪《され》くものを、獲ったりしとりますけんな。

漁師で食うわけではありませんけれども、海の中におるものは、舟をやりさえすれば、そこにいつも居りますもん。今夜はなまこば獲ろうかいねえ、とおもえば、なまこのおりますし、蛸《たこ》のおりますと獲ろうかいねえ、とおもい、海老樫（樫あみ）入れてみろかいねえ、と思えば、海老の入りますし、牡蠣獲ろうかい、岩貝獲ろうかい、とおもえばいつでも岩についとりますもんなあ。

ゆきなれた同じ島のぐるりでも、夜漁《よぶ》りなんかに揚ってみますと、違う島に揚ったような気色のするときもありますと。晩にはな、光っとりますばい、あれたちゃ。

こりゃえらい、今夜の牡蠣はぴかぴか光っとる、とおもうとるうち、かねては見かけんような、イノメ貝やら、巨《ふと》か鮑《あわび》やらがごろごろ居るとでございます。えらい、今夜は居るなあ、とはじめは嬉しさまかせにぞくぞくして採りよって、あんまり居るもんで、そのうち連れ並《な》んでいるうちのひとりが、

「こりゃひょっとして、今夜んとは、化物《ばけもん》じゃなかろうか」

と、こらえ切れずにいいますと、みんなたいがい、おとろしゅうなっとりますけん、

「戻ろか」

と思わず口に出て、もう後も見ず岩の上をすべくり下りて、どげんふうにして、女共ばっかりで舟漕いで戻ったか、振りむいてみればお月さんまでおとろしゅうして、後は覚えもせんちゅうこともございました。昼の潮にそこの磯に登ってみると、かげろうの登っとるばっかり、

「やっぱ、ありゃあ、化物じゃったかもしれん」

といい合うたりいたします。

このごろ久しゅう、夜漁りにゆくひとも少のうなりまして、会社の港の沖の恋路島あたりも、晩になればさぞかし、潮の引いた岩のぐるりには、ぴっかりぴっかり光って、あれたちが出とることでございまっしょ。

晩になれば、水俣の上の空にチッソの青か煙の、音もせずに燃えよります。沖からみれば、恋路島どころか、水俣あたりの全体が、冥途の天《そら》のように見えますもん。くる晩もくる晩も、しろじろ浮き上って。長崎の外の高島炭坑に、薪物や坑木を積んでゆきよりました時分には、あそこあたりの舟霊さんは、こっちの不知火海におんなはる舟霊さんより淋しさになさいまして、沖を通りよりますと、乗って来よんなさいました。ことに冬には、ひとりでは、海の上の寒うにあんなさるとでしょ、人間恋しさにして、とりすがりに来よんなはりました。

海の上で迷えば、ひゅうひゅう、ひゅうひゅう、舟の舳先のあたりで、鈴の鳴るような声を出して、連れ出してくれなはるかわりに、自分が淋しかときには、とりすがりにおいでなはるのでございます。透きとおるような声で、舟の尻の方に止まりながら鳴きなはる。わが淋しさに、水死人までひき連れて来たりしなはるとですもん。

島ながら、ぜんぶ水牢のごつなっとる高島炭坑から泳ぎ渡ろうとして溺れ死ぬ人間や、みつけられて、水漬けにされたり、うち殺されたりする島の沖でございますけんな。

炭坑の盛んな時分には、やっぱり銭になりますけん、わたし共は舟仕事でゆきよりましたけれども、ここらの舟人の縁者たちや漁師わらでも、ほんとに、坑内に下ってきたものの、たくさんおりますばい。牢に下るようにありますけん、下罪人のゆくところというのでございまっしょ。炭坑にまで漂浪《され》いて、逃げて帰って来たひとたちで、水俣病になったものはたくさんおりますとよ。ゆき女も、すわの婆さまたちも川本さんも炭坑流れで。ほかにもたくさん、炭坑から命拾いして帰って来なはりましたのに、この病になって。

炭坑でも、会社でも、ああいうもののあんまり賑《にぎ》あう盛りのときは、必ず、にんげんの、たくさん、死にますなあ。

あそこあたりの沖は、なるだけ日の昏れんうちに通り抜けよりました。水死人ば連れて舟霊さんたちの来なはらんうちに。ここらに住みなれておんなった舟霊さんたちもきっと、さびしゅうなんなはります。

おもえば遠か昔に、ここらの海山の姿のあんまりうつくしゅうして、ほとほととなって陸に揚って来られましたとでっしょ。このようになるとも知らずに。

ひとも、魔も、ひとつ姿になって住んで居りましたわけで。

ここの水俣はいま、見かけ極楽、なかみは地獄で。

チッソのえらか衆の、まだ死にきれずにおるわたし共の姿を、眺めなさいますお顔をみておりますと、昔の人が、鬼がおとろしか魔がおとろしかちゅうても、人間よりおとろしかもんはおらん、人間より上の魔はおらんぞいと、教えなはったことば思います。ああやっぱり、お互い、人間がいちばん、何の性のなり替わりか知れぬもんじゃと、思いますなあ。

むかし、生き肝とりの話の如《ごつ》おとろしか話はありませんでしたけれども、今の時代になりましたら、肝どころか、生きたまんまの脳味噌に来て食うにんげんたちの出て来て、これもにんげんの性のなり替わりでなあ、ああた。

わたしどもはなんにも知らずに、明日は明日の風の吹く、と思うてばかり暮らしよりました。明日の風は水俣ではどげんふうに吹くか。

水俣では、春よりももっと冬の方が、和《やわ》らしゅうございます。

一年中に萌ゆる草のうちで、冬草の萌ゆるのがどげんふうに和《やわ》らしゅうあるか、東京から来て見なさいませ。赤子の息に吹かるるよりも、まだ和らしかですが。

春の彼岸前になれば、そのようにして道のべも、田んぼも山々のあいも一日一日草の色になって、それが菜の花のいろになりまして。

このような景色の上に靄《もや》のかかりますと、海も底の方から桜色に照りだされてなあ、あの上り鯛が、外海の方からこの内海に這入ってまいりますから。海の底で、そのような鯛の群が動き出しますと、陸の桜もひらきますので。

桜が散って、どんぐりの木やら椎の木の芽が、銀いろやら紅色やらに萌ゆる頃になると、潮の色が山の蔭を抱いて、いちだんと深うなります。

すると潮の中にかげろうが湧いて、藻草の蔭にあの水烏賊《みずいか》たちが巣をいとなみに参りますもん。海のものたちというものは、海さえあればそれでよかというようなものではなく、その海にいちばんふさわしゅう添うた山がなければ育ちませんので。裸山の根には、魚が出たり入ったりしてあそぶ、青か蔭のございません。樹々の枝も魚を育てて加勢して海の中の春と映りおうて、陸の上も春ですもん。

漁師方は磯の上から、せっせとあの、つつじの花木をとってきて、岩のまわりに沈めなはります。烏賊たちはつつじの花木をわが家にしよと思うのでございましょ。そのつつじの蔭に来て、ひらひらとやっておって、それがおなごの烏賊で。潮がぬるんで、波の下にかげろうが湧く頃になると、桜貝よりも小愛《こや》らしか烏賊の子たちが、海の草のゆらぎよる波の下を、すいすいくぐり抜けて遊んでおります。

おなごの烏賊が来ておりますと、必ずおとこの烏賊が游ぎ寄って参りますでっしょ。

漁師方はそれを眺めておって、おとこの烏賊を、引っかけては獲り、引っかけては獲り、いたしますので。

揚げられた烏賊は、きゅうきゅう啼いてなあ、おなご烏賊にはえらい気の毒なようなわけでございますがねえ、岩の上からだとか、舟の上からだとか、つつじの花木を持って来て、日がな一日のんびりやっておれば、二、三十貫の烏賊はとれましたので。

そのようにして獲らぬときには、〈烏賊がな〉という道具で釣りますとで。海老やら鰯の形に似せて、桐の木でつくります道具で。

口のところに、曲って反った針をぐるりとつけて、そのような烏賊がないをつくりますには、雪国で育った桐の木が、いちばんよかそうで、雪にひき締められて育った木が、海の中に入れたときに、たぶん、浮きも沈みもせずに、息をしとるようにみえるのでございまっしょ。

うちの隣のご詠歌の師匠さまは、それをつくんなはるのが大の名人で、いつも鳥の胸毛のようなのを、出来あがった鰯型やら海老型の背や腹に植えこんで、いくつもいくつも股ぐらの間に並べては、眺めておんなはります。

背中や腹につけた鳥の羽根が、海の中では、ひれのようにそよいで見えますすげな。

その烏賊がなに、魚や海老の色した背模様を描きつけたり、昼の釣り、晩の釣り、月夜の釣り、月の曇ったときの釣りと、色も形も、名人になれば、いろいろに作りわけて、烏賊たちと知恵くらべをしてですね。

達人が作れば、烏賊の長か方の二本の脚が、烏賊がなに、さわりにくる手応えがわかりますそうなばい。あ、一本じわーっとさわりに来た、ほら、こんどは二本目をのばして押さえにかかったぞ、とか、わかりますそうで。いま、全部の脚で抱きにかかった。それひきあげろ、ちゅうふうで。

漁師方のボラの餌のつくりくらべなどは、魚釣りしよるのか、魚にせっせと御ちそうをする競争をしよるのかわかりません。魚に養われたり、魚を養うたり。いいえもう、いまいまはやりの、魚の養殖に使う餌のことではなくて、もう、昔、むかしのころから、本気で一心に御ちそうをつくりよんなはったです。あの、ボラにやる糠《ぬか》だんごなどは。

バターでこねたり蜂蜜でこねてみましたり、かいこのさなぎを入れてみたり、味噌で味つけてみたり、家によっては、酒や焼酎まで糠だんごの中に仕込んで、御ちそうしなはります。ボラに寄ってもらいたさに。

ボラに寄ってもらうといいましても、一軒一軒のボラ籠を置く代《しろ》は、くじ引きをしてボラ籠を漬ける場所をきめて、茂道の沖のはだか瀬のぐるりに、一軒分が一間四方ぐらいでございますけんな。そこらあたりが、ボラの通り道だそうで。海の底に並べた籠の中に、それぞれ、隣の家同士は絶対ひみつの御ちそうが並べて置かれてあるわけで。

　ボラ達はまあ、御ちそうの並べてある通りを、どこらあたりの籠に寄ってゆこうかいというふうに眺めて通るわけでございましょ。すると、そこらいちめん蜜の匂いやら、酒の匂いやら、出来たてのだんごの匂いやらが香ってきて、ボラは、どの家の籠に入ったらよかものか、もう迷うてくるあんばいで、祭に招ばれとるような気色でございましょう。ボラの祭の来るころの、はだか瀬のぐるりは五月になるとえらいな賑あいで。

　昼はあんまりいたしませんが、夜になりますと、糠を入れた籠を漬けるだけでなく、撒きだんごをいたしますので。籠の中に、ただ、だまってだんごを入れておくだけでは、ボラも、あっちかこっちかと迷うていて、来てはくれまいぞ。

　そこで、夜になってからボラの泳いでゆく先に、つまりよその家のボラ籠の上にゆかぬうちに、ボラの鼻先に自分家《げ》の御ちそうをひとつずつ、匂いを嗅がせに落として行って、ボラを、自分の家のボラ籠のある入り口まで、誘いこもうという寸法でして。撒き餌をするとき、あんまりたくさん撒きますと、ボラは途中で腹がふくれて、なかなか、籠の中まで這入りつかぬ。あるいはそれをよぉく知っていて、途中の撒き餌だけを御ちそうになって、籠にはよう這入ってはくれん。なかなか、漁師衆も魚共とは気根くらべでなあ。自分の家の撒き餌をたらふく御ちそうになった揚句、隣の家の籠に、這入りきれんごと連れのうて這入ってしもうて、打ち重なって揚って来ることもしょっちゅうのこと、それもお互い、替りばんこのことでございますので、明日はまあ、明日の風の吹いて、隣の餌に連れられて来たのが、俺家《おるげ》の籠に入ってしまうこともあろと、漁師衆は飽きもせずに、御ちそうの研究ばしなはりますとですなあ。撒き餌をしましても、どこの家の糠だんごがいちばん味のよう出来ておるか、ボラだけにしかわからんわけで、俺家のこそ、いちばん、と人間が思うておりましても、ボラにも、どの家のを食うかについては好き好きの味のありましょうし。一軒一軒の秘密で、子にもゆずらんくらいに思うても、相手のボラ次第、海の中のものどもを相手にして暮らしが立ちさえすれば、「沖は風、風」、というて、ここらあたりは済んでゆく世界でございました。

今日も沖に、海老をとる舟でございましょ、うたせ流れの帆かけ舟の、白か花の並んだように流れてゆきよります。

どこの沖まで流れてゆきますのやら。海の中から湧いて出たようなわたし共が、いったいどこの海に、ゆきようのありまっしょ。

奇病魚、とるな、食うな、といわれても、わが魚を獲らん、米もつくれん漁師が、どこから湧いてくる銭を出して、わが口ば養いまっしょ。魚を獲りきらん漁師に、ただ銭をくれるおひとは居んなはらんでしょうに。

うつくしか眺めでございますよなあ。ほろほろ、帆を流して、舟も人間も、魚たちもいっしょにつながれて——。

白か花びらの、油凪ぎの上を吹きすべってゆく如見《ごつ》ゆるあの沖の舟には、まだ生ま身を持った人間どもが乗っておりますので。

海老のうたせ網の揚がるときには、網にかかった海老を、傷ませんようにして外すのがおおごとで、手先のかなわぬものがいたしますと、頭を千切ってしもうて、値にはなりません。

この仕事にばかり漬かっておりますときには、指の皮も掌のくぼの皮も破れつづけて、ちょろりとむけてしまいなはりますとですよ。海老のあたまの剣先に突つかれて。

ここの海から出てゆけるほかの海はなし。

海はあってもそこに出てゆけるような人間じゃなし。舟はなし。

子どもの頃から手なれておる魚外しでも、この頃はもうみんな、手の先のかなわずに、海老網の出ますときには、よけいに掌のくぼの皮のむけなはる。それでもまだ、綱や網を握れるひと方はあのようにして網にとり縋《すが》り、うたせ流れに出てゆきなはります。花のごたる白帆の下で、網にとりすがるたんびに皮がぞろりとむけまっしょ。そのような掌をしとりましても、漁師というもんは、帆をあげて出てゆくときはもう、目の先にちらちらと、網の目にかかって海の中から、目の醒めるごと、いっぱいに咲《ひら》いてあがってくる海老の眺めの、ちらついておりますので。魂がもう、舟より先になって行くわけで。

第三章　鳩

桜田門にむかってたゆとう濠にそった、ゆるやかな坂のはしっこの方を、彼らは一列になって車を除《よ》けながら歩いていた。わたしもその中のひとりだった。

桜田門の前に立ちながら、やや上方を仰げば左手目前に、警視庁の旧いビルと、新しくそれに接続されてそびえ立つ巨大な建造物がならび、もうすでにあの、権力というものの古典的な本能と近代性とを、建物自体が具えてそこに在った。そのような建造物群を寄せ合わせ、ゆるやかに弧を描いて上る舗道の彼方に、国会議事堂がそびえて、右方の緑地帯、桜田門の奥の皇居とそれらは三位一体をなしていた。

あまりに突然そこに出てしまったので、ひとびとは、まだ醒めやらぬ幾重もの、ねむりの波紋の中にいるような目つきをして、あたりを眺めていた。

チッソの中のビルの迷路から出てきて、曇り日の冬の陽の差しこんでいるような、広い新しい迷路の中へ、わたしたちは出て来たもののようであった。汚れてこわれそうになったつゝかけや、かかとを踏み潰したまんまの布の靴を、足のしびれている元漁師たちは、爪先でとぽとぽと蹴りやるようにして歩く。体からずり落ちそうなジャンパアや、よそゆき然とした背広を、まじめに着こんでいた。いい年をした働き盛りの漁師たちが、断食の後の足ならしだとはいえ、都会風の「サンポ」というものをやらかしているのが、そもそも面映くてならないのである。

ひとびとの頬はいつものように異様に赤かった。そのような赤さは、南海の潮風にさらされているためだと思われないでもなかったが、よくみればそれは病気のためで、頬をおおっている血脈が、いつも血走っているからなのであった。付添っている医師たちの話によれば、患者たちはほとんどすべて肝臓に、ある徴候がみられるというのだった。ひとびとは、ぱちぱちとまばたきして目をこする。

「ほほう、ここが陛下さまのおんなはるところばい」

いちばんおおきな体の金子直義が、そういうと、佐藤武春がにっこり笑い、

「お前や、宮城、宮城ちいいよったで、土産話のやっと出来たねえ、直義くん」

と自分よりはおおきな、幼な友達を見あげていう。

チッソの中でのハンガーストライキのとき、「直義くん」は最初に音を上げ、恢復期のトマトジュースを定量以上にねだった。

「俺あ人いちばい体のふとかけん、ただでさえ、人並に食うても足らんとぞ」

非常に可憐なおももちで遠慮しながら直義くんはいいわけをした。ハンスト仲間たちはじつにもっともだと彼に同情した。みかけは巨大漢のこの漁師が、いちばん頑是《がんぜ》ない心の持主であることをあらためてみんなは思った。

黄緑色によどんでいる濠のむこうには、よく刈り込まれた芝生がみえ、濠の面をさしのぞくような枝つ

きの、老いかがまった松の樹が連なり経めぐり、「九重の奥」のあたりを幾重にも遮蔽していた。古典的な築城師たちの心の構造をつらぬく鉛錘のようなものは、まだ充分に生きていた。それは石垣の中から濠の中に深く沈みこみ、そのゆえに、石垣という土台に支えられた地上の眺望は、どっしりとした静謐さを保っていた。

けれどもふと気がつくと、松の影のふかぶかとつくろわれている下蔭に、これはまた古典的景観をあっけなくそこから破綻させてしまう〈見張り所〉が、銃眼さながらに露出しているのである。ひとびとはそれをみつけるとだまって顔をみあわせ、いいあわせたように自分の足先のあたりをみつめるのだった。

足元に、ちょうど水俣の海辺の、磯の岩の上によく生えていて、ひとびとが〈磯さかき〉と呼んでいる葉の厚い常緑樹がくろぐろと繁っている。その根元に、

「植込みに入らぬこと」　皇居外苑管理事務所

と書いた杭が打ちこまれていた。杭の手前に、半円型にたわめた鉄の柵が連なって、地面を刺しながら歩道を距てており、そこから先の土手の植込みは、濠にむかってすべりおりている。

漁師たちは文字どおり草深い僻遠の地から出郷《しゅっきょう》してきて、東京駅から二、三分のチッソ本社にはいるやいなやそのまま座りこみ、ことの成りゆきからハンストに突入してしまったが、医師団の忠告によってハンストをとき、まだ恢復期の食事も身につかぬまま、はじめての逍遙《しょうよう》に出たのだった。木のあるところ、草のあるところを嗅ぎあてるようにしてそこに出てきたのは、水俣病に冒されているゆえに、なおさらもっとも自然の中のヒトである彼らにとって、本能的なことがらであった。

〈見張り所〉や「植込みに入らぬこと」などと書かれた杭を見て、漁師たちはふしぎそうなまなざしに

なる。白いこぶしの花の萼《がく》がひとひらずつはがれてゆくようにみひらいているまなざしのまま、濠の彼方の水面にいるちいさな水鳥を見つけ出して喜んだりする。肩を組みあいながら鉄の柵のところに爪立ち、底のみえない濠の面を、首をさしのべてのぞきこむ。なにかしら嬉々とした表情になって、

――うなぎや鮒や、なまずや、どじょうや鯉が、ここにはうじゃうじゃいるにちがいなかばい。水俣の海の魚や川の魚にくらべて、うまかろうか、どうじゃろうか、

などと談義をしはじめる。

植込みの中にはさまざまの雑草が冬芽を出し、枯れた風草の間などに、オオバコとかタンポポとか、虎杖《いたどり》とかが群生していた。そのようなものを下草にして、かなりの年代を経たつつじや、柘植《つげ》のたぐいや、あじさいや柳などが点々と植えこまれていた。そのような保護を加えられて、皇居外苑の土手道は、奥深い内苑の延長にあった。そこからはもうさしのぞくことのできない、華麗な豊明殿の夜景や「春秋の間」や、「連翠」や「萩壺」など、日本的典雅の苑の様式は、外苑にそって隣合う井伊掃部頭邸あとや、松平安芸守や戸田淡路守、松平市正などの邸あとの境あたりで絶ち切られていた。そこからふいに鈍く分厚く切り立ちながら、あの合成石と鉱物類で組み立てられた現代建築工学の作品群が、警視庁を起点にして後方はるかに林立しているのである。

右手にめぐるそのような皇居外苑をみながら、桜田御門と警視庁の間の、いつも足元から揺れ続けている交叉点の鉄の舗道に立てば、常に左の上方にその全容をあらわす国会議事堂があり、前面の警視庁と皇居を底辺にむすぶ眺望というものは、怪奇で不可思議な調和をつくり出していた。警視庁の巨大な建物にうがたれている無数の穴、あの窓という名の穴は奥深い畏怖を誘い、それはこの国の権力構造をあらわす

に、もっとも絶妙な建築工学の表現をとってそこにそびえている。このような三位一体形の一角にたたずんでいると、血なまぐさい妖気のごときが背筋の方から絡みつき、ここいらあたりが、みえざる魔都の深奥部かもわからなかった。

それはあの奇怪な幻想を誘わずにはいられない。尖った尻尾をもっている甲虫類や動物たちが這いずりまわり、なよやかな女体がそれらのものたちに串刺しにされていたり、首枷人間や足枷人間が配されていたり、ひとつの首の脳髄をもてあそんでいる中世風の僧侶たちや役人たちがいる透視図にもなってくる。なんとそれはあの十五世紀末ネーデルランドの巨匠ボッシュの描く絵画的世界と重なり合ってくることか。

国会議事堂と濠の間に立ちのぼる空間のあたりは、日本的古典の築城美と、威嚇的な近代物質主義とのグロテスクに接続された空間でもあった。そのように接続されているみえない空間は、割れめを持っていて、井伊掃部頭邸あととおぼしきあたりから、音を排出する巨大な甲虫のような車がいきなり突進してくる。それはみているもののまなこのあいだをめざして、直角に刺さってくる。そのようなみえない割れめは、皇居の中に迷いこもうとしたあの沖縄の青年たちなどを、どこかへ、くわえこんでしまったにちがいなかった。

微弱な冬の陽が、ゆるやかな坂の上の全景に照り、漁師たちは、どこかおぼつかない足つきをして、静かに歩いていた。足が、水俣病特有の症状そのものよりもまだおぼつかないのは、断食あがりだからでもある。

彼らにとって、日にちや時間やを定めて行なう断食などは、むしろそらぞらしくて、食べものをとりそこねる、あるいは眠りそこねるなどということはもう二十年ちかく続いているのである。そのようなことは人にも知られずに、むしろ恒常化してしまっているのだったけれど、ことに上京してからは、患者たちだけでなく、若者たちもみな、体重が三キロも四キロも減り、頬骨の上や頬のあたりなどに、あきらかに慢性的な飢餓や睡眠不足をあらわす皺がきざまれていた。そのような事態はかねがね体のおおきなものほどこたえていた。

人前で行う断食が、ひとびとをあらためて羞ずかしがらせていた。みせるための飢餓などよりも、ながい間、世間の知らない飢餓に、彼らは慣れていたのである。

ここにもっとも体のおおきな患者金子直義についての資料がある。

熊本県公害被害者認定審査会検査所見

金○直○　昭和七年三月二二日生
住所　水俣市袋茂道三八九五
職業　漁業

一　既往歴
昭和三八年頃、甲状腺炎といわれ治療を受けた。

二　生活歴
二〇歳位（昭和二七年頃）より漁業に従事、魚介類を沢山摂った。

三　主訴
手がふるえる。眼がかすむ。手の異常感。

四　現病歴
昭和三二年頃から言葉がすらすら出ない、手足がふるえる。昭和三七、八年頃が最も悪く、この頃甲状腺炎といわれ治療をうけ、そのあとは次第に軽くなってきている。現在手のふるえが続いている。
五　一般所見
皮膚湿潤し脈拍一二〇／分
六　神経学的所見
(1)脳神経に異常を認めず。言語障碍なし。聴力、会話に差し支えなし。
(2)上肢　微細震顫を認む。脱力を認めず。
(3)下肢　近位筋群の脱力を認める。歩行障碍なし。
(4)失調を認めず。
(5)知覚障碍を認めず。
(6)深部反射　アキレス腱反射稍々《やや》亢進、その他正常。
(7)病的反射　なし。
七　特殊検査
(1)視野正常
(2)オージオグラム
右側軽度難聴。但し右中耳炎あり。左側正常。
八　診断

甲状腺機能亢進に伴うミオパチー

熊本県公害被害者認定審査会の、このような無神経な所見というか作為的な無視ともいえる診断書によって、川本輝夫を含む金子直義らは一旦認定の対象から外されてしまったが、この同じ金子直義に関する所見に村して、川本輝夫が主力になって起こした、行政不服審査請求のために提出し直された資料の、ごく一部によれば次のようになってくる。

金〇直〇　　昭和七年三月二二日生
住所　水俣市袋茂道三八九五

（1）家族歴
母金〇カ〇は歩行障害、知覚障害、嚥下《えんげ》麻痺のため要観察とされていた。（四六年四月二二日に水俣病と認定された）
（2）既往歴
特記すべきことなし。
（3）生活歴および現病歴
家は代々の漁業で、直〇は二〇歳の頃から一人立ちして漁業をはじめた。漁法は一本釣、うたせ網、流し網、ゴチ網、イカ籠、ボラ籠、よぶり（夜漁）などで太刀魚、タイ、ガラカブ、セイゴ、アジ、グチ、チヌ、スズキ、キス、ボラ、カレイ、タコ、イカ、貝類などを三度三度たべた。金○宅では二六～二七年頃から飼い猫が次々と狂いまわって死に、新しく飼うと一〇日か一週間で死んでしまったし、二四もらってきた猫がいっしょに狂い死にしたこともあったという。飼っていた犬も眼がみえなくなって海に落ちて死に、ついには家の裏にイタチが出て来て狂いまわって死んだのを目撃した。

三二年のはじめ頃より手足がふるえ、手足の先に何か一枚カバーをかけたような感じがしたり、物を握ってもその感じがしなかったり、言葉もすらすら出なかったりした。母親カ○のみたところでは足がガクガクして歩きにくそうで、兄弟からはパチンコで立ってばかり居るからだろうとからかい半分に言われたという。カ○が「病院に行け」というと「行けば奇病だといわれるから」と行きたがらなかった。三四年頃公民館に保健所の人（？）が来て毛髪を集めていったが、毛髪水銀量が高かったということで（当時くわしいデータ知らされず不明。行政不服審査の過程で明らかとなる。一〇〇ｐｐｍ）しかも症状もあることから精密検査のため迎えの車が来ることになり行くばかりになっていたら弟たちが反対した。その後、症状は悪化し、三四～三五年頃市立病院で受診した。三四、三五年か、三七、三八年か正確にわからないが、甲状腺腫の診断のもとに二年位治療した。その後、症状は少し軽快したが知覚障碍、震顫は現在も続いている。

四三年頃から小さな字が見えにくい、足が思うように動かなかったり、腰が痛かったり、足にこむらがえりなどがみられる。全身倦怠のため、市立病院、市川病院、岡部医院などで受診し、糖尿病が発見された。その治療は一年半ほどつづけた。

（4）現在の症状

①精神症状、性格障碍、思考力低下
②末梢性知覚障碍（触痛、温、冷、振動感）
③震顫
④共同運動障碍・後屈運動で踵があがらず倒れる。片足立ち不安定、ディスメトリー（左側に軽度）、ロンベルグ現象陽性。臥位から起きて正座するまで手を貸して足をまげて座わる。足を伸ばして手をついて尻を動かすなどの運動は分節様で拙劣。
⑤言語・早口でしゃべるときわずかにもつれる。
⑥腱反射亢進、病的反射なし、粗大力は全体にやや低下。
⑦甲状腺腫があるが眼球突出や頻脈なし。
⑧高血圧、糖尿。
⑨一応、日常身のまわりは可能であるが、しびれ感がある、力がはいらない、根気がない、疲労感などのため作業能力低下している。

（5）熊本県審査会の検査所見に対する反論

①初発症状と疫学的調査の関係
水俣病多発地区に住んでいて、しかも飼い犬や猫まで水俣病にかかったという事実を調査していない。しかもその頃手足のしびれ、震顫、言語障碍など典型的な水俣病の症状が出ている。その事実を無視している。患者の陳述を重視していない。
②その後、甲状腺腫が見出されたことによって、それらの症状もすべて甲状腺腫によるものと、逆に

考えるという論理的誤りを犯している。甲状腺腫はその後に発見したものであり、その治療によって症状が軽快したからこれらの症状は甲状腺腫によるものと考えたらしいが、水俣病の症状の経過を考えると、甲状腺腫と無関係であるとするのが普通の考え方であろう。しかも、当時の甲状腺機能についての精細なデータは示されていない。水俣病の症状は軽いが、現在もなお明らかに残存している。

③知覚障碍を見落している。このような症状を、なぜもっと詳細にピックアップしないのであろうか。患者にとって水俣病か否かの重要な所見である。三嶋副院長の診断書〈認定申請時の三嶋医師〈審査会委員〉による添付診断書には「現症として手指の震顫・四肢末梢の表在知覚障碍等の所見を認める。精査の要あり」とある〉には知覚障碍の記載があるのに審査会の診断書にないのは故意におとしたか。

④母カ○の症状も当然考慮に入れられるべきである。当時測った毛髪水銀量のデータ（八七）も調査すべきである。

⑤甲状腺腫、糖尿、高血圧が合併症なのか否かの問題があるが、この診断書では、逆にこれらの病的所見によって水俣病の、否定的材料としている。これらの所見はむしろ有機水銀中毒の全身症状の一つとしてとらえるべきではないか。すなわち、ハンターの例にも糖尿の記載はあるし、新潟でも、糖尿や高血圧などの合併している例が報告されている。

⑥知覚障碍、震顫などの症状のみならず、共同運動障害が無視されている。発病後の経過が長いし、これらの症状のごく軽いものでもいくつか組み合わさった場合は重視すべきであろう。

⑦甲状腺機能亢進に伴うミオパチーという診断の根拠があいまいである。なぜなら、甲状腺機能亢進の具体的根拠が示されていないし、それが示されても知覚障碍や発語障碍などの症状も甲状腺機能亢

進と結びつけることは困難である。これらの矛盾をそのままにして、疫学的事項を全て無視して、このような結論を下すのは暴論である。

(6) 結論

水俣病多発地区において有機水銀の汚染は明らかな事実である。毛髪水銀量の高値はその何よりの証拠としてあげられる。初発症状、経過、現在症状などから考えて水俣病のそれと全く一致し、甲状腺腫、糖尿などの存在は水俣病を否定する根拠とはならないし、むしろ、逆に有機水銀の全身に及ぼす影響とも考えられる。よって、金○直○を水俣病と認定すべきである。

(『認定制度への挑戦——水俣病にたいするチッソ・行政・医学の責任』より)

認定制度に対していどみ続けている少数の医学者たちや研究者たち、その周辺にいる協力者たちの、骨身惜しまぬ根気づよい調査やその労作の一部であるこのような資料とても、彼、金子直義の生涯にとっては、秋の日ざしの差した、とある一日の他人のメモかもしれなかった。なんだか彼はおぼつかなかった。足もとにぴくぴくけいれんを起こし、ひとびとの中から金子直義が柳の木の根方にふらつき寄ると、舗道の上にかげろうの這うような淡い彼の影がひこずり映える。すると、ガーッと歯を立ててあの車輛たちが、何台も何台も、うろうろ立ちあがろうとする彼の影を轢き千切ってゆくのだった。彼はおびえたように仲間たちの方によろけて来て、濠の彼方をみる。そして、

「陛下さまのおんなはるところは……、ずうっと奥の方じゃろうなあ」

という。

「うん、そりゃあ、ま、そうじゃ。しもじもの人間からみれば、昔は九重の雲の奥におんなはる、ちゅうたぐらいじゃったし、拝まれはせんよ」

仲間たちはそのようにいい、銃眼のような、彼方の見張所をみつめる。

「しかしなあ、折角東京にまでも来らせてもろうて、宮城ば眺めたばってんなあ。眺めて帰ったちゅうばかりじゃ、土産話にも実の入らんのう。

どげんじゃろうかい、いっちょあの、万歳ば、天皇陛下万歳ばやってゆこうか」

男たちはいっせいに小鼻の上に皺を寄せて、困ったような、はにかんだような笑い声を立てた。それから濠のむこうの方をのびあがって眺めた。

「これでも昔は、志願して、少年飛行兵じゃったばい」

佐藤武春がパッと目を輝やかせて、肩をすくめた。

「そりゃそうじゃ、お互い陛下さんの赤子《せきし》じゃもん」

彼らはしばらく沈黙した。

「いまは時代の替わってしもうたし……。どげんじゃろか、天皇陛下万歳のあとに、公害日本帝国、万歳とつけて、やろうか」

まじめにそういうのである。

「しかしここでは、実感の湧かんぞねえ。どっかに二重橋ちゅうのがある筈じゃ。万歳ちゅうもんは、二重橋の前でやらんば、感じがなかのう」

男たちは、うれしいことをおもいついたように相好を崩し、ゆるやかな坂を桜田門の方にむかって一歩一歩足を交わし出す。あの車たちに背後から襲いかかられぬよう、全身で用心しいしい歩く。後を向くのがみんな不自由なので、植込みの中の柳の幹に手をかけたり、樹々の葉をてのひらの中にかこいこむようにして、いたわり歩いていたがしばらくして非常におどろいて、その手のひらを開く。樹々の葉からべったりとくっついて来た、車たちの黒い排泄物を見せあう。それから溜息をついていう。

「東京に緑は無かちゅう話じゃったが、まこて、ようようわかった。みろほら、東京に居るもんは、ぐらしか（ふびんだ）ぞ、ほんに。草までも、樹までも」

「うん、ほら、みろ！　こげん黒かぞ。べっとべとじゃ！　気持ちの悪かねえ……これじゃ息もでけんよ樹も草も。息しても息せんでも窒息ぞ。こりゃえらいことになるぞ東京も」

「たまがったねえ、こりゃ、よか東京見物ぞ」

ひとびとは「べっとべと」と排気ガスのねばりつく気持ちの悪い東京を、てのひらにくっつけて眺め入りながら歩く。そこから沁み出てくる感慨を、病んだかいこが糸をたぐるように、たぐり寄せたり振り払ったりする。微弱にかげってくる東京の冬日の中で。古びた糸のようにふっつりと切れ落ちてしまう感慨を、ひとびとはたぐり寄せようとするのだ。彼らは自分たちが、この国の厄介者になって以来の、ひさしい年月をおもっていた。

ひとびとのいる部落とはいつも無縁の、どこだか遠いところにいる人間たち、たとえばあの熊本という地方都市の県会議員氏たちが、水俣のことを扱おうとするとき、左のようになるのであった。それは昭和三十一年九月、水俣市議会の初発の対応にくらべても、ことがらに対する初心のごときを失っていた。

昭和四四年熊本県議会六月定例会会議録抄

○議長（田代由紀男君）休憩前に引き続き会議を開きます。日本社会党代表中村晋君。

〔中村晋君登壇〕（拍手）

○中村晋君　――政府が昨年九月、正式にこの原因の発表をいたしまして以来すでに九カ月を経過しておりますが、この間最も県民の生活に直結しておるところの県行政は、どのような援護対策を、どのような公害対策を、どのような企業に対するところの責任の追及をしたかということを、私たちはこの機会に明らかにしたいと思うのでございます。このような観点から、知事は、すでに九カ月経過いたしてまいっておりますこの水俣病援護対策に対しまして、補償対策に対して、どういうような措置と今後の態度をとらんとしておるかということを明らかにしていただきたいと思うのでございます。

次に第二の問題といたしまして、すでに新聞等で報じておりますが、熊本大学と県の衛生研究所は、水俣市を中心にした不知火海沿岸の住民を対象にされまして毛髪中の水銀調査が行なわれた。ところが、その結果、現在健康と思われる人々の中からも多数の高い濃度の水銀が検出されておることを発表いたしております。この高濃度の汚染の人たちの中には、いわゆる不顕性水俣病患者がひそんでおる可能性が大いにありうるということも憂えられておるところでございます。

さらにまた、ことしの二月の二日、芦北郡の津奈木町のお医者さんの松本敞さんが胃出血で死亡された。ところが、松本先生は、自分のからだを医学的に役立ててほしいと病理解剖依頼の遺言状を熊本大学に送っておられた。その結果、松本先生を解剖した結果が、水俣病におかされておられたことがはっきりわかった。すなわち脳全体が慢性水俣病の症状であったということが発表されたのでございます。

芦北郡津奈木町におきましても、すでに五人の患者が発生して、その中で二人の人は松本先生の診断を受けていたということであります。また、酒好きの松本先生は毎日のように魚を食しておられたようですが、症状をあらわさないで、死んだあとで水俣病と同じ病変が神経系統その他の臓器に見られて、しかも水銀の含有量が長期水俣病と同じようなあり方をしている場合、すなわち不顕性水俣病といわれているそうでございますが、こういったことも特に熊本大学の先生方におきましてはっきり証明をされておるところでございます。

このようなことを考えました場合において、単に今日まで治療を受けておられる水俣病の方々だけに限らず、この地域の多くの方々に、この不顕性水俣病のおそれがあるといたしまするならば、県はこれらの地域に対しまして、これらの症状が悪化しない前に、その防除対策を講じなければならないところだと思います。

そこで、先日、これらの患者の方々を守る人々によって形成されております対策会議で、県に対しましては三項目の要求がなされております。

わが党の長野議員が地域の代表者の方々をごあっせんいたしまして、知事と副知事、そうして関係部長と会見をするというような手はずになっておったのでございますが、知事と副知事はその会見に御参加になっておられなかったようでございますが、今日このような現象がこの地域に多く予見されるといたしましたならば、当然こういう防除措置につきましては、地域の人々の、県民会議の人々の意向というものは取り入れて、そうして県の施策の中に生かしていかなければならない問題だと思うのでございます。そのとき人々の要求する項目は大体三項目であったと思います。

この地域の人々に、不顕性水俣病という心配が発生をいたしておるので、これらの地域の人々に対してもう一度一斉検診を、予防検診をすることが必要ではなかろうかということでございます。第二点の問題としては、今後一定期間ごとに、申し出のあったそういう心配のある人々に対しては定期検診を長期にわたってする必要がある。そのようなことをやってもらいたいということでございました。第三の問題としましては、水俣病患者審査会においていろいろ基準が出されておりますけれども、この認定基準を再検討していただきたいということでございました。この水俣病患者審査会は、先月二九日に開かれておりますが、これも六年ぶりに開かれたということを聞きまして、まことにあ然といたしたところでございますが、水俣病のこの影響の大きさから考えて、六年もこういうような審査会が行なわれなかったということは不思議でならないところでございます。県の水俣病に対するところの姿勢が、このような中からもやはり追及されなければならないところだと思うのでございますが、この地域の方々の三点にわたる要求に対して、要望に対して、県はどのような対策を講じようとするのか、まずその点をお伺いしたいと思うのでございます。

次に、水俣病審査会の運営についてお尋ねしたいと思います。

先般、新聞の報ずるところによりますと、この審査委員の中の武内教授が、学問研究の結果の公表を制約されるのは心外であるというようなことによりまして、水俣病審査会の委員を辞任するというような意志表示がなされたと聞いております。衛生部長におきましては、この武内教授の辞任を保留されておるようでございますけれども、このような発表を聞きまして、県民ひとしくこの水俣病審査会の運営内容につきましていろいろの疑いを持たざるを得なくなったのでございます。少なくとも、公害原因の追及、公害の認定等にあたっては、一切の政治的な配慮と一切の経済的な圧力から独立した形において、学問的に学究的に究明されなければならないのが、私はこの審査会の一番大きな使命ではなかったかと思うのでございます。この中において、最も良心的に研究をされておる、献身的に研究をされておられた先生が、このような意志表示をされるということは、やはりこの審査会にも企業側の相当の圧力がかかっておるのではないかと憂えざるを得ないのでございます。

このような観点について、県はこの審査会の運営をどういうふうに指導したのか、さらには今後どのように運営して、そうして水俣病のこの公害排除のために、犠牲者の救済のために努力を傾注する御意思があるのか、明確にこの点について、まず御説明を賜わりまして、次の質問に移りたいと存じます。

〔知事寺本広作君登壇〕

○知事（寺本広作君）　中村議員から、本県の代表的な公害病である水俣病について、事態を心配されましていろいろお尋ねがございました。その第一点として、厚生省が公害認定をして九カ月たったが、補償問題については県は一体何をしたかというお尋ねでございました。

昨年九月県会、一二月県会、本年の三月県会、いずれも当議場で論議されまして、そこいらのことについてはある程度御説明を申し上げたつもりでございます。いままで申し上げましたとおり、水俣病が発生しましてから県はばく大な金をつぎ込んで原因究明に努力いたしております。それで原因が明らかになっております。また、その毒物が流出する防止の措置につきましても、今日までいろいろ紆余曲折はございましたが、今日では完全に流出を防止された結果になっております。原因の究明、毒物の流出防止、いずれももう完全に終了した問題であると考えております。

補償の問題につきましては、一〇年前、県では一応済ませたわけでございます。今日、補償の問題について県が何もしなかったような批判が非常に出ております。きのうの朝でございましたか、ラジオの県民の時間に、県は補償について何もせぬというようなことをしきりに言っておりますが、これは事態を知らぬ人の話だと思います。一〇年前に県は補償の問題について一応済ませております。あのときの補償金額三〇万円というのが――なくなった方の三〇万円が非常に少ない、こういうことでございますが、当時はあれで自動車損害保険の死亡事故に対する保険料とおんなじ金であったわけでございまして、当時ではさほど不当な金額ではなかったと思います。生きている人の年間一〇万円というのも、今日にしてみれば非常に少ない感じでございますが、当時厚生省が森永砒素ミルク事件で出した死亡一万円、見舞金一万円(原文のまま)といったようなのに比べると、非常にいい数字であったと思っております。したがって私どもとしては、あれで一応済んだと思っております。

ただ、厚生省が昨年認定いたしましてから補償問題が再燃いたしましたことにつきましては、当議場で私が申し上げたように、それはそれなりに理由がある。前に「会社の責任が明らかになっても、もうこれより以上は請求しません、払いません」という一札が入っておるにもかかわらず、再燃したことには、再燃しただけの理由があるということを申し上げて、そうして認定後この補償問題が再審されるように、再審査が始まるように努力してきましたことは、皆さん御承知のとおりでございます。

その結果、厚生省が三人委員会を設けまして、――筆者註・昭和四五年五月二七日厚生省における「水俣病補償処理委員会」のこと。千種達夫（中労委公益委員・元高裁判事）・笠松章（労働者障害等級専門会議委員長・東大医学部教授）・三好重夫（地方制度調査会副会長・元内務官僚）の三委員。ここに至る経緯を境に、チッソ・ペースのあっせんを嗅ぎとった患者たち二九世帯が訴訟に踏み切った。補償処理委に応じた患者たちを以後一任派という。調停に先だち、チッソ、水俣市役所、能本県、厚生省は一体となり、患者たちに白紙委任状にひとしい書類の「委員選定は厚生省に一任し、結論には異議なく従う」という「確約書」、のち「お願い書」にハンコを押させたことに由来している――ようやく調停に入ったわけでございます。それで私は、厚生省の求めに応じまして、五月六日にこの三人委員会に出まして、十年前に私が補償調停をやりました当時の事情、それからその後のいろいろの事情、胎児性水俣病が見つかった事情とか、無機水銀が有機水銀に変わることがわかった事情とか、いろいろ説明いたしまして、当議会で申し上げましたように、契約があるにもかかわりませず、これは事情変更の原則を適用して再審査すべきものであるということを申し上げてきました。

なお、資料として、県関係のもののほか、私の立場をいろいろ批判した三省堂から出ております宇井という人の『公害の政治学』という本も、三人の委員の人に、これはまあいろいろ批判は加えてあるが参考になるからひとつ読んで下さいということで差し上げてまいりました。その後、水俣市側、患者側、会社側とそれぞれ三人委員会の事情聴取は進んでおって、近く現地にもこられるということでございますから、調停は順次進んでおるものと心得ております。私どもとしては、一日も早く、公正な、当事者の納得するような調停案が出ることを期待しておるわけでございます。

なお、先日、水俣病患者を守る県民会議の代表の方々がお見え下さいまして、お目にかかりませんでしたが、お話は、あとで文書を拝見したり関係の者から報告を受けたりいたしまして、よく承りました。一斉検診を水俣並びに芦北地区の方々にするようにというお話でございました。何しろ医学上の問題でもございますし、衛生部長に十分研究をするようにということを頼んでおきました。目下研究しているようでございますが、一斉検診にはいろいろ問題があるように伺っております。

なお、申し出た者に対してはずっと検診をいたしてきておりますが、いまでも水俣病の審査会は門戸を開放しておるわけでございますから、今後とも申し出があれば検診を続けるようにいたしたいと存じております。

認定の基準も、これは水俣病自身の認定基準というものが非常に医学的なものでございますから、この点については衛生部長からいずれもお答えさせるようにいたしたいと存じます。

なお、審査会の運営に関連して、企業側の圧力が加えられたんじゃないかというお話がございました。いままでもしばしばこういう誤解がございます。先日、厚生省から衛生部長が厚生大臣表彰を受けられました際も、企業の圧力で衛生部長を私が左遷したというようなことが各新聞に出ておりました。(「みんなそう思うとる」と叫ぶ者あり) 水俣の保健所長から県の医務課長に左遷され、医務課長から衛生部次長に左遷され、衛生部次長から衛生部長に左遷されたとみんな思うとるとすると、思うとるほうがよっぽどこれは頭がおかしいんじゃなかろうかと私は思います。企業の圧力で左遷されたなんていうようなことは絶対にございません。事実がそのとおりでございます。そのようなことで県行政がゆがむものでないということを、この場をかりて釈明いたしておきたいと存じます。

〔衛生部長伊藤蓮雄君登壇〕

○衛生部長（伊藤蓮雄君）不顕性水俣病のことで御心配をかけておりますようで、専門的なことになりますけれどもお話しいたしたいと存じます。

大体、食中毒におきましては――水俣病も食中毒の一種ですが――顕性のものと不顕性のものがあるわけでございます。顕性と申しますと、症状があらわれるものであります。不顕性というのは、あらわれないものであります。さらにまた、これを結核に例をとってみますと、日本人を解剖してみますと、正確な数字はわかりませんが、約九〇％近くは体内に結核の病変があります。しかし、その人は生前必ずしも結核の症状を呈しておったかというと、そういうことではありません。体内にあるのは、すなわち病変であって、体外にあらわれる顕性のものは、すなわちこれが病気であります。そこに、病理で変化があったからといって必ずしも病人でないわけであります。

松本先生は、私が水俣におりましたときに、保健所の結核審査会で再々お会いしておりましたが、非常に勉強好きでそして研究家でありまして、私と一緒に水俣病患者も見たわけでございますが、私がこちらに転勤するまでは非常に健康で、そして私に歌をつくってくださいまして、そしてそれも私持っておりますが、水俣病患者の書いたような字ではございません。私は、松本先生につきましては水俣病の症状は覚えておりません。少し手がふるえておりましたけれども、これも御老齢のせいで、あるいは動脈硬化によるチッテルシ――震顫と申しますが、そういうものだったかと私は思っております。あの方は九〇歳近い老齢まで元気で生きておられて、そして天寿を全うされたのでございまして、水俣病の症状はなかったわけであります。

それから私でございますが、私も水俣の保健所長をしておりまして、浜というところに住んでおりました。近所の漁師がとってきた魚を食っております。それで非常に気色が悪くなりまして、毛髪をはかってみましたら何と三〇ありました。それでちょっと考えさせられましたけれども、水俣病というのは、汚染された魚を多量に食った者によって起こるというふうに定義されております。私は多量には食っておりませんので症状は出なかったわけですが、私がもし死んで解剖されれば、私自身の体内にもあるいは所見があるかもしれぬと思っております。そういうふうに、不顕性の者を一般患者と見るということは、これは問題があるのでございます。

さらに、不顕性患者を発見するということは、解剖によってわかるのでありまして、これを臨床所見によって発見するということは困難なことでございますので、一斉検診等によって不顕性患者を発見するということは、医学上、技術的にこれはむつかしい問題でございます。

さらに、一斉検診と申しますと、やはり非常に漏れる人もありますし、たとえば法の裏づけのある結核予防法にしましても一〇〇%の検診というのは困難でございます。というのは、対象者が小学校とか団体的な存在であればいいのでありますけれども、社会において生活をしておる人には、やはり、何月何日から検診をするから集まれと言っても、一〇〇%集まる可能性はないだろうと私は思っております。

さらにまた、私、水俣病が発生した当初から、どうにかしてこれの原因を確かめたいと努力をしましたが、患者の発見につきまして、これは参考に、非常に勉強になることがありましたので、一斉検診と関連がありますからここでお話しておきます。

と申しますのが、患者を最初に見ましたのが四人でございます。非常なもう、ここで説明してもわからないぐらいの重症でありまして、私自身もびっくりしたわけですが、そういう患者さんがほかにいないか、あるいはそれに似た患者さんがいないか、さがすために、水俣市の医師会に集まっていただいてそしていろいろ御相談申しあげまして、そして開業医の先生方から申告をしてもらって、私たちが訪問したりなんかして、あの最初の人数を出したわけであります。そしてその後も保健婦を動かして、訪問をしてさがしたわけですが、その後、国立公衆衛生院の疫学部長らが三人でまいりまして、いわゆる疫学的な、オーソドックス的な調査方法を始めました。これは学問的にはそうするようになっております。しかし、千五百枚から二千枚近いパンフレットを出しまして、そして近所にそういう人はいないかということを出しまして、さらに小学生の一応の身体検査等もいたしましたけれども、一人も出てこないわけですよ。

たまたま一人出た、発見したと言われましたので、私見てみますと、それはちゃんとわれわれが発見しておった——名前も言っていいですが——その人でございました。そこで、私は、ああいうところでは医師会というものはやはり公衆衛生の触覚になるものであって、人口移動の少ないところではそういう方法でいいのだろう、いいのだという確信を持ったわけであります。

したがって、今日でもやはり、自分で症状のある人はその開業医のところにまいりますし、開業医は長年水俣病を診察して、そして診察については日本一あるいは世界一といっていいぐらいの市立病院のお医者さんに見せておりまして、あやしい人は審査会に出すようにしております。ただいま知事が申しましたとおり、門戸が開放しておりますので、それでいいだろうと思います（「六年に一回ぐらいやっとって何になる」と叫ぶ者あり）。

それから審査会でございますけれども、審査会というのは知事の諮問機関でございまして、申請があった場合審査をすることになっておりまして、これは大学の医学部の先生方が中心になっておりますが、六年ぶりとおっしゃいましたけれども、審査はしないけれども、やはり毎年集まって、いろいろ研究その他について話しあっております。

それから、審査会の基準ということを申されましたけれども、基準というものは特にこれはないわけでございまして、学問的に水俣病という証拠がそろいますことが、すなわち基準でございます。私も水俣におりましたときに、胎児性水俣病というのがありましたが、あれを見ておりまして、これはもう水俣病に間違いはないということで、審査会のときに水俣病決定を主張した一人でありますけれども、なかなかそれが通らず、それから延々七時間論争いたしまして確認されたわけでございます。そういうふうに特に審査に基準というものはございません。

そのほか、審査会の運営につきましては、さっき知事が申したとおりでございます。

〔中村晋君登壇〕

○中村晋君　この水俣病問題に対しまする、特に不顕性水俣病に関連いたしました知事の考え方なり衛生部長の考え方なり――特に衛生部長としては専門的な分野からの解明はございましたけれども、問題は、これらの、見かけは健康なからだのような人々の中にも、すでに内部的には、病理的にはおかされておるというようなおそれのある人々の問題をどうするかということと、さらにはもう一つ考えてもらわなければならないことは、現在ほとんど水俣病と思われるような同じ症状のある人々がこの地域におられるということでございます。ところが、そういう人々は今日まだ水俣病として認定は受けておられない。特に衛生部長は向こうにおられたので、今日の事情等においても十分御承知のところだと思うのでございますが、こういうようなことであればあるほど、特に一斉検診の問題が——技術的には非常に困難ではあるでしょう。しかし、そういうような要求があるならば、希望があるならば、直ちにこれを取り上げて、そうして要観察者として、少なくともこの水俣病対策のためには、長期のこの観察、検診の方法をとって万全の対策をとるのが政治の姿ではないかと思うのでございます。すでに症状が完全に出てまいってどうにもならなくなった、そういうとき治療するだけが、この公害に対するところの、水俣病に対する対策ではないと私は思う。そのようなことを県はやってもらいたいということが、この前の水俣病患者を守る会の人々の要請ではなかったかと思うところでございます。

ここでまた、もう一つ、このことに対するいわゆる県の方針をお聞きいたしますとともに、当時、知事、副知事もお約束いただだいとって、いろいろの行政的な事情で会見ができなかったようで、そういうようなことでこの陳情にまいられた人々の意思というのが十分通じなかったかもしれないと思うんです。ところが、けさほどの新聞を見てみまするど、この不顕性水俣病に対しては住民総検診は行なわないという方針をはっきり出されておる。時間、技術的に不可能である。発病のおそれもないという方針を県は出されておる。また、この発病のおそれのなき問題の御証明かしれませんが、衛生部長は、変なやはりこじつけをされて事情説明をされたようでございますが、そのようなことでは、ほんとうにこの公害の最たる問題である水俣病に対するところの保護対策には私はならないと思うんです。この点、こういう疑いのある人々が検診の申し出をした場合に、県は、いわゆる要保護観察者として、長期観察の検診の体制をとるかまえがあるのかどうか、この点明確にお答えいただきたいと思うのでございます。

第二の問題として、特に去年のわが党の西島議員の質問の中でも、工場がすでに廃液の処理施設をつくって、水銀は一切流れておりませんということを発表しながら、そのあとでやはり調査の結果は流れておったということが問題になった。昨年の九月、厚生省が水俣病の認定をする、そのときにどういう発表を会社側はしたでしょうか。公害対策を十分やるためには会社経営上において非常に多くの費用が要る、チッソ会社はなかなか経営が思わしくないから、熊本から工場をよそに縮小して持っていかなければならないというようなことを、会社は新聞に発表しておる。議会で今度はおそらく取り上げて、また問題になるであろうということが、意識的か無意識的か知らないけれども、けさほどの新聞には、会社の経営上から企業合理化をはからねばならないということで、会社経営の付属病院を廃止する、そうしていわゆる企業を縮小しなければならないような現状であるということを会社は発表いたしておるようでございます。

並列してならべた金子直義に関する二通りの診断書の、前表の方、水俣病審査会による「認定審査会検査所見」と称するのっぺらぼうの記述が作成された過程は、水俣病審査会（熊本県公害被害者認定審査会）の性格を如実に表わしている。

四十歳になるひとりの漁師の、なだらかな丘の崖の下にある、草の中の家。九州不知火海の渚に、一そうのちいさな舟が漂よい着き、うたたねをしたあいだに潮がひき去って、崖から垂れた蔦《つた》かずらの花房がそれをおおった。その花房の間から舳《へさき》をのぞかせ、いま舟は目醒めかけている、というようなおもむきの家なのだ。

対岸の天草の方から眺めれば、このようなちいさな浦々の間の家は、渚にうちよせられた流木や、漂っている流れ船のようにみえる。

陸の緑と海の青が交りあって夕もやの色になるころ、それら流木とも廃船ともつかぬ形の家々の間から、白子魚《しろこ》を茹《ゆ》でる煙がこまやかな糸のようにたなびき、きらきらとまなじりの切れた裸の子どもたちがいる。

磯づたいの湾をめぐり、向こう側の、弁天さまのいらっしゃる岬までの瀬は、泳いで渡ってもせいぜい五百メートル、潮の道が瀬の底に流れながら天草の方にむいてひらき、歩いて廻れば千メートルほどの、湾というには可憐すぎる海の縁《へり》の聚落がここにある。弁天さまの岩の上には、茂道松というすっきりとした姿の赤松が生い繁りながら、聚落を護っていた。不知火海沿岸はこのようなちいさな岬をさまざま抱いて成り、出自以前の民話世界が、エロスの神々とともに、岩蔭や丘の上の祠《ほこら》や道ばたに生きていた。茂道というちいさな漁村がある。

八月の盆の大潮が満ちてくれば、潮に乗って家々の縁の下には、ちぬの子やくらげの子やふぐの子などが、ぴらぴらと泳ぎあがり、朝陽がのぼりそめると、屋根のひさしは背後の丘とともに海の上に影さして、魚の子たちを遊ばせていた。海に家があるのか家の中に海があるのかさだかならぬ牧歌的な網子一家が、このようにして昔からあり続け、いまもあった。網子たちをかかえた網元が四軒、この聚落の中にある。茂道の部落のみならず、ここらあたりのすべての漁師にとって、海というものはひとしなみに「俺家《おるげ》の泉水」であり、「そこにいつでも活魚《いきうお》を泳がせて」いた。

網元の共同体的漁法は、その背景にある不知火海沿岸漁業の祖法を成していた。このような、今世紀に残されていた本源的に豊饒な漁民たちの世界について、行政や諸方面の〈先生方〉は、残念ながら無知というよりほかはなかった。

一軒の網元に対して、十人から、六、七人いる網子たちの日常生活を支える、全村的規模の漁法がどのようになっていたのか、それはどのような不知火海沿岸全般の漁業の中でいとなまれていたのか。不知火海沿岸漁業とは、工業立国からとり残され、救われていた九州の資源や自然を、どのように意味していたのか。局部的な意味での環境汚染などということではなく、ここにほとんど無のようにみなされていたいとなみ、生命そのものとして保たれていた世界があった。海とは生命世界の母胎を意味していた。

事件発生当時もいまも、識者たちは、このような地域社会の生活について、「後進地域のヒト」たちというような分類意識を持っている。それは先生方の無知というより、いうも気がふさぐあの、近代的合理主義や進歩主義の、諸流派が生みおとした官僚主義やアカデミズムとやらの無知の総体かもしれなかった。自分らの出自世界を食いあさって生きている日本化学工業界でもあり、それを象徴するチッソでもあった。ましてやその分身たちである行政当局や大病院の職員や学者たちが、ひとりの漁師の病像を洞察することによって、彼がどのように深い生命の母胎につながれているか、それがまたわたしたちの全体世界に重大な意味を持っていることか、予感する能力を欠落しているのは、せんないことかもしれぬ。

金子直義の資料だけ見ても水俣病認定審査会の「認定審査会検査所見」にも「弁明書」にもそのようなことがまず無理であるとしても、ひとりの病者に対する思いやりをわたしたちは読みたいのである。

たとえば県勢要覧などに第一次産業従事者として、円型のグラフの中に、年々ちいさな扇が閉じてゆくように分類され、縮小され、抹消されてしまう漁業従事者の世界が、どのように日本生民のすこやかな世界を、そのもっとも基底部分で支え続けてきていたのか。

受難者たちの世界にむきあいながら、これらの行政官や研究者たちの頭脳の中も、なにかとてもしぶといちいさな虫たちの棲む、穴になっているのかもしれなかった。だからむしろ意識的なサボタージュや策謀や、のちには、受難者たちへの威嚇的な言辞や文書が登場するに至るのは自然の成りゆきかもしれなかった。そのことを、もっとも本能的、直感的にかぎとっていたのは、ほかならぬ当の受難者たち自身だった。

昭和四十四年熊本県議会六月定例会会議録中の、伊藤衛生部長発言は、水俣病事件が、公式的には昭和二十八年発生とされ、実質的にはその前の、より深い潜在期間をおいて表に現われ始める初発の時期、現地水俣の保健所長であったご自分の活動ぶりを、むじゃきに、自讃したにとどまっている。それはなんと機嫌のよい饒舌にみちていることであろう。

――その後、国立公衆衛生院の疫学部長らが三人でまいりまして、いわゆる疫学的な、オーソドックス的な調査方法を始めました。これは学問的にはそうするようになっております。しかし、千五百枚から二千枚近いパンフレットを出しまして、そして近所にそういう人はいないかということを出しまして、さらに小学生の一応の身体検査等もいたしましたけれども、一人も出てこないわけですよ。たまたま一人出た、発見したと言われましたので、私見てみますと、それはちゃんとわれわれが発見しておった――名前も言っていいですが――その人でございました。そこで、私は、ああいうところでは医師会というものはやはり公衆衛生の触覚になるものであって、人口移動の少ないところではそういう方法でいいのだろう、いいのだという確信を持ったわけであります。

学問的なオーソドックスな調査などという代物は、庶民たちの日常とは常に遊離したところに存在しているもののようだった。それは、ある種の機関へ、報告というものを呈出するための、揚げ底の矮小なサンプルではありえても、そもそもは人間に対するさまざまの無知や鈍感さから出発しているゆえに、かの衛生部長氏のお目出たいおしゃべりも成り立っていた。公衆衛生院の三人の権威達が水俣にきたあとに、千五百枚だか二千枚だかのパンフレットをひととおり出してみたにしても、おそらくそれは、ひとびとの心にとどかなかったのはまぎれもなかった。

〈紙〉を読む生活など、多くの受難者たちの日常には、これまでほとんど必要がなかった。今もそうであるように、ひとびとの条文や公文書に対する無関心には、分厚い意味が蔵されている。そのようなものをこしらえて出す行政や、いっさいの権威と称する者たちの、生活庶民の生きざまに対するすくいがたい対話不能への本能的な不信が、逆に見えない文字で書かれているのである。

ひとりの人間に宿った水俣病のみならず、その人間のもともとの生きざまの永い体験からすれば、おいそれと名乗り出ることなど思いもよらぬ。〈オーソドックスな調査〉は小さな部落、部落の奥に、深く蔓延して病みながら、埋まりかくれているひとびとの心に、なんのコミュニケーションをもよびおこさない。それでなくとも、おおかたの農漁民は、お役所からまわされてくる〈紙〉など、やりすごすのが常である。つまりお役所の布令などは、当らずさわらず、なるべくきいたふりしてやりすごす、それが庶民の日常というものだった。そのようなことは水俣のみならず、おおかたの日本の村の住民たちの間に、まかり通っているならわしであり、形をあらわさぬ根ぶかい伝統というものだった。ひとびとはそのような生き方を、御先祖さまから遵守しつづけて来た。

日本下層民が深く蔵しているあの隠れ思想の露頭が、ここにも見えていた。たとえば共同体の〈結《ゆい》〉の原型を残した、四季の部落ぐるみの大そうじとか、道作りの公役とかは別として、税金の申告とか死人が出た届とか、小学校に入る手続とか出産届や埋葬届さえも、ひとびとはそれを浮世のおつとめとは心得ているのだが、多くのものたちは用心深く、忘れたふりをしたり知らなかったふりをして、あるいはそれが習い性となり、ほんとうのものぐさになって、役人たちを手こずらせる。お役人たちにはなるべく愛想よくして頭を下げておけばよい、こむずかしい条文など知らぬ方がよい。ハンコなどをつかされるときだけ要心しなければならぬ。市役所の役人たちがそのようなことで訪ねてゆくと、漁師や百姓たちは手もなく頭をかいてみせ、

「ああた方も、それで給料貰うておんなはるけん、仕事となれば、おおごとですなあ」

などとあいさつし、感心してみせる。庶民たちはそのようにして、お役所や学校や警察や、あの〈先生方〉とか〈旦那方〉とさえ称んでおけば済む手合の種族に組しないで、時には厚く遇したりしてやりすごす。そういう者たちに宿ってしまった水俣病を呼び出すには、高度の手間をかけねばならないのである。

水俣病を名乗り出て負い通すか、名乗り出ずに背負い死にするか、いずれの道を選ぶとしても、とりつかれた以上水俣病は死病であることにかわりない。

「水俣病の試験に通ることはむずかしかばい」

ひとびとは、いく通りもの笑い方をしながらそのようにいう。

「針で刺される試験ばい。なあ、どしこ（どれだけ）刺されても、痛かちゅうては試験に通らん」

「針で刺されるけいこ」をしても通らぬ水俣病の試験とは、どのようにむずかしいか。

封殺されかかっていた患者金子直義らをひきいた川本輝夫が、凄絶な苦闘の末に起こした厚生省への、行政不服審査請求に対する熊本県の答は左の通りである。

弁　明　書
昭和四五年一一月九日
厚生大臣　内田常雄殿
熊本県知事　寺本広作　印
審査請求人、熊本県水俣市大字月浦一九七番地の二、川〇輝〇からの提起に係る水俣病患者として認定を行なわない旨決定した処分についての審査請求に関し、昭和四五年九月二一日付環公庶第五〇七〇号で弁明を求められたことについて、下記のとおり弁明します。

記

一、弁明の趣旨
「本件審査請求を棄却」するとの裁決を求める。
二、棄却を求める理由
本件の原処分は、昭和四五年六月二〇日付熊審第三号で熊本県公害被害者認定審査会会長徳臣晴比古

より答申があり、その答申に基づき昭和四五年六月二四日決定したものである。

現在の水俣病は発生から既に一〇年以上経過しており、慢性化して他の疾病との鑑別も非常に困難であるが、熊本県公害被害者認定審査会の審査に資するため、熊本県が医学的検査を委託している国民健康保険水俣市立病院の検診を実施し、更に医学者或は本疾病の診断に熟練した医師で構成している熊本県公害被害者認定審査会の委員が現地検診計画により、内科・精神神経科・小児科・病理の専門的立場から申請者ごとに長時間にわたり診察検査を実施し、資料をまとめたうえ、同審査会において各委員が検診資料（スライド等の映写を含む）に基づいて、認定申請者ごとに審査を行ない審査請求人川〇輝〇については、水俣病患者として認定を行なわない旨全委員の診断が一致したものであり、これ以上正確で権威ある診断はないと確信する。

よって行政不服審査法第四〇条第二項の規定により、棄却さるべきである。
三、川〇輝〇の水俣病患者認定申請書の受理から知事の処分決定までの経過は次のとおりである。
(1) 認定申請受理年月日
昭和四五年一月二二日
(2) 熊本県公害被害者認定審査会に対する諮問年月日
昭和四五年二月一九日
(3) 熊本県公害被害者認定審査会の審査年月日
昭和四五年六月一九日
(4) 熊本県公害被害者認定審査会の答申年月日

昭和四五年六月二〇日

(5) 知事が水俣病患者として認定を行なわない旨決定した年月日

昭和四五年六月二四日

「医学者或は本疾病の診断に熟練した医師で構成している熊本県公害被害者認定審査会の委員が現地検診計画により」「長時間にわたり診察検査を実施し」「各委員が検診資料(スライド等の映写を含む)に基づいて、認定申請者ごとに審査を行ない」「これ以上正確で権威ある診断はないと確信する」。

このような文言が詐術と悪意にみちていることをひとびとは自分の体験によって感知する。このような一片の紙キレによって、あるいは紙キレにもあらわれない以前に、いったいどのくらいの人間たちが、悶死しつつあることであろう。川本輝夫は次のように書いた。

昭和四三年秋、認定申請後、審査員の医師は、診察を前にして、私にいみじくも言った。

「君、今ごろおかしいよ」「君はそんなことばかり言う」「今、筋肉はピクピクしてないじゃないか」と。私はあえて注釈をしたい。一番目の言葉は「今ごろ水俣病になって補償金をもらいたいのか」。二番目の言葉は、私が水俣病発生のころ、患者、家族自らが恥とした気持ちと、周囲の目に見えない圧迫を訴えたのに対して返ってきた「水俣病に最も権威ある医師」の言葉である。三番目の言葉は一番目の言葉とも関連がありそうで「詐病」「患者の訴えは当てにならない」と、医師と患者との最も大事なものであるはずの「人間としての信頼」を放棄した言葉でもある。

昭和四三年秋に、私は隣近所に気兼ねしながらも「病」の不安感には勝てず、申請をした。そして昭和四四年五月二九日、水俣病患者審査会から私の申請は否定され、何の理由も付することなく水俣市役所からの「否定」のハガキを受取った。

近所の水俣病患者家族から、「奇病になるには（認定されることの意）、やかましゅうて難《むつ》かしかばい」と聞いていた言葉が思い出された。

「二〇人あまりの熊大の偉《えら》か先生たちがずらり並んで診察してもろて、先生たちの意見の合わんば認定されんとばい」

その時の審査会で初めて「胎児性水俣病」の子どもの母親が、一人だけ認定された。新聞報道によると、子どもの出生当時からすでに水俣病を思わせる症状があったのにもかかわらず、本人が申請をしていなかったからだという。そこには医学の倫理も、私が准看護学院で教えを受けた「ナイチンゲールの誓詞」のひとかけらも感じられない。

機会を得て、「熊本大学水俣病研究班」が発刊した『水俣病』こと『赤本』を入手し、私なりの理解を得た。四四年六月から、暇々をみては毎日毎晩のように「既認定患者」宅と「胎児性水俣病患者」の家を訪問した。当時はちょうど一任派、訴訟派と補償問題がいろいろ取沙汰されている時期でもあった。

私は一任派、訴訟派そして新しく認定申請しそうな人たちを口づてに聞いて、家々を一軒一軒尋ねまわった、といっても一軒の家庭に行くと一晩で話が済むものではなかった。

「今晩は、実は出月の川本というものですが、水俣病のことで……」と言い終らないうちに、応対に出た家族、母親父親たちは、うさんくさそうな、当惑したような、そして他人をはばかるような顔で私

の言葉を打消すようにして、

「なんば（何を）するとですか」

「なんのどげん（なにが、どんな）ふうになっとですか」

「あんたは水俣病と何の関係があっとかな（あるのか）」

とおそるおそる返事が返ってくる。なかには二べもなく断られた家もあった。半ば顔みしりの家では、天気の話、漁の話、世間話だけで帰って来たことが、何回もあった。

「実は私も手足がしびれるもんで、水俣病の申請ばしたばってん、見事否定されてしもた。何度でも申請して良かちゅうことじゃけん、もう一度申請しようと思うとる」

と話しながら、応対に出た患者家族の顔色をうかがった。私にたいする警戒心が解けて、一任派、訴訟派の因縁話から私は一応「どちらかにくみした」認定申請の勧めではないことも話さなければならなかった。私のこの話を肯定はしても、否定する人はいなかった。またある家では四、五日通って、ようやく認定申請までこぎつけた。

なかでも、「胎児性患者」の母親の訴えと子どもの将来の不安を語られた時、私は慰めの言葉を知らず、応対の言葉を見つけるのに困った程だった。そして空虚な励ましの言葉を並べる以外にないのを知ると、怒りがこみあげてくるのをどうしようもなかった。


（中略）

ようやく「不安を少しでも軽くする意味」でとか、「健康診断のつもり」でと、愚にもつかない言葉で申請を勧めると、母親たちは一瞬ひるみ、顔を見あわせて「あきらめた」ようにして、「あば（それなら)、申請してみようか」と言いつつも、やはり隣近所、職場での気兼ねがさきだち、「××さんと△△さんが一緒にすれば」とか、「○○さんの所に行ってから私の家に来てくれ」となり、結局一晩二晩では認定申請の運びには至らないで帰るのである。

昭和三九年に六人の胎児性水俣病の子どもたちを認定してから六年ぶりの昭和四四年五月の認定審査会で、否定された一一人に対し、私は早速、自転車で駆けずり回って、認定の再審査申請の必要性を説いた。すなわち「一回二回と否定されてから後に認定された人」もいること、「水俣病はまだわかっていない面もあるんだ」「今で申請をあきらめたら、泣寝入りになるのだ」ということを。それでもある人は言った。

「お上の偉か先生が決めてくれたものに、どうして二度と反対できるか」

またある人は、

「金持には勝たんばい」

とも表現した。遠い所には下手な手紙を添えて申請書を同封した。何人かが応えてくれた。遠い所に住むある人は断ってきた。それは、胎児性水俣病の疑いがもたれているのを子どもが知り、もし認定でもされて学校や友だちに知れると、子どもが一生苦しみの十字架を背負い、そして差別されるからと、断られた。

私は社会の重さ、非情さが悔しかった。鹿児島県下の出水市の未認定死亡患者の家を尋ねた時に言われた言葉を思い出した。

「保健所の人がきて言うには、今から水俣病問題が騒がしくなるから、だれが尋ねてくるかわからんから、うかつな話はしてくれるな、また話にのるな」というのだった。

結局九人が再申請をした。新しく申請をした人たちも含めて二八人の申請をまとめて出した。そのなかには胎児性水俣病患者の母親も七人が含まれていた。

しかし結果は、私をまたも悔しがらせた。周囲に対する気兼ね、目に見えない圧迫、金が欲しいから等々。途中で診察まで受けながら取りやめた。水俣の市立病院長であり、水俣病患者審査会の委員でもある大橋氏の言を借りれば、

「あいつ（川本）が行け行けと何度もしつこく勧めるものだから、しかたなしに診察を受けにきた」となったのである。

私が不信と怒りを感じたのは、認定申請書をとりまとめて保健所長に提出した翌日、村のお巡りさんが飛んできて「だれだれが申請を出したのか教えてくれ」と言われたことである。

その間、熊本県人権擁護委員会に提訴したが、子どもだましみたいな返事がきた。熊本県南部地区の全人権擁護委員二二人の方々に助力を頼んだが、だれ一人として取合ってくれなかった。また当時の審査委員長であった熊本大学貴田丈夫教授、水俣市内の五人の審査委員に質問状を送ったが、満足な回答はなかった。ただ貴田教授と浮池現水俣市長（当時水俣市・芦北郡医師会長）から返事をもらったが、「水俣病の件は各委員で個人的に漏らすことは出来ない」との申し合せによって答えられない、市立病院に行って聞いてくれと言うものだった。水俣市立病院長に電話で呼び出されたので、否定された人たち全員で話を聞きに行くからと言うと、院長いわく、

「皆できてもらっては困るし、答えられぬから、委員長の貴田教授の所へ行ってくれ」でおしまい。

そこには医の倫理もモラルも見られなかった。

昭和四五年六月、再度否定された。ちなみに前年は五人認定、そして昭和四五年六月にも五人の認定をみた。私はどこからかの「割当て認定」ではないかと疑った。

今度はご親切に「行政不服審査法」に基づいて、厚生大臣に直接不服審査の請求ができるとあったので、他の否定された一〇人に呼びかけ、九人が不服審査請求を行なった。熊本県、鹿児島県の（おもに公害患者審査会の）態度は「お前たち素人になにがわかるか」といった不遜な、木でハナをくくるような弁明書が出た。

それはただいたずらに「水俣病の権威者」が決定したのだから文句はあるまいという、いかにも強圧的なものにしか、私の目に写らなかった。

「東京水俣病を告発する会」「熊本水俣病を告発する会」「熊本」および「東京水俣病研究会」の方々と私たちの緊密な連絡と相まって、昼夜も分たぬ資料作成と収集に、文字通り東奔西走した成果が、約一年ぶりの八月七日に、環境庁が出した「裁決」であった。この間、熊本県行政の秘密主義と人権無視の体質が暴露された。たとえば、昭和四五年二月に開かれた公害被害者審査会議事録によると「患者認定はチッソとの補償がからむから、認定には慎重を要する」と申し合わせている。裁決が出て以後、熊本県公害課では、県議会でも取上げられたものを勝手に改竄《かいざん》した。

また、昭和三五年、三七年に実施した「毛髪水銀量調査」（個人別）の資料も明るみに出た。それに当時行なわれた「健康調査個人別カード」の存在も確かめられた。この二、三の例からしても、いかに行政が人間不在の考え方に基づいて進められているか痛感させられた。

環境庁の裁決後、審査会長徳臣晴比古氏は行方をくらまし、私たち患者の認定への道を遠ざけた。そして結局居直ることになったものの、審査委員辞任の茶番劇で患者を怒らせたり、チッソに気をもたせたりした。

世界に誇る水俣病の「権威者」の集りであるはずの審査会だとは信じられないような、挙手による方法で水俣病患者の存在をはぐらかした。

私たちは県知事とも何回か話合ったが、いかにも「結果をみてから文句を言ってくれ」「認定さえすれば良いだろう」と言ったものが言外にあふれていた。

昭和四六年一〇月六日、それは現在座りこみをしている一八人の患者家族にとって、新しい中傷、非難、忍耐等々と受難の道への再確認でもあり、また人間として水俣市民の中での棄民化への新しい抵抗の始りの日でもあった。(『認定制度への挑戦』より)

ひとびとは「水俣病の認定」とはいわない。水俣病の試験だと笑い話のようにいう。

「騒動ばい、この頃の試験は。畳のへりばまっすぐ歩いちゃならんげな。鼻の先に、両方の指ばまっすぐやってはいかんげな。目印の見えんといえば、見えん筈はなかちゅうておごらすよ」

「試験」とは、ひとびとにとってどのような意味のことなのか。

最繁栄時人口五万の工場町で、他市の中学校というものの試験に通り、更にその上の、県庁所在地の高等学校の試験に通り、またまた更にその上の東京帝国大学というものの試験に通り、〈学士さま〉になったりした人間のことを、町のひとびとは、

「ありゃあ、ひょっとすれば大臣ぞ」と感にたえた声でいう。この町の人口と東京帝国大学入学率の比は、総人口当り二十年に一人ぐらいの割合ではあるまいか。

町にとってそのような存在は暁の星であり、暁の星であるからには、そのような存在自体は、そもそもの出自において、すでに故郷から分離上昇している階層にぞくしていた。そのことはまた、故郷に埋もれて終るその他大勢組と素封家の息子たちの間がらの、のっぴきならぬ宿命でもある。

このような町の中に、東大閥といわれるチッソの上の衆が君臨していたことは、階層構成の初歩的見本を地域社会につくり出した。

子息たちに教育を授け、出郷、出世させることを、親ののぞみとしている町の素封家や分限者以外の、その他大勢の戦中世代までには、学校に〈試験〉というものを受けに通い、学業成績をきそった実感はない。いささかの「字を覚えに」ゆくのみである。この地で学校とは、小学校のみをいい、六・三制以後の中学といえども、ひとびとにとって、小学校、あるいは読み書きそろばんの寺子屋という意味での学校をさし、ひとびとはガッコウといわず、なにかの愛語を口の中でころがすように、「ガッコ」と発音する。まかりまちがって〈学校〉の話などが出たりすると、青年も、壮年も老人たちも、たちまち破顔して、「おらあ茂道の山ガッコを一番で卒業した大将ぞ」などという。学校ではなく、ガッコをさぼって木の実採りや目白とりや、魚とりに遊びほうけ、そちらのガッコに精出して行ったことをいうのだ。

青年団の小屋や老人たちの集まる縁側や、いろりばたには、いつも往年の赫々《かくかく》たる自称山ガッコの優等生の、がき大将たちが、牧神たちの集いのごとく、村々の民話の伝統を悠然と主宰していた。

このような村々で他を押しのけて、ひとより目立ちたいなどという根性は、精神の貧しさやケチさのあらわれにほかならず、学校の試験などにうつつを抜かす試験の虫たち、成績のよか組や頭のよか衆が、「成績の悪か組」に蔑視でもあらわせば、その他大勢組の圧倒的ぶべつを受け続けたのである。

村の者たちが、背広を着て〈ネクタイコンブ〉をぶら下げたり、皮カバンを抱えた種類の人間たち、学校の教師とか、お役人とか、税金とりとか、ことにあの「会社の上の衆」に、明らかな一線を画し、とくべついんぎん無礼に振舞うのはそのような精神の伝統によっていた。

おもうに「ガッコ」なるものは、学制発布以来、近代進歩主義のゆりかごでもあったゆえに、それ自体が最初からそなえざるをえぬ上昇指向や権威主義を、一般しもじもの人間たちは、最初から斜めにみていたにちがいない。決して「上の組」などにはなれぬおのれとの拮抗関係をやわらげるため、ひとびとはそのように愛語化して「ガッコ」というにちがいない。

ひとびとは分限者の息子たちや頭のよか衆に、一種の情愛すらかけていた。存在の位相を離れてゆくものに対して「あんまり頭の良うして、とうとう神経殿にならした」などともいうのだ。しもじもの人間たちの中にだけある深い自他への哀憐のごときものがそうさせる。下層に埋もれて生きるしかないものたちのやさしさは、それが本人たちにすら意識されないほどあまりに奥深く蔵されて、むきあう相手にいささかも気どられぬよう配慮されているために、他をかえりみるゆとりのない種類の人間たちは気がつかない。なんと数々、チッソ幹部たちとの対決の場でもそれはあらわれ続けてきたことだろう。

もはやさだかならぬご先祖の代から、青雲の志など立てようもない生まれ方をして、いずこの土地で朽ち果てるとも、出自や系譜や階層や出世などのことについては、夢と心得ているものたちがいる。地上に低く居を構えて暮らす者のいつくしみをこめて、「えらかひと」を称ぶのに、「あの人は東大出ばい」と称んでやっているのにちがいなかった。

「水俣病の試験に通った」ものたちのことをただちに「奇病分限者」とひとびとが称んだのは、このようなながい間のアイロニイ世界をくぐり抜けてきた果てに、もひとつ生まれた反語だった。ひとしなみにあるべき階層から分離したものたちへの、それはかなしくもいみじき称び名である。

水俣病事件発生以来、この地において、ひとしなみの階層とはなにか。ほかならぬその他大勢組が、ひとしなみに水俣病基底部を病みかかえたことをいう。「隠れ水俣病」とはそのことの総体をいうのである。認定され、試験にとおり、「登録」されることは、同族共同体から上昇して「出世」し、「公害貴族」などとチッソ側があやつる世論にいわれたりすることになる。水俣病はこのようにして出世する。

認定されたものたちに渡されるであろうとひとびとが仮想し、まだ一度も渡されたことのない故に、幾重にもふくらみうる多額の弔慰金や補償金は、認定されないものたちにも、されたものにも、それからまだ申請しないものたちにとっても、歴史の下層に埋もれて来たものたちの怨念をあらわしていた。金は仇《かたき》というよりは、恨みだった。

川本輝夫らはひとしなみな水俣病世界から出郷し、出郷したとて、他郷ならぬ水俣病の陰陽世界の、涯から涯をゆきつもどりつすることになる。

そのような旅程の中で〈東京〉は患者たちにとって、いかなる意味においても、つねにかわらぬあの永い冥土への旅の、一里塚にしかすぎなかった。

舟を降りている病人の漁師たちが、うつむきがちの首すじのあたりに、夕べの残光を、冬の都市の夕ぐれの、あの青白く透明な残光を負いながら歩く。

淡く透明な空の色は、故郷の空の、溶けてしまいそうなやわらかな青さにくらべれば、北国の空の色にちがいなかった。このような空の色が南の空にどうつながるのか。その空に、故郷とおなじ太陽や、なんずくあのお月さまがかかっているということが、ひとびとをあらためてやさしくしていた。生まれて四十年前後にして、はじめての遠い旅に出たのである。

「えらいなもんじゃ、東京にまで行って。ひとの銭で。出世して！」

そのようにいう故郷の言葉を漁師たちはよく知っていたが、その前にまず、おのれ自身が誰よりも、

「考えてみればえらいこっじゃ。東京にまでも来てしもうて。一生夢にだけ考えとった東京に。いま、来とるわけじゃが……」

と考えていた。

背広を着てゆくべきか、ジャンパアを着てゆくべきか、出立までに迷ったりした。チッソ幹部たちや、国会議員の先生方や、ことと場合によっては環境庁長官に逢うかもしれぬ。そのまえに、ふつうに考えて、「東京ゆき」の服装はどうしたものか。

「ほんとうは、タスキ鉢巻がけでゆこうごたるですばってん。こりゃもう、こんどは……いくさしにゆくわけですけん」

川本輝夫と佐藤武春は、出立の前日にわたしの家に来てそのようにいって微笑った。タスキ鉢巻とは、胸になめにかける今様陳情風のタスキではなく、タスキ十文字にあやどるという、討入りの意である。

結局川本輝夫はいつも愛用している綿入れのネンネコ半纏を風呂敷に包みこみ、佐藤武春は萌えるよう

なみどりいろのヤッケを着用におよび、はにかんでいた。

ヤッケは、漁民からチッソ工員となり第一組合員となって残っている、彼の律義さをよくあらわしていた。チッソの廃液によって不知火海の漁撈がほとんど不可能になった三十五年、チッソ側の、漁業組合慰《い》撫《ぶ》工作のための工場就労員として、不分明な協定のもとに、彼は〈工場労働者〉となったのである。ヤッケは工場の第一組合の制服のようなものだった。

チッソの第一組合員たちは、三池につぐ大争議といわれた昭和三十七、八年の、安定賃金反対闘争のとき、もっともよくそれを着用した。第一組合のこの闘争着は、三池闘争当時の炭坑組合のオルグたちが、持ちこんだのだった。以後、どのような夜更けでも、戸外でも、くるりと頭を包みこめばそのまんま、軽便寝袋になってしまうヤッケという新式服装が、ひとむかし前の菜っ葉服なみに、ここの労働者たちの日常着ともなっていた。

金子直義は分厚いトックリ首のセータを買いこみ、そのうえ背広をひっかけた、いなせないでたちで、

「よう、男ぶりが一段とうちあがったぞ」

とみんなからひやかされていた。じつは背広よりも、彼の貌《かお》の方がよほど立派なのである。じっさい古代ギリシャあたりの、肩から吊り下げるだけの、あのひだの多いゆるやか寛衣を着せて、波に洗われる岩頭にでも立たせれば、鼻梁《びりょう》の高い彼の風貌は、たとえばエーゲ海あたりの孤島に置きざりにされた古代の王のような、深ぶかとうつろな、茶褐色のまなざしを持っていた。

海のほとりを縫って生まれ継いできたものたちの、あの永い流離や流竄《るざん》の歴史が生み出す神秘な系譜が、異郷の哀愁をおもわせる面貌や骨相を、このような僻村《へきそん》に漂着させるのだろうか。そのような美丈夫のみ

かけの内側に、これはまた、とくべつにひどく稚気《ちき》じみた小心な魂が宿っていた。彼の顔は、思わぬ人生の激変に逢着して、いよいよますます悲劇的崇高さを彫琢してゆくようにみえる。そのようなみかけの存在がそこにいるというだけでも う、仲間たちの哀憐を誘ってやまないのである。ひとびとは、いつも「直義、直義」と身内の呼び方をして、この心儚《はかな》い美丈夫のことを気づかっていた。

後日、彼が、チッソ側の工作によって〈自主交渉闘争派〉から外れ落ちてゆくときも、あのような人間が、そもそもみえざる患者群の中から浮上し突出して、とにもかくにも、たとえ束の間といえども、たたかいの矢面に立ちあらわれたことに、しんしんたる想いを誘なわれこそすれ、脱落者呼ばわりして指弾するものなどいなかった。

おおきな肩の間に首をめりこませ、彼が、そのことで深い深い吐息をしつづけている後姿を、ひとびとはいつも感じていた。

彼は、石垣の下や干した網の蔭や、あの舟板、永年の潮が赤い鉄錆のようにしみこみ、舟虫の這ったあとの、無数の穴のある古い舟板で作った頑丈な壁の横から、いつも裸の上半身であらわれる。たいていは半ズボンのままで。「ほう」というような、のびあがるような目つきをしていた。

訪問者が帰りかけると、ゆっくりと、魚桶のおいてある庭の方へ歩いてゆき、その中から、一匹か二匹の大きなボラや、太刀の魚《うお》やコノシロの魚の四、五匹をつかみとり、手にぶら下げて、訪問者のあとを追ってくるのである。とくべつに巨きな体と長い足がかえって邪魔になるようにみえるほど、うまく歩けなくて、有機水銀に深くむしばまれていた。

訪問者が帰るとき、彼のさしだす手みやげは、そのようなぐあいでいつも間にあわない。

崖から垂れ下っている蔦かずらや、かるかやの葉を、ひき綱がわりに握りながらかきわけて、細い道をのぼりかけると、草の匂いの間や、風のあいまを縫って彼の声が追ってくる。

「おーい、

ちょっと待ってくれんなあ、

魚なりと持って行ってくれんなあ、

おーい、おーい、

ちょっと待ってくれんなあ……」

わたしは、しばし逡巡して崖道に立ちどまり、それからまた登ってきた小径をひきかえす。すると崖のすぐ下の、渚の細い石垣道をゆっくりと歩きながら、はあはあと息を切らして立っている彼に逢う。それからその手にぶらさげられている魚を発見し、胸のうずきとともに受けとり、後髪をひかれながら帰途につくのである。

舟の上で網をひきながら、ドターッと引っくり返ってしまったりする、もはやあまり有能ではないこの網子は、同じく水俣病の母親と、女房と子ども二人の家族を養っていた。そのような家計にとって、二匹や三匹の魚がどのような値うちものであるかも、ひとめ、通りすがりにその家の中をのぞいたものには、うかがいしれるのである。

女房と婚礼の杯を交わそうとしたとき、有機水銀中毒症状の痙攣が、杯を持とうとした彼の手を襲い、村中の人びとのみている中で杯をとり落した。三三九度の杯というものがついにできなかったということが、亭主としての負い目となっていることもひとびとは知っていた。二人目のあとは、子どもが生れないかもしれぬということも。

　空はひとつの空であったけれど、そのような漁師をまじえたゆく手には、巨大なからくり仕かけの道具立のような建物群がぎっしりと立ちならぶ。国会議事堂や、環境庁や、警視庁のほかに、三井とか、三菱とかの銀行や、東京地裁とかの、まがまがしい大建物が病人たちを威嚇してならんでいた。ひとびとはそのような建物とは常に一定の距離を保ちながら歩いてゆく。東京ビルのチッソ本社に来て「電気仕かけエレベーター」に乗るにさえ、鼻白んでいたわたしたちだった。ましてここらあたりは非日常的でおそろしく、どこやらいまわしくてならなかった。

「みかけのふとか建物ちゅうばっかり、なんちゅうこつもなかなあ」

　ひとびとは、そのように云っては建物を眺め、

「息のつまってくるごたるなあ」

という。ほとんど自分でも気がつかぬくらい気を使って歩いていた。どこまでも続く皇居外苑の草の葉先を、掌のひらで撫でしごきはしても、つみとらないように気をつけているとか、柵の中に、つま先が踏みちがえて這入りこみはすまいかとか。間違えて樹々の葉を千切りとってしまったら、絶えずはるか後方の高いところから見張っている警視庁の、不気味な表情のない窓や、屋上の高いレーダーなどにみえぬよう、掌の中に丸めて隠してしまう。

　そのような建物群の上の空とお月さまが、故郷とつながっているということは、かえってあの無常感のごときものを徐々に感じさせてもいた。もうすっかり夕昏めいてきた東京の空をみながら、ひとびとは、ひとつの感慨を抱きながら歩いていた。

それは十二月十日の夕方、金子直義がみたという、東京の夕陽のことだった。そのとき彼は、ひとびとが疲れはててひじ枕をし、ひっくり返ってしまった東京ビルチッソ本社内の社長室の前にいた。廊下ともつかず、控えの間ともつかぬ狭い間仕切りの中で、ひとりのっそりと立ちあがり、社長室に隣あう広い役員室——そこはやがてひとびとがそのままの姿勢でハンストに這入ったあと、自然と、報道関係者たちの控え室ともなって行った広間だったが——を歩きまわっていた。

なんという静寂がそのときぽっかりと訪れたことだったろう。仕切ってしまった扉の外の、廊下の気配。あの「水俣病を告発する会」の若者たちが、たぶん排除されてゆきつつある息づかいや、肉体のぶつかる音や靴音や、それら一切の、体の芯がじいんとする気配が、潮のひいてゆくようにひき去ったあと、ふいに深い井戸の底から天井の空へむけて、ほろほろと解き放たれてゆくような静寂がおとずれたのだった。

激情的な力と力との拮抗関係が、東京ビルの内部でその日一日渦巻いていた。いや、ほんとうはその二日前、十二月八日から、それはすでにはじまっていた。わたしたちはそのような激情の渦の中心に来てしまい、それが解けほどけてゆくときの、一種の浮上感の中に横たわっていた。

手の先からも足の先からも、脱力感がゆるゆると立ちのぼる。心は無心にしんとして、金子直義のひきずるような足音を、きくでもなく聞いていた。

すると、

「やあ……

東京の夕陽ばい……。

うつくしかよう……！

東京にはじめて来て、東京の夕陽ば、はじめてみた……。

ありゃ！　ほほう！　こりゃまた、えらいしこ（沢山）、窓の下に、たしかありゃ、機動隊ばい……。

わあ、えらいしこの機動隊じゃ。機動隊ばっかりじゃや、窓の下は」

そのようにいう声を聞いたのだった。しばらく眺めて立っているようだったが、静まり返ってのびてしまっているものたちは、もちろんわたしも立って見にゆく気力がなかった。チッソ本社の中にはいって三日目に入っていた。とくにその日の事態になることは、はなから予想されていたのである。立ってはゆかなかったが、くり返して、

「うつくしかよう……！

東京の夕陽ばい……。

東京にはじめて来て、はじめて東京の夕陽ばみた……」

そういう彼の声音は、わたしたちの心にやさしくしみとおった。彼のみている東京の夕陽が、閉ざしているまなぶたに、たしかに、とろとろと赫《あか》くもえ落ちてゆくのをわたしたちは見た。夕陽の下に光る天草の島々や舟影や水平線を、閉ざしたまなうらに見、同じ空の夕陽が東京の夕陽でもあることをありありと見た。幾重にも重なっている四角いビル群の影や、その谷間につまりわたし達を囲んで、機動隊がぎっしりならんでいる景色をも。

「東京にはじめて来て」とはいっても、せっかくのいで立ちをして来たにもかかわらず、東京駅に着いて、どんなにゆっくり歩いても、丸の内南口から横断歩道を渡り、中央郵便局の前にゆき、そこから東京ビル入口、すなわちチッソ本社の入口、あの農大グループが座りこみテントを張りはじめたところまで三分か、

よほどに足をひきずる患者でも十分でゆけたから、ほんとうは、「東京駅の入口まではじめて来て」というべきであったろう。

にもかかわらず、このひとびとにとってはまさしく、「東京にはじめて来て」チッソの窓から機動隊を見、「東京の夕陽ばはじめて見た……」のである。そのような東京こそ、末期に近い生涯に印せられた〈みやこ〉の姿にちがいなかった。この国の首都はそのようなふうに、正確に、むしろオーソドックスに患者たちの中にはいって来たのである。そのような〈東京〉こそ、その本態をわかりやすくあらわにしていた。その後陸続《りくぞく》と出京した患者たちに対しても、表むきの東京はほぼそのようなみかけのものであったといってよい。後でそのことを川本輝夫は、

「東京ちゅうところは、まこて、権力の中枢じゃなあ」

と吐いて捨てるようにいう。

手枕をして横になり、五、六人の男の患者たちが足を投げ出せばもう、壁と専務室の不透明なガラス戸に、爪先がつかえてしまうその狭い間仕切の空間には、金子直義の、音符のない唄のようなひとりごとが語られた余韻のせいもあって、ひとあし早く夕闇が来ようとしていた。

間仕切りの廊下の方に面した壁の方からは物音が絶え、朝から起きている「異常事態」の中で、おそらくチッソ社員たちは、社外に出てしまったか、出ていなくとも、どこかの部屋で、かたく鍵を閉ざし、バリケードの机や椅子を積み立てて、息をひそめているにちがいなかった。じっさい後でわかったことだったけれど、患者たちがのび果てて動けなくなってしまったこの間仕切りの、扉いちまいむこうの社長室に、そのとき土谷総務部長はじめ、三人の幹部たちがひそみ隠れていたのだった。

とはいえ、このとき「チッソ本社内の患者たちの部屋」となりつつあったちいさなこの控えの間に、わたしもつきそっていた感じでは、どこもかしこも、がらん洞となったからくり部屋の一室に、意味もなくとり残されてしまったような、あっけにとられるような静けさのみが、あたりを支配していたのである。

「タイホされてしもうたろか」

と誰かが云った。

「こん次は、俺どんぞ」

「ほう！　こら、よか椅子じゃねえ。お客さん用じゃろかねえ」

なんだかすこしうれしそうに含み笑いをしながら浜元二徳がいう。

「やっぱり会社ともなれば、よか椅子ば持っとるぞねえ。よかお客さん用じゃろ」

ひとびとはそこにあった黒皮張りの椅子にこもごもかけてみて、座り具合をちょっと試したりしはじめる。

「どげんふうにして待っておろうかい」

「まさか手錠はかけてゆかんじゃろねえ？」

「さあ？」

「悪事はチッソの方がしとるわけぞ」

「うーん、そりゃあ、そうじゃ」

「どげんも、こげんも、しようのあろうかい。連れてゆくちゅうたときや、足と手と抱えてゆくとじゃろうで、抱え易かように、やっぱり、寝とった方がよかぞ」

「抱えてゆくちゅうたちゃ、おら、重かぞ」

「そんならお前や、あぐらば、かいとればよかよ」

「うんまあ、面々に、寝とろうとあぐらかいとろうと、椅子に座っとろうと、一応ちゃんと並んで待っとろうかい」

患者たちはなんだかたのしそうに、体のぐあいに似合った「待つ姿勢」をけいこしはじめ、それぞれ、五人五態の姿勢をととのえた。川本輝夫は片肱を枕にして寝そべり、もっとも足の不自由な浜元二徳は、ふだんステッキをついて歩くので「社長」とみんなから愛称を頂戴していたが、それにふさわしく、

「おら、こるが、いちばんよか」

とふかふかの椅子に一段高くおさまった。

「似合うぞ社長」

とみんなはまなこをほそめて微笑みあったのである。

石田勝はといえば、そのときかなりの痙攣がまた襲って来ていて、ふるえる膝頭を、両腕で抱えこむようにしてうずくまる姿勢をとった。

「大丈夫かい」

ひとびとはかわるがわるそのような様子の彼をさしのぞいた。心の内側の方がむしろ、みかけの痙攣の幾層倍も波打っているようにみえる。それに耐えようとして、頬にときどきぴくぴくとひきつれを走らせながらかなしげに目を閉じ、ひたいに脂汗を滲ませている彼を、しょぽしょぽとみんなは見やる。

「足がなあ、いちばん……」

「うん、うん」

「ちょっとしたことのあれば、すぐもう、こげんしたふうで……」

「うん、うん」

「情なかよ……」

「うーん、誰も彼も同じじゃが」

「いんや、俺んとは、一段ひどかぞ。見かけじゃわからんばってん……」

「うーん」

「ほんに、ちょっとしたことのあれば、すぐ、もう……」

上京以来の出来ごとは、この「はじめて東京にきた」ひとびとにとって「ちょっとしたこと……」などという生やさしいことではなかった。

もう二日も着のみ着のままで、チッソ本社内に泊りこんでしまうはめになってしまっていたのだったから。汽車の中の一泊を入れると三泊、水俣現地での座りこみに至る心身の疲労を入れると、発病以来の歳月を入れるとなんというしつきであろう。ビル内の暖房というものに慣れないひとびとは、汗ばんでしきりに上衣を脱ぎたがり、夜中になると暖房が消えて、ひと一倍骨も肉も冷えてしびれる水俣病だったから、持参の綿入れや、差入れの毛布をかむってみたりして寝返りをうつ息が、一日一日苦しくなってゆくのをわたしは聞いていた。靴下や下着が、匂うことが気にもなりかけている。

社長が交渉の途中から「入院」してしまった以上、今後のことをどうしたらよいのか、具体的には誰も考えていなかった。

「今度こそは騙《だま》されんぞ」

それだけがひとびとの合言葉だった。

社長の血圧が前二日の交渉で上ったにしても、患者たちのえんえんたる業苦にくらべれば、それを押して上京して来たのにくらべれば、永年のチッソの仕うちや、崩壊するばかりの全患者たちの全生活にくらべれば、ここ三日間の、チッソのいう「異常事態」は手前勝手というものだった。

「いくら考えてもゆくところはなか。いまから先はもう、チッソ本社にお世話になりにゆこ。もうあそこしかなか。自分ひとりじゃなか、家族もぜんぶ」

ひとびとはそうも考えていた。

殺されたり片輪にされたり、職を奪われ、水俣市民から、水俣の恥さらしだから水俣から出てゆけといわれ、職場の上の人や仲間から、「やりすぎるな」といわれ「もうえらいしこ貰《もろ》うたろ」と、漁業組合からしめ出されようとしていた。

よってたかってじわじわなぶられて、野ざらしにされるよりほかない日々だったから、水俣を離れて、チッソ本社の中に、お世話になりにゆく方が、むしろ安全かもしれなかった。

ひとびとはそこにそのようにしていることが、だんだんと居心地よく、「ああやっぱり、ここが、いちばんよか。わが家のごたる」

とあとでいうようになる。

それもまたあの、神秘的な流竄の系譜をひとびとが血の中に持っているせいにちがいなかった。

痙攣のきている石田勝の心の激痛がよくわかり、男たちは、故郷の渚をひたひたと撫でてめぐるさざ波のような声音で、かなしげな彼の言葉にいちいち、「うん、うん」とうなずいてやっている。互いにうなずくよりほかに、なにが出来よう。

がらんどうの気配はさらに続き、ほかには人の影がない。潮の流れてくるような時間が、しんしんとチッソのビルの中に流れこんでいた。それは優しい時間だった。そこは、故郷の渚で幼いときに慣れ親しんで出入りしていたあの、巨きな船の残骸の、あばらあたりの狭い空間のようでもあった。なんだか胸がもやもやと煙るような探険心さえ立ちのぼる。

ひとびとはまずまっさきに、

〈社長室〉

と書かれた不透明ガラスの扉に目をとめる。

「ほほう！　見てみろ。久我さんの、『いやあ、当社には社長室なんてございませんのですよ』ち云わったが、こりゃ、どこの社長さんの部屋じゃろかいねえ」

「うふ、東京にゃ、いろいろ貸し屋業のあるげなで、三菱地所の東京ビルばチッソが借りて、そのチッソがまた、どこかの小《こ》まんか会社に、社長室ば貸して家賃とりよるのかもしれん」

「ちょっと、見物してみろか。せっかく東京まではるばる上って来たもね」

佐藤武春がそのようにいう。

最初の日、

「もう、わたしどま、何べん水俣で社長さんの替わりのひとたちと話しても、いっちょも話の通じまっせんけん、わざわざ、病人ばっかりして、こげんして、代表ば定めて、打揃《うちそろ》うて来ましたっですが。

あの、ここで一番、えらか社長さんに逢わせて下さい。社長さんなら話のわかんなはるじゃろうと思うてきました。社長さんな、どげ、おんなはるですか」

患者代表がそのように申込んだのに対して、会社幹部たちは、

「社長はただいま、あいにくと留守でございますが」

と答えた。患者たちは重ねて申し入れた。

「わたしたちゃ、こうして折角水俣から夜の寝もせずに、仕事も休んで、ようようここまで訪ね当ててきたわけですけんなあ、留守ちいいなっても、ひょっと行くところも、お金もありまっせんし、あば、仕様のなかけん、ご迷惑ですが、社長さんの帰って来なはるまで、社長さんのお部屋に、待たせてもらいます。どこでっしゅか、社長さんのお部屋は」

通された社内診療室の隣の応接室から、あたりをさしのぞこうとして、患者たちが首をもたげると、会社幹部のひとりが、もみ手をしてにこにこしたのである。

「いやあ、当社もご承知のように貧乏世帯でございましてね。べつに社長室なんて、そんなぜいたくなものはございませんので」

そのことばに連れて、他の幹部たちもひとみをすうっと輝かせ、「いかにも」という顔をしながらうなずくかうなずかないくらいにした。

(ほんなこつじゃろうかねえ?)

ひとびとはそう思ったけれど意表をつかれて、

「なん?　社長室もなかっですか!」

と「たまがった」ふりをそのときはしてみせたのである。

そのときのことがあったから、

〈社長室〉

と立派に書いてある不透明ガラスの扉の前に自分たちがたどりついていて、へたばり寝ていることに気がつくと、むずむずとうれしくなってきたのだ。起きあがって、へええ、といいながら、〈社長室〉という字を撫でてみたり、把手《とって》をちょっと動かそうとしてみたり、ひとりも、ひとりも、仕切りのガラス戸に耳を当てて、中の気配をなにか懐かしいものをたぐり寄せるように聞こうとしていた。

それから扉の前に這って行って、トントンとちいさく叩いて耳を澄まし、口を寄せる。

「社長さん、社長さん? あの、こんにちは、……おんなはりまっせんか」

ときく。

「あの、社長さん、ああたに逢いに来たっですが、おんなはりまっせんか」

ひとびとは首をかしげて聞きながら、こんどは、

「土谷さん、土谷さん」

と呼んでみたりする。土谷氏とは、逃げ出してしまった幹部たちに替わって、この日どこかの部屋から患者たちに電話連絡をして来ている人物であった。その電話口で、水俣でも交渉の現場に出てくるこの総務部長氏は、自分が「社長を代行することもありうる」と口ばしったばかりに、患者たちにそんなら、土谷さんと交渉をやりましょうといわれ、あわてて、

「いや、それは……」

といい直したが、

「いやいま代行するち、いいなったですがな」

と追及され、その居る場所から、出ることも入ることもできずにいるらしかった。

その土谷氏の所在をたしかめることをきっかけにして、この日の「異常事態」は、いくらか展開した。

籠城以来三日、次の局面をつくるため、情況を打開する必要が生じていた。内側からロックされてしまった各部屋のひとつ、秘書課の扉のガラスを外させていただくことが考えつかれた。患者たちはそのことを、ロックされていて見えない秘書課の奥にむかって宣言した。

「三日待っても出て来てくれなはらんけん、はいらせていただきます。ガラス代一枚分は、補償金の中から返済させていただきます」

扉の外で高らかにそう宣言してガラスを切りにかかった。応答なく静まり返っていた秘書課の内側から、まるで殺されでもするような社員たちの叫び声が聞こえた。

「やめてくれ！　やめてくれえ！」

「そんなら出て来て下さい、交渉に応じて下さい、やめますから」

たぶん、このやりとりの間に、機動隊がよばれるであろう。

ガラスがすっかり外されると、思いもかけずたくさんの社員たちが、土気色になってどっと出て来た。交渉の現場を確保するため、患者たちを囲んで廊下に座りこんでいた告発する会のものたちは、あっけにとられた。土谷氏はしかし、そこにはいなかった。

若者たちはひとりずつゴボウ抜きされて行った。そしてまた内側は静まり返る。秘書課の奥からあらわれたもうひとつの、ガラス扉のみえない社長室の中は、このような次第で、すっかり病気の漁師たちの気に入ってしまった。

「あ、今、たしか、ゴトッち音のしたぞ」

「ん？」

「たしかにしたぞ」

「ネズミかねえ？」

「うーん」

「こりゃたしか、ふとーかネズミの這入っとるかもしれんぞねえ」

ひとびとは笑いながら、体ごと耳を、しん、と立てていた。その気配の中から浜元二徳が、

「おい、さっきよりか、また、えらい静かになって来たぞ。排除されてしもうたかねえ、青年たちは」

そう促すと、病人たちはまじめな顔つきになって、あの、ビデオテープが巻きもどるときのように、大いそぎでさっきの自分の位置にもどった。そしてあらためて、正座したり、片ひじで手枕をしたり、あぐらを組んだり、椅子にかけたり、つまり律義に、逮捕されて「連れてゆかれる時」の姿勢をとった。

「こんだは、こっちに来る番じゃ」

巨大な沈没船の中に残る選ばれた者のような顔つきをして、ひとびとはそこにいた。あまりにがらんとした静寂の底にいると、外の暮れかかった空が、舟の天窓めいて見える。貝殻を鳴らすような冬の風が、からからと吹きめぐっているのがかすかに聞こえてくる。ビルは、いや船は、もうどこかかすかに年老いて孤独だった。

その竜骨の中の無数の虫くいの空洞の中に、出はいりしている変哲もないひとびと、あのいつも背広を着て〈ネクタイコンブ〉をぶら下げている種族、なんということもなく夜になればすっかり出て行ってしまう種族にとって替わって、この二、三日、どこやら様子の変った連中がぞろぞろ入りこんできていた。ビルは、自分の空洞の中に、かすかな存在感のようなものを感じはじめていた。ひとびとが、「ここがいちばんよか、ちょうど、わが家のごたる」とおもいはじめるのと同時に。

そのようなとき丸の内署の係官が、病人たちのいる社長室の隣に這入って来たのである。双方はしばらく顔を見合わせ、とまどった様子をしていた。係官たちは小腰をかがめるようにして、患者たちが待っているところに近づいた。

「えーと、川本さん、川本さんはどこですかねえ、あ、川本さんですねえ」

「はい」

「いやあ、その、なんというか、じつに困っておりましてねえ」

「はあ、なんがですか」

「もう何時間経っているんですかねえ、こういう状態」

「はあ」

「困りますよ本当に」

「はい、わたしどんも困っとります」

「いやねえ、あの若い連中、手こずりますよ、本当に。患者さんを守るんだといいましてね、動かないんですよ」

「…………」

「どうにかなりませんかねえ」

「まあ、わたくしどもも職業柄、放ってはおけないのですよ、患者さん方のお気持ちはよくわかるのですがねえ」

「…………」

「警察も、ちっとはチッソば、取り締んなはらんですか」

「ええ、それはねえ、しかし……今日のことは困るんですよ、こちらもね、なるべくやりたくないんですよ、大人しく帰っていただけば助かるんですよ」

「わたしどもも早よ、帰ろごたるとですばってん。年寄りのじいちゃんたちや、ばあちゃんたちが、待っとりますけんなあ。みんな、死んだもんの身内や病人ばっかり」

「はあ、それでね、あの学生たち、なんとかしてくれませんか。川本さんが帰るといえば帰る、といっておりますがね」

「…………」

「ねえ川本さん、川本さんのおっしゃることならよくきくでしょ、あの連中たち。いや、それも気持ちわからんでもないのですけどね、困るんだなあ、もう」

「…………」

「いやもう手こずっているんですよ。何とか手荒なことせずに出て貰おうとしているんですけれどねえ、連れ出すとまた、あのエレベーターの前に来て座りこんでしまうのですよ」

「………」

「ねえ川本さん、あなたの判断ひとつですよ、ちょっと行ってあの連中にですね……」

そのとき両手をひじ枕にして仰向けになっていた佐藤武春が、いきなり、かがみ込んでいる係官の足にしがみつき、号泣しだしたのだった。

「あ、あ、よかですかあ！……署長さん！

わたしたちはですね、……あ、あのひとたちにですね、あのひとたち、のオ、お、おかげで……おかげでですね、あの、若かひとたちのおかげで、こげんして、生まれてはじめて、東京に、東京にも、来られたっですよお！……。

わ、わたしどん、患者だけ、銭もなかとに、どげんして東京に来らるるですか。くゎ、くゎんじゃやだけで、か、体も不自由かとに、どげんして、東京に来らるるですか、ぜんぶ、あの衆《し》たちのおかげですよおっ……。

あの、若か衆たちがですねえ、あ、あめの日も、風の日も、ほんなこて、寒か雨の日にも、じ、地《じだ》ん上に寝て、金ば集めてくれて、せんでんしてくれて、毎日、毎日、ですねえ、う、う……カンパば集めてくれて……。

こげん貧乏人ば、わたしどんがごたる貧乏人にですねえ、つくしてくれて、助けてくれて、……そンのお蔭で、わたしたちはこうして、やっと、東京に来たっですよおっ……。

わが身は、あん衆たちはですねえ、食うや食わずやしとっとですよおっ、地《じだ》ん上に寝て、この冬に。よか青年たちが……。

なして、あの衆たちば連れてはってくとですか、誰がいままで、患者に、何十年……も、何十年……、

署長さん、なあ、署長さん！　なして……。

なんば悪かこつばしたですか、あの衆たちが、なあ、なあ、署長さん！　悪かこつしたとは、チッソじゃなかですか、そげんじゃなかですか署長さん！

あの衆たちば、お願いですけん、連れてはってかずに下さい、お願いします！　あの衆たちば、わたしたちから、引き離さんで下さい……お願いします、お願いします……。

あの衆たちばムリに連れてはってきなはるなら、その前に、わたしどんば連れて行って下さい、こげんして……手向いせずに、待っとってですけん」

言葉と言葉のあいだから涙が噴きこぼれ、それを片手のこぶしでふり払いながら、片手は中かがみしている「署長さん」の足から胸へととりすがり、ついに両手でその胸をわしづかみの形で起き直った。石田勝も、金子直義も、ごつい両手で顔をおおって泣き出し、川本輝夫は凄惨な表情で一点をみつめ、押し黙っていた。

「いやあ、困った、困りましたねえ、うーん、いや、まあまあ、わたくしどもも、患者さん方を、どうこう、しようなどと、思っておりませんのですよ、いや、気をしずめて、気をしずめて。うーん、困りましたねえ、あの連中……」

係官たちはふっきれぬ様子でなんとなくそのまま、出て行ったのである。

病人たちはほとんど無意識に、親指とくすり指で、自分の小指をつまぐりながら歩く。茫漠とした顔つ

きをしたまま立ち止り、心の中の海に漂い浮かんでいるちいさな舟に、ふっと心がゆくように、自分の小指の先を、みつめているときがあるのだった。石田勝も、川本輝夫も、佐藤武春も。

左の小指の先に、まだなおりきれない切傷の跡――それは、じぶんたちがカミソリで切った傷のあとだったが――がついていた。けれども、そのように立ち止ったりすることはほとんど瞬時のことで、彼らは、皇居外苑の草の葉などを無意識に巻きつけたりする自分の小指を、急いでなにげなく掌の中に隠して歩き出す。

まだなおりきれない傷のいたみよりも、もの憂い羞恥のようなものがそこから生じていた。けっして溶解したことのない胸の底の憤怒や屈辱、よじり合わさったままうねり出そうとしては、逆に自分の骨の中を浸してゆく悲哀にひとびとは慣れていた。伏し目勝ちにいつでも微笑っているようなあの、初々しいまなざしを眩しそうに瞬かせ、自分の手を膝の上にやってみたり、歩くときの手つきになってぶらりぶらりとさせてゆく。

じっさい、漁師たちの際だった黒い顔の特徴はといえば、その目だった。都市族となってしまった人間たちの目の色には、もう見ることの出来ない海のきわの岩蔭の、泉のまろい波紋のような、やわらかなまなざしに、ひとたび不思議そうにみつめられると、支援者たちは、すっかりとりこになってしまう。ほとんど通常にいえば四十男たちなのに、その目のいろの奥に、虹のようなものを持っていた。ことに佐藤武春はそのようなまなざしの奥から、いつも不思議そうに、東京中のあらゆるものをじいっとみていた。

神言いたまいけるは水の中に穹蒼《おおぞら》ありて水と水とを分つべし

神穹蒼を作りて穹蒼の下の水と穹蒼の上の水とを判ちたまえり
神穹蒼を天と名づけたまえり
神言いたまいけるは天の下の水は一処《ひとところ》に集まりて乾ける土顕《あらわる》べしとすなわち斯《かく》なりぬ
神乾ける土を地と名づけ水の集まれるを海と名づけたまえり神之を善《よし》と観たまえり

ひとびとはかつてあった原初の海にいまもいて、その天の下に魚とともにあったのであり、そこからやって来たわけであったが、自分にもひとにも語ってきかせたことのないはるかな世界の中に、魂はいつも帰ろうとして首をかしげるのだった。

歩く手つきになって下した掌の中で、ひとびとの左手の指は、無意識に小指の傷をつまぐり続けている。指たちは、病いの深い自分の体の深奥をまさぐろうとしてそこにはとどきえず、小指の先のわずかな一点によりそい、ゆきなずんでいるようにみえる。割れている小指の傷口の厚い皮膚は、もう暗紫色にふくらんだ肉からはなれ、乾反《ひぞ》りかけていた。ひとびとは歩きながらもぞもぞと親指とくすり指を動かし、半ば無意識に傷口の表側のかたい爪を撫でたりするのだが、自分の指と指とをたしかめあうべき末梢神経は、もうとっくにあの有機水銀にいかれてしまっていて、指の先には感覚などないのである。

なんでもない会話が、そのようなときにはじまる。

「あのへこたれ共がねえ、五円のカミソリぐらいにおとろししゃして。おかしかったねえ」

「ねえほら、俺どんが掌は傷だらけじゃが、いつも。手ばっかりじゃなかぞ。足もじゃねえ、ほら。五円のカミソリぐらい、エンピツの芯けずりじゃ。屁のごたる」

「まこて、ねえ、水銀なら飲むばってん、指切る方は、ごかんべん下さいちゅうて、えらいうすの悪さにしたねえ。手えひっこめてうしろに廻して。なして、あげんおとろしかったろか。指どもかすり切るくらい。切り落としてしまうちゅうわけじゃなし。おとろししゃして。わからんなあ、なしてじゃろか」

病人たちはそのときの嶋田社長や入江専務や藤井常務の様子をおもい出して、おもい出し笑いをする。

「水銀のなんの飲みきるもんか」

「ああいう人間どもが、会社ばからくりして、上々の方につっかえとるけん、日本ちゅう国も、頭の上の晴れん国ぞ」

「ほんなこて、晴れん国じゃ」

「うふん、東京ちゅうところは晴じゃろ曇りじゃろ、いっちょもわからん」

「こういう散歩ちゅうもんばする時に、たったのいっちょも、山ちゅうもんの見えん。どういう所じゃろかい」

「来てみればつまらんところじゃ、東京ちゅうところも。山も見えん、海も見えん。コンクリートでうち固めたばっかり、なんが都じゃろかい。こういうところに住むちゅうはねえ」

「山のいっちょもあれば、裏山に登って煙草休みして、石の上で尻どもほかほかぬくめてねえ。沖ども眺めて、鰯の飛ぶのなんの眺めれば、気の晴るるばってん。蕨原《わらびはら》の中で寝て、雲ども眺めて」

「鰯の飛ぶのなんの目のまえに見れば、うかうかチッソの者どもと、馬鹿喧嘩のなんのしておれんぞ。おら、舟ども出した方がよっぽど良かぞ。こういうところに来るより」

「ほんなこつ、舟ども出した方がよっぽどよか」

「こういうお濠じゃまあ、鰯も飛ばんよ」

「鰯どころな！　海も見えん、山も見えんが。雲じゃいよ、霧じゃいよ、スモッグじゃいよ、見わけもつかん」

ひとびとは宮城前広場にさしかかっていた。

二重橋をバックにして記念撮影をしている連中や、お掃除の奉仕団や見学者や参拝団がいて、冷え始めてきた夕方の風が、砂利を敷いて歩きにくい広場の上を吹きめぐる。

「どうですか、せっかくですけん、記念撮影をして行ったら」

この日の東京散歩の案内者、熊本告発する会のひとりが、すこしふざけていうと、漁師たちはたちまち、その気になってしまった。

二重橋のたもとには参拝団相手に、それを職業とするらしい若い学生風の写真家たちが屯《たむろ》していて、ご丁寧にも、撮影用の縁台さえ何台も濠の柵のふちに置いてあった。彼らは小学生の旅行のときのように、体をゆすってはしゃぎ出した。

「やっぱりなあ、東京土産といえば、近所に配るにゃ宮城や二重橋の写真が良かろけん。いっちょ、二重橋の前で、日本人らしゅう写ってゆくか」

「天皇陛下万歳やっとるところば写してもらお」

「うんにゃ、公害日本帝国万歳といえ」

「ウフフ、そげんじゃ。ほら、タスキ、タスキ、水俣病患者ちゅうタスキば出せ。出してかけろ」

ポケットからいそいそと彼らは「水俣病患者」というタスキをとり出した。

「水俣病患者ちゅう字のところの、はっきり写るごて、きちんとかけろ、二重橋の前で。日本人じゃけん」
タスキをそのようにかけっこし、ボタンを点検したり、体の脇や胸を撫で合っていたが、しごくまじめな顔付になった。

「写真屋さん、ハイ、よかばい。よか男に写してはいよ」

直立不動の姿勢をとってそのようにいい、男たちはあの不思議そうなまなざしをいよいよつぶらにして、まっすぐカメラのレンズにのぞき入った。

カメラの奥に彼らがそのときふかぶかと覗き視たのは、つまりは故郷の心だった。

門構えなどなにもない漁師わらの聚落。門はなくとも網を立て拡げればそれでもう、誰それの家だと格好がついてしまい、タコ壺を積み重ねればそれがすなわち隣との境にもなる。ボラ籠を庭先にころがしておけば、その転がり工合で、その家のひと夏の、漁の水揚げ量が推察されてしまう風通しのよさの中に、ひとつの浜の、全体の暮らしがくり広げられていた。

家々の土間を入るとすぐもうそこが座敷というものだった。座敷へあがれとすすめられると裏から隣の婆さまが、

「お客さんかな。ほい」

と、からいもや唐もろこしの茹で立てを、柄のついた竹籠に入れて、自分の顔もろともさし出しにきたりする。

熊さん八っつぁんの江戸式長屋よりはもっと簡明に、南方系海浜聚落の祖型がそこにあった。土に打ちこんで埋めて、そのままつっ立っていたりする小屋の柱の丸太ン棒をおおう庇《ひさし》のあたりにはしかし、年とっ

た女たちのてんめんたる煩悩もまつわりつき、村々の命脈を生き替わり生き替わりさせていた。草にも杵《きね》にも臼にも、水甕《みずがめ》にも釣瓶《つるべ》にも、魚を茹でる大カマドにも、道ばたの地蔵さまにも、大漁旗にも帆柱にも、舟のウィンチにも、石垣にも、茂道松の下の弁天さまにも、そこに落ちた雷さまにも、魚たちにも、女たちの想いが宿っているようだった。それでたぶん年とった婆さまたちは、男たちの男根をも自在に支配してしまったりするふしがあるのだった。

おおかたは天井の張ってない、建具などをたてまわさないあっぽんぽんの家々のたたずまいは、どこやらふしぎなまろやかさを漂わせていた。丘と丘とをつないでけむる風草の、ほそい小径のなだらかにめぐるあたりに、椿やお茶の木の古樹やおおきな岩があり、そのような岩をおおって這うタビの樹の蔦かずらなどが、その昔、丘が成ったときのままに配されていた。

そのような丘に包まれた家々のなげしあたりに、天皇家の写真などが額縁に入れてかざってある。そのようなものを恭々《うやうや》しく白い手袋などをはめて来て、桐の箱からとりいだして拡げてみせる商《あきな》い人《にん》がやってくる。最初の一軒がかざると、

「九重の雲の上におんなはるお方さんの御真影《ごしんえい》でございますけん、お値段の方も、ま、なんと申し上げますか、ちょっと粗末なお値段じゃ罰かぶりますけん」

などという商い人の口調も、このような部落に這入ればなじみやすく、明治天皇夫妻から「今上《きんじょう》陛下御一族の御真影」が、どこそこの家にかざられたりもするのである。そのような写真の下にかならず、いやそのような御真影のまるきり買えない家といえども必ず神棚がしつらえられ、神さまの御神体は、毎年四月の祭の前の頃「八幡大神宮」と墨書印刷し、朱色のハンコを押した短冊ようのものを、この方はしご

く格安の値段で売りにくる。

額縁やら神棚の下あたりに、いやそのようなものさえない家といえども必ず仏壇がしつらえられ、死者たちや天皇一族の〈御真影〉は、ご先祖さま、つまり家の守護神と共に賑やかに祀《まつ》られていた。道ばたや丘の上の岩に宿る岩神さまや、月に一度の夜明けごろめぐってくる女たちのための二十三夜さま、秋と春の彼岸の、姿の見えぬ川や山の神さまたちはまたこれらとは別に、女たちの心の祠にあった。

男たちは、拝むべき神さまを見うしないつつあったのだが、女たちはそのようにしてせっせと、ご先祖の命日や、ちいさな神々にも仕えていた。身内の不幸の数々といっしょに。ことにあの奇病の死人たちや病人たちをぞろぞろ抱え込むようになってから、信心深い女たちは、思い詰めたような微笑を、目尻の皺の端や、腰をかがめておじぎをするときの足元に翳《かげ》らせていた。

このような老婆たちに集め祀られ、死者たちとともに在る神々こそ、果報というべきだった。

部落の丘の頂きにある墓地の間に、古くなってゆくあの黒い吹き流しの死旗が色あせて、老婆たちの髪のように幾すじにもひき裂けて垂れ下がる。その先端は新しく立てられた卒塔婆《そとうば》を抱いていたりした。墓地の死者たちもまた、彼女らの身内であった。

女たちは死者たちの世界に探くなじみ、あの御仏飯を、死者用の器に高く高く盛りつける。

昔は男たちが手造りして死者たちに贈っていた白い蓮華が、年中卒塔婆の間に吹き散らかる。それは波にすっかり晒された帆立貝のようでもあり、死者たちの、もう歩けなくていざっていた膝の骨のようにも見える。そのような蓮華の白い紙の花びらは、墓地の間から部落の上にもほろほろと降ってくる。ちいさな女の児たちはそれを拾ってきてままごとの魚を入れる皿にしたり、髪にかざったりして遊ぶのである。

このようにもう、「死人ばっかり続いて」、部落の年寄りたちはあの「白骨の御文章」のところどころをうろ覚えに覚える。

「今どきのテレビの唄のなんのより、やっぱりあれが、いちばんよか、いちばんかなしか」

焼酎に深酔いするときなど、仏壇の前にいざり寄り、ぽっかりとまなこをひらいて、覚えたそれをとなえたりする。

白骨の御文章とは、あの蓮如上人の御文章だった。浄土真宗の多い門徒たちを土の中に葬るとき、村の男たちが総出して半日がかりで深く掘り下げた穴の中に、いよいよ柩を青竹で吊り下ろすとき、坊さまがとなえるのである。蓮如上人のことなど年寄りたちが知る筈もなく、死者との別れのきわにとなえられる文言の切なさだけが、ひとびとの胸のうちにいつもよみがえる。先なる死者とあとなる死者を媒介にして、いまはまだ生きているひとびとが、あの世の入口まで死者たちに導かれてゆく。それより先は、「行けばもう二度と戻っては来れんところ」だったから、戻っては来ぬものたちの世界の入口にゆきつもどりつ、そのような「死人が続いて」、ここらあたりのものたちは冥途の入口に、近々と住み暮らすようになった。

男たちが都の二重橋を、自分の背後にぴったりと重ねて、レンズの奥にさしのぞいた故郷の心とは、つまりは死んだ母たちを含めた故郷の、いずこへも行きなずんでいるこのような魂の世界だった。

いちまいの写真の、見た目の上っ面には浮かびあがって来ぬ故郷の、えんえんたる気息のごときものと、そのとき男たちは通じあっていた。村の老婆たちにとって、男たちは、ひとしなみに「よか男ども」であった。

二重橋を背景にして立った、タスキがけのこの日の記念写真も、いずれ額縁の中にひき伸ばされ、ご先祖さまたちといっしょに、祀られるにちがいなかった。年とってゆく妻たちや子どもたちの手によって。水俣病自主交渉闘争の話が、そのような写真を前にして、身内たちに語り伝えられる回路の中に、そのとき彼らは立っていたのである。ご先祖たちの冒険譚や成功話や、つまりはあの流離譚が語り継がれてゆく回路の中に。それはあの、支援者たちや組織者たちがくぐり入ることのできない回路でもある。

あの、死んでしまった村々の兵士たちのように胸をそらし、彼らはシャッターが切れるとき、

「おい、笑えぞ」

といった。故郷に待っているものたちのために、彼らは極上の顔になりにっこりと微笑んだ。故郷で女たちがひきずっているものを、この男たちもまた背負って来たのだった。病いの業苦も貧困も侮蔑も、永い年月も。故郷の魂と、その業苦をぜんぶ身の内に容れて彼らは「天皇陛下万歳」をしたのだった。

「待っとっとぞうっ、水俣で。じいちゃんたちや婆ちゃんたちが……死にかかって。わかるか社長、わからんじゃろ。病んどるもんの気持ちは、お前どんが如る《ごた》人間にはわからんじゃろ」

「……あのね、川本さん」

そのとき川本輝夫は、まるで紙切りかエンピツ削りでも出すようにポケットから、あの、五円のカミソリを、会社幹部たちと向きあいになっているテーブルの上にとり出したのだった。それからぺらぺらの、これも一番安そうな奉書をとり出した。

「でございますからね、わたくしども、あの医者ではございませんからね、病気の重い方もいらっしゃいましょうし、なんと申しましょうか、あの軽い方もいらっしゃいましょうし、知事さんにおたずねしま

して、おひとりおひとりのご病状をですね、熊本県の方のですね……」

「重かの軽かのちゅうことば、ああたの口から聞こうごたなかよ！　好きで病気にゃならんばい」

「ですから、はい、申し訳ないと申上げておりますが」

「そんならなして、水俣に来んですか。一軒一軒」

「ですからこの前水俣にゆかしていただき――」

「ありゃなんしに来たかな。水俣の世論つくりに来たじゃろうがな。とってつけたように文化センターば市に寄付するのなんの、市長とからくって、明るい水俣ばつくるのなんの」

「いや、市長さんとはその」

「患者ば胡魔化すばっかりのことしか、しなはらんでしょう会社は。ずうっといままで……患者ば孤立させるため、市民大会ばやらせたじゃろうがな、市長に」

「いえ、そのようなことは」

「脅迫状のあるばい、ここに。あんた家《げ》の第二組合が出させとる市民むけのビラと、同じ文句の脅迫状ばい。な、水俣から出てゆけち書いてあるばい」

「組合がなにか」

「とぼけて、過激派の患者ち言わせとるじゃろうがな」

「組合と会社はあの――別でございまして」

「表むきはそげんじゃろうばってん」

「…………」

「石投げられたぞ、俺家《おるげ》は、屋根に、会社にたてついたちゅうて」

「そのようなことは」

そのようなことはと、嶋田社長は不安そうに口のうちでいい、入江専務の方をみる。目鼻立ちのつくりがおおきく出来ているだけに、患者たちの言葉を浴びるたんびに、だんだんとその表情からは生気が抜けてゆき、むなしく立派に、そこに置かれていた。ことにおおきなその目は判断を停止したような暗鬱な色になっていて、社長の補佐役であろう入江専務の方を瞬《また》きながら幾度もふりかえった。社長にとっても、その場に出現した患者たちの要請によって列席をやむなくされた取締役達、久山、藤井などというチッソ幹部のみならず、東京本社社員たちにとって、患者たちの行動は、衝撃的な出来ごとであったにちがいなかった。

とはいえ、患者たちはもう本当に、

「部落にも居られん、水俣市にも居られん、国に行ってみても、国もあてにはならん、みんなチッソとグルちゅうことがわかった。やっぱりそんなら、ふり出しにもどって、本家本元のチッソ本社に、お世話になりにゆこ。病人も、ひきとって養うてもらお。ああもう、ながい苦労じゃった」

そういうつもりで、幹部たちの目の前にあらわれて来てしまったのだったから。

水俣工場をつくって以来、地元漁民たちの、地先権を買取るこれまでの契約書でも、昭和三十四年暮の「見舞金契約書」でも、「将来水俣工場の排水が原因と決定した場合においても、新たな補償金の要求は一切行なわないものとする」というような一札さえとっておけば、地元の有力者たち、チッソ下請業の親方たちや歴代の水俣市長や、漁業組合長、県知事らをちょっと操作さえしておけば、ことはこれまでいつも簡単に済んでいた。

そのような契約書をとり交わす前後に、温泉旅館や、塗りこんだ田舎芸者のちらつくところに連れこんで、一杯さしてやりさえすれば、漁民などというものは着なれぬ背広などを着こんできて、まるで対等にでも扱ってもらったつもりになる連中だった。

「いやぁもう、こりゃ、ああた方も付き合うてみれば人間、わしも人間。会社ゆきのえらか衆と漁師じゃ、位のちがうかもしれんばってん、わしらもな、男じゃやけん、ですね」

などと目を据え手を握ってきたりして、はじめは標準語らしいのが、たちまち田舎弁まる出しになり、こむつかしい契約書のことなど、そのような酒とともにすっかりのみこまされて帰る手合いかと思っていたのだろうか。幹部たちの中には生臭い漁具の匂いのするものたちを、そのようにあしらったのかもしれなかった。東京本社から水俣工場に転勤しても、視界のずうっと先の方に、ちらちらと蚊柱《かばしら》のごときものがかげるような感じはしても、けっしてそのようなものたちと視線が相まじわるなどということはありもせず、いわば漁師風情のものたちは意識の中になかったろう。

それがいま、見たこともない土気いろの実体を持って、目のまえにたちあらわれたのである。

「体の工合の悪かもんですけん、失礼ち知っとりますばってん、寝かしてもらいます」

などとあいさつしてひじ枕をし、幹部たちが白いカバーのかかった椅子に、いつもよりきちんと腰かけている膝の下から、見上げる形で横たわる。落ちついたベージュいろの絨毯やひじかけ椅子やテーブルや、ふだん見なれぬ壁絵や、お茶を捧げて出入りする若い美女社員のもの腰におどろきながら、応接室の床にじかにひじ枕して、横寝してしまった客人《まろうど》たちを眺め、幹部たちはほとほと当惑し、苦々しいこと、やる方ないというような面持ちをしていた。

このことは当のチッソと、合意の上というわけではけっしてなかったから、それ相当の準備期間というものも、非公然の月日のうちになされていたわけである。

永い年月かけてまなこを潰し、耳をこわし、手の指も足の指も彎曲させ、神経の中枢といわず末梢といわず不能にしてしまい、飯粒も咽喉を通らぬ唖にし、それでもまだ指のかなうものにはその手でおのれの首をくびるようにも教え、生き残ってものいうものには、口封じの策がさまざまなされた。そのようなチッソの手口のいちいちを、命とひき替えに自得して来た年月であった。もはや血迷ってどこにゆきつくか、まなこ定まらぬと見えても、ゆくてにはチッソが見えていた。じつはチッソはみずから長い長い神楽舞《かぐらま》いの列のごときたたらを踏みながら、ゆっくりとひとびとをここまで導き来たったというべきである。

川本グループは、そのような水俣病事件の全史を、まだ表にあらわれることなく蔵されている事柄のすべてを含め、その全経過と年月と、水俣病患者に認定されることを拒んで死んだものたちの業苦をも含めてそれを手土産に、この日、古典的な応接室に立ちあらわれたのだった。それを実現させるため考えられうるかぎりの準備を、「告発する会」では全力をつくして点検しつつあった。このたびの挙は、いっきょに、東都を舞台に、より効果的に展開されねばならなかった。

患者たちがそこに横座りになったり、曲げられぬ足をあらぬ方に投げ出したりしたとき、嶋田社長は、困ったように目をしばたたき、

「どうぞ、どうぞ……

あのね、みなさんに、お茶をね」

美女社員にそういいながら、ずいぶん思案に暮れているかにみえ、ご老体でもあり気の毒でもあった。株主総会のあと社長は江頭氏から嶋田賢一氏に替っていたのである。

応接室の入口から、ここに通じる廊下という廊下には、すでに、黒地の布にくっきりと「水俣死民」という字を白抜きに染め抜いたゼッケンを、胸と背中いっぱいのひろさに羽織った若者たちが、降って湧いたように座りこんだ。いや、若者たちだけではなくて、年齢や階層不詳の、どこやら世帯持ち臭い目の隈《くま》の、紳士風までまじっていて、おもざしを伏せしんしんと、細い腕を組みあったり膝を組んだりしてそこらはもう隙間もない。

応接室の中側でなくそのとき外側の廊下をとりしきっていたひとり、渡辺京二の「私説自主交渉闘争」を『わが死民』からここに抜いてみる。

——さて、工場前（水俣現地）座りこみは、深夜テントを日本刀を提げた男が訪れたり、「三千万円、断固として取る」と題して、あたかも患者が書いたように偽装した悪質なビラが各戸に投げこまれたり、患者家庭に脅迫状が舞いこんだりするいやがらせの中で、告発する会の青年たちに守られながら維持されたが、チッソはこれに対して、嶋田社長の水俣訪問というキャンペーンをうち出して来た。嶋田社長の訪水を機に、〝市民有志〟のビラ折りこみがはたと止んだのは、社長訪水という宥和作戦にとってそれが妨げになると判断されたからだろう。社長訪水の前日一二日、それまで署名運動を別個に進めていた保守系市民グループは合同して声明を出し、合計二万七千の署名を集めたことを報告し、一四日「水俣を明るくする市民連絡協議会」の結成大会を開くむねの呼びかけを行なっていた。二万七千といえば、三万八千の水俣市人口の七割強を占める。嶋田社長は一三日水俣入りするとすぐ市民連協の発起人と会い、水俣市に文化センターなど三億九千万円の寄付を行なうむね発表し（新聞、テレビ）、翌日の市民大会に臨んだ。一四日には全九州の告発する会がテント前で激励集会をもち、熊本市からの三〇〇名を中心に五〇〇人規模の動員に成功したが、一方、市民大会は一五〇〇名を集め、浮池市長は「全国の世論に抗してでもチッソを守り抜く」決意を表明、嶋田社長の登壇はわれんばかりの拍手で迎えられた。嶋田は一五日には誠意のポーズを示すために訴訟派と会談、つづいてテント内で座りこみ患者と会った。しかし、市民連協との連携のもとに座りこみ患者の闘いを孤立させた上で、微笑外交でテントを解かせようという嶋田の意図は、患者側の固い決意の前にもろくも崩れた。

嶋田訪水以降、水俣の情勢は鎮静の方向に向い、座りこみは長期化の色を示し始めた。患者の中には、東京本社に乗り込んで決着をつけたいという意向が強まって来た。二四日、チッソ、中公審に調停申請。同日、患者側一家族、座りこみをやめ調停申請。二六日、患者、チッソと第四回会談をもつも進展なし。こういう情勢のなかで、熊本告発する会は、川本さんの本社乗りこみ方針に同意、本社占拠の行動を決定して、ただちに情宣と部隊編成に着手した。われわれは一一月一日以降の新認定患者の座りこみが、水俣病闘争のまったく新しい段階を開いたものであることを直観的に認めていた。理論的に云っても、自主交渉要求は、水俣病闘争の根本思想を表現するものであり、裁判闘争では表現することのできない患者の真の欲求を、より透徹した形で開示するものであった。したがって、本社占拠行動はわれわれの全力をふりしぼるものとして提起された。――

川本輝夫、佐藤武春、石田勝、森潔、金子直義、柳田タマコの六名の新認定患者代表は一二月六日午後、東京駅着、むしろ旗を先頭に南口から三〇〇メートルとは離れていないチッソ本社にむかった。その日は社長不在でもの別れ、翌七日は社長と会って、要求書を手渡した。あくる八日、患者は不退転の決意をかためて一〇時半からの会談にのぞんだ。われわれは同時に会談の会場である応接室を中心に、本社の中枢部分を占拠して、患者の交渉を支援する作戦をとった。動員しうる部隊は、熊本隊五〇を中心に二〇〇。占拠を最低限可能ならしめるぎりぎりの数だった。一一時を合図に、われわれは三々五々、三カ所から東京ビルヂング四階のチッソ本社に入り、すぐ三地点に部隊を展開して、応接室、秘書課をそのうちにふくむ廊下をT字形に制圧した。何の抵抗もなかった。この時まで行動の秘匿《ひとく》に細心の注意を払って来はしたものの、これほど完全な奇襲成功はわれわれ自身、意外だった。会談会場には患者側を補佐する適任者が一〇名ほど入ったが、あまりの突然さに、会社は闖入《ちんにゅう》をとがめることすら忘れていた。廊下では社員と軽い言いあいがあっただけで、占拠されたことに気づいた彼らは制圧区域内の事務室のドアをロックして立てこもった。三地点をおさえた青年たちは、すばやく黒地に白で「水俣死民」と染め抜いたゼッケンを身につけ、異様な緊張感が廊下中にただよった。――

この日、本社内応接室の交渉に臨んだ患者側介添人たちは、熊本「水俣病を告発する会」の代表、高校教師本田啓吉、おなじく高校教師で告発する会の最年長者、五十二歳、吉田隆喜、おなじく告発する会、詩人松浦豊敏、ＮＨＫアナウンサーを職業とする会員宮沢信雄、同技師半田隆、毎日新聞記者三原浩良、東京「告発する会」より都公害研究所の研究者である土井陸雄が医師の資格をもって待機、熊本の福本医師、看護婦一名、筆者および、若干の報道関係者、患者側の要請によってチッソ側幹部、嶋田賢一社長、入江寛二専務、久山泰三、藤井洋三両常務取締役である。

患者たちの中には、くだんの六名の他に、訴訟派患者、浜元二徳も不自由な体で加わった。川本輝夫とは、とくにおさななじみのゆえもあり、認定患者としては先輩でもあるところから、自主交渉派のなりゆきについて、ひとごとならぬ想いを寄せ、このグループに添いゆらぐ陰影のごとくに、手足をふるわせ、ステッキを振りあげながら同行した。川本輝夫、金子直義は患者自身、森潔は水俣市に隣接する鹿児島県出水市、胎児性患者美知子の父として出席。このときまでチッソ従業員、のち重症となる。佐藤武春は、もはやいざってしか動けぬようになった愛妻ヤエを、娘と幼い息子たちにまかせて上京、もと漁師で同じくチッソ従業員。石田勝は、二十歳になろうとしていまだに辛うじて「ハイ」という一言しか洩らしえぬ長男、泉の父親として出席したが、チッソの下請に働き漁業を営むことから、上京してからもなお、職場や漁業組合からの、殺意をあらわにした圧力にくわえこまれていて、彼自身がこの交渉過程のハンスト中、衰弱しはてた心身のさなかに新認定の患者となるのである。

患者たちの裁判闘争を荷って来た熊本告発する会は、交渉現場を完全に確保し、その意志を貫徹させるために、全力を注ぐことを決定すると直ちに行動を開始した。大挙上京するための資金あつめや、上京するための現実の処置、つまり学生であれば学校を休み、勤め人であれば勤めを休み、自己の事業を持っているものはそれに替わりうる代行者を探して後々の生活の破綻を最小限に食いとめておく。これら現世的処理を含めて全力投球を決意するに至った経緯は、簡単にいえば、川本グループ出現以来はじめて、つまり水俣病事件発生以来はじめて（公式的にもう十七年も経過していた）患者たち自身の意志を貫徹させようとした自主交渉を、チッソが、従来の患者たちとおなじに圧殺しようとしたからである（小母さんたちは、自主交渉、という発音になじみかね、実地交渉と言い直すのであった。その方がよほど意にかなってもいた）。チッソは交渉の日時、場所、内容にいたるまでことごとく高飛車に指示してゆずらず、報道機関をもシャットアウトし続けていた。おもに水俣市湯の児温泉のチッソ専用旅館三笠屋で行なわれた交渉の中で、交渉の継続を「お願いします」と追い縋る患者たちを、肩をそびやかして振り切り、数々の威嚇的言辞を捨てぜりふに置いて席を立ち、チッソがしつらえた交渉現場に患者たちを放置してかえりみない、という幾幕かがくり返された。潜在患者掘り起こしのための行脚《あんぎゃ》を、川本輝夫をたすけながらともにしたり、そのために東京の有志と連絡をとりあい、資料作成や月刊紙『告発』の発行や報道機関等への情宣活動に専念しながら、「熊本隊」はまざまざとその全経過を見聞していた。

患者たちが、嶋田社長にまともにみずからの意志をもって相対しうることは、告発する会と患者自身による本社内座りこみ（占拠）という非常手段を経てはじめて、十七年目に、この日可能となったのである。それまで湯の児温泉三笠屋での「実地交渉」において、荒木おルイ小母さん、築地原シエさんは、こもごも会社側に言った。

「——被害者は人の子でございます。子どもが被害に遭うとりますけん、わたくしども親が、人の親としてここに来ましたのでございます。

会社は、加害者であんなさいますから、会社の親は、社長さんであんなさいますから、一番家の長の、会社の親、社長さんが、ここに来てくれなったと思うて参りました。

なして、わたくしども被害者の親が来ましたのに、会社の親に当んなさる社長さんは、ここにおいでなりまっせんとでしょうか。いちばんえらかひとであんなはりますとでしょうに。部長さんてろ、課長さんてろ、会社じゃ位のあんなはるでしょうばってん、わたくしども、会社でメシ食うとるわけじゃなし、位も見わけの、つかんとでございます」

「社長さんじゃなからんば、責任負いなはらんとじゃございまっせんか。社長さんに逢わせて下さいまっせ。いちばん上の社長さんならば人間かもしれん。病人ばなあ、家において来とります。どげんふうに大事《おおごつ》か、わかんなはりますか、病人の家が。ああた方、人間の親なら」

「ああた方は、仕事で来とんなはっとでしょう。会社の仕事で、銭もろうて。銭とり仕事で。なあ、会社の弁護士さんも。患者に逢う仕事で。わたしどま、仕事は失《う》してて、来とりますとですばい。今日ばっかりじゃなか、仕事は失してとりますとです」

「いや、ご事情は重々お察しいたしておりますのですがね、今日は交渉ごとでございますからね、社長がおりませんでも、こちらの事情はご説明出来ますし」

「なんばいいなはりますか、わたくしどま、ああた方の親に当んなはる人に、いちばん偉か人にですね……」

「いや、それで社長に替わりましてですね、ここにおりますものが、ご説明申上げましてですね」

「替わりのご説明はいりまっせんと！　ご本人の、あの、社長さんのお顔ばですね、ひとめ、拝ませてもらおうごたると。どげん苦労しとりますか、きいて貰わんば」

「いやあ、みなさん方にはよくおわかりにならんかもしれませんが、社長はですね、まあ会社というものは、社長というのは、ふつうの人間よりいろいろ忙しゅうございましてですね、まあ借金をしたり、ひとに逢ったり」

「そるばって、ああた！　被害者の親が仕事も欠けて、ここにこうして来とりますでしょうが、仕事が忙しかちゅうて、わたくしどんが方の仕事は……なんもかんもダメに……なして、そげんふうなことはあとにして、なしていちばん先に患者に、加害者の親が出て来なはりまっせんか！　よそン方にケガ人出させてですね、知らんふりしとる親があるかな！　ああた、もう何年になるち思いなるか、もう、……」

そのような言葉が噴出していたとき会社側の楠本弁護士は、退屈したような声で、

「なんですか今日は、そんなに感情的になられてもですね、これは交渉の場所ですからね、つるしあげのつもりですか。帰りますよ、つるしあげなら。出られないと言っているでしょう社長は」

といい、「帰りましょうよ、もう」と机の上を片づける手つきをして、居並んだ土谷総務部長や東平氏をふり返ったのである。

「つるしあげちゃなんですか、社長さんに逢わせて下さいとこれだけ頼んどるでしょうが、そりゃ、会社の方針であんなはりますか、社長さんが出なはらんちゅうとは」

患者たちがそのようにただしたのに対して、

「まあ、そう思ってもらって結構です」

と、会社側のひとりがいい放ったのであった。

「わたしゃ会社に義理で、水俣ん会社の無からんば、ここらあたりが立ってゆかんから、会社のおかげで病気にされても、会社に義理で、義理立てて、会社のドブさらえにも、ゆきましたっですばい、ストライキのとき。病人かかえとれば、村の出し前も……いろいろ……世間の狭かけん、生き後家で、……義理

立てて暮らさんば、村の人間と人並に外れんようにしてゆかんば暮らしてゆけまっせんけん。言うちゃならんとおもうて、病人もわたしも義理立てて言わんごつしてきましたとに、今まで……もう、そんなら……義理も切れた……」

「もう、そんなら……義理も切れた……」と呟いた水俣現地での、築地原・荒木・諫山三家族によってこのとき噴出した「実地交渉」の情念は、それにひき続く十六家族の東京本社内自主交渉派の情念を、じっとりとあぶり出す。

昭和三十四年の暮、市内鮮魚小売組合のデモ騒ぎや、初発にして、おそらくふたたびはみることのできまい不知火海沿岸漁民四千名の、チッソ工場への大暴動などを契機として、市行政当局や、ときの熊本県知事寺本広作氏がチッソの意を受けて仲介者となり、かの、

「将来水俣工場の排水が原因と決定した場合においても、新たな補償金の要求は一切行なわないものとする」

という〈見舞金契約〉の一条を入れたことは、その後もきれめなくよろばい出て来る、あらたな患者たちの足もとをも呪縛しつづけていた。

「将来水俣工場の排水が原因と決定した場合においても――」

という一条を記すとき、明らかな犯罪がここに隠されている事実を、被害民たちは嗅ぎつけなかったのであろうか。それほどにまことに、無学文盲無知であったのか。

いな、たぶん、被害民はそのことをふかく察知していた。

ひとびとがいうこの世に切《き》ってはならぬ義理とはなにか。切れる義理とはなにか。「会社への義理」とは。

ではチッソとその仲介者たちは、もっともしもじもに生きている人間たちの胸の中にある、海や地《つち》が吐く息のような想いの底にあるものを嗅ぎとったことがあるのであろうか。

おそらく上っつらの、漁民たちの、百姓たちの、みかけの表情を読むことを知っていた。いやいやみかけだけではなく、あの、「上々の衆《うえうえ》」たちの前では、屈折しやすい純な心が、その上々の人間に対して、どのように対応し勝ちであるかということをも知っていた。朝鮮興南工場や灰岩工場などで、かの地のひとびとの表情の上っつらを知っていたように。そのような表情の奥で、呑み下さねばならない苦悶や絶望のひとつやふたつをもたぶん知っていたのである。

そのゆえにこそ、右のような条項を書き記し、ハンコというものを押させるのである。

もっともふかい絶望や苦悶はしかし、年月をかけて育ち、そして変質する、ということを上々の人間たちは見まいとしているのだった。それは自分たちをおびやかすものだったから。

嶋田社長は非常に困惑し、弱々しくさえなり、患者たちが、応接室の床に横たわりたいとなにげなく言ったとき、

「どうぞ、どうぞ……。

ね、あのね、みなさんに、お茶をね」

と、非常にせつなそうな声で女子社員にいい、えたいのしれぬ正体のものたちを爆発させぬよう、気をつかっていた。

病人たちのまなこに無数の鳩が舞う。

皇居前広場、楠木正成銅像は青い古錆を噴き、馬に乗った忠臣の兜や、その馬の尻尾の先などに来て鳩たちはやすむ。

鳩たちはまた、そこから翔び立って、銅像のまわりをぞろぞろと歩いている参拝団や、観光客やアベックや、ベンチにぽつねんと腰かけている連れのない老人の手から、気ままに餌をもらい、その紅梅色のちいさな脚を紅葉形に散らしながら、地面に下りてくる。そして、撒かれた豆をついばんでみたり、二、三十羽ぐらいずつ羽音を立てて舞い上ったりしていた。

広場の景色はどこかしらもう倦怠に満ちていた。そこらあたりを歩きまわって、鳩に豆をやったりしている大勢の人間たちの心は、なぜかそこにないように見える。男たちも女たちも髪や靴をぴかぴかにして、買いたてのバッグやカメラを下げ、布地のぴんと張った新しいよそゆきを着て、この公園のきめられた道を忙しげに歩いているのだった。そのような自分たちの姿を互いに写真にとりあったりして。

それは絶えざるひとつの行列といってよかった。ふだんは、体になじんだ労働着などを田園の風景の中で着ているにちがいないひとびとが、参拝団や観光団体などに加わっていた。女性たちは、流行に張りぼてを入れたような誇張した髪型に、さまざまの香油をつけ、肌になじみきれぬ色とりどりの顔料で彩《いろど》り、盛装していた。生活者たちは、たぶんこのようなとき実体より肥満する。きめられた解放の日、きめられた日程、きめられた時間をひとびとは歩く。きめられた広場の道の中をそのようにして通り、鳩たちに餌を撒いてやり、そして帰ってゆく。広場はひとつの無意味をあらわしていた。

そのような行列から外れて水俣の病人たちがいた。芝生の端やベンチに腰かけていて連れを持たない老人や、都会の垢をにじませはじめているアベックや、頽《くず》れかけた体臭を匂わせて待ち合わせている男などを配して、広場の松の緑が、冬の夕陽のあわい光と広場の倦怠を吸って、芝生の中に点在していた。鳩たちは、ここに拡散するひとつの〈無意味〉に群れて生きていた。紅梅いろのちいさな嘴《くちばし》や脚を動かして、参拝団や観光客たちの、出来心の散財にそのように飼育される。無数に空に散開したり地上に集まったりしている鳩たちの群の中にも、よくよくみていると、ひとつの方角を目ざして降りたり翔んだりしているものたちがいるのだった。

鳩たちがひとつの流れをつくって降りてくるその下に、ひとりの青白い浮浪者が、ベンチに腰かけていた。

彼はまだたぶん若く、いや若いらしいとはいっても、水俣からこのような広場に、〈さんぽというもの〉にやって来た漁師たちにくらべたら、年齢的に若いようにみえたから、たぶん三十前後なのか、じっさいにはもっと若いのかもしれなかった。

わたくしたちが彼の前に、前といっても三十メートルくらい離れて、三々五々の姿で立ち停ってしまい、そこに釘づけになってしまったのは、彼が表情のない肉塊の行列となって通りすぎるひとたちからも無視され、そこらあたりにうずくまっている影絵のようなひとびとからも、別の居り方をしていたからである。

彼は不思議な、世にも恍惚としたまなざしの光で、無数の鳩たちをよびよせていた。いやじっさいには、鳩たちが寄ってくるのは、天を仰いでいる彼のまなざしの光のせいではなく、彼が胸いっぱいに抱えひろげているパンのせいかも知れなかった。

鳩たちは楠木正成の銅像の上や、パンや牛乳や、ジュースやコカコーラや、鳩用の豆や、絵ハガキを売っている広場そなえつけの店の、屋根の上から翔び立って群をなし、彼の頭や両肩や肩のつけ根やひじや、胸や膝の上に群がり、彼がけんめいにこぼさぬように抱えているパンをついばんで遊んでいるのだった。鳩たちは彼の体から空に翔びあがり、空にいる鳩たちと気ままに交替する。緩慢な鳩たちの交替が続く間、抱えているパンが鳩たちについばみこぼされぬように、というより、どう抱えていたら、胸の中のパンくずが、鳩たちに食べやすいだろうか、と全身で気を使っているもようだった。空をみあげて、冬の陽ざしそのもののように儚《はか》なげに微笑んでいるその表情の、あまりに浄らかなおもちに、心がくらくらとして、わたくしはすっかり見とれていた。聖なる深い苦悶が、そのような微笑の下に、光のかげるように集まったりひろがったりしていた。

彼は腰かけているそのベンチの上で、上体をかすかに前に出したり横に曲げたりして、上半身いっぱいに群れてくる鳩たちの重みを、けんめいに支えている。

帽子をうしない、頬の色つやを失い、そのひげも一切の財宝も、七福神のうちの六神をも失ってなおかつ、まなざしに遺留した微笑だけで空を仰いでいる病気の大黒さま、とでもいうような表情で、彼は空にむかって微笑んでいる。

鳩たちの重みが右肩に寄ると、かすかに全身で右に傾き、左に寄るとかすかに左に傾き、胸の方に寄ると、パンくずをこぼさぬように全身の注意力を集めて上体を後に反らせる。そのようなとき上半身に密集している鳩たちは、彼の右頬や、左頬や、あごやのど首などを、やわらかな羽毛に埋めて頬ずりしているようにみえる。

けれども彼は、そのように鳩たちの羽毛が自分の頬や、のみどに密着してくるのを非常におそれていた。鳩たちを、彼のあごがびっくりさせたり、圧し潰すのではあるまいかと。だから頭の上に鳩たちを頂いている彼が上体を後に倒すとき、その姿はまるでのけぞっているかのようにみえるのだった。彼はそのようにして、けっして自分から鳩たちに馴れ親しむなどという風はなく、まったくそこに自分が居ないもののように、見えないもののように完璧に気を使い、鳩たちにパンをたべさせているのだった。

彼はそのとき、ついばまれて落ちこぼれる一個のパンでもあった。まったく無私のいつくしみをこめたまなざしで、なるべく鳩たちを見まいとさえ、努力しているようだった。そのような一瞥が、鳩たちの心を乱さないように。そういう自分の努力に対する鳩たちへの羞恥から、彼の全身は消えも入りたい風情をたたえ、非常にあやうげにそこにある。

鳩たちが空に散開してしまう一瞬、そこにあらわれてくる彼の、垢の浮いた青白い、うすい胸もとは、冬だというのに、ひとえの暗灰色のシャツからはだけ出ていた。手首のところに半ば破れて袖は垂れ下がり、たぶん有楽町あたりのガード下などに転々と追い払われて膝を抱いてねむるには、ひと晩中ふるえがとまらないのではないかと思われる。そのようなシャツもズボンも、顔の色つやや表情からしても、働いて金を得ている労務者とか労働者とかとはいいがたかった。親も兄弟姉妹も親戚も、友人とも上司とも、たぶんもう、縁が切れてしまっているのにちがいない。いるのはただただこのような広場に群れてくる鳩たちだけにちがいなかった。鳩たちがいるから、彼はたぶんそこに居るのにちがいなかった。けれども、鳩たちとだけ生きているのね、などと仮に云いでもしたら、彼は困惑し、びっくりして、うしろ退りしかねない。

してみると、胸にいとおしそうに抱いているそのパンは、いったいどこから買って来たものであろうか。拾って来たものだろうか。あるいは道の上に落ちているあの拾い屋のためのいろいろな落としもののどれかを拾って金に替え、鳩のためのパンを買ってきたのであろうか。

ほとんど蒼白というに近い彼の顔のいろからすれば、彼自身、もうかなりの年月、ろくな食べものにありついていないだろうことはたしかだった。売血生活者かもしれなかった。

東京にはいろいろな不思議がたて続けに出現していた。もっとも最近の不思議は、漁師たちが、皇居周辺の散歩というものを思いつく直前に起きていて、いや、起きたのではなくて東京駅前東京温泉から、それは仕入れられてきていた。

それは温泉を詐称するただの銭湯——ひとびとは「ありゃウソ温泉じゃ」というのだったが——その温泉の湯気の中からあらわれる東京人間たちの足首のことだった。足首の不思議というのは、足首に結わえつけられているゴムヒモや、ゴムヒモにぶら下げられている番号カギの不思議である。水俣からやってきたものたちは、東京人たちの顔や名前を見覚えるより先に、銭湯でカギ番号をつけた足首に出逢った。それはまさしくこの、罰せられた魔都を解くためのカギをぶらさげた足首人間として、顔も表情も持たず、ひとびとの行く手にあらわれたのである。足首人間たちは、湯気の中から、見えつ隠れつひとびとの前に出没した。

ともあれ水俣からはるばるやってきた病人たちは、鳩を抱えている名も知らぬひとりの浮浪者に出逢った。いや、出逢ったというより、見たというべきだった。あとにも先にもたったひとめで、なつかしい人間だった。そのようななつかしさにひかれて、わたくしたちは、ほとほとそこを動くことができないでいた。彼が鳩たちに囲まれてそこを動かないように。

気のふれた人間や、白痴といわれる人間や、故郷では神経殿といわれ、「魂の飛んで漂浪《され》く」人間のたぐいに彼はぞくしていた。完璧に、生きながらこの世と断絶し、ゆくところのない人間として、たったひとりで彼はそこにいる。いや、鳩たちとともに。世にもうっとりとみえる聖なる表情はしかし、見えない闇の奥にひそむ悪意のようなものに、おびやかされているようにもみえる。彼は微笑んでいたが、その微笑はかげがうすく、死につつあった。

空はかすかに透明に昏れかかり、丸の内ビル街も国会議事堂も、警視庁の稜線もあたりの騒音もそのとき遠ざかり、冬の夕陽のわずかなぬくもりが、慈光のように、彼の垢にまみれた姿を照らし出していた。意志しない彼の心が彼方の岸から伝わって来て、わたしたちもまた彼が鳩たちに心を使っているごとく、まるきりそこに居ないもののようにして、彼と鳩たちとその世界に立ち入らぬよう、気を使ってそこにいた。かがみこんで小石をはじいたり、腰かけたり、後手をして空を見上げたりなどして。

彼と、水俣からやってきたものたちの距離は至近にあるごとくして、なおかつ彼岸の彼方とこちらにあった。彼は、わたくしたちのそのような気配に、ぜんぜん気がついていなかった。水俣のものたちが深々とのぞきこんでいる心の底の破魔鏡に、彼と鳩たちがぽっかりとあらわれて、そこに写っている顔は、どこかで逢った自分の顔のように気にかかることはたしかだった。

それはたぶんわたくしたちに、ただのいっぺん訪れた、つかの間の聖なる時間だった。病人たちは鳩の舞う彼方の空を、自分の胸の中にひろげて持っていた。そのとき空は東京の空ではなく、ひとびとの、うちなる胸の中の天である。

変身する前のあの透明な蚕のような気配になり、ひとびとはうちなる天をふり仰ぎ、まだ吐いたことのない自分の言葉を吐きつける。黒いひとすじの吐瀉物《としゃぶつ》を吐くようにして。

すると、そのような天の一角からしずかにくろい、ほそい竜巻のような、網のようなものがなよなよと下りてきて、ひとびとの躰を嚙むのだ。ひとびとは、生臭く巨大な、ほの暗い竜巻の網の目の中にすっぽりと包みこまれ、この世とへだてられる。遠い水俣からも、東京中にうようよと浮遊しているあのやぶにらみのまなこたちからも。あの、ビルの穴から時々さまよい出てくる斜視のまなこたち、ジャーナリズムだとか、筆《ひっ》だとか舌《ぜっ》だとかいうものたちからもすっぽりとへだてられる。

そのような空のいちばん底の方には、冬の陽が淡く照り、ひとびとはそれだけが永遠のような陽に照らし出されて、きり、きりとよじれながら、胸の底からたぐり出されてくる無形《むぎょう》の言葉を、空にむかって投げていた。みえない舟の舳に腹這ったり、ふるえる足をかけて踏みしめたりしながら。鳩たちの天はそのときひとびとの海でもあった。

そのような天の海にむけて十二月八日のチッソ応接室のことは綴られる。ひろがる網のように。なんとそれはおだやかにしんしんと、始まったことだったろう。

社長　あのね、――中央公害審に行ってですね、昨日、申しあげましたようにですね――

浜元　どういうことな？

川本　もう、もう、よか、もうよかばい。

金子　そういう話は、われわれはききに来たんじゃない、そんな話はききませんよもう。

石田　一律いくらの額を出してくれち、わしたちはいいよっとですよ。

川本　もう自主交渉にゃぜんぜん、応ぜられんということですか。

浜元　うーん、よーし、もう、わかった。
川本　――ぜんぜんもう考えられんということですか。具体的なあれは示されないと。
社長　今のあれでいいますとね、先ほどいいましたようにですね、症状がですね、まああの、いろんな症状がわかっておりましたらね、また、自主交渉が出来る場ができるかも、できますけれどもね、今のところではですね、できないです。
川本　じゃ応じないということですね。
社長　応じないというより、しようとおもっても、できないです。
川本　よし、わかった。そんなら……
あば、もう、ああたは会社の社長ばやめて、十日、いや、一週間なり、一カ月なり、このひとたちの家にはいってもろて、その、患者の苦しみば、いっしょに味おうてもろうて、ああた方ぜんぶ、患者の家に一カ月なり来てもらいまっしょ。
ああたはあの、裁判しとる人たちのところに行って、水銀飲む、ちいうたでしょ。
社長　ん、それはいいましたよ。
川本　あんた個人じゃなくて、みんなそげんしてもらいましょ。あんたひとりじゃなか、そんなふうに。
柳田　その中で、重症と軽症をつくってみましょうか。
佐藤　うん！　そるがいちばんよかですよもう。人間として同じ苦しみ。
浜元　はい、はい、ほんと。
柳田　あくまでやってもらったら。

佐藤　ぅん、そこまでやってもらったら、ん、そこまでやってもらわんことには、会社は……

（このときただならぬ廊下の方の気配。「告発する会」の入場ならん。座りこむ音す。「おーいっ！」「まてまてまてっ」などという怒声。

けれども応接室の中の会話はそのような廊下の外の緊迫した気配には、少しも影響されずに進行する。平静な、のんびりともきこえる声）

金子　そういうふうにしてもらいましょ。

（しきりに廊下のどよめく気配、声。「暴力をしているのはあんたたちじゃないか」「交渉の場は暴力じゃない！」「暴力はしてないじゃない、なにも」「あんたたちこそなんですか！」）

佐藤　それ、で、それでな、社長。会社のな、重役以下な、各家庭にはいってもろうて。

川本　社長、はっきりしてもらわにゃ困る。どうするんですか。水銀飲むというたひとなら、そのくらいしてもらうでしょ。あんたひとりじゃなか、全部飲んでもらう、そのかわり。

柳田　その中で重症と軽症をつくってもらったらわかりますので。

川本　うんにゃ、その前にあの、わしゃ今日は、血書書こうとおもうて、カミソリもって来た。

社長　（息をひくようなかすかな声）え？

川本　血書を書く、血書を。要求書の血書を。

社長　！　……

川本　あんたはそして、わしの小指を切んなっせ、ほら。

社長　……

川本　その返答はわしが……あんた、社長の指もわしが切る、いっしょに。
社長　いや、それはごかんべんを。
川本　あんた切らんなら、わしゃ切って書くよ。
社長　いや、それも川本さん。
川本　わしゃ切る、ちゃんと今日用意して、ちゃんと持って来たっだけん、わしゃ。
社長　いや、それも、ちょっとごかんべんを。
川本　ごかんべんじゃなか。はい、あんた指を切って。わしが書く。
社長　それもごかんべん下さい。
川本　そんかわりあんたの指をわしが切る、いっしょに。はい、返答を、返事を書いてもらう血書で。おなじ苦しみならよかたい、人間としていっしょに。いっしょに苦しもうじゃなかな。はい、はい、切って、指切って痛もうじゃなかですか。
（廊下の小ぜり合いの声しきりに高くなる。「交渉の現場を乱すなっ」とか、「シーッ」という声）
社長　（非常に弱り、声が口のうちでかすれる）　いやあ、それもごかんべん下さい。
川本　はい、はい、切って、はい。
社長　それも、ごかんべん下さい。
川本　…………
（また廊下の気配、「なんだよっ」「座ってるばっかりだよっ」）
川本　はい、切って。今日は帰らんけん、わしどま。伊達や酔狂で東京に来たっじゃなかっですよ。

石田　水俣にゃ帰らんけんな。

川本　水俣のテントにはあんたあの、年寄りの花山さんや小道のじいちゃんたちが、がんばっとっとですよ。老いの身を永らえてテントで……。そういう苦しみがわかるですか、あんたには。わかりますか、わからんでしょう、おそらく。加害者だからそれは……そしたら、同じ指を切って痛もうじゃないですか、どっちも。そしてその返事を書いてもらいましょ、はっきり。

（廊下の無音に近い押しあいや小ぜりあいの音。社長も入江専務も、目前の患者たちと、廊下の気配の板ばさみでそわそわと落ちつかない。患者たちだけ、しん、として川本輝夫のことばにうなだれている。）

川本　はい、切って。はい、切らんな。今日はもうぜったい、帰りゃならんとよ、あんたがいくらいうても。肩に荷うて来たっじゃけん、後に控えとる人たちの、十七人の人達の……。書かんば、ほら、同じ人間なら。痛もうじゃないですか。水銀ば飲むちゅうた人間なら、そのくらい。でくるでしょう、あんた。

社長　それはごかんべんを。

川本　水銀も飲んでもらう、そして。

社長　あのー。

川本　はい。

社長　それは、ごかんべんを。

川本　ごかんべんじゃないですよ。

（入江専務、社長のうしろの方で、患者の中で一番若く、このような雰囲気の中でも非常にのんびりと椅子に座ったまま部屋の中など見まわし、見物している浜元二徳にむかって話しかける。非常に理性的な、ひくい声である）

入江　なんか、あのですね、具体的にね。

（ひくい、入江・浜元対話と、前面の社長・川本対話、しばらくこのあと二重奏のように互いに独立しながら続く）

川本　はい。

社長　それは、ごかんべん下さい。

川本　ごかんべん下さいじゃない、今日はもう、ぜったい引かんとよ、もう後には。動かんとよもう今日は。今日だけじゃなくてずっともう動かんよもう、ここから。

入江　——最低ね。段階によってね。

浜元　なん？　そげん話は、そらぁ、あんた、なあんもわかっとらんとじゃなあ。うんにゃ、こらやっぱり、もんだいばい。

川本　あんたら、心の中じゃせせら笑うとるかもしれんばってん。

入江　——つめてゆこうというのがね。

川本　わしどま、せせら笑うとるひまはないんじゃ、水俣帰らにゃいかんとだけん。まだあの、百六十人もの申請者が後におるとに。あの、ぜんぜん審査もされとらん状態でしょう、まだあとにも何千人いるかわからんとですよ。

（カミソリを無心にとり落とし、目がさめたようにハッと拾いあげると、自分の左手小指にそえるように社長の前にさし出す。社長椅子にかけたまま、両手をうしろ背広の裾の下に隠し、カミソリを見る）

社長　それは、あの、ごかんべん。

川本　はい、あんたが切らんなら、わしが切るあとで。

社長　いや、もう、お、あの。

川本　あんたが切らんならわしが切るけん、はい、切らんな。そんかわりあんたが指も切るわしが。

浜元　われわれ十八人が、（入江専務に顔をくっつけ、前面の対話の邪魔にならぬように、気を使っている）代表がいま、ここに来とるのは、さきほどあなたたちがおっしゃったように、あなたたちは、こんどの認定患者は、ほかの認定患者とはちがうんだということだからな。それはな、そっちの方がちがいます、ちがうとよ。あんたたちというひとは根本から間違うとっとよ。ようきいとってごらん。説明してたいな、きかせます、ききなさい。いやボクがいわんでもな、昨日から説明しよるわけ、ここで、でしょう？

入江　いや、それでね、わたくしどももネ。

社長　あの、あなたもお切りになるのはですね、おやめになってですね。

石田　（顔をまっ赤にして、痙攣の来ている膝をふるわせながら、カタカタと卓をたたいていたが、突然叫ぶ）あ、あんたは、ほんとうに、患者の苦しみを知っとっとね、あ。

浜元　（そのような交渉場の雰囲気をすべて目に入れてうなずきながら、父親くらいの年の入江専務に解説してきかせるように、非常におだやかに）ちがうんだということだからな、どうしてそういうことが、加害者の方でたいな、いわるるか――
石田　自分の子どもはね、もう、針で刺しても、何で突いても！　はいはい、と、へん、返事さえ、返、返事がでくるだけですよ、針で突かれて、はいはいちゅうて、それがわかっとね、あんたたち、胎児性ですよ、胎児性の子どもが、お医者さんに答ゆることがでくっとね。なんのことか、なんばされよるか、そげんことが、わかっとね、そして！
（川本輝夫と石田勝の言葉に促されて、寝転んだりしていた他の患者たちも机に手をつき、中腰になって、嶋田社長をとり囲むような気配。入江専務、浜元青年と話しながら、そのような雰囲気が気になり、これも腰を浮かして社長の方を見たりする。川本輝夫、にじり寄ってせまる。無言の気魄。同時に他のものたちも）
川本　ほい！　切れ！
入江　浜元さん、ちょっとね――
（社長の方にむきなおる、中腰）
社長　川本さん、川本さん、ちょっと、ま、あの、ね。
佐藤　ちょっとちょっと、こっち、来んな。
川本　ほい切れ、同じ苦しみがわかるなら、おれが指ば切れえ！　ほい、社長！（情なさに涙声になってくる）伊達や酔狂で、東京まで来んぞう、（泣き出す）なんち、おまい、考えとるか、こん、ばかたれが。

（にじり寄り、カミソリを持った手で、涙を払う）
社長　川本さん、それはごかんべんを。
川本　（泣きながら）ごかんべんじゃない！　こっちが、かんべんしろちゅうことじゃ、おまい。
入江　社長に話すから、わたしがいろいろ、話をするからね。
川本　切れえ！　こら、おれが指を！　おらぁ、黙って持って来たっぞ、このカミソリはここに来たもんにも。
浜元　（椅子に座ったまま入江専務の背広のうしろを、ふるえる指をひろげて、つかみ座らそうとするが、痙攣のため、動作は緩慢拙劣で、指をひろげ肱を曲げた右腕の上下運動らしきしぐさにみえるのみである。入江専務に、ことば静かに）おら、いつでも、いやここで話さんば、そしたらここで話しなさい、ここで話さんば、どこで話しますか。
入江　いや、逃げたりは。
川本　切れえ！　社長！　切らんとか、切れえ！　切れ社長、切らんとか汝《うな》。
佐藤　やらんとか社長！　やれえ！
森　おまいもはじめて……やってみい！
入江　川本さん。
川本　かっ、だ、だまっとれおまやもう。切れ社長、おら暴力はふるわん。ほい切れえ、おまいの指を切る、おれも。
入江　川本さん、ちょっとわたしね、社長にいろいろ話すから。

石田　おまや黙っとれ！　なにを話すかそして。
入江　ちょっと――
川本　昨日、おととい東平《とんぺい》ばおまい、トンペイが何しに東京に来たかちゅうたら、土谷はぜんぜん逢うとらんちゅうて、ああいう嘘ばいうじゃなかか。
社長　いやいや。
川本　目の前通ったトンペイは、こっちは見とっとぞ。逢うとらんちゅうて嘘ばいうじゃなかか！　そんな嘘が許せるかおまい。
社長　いやいや、あの――
川本　ウソからウソばいうて、なんか！　おまえたちの会社は！　われわれはだまされんぞもう！　切れえ！　ほら指を。
社長　ごかんべんを。
川本　ごかんべんち、こっちが、かんべんせえちゅうことじゃ、おまい、切らんかぁぁ、（嗚咽《おえつ》しながら）伊達や酔狂で東京にゃ来んぞおっ、おまい。
入江　あのね、わたし社長にいろいろちょっとね。
佐藤　あんた黙っとれ黙っとれ。
川本　どげんしてくるっとかおまい、あれだけの人間……ば。佐藤さんなんか奥さんなおまい、十何年もおまい、妻として母として、なあんも役目は果せんじゃないかおまい。それをおまい、疑いの患者とか正しい患者とかちゅう言葉でおまい、差別しておまい、なんか！　おまい。

石田　現におまい、この前来て見とるじゃなかか、うちの子どもも、佐藤さんの奥さんも。わからんか！　そこが。
川本　公害審の人間がなんがわかるかおまい、なあんも水俣のことも知らん人間が。水俣病のことがわからん人間に。
石田　それで人間かおまや。
川本　切れえ、ほい社長、切れ。おまや最高責任者じゃろが。伊達や酔狂で東京にゃ来とらんとぞおまい。日本全国のおまい、貧しいながらのおまい、カンパで……、来とっとぞ、東京まで。一任派のひとたちが、どういう苦しみ……知っとるか、おまい。おぼえとる、わかるかそげんことが。ただおまい、インカンついたけん、納得してインカンついたちゅうて、そういう言葉でごま化されるか人間の苦しみが。胎児性の患者はどげんしとるかおまい。おまい水銀のむなら持ってけえ、持ってけ、むこうから持ってけ。水俣から送らせろ、水銀ば。のむならば水俣から。
柳田　あっちにあるでしょうが、持って来て下さい。
石田　おまいも飲んで、子どもにもみんな飲ませい。
川本　今までどれだけおまい、昨日から、これまでと同じようなことを聞いてきたか。そんなものは聞きあきたもう。
森　なんとかいわんか。
石田　三千万円、最初わたしたちはその、要求を出し、出しとるその、出しとるんだから、それに対しての額を出せ。

柳田　それが少ないなら、四千万でももらいますよ。
金子　なんか、このやろう。
佐藤　（身内たちにむかって）おい、やろう、切ろ、自分たちで、つまらんぞ社長は。（男たち全員立ちあがり卓のまわりに集まる）
うん、うん。
（川本、佐藤、石田、森、金子の順に、ごぼうでも削ぐように、ひとつのカミソリで小指を切り合う。血がぽたぽたと卓の上にしたたる。呑みかけの湯呑みのなかにもパァーッと散る）
佐藤　あ、紙、紙、こぼれたぞ、紙ば敷け。紙の上にやれ、これで書こ。何ち書くや。川本。
川本　要求書ち書け。
（社長、目をぽっかりとあけ、ひとり取り残されてのけぞり、「それだけは、それだけは」と口の内に呟いている。男たち指を寄せあって、要求書、と大きく書きつける、判読でき難いほど、安物の奉書に血が滲む）
石田　アイタ、血の止まらん、ちょっと紙ば。
佐藤　あれ、こりゃちょっと、切りすぎたね。
（指の手当を紙を割いてしてやる、それにも忽ち血が滲む）
川本　はい社長、書いたぞ、こんだ、そっちが書く番ぞ。
（――社長の目、おおきな、くらい穴のようにひろがる。その穴の先に、患者たちがぎくしゃくといざりながら椅子を降りて、おかしな手つきでベッドをしつらえている）

藤井（頬のうすい浅黒い、インテリ風。片手で胸を押さえながら）ああもうボクは、ボクは、こんな、このような場所には、耐えられない。もうこんな異質な、こんな、違和感のある場所には……。ボクは出たい、出して下さい、ボクは病人なんだ。

患者たち　病人ですか。

藤井　ボクは胸が……結核なんだよ。

患者たち　ハアそうですか、病人ならばそんなら、わたしたちも病人の気持ちはようわかります。そんなら早う、横になって、休みなはりまっせ、ここの床にわたしどんと同じように。

藤井　休めたって、こんなところで、こんなところに休むなんて……出来ないよ。こんな違和感の中にいるなんて、はじめてだ。

患者たち　そんなら、床がつまらんなら、おい、椅子。椅子ば降りろ、椅子ば貸せ。ベッド作れ、ベッドベッド。そう、そう、ひっつけて、よかよか。うん、うん。でけた。ハイ、あんた常務さん、病人なら、ここのベッドに寝なっせ。わたしどま、降りたけん。どうも、わたしどま、床ん上転がっとる方が、よかごたる、椅子にゃ、座りつけん。ハイ、どうぞ。くたぶるるもんなあ、もう十二、三時間じゃもん。あーあ、わたしどんもくたびれた、頭のカッカ、燃ゆるごたる。

（柳田タマコ、こめかみを抱えて床の上にうつむく。患者側付添医師、聴診器を彼女にあてる。藤井常務、患者たちのしつらえた白いベッドの上に横たわる。そのとき、私服たち、二、三人応接室に、廊下のざわめきをかきわけてはいってくる）

社長と藤井常務たちに、「いや、ね、社長たちが監禁されているという通報があってね」

入江　いや、そういう状態では。

藤井・久山　いや刑事さん、まったくけしからん連中ですよ。

筆者　どうぞ刑事さん、ごらん下さいませ。これこのとおり、水俣病患者の皆さんが椅子を降りられて、その椅子に常務さんをやすませてさしあげているところでございます。

（廊下の方で、「なんだよ、おまえさん達は」という声、刑事たち、廊下の方へゆく気配。……藤井常務、白い椅子のベッド上にしばらく凝固し、忘れられている。それから永い時間が経ち、終始、藤井常務そわそわと落ちつかぬ気配に、患者たち気づく）

「ああ、常務さん、どうぞ、どうぞ、あんた、居んなはらんでもよかばい。行きなっせ早う」

（藤井常務、じつに現金に、患者たち作成の椅子をすべり下り、久山常務と共に出てゆく。久山常務、うそぶくような捨て科白《ぜりふ》を吐くような表情でその場を見まわし、告発する会の青年たちが座りこんでいる間をもつれながら出てゆく。若い青年たち怒ってののしる）

…………

…………

永い時間がまた入れ替わる。

宮沢　あんた方はね、認定の基礎になった資料をね、それみたいんでしょう、その資料がみたい。その資料がいかにいいかげんなものであるか。ぜんぶネタは上がっているんですよ。

社長　ですけれどねえ、宮沢さん。

宮沢　（おっかぶせるようにたたみかけて）だからね、それからね、もひとつついでにいっときますけれどね、あんた方は症状の重い軽いで差をつけたいというけれどもね、症状というのはね、被害のほんの一面にしか過ぎないんです。
社長　ええ。
宮沢　わかりますかそのことが。
社長　いや、あとはね、この方々の――
宮沢　嶋田さんわからないでしょう、わかりますかそのことが。わかってたまるかってんだ！
社長　いやあとはね。
宮沢　いいですか、症状はね！　被害のほんの一面なんです。たとえばだ、いまね、四月に認定されて、和解契約を結んで。
社長、ええ。
宮沢　Bランクで据置きになっている人たちがいるでしょう。それをあんた方はいつの分から払った。
社長、ええ？
宮沢　あの中で半永さんというひとをごらんなさい、いいですか！
あの人は二十一年から発病しているんだ！　あの人はたぶんね、ランクづけされればね、たぶんCになるだろう、わかってる。年齢はね、十七歳以上から六十歳までの間にはいってる。年金はいくらか、いってごらんなさい！　Bランクで、いやCランクだ、Cランクでいくらだ！　いくらですか、いってごらんなさい！

社長　いや、まことにその、残念ですがいま、宙《ちゅう》におぼえておりませんのですけどもね……。
宮沢　あんたにとってね、患者の苦しみなんてそんなものなんだよ。
社長　いや、いや、そんなんじゃなくてね。
宮沢　いいか、あの表の中に、パッパッパッと、はめられちゃってるんだ。
いいですか、教えてやろう、二十九万円だ、年金は。
それで半永さんのね、胎児性の子どもを持っている、女房に逃げられてる、本来なら一人前の立派な男がね、婆ちゃんと二人きりで一家を持っている。高校にゆく子どもが幸い親孝行だからいいよ、やっと一家を持っているじゃないか。その苦しみがどうして！　二十九万円だ。説明してみろ！　それをいったら、久我とトンペイが何といったか。わたしは知らない、補償処理委員会がきめたことだ！　両方ハンついたんだ、そうそぶいていたぞ。それが円満解決か、和解か。同じことをやりたいんだ、こんどもあんた方は！　この間死んだ、二十六日に死んだ山本亦由さん、あんたのでかい花輪が来ていたよ、電報もきていた。あのひとはチッソにとって、恩人だぞ！　わかっているかその意味が。あの人が、性格も誠実だよ、漁師の間に人望もある。それをいいことに、散々利用しつくして。補償処理委員会の結論が出るまでわたしは何回かあの人をたずねた。そんときにも、洩らしたね、胸ん中の苦しみ。わかってるかそれが、わからんだろう！
川本　（非常にちいさな声）わかるもんか。
宮沢　わかってたまるか！　あの人がね、最初はチッソは云っていた。見舞金契約とは関係なくやるって云った。ところが、いざ補償処理委員会にまかせたら、見舞金契約が出て来た、心配でならないと最初云っていた。そのうちどうなったんだ。裁判で、ぬけぬけと云ったろう、見舞金契約の上積みだって。ぼくら、その前からわかってたよ、確約書を見たときに。そういうことやって来たんだ、あんた方は。いけしゃあしゃあと葬式に出て来て、花輪一本じゃないか。さんざん利用しつくしたんだ。山本さんの霊はね、この辺をうろついてるぞ。同じことをまたこんどやろうとしてるんだ。それは患者の苦しみをね、償うことにならないんだよ！　わかったか、わかったかってんだ！
なんとか云いなさい、早く、あんたの番だよ。

川本　（めんどう臭く、ちいさな早口）ほい、ほい。もう、どげんいうたちゃわからん。

柳田　山本亦由さんはね、この川本さんのね。

佐藤　わかったか、わかったならなんとかいわんか早う、人間の心のわからんか。

柳田　（淡々として）あのこのカミソリでね、指一本切るぐらい簡単だと思います。

社長　いやもうそれはごかんべんを。

柳田　わたしの子どもはね、胎児性でね。

社長　ハイ。

柳田　あの、針だとか筆だとかでね、検査させられてね、翌日行ってみたらね、傷だらけでしたよ。

宮沢　ずたずたになっててんだよ、おい。

柳田　それがわからないんですか。まぁだあんたたちのすることはなんですか。家族の中にはいってみたら、どうなっとるか、言葉が意味がわかるんなら、どうなることですか。はいってみますかみませんか、返事下さい。

川本　これで書く。
柳田　カミソリでツメ、切る、先ほどを切るぐらい、なんですかあんたたち。
宮沢　とっくりと患者さんにわかるように云いなさい。
佐藤　さあ返答せんか、社長。
川本　さっきからいうごて、伊達や酔狂で来とらんとですばい。水俣のテントにゃ、じいちゃんや婆ちゃんたちが待っとっとですよ。
佐藤　いま宮沢さんの説明しなはったことについて、云わんか、なんとか云え。
宮沢　山本亦由さんは、この人の、川本さんの叔父さんですよ。

――外はすっかり暮れている。

患者たち、疲労困憊し、土気色になり、挙措動作、すっかり緩慢、ほとんど応接室の床に、這いつくばっている。蝿とり紙の上の蝿のごとき手つき。

廊下の雰囲気も重苦しく、「水俣死民」ゼッケンの青年たちも壁にもたれてうなだれ、チッソ社員たちをののしったりする声、散漫となる。患者側付添医師、黙々と動き始める。脈をみたり、血圧計を患者たちの、ごろごろとしている間に移動させる。行儀よく椅子にかけている社長の脈もみる。蠟《ろう》のような顔色にぽっかり、おおきな目をあけている社長。ときどき表情がよみがえろうとするが、たよりなげな稚い顔になってしまう。医師「柳田さんの脈は二百十です。これ以上ここにいらっしゃるのは危険です。旅館にいらした方が……。社長も、百八十あります、お年を召していらっしゃいますからね、ちょっと、いかがでしょうか、休んでいただきましょうね。じゃまた、さっきのように椅子をベッドのようにして、ハイ、ハイ、胸をちょっとおらくにして」

そのとき廊下の方ぎわめき、チッソ幹部たち、会社側医師と看護婦はいってくる。患者側医師、会社側に耳うち。

入江専務、社長のうしろで終始一貫、影のごとく水のごとき冷静。しかし、注意ぶかくうつむきながら、この雰囲気をぴったりと計っている。おそらく、このとき、危機感は、峠を過ぎた。交渉場の雰囲気、このときより崩れはじめる。

会社側医師　あのね、ほんとにねえ、社長も人間ですからねえ、あんた方、こりゃちょっとねえ、人命を尊重して下さいよ、お脈はいくらだったんですか。

患者側医師　いまさき百八十でした。

会社側医師　え、うーん、あ、こりゃ、二百ですよ！　ひどいですよあんた方！　もうねすぐ、運び出さなきゃ、あ、救急車だ救急車、こりゃひどいよあんた方。

（患者たち、いっせいに首をもたげて起きあがる。無言。会社幹部たち、勢いづいたように、オーイ担架だ担架だ、など叫ぶ）

患者側医師　患者さん方はね、もっとひどいですよ、さっきからぶったおれているんですよ、もう何時間も。

（川本輝夫座り直す、虚無的な表情。つぶやくように）

川本　なにも好きこのんで、こういうところに……来たんじゃなか、……まして、こういう、年寄りの、病人を、相手にして、……話をせんならんということは、悲しか……。
入江　（けっして取り乱さないトーンを持った、沈んだ声。しかし、充分計算もこめられているやさしさ。はじめて川本輝夫にまともに）ふんふん、よくわかります、うん。
川本　いかにも第三者がみたら、なんか、鬼みたいに……。
入江　いや、よくわかりますよ、ふんふん。
川本　こういう病人ばつかまえてちゅうことで。
入江　川本さん、そんなこと云っているのではありません。こういう状態ですから、お医者さんもああいわれますから……ちょっとその、護送させて下さい。……落ちつかせてから……なんかまた、返事いたします。……次のことは……そうして下さい。
川本　（嗚咽しはじめる）なんば……もう話ができるか……うっうっ……。
入江　（非常にやさしく）川本さん、そう泣かんで下さいよ、あの、こういう状態ですから、あの、……社長にね。
佐藤　そして、そげんすっとは、逃ぐるとじゃなかですか。
入江　逃げるんじゃありません。
川本　（がんぜないおさなごのように、放心してしまったように、ちいさくちいさく、しゃくりあげはじめる）オレたちゃ……鬼か、そして……ざんねん……じゃな、ほんに……。
佐藤　あんた達にほんとうに誠意があっとならですよ、こうして社長が工合が悪いから、出来んから、あとは自分がひきうけますと……こういうのが当然……。
入江　それはね、会社にとってね、……重要な問題ですからね、それはやっぱりね、社長がね……こういうふうですから……。
（川本輝夫の嗚咽低く低くつづく）
佐藤　ところが、それをいうてもらわんことには、わたしたちはどうなりますか、どうしますか。
入江　ですから、ちょっとね、いっぺん、帰して下さい……。
川本　（泣きながらやっぱりちいさな声）帰れ……早う、もうよか、もう……話相手にゃならんもう……。
入江　いや、ちょっと川本さん、まあまあ、泣かんで下さい……よくわかります。
川本　なんで、こげん目におうて、がんばらにゃいかんとかおまい、……帰れ早うもう。
入江　あとで返事しますから、ちょっとむこうへ。
川本　見ろ如《ごつ》なかもう、帰れ帰れ……よかもう、帰れ帰れ、あとはもう、どげんなっても知らんぞもう……。
十二時間も十三時間も話しおうても、なんにもならんじゃないかおまい、よかもう帰れ早うもう、よか、もう、今夜おれたちゃここに泊るもう。
佐藤　連れてゆかんな早う。
入江　あとでちょっと返事して。
（担架動き出す、川本、それにむかっていざり寄る。死んだ父親にでもとりすがるような口説《くぜつ》めく声）

川本　社長……わからんじゃろう、……俺が鬼か……なんいいよるかわかるか、……親父は母屋にひとり寝えとった……おら、小屋から行って、朝昼晩、めしゃぁ食《か》せた。買うて食う米もなかった。なんもかんも持っとるもんな、背広でもなんでも、ぜんぶ、質に入れた。そげな暮しが、わかるか、明日食う米もなかこつも、何べんもあった。着て寝る蒲団もなかったよ。敷蒲団もなく寒さに凍えて泣いとったぞ、そんな暮しがわかるか。

親父の舟も売ってしもうたぞ、そげんした苦しみがわかるか、三千万が高すぎるか……。

うちん親父は、六十九で死んだ。六十九で……。精神病院の保護室で死んだぞ保護室で。水俣病で……。格子戸の、牢屋んごたる部屋で、死んだぞ。精神病院ば……見たこつがあるか、行ったことがあるかおまや。保護室の格子戸のごたるところで、……おまやしあわせぞ……誰もみとらんところで、ひとりで死んだぞ、おやじは。こげんこたぁおら、今まで……誰にもいわんじゃったぞ。

そげんした苦しみがわかるか……。

(廊下の声「大丈夫だといってるじゃないか、今、川本さんと話してるんだから、社長は――」担架、廊下をとおって、出てゆく、そのざわめき……)

第四章　花非人《はなかんじん》

ことしの冬はどういう冬じゃろ、天草の沖の、一日晴れては二日くもり、二日は風で二日は雨雪《あめゆき》。出来秋《できあき》の前から雨年になって、彼岸には大根人参の播きそこねはなかったが、稲刈の頃になって日照雨《そばえ》ばっかり、空模様に追われてさあさあに稲をこいだ。籾《もみ》は落したが籾を干す天気が一向になく、ひとまず足洗いにきたと、湯のつる湯泉の湯治場の湯気の中で婆さまたちがいう。

「籾ども干せる日が一向に無《の》うして、俵もくくらずに小積みあげたまんまにして、米の一升買いばい。この頃の米は、よそで出来たものも品種がようなって、口には甘うなった」

その米の握り飯と、太刀魚の干物やら白子《しろこ》魚の茹でゴミやらを配りあって、膝のかゝ骨《ぼね》のうずくのやら、目のうすいのやらを温泉でさすりさすり、世間の話もいろいろきけば、苦労の四つや五つ持たぬ婆さまなどはひとりもおんならず。この次は田植が済んだころ、梅雨前の漁に入る前に、また逢うことにして別れて来た。別れの挨拶に微笑みあって、

「来年はなあ、冥途で逢うじゃろ」

「袖ふれ合うて、逢うた今が別れよなあ」

「いまが花よ。いま現在こうして、生きて逢うたが花じゃよなあ」

「ああもうほんなこつ、六十花やら、七十花の咲いたなあ」

「今日が極楽じゃった。胸のうちの洗濯どもして、十八娘になって命ののびた。冥途でなりとここでなりと、また逢おうぞ」

そのように言い合うて、十八娘のさざめき微笑うごつして別れてきたとおマス婆さまはいう。

治ったような気のする足を踏み立て踏み立てふり返れば、腰ももう曲ろうとするものばっかりで。ほんにもう何という冬じゃろう、師走も来ぬのに雨雪の晩ばかりで。湯治にゆこうにももう銭はなし、このような雪夜になれば、隣の舟も居るやら居らんやら、わが舟だけがこの世の中にただ一艘、破れ傘とおんなじような屋根をかぶったまんま、海の中に雪の降りこむ音をきいとるばかり。寒さは寒し、暗さは暗し、揚ってゆこにもゆく先はなし、ほとほとわが魂の置き先ののうなりました。

睫毛の先の吹き濡れて、白いようにも見ゆるのは雪じゃろか、わが白髪じゃろか見わけもつかん。波に打たれてきいておりますと、このような晩の雨雪に乗って来て、あの透きとおったほそい白子魚どもが、ぴらぴらぴらぴらぴら耳もとにおどります。

わが魂のゆく先のわからぬ舟人《ふなと》のわたしたちとちごうて、このような吹き降りにも漁師衆《し》は天気と魚に義理立てて、朝夕の潮が来ればやっぱりそのたんびに網を出しよらす。波の面に浮く魚の色をみれば、あ、俺家《おるげ》の魚どもが来たぞと思うて、漁師ならばやっぱり魚に連れ出されて。

そのようにせっかく網は出しても、網の運は魚が呉るる運というもので、その魚どもが、くり出した舟の底を素通りして、隣の網に入ってしもうたり。運が悪ければ一カ月もそのようなことがうち続いて。目の前で、海の底がふくらむようになって、よその網にばかり入ったりもするもので。空網を曳き曳き、よその網を横目で見い見い、雪の中で汗がたらっとするほどに、魚をうらんだりされますもん。隣の網の破れたときゃほっとしたりなあ。けれどもな、よくしたもので、ときどきは我が網にばかり、さいさい入るときもありますげな。

　そのよなときにはもう、隣の網の衆はただもう見ておるばっかりで、竜が天にも昇る心地のして、知りあいに配り散らし、網子衆に配り散らし、魚たちよりも人間の方が踊りあがって、その晩はすぐに祝いでございます。替わりばんこのこともなければお互いの間というものは立ってもゆかず、今日はあの舟に入ったげな、今日はあそこの網に入ったげなと、朝夕の舟の出入りするたび自分のことのように気をもんだり喜んだりもして来たが、どうしてこうもくたぶれたやら、雨雪の音のあんまりさびしゅうして、昨夜の網のにぎわいさえ、もう遠か昔のように思わるるがなあ。

　このような沖の暗さでは、この雨雪は、東京のテントのあたりから降りくだって来たのやら、ここらの沖から東の方へ上ってゆくのやら。今年の冬は何十年に一度もなかような寒《かん》を連れてやってくるという話、さぞかしあの若か衆たちが寒かろに。

　十九はたちになるやならずの息子衆《し》や娘御が、なんの因果かわたしどもがようなものたちにかかわりおうて。このような雨雪の晩に地の上一寸のところに直寝《じきね》して。花のさかりの年の頃というのに、身のかざりもするでなし、非人乞食《かんじん》になったよな者どもに連れ並《の》うでくれて、親御さまもおんなはろうに。兄弟衆もおんなはろうに。思えば思えばやっぱり辛うございます。わたしどもが選《え》りに選ってこのような罰かぶり病ば病むばっかりになあ。

風呂銭もろくろくなか上に、三度のめしさえ二度食《じき》にして、たまの差し入れで体のぬくもるものを飲んで、排気ガスに染《そ》んで、テントの中に打ち並び、寝入った顔をつくづくのぞけば、まだそそに産毛の生えたか生えんよな、うつくしかよか稚児ばかり。

かき寄せてふところに入れてやりたいよなもぞか（かわいい）子たちばっかり、親御さまにとっては、なおなお大切の、もぞか子ども衆にちがいなかろうに。

このような稚児たちの魂を道連れにしては果報もつきるばいなあ。親御さま方になんとお詫びの立つものやら、早うこのよな罰かぶり病は死んでしまえばよかものを、一度往きそこなえばこの病は、なかなかに死に強《ごわ》か病気で。

ついこのあいだ、冬に入りかけの頃、東京のテント小屋のさびしゅうなった、川本さんの忙がしゅうならして、あっちこっちに漂浪《され》かねばならんけん、テントの守り本尊の患者が足らんごとなった、上って来えと便りの来て、出てゆきました。

なしてじゃろ、東京の空の、去年とくらべてえらい暗うございました。

おもえばえらいなつかしか。去年の寒さのにぎわいの、体の内にポッポと火のともったような、自分があかりになったような、その火でちっとばかり世の中が見えたようなときがありました。チッソのひとたちに師走の道の上にほうり出されてからもう、一年経ちました。

あの頃はチッソの中に厄介になっておって、不思議なことに、しんからあそこだけが、我が家のごたったです。

往た先の仮りの宿をわが家になして暮らすのは舟人の性で、陸《おか》の上のひとところに落ちついて住んどるひと方には、やっぱり高漂浪《たかざれ》きの性と見ゆるじゃろ。

水俣では、気の狂うて漂浪《され》きまわるにんげんのことを、

「神経殿の高漂浪き」

というて、色じんけいに成らしたひとや、自動車じんけいに成らしたひと、兵隊じんけいや、花じんけい、書物じんけいに成らしたひとなどが、ひとのゆかぬところまで高漂浪きしますもんね。

ことにもう水俣病のものたちは、部落のひとたちの一生行かぬ東京やら高野山やら、外国までも涯から涯に、ひょいひょい漂浪くようになりまして、身内のものたちには気の毒ながら、ほとほと品も見栄も外聞もうち崩れて、わが業晒しに漂浪くよになりました。ひとりやふたりなら、昔なら縛ってつないでもおかれたろに。このよに、たくさんのしんけい殿が出て来ては、正気人たちもなあ、うらめしゅう、眺めておんなるばっかり、仕様も模様もなかごてなりました。世の中は順々送りでございますけん、そのよな正気人のひと方も順々と、このごろ水俣病にうち成らす。

この病《びょう》ひとつ病みとおすには、ほとほと気根だれしてしまいます。ただでさえも、わが身一身のことをあつかい得ずにいる人間のことを「わが手の遠かで仕様もなかろ」というばってん、ほんにもうこの病《びょう》病んどるものどもは、わが手さえ遠うになって、身ひとつの始末ができずに、いつまでも死におくれとるわけで。どこどこにゆきついて寝るとじゃろ、転ぶとじゃろ、目を落したところが死にどころでございます。

当り前の生《しょう》を生きれば知らずにおったこの世のなさけにも逢いました。なんの御返しも、わが手が遠かばっかりに、しやならん。御無礼なことではございます、もう、魂のくたぶれて。

思わぬなさけにめぐり逢うた煩悩で、今日まで生きて来て、このような罰かぶり非人《かんじん》を、まるで神さまにでも仕ゆるばかりにしてもろて、患者のつとめをついうち忘れ、わたしゃもう、水俣病に飽いたのなんのいう。申しわけもなか。

浮き世の義理というものは、生きとる間につとめる義理のことぞと胸のうちでは思うておって、飽いたと口に出せば、すぐそのあとから、こんどは、畜生のするような生あくびやら涙が出る始末で。行き交うひとのお顔もとんと、見覚えこなさぬようになりました。

今夜のような吹き降りの晩ばかりではなか、魂のどこさねか脱け出して、笛の音でもききにゆきますとじゃろ。何もおぼえちゃおらん日の多うなりました。

東京のテントにおりましたときには、えらい早うに、日の暮れよりました。水俣ならばこのような真冬でも、六時がすぎても冬は冬の沖なりに、天草の上はほのあかりして、陽の沈みます。

東京の日暮れは、空からどっと、昏れの闇の落ちてくるごたる。あんまり早う日の暮れて。昏れの闇のすっぽりと降りてきて、この世のふさがれてしもて。心細さにそこらじゅう、灯ばかり早ややつけたくり、都の衆たちは灯ばかりにぎやわせて、みんな灯いつけしんけい殿ばっかりじゃ。昏れの闇のさびしさに音のするもんばかりをにぎやわせ、叩きまわって漂浪《され》きなさいます。日の暮れさまになれば、誰も彼も自動車のなんのにうち乗って、地の底に穴掘って行きなはる。東京にゃ地の底にいくつでも道のありますとなあ。車ながらどんどんバクハツして、もうにぎやかさもにぎやかさ。東京はひるも晩もおんおんおめきよりました。水俣の人間も、目落とす前は昼夜おめいてなかなか死に強《ごわ》かけん。この世の終りはなおさらに、永か苦しみでございましょ。

この世がわたしどもの死んでゆくのに立ち合うのやら、わたしどもがこの世の、目を落とすのに立ち合うのやら。水俣病は目ざわりじゃから麦めしに、もちっと水銀かけて喰うて、もう早よ死んでしまえというひとたちもおんなはるゆえ、ああ、目ざわりかもしれんが、まちっと、まちっとの、ぼんのうでなあ、まだ生きとります。

なして東京のチッソのあのずんべらぼうのほら穴の、ビルの中というものがなつかしかろか。いよいよ今夜はチッソの中に泊めてもらうとなった晩に、まんざら他人の家に来たのでもないような気分になったのがやれ不思議。海の底の岩屋の割れ目にでもたどりついたような、灯をとぼして歩きたいよな気分じゃった。チッソの外の東京に散歩というものに出かけたり、靴や下着を買いに出かけたり、東京の風呂に出かけたりして、なれぬ都にゆき昏れますと、言いあわせたようにチッソ本社の中のあの隅くらが恋しゅうして、誰かが必らず、

「ああ、はよ戻ろ、はよ戻ろ、おる家《げ》のわが家に。チッソの本社の社長室の前に。あそこより上のよかところのどこにあろうかい」

というて、戻ってゆきよりました。

ひょっとすればわたしどもはあの潮招きの、田打ち蟹《たうがね》の性かもしれんです。かねては潟の穴に潜っておって、昼と夜との潮を待って穴から出て、沖を眺めては片っ方のハサミをふりあげて、白か手拭い振るように打ち並んでは、潮を招くのが役目でな。その田打ち蟹《がね》の性かもしれんです。

チッソの社員衆が意地悪をしかけるそもそも、ひょっとすれば似た性のもんゆえじゃありますまいか。先に棲みついたものの気位のために、およおよと泳いできて、ハサミを振りに来なはるとじゃあるまい

か、腕まくりのなんの突出して。

あのような建物の中身に永年思いを懸けて来て、はじめて泊って明けた朝、身内ばかりじゃなし、チッソの衆の誰彼なしになつかしゅうなったのが不思議でございました。廊下を通ってゆく曲り角で、ばったり出遭うてはさしうつむき、思わず口のうちでお早うございますと呟いてしもうたり。これで川本さんがいうように、ひょいといっしょの風呂に、社長さんや久我さんやトンペイさんやと漬かりあい、一度ためしに背中でもくすぐりくらっこしてみたならば、どのような気分になるじゃろか。

ひとの心にも自分の心にも、仏と魔とが裸で棲んでおるかもしれん、どのような眺めになるやら、やってみたいぞと話しておりました。すると若い衆たちが鼻のほとりをむずむずさせて、

「うふふ、やってみたいなあ」

と笑います。

むこうもへどもどして、目の合わんようにしておんなはる。不思議ななれそめをしたものでした。逆縁のはじまるときも心がときめいて。

世間の心のすみずみも知った、この世の涯というところにまでも、一度ならず二度ならず行って来たごともある。そこからもどされてきて、まだお迎えの来なはらん。

六十、七十の婆さまたちに六十花や七十花が咲くならば、このような罰かぶり病とて花の咲きましょうに、罰かぶり花の、なあ。

昔ならば見せもの小屋に売り出して、銭もうけしてよかような子どもを持っとる衆が、東京までも漂浪きまわって、テントの小屋がけして売り出しよる、多銭《うぜに》のあがるげなといわれたときに、あの母女《ははじょ》たちは、

この世とは逆縁にならいたのでございます。

思うても見てやんなはりませ。あのよな子ども衆をかかえて来て、世間の口とまなこから、親の身を楯にして、かぼうて来た月日はとうに過ぎ去った。かばい切れぬ先の生《しょう》をどげんするか。

「なんだか気味が悪いわね。あのような気味の悪い子を産んで、見せびらかしたりしてね。どんな神経かしら。大きな声では言えないけれど、早く死んでくれた方が本人のためにはいいんじゃないかしらねえ」と、ほかならぬチッソ社員の奥さま方が、湯の児のリハビリ病院に抜き足さし足見物に来て、いいなはる。

なるほどなるほど奥さま方は、ふくろう鳥が啼く夜さり、二本の線路が地に這うて、うなっているばかりの奇病部落の一軒の家の内の闇夜を、よくよく知っておいでになるのでござりましょ。片輪のわが子と自分ののどもとと、よんべは魚を料《こしら》えたひとつ包丁の、青光りしとるのをとつおいつ、その子と包丁とを畳に寝せて、かたわらみればそこにも並うですやすや、寝息を立て、小まんか手足の出とります。ひとりの子を畳に置き、ひとりの子に添い伏し寝息を嗅いで、心はじぶんがあやつり人形。その人形が、縄ぎれ紐ぎれをそびき寄せ、刃物にしようか縄にしようか、ひょっとして、寿命がなければ今夜までぞと、死んでみる稽古をな、くり返します。そのよな母子の姿をよくよくお見通しでございます。

肥後と薩摩の国ざかいの、山と山の間に這入る汽車道《みち》の、せまい二本の線路の中に、霧にまぎれてかがみこみ、こちらにむかってあらわれる汽車にむきおうて、片膝いざり、はじき飛ばされてなあ、やりそこのう母娘のあわれもとくとく眺め、ほれそのまんま、死んだらよかろうにといいなはる。

ああしかしみなさまがた、片輪子じゃろうと化物じゃろうと、いや化物子じゃればなおさらのこと、そのときがくれば、わが手にもかけましょうけれど、ひとさまに、しかもチッソの奥さま方に死ねといわれては、そのようにいうひとの咽喉元もろともわが子を串刺しにできるならともかくに、死ねよがしの目が見ておるかぎり、ゆるゆるなぶり殺してくださるのをしかと見とどけるまで、わが息の根も絶えんとでございます。

親が娘のいのちをつないでここまできたが、ものいいきれん片輪の娘の、声にもならぬ息が、親のいのちをつなぎとめて来たか、一蓮托生の先の先というのはまだ見とどけたものはありませぬ。

生き骸《むくろ》の娘を抱き晒し、このごろは、裁判所にもゆきなはる。東京のテント小屋にもゆきなはる。逆さ髪《かん》毛《げ》の娘の首を曳きずり抱えて。

十七、八になった娘のそそにおしめというものが要る。首とおしめをもろ手に抱えわけ、東京にまでも漂《さ》浪《れ》きに来なはった。逆縁につながるものたちに逢いたさに。

支援のまわりのおなご衆が、

「このよにかよわい大切な子を連れ出して、風邪どもひかせて、肺炎にどもなればどげんしましょ。水俣病の生き証人を。お医者さまをつけて、看護婦さんもつけて、間違いのなかようにしませんば。死なれでもすればおおごとじゃ」

と気を揉みなさる。

ご心配はしんからありがとうございますが親御たちは、ふかぶか微笑うていいなはります。

「うんね、死んでもようございますと。連れて行た先で」

「…………」

「はい、もうみなさま方の前で死んでくれれば一番ようございます。それでこの子も親も本望というもんでございます。

今日はな、美しか服ば着せて来ました。みなさま方にこの子ば見てもらおと思うて。十七年間もな、夜の目もなかごとして育てて来ました。よんべな、風呂にもいっしょに入ってな、匂いのよか石けんで洗うて髪もな、今朝もな、ほら、顔も美しゅう、拭いて来ましたばい。

ねえ、とも子。

ほら、先生方の、よか子じゃよか子じゃち言わすばい、裁判長さまの。

美しゅうなって来たもね、死んでもよかねえ、とも子。今日まで大切に大切にして育てて来たもね。

とも子は宝子じゃもんね、世の中に二人とおらんものを扱うように大切にして来たもね。ねえとも子。

あれ、嬉しかかい、あれほら、嬉しいしやして、とも子が笑いよりますばい。

こう、見て下はりまっせ、よか娘でございまっしょ。手足の指どもはな、ちっと曲がっとりますばってん、こうして揉んでやりよりますとな、ほら、こげん柔らしか小《こ》まんか指でございますとばい。お姫さまんごて、小《こ》まんか指ですとばい。

ちょっと、土谷さん、社長さんの今日はおいでございまっせんけん、ああた、替りに抱いてみて下はりまっせ、重うございますで。片輪子ですばってん、どうぞな、抱いてやって下はりまっせ。

わたしどもはな、多子持《うご》ちでな、次々授かりましたばってん、なかでもこの子はな、最初に出来て、夫婦《めおと》になって、最初に授かった子はなあ、宝……宝子ち言いますでな。どうぞ、抱いてやって下はりまっせ」

そのようにいうて、この前の裁判の結審の日に、チッソの土谷さんにかかえて行って抱かせなはりました。

母女の顔は花ん如《ごつ》なんなはりました。

（死んでもようございますと。殺され殺されしょっとば、介抱しいしい今日まで保《も》たせたっですけん。よかねえ、とも子、今日は美しゅうなって来たもね、ねえ）

見せ物に出してよかような子を産んで、多銭《うぜに》とりじゃと云うた世間にむけて、そげんいうて挨拶しなはりました。

闇の中から、花ん咲き出すようでござした。

そのような声音の間にも、かかえた腕から娘御の首が、がっくんがっくん揺れて、首は、やせ細った体より、形ばかりについておる手足よりも重うござす。抱いている腕から落ちあえて逆さ髪毛《かんげ》でございます。生え際の上のふたつのまなこが限なくみひらいて、曇った天《そら》がじわりと笑うような、逆さになればなおさらに、鼻すじのとおったきりょうよしが。

ひとの生き得ぬ生《しょう》を生きるということはこのように、晴れがましゅうございます。そこからはもう、二度とけっして、ふだんの生には戻って来れんとでございます。

それであの、踏切のそばの溝口の家の母女もなあ、さくらの花の咲くころになると花じんけいになんなはる。自分は狂わんつもりでも、母女の背中におる八つの娘が狂い死にしたもので。

「ああシャクラの花のシャイタ……」ちゅうて、春になれば見えんわが子を抱きかかえ、自分が八つの子になって、花曇りの下を空の方ばかりみて、花じんけいになって漂浪きなはる。

「あの子はなあ、餓鬼のごたる姿になっても、死ぬ前の日に桜の見えてなあ。手足を持たん虫の死ぬ時のように、這うて出て。この世の名残りに花を見て……うつくしかなあ、ち。かなわぬ口しとって、ああ、かかしゃん、シャクラの花ち、いうて」花非人になって。

わが身の水俣病には飽き飽きしたが、この世の春のあわれで……。このような雨雪の晩には、わが煩悩の始末のできません。魂の無かもんどもよといわれよる子たちも、年月というものだけを喰いました。十を過ぎてからさえ、熾炬燵《おきごたつ》の中に落ちこんで火傷をしたり、縁から転げ落ちたり、生傷の絶えたことものかった子たちがまあ、よくよく今日まで、前の海に落ちこんで溺れ死もせずに、生きのびなはった。

部落々のそこの家、ここの家にも死産児ばかりが、続々と生まれ出ておった中で、胎《はら》の中でも死なず、胎の外に出てこれて、ととさんかかさんから貰うた血だけでなしに、生きものの魂に宿ったたとえもない有機水銀とやらまで、柔らしか小《こ》まんか脳の中に貰うて生まれて来て、ようも今日まで生き残らいました。そのような子たちのひとりは、前庭の続きの沖で親たちが網を曳く間、カラスや水鳥が降りてくる庭で遊んでおりますげなですよ。口はきけぬでも、陸《おか》と海との境は、そこから転がり落ちることも度重なって、十四、五歳にもなって来たら、なんとのう、わきまえが出来て来たそうで。

親たちの舟が沖をまわるのを見い見いしておって、庭の縁さきやら陸のはしの石垣に寄って遊んでおりますげな。

当り前に生まれておればここらの男の子の十四、五といえば、もう一人前のよか漁師がなあ。

網をあつかう家によっては、一家一族の船団の弁差し格になる筈ぞ……。それが、小学校に上るどころか、朝夕前庭から出入りする親の舟をみて、わが乗る筈の舟じゃったことも夢んごつして、戻ってくる舟をただ見ておるばかり。網やら櫓やらをあやつる筈じゃった手に、縫いぐるみの人形さんをなあ、昔ならもう青年組にも入れてもらえる大の男の子が、あのまあ、犬やら熊やら、虎やらの人形さんをかき抱いてきて、遊んでもろうておる始末で。

せめて舟遊びの真似事どもしてみせたらば、親にとっては救いであるような、いやいや、そうではないような、漁師の性を失うておるのが、もぞなげでもぞなげで（かわいそうでかわいそうで）。

どのような家の子ども衆も、海ばたに生まれれば、教えられもせぬのに、二つ三つの魂のとき、家の前の波の中にすべりこんで、泳ぎを覚え、櫓の漕ぎ方を覚え、片手が漕げば片手は釣糸《いと》をたぐり、片足は梶とり、片足は帆綱を引くことさえ覚えてしまうとに。

残った片手で風向きを見て、五官の萌える若いうちに、親が教えんでも風が教え、海に習うて、ここらあたりの海はわが庭になす若衆に育ったものを、もぞなげなことでございます。

自分の魂はなんの魂と思うとんなはるか、人形のねずみさんや熊さんや、猫女や犬女に遊んでもろうておらすばい。

この子の母女とて、自分の胎の中に十月《とつき》が間、養うてきて、口うつしでもなか胎の臍《ほぞ》から、わが食うた魚の水銀をこの子に移さいました。そのよなひとであるからには、子どもより先に水俣病になっとらいます。

わが庭の不知火海に舟を出すよりほか、よその海には出しようもなかここらあたりの漁師わらのありようじゃれば、骨の中、髄《ずい》の中まで沁み入った水銀が、うすまってゆくどころか、日に日に濃《こ》ゆくなってゆくばかり。

柳の若芽のつやつやと、白うふくらんで、妊《みごも》っているような形に茹で上げられた白子が香ばしゅう、朝あけの石垣に広々と干されてゆくのに、この子ども衆が、加勢にとも邪魔しにともつかず、とぼとぼと来て、座んなはる。

母女は体だけ自分より太うなった息子にむきおうてなあ、こう云わる。

「ほらねえ、良次ちゃん。

あんたが目ん玉よりも小《こ》うまんか、ぽちぽちしとるのが烏賊《いか》さんばい。烏賊の子ばい。墨の袋ども一人前に持っとってねえ。これぱこうして、いちいち拾いあげておかんことには、白子魚が、台無《だいな》しになってねえ。まっしろか白子魚のまっくろけに染まって。こげんして選り出して、拾うておかんば、銭にはならんとばい。えらい今朝の網には烏賊の子ばかり、うんと這入ったよ。ほら、良次ちゃんも拾わんか。拾うておかんばおおごとじゃ。銭にはならんが。

ほら、この、ぴらぴら、紙で切ったごたる五角形の魚の子は、しのふたの子ばい。ほら、ここに、もぞもぞして、虫のごつして、這うとるが、これがなまこの子ぞ。

おぼえたかい？　こら良次、良次ちゃん。

頭のしかけばかり太うして、尻尾の尖っとるのが、こちの子ぞ。太うなればね、嫁には食わせんちゅうくらい、うまか魚ぞ。ほら、蟹《がね》ん子もおった。蟹ぐらい、知っとれぞ、良次ちゃん。

まこて良次は、聞いとっとじゃいよ、聞いとらんとじゃいよ、聞いちゃおろうね？

いつまでもそのひとたちにばっかり遊んでもろうて。熊さんの、犬さんのちばっかりに遊んでもろうて、どげんすっとかい。

陸《おか》の上の人形さんばっかりが、なしてそげん好きじゃろかいね、十五、六にもなって。魂持っとる者《もん》同士のように、片時も離れきらずに、人形さんにえらい煩悩じゃやねえ」

第五章　潮の日録

昭和四十五年五月末〈水俣病補償処理委員会〉〈座長・千種達夫〉は、厚生省に患者側代表とチッソ首脳を呼び、死者最高四百万円（実質は三百万前後）で、公式に認定されている患者たちの大半を、文字どおり〈処理〉し去った。

選択の余地も許されず、この国のやまいを、水俣の漁民たちが予兆的に病む。隠されていた患者たちが、〈補償処理事件〉や水俣病訴訟提起や、一株株主運動のはざまからもぽろぽろよろばい出る。

「失《う》したり病」こと隠れ水俣病が名乗り出てくるについては、思いつめた行者のように村々を出没しつづけている、川本輝夫の力によっていた。父の名は嘉藤太。「椿説弓張月《ちんせつゆみはりづき》」にでも出て来るような精悍《せいかん》な漁師だった。隠されている身内たちの、まだこときれないでいる息の匂いを、彼は村々の死臭の中から嗅ぎわけていた。親子二代の受難史を通して、彼は一個の本能者になり替わる。

「こりゃあ、水俣病は底の深かぞ、どこらあたりが底か。洗い出してくるる」

彼の足の止まるところに、患者たちが横たわっていた。水俣病市民会議や、告発する会の会員たちの中にも、そのような嗅覚をそなえたものたちがあらわれはじめ、彼らは無条件、かつ徹底的に、川本輝夫を助け続けた。ききとり調査の進行と、行政機関に潜在、伏在、あるいは隠匿されているにちがいない調査資料の発掘とが同時に進行した。

水俣病事件の露頭が、世に出た昭和三十四年夏のころの、文部省水俣病研究班こと、熊本大学医学部水俣病研究班解散のあと、予後調査を続けていた病理学武内忠男教室や、精神神経科の原田正純講師らの教室や公衆衛生教室等の、地道で実証を裏づける論文が、川本グループの仕事の、学問的支柱となり、「告発する会——（熊本市）」の月刊機関紙『告発』は、そのような患者たちの日常生活や訴訟の進行、新資料の克明な発掘と紹介につとめ、水俣病に関するジャーナリズムの報道記事は、はじめほとんど、月刊紙『告発』にその出典を依拠しなければ、あやまちなきを期しがたかった。長い年月の推移の中のこれらの動きについて〈運動〉らしきものの前進や展開をいうつもりはさらさらない。そのようなものはまた患者たちの終らない苦難にくらべれば、無にもひとしいのである。ただ、どのような意味ででも、ひとたび水俣病にかかわりあえば、ひとは、みずからの日常の足元に割れている裂け目の中に、ついに投身してゆくおのれの姿を自覚せずにはいられまい。

川本輝夫らに誘われて、水俣病患者であることをみずから名乗り出てくるひとびとが現われると、県民の生命と健康を預るたてまえの熊本県は、四十六年五月に至り、はじめて、人体の有機水銀汚染を、一斉検診する気がある、と県議会で答弁せざるをえなくなった。患者発生の公式時期が昭和二十八年から三十五年までであるとされてきた定説も、昭和初年代と三十五年以後の発病と見られる患者群の発掘によって覆され、工場廃水による大量有機水銀中毒事件の実相はさらに拡大し、深化したことになった。川本グループは、この事態を「不知火海沿岸一帯は水銀漬けになっている」と表現した。

四十四年五名、四十五年五名、四十六年四月に認定された十三名の患者たちに、これまでチッソは有無をいわさずさきの補償処理委員会あっせん案を押しつけつづけてきた。地域社会に対して、自分一人の、長い水俣病の年月の中に閉じこもってきた患者たちであってみれば、状況の変化を感じて名乗り出はしても、一切の水俣病情報に関して、たとえば補償処理案の内容や、水俣病訴訟の経緯について知らされる機縁を持ちえていなかった。知りえていたとしても「ブタ一頭の値段」とさえいわれる補償案の金額によって、たとえ一、二年限りであっても束の間なりと、経済的に救われたいひとびとであった。月刊紙『告発』はそのような患者たちを見つけると直ちに無料で送られたが、中にはこわがって返送する人びとさえ居たのである。わたしたちの支援活動なるものが、そのようなひとびとの魂にとどきうることはおぼつかなかった。新しく認定される患者たちにいうべき挨拶の言葉はじつはなかった。認定されてよかったですね、などとはとてもいえたものではなかった。

四十六年になって川本グループは、認定されるであろう患者家族の中に変化が兆していることに注目していたが、そのうちの三家族が、水俣病事件の全経過を荷う形で、はじめての〈自主交渉〉に踏み切った。驚くべきことであるけれど、患者側に弁護士と代理人が付き添ってのチッソとの直接交渉は、事件発生以来はじめてのことだったのである。

「会社に向って裁判のなんの、正直な人間のすることじゃなかよ。あいつら、水俣市に、弓引くようなやつどもじゃ」

といわれつづけてきた患者家族は、耳新しい〈自主交渉〉の自主、という用語に親しみきれず、たちまち「実地交渉」といい直してしまい、いわれてみればそのほうがずっと実感を持っていた。そのようなユーモラスな齟齬《そご》は、この交渉や運動なるものが形になる途中において続出し、近代的知性の象徴語であるヒューマニズムきれいごとを、わたしは失笑する。

以下に抄録するのは四十六年七月三日の「実地交渉」のテープである。この「実地交渉」はチッソの専用旅館、水俣市湯の児の「三笠屋」で行なわれ、チッソの意志によって地元記者たちをしりぞけた後に行なわれた。出席者は、

会社側＝奥村昭三（水俣工場総務課長）、山根勇（同工場長）、東平圭司（同総務部長兼勤労課長）、小川次吉（同企画室公害担当）、佐々木三郎（同支社長）、久我正一（本社総務部長）、土谷栄一（本社総務部次長）、楠本昇三（弁護士）、塚本安平（弁護士）。

患者側＝荒木幾松、荒木ルイ、築地原シエ、諫山茂、諫山レイ子、川本輝夫（代理人）、宮沢信雄（代理人）、伊東紀美代（代理人）、馬奈木昭雄（弁護士）、荒木哲也（弁護士）、青木幸男（弁護士）、福田政雄（弁護士）、筆者（代理人）、なおこの弁護士たちは患者らの意志によって訴訟派弁護士たちからえらばれた。

馬奈木　われわれはもう一ぺん要求します。社長が出席されたい。どうしても出席できない場合は、理由を明らかにされて、代表権を持った取締役の出席を要求する。

久我　補償についての交渉ですから、社長の代理が交渉することができないというものじゃないんです。

荒木ルイ　親が子どもば怪我させとって、代理人ばっかり差し出して、すいません、すいませんでよろ

しゅうございますか。人ば殺しておいてああた、よう考えてみなっせ。代理人ばかりでことわけがすみますか。会社もあんまりじゃなかですか。

久我　会社はいろいろ組織で仕事をいたしておりますしね。決して社長も、わたしどもをやって、あとは知らんということじゃございません。まことに皆様に申し訳ないという気持ちでいっぱいでございまして……。

馬奈木　だったらなにを差しおいても来るべきですよ、社長が。おいでになる意思はあるんですか。

久我　こちら（水俣）に来ることがあれば。

荒木ルイ　社長さんな病気ですか。あたしども病気で、仕事もつかえておりますばってんが、来るわけでございます。弁護士さんだちの何人来なはったって、親方と、親と会いたいとわたしどもは思うとります。

馬奈木　社長はいつならば出席できるのか、空いている日を明示して下さい。

東平　おっしゃることがよくわからないのですが。代理人を双方たてて交渉するということと、社長が来なければ交渉が進まないとおっしゃる点……。

筆者　大企業の組織に属していられる人たちの常識というのは、相手に迷惑をかけたならば、一家を預る主《あるじ》が、とりあえず、なにをおいても出てくる、そういうことはなさらないわけですか。社長は、大きな組織に属しているから特別忙しいんだ、というようなおっしゃり方は……病人さんを置いて来ておられるわけですよ、ご夫婦とも、ご両親とも。

築地原シエ　だいたいあたしたちは、人間の数に入れておんなさらんとじゃありまっせんか。動物と

いっしょに考えるとじゃござっせんか。（このとき、各社の記者たち入ってくる。チッソ側、申し合せたように表情を変えて沈黙）

宮沢　久我さん、答えて下さいよ。

久我　いや、撮影するときはダメです。

筆者　なにかたくらんででもいらっしゃるんですか、記者さんたちに聞かれては。（記者同席中の進行をめぐって混乱）

馬奈木　昭和四十三年の政府の認定の時に社長が頭を下げて回ったのは、あれは特別のことなんですか。なぜ今度新しく認定された人たちにはできないんですか。

楠本　なにも昔のことをいろいろいってね。つるし上げられるようなことだったら、わたしたち帰りますよ。

筆者　昔のことだとおっしゃるんですか。いまも続いてるんですよ。

宮沢　この人たちが認定されたのはきょうのことなんですよ。

楠本　もう帰りましょうよ。つるし上げられるところじゃないんですよ、ここは。

川本　つるし上げなんてとんでもない、あんた。こっちが頼みよるがな。（荒木ルイ、帰ろうとする記者たちに向き、「ここに座れ、座れ」という。しかし記者たち無表情なまま退席）

馬奈木　社長は出席する気があるのかないのかおたずねしてるんです。

東平　代理人さんにお願いしているということは、社長が出なくても話になるんですから。

筆者　そのような感覚で交渉を進められたら胸が晴れないわけですよ、この方々は。まだ交渉は始まらないわけです。だってこの前のあなた方の回答を拝見いたしますと、お詫びの一言もない。これじゃやっぱり誠意は見られないから社長さんの顔を見せて下さいとおっしゃっているわけじゃございませんか。

青木　出る必要はないということなのか、出るべきだがきょうは出れないということなのか、考えを聞いているわけです。

楠本　交渉自体は社長が出なくてもできるというのなら、必要はないと考えていた。必要ないです、方針としては。いや、出ません。

宮沢　じゃ、一軒一軒詫びて回りますか。

楠本　その必要もない。(騒然)

荒木ルイ　もうなんもいいまっせんから、あたしん子、元気になかして下さい。元気であればもう嫁入りして孫ができとっとです。ああたたち、どげん考えとりなさるとですか。

荒木幾松　赤の他人を病いに倒《た》わしておきながら、処理案ば呑め、処理案ば呑めち、そんなに簡単に呑まれるもんじゃやなか。わたしが妻のいうごと、健康体になしてくれたらそれがいちばんよか。いままで百何十人か認定された水俣病患者のおらるるとでしょう。完全に全快したという人がおるですか。どうせこの子は養い殺しだから六十まで生きるか五十で死ぬかわからんけれども、ある一定の金額はどうしてももらわんというと、つまらんような気がしとるですよ。

諫山茂　補償案に不服だったから交渉を申し込んだわけですよ。それをおたくはまだ……押しつけよんなはるとですよ。

塚本　受けて立つ会社のほうとしましては、どうしても違った扱いができないということなんですね。そこを一つ理解してほしいと、お願いしているわけなんです。

筆者　チッソという会社はよくよく初めから最後まで恐ろしい会社……。

東平　自分たちの思うだけの額を出さなければ恐ろしいんですか。被害者のお立場になれば、いくら責めても責め足りないと思われるでしょうけれども、そういうお話と、この交渉という、ある意味じゃ気持ちが全く伝わらない形式をとらざるをえないことについてのお話と、交錯するものですから。

荒木幾松　オギャーと生まれてきてから病気一つしなさらんとでしょう、なあ。日室の試験を受けてから、ペンを振り回して、世話人のごたる方だから。病人の苦しみとか悲しみとか一切ご存じなかでしょう、あんたは。人間の皮かぶっておるばかりで、心はケモノかなんかわからん気がします。

土谷　実は会社側は、自分たちであの案を作ったんじゃないんです。交渉委員会の方がいろいろ検討されて示された案ができているわけですね。

馬奈木　それをこの患者さんにさらに主張されるんだから、今度は根拠がいりますよね。

楠本　われわれは一応合理的だと思って呑んでいるんですよ。しかし、みなさんに適用することが法律的に合理的とは一つもいうておらんです。

馬奈木　適用することが不合理だというのはハッキリしてます。そうじゃなくてあの金額、案の内容が合理性を持つか。

楠本　少なくともこの方たちに対しては、合理的とか不合理とかいう考え方は検討しとらんです。

馬奈木　それじゃ検討して下さい。

楠本　必要ないと思ってる。別の取り扱いはできないから、やむを得ずそれで処理していただきたいと。

（騒然）

馬奈木　なら、話し合いはなにを話し合うんでしょうかね。それじゃ、交渉でもなんでもないじゃないですか。

川本　押しつけじゃないですか。

塚本　承知して下さいといってるんです。それがだめだというなら、決裂以外にしようがないじゃないですか。

馬奈木　いまわれわれは、ここで和解しようとしているわけですよね。和解というのはお互いに譲り合うんだ、おたくが一歩も譲れないと最初から宣言されるんだったら、これはほんと、決裂しかないですよ。

塚本　交渉ごとがすべて妥結の道をたどるかどうかは別の問題じゃないですか。

馬奈木　譲る用意は全然ないということだな。すると、会社が一歩も譲られない点をわれわれが認めたら、会社が誠意を示したことになるわけです。

久我　だから、そういう結びつけがこじつけだと、そうならざるをえないんじゃないですか、話がまとまるためには。

馬奈木　それなら久我さん、あなたはこの病気がチッソによって起こったと思ってるんですか。

久我　それはいま、法廷でも論議されていることでしょう。

馬奈木　この三家族の方々が背負っている病気は、チッソによって起こったとお認めになっているんですか、いないんですか。
久我　認めていますよ。
馬奈木　あなたは死んだ魚が原因じゃないかとおっしゃったように書いてありますがね。去年の七月ごろ、外国人ジャーナリストに対して。スウェーデンで出版された本にそう書いてある。
久我　わたしは会って、顔もおぼえています。それは事実に反します。
馬奈木　厚生省の認定どおりですね。するとあなた、抗議しませんか。名誉毀損になっていますよ、あなたの。死んだ魚を食べて病気になって、それで補償金が貰えるなんてありがたいことと思わんといかん、そういうふうにいったことになってるんですよ。
久我　それはひどいものだと思います。いってません。ハッキリ申します。
荒木ルイ　なんじゃかんじゃといいなさるようであれば、うちの康子ば貰うて下さい。養うて下さい。なんもいりませんです、貰うて下されば。そるばってん、ああたたちの貰いなれば、うまかものも食わせでな、すーぐコトッと死なせらすかもしれません。親としてはそういうわけにもいきませんから、こうしてご相談ばするわけでございます。
築地原シエ　先生、あたしはこう、けんかしに来たんじゃございませんとじゃっで。だいたい魚取りつけておるものじゃけん、網ひくごたる気持ちでおりますけん、声も太かです。地声で。そのへんはどうぞよろしゅうお頼ん申します。
荒木ルイ　ああたちが、そら、二号でも三号にでも寝せておって、食わせてくるれば、それでよかったいなあ。はい、一銭もいりまっせん。ああたたちのよかーごつして下さい。

諫山レイ子　……何年にもなります……夜もろくろく寝てませんとですから……。
築地原シエ　わたしの場合はね、漁業でヘソの緒をば切っとっとですよ。ほかの仕事ばしろというたちゃ、でけんとです。漁業ならばですな、男のするようなこと、いちようにしてきましたよ。生きた魚ばとって、製造ばしようと思えばこそ、暑《ぬく》か季節は暑か季節のように、寒か季節は寒か季節に合うようにやってゆくわけですよ。これはイワシじゃなかよ、銭ぞ、ちゅうて。社長さんじゃろ課長さんじゃろ、来なさらんば、見せに行きますたい。どしこばっかりの（どれほどの）苦しみば受けよるか、どしこばっかりの心配ばしよるか。対々で聞いてもらおうと思えばこそ、実地交渉にもしたですよ。
荒木ルイ　まちっと応援して下さいね。神か仏かというところで、なんとか考えてみて下さい。
築地原シエ　うちの部落の船場さんたちの奇病にならしたときは、そっくり、網も止まりましたですよ。そん時はわたしども、会社側にも行って働いたですよ。会社の中のドブさらえもして漂浪《され》いたですよ。ああたたちのよかごとばっかりして、わたしたちの方をして下さらんばもうわたしたち、義理人情の（会社への）失《う》しつれば、それだけで苦しみよるのに……。もうどげんでもありのままばいわじゃ、ち思いますとですばい。
荒木ルイ　ああたがたの大将んとこに、一カ月でようございます。病人ばやりますけん。病人ばっかりじゃござっせんとよ、きつか目に合うとは。看病人もきつうござすとよ。
久我　皆さんのお気持ちはわたしども、とにかく申し訳ないと思っております。納得できないということだと思いますけれども、やはり、みなさんいろいろいらっしゃいますから、違った扱いをするということがね。

築地原シエ　違ったこと？　違ったことばっかりと！　それはああたたちが話。

荒木幾松　実地交渉というのならば、補償処理委員会の話を、よく納得のいくようにご説明いただけんでしょうか。

久我　この前差し上げました書類にいろいろ書いてございます。

筆者　ああいう文章はおばさんたちはお読みになったことはないし、まずいくらかものを読んだりする人間がご説明申し上げても、わからん、納得いかんとおっしゃるのですよ。そこでこのおばさんたちに、ああなるほど、それはわかるというふうに説明してあげて下さい。

土谷　各人ごとにこの案をなにしていけば、金額がどういうふうになってくるかと。

荒木ルイ　耳が違うございますけん。

土谷　それではご説明いたします。

(会社側、補償処理委員会が厚生省のあっせんで設置されたいきさつとあっせん案の内容を約二十分間説明)

宮沢　築地原さんは漁師としていちばん働き盛りに倒れて、年金十万円なんですけれども、そういう計算があるわけでしょう、はじめの何年間は。

土谷　それにつきましては、いまの段階では、ほかの方と違った扱いはできない。そういう答しかないわけですけれどもね。

楠本　十万円は、いわゆる遺失利益も慰謝料も含んだ、いわゆる法律的な意味の相当な額だということを……。去年認定された四名の方に対しても、そのような取り扱いをした。今度新たに認定された方々に対してもそれ以外の方法はないんだ。それが合理的だとか納得性があるからしてるんじゃない。あの方たち（一任派の人たち）にもそういう処理をしているからやむなくと。何回も申し上げているとおり。

馬奈木　十万円という金額が、この当時の感覚で、生活できたんでしょうかね。

塚本　合理的であるかどうかということでなくて、一つの事実として……。

馬奈木　だから、これで生活できるとお考えになって、会社は改めて荒木さんなり築地原さんなり諫山さんなりにおっしゃってるんですか。

楠本　そういう回答はする必要はない。

築地原シエ　十万円ちゅうたら、一年間で十万円？

宮沢　一年間ですよ。

築地原シエ　はア！　十年前だって、いくら二人だって、ブタの食うもんのごたるものばかり食っとったって一年で十万円で足りますか！

福田　三十九年の十万とか十一万というのは、まあ生活保護基準、憲法違反だといわれたあの基準以下ですよ。

築地原シエ　ああた方は、あたしどもを人間の数に入れとりなはらんとですなあ？　動物と一様、考えとりなはるじゃござっせんか。ブタじゃったち十万円どもは食うとばい。

塚本　その点は何回やりましても、現在その基準でないと考えられない。

築地原シエ　ああたたちは血も涙もなかですな。まったく、あんた方は人間じゃあなかよ。

久我　みなさんそういうことでお願いしたんです。歴史的にたどってきましてね。それで生活できるとかできんとか、その議論、ここでしてもね。
築地原シエ　いま現在も動きもしまっせん。そのころだって、主人ばっかりは働いとらん、わたしも働いとった。漁業ちゅうものは……あんまり人ばバカにせんでくだはりまっせ。
川本　それをハッキリしてもらえば、奥さんもまだ納得のいきますよ。奥さんの働きも含まれるということなら。
宮沢　しかもその年金をもらったら、生活保護が打ち切られるんですよ。ご存じですか、久我さん。水俣で一任派の方々が生活保護を打ち切られているということを。
久我　それは行政上の問題ですから。ここで議論したってしようがない。
馬奈木　この人たち、どうして生きていけばいいと思っていますか。
久我　そんなこと議論して。
築地原シエ　そこまでしてもらわな、わたしの立場がなかとですがな。
塚本　ご不満はあるかもしれませんけれども。
宮沢　ご不満じゃない。生きるか死ぬかの話でしょう。
楠本　生活できるかできないかは別問題。
東平　第三者が双方の主張を聞かれて出された和解案を、われわれは受諾しておるわけで、生きられるか生きられないか、いまいえといわれてもムリなんです。
築地原シエ　うちのがいつ死ぬるか。生きとれば生きとるだけ、わたしゃ仕事はできんとですばい。今まで会社に義理立てて来て、来たがもう、こげんふうなら義理も切れた……。
諫山茂　会社は、前の人に払った一時金に利子をつけて引いたときいていますが。
馬奈木　たとえば三十四年に死亡一時金として三十万もらった人は、いまいくらとして計算なさいました？　差し引いたでしょう。
久我　双方が円満に妥結したわけですよ。いまさらとやかくほじくり出しても、わたしどもそれは詳細説明受けてませんし、お答えできません。
宮沢　しかし四十五年五月の段階で説明受けてないにしても、いまは説明する義務があるわけですよ。この三家族に。
東平　補償処理委員会が明らかにしておれば隠したりせんわけですけれども、一応煮つまって最後はお任せして、われわれで自主的にあれできなかったんだから。
馬奈木　会社が取る金は……ちゃんといまの金は高くなっている。患者に払う金はちっとも高くならん。これはちょっとおかしいと思わんですか。
塚本　おかしいかもしれませんがね、一応それで……。
川本　理由を明示する必要もないということですか、具体的な根拠を。
塚本　わからない部分が多いんですよね、あっせん案の内容について。
川本　あんたたち自身の案になっとるわけでしょう、補償処理委員会の案じゃなくて。だったら当然説明できるはずじゃないですか。あんたはこの前、補償処理委員会の案にも、これは今後の認定患者に適用するものにあらずと書いてあると、はっきり認めたでしょう。

東平　和解で結末になったものには、よくそんなものがあるんじゃないかと思うんですが。
馬奈木　根拠もお示しにならずに、これは一歩も譲れないというのでは、交渉とはいえんと思うんですよ。
東平　たとえば一方が百万だ、一方が三百万だ、第三者が入られて百五十万だということでまあまとまったといいますか……その結果で根拠を強いられてもですね。それは第三者がそうしてしまわれたんだから……。

テープここで切れる。このあと、どうしても社長に会いたいという患者側と会社側との激しいやりとりがつづき、席を立つチッソ幹部の服におばさんたちが取りすがる一幕もあった。結局、次回の交渉の日取りを決めることもできない状態で交渉は打ち切られた。前三回の交渉を経て、七月三日のこの交渉は患者家族を立腹させ、七月五日には、この三家族も訴訟を起こすことを表明するに至った。

一九七一年十一月一日
いよいよ新認定患者（以後川本派、ないし、自主交渉派とよばれる）グループ十八世帯、チッソ水俣工場正門前（鹿児島本線水俣駅前）座りこみ。
事前に、川本さんをまじえ、前途茫漠たるたたかいの予感を持ちあいながら、最低限の打合せ会議を熊本市内で持つ。その会議場から、雨露をしのぐためのテントを、チッソ第一組合の有志に借り入れの打診をしてみる。現地水俣の市民会議の意向打診も。

どこまで、どのように、自主交渉派に市民会議はつきあえるのか。自主交渉派は、これまでの患者層からいっきょに突出し、たとえば、支援グループの市民会議のオルグ意識や秩序保持意識、保護者意識をも突き抜け、はみ出す存在であるため、座りこみ突入は、まったくこれまでの患者たちのたたかいから質的転化を遂げる劇的な一瞬になる。その最初の杭打ちであるため、確認をとる必要があった。市民会議困惑の気配。しかし表立って反対はしない。起こりつつある事態への認識の問題だからいたしかたもない。

川本輝夫をはじめとするこの尖鋭なグループと行動を共にすることに、市民会議は違和があった。地域社会で必要以上に孤立するからである。そこまでつきあうとなれば、訴訟派の判決を目標に全力を注いで来た市民会議の力に余る事態が充分に予測された。

集団の持つ体質、そこでの労組役員の体質、オルグ意識ばかりが先にはたらくにんげんたちの体質、運動をくすねることばかりする政治セクトの体質も絡みあっている。このことは容易に腑分けできない。それをも含めて地域共同体というものであった。

このような体質をひきずってゆくことは、おそらく、運動などというものが必然的に持つ宿業でもあり、病患でもあるにちがいない。常に自己克己の試みがなされるにかかわらずこのようなことにかかわるものはつねに、一種の近親憎悪や、たえまない自己嫌悪からのがれ去ることはできないのである。終わらざる病いを――それはたてまえの水俣病をかかえているといういみでの痛苦と二重になっている――抱くことなしには、生きていることは出来ない。たぶんそれは集団が内包してゆく原罪でもあるのだろう。

集団を組むものは、たえずそのような嘔吐感に身をよじらして、奥歯の脇に湧いてくる苦《にが》みをのみ下すように顔をうつむけるときが、自他共に続く。水俣にかかわる以前に、すでに病者でもある個々人の集まるところであれば、たぶんそれは集団の生理ともいうべきものでもあったろう。そのような生理が逆にまた、集団を死なせずにもいるのだった。

市民会議の個々人も、飛びこまれた蛙が咽喉につっかえたままのような面持ちではあったが、テントの設営にはまず、協力してくれるであろう。チッソの第一組合も、三十四年暮れの患者互助会の座りこみのときのようには、もう、よもや、たてまえからだけでもテントを返せなどとはいわないにちがいない。

ひとまず雨露はしのげることになるもようだった。十八世帯全員が、〈要求貫徹〉まで行動を共にしうるのか、はなはだ心もとない。あきらかにこの前途の見えぬ座りこみは、各患者家庭の崩壊度からみて、拡散する条件を持っている。その条件とはなによりもまず、水俣病の歴史の個々人におよぼして来た物理的な意味での崩壊そのものである。いつものチッソのやり方の〝見せ金〟をしてみせれば、日夜通って病いを見つけ出し、そこから手をとって連れ出し、申請の手続き、医者や水俣病審査会へゆく手続き等をしてくれた川本さんにはすまないけれどと、おじぎをして、チッソがすすめる中公審路線へ別れ去るひとびとが出てくるにちがいない。自主交渉派自身も、あの永遠の分裂の萌芽をはなから抱いていた。それに、なんとこのグループに属したものたちへ水俣市民たちはかしゃくなく、残虐きわまることか。

「熊本・水俣病を告発する会」、こういえば、わたくしたちの本田啓吉先生は、――告発する会というのは、熊本が最初つくったんだから、ことさら、熊本・告発する会といわなくともよかと、わしゃおもうけどなあ――とおっしゃる。しかし告発する会というのが、こうも全国都道府県に、二十前後も出来あがってしまっては、やっぱり熊本・告発、といわねばまぎらわしくなって来た。政治セクトではないから他愛ないことだけれど、それは旗じるし、あるいは、操というべきかも知れなかった。非常に古典的ないさぎよさを、熊本組は自分たちの身上としていた。神風連の林桜園《はやしおうえん》先生のような神秘的な怪人物は見あたらないが、誇り高く優雅な男たちだった。

その熊本・告発は会議の結果、自主交渉派の座りこみが刻々と近づく気配を見越し、先んじて、これを援護支持する直接行動に出た。水俣まで出かけて工場長に面会を求め、遮断された門と塀を乗り越え、どこがいつ爆発するかわからないこの有機合成化学工場の中に座りこんだのである。チッソ工場側も、逸早くこれを察知していて、この時、あたかも暴漢にでも襲われた処女のごとく、ときならぬサイレンをオーバーに吹き鳴らして全市に知らしめた。サイレンを鳴らすことは、三十四年暮れの不知火海沿岸漁民四千人の工場なぐりこみ暴動のときにすらやらなかったのである。

時刻を見はからっていたわたくしは、これは騒動になってしまったかと、やや不吉なおもいをしてかけつけた。不知火海沿岸漁民暴動のときは、りっすいの余地もなく工場をとり囲んで、付近の民家の屋根の上や樹の上に鈴なりになって、付近のひとびとが千人あまりも見物に押し寄せたが、見物人のひとりも見当らなかった。打合わせ時間におくれた呑気《のんき》者の若者が四、五人、はにかみ笑いを漂わせて首をかしげ、門のうちをさしのぞいている。正門前広場になる三号線大通りに、機動隊（県警？）のトラック一台が、内部のもようを観察している風情であった。サイレンを鳴らしたのは、工場内の非常呼集かもしれなかった。

座りこみテントは出来あがってみると、気の早いところから〝陣中御見舞〟なる焼酎びんやら菓子折がとどき、一種の照れ臭さのようなものが、テントに入った川本さんらの表情に浮かんでいた。石油ストーブを持ちこみ、やかんを持ちこみ、気がついて湯のみとお盆を持ちこみ、お茶菓子を持ちこむ、という具合である。座ってみたがすぐに手持無沙汰になり、すぐそばの水俣駅に新聞を買いにゆき、あくる日は座りこみの記事が出ているのでスクラップブックを買って来て、駅の近くの患家にハサミを借りにゆき切抜き帳をつくりだす。このような走り使いのときに、学生たちが役に立つ。患家の小母さんたちも、学生たちにはものがいいやすいと見えて、「ちょっと、そこの頭の毛の長か兄《あん》ちゃん、すまんばってん、ちょっとタバコば買うて来てくれんかい」というふうにいう。

切抜き帳がどんどんたまり、テントの茣蓙《ござ》の上の川本さんが、ちょろちょろと紙きれにビラの原稿を書く。〝陣中見舞〟にもらった菓子箱がビラ書き用の文房具入れになり、スクラップブックもたまって、棚もつくらねばということになる。すると、様子を見にくる第一組合員たちの中に、そういうことにかけては得手なものがいて、よし来たと、板ぎれやらノコギリをそこいらあたりから見つけ出して来て、ごしごしとやり出す。するとこういうときに必ず連れ立ってくる〝見物人〟が、横から腕組みをしながら、とみこうみしつついう。

「ほう、こういう男は、日曜でも、わが家の母ちゃんにいわれたちゃ、二日酔いで頭が痛かの腹下すのちゅうて、いっちょもせん男じゃが。母ちゃんの留守にパチンコにども、するりと脱け出す組じゃがねえ。気分の変わったところに来れば、こうもうって変わって、隠れた才能を発揮するかのう」

などというのだ。隠れた才能の持ち主たちは、見物人たちに冷やかされて汗を拭き拭き、「さて次の仕事は！」と勢いがよい。

みんな、正門の守衛たちや、そこらあたりに出没して心配そうな顔をしている総務部長の「トンペイさん」を意識しているのである。患者家族たちにとって、気持ちを踏み出したつもりの座りこみでも、会社正門にとってつけたようなテント小屋が、しんそこ、座り具合のよかろうはずはない。とくに年をとった爺さまたちや婆さまたちにとっては。当然のことながら人目に立ちすぎ、座っている当人が、相手の会社よりは何倍も居心地悪いことこの上もなかった。

岬と岬の間にかこわれたちいさな浦の中に生き、さざ波が行ったり来たりする海の香につつまれて、のんびりと舟をあやつり浮かべて年をとって来た人間たちにとって、会社という建物、有機合成化学工場という恐ろしげな建物全体はいうにおよばず、組長と班長、係長と課長、課長と部長、というように、階級の表示をつけられた人間たちが出這入りしていて、村落共同体とは異なる質の人間で編成されているらしい世界の入口にいることは居心地が悪い。目前にある門とか、門衛とかをしげしげと眺めて、最初はもの珍らしかったがすぐに飽きが来た。なぜか情が移らなかった。テントの布やらベニヤ板やらでわずかに身を囲うとはいえ、ほとんど板切れ一枚、莫蓙一枚の地面の上である。同じ板で仕切られるにしても板子一枚波の下というものは、何とやわらかい律動を持っていることか。座りこみの第一日、第二日、というふうに、区切られてゆく目盛りの中の暮らしは、しんそこからは身につかぬ。

ねむっているときとなく、醒めているときとなく、ひたひたと満ちたり干いたりする潮の無限さにくらべると、一日というものが鉋《かんな》くずのように削られて足元に溜った。時間とやらの痕跡がそこにかすかにあるような気はしても、海があってお日さまがあって、朝と日暮れがきのうのように来て、一日の漁に区切りがあったとしても、海の時間には区切りはなかった。ひとびとの実感をいえば、このようなところに座りこむ仕儀となるその第一日からしてまず、情なさが先に立った。座りこみなどというものは、暮らしがそこにうつってくる、というしろものではなかった。これは娑婆という所から切断されて、ほうりやられた暮らし、いや暮らしではなく、道ばたにほうり出され、「要らん物」にされた生存である。婆さまたちのみならず、

「ああ、こういうことになってしもうて。こりゃみんな、思えば、会社がさせた」

とそこにいる人びとはおもう。考えてみると、それは自分らが、選びとったことではなかった。

三日後に、地所の持ち主が、困るから立退いてくれまいかと、どこやら気の毒そうに、紙切れにインカンをついたものをさし出しに来た。テントの中のひとびとは、「ああ、それでトンペイさんが、出たりはいったりしていたのだな」とおもう。しかし、インカンのつかれた紙を見せられてはちょっと考えるのだ。持って来た人は悪いひとではなさそうだし、チッソの土地の内だとばかりおもっていたので、それがチッソの下請会社のものだと教えられてはなんとも気の毒であった。両方から、幾度もおじぎのやりとりをしたあげく、

「はあ、こりゃ、困りましたなあ。済みまっせんどうも。ほんとは、こういうことなら会社の門の中に座りこめば、そばのひとたちにご迷惑かけずにすみましたろうばってん、会社の中には入れてくれならんもんで……。あの、何べんでも、交渉にもあの、話ばつけにですね。早う、かたばつけてもらおとおもうて、行きますとですばってん、盗人犬でも来たごつ追い払われますもんで。なかなか、門の中に小屋建てるちゅうこた、やっぱりむずかしゅうして、お宅の地《じだ》ちゅうことは、いっちょも知らんもんですけん……。それであの、ご相談ですばってん、いっちょお宅からもあの、チッソさんにですね、早よ、片つけてくれるごと、話ばですね、相談してみては下さいまっせんでしょうか、どうぞ、お願いですばってん。お宅

も困んなはるでしょうばってん、わたしどももあの、こうして、こういうところに来とれば、じつは困るわけですもんなあ。もう、仕事もいっちょもでけまっせんし。正月もなあ、目の前に来とりまして、困ったもんですばい、ほんと。ましばらくですね、会社が、よか返事ばしてくれますまで、わたしたちも努力しますで、ましばらく、宿貸して下はりまっせんか。会社が返事さえしてくるれば、もうわたしたちも、こげんところには、いっときも居ろうごとはなかですけん、もうすぐ、返事さえもらえればすぐ、引き払いますけん、まこてすみませんがどうぞあの、なるだけ早よ……」

川本さんと佐藤さんと、テントの地所の使いとのやりとりをきいていた小母さんたちや婆さまたちは、胸のうちでいろいろに恐縮しながら、二人が頭を下げるといっせいに、

「どうぞ、おねがいいたします」

と、これ以上はない丁重なおじぎをするのである。そして、

「こういうところで、座ぶとんもさしあげられずに」

なぞと口のうちでうらめしそうに呟き、

「あ、お菓子！　見舞にもろうたお菓子があった！」

とおもいつき、急にいそいそとなる。そしてチッソの下請の使いのお客さまに、

「どうぞどうぞお菓子なりと」

そういいながら中腰になって、菓子折りから箸ではさんでさしいだす。

人のよさそうな地所の使者はどこか上の空な風で、頭を下げ、後すべりにすべるようにして帰ってしまった。

「あら、帰んなはった」

彼女らはそういう瞬間、しん、とさびしくなるのだ。

「こらぁまちっと、お客さまが来てくだはるのに、きちんとせねばならんのじゃなかろうか」

思えばこのような小屋では、一家を構えているという気分でもなし、学生さんや支援の人たちが大切にしてくれるから、自分たちがお客さまでもあるような、しかし、丸々お客さまでないことは明らかである。けれどもだんだん、形だけでも家の格好をしたものの中に、女というものが座っていれば、（たとえ、半病人であろうと）客が来れば、女あるじというものになり、きちんとせねばならぬ。ましてや、学生たちというものは世間のことに暗いから、見ていればいろいろと、気のつかぬことがあるようだし。彼女らはテントに通ってくるにしたがい、段々とそのような気分になって来たようだった。

「玄関というものがあればよかねえ」

と。

だれだって他家を訪れるとき、ごめん下さい、といって戸を開けるのだ。はいどうぞとこちらもいうとき、それらしき戸というか、しるしだけの玄関というものがあった方が、格好がつく。蔀戸《しとみど》ならまだしも、ビニールを垂れ下げたのをたくしあげるごとき格好では、芝居小屋にしても落ちたものではある。

男たちはそこでまた一夜、〝深夜作業〟をテントのうちでやりはじめ、ごめん下さいといって開けられるような入口に、敷居のレールをとりつけ、たてつけは悪いけれども戸らしきものをつくりあげ、おまけに、くつ脱ぎまでつくってしまった。よくみるとそれは、道路の溝などつくるときのセメントを固めるのに使うパネルによく似ていた。

そんなぐあいにして彼女らは、巣作り本能を発揮して、この小屋をととのえたがった。新聞記者やどこかの名士や「お客さま」はどんどんふえて、あとでは水俣市長やら、とうとう嶋田社長まで来た。三池の主婦たちがどっと見舞に来て、「よその、公害をやっているひと」や、意外にも二、三人の市民が、深夜、毛布をさし入れに持ってきてくれるにおよんだ。彼女らは折り目正しく送りむかえしていたが、それでもしょっちゅうなんだか欲求不満にかかっているようでもあった。

たぶん彼女らは、段々畠の作小屋や、海べの網小屋に寄せるたぐいの親愛を、この小屋にも寄せはじめているのにちがいなかった。そうしないと小屋というものに対して義理がわるいのだった。

十一月二日、六日、と、こちらのビラに反応して市民のビラが出始めた。脅迫状がテントのみならず患者の自宅にも舞い込んだ。今まで口コミでいわれていたことが、はじめてはっきり文字にあらわれる。

十一月九日

「患者さん、会社を粉砕して水俣に何が残る、と言うのですか！」

というビラが出た。それは新聞折込みにして水俣全市に配られた。市民有志一同という十五名の連名で「明日の私達の生活をだれが保障してくれるとでも言うのか」という副タイトルがついている。患者たちに対するむき出しの憎悪というよりは殺意に近かった。あらためて文字にされてみると気がめいる。ビラにされてゆく背後のからくりや手続きや、手順や息づかいまで伝わってくる文面である。このようなビラにくらべて、運動などの、なんと無邪気でヒューマニズムきれいごとであることか。私たちのいう倫理やら論理などというものが、なんと庶民の生活感情には、紙の上に浮いているただの文字にすぎないことか。

わたしたちはこの一枚のビラが吐き出して見せた倫理抜きの憎悪や殺意に対して、行為もことばもまだ持つことができない。自分の中の嘔吐感を処理することも。このようなビラが出てくる具体的な下敷きはすでにチッソ第二労組の機関紙『しんろう』から出されていた。

〝明かるい水俣市づくりのため脱水俣病を真剣に考えよう〟


「どこから来たの」

「熊本県、水俣です」

「へー水俣病の水俣からネ」。頭の上から爪先までジロジロ「イヤーナ感じ」、修学旅行帰りの子供達の話は、私達市民には笑って済ませられるものではありません。

お気の毒な患者とその家族の方達の今後のしあわせを、どの様にして差上げるか――が目標である筈。ところが昨今のそれは患者を離れて政治団体の道具になっているのは、心ある市民のヒンシュクを買うばかりか、患者の方達も、内心唖然としているのでは、ないだろうか。仮りに十五年先に裁判の結論が出て、一任派の方達同様の補償金が出た時、その金は一体誰が使うのだろうか。その期間中患者のレッテルをはり、水俣の地名を全国に知らせて歩かなければならないが、水俣一市民として、内心は心苦しく思われるのではないだろうか、裁判の結果が出たとして、どちらが勝った、負けただけで、患者のお気持ちは済むものだろうか、金銭の問題だけで済むものとは考えられません。

今日迄、水俣病解決のため非常に多くの人々が努力されているが、あまりにも過去の問題だけをとり上げ憎しみをかきたてる事にのみとらわれ過ぎているのではないでしょうか。

衆生済度を説く仏も怨念の黒旗に仏衣を着用した姿には泣いておられるであろう。この様な演出で患者が救われるのか。もっと実あることをして差し上げるべきではないか。

この問題は患者さん一個人のものでは決してない。

広く全水俣市民の問題として、患者さん達に明るい日々を送って戴《いただ》けるよう、まず公害病に対する国の医療機関設置、充実を強く要望すべきであろう、と同時に、患者さんに対する授産設備の充実を徹底すべきであろう。

暴風雨等の災害には何億もの金を出す政府が公害にソッポを向く態度はなんとした事か。水俣病は患者一人の問題ではない。

水俣市民全員が受けた公害被害である。国は水俣市に対して救援の手を差しのべよ。

チッソ粉砕を電柱にはりつけた輩《やから》よ、ここは私達水俣市民の町だ。

チッソを粉砕して患者を投出し、患者さんをこの上苦しめるつもりか。

『しんろう』(九月三〇日)

現地水俣の工場正門前テントは、水俣市にとっていろいろな意味で、ぐあいのわるいものをぞろぞろくっつけていた。

全市的「花いっぱい運動」をやって、水俣病の暗いイメージを美的に回復させたいとおもっている地域婦人会や、それの推奨者である市当局からいえば、水俣市の玄関口であるところの水俣駅、いや、チッソ工場玄関口の水俣駅前に座りこみテントがあるということは、観光客に対して、はなはだ見苦しいことだった。

水俣病患者たち、つまり茂道や湯堂あたりの漁師気質というものは、もともと磯つきの流れ者なので、水俣病になるそもそも前から、ガラが悪いのではないかと、市の上品好みの婦人会幹部たちはひんしゅくしていた。上品好みといえば、ここの町も、いろいろな流派のお花やお茶や短歌や詩をつくったりしている文化的階級もあるのだけれど、その上にさらに象徴的なハイソサエティといえば、会社幹部たちの住む一画「陣内社宅の奥さま方」だったし、そのひとたちのハイソサエティぶりといえば、町の上層階級にさえ生理的嫌悪と侮蔑をあらわにして、けっして、土着の文化層などには交わることがないのである。

このような、「上々《うえうえ》の衆」や「よか奥さん方」はまるまる水俣病に無関心なわけではなく、三十四年頃から共同募金や年末助け合いには、分に応じた金額を患者たちに贈ったりして公徳心を満足させていた。地域の連合婦人会などは、各地の婦人会総会のなかで水俣病のことをきかれたとき、義務をつとめていることを報告していた。けれども、裁判闘争や、こんどのような座りこみなどが出てくると、まず、自分たちの立場というものが、たちどころにぐあいが悪くなったのである。とくに公的な機関のたとえば教育委員会などにつながっていて、名のある人たちにしてみれば。

最初このような階層のひとびとは、

「水俣病は終った。自分たちも応分の助け合い運動の金品も贈った。患者たちから感謝してもらいたいくらいです。それなのに、騒ぎの好きな人間がよそから来たり、それにたきつけられたりした一部の患者が騒ぎ立て陰謀を企み、寝た子を起こすように、まだ水俣病が続いているかの如くいい立て、水俣市のイメージを暗くしている。会社ゆきさんならお嫁にあげますといっていた昔の水俣に帰りましょう」と公言していたのだったから。

だからこうもぞろぞろと患者が出てくる予感を孕んでテントをかまえられたりしては、第一、「水俣市を美しく！」しようと思っている上々の衆の愛郷心を傷つけるに充分だったのである。

上々の人間たちにとって、患者たちの出現はにがにがしく、迷惑この上もなかった。上々の衆というものは、このような社会的問題になってくると、まず世間さまにものをいわされるはめになるのである。患者たちよりも、気分がわるいことになったのは自分たちの方ではないか。

患者たちが起こした騒ぎのとばっちりに、自分たちまでひきあいに出されるとは！　年末助け合いまでやったのに！　あげくの果は悪者のようにさえ、いわれかねない勢いになって来て、社会的地位がおびやかされることこの上もない。

（水俣の、しかるべき地位にいる人間は一体、なにをしているか、これほどの騒ぎになったのによそにゆくと、何にも知らない正義派人間たちは、必ず無責任にそういう目つきで見るのである。水俣病はどうなっていますかと。なんと、そのようなとき社会的プライドを傷つけられ、情ないおもいをすることか。だから、観光客の目につくところ、水俣市の玄関口や目抜通りに、四季おりおりの花壇などを作り、ダウンしたイメージをアップさせなければならない……。

どのような動機といえども、ある種の真面目さと真剣さを伴わぬものはない。花いっぱい運動などが、板ぎれに「要求貫徹」などベタベタ書いたものを立てまわした座りこみテントや、水俣病裁判や黒い怨旗にひんしゅくしながら、一心不乱に進行したのもむりはなかった。

町の玄関口のアンバランスも、こうしていやがうえにも進行したが、そこはもう力関係というものである。東京のテントが全国の耳目をひくようになると、川土手や空地やに咲きあふれ出した花々や、駅前に急きょ建てられた観光客呼びこみのための、商工会議所のトーテムポールやに囲繞《いにょう》され、水俣現地の座りこみテントは、それらと相乗的な風景を作り出していた。

どのような丘の上や海辺の小屋でも人間がつくるものであれば、最初から、来たるべき風化を、板の木目《もくめ》や戸の隙間に抱いていることはまぬがれがたい。ましてや水俣病患者たちの意志で(生き残ったものたちの意志で)それが営まれるのであれば、癒やすことのできない侘びしさをはじめから抱いていた。そのようなものを選りに選って、チッソ水俣工場の正門前などに立てねばならぬとは。

やわらかな風の湧いてくるちいさな谷間や、磯の辺にそれがあったならば、つるりと皮をむいただけの樹の柱の肌というものは、むしろ風雨によくなじみ、ひとたびは大地から切りとられた樹といえども、切られたあとの樹の命というものが生まれるものだった。風は、空からも地の中からも湧いて来て、樹たちを愛撫した。潮の匂いや空の青さや、そよいでいる風草の中に、いつも樹たちはあらわれていた。そのような樹や風のみちびくやわらかな景色の中に、本来、小屋などというものはなければならなかった。そこでひとびとは、自分のものになっている歳月と共に暮らす。だから、死もまた、自分のものになってゆっくりと、平穏にやってくる。ひとびとは、やさしくなっておだやかに、おむかえの来るのを待っていたものだった。充分に年をとった老人たちが、丘の上の作小屋や、磯の岩蔭に座って首をかしげ、膝の上に、完成された芸術のように掌を組んで、来たるべきおむかえの気配に耳をすましている景色というものは、しばしば感動的なものだった。それはたいてい、松風の音や、魚たちがつくる波の色やその上に浮かぶ椿の花かげや、土の香や秋の光芒とともにあった。

年とった者たちが、若いものたちの居場所から少しはなれて、そのようにして待っているのは「おむかえ」だけではない。いのちの終りに近く、一生のうちに出逢ったものたち、子どもや孫たちや、自分の親や祖父母や友人たちや、つまり自分の命につながるものたちはもちろん、家畜たちや、手塩にかけ哀憐をかけたものたちとの、より深い再会を、おむかえを待っている間に味わっているのである。つまり、この世との名ごりを、そのようにして惜しんでいるのだった。

深い慈光に和んだ年寄りたちのそのようなまなざしに、首をかしげ、ときどきひとみを合わせて寄り添うのは、忙しい親たちからはなれて、ひとり遊びをしている孫たちだった。まだ稚くてこれから育つものたちと、おむかえを待っているものとが、こわれた舟のかげや、丘の上の椿の下の、たびかずらに巻かれた大きな平たい岩の上にならんで乗っている姿があれば、畠や海の上で働くものたちは、風向きや雲行きを見るのと同じようにその景色を眺め、一日の仕事の区切りをつける。舟の上からはるかな丘をみやり、

「じいちゃんの風邪ひかすけん、早よ、もどろ」

などと云うのである。人と人との間柄は、そのようにして切れることなく続いていた。孫であったものたちも、やがて年寄りになる。そしておむかえの時期が来る。稚いときにたびたび振り仰ぎ、のぞきみた、なつかしい村の年寄りたちのまなざしを自分がその年になって、ゆっくりと自然に思い出す。あの年寄りたちと自分はまるで生まれ替わりではなかったかとなつかしく思い出す。してみると、畠のぐるりの繁みや、渚をころがりまわっている部落の稚いものたちは、死んでゆく自分の生まれ替わりではあるまいかと。

この世は順々送りじゃねえと自得する。たぶんもう、もの心ついたときそれは自得したことだった。自分は誰の生まれ替わりだろう……。年とった彼や彼女たちは、人生の終わりに、たしかに、もっとも深くなにかに到達する。たぶんそれは、自他への無限のいつくしみである。生と死とは、そのようにして、ここらの部落では、平等だった。

凡庸で、名もない、ふつうのひとびとの魂が、そのようなところへ到達する。哲学も語らず文学や宗教も語らず、政治も語らず、道徳などというものも語ったことのないひとびとが、何でもなく、この世でいちばんやさしいものになって死ぬ。自分がそのようにやさしいものになったことも知らないで死ぬ。ただただ、つきせぬ名ごりをこの世に残して。それこそが、このような村の魂というものだったにちがいない。ながい間、そのような集落だったのだ。ここらあたりの海辺というものは。なんとやさしい村だったことか。

——西ニケンカヤソショウガアレバツマラナイカラヤメロトイイ——というけれど、ソショウなどはめったになく、酒を呑んでのケンカがあれば、部落の賑いのしるしでさえあった。ひとびとはどんなに生き生きとそのようなことをたのしみ、孫の代まで話のタネに語り伝えていたことであったろう。

ながい間、原始採集漁民などといわれるもっと前から、ここらあたりの海辺の村とは、たぶんそういう村であったのだ。そのような村のひとびとはまだ生き残り、とんでもないことに、チッソ工場前に、テントなど構えることになってしまったのである。たぶんまだ、ひとびとには、わけがわからないところがある。なぜテントにゆくようになったのか。なぜ自主交渉派、と呼ばれるようになったのか。なぜ、自分たちが水俣市民の敵なのか。

テント小屋のまわりには、村の魂が祭祀している世界、海も丘も風もまろやかな歳月の中に融和する世界はなかった。いつも閉まっている尖りのある鉄の門扉は、テントにむかって、内側から補強されつつあった。そのむこうの金属製の、妖しい銀色をしたひどく人工的な、球型や円筒型の建物群に、朝夕、従業員らが吸いこまれたり吐き出されたりしていた。そのような従業員らの体熱となったような青いガス状の瘴《しょう》気《き》が地を這ってうすくたちこめることがある。球型の建物群は、おそろしく舌を噛みそうな、オキシクロリネーション法塩ビ工場という代物で、塩素ガスという物を吐き出すという話が、従業員や、農作物の被害を受けるふきんの丘の耕作者から語られていた。有機水銀をはじめ、マンガン、セレン、タリウム、無機水銀、硝酸、酢酸、濃硫酸、砒素、ＰＣＢ、などなど、化学の力の字も、暮らしの中に必要でなかったひとびとには、よくもまあああるものだとおもう化学毒を生産する工場集落は、気味悪いばかりである。本来そのようなものとは無縁であったので、吹っ切れることなく溜るばかりの不安を、あの奇病発生当時から抱いたまま、テントはそこに出来上っていた。

そのように味気ない環境ゆえに、小母さんたちは何とかして、せめて生活者の心をテント小屋に持ちこもうとしていた。それは彼女たちの律義さから出ていた。村に帰ったときのあの、暮らしの主宰者としてのかいがいしい本能から、闘いのためというよりも、半ば公役《くやく》をつとめに彼女たちはテントに来て、共同体の結《ゆい》のとおりにはたらこうとするのだった。

漁が忙しかったり、家に置いた病人が重態になったときなどは、当然公役を休まねばならず、休めば他の公役の衆に申し訳が立たなくなるのである。皆がそのことを強要するわけではないのに、しばらく来れぬと、

「敷居の高うなって」

と心のうちに呟き、おろおろとなる。自主交渉のたたかいというものは、このような村落共同体の質を内部に抱いていた。そしてその集団の質は当然ながら訴訟派患者たちと、いとこ、はとこの血縁関係になるのであった。

たたかう主体の前衛部分と後衛部分とには、情況の進展と激化に伴い、度々さけがたい亀裂が生じた。義理と人情の板ばさみである。両者の苦悶はほぼ等しい深さで進行する。リーダー部分をプラスの負荷を荷うものとすれば、後衛を守るひとびとはマイナスの負荷を荷いあう。けれどもそれは、逆転せねばならないのではあるまいか。前衛こそは、マイナスの負荷を、後衛は、プラスの負荷を。ああ、しかしわたくしとしたことが、前衛だの後衛だのと、なんと粗末なものから借りていうものか。

髪の元結がぷっつりと切れたように項《うなじ》を垂れた人びとがいた。水俣市民に責められ、上々の衆からいたぶられ、村の旦那衆から「身のためをおもえ」といわれ、網の親方から重い口調でひとこと「親代々からの恩は着せんが」といわれると、どんなにこたえることか。東京のチッソ本社に行ったばかりに、市長出席の漁業組合大会から除名をいい渡され、「飯茶碗をたたきおとされ」て、

「お世話になった支援者の皆さんに、申訳なか」

と、身を揉みしだきながら、自主交渉派から「落とされて」行ったひとびとがいたのである。どうして、「脱落した」などといわれようか。

現実は常に止めようもなく進行し、拡散する。水俣病の病像も事件そのものも、運動そのものも。

折り重なる死屍《しし》の中から這い出して来た運動であれば、振り返ってみても瞑目しても、このような事件

史にかかわったが最後、死臭の中に住むことになる。

「くされて、きゃあくされて、死んだばい」

と身内を看とった小母さんたちはいう。わが身も患者に認定されながら。有機水銀中毒そのものでは直接腐らないが、床ずれや、痙攣や、五体かなわぬ身体にされて一寸先で突っころび、その傷口がいえぬまにまた転び、傷口が腐敗するに至るのである。水俣病になれば満身創痍《まんしんそうい》となって、「きゃあくさる」というのだ。わたくしの神経はどこまで、くされたか。虚名によって、わたしもたぶんくさり出す。たぶんそれでわたしの神経もずいぶんボロになった。そのぼろくずのひとつひとつが夜中になると、「犬吠え様のおめき声」を出す。

彼、川本輝夫もまた、肉身の水俣病よりも、二次的徴候としての、くさるという病状に、たぶん身を任せているにちがいない。彼の全身に青黒い噴炎のようなものが漂うとき、わたくしは自他ともに荷う「きゃくされ病」というものの数々をおもう。

そうでもなければ川本輝夫が、のちに東京本社の檻《おり》の間に、われとわが身を挟んだまま社員たちにしめつけられて、八時間も仁王立ちに立ちとおすなどということをやらかしてしまう筈はない。目には見えない運動の法則が、いくつもの要素をひきずりながら徐々にひとつの結節点をむすぶときがある。

さきの十一月九日付、チッソ新労《しんろう》（第二組合）のビラが出された同じ日、熊本告発する会では、左のようなよびかけをして、ただちにみずから行動した。

すべての力を水俣へ、

捨身の反撃に出た患者を孤立させるな

一八家族工場前で坐りこみに突入

川本輝夫さんをはじめとする新認定患者一八家族は一一月一日、チッソと第三回の会談を行なったがチッソは依然として補償のための話し合いに入ることを拒否、中央公害審査会の調停依頼を固執したため交渉は決裂、一八家族はただちに同日夕刻より工場正門前で坐りこみに入った。坐りこみは別図の場所で行なわれ当初は全患者家族が参加した。(ただし一家族は三日より参加) 川本さんは坐りこみと同時にハンストに入った。翌三日朝、その前に坐りこみのテントが張られているチッソ興産と西南産業から駐車不能を名目として退去申入れが行なわれたが、患者側は無視、同日午後医師の診断によって川本さんはハンストを中止、患者も血圧上昇、不整脈などが見られたので川本さんを除いて全員一応帰宅。川本さんと患者家族によって坐りこみが続行された。チッソは二日より正門の防備工事をはじめ、鉄条網をはりめぐらし、門両翼にブロック塀を構築した。二日夜工事は一応完成、坐りこみにつきそっている青年たちは祝大鉄条網完工のヒヤカシの花輪を作って正門前に押したてた。三日の夕刻坐りこみ家族は合議のうえ、これまでの全員坐りこみの形態を変更、輪番制をとって坐りこみを維持することをきめた。その夜は応援メンバーを加えて大スキヤキパーティが行なわれた。(チッソ門前での一種の野宴である・筆者) 六日現在、患者家族はかなり疲労しているが、チッソより責任ある回答があるまで坐りこみを維持する決意をもっている。工場正門はものものしく閉鎖され、車の進入もほとんど日に数回しか行なわれていない。

坐りこみに至る経過とその反響

一〇月六日の一八家族認定のあと、チッソはいちはやく中央公害審査会(のちに公害等調整委員会となる)に調停を依頼する意志を明らかにした。これに対して患者はあくまで直接交渉による補償をのぞみ、一一日、二二日の二回にわたってチッソ側と会談したが、チッソ側は態度を変えず、この間チッソと癒着する有力者層は市民有志と名乗って「要望書」なるものを作りあげ署名運動を始めた。この要望書は水俣病紛争が市民生活に不安を与えているとしてその解決をうたったものであるが、その解決策とは全くチッソの意向を代弁し、患者を孤立させようとするものにほかならない。すなわち三四年当時とまったくおなじ患者封じこめの策動がより大がかりに開始されたのである。告発する会はこの事態に際して患者の直接交渉の方向を全力をあげて支援する決意をかため、一〇月二五日チッソ工場に実力で進入、事務所正面を占拠し、四時間のすわりこみを行なってチッソ側にゆさぶりを与えた。(この四時間坐りこみは生理現象の限界ぎりぎりまでで腰くだけとなった。ことにおもむくには前夜から茶水をのむな、と作戦本部は後日なげいた・筆者)。この行動は一部で暴力云々と非難されたが、われわれとしては今日の局面をそれだけ重要で切迫したものと考えこの行動に踏み切ったのである。この行動前後より水俣市は一種のビラ合戦の戦場と化し、二八日と三〇日には川本さんら一八家族の「要望書」発起人に対する公開質問状が連続して出され、またチッソ側に立つ市民有志なる怪文書も出た。水俣市は一種騒然たる空気に包まれたのである。しかし患者封じこめの策動の活溌化はかえって一八家族の意志を結束させ、一一月一日の第三回会談で患者側は、一律三〇〇〇万円の補償を即座に払え、症状・年齢での差別は許さないという画期的な要求をチッソにつきつけた。久我総務部長はこれに対し、補償の基準がわからぬ以上一〇万たりとも払われぬ、中央公害審査委にもちだすと回答、会談はここに決裂、患者は即座に坐りこみに入ったのである。この坐りこみは市民会議も告発する会も直前になって知らされたのであって、一切患者自身の発議と決意によるものであった。坐りこみ開始後、チッソ側の世論でっちあげ工作はいっそう激化、また市民間の矛盾も顕在化しつつある。患者さんに対する個人的脅迫状が舞いこむ一方、六日付朝刊に折りこまれた市民有志名のビラでは患者に対するむき出しの憎悪が示されている。共産党水俣地区委員会は三日声明を発表、水俣病解決のため市民各層、各団体が一堂に会し、「話し合い」を行なって一致点を求めるよう提唱した。これは今日の事態を社会不安としてとらえ、それを平和裡に収拾するために現に厳存する思想上・利害上の対立を話し合いによって解消しようとするもので、彼らの文書中に使われている「小異をすてて大同につき」という言葉が示すように、坐りこみ患者の志を小異として切りすてるところにその本音がある。このように患者坐りこみは日ごろ水俣病に対し一応の偽善的同情を示すものたちに、まさにきれいごとをすて、なりふりかまわぬ本音を吐き出させずにはおかぬ衝撃力として作用しているのである。

われわれは何をなすべきか

患者坐りこみは何も今回がはじめてではない。しかし三四年と四四年の患者坐りこみにわれわれの運動は間に合うことが出来なかった。今回はわれわれの運動がはじめて出合う患者坐りこみである。しかしそのもつ意味は単にそれだけではない。われわれは水俣病の歴史を通じてはじめて患者が捨身の反撃に出たこと、今日の事態が意味するのはまさにそのことであることを明確に自覚しなければならない。

別掲の患者の公開質問状を一読されたい。患者はいまや地元の世論なるものに対しても決然と反撃に立っているのだ。かつてなかった事態というべきである。公開質問状を一読されたい。説明は何もいらない。患者の決意は明らかである。われわれは昨年五月以降において最大の重大局面を迎えているのだ。患者の主張する自主交渉とは、国家権力の介入を拒否し、加害者から直接血債を返済させようとするもので、水俣病闘争の根本思想を表現している。われわれはこの患者の志を貫徹させるため、とりうるすべての行動をとるだけである。告発する会は一日以降、坐りこみ現場の防衛と患者家族へのお見舞に全力をあげてとり組んでいるが、八日には工場前で患者と別個に坐りこみ行動（四時間）を予定している。一八家族の決意は固いが、一方「世論」の圧迫による孤立感も深まりつつある。チッソは当面坐りこみを黙殺し、患者側の疲れと焦りをさそい、一方中央委への調停申請を進めて患者を動揺させようとしている。患者さんの気持ちは一人の見舞客によっても励まされる。すべての会員が何らかの形で患者と行動をともにして下さるよう切にお願い申し上げる。

（1）一日休暇をとって（あるいは休日に）坐りこみ現地に行き、患者さんにつきそっていただきたい。チッソ側がテント撤去の行動に出ることを防ぐためには、強力な援護態勢がいる。現地に行ける人は会専従の阿南君に連絡してほしい。（TEL・六六―七五八五）

（2）毎日夕刻五時半より一時間、太洋（デパート）前で坐りこみ支援カンパを行なっている。参加していただきたい。

（3）坐りこみ現場あるいは川本輝夫さん気付で激励のハガキを出してほしい。電報でもいい。（坐りこみ現場＝水俣市チッソ水俣工場前、すわりこみ水俣病患者御一同様、川本輝夫さん＝水俣市月浦一九七

の二）

（4）各地の告発する会でも独自の行動をとってほしい。

〈追記〉

保守系市民の要望書は一万一千の署名を集めた。この署名集めには町内会などの末端行政機構が動員された。訴訟派患者は連日すわりこみ現場を訪れ、激励している。七日の総会で、共闘の決議が行なわれた。

このとき実行され、貫かれた熊本告発する会の方針は、その後一カ月余りして東京に移された自主交渉と座りこみと、支援のとり組みとをつぶさにみるとき、きめ細かでゆきとどいた基本体制であった。東京でのテントの充実と宿舎作り、上京し、帰郷する患者たちの送りむかえや資金作り等、ことごとく、前途を予見したかのごとき敷設図となっている。それはしかし内輪のことであり、内輪の苦労を患者たちにさとられることをなによりの恥辱として、告発する会は折り目正しく黙々と働き続けるのである。運動の表での働きよりもより影の部分で、患者たちには一生知られることもない場所で働くことを好む人びとが多かった。このような運動ではいかにおのれを無にし、名前を無にして働くかが自分の志への唯一の踏み絵となる。ことに水俣病受難史の中では。筆者などは、一種の羞恥に頬かたむけながら隠れて働く人びとに助けられ続け、ほとんど患者なみに手厚い保護さえ受けて余命を保ちこのような文章を書き、いたずらに虚名のみを残すことになる。

十一月十四日「水俣市を明るくする市民連絡協議会結成大会」が市長の音頭取りで、さきの市民有志や要望書組や、つまりは三十四年以来終始一貫、水俣病は終わったと云い続けて来た市民階層によって発足した。なんとあれほど患者たちが熱望して逢わせてくれと云い続け、そのたびに社長というものは忙しいの、仕事の都合があるのと云って拒みつづけたチッソ社長が、この日、もっとも反患者的な集団の大同団結の日にお目見えし（患者たちのいる駅前テントを素通りして！）、水俣市へ、三億九千万の文化センターを寄付しようと申し出て、会場から割れんばかりの大喝采を受けた。結成大会はにぎやかなもので、大会式次第、というものがあり、宣言文は左のようなものであった。

いまや、我々の水俣市においては、水俣病問題の再燃によって、水俣市のイメージは著しく低下し、市が当面している過疎化現象の対策や産業経済の発展に大きな障害となっている。しかも外部に対していまもって水俣病が発生しているかの感を与え、「水俣」という言葉に恐れさえ抱かせている。

この原因は水俣病の発生以来十七年経過した今日もなおこの解決のためになされたことは、原因物質の究明や、一部の患者並びにその家族に対する補償に止まり、抜本的救済策がとられぬままに放置されたことにある。

即ちこれまで国や県のとってきた施策は「地域住民の一斉検診」と「公害被害者救済制度の弾力的運用」のみであり患者並びにその家族が直面する「治療と看護の問題」「生活の安定の問題」等社会復帰の問題に関してはなんらの施策もとられていない。

このような状況の下で、われわれの水俣市の発展をはかり暗いイメージをぬぐい去るためには水俣病問題を早期かつ抜本的に解決しなければならない。

われわれ水俣市民は明るい水俣市を作るために市民としての義務を全うすべくその総意を結集し、いたずらに社会混乱を起こすことなく、関係各方面に対し患者並びにその家族の抜本的救済をはかるとともに水俣市発展のためのあらゆる施策を講ずるよう力強く訴えていくことを宣言する。

その他、活動方針（決議文）というものがあり、はじめてその中に「チッソ水俣工場廃液中の有機水銀による中毒症であることが判明した」と書いたが、すぐそのあとには「今なお水俣病が発生しているかの印象を外部に与え、水俣市の発展を阻害して来た」とくり返し、このたびの認定患者の出現が水俣市の発展を阻害しているといわんばかりの口ぶりで印象づけ、更にこれも従来から公言して来たことをつけ加えた。「水俣病の病名を変更し、市のイメージアップをはかるよう関係各方面に強く訴えよう」「水俣病の病名は水俣のイメージを暗いものにし、かつ悲惨なものとして印象づけている。このため『水俣病』の病名から水俣を削除し、例えば水銀中毒等の病名に変更するよう関係方面に働きかけよう」というものであった。

この決議文や宣言文、そして患者抜きの市民連絡協議会結成大会への嶋田社長の顔見世興行は、座りこみ自主交渉派の患者たちのみならず、訴訟派患者たちを激昂させるに充分だった。

「何べんも何べんも同じやりくちば教えてくれて、ようわかった。最後の仕上げに社長が来たわけじゃ。今度こそはひっつかまえろ。素通りどもはさせんぞ」

患者たちは駅前あたりに偵察に出た。あくる十一月十五日、申入れに応じ、訴訟派患者宅と自主交渉派の座りこみ現場に、下工作は成ったと判断したのか、社長があらわれる。

渡辺栄蔵訴訟派代表宅（みんなききつけて集まっている）

社長　私があまり高いところに居りましたんじゃいけませんから、あちらの方に……。

渡辺栄蔵　いいえ、よかです。

社長　私、大変皆さんにご迷惑をおかけした会社の者ですけれど、あんまり高いところからお会いするのもどうかと思いますんで、あちらから……。

田中義光（株主総会のときの御詠歌の師匠）いつも高かところにおんなはっとじゃけん、何も今日ばっかり……。

社長（苦笑のテイで）そうですか、それじゃ。まことにどうも（関西なまりのようなアクセントで語り出す。耳当りはやわらかい）、皆さんにご迷惑かけて、お苦しい思いをさせましたことを申し訳なく思います。私は約三カ月前に社長に就任したわけでございますが、とにもかくにも皆さまにお目にかかってお詫び申し上げる……今までの社長は直接皆さまの声をお聞きするようなことがなかったと思いますが、本日はぜひ皆さまの声をここで聞かせていただきたいと思います。もうちょっと早く来るべきだったんですが、来るのがおくれまして申し訳ございません。皆さんにいろいろと苦しい思いをさせておりますこの病気の関係のこと、同時に水俣の町の人たちにそのために面白くない苦しい思いをさせておりますし、正直いいましてこんなことずうっと続いておりましたんじゃあ、会社も困りますんで、どうしてもこの問題を、私が社長になりましてから第一番の仕事として円満に解決するように努力を致したい。で、今からそのつもりで一所懸命にやりますんで、本日は皆さまのおっしゃりたいことを聞かせていただくだけでごかんべんしていただいて、あと私が一所懸命努力するのを見守ってやっていただきたい、このように思います。私ほんとうのことを申し上げますと、皆様のお気持ちはどんなことをしても晴れんのだろうと思うのですよ。それはそれでよくわかりますけれど、全部私の会社が致したことで、全部その私の責任にかかっているわけで、皆さまの気持ちは結局、あの旗にあがっているように、〝怨〟ということになると思うのですけれど、そういうお気持ちの問題はなんとかお晴らし願うようなこと、一所懸命してゆくつもりですから、ひとつよろしくお願いします。今日は皆さんからいろいろおっしゃりたいことがあると思いますので、どうぞ腹蔵なくお聞かせ願います。

（なんとなく機先を制せられたようなふんいきになる。患者たちしかしはぐらかされないよう、思い出し思い出し用心している）

渡辺　まず、ほんとうに会社が誠意を持ってあたられるかどうか。それと、社長さんにしますと、大きな月給をもらって退職の時になると何千万とおもらいになるだろうと思いますが……。

社長　（ゆとりをもって笑いながら）そんなにはもらいませんが……。

渡辺　そうすると、私たちの要求するお金は退職金ではありませんけれど、しかし補償金も退職金も、中身はおんなじじゃないかというふうに考えるわけです。なぜなら、お前は何十年働いたから辞めろ、……辞めろということは、いわば、えらくなったという形になるわけでしょうなあ？　どうやこうやということで解決しようとしても、それはなかなか難しいことでございまして、（栄蔵爺さまがまた念を入れすぎてやりそこなうのではないかというようなふんいき。しかし、爺さま頑固に、昔から云おうと定めていることに、たどりつく）〝うらみ〟というのは私のことから申し上げますと、私、孫が三人、病気でございます。家内が十二年間寝たきり、それも最初の二年は寝たり起きたりでしたが、あとの十年はどうすることもできませんでした。それを介抱して死なせたうらみというものは、とうてい晴れるものじゃなかと思います。人間の命というものは一億の金でも買えない、たとえ偉い人でも、私たちのように偉くない者でも、命に変りはないと思います。

社長　そうだと思いますよ、はい。

渡辺　とにかく人間と人間の出会いですから、そのへんのところは速やかに解決される方法もあるだろうと思いますけれども、うらみということになりますと、とても一億二億でも解決できるものではないと思います。とにかくここの皆さんの苦労というものは、口で言ったって……その身になって聞いた人でなければ絶対わからない、今日は聞いてわかったと思っても、明日になれば忘れるのが人情でございます。

浜元二徳　自分たちとしては！　（なめらかになってゆきそうな対話を若者らしくたたっ切るように）うらみ、つらみが物凄う一杯あるんですよ。これを社長さんに口で打明けても、解決になるようならみじゃないんですよ。はっきり言って、（声を高めて）社長をここで打ち殺そうかという気持ちで一杯なんですよ！

社長　はい、それは結構です……。

皆さんのお話をうかがいにまいったわけですけれども、会社の起こした罪でございますので、お怨みになるならこの私を、会社はやっぱり大勢の人々がめしを食っている場でございますんでね、大勢の人々に御迷惑をかけたくない。従ってお怨みになるならですね、この私をひとつお怨みいただきたい。会社には大勢の人間が仕事して、自分の女房子供を養っている所ですから、これが不本意なことになりましては、その、大勢の人間に迷惑をかける、私としましては大勢の人間に迷惑をかけたくないので、怨むんでしたら、この私を。

田上義春　はい、わかりました、はい。

田中義光　嶋田さんは、われわれのようなバカな人間に、わかり易く説明されるので、これに対しておたずねします。ここの水俣の工場におられるトンペイさんとか、馬医者殿のごたる名前の人がおられますね。あの奥村さんとかいいなはる人。そういうひとが、われわれが会社に色々いうて行っても、本社がどうじゃ、こうじゃというのでわれわれは嶋田さんを非常に怨んどったわけです。ところが今日謝りに来られて、私が悪いといっておられるけれども、取り次ぐ人が悪いのと違いますか。それで取り次ぐ方法が悪いから社長の耳にはきこえなかったのか。それともあなたの命令でトンペイさんに、水俣病患者が来てもなんにも受けつぐな、本社は忙しいのだ、俺はいないのだぞということではなかったですか。どっちですか。

社長　私はさき程申上げましたけれども、いい訳になりますが、私が社長になりまして、すぐ水俣に来てお詫び申し上げて、皆さんのお話を聞かなくてはと思いながら遅れてしまいまして。社長になりましてからもう三月《みつき》にもなるのですから、すぐ来なければならなかったのでしょうが、私が悪かったというのは、社長というものはそんな役目で、社員が間違いをしても社長の責任です。社長というものはそういうものだと。たとえば係長が何か悪いことをいう。そのとき社長の私が命じたことでなくても、それは、けしからんことをいったという責任は全部、私がとらなければならないと心得ております、はい。

先ほどいいましたように、この男はいいとか、よくないぞという人がいると思います。しかし、そういう人に間違いをさせたのは社長の責任なんですよ。私はそういうことだと思います。いろいろありましても、ご勘弁願いたい、悪いことはぜんぶその、私が。

田中義光　会社が悪いから、われわれはこうして話をしておる。

水俣工場におられるトンペイさんたちがいうことは、私たちが話に来れんようなことばかりいわれる訳です。鉄条網張ったり、な。話があるというても入れない。そういうことが三カ月前に社長になった嶋田社長の命令ではなかったかと思うとった。

社長　テツ……ジョウ……モウ？　いまのあれですか。

患者たち　正門の前、いっぱい張ってあるでしょうが。

社長　あの、新認定の方々のですか。

田中義光　新認定でも患者で、あそこに座っとります！　いままでなんもなかったところに会社は網の目張っとんなるでしょう。ゴリラの入っとるごつして。ああたは入っちゃ来なはらんじゃったかな。

社長　はあ、はいって来ましたけれども。

田中義光　ああたの命令で金網を張れといったかどうか、本当にああたがここに来て話されたことが本当なら、ああいう命令は出されないと信じるのですが、職工さんが悪いのは自分が悪いといわれるなら、そういうこともはっきりいうてもらわんば納得でけん。

社長　私が申し上げたのは……。

田中義光　子どもの怨みとか父の怨みとかいうのは抜きにして、人間どうしのやることかどうかをですね、いうてもらいます。

社長　それではもういっぺんうかがいますが、そういうこと私が命令してやらせたかどうかですか。あのね、またこういうこといいますと、いい訳になりますけども、直接そのう鉄条網を張れとかどうとかいわなくともそういうことさせたのは私の責任ですから、どうか工場のことは御勘弁願いたいと思いますが。

患者たち　社長が認めて、社員がそうしたということは、社長が命令しとるちゅうことですよ、そうでなければ社員がそうするわけはなかがな。

東平水俣支社総務部長　社長が鉄条網のことまで私に指図はないんです。私がやりました。私は皆さんにテントに行って御説明したでしょう。皆さんのためにやったのではありません、門を乗り越えて会社にやって来られた人達のために張りました。これは目的はどういうことだかわかりませんけれど、そんな人たちがいらっしゃいますのでね、やむをえずいたしましたのです。これは誤解があるといけませんけど、私は社長に説明しないでやっています。これは、その私は三日前にテントへ行って、あなたたちのためにやったのではないと、はっきり申し上げているのです。

浜元フミヨ　私はいうときます。今度認定された十八人の人たち、テントの患者さんがいますね、あの人たちは駅の便所にゆきよります。危いです、患者さんですから。自動車道をつっ切ってゆきよりますから。渡るのが困難ですよ。耳もきこえませんし。それで、小便ぐらい会社の便所にさせてもらって悪くないでしょう。

田中義光　水道も止めとるよ会社は。

浜元フミヨ　あそこに、水道でも便所でも、自由に行けるようにいうといて下さいませ。相手が病人ですけん、耳がきこえん、身体が不自由ですから、交叉点を渡るのが困難ですよ。わたしが門衛に行って「わたしはなんも持っとりませんし、小便させて下さい」といっても「いいや、それはできません」というたから「ああ、そうですか」といいましたけれども、小便くらいさせてもらわんと。あんたんところの会社から、片輪になした人たちがあそこのテントに座っておるのですから。

社長・東平　…………

浜元フミヨ　そこはですね、よう汲んでもろうて、あんたんとこの排水溝の、いわば便所の様に座っとるわけですから、便所ぐらいさせてもらわんば。

よそから支援に来た人もさせて、わたしにもさせて、患者さんにもぜんぶ、便所にはですね、どうぞちゅうて、門をいちいちあけてもろうて、紙も会社からぜんぶやってもらって、させてもらいたいです。水道も使わせてもらうし、お茶もあそこで沸かさしてもらいたいです。病人ですけん相手は。

社長　…………（いぶかしげに彼女をみつめて困惑のてい）

浜元フミヨ　わたしは浜元です。親ば二人なくして、いま弟が患者です。渡辺さんがさっきですね、あなた方がやめられるときには退職金ば何千万か貰うでしょう、それと同じですから補償をして下さいといわれましたが、わたしの考えはちがいます！

あんたたちはですよ、身体はどこ不自由なくてですよ、毎日毎日、働くのがおもしろいでしょう。身体の都合の悪うなからんば、働くのは面白いでしょう。月給もいっぱいもろうて、退職金も何千万、そして身体はどこも、ひとつも悪うはなかなあ。そしてもらうお金です。こん病人のお金はですね、いま裁判しとりますけど、それを満額もろうても、ああたたちの退職金とはですね、わけが違う、違いますよ！　ああたたちの退職金と同じには、わたしは考えてもらいたくないです！

この病気が治ればですね、お金もいらない。薬が出来て治って、いま治してやるちゅうことじゃれば、今まで苦しんだ分だけを下さい、下さいまっせ。それでいいです、治して下されば。わたしはですね、わたしの父親の親がおりました。ばあさんが九十七歳まで生きました。わたしが、十三年間、親が死んだあと十三年間、看て、おくって、来ました。わたしはおんなひとりで看て来ました。親も、親も二人、まだ学校にゆく妹もおりました。

その苦しみは、あんたたちには、絶対に、わからんと思うです、あんたたちなんかには！　親はですね、三年と八カ月、寝たきりで、口もすすいでやる、顔や頭も洗うてやる、寝台に乗せたま、どげんして寝台に寝とったか、あんたたちにわかりますか。そげん親ば看病する子どもの気持ちはわからんです、ああたたちには！

徳臣先生も一日に何回も来てくれなはりました。わたしの母はかなわん口で「あんたたちが来てもダメじゃ、ようならん」ちゅうて、死んで行きました。うしろのここは……（絶句してふいに涙声になる）わたしは……ほんとうに、他人にゃいおうごたなかです。板のようになって、死にました。人間がですね、親が、親は板のようになって死んだんですよ。それば考えればですね、補償金ばどしこ貰う、なにを、なんばどしこ貰うちいうても、むざむざそれを使う、使われますか。親の身体をですね、あげんして死んだ親の身体を、切って、使うのと同じ。そういうことは、ぜったい考えとらん、考えとらんです、退職金のなんの！

親は板のようにぺっちゃんこ、背中は板、板のようになって！　死にました。わたしが狂うのがわからんですか！　板ですよ、それでですね、板……ここは、腕は、注射でこげん腫れあがっとりました。わたしはその自分の親を見てですね……なんといって、なんと人に語っても、ぜったいにわからんと思います。あんたが子どもがおればわかるでしょう。あんたがそげんなれば！

下の妹がですね、わたしも親が欲しかです、けれども下の妹がですね、ああほんとうに親ば、欲しさにして、欲しさにするのが、辛うしてですね、もういつも悲しゅうしてですね、それがいちばん思われます。ああその責任をじゅうぶんとってもらいたいです。じゅうぶんに……。

田上義春　ああ、そこ、そこ。そこん問題じゃが。

浜元フミヨ　妹がかわいそうでかわいそうで、妹もかわいそう、わたしもかわいそう。

いまじっと考えればわたしは四十一、わたしは犠牲になりました。嫁にもいきませんでした、相手もありました。それでもそのつらさは、あんたたちには、結構なあんたたちには、わからん、わかりません……。その責任を、責任をとってもらわんと、わたしは、あんたたちの生首でも、あんたたちを打ち殺して、とろうと、刺し殺してでもという気持ちはいつでもあります。ああたたちの退職金とかなんとかと、そういうものとは較べはなりません。ああたたちは会社はやめても、身体はどげんもなかでしょう、あってもふつうの病気、それもただ病気になって死ぬのならひとつも思い残すことはないです！

人間が死ぬのはあたりまえ。死ぬのはあたりまえじゃが、水銀で、病気で死なずに水銀で、ああた家《げ》のところの水銀でやられて。うちの父の脳を熊大に、解剖したのを見に行ってもらったがいいです。わたしは父親をなくした時は……、母親だけはとりとめるつもりで、なんとかとりとめたいと思うて一生けんめい看病しました。いっしょうけんめい、親ですから、片親なりとなんとか、とりとめたいとおもうて、それは山ほど、一日に注射も七本、薬も十服、二十服もやって、のみきらんしこやってもろうて、山んごつ……。死んだときには研究材料になって死にました。ほんとに他人には、他人のああたたちには、いおうごたなかです。わかりませんです、けっして。ああもうほんと……。

昨日も（十一月十四日）あんな大会をして社長さんが来て〝水俣を明るくする会〟ち、なんが水俣を明るくする会ですか。水俣を明るくする前に、患者さんをよくして下さい。患者さんをよくしたら水俣はよくなります。

坂本ふじえ　わたしは坂本です。長女をなくしています。二番目の子供が胎児性で、自分のことはいま浜元さんがいうたとおり、わたしはいまの水俣の情況をみてもらいたか。なあ、（一同の方をむいて）江頭社長さんより嶋田社長さんは、まだ悪かと、わたしはこのごろつくづく感じとります。（そう、そう、という声）

このごろの水俣市民有志の新聞折込みは、あれはなんですか。チッソはあんなことを、自民党の議員や市民有志の人を使うたりして、あのデタラメな新聞折込みはなんですか。本当に水俣の有志からいじめられ、会社からいじめられ、水俣を騒がせる人は出ていけと、本当にそこが、辛うしてなりません。

田上義春　さっき社長は責任をとるとおっしゃいましたけれども、悪かったと、本当に悪かったと思われますか。

社長　それは私はですね、昭和四十三年九月の厚生省の認定がありましたね、あの時から、本当に間違いを起こしたのだから非常に……。

田上義春　ほう、会社の責任ですたいね、そしたら本当に会社の廃水によると、責任をお認めになりますか。

社長　はい。

田上義春　そうしたらですね、今度熊本地裁の中でですね、そのことの誠意をはっきり示して下さい。西田証人がいっとられることと、社長がいっておられることは、話が全然別です、話が。

社長　いや、それはね……。

田上義春　いや裁判の中で、裁判所で、本当に責任をみとめると明言して下さい。それだけです根本は。後は枝葉の問題です。患者の苦しみは言葉ではわからんです。

牛島直　わしも七十七歳になって、来年は七十八になるです。長くは生きんです。今日では子どもおらんです。水俣病の解決なくして水俣の発展はなかなかむずかしいです。七十七歳になって、私たちにすれば、孫、子どもんごたる人たちから、わしどもは護ってもろうとるです。お互い、患者の皆さんや、支援団体のひとたちにどれだけお世話になるかわからんです。

浜元二徳　企業責任をとるち、社長さんないいなるばってん、はっきりした企業責任をとんなはる訳ですか。
平木甲子　いま皆さんの前でそれをはっきり断言されるわけですから、今度裁判所であんたが証人になって、はっきり証言していただきますか、それは約束してもらいますね。（ひとり、アクセントがちがう。水俣ナマリで出郷者のアクセント）
ここでそういってですよ、現実裁判所でそれを曲げられては困りますから、皆さんがそれは全部聞いとりますからね。
社長　申し上げます。あの私が証人に立つか立たないか、首をかしげられて、おかしいではないかとお話がありましたけれども、会社は、昭和四十三年の九月二十八日ですか、あの時からですね、厚生省にお前のところの工場廃水が原因だといわれまして、それに従っておりますわけで。はじめは皆さんもごいっしょではなかったかと思いますがね。
田上義春　ちょろまかすなあ、（ひとりごとのように）また。
社長　いや、ちょろまかしじゃありません。そこは皆さんと考えが分かれてしまって、補償はいたしますということで……これが皆さんのお気にいらんところでしょうけれど、あの、水俣病補償処理委員会で決めてもらったわけでございましょう？
田中義光　それは誰が作ってもろうた？
社長　ハア？
田中義光　ああたが頼みに行ったんですか？
社長　それに患者さんも……。

田中義光　双方から行ったじゃろうが。ああたたちの手口に乗ってやったんでしょう！
社長　手口……。
田中義光　手口に乗って行ったじゃろうが。われわれは会社の手口に乗らなかったから残っているわけですよ、わかっとるでしょう！　そこのところは。「私の命令に従った人は処理委員会に行きました」といいなさい。そういうなら話はわかる。
社長　命令ではございませんよ、双方ともで話しあって行きましたんですよ。
田中義光　両方ともじゃなか、わたしたちば裏切って行ったっじゃ。
浜元二徳　社長さんたちは、よう知っとられんもん。
社長　それは両方一緒になって厚生省に行ったんですよ、私そうだと思っておりますよ。ですから皆さんが裁判に持って行かれたと。それでですね、裁判ではないけれども補償処理委で補償は十分払いますといったことでございますよ、但し書き、そこが皆さんと違っていますけれどもね。会社が責任は自分にありますというたことですよね。
田上義春　はい、そってですね、(さえぎる) 円満解決するならはっきり企業責任を明確にして、ひろうしてですね、それだけで枝葉のことはいわん、それだけしてもらえばですね。
社長　あの、私が会社が責任を認めているということはですね、先程いいましたけれども今は皆さんと訴訟で争っていますね、そういうことになっていますけれども、会社の考え方はやっぱり工場の廃水であると、厚生省にいわれた時にですね、これは、わかりましたといった訳です。それで補償いたしますと。

皆さんは訴訟をやって来られた。片一方の方々は、ああいう補償処理委員会に持って来られた。責任を認めていないならですね、ああいう型の補償金は払わないでしょう。

田中義光　我々はその時、会社の要求に乗らんじゃったでしょうが。（精悍な、年とった野性の狸のような表情、おこっている）

社長　ですからそういう意味でですね。

尾上時義　この前の社長さんが来られたとき、いやその前、園田厚生大臣。水俣に来て、早く誠意を示せといわれて、はい、そうしますというて、一軒一軒あやまり状ば出しなはったでしょう、それで私たちはそのときの自主交渉で会社の中に何回も行ったんですよ。そしたらどうです会社のいうことは……。ハカリがない。

社長　は？

尾上時義　ハカリがない、マスがない、この一本槍で何回行ってもこればかりいう。あげくのはては、「会社の方は厚生省にお願いしとる、あなたたちも行ってお願いしろ」ということだった。（一同の方をむき）なあ、そういうたなあ。仮りに十人交渉に行くでしょう、それだけの旅費もたいしたものですよ。会社が厚生省と話を決めておいて、そこに我々をぶちこませたわけですよ。そして大人数ではいけない、小人数で会議を開こうといって、渡辺助役、松田市次郎漁協長を小会議に入れる、こちらから行った患者家族は罐詰め、新聞も見せん、テレビも駄目、ちゅうふうにしておいて話をきめて、そういう補償処理委員会。そんなことがありますか。

いま社長さんがいわれた気持ち、この前の社長さんが一軒一軒廻られた気持ちも実はおんなじ。その場かぎりのことをいうて、あとはなんにも知らん。我々はどうしても腑に落ちん、人間の命が豚一匹の値うちしかないと、そういう向うの補償処理の三役の委員を厚生省へやっておるのに、それに飛びつくわけにはいかんと、奮起して、裁判に踏み切ったのがいまここにおるこの団体ですよ。

社長　今のお話ですね、私の知るかぎりでは、皆さんも始めは厚生省へいらしたのではないのですか。それでたしか、昭和四十三年の十二月か四十四年の一月、二、三回、一緒になって厚生省へお話に行きました筈ですよ、委員が決まるまでもご一緒だったと思うのですよ、それが途中の段階から皆さんは訴訟になられたと、それまではですね、私いまここで申し上げていることはですね、法廷に出る出ないにかかわらずですよ、（やや高圧的に）いまさら私がそんなこと法廷に出て証言せんでも、補償でちゃんとしてる訳ですから。皆さんとは、法廷で争っておりますけれども、姿勢としてはちゃんと片方では補償をしている訳ですから。考え方としては。

田中義光　あんたにいいますけど、ここに集っているのは、あんたのいいなりになった一任派の人たちですか、ここに集まっておるのは！

社長　いいえ、そうではありませんですよ。

田中義光　そんならここでそれをいう必要はない、なんの為にここにおいでになったのですか、我々は、訴訟をしとる組ですよ。その前にくるあなたが、それは片付いたとか、補償しましたとかいうべきではないでしょうが。やわらしゅうしておれば、いろいろ文句をいうて……あんたは社長だからというので高うあがっとる気持ちじゃなかですか！

社長　あのね。

田中義光　あのねもへチマも、ああたがそういうふうじゃけん、トンペイさんもトンマなことをいうとたい。しっかりして語りなさい、患者の前だから。
社長　私が申し上げておりますのはね。（申し上げんちゃよか、とうしろの方で婆さまたちの声）
田中義光　黙って聞いとれば補償処理委員会のことはウソばっかりいいよるごたるばい。
社長　私はそういうことを申し上げているのではございません……いえ嘘は。
いや、処理委員会のことを申し上げたんじゃなくて、その前に、補償は致しましょうというたのは会社の責任を認めたからそう申し上げたんですと。
平木甲子　じゃ会社が責任を認めていればですね、今そういうふうに反論する必要はないと思います。全面的に自分がそれを認めればいいわけでしょう、つべこべいう必要はないと思います。いつもその手でしょう。ここではうまいことといって、裁判所へ行けば、なんとかかんとかいって反論するでしょう、全然態度が変ってくるでしょう。
田上義春　西田さんの上司は社長でしょう。カントクが悪いですよ。カントクが。
平木甲子　さっき社長は会社の責任は自分の責任だと言ったでしょう。
社長　はい。
平木甲子　会社の責任は社長にあるのなら、遺族の補償は当然社長の命令によってすべきです。
（裁判にゆく途中、火事で丸焼けになった焼けあとのトタン小屋に亡夫や亡子の写真をおいて、一カ月のうち二十日間は必ず服喪の食絶ちをしている母のことをおもっている。その母が作る、ちいさないくつもの、仏前に供えるため花畑。この母は時々仏壇の前で亡夫や亡子のいまわのころのことを、

掌と手首をまるめ、猫が踊るような狂いまわるような手つきになって語る。この母もまた、水俣病になってゆきつつある）

田上義春　何ですか、あの裁判の内容は。

平木甲子　だから私がいうように、裁判所ではっきり、自分の会社はこういう過失をして人を苦しめたということは、自分に責任があるんだから、全面的に認めます、といってもらえればそれでいいんですよ、ほかのことはいう必要ないんです。

田上義春　そうですすよ、それ、それ。

平木甲子　それでなかったら、人間を生きて返して下さい！　そしたら文句ありませんから。

田中義光　返さんでもよか。ここで水銀を思うしこ飲んで見て下さい。人間も返さんでよか。ここであなたが水銀を飲んで見せる度胸があれば、私はなんにもいいません。

（すらすらという。もうこの言葉にも風化のきざしがあり、予期していたように、その言葉の調子に合わせるように、神妙な声でこれもすらすらと社長がいう）

社長　それではあの、まことに恐れ入りますが、どなたか、水銀をお持ち下さい。

（患者家族たち、水銀を飲めとふだん内輪同士で云っていた言葉の続きで、はじめて社長に、あいさつ言葉のように云ってしまったことに気づき、社長に返事をされてみてわれにかえる。一瞬気おくれしたような気配す。その言葉の有効性が、ひどくうすめられていることに気づく。患者たちうろたえ、沈黙してしまう。うしろの方で小声）

患者たち　ふんふん、水銀を飲むとならば、自分家《げ》の会社から持って来て飲まじゃ。いっぱいあるじゃ

ろうが！　患者がそげんとば持っとるもんけ。（やりとりの中心部にはその声きこえない）

渡辺栄蔵　社長さん、水銀飲んだところで……。

田上義春　（しらけ切って）いっぺん飲んだぐらいじゃかかりはせんもん。そん位じゃ責任はすませられんよ。

社長　（平静きわまるなめらかな声）そんなことですむとは思いませんけれど、しかしせめてものね、あれに申し上げたんです。そういうお話もございましたから。

渡辺栄蔵　社長さんのほんとうの誠意というものは、社長さんがどういうふうにして解決をしようとされるのか、それを示すのが一番の早道だと思います。水銀飲めなんていうのは、行き過ぎた話だったかもしれません。それを飲むというのは社長さんの英断で……しかし何にもならないことだと思いますが。

田中義光　（渡辺おじいちゃんの言葉をさえぎりながら）これだけの理性を持った人が、なぜこれだけの水俣病患者のわれわれをですよ、今日わざわざ、私と渡辺さんの二人で寄せて、渡辺さんがどういうつもりか私は知らない。寄せたその人たちに何の誠意のある話もせんから、私はいうわけですよ。悪かったら悪かったで今後どうしますからということをいってほしいんですよ。

平木甲子　逢ったからおべっかいうのでなく、逢わなかったからというのでなく、堂々と悪いなら悪かったように、これからどうしますというてほしいです。

浜元二徳　社長さん、今日あんたはわれわれの話を聞きにここに来られた。会社としてはわれわれのいい分を聞いて、どげん態度で表わすつもりな？

社長　今日私が参りましたのはね、今更お詫びなど何ごとかということになりましょうけれど、さきほどいいましたように、今まで私は社長ではなかったのですが、会社で一番責任ある人間になりましたので、皆さまにおめにかかって、お詫びと、社長になりましたご挨拶をぜひどうしてもせにゃならんと。正直申しまして今までじかに皆さんのこういうお声をですね、ひとつもその聞かせていただいていなかった。これはこちらが悪いわけですよ、十分聞かせていただいて考えたいと思ってあがりましたのです。

浜元二徳　そしたら聞いた以上、何かするつもりでしょうね。

社長　まことにまた、これは言を左右にするということでお怒りを買うかも知れませんが、お話は十分よーくここで聞かせていただいて、皆さんの言葉を十分胸にいれて考えたいと。

浜元二徳　考えるだけでは、つまらんもん？

社長　いや、いや。

後方の声　もう十八年間その手じゃったもんな。

荒木ルイ　水俣病患者は会社が出させたっですよ。そこは間違わんようにしてもらわんば。新聞に、水俣病は会社が起こさせましたからと、ようういうてきかせて、あんなビラは折り込まないように、自民党の皆さん、浮池市長にいうといて下さい。評判の悪い人ぎきの悪いあげんふうなビラば折りこませて、こっちば悪者にして。つけ加えて聞いときますが三億九千万円出しなはるというのは本当ですか。

後方の声　ほう！　まこて今頃、そげん多銭《うぜに》のあったもん。患者にゃ、無か無かちゅうて。十八年間も。

社長　いや、これはですね、あの、水俣の復興施設ですか、文化施設などに。

浜元二徳　本当に三億九千万円寄付するのですか。
社長　本当です。
患者たち　(口々に)ほう!　事実ちばい。まあまあ!　ほんなこて、あきれ返《かや》った。患者があれだけ出せ出せちゅうとに無か無かちゅうて、市民有志の大会にゃ出す銭のあっとち。有ったばいなあ。有る所にゃ。
社長　いやこれはあの、いっぺんに金はよう出しませんので、年賦でその……。
浜元フミヨ　文化施設のなんの、そげんとばつくって水俣が明るうなりますか!　患者がゆかれますか。ゆかれませんですよ。そういうものには患者は!　関係なかです、病人にゃ。ぞろぞろ病人出しといて、病人はそのまんま。文化施設はつくるちゅう。どげんとば作んなはっと。それよりもあの、こんどの新認定患者十八名と支援団体の人達みんな、会社の中の便所使わせてもらえますか。病人じゃっで。耳の聞こえんとじゃっで。
東平　(かなりの能弁、一種の情感と思い入れがある)あのう、それはですね。お答え申しますが、一昨日テントの前に行った時、水が出なくなったという話を聞きました。それでなにに使うんでしょうかといいましたら、座りこみをしていると炊事か何かに要るらしい。駅で汲めば汲めないこともないけれども、そこの尚和会館(テントと向きあう、会社のクラブ)から水をとっていた。しかし最近とまったと。私そのときそれじゃ調べて見ましょうということで調べました。じつははっきり申しますとね、早くあれを、その座りこみをなんしてくれと、テントの地所の方がそうまあ、云って来てまして、あの怒らないで下さいね、ありのままをいいますから。それでそのう私は、水ぐらい飲ましていいではないかと、だけど患者さんだから、しばらく待てと、私が云っとるわけですから、そのことで話しに行きました。あそこの地所の興産の会社が止めたといいますもんでね。そしたら別に患者さんになにするためにとめたのではない。色々工事をやってる関係で止めたのであって、これはまことに妙な話でその、前に座りこんでいられるので、こちらもえらい迷惑を受けておりますのですけれどもそれは抜きでですね、私もいろいろ、やってますわけです。

浜元フミヨ　それはそれとして、立退きのことなどもお話させていただくから、そんな手荒なことはしてはいかん、そんなことで水を止めるというようなことはいけないと、そう云いました。

東平　そらもう、止めたは止めたでよかで、使わせてくれんな。その約束をしてくれますか。

浜元フミヨ　はい、出るようになったら使ってもらいましょう。

東平　便所は行かせてもらいますね。

田中義光　あのう、ただ私が思いますのは、いつまでもあそこに座っておられるのが、解決のために一番いいものじゃないんです。それで、座りこみをなくすのがいちばんいい方法だと思うとります。

東平　それはそうですよ、しかしそういうことは余分たい。

患者たち　余分じゃなくて、そのことが本当だろうと、あんなところに座っていてもらいましても、なんのいいこともないと思うのですが。

浜元二徳　もうよかよか、トンペイさん。あんたが話はそのくらいでよかで。今日は社長さんと話すとじゃって。

そんな話はもうよかで。いま、便所に行かせる、行かせないの話ばしよるがなあ。

(浜元フミヨの弟、足が日に日に不自由になってゆく青年、いつも杖を曳きずったり振りあげたりして歩いている。国道三号線の交叉点を渡って、テントから約六十メートル、水俣駅の便所にゆくか、約十五メートルの目の前の、チッソ工場正門の中の門衛の便所にゆけるかは、このテントにしょっちゅう〝陣中見舞〟にゆく彼としては、もっとも切実早急な議題である)

後方の婆さまグループ(うれしそうに首をすくめ、内輪で話している。坂本キヨ子の母、江郷下スマ、平木のおばさん、通称〝年寄り三人娘〟たち)

行かせんとなら、門の前の橋の上、肥タゴ荷うて来て据えてするばい。どうせなあ、あそこの橋の下の排水溝は、全社の下水便所じゃもね、なあ。上も下も同じじゃ。

うん、うん、それがよか。

させんとならば、門の前の橋の上、肥タゴ持ってゆこや。

(ここらあたりの農漁婦たちにとって、肥桶《こえおけ》方式は、野原や石垣の根元や舟の上のそれよりは一等下の方式とされている)

東平　ですから便所の話は、正式にはいま初めてうかがいました。

なにも便所にゆかせるなとか、(憮然《ぶぜん》となる)そんなこと指示したことはございませんので調べて見ますけれど……。

ただですね、その、こちらからお願いして、座ってもらっているわけではないんですし、便所は他にもあるんですから。

患者たち　ちょっと待って下さい。この前わたしどんが行こうとしたところが、「上の方からの命令ですから、門衛の私どもが勝手に門をあけることはなりません」と守衛さんがいわれましたよ。
田中義光　患者さんが、そういうふうに、正門前に座らなければならないようにしたのは誰がしたか。
誰がしましたか。ええ恰好ばかりいうんじゃないよ。
社長　まことに皆さんにあれですけれども、その。
田上義春　ちょっとお聞きしますが、トンペイさんは、座ってもらわん方が一番よか、といわれましたが、座った原因はだいたいなんですか。だいたいどういうふうになっとっとですか。いうて見てくれんですか。
社長　あの、私の話も最後まで聞いて下さい。それでね、御返事するように、ただまことにこういうことをいえばあの、あれですが、工場は、よその人は入れないわけですから、便所だけ、使っていただくようにですね。お願いしますからそれを守っていただいて。
（暗に先の熊本告発する会の工場内座りこみをさす。患者たち、知らぬ顔していう）
尾上時義　支援団体の人もですよ。みんな、会社の中の便所を使わせてもらいますよ。
社長　いやそれは、支援団体の人はそんなにしなくとも。
荒木ルイ　いいえ、晩には、闇夜の暗かときには行ききらんでや。若か者ばっかりじゃっで。患者さんも、つっこけんごつ、手えつないで、あそこに行かせてもらいますのでよろしゅうお願いします。
荒木幾松　四月に認定になって、訴訟派、一任派二つある中で、なんでその、トンペイくんも御存じだろうとは思っとりますが、あの自主交渉を持つのかと不思議に思っとられたでしょうが、三家族が自主交渉をやったその時、トンペイくんなんかは、私にいわせるなら第三者であって、私は本人であるから、トンペイ、久我さんね、トンペイくんや久我さんのおっしゃるんでは、一任派の案は、厚生省の偉い役人が作った案だから、これをのんで下さいとおっしゃったのですよ。しかし、私にいわせればですよ、厚生省の役人は偉いのかも知れませんがねえ、私は厚生省に頼んだわけでもなし、私は偉かともなんとも思うとりませんですよ。私は被害者であってですねえ。だから一任派の案はのまれませんと申上げたのですよ。

私は現在でも会社でご飯をいただいとる人間ではなし、お互い誠意をもって、社長さんと面つきあわせて話をしたら、何とか見とおしがありゃせんかと思うて、自主交渉やったわけですよ。ところがトンペイくんとか何とかはですね、私たちをとても人間扱いにはしなくてですよ、自分の指定した日に私たちを呼び出しておきながら、私たちをね、おいてけぼりにして逃げた連中ですよ、この連中は。社長は忙しゅうして来られんとか何とか。あんた方の話をきいとったらきりがないとかいうて、逃げた連中ですよ。もう少し社長さん、部下のトンペイとか久我とかには教育して下さい。

社長　かしこまりました。

田上義春　もう裁判の中じゃ、もうああいういい逃れはせんということですな。

社長　私ね、いろいろ今日は皆さんのお声をね、全部聞かしていただきましたんでね。

田上義春　全部じゃなかっぱい。

社長　は？

田上義春　（なんだかうれしそうに）まあだ、云えば、あっとやっでなあ。

社長　はあ、それはそうだろうと思います。

田上義春　まあだまだ、序の口。ひと晩やふた晩じゃ済まんもんな、こりゃあ。（笑声）

十二月二十日

老患者、水俣市八幡の川土手のそばの池崎喜曽太、首吊り自殺。ひとり暮らしだったから、誰も行ってやれなかったから、チッソ内座りこみの始まったことなど、ひとかけらも知らずに死んでしまったにちがいない。知っていたとてこの老人に、どういう老後がありえたろう。市民会議がなんだか、告発する会がなんだか、全国の輿論《よろん》がなんだか座りこみがなんだか。首を吊るにも、手も足も不自由したろうに。あのような手つきとみえないまなこで、よくまあ縄が結べて。末期《まつご》の焼酎どもは、わなわなとこぼさずに、ちっとはうまく飲み終えただろうか。涙がひとすじ、老人斑のしみ出たやせこけた頬に流るる間、いましばし、生きてもおりたかったろうに。夜空に浮き出る八幡さまの松影がこの世の名残りで——。まなこをおとしていたろう川の波にいかなる色の灯が流れていたことか。とくべつに寒い川風の吹きつける土手なのだあそこは。どういう足どりで小屋にもどったろう……。

わたしの家の前の水俣川の向う側に住んでいた。開かずの間のチッソ社長室の前、寝袋などにくるまっていてはお葬式にも行けやしない。川本さんはじめいつまでもみんなうなだれていてそのニュースをきく。早く死ぬかおくれて死ぬか、いずれは互いの身の上だとおもっている。どんなにか、死にごわかったろうに。何べんもやりそこなって、やっとやっと死んだのにちがいない。

患者たちもわたしももはや死というものにおどろかない。死はただ、わたしたちの間に、ふり積んでくるだけである。人と人とが座っている間に浮游して降りてくる、昼間の日ざしの中の塵埃《じんあい》のように。

死はただ茶色のコンクリートの床に脱け落ちる髪の毛のようにそこにある。

若者たちが黙ってそれを掃き寄せる。弔辞と死亡年月日を書いて壁に貼る。チッソの社長室にゆく廊下の壁に。患者たちの新しい忌日を次々に書いて貼る。

十二月十六日、船場岩蔵死亡。わたしが最初水俣病と出遭ったのは、岩蔵爺さまの息子が、いまわのきわに、水俣市立病院の真新しい壁に、深くうがってかきむしった無数の爪の跡であった。翌一月四日、淵上マサエ死亡、胎児性で寝たきりの娘を残して。同じく四日滝下タツ死亡。

第六章　みやこに春はめぐれども

闇の中をはたはたと吹いてくる風がある。

爪先さぐりに右の掌を游《およ》がし、左の掌にさずりさずりたどってゆくほどに、みえない空から冷たいものが、額や指の先に降りかかって消えて行く。この気配ではまた雨雪がくるのではあるまいか。このごろわたしのまなうらには、この世に降らぬ雪が降り、この世の空にはかからぬ虹がかかったりする。

足元を吹いてゆく風の道が、小暗い川のように浮き上ってくる。かがみこんで見入っていると、川の面にさざ波があふれてきて、川はだんだん海のようになった。闇はいよいよ深く、風の道と見えたのは、海の上にいっぽんの筋を浮かせながらゆく舟の道のようでもある。それが舟の道であることは、白い木蓮の花びらが咲《ひら》くときのような、いちまいの帆が見えてきたことでわかる。

だんだんそれはよく見えてきて、風を含みながら目の前いっぱいにひらいてゆく帆の根元に、気配がして、人がいる。

裾の短かな着物の膝を折って、ひとりの女人が、潮のゆくてをみるような面《かお》をしてこちらをむいた。風に鳴る帆柱をみあげ、ゆくてを指すのかこなたを招くのか、そのどちらでもあるような顔をして、黙ったまんま彼女は座りなおした。

高々とかきあげてうしろをくくっただけの髪と横顔は、浮き世の波に染《そ》み、うなじの髪が潮風に流れると、もう若くもない女人の体温が衿足に沈んでいて、どこかで逢うた気がする。能のお面でもなく泥人形の首でもなく、生きた産毛の香る肌《き》めをして、その面のむきがわずかに動くとき、たちまち面変《おもがわ》りするのだった。横をむけば万年前、ななめをむけば千年前、こちらをむけば百年前と、いちまいいちまいうしろの闇がめくられて、彼女を包んでいる世界はだんだん鬱金《うこん》色の波形になって彼女を浮上させ、彼女はひとの世の変遷を、面差《おもざ》しひとつで見せようとしていた。

するとわたしはあそこへ、故郷の岬をいくつも曲ってゆく、くびれの深い渚辺の道へ、連れてゆかれるのだ。東京交渉に出てくる直前に死んだ芦北郡湯浦女島の、あの小崎弥三家のあかりのみえる、岬のふところの中に。

暗い岬の遠いふところに、あかりがひとつ、いのちのように包まれているということは、なんとなつかしく身ぶるいが出ることか。

生きている闇が、低いしわぶきを幾重にもかわしながら、それゆけそれゆけと、背中やおしりを撫でにくる。わたしは太古の羊歯《しだ》やつわぶきの花や、岩苔の精霊たちを従えていた。

茂道のあの伝説の大蛇や、海から上った山の神さまたちが、鬱蒼《うっそう》たるヤマモモの樹々の闇からするするとすべり降りて来て、兎やむじなや、夢魔や狐たちが、渚の夜光虫とともに、ぞよぞよと賑やかについてくる気配がするのだ。じっさい、夜の闇の中を、このような渚辺の道を通るものは、昔からたったひとりということはけっしてなかった。その賑やかな変化《へんげ》たちの話をきこうとおもえば、ここらの年寄りたちにきくとよいのだ。それでわたしは、そのような気配のものたちと、海と山のあわいの闇にむけてほそい声でうたった。

ひとのこの世はながくして
かわらぬ春とおもえども

うしろに続くわたしの従者たちも、幽かな声を波の彼方に幾重にもひびかせながら唱和する。するると、渚の道が青い微光を放って来て、たしかに、ちりん、ちりん、とあの鈴鉦《れいしょう》が、きこえて来るのである。沖の方からあの舟霊さまが、鈴を鳴らしてやってくるのにちがいない。
ひとつの岬をそのようにして越え、つぎの山ふところにはいりかけると、いのちのあかりはまたひとつ、向うの岬の奥にぽおっとともり出す。

ひとのこの世はながくして
かわらぬ春とおもえども
はかなき夢となりにけり
あつき涙のまごころを
み魂の前に捧げつつ

おもかげ偲ぶもかなしけれ

わたくしはそのような無数のものたちの息づかいにかこまれながら、岬を五つばかりまわり、夜更けにやっと小崎家に着く。一度も見舞う間もなくて死んだ、まだ見ぬ患者の霊前に。舟霊さまの鈴鉦に導かれて。夜の闇だけをいとなむものたちの世界をとおりぬけて。あの、夜だけ匂う草や樹々や、その樹の下の岩に湧く泉の匂いに導かれて。夜の潮が岬の懐に出入りするときの匂いにつつまれて。そして古さびた大きな家の小崎の小母さんは、深く折ったおじぎのまんま、死んだあるじにともわたしどもにともつかず、こういうのだ。

「わたしももう、三十五日忌は、どうでもようございます。わたしもおっつけ、すぐ東京に行かせてもらいますです。葬式も済ませてもらいましたで。みなさんの後追うてまいります。座りこみに。その方が供養でございますと。

ここの部落でも、中公審に行きなはる人がたの家には、トンペイさんのお使いの、お見舞に再々お見えなはりました。うちは、川本さんの方でございますけん、うちには、父ちゃんの死んでしまいなはるまで、いっぺんも来てやんなはりませんでした。どげんした姿で生きとったか、どげんした姿で死んだか、いっぺんも見舞うてやんなはりまっせんでした、チッソは。支援の人たちばっかりでございますと。父ちゃんば見てやんなはりました。川本さんや伊東さんたちばっかり。どなたか、花輪はチッソの人が持ってきてやんなったらしゅうございますばってん、どなたじゃいよ、わたしゃ、あいさつは、受けまっせんでした。三十五日も四十九日もあとにしまっしゅ。チッソにものいいにゆきますとが、供養でございます。なあ、お父さん。よろしゅうお願いします」

わたくしは言葉もなくだまって花輪のある家におじぎをして、またあの青い道にもどろうとする。そこはまだ人里なので、あの従者たちは離れたところになりをひそめ、たちまち目がみえなくてつまずきかける。すると、そのたびにうしろから、観音さまのような腕《かいな》がのべられて来て、ふわりと、わたしの腕をすくいとってくれるのだ。それは小崎家の娘御で、口のきけないひとたちのひとりである。わたしたちは黙ったまま、しばらく細い坂道をつれ立ち、つまさぐりしながら歩く。まるで天上の道を下るような、言葉の要らない魂の世界の坂道を。世にもあえかな気特にさせられ、つかのまの道行をそのようにして歩む。

わたくしは、まだ、三べんしか逢っていないその娘御の方にむきなおり、父上と、その死にまつわる家系の歴史の、ただならぬ様相をもおもわずにはいられない。闇の中でそのひとの胸に手をあてて。

「いえ、いえ」

そのひとは、小さな螢の光を掌の中に包んでわたしの眸にあてて、魂でいう。

「悲しんで下さいますな」

いのちあるものたちのかなしみを受容するために、彼女は言葉の要らぬ世界に生まれて来たにちがいない。岬のあかりの息づかい、あの、闇の中のいのちの精は、このひとだったのねえとわたしはおもう。そしてあの道の上に出る。わたしたちはそっと互いに抱擁した。やわらかい息が潮の匂いにまつわった。それから、互いのものであるあの従者たちが、青い道の上の気配になるのをじっと透かしてみた。わたしたちは別れた。微笑みながら。

それからあの舟の帆が近づいて来る。はたはたと絹のひだのような風が来て、帆布がふくらんだ。闇のうしろからまだ見ぬもうひとつの世があらわれてくるような、ながいながい時間が、そのようにして経った。わたくしの青い道は、ほそく消える舟の道に重なった。すると、そのようなくらい世界の遠くから、果して、ごおーんと鐘の鳴るような琵琶の音が一音、鳴った。節のひとつも伴わぬ琵琶の絃の、みずから鳴り出すときの音の色がひびき渡る。

これは、前《さき》の世できいたことのあるような、と、きき澄ますうち、また一音……。たぶん、たぶんさらに深い闇の中に誘《いざな》いゆくための音色である。……たぶん末期の浄福に、はやばやといま逢うのではなかろうか……。

まなこをこらし、よくよく小鳴《さな》りきけば、琵琶の音はまぼろしの音ではなくてまだ耳元にいんいんと鳴りひびき、うつつの耳がさめて来て、もうひとつ、あかときの鳥の啼き声が重なり入ってきた。まだあけやらぬ暁に啼くカラスの声である。軽々と舞うよとおもわれた雪の気配も夢の中、気がつけば、そのような闇にしずくして沈むビルの谷間の霧であった。

カラスの宿る樹と森のあるところといえば、ここらあたりでは宮城の森のあたりである。むかし、畑や渚で逢うたカラスの声、いやあの朝焼けの空に啼いていたカラスが、闇の中から琵琶を伴ってよびにくるとは、カラスはこの国のみやこに居ついた鳥かもしれぬ。骨を嚙むようなふるえがぞくりと来て、路の上に、胸も腰もひざも、骨の節の曲がるところを曲がるだけ抱いて寝ていた。うなじをあげれば、地をひこずり這うてくるのは冷たい自分の髪ばかり、手の指も足の指も冷え切って、みやこの弥生は花の香りどころか、草の芽の萌ゆる匂いすらしないのだ。

このような闇のむこうのはるかな地続きに、南九州の不知火海がある。朝のちりめん波を渡って風が匂えば、わたしの故郷は夜が明ける。桜がけぶる川土手をゆけば、あたりの丘の樟《くすのき》の、神さまのような大木が、赫々と萌えて丘の連なりを象《かたど》っている。大根の花、菜の花、梨の花、野いちごの花。そのような花粉の様々を宿して、空はうつうつと涯から涯まで、春じゅうやつれるようないろになる。

カラスと琵琶に呼ばれて目がさめて、故郷よとおもえば、どっと心がやつれてきた。たぶん家に置いて来て、一度も弾いてやらぬ琵琶が呼びに来たのにちがいない。

ひとたび出郷してみれば、あの「高漂浪《たかされ》きのくせ」が、ひっついてしまったような、たがいの目つきになってきた。高漂浪きとは、狐がついたり、木の芽どきになると脳にうちあがるものたちが、わが村をいつ抜け出したか、月夜の晩に舟を漕ぎ出したかどうかして、どこそこの浦の岩の陰や樹のかげに出没したり、舟霊さんとあそんでいてもどらぬことをいう。高漂浪きのくせにとりつかれては、たとい足元はあかあかとしていても、八幡藪《はちまんやぶ》の藪くらの中にいて、たどる道など見えぬようになるのである。

「あんたたちはもう、東京さねばかり行たて、よか衆とばかりつきおうて。水俣のことはもう、うち忘れたじゃろ」

ほかならぬわが身内の市民会議たちがすれちがいざま、千切って打捨《うし》つるようにこうもいう。なるほどなるほど田舎の非人《かんじん》ではなく、東京の非人ならば位が上というわけで、井戸の神さまにもお寺さまにも狐女たちにも位の上下がある世の中のこと。いわれてみれば非人乞食にも位の上下があったのだ。もう漂浪くところもない水俣から東京に出てくれば出世して、位が一段上になったろうというのである。ではここに、このような大道の野天に散乱してねむるものたちの上に、都の春の花吹雪をと、わたしはおもう。

「もうなあ、こん次生まれてくるときはなあ、けだもん……。けだもんに、生まれて来っとばい」

というものたちのために。

ああ、シャクラの花……。
シャクラの花の、シャイタ……。
なあ、かかしゃん
シャクラの花の、シャイタばい、なぁ、かかしゃぁん
うつくしか、なぁ……
あん子はなあ、餓鬼のごたる体になってから桜の見えて、寝床のさきの縁側に這うて出て、餓鬼のごたる手で、ぱたーん、ぱたーんち這うて出て、死ぬ前の目に桜の見えて……。さくらちいいきれずに、口のもつれてなあ、まわらん舌で、首はこうやって傾けてなあ、かかしゃぁん、シャクラの花の、ああ、シャクラの花のシャイタなあ……。うつくしか、なあ、かかしゃぁん、ちゅうて、八つじゃったばい……。
ああ、シャクラの……シャクラ……の花の……。

そのような桜が、水俣では、ひとのこときれてゆくまなこのうえに、毎年々々咲いて散るから、わたしもとうとう気がふれて、いや、生まれたときから、気ちがいだったから、とうとう何にもできぬ娑婆盗人になって……。そのような故郷の心を自分の魂にして箱車に乗せて、ここの都まで曳いてきたのだ。すると一寸きざみの寒い寒い暮れ方が来て、わが身をはなれた魂がさびしがり、ふり返っては、おいでおいでというのである。わが身が先にゆくのやら魂がさきにゆくのやら、手探りで深々とおじぎして、さような

ら、と、たったひとこと、ああほんなこて、よか夢ば見せてもろうて、ありがとうございましたと、いうてみたいばっかりに、まなうらの雪がふる。

耳を澄ませば地の底とおぼしいあたりから不思議にも、生き埋めになっている筈の東京の大地の底から、蛙に似たよう音がする。空耳かと耳をつければ、いよいよくぐもったその声は一匹でなく二匹ではなく、たしかにやっぱりあの関東の野にいた筈の蛙の声のようである。すると、野の花も草もみえぬかに思われたみやこの春は、地の表ではなく、地の底の方にくぐもっているのがわかってくる。このようなわびしい大地の底にも、思ってみれば地の底を流るる河があり、その河のほとりに春が来た。

とすれば、東京ビルのチッソ入口のコンクリートを枕にしてねむっている、若者たちの枕の下にも、春の河が流れているにちがいないのだ。

東京という地面の穴ぼこの中から、とめどもなくあとからあとから無限に湧いて出る人間の数からいっても、よくよく空気がなくならないもんだとわたしたちは怪訝《けげん》な気がしていた。

純度の高い酸素を吐いてくれる樹もあるのかないのか、あってもその樹は、まるで生気を失っている。このような酸素の少ないところに来てしまい、来なくてはならぬわけがあったにしろ、わたしたちは気の毒なような想いもしていたのである。それでなくとも、うすくなってしまっている東京の空気を、はるばる日本列島のはしの方から吸いに来させてもらい、神戸、大阪、京都あたりからならともかく、水俣から毎日十人くらいずつ来ては帰り、来ては帰り、帰らないものもいる。

熊本から四十人も来て、福岡からも三十人くらい来ているにちがいない。〈太陽と緑の国、宮崎〉の若者たちは、塩鰯をかついで売り売り東京には着いたが、帰りの汽車賃が足りなくて、東京の集会などでも地面に座り、鰯をひろげて売っていた。

その日はなんだか、チッソの中に、少し空気が足りなくなってきたような気がしていた。

三菱地所所有のチッソ四階の内部は、潮がひいたあとの浜辺のように、みしみし、みしみしと、ちいさな虫たちの蝟集《いしゅう》して這いまわるような音をたてているのだった。

なにしろ、遠くから感じるより近くで見ている方が人間がたくさん這入っていた。患者たちが来て、親戚たちが面会に来て、加勢人たちが来て、さらにこの人間たちへの見舞客である有名無名の都民たちがどっとやって来る。新聞各社が来るようになり、週刊誌のひとたちが来る。テレビの人たちがくる、丸の内署からも来る、チッソ五井工場からくる。他の三菱地所内の店子《たなこ》会社の人たちがめずらしがってのぞきに来る。

右翼の人たちもトラックに乗り込んで来て、仁義を切るときのような片膝を立て、刷り物を置いて行く。水俣市議会の幹部たちや漁協の幹部、総評労働組合の幹部、国会議員のひとたちまではるばる来てくれたり、全国各地の公害の起こりかけている地域の住民運動をやっている人たちもやって来た。チッソの内部にはだから、貝殻虫が蝟集するような気配がして、流木や岩盤の層の中に無数の迷路の穴を縦横無尽に掘りうがつような、みしみしみしみし、みしみしみしという音が、耳元に鳴り出しているのだった。つまりそのようにして自分たちばかりでなく、いろいろな事柄やひとびとを、ここに呼び寄せることになってしまったのだ。それで空気が希薄になってしまったにちがいないのだ。

その希薄になってしまったような空気の層が、ふるえながら、座りこんでいるチッソ中枢部のせまい空間に伝わってくるので、あ、今日はいよいよ、ここから出されるのだな、とその空気を用心してそーっと吐き入れしながら直感したのである。

自分の部屋の空気をまるまる所有して吸っているチッソの人たちの気持ちにすれば、酸素の足りなくなったいれものの中の金魚かフナのように、酸欠状態になっているのも無理はない。だから腕まくりなんかして、水のうわべを泳ぐような体つきになって廊下をやってくるのだ。

「今日はどげんじゃろ、様子のちがうばい」

佐藤武春さんが金の前歯でにこにこ笑う。こんな暗い不安なようなところで微笑すると、彼の前歯はなんと村の祭りにでも逢うように、にぎやかで楽天的なことだろう。

「小道のじいちゃんや一美が、もう来とるかも知れんなあ、ねえ川本」

「うん、今日は、ちいっと、あぶなかなあ……。今日かもしれんぞねえ。うったまがるぞねえ、こういう日に来遭えば」

「おら、むかえにいこうかね、え、年寄りじゃもん。足元の危なかけんねえ。様子もおかしゅうなったし」

「はぁい、ほんと」

わたしは二人の会話につりこまれてそういう。石田勝さんは認定されて打ち沈み、帰郷して以後はグループをトンペイさんらと作り、ちょっとした子分を連れて中間派というものになった。金子直義さんも戻って中公審派にゆき、川本さんたちに済まない済まない、と云い暮しているという。柳田タマコさんは血圧昂進して安静を命ぜられ、都内の旅館にかつぎ入れられた。治療法などというものがある筈もなくて寝たまま待機していて、思いついては火のようになってふらふらと座りこみに来る。そしてたちまちまたぶったおれ、それでかわりに近々旦那を「さし出す」のだそうだ。浜元二徳青年は、留守部隊が訴訟派にも重なってきているので、まとめのためにひとまず帰郷したが、顔いろが冴えなかった。なにかが起こるときというものは、なぜこう隠しようもなく、待つような気持ちになるものなのだろう。この日チッソの中に居残っていたものは、川本、佐藤、わたくしだけだった。

わたしたちは、自分の眸にあかりをともすようにして、ぱちぱちとみつめあいながら、起こりかけている気配にきき耳を立てていた。いろいろな気配が十重《とえ》二十重《はたえ》に、わたしたち三人のいる社長室前の座りこみ部屋（それは部屋というより、廊下から鍵の手に曲って社長室に入るまでのちょっとした空間だった）をとり囲んでいた。みえない人圧のようなもので、たしかにこの部屋はひしひしと暗くなってきていた。夜さりに砂の中の貝たちの大群が、かすかな砂煙をあげて移動するような気配にも似ていた。時計をみると二時である。

たぶん座りこみ後続部隊の患者たちはもう、東京駅に着いたころだろう。あの黒い死旗を立てて、小道の爺さまたちをむかえに、若者たちが東京駅の雑踏の中をかきわけて、行っていることだろう。とても、「きれいにまとまって」など、来ることももどることも出来やすまい。訴訟派のおしず女《じょ》も上京してくるというから、また、まわりがひと騒動になるにちがいない。昔、「狐につかれた」こともある悽愴《せいそう》な患者である。彼女はかの中山みきのような資質の持主で、ひとにはぜんぜんききとれぬ「きゃくされ世の中」への予言をしばしば発しつづけているが、ひとびとはもはやあの世俗の塵に埋もれて反応しないので、彼女は中山みきのような教祖にはなれない。このたびも逸早《いち》く使命感にとりつかれて、自主交渉遂行応援の必要性を宣言し、またまた家出などやらかして来てしまうのではあるまいか。

茶碗を洗わせればかたっぱしからとり落として割ってしまい、洗濯をさせれば痙攣がきている腕だから、これもかたっぱしからひき裂いてしまうか、とり落すかして一向竿《さお》にはかからない。

「いうちゃならんばってん、当り前もなか人間のくせして、東京にだけは行こうごたるふうばい。わけのわかった患者ばっかりならよかばってん、わからんもんのくせ、ゆきたがるとじゃもん」

などと市民会議あたりからいわれていた。


もうおおごとぞ！　家内《やうち》揉《も》めして、家内揉めして、家の中はしちゃくちゃなっとるぞ。魂ばっかり、どこさねでもひっ飛んで漂浪《され》いて、戻り道もわからずに。当り前はなかったちゃ、やっぱりおなごはおなご。家の道具じゃもんなあ、体だけは家におらんば。

当り前はなか嫁御ちゅうても、一軒の家の中全部が全部、水俣病じゃれば、これまた、嫁御もそげんふうな家の道具のうちのひとつばい。家の中から欠ければやっぱり困るもん。選りに選ってあぎゃんふうな、いうて聞かせてもわからん者に東京にゆく気になさせて。あんまり煽動してもらえばほんなこて困る。どげんするつもりじゃろか。東京組はほんなこて。

ただでもわけのわからん患者たちにけしかけて、藪くら突つき散らかすようなことばしてくれて。東京に行たて、わが共ばっかりよか面《つら》しとるかもしれんばってん、どげん迷惑しとるち思うかな。裁判組ばっかりでも、もう、抱え切らんごて心配のあるとばい。実際のところばいえば、渡辺のじいちゃんのいい分も一理あっとばい。

東京でばっかり派手にやってもらえば、なんちゅうか、チッソにも限りのあるわけで、一番に名乗りをあげた訴訟派の取り分が減るち思うともほんなこつ。まあそげんふうな心配も現にあるわけで、もう、地元で地味な加勢ばっかり訴訟派にしよる市民会議も、自主交渉派の泥までかぶせられることになっとばいもう。家内もめの後始末ばっかりさせられて、もういっちょもひきあわん話ぞ。たいがいして、早う戻って来てもらわんば。

そういう怨嗟のたよりもめんめんととどいていた。

川本輝夫という人はしばらくいっしょに居てみれば、頭も体もくるくると絶えまなく小まめに何事かをやっている忙しい人柄で、この朝も狭い床の上の、完全にもう腐敗を含んだような匂いを発している毛布類やゴミや、寝袋類をかきわけて、かの〈坐りこみ闘争宣言〉を草していた。それは、踏みこんだもののない道を切り拓くもののみが抱く、孤独と無念から宣せられていた。

坐りこみ闘争宣言

今日もまた、全国の方々の暖い御支援に支えられて、チッソ本社社長室前の坐りこみを続けさせて頂いている私達水俣病患者家族は、なにをもって応えたら良いのだろうか。

去る一二月六日チッソと話し合いを始めたものの、附録として社長の仮病？　による策謀で逃げられた事実が残されたのみである。水俣から東京、それは患者家族にとって解決とまでは行かなくても、何らかの手がかり足がかりをつかむ為の道程になるであろう事を期待している。が、それは無惨にも打ちくだかれた。東京で明らかにされ、立証された事はチッソ幹部の非道・非人間・非市民・無頼漢性であった。そして、そこには機械人間がウズを巻いて、私達患者家族とひたすらに人間を恋い求める人々の群をおびやかす、そこには機械人間達が異口同音に発する「仕事をさしてくれ」の不協和音は、さまざまの水俣病患者や死者達を苛立たせる。五回〜六回にわたるチッソ幹部とのやりとりは、いたずらに私達の決意を不動のものにし、確かめ合う場にしかすぎなかった。ピンと張りつめた弦《つる》はすぐに切れる。私達は同じ弦でも柔軟な、しかも豊かな人間性と内に秘めた豊かな戦闘性を貯えたいと思う。

佐藤さんと二人での語らいは、苦しみの慰め合い、先見性の手探り、全国の方々への御支援の尊きに報いる事への生甲斐《いきがい》等々で夜遅くまで続く……。

社長室前の坐りこみの場から、かすかながらの「命の、健康の、暮しの尊さ有難さ」を叫び続けて一五日目を迎え、日を追ってその確かさの感銘を喜ぶ。

公害列島・怨念列島に化す日本の中心である東京において、日々の生計は夜を日につぐ御支援によって、東京ビル「チッソ本社中枢」で営まれる。

チッソ幹部は全国からの指弾の目を避ける為の画策を練り、私達患者・家族が「チッソ王国水俣」で手負い猪《じし》になる事をしきりに言う。

私達は同じ「手負い猪」になるのなら、最も悲惨・苛烈・崩壊・差別の原点「水俣」から日本を血だるまで駆けめぐりたい。

新しい年は、また巡り来るものだが、私達は今の今と同じく全国の皆さんに支えられ、「水俣病を告発する会」の方々の物心からなる大樹に支えられて、新しき年にかけて坐りこみを続けることを誓います。

（昭和四六年一二月二四日、川本輝夫ほか坐りこみ患者一同）

十二月二十四日の午前中というものは幾日もあったようにえらく忙しかった。

昼下がりだというのになんだかひしひしと暗くなり、隣の大部屋の報道関係者らが、伊勢丹デパート前派出所クリスマスツリー爆破事件で飛び出して行ったあと、残り少なくなっていた記者たちがまず、チッソ従業員達から排除されはじめていた。外側にいたもの達から順々に押し出され、押しやられ、壁に貼ってあったあの展覧会様の壁新聞等展示物もひっぺがされ、破り捨てられつつあった。もともとそれは、外側からやって来た人間たちのつくったものであれば、チッソ従業員たちがそのようなものを丁重に扱う筈もなかった。

「こりゃちっと、今日は騒動になるかもしれん。小道のじいちゃんも、一美も、はじめてじゃもんなあ、東京に出て来っとは。こげんした様子ばみればもう、うったまがらるばい。はじめてじゃもん。顔見知った者がむかえに出てやらんことにゃ、巻きこまれて、怪我でもさせればおおごと！　家のひとたちに申し訳なか」

佐藤さんは廊下と座りこみ空間の扉側にいたが、「ああたも怪我しなはりまっせんように」というと、押しあいへしあいの中に目合図を残して出て行った。

残っていた記者たちが、追い立てを食っている気配がして、何人かがそっと扉をあけた。

「いやもうひどいもんですよ。いよいよ、もう出されますよ、われわれも出されますからね。ここ、もきっとそうですよ」

そう教えると、あわただしく扉をしめた。

身のまわりのものを片づける、といっても、外に持ち出してお礼を書かねばならぬ見舞状や、その記録簿等はどうなっているのか、連絡のとりようもない。程なくして佐藤さんが戻って来た。出て行ったときの姿とは一変している。

「いやもう、外は大騒動ですばい。小道のじいちゃんと一美は廊下まで来とったばってん、ここにゃ入れんちゅうて、チッソのもんがえらい、うんと来て、通せんぼうしとっとですばい。じいちゃんのまわりや一美のそばは、若か人達がとり囲んどるばってん、一美は学生さんといっしょにされて、チッソの者に引っぱられたり、蹴られたりしてなあ。あん子は物いわんけん、うったまがっとるし。じいちゃんもうったまがって、座りこんでしもうとらしたですばい。わしが、迎えに来たちゅうても、チッソの者が通さんちゅうし、若かひとも引き出されて、もうひとりも、ここのまわりには居らんごつなってしもうとるばい。わしも蹴られて、こう、生爪剝いだ」

彼は、鼻緒《はなお》のひき千切れたゴム草履《ぞうり》を片手にぶらさげ、シャツのボタンも吹っ飛んで胸がはだけ、足指から出る血を床に曳きずっている。

廊下では、後日、転々とした患者たちの宿舎一切係を受持つようになった土方で大工の西郷くんが、これまたはじめてこの日の給料をはたき、バカでかいクリスマスケーキを買ってぶらさげ、青い帽子をいなせにかぶって見舞に参じたが、忽ちこの騒動に巻きこまれた。

「あら、ぼく、場所を間違えたかしら」

チャップリンの踊るときのような具合のステップを踏んで、大騒動の渦の中をステッキならぬケーキの包みを振り振り通り抜け、それからゆっくりと、騒動が終わるのを、半ベソかきながら見学に及んだというのだ。

「へえっ、チッソが申入れ書ば持って来たばい」

川本さんがびっくりしたような声でいう。いつものくせで、わたくしはこのような非常の場合でものんびりして、山本安英さんの「つう」のことなど思い浮かべたり、金石範氏の小説における民衆像とはなにかなどあらぬことを考えていたので、誰かが扉の外に来た気配には気がつかなかった。

「どなたが持って来なはったですか」

「土谷さんの持って来らした」

「なんち書いてありますか」

わたしは暗くなると、びっしりつまった青いうす色のインキの複写活字が見えなくなるので、川本さんは、ノートに大きな字で書き写してくれた。

申入れ書

これまで繰返し申入れてまいりましたように、話合いは、一二月九日未明、嶋田社長の健康上の理由によって打ち切られておりますが、社長の健康が回復次第できるだけ早く水俣にまいり、話合いを行ないたいと存じます。ついては当事務所より速かに退去して下さい。

右文書をもって申入れます。

昭和四六年一二月二四日
（午後二時二〇分）
チッソ株式会社（印）

東京本社内
川本輝夫様
他御一同様

久我取締役が扉をあけて、眠狂四郎絵草紙ふうに顔を出したのはそのときだった。ふいのことで、わたしたちはなんだかきょとんとしていた。川本、佐藤さんは、とっさにまず、

「どうぞ、どうぞ」

と久我氏にこのとき炬燵《こたつ》をすすめたのである。考えてみれば、いや考えてみなくとも、このとき十二月末だった。座りこみといっても部屋らしきものの中ではあるし、お客さまつづきだし、もともとはみな寒ければ手足の先がしびれ、骨の芯がうずき出す病人である。誰かが、古炬燵を調達してきてくれて、四畳敷くらいのところにそれをはめこんでお客さまを受けていた。体を横にして出たりはいったり、足の長いものなら、その炬燵をまたいだり出来るのだったが、みんな、足がいちばんいかれているので、炬燵の上を這って向う側にもぐりこんだりしていた。

そのように自分の社内の一隅が風変りな応接室に変貌しているのを、はじめてみた久我氏は、

「や、どうも」

などといってちょっと中腰になり、珍しそうに一瞬あたりを見廻した。この奇妙な雑然とした臨時応接室兼座りこみ現場の隣りは専務室なのだった。そこに座りこんでしまってからふと見たら、仕切の壁のスリガラスに、ちゃんと専務室と書かれてあったので、患者たちも若者たちもいたく感心して嘆声を発したのである。

「あれえ、まあ！　ここが、久我さん達の部屋ぞネー」

その時もそれ以後もなんだか情が移って、無人の専務室を爪立ちしてはのぞきこみたがっていたほどである。チッソの重役は、久我さんひとりではないけれども、社長室と専務室をつなぐこの通路、またはただの単なる鍵の手であったにしろ、偶然そこに患者たちが座りこんでしまうまでは、なんの屈託もなくその専務室から社長室へ三、四歩で通り抜けてしまう空間だったにちがいない。いわばそこは専務室の入口でもあるわけで、炬燵つきの応接室をしつらえてしまったにしても、やっぱりここは、本来、久我さんたちの「チッソの家の部屋」にちがいない。そういうところに、はるばるたずねて来て話をしたいというのに、逢わないというから、ここを庇《ひさし》ともおもい、やむなくお世話になって待ち続けているのである。そのあるじにいざ来られてみると、もう恐縮なような気分にみるみる染まったのはやむをえない。お客さまをむかえたともつかぬ、他人さまの家にルスの間にあがりこんでいるような、判然としない気持ちのまま、思わず大いそぎで、

「どうぞ、あの、炬燵にどうぞ」

などと、せめて炬燵なりとすすめぬわけにはゆかないのだった。

久我さんも一瞬腰が浮いたようだったが、ちょっと、廊下のななめ天井のあたりや専務室の気配に目をやった。そしてすぐに長い足を折って、どたりというようにあぐらをかいて炬燵にはいる。それから氏はくだけたような、思い立ったような調子で両手を炬燵の端につき、切り出した。

「さきほど、当方から申入れました件ですけれど、ひとつ、川本さん、えーと、石牟礼さんもいらっしゃいますことですから、証人になっていただきまして、ここはひとつ、今日はいさぎよく、ご退去いただきたい。まあ、いただきたいのですがね」

「はあ、まあ、さっきからの騒動で、大体そげんふうに持って来なはるじゃろうちゅうことは思うとりましたばってん、ただ退去しろちいいなってもですな、どこさね行けばよかですかなあ。帰られんとですよ、わたしどもとしては、なあ、佐藤さん、手ぶらでは」

「はぁい」

「退去しろちゅうことですが、この、会社の申入れ書は、いっちょも、内容の無かですなあ。中身の方がいっちょもなあ。これじゃ帰られんですもん。ここにこうして居っとは内容ばですな、煮つめてもらおうと思うてですなあ」

「いや、内容は抜きにしてご退去いただきたいのですけれどもね。なにしろさいさい申し上げておりますように、こんな異常状態ですからね。お話合いもなにも、できないですよ。ほかのひとたちはゆかれたのに（中公審のことらしい）、あなた方だけがこうしておられることは勝手じゃないですか」

「ははあ中公審のことじゃなあ」

川本さんがひとりごとめいて呟いた。

「いつまででんここに居るとは、どこに原因があるですか。勝手ちな？」

佐藤さんはいついかなるときでも生まじめに、ひたむきに応答する。申入れ書を指さし、

「話しあいに応ずる、自主交渉に応ずる、ち、書かんな」

という。

「いや、いつまでここにおられましても、平行線ですから。いまは、ものをいわん格好になっているから、水俣に行って話しましょうと云っています。水俣に来いとおっしゃるから、ゆきましょうと云ってます」

佐藤さんは、困ったような顔になり、それでもなんとか、わからせようとしているらしかった。

「うんにゃ、その、水俣に来んなちゅうことはじゃな、そげん意味じゃなかです！　あんたたちは、まこて人間の……」

「今日はね、私どもの意志を伝えに来ましたのですから、ここで、いま議論をしてもはじまらないですよ。いいですね、ご退去いただきたいということで、それをね、お伝えいたしますですよ」

観察するような、軽蔑するような暗いまなざしになり、川本さんはしゃべらなくなってしまった。

どうやら久我氏は会社を代表して、十二月七日以来の〈異常事態〉に終止符を打つための社内方針を通告に来て、かたがた座りこみ現場の様子を見にも来たのであるらしかった。ぼろの小山がこんもりと隅々にうずまって、足の踏み場もないような〈部屋〉の中に、三人の人間しかいないのを見とどけると、

「このあとね、当社の方針については、記者会見をいたしますのでね、じゃ、ご退去いただけますでしょうね、それ申上げに参りましたんですから」

氏ははるか前方に、やるべきことが山積みしている老練なビジネスマンらしく腰をあげ、ついて来た若

手の幹部たちと共に、すぐに引きあげた。

二人は、顔を見合わせ、

「ははあ、この部屋の様子ば見に来たっばい」

「また丸の内署ば連れて来るとじゃろか」

「さあ」

「たった三人じゃもね、丸の内署でも、従業員でもよかったい。どれどれ、荷物ども片付くう。腕ずくでやられればかなわんもね」

三時半に、ぎっしりつめているような扉の外の従業員から呼び出しがあり、小道のじいちゃんが廊下まで来ているけれど、川本・佐藤さんに、来ていることを伝えたい、といっているという申入れがあった。

「今度は、逢わせるかな」

佐藤さんがまたビッコをひきながら出てゆく。

ここからほうり出されるか、家宅侵入罪とやらで、丸の内署に連れてゆかれたとき、後続して到着する患者たちの宿舎をどうするか。一里四方まわれば、隅から隅まで行ってしまえるような水俣にくらべて、東京では、移動するだけの足代と案内人を確保するだけでも、気の遠くなるような話だった。二カ月くらいも前から、不眠不休で上京準備をも用意しつつあった熊本組の、とくに学生たちの間には、病人が出はじめていた。栄養失調と不眠が原因だった。

「一夜の宿を……若い人たちを二、三人ずつ、熱いお風呂に入れて下さり、畳の上の、お蒲団の中に寝かせて下さるお宅はございませんでしょうか。申しかねますが、ついでに熱いおみおつけをいっぱい……」

心当りにそのような手紙を書き、電話をかけるリストをわたしはそのときつくっていた。この一角にただ座っているだけで、加勢人たちの持ち場や、分担のわり振りや適応性のようなものが、自ずから定まってゆく様子が、日に日にわかっていた。差し入れのごはんの内容や、それが配られてくる時間や、「お客様」を応対している応対のしかたで。炊事班が編成され、医師団が編成され、資料班、患者係、連絡係、会計係、というふうに。後日、ゆるやかな意志確認をして編成し直されたが、このときまでは、自ずから好きな持ち場を見つけ出し、嬉々として働いているという感じだった。各持ち場は固定しておらず、ひとりが資料作成も連絡も、炊事当番もやり、各人がそのようにしてまわり持ちで幾重にも重なりながらつながっている。それを結んでいるのは、患者たちの気分や症状やもちろん情況そのものだった。

前々夜二十二日、座りこみ部屋の隣の臨時記者室になってしまった大会議室には、渦巻き状になるほど加勢人や見舞客たちがつめかけ、一種の大集会がはじまった。

発言は主に、都市型学生とおもわれる層から出され、外まわりで働いているひとびとらしかったが、患者たちと接触できないという。つまり「自分たちは、いったい、なんのために、闘争支援に集まっているのか、患者さんたちの闘う意識とはどういうものなのか、直接発言を、おねがいします」というような趣旨である。

患者たちは正月も間近に控えて、はじめての上京行動がどうなることか、一寸先もわからぬ瀬戸際に立たされていたが、学生たちの討論好きに律儀に耳をかたむけ、ひんぱんに飛び出す学生用語をききわけようとしていた。

「ごはんばかり作っているものですけれど、水俣病の患者さんが来ていられるし、階級闘争における水俣病闘争の位置づけと展望を知りたいとおもって参加したんだけれど、女たちにばかり炊事係のシワ寄せが来て、闘争の現場に来られないのでは、運動の中における新しい男女差別ではないか」

などという女性の発言が、かなり大まじめに深刻に出されると川本さんも佐藤さんも、びっくりして座りなおした。

「ハア、こらまた！、えらいむずかしか問題で、気の毒かですなあ」

と、しんから申し訳なさそうに首をかしげてしまうのである。

後日患者たちの宿舎を維持し、ゼッケンつけてデモにも出るが、文字どおり炊事洗濯業に徹したグループは、このようなときには、大混雑の中に足を投げ出して座ったまんまの姿勢で、互いの肩に首をのせ、健康な寝息をすうすう立てて、ねむりこけていたりする部分であった。

「あれまあ、よんべの集会、そんなのだったの、勇ましい、勇ましい。おほほほ」

と、おっとりしている。

大会議室の正面壁面には、チッソ創業者野口遵氏の肖像画がかかげられていた。気をよくした若者たちは、大集会が終わったあと、球磨や水俣の流儀で安焼酎の一升びんを持ちこみ、ちょっとした酒宴を張ったらしい。

その、正面に野口遵氏の肖像画を置いた広間の、野宴めいた大車座の模様が、中にいたらしいカメラマンにうつされて、次の日の朝日の朝刊に半頁大の大きさに出たものだから、それでチッソ側を決定的に刺戟して、二十四日の患者排除になったのだという説もある。いずれにしてもそれは、創業時からのチッソ社史からみれば、象徴的な写真というべきだった。

貝殻虫たちが発していたようなあの、みしみしみしという音は、いつの間にか止んでいた。八時半に、〈異常事態発生〉以来、はじめてチッソが自分から正式の記者会見をするというので、隣室に常につめかけていた残りの記者たちも呼び出されてそちらの方にゆき、隣室も、あたりの廊下も空っぽになったらしい。

その、隣は空っぽになった状態の中に、再びまた久我氏がやって来た。こんどはなんだか、ものいいも目つきもがらりと変っている。

「川本さん、なあ、もう、決心しようや、あんたも男じゃろう。決心しなはれや、決心して水俣に帰る、なあ」

「いいや、このまんまじゃ帰られん。爺ちゃん婆ちゃん達が待っとるけん、正月も来るとに、あんた」

「それなんぼいうたかて平行線や。会社は方針をきめた。ほかの人たちは中公審にゆくということで話はついた。あんた達はムリばいうとるばい。水俣に帰って話つけようと、社長が自分でいうとるわけやから、帰ろう！　決心しよう！」

川本さんはむっつりして片肘をつき体を横にのばす。

「あんた達は、まこて矮小化して、いともかんたんにいうなあ」

なんだかあわただしくなって這入って来た久我氏の様子をしげしげとみていた佐藤さんは、穴ぐらの奥のようにしんとなってしまった片隅にぴかりと金歯を光らせ、かなわん、というように苦笑した。

「いや、こんなとこね、なんぼがんばってみてもやねえ、ムダなんよ、あんた達ばっかりよ、こんなことしとるのは、ぜんぜん解決にはつながらんのよ」

「………」

「環境庁裁決の内容の事実をいうとるんや。この議論、なんば云うても同じよ」

「ははあやっぱりわかった。そういうことでまた水俣に行こち云うとじゃな。あのな、ふところの中にな、ヨロイを着て、ヨロイを隠しとって、外に法衣を着とって云うたちゃな」

佐藤さんはどもりどもり、法衣の下にヨロイのたとえを云おうとするが、なかなかうまくいいあらわせずけんめいになっている。

「その、ヨロイを脱いでたいな、本心から法衣を着てですね」

川本さんが無表情に、申入れ書をちょっと指先ではじきやるようにしていった。

「越年資金二十万円、無条件で出す。中公審はおっどんが場合はとり下げる。白紙でのぞむ」

「会社は中公審、ああたたちはイヤだという。それでよか。平行線だ、イヤだと云っていいよ。わたしゃサジ投げるよ、ここにほら、汽車賃持って来た」

久我氏は下層向きのことばらしい大阪弁や水俣弁のはしきれを使ってしゃべり出したが、ふいにふところから白い、ちょっと厚みのある封筒をとり出し、ぽんと炬燵の上においた。それはなんだか、とても不思議なような、現世的な見ものだった。

それはまことに意表をついていた。あの世俗と、それから手口を象徴するものだった。けれども、この場合あきらかに、そのような手だては久我氏の読みちがいというべきだった。

眩しそうな、つぶらな眸のやり場に困って、佐藤さんは自分のおさな友だちをちらと見やった。

そのような白い封筒の象徴物をそばに置かれると、川本輝夫は更に暗い虚無的な影を、より濃く全身に漂わせた。

「さあゆこう！　社長は、話合いすると云いよるのよ。社長がゆけんときは、必ず誰かゆく」

「解決につながらん話ちゅうのはなあ……」

川本輝夫は、腕を枕にしてひっくり返り、ものをいわない。仰向けになるといっそう頬のこけが目立ってくる。

久我氏は中腰になったり、立ってみたり、黙りこんでしまった彼の肩や腕に、ちょっとさわってみたりする。そのような種類の光景をみなれないわたしは、なんだかめずらしかった。それはたぶん、久我氏自身がいう、「男と男の話し合い」に入る前提の動作、あの霊長類の学問にいうグルーミングの試みのごときしぐさだったのかもしれない。ともかく氏としては、たぶん新聞記者たちがここに戻って来ないうちに、この場を片づけてしまいたいのにちがいなかった。

「会社はもう、出てもらいたいんだから、川本さん、いっしょに出よう！　ねえ、お立ちなさいよ。いっしょに出よう！　行こい」

いっしょに出よう、行こいという言葉を氏は十ぺんくらいも立て続けに発した。あとは氏の独演会のごときものだった。

「さあ、決心しなはれ。立とうや、佐藤さんも男やろ。ぐずぐずしてもしょうがないやろ、な、その方がお互いのためにええよ。さあ、汽車賃は用意して来た」

「そげんいうたちゃ、ひょっからひょんとは帰れんばい」

「いや、汽車に乗りとうないなら、ホテルでもええ。旅館の名簿、ここに持って来てもええ。持って来て、あんたが、ここ、と指さしたら、ボクがそこに連れてゆく。男じゃから。な、約束する。男と男の話ばしようじゃないの。ホテルに行って。ゆっくり盃でも交してな、男と男の話ばしようじゃないの。もうこれから先のことはいいつくしたことやろ。もう、立つばっかり、決心するばっかりよ。行こう！　立とう！　越年資金の件は先般のお手紙の線で、水俣で話しあいます。つけましょう。無条件で、といっても広いから、ここに石牟礼さんが証人です。これ以上話してもアカンわ。ここでは、こういう態度では解決できん。退いてよ、出てよ。ねえ、出てよ。出てよ、もう待てんのよ。いっしょに帰りましょう、これ以上待てんのよ。え、出てよ。のいてちょうだいよ。もうアカンわ。あきらめるよもう」

氏は無視されてしまった封筒をまたポケットにおさめて、あっさりと出て行ってしまった。

「たまがったなあ！　あの封筒にゃ」

「うーん俺もたまがった」

「いったい、いくら入っとったろか」

「さあ、ちょっと厚かったごたる」

「汽車賃なはいっとったろうもんねえ」

「うふん」

「ああいうふうにして、漁協の幹部共《ども》ば抱きこんで行ったばいなあ」

「俺もそげんおもうてねえ、いちいち、見せてもろうとる感じじゃったねえ」

「うふふ、おまいが肩にさわったろうが」

「気色のわるかったぞ」

二人は大笑いしたが、そのとき扉がさっと開いて、待機していた従業員たちが、音も立てずにスマートに這入って来たのである。

「自分からは、ここは出てゆかんばい」

二人はそういって座った。更に無数の腕が扉の間から伸びて来て、なんだか二人は手足をばたばたやったようだったが腕をいっぽんずつつかみとられ、足をいっぽんずつとりあげられ、苦もなくひょいと吊り下げられて、連れてゆかれる模様である。二人がとり落した荷物を拾い寄せて立ちあがると、残りのひとが、

「ごあんないします」

と言う。

二人の姿はどこを曲ったのか、ぎっしりつめかけている従業員達の隊列の中に、たちまち没した。わたしは遠目がぜんぜんきかなくて見えなかった。

見知らぬ通路をいくつも通ってゆく。途中にはもう加勢人たちの顔はひとりも見当らず、おそらく川本・佐藤のご両人とも、どこかで座りこんでしまおうとしている小道のおじいちゃんの通路ともちがう、別の通路を「ごあんない」されているらしかった。通路の角々には、従業員らしい気配のひとたちが立ってみていたが、もうあの、潮の干いたあとの渚のような、舟虫たちの賑やかな気配や痕跡のようなものは、どこにも感ぜられなかった。象皮病のようなビルの壁が、分厚く、どこまでもどこまでも突っ立っていた。

第七章　供護《くご》者たち

動くものも動かぬものもいっせいに鳴り物に化した夜が更ける。

このような騒音都市の将来の宰相は、最高度に鍛錬された音感の持主でなければならず、この騒音の生態を、ひとつひとつの小楽章にまとめて管制し、超前衛的オーケストラの指揮者のごとき能力をもって、この都市を荘厳な一大交響楽都市として営むことをもって、民衆へのアピールとすることだろう。

それには、鳥の羽毛よりも繊細な、なまちょろい民衆の音楽的感性や日本的叙情性などというものを徹底的にすり潰し、変質させる必要がある。

たぶんこれは民衆というよりも民族的次元の課題である。進歩する近代文明の中でもっとも栄光をきわめるためには、音感的鍛錬度の極限に達せねばならない。

ジャンボジェット機の轟音も、地下鉄工事の不協和音も新幹線の音も、ラッシュの時の靴の音も、ブルドーザーの音も、これみな、日々進歩をとげる「音」の超前衛性を表示しているひとつと思えばなんの苦にもならぬ。なんと、あまねく音の素材という素材が汎神論的に氾濫し、沸騰して来たではないか。

すでに五線紙に音符を記すなどという前近代的手法を使う作曲家などはいなくなった。民衆の生活が日常的狂騒曲をなしている以上、次代の音楽家は更にのっぺらぼうの轟音世界から誕生せねばならぬ。とはいえ、超前衛音楽といえども、民族の深い音感の伝統に根ざしてはいたのであるから、あるべき音楽工場は、無形文化財としての古い時代の音楽をカンヅメに製造して、民族の中にいまだに残存している懐古趣味にも、こたえねばならない。ＮＨＫホールなどは国家的規制によって、あるがままでそのまんま都市轟音と融和させるような管理のもとにおく。

現代の音楽家は近代技術の粋が発する原子音を即興的、永遠的に自動の芸術装置に縦横に記しとどめよ。白い手袋というものはなんのためにあるか――。

そのような金属音のアピールがどこからかきこえてくる。

鼓膜の調節が外れてしまった患者のような、かなしげな顔をして、都会のひとびとはコンクリートの上を泳ぐ。かつてはあった巷の夜というものを思い出そうとして。

轟音のあいまを縫ってかすかにききとれるジングルベルの音というものも、このような夜に鳴るのにふさわしかった。それは非常に軽やかで白痴的な機械音だったから。ひとびとは疲れた体操人形のように、この音楽の暗示にかけられて、泣き笑いのようなあごを浮かせ、土ふまずをぺたぺたさせながら歩くのだ。

誰もが人恋しかったがそれは果たされず、かわりにちいさな機械を、職場やらホームやらに持っていて、無垢に、がんぜなく愛しはじめていた。トランジスターラジオやテープレコーダーや、写真機や腕時計を。けれども人びとは、その機械たちからさえ、なんだかもううとまれていた。

かつてこの地を関東の平野と呼び、武蔵野と呼び、数々の風土記を産みなしていた肥沃な大地は、地の表を息もつがせず擦過する車輪や鉄の爪たちのために呻吟し、身ぶるいしながら発狂しつつあった。風土記の時代はこうして終わる。地の霊たちは、森林や田園がかもしていたあの静寂な、深い浄福の中から生まれていた音楽の天啓を知らなくなり、機械たちが鳴らす唄を背負って、身ぶるいしている地の上を走りまわる。聴覚の磨滅した、ちいさな耳をもったひとびとをひき連れながら。光の川のまぼろしの中をゆくように走る。なんにも産まなくなっているばかりの大地の上を。

産むという時代は去り、培養される時代がもうやって来つつあった。

たぶんそれで、あらゆる生命は試験管から産まれるようになるのは当然かもしれなかった。すでに、そこまで人間は罰せられ、そのような愚行にとりつかれていた。試験管ベビーを培養したり、遺伝子をいじくり出したり。

とはいえ、このようなかなしい世界をくぐり抜けて、チッソからほうり出された患者たちを気づかい、ある種のひとたちが、なにやら恥ずかしそうに、クリスマスケーキを背中にかくしてやって来る。なんとこの暗い寒い夜に集まってくる人間たちは、小さな民たちであったろう。

わたしは、未完の詩の一節をふいに推敲する。

　はにかみの国の魂は去り
　はじめより言葉なかりき

何者かが目の前の土の上に立ち迷う。その声が低くしわぶいていう。

遊びをせんとや生《う》まれけむ、戯《たわむ》れせんとや生《む》まれけむ、遊ぶ子供の声聞けば、我が身さえこそ動《ゆる》がるれ……。


梁塵秘抄の、日本中世の一市井人のかなしみが、ほんの一瞬、わたしと合体する。そしてかなしみの側からわたしは眺められる。……遊ぶ子供の声聞けば、我が身さえこそ動がるれ……。

ながい死の行程は、この都市のように多彩だった。

ひとびとの微笑の中に、あの含羞がみられるのは、多分彼らが来たるべき運命を予知し、なにものかに同化したがっているからにちがいない。

この都市もまだ生きているものたちの墓場だった。ひとびとは日がな一日、ゆきつくところがある筈もないい出発をして、水俣のものたちの所にも立ち寄ってゆくのかもしれなかった。

どこへゆくのか。幾重もの回路がめぐらされ、山手線とか中央線とか、地下鉄とか、ゆく先と出発駅がいつも同じになってしまう電車に乗って、ひとびとは毎日出かけてゆく。じつは毎日戻るばかりだったが、そのような電車をめがけてひとびとは殺到する。定められた同じ回路を回るばかりの電車にむかって。それは現代の賽《さい》の河原だった。

みえない蟻地獄をひとびとはどんどん掘り広げていた。チッソの社員たちだとて、そのような蟻地獄の住人にはちがいなかった。夜更けか夜明けになると、自らうがった穴の底に、ぽろりぽろりともぐりこむ。階段を、天にむかってほんのすこしばかりのぼり、アパートなんぞにもぐりこむが、アパートだとて穴にはちがいなかった。たぶん、このようにしながらこの都市は自分で発火する。体を入れた穴ごと。たぶんあの、蜂の子たちのように、むし焼きにされ、物質の神の食事になるために、自分の穴にもぐりこむ。そして、溶解する。

だから、かなしい人間たちは穴を出て、気弱な神のようにほほえみながら、水俣の患者たちを遠くから眺めるのである。チッソから出された瞬間、この世の表相をちらと眺めてわたくしは思わず破顔した。なぜかというに、この情況は、進行する歴史の総体とかいうものにぴったりと合っていた。被害民たちのためにも、この小事件は悪くない。それになんだか、このときの気分はわたくしの好みに合っていた。個人の感性というものは情況の機構から外れることがまま多い。ことにわたくしは、いろいろと「うっ外《ぱず》れている」ところでだけ、辛うじて、ほんの少しこの世につながってもいるのだったから。

ゆっくりまわる走馬燈のように、チッソの中の幻覚の解放区は、表通りの路上に移りかわった。人々が寄り集まってきたとき、わたしはうず高く散乱しているボロ毛布をかきわけて、髪を振り振り、もぐらが野天の星を見たときのように笑った。それは、ひとびとにすぐさま感染したようだった。

「なーんだ、笑ってるの、道子さん。散々みんな心配していたのに。よかった、よかった。川本さんも佐藤さんも小道さんも一美も元気だよ」

よいこと、でなくとも人間というものは心楽しく笑うことができるのである。わたくしは一瞬真面目な哲学者のようになり、一族の族母の気持ちにもなり、心は忙しかった。ゆく当もない宿や、これからの永いさすらいのための、鍋釜茶碗などをあらためて探さねばならない。菰《こも》包みを抱いて橋の下に寝る、という発想をそのときわたくしはした。しかし寒かったので、患者たちのためにまた、炬燵や火鉢を調達せねばと思ったり、それからあの楢山に座りにゆく「おりん婆さん」の感懐のように、ああまたこんやどもは、雪に来てもらうわけにはゆくまいかと思いながら、東都の満天にむかってその夜を座った。

外への旅よりも内なる旅のほうがより遠い。そして旅とやらは、こうしてはじまるらしい。巷の名残りのジングルベルのために一瞬の祝福をおくると、永遠の地平が心の中に展く。その晩から、あの農大や慶応の学生がはじめたテントには魂が入り、それは患者たちのためのテントになりかわった。

宮城の前に腰かけていたあの鳩の聖者は、たぶんこのような星のこごえている夜に死ぬのではあるまいか。人に知られぬ聖者などというものには、生涯にただの一度だけ逢えればそれでいいのだった。申し分のない野垂れ死が、彼のいのちの終わりをつつむだろう。そのいのちのきわのまぼろしを、たぶんわたしたちは共に見たのであろう。

たぶん、市井の片隅にあった固有の生死《しょうじ》などというものは、もうありえない。コンピューターのはじき出すずさんな統計にはもちろんのこと、人に知られぬゆえに、機械にも知られぬ死がどこかで毎日処理される。

そのようなある日に鳩が一羽、漂浪者たちの路上に落ちてくる。排気ガスのやにが、やわらかな胸毛の毛穴の、一本一本の根元にまで、のこりくまなくぎっしりつまっていた。そして飛べなくなって落ちてきた。まるであの再び逢うことのない宮城の前の、聖者の使いのように。

ひとりの少女が長い髪をゆすりながら、死んでゆく鳩の番をするようになった。そのまわりに、幾人かの少女たちがひっそりと集まっていた。鳩と少女たちと水俣の漂浪者たちは、同じ景色の中に置かれていた。彼女らは漂浪者たちの身辺に、居るのか居ないのかわからぬように寄りなずみ、こわれた大きな鍋のかたわらで、煮物などをしていたが、後にはヌカミソまで漬けこんだりしたのである。上野の「アメ横」などから買い寄せられてくる、大安売りの野菜や魚は最下層の民の食物にふさわしく、彼女たちの料理はごく庶民的で、冷凍魚などを天才的に味付した。

「フランス語を専攻しているのだけれど仕方がないの。アテネフランセというのが、ちょっと好きだったのね、若かったもんで、ウフン……」

無口な少女はとある日そのようにいう。彼女の友だちによれば、

「彼女、ほとんど人間には感情を示さないんだけど、人間以外の生きものには、なんだか反応を示すみたい」

ということだった。

彼女の目は大方伏せられていて、まるであの、ロンドンのナショナルギャラリーのロージャー・ヴァン・デル・ウェイデン描く婦人像のように、ほとんど無表情で、まるで人間ばなれしているようにさえみえるときがある。

鳩は、雪の日も、可憐なくれないいろの眸で見あげながら、首を宙天にむかってさしいだし、羽をひろげようとするのだった。けれどもその首の力は、空へむかって飛翔することにはついぞならず、背中の両の羽根の番《つが》い目の方へ反りかえってしまう。ひろげた羽根は、全体に黒く膠着《こうちゃく》した粘着物のため、ばたばたと重い音を立てた。それからその重過ぎる翼のために、うしろにひっくり返ってしまうのだった。どこかで見たような姿態だと思ったら、あの胎児性患者たちの首の様子にそれはそっくりだった。それはまるであの、海べの猫たちや、カラスたちの痙攣の姿にじつによく似ていた。

少女たちは、こわいブラシの毛先のように固まって、パサ、パサ、とかすかに動く羽毛の上におそるおそる掌をあてがってみては、すぐにその掌をひっこめ、羽毛を固めている黒い粘着物について小声で幾日も論議した。お湯を含ませたむしタオルで拭きとってやればとか、いやいや風呂にいれた方がよいなどと云ってみるものの、厳寒のさなかだったから、風邪で死ぬと思わずにはいられない。よくよくみれば羽毛の外のみならず、羽毛を形成しているやわらかなあの管状の、あの鳥の肌というものにぎっしり植わっているズイの中にまで、毛穴という毛穴にその黒い粘着物が這入りこんで、透けて見えるのだった。自分達の介抱がほとんど絶望的であることが、口に出さずとも胸にあって、少女たちはその鳩のみじろぎのような呼吸をしていた。豆や米の粒や、やわらかそうな菜っぱの芯のところなどを、痙攣のおさまっているときの鳩のかたわらにさし出してみつめたまま、誰かが必ず何時間も、その鳩にただ寄り添っていた。

患者たちの周辺にいつの間にかいる彼女たちのそのようなたたずまいは、不思議な静けさを、この大集団のうごきの中心部にかもし出していた。自分たちの仕えている者に、個別の親しみを示すふうでもなく、ほとんど心は別の世界にあるようでいて、誰がしたともわからぬ心づかいがいつも患者たちになされていた。伝説の中にあらわれて、あの永遠というものに仕える神女たちのしわざのように、その働きぶりは、患者たちの目にはほとんど見えなかった。

彼女らはほとんど静かであり、運動論のたぐいのことをついぞ口にしなかったが、それでも、乙女というものだけが持っている回春性のごときものを持って、故郷を離れて来たひとびとの身辺にいた。

生まれながらの稟性《ひんせい》というものが常に野天にあって、ひとびとに見えないごとく、彼女らはごくふつうの娘でもあった。学生であり、若者たちにとって恋人であり、ひとりひとりよく見れば下宿のおかみさんふうがいたり、しっかり者かと思えば、夢物語のように可愛い笑い上戸がいたりして、いわば娘たちというものだけが持っている変幻自在の魅力をも、余すところなく持っていた。Tシャツや着るものを交換しあい、洗い合って着ていたが、クリームひとつ塗るでない素肌には、あの若いお色気さえも匂っていた。この、親や家思いの娘たちは、親たちの願いよりはひょっとして、よりつつしみ深い操持からこの世の実相にかかわっていた。そのような魂の深所から発するくろぐろとしたまなざしの色が、闇を展く光源のようにうごいていて、ふと眸を見合わせて語りあうときに、忘れがたい印象をのこすのである。どんなにもよい娘たちであったことか。

この娘たちのかもし出す宿舎の雰囲気に、心身の傷痕ただならぬ被害民たちは、そこにいるのが当り前のように心ほぐされ、ほとんど気楽に、東京にいることが出来たのだった。

老人は、かなしみといかりのためにやって来た。

小道徳市老人は、ほとんど、いかりの御輿《みこし》のご神体のように、無言のまま担がれるようにしてやって来て、籠城患者追出し作戦に遭遇した。

チッソの中に這入ろうとする自分を阻み、かつまた、中にいる川本患者らを実力排除しようとしているその物理力のせめぎあいのまっただ中に、供護している若者たちともども立往生する形になった。端正でものしずかな老人は、騒ぎをひとめみて、（彼は隻眼《せきがん》だった）ことの次第を了解した。なるほどなるほど、こりゃなるほど、川本さんが一歩もひかれんと思う気持ちが、一発でわかったわい。それならばよしよしと老人は思う。

「こりゃちょっと、わしを降してくださらんか」

老人は、威儀を正してその場に座りこんでしまったのである。煙管《きせる》でも持って来ていたならば、ゆっくりと刻み煙草でもつめ替え、一服やりたいような気分であったが煙管を忘れて来た。

広島の出身である。瀬戸内海よりは、さらにごろごろなまこがいるという不知火海域の水俣に、戦前から来て住みついた。不知火海は古来より品質佳良な「干しなまこ」の産地であり、俵物といって、天草ではふかのひれと共に、国内よりも中国への輸出を天領時代から義務づけられていたのである。

天草や島原かいわいでこの俵物を扱う輸出商は、船主たちと共に港々の存続を維持していた。さきの大戦によって中国との国交が途絶してからは、干しなまこの需要先は当然せばめられたが、茹であげて、高い天日に干しあげるなまこの味や質が落ちるということはなかった。

けれども彼の製造する干しなまこが、海を渡って異国の舌客に珍重されるということはもう永遠になくなったのである。そのために若年の頃からの志を雄飛させ、水俣に来たのであったのに。

「不知火海の干しなまこの味は、日本人にはわかりませんですけれども、支那の人間たちは、古来から舌が肥えちょりますけ、高うゆきよりましたです」

しかし、彼の心には、もはや自分の干しなまこのことなどは、雲煙の彼方のようにかすんでいた。そのようなものを手ずから製造し、その手ざわりでもって、寄り集まってくる渚の女たちと「色ばなし」なんぞを交わしながら、支那大陸に志をおいていた年齢は、健康体であったとしてももう過ぎ去った。それよりもどれほど多くの、いやほとんどの船友達を、この業病であの世に送りやってしまったことか。ことに川本輝夫の父親の嘉藤太どんには、よそものの彼はどんなに世話になったことだったろう。

「ありゃなぁ、やっぱり、輝夫さんのおやじらしゅう、男の中の男ちゅうようなひとじゃった」

その嘉藤太どんの死んでゆくのを見、部落中がじわじわ死んでゆくのに立ちあい、自分もながい間ぐあいの悪いのを隠していたが、嘉藤太の息子に探しあてられて認定されたのである。

年をとってゆくばかりの人間にとって、自分の生涯のつきあいの友人たちが、ひとり残らず非業の最期を遂げてゆくのを、いちいちまじまじと眺めていて見送らねばならぬということを、生涯の終わりをお世話になろうと思っていた部落の者たちが自分よりも先に死んでゆき、海が死んでゆくのを、腰も萎えたこの老人の気持ちというものを、チッソの幹部方はなんと思っとるのじゃろう。「少しは年を拾うたこの国の大臣方」は、なんと思っとるのじゃろう。

とり残された自分もじわじわ、あのようになってゆくということがどんなおもいか、なぜ年を拾うたものにそのようなおもいをさせるのか。東京にはなにがあるのか、この国の要諦にあるものたちは何をしておるのか。小道徳市一生の終わりに当り、見とどけんがため、老躯をひっさげ、病人ながらやって来たのでありますと、言葉を正して彼はいう。

「年は拾うておりますけれど、わしゃ川本さんというひとを、しんから底から信頼して、その御苦労の、万分の一でもつとめさしてもらおうと思うてやって来ました。東京にやって来られぬ患者たちの替わりに、この年寄りでよければ、チッソが頭を下げるまで、いやチッソだけでなく、日本のため、世のため、わしゃ白骨になってから、帰るちゅうて、婆さんにいうて来ちょりますけん」

老人は、背中を伸べなおしてしばしばそのように云ったが、チッソの廊下で遭遇した出来ごとは、いかなる意味を含んでいるか、海路をはるかに見渡して、風の進路を見たときのように、一目して状況の前後をもその由来をも、見てとったのである。

「わしゃあおかげで、えらいところに乗りこんで来ましてのう」

チッソの従業員たちが、なにやら無言であたりを圧している老人の様子に苛立って舌打ちし、

「じいさん、あぶないですから、おひきとりを」

といったが、彼はぎっしりとつめかけている従業員たちをへいげいしたまま、落ちつき払って、若者たちがどんどん積みあげてくれる毛布を小高く敷きこみ、あらためて座りなおした。

若者たちは、はじめそのような老人の様子を見て、浅はかにも思い違いをしたという。

「おじいちゃんびっくりして、腰を抜かしてしまった」

しかし、首すじをまっすぐ立てている老人の、無言の気魄に圧倒されて、逆に活を入れられたのである。

「小道徳市はもう、本年七十五歳、年は拾うておりますが」

以後戦場にのぞむとき彼はいつも荘重にそう名乗りをあげる。

「チッソをォ、オレたちの手でェ、フンサイするぞう」

若者たちのまことに芯の坐らないそのような類型的シュプレヒコールとは、どだい人生の貫禄がちがうのである。おじいちゃんが威儀を正して名乗りだすと、若者たちは調子が狂って、自分たちの阿呆づらが見え、しゅんとするというのだった。

文字に書かれぬ黙示録が、現世のどこかで常に営まれているのをわたしたちは知る。小庶民の一生より見れば、書物の中の物語は、平俗な実人生の一代よりは数等軽く思われるにちがいない。けれども、歴史のダイナミズムが一人の平凡な人間の中に、収拾しがたいまでに刻印されることがある。

小道老人とともに江郷下一美青年が、一家の水俣病と自分の水俣病を背負って、この日やって来たとき、チッソの最初のもてなしは、従業員たちの「足払い」と「ゲンコツ」であった。

泳げなくなったおとなしい海豚《いるか》のような青年には、しばらくは事態がまるきりのみこめなかった。痛覚が麻痺している末梢神経や、極端な視野狭窄であるにもかかわらず、痛覚が、肉体の痛覚というよりは、麻痺している神経の一番根元の芯のところが、なんだか、わなないたのを彼は感じた。しかしその意味が自分の中ではっきりするまでにはちょっと時間がかかった。なにかに対して反応するという習慣を、彼はもう長い間持っていなかった。

小学校にゆきはじめて間もなくこの病いにかかったが、本人はもちろん誰もまだその事態に気づかなかった。自分の村の中にある小学校へゆく道をすっかり忘れてしまい、

「母ちゃん、ガッコはどこけ?」

と毎日聞く。

その母親も弟も、妹もぜんぶ同様の症状になり、ひとりひとりが天草の島々の上の宙天に吊り下げられて、そこからこの世の形相を逆さに視ているようなぐあいだった。きかれた母親の方も

「こん子はまあ、なしてガッコにゆく道ばうち忘れたろうか、おかしなもんじゃねえ」

と思うには思ったのだが、教えたつもりがほんとに教えたのか、聞いた方が忘れるのか、いまだに判断がつきかねるところがある。

箱庭のようなちいさな波止の、石垣の縁にある家の少年は、神経の失調のため、あそびなれたその石垣の縁からさえも海の中に落ちこむような、なにしろ、この世がぐるりぐるりと逆さになってくるような日

常だったから、「ガッコ」にゆくどころか、わが家の畳の上を歩くにも、壁につかまってでなければ足が動かなかったのである。少年期から青年期にかけて、世の中がいったいどうなりつつあるのか、自分がいったいなんでそうなったのか、水俣病問題というものがどうなりつつあるのか。

世間というものとすっかり途絶して、隠れる、という本能の中にだけ閉じこもっていた彼には、わかる筈もなかった。

水俣病伝染病説や業病遺伝説をまっさきに、もろにかぶったのはこの一家である。

「あそこはえらい多子持《うご》ちで、こんだはえらいうんと病人どもを出して、会社ゆきの退職金よりもうんと銭の来て、多子持ちは、こういうときはよかぞね、子は宝ばい」

この家のことを部落でそう聞いたのは、すでに昭和三十四年頃からである。事件発生のはなから、水俣病に伴うあらゆるいまわしい出来ごとは、内からも外からも、まずこの一家を最初の血祭りにあげる形で常に襲いかかっていた。和子という女児は死んだが、とにもかくにもこれまでに、一家は生きのびたのである。

熊大のまだ若き日の原田正純氏ら精神神経科教室の研究者たちが、第一次熊大研究班解散後この部落を訪れ、一家全滅のモデルケースであるこの家の少年たちの予後調査を幾度やろうとしても、少年たちは気配を察し、かなわぬ体で、このときばかりは一心に岩伝いの磯の上を逃げ出し、真摯な若い先生方を困惑させ続けていた。

同じ部落内といえども、外の人間に対しては心をひらかなかったこの一家も、まず母親のマスが、和子とおなじころに死んだ坂本キヨ子の母と連れ立って裁判組に加担し、熊本の裁判所などへ通うようになってから、世間への通路がかすかにひらかれるようになった。一美と美一も若者たちのいる雰囲気に心ひかれるのか、ときどきまぶしそうな顔をしながら、市民会議の調達するバスに他の患者らと共に乗って出て来た。言語の失調があるので、のどの奥の痙攣をのみこんでいるような、かすかにあえぐような顔になるが、ほとんど口をひらかなかった。

告発する会の青年たちとほぼ同じ年の頃のこの兄弟の、まともな言葉というものを、したがってその気持ちというものを、ほとんど誰も聞いたものはいなかった。兄弟が、足をひきずりながら集会などに姿を見せると、熊本の若者たちは、なんとなく眸ばかりしばたたいて口数少なくなり、やにわにカンパなどにせい出すのであった。

ながい年月、この兄弟は、自分の体に住みついた水俣病とともに暮し、自分の病気になれ親しもうとしていた。部落の中の他の患者たちと同じように。好むと好まざるとによらず、彼らにとって切っても切れぬ相手は、これを追い出すことができぬ以上、水俣病そのものに他ならなかった。

彼は自分のしがらみである有機水銀とともにいつも歩いていた。歩くという力学で、自分の中にいるそいつと自分そのものとをふり分けるように、弥次郎兵衛のように、一歩一歩、歩くけいこをする。もはや一体化している有機水銀と自分とをふり分けることなどできないのだが、この世と自分との関係をとりもどすには、なんとかそうやって、大地というものに、自分自身がつっかえ棒になって、立ってみねばならぬ。自分の中にある錘《おもり》をふたつに分けてふりわけに荷い、平衡を保つように心がけ、踏みしめて立ってみてはじめて、傾いてぐらりぐらりとしている世の中が、足の下に広がり沈んでつかのま安定する。

世間との通路がわずかにひらけたといっても万事がそのとおりで、人が話しかけてくれても、のみこめぬことおびただしい。のみこめたことでも、こちらの想いが相手にとどくことなどついぞあったためしはない。けれどもそのような視界の中に輝夫さんがやって来てくれて、父親もとうとう認定され、輝夫さんが来てくれた意味はまっすぐによくわかった。輝夫さんなら、面倒な思惑や言葉は交わさずとも、言葉以外でわかりあえるのである。同じ患者だったから。この家は、自主交渉派と訴訟派の二本立でゆくようになった。

兄弟たちの内部世界には、発病の頃小学校への往き道をうち忘れ、いぶかしげにたたずんだままの少年が、そっくりそのまま居残っていた。とくにもう二十八になった兄の一美のまなざしには、眸のずうっと奥の方にもうひとつ眸があって、そこからなかなか出てこないような、その奥の方にあるもうひとつの眸で、まぶしげにこの世をみつめ、それを表の目にうつしてたしかめようとしているような稚なさが漂っていた。

小道老人とともにはじめてチッソに上ってきて、ふいにとり囲まれ、足ばらいやら、ゲンコツを「噛ませられた」とき、この、いつもは膝を抱いてうずくまっているばかりの、おだやかきわまる青年は、不思議そうなまなざしになり、幾日も考えていた。それから「ながくひっぱるような、舌のまつわるような声音」でゆっくりいったものである。

「たまがったなあ――。もう」

たしかな衝撃を彼はうけた。

いくら気のよい好人物で視野狭窄といえども、自分に鼻つき合わせに向けられたチッソ従業員たちの憎悪はよくわかった。

「学生さんたちと……間違えたかもしれんなあ。チッソのもんにゃ、おら……はじめて逢うたで。向うも知らんじゃったかも……しれんなあ」

なんだか相手達をかばうような口ぶりで彼はそういった。

水俣病は彼の脳の奥に住みつきすぎ、彼は、自分の終生の同行者を、考えてみれば、自分の目の前にひき出して、しげしげと眺め入ってみたということはついぞなかったのである。裁判所の法廷というものには時々行くけれども、チッソの代理人が来るには来たが、こちらの方も弁護士さんの代理人というものに立ってもらっていることだし、チッソの代理人をみて、自分の相手という気分になったことはなかった。

「自主交渉ちゅうとは、直接、会社と患者と、つまり、加害者と被害者がおるとですけん、本人同士がやるのが、いちばん筋道ですもんな。他人の第三者には任せずに、被害者が、自分の力でやるちゅうこっです」

かねがね、輝夫さんがそういっているので、そうじゃろなあ、という程度に納得していたが、食いつきそうな顔をして、なぐりかかってくるチッソ従業員をぼんやりみていたら、

「俺じゃが、俺じゃが」

と、水俣病という相手が目の前に、自分から暴れ出てきたようにおもえて、はっと目が醒めたのだ。

「まこて！　これ共《どん》が、犯人じゃった！」

たとえ、学生さんと間違えてゲンコツを噛ませたにしても、学生さんは、患者たちの身内のようなものであるし、よっぽど患者を憎んでいるらしい。

「ひっくり返った、さかさまのことじゃなあ」

彼は言葉にならぬ声でいう。

「俺どんが、チッソば恨むのは、遠慮々して恨むばってん、チッソのもんは、遠慮もなしに、患者にいきなり飛びかかってくるとじゃもん」

なしてじゃろかいねえ。彼はチッソの従業員があわれになるのである。

「おっどんがはじめて来たで、わが家がうっ潰るるち、思うとかもしれん。そるばってん、おっどん家《げ》が先にもう、うっ潰れてしもうたもね、知らんうち……」

彼は、固く閉ざしている自分の内部世界に、ひとつのむだもない人生の転機と、そのときそのときにかかわってきた「娑婆の姿」を彫りこんでいた。歩行がすこし出来るようになると、水俣病であることを人に知られなくともよい下関や大阪方面に、幼な友達などを頼って仕事をしに行ったこともある。ことごとく、体のかなわぬのを見破られて失職した。若くして世間のどん底というものを這いずりまわったのであり、その体験はそっくりそのまま彼の中に保存されていた。その体験は外にむかって、粗末に、うちこぼされるということはなかったのである。

外からは閉鎖されてみえる世界が、立ち入ってみると、手塩をかけた織物のように織りあがっていることが世の中には少なからずある。外にむかって誇示してばかりいる生活が、ぜんぶ、張りぼてで出来上っているのとは逆の意味で。

彼は東京に来て、チッソ従業員らとはじめてまともに顔を見合わせたのみならず、いや応なく、自分を拒否しない「よそのひとたち」の生活にもまじわった。テントの住人たちや、宿舎の少女たちは、年齢の近いこともあって、彼のういういしい人柄を愛していた。

チッソを追い出されたあと、落ちつく先を求めて、はじめて出来た〝仲間〟たちと共に、仮ずまいの安宿を転々とするうちに、この青年と若い仲間は、お互いの名を呼び捨てにするようになり、暮らしむきの相談を交わすようになった。といっても、里芋と人参と大根と、冷凍ひらめを買って来たのよ、今夜のおかずはこれをどんなふうに煮ようか、とか、今日の天気はどうじゃろう、テントゆきには傘は要るかといいうたぐいから、川本さんがテントを空にして、チッソの四階に上って行ってしまったあと、見舞客や新聞社との応対や、つまりテントのあるじに、彼になってもらったりするのである。人数あつめや、金集めにまわるときもいっしょに行ったりして、このグループの中に彼がいないと「何か足らん」ような気持ちになるのである。彼を、当らずさわらず馬鹿大切にしておくということはなかった。闘いの主体者に仕立てあげたりするつもりでもなく、またそのような支援者は、ここのような空気を物足りなく感じるとみえ、来ても離れ去った。

正月を過ぎたある深夜、テントの前を大きな体をうつむけて行ったり来たりしていたが、その彼に声をかけた告発する会の渡辺京二に、突如、どもりどもり、身上ばなしをはじめたのである。

きき手にされた人間も、同じ部落内の患者たちさえも、一美青年は、後天的にほとんど完全な言語障害者だとばかり思いこんでいて、「はあい」とか、「うんね」とか返事するばかりだと思っていたので、そのきき手は神霊に打たれたように驚愕した。

この、「話すことが出来る一美」のニュースはたちまちそこら中にいたものたちに、天の啓示のごときものをあたえた。このときの最初のきき手は、驚愕のあとに来たおもいをよほど大切にしているらしく、そのときの話をすれば、必ず黙ってしまう。その夜を境として一美青年は、水俣病言語ではあるけれども、確実に自ら喋り出した。

集会に行っては、とつとつと自分の声をたしかめるように静かな声であいさつし、後に出来るチッソの檻の前に立ちはだかっては、チッソ幹部を相手に、じゅんじゅんと説ききかせるように語りだして、学生風情の吹けば飛ぶようなアジ演説ふうなどはしらけてしまう。それはじつに真情をあらわしていて、こたえるんですと、その度に少女たちと若者たちは顔を赤くして、一美が一美がと、とり縋るようにしていちいち報告に来た。川本さんや佐藤さんや、おじいちゃんの代役が立派につとまるのだなあ、いや代役ではなく役者が揃ったのだなあ。迫力があるのです、と報告者たちの方が、水俣病言語よりも吃《ども》り出す。

一美青年の復活劇を目のあたりにしたことは、凍えた空の下に空腹をかかえ、汚れはて疲れ切っていた支援者たちに、どんなに深い慰藉と浄福をあたえたことであったろう。自分のなかにつむいでおいた繭の、長い苦患のいろにどっぷり染めあげた渋い上質の糸で、彼がなにかをあみはじめている様子がよくわかった。

そういえば、彼は無言時代、船の模型を、あきれはてるほど長い時間をかけ、ほとんど熱中してつくっていたことを思い出す。流木の細片のようなちいさな帆柱や梶などを、自分の掌の中でいたわるようにして作っていた。無骨そうな指先は、かたわらに垂れた網のふるえに呼応するように、いつもかすかにふるえていた。そして風は、そのような網の目の間の空から、ちいさな潮騒をいくつもいくつも伴いながら、彼の家のうしろの崖をおおう松の梢や、波止の先の竜神さまの、うすいよだれかけのむこうの海に、ひらひらと吹いていた。

その一美があるとき、いいにくそうにして、

「道子さん、ああたは知っとるな」

という。

「東京にゆく者には、給料の出る、給料取りにゆかすとばい、ち云われよるでしょうが」

「…………」

「川本さんな大将じゃっで、水俣に帰る訳にゃゆかんけん、給料の出てもよかばってん……。俺なんかも同じように給料もらうため、東京におるごて思わるれば、えらいきつかもんなあ。いつも遊んどるけんなあ……。土方にゆこうかい。千葉の姉のところに行たて」

東京で集めるカンパは、ほかならぬ水俣現地の、自分たち患者のために集まるのだから、そのままそっくり頭割りに分配されて、自分たちが貰うべき金である。それを、食いっぱぐれている落第学生たちが寄ってたかって来て、食べているのではないか、という素朴な欲求と疑問が、水俣現地でカンパの金にむけられているのは知っていた。ずいぶん集まっているらしいが、いったい何に使っているのか。

東京の宿舎では、毎日祭りのようなご馳走食いよるげな。川本さんの部屋にだけ、バナナが置いてあったばい。食い物からして大将はちがうばいなど。

自分たちの食べる分はアルバイトを分配しあって出し、上京の切符代は借金になって、個々人が負い、それを返すため、日常活動のすきまを見つけては、賃金の高い危険な地下鉄工事現場や新聞配り、運転手、クラブ・ノアノアのママの好意で、ウエイトレスや皿洗いに交替で出かけてゆく若者たちを見ていると切なかった。経理はたたかいのもっとも実質的な中身でもあり、前代未聞の大共同体の暮らしの中身を、互いに考えあってゆくため、その内実については、水俣現地のテントでも東京のテントでも、度々会計報告

を公表してはいた。けれども、

「自分のもうけにもならん、一文の得にもならんことを、赤の他人のためにタダでやる人間が、世の中におる筈はなか。こんなに支援者が集まるのは、何かのコンタンがあるはずじゃ」

他者と自分との関係というものが、これまでそのようにしかありえなかった生活者の人間観とは、そういうものである。それは庶民たちが、御先祖さまから学びとって来た処世哲学でもあった。大部分の患者たちのおもわくは、はためには喜劇的なほど、支援者たちが汗水ながして夢みている純情な「まぼろしの共同性」よりは、なんとはるかに現世的であることか。

会計報告などをやっている情景をみていると、おかみさんたちの表情から読みとれる。彼女らは、「川本さんに対してつとめ」、支援者たちに対してもせいぜいつとめてはいるのだけれど、〝情宣費〟などと云う用語からしてまず耳なれず、たぶんそのような類の用語にふれると、彼女らの聴覚は眠り草のように閉じてしまうのである。全国各地に緊急を要する申入れをするための〝電話代〟が日に十万も越える日があったなどということは、驚愕のほかはない日常の外のムダに思われる。なにかしらそういう報告は「しちむずかしい」くて、疲れてもいたし、村の寄合にでも出席したときのように、殊勝な顔をしてはいるが、内訳の説明のあたりになると耳が閉じて、電話代「一日十万円」という金額だけを、突如として、地獄耳のお姑さまの銭かんじょうのように思い出したりする。川本が東京に行って給料とるなら、俺たちももらいにゆこ、そういう患者たちもいた。「銭」はたしかにひとをめくらにするもののようだった。

実際、カンパは、東京長期滞在患者の留守家計を維持するためにも配分されていた。患者たちはそれを給料とりといい、会計係を泣かせていた。わたくしたちの運動は、そのような、現世の金のしがらみの、かなしい影をひきずっていたが、それはまた運動自身の影でもあった。

裁判組といわず自主交渉派といわず、水俣病闘争を形づくっている情念とは、都市市民社会からとり残された地域共同体の生活者たちの、まだ断ち切れていない最後の情愛のようなものであった。それは日本的血縁のありようの、最後のエゴイズムと呼んでもよかった。親が子に対して抱く情愛、兄が弟に対して抱き、姉が弟に対して抱く情愛、妻が夫に抱く情愛、人が、人に抱く情愛。都市市民社会では、個人の自我を縛るものとして、すでに脱却されつつある地縁血縁によってこの人たちは結ばれもし、ゆえに近親的な幾筋もの憎悪や打算でも結ばれていた。〈連帯〉や〈解放〉や〈組織〉や、〈自立〉や〈関係性〉などで解こうとすれば白々しくさえなる、一種しぶといしたたかな血縁集団がここにわだかまっている。親を失うこと子を失うこと、兄弟を失うことに対して、これほどまでの愛怨をあらわすことは、血縁のきずななどを、解き放つ方向にのみ向かってきた近代都市市民であったならば、もしかして希薄であったのではあるまいか。

だから、たぶんこの水俣の患者たちの姿は、日本常民がもはや失いかけ、まだ魂の奥深くに残していた、切実で孤独な情念を揺すぶり起こしたのにちがいなかった。それをしかし、なんとまずしい言葉でしかいあらわせなくなったことだろう。曰く「水俣の患者たちとの連帯を！」

たぶん近代的な〈権利意識〉から、このひとびとがたたかいに出発したのであったなら、たたかいのための諸経理などの内訳についても、いささかなりとも立ち入ったのかもしれなかった。寄せられたカンパの全額は、患者個々人に、ストレートに分配すべきだという発想はそれの表白でもあったろう。車に乗って、はしっこからはしっこまで、二十分かそこらもあれば、ゆきついてしまう水俣の外へ出たことのない人たちが、最終的には東京都杉並区荻窪になった宿舎から、バスで荻窪駅まで二十分、そこから急行電車に乗って東京駅まで四十分、最終電車を乗りはずせばその間をタクシーに乗らねばならず、一日のゆき帰りは、ゆうに水俣から能本市まで、熊本県内のはしからはしまで、あるいはそれを上まわる長距離をゆききするのである。水俣病にさえかからねば、自分の村から、熊本市見物に、一生に一、二度行くか、ゆかないかわからぬ婆さまたち、患者たちだけでも日に二十人、多い日には三十人を越える足代や食費や、そのかかりなど、何べん説明しても合点がゆかず、それがカンパからまかなわれることなどふに落ちないという顔になる。情宣用のビラ紙を見て、

「ああいうふうなもんは、便所の紙にもならん、紙代のもったいなか」

といわれて、『日刊恥ッ素』なる手刷りの刊行物を、毎日々々根気づよく、水俣現地の患者宅に送っていた若者たちはながい間ベソをかいていた。

〈告発狂歌〉

めぐりあいて自主交渉もやらぬまに雲がくれにし社長重役

わが庵は都の中枢チッソ棲むよを告発と人はいうなり

などとその欄外に書きつけて愛惜していたのである。

ビラ代といってもその内容は、都民集会をやるための会場費、テープ代、電気代、医学資料、行政の資料（水俣市関係、熊本県関係、国会関係）、各研究会資料、水俣病審査会関係、チッソ側資料、それらを集めて刷り増しし、全国の告発する会やカンパ要請先に送る郵送費、などと説明されると、その金のぼう大さにキモも潰れる気持ちがして、憮然となるであろうことはむりもなかった。そのような、たたかいの

ための情宣とやらは、まわりまわって患者のためになるのなら、「そげん紙ば配って大回りせんちゃ、直接丸々、頭割りにもろうた方が有難みのあるごたる」という、はなはだ明快な欲求も飛び出てくるのだった。

わが底辺社会では文字そのものは必要でなくとも、文字の刷りこんである不用の紙、すなわち新聞、雑誌、広告紙、包装紙、子どもの試験用紙のたぐいは、便所用の必需品であり、『日刊恥ッ素』は紙質の粗悪さと、面積を節約してあるため、用をなさない、というのであった。不用の文字の刷ってないまっさらの白紙などは、赤子の名付けのときに買って来て、書いた名前を神棚にあげるとか、「学校ゆきたち」の習字の清書用に買い与えるとか、供養膳の菓子の下敷にするほかはめったに使わない。そのような暮しの一端をみても、いかに日常つつましい暮しをしていたことであったろう。そのような人びとが、暮しや物見遊山の範疇をはみだして、上京してくるということ自体、いかに破天荒なことであったろう。

けれども、「座りこみのおつとめ」をするについては、一生の見おさめに、〝東京〟というところをいかなる東京にもせよ、見物しておかねばならぬという、田舎の人間の生涯の感懐もそこに含まれていた。

連帯や解放や進歩や階級的自覚の好きな若者たちにとって、このことはいかにも田舎の人間の素朴な欲望に見えたりした。彼らは、学習やミーティングの中に、「患者大衆」がなかなかおさまりきれぬのがもどかしい模様だった。失われてゆく日本人の情愛世界がもっとも鮮烈にそこにあぶり出され、生々しく引き裂けている自我の形相に、鼻つきあわせているのがまだわからなかった。「プロレタリア的主体」が「確立」する過程を、自分の書物の上にひきうつすことを夢みている者たちもいた。けれども、生身の自我集団があまりに日常の貌をしてそこに散開し、それにとりかこまれてみると、ひと筋縄ではゆかぬ生活民のエゴイズムは時として、強烈な毒念をさえ発するので、書物の言葉やら信条にとらわれている彼らは面くらい、学習的処理をほどこしてみるのである。毛語録などを思念の中で切り貼りしながら、遭遇してしまった課題の坩堝《るつぼ》の中にいて、血綿の浮いている思想の羊水に、すっぽりつつまれてもいたのだった。若者だけの特権と激情が、あのえたいのしれない酔いやひらめきや、虚無が、彼らをとらえていた。たぶんこの事件にかかわりあったことは、若者たちが一生曳いてゆくであろう実人生のかなしみとその様相の中身を、この一時期、かりそめにもせよ、水俣の被害民たちとともに形づくることでもあった。

けれどもそのようなことなど、どうでもいいことだった。「患者大衆」なるものがとうてい解析不可能なように、「今どきの学生風情」といわれているこの若者たちをつきうごかしている衝動のようなものもまた、彼らが、どこそこで習い覚えて来たであろう価値判断の物差しによっているよりも、やはり解析不能の、バカかコケの病いのようなものかもしれなかった。水俣病事件に寄り集まって来たものたちは、どこか魂のおろおろとおろついているものにぞくし、それが若者たちの汚れた顔を悲しげに、透明にしていた。

人びとはそのようにして相あざない、水俣と東京をゆき来し、つまりはこの世の実相の入れ替わるさまを深ぶかとのぞきこみ、やがては自分もその中に、ひとりずつ這入ってゆくのである。やがて、自分が負うた世界そのものとなってゆくために。そのときたぶん、水俣も東京もひとつの闇に溶けあうのだという予感を抱きながら。

チッソ本社内から患者たちがほうり出されたことによって、逆に魂が入ったテントから、患者らは、四階本社内に毎朝の「申入れ」をしにゆくようになった。川本さんはテントの床で、あぐらをかいたり腹這ったりしながら次々に申入れ書を書き、若者たちは黙々としてそれを清書し、コピーを取りに走っていく。寒い雨の日のテントの中は、蒲団類が饐《す》えた匂いを放った。彼は、低いテントの屋根にとどくまで積みあげられて、ときにはそれが崩れ落ちて来る蒲団に背中をもたせ、浅い、ぴくぴくとしたねむりをねむるようだった。

庇などつけようもない、道路交通法違反すれすれのテントの垂れ幕をかきあげて、若者たちが出たり這入ったりするたびに、霧雨が吹きこむすき間から、見舞客がのぞきこむ。見舞客は多種多彩であったけれども、特徴的なことには、中年すぎのサラリーマン紳士ふうの人びとが多かった。そのような人びとは、たいていテントを少しはなれた、あのプラタナスの樹のかげにしばらくたたずんで、ひとみをしばたたいているが、近づいて来て無署名の手紙にカンパの金を包み、あとふり向きながら立ち去った。小道のおじいちゃんあてにこう書いてある。

「おじいさん

得にならぬことをする人があって、世の中の救いがあります。お大事にがんばって下さい。

一月三日　ひとりの市民」

一種独得の含羞をふくんだ後姿を見せて人びとが立ち去る。おじいちゃんはそのような後姿にむかって、ながく瞑目し、黙礼を送り続けている。

そこはまた、東京ビルの入口でもあったので、出這入りする人びとのズボンや、女の子のすらりとのびた足がひっきりなしに往き交うのである。向う側の路上にいつも座っている私服や機動隊の車が、ちらりと見えたり、プラタナスの街路樹がみえ、隣りの中央郵便局の赤い自動車が来て排気ガスを吐きかける。雨が降ると、それぞれのすり切れた履物が、垂れ幕を伝って落ちる雫でびしょ濡れになる。それを履くと、若者たちのひき裂けているズボンが、いやが上にもまた汚れてしまうのだった。

この頃のチッソ側のうごきを、チッソ自身の資料によって見てみよう。

総務部速報No. 40（昭和四七年一月二五日）

西田元工場長への尋問が終り徳江専務はじまる――水俣病裁判――

水俣病裁判の第二回口頭弁論が、さる一月二〇日熊本地裁で行なわれました。この日は、西田栄一元水俣工場長に対する原告側の最終尋問で、これで昨年二月に始まった西田氏への尋問は、丸一年ぶりにようやく終わりました。

一年間、昨年八月を除く各月二日ずつ、西田氏への尋問が続いたわけで、一人の証人に対するこれほど長い尋問は、日本の裁判史上前例をみないことでした。この間、法廷が支援団体のヤジや雑言で喧噪におちいり、遂に冷静な証言ができなくなって、証人が退場するという場面や、昨年一二月には、とうとう西田氏が疲労のために倒れるなど、西田氏にとっては、精神的にも肉体的にもご苦労だったと思います。

最終尋問は、主として、過去における会社の業績を追いながら、利潤のほとんどを守山や五井に投資し、水俣工場への投資が少ないこと、またアセトアルデヒドの生産高を追いながら、水俣病発生にそれを結びつけ、さらに水俣病問題が社会的にもピークに達していた昭和三四年秋に、アセトアルデヒド設備を増設したことをとりあげたりしました。

これに対して西田氏は、五井その他への設備投資は、時代の趨勢にそって石油化学へ転進する化学会社として当然のことであったこと、またアセトアルデヒド設備の増設は、すでに同設備の排水を海に流さないよう循環方式を採ったうえで行ない、その後さらに設備内で排水を循環させる方法をとって、充分排水に対する処置を講じたうえの稼働である点を強調しました。

こうして翌二日は、徳江専務（元技術部長）に対する尋問が始まりました。内答は主として当時の技術部の性格や、技術部長として徳江氏が直接タッチした技術開発の面について、また、工場内における水俣病関係の研究の推移などについての尋問でした。徳江専務の答弁はきわめて明快で、説得力がありました。次回二月の二日間も、ひきつづいて徳江専務が証言に立ちます。

なお、前回あたりから、法廷内はかなり静かになっていますが、今回の二日間も、おおむね静かな中で行なわれました。

総務部長 No. 41（昭和四七年一月二七日）

嶋田社長、大石環境庁長官に対し

事態の早期円満解決につき助力要請——新認定患者との補償問題——

嶋田社長は一月二五日午後、大石環境庁長官を訪問し、水俣病新認定患者との間の補償問題につき事態を早期円満に解決するため、政府の必要な行政措置ならびに助力、および補償金の長期低利融資などについて次の通り陳情を行ないました。

なお、会社はこれと併行して、昨日、川本輝夫氏に対し、会社、患者双方が合意する立合人に、大石長官をお願いしたいがどうかと患者側の意向の打診を行ないました。これに対し患者側は検討の上返事する旨の回答がありました。

陳情書

公害に係る健康被害の救済に関する特別措置法の適用を受ける水俣病患者と弊チッソ株式会社との間の補償問題につき、左記事項を御措置いただくよう陳情申上げます。

記

一、水俣病認定患者と弊チッソ株式会社との間の補償問題が早期円満に解決するため、政府は必要な行政措置ならびに助力を行なうこと

二、補償が企業の支払能力を超えるときは、補償と企業が両立するよう政府において企業に対する長期低利融資その他必要な措置を講ずること

昭和四七年一月二五日

大阪市北区宗是町一

チッソ株式会社

代表取締役社長　嶋田賢一

環境庁長官　大石武一殿

陳情の趣旨

一、水俣病認定患者に対する補償の現状

（一）従来の水俣病認定患者（旧認定患者）について

昭和四三年九月二六日、厚生省より「水俣病に関する見解と今後の措置」（別紙一）の発表が行なわれたが、弊社は異議なくこれに従った。そして同見解にも明記されているように昭和三四年一二月、患者と弊社との間に民事上の和解が成立しているにかかわらず、弊社は再補償することとした。

右再補償問題の解決に当っては、数次に及ぶ当事者間の交渉の結果、第三者機関の仲介によることとなり、厚生省のご尽力で昭和四四年四月二六日「水俣病補償処理委員会」を設置していただき、同委員会の斡旋案に基き昭和四五年五月二七日、患者および弊社間で再度和解（別紙二）が成立した。なお、この間、同委員会の斡旋によることに同意しない一部の人は、昭和四四年六月一四日、熊本地方裁判所へ損害賠償請求の提訴を行ない、現在係争中である。すでに和解が成立した人、訴訟中の人の内訳は、次のとおりである。

和解成立　八九名　　訴訟中　四五名

（二）昭和四六年八月七日、環境庁事務次官通知に基づく患者（新認定患者）について新認定基準に基づく水俣病認定患者と弊社との間で行なわれている補償交渉の経過は別紙三のとおりであるが、補償額の算定にあたって、弊社は具体的資料が得られないため、中央公害審査委員会での解決を提案した。現在中央公害審査委員会へ調停申請をした人は三〇名、弊社との直接交渉を求めて本社ビル前および水俣工場前に坐りこみ紛争中の人は一七名となっている。

二、水俣病認定患者への補償に関する弊社の方針

（一）水俣病認定患者に対しては、弊社は原因者として陳謝するとともに、その補償責任を果すこととし、補償に当っては、新認定、旧認定を問わず、一定の基準に基き、公平に行ないたい。

（二）今後、新認定基準による水俣病認定患者は、相当多数に上ることが予想されるが、弊社は深くその責任を感ずるとともに前記方針に基き、その補償責任を果していきたい。

三、以上の如き状況にあるので、新認定患者と弊社との補償問題に関して、中央公害審査委員会の調停作業その他が、円滑に進捗し、これが早期解決に至るよう、また今後、補償にあたり弊社の補償支払能力を超えるに至った場合は、補償と企業とが両立するよう、政府において必要な措置と御助力を与えられるよう御願いする。

以上

（注）別紙一〜二は省略します。

右に対し、大石長官は、第一項については、いまの状態を打開するには、双方が今までの行きがかりをすてて話合いの土俵に上ることが必要である。患者が応じれば仲介の労をとりたい。また、第二項の融資については法律上の問題があるが努力を惜しまない旨のお話がありました。

以上

水俣病新認定に伴う補償問題について（昭和四七年一月二七日）

チッソ株式会社

取締役社長　嶋田賢一

従業員ならびにご家族の皆さん

水俣病新認定に伴う補償問題に関連する情勢については、従業員ならびにご家族の皆さんには種々ご心配のことと存じますが、本問題の解決のため直接・間接にご協力いただいていることに対し、心より感謝いたします。

会社は本問題に関しては左記の考え方に立って対処しており、これが最善の方途であると確信しております。従業員ならびにご家族の皆さんには、会社の基本的な考え方をご理解いただき、今後一層のご協力をお願いする次第であります。

記

一、認定の経過について

水俣病は昭和二八年暮から同三五年にかけて発生しましたが、認定患者数は次のとおりです。

①従来の認定患者数（旧認定患者）　一三四名
和解派　八九名
訴訟派　四五名

②新認定患者数（四六年八月以降）　四七名
中公審派　三〇名
紛争中の人　一七名

（四七年一月二〇日現在）

（注）中公審派とは中央公害審査委員会に調停を申請した人

二、新認定患者への補償に関する考え方

1　新認定患者（中公審派、紛争中の人）の方々に対しては、すべて一定基準で旧認定患者の方々との調和をはかった補償を行ないたいと思っております。これは今後認定を予想される患者の方々についても同様であります。

2　新認定は昭和四六年八月の環境庁事務次官通知にもとづき行なわれたもので、これまでの認定とその趣旨内容が異なると聞いています。

すなわち、従来の認定基準より枠が拡げられ、何らかの神経症状があり、魚介類に蓄積された有機水銀の経口摂取の影響が否定できない場合も認定されるものであるといわれています。

3　当社は、補償については前記1の方針で誠意をもってこれに当る考えですが、熊本および鹿児島両県ご当局からは認定の内容等については、公害に係る健康被害救済法にもとづく行政処分に過ぎないので明示できないと言われています。

4　したがって、当社としては、補償を考えるにしてもその手掛りをつかむことも困難なので、補償問題については公害紛争処理法にもとづき設置されている中央公害審査委員会の調停により解決するのが最もよい方法であると考えています。

三、新認定患者との補償交渉について

新認定患者数は次のとおりです。

第一次（四六年一〇月）　一八名

第二次（四六年一二月）　二九名

計四七名

1　会社は第一次新認定患者の方々とは現地水俣において一〇月一一日、一〇月二二日、一一月一日、一一月二六日の四回、東京において一二月七日、八日の両日交渉を行ないました。

以上六回に及ぶ自主交渉においては、基本的な考え方で話合いがつかず、当社はやむなく中公審に調停の申請を行ないましたが、現在一八名中六名の方々は同意され、一二名の方々とはなお紛争中であります（現在坐りこみ中のグループ）。

2

第二次新認定患者（四六年一二月）二九名の方々については、そのうち二〇名の方々から申入れがあって、一二月一七日補償に関する交渉を行ないました。

その際、当社より、第一次新認定患者の方々との交渉の経過ならびに補償についての会社の考え方を説明し、種々話合った結果この二〇名の方々は中公審での解決の途を選ばれました。その後まもなく四名の方々も同意されました。

以上の結果を集計すると次のとおりです。

	（中公審に調停申請した人）	（紛争中の人）	（計）
第一次新認定	六名	一二名	一八名
第二次新認定	二四名	五名	二九名
合　計	三〇名	一七名	四七名

（注）中公審希望者は増加の傾向にある。

四、自主交渉の過程で明らかとなった双方の考え方の違い

（会社の主張）	（患者側の主張）
①補償を具体的に話合うには、症状とか患者の一	①症状の程度など知る必要はない。水俣病である

人一人の立場・事情・家庭事情等も勘案して検討したい。	ということに違いはないのでそれだけでよい。
②症状の重い方には、それなりに考えたい。つまり症状の度合というものをも基準の一つにしたい。	②症状の重い軽いその他で補償の額に差をつけるべきでない。
③一律三〇〇〇万円という額については会社にとっては無理である。他に患者さんは沢山おられるので、そのことも考えて公平にさせてもらいたい。	③一律三〇〇〇万円を要求する。誠意ある金額回答を示せ。

自主交渉の過程で明らかとなっている双方の基本的考え方の違いは以上のようなことです。したがって話合いをこれ以上前進させるには第三者の斡旋・調停をお願いするほかはない。それには中公審が最善であろうと考えている次第です。

五　水俣市議会の決議

水俣市では、昭和四六年一二月二〇日の第七回定例市議会において、会社と新認定患者のうち一律三〇〇〇万円を要求して自主交渉の継続を主張し、坐りこみを続行中の者とが紛争状態にあることを憂慮され、中公審の調停によるなど公的機関の手による早期円満解決の意見書の提出を決議し、総理府総務長官、中公審委員長、環境庁長官、厚生大臣あて提出されました。

（付）旧認定患者に対する補償の経過について

1　旧認定患者の方々については昭和三四年一二月和解契約が成立、生存者にはその和解契約にもとづいて和解派にも訴訟派にも年金を支払ってきました。

2　昭和四三年九月、厚生省が水俣病を公害病として認定したことにより追加補償問題が再燃しました。このため再び補償を行なうことになり、厚生省に水俣病補償処理委員会（いわゆる千種委員会）が設けられ、このご尽力により再度補償の和解契約が結ばれ、前述の和解派八九名（その後の追加認定者の中の和解派を含む）の方々に改めて一時金の支払いならびに年金の増額を行ないました。

3　一方、四五名の方々は、補償処理委員会での解決を避け、訴訟の道を選ばれ、現在熊本地裁にて係争中です。なお、この方々には現在も旧契約による年金を支払っています。

以　上

総務部速報No.40の傍線（筆者）の箇所「またアセトアルデヒド設備の増設は、すでに同設備の排水を海に流さないよう循環方式を採ったうえで行ない、その後さらに設備内で排水を循環させる方法をとって、充分排水に対する処置を講じたうえの稼動である点を強調しました」とはなんと白じらしい言い分であろうか。

筆者の部落の目前の水俣川川口の海岸はチッソの称する「循環方式」とやらで、直接この海岸に投げこまれ埋めこまれつづけたドブ、すなわち有機水銀その他数々の劇毒物を含む泥状の残渣《ざんさ》の埋立によって原型を止めぬ海岸線となり、今日、その乾き上った残渣の上にはチッソの第二組合系のアパートなどが建てられている。熊本大学第二次研究班によってこの残渣のそこここを掘れば有機水銀その他が多量に検出証明されているのであり、チッソの称するこの「循環方式」の虚偽こそが、あとを絶たない患者の続出と今日の不知火海の死をもたらしているのである。ひとめこの海岸線を眺めれば、一目瞭然とすることであり、地域住民の目が、この海岸線にむけられていることを知るや知らずや、チッソはこのごに及んでなお、現場を知らぬ東京方面や世間にむけ、ひいては法廷においてさえ右のようにシラを切りつづけた。

三番めの従業員むけパンフレットを読めば、自主交渉派を、東京から目の届かぬ水俣市内でどのように切りくずそうとしたか、それがどの程度まで効を奏していったか、先に記した水俣市長や市議たちの動き、チッソ幹部たちとつれだって部落をまわっている、切りくずされた一部調停派患者たちの動きを思いあわせると、その手口までいちいちありありと思いうかべられる。

チッソから出されたのちに、あらためて日常化して路上に移った座りこみで、南国から出京してきた病人たちは悪化した。学生を含めた支援者の中にも病人が続出し、なんとしても休養の場が必要となった。せっぱつまったわたくしは、既知未知にかかわらず、どもりぐせのある懇願の電話をかけとおした。新宿のクラブ「ノアノア」のママがこの電話を分担し、彼女の店のお客さまのほとんどにその意が伝えられた。それは東京中の文化的知名氏の大半を網羅していたといってよい。懇願に応えて、宿舎や日用品の提供を申し出るひとびとが相ついだ。その後、足かけ二年にわたることになった生活の本拠が定着したあとまでも、かわらずに持続された。緊急を要したために、多くは電話一本でなされたけれども、既知未知のひとびとから寝具類や、座蒲団、鍋釜類、色どり形もさまざまの食器類、炬燵、食卓、火鉢、テレビ、戸棚、鏡、衣類、洗濯機、書籍類等がこころよく寄進された。

水俣工場前座りこみに合わせて、東京農大の学生たちが、東京ビル前に新聞紙を敷いてはじめた座りこみは、ここにおいて患者たちと本格的に合流したのだった。テントも、最初は一日五万円の貸しテントで、カンパの金が減少するのを、会計係はあれよあれよと見送っていたが、座りこみの長期化はこの時期ほぼ予想され、かのチッソ本社内患者ほうり出しの日の、クリスマスケーキ青年が、その夜からテントや宿舎の営繕係となり、この古テントを購入してしまった。学生達の多い東京の若い支援者の中にあって、この鹿児島出身、二十五歳にして職歴三十数種、自称現在銭高組土方の彼の実用的才覚が、どれほど東京交渉の裏方や台所を、安上りにしたかはかり知れなかった。学生達は、青いハンティングを小粋にかぶって、土方の休みにあらわれるこの青年を、「社会人」と尊称した。貸し蒲団も、この青年の飯場渡りの経験から、だんだんと高い蒲団屋から安い蒲団屋を発見し、次にはその蒲団の格安払い下げ法までも覚えてきて、宿舎係はなまなかの大人も及ばぬ生活の知恵を発揮したのである。患者たちに大量に上京してもらうとき、だまって大型や中型のバスをどこからか調達して来て、薩摩なまりのこの青年はにこにこと運転していた。心こまやかな生活者にみえる青年の内心の、なみなみならぬ絶望の中身を、患者たちは知らなかった。わたしたちがそれをわけあうことができないように。宿舎の少女たちの瞳が、この青年のやさしい孤独のいろを読みとっていた。

荻窪に移った宿舎では、二坪ほどの庭に大根を蒔くべきかパセリを蒔くべきかが論議されたが、結局朝顔やひまわりが蒔かれた。発意者の京子ちゃんは、赤いアヒル形の小さなじょうろを買って来て、せっせと水をやっていたが、博士と呼ばれている少女が拾って来た、雄雌定かならぬダメコという猫の仔と、カバトット正篤《まさあつ》、と名付けた犬の仔が長ずるに及んで、この庭はその運動場となり、折角芽を出したひまわりの芽と朝顔の芽をつぎつぎに食べ、踏み折ってしまうのである。けれども種蒔きは営々と続けられ、いつも青いなにかの芽が、せまい日溜りの雑草の間に双葉を出しかけていた。宿舎に交替で泊りにくる若者が、その日溜りをさしのぞいては、

「これ、カバのえさ?」

などとたずねたりする。

ちなみにこの宿舎に拾われて居ついた小動物は、ハト、ちいさなサンショウウオ、都会の猫にしては、洗練された野性を持っていた、じつに姿のよい三毛のダメコと、そのダメコがご近所からくわえて来たヒヨコ、後脚を骨折してまだ乳離れもしておらぬ子猫のメソメソ、馬鹿丁寧な名前をもらったカバトット正篤である。ヒヨコは羽を傷つけていて、宿舎係たちはもとの姿にして飼主の小学生に返すべく、メソメソと共に買物籠に入れ、犬猫病院に連れて行った。お医者さまの方がヒヨコを見て目をパチクリしていたと若者たちはいうのだった。ダメコを拾ってきた少女は、その便所をつくってやるに当り、工事現場から雨に濡れた砂をもらってきて、梅雨どきだったのでフライパンで炒りあげた。それがなかなか冷めないので、人間の便所に連れてゆき、いやがるダメコを、人間の赤子をかかえてさせるようにした。シーシーとやるあのやり方である。ダメコはそれでしばらく白いタイルをみると、高所恐怖症にかかっていた。メソメソはもともとの骨折のせいで育ちきれずに死亡し、宿舎の裏の川土手の、タンポポの根元に手厚く埋葬された。おおきな男の掌ならば片手に包まれてしまうメソメソが助かりそうもないこと、そして、「死んじゃった」こと、埋葬したことが、宿舎のたれかれから、ポツリ、ポツリと言葉少なくこの日電話でかかってきた。若者たちは電話を切るでもなく、いつまでも電話の向うでだまっている。今日は寒いですねえ、など

といって、また黙ってしまうのだった。この稚なすぎる片輪の子猫の死は、患者たちや支援者たちの気分が下降している最中であり、ひとつのかなしみを具象化していた。「一寸先は闇」という合言葉のように、手応えなく広がってゆくばかりの非日常世界の中で、小動物たちと患者たちと、宿舎係が持っていたこの小さな世界は、失われてゆく日々への追慕を意味していた。猫のダメコと、しんからあそびたわむれている朝食時や夕食後の川本輝夫を、宿舎係たちはころころと笑いながら見守っていた。なんとその景色は、やるせない眺めだったことだろう。

カバがおすわりをしたような眺めの雑犬カバトットには、同町内に恋人が出来た。宿舎一同は、相手方の、いかにも品のよい血統種らしいのに気をもむことひとかたならず、ひそかに使者をおくってうかがってみると、飼主夫人がものわかりよくて、優生学的見地から、この交際を喜んでくれたとのことで愁眉をひらいていたが、思わぬ大珍事が出来《しゅつらい》した。雄犬のカバがレディハントに出かけているとばかりみんなで思いこんでいて、その種の鑑別も川本さんはじめ、魚族の研究者である宿舎係のひとりがしげしげとしらべてやったのに、カバが妊娠したというのである。道子さんびっくりしないで、カバが大衝撃です、と口々にある日の午後にいう。何を騒いでいるの、まさか妊娠したんでもないでしょうにと、わたくしとしては、上等のつもりの冗談をいった。そしたら、皆がポカンとして、

「いや、それが、ホントに妊娠したので」

というので、わたくしが、ええっと絶句したのだった。宿舎は、カバの産室もつくってやらねばならなかった。カバの四匹の子どもたちは向うさまに持ちこむわけにもゆかず、テント撤去後、親子とも水俣に送られることになる。

患者たちが年の瀬の路上にほうり出されたことは、都民たちにある種のショックを与えたようだった。新聞の紙面にもそれはあらわれ、テントを訪れる人々の気配にも、そのことは感ぜられていた。水俣からいっきょに伸び切った戦線のルート。そこに至る歳月をおもえば、ひとりの人間の半生にも当り、強いられた死からの転生をひとびとは試みていた。その死の淵の底を通底して、水俣現地の「生き魂」たちを、更に呼び寄せることが出来るのかも知れぬとわたくしたちは判断した。それは世論に血脈を通わせる機会でもあった。

患者たち二十年間の要求が正当なものであり、チッソが、一方的にこれを拒否している以上、ほうり出されたらいま一度、ゆくべきところにゆかねばならぬ。これまで田舎者のたかが漁民風情、とあしらい続けて来たチッソだったから、しかるべき「加勢人」をお願いしてゆかねばならぬ。さなきだに、当方は出京以来病状悪化し、怪我人は続出し、もともとから手負いの集団である。

水俣病事件はじまって以来、このたびの初上京は、いったいなんのためであったのか。あと四、五日で正月である。

「ベトナム戦でさえなあ、正月やすみばするちゅうとに、どげん土産も、送られんなあ」

佐藤さんは、まぶしそうな目元をぱちぱちしてそういう。

「そうなあ、明日は明日の風の吹こうばってん、どげんすればよかろうかい」

川本輝夫がもっともやつれ切っていたのはおそらくこの時期のようだった。留守家族から、すべてを託するといわれて来ている彼。その留守家族、出発のとき最初十八家族であったのが十二世帯になり、その十二世帯だとて、複雑な村や親族や家計の事情を抱えこみ、その結束は単純に固いとはいいがたい。彼よりも年長の訴訟派患者家族の中には、

「おまや患者の総大将のつもりか。よかか、忘れん如《ごつ》せろ。ただの代表ぞ」

そういう老人もいる。彼がみずから好んで大将のつもりなどあろう筈もなかったが、世に出て、ひとの長となることなど終《つい》にない田舎の年寄りの無念が、人一倍彼にはよくわかるだけに、正月までの成果がないのが、なおつらい。

「水俣にはな、年寄りたちが、じいちゃん達やばあちゃん達がな、病人たちがな、俺達の帰るのばな、今日か、今日かちおもうてな、首を長うして、待っとっとぞ、死にかけとる病人ぞ」

彼は交渉の現場で、自分にいいきかせるように云い云いしていたが、この、正月とか越年というものは、水俣病事件が転機をむかえるときに、必ずあらわれる鬼門であった。

昭和三十四年暮の、見舞金契約の時期が最初である。「越年資金を一日も早く。餅のひときれなりと一日も早く……。」思えば裁判の争点ともなった見舞金契約に寄せた漁民たちの発想の、いやその頃の実生活の、餅のひときれという名目のために、つくべきでないハンコをついてしまったとは、なんとくち惜しい発想、いや情況の実質であったことか。いったい正月とは暮しの伝統のなんなのか。たかが餅代の為にみずからハンコを持ちだしてついてしまうとは。いや餅代とはかりそめの表現で、ことほど左様に困窮しているのだと、はなから双手をあげて屈服しにゆくときの卑屈語になってしまうのはなぜなのか。貧しいものたちが更に自分をおとしめるかなしい表現ではある。誇りを持とうにも、それが出来ないものたちのうめきのようなものが、たぶん川本輝夫の胸のうちを噛んでいた。四十五年十一月末の水俣病補償処理委

員会劇のときも、

「正月も近づくとに、餅代の顔も見らんば」

と漁民代表者たちは云ったのである。この国のほとほと貧しい男たちにとって、正月というものは、いかに大儀なものであることか。父親を死なせるまでの正月のおもいが、川本輝夫のはらわたを苦くする。

——最も悲惨、苛烈、崩壊、差別の原点「水俣」から日本中を血だるまで駆けめぐりたい——

むなしい言葉が無意識に頭に浮かぶ。それは彼自身が書いた言葉である。虫が知らせたか、チッソをほうり出される朝に書いた「手負い猪」の宣言文である。若者たちが凄い言葉だなあという。けれども、悲惨とか、苛烈とか、崩壊とか、差別とか文字で書いても、彼の実感にはほど遠かろう。彼をつきうごかしている衝動の実質はおそらく誰にもわからない。たやすくわかってもらおうとも思わない。幼なじみの田上義春にならわかるかもしれぬ。そのようなおもいは、言葉にすればいかにも軽かった。

隣村津奈木村の諫山孝子ちゃんの手足やうめき声や、きげんのよいときの端麗で愛くるしい顔や、それにもまして、息を呑むようにかげりを帯びて﨟《ろう》たけた母親の表情にまでも、症状を見た。小さな部落々々でゆきあう女たちの、伏し目になって地面に吸い寄せられてゆくような、永い年月の中の妖気を放っている水俣病の眸つきを彼は見ていた。いやそのようなもので、すっかり川本輝夫という人間はできあがってしまったのだ。小崎弥三の症状やその一家の様子や、そのような村々の鬼気せまるたたずまい、いやそれだけではなく、ありし昔の村への想いが彼の唇のはしをかすかにひんまげさせ、「正月帰り」を思い止まらせていた。

その川本・佐藤両人の家族や、他の患者たちをなんとかして上京させねばならない。輿論が路上のうごきを注視し出したこの時期に。そうわたくしたちは判断した。絶対被害民の立ち場を、より鮮明に、この時期ここに浮上させせねばならなかった。わたくしたちは手をつくし続けた。チッソは、みずからの姿を、はじめてくっきりと満都の中にあらわしてくるにちがいない。

十二月二十九日、東京駅ステーションホテルに宿をとり、ここから在京有志や各地との電話連絡をとり、今後の打ちあわせを行ない（事柄の性質上、まだ電話連絡に使われる場所は確保されていなかった）、あまりに汚れはてて匂っている若者たちを風呂にいれる。ホテルが、この水俣病支援者風俗ともいうべく、目ばかりにこにこしている異様な若者たちを入れてくれるか心配する。若者たちは川本さんたち主流が乗りこむ二週間前から上京し、諸準備を遂行していた。この時期まで、ことは（つつがなくチッソ本社に入らせてもらうには）隠密を要し、そのことは完全にまもられた。若者たちに病人が続出し出したのは、まずこの先発隊の中からである。

風呂がひととおり終わってからバス室をのぞくと、髪の脱毛と脂で、そこら中ねちゃねちゃとなり、わたくしは大ふんとうをして、メイドさんが来ないうちに浴槽を掃除せねばならなかった。

長期戦にそなえ、ばらばらに上京したものたちの頭数をかぞえ、「東京告発する会」と組み合わせて、行動本部のようなものをつくることになった。

患者係（直接患者の身辺にあってお世話をする者）

本田啓吉（高校教諭）、半田（ＮＨＫ）、吉田（高校教諭）、高木（学生、医療）、砂田（俳優）

行動本部　米田（学生、以下同）、阿南、真板、大原、石川、結城、有馬、柳原、豊田、荒木、松田（俳

優)
市民集会係　米田、中川(評論家)、新井(テレビディレクター)
テント係　柳原、豊永(学生)
交渉現場を維持するもの　荒木、豊田(学生)、松浦(詩人)、松岡(NHK)
会計係　大石(その他津田英学塾生五名)
連絡係　宮沢、半田(NHK)
五井工場係(水俣からの労働者との折衝)
吉田、岩瀬、松田(俳優)
患者の走り使い(資料係をかねる)
高木、有馬(学生)、多賀(学生、女)

この素案に加え、その他医療班には東大青医連と順天堂医大有志と熊大医学部、東京告発する会の医者たちがすべて動員態勢をとり、直ちに日々の診療が交替で開始された。俳優座をはじめ新劇の俳優諸氏諸嬢たちが、まずカンパ隊の先陣を買って出て、情宣係もおのずから発動した。若い医師たちが鉢巻をしめて青い旗をうち立て、わたしたちのへたばっている四階にやって来て、途方もないがらがら声で、「シュプレヒコール!」というものをあげたのには、患者もわたしもびっくり仰天し、しばらくは唖然として、その情景がなにを意味するのかわからなかった。おもうにいまはやりらしい、シュプレヒコールなるものは、戦場にかけつけるときのあの「ときの声」のたぐいのものらしいと、わたしはそのとき会得した。やがておもむろに診察着を羽織ったので、お医者さんであることが判明し、二度びっくりしたけれど、聴診器を当てられたり血圧を計ってもらったり、なにやら目盛りのぎざぎざとうごく心電計にかけられると、患者たちは、

「こりゃもう、水俣の医者どんにかかったとするならば、たぶん、五万円がたくらい、今日は診てもろうたばい。ちょうどドックちゅうとに、はいりに来たごたる」

といって喜ぶのであった。

さきに懇請して、名乗りをあげていた加勢人たちが、この二十九日、再度チッソ本社内にこちらがもうけた再会の場所、四階エレベーター前ホールにかけつけて来た。患者と支援者たちが、チッソとどのようにむきあうのか、まざまざと現場にたちあわれたのである。病身をおして参加された、岩波書店の吉野源三郎氏をはじめとするこの文化人集団は、チッソに対し、申入れ書を持参していた。

「思いつめて東京まで出向いて来た患者とその家族に対し、満足な交渉も行なわず、その上長期にわたって放置し、最後は路上に投げ出すようにして排除するとは何ゆえの行ないですか。せめてもの誠意を信じて待ち続けた被害者に対する、常人の行ないとも思えません。私たちは一度は座りこみの現場に行った者、またその意を果せなかった者として人間の道にはずれた今回の経緯に憤りをおぼえ、あえて申入れをしたいと思います。

条件抜きで社長みずから水俣に来て実情を見よ、そのことを第一歩として自主交渉をせよという患者と家族の要求をあくまで拒むのはなにゆえですか。さらにそのことを暴力まで行使して拒み続けるのはいっ

そう納得がいきません。

加害者であるチッソと被害者である患者とその家族がまず直接話しあい、つぐないについて合意に達するよう努力するのは、当然のことと思います。

即刻、自主的な交渉を開始すべきだと思います。それが多くの人々を殺し、不具者にし、ゆえなき痛苦を負わせたことへのつぐないの第一歩だと思います。

いうまでもなく、自主交渉が始まっても全てが終わったわけではありません。その解決へ小さな歩みを踏み出したにすぎないでしょう。

我々はその経緯に対し監視の目を怠らないことを表明します」


吉野源三郎氏は、四階エレベーター前ホールに来られると、患者たちを擁した告発する会の若者たちと、チッソ従業員たちが、通せ通さぬとせめぎあいをはじめた渦巻を、円柱のかたわらでしげしげと見入っていられたが、文化人仲間がこの渦をかいくぐって勢揃いし、すき間もないほどの渦の中心部が静謐《せいひつ》になると、出て来たチッソ久我取締役と、その後に目をいからせてつめかけた従業員らにむかい、右の申入れ書を読みあげられた。お熱がある為もあって、申入れ書が、ひらひらと静寂の中心部で揺れた。純正な、格調を湛えた大正リベラリストの断続的な声が、緊張したホールの中を低く低く流れた。壁ぎわの椅子にまもられている小道のおじいちゃんが、

「あの方は、えらい品のいいお方じゃが、どちらのお方ですかな、齢も拾うちょんなさるようじゃが」

と聞く。

「はあ、あの方は、岩波文庫ちゅう本をいっぱい出している本屋さんの、相談役のような方で、日本の学者さんや文学者たちが、尊敬しとる方であんなはります」

「ほう、するとあそこにチッソと向きおうて並んどんなはる人たちは、学者さんや、文学士ですか」

「はいはい、そんなような方々ばっかり」

「わたしどものような者のためになあ」

お爺さんは眼鏡をかけなおし、両の手をひざの上に置いて、全情景をあらためて眺めなおす顔付になった。

けれどもすぐに、生きた、よじれあう光景がそこに展開しはじめていた。人びとの目に、情けない涙がうっすらと湧き、たちまちそれも、人と人とが揉み合う渦の中で消える。

老人は、若者たちがチッソ従業員たちとむきあい、歯と歯を嚙みあわせんばかりに怒鳴りあげはじめたのに、うんうんと謹厳にうなずいている。この日のホールに顔を見せた在東京の主な有志は、谷川健一、山代巴、丸山邦男、松岡洋子、なだいなだ、見田宗介、矢内原伊作、望月優子、原田奈翁雄、岩崎昶、篠山豊氏らで、申入れ書には、木下順二、野坂昭如、白石凡、森恭三、もののべながおき、菊地昌典氏らが名前を連らねたけれども、この日、行を共にできない理由がいろいろあって、何か他にも実質的に為になることがあればするから、云って欲しいというご返事をさまざまの方々から申し入れられた。ひきつづきいろいろな形で同志をふやし、この人びとは被害者救済のために関与されて現在に至る。

いわば知名の方々だったが、それよりも多数の、おびただしい無名都民たちの中にうずきはじめているらしい痛恨のごときものの中に患者たちはいた。そしてまた固有名詞がそこに記されることは、崩壊してゆく事件史の終章からみれば、残された意味をあらわしていた。

この日の申入れ行動は、年あけて一月八日に開くべき最初の都民集会を前提にして行なわれた。この、最初の都民集会に向かって、まだ家や村を出ることの出来ぬ生き残りの患者たちの一部分でも、なんとか出京してもらい、都民と対面させる必要があった。ニセ患者の元気な者たちという宣伝を、チッソ社内報が、臆面もなくやり出していた。


一月一日、はじめての路上での越年。景気づけに餅など搗《つ》こうという話はあったけれど、三十一日になり、臼と杵《きね》と、竹製の古い蒸籠《せいろう》までテントの前に持ちこまれたのにはおどろいた。男の学生たちが、もちとり粉を忘れたといってはどこやらに買いにゆく。おそらく田舎出身の学生たちにちがいない。

出京可能な患者たちを呼び寄せることにして、越年用の宿屋を探す作業がはじめられた。営繕係たちが、本郷の山水館なる宿を探しあてた。料理係たちが、ハムエッグ式宿屋ではなく、自炊させてくれて、せめて雑煮と野菜のゴッタ煮くらいできるようなところを、という条件をつけて申しこみ、探し当てたのである。風土と水と食い物の違いと、路上生活のため、患者たちは疲労の極に達していた。

チッソ幹部たちの前では辛うじて横になり、ひじ枕のような格好でいる川本、佐藤さんも、顔面土色となり日に日に頬はこけ、夜になると身内に絶えず深い痙攣をはしらせて、まぶたや指の先がぴくぴく動きながらねむるようになった。

一月四日、もと訴訟派患者淵上マサエ死亡の知らせ。胎児性で体の全然うごけぬ十四歳の娘一二枝《ひふえ》を残して死亡す。寝たきりの一二枝に初潮がはじまったとき、

「どげんしても先には死なれん。なあ、うち殺してから死なんば」

自分も大儀そうになって来た体をかすかによじってそう云っていた。

母親の方が急速に重態化し、その死はほぼ予測されていたので、この度の上京前に、わたくしはその床を見舞った。娘のための訴訟を降りて一任派になったため、彼女と内縁の夫には一時金が降りて、家を新築できた直後のことである。茂道のカルメンと云われた肢体は青ざめてはいたけれどまだおとろえていなかったが、まぶたの上に確実に、死が染みこんでいた。その影をさしのぞきながら、

「小母さん、……せっかくよか家のでけましたとに、早う良うなって、もどりまっしゅ」

なんの甲斐もないことを、わたくしは云った。

「うんね。もう、家も要らん、銭も要らん、なあんも、要らんところにゆくとばい」

青く沈んでいる眼光をうっすらひらいて、彼女は非常にやさしく、微かに笑った。


一月七日、五井工場事件。

連日の患者たちの抗議行動に、〝防衛隊〟なるものを繰り出すチッソの労働者が、主に千葉県チッソ五井工場からさしむけられてくるのがわかって来て、患者たちは正月あけもそこそこに、チッソ五井工場の労働者たちと「話しあい」に出かけた（川本輝夫ほか付き添い四名）。

まず夏目全チッソ連絡協議会議長に面会を申し入れ、寒風吹きすさぶ門外に立つこと二時間。前日、夏目議長とは約束がとれていて午前十一時に逢う約束のところが、行ってみると門はとざされ、約束の夏目議長は東京に行ったということである。寒さは寒し、しびれを切らした報道陣のひとりが門内にはいり（こ

のとき同行した報道陣は九社）、それにつれて待ちかねていた人々が入った。総務課員の了承のもとに守衛室に待たせてもらい、夏目議長と連絡をとりたい旨の交渉を続けるうち、三時頃、百五十名くらいの労働者が守衛室をとりかこみ、アメリカの写真家ユージン・スミス氏をはじめ報道陣を含めた全員に、「かかれ」という指揮者の声のもとに、なぐりかかった。いつも患者たちの身辺にいて、カメラを持ったスミス夫妻とそのカメラに対しては、とくに情容赦ないやり方で、スミス夫人は髪をひきずられ、その悲鳴をきいて夫君がかけよると、労働者たちは足払いをかけ、口に指をつっこんでひきまわし、沖縄戦の取材中に、銃弾を後首すじに受けている氏は、そのために昏倒《こんとう》してしばし意識を失うほどであった。カメラはもちろんメチャメチャにされ、一緒にいた報道陣ももれなく難に遭った。さっそくこの事件は当の現場記者たちのいきどおりの体験記となり、間にあったところでは、夕刊とあくる日の朝刊、翌日のテレビ、それからやがて週刊誌等にいっせいに報道された。チッソは総務部速報をもって、事実無根、報道陣のデッチあげなどと、東京ビル内の他企業等に配布し、報道各社は、チッソに抗議し、謝罪を要求した。

あくる日に準備されていた「水俣病患者自主交渉を貫徹させるための都民大集会」は、新聞報道に憤激した都民たちが続々と参集し、会場の三宅坂社会文化会館は立すいの余地もなくなった。

「集会のやり方が生ぬるい。もっと都民の怒りを生でぶっつける進行のやり方をしろ！」

とどなりつける都民がいたりして、会場係や進行係は、右翼のひとたちの殴りこみかと勘ちがいしたり、恐縮したりした。

懇切な注意をはらって、水俣からはじめて呼び寄せられた重症患者たちの、身を寄せあってうずくまった舞台壇上のひとりひとりを、わたくしは来場者たちに紹介した。立つことが出来ない患者たちは、こもごも、ふかくながいおじぎをして来場者たちにむきあった。遠い国から来たものが、はるかな方にものいうように、患者たちは無量の謝意をのべて、今後の支援を遠慮ぶかく乞うた。

佐藤武春は、そのやさしいまなざしを、うるうるさせながら、壇上の毛布にうずくまる患者たちの中の、自分の妻に両手をさしのべた。面をうつむけ、傾げたままになっている「いざり」の妻を、おおきな浄瑠璃人形をかかえとるように恭しく抱きとって、舞台中央に安置する。

足腰のすっかりかなわなくなった女房は、うしろから夫にかかえられ、前に傾げた首をかすかに揺り、かなわぬ片手をその頬に添えようとしてわななかせた。

「こんなに、たくさんのみなさま方に、ご迷惑をかけて……すみません。わたしも皆さんのように、一日でも、一時間でもよい、歩いたり、仕事をしたいです。今日はほんとうに、わたしたちのため、有難うございました」

細々と透る声で、区切り区切りそのように挨拶したのである。夫妻の、海底《うなぞこ》の所作のような静寂な振舞いをしいんと見ていて、「怒りの都民」たちの胸に、声なき慟哭が湧いてくるようだった。社会文化会館の大集会は昏れの灯がかがやき始めたころ、この佐藤ヤエを、調達してきた車椅子にくるみ込んで先頭に押し、怨旗をなびかせて街頭に出た。

日比谷公園を出発して正月の人出でにぎわう銀座に出ると、街頭の人びとは道をあけてこのデモをむかえ、千名を越える長蛇の列を押し包んで柏手を送った。シュプレヒコールを知らぬ患者たちは、かなしい花道を踏んでゆくようにおしだまり、うつむきながら、東京駅丸の内ロチッソ付近まで歩いたのである。

平日、二、三万の浄財がこの日の会場や街頭で十六万にのぼった。

一月十一日。チッソ四階エレベーター入口に、鉄格子の太い檻が出現する。それはふしぎな、おかしみを誘って止まぬチッソのおくりものであった。なんとそれは、患者たちや支援者たちの、思わぬ気晴らしの対象になったことであったろう。

交渉の続行を求めに行って、自分たちを阻むつもりらしいこの檻をひとめみたとき、ひとびとはあっけにとられた。「一同は一瞬ツバをのみ、次の瞬間にはゲラゲラと笑い出し」て大爆笑となったのである。一日経っても二日経ってもそれは止まらず、宿舎に帰って来てからも、思い出し笑いが伝染する有様だった。

檻は、たしかに患者たちを阻む役割を持ってしつらえられたにちがいなかったが、製作者自身を、より深く閉じこめる役割を果すしろものであろうことが、誰の目にも見てとれた。夢中で急造しあげたものの、自分たちがその中におさまってみると、なにやらバツも悪かろうに。気の毒というか、哀憐の情さえ湧いて、率直なところひと目見たとたんに、破顔せずにはいられぬのである。

檻の評判は、直ちにどこやらうれしげな新聞記事となり、それは新東京名所と銘打たれて、伝え聞いた人びとが連日わざわざ見物におもむいた。そのような見物衆は、ためつすがめつこの景色を眺めたあとで、なにかひと言、檻の向うに声をかけずにはいられない。檻はそのような奇妙な親近感さえそなえていたのである。

患者たちの這入りそうにない時間に、檻の内に呼びこまれた出前持ちさんとか、チッソに所用でおとずれる紳士たちまでもが、このたのしみに加わった。患者や支援者以外の者で所用のものには、檻の向う側にいる検分衆が、いちいち首実検の上、あたりに「敵」がいないことを見きわめながら、自分たちの持っているカンヌキの音をぎいぎいときしませて格子をあけ、招じ入れる仕掛けになっている。

けれどもこの大時代な仕掛けの中を、腰をかがめ、実検された首をすくめて出はいりするとなれば、いかにしても、男のプライドというものがすくなからず傷つけられるにちがいなかった。身分姓名を名乗り、支援者とは截然《せつぜん》と異なる背広を着用していてさえ、検分衆の気分次第ではうたぐって、入れてくれないのである。

出前持ちさんや、カバンや小粋な今ばやりの紙袋を下げた紳士たちは、用が済んで一旦この「通用門」を出る。階段下方に控えて成行きを見守り、なにやら上目使いになって、好奇心と同情のない交っている若者たちのまなざしに逢う。すると、むらむらっとつい、若者たちにあの「連帯」のごときものを感じてしまう。

「いかがでしたか、檻の中の居心地は」

「いやあ、この年になって、丸の内の留置場にも、ごやっかいになったことはないのですがねえ」

と紳士はいう。若者たちは顔をくしゃくしゃにして、とろけそうな親愛の情を示す。

(何たる屈辱!)

にわかに後腹が立つとみえ、わざわざ後もどりして、出て来た扉を足蹴にかけて帰る紳士方もいた。

「いやお大事に」

そういわれて客人たちはあらためて、その気恥ずかしさから飛びのくような身振りになり、檻の外の見物衆たちと共に笑い出してしまう。

檻はたしかに、泥絵の草紙に魂をふきこまれたようなよそおいで、東京ビルの四階の牢名主たちのものにはちがいなかった。それはまた、牢名主と患者たちとの空間にしつらえられた、前衛的なオブジェともなって、双方の境界の具体物としてそこに顕現し、すでに患者たちの戦利品でさえあった。患者たちも若い支援者たちも、仕掛けられた罠のまわりを嗅いでたのしむ知恵者の猪たちのように、飽きずに檻のまわりを歩いた。ひと目見たときからあの、ひと目ぼれという気分でさえあった。のちにそれが、チッソの手によって撤去されたときなどはひどく気落ちしてしまったほどだった。仕掛けた罠に、仕掛けた者自身がかかってしまっていたのに。

それはまた、心晴れやらぬ日常をいっきょにあの、創造力の牧場へ飛躍させる「ひらけゴマ」の扉にも似ていた。いつもむずむずしている若者たちの足の跳躍力の、格好な練習壁でもあった。

人びとは、忍び足でそろそろとそこに近寄っては、直径十センチほどもある、つややかな鉄格子の丸みを、指の先でコンコン、とはじく。それから、目尻のしわと耳をくっつけて、その小さな、はるかな余韻に聞き入るのだった。遠くなってしまった故郷の牧歌を、人びとはそのようにして呼び返そうとしていた。日常と、いくさの間の境界線から。

「あんな、こりゃあな、中はパイプになっとっとばい。空洞ばい」

目尻のしわをいよいよ細めて、佐藤武春さんは嬉しくてたまらない。

「聴いて見んな、ほら」

小道老人を手招きする。

謹厳な老人は、まるで藪の中にでもはいってゆくような尻からげの姿勢になって、鉄格子に近づく。難聴になってしまっている老人のために、若者たちのひとりが、ちいさな小槌をとり出して、コン、コンと、まるで鉄の丸みを撫でさするような手つきで、たたいてみせるのだ。老人は尻からげのような腰つきのまで耳を寄せ、しばらく聴いているが、

「なーるほど、パイプじゃなあ」

と、感にたえたように口をあんぐりひらき、まなこを細めてみせる。水俣に帰り、まだ東京にゆかれない患者たちにむかって老人はいう。

「檻見物もしておかんば、話にもならんばい」

先に上京した患者たちも、こもごも檻のことを語った。チッソにしては、なんとがっしりと手応えのある贈り物をくれたことだろう。

いくさというものには、古来砦がないと格好がつかない。檻はたしかに、患者たちのテント小屋に対してつくられたチッソの砦にほかならなかった。檻はそのような意味で対照の妙をえて、しかもテントより、ひとまわり大時代的であったゆえ、見物衆の野次馬的嗜好をそそってやまなかった。

被害民たちの魂が吐きつづける怨炎にあぶり出されて、チッソもついにここに至り、本来の姿を檻という形で開顕したにちがいなかった。それが、一種の痴愚性により救われてさえいるのは、被害民たちの魂の群落の、ほのかな明るみの中にあるからにちがいなかった。チッソはそのようにして、かばかり悲しい民たちの魂に、包摂されてさえいるのだった。

冬の檻はしかし、その内と外とで、互いの毛じらみをかきわける日向ぼっこなどには不向きだった。人びとはやがてこの檻にも退屈しはじめ、陽の射さぬ春がやって来つつあった。

ほんのかすかに、情勢は動き始めていた。寺本知事から交替した沢田熊本県知事は、嶋田社長に対し、新認定患者は「まちがいない患者である」と念押して断言した。川本輝夫らが提出した行政不服審査請求書に対し、昭和四十六年八月に出されたいわゆる「環境庁裁決書」に服した上で、新認定患者を疑わしいものとするチッソの見解の根拠をとりあげて、あらためて反論し、自主交渉の正当性を認めたのである。

「裁決書」はまず、「審査請求人は、当該処分について、一、熊本県公害被害者認定審査会（以下「審査会」という）の水俣病についての医学的概念把握は誤っており、これに基づいて行なった県知事の原処分は違法であること。二、審査会および県知事は、認定処分と補償問題との問題を重視するあまりに、法の適切な運用に欠けるところがあり、そのような法の運用に基づいて行なった県知事の処分は違法であること。三、審査請求人は、水俣病にかかっている事実があること、の三点を理由として、当該処分の取消しおよび水俣病認定の裁決を求めているものである」と前置きした上で、裁決の理由として昭和四十五年一月二十六日付厚生省環第五七号をもって、厚生事務次官より関係都道府県知事等に通知された「公害に係る健康被害の救済に関する特別措置法の施行」を元にして申請人らの反論書をほぼとりあげ、ついで次のように述べている。

まず第一に、法施行令第一条に規定された水俣病にかかっている者であるかどうかについては、水俣病の範囲が問題となる。法施行令第一条に規定された水俣病は、臨床医学上の水俣病に関する概念を基礎とし、さらに一に述べた法の趣旨に照らし、次のとおり解すべきである。すなわち、水俣病は、魚介類に蓄積された有機水銀を経口摂取することにより起こる神経系疾患であり、神経系統に一の（2）において挙げたような多彩な症状を呈するものである。これらの症状のうちいずれかの症状がある場合において当該症状のすべてが明らかに他の原因によるものであると認められる場合には同条にいう水俣病の範囲に含まないが、当該症状の発現または経過に関し魚介類に蓄積された有機水銀の経口摂取の影響が認められる場合には、他の原因がある場合であっても、これを同条にいう水俣病の範囲に含むものである。

この場合において、前記症状と魚介類に蓄積された有機水銀の経口摂取との関係については、認定申請人の示す現在の臨床症状、既往症、その者の生活史、家族における同種疾患の有無等から判断して、当該症状が魚介類に蓄積された有機水銀の経口摂取の影響によるものであることを否定し得ない場合も、法の趣旨に照らし当該影響が認められる場合に含むものである。

第二に、（2）において定めた水俣病にかかっている認定申請人について、その者の当該水俣病が当該指定地域に係る水質の汚濁の影響によるものであるかどうかに関して、その者の現在に至るまでの生活史、当該疾病についての疫学的資料等から判断して当該指定地域に係る水質の汚濁の影響によるものであることを否定し得ない場合においては、その者の当該水俣病は当該影響によるものであると認めるべきである。

（2）において定めた水俣病の範囲に含まれる疾病にかかっていると診定された認定申請人について、その者の当該疾病が（3）において述べた当該指定地域に係る水質の汚濁の影響によるものであることを認められる場合には、県知事は、法第三条の規定に基づき、認定申請人の当該申請に係る水俣病が、当該指定地域に係る水質の汚濁の影響によるものである旨の認定を行なうべきである。

県知事の処分

（1）本件審査請求に係る原処分が行なわれるのに先だって審査会は、審査請求人の認定申請に基づいて行なった県知事の諮問に応じ、所要の医学的審査を実施し、全委員一致をもって審査請求人の当該疾病が水俣病ではない旨の答申を県知事に対して行なった。この審査会の意見をきいて、県知事は、審査請求人を水俣病であるとは認定しない旨の処分を行なったものであり、一見、原処分には違法または不当の点はないかのように思われるが、法に基づいて県知事が行なった当該原処分に関しては、次の（2）で述べるような基本的な問題がある。

（2）審査会の第二回および第三回議事要点録、県知事より提出された水俣病の審査認定基準、参考人徳臣晴比古審査会会長等の陳述、審査請求人から提出された反論書等から判断してみると、県知事は本件原処分を行なうにあたって審査会に対し、上記の法の趣旨および法に基づく認定の要件を十分に説明したうえで諮問を行なう必要があるのにこれを行なわないまま審査会に対して諮問を行なったものである。

したがって、審査会の意見に基づき県知事が認定しない旨の処分を行なった本件審査請求人に関しては、上記の法の趣旨および認定の要件に従って審査会の認定審査および県知事の処分が行なわれていたとすれば、上記の認定の要件に該当する場合があることの可能性を否定できない。

（3）以上の理由により、県知事は、本件審査請求人についてあらためて審査会に諮問したうえですみやかに法の趣旨に沿って処分を行なうべきであり、したがって原処分の取消しはまぬがれない。

よって主文のとおり裁決する。

昭和四六年八月七日

環境庁長官　大石武一

ひきつづき熊本県は、中公審申請のための資料として、チッソが、熊本県公害被害者認定審査会答申の公表を求めたのに対し、これを中公審に提出しないことを言明、チッソが頼りとする中公審の調停はこのことで一時暗礁に乗りあげたことになった。これに呼応してさらに「裁決書」を出した大石環境庁長官も、チッソが新認定の基準を「否定し得ない患者」などと歪曲して交渉を拒否しているのはおかしいと批判した。

ほとんど連日、なんらかの形で自主交渉のうごきやエピソードが新聞、テレビ、週刊誌等に出はじめると、まず社会、公明、共産三党で組織している公害対策全国連絡会議が、チッソに抗議を行ない、座りこみテントに使者をおくってその旨意思表示した。東京地評もテントに檄電を寄せ、カンパと必要人員のくりこみ（デモ要員等）を約束した。おもしろいことに、この時点で、患者たちの東京自主交渉にとまどっていた地元の熊本県労働組合総評議会が、地元訴訟派の足並がそのことによってみだれるという理由でひそかに、

「東京地評がそげんこつすんなら、熊本も反対する訳にゃゆかんが、困ったもん」

といい始めたことだった。

けれどもそのようなことどもをはるかにしのいで、広汎な大衆の胸底深く、なにかが沁みこんでゆきつつあるのを、おのおのの現場にいるものたちは感じていた。

行政機関の反応も革新政党の反応も、その持っている官僚機構や公権力本来の生態の、とある時期に見せる貌つきにすぎなかった。水俣病事件をひとつの予兆と感じ、いまや自らの運命への直観をたしかめようとして、鋭敏化しつつある民衆の触知感の前には。運動の核をつくってゆく役割のものたちは、冷静にそのことを見すえていた。

それらは世論の動向と運動なるものが、きっこうしながらつくり出してゆく情況を点検する要素のひとつではあろうとも、「たたかいの前進」や展望とやらでもなかった。それより失われたもの、これから失われるものがいかにおおきいことか。

患者たちもテントも、宿舎も資料係も情宣も、手づくりの弥次郎兵衛を指の先にのせて、だまって遊んでいる子どもたちのような、一種真摯《しんし》な、ながい無為の時間の中に座っていた。背伸びをしに立ってみたり、檻の中にいる張り番たちをからかいに行ったり、声のかかってくる労組や、民間グループをまわったり、学習してみたりする。

一日に二回も三回も恒例の申し入れを檻を通じてやっていると、檻はただ邪魔くさいだけの醜悪な物質になった。最初のころのフレッシュな、あの出来そこないの悪のように無邪気な心性は消散し、露出して消せない妖術の尻尾のように、ひとびとの侮蔑だけを買っていた。金切り鋸《のこ》などを持って行って当てがったり、人びとは檻とのコミュニケーションをとり返そうとしていたが、もはや心は弾まなかった。過ぎてゆく時間に呼びかけるこだまのように、鋸を当てればいらいらとする摩擦音を、鉄のパイプは立てていた。そのような音をききつけたあの張り番たちの人数が、みるみるうちに檻の内側にふくらんで、物理力でひとびとは檻の外に押し返され、多少の怪我人が双方に出るのだった。

「何かまた、ちいっと変ったことば、チッソもやって見せんかねえ」

川本輝夫と佐藤武春は、そのように言いあって微苦笑する。

変ったことといえば、チッソが、申入れ行事の間に起こるいざこざを、ご大層にも「告訴」したことだった。

おどろくべきことに彼らは、現場写真集なるものを作成し、川本輝夫を暴行傷害事件の犯人に仕立てて告訴したのである。半信半疑の気持ちでいると、丸の内署はこれをとりあげて、証拠物件探しの家宅捜査までやってのけた。

事件発生以来二十年、この時点でさえ、公式認定患者三百名を越え、公式死者五十名、それまで実質の死者はゆうにその三倍はいた。水俣湾の対岸天草島にさえ、認定患者が見つけ出されはじめ、不知火海沿岸住民には万を越える患者が潜在するのは公然の事態になっているのである。ここに至ってなおただの一度たりとも、公権力の手によっては、犯人チッソの取り調べはおろか、被害民らの実態調査はいうにおよばず、救済策などなにひとつ自ら立てたことない国家が、川本輝夫の水俣の自宅まで！　はるばると東京から！　国民の金を使い十三名の捜査員を派遣した。あげて「水俣市をとり潰す」犯罪人のごとく、自主交渉派患者をとりあつかっている水俣市へ、ことごとしく乗りこんだのである。その上ご丁寧にも、患者たちの宿舎、杉並区荻窪の家に十三名の別働隊を派遣した。

荻窪患者宿舎にいて、この家宅捜査に立会った筆者は、手術直後の視力の、もっともうつろい定まらず、示された令状なるものさえ読みとることかなわぬ情けない時期である。すでに任意出頭の呼び出し状が来ていて、彼はこの朝出頭する手筈をとり、これも宿舎にいた訴訟派患者である幼な友達の田上義春が同行してゆくことになっていた。朝飯を食べながらその話をきめ、振り返って微笑する彼を少女たちと共に見送った直後だった。

「任意出頭」した足で水俣にむけて出発し、膠着状況にある檻の前の作戦を転回させるべく水俣在宅患者との寄合会議をひらくつもりで、川本さんは宿舎の玄関を出た。

その直後にかの男たちの一団が宿舎に乗り込んできた。

少女たちはしっかりしていた。

「道子さん、こういう場合、捜査令状を写し取る権利があるんですよ」

きっとなって彼女らがいう。この種の事柄については未経験にして無知無能、まったく様子がわからない。そのような少女たちをあなどって、

「いい年頃をした娘が、ぎゃあぎゃあ騒ぐんじゃないよ」

暴漢じみた大男がそういい放った。

「よそさまの大切な娘御ですから、もっとちゃんとしたものをおっしゃって下さいまし」

とわたしは言った。

令状を写す、写させぬとやりあっていても、川本患者らほか、男手のこらず丸の内署とテントにむけて出はらった、女世帯の早朝に踏みこんで来られ、大の男たちの多勢にこちらは女ばかりの無勢であった。

かろうじてテープに捜査令状なるものを述べさせえたのみである。いま視力がうすくて読めないこと、したがって後日のためテープに入れておく必要があることをいうと、男は、「じゃあ、読むからね」、といった。

捜査令状

一　加害者川本輝夫こと多数共謀のうえで四七年七月一五日午前八時五〇分頃北側階段おどり場付近においてチッソ五井社員坂内信（二九歳）に手拳にて二回腹部を殴打又右上腕部にかみつく等の暴行を加え同人に二週間の傷害を負わせた。

二　同年七月二〇日午前七時二〇分頃前記場所にて下田義孝（二八歳）に頭部顔面を数回にわたり打つ蹴る等の暴行を加えたあげく同階段おどり場付近において左大腿部にかみつく等の暴行を加え、よって一週間の傷害を負わせた。

三　七月二一日午前八時五分頃北側階段おどり場付近にて同社員中村和昭（二九歳）に対し右手上部及び前腕部に二回かみつく等の暴行を加え、よって二週間の傷害を負わせた。

四　さらに同日八時一五分頃北側おどり場にて人事部長河島庸也（四八歳）に対し所定の副木で後頭部を殴打する暴行を加え、よって二週間の傷害を負わせた。

五　一〇月二五日午前七時一〇分頃同じビル四階階段前の廊下にて河島庸也に対し、手拳で顔面を殴打する等の暴行を加えるなど一〇日間の傷害を負わせた。

「この家の諸道具は、並の道具ではございませんのです。患者さん方のため、心優しい東京都民のおひとりおひとりが、いちいちおとどけ下さった、心こもった品々ばかりでございます」

「はいはい」

「何をお探しかは存じませんが、大切におとり扱い下さいまし」

「フムフム」

「お持ち帰りになるようなものは、なんにもないと思いますが」

やはりわたしたちは、動転していたにちがいない。川本さんが、申入れ行事のとき、チッソ社員に足の指を踏みにじられて骨折したときの、手造りの副木を、珍しそうに見つめられ、

「ほほう、これで治療したわけですな」

といわれ、女たち一同は、不覚のおもいにとらわれた。

「…………」

あとでテープを起こした令状にはそのことが書いてあったのだ。「副木」のところはわたしをはじめ、みんなも聞き落していた。

そうか、川本輝夫がチッソ社員によって足指の骨折を負い、手治療の石膏を塗り塗り、その副木をはめ、永い間びっこをひいていたことを知っていて、なおかつ、チッソ社員の告訴をとりあげ、大の男たちが十三人も、家宅捜査にくり出して来たわけであるか。半ば紳士的半ば威嚇的に男たちは部屋中を物色した。いやしげな好奇心が隠していてもあらわれる。男たちの手の中にとりあげられたそれは、骨折した足をはめこむために、板ぎれと板ぎれを直角に打ちつけた木肌の中に、石膏がくっついていた。

「ああ、こりゃなんだか生々しいな」

「ほほう、なかなか、器用なもんだ」

獲物を鑑賞するように男たちはいう。

パラッ、パラッと、男たちの指の間から、石膏の粉が落ちてゆくのをわたくしは見たようにおもった。男たちの手から手に渡されていじくりまわされ、ころん、としている板ぎれの寂寥を見た。その板ぎれから、まだ骨の裂けている足指をひき抜いてぴっこをひきひき、うまずたゆまずあの「申入れ」をしに、檻の前にゆくねんねこ半纏姿の、やせた川本輝夫の後首の寂寥を。

男たちはその板ぎれを、指ではかったり、物差し様のものを当てたりしていたが、何気なさそうにいう。

「じゃあね、これ、おあずかりしてゆきますからね」

見えない粘液のようなものを、男たちはゆっくりとそのまなざしから発射させた。積み上げた蒲団や、炊事道具や、書棚や、吊るしたセーターやタオル類の上に、それは、べっちゃりとくっついた。

それから彼らは、写真機をいくつもとり出して写真をとる。少女たちは、小さなテープレコーダーを両の手に握りしめ、それらの雑音をテープにおさめようとした。

「何をしてるんだ、この女の子」

「これは権利です！」

「おい、とりあげろ。うるさいぞ」

「わたくしは目がよく見えませんのです。皆さんに、後でようく説明しなければなりませんからね、ぜんぶテープに入れさせてもらいます」

背広を着て、スマートにしていたが、あのひとたちは、おおきなナメクジの化身だったにちがいない。壁にもふすまにも柱にも、あのきらきらと気持ち悪い光を放つ粘液が、幾筋もの条痕となって残った。申し訳なかった。

もっと機転が利いていれば、目がよく見えればよかったのに。捜査令状のどこかに、何を見つけに来たのか、書いてあったにちがいないと少女たちがいう。それを読む権利があったのだと、彼女らは語尾をふるわせる。

「なぜ男たちが今日にかぎって、ひとりもいなかったのよ……」

「カバ！」

少女たちはころころと太った犬を抱きよせて、頭を撫でながら叱るのだ。

「カバ！　カバトット！　お前、お前ったら、こういうときほんとに、なんの役にも立たないんだね」

「カバったら、あの小父さんたちに、じゃれついているんだもの。テントの連中が来るときは、吠えてみたりするくせに！　このバカが」

「川本さんが連れてゆかれたんだよ、カバ！　あんなに可愛がってもらっているのに、お前、そんなこともわからないの。なぜ、小父さんたちに噛みついてやらなかったの」

稚ない犬は、かなしそうにうなじを伸ばして少女たちをみつめ、胸の間にもぐり入ろうとして前脚をあげ、尻尾を振る。

「ダメだよお前。いまごろ尻尾なんか振ったって。留置場に連れてゆかれたんだよ、川本さんが。知らないのかい……ダメじゃねえ、ほんにお前は、ほんとに」

少女たちは稚ない犬を替わる替わる抱きとりながらぺたんと座りこみ、その犬にむかって声もなく泣いた。

宿舎の裏窓の、善福寺川のむこうから、大工の槌音《つちおと》のような音が、ときどき聞こえた。

杉並区荻窪の、いわば高級住宅街にあたるここら一帯は、しんとしていた。今朝のこの出来ごとに対して、あるいはしんとしているのかもしれなかった。

「こうしてはいられない」

とわたくしは、わたしよりもすべてがしっかり者の少女にいった。

「ええ、早くやりましょう」

彼女はギリシャのあの力強い美神のようなまなざしをあげ、待っていたようにそう答えた。それから少女たちはいっせいにしゃんとして、いつものように働き出した。私たちはことの成りゆきを知らせる電話をかけはじめた。

天下周知の、水俣漁民に対するチッソの仕うち、天下周知の、水俣病患者を背負っている川本輝夫の苦闘に対して、国家権力をふりかざし、ささいな小ぜりあいの現場を好餌《こうじ》にして大捕り物陣を敷き、この痩せこけた男たったひとりを捕獲しようというわけである。

やってみるがよい、とわたくしは電話の前に座りこむ。テレビの悪役さえ、このごろは瀟洒《しょうしゃ》な貌をしているのだ。警視庁も庁と名がつくからには、どのような内部のたたずまいを持っているか、とくと拝見しに参りましょうとわたくしはおもう。警視庁とやらも、こちらの首を見たいにちがいない。お前さま方には見分けもつくまい闇路の中のものたちと一蓮托生の、惜しくもなんともない身の上だから、首すじきれいにして出かけねばならないが、誰も彼も風呂に入るひまもなく、相もかわらぬざんばら髪である。

大人の加勢人たちがかけつけて来た。かけつけられない人びとも、電話のむこうで報告のリレーを受けもった。それぞれが手分けして夜を徹し、抗議文書が出来あがる。連署者たちの名簿が一夜のうちに二百名近くになった。

「抗議書は緊急でございますので当方でつくらせていただき、このような文案にいたしました。まことに唐突でぶしつけではございますが、出来ますれば、御賛意いただきたくて、御電話申し上げる次第でございます」とわたくしは懇願しつづける。ひとりの尊敬する著名氏からは、

「あなたはそういうことをせずに、じっと辛抱して書くべきですよ作品を。

多勢の人間の、役にも立たない抗議文書より、ひとりの人間の思いをこらした文学が、どんなに効果を発するか、あなたも知らないわけはないでしょう」

との御忠告である。

そのおことばは胸に応えた。応えすぎた。

紙きれのアピールや嘆願書や抗議文のたぐいが、いかに情けなくて無力で、実効をともなわずうすっぺらな思いつきであるか。だからこそこのようにして、二十年がかりで、ようよう「実地交渉」にまでこぎつけて上京し、東京非人《かんじん》たちとわれから人に言い、仮寝の都に惻隠《そくいん》の情さえ湧いてきた。けれどもなぜか、ひとは事を為すことへの効果より、ただの人情で、もろに惑乱してしまうこともある。

人間一寸先の闇路では、いついかなるときに思案をふみ外し、血迷うことがあるかわからない。いったん踏み迷えば、分別などはかいもく朦朧《もうろう》として、思案も辛抱もどこかへけし飛んで、たぶんわたしは逆上

してしまったにちがいない。いまは逆上のおつきあいを、それにただただ川本輝夫への心中立てをと、おねがい申し上げていた。あんまりあの痩男がかわいそうではないか。今朝までみんなでいっしょに食事して、彼はなにやら箸をとめ、

「ダメコちゃんな、猫岳に登ったじゃろかねえ」

そういって首を傾げていた。

「三味線の皮になったじゃろかなあ。やっぱ、いつも居る者の居らんごつなれば、さびしかねえ」

そういう顔の色をみんなはじっと見たのだ。

「ほんに、よか猫じゃったばってん。きりょうの良うして、能の良うして」

こもごもそういいあったが、猫の子の出奔《しゅっぽん》だけで、こんなに骨も色が変るようなさびしさに罹患《かか》るものか。けれども笑顔でいつもの風呂敷をバッグに替え、ひとつの意志力のごとく、彼は、幼な友達の田上義春とともに、丸の内署にむかって歩いて行ったのだ。それを、

「いつもは風呂敷を持っているのに、バッグを持っているから、逃げるのかも」

などと、衆人環視の荻窪駅で連行した、というのである。

翌朝と翌々朝、出来上った抗議文や続々とふえ続けている署名簿を持って、日高六郎、若槻菊枝、丸山邦男氏らと丸の内署および警視庁に出かけた。白い幻視のかなたから近づいて、警視庁はわたくしの目の中を出たりはいったりした。けれどもわたしは、たしかに肉質を持った〝目〟というものにそのとき変身した。

「川本さんが留置場に入れられるなら、わたしどんも全部、入れてもらわんば」

現地での家宅捜査を抗議しに出かけた自主交渉派残留組や、訴訟派患者らはそういった。

「この、非人共が！」

水俣署員らはそういい放ったという。

運動なるものは、自己膠着の長い時間を食べながら血路を開いてゆくものらしかった。二月二十三日、大石環境庁長官、沢田熊本県知事を立合人として、自主交渉が再開された。わたくしたちの機関紙はこう書いた。


闘争は新しい局面に入って来ている。大石、沢田の限界を知りながら、さらに新たな不都合についても知りながら、交渉は開かれ、なお継続されている。それがチッソの戦術転換に対する、こちらの細心な対応であったことは確かである。しかし同時に闘争には日柄《ひがら》がいるということでもあったのである。戦術とかカケヒキとかいうことではなしに、また闘争の相手に対してではなく、闘争そのものに対して闘争は呼吸を合わせる必要があるものなのだ。テントに新しい顔ぶれが目立ち始めているのもその一つの現われと見ていいだろう。日柄は育てなければならぬ……。

交渉開始は大きな成果である。しかし交渉が安易でないことは前記したとおりである。当然のことながら私たちは次の実力行動を開始しなければならない。時に当っての具体的行動形態は交渉の流れと日柄が決めてくれるはずだ……。

この闘争は勝たねばならぬ。それも、最も具体的な形で勝たねばならぬ……。

時間が膠着し、人と人との感性のはざまにすきま風が流れ出す。それも情況がもたらすひとつの季節だった。

のっぺらぼうの季節の中でも、川本輝夫は、自分の触知感をたえず泳がせていた。権力機構のはざまの中に。彼の触手はそのようにして向う側の石垣の割れめに泳ぎつき、這入りこむ。それからあの、公害等調整委員会（前中公審）の偽造文書を、見つけ出すのである。

たぶんそれは彼の想いこらした一念が、相手の機構の体質内部を一閃《いっせん》にして照らし出した瞬間だった。闘いの様相は、このときを境に、一種肉薄戦のダイナミズムへと近づいてゆく。

東京座りこみが始まって足かけ三年目の一九七三年一月、「中央公害審査委員会」から姿を替えた「公害等調整委員会」は、続々と追加される患者新認定をめぐる状況の中で、自主交渉や三月に予定されている裁判判決にはそらをむくふりをして調停案を急ごうとしていた。それは企業サイド、権力サイドからする公害そのものの収拾（水俣病に対しては、その表むきの再収拾）を意図していた。新認定患者の底知れぬ広がりと、それを露頭にしてあらわれてくるかもしれぬ公害列島の全容と、住民運動の尖鋭化に恐怖した両者が、おのれの損失を最小限度におさえ、直接チッソと対決しようとする患者たちの動きをまず封殺し、分散させ、併せて国民感情をそらす。公害等調整委員会は、そのような機関として出現したのである。それは忘れることのできぬ昭和四十五年五月、一任派患者らをその外壁の中に塗りこめた水俣病補償処理委員会の、生まれ替わりでもあった。判決を間近にした裁判闘争と、肉薄してくる自主交渉闘争と、より重大に深化し進行する、多様なこの列島の水俣病状況をどのようにおおい隠すか。四十五年の補償処理委員会よりも更なる強固な画策が、権力にとっては必要である。

ここにおいて、公調委の体質は表にあらわれる。一種の本能となってきている患者たちに肉薄され、当の患者たちの眼光によってその姿は照らし出されるのである。一月十日、公調委に受け付けられた「調停申請書」や「交渉代理人の委任状」「代理人承認申請書」等計六通が、おどろくべくずさんな偽造文書類であることを、報道陣をひき連れて閲覧を申し入れた川本輝夫やその友人、調停派患者岩本公冬らによって発見された。つめよられて閲覧されたその文書は、代理人を選定したことを当の調停派の患者たち申請人自身がまったく知らず、自分らの代理人が誰であるかをも知らず、委任状も印鑑も偽造であり、申請書の内容を申請者がまったく知らぬという文書であった。

新聞各紙は驚愕していっせいに公調委を攻撃した。患者たちの内情に精通していた川本輝夫は、公調委の提示が間近に迫っていることにつき、調停派患者らと話しあいながら、そのことを直感した。その確信による閲覧申し込みによって、このことは暴露された。

四十五年六月一日公布された公害紛争処理法によって、同年十一月一日、公調委の前身中公審、すなわち「中央公害審査委員会」は発足した。環境庁裁決のあと、自主交渉派患者の追及に苦慮したチッソは、被害者側の同意もなく一方的に中公審に調停を申請していたが、その当初からかの水俣病補償処理委員会の性格機能をひきつぐものとして注目されていた。ついで四十六年十二月末、この機関のはじめての仕事として水俣病補償調停委を設置、五十嵐義明、田中康民、金沢良雄の三委員を選任した。四十七年七月一日中公審から公害等調整委員会に改組され、公害裁判所といわれるほどの権限が付与されて、補償問題を現行の裁判制度から切り離して処理しようという機関でもあった。それゆえ、その調停とは、過失責任を必ずしも問わず、「双方が納得すれば足りる」と公言しており、偽造文書までつくりあげて被害民らをあざむき、調停作業なるものを強行しようとしていたのである。

そのような公調委の動きに合わせるかのように、チッソも十二月十六日、第二次認定患者が発表されるのを待って翌日はもう内金二十万円をかたに、前田則義さんらと三十一人の患者から調停申請の「合意書」をとった。調停派患者は百五十人に達し、チッソは自社の総務部速報等において、この派の患者数と、自主交渉派十七人、という数をならべて書き、いかにも少数自主交渉派が理不尽なものたちのように印象づける中で、水俣市職員らが公調委の指示のとおり書いたというニセ委任状等が作られたのである。

越えて二月三日、沸騰するマスコミの攻撃と世論の疑惑の目の中で、公調委は、金沢良雄委員の辞意を表明して小沢文雄委員長を迎えいれ、患者あてに、「判決前に無理やり結論を出すことはしない」むねの便りを出し、その間ひそかに事務局員を水俣に派遣して収拾策をさがした。現地市民会議、熊本告発する会はこれを察知して、公調委、水俣市が組んだ、ことの経過をさらにくわしく追及してあきらかにし、当の調停派患者たちも、さすがに不安動揺を隠しきれず、調停を下りる声明を出す患者も出て来た。

このことは、当然、春三月の裁判判決にも心因深い影響を与えたにちがいなかった。

権力が、いかに常々、力無き人びとをあなどっているか。たぶんその双方に対して、患者による偽造文書摘発事件は衝撃を与えたにちがいなかった。

三月の忘れ雪がやって来なくては、南の国では春はひらかない。三月半ばをすぎると、南の国の人間たちは冬への名残りを惜しみ、忘れ雪が降らんかねえと、春の陽ざしをみあげて雪を待つ。けれども忘れ雪は降らず、なにか、しこりを含んだ春がそのようにしてやって来つつある。

一九七三年三月二十日、熊本地裁において水俣病裁判の判決が出た。三十世帯、百七十八名の原告が、昭和四十四年六月に訴訟提起して以来四年目、水俣病公式発見以来十七年目、熊本地裁は被告チッソの企業責任を明快に認めた。全国有数の化学工場として、安全確保のために要請される高度の注意義務を欠き、昭和七年以来の廃液無処理放出について過失あり、予見の対象を有機水銀の生成に限定する被告の過失論は、「人体実験」の論理にほかなく、「不法行為の加害者にあっては、被害者の信頼を裏切らないように誠意をもってその賠償義務を履行することを要する」とあった。

昔の桜田門に降った雪を連れて、またわたしは東京にやって来た。雪でも連れて来ぬことには、みえない雪洞《せっとう》をしつらえて、その中にすっぽりとはいってしまわぬことには、この世をみるのがいやでたまらない。訴訟派を加えて判決直後新しく編成された「東京本社交渉団」の患者たちも、宿舎から車でチッソへむかう途中の外の景色を、全然みやしない。

雪洞のトンネルの彼方、まだねむっている水俣の、春の闇。その春の闇の中に、ふっくらと可憐なまろいボケの蕾が紅いろにともり出す。わたくしの魂はもうたぶん、そこへはゆけない。どこへもゆけない。けれどもいまは、雪洞の道を通って来て、また東京ビルの四階の、チッソ会議室にいる。わたくしはなんだかヘンな魂になって、ふわふわと、あの、「十四項目」をふところに秘めて新しくはじまったチッソと患者たちとの酸鼻《さんび》な死闘のかたわらにいた。それが死闘であることは、血煙りが立っていることでわかる。

調停派患者岩本公冬が、

「ああ、生きとるとの、はずかしか」

と呟く。アポロンのような美貌のこの青年が、わなわなと痙攣しながら社長の前で舌を噛み切ろうとして、襲ってくる痙攣のために噛み切れず、唇のはしから流れ、胸にしたたり落ちる血とあぶくや、交渉場の椅子にふいに頭をはげしく打ちつけはじめて、がしん、がしん、と重く鈍いひびきを伝えてくる音でそれがわかる。昏倒して、いつまでも醒めない血の噴く額髪の上から、訴訟派の小母さんたちが、青白く血の気のひいたひとみをすえて、

「おっどんが方が先にやる筈の交渉じゃったて、なしてこの調停派ば先に出させたか！　誰が連れて来たか！」

そういい放つ。患者同士の間柄もいっきょに死闘となって来た。

水俣死民というゼッケンをつけた若者たちが出たりはいったり、そこは東京ビル一階のエレベーター前のホールだったりする。若者たちはホールいっぱいに散開し、腕でひざを抱き、躰を曲げて石の床の上になんにも敷かないで、着ないでゴロ寝する。枕も当てないで、もうまるまる一年四カ月もそうやって若者たちは寝た。

人を乗せない深夜のエレベーターが音もなく下りて来て、魚を干しならべたように寝ている若者たちの枕元にぱっくりと開く。

東京ビル四階のチッソの檻が、患者たちが上京して来た二日目の三月二十二日に外された。情況の虚脱の一瞬もそこにあった。外された檻の前をとおって意味もなく、上り下りする人のいないエレベーターの中に、ひとびとはたぶん魂をあずけてねむるのにちがいなかった。若者たちもチッソも患者たちも、そしてわたくしたちも。魂をあずける神さまが東京にはもういない。新しく編成されてはじまった自主交渉の

あいだ、エレベーターはそうやって深夜中、若者たちの枕元にすうっと下りて来ては音もなくひらき、ぱっくりと閉じてゆく。若者たちはだんだんとまた青ざめてやせていた。それからがばと起き出してカンパにゆき、じつに懇切に、新しく来た患者たちを養っていた。自分たちは立ち飲みの牛乳を呑み、アンパンをわけあって食べながら。新しく来た小母さんたちはくたびれて、血走ってくる。

「ああもう、くたびれた。毎日毎日握りめしやら折づめのごたる弁当で。なんかこう、野菜の煮〆のごたる、味噌汁のごたるもんの、なかろうか」

というのだった。アンパンをかじりかけている若者たちは、一瞬アンパンのかけらを咽喉の奥にひっかけ、泣きベソをかく。そして黙々と、より安く、より栄養的、より美味な献立のための「食対会議」をひらかねばならぬと思う。患者たちのために習いはじめた指圧や、温灸やが、どれほど、「気休め」になるだろうかと、そのけいこのために節が腫れあがった自分たちの指をみる。わたくしはまったく身のおきどころがなくなって、食対会議の報告をきく。

定員ぎりぎり十五名くらいの荻窪の宿舎は、自主交渉派に合流した訴訟派患者第一陣二十三名とそれに付添って来た市民会議十五名の増員で、平均一食五十名分、一日三食分の炊き出しの兵站部《へいたんぶ》となった。ガス器具を補強し、朝六時から、暁方の四時まで、このガスコンロは燃え続けて働いた。火が消えているのは、あけ方の二時間である。少女たちは、

「人間よりは、休むヒマがないの、可哀そうに」

といった。

「あんまり燃やしっぱなしだもんだから、心配なの、火事になるんじゃないか」

細心の注意が必要だった。

宿舎の四部屋はすべて、運びこまれる米や野菜類や、炊き出し人員や持ち運び用具のためいっぱいとなり足の踏み場もない。旧自主交渉派を含めた大人数のための新しい宿舎を大至急探さねばならなかった。

そのようなとある日、川本輝夫の着たきりのズボンが、もみあいの中ですり切れてきて、とうとうひき裂けてしまった。あけの日、どこかの市民集会に支援要請にゆくことになっていて、その打合せ中、ひとりが、

「あのう、川本さんのズボンね、このまんまでゆくの」

といい出したのである。

まともな服の者とてはほとんどいない、よれよれの「乞食集団」の中では、目立つほどのことでもなかったが、いわれてみて、みんなはあらためて、彼の姿やお互いを見て感嘆した。

「なるほど！　うふふ、相当に壮絶な眺めじゃなあ」

「このまんまで行った方が、実感があっていいんじゃない」

みんなは嬉しがってそういったが、ともかく間に合わせの作業衣めいた木綿のズボンをどこからか見つくろって来た。けれども、そのズボンはばかに長すぎたので、少女たちは裾をちょんぎってあやしげな手つきで仕立てあげ、着せてやった。川本・佐藤の御両人はいたく感心して、

「これはこれは！　味噌汁は上手になるし、裁縫もなあ！　もう、どけ嫁御に行たても、りっぱなもんばい」

という。少女たちは大いにテレていたが、さて今度は、ちょん切ってしまったその余りぎれを見れば、

いかにも真新しい木綿の布地がパンパンとしてもったいない。雑巾にするには布幅が足りないし堅いし、もちろん、おふきんには使えない。そこで衆議の結果、お金入れを作ることになった。赤い糸などでアップリケをほどこし、信玄袋ふうに口をしばると大きな巾着《きんちゃく》ができあがった。

それを下げて近所のお米屋さんや八百屋さんに買い出しにゆく。宿舎の買物係はうっかり者が多いので、代りばんこに誰かが八百屋さんに忘れて来たりするのだが、ちゃんと保管されていて、仲間の誰かがウロウロ探しにゆくと、店の人のほうがもう先に、声をかけてくれるというのである。

「これ、ほら、あんたらのものでしょう。水俣やってんでしょ、ダメだよ忘れちゃ」

「どうもどうも」

と恐縮すると、

「いやね、こんなおさいふ、今時分、見ないからね。そっちが忘れてもこっちはひとめ見たら忘れねえよ」

買った品物を忘れても、

「あのおさいふ持ってくる人たちが、忘れて行ったんだよ。水俣だろう」

と品物がおっかけてとどけられるというのだった。

連日百五十食分も作らねばならぬ頃になると、お米屋さんに、二、三日ごしに、五十キロ、八十キロと買いにゆく。東京の人間はもう生活が洋風になっていて、お米屋さんに毎日何十キロ単位で買いにくる人間などはいないという。米屋さんのほうは「水俣やってる」ということは気がつかず、最初、

「あれ、また！」

ととんきょうな声を出され、

「昨日もたしか五十キロ持って行っただろ！　そんなに食べるの」

まるでお角力《すもう》さんでもまかなっているのかといいたげな顔をされた。

「ハイ、人数が多いもんで」

と答えたら、その米屋さんが米櫃《こめびつ》の底をのぞくような目つきで云った。

「うちは商売だから、仕入れときますけれどもねえ、しかし、よく食うねえ」

それで次にゆくとき、またまたびっくりされるんじゃないかとおもえば間がわるくて、違うお米屋さんにゆく。盥《たらい》まわしにお米屋さんをまわることになった。そのうちに顔を覚えられ、今度はそのお米屋さんのひとりが、例の信玄袋から金をとり出すのをうち眺めながら、こういったというのだ。

「あんたらの商売、もうかってんだねえ！　よっぽどはやるんだろう。若いのによく働くんだねえ」

「えっ！　おかげさまで、と云っちゃったの」

ピョンピョン跳びながら「京子ちゃん」が帰ってきていうので、みんな爆笑した。

「うふふ、このお金袋、そんなふうにみえるらしいんよ。食堂かなんか経営してると思われてるのね」

カンパを集計して銀行に出し入れするときも、この手作りの丈夫な信玄袋は活用された。それは少女たちの、なんだかハッピーな、唯一のアクセサリーでもあった。

自主交渉派の周辺にいたものたちは、このようなとき、それぞれ自分の身の振り方を身につけていて、戦術本部の負担にはならなかった。自弁の支援ということは、いわず語らずじつにくまなく徹底していた。患者たちに対していっさいの負荷を荷わせないことを、ただひとつの矜持として、たたかいが成り立ってもいた。

判決後、直ちにチッソ東京本社へゆく、という訴訟派患者たちの動向、この新しく構成された「チッソ本社交渉団」の動静について、出京準備の段取りについて、度々の東京からの、とくにまかない方からの申入れにもかかわらず、二、三日ごしにひらかれていた患者たちの会議に立ち合いながら、この時期、市民会議からの連絡は、半ば意識的にサボタージュされた。連絡の要《かなめ》は、目前の作戦計画の全体をいかにまかなうかという意味が含まれていた。応答なしのため、告発する会は、患者たちの動向をつかむための要員を、急ぎ水俣におくりこみ、各所に配置し続けた。市民会議の意識のうごきもそれなりの理由もむりからぬこととつかめていたからである。訴訟派患者支援だけを当初うち出して、弁護団をたすけ、法廷に提出するための、「供述書」つくりや、裁判官の現地尋問を身魂傾けて実現させ、体力を使いはたしたところへ、ぼう大な未認定患者をこの先抱えこみそうな自主交渉派・川本路線、この「えたいの知れん他所《よそ》ものばかり」に取り巻かれている「過激派」に合流することなぞ、そもそもはじめから市民会議の体質には合わなかった。はじめは同じ階層から出た、あるいはおくれた階層から東京に出たこの派のうごきは、初発の支援者として名乗りをあげた現地グループの保護者意識と自負心のごときを、理屈抜きに鼻白ませ、傷つけてもいたのである。市民会議発足時のたてまえとはまた別に、日本的セクトの原型のひとつがまたここにも育ちつつあった。自己克己をも伴いながら。この国のみやことはほど遠い辺土で育ち、埋もれる型の選良たちがここにいた。ある種の名や肩書きを得ることにささやかな生涯の願望をかけ、その自負心にふさわしい正義感を道連れに、生きる活力をひとびとは養ってゆく。田舎に埋もれる人間たちの根深い無念と挫折の伝統とがそこには蔵されている。だから、それはまた気がついてみると全国公害闘争のトップを荷って来たのだ、というふうにもなった訴訟派の中の選良部分とも結びつく。

判決がもし、勝訴を得れば、それに全力投球して来たことを花として義理をすましたい。「精も根もつき果てた」と判決後、松本勉事務局長が、自治労新聞に書いたのが正直な実感でもあったろう。

患者たちのうごきを前提に、熊本・告発する会は市民会議の活動を「無条件、かつ留保なしに支援する」ことをきめ、かきあつめたカンパを送り続け、訴訟支援ニュース『告発』を発刊し続けて来た。またこの裁判のための理論づくりや後世のための資料部をつくるため、専門家を招いて「水俣病研究会」を発足させ、独立させ、弁護団との接触をはかり、裁判の間中、患者たちと市民会議の熊本での宿舎をひきうけ続けてきた。昭和四十五年、厚生省補償処理委員会事件や、大阪における株主総会、四十七年の公調委偽造文書事件等々にはその真実をあきらかにするために、若者たちのみならず、文字通り黙って生身をそこに横たえて、警察権力等に対しての、「楯」の役目をも果たしてきた。だから、その熊本告発は、患者たちの上京の意志が固まりつつあるのを見はからい、判決の日、水俣病訴訟弁護団と訣別する表明を出し、これを断行したのである。その経緯は判決前の三月十三日と二十日に、緊急情報として出された左のふたつの表明書にほぼ要約される。

患者は裁判闘争をのり超えた

——チッソ資本の心臓部に患者と私達の共同空間をうち立てよ——

水俣病裁判は来る二〇日に判決を迎えようとしている。私たちは四年のあいだ、とぼしい力をふりしぼって患者とともに裁判の闘いを闘って来た。むろん、私たちはたんなる裁判闘争を闘って来たのではない。しかし、この判決をどのようにうけとめ、判決当日の裁判所前での行動をどのようなものとして実現するか。それは、これまでの私たちの四年間の闘いの意味を問う重大な問題として、私たちひとりひとりにつきつけられているのだ。

患者はすでに判決直後チッソ本社にのりこんで、一四項目におよぶ要求をつきつけることを決意し、すでに準備に着手した。この一四項目は、補償金のほかに年金を支払え、水俣湾の水銀ヘドロを除去せよ、自主交渉派の要求をみとめよ、判決同額の金を全水俣病患者に払え、など患者の要求を洗いざらい包括したもので、患者のこの回の交渉にかけるなみなみならぬ意気ごみを示している。「裁判でとる金はこれまでの苦しみと損害への弁償で、今度はこれから先の苦しみを弁償してもらうのだ」と患者はいっている。この言葉をどうわれわれは受けとめるべきか。これはたんに今後の生活の不安を訴えているのではない。そのこともふくめて、患者は「四年間の裁判では思いは晴れなかった」といっているのだ。患者が判決当日に勝利という言葉を使ってくれるな、と執拗に弁護団に要求しているのも、そのためなのだ。裁判がついに自分たち自身の闘いでなかったことを、患者はしんそこから感じている。四年間、ごうまんな態度で患者にのぞみ、患者の闘う意志を抑圧して来た弁護団へのいかりはついに爆発し、患者総会の席上で鋭い弁護団糾弾の声があがっている。

患者は何を望んでいるのか。「思いをはらす」という言葉は何を意味しているのか。これをたんなる感情的な言葉と理解するものは、患者の闘いの本質とついに無縁に終わるしかない。患者は自分たちを地獄のどん底につき落したこの世の支配の体制を根本的に否定する闘いを、自分たちの手作りの言葉で何とか表現しようとしているのだ。私たちが四年間闘って来た闘いは、まさにこのような患者の欲求をそのあるべき姿で顕現させるためのものではなかったのか。患者は裁判闘争を決定的にのりこえ、自らの手で真の闘いを創出しようとする第一歩に立っている。この決定的瞬間の私たちの責任と任務が何であるか、それはもはや明らかであろう。

しかし情勢は楽観を許さない。弁護団と県民会議は、全国の社・共連合戦線と総評系労働運動を背景として、患者の闘いを「水俣病裁判勝利」と祝う全国公害反対闘争のおまつりさわぎの中にからめとろうとして、判決前後、全国的に大動員をかけている。しかし注目すべきなのは、その中で日共の指導権が日ましに強化されていることである。四年間、患者と苦楽をともにする闘いは実質的に何も組まず、地味な支援行動は何ひとつ行なわなかった彼らハゲタカは、何のために「勝った、勝った」と判決当日患者に群がりよろうとしているのか。もちろん患者の闘いを彼らの党派的利害のために収奪しようとしてのことである。もしこういう彼らのもくろみを許すならば、水俣病闘争の根本的な意味は失われ、患者自身の「もうひとつのこの世」を求める闘いはついに圧殺されるであろう。

さらに重大なのは、三月二二日に予定されているチッソ本社での交渉に弁護団が同席するという決定が、三月一一日の市民会議と弁護団の会議でなされたことである。そもそも今回の行動がはじめて田上義春、浜元姉弟、上村好男、坂本ふじえなどの患者さんから提起された二月二六日の患者総会のふん囲気はすさまじいものであった。弁護団への不満は噴出し、今回の行動から弁護団をはずすことは議論の必要のない大前提であった。しかも、実力的に鉄格子を突破し、要求が通るまで何年たっても引揚げないという方針のもとに、患者ひとりひとりの決意が確認された。そのような患者の決意がどうしてずるずると後退したのか。患者の決意は変っていない。市民会議の一部幹部の不決断につけこんで、弁護団がかろうじて今回の行動に介入する余地を留保したのである。弁護団としては裁判が終わったあと、患者から絶縁されれば恥を天下にさらすことになる。彼らが今回の行動には第二次訴訟の問題はからめない、交渉は患者が前面に出て弁護団は後にひかえる形で行なう、などと譲歩に譲歩を重ねてまで今回の行動への同伴を固執したのは、そのためである。むろんその背後には日共の存在がある。

弁護団同行の決定は、今回の闘いの重大な後退である。弁護団を同行するという姿勢は、交渉を四日市・新潟なみの合法的なとりひきにしてしまおうとする策動を許す姿勢である。弁護団が実力で鉄格子を突破する闘いにいったいついて来るものか。彼らをふくむ交渉が、本社を占拠して何年かかってもひかない闘いになりうるものか。たかだかかっこうだけ見せて、二、三日で引揚げるのがおちであろう。弁護団を同行して今回の闘いを貫徹しようとすることは太陽を西から昇らせようとすることにひとしい。

こういう事態に対し、私たちは最後の決意をもって行動に立つほかはない。もし、私たちがだんことして主張をつらぬくことができなければ、今回の闘いだけでなく、私たちが川本さん佐藤さんたちと闘ってきた自主交渉闘争自体、敗北の危機にさらされるだろう。私たちはこの事態を迎えて、次のように闘いの方向を設定した。

（1）　県民会議・弁護団との絶縁

三月一二日の県民会議の席上、本田代表は県民会議からの脱退を通告し、会場から退席した。患者が弁護団・県民会議の介入を最後には許さざるをえないのは、支援団体がそれと絶縁しないからである。私たちはまず身をもって彼らとの絶縁を明示することによって、患者の遠慮や思わくをふっきる一助としなければならない。また脱退という事実によって、弁護団との共闘はありえないという主張を、私たちが今後だんことして貫ぬく決意でいることを、患者と市民会議に知らせ、再考をうながす手段とする。なおこのような主張を手紙の形で患者さんの全家庭に送る。

(2) 判決当日、患者と私たちで裁判所前を制圧し、空疎で犯罪的な弁護団=県民会議の「勝訴万歳集会」を粉砕する。当日、弁護団・県民会議を徹底的に批判するビラを出す。

(3) 二二日のチッソのりこみ闘争を患者ペースで貫徹する。弁護団は交渉の過程で患者の意志にもとづいてたたき出す。

(4) 一九日の県民会議・全国公害連主催の集会デモなど一連の行事は完全にボイコットする。

(5) 一七日の告発主催の集会を、けっ起集会として成功させる。

以上の方針は、水俣病闘争を患者の自立的な闘いとしてつらぬく上での最低の保証であり、ゆずることのできぬ方針である。四年間、あらゆる労苦をいとわず奮闘してくださった会員のみなさんが、この方針のもとに団結し、全力でこの一〇日間を闘いぬいてくださることを期待する。

具体的な行動として次のことをお願いする。

① 三月一七日・午後六時・福祉会館ホール

「水俣病闘争貫徹集会」に全会員の出席を訴えると共に、友人、知人に広く呼びかけることをお願いする。内容は、

挨　拶=患者家族

講　演=富樫貞夫熊大助教授

映　画＝「公調委調停粉砕行動」（東プロダクション製作）

報　告＝本田啓吉代表

② 三月一九日に予定されている公害連、県民会議の行動はすべてボイコットする。

③ 三月二〇日の判決当日、告発する会は独自な行動を行なう。これにも勿論《もちろん》全会員の参加を訴える。

④ 三月二二日のチッソ本社交渉を貫くため全会員が上京してほしい。このため三月二一日中には上京してほしい。キップの手配、日程の問い合わせその他については、すべて告発する会の事務所にしていただきたい。

⑤ 各地の公害患者のための傍聴券を確保するため、告発する会の仲間三〇名が裁判所前に坐りこんでいる。一晩でも一日でも交代のため坐りこみに参加していただきたい。

⑥ 傍聴券の交付は十九日朝行なわれるので十八日夜からは全員が泊り込んで、一枚でも多く傍聴券を確保しよう。

⑦ 会の財政は極度に窮迫している。一連の公調委闘争、坐りこみの費用等で、借金は既に百万円近くに達する。カンパをお寄せいただきたい。

三月一三日

熊本市新屋敷二―四―二二（六六）―七五八五

水俣病を告発する会

水俣病弁護団を糾弾する

判決の日が来た。

チッソがその鉄桶の支配を誇る水俣において、水俣病訴訟派の人たちが渾身《こんしん》の勇をふるい、裁判に踏みきって四年という歳月が経った。訴訟派の人達にとって水俣という地域情況を省みる時、恐らくそれは反逆という言葉で呼ばれてふさわしい日々の連続だったはずである。私たちは、そのような訴訟派の人びとの苦闘について、もはや言いあらわす言葉もない。

去る三月一二日、不幸にして私たちは県民会議を脱会せざるを得なかった。判決を目前に控えて、私たちは、私たちのそのような行動が患者さん達に不必要な不安を起こさせたかもしれないことをまずおわびを申上げる。と同時に、それでもなお私たちがそのような行動に出ざるを得なかった理由に就いて、広く明らかにしておく必要があると考えている。

その理由は一言でつくせば、水俣病弁護団に対する私たちの徹底的な不信である。若し彼らが今後もなお水俣病闘争に介在し続けるなら、水俣病闘争が患者家族のたたかいでなく外部指導者のたたかいに堕落してしまうことは明らかである。彼らの言動の逐一をおって来た私たちは、判決を前にその危険が極めて強くあらわれてきたことを認めざるを得ない。

一月二〇日、彼らは水俣病第二訴訟を構えた。私達はその訴訟そのものをあげつらおうとしているのではない。重大なのはその訴訟に至る経過である。彼らは、いま判決を迎えようとしている第一次訴訟派の患者さん達とも第二次訴訟の提起について何一つ話合いをつくさなかった。彼らは第一次訴訟の請求額を一千八百万円におさえこみ、第二次訴訟のそれを二千二百万円に引き上げた。第一次訴訟派の患者さん達が理解に苦しむだろうなど考えもしなかったらしい。

また支援側からの、第一次の判決以後の提訴という申入れに対しても納得できる説明がなされないまま彼らは第二次訴訟を起こしたのである。彼らの云い分によれば、第二次訴訟は第一次の判決に有効な働きをなすとかいう。

果してそうなのか。第二次判決は端的には自主交渉の足許を掘り崩す。更に「第二次訴訟派」というものを作り出すことによって、水俣病闘争は一層の分裂的様相を深める。そのような事態がどう強弁すれば判決に有利な影響を与えるというのか。彼らは訴訟を起こすのは当事者の自由であると称している。なるほどそうである。然しそのような彼らの発言の陰には彼らに不都合な水俣病闘争の全体がいとも簡単に斬って捨てられているということを知らねばならない。法廷技術者として以外に、水俣病闘争に足場を持たなかった彼らが、訴訟は当事者の自由と称しながら、自らの足場を確保しようとした企みであることは明らかである。

彼らの手口は『愛しかる生命いだきて』という題をつけた原告患者家族供述書の出版経過にも誠に露骨に現れている。それらの全ては患者さん本人と水俣病市民会議を中心とする支援者の助力によって作られたものである。彼らはその出版について患者さん達の細部にわたるじゅうぶんな了解なしに手掛けた。市民会議には何のことわりもなかった。患者さんや水俣病市民会議の抗議に対して、彼らは最終的には、出版が出来なくなれば数百万の損害が出る、というまことに手前勝手な押しつけで、その出版に就いての患者さん達の抗議をおしつぶしたのである。それは陰湿な恫喝《どうかつ》というものではないか。

弁護団のはたらく場所は法廷である。彼らは水俣病裁判の法廷において、どのような活動をしてきたか。彼らはこの裁判ののっけからその軽率さを遺憾なく発揮した。水俣病裁判原告側第一準備書面は、毒物劇物によってチッソの過失責任を論じようとしたものである。ところが、水銀及び水銀化合物が毒物劇物取締法に触れるものとして指定されるのは、水俣病発生後相当な年月を経過した後のことである。チッソの弁護士は笑ったという。それは最早プロとしての仕事ではない。

幻の第四準備書面と称されているものがある。それは、さすがの弁護団内でも論争があり、一たん裁判所に第四準備書面として提出後撤回されたものであるが、その内容は、内容チェックのため見せてほしいという弁護団に渡された『企業の責任』の原稿のまる写しだったのである。弁護団は、水俣病研究会の労作『企業の責任』の公刊に反対であった。チッソに利用されるというのがその理由だった。然し幻の第四準備書面はその『企業の責任』の原稿のひき写しだったのである。ついでに云っておけば、原稿のひき写しであったために、それは誤字脱字等に至るまで原稿のままで、逆に水俣病研究会のメンバーをあわてさせたのである。

第二準備書面も同様である。それは研究会の、企業の責任を作るための「中間レポート」によって作られている。研究会は水俣病裁判闘争をより強化する目的で発足した。普通であれば、弁護団が研究会の手になる諸報告、諸資料を利用するのは当然のことであり、研究会が弁護団を助けるのも当然のことである。然し水俣病裁判闘争においては関係はそうはゆかなかった。端的には前記した「幻」に見られるように、弁護団は一方では水俣病研究会にソッポをむき、『企業の責任』の公刊に反対しながら、一方ではその原稿をまる写しして準備書面を作ろうとしたのである。彼らには、「毒物劇物論」の拙劣さも反省のタネとはならなかった。彼らは研究会との合同検討会をサボタージュし続けたのである。

彼らの仕事の粗雑さは立証段階に入ってもなお改まろうとはしなかった。立証計画の遅延、それはチッソの弁護士をして、裁判進行を遅らしているのは原告側弁護人だと云わしめ支援者を口惜しがらせた。そうして提出された立証計画は無残にも第五準備書面の項目の単なる羅列に近いものでしかなかった。

水俣病弁護団はそもそもモノを知らない。当初彼らはその過失論に関する法廷証人をすべて、新日窒労働組合員に依頼するつもりだったということである。チッソに限らず如何なる企業にあっても、その会社の「名誉」を傷つけ、秘密を洩らし、損害を与えた従業員は直ちに処分の対象となる。その処分をはねのけるには強力な実力行使による以外にない。そしてそのような実力行使を構えるには、当然のことながら組合は長期かつ周到な準備を必要とする。弁護団は証人依頼にあたって労働組合と一体どのような打合せをしたというのか。まして労働者はその工程に就いて、部分的には詳しくとも全体的な関係に就いては不得手なはずである。彼らは、会社側のしかるべき者を証人として呼び出し、その尋問によってチッソを追いつめるというやり方に就いては考え及ばなかった。彼らにはそのようなしかるべき者は単なる反対尋問の対象としてしか考えられなかった。考えられたとしても、当時彼らには、チッソ側の証人を叩いてチッソを追及するだけの知識も自信もなかったのである。

元工場長西田他が証人と決まるのはその後の交流会における、弁護団外の発想によったのである。

この四年間、水俣病弁護団の言動を歯がみする思いで見守ってきた数々はあげれば限りがない。

水俣病裁判闘争がよくここまで頑張って来れたのは、患者さん達の不撓《ふとう》の闘志と、支援の献身と、全国的に昂まった反公害の世論によっているものである。私たちは、進行中の裁判に与える影響を配慮し、弁護団に対してこれまで我慢出来ない我慢を続けて来た。しかし弁護団は患者家族に相談もせず判決以後も、患者さん達の集団交渉に介入して水俣病闘争をねじまげようと企図している。私たちは、前述したように、「無知な患者」を指導するのだという立場にたつ水俣病弁護団が判決後もなお水俣病闘争に介入し続けんとしている事態に、水俣病闘争崩壊の強烈な危機感を抱かざるを得ない。にもかかわらず県民会議はそのような弁護団の動きに同調した。

私達が県民会議を脱会せざるを得なかった理由である。私達は水俣病闘争に対する指導者ヅラをしたものの介入を拒否する。私達はこの四年、時には警察権力と対決してまでも、水俣病裁判支援闘争を貫きとおして来た。私達の初心は、水俣病の悲惨に触れた上での加害者チッソによる患者圧殺への怒りと、患者さんの不撓の闘魂への大いなる共感に発している。私達は、そのような初心をふみにじり、水俣病闘争を一党一派の党略に資せんとする動きを粉砕する。私達は、終りなき水俣病闘争を泥をなめても闘い続ける覚悟を表明する。

昭和四八年三月二〇日
水俣病を告発する会

チッソ本社再度の交渉を成功させるため、弁護団との訣別の方針は、事前に、患者たちにも市民会議にも申入れがなされたが、この事態に、熊本県総評を主体とする県民会議につながる労組役員の多い市民会議は困惑の極に達した。上京前の最後の会議で、松本事務局長は「上京するに当ってはこの松本にすべてお任せ下さい」と発言、判決の夜、「裁判が負ければ裁判をすすめた私は、松本事務局長とふたりで首をくくる筈だった」と幾度も語りながら日吉フミコ会長は涙をうかべた。訴訟派患者たちは、日夜もっとも患者たちの身近にいて奮闘してきた社会党市議の日吉先生にいたく同情し、感謝し、深いいたわりを見せながら連れ立って上京してきたのである。この夜の宿舎は、水俣、熊本、東京、合同の初の作戦会議場でもあり、人員の分散を防ぎ、送り迎え要員の体力を最小限に維持することとチッソとの距離を考えて、百軒ばかりも探したあげくに日高六郎氏の骨折りを得て、自治労会館が、えらばれた。

川本輝夫の親友、訴訟派患者田上義春を、「東京チッソ本社交渉団団長」に選んだ新しい自主交渉は、判決前から練りあげた要求項目をチッソ側に秘し、三月二十二日、まず、患者側がつくった「誓約書」を社長に示し、これに署名捺印させることを皮切りに始められた。これまでチッソにあざむかれ続けた痛恨を思えばみな、すべてチッソ側が示し続けた文書にうかうかハンコをついたことに由来していた。患者たちは「こんどは俺たちがチッソに文書を示し、ハンをつかせる番」と考え、酸鼻な体験の果てに、その反面教師に学んでお返しをしようとしていた。もっとも姑息卑劣な手段に学びつくしたことを、もっとも人間的な倫理に還元してお返ししようとしていたのである。

交渉初日、かつてマンドリンとギターの名手であった田上義春は、いまは蜜蜂を養っている不自由な指で、ぽろりと胸のポケットからその紙きれを卓の上にとり出した。とりかこんだ報道陣の前に、チッソ側が、これまでの嶋田、久我、土谷氏のほかに、水俣現地になじみの深い吉川、佐々木氏を並べたのは、「判決」がもたらした効力にちがいなかった。チッソが自ら、報道陣の待機する中で患者たちに対面するのは、水俣病正式発見以来、十七年目にしてはじめてであった。中央から目のとどかぬ水俣現地では、地方支局の記者たちをあなどって、その目前で、初発の実地交渉家族、諫山、築地原、荒木の三家族を振り捨てて放置した久我氏たちがここにいた。いまは死んだ一任派の、あの誠実な会長山本亦由氏らを脅迫し、新聞記者を入れれば逢わないといい、それを充分に有効ならしめていたチッソであった。

田上義春は、少しもつれる口でゆっくりと読んだ。

「えーと」

えーと、というのは、一時はききとれぬほどの言語障害であった頃の、彼の心理の後遺症でもある。

「えーと、こるばいっちょ、読んで見て下さい」

「は？」

「こるば、一字もちがわんごつ、読んでみて下さい」

社長は不安げにたたずみ、わずかに上体をかしげた。

「汝《わる》が読め読め」

川本輝夫が後方からささやくようにおさな友達にいう。

「うん、そんなら、えーと、読みます。

誓約書。チッソ株式会社は、熊本地方裁判所にて、昭和四十八年、三月二十日の、判決に対して、上訴権の抛棄を明言しました。よってこの判決に基づく、すべての責任を認め、以後、水俣病に係る、すべての償いを誠意をもって実行致します。右、誓約致します。昭和四十八年三月二十二日、チッソ株式会社、取締役社長、嶋田賢一、チッソ本社交渉団団長、田上義春殿……。わかったかな？　意味はわかんなったでしょうな？　これをまずお願いします。これにですね、印鑑をついて下さい。名前は直筆でお願いします」

チッソ幹部たちは細心の気を配り、沈思しているもようである。

久我　これ、ごもっともな趣旨で、私ども当然そういうことを致したいと思います。思いますがですね、お約束する以上は、それが実行できるという見通しも必要ですし、皆様方とは、判決であれいたしましたけれども、まだいろいろ問題を抱えておりますしね。

浜元フミヨ　今日はあんたじゃなか。社長さんのですね、お名前とインカンを書いてですね、押して下さいませんか。

嶋田　それではお答えいたします。

誠意をもって実行いたしますと書いてございますが、ご相談さしていただいてですね、できる限りのことをさしていただきますが……そうでないと、後から後から出ておいでになる患者さんがその……会社の体力の限界が来まして、肝心の補償も出来かねるようになりますから。

フミヨ　これにね、難しかこつじゃなかと思いますよ、人ば殺してですね、金もうけして来なったっですけん。

嶋田　それはあの判決で……重々さきほどからお詫びをしているとおり。

田上　お詫びちゃなんか。順序が、ちがやせんか。そんならもういっぺん最初からいうてみんな、最初のあいさつば。あんたたちが誠意とかなんとかいうとなら、態度で示そうち、印鑑つけばよかったい。

嶋田　後から出てくる患者さんに申し訳ないことになりかねませんから、その、ほんとにもう倒産するかもしれない状態に立ち至っておりまして、かんじんの補償もできませんで倒産しましては、世界一の汚名を、被ることになりかねませんので、誠意をもって実行したいとは思っておりますが。
田上　なん？　実行？　もういっぺんいうてみんな、なんば実行すっと。具体的に、明確に。聞こえんじゃった。……今まで何十年、聞いて、聞いてわかっとる。あんた達が肚は。誠意の解釈ばしてみろ。
諫山孝子の父、おこり出す。
「会社が潰るっとかなんとか。あんた達は湯の児温泉の三笠屋でも、そげんいうたな」
嶋田　いやほんとうのところ倒産……。
坂本タカエ　な、インカンば、つかんな、名前、名前。（言語障害のため、ゆっくりゆっくりひとことずつ）
田上　どげんかな、あんたたち。なあ、戻すぞ、戻すぞ、判決で出た銭な。
患者たち　おう、戻すぞ、戻すぞ、たったいま、戻すぞ、ぜんぶ。
田上　死んだ者も戻る、海でんなんでん戻る。こっちも戻す。貸し借りなしじゃ、こるが基本ぞ。そうすれば、印鑑な付かんちゃよかで。
（日頃牧歌的なたたずまいのこの人が、めずらしくおこっている。おこっているというより、その声音には悲哀感がただよう）
フミヨ　まだ一銭も手をつけておりまっせん。これにですね、名前とインカンを頼みおる。お願いしとるでしょう。
田上　うんにゃ、頼んだりせんちゃよか。当り前じゃ。
（田上義春と浜元フミヨもおさななじみ。義春、フミヨ、と呼びすてにしあう間がら。フミヨさんの

声音だんだん変ってくる）

フミヨ　この銭にどこに親子の愛情のつながっとるか、この銭に。愛情を、金で買わるるか……。

嶋田　私が申し上げますのはね、できる限りの可能な範囲でね、財産を処分してでもね、ですけどすべての償いというのがね。

怒号　当り前たい！　当り前ぞ！

嶋田　そこをご相談さしていただいて。

（尾上光雄、いつも全身痙攣の来ているゆらゆらとしている頭部と体で、妻ハルと共にいざり出る。なにかいおうとする。顔色は常に紫色をして一目、常人ならず。チッソ幹部たち、他の患者たちがこの夫妻のため席をあける気配に畏怖の表情。報道陣も息を呑む。光雄さん、ひとこともききとれない声音で、頭をふるわせながら声を発す。その、うつろいながらチッソ幹部たちの方にむけられている、かなしげなまなざし）

「うぉー、んうぉーお、うぉーお、うぉーうぉー……うぉーあ、うーんうぉお、うぉー。うぉーお、うぉーお、……うぉー、う、あーん、う、うぉおーあ……」

（妻ハル、ふるえる夫に寄り添い、夫の、「うぉー」と長くひっぱる声音に合わせるように、ゆっくり、ゆっくり、静かに沈んだ声音で通訳する）

「社長さん、ようく、きいて、下さいち、いいよります。ヒコーキでな、はじめて来ましたち。いまからですな、もろたお金（判決の額）で食べてゆきおったちゃ、先は、食べられんごつひんなるち。それでもう、こうして、決まったですから、どうかお願いしますちいいよります。これにな、名前とハンコば押して下さいませ。

社長さんにな、いっぺん逢わんばんち、ヒコーキで、やっと来ましたち。汽車じゃ、見苦しか、恥ずかしかで、便所もでけまっせんで。ヒコーキで皆さんの連れてゆくちいいなったで、乗せてもろて来ましたで、お願いしますち……。

うちんとはなあ、ヒゲ剃り名人で、有名でございました、ヒゲ剃り名人。それがなあもう、十七年間ずうっと寝込んで……猫ん飯《めし》ば食いよります。わが手も使やならんで猫ん飯……。ごはんに、魚と飯ば交ぜて、交ぜくり合わせて、骨ん交じらんごつむしって、交ぜくり合わせて、猫ん飯ば十七年、食いよります。人前じゃ、恥かしゅうして食われまっせんけん、わたしが匙《さじ》で食わせて、十七年間食わせて来ました。どうぞハンば付いて下さいち。な、お願いしますち、いいよります」

そのハルさんの言葉をジージーというカメラの放列の音がかき消してしまう。上村智子の父、好男さん、

「社長さんちょっと、聞いて下さい、胎児性のしのぶちゃんが、社長さんにお願いということで、いま云います」

十六歳の胎児性患者坂本しのぶは、反りかえってしまう繊い両の指の間に、ボールペンをはさんでいて、インドの踊りの指のような合掌のしぐさで、ひとびとの間をやってきて、そのボールペンを両の手ごと、社長の目の前にさし出した。衆人環視の中、少女らしいはにかみが、さなきだに不自由な体のうごきをすくませているようにみえる。小首をかしげ、ボールペンをはさんだ両の手を反らし、社長の顔を見あげた。

それから可憐な、ききとれない少女の声を出した。

「ハンば押して、インカンば押して。みんなが、みんなが、居って」

そういっているが報道陣にもチッソ幹部たちにもききとれない。彼女の全身ががくがくと揺れる。けんめいな力でおじぎをしようとしているのである。ほかに揺れようもないおかっぱの髪を揺り揺り社長を見あげた。

「どうぞ、おねがいします」

つづけて不自由なおじぎをやってのけ、せっぱつまったように頬を紅潮させながら、「うぉーっ」と泣き出した。その姿と声はたぶん、幹部たちの胸を射たにちがいなく、はじめて背広姿のチッソの紳士たちは深くうなだれた。しかしまだ、この十六歳になった胎児性患者の少女のいう「みんな」とはなにか、「みんなが」というおもいはなにか、おそらく、大人の患者たちにさえ、その想いの深さはとどいていなかった。つきそっているアイリーン・スミスや、川本輝夫や田上義春にしか。哀切な、深い沈黙がつかの間あった。嶋田社長は涙を拭いてしばらくして、

嶋田　あの、田上さん、文章を直さしていただいて……限界のないお約束というものはね、力のぎりぎりまで……、そこを直してもらえますのでしょう。あのネ、文章を直さしていただいて、つかして頂きたいとお願いしております。

田上　そって可能なかぎりちゅうことは、あんたどんが胸んうちにあっとじゃろうで、ここで広げてみんな。あんたどんが持ちもんで、銭で、財産で。解《わか》っどもん、いうてみんな、夢んごたる話ばすんな。昭和四十八年三月二十日、判決が出た。よってこの判決にもとづくすべての責任をみとめ、以後水俣病に対するすべての償いを誠意をもっていたします。

嶋田　そこのところが私どもの考えとちがいまして、以後のとはあの、一任派の方々とか、今から出ておいでになるあの、患者さん方……会社としては能力が限られてますからね、それで可能なかぎりということを入れさしていただきたいわけですよ。それであの、具体的な要求項目をみせて下さいませんか。あのね、やっぱりね、具体的な問題をね。

田上　以後の水俣病に係る問題は、おっどめにゃわからんとばい。以後の水俣病が何百人出るか、何千人出るか。そら、あんたどんが、考えじゃ。あんたどんが十億持っとっとじゃい、百億持っとっとじゃい知らんが、そん範囲内でたいな、可能な限りち、そげん片付け方してもらえば、可能外になった者《もん》な、切り捨てやがね。そげんこてなれば、おおごつばい。

あんたどま、公平に補償するちゅう考えで可能ち言葉ば使うとやろがな、そんなら、公平にならんがな、絶対！

嶋田　それだから、よけい、よけい、お願いしたいわけですよ。

田上　なんのため、あんたどま、学校ば出たか、東大ば。なんのための社長か、こらな、俺《おる》が書いたっぞ、患者の俺が。

尾上時義　社長、さっきから聞いとれば、えらい何か字句にこだわっとられるが一応印鑑押して、肚を割って話し合いをすればどげんですか。会社はもう精いっぱいしますとな、男らしゅうな。わたしはな、男の手で、おなごのすそまわりを始末して来て、細川先生の病院の部屋で……家内はな、孫たちからな、ガゴ、やせこけて、ガゴ、ガゴちゅうことは、ケダモン、ケダモンちゅうこつです。そげんいわれて死にました。印鑑付いて下はる、きっぱり。

久我　いや、あのね、以後水俣病に係るすべての償いを誠意をもって実行しますとあるでしょう。
釜時良　そうよ、それができる限りのことよ。
久我　ひと言も修正はできませんか。いやしくもね、こういう。
川本輝夫　みんな病人じゃが！　これ以上まだ苦しむるつもりか、殺されたもんにお願いしますちいわすっとか。
佐藤武春　あんたどんなもう、道義的責任ばかりじゃなかっぞ。法的責任もはっきりしたっぞ。会社が潰るんの、潰れんの、患者のせいにすんな。これを書くのが誠意のあらわれぞ。
嶋田　私がさき程いいましたようなことを書き加えましてもね、誠意がないということにはならんと思うんですよ。
田上　水俣であんたどま、何ばして来たか。こっちは信用せんと。長い歴史があっとやっで。そっで、信用されるような誠意ばあらわせちいうとたい。
(後の方で、「あんたどま、インカンばっかりつかせて来たろうが」という声)
日吉フミコ　あのね、誠意はね、やっぱり相互信頼の上にしか成り立たないですね。ところが今までチッソがやって来たことは信頼される事でしたか？　信頼されてないでしょう。患者はね、今度はだまされまいと思ってるんですよ。だから本当に誠意があればお書き下さいませんか。私は本当に人間として土下座をしてお願いいたします。
(患者たち口々に、「お願いします、お願いします」)
久我　日吉先生、日吉先生、ちょっと、そんなされますと、私ものがいえませんから。

嶋田　文章入れたらやっぱり具合が悪いんですか。
患者たち　はい、そうです。
日吉　これだけ信用されていないあなたがですよ、ここに信用される道はただひとつですよ、これですよ、（誓約書を示す）これ以外にありません。私はね、チッソも水俣に残って、再建してもらいたい、残って、償いをしてもらいたいと思います。このとおり、土下座して、お願いします。
嶋田　どうぞあの、お手をおあげ下さい。そうされますとあの、私も、では、土下座して……それではあの、日吉先生を信用して、承知いたしました。
（土下座のやりとり、なにかチッソ側に安堵した空気。土谷、吉川氏に社長耳うち、印鑑をとりにやらせるもよう。休憩して、社長、日吉さん急にくつろぎ、親しげに雑談をはじめる。市民会議で第一組合員のひとり、日吉先生の背中をひっぱり雑談をやめさせる。そして再開）
嶋田　日吉先生はどこにいらっしゃいますか、日吉先生。あ、どうぞこちらに。あの日吉先生は、こんご出て来られる患者さん方にも責任をおとりになりますのですね。国会でも、森中先生（熊本出身社会党議員、日吉先生と親しい）がおっしゃられましたが。
（患者たち口々に怒号「日吉先生ば困らするつもりか！　道具にするつもりか！」）
嶋田　…………
田上義春　あば、印鑑な付いてもろたで、今度はひとつ、要求項目ばいいます。
一　療養関係　療養に関する次の諸費を負担すること。えーと、金額はすべて物価スライド、ちゅうことです。一の内訳、（イ）治療費として、薬代、療養費、マッサージ代、温泉治療費、往診費等、及び、ハリ、キュウの治療費の請求手続きを簡素化せよ。（ロ） 通院手当、二日から七日までが五千円。八日以上が一万円。（ハ） 入院手当、一日から十日まで一万円。十一日から二十日まで二万円。二十一日以上三万円。（ニ） 介護手当、身体障害等級一種二級以上及び寝たきりの者、一カ月六万円。入院の者一日当り二千円。（ホ） 介添手当、身体障害等級二種三級以上及び日常生活に支障のある者。一カ月三万円。（ヘ） おむつ手当、一カ月二万円。（ト） 交通費、実費。

（それからパタンと田上義春は座った。チッソ側に、ありありと、驚愕、困惑の色が浮かんだ。それは、最初の自主交渉路線よりもさらに具体的、かつ、意表外の要求を予想させるに充分な内容である）

久我　あの、……ご要望はこれだけでございましょうか。ぜんぶお出しいただきますように。

田上　はい。今日は、これだけ。

嶋田　チッソが潰れたら、どうするかと、国家が云うところまで来ておりますので、国会からもあの呼び出しが。ご要望は全部うけたまわって、私ども胸算用を。

田上　うんね、今日はこれだけ。

坂本しのぶの母すましていう。

「今日はこれだけしか書きださんやったもんで」

久我　ほかの患者さんと不公平になりましてはですね、あの、一任派や調停派の方々ともその、ご要望が、基本的には会社としてはトコトンのところまで来ておりますから。

嶋田　ほんとにお払いできますのか、全部お出し下さいませんと、どういう全貌かわからずにいては、お答えできません。千人も千百人も出れば正直いって倒産でございます。責任者としてご返事できません。これは、世間にも問題を呼ぶのではないでしょうか。

佐藤武春　社長さんな、患者の治療費が必要ち思いなはるか。

久我　そんな子どもだましなことを。

怒号　もういっぺん云うてみろ！　とり消せ！　おい、とり消せ！

久我　お願いしていることがムリでしょうか。

怒号　なんがムリか！

フミヨ　会社んいいなることの方がムリもムリ！　判決後は医者どんにゃゆくなちゅうことか。

川本　一任派と同様、薬代と治療費は出す。

坂本　なあ、ああた達のごつ、頭ん良うなかで。考え、考え、せんばわからんと。あとはまた、考ゆっと。

久我　それでは一任派の方々との関連では他のことは……一任派の方々からのご要望も出ておりますので。

田上　そんならばな、あんた達が方が、頭んよかで、計算ばしてみんな、たとえばハリ、キュウ代。一ぺん鍼、灸殿《どん》にかかれば、いま、いくらとられるか、マッサージ代がいくらとられるか、ムリなこつばいいよるか、あんた達で計算してみんな。あんた達の力も簡素化した方がよかろもん。

久我　そんな、ですからあの判決額が。

患者たち　何ばいうか！　判決は、今までん苦しみ代、こんどは、これから先の生きてゆくことぞ！

患者たちは、一日、一日、ゲリラ的に、小出しに要求項目を出して行ったが、基本項目は、判決直前から討議しはじめ、上京第一夜までにすでに定め合っていたのである。

要　求　書

一　チッソは水俣で最後まで水俣病に関する全責任をとれ

(イ)　山田ハル、松下兼夫、柴田フジエら原告三家族を含む全患者家族にとりあえず熊本地裁三月二〇日判決にもとづいた補償額をただちに支払え

(ロ)　原告である患者の家族の請求額を全額支払え

(ハ)　水俣湾と不知火海を浄化せよ

1　ヘドロを取り除くこと

2　八幡プールの残滓の流出防止を完全にすること

(ニ)　水俣病医学研究基金として毎年二千万円を熊本大学に寄贈せよ

(ホ)　訴訟派・自主交渉派の患者家族を差別するな

(ヘ)　第一組合の労働者を差別するな

(ト)　認定保留中の患者の療養費を負担せよ

(チ)　未認定患者が検診を受けるために要する費用を負担せよ

(リ)　公害防止のため水俣工場への立入検査を認めよ

二　患者の療養を保障せよ

療養に関する次の諸費を負担すること

（イ）治療費（薬代、療養費、マッサージ代、温泉治療費、往診費など）
なお、ハリ、キュウ治療費の請求手続を簡素化せよ
（ロ）通院手当　二日から七日まで　五千円
八日以上　一万円
（ハ）入院手当　一日から一〇日まで　一万円
一一日から二〇日まで　二万円
二一日以上　三万円
（ニ）介護手当　身体障害等級一種二級以上及び寝たっきり者
一カ月　六万円
入院中の者
一日当り　二千円
（ホ）介添手当　身体障害等級二種三級以上及び日常生活に支障のある者
一カ月　三万円
（ヘ）おむつ手当　一カ月　二万円
（ト）交通費　実費
三　患者家族の将来の生活を保障せよ
（イ）生活年金　一律　七二万円
（ロ）葬祭料　四〇万円

（八）　生活遺族年金、遺族一時金
　1　配偶者・親子（成年に達するまで）毎年（イ）の金額の半額
　2　判決前の死亡者の遺族一時金　　　（イ）の金額の五年分
なお、上記の金額は、物価の上昇に応じて増額すること

右要求する

昭和四八年三月二二日

水俣病患者家族
チッソ本社交渉団
団長　田上義春　印

チッソ株式会社
　取締役社長　嶋田賢一殿

「ああもうわたしたちは今度はな、一歩下がって、今までよりも一歩下がってたいな、おねがいに来とります。

判決は下りた。満額とれた……。

要求しただけの満額とれたちゅうことは、ふた親のいのちに値段をつけてもろうたちゅうことじゃ。殺されたふた親のいのちは千八百万円、はあ、きめてもらいました判決で。ああ、世間じゃ、高か銭もろうたよ、もうけたよというでしょう。うらやましかよと、いうにちがいなか。ああもう、どのようにして死にましたいのちですか。

ただの、働いて、病気して、生きて、死んだいのちとちがいます。親が働いて残してくれた金とちがいます。親が働いて残してくれた金ならばわたしゃ遠慮なし、どんどん使います。なんで、親のいのちば、世間さまに、裁判で、きめてもらわんばならんか。わたしゃ情なかです。

なんでひとにきめてもらわんばならんか。どういう姿して死んで行ったいのちか。

なんが嬉しかか、なんが満額か。

要らんよ、要らんです！　千八百万のなんの。

まだいっちょも手かけなし、銭の面《つら》も見ずに東京にやって来ました。銭の面のなんの見ろうごたなか。戻してよかです、たったいま。

ああいまから先こういう銭は、殺された親ばけずって、食うてゆくと同じです。何年かかっていのちの切れたか。

ああ、いのちの切れてから何年たったか。十八年ぞ十八年。

なんちゅう歳月じゃったか。この歳月は。

ああ社長さん、わたしゃ欲はいいまっせん。

チッソば、ああた方から奪《と》って奪って、奪り潰そうとか、奪り殺そうとか、思うちゃおりまっせん。

わたしゃ、今日は一歩下がって、来ました。

ケンカしに来たっじゃなか、おねがいしに来ました。三月の二十日、判決の出て、殺されたふた親のねだんばきめてもろうた。情なかが、きめてもろうて、その上わたしが躰が……。わたしの躰はもう、働こうち思うたちゃ、働きゃならんごつなっとります。なあ、両親ばっかりじゃなか、弟が、弟も、なあ、芝居じゃなか、社長さんの見らるるとおり、ちんばひいて、片輪。おる家《げ》ん弟はな、あんた達よりも社長さんよりも偉かばい。靴も、手拭いも、石けんも、風呂場のな、下の段じゃなか、上の段に揃えてやって、やらんば、自分で取りはでけまっせんと。一日一日、かなわんごつなりよります。かかったときゃまだひどかった。親子三人、わたしが看病して弟は生き残った。

わたしゃ、親が死んで行った姿を思えば、弟が、どげんして死んで行くか。思えば、弟が死んでゆく姿を思えば、弟がちんばひいて漂浪《され》きよる姿ば、見ろうごつなか。ああ、見ろうごつなかです。

うちの上の智子ちゃん、智子ちゃんが生き証人、骨もねじれて、生きとる間、泣くよりほかはなか。親も妹たちも家族ぜんぶ夜中も夜明けももろ泣きじゃ。判決まで、生きのびるじゃろうかちいいおらった。

なあ社長さん、あんたはそういうことを知っとんなるか、その姿ば。

智子ちゃん家《げ》の母ちゃんに、口で、きつかな、ちゅう言葉ば、わたしゃ、云いは、なりまっせん。いわるるか。そのきつさが口でいわれますか。看病しあげて死なせるほかはないつらさが口のあいさつでいわれますか。

わたしゃな、わたしゃ、わたしぐらいは、水俣病にゃならんぞち、思うとった。わたしゃ、水俣病の判は、背負《から》わんぞち、思うとった。けれども背負いました。去年の十二月五日、とうとう、認定してもらいました。認定されて、背負いました。とうとう水俣病の判ば。

社長さん、おねがいします。

なんとか、わたしの背中の、水俣病の判ば剝いで下さいまっせ。そしたらお金は要らんとでございます。ほんというえばわたしゃ、水俣病は、だいたいから云えば好かんとでございます。水俣病は社長さん、嫌いでございます。

水俣市民が水俣病ば嫌いなごとく、わたしも好かんとでございます。こらな、社長さん、なろうごつはなか病気でございますばい。

わたし家《げ》の家は、ああもう、五本の指の、一本も残らんごつ、水俣病になって、わたしもとうとう……。わたしゃ内心、そげんじゃなかろうかと、思い思い、こういう病気になるもんかと、気い張って来ました、長い間。

この頃じゃもう、気い張るにも張りようのありまっせん。頭はうずく首すじはうずく、手はな、社長さん、裁縫しようと思うて、針ばとりますでしょ。針ばとりますが、とりましてもひっちゃえまして、畳の上に、落とします。いっぺんおとしますと決してとりはなりまっせんです。指のかないまっせんとです。こうして、指ではさんでとろうと思うても、取りゃあなりまっせん。

社長さん、こうしてですな、指のかないまっせんけん掌に唾つけて、濡らして、針ばひっつけて、取りますとです。わたしもおなごで……。親からはおなごに生んでもろうて、相手もおりました。

兄貴が、お前ば欲しかちゅうひとのおるがどげんするか、親ば、お前に任して置いて云うとはきつかが、どげんするかち、いいましたとき、ほんなこついえば、社長さん、わたしゃ悲しゅうございました。おなごに生んでもろうて、男になって、男にならんば、ふた親ば看病しあげて死なせて、隣近所、親類のつきあいもある。網元やったですけん。生活して、弟ば看て、生きてはこられませんでした。それでもいっぺんは、わたしもいつか、決心して、おなごですから決心して、親が死にましたから、決心しなければならんときのくるかも知れん、とおもうとりました。

人間な、なんのために、生まれてくるか、なんのために生まれてきたか。

社長さん、わたしゃ、この年まで、愛も知らずに、恋も知らずに来ました。来ましたです。ほら、そこの、江郷下の息子さん、もう二十五、六。二十五、六といえば嫁御も欲しかじゃろ。欲しかろとわたしゃおもいます。それが人間の本能ちゅうもんでございます。わたしも相手のおらんじゃなかった。わたしも身に覚えのございます。人間はなんのために生まれてきたか。来るか、社長さん。

わたしも年をとりました。四十二になりました。白髪も生えました。愛も、恋も、知らずに今日まで来ました。たとえ、そのときの相手に嫁《い》たても、たかえちゃんのように、戻されて来ます。水俣病でございますけん。水俣病の判背負《から》わせてもらいましたけん。

社長さん、どうかこの判ば剝いで下さいませ。わたしゃ、認定されん方がよかったです。わたしゃ、患者ば批難する水俣市民よりも、水俣病は好かんとでございます。わたしが水俣病は、自分が好きでなった水俣病じゃなくして、社長さん、ああた共の会社が背負わせなった水俣病でございます。

どげんしてくれなさいますか。ここに皆さん方が、わたしとおんなじ気持ちで、判決のあと、銭の顔もみずに来とんなはります。欲はいいません。チッソの困んなはることは要求しません。病院にゆきます治療費ば、皆さんやわたしの治療費ば、出して下さいませ。一歩下がって、今日は、そういうつもりで、ケンカせんよう、支援のひとたちもここに入れんよう、大人しゅうして、おねがいに来とります。

わたしゃ、みんなにもいいましたが、社長さん、ああたば信用しとります。人間と人間、信用して話せばわかる。わたしゃ社長さんが気の毒か、あの人が好きじゃ、と、みんなに、今朝いうて出て来ました。な、そうじゃな、みなさん。そげんいうて来ました。

わたしゃ、真実の心でいうとります。

ケンカする心で来たっじゃなか。チッソば奪《と》って奪って奪り潰すつもりで来たっじゃなか。不知火海はな、財産じゃった。肥しもな、かけんち良か、草も引かんちよか、良か畠、財産じゃった。そればな、あんたたちがな、いっ壊《く》やしたっぞ。台無し成《な》したっぞ。どうか、補償すれば、倒産するの、潰るるのと、いわんで下さいませ。

わたしのいうことは、非常識じゃなか、当り前のことでございます。わたしはな、社長さんを信用して真実の心でいうとります。これば社長さん、わたしの真実の心ば、どうか受けとって下さいませ。わたしの心ば受けとって下さいませ。どうかお願いします。

被害者が加害者にお願いしております」

川本輝夫はじめ旧自主交渉派患者十三名、田上義春はじめ旧訴訟派患者二十九名、これをとりまく報道陣、市民会議、それから外に待機している告発する会二百名と東京告発する会。患者たちと市民会議全体の宿泊と食物と移動と連絡をまかなう学生たちが、もうもうと立ちこめるひといきれと煙草の煙の中をゆききしていた。

三月二十二日から始まった新自主交渉団は、浜元フミヨさんの右のようなことばではじまり、三月二十六日、三名の未認定、認定死亡患者の補償をひとまずとりつけた。

球形のようにわたしの目にはみえる雪洞の中は空気が足りなくて、患者たちも、たぶんそこに行き合わせるひとびとも、おんなじ空気を互いに呼吸して、蝿取り紙にかかった蝿のように胸の中がひびわれて、風邪をひいてしまう。田上義春も高熱を出してぶったおれてしまう。

のっけから補償倒産を打ち出したチッソの戦術に、患者たちは、

「そんなら相討ちじゃ、ここで死んでもよか、返事きくまでは動かんばい」

といい、みずからを閉ざしてゆくばかりの終焉劇のために、患者たちは舞台ごしらえをする。それぞれの水俣病をとおく遙かな振り出しから病みなおすために。他の人生を生きなおすことのできないものたちだけで寄り添いながら。

浜元フミヨはさらに続ける。

「社長さん、わたしはいま、年をとりまして四十二歳、処女でございます。

人間な、いやおなごは、だれでも、よか男ばよか男ばと選びます。男はだれでも、よかおなごばよかおなごばと選びます。そげんでございまっしょ。わたしゃ、嫁にも行きそこねました。もう、のぞみを絶たれました。のぞみはありましたが、もうなくなりました。絶たれました。

そこで社長さん、わたしは、人を殺した、何十人も何十年も、人を殺した会社の社長の、いわば仇のところには、おめおめ来とうはありまっせんでしたが、もうゆくところはございまっせん。わたしゃそこで、社長さんの二号さんにですね、してもらいます。社長さんの奥さんは何万円の服ば着とんなはるか知りまっせんが、わたしゃ特価品の服で八百五十円。今この、着とる服は、八百五十円。安うでけとります。わたしば二号にして下さいませ。今夜からタクシーに乗せてもろうて、社長さんのところにゆきます。わたしゃ、働き者ですけん働きますですよ。ただめしは食いまっせん。わたしゃもう、恥も業もなか、こういう報道の人がたもいっぱい来とんなはる、テレビの人たちも来とんなはるところで、わたしのいうことは報道されて、わたしの恥。けれどももう恥も業もなか。さあ、みんなの云うこと、わたしの云うことをきいて下さいますか、二号にして下さいますか、二号さんのおんなるなら、三号でよかです。みんなの治療費を出して下さいますか。死んだ人を補償して下さいますか、返事して下さいませ、たったいま」

ひさしくのぼれなかった家郷の山の上に、ひとりの女性に伴われてわたくしは登っていた。

一面に黄金色の霧がかかりはじめていた。

海岸線にそっている低いなだらかな山々から、光の霧のような秋の草の穂が、しずかに立ちのぼっていた。深い秋が、不知火海の海と空のあいだに燃えながら昏れようとしていた。山々やまるい丘の稜線は、常よりもたおやかに煙り、きらきらと光りながら漂う霧の下に、全山をおおって紅紫色の葛の花が綴れ咲いていた。

花の群落の間に芒《すすき》の穂が波をつくり、その芒のせいで、山々は幾重ものうすものを重ねたように透けてみえる。

動かぬ風が、それでもほんのわずかずつ、海の方へ海の方へと流れているらしかった。海の上の中空《なかぞら》へむかっていま山々は、出魂《しゅっこん》しつつあった。

海から立ちのぼる霧とそれは合体し、空は、茫々と広がる霧を高く高くひきあげていた。

落日がそのような深い霧の彼方にともり出す。波の道とも霧の道ともしれぬ、流水型の白い虹が、海のおもてのあたりから、落日にむかって流れていた。魚たちも死者たちも、かの虹の道をのぼってゆくのであろうか。いな、まだこときれぬ死者たちが累々と、地上に匍匐《ほふく》し天を仰いでいた。

小道徳市老人の切り開かれた胸は、針金で結わえてあった。

「なあもうほんなこつ、今度こそは、ほんなこつの死病でございます。切り口がなあ、ぜんぜん、ふさがりまっせんもん。

それでですねえ、先生の、普通の糸じゃなか、針金で、結わえてやんなはりましたっですよ。

それでもああた、ほら、こんなにぱっくりして、ふさがりまっせんとですもん。中で、心臓やらなんやら、ぱくぱくしよるのが見えよるようでございますとですよ。胃やら心臓やらもなあ、蓋なしじゃ、ああた、心細うございましょうに。痛か目に逢いますばい、おしまいになってから。こげん苦しみに逢わんば、死なんとでございまっしょ。

肉になあ、もう生気のございまっせんとでしょうなあ、この病は。それでこげんなりましてからもああた、東京のことばっかり云うてこの爺さまは。早う行かにゃならん、こうしちゃ居られんちゅうて。座りこみせにゃならんちゅうて、東京のひとたちにな、申し訳なか如《ごた》るふうで。

まだ道の上に、座っとる気色でございます。死にかかっとる人間が、もう世話焼かんでちゃよか、何ぼもう、東京は終ったちゅうてきかせましても、聞きわけんふうで。ここでわしゃ、小道徳市はここのチッソで、骨になるちゅうことばっかりいうて、もう魂は東京さねばっかり、はってとりますもん」

看とるものも、看とられるものも耐えてゆく、なんだかそれは明るい色の会話だった。たぶんその老妻の言葉は小道老人にはっきり聞こえていた。

わずか半年の間に、ぽっくりと頬が落ち眼窩《がんか》が落ち、まぶたが眼球の形に突出していた。老人は、眉の上にかかってくる霧のようなものを、払い払いするように重いまぶたをひらいた。

「おじいちゃん、おじいちゃん」

そうわたくしは呼ぶ。

老人は仰向いたままうなずいた。

「い・し・む・れ・さぁん……」

引いてゆく遠い松籟《しょうらい》のような声をわたくしたちは聞いた。

自分も病んでいるにちがいなく、足元のよたよたとしている老女は、あぶなっかしく歩み寄ると、夫の枕辺に自分の顔を寄せる。

「あら！　今日はわかっとんなはる」

ひどく気さくな声でそう云って、逝きつつある人間と、まだ残っている人間の間を懸命に、とり持とうとする。

「じいちゃんほら、まひとり東京からもほら、来てくれなはりましたばい。お世話になりましたじゃろなあほんに、ほんに、あっちの方じゃ、東京じゃやなあ」

「おじいちゃん……。

小道のおじいちゃん！　ほら、おじいちゃんのお気に入りのほら、石抜さんが、正子さんが、来ましたですよ小道さん……」

わたくしはしんしんと立っている若い彼女に、手を握ってあげることをすすめた。まだ幾分つよい握力が残っていた。

小道老人は、窪んでしまった口をひき結び、しばらく気だるそうなまぶたをぴくぴくさせていた。ひき結んだ唇のはしがやがてゆるみ、泡のような息をぷくっと吐く。それから老人は目をつむりかけたまま、ひとつのしぐさにとりかかるのである。胸の上に乗せた黒い骨片のような左手が意味ありげに動こうとしていたが、やがてその掌が、静かに、手術の切口のある胸の上に立った。彼岸の彼方へゆく舟の上から振られるように、わたくしたちの方にむけてひらひらと、そのうすい黒い掌がゆっくりと振られた。

そのような別れも、切り口のぱっくりとあいている胸の奥から、しぶきをあげて襲ってきた大波のような、この老人だけに特徴のある、奇妙で激烈なあの痙攣様のしゃっくりの彼方に没してしまう。最後の悲惨が、そのようにしてゆっくりとくり返される。

ささくれて割れた帆台のような胸を天にむけたまま、老人の海は濁った血の色に染まる。海は、光りながら漂う霧の下で、そのような、まだことときれぬものたちの匂いを放つ。
流木のかけらのような掌の輪郭が一瞬浮上し、波うつベッドの上に、金色の夕日が流れた。

――第三部　終――

あとがき――全集版完結に際して

一九六九年、熊本において「水俣病を告発する会」が発足した。代表になっていただいた高校教師本田啓吉先生がおっしゃった言葉を今に忘れない。

「我々は一切のイデオロギーを抜きにして、ただ、義によって助太刀致します」

一見大時代なこの表現は鮮烈で、「告発する会」が機能していた長い間、会員達の心を鼓舞して止まなかった。

この時、義という言葉は字面の観念ではなく、生きながら殺されかかっている人々に対する捨て身の義士的行為を意味した。それは、当時高度成長を目指して浮わついていた拝金主義国家に対して、真っ向から挑戦した言葉でもあった。

例えば、本編の中に出てくる隅本《すみもと》栄一さんは、終戦前、近衛師団に選び取られ宮中に勤務していた。戦前の村社会で宮中に勤務するといえば、実に名誉のある模範青年で、体格も頭脳も、素行も近郷きっての水準でなければならなかった。兵隊検査に合格しても、親類縁者を集めて祝いをした時代、近衛兵に取られたといえば一族と、村の誉れであった。宮中勤務とはいえ、どういういきさつだか中国軍と接触したエピソードを持っている。

「当時の日本人は、チャンコロと言って中国人を貶《おとし》めていましたが、いざとなった場合には実に肝の座った人達でしたよ。日本は負けるはずです。勝ってでもおったなら、どういう思い上がった民族性を晒したか知れません。

敗残兵で故郷に帰ってきて、育った山川や、海辺を見ますと、男手のいなくなった故郷は荒廃し尽くしておりました。戦に負けるということは、人間の徳性が壊れてしまったのだとその時つくづく思いました。これから先は、故郷のために尽くそう、まず人づくりじゃと。われ人ともに徳がないと。この美しか風土を甦《よみがえ》らせてですね、まず互いの心の基盤、生活の基盤をつくろうと。一国の歴史というものは、その民族の心の歴史じゃと思ったものですから。息子達を戦死させた爺さん婆さんが、ぼろぼろの漁網を繕っている姿を見て私は哭きました。よし、まず、漁網の改善ができないかと思いました」

この人は、博覧会で当時流行り始めたナイロン網を発見する。従来は木綿糸を柿渋で染めて、虫除けと強度補強にしていたが、年寄りの負担が重い。ナイロン網ならば軽くて、補修の手間が省ける。隅本さんは、漁村を救うのはこれだと思った。精力的に漁村を廻り、水俣の月浦や、坪谷方面にもナイロン網を入れさせた。

それは、チッソからの排水が、夜目にもぎらぎら大量に排出されていた時期と重なっていた。あたり一帯は対岸の御所浦島や、隣の鹿児島県沿岸の漁師達が、最もよい漁場といっている所であった。隅本さんの記憶だと、高台から見れば大魚《おおいお》、小魚《こいお》の大群が背びれを並べて回遊する様は壮観で、魚達の楽園に見えた。間に入り込む舟は、魚達の国に遊ばせてもらっているようであった。その一帯がもろにやられて、まず隅本さんの父上が真っ先に激症の患者になられ、自分も発病される。ナイロン網を勧めて廻った所でも次々に患者が発生する。着物を脱ぎ払って表に狂い出る父上を押さえかねて、布団で簀《す》巻《ま》きにして縛ったこともあった。

「どんな事情があろうと、親を縛ったりした罪は消えません。善かれと思って勧めたナイロン網のおでたくさんの患者がでました。あんたはよう生きとったなぁといわれます。」身を絞るようにいって隅本さんは絶句される。近衛兵であった時の愛国的皇国史観が崩落した後に、この篤実な人の心には至純な愛郷心が目覚め、疼《うず》いていた。それはこの国の為政者や識者達が、敝履《へいり》のごとくに捨て去った民族の徳性であった。それが敗残兵のこの人に受け継がれて、本田啓吉先生の言われた「義」なるものと真直ぐに繋がり合う。多分それは、私たちが戦後を生きる上で忘れてはならないものであった。

『苦海浄土』三部作で、私は何を描こうとしたのだろうか。第二部に入って、「私は二十世紀の終焉にとり憑かれた」と書いて、放置していた。第三部『天の魚』を先に書き、第二部を放り出すとはみっともない話だけど、二十世紀の終焉というものは大部分の日本人にとって、悪霊たちの出現の世紀と予感されたのではあるまいか。ただならぬ不吉をただよわせはじめたこの世の変相を、見守るしかなかった三十有余年、出来損ないの原稿を放置したまま塵の積もるに任せて今日までに至った。

今はなき井上光晴さんの『辺境』に載せさせていただいて（一九七〇年～一九八九年）、幾度も潰れたり出されたりした『辺境』の命運が井上氏と共に尽きた時、私の第二部も自然消滅したわけだった。遺稿としてそのままにしておこうかと、考えていたけれど、出来そこないの文章が気になってならなかった。幸いこのたび多少の手直しをして世に出す運びになった。ひとえに藤原良雄氏のお蔭である。また、散逸した原稿を集め、適切な指摘とともに、保管していただいた渡辺京二氏のご助力の賜物である。

先の隅本栄一氏は、親の五十年忌を営まない間は、仏になった親に会わせる顔がないと常々おっしゃっている。それが、生き残っている患者達のおおかたの思いである。拙いこの三部作は、我が民族が受けた希有の受難史を少しばかり綴った書と受け止められるかも知れない。間違いではないが、私が描きたかったのは、海浜の民の生き方の純度と馥郁《ふくいく》たる魂の香りである。生き残りのごく少数の人達と、今でもおつき合いをさせていただいている。まるで上古の牧歌の中に生きていた人々と出会うような感じである。

この列島の辺縁に生きていた漁民達は、日本の近代が一度も眼をくれたことがなかった、最も淳樸で雄渾な、原初的資質を備えた人々だったのではなかろうか。残り少ないその遺民達とわたしは現《うつつ》に立ち混ざっている。杢太郎の爺さま婆さまの肉声の世界、田上義春さんの蜜蜂の国を語る声音《こわね》の中にいた時、私は至福の思いさえしていたことだった。

『本願の会』というのが生き残りの人々との集まりだけれど、そこで幾たびも話されることは、現代を憂うる話題に満ち満ちているけれども、

「人を憎めば我が身はさらに地獄ぞ。その地獄の底で何十年、この世を恨んできたが、もう何もかも、チッソも、許すという気持ちになった。でもなあ、これは我が心と、病苦との戦いじゃ。それでもまず自分が変わらんことには、人さまを変えることはできん。戦いというものはそこの所をいうとぞな」と、涙をふきこぼし、ふるえながら言われるのは、杉本栄子さんご夫妻である。

また緒方正人さんはいう。

「チッソの人の心も救われん限り、我々も救われん」

そこまで言うには、のたうち這いずり回る夜が幾万夜あったことか。このような人々を供犠《きょうぎ》として私たちの近代は道義なき世界に突入してしまった。

本編に登場するおおかたの人達は、今はこの世にない。思い起こせば、かの人々のえも言えぬ優しい眼差しに慰撫されて、立ち上がれない膝を立て、不自由な指を伸ばして書き継いできたと思う。

渚を巡る風の光のような、この人々の笑い顔。そのような笑顔を時々見せる一人に、浜本フミヨさんがいた。普段は実にぶっきらぼうで、不機嫌だと思われそうな女丈夫《じょじょうぶ》であった。この人が巡礼団の一員に加わって、上阪する列車の中で見せた含羞《がんしゅう》の表情を今に忘れない。向かい合って座った私に、常にない親しみを見せ、項《うなじ》を掻き揚げてみせた。畑仕事で陽に焼けた片腕に巡礼用の手甲《てっこう》を付け、無骨そうに襟足の髪を掻き揚げながら言った。

「ほら、ここらあたりに、切り傷のありますど」

ふくよかな耳たぶの後ろあたりに、なるほど短い切り傷があった。その傷もさることながら、襟足の白さ、初々しさに息を飲んだ。独身で、行かず後家と言われていた。激症の両親を抱え、悶絶してゆくのを看取り続ける中、弟が発病、後に自分も発病する。村では豪の者として知られるフミヨさんが旅立ちの朝に、女のたしなみとして襟足を剃ってきたと言うのだ。紅白粉《おしろい》など、塗ったことはなかったろう彼女が、農作業や漁などの合間も、手ぬぐいや笠の内に隠して陽にも当てなかった白い襟足を、そっと傾けてみせた初々しいしぐさと含羞のうなじ。

好きな男性がいないわけではなかったが、両親と弟を置いて、嫁に行くどころではなかったと語ってくれたことがある。それが大阪チッソ株主総会に行く旅立ちの朝、襟足を剃ったというのだ。

「いつも鏡は見らんもんで、よう見えずに剃刀で切ってなぁ、メンソレータムを塗ってきたが、まだひりひりする。どげんなっとるかな」

私は胸突かれてそれを見た。

「一筋、萱《かや》で引いたごたる傷のあります。心配いらんでしょ」

武士《もののふ》のたしなみとも見えたフミヨさんの装《よそお》い。彼女はどこに旅立ったのか、第二部の終わりの方に少しばかり描いた。そのフミヨさんも今はない。川本輝夫、佐藤武春夫妻、田上義春、杢の婆さま、江郷下美一、トキノ小母さん、田中師匠夫妻、上村智子、溝口トヨ子の母女、みなもうこの世の人ではない。

水俣の被害民達は、政府役人のことを「国の人」と言う。

「東京に行けば、国はあるじゃろうか。その国の人ならば、私たちを救ってくれるじゃろうか。祖《おや》さまじゃから」

「東京まで行ってみたが、国はなかった。あれが国ならば、水俣の患者のなんの、見殺しにするつもりばい。国ちゅう所は、おとろしか所ぞ。私共は何処の国民じゃろうか」

十七年もかかって探し当てた国が、自分らを見殺しにするという実感を今も抱えたまま、産土《うぶすな》の風土を大切にして、残り少ない心身の平安を願っている人々がいる。

襟を正し、心を空《むな》しゅうして、その言葉に聞き入らなければならない。

第三部に登場するチッソ社長嶋田賢一氏は、昭和四十六年七月からの就任である。江頭豊氏の後任として「チッソ生え抜きの人」が選ばれた。並ひととおりでない任期を経て昭和五十三年二月二十日永眠された。

ここに、『嶋田賢一さんを偲ぶ』と題する追悼集がある。「殉教的ともいえるご最後」であったとチッソ内部の刊行委員会は誌す。やはり本篇に寸描したチッソ専務藤井洋三氏に命じ、嶋田氏がベッドの上から書きとらせたという口述筆記は氏の人柄をあらわしているので、ご遺族のためにもかかげておきたい。当時患者たちはもちろん、私たちもこのことを知らなかった。

藤井洋三

嶋田さんはご苦労されるために社長になられたようなものである。親しい人が、いつも、嶋田さんのことを「仏様のような人だ」と言っていたが、正に言い得ている。「仏様のような人」が、なぜ、あれほどのご苦労をなされ、命を縮められなければならなかったのか。

とくに、昭和四十八年三月二十日の水俣病裁判の敗訴からのご苦労は、体力、精神力の限界をはるかに越えていた。

支援団体二〇〇人以上坐り込み包囲の中で、東京交渉団とのいわゆる自主交渉は、文字通り軟禁状態の中で行われた。すこしばかりの中断日はあったものの、ほとんど連日連夜にわたり、徹夜交渉はたびたびであった。四月十一日から十五日にかけての、交渉という名の締めつけは、実に延々八十二時間に及んでいる。よくこれほどの苦難に耐えられたものと、その体力、精神力に敬服するばかりである。

しかし、さしもの嶋田さんも、四月十九日に遂にダウンされた。診断書は、高血圧、冠不全、胆のう症となっている。それからしばらくは、静養をつづけざるを得ないのだが、居所を秘匿する必要から、神田クリニックを手初めに、チッソ山中荘、湯河原リハビリテーション、三田のマンションと転々され、静養第一に努めていただいた。しかし、心は一刻も休まるときはなかったであろうと、お気の毒でならなかった。

私は当時専務で、いわば官房長官のような立場にあった。自分で言うのもおかしいが、大変ご信頼をいただいていた。従ってご静養先との仕事の連絡は、ほとんど私の役割であった。

四月二十日、神田クリニックに入院されてから間もなくと記憶するが、連絡におうかがいした私に、突如「今から言うことを筆記しなさい。そして関係方面と交渉しなさい」と言われ、ベッドに仰向いたまま口述をはじめられた。あり合わせの用紙に、全くの走り書きで書いた紙が、最近抽出を整理していたら、クシャクシャになって出てきた。嶋田さんを偲ぶあまり、捨てかねていたのであろう。口述の速記だから、略しながら書いている。本当に、仏様のような心の苦悩がにじみ出ているので、できるだけ原文に忠実に、再録してみる。

——嶋田社長、神田クリニックでの口述——（日付はないが、おそらく、四十八年四月二十一日〜二十二日と思う。傍点は原文にあるので、嶋田さんから特に念を押されたところであろう）

1　患者数の確認
経団連—三木氏（筆者注　三木武夫氏、当時環境庁長官）を通じ確認。

2　チッソ株式会社にこだわらず、設備、労働者を機能的に、国家に役立てる方法をとられたい。
責任問題は、株式会社にあるのであり、設備、労働者にあるのではない。

3　あとどうすべきかは、国家の判断の範疇にある。会社を全部、国に差出すから、設備、労働者を活用されたい。私企業のよくする範囲を超えた。

4　東京交渉団と対立している点は、株式会社（含む労働者）の存立点を考えて対立しているのである。国家の問題になるのであれば、嶋田は交渉に当るのをやめる。

5　前記人数で、しかも行政介入せざれば、会社はつぶれると思うので、その時における嶋田の応対の仕方は、一自然人としての心情的な補償金を約束せざるを得ぬと考える（患者は、判決金を不充分なりとして、会社に突き返した。会社は、それは受け取っている。従って、現在、判決は不在の状況である。その中で、自然人としての嶋田が、心情的に考える金額は、会社の支払能力をはなれたものにならざるを得ない）。その時、心に一つひっかかるのは、嶋田の決定する金額が、国民の血税から、支払われることになるであろうと言うことであろう。——それを私企業の責任者が決めうる権限ありやに、逡巡を感ずる。

6　残った生産設備、労働者は……機能的な運用を要する。患者団体、あるいは支援団体の運営、あるいは他の企業者の受託運営、半官半民運営が考えられる。

チッソが水俣に来てから約百年、水俣病が発生しはじめてから五十年忌を迎えようとしている。あまりに苛烈な歳月に押しひしゃがれたはてに、私は新作能『不知火』を仕上げた。嶋田氏を含め、すべての死者たちへ鎮魂の想いは深い。

『不知火』は一昨年東京で初演され、昨年秋、熊本で上演。さらに今年八月二十八日夜チッソ排水口あとの埋立地で、海に向かって奉納されることになった。

水俣奉納の立案者は緒方正人、杉本栄子夫妻ほか「本願の会」の患者・遺族たちであり、日本能楽芸術振興会「橋の会」が、演能のすべてを取りしきって下され、当代切っての美しい舞い姿と声をもつといわれる梅若六郎氏が、シテの不知火姫を演じて下さる。

恋路島を浮かべたこの海が、荘厳されるであろうことを祈らずにはいられない。不知火登場、冒頭の詩行を記して、結びとしたい。

夢ならぬうつつの渚に
海底より参り候

二千四年　花ふぶく夕べに

石牟礼道子

あとがき――『神々の村』刊行に際して

不適切な、ゆきとどかない表現が各所にあった。書き直したいが、もう手に負えない。それにしても長い長い道のりをとぼとぼ来たものである。

水俣病公式発見から今年は五十年といわれる。一軒の家々を基準に考えれば、三代である。ひょっとすれば四代にわたるかもしれない。何という事態であろうか。

文学の素養も、学問も、医学の知識もないただの田舎の主婦が、身辺の異常事態にうながされて、ものを書きはじめた。昔々であった気がする。たくさんのことを学んだ。人の一生というけれど、三世ぐらい生きたような気がするのは、死者たちと道づれになっているからかもしれない。

これからも続くであろう水俣の受難の、ほんの入口にさまよいこんだまま終ることになるが、体力がない。入口ではあっても、人間存在の深部に、ある程度、身をおくことができたとおもう。みちびきの手が、いくつも用意されていたからである。

そもそもは、頭の仕組みももやもやしていた十代の頃、「代用教員」をしていたかの第二次大戦末期、「国家と村と家、そして人間とは何か」などと考えはじめた身辺に、水俣病が出現したのが、運のつきだった。人間とは何かということが、十六・七の女の子にわかるはずはないのだが、戦争末期の田舎の村の姿は、そういう哲学少女を育てるに充分な光景となっていた。近代とは何かと考えるようになり、水俣病がその中に包摂された。もっとも主要な柱は「都市に対する地方」であった。

この事態が東京湾で起きたら、こうはならなかったろう。幾度もそう考えた。受難者たちが都市市民であったら、どういう心の姿になっていただろうか。考えている間に、近代にはいる前の日本という風土が見えてきた。風土によって育てられていた民族。牧歌的で情趣に富み、まだ編纂されぬ神話の中にいるような人々がそこにいた。

学校教育というシステムの中に組みこまれることのない人間という風土。山野の精霊たちのような、存在の原初としかいいようのない資質の人々が、数かぎりなくそこにいる。愚者のふりをして。

ごく少数の人々について書かせてもらった。「人間の絆」というたとえを引きながら、それこそ命とひきかえに、ご自分のまことをつくそうとされた初期水俣病互助会長山本亦由氏の、苦悶にひきゆがんだ死の床のお顔が胸にやきついている。わたしを見つめて二度ほど深くうなずかれた。見守っていただいていると思って来た。

東京の癌研に最後のお見舞に伺ったときのチッソ水俣工場付属病院長、細川一先生。青みをおびたおおきな深い眸の色をしておられた。お熱のある掌でわたしの手をとられ、ご自分の胸に当てられた。

「おわかりでしょう。ぼくの癌がここにあるのですよ。家内にはまだ教えておりません。悲しみますからね。ぼくはもう、あなたをお助けできません。残念です」

早くきてくれという電報でお呼び出しになり、先生はそうおっしゃった。あの世から見ているとはおっしゃらなかったが、見守って下さっていると思ってきた。おん掌のぬくもりを、いまに忘れない。細川先生におめにかかるようすすめて下さったのは谷川雁氏である。この方も今は亡い。

田上義春さんとは、その死後、さらに信愛は深まるばかりである。一家中、犬猫たちにいたるまでその来訪を待ちうけた。野に哲人ありというけれど、この人ほどのびやかな詩情と知性をもった人を、ほかに見たことはない。

トキノ小母さん、おマス小母さんのカップル、フミヨさんたちが、のびひろがる丘の間の小道を、今も躰を傾けながらゆっくりゆっくり歩いているのではあるまいか。この婆さまたちの掌が後ろからそっときて、背中を撫でられたことがある。赤子になったような気分であった。掌の熱さというものは神秘である。久しく忘れていた歳月を思い出させるような、優しい愛撫を老女たちの掌から感じた。トキノさんの言葉。

「考えなはんな、考えなはんな、休みなはりまっせ。ああたもきつかなあ。わたし共も今日は休み。蝶々の来れば蝶々についてゆこ。風の来れば風についてゆこ、なあ」

「はい」

わたしはそう返事した。

「実子《みのる》」と娘に命名した由来を語って、田中義光さんは、かすれた声を押し出すようにいわれた。「日本の真実を、わが身に負うて、実子は生まれて来ましたがな。なあ、真実ですよ水俣の姿は。逆世の世の中ですから……」

大阪へゆく列車の音がごっとんごっとん言っていた。

たしかに、逆世の世の中である。二十世紀の終焉にとり憑かれた年月だった。気がつけばこの人たちは「もう一つのこの世」の遺民であった。受難の極にあるこの人々から手をのべられ、救われているのは、こちらの方かもしれない。

まだあの魂の原郷は、あるのだろうか。

藤原良雄氏と若い編集者たちの綿密な手作業のおかげで、世に出ることのおくれた本書が、全集からとり出されて、陽の目を見ることとなった。心から謝意を表したい。

二〇〇六年、残暑の去った九月二十五日、熊本の仕事場にて。

石牟礼道子

あとがき

私の大好きな言葉に、本田啓吉先生の言われた「義によって助太刀いたす」があります。今から十二年前に『全集』のあとがきに引かせていただきました。

私は、この『苦海浄土』という作品を、まさにこれと同じ気持ちで、「義によって助太刀いたす」という思いで書きました。

当時の右とか左とかいうイデオロギーではなくて、その〝義〟によって、書いたのです。

かつて、父は、私の行動に感づいて、「お前は覚悟があるのか。昔ならお前のやっていることは、獄門、さらし首だぞ」といいました。私は「覚悟はあります」と、父に向かって応えました。父との対話の中で、それは一番深い言葉だったと思います。

私はこの『苦海浄土』を、覚悟して書かざるをえないと思って書いたのです。文壇へ登場する野望など一切ありませんでした。

戦後、民主主義という言葉が入ってきて、〝義〟という言葉は、いつのまにか忘れられてしまいました。

この〝義〟という精神は、私の幼い頃、祖父・松太郎や父・亀太郎、それから盲目の狂女、祖母「おもかさま」らとのまじわりの中で培われたものだと思います。

「おもかさま」は字は読めない人ですから、「心の中を語らなければ、自分は生きていけない」と思っていたようです。それを現代的な言葉で言いあらわすことはできないので、狂女の発言となって出てきます。しゃべり言葉も仏教語になって、たとえば「八千万億、那由多劫」などと出てきたり、意味が深いんです。ふだんは語らない不思議な言葉だと思っていました。

天草や水俣では、〝義〟をもっとも大切にして、胸の深いところにしまっている方が多かったと思います。家族の中で、ことさらに言い立てはしませんけれども、ずいぶん深い生き方でもって示したと思います。祖父・松太郎は、〝石の神様〟といわれて、尊敬を受けていました。〝義〟なる心というものは、祖父・松太郎以来うけつがれてきたものと思います。

戦後、アメリカの民主主義が、小学校の現場にも入ってきました。アメリカの真似をしていく日本人では困ると思っていました。大変違和感がありました。当時わたしは十六歳、県下では最年少の「代用教員」でした。

祖父の代から培われてきた〝義〟を、心の一番深いところに沈めてまいりました。

私は天草で生まれました。天の草です。〝天〟というのは、大事な言葉です。宇宙といってもいいかもしれません。

また天草は、子宮のように抱かれるような地というイメージで、私にとっては、何かやすらぐことができる原郷なのです。

この『苦海浄土』の中で、巡礼団の一員の浜元フミヨさんが、襟足を剃って行かれたと書きましたが、女性が襟足を剃るときは一生に一度しかありません。嫁入りの時です。それだけこの巡礼団の一員である女性は、含羞の覚悟をして参加をしたということになります。

また私の母・ハルノは、自分がこの世にいるということを、はにかんでいた人です。あたたかい人でした。私も母のような人になれればよいと思ってきました。

私は、天草や水俣に生きてきたこのような身近な人びとの言葉と思いに託して、『苦海浄土』を書きました。

この半世紀をかけて書き上げました文章の中には、今われわれの直面している問題の多くが出ていると思います。『苦海浄土』の中の思いを、少しでも汲みとっていただければ幸いでございます。

石牟礼道子

（談　二〇一六年七月二十一日　於／熊本）

解説

驚くべき本……作家　赤坂真理
重層的な〝ものがたり〟……作家　池澤夏樹
深々と命を生きる……歌手　加藤登紀子
水俣を抱きしめて……ルポライター　鎌田　慧
生き方の純度と魂の香りを壊さぬ文明を求めて……生命誌研究者　中村桂子
「現代医療の原点」というべき作品……医師　原田正純
巨大な交響楽……評論家　渡辺京二
（五十音順）

驚くべき本

作家　赤坂真理

私がものごころついたときすでに、「水俣」とは、汚染された土地の名だった。あるいは、そこでの海の汚染由来の奇病のことだった。その病に冒されたものたちは、歴史の教科書や雑誌グラビアの中にいた。骨や関節の曲がった人たち。魚たち。

ごく幼いころからそれが所与の事実であるかのように感じ、認識をあらためる機会を私は持たなかった。本書に登場する胎児性水俣病患者の江津野杢太郎《もくたろう》君が、私の生まれた年には九歳だったのだから、当然といえば当然かもしれない。

『苦海浄土』という、ほとんど伝説的なテキストについても、その重苦しそうな感じに、繙《ひもと》くことをずっとためらっていた。苦海＋浄土という、思えば不思議なタイトルについても、深く思いを致すことがなかった。正直に告白すれば、解説を書く今の今まで、『苦海浄土』を読んだことがない。それなのに解説を引き受けるという蛮勇をふるったのは、かつてなく先例も知らぬ事態だからこそ、全身全霊で当たれたのかもしれない石牟礼道子に、倣《なら》ってみたかったからだ。

それはたしかに重い本だった。やり場なく終わりもない悲しみや怒りや嘆きや怨嗟の響く本だった。

近代化と高度経済成長が、弱者や辺境にさらなる負荷を負わせることである面での繁栄を達成したことは、水俣病に始まったことではなく、少なくとも明治の足尾鉱毒事件にはさかのぼれる。現在の福島や沖縄にもつながる問題である。今なお重い。

しかし同時に、どうしたことか、これほどに不思議な幸福感と光とに満ちた本に、私は今まで出会ったことがない。

なんと言ったらいいのだろう、この感じを。それに対して言葉を持てない。

これほどまでに重層的なテキストにも、出会ったことがないのだ。寄せては返す波のようにささやき続け、打ち寄せて私を洗い、強い光の射す沖へと招き出し、また岸へと送り返す。温度や質や方向やとろみのちがう水が、何層にも重なっている。それは小説であり、ルポルタージュであり、フィールドワークする民俗学者の営みでありその再話文学であり、社会学の本であり、告発の書であり、科学や司法や法廷の第一次資料であり、かつてこの列島にいた琵琶法師や瞽女《ごぜ》の語る栄華や衰退のモノガタリである。著者自身があとがきで言うとおり浄瑠璃であり、時を逃せば二度と再現されない風景と人々の生活と思いのスケッチである。

読む私は、ときに私小説を読むように文中の「私＝石牟礼道子」の視点に寄り添う、と思うと素の私に戻って資料を吟味しつつ、ふと気がつくと、いつの間にか自分の口から誰かの天草弁が紡がれ出ているような体験をしている！　あれ？　といつも思う。その境が、いつ訪れたかわからない。その瞬間、「私」が誰なのかも。いや、というより問いが新たになる。「私」とは私がおもうほど確固としたものなのか。境はそんなに自明か。たとえば海と空の境だってそんなに自明か。

いや。

「切崖《きりぎし》の上に、ふかぶかと光る冬の空がある。静かな恍惚が湧いてくる。一年に幾日かは、このような空の色の中にすっぽりと包まれる平静な時間がくる。わたしは渚を歩いている」(1)

空と海がひとつに融け合う時空。空でもなく海でもなく、「どこか」が、そこに現れている。私も歩くことができるほどにありありと。

時間は直線に流れることをやめ、空間ともひとつになる。霧粒のような潮が満ち、肺腑に入り、海と陸も、空間と自分も、別のものではなくなる。

本を開くとき、私は石牟礼道子と共に、いや、石牟礼道子となって、そんな風景の中にいることがある。石牟礼道子になるとは、しかし、別の個に移ることではない。なにものでもなくなること。そのときなぜ、多幸感とふかぶかとした安らぎとを魂がおぼえるのか、その説明を、私はできない。わからないまましばし、味わっている。

「はじめて野天に転がされた赤んぼの頃のように、自分の空と自分の海を感じ、落ちついた青々とした光芒の中で、無限のなかを出はいりする。(…)あるいはそれは、先取りしてしまっている死の中であるかもしれなかった」(2)

私はもしかしたら、文学によって癒されるという体験を、生まれて初めてしているのかもしれなかった。魂とは、巷間言われるように死後に肉体から解放されるものではなく、肉体を以て生きている間にのみ触れうる何かなのではないだろうか、と初めて思う。救いはそこにしかない。そしてそう知ることは救いだ。たとえ現世が苦でも。

そこに神の恩寵や、苦しみのない世界や、はたまた来世への希望などがありそうだから、癒されるのではない。魂というのはどうやら、ぎりぎりまで具象の中にあり、肉体に依存した存在であり、その中で生ききることの中でしか見えてこない何かかもしれないということを、文学というものが様々なプロセスをくぐらせて、わからせてくれる。

水俣病が、当事者や家族が言うように「一生はおろか二生かかっても病みきれぬ病」であるなら、来世というアイデアが救いになるはずもない。じっさい、よき来世のために今生の苦を耐えているなどと考える患者や関係者は本書には登場しない。あまりの不条理に、神の不在を糾弾したくもなりそうだが、そんな者もいない。

彼らは現状を説明するために、いかなる神も理念も発明しない。そして一見、神に見放されたかの生をまっとうする。

そこに、どうしたことか、神が遍在する。

＊

素直に神の分け御霊《みたま》であり、そう在る以外のなにごとも問わなかった人たち。

神聖であるがゆえ、神を証明する必要のなかった者たち。

自然の贈与だけで、環境と完璧に調和して生きてきた者たち。

あまりの自己充足ゆえに、自らの神性を知らずに暮らす者たち。

神ゆえに神の不在を問わない者たち。

そんな者たちが、かつてこの列島にいた。今もかろうじて残っている。

彼らは皮肉にも、おそらく滅ぼされることで初めて記録された存在であり、『苦海浄土』は、その記録でもある。

あらかじめ汚染された土地などというものはない。

考えれば当たり前なのだが、『苦海浄土』を読むまで、その当たり前のことに私は気づかなかった。

そのことに気づいたのは、『苦海浄土』が、単に水俣病とその「社会運動」に関する本ではなく、「水俣」まるごとの本だったからだ。

水俣。

それは、なんという美しい土地であったか。

なんと明るい。なんと開けた。なんと守られた。なんと祝福され豊かな。なんと満ちて静かな。なんと匂やかな風の吹く。

まるで腕《かいな》のごとく伸びたふたつの陸地に抱かれた、奥深い、静かな内海。その凪《なぎ》を容易に想像できる。凪に関する言葉がたくさんある。油凪、鏡凪、光凪……。漁師たちの言葉を借りれば、畑のような海。

私の先入観――「これはつまりは「運動」と社会義憤の本なんだよね?」という――は早々に打ち砕かれて、私は沖の小舟でかぐわしい風を嗅いでいた。

むずかしいことが書いてあるのだろうと思う人にこそ、この本を読んでほしいと願わずにいられない。

この本にある、抜けたような明るさを、ぜひ、全身で味わってもらいたい。じっさい、この質がなければ「運動」もこの本自体も、長く続くことはなかっただろう。「ミナマタ」が、ここまでの波及力を持つこともなかっただろう。

フクシマの原型として、またこれから何度でも私たちの社会に現れるだろう厄災への準備として、『苦海浄土』が今持つ意味はとてつもなく大きい。

『苦海浄土』はまぎれもなく文学である。人種や宗教を超えて人の深いところに届く世界文学である。文学性を帯びたルポルタージュではない。文学だから、ルポルタージュとしても十全に機能するのだ。ルポルタージュを低く見るわけではなく、ルポルタージュならばふつう些事として取り上げないことが、随所に上がってくるからこそ、『苦海浄土』では理解が全面的になる。あらゆる面から人に働きかけてくるから。そして些事を通じてこそ、人は大事に至る可能性も持つ。ただ、計算でそう書かれた本ではないだろう。声たちやモノたちのほうから、著者のほうへとやってきたのだろう。著者がそれらを愛でる中で、〝大事な些事〟は記録されたのにちがいない。

私が何よりいちばん惹かれたのは、食べものの話だった。

これが私には、とんでもなく大事な話だった。

いや、そんなことより、これほどおいしそうな食べものが書かれた本を、私は読んだことがない！

本当である。ひとつ、きわめつけを紹介する。語るのは、杢太郎くんの爺さま。

「かかよい、飯《まま》炊け、おるが刺身とる。（…）沖のうつくしか潮で炊いた米の飯の、どげんうまかもんか、あねさんあんた食うたことのあるかな。そりゃ、うもうござすばい、ほんのり色のついて。かすかな潮の風味のして[3]」

あぁ！　沖のきれいな海水で炊いたあつあつのご飯!!

体中の細胞が騒ぐほど、これを、食べたい、と願う。

おいしそうな料理が登場する本は数あれど、ここまで、細胞がざわめき欲するような食べものを、私は読んだことがない。

体中の水と血が騒ぐような、この欲求。

初めて聞くのに、知っている、という感じ。

卒然と思い出すのは、祖母のおにぎりだった。

もう一度食べたいもののナンバーワンとして私の中に君臨するのは亡くなって何十年にもなる祖母のおにぎりなのだが、そのキモはといえば、絶妙な塩味なのだった。具はよくおぼえていない、要するに何が入っていてもいいのだ。今も味わいたいのは飯にしみいる塩の味、ただそれだけ。それこそが極上の旨さで、それこそが、祖母亡き後に、誰も本当の意味では真似できないわざだった。

いや、おにぎりとは祖母は言わなかった。おむすび、と言った。

おむすび。また深い日本語もあったものだ。塩と米という、まさに日本の海と陸とを人が手でむすんだ、単純にして壮大な食べもの、おむすび。

沖の小舟で、汲んだ清らな潮で炊きあげたご飯に、その原型を見る。

このふたつの食べものが私の中で結ばれたとき、私は初めて、石牟礼道子という人が少しわかった気がした。

それはあるいは、日本の近現代や戦後という時間が、私の中でむすばれ、私なりに腑に落ちた瞬間だったかもしれない。理解がまるで、食べもののように臓腑へと。

文学には、こんなことができるのか。

正直に言えば私は、石牟礼道子という書き手の立ち位置がよくわからなかった。彼女を動かし続けてきた、並外れた情熱と慈しみの源も。実川悠太氏が、大胆にも本人に「なぜ水俣病とつきあいつづけるのですか」と訊いたときのことを書いている[4]。どうやら同じ疑問を抱いた人はいるらしい。

石牟礼道子に関して、この本を読む前に私が持っていた情報はわずかだ。彼女は水俣の人であり、生涯をかけて故郷水俣と水俣病患者に寄り添うが、水俣病の当事者や家族ではないようだ、と。そういう人には、よじれや罪悪感があるのではないかと推測していたことも、私が『苦海浄土』にあまり近づかなかった理由だったかもしれない。

石牟礼道子は、私の母の世代の人であると知った。

読んでわかったのは、彼女が書き残したときすでに、水俣沖の海水で炊いたご飯は、彼女の親世代の語りの中にしかない食べものだったということだ。絶妙な塩加減のおむすびが、いかにも「おふくろの味」的でありながら、私にとって母の味ではなく祖母の味だったのと同じように。

ある民族にとって最も本質的な食べものをソウルフードと呼ぶのなら、石牟礼道子の代でわれわれはすでに「魂の糧」を失っていることになる。衝撃的な事実。食べものが汚染されたという以前に、海という、地上のすべての生物がそこから来た場所に、直接毒が注がれた影響の全貌を、私たちはまだ十全にはとらえていない。それは私たちが思うよりはるかに大きく多岐にわたる影響のはずである。

沖の潮でもうご飯は炊けない。しかし、かつてそうできた海を、石牟礼道子は知っている。

失われた世界と、現在進行形で変わってゆく世界とを、両方、視野におさめる。初期に罹患した大人たちと、生まれながらに水俣病を病む胎児性患者たちの、ちょうど中間にいる。ちょうど一世代ずつ離れた中間に。

石牟礼道子は、浮遊する定点だ。けれどしっかりと肉体にいる。たとえ人生というものが長すぎると思えても。

中間の、なにものでもない視点として、両方とともに歩み、両方を残すという役を、彼女は全うしようとしているように見える。

彼女が書き残さなければ永遠に失われる風景や生活があり、もう一方で彼女が残さなければコトバを持たない者たちが目の前にいる。

言葉を持つ者と持たぬ者では、持たぬ者のほうが上等だと、石牟礼道子は言う。言葉を持たぬものたちは、自然そのものとして生きているから。けれどその者たちがゆえなく滅ぼされ楽土が失われようとするとき、それを記録できるのは言葉を持つ者だけである。自分がそうであるならば、自分の命の果てまでお供しましょうという意志を、感じる。

つまり、置かれた場所で存在をまっとうすることにおいて、石牟礼道子は、その敬愛する「言葉を持たない者たち」と同等である。

だから片目の視力を失った時、彼女はそれを、懐かしい場所やコトバのない神たちへの通路として、いつくしんだのだろう。

先の実川氏の問いに、石牟礼道子は、はにかむようにこう答えたという。

「私は患者さんを本当に尊敬しているだけです。あんなにつらい思いをされて、今でも日々つづいているのにあのようにしていらして。私には絶対にできない。だから少しでもお近くに、少しでも見習いたいと。それだけです、ずっと」(4)

この答えが、自分を「闘争」や「支援者」という桎梏から解放してくれた、と実川氏は言う。助けられていたのは、実は自分たちだったのだと。

彼女は中間《ミディアム》にいる媒質《ミディアム》として、神に仕える巫女にしてそれをモノ語る瞽女のような思いなのかもしれない。そういう謙虚さがあるから、生き残りの罪悪感的な感情から自由なのだろう。そのことが、『苦海浄土』を、いかに重くともひろびろとしたテキストにしている。

*

第三部は、石牟礼道子と水俣病の関係者たちが、東京のチッソ本社前で座り込みをする早朝の場面から始まる。時は一九七二年の元旦。

ミナマタやヴェトナムを通して弱者に共感する学生の「同志たち」も合流している。学生たちと交流する場面はほのぼのとした空気だ。それが一九七二年の元旦であることに、私は驚いてしまう。その一ヶ月と十数日後に、学生運動は悲惨な終わりの場面を迎えるのだから。

もし学生運動の闘士たちが、本当に弱者たちに共感していたのなら、その気持ちは、一部の過激派の所業がどうあれ続いたろうし、運動もかたちを変えて残ったと思う。けれど学生運動は過激派の起こしたあさま山荘事件を境に急速に消えたし、その頃から社会運動というものも下火になってゆく。水俣の求心性とのちがいは何なのか。

世代と時代のちがい、というだけでは、ないように思える。帰っていく土地や風景の、有る無しではないだろうか。あるいは、肉体に根ざした感じ。そう言ってみたくなる。が、それもまた世代ということかもしれない。帰る場所をあらかじめ奪われ、肉体にも等しい風土が直接毒で汚された後が、彼らの時代なのだから。すべてがお金に替えられはじめ故郷にも人の命にも捨て値がつく。そこで生まれた子どもたちに、帰るべき風景はすでにない。または汚されている。

石牟礼道子は、学生たちを自分たちとちがう存在として見ず、慈しみのまなざしを向けた。

『苦海浄土』は、彼らのために書かれたのでもある。

〈喪失の時代〉以降を生きるすべての者たちに。

つまりはそれは、「我ら」に託された贈り物なのだ。

水俣の運動が永続している秘訣を、女性的な優しさやしなやかさに求める見方もあるだろう。それはそれで一面の真実を突いているし、当時より現在のほうがもっとリアルに感じられるほどの女性の活躍ぶりではある。しかし、それと同時に『苦海浄土』が教えてくれるのは、優しさが――しなやかさも包容力も、何かを育む質も、守る強さも――女性特有の質ではないということである。そこに登場する、しなやかで優しく逞しい男たちについて、私はぜひとも語っておきたい。

これほどいい男たちが出てくる本にも、私は出逢ったことがない。

たとえばあの杢太郎くんの爺さま。

水俣病のために嫁に去られた息子と三人の子供の世話を、細やかにみる男。櫓を漕いで鍛わった（「鍛える」に自動詞がないのは間違っていると思う！）しなやかな身体。あぐらの舟の中で、杢太郎に、孫たちに、さまざまの寝物語を語って聞かせる。そして胎児性患者の杢太郎を「杢こそが仏」と言う。

人が本当に人になるためには、「魂の食《じき》」が必要なのではないか。と、爺さまの話を読んで思う。話を聴く石牟礼道子の様が目に浮かぶようだ。そこにはきっと、人が本当の意味で人になろうとするときの切実さがあったにちがいない。それは耳で聴く話というより、やはり食べもののごときものであったろう。摂ったら血や肉になるものであるからこそ、話にはごまかしがきかない。爺さまのような人に魂の食をもらって、石牟礼道子は石牟礼道子となったのではないだろうか。

あるいはたとえば、チッソの株主総会で、一世一代の「泣き場所」を得て、男泣きに泣く男たち。人には、特に男には「泣き部屋」が必要なのだと、「おれたちは男泣きに狂いおめきたい」と訴えた筑豊の炭鉱失業者の声を借りて言う上野英信氏。

「天地もはりさけるような声をあげて泣けるような場が、これからの運動のいちばんの中心に据えられなきゃならないところではないかと思うのです」

泣き部屋がほしいと訴える男、それがいちばん大切だと応える男。どちらもすばらしい。そして、チッソの株主総会で、慟哭したい者たちに思うさま泣かせるため、裏方で黒子をしたという、石牟礼道子をはじめ多くの人々がまたすばらしい。

泣き部屋が本当に、人に社会に最優先で必要なものである、と認められる社会なら、そこに争いや抑圧や、収奪や、度を超した競争や、いじめや、殺し合いなどは劇的に減るだろう。

こんな精神風土があって、水俣からはある驚くべき言葉が出てくる。

「チッソの人の心も救われん限り、我々も救われん(5)」

被害者でも加害者でもない言葉がここにある。被害と加害の関係が乗り越えられるというのは、生半可なことではない。過去の戦争の傷も未だ癒えず、今なお被害と加害と報復の連鎖とが続く世界の状況を見れば、それがどんなにむずかしいことかわかる。

「そこまで言うには、のたうち這いずり回る夜が幾万夜あったことか(6)」と石牟礼道子も言う。

が、不可能でもない。素朴なごく普通の人たちの中に、そういう力がある。本書はそれを教えてくれる。ノウハウなどはない、あくまで命がけの、全身全霊のプロセスとして。

やはり、驚くべき本で、人類への贈り物なのだと言うしかない。

注

(1) 本書三二一頁
(2) 本書三二一頁
(3) 本書一六九頁
(4)『石牟礼道子全集』第三巻、月報2
(5) 本書一〇五九頁
(6) 本書一〇五九頁

重層的な〝ものがたり〟

作家　池澤夏樹

何年かぶりに『苦海浄土』以下の三部作を開いて、かつてと同じようにこの長大なテクストが自分に取り憑くのを感じた。昔、ぼくはこの作品に捕まって、しばらくの間、身動きがならなかったことがある。『苦海浄土』には読む者を摑んで放さない魅力がある。ここにいう魅力は普通に使われるような軽い意味ではない。魅力の「魅」は鬼扁である。魑魅魍魎の魅である。魔力とあまり変わらない力で読む者を惹きつける。それを思い出しながら、再び丁寧に読みすすめた。

これはまずもって受難・受苦の物語だ。水俣のチッソという私企業の化学プラントからの廃液に含まれた有機水銀による中毒患者たちの苦しみ、そこから必然的に生まれる怒りと悲嘆、これがすべての基点にある。この苦しみと怒りと悲嘆を作者は預かる。あるいは敢えてそれに与る。彼女の中でそれらは書かれることによって深まり、日本の社会と国家制度の欺瞞を鋭く告発する姿勢に転化する。その一方で、作者はこの苦しみを契機として人間とはいかなる存在であるかを静かに考察し、救いとは何かを探る側へも思索を深めてゆく。読む者はまるでたった一人の奏者が管弦楽を演奏するのを聞くような思いにかられる。なんと重層的な文学作品を戦後日本は受け取ったことか。

しかし、先入観を持った読者には意外かもしれないが、作者は肉体が受ける苦しみの奥を患者に成り代わって想像してはいない。想像を超えるものを想像したつもりになるのは文筆の徒として増上慢《ぞうじょうまん》ではないか。これは感情に訴える煽動の書ではない。そんなもので片づく問題でないことは最初からわかっている。だいいち、患者たち一人一人の顔をよく知っている身としては苦痛の奥は書けない。と作者が思ったかどうか、ぼくも想像を控えよう。

だから病像については客観的手法としてまずカルテが引用される。細川一博士の淡々とした恐ろしい報告。その後に山中さつきの最期についての母の証言——「上で、寝台の上にさつきがおります。ギリギリ舞うとですばい。寝台の上で。手と足で天ばつかんで。背中で舞いますと。これが自分が産んだ娘じゃろかと思うようになりました。犬か猫の死にぎわのごたった(1)」。

その先にももちろん悲惨な姿の記述は多いのだが、そこには一定の抑制がある。苦痛と均衡をはかるように目立つのは、幸福を語ることばである。『苦海浄土』は「苦海」と「浄土」を対として捕らえる思想に貫かれている。「苦海」は「苦界」だろう。漁師にとっては苦の世界は苦の海となる。そして、苦が存在するためにはどうしても浄土がなければならない。浄土なくして苦の概念は成立しない。この世が苦界であちら側が浄土なのではなく、二つは共にこの世の内に並び立っている。

だから、例えば江津野杢太郎少年の祖父は漁師の暮らしについて「天下さまの暮らしじゃあござっせんか(2)」と言いながら、夫婦で舟を漕いで朝の海に出て、捕った魚を舟の上で刺身に仕立て、飯を炊き、焼酎を差しつ差されつ共に食らう喜びを存分に語るのだ。「あねさん、魚は天のくれらすもんでござす。天のくれらすもんを、ただで、わが要ると思うしことって、その日を暮らす。これより上の栄華のどこにゆけばあろうかい」(3)と嘯《うそぶ》くのだ。実際、この作品群の中には「栄華」という言葉が何度となく誇らしげに用いられる。

それが次のような件《くだり》となると、もう幸福と受苦はそのまま一枚の布の表裏であって、分けることができない——

ああ、シャクラの花……。
シャクラの花の、シャイタ……。
なあ、かかしゃん
シャクラの花の、シャイタばい、なぁ、かかしゃぁん
うつくしか、なぁ……
あん子はなあ、餓鬼のごたる体になってから桜の見えて、寝床のさきの縁側に這うて出て、餓鬼のごたる手で、ぱたーん、ぱたーんち這うて出て、死ぬ前の目に桜の見えて……。さくらちいいきれずに、口のもつれてなあ、まわらん舌で、首はこうやって傾けてなあ、かかしゃぁん、シャクラの花の、ああ、シャクラの花のシャイタなあ……。うつくしか、なあ、かかしゃぁん、ちゅうて、八つじゃったばい……。
ああ、シャクラの……シャクラ……の花の……。(4)

これはどこかで知っていると思う。浄瑠璃の口説き、子を失った親がその子の幸せだった日々を思い出して、とわずがたりにしみじみと語る、あの詠嘆の口調によく似ている、と考えていたら、作者自身が『苦

海浄土』のあとがきで「白状すればこの作品は、誰よりも自分自身に語り聞かせる、浄瑠璃のごときもの、である(5)」と言っていた。

この作品において方言の力は大きい。ここで語られているのは人の心であり、心を語るのはその人が日々の暮らしで用いている言葉でなければならない。よそ行きの言葉では思いは伝わらないのだ。共通語・標準語を上に立てると、生活の言葉は方言という一段低いカテゴリーに入ることになる。それはしかし順序が逆で、日本列島の各地方ごとの日々の言葉があって、そちらが初めで、あとから国のため、軍や工場で地方出身者に命令を正確に伝達するために、共通語が作られたのだ。

水俣の人が水俣の言葉で思いを語る。その語り口のひとつひとつの裏に、時の初めから今に至る暮らしの蓄積がある。きらきらした語彙とめざましい言い回しによって、思いの丈が語られる。喜びと恨み、苦しみと希望が、時には情を込めて、時には論理の筋を通して、述べられる。この言葉の響きなくして『苦海浄土』はない。

方言はこの話を水俣という一地方に閉じこめはしない。彼らの物語は、暮らしの言葉に根ざした真実性によって普遍的な意味を与えられ、世界中のすべての人間に読み得る話になっている。方言として微妙な意味合いまで聞き取れるのは水俣とその周辺の読者だろうし、ある程度までわかるのが日本の標準語的な読者、しかし本質の部分は何語に訳しても通じる。なぜならば受苦と幸福はすべての人に共通だから。

先の嘆きの文体を浄瑠璃と呼んだのは最も響きが近いからだ。謡曲の『三井寺《みいでら》』も同じ主題だし、子を失った母の嘆きをモノローグで、ありったけの情感を込めて延々と語ることは世界中どこの文学にも演劇にもある。

受難を世界は共有する。新しい水俣は世界中いたるところで発生しているし、そこではいつでも強き者の強欲なふるまいと、それによって苦しみの荷を負わされた者の嘆きと怒り、またその嘆きと怒りを契機に人の心の深淵をのぞき見る戦慄が体験されている。そのすべてが語られるべきものであるけれど、実際にはすべてが語られるわけではない。最も巧みに語られた一例をぼくたちはここに持っている。

あちらこちらの戦争や内乱で難民が生まれている。人はその報に接して、移動する民の姿を思い描く。たしかに彼らは重い荷を負って、疲れ果てて、先の不安に脅えて、移動している。だが、大事なのは、つい先日まで彼らは定住の民であったという事実だ。ニュース映像を見る者はそこの部分を想像しなければならない。何代にも亘る安定した、土地に根ざした、生活があって、それが奪われる。魚が次々に湧くような豊饒の海が毒魚の海に変わるのと同じように、先祖代々耕してきた畑に爆弾が降り、子供の頃から歩いてきた道に地雷が埋められる。その結果として彼らは「高漂浪《たかされ》き」を強いられる。チェルノブイリから、アフガニスタンから、ソマリアから、ハイティから。

受難に対して、外から手を貸す善意がないではない。そちら側から見ると、理由の如何に関わらず、受難というものが互いによく似ていることがわかる。水俣の実態が明らかになるにつれて、市民運動家や学生などが支援に訪れた。それ自体はもちろん望ましいことであるが、当事者である患者やその家族と彼ら支援者の関係はかならずしも滑らかではない。互いは他者であり、意思は齟齬をきたし、時には衝突し、その中から少しずつ理解が生まれる。

『天の魚』の「みやこに春はめぐれども」の章で患者側と「加勢人[6]」すなわち今の言葉でいうボランティアたちのやりとりの場面を読みながら、ぼくは阪神淡路大震災の後のボランティア・グループと被災者たちのことを思い出していた。善意ばかりでことは解決しない。災厄の場は思想が試される場でもある。そういうことを『苦海浄土』は阪神淡路やカブールやバグダッドのずっと前に教えていた。

「受難・受苦の物語」と先に書いた。小説よりもストーリー性を重視した物語という意味ではなく、本義に立ち返って「もの」を「かたる」のだ。

ルポルタージュというと、取材によって集めた素材を一定の論旨に沿って配列したものという印象がつきまとうが、素材が作者の思索の井戸の水に浸されなければ、ルポルタージュは文学にならない。たしかに『苦海浄土』にはルポルタージュの一面があるけれど、しかしこれはすべて作者・石牟礼道子の胎内をくぐって、変容と変質を経て彼女の「もの」となり、「かたる」過程を経てこの世に再生した、「ものがたり」である。渡辺京二はこれは彼女の私小説だと言っている[7]。浄瑠璃であり、私小説であり、ひとりがたりである。

昔、昭和四十年代のはじめだったと思うが、ぼくは作者のひとりがたりをテレビで見たことがある。記憶にまちがいがあったら許していただきたいが、マスコミQという先進的な番組に彼女が登場した。スタジオに椅子が一つあり、その正面にカメラが一台ある。それだけ。台本なし。演出なし。テレビのフレームは椅子に坐って水俣のことを語る彼女をただ映すだけ。悲惨なことを語り、言いよどみ、しばらく必死で言葉を探して、また語る。力を尽くして語っていることが伝わる。正しい言葉を探す努力そのものを視聴者は嫌でも共有させられる。手に汗を握る。テレビというメディアにこれほど動かされたことは後にも先にも一度もなかった。

書物としての『苦海浄土』もまったく同じ原理で生まれた。だから読者はこの作品に憑かれる、とぼくは言うのだ。語られる内容に、悲惨と幸福と欺瞞と闘争のあまりのスケールに驚く一方で、作者がそれを語ろうとする不屈の努力に引き込まれる。逃げられなくなる。陣痛の現場に背を向けるわけにはいかない。

語る途中で作者は多くの文書を引用する。患者と家族の会話の部分などは創作に近いものであって引用とは言えない。この人たちに作者は共感を持っているからそれは引用する必要はない。作者の創造的胎内をくぐって生まれたテクストの真実性を疑う読者はいない。しかし、欺瞞の側の文言は、そもそも作者の胎内に入り得ない性格のものなのだから、そのまま引用するしかない。たとえばこの「確約書」という代物——

「私たちが厚生省に、水俣病にかかる紛争処理をお願いするに当りましては、これをお引受け下さる委員の人選についてはご一任し、解決に至るまでの過程で、委員が当事者双方からよく事情を聞き、また双方の意見を調整しながら論議をつくした上で委員が出して下さる結論には異議なく従うことを確約します」[8]という文書を厚生省は患者たちに要求した。

このあからさまな詐術に呆れない者がいるだろうか。裁定者を立てて対等の立場で協議を始めようという矢先に、どんな結論でも裁定者の結論に従うなどと、そんな約束を前提にした協議にいかなる意味があるか。そのような底の浅いペテンに乗るほど民衆は迂闊だとこの官僚は信じていたのだろうか。血液製剤によるエイズの患者に対する厚生省のふるまいは水俣の時とまったく変わっていなかった。製薬会社のふるまいもチッソと同じだった。だから彼らの性格を語るにはこの文書の引用だけで済む。彼らは同じような災厄の再発を防ぐための科学的研究さえ怠った。化学プラント内で使われる水銀が有機水銀に変わる過程が科学的に解明されたのはやっと二〇〇一年になってから。それも西村肇と岡本達明という在野の研究者の無償の努力によってだった（『水俣病の科学』）。

民衆の中にある悪意はもっとずっと深刻である。制度ではなく人の心の中に潜むものだから、チッソの経営者や厚生省の役人の場合のように理解の埒外として放逐することはできない。生活保護を受ける患者を妬んで密告の手紙を書く者の心の動きをいったいどう扱えばよいのか。

「水俣ヤクショ内ミンセイガカリサマ」に当てた手紙がある。[9]「オオハラ　ミキ」という患者について、（おそらくは）他の患者が書いた密告の手紙。生活保護を与えるにはあたらないからよく調べろという手紙。まずは「オオハラ　ミキ」の子供たちが自活していることを縷々と述べる。

四女ノムコハ水俣ニテ左官。シナイデハタライテ、オリマス。
五女ハサセボデオオキナショクドヲモッテオリマス。
オカネハ、ツカミドリ。母ニモ、オカネハオクリテヤリマス。
アネハ、サセボデ、マメウリショバイ。オカネハツカミドリ。母ニモオクリテヤリマス。
オカサンハ、オカネノ、フジユハ、ヒトツモアリマセン。

以下、妬みと呪詛の言葉が延々と続く。

他者の幸福を我が不幸と見なすネガティヴな心のふるまいを無視して世界像を描くことはできない。差別を維持し、疎外に手を貸し、戦争を煽る思いは一部の者の中にあるわけではなく、状況によっては誰もがそのような思いを抱き得るのではないか。自分の仲間は例外、自分は例外と言い切れるものではないだろう。患者とその家族はみなとんでもない苦しみを経ることによって聖別された者である。いわば火による浄化の過程をくぐった者である。密告の手紙を書いた患者とて普段ならばそんなふるまいに走ることはなかったのだろう。先祖崇拝と、仏への帰依と、共同体そのものが持っている恒常性維持のからくりによって、とりわけ不満に思うこともなく日々を過ごしていたのだろう。水俣病という目前の大きな災厄が、さまざまな欲を生み、それが適わなかった時に邪悪な形で噴出する。

人の中に悪を行う用意はある。しかしそれは外的な促しを受けなければ具体化はしない。受けた時に例えば関東大震災の時の朝鮮人虐殺や南京の大虐殺となって現れる。あるいはアウシュヴィッツ、あるいは深夜に密かに書かれる市役所宛の手紙。

いや、悪は制度や状況に潜み、人間の中にはないと、ぼくは言い切れない。南京もアウシュヴィッツも実行者なくしてはあり得なかった。実行者は機械ではなく心と判断力を持った個人であった。南京に比べればこの密告の手紙などかわいいものだ、と言えるのだがと思いつつ、ここで判断を停止せざるを得ないかと考える。

近代という言葉でこれを説明したらどうだろう。水俣や南京、チェルノブイリなどの巨大な災厄は確かに近代化から生まれた。文明とは所詮あまりに物質的な概念であり、それを求めることは人間を自然から引き離し、欲望と空疎な言葉ばかりの、人間とは呼べないような者を生み出した。チッソと厚生省についてはそう言えるかもしれない。そして今や問題は密告の手紙を書くような古典的な小さな悪ではなく、社会そのものの本質になってしまったかのごとき非人間的な制度の悪、グローバリゼーションの悪の方なのだと言ってしまおうか。

制度がチッソを生み、水俣病を生んだ。彼らがあまりに非人間化してしまったから、患者の方は人間として残った。だから、患者は、非人間化した制度側の元人間と自分たちを区別するために、自ら非人を名乗る。つまりここでは人間とそうでないものを分ける基準を逆転させることで患者は非人間の群れから自分たちを救い出している。

水俣では非人は「かんじん」。五木の子守歌にある「おどまかんじんかんじん」のあの言葉である。語源は勧進坊主だろう。寺社への寄進を進める勧進の僧がやがて乞食の代名詞になり、非人をも指すようになった。非人と書いて「かんじん」と読むところに、日本列島における長い差別の歴史を透かし見る思いがする。

制度の側に立つ人々がひたすら患者との対面を避け、制度の中に立てこもろうとするのに対して、患者の方は相手を人間として自分の側に回収しようとするのだ。どうしてそのようなことが可能なのか、人間に希望があるとすればまさにこの一点、制度の壁を越えて、顔もなく名もなき、職名だけの相手の中にも人間を見ようとするおおらかな、彼ら自身が笑うごとくどこか滑稽な姿勢の中にこそあるとぼくには思われる。

チッソの本社に泊まり込んだ日々を思い出して患者たちは、自分らはシオマネキというあの片方の鋏だけが大きな蟹のようだと笑う。そして、「チッソの社員衆が意地悪をしかけるそもそも、ひょっとすれば似た性のもんゆえじゃありますまいか。先に棲みついたものの気位のために、およおよと泳いできて、ハサミを振りに来なはるとじゃああるまいか、腕まくりのなんの突出して」(10)と相手との同質性を認める。

あるいは「あのような建物の中身に永年思いを懸けて来て、はじめて泊まって明けた朝、身内ばかりじゃなし、チッソの衆の誰彼なしになつかしゅうなったのが不思議じゃった」とまで言う。まるで初夜が明けた後朝《きぬぎぬ》の思いのようだ。

こういう形で患者は絶対の敵であるはずのチッソ幹部を身の内に取り込んでしまう。両者はそれこそ圧倒的な非対称の関係にあって、チッソ側は患者に病気を押しつけ、それを否認し、責任を回避し、補償を値切り、国を味方に付け、正当な要求を強引に突っぱねる。これに対して患者の側はずっと無力だった。

しかしこの非対称を倫理の面で見ると、今度は患者の側がそれこそ圧倒的に強い。彼らにはチッソを赦《ゆる》すという究極の権限がある。決して赦すわけではないが、しかし彼らはこの切り札を持っていることを知っている。その力を恃《たの》むことができる。だからこそ彼らは「チッソのえらか衆にも、永生きしてもらわんば、世の中は、にぎやわん」(11)と晴れやかに笑って言うことができるのだ。この笑いを得てはじめて、この物語を仮にも閉じることが可能になる。

患者たちと支援の人々が、そして石牟礼道子が戦後日本史に与えた影響はとても大きい。崩れて流動する苦界にあって、ここに一つ、揺るがぬ点があった。ぼくたちはこれを基準点としてものを計ることを教えられた。

今も水俣病を生んだ原理は生きている。形を変えて世界中に出没し、多くの災厄を生んでいる。だからこそ、災厄を生き延びて心の剛直を保つ支えである『苦海浄土』三部作の価値は、残念ながらと言うべきなのだろうが、いよいよ高まっているのである。

（『石牟礼道子全集 不知火』第二巻「解説」より）

注

（1）本書三九頁（第一部「苦海浄土」）。
（2）本書一六八頁（第一部「苦海浄土」）。
（3）本書一七〇頁（第一部「苦海浄土」）。
（4）本書九一三頁（第三部「天の魚」）。
（5）『石牟礼道子全集 第二巻』二五九頁（第一部「苦海浄土」「あとがき（文庫版）」）。
（6）本書九一五頁（第三部「天の魚」）。
（7）石牟礼道子ほか『不知火――石牟礼道子のコスモロジー』藤原書店、二〇〇四年、一五〇頁。
（8）本書四四二頁（第二部「神々の村」）。
（9）本書三五五頁（第二部「神々の村」）。
（10）本書八二八〜八二九頁（第三部「天の魚」）。
（11）『石牟礼道子全集 第三巻』四三〇頁（「自分を焚く」）。

深々と命を生きる——

歌手　加藤登紀子

そこには燦々《さんさん》と陽があふれている。しぐさや言葉や、無言の悲しみさえキラリッと光を放つ。笑いころげる子供の声、歌うように、人を癒すように、苦しみさえも音魂《おとだま》に変えてしまう水俣、天草、不知火の方言。

何度も何度も『苦海浄土』を読むうちに、いつしか私は一言一言を映画のシーンのようにうかべ、その画像を浮かび上がらせる光を感じ、絶えず吹いてくる海風の気配まで感じるようになった。

何というなつかしさ。

土の上に生き、海を抱いて眠り、何気ないことに笑い、遠くからやって来て、どこかへ吹いていく時の流れに身をあずけ、ひたすら自然の波間を漕ぎ渡り、祈り深く生きた私たちの祖先。

それをこの数十年という歳月の狂気ともいうべき無責任さがあっという間にくびりさいたのだ。

何という罪の深さ。

それは、チッソ水俣工場の罪であるにとどまらない。

企業の中にいてその罪を犯し、ひき受けたものたちとは別に、何も知らず、いっさいかかわりに気づかず無恥《むち》の上に立ち、毒を胎《はら》んだ生活の利便をむさぼった私たちにも問われるべき罪の重さでもある。

一九六九年、『苦海浄土』初版が出版されたころ、私は二十五歳。燃えさかる若者たちの熱気と孤立の真っ只中にいて、後に結婚することになる藤本敏夫を拘置所に訪ねる毎日を送っていた。

『苦海浄土』はその時、差し入れた本の中の一冊でもあった。

私自身はその時、暗くて重い（と思い込んでいた）この本の扉をどうしても開けることが出来ず、読んでいない。

書棚の一角にこの本の所在をいつも感じながら読まずにここまで来てしまったのだ。

『石牟礼道子全集』の編纂にあたり、私に一文を、と依頼があった時、これは絶対に避けてはいけない重要な道の前に立たされたのだと思った。

一九六九年六月、八カ月の拘留から出所した藤本は、七月半ばには、内ゲバに突入した学生運動と訣別し、その夏、九州平戸で悶々とした日々をおくった。

「地球に土下座してゼロからはじめよう」

この想いに到達して東京に帰り、政治的な活動の一切から離れた藤本にとって、拘置所の中で読んだこの『苦海浄土』がどんな一石となったのか、今はもう問うことは出来ない。

けれど、彼がその後一貫して求めて来た近代主義からの脱却、現代文明のおぞましい末路の予感の中で、私たちのむかうべき、あるいは帰るべきものとして夢みていた自給自足の営みは、例えばこの『苦海浄土』の中の「仙助老人」、立派な漁師顔をした「釜鶴松」、「杢《もく》太郎少年の爺さま」へのあこがれだったのではないかと思う。

六九年から三十五年が過ぎ、文明末路の予感はいよいよ真実味を帯び、価値の転換が叫ばれる時代になったとはいえ、安穏《あんのん》の消費生活を覆う無恥は去らず、利便の胎《はら》む毒を制する力はいっこうに効き目を持たず、都市の無責任は農村、漁村を今もめちゃくちゃにしている。

今、この時になって、石牟礼道子という人に向き合う縁の深さを何か運命のように思う。

二〇〇四年二月一日昼前、私は熊本空港に降り立った。石牟礼さんとのはじめての対面を果たし、水俣を改めて訪れるためだ。

あいにくお体の不調のため、誰とも逢えない、というご連絡を受け、これもまた運命だったかとあきらめていたけれど、空港からの電話でお尋ねしてもよいということになり、午後一時過ぎ、門の前に立った。写真で拝見するよりずっと若々しく、可愛らしい小柄な石牟礼さんは、とても楽しそうに私を迎えてくださり、その会話の明るさに、石牟礼文学にただよう光のありかを確認した。

「田舎の人たちには声がありますよ。声は最後の自然、最後の強みです。私のような、少し都会に足をつっこんだような半端な人間には、それが余計に大事です。草木といえどもみな物語を持っている。人間にもありますよ。」

そうだ。草木と同じように人もまた時を紡ぎ、物語を育んでいるはず。けれど土を持たず、季節の移り行きにも触れず、花瓶の中の花や、動物園の動物のように暮らしていくうちに、物語を失っていくものも多かろう。

山や海や川や、沼や浜や干潟《ひがた》、そうした自然を失ったことで人が失ったものは、虫や鳥や魚ばかりではない。自分の内なる自然、物語とそれを語りうる自分の声だったのだな、とりつ然とする。

六〇年代末から七〇年代にかけて学生たちがたくさん水俣を訪れたそうだ。

「身もだえするような離脱をして何かを探しに来たんでしょう。人間に逢いたいと思ったのでしょうね。ところが自分たちの中から学生を出したことのない人たちにとってはただ『めずらしか』ですよ。『あれは落第生じゃなかろか。こんなに長く学校に行かないのは』って大笑い。『おばさま、何をいたしましょうか、って言われてたまがったわい。背中がぞくぞくする、草ぬいてくれやって言ったら、麦ぬいてさ、あれは支援公害だわ、加勢するっていっておいて、麦抜くんだもなあ』と。それでもここは外から来るお客さんば、大事にしますからね。ずい分来ましたよ。」

石牟礼さんは一九二七年生まれ、私の十五歳上。水俣病が発生しはじめた一九五三（昭和二十八）年のころには、「水俣川の下流のほとりに住みついているただの貧しい主婦であった」という。

もう少し厳密に言えば、詩を書く人であった。

「水俣病事件に悶々たる関心とちいさな使命感を持ち、これを直視し、記録しなければならぬという盲目的な衝動にかられ、水俣市立病院水俣病特別病棟を訪れた」のが一九五九（昭和三十四）年五月。

その時、彼女ははじめて漁師釜鶴松の尊厳と怒りに満ちた「告発をこめたまなざしの前に立たなければならなかった。」

「この日はことにわたくしは自分が人間であることの嫌悪感に、耐えがたかった。釜鶴松のかなしげな山羊のような、魚のような瞳と流木じみた姿態と、決して往生できない魂魄は、この日から全部わたくしの中に移り住んだ。」（第一部　苦海浄土「五月」より）

一九六五（昭和四十）年から『熊本風土記』という冊子の中の連載として書き始めた「海と空のあいだに」が『苦海浄土』の原型である。

彼女のノートに書きためられていたのは、水俣病におかされ、体の自由と声の自由を奪われたいく人もの人の内なる叫びだった。けれどこれが決してただの「聞き書き」ではないことは、いろんな人が証言している。

「のりうつるんです。」

と彼女はさりげなく言う。

意識も言語も奪われた水俣病患者の発する音を満身の心で受けとめた時、彼女のうちからとめどなくあふれて来たものは何だったのだろう。

彼女が巫女《みこ》的資質の持ち主だったということだけでは説明が出来ない。彼女の存在のうちに秘められた叫びが、いく人もの水俣病患者にのりうつったとは言えないか。

「私の故郷にいまだに立ち迷っている死霊や生霊の言葉を階級の原語と心得ている私は、私のアニミズムとプレアニミズムを調合して、近代への呪術師とならねばならぬ。」（第一部　苦海浄土「死旗《しにはた》」より）

彼女の強い語気の中に秘められたものに、若き日々より、詩を書き、今もって激しい詩を書きつづけている人の宿命的なカルマを感じずにはいられない。

「魂の深か子」
「ぼんのうの深かけん」
「草よりも木よりもこの魂のきつかばい。」（第一部　苦海浄土「草の親」より）

「魂」という言葉はずっしりともぽったりともその存在を心の底に落としこむ。説明の出来ない、けれどどんな言葉より伝わってくる言葉。

ふと韓国語の「恨《ハン》」という言葉に置きかえてみる。

「恨五百年」という唄を歌うチョー・ヨンピルが昔、私に言ったことがある。

「日本の人はこの歌を聞くと、日本に侵略された半島の人々の恨みと受け取るそうだけれど、『恨』とはそんな意味ではないんです。もっと深い宿命感のようなもの。生のあとには必ず死が訪れ、出逢いのあとには別れが来る。そのどうしようもない悲しみ、のがれきれない人の懊悩をさす言葉なんです。」と。

スペインのフラメンコには「デュ・エンデ」という言葉がある。

歌い手や踊り手に神がのりうつる瞬間。人が、人である限界を超えて何ものかにのりうつる美しい輝きを指す。

魯迅の言った「吶喊《とっかん》」という言葉も心をよぎる。

どの言葉も、悲しみや苦しみの極限の中でこみ上げる精神性を表現している。

しかし、水俣の人々の語りの中に込められた「魂」には、この「恨」でも「デュ・エンデ」でも「吶喊」でもない豊かさとやわらかさと大きさがある。

そうだ、これはきっと不知火の海の力なのだ。

杢少年の爺さまの語りに耳を傾けよう。

「わしども漁師は、天下さまの暮らしじゃあござっせんか。（中略）海の上におればわがひとりの天下じゃもね。（中略）不知火海のベタ凪ぎに、油を流したように凪《な》ぎ渡って、そよりとも風の出ん。（中略）さあ、そういうときが焼酎のみごろで。」

「一生かかって一本釣の舟一艘、かかひとり、（中略）それから息子がひとりでけて、それに福ののさりのあって、三人の孫にめぐまれて、（中略）坊さまのいわすとおり、上を見らずに暮らしさえすれば、この上の不足のあろうはずもなか。漁師ちゅうもんはこの上なか仕事でござすばい。」（第一部　苦海浄土「海石」より）

一人息子を水俣病に冒され、その嫁女も三人の孫を置いて家を出てしまい、婆さまと二人で胎児性水俣病の杢少年を含む三人の孫のめんどうをみている老人の、何というこのやさしさだろうか。

それにしても「福ののさり」とは何のことだろう。

水俣で地元学という新しいムーブメントを起こした吉本哲郎さんが私に教えてくれた。

『のさり』ってのは、いいことも悪いことも、全部ひき受けるってこと。水俣の人が生きてこれたのはこの力なんです。」と。

とすればこの「のさり」とは嫁女とのこと？

息子とめぐり逢い、子を宿し、そして捨てていった女。そして胎児性水俣病に冒された子供を置きざりにしたひと。

「のさり」という言葉ひとつで水俣の人々はふりかかった地獄を耐え、こうむった悲劇を受けとめ、自分のからだの不自由さえも冗談のように笑い、ただひたすらに生命を支えて来たというのだろうか。

私はこみ上げるものをおさえることが出来ない。

どれほどの無念さを、どれほどの怒りを、どれほどのいとしさを人々はかかえきれない肉体の中にためて、あいさつの度に笑い、お互いの苦労をユーモアに変え、子供たちのキャッキャッと空にはじける声を聞きながら、じっとりと湿ったたたみの上に悲しみを浸みこませ、祈りつづけて来たのだろうか。


「宿命」と書いてみる。

命を宿すこと――。

そうだ。命こそ神さまからもらったもの。

人が創り出すものでありはしない。どんな姿の命であっても受け入れて、体のうちに胎む。

生涯、言葉を発することもなく、指で箸をつかむこともなく、目で母の顔を見ることも出来ない胎児性水俣病の赤児であっても、いただいた命だ。

有難く胸に抱き育くもう――。

しかし、どうだろう。

生まれながらにしてそのような姿にしたものは、祖先の生きた何千年とは違う。もはや神の力ではなく、人の力。人が神の領域を不用意にも侵してしまった結果なのだ。

それでもそれを「のさり」として受け入れることを、水俣の人たちはこれからも強いられていくのだろうか。

果てしもなく恐ろしい時代に生きている。

二〇〇四年、水俣の海は、ほとんどが埋め立てられていて、「苦海浄土」の風景はもうどこにもない。水銀に汚された岸辺は海浜公園となり、しゃれた街灯の立ち並ぶデートコース。

有機水銀に汚染された魚たちはドラム缶に詰められて、その公園の草むらの下に埋められている。石牟礼さんが渾身の願いをこめて描き出した不知火海の光に守られた人と海との暮らしの姿は、そこにはもうない。そして今もまだ日本チッソは操業を続けている。全国各地に同種の産業が同じように毒を胎みながら塩化ビニール系の製品を産み、燃えてダイオキシンを発する日用品を大量におくり出し、私たちは処理しきれない危険物を大量につくり出しながら、そのことに気づきもせず日常をおくっているのだ。

水俣の話にもどろう。

吉本哲郎さんがその夜楽しい宴を私たちのために開いて下さった。

水俣病によって語り尽くせない苦しみをかかえた人々の今に出逢うためだ。亀裂の走った人びとの心の中にうずまく再生への努力は、海を埋め立てるというそんな形ではなく、もっと脈々とした生命感に基づく新しい水俣を産み育てようとしている。

無農薬のお茶を栽培している若者。東京からやって来たお嫁さん。その二人の間に生まれた赤ん坊。そしてその席には、夫と子どもを水俣病でなくした上野エイ子さん、父と祖父と祖母を水俣病で亡くした大矢理巳子さんが同席していた。

どんなことが過去にあったとしても人は生きつづけていく。

悲しみの深さは、人の心をより深く、より強く育み、魂が生命を支えていくのだ。

「運命」という言葉がある。

命を運ぶ――。

生きるということは、命を運ぶこと。たゆみない力で、神の領域を運ばれていくこと。

人が、神の領域を奪い去ってしまった今も人はそのように、生きることを信じなくてはならない。

ベトナムの詩人、チン・コン・ソンが言っていた言葉を思い出す。

「ベトナムの人々は、許すことと忘れることが上手です。何故ならば、そうしなければ生きていけないから」と。

けれど、これだけは覚えておきたい。

人が「許すこと」と「忘れること」が出来るのは、そこに絶大な力を持った風土、雨と土と海があったからだということを。

水俣の人々の魂の素晴らしさは、不知火の海の力だ。

人がどれほどの能力を持つことになっても、自然の力、神の力なしに魂を産み育てることは出来ない。

人がどれほど神の領域を侵すことになっても人はどこかで自然という神に出逢い、命を宿し、命を運ぶ。

神さまの海を、もうこれ以上汚すことのないように、そして最後の自然、伝わる言葉と、自分の声を失わないように生きていきたい、と強く思う。

石牟礼道子という素晴らしい言葉の巫女が、奇跡とも言うべき表現力で水俣を語り残したことの意味は大きい。

近代日本の末路に警告を発しただけではなく、私たちの帰っていくべき海を教え、深々と命を生きることを伝えているからだ。

（『石牟礼道子全集 不知火』第三巻「解説」より）

水俣を抱きしめて――

ルポライター　鎌田　慧

砦は青蠅と野犬と烏どもの棲む所とはなり果てし。
（石牟礼道子　戯曲『草の砦』）

一六三七（寛永十四）年、島原の乱。過酷な年貢取り立てに苦しんでいた百姓漁師うち揃って一斉に蜂起し、幕府軍の総攻撃を受けて鎮圧された。その戦乱の跡を眺めながら、天草四郎の亡霊が慨嘆する。「人影蹌踉として痩せ衰え、荒地に茂る萱草《かやくさ》などの、ぼうぼうと広がる中に、茶碗のかけらなど見ゆるも哀れなれ」（『石牟礼道子全集』第十六巻、一四二頁）。激戦が終わって、いま野を蔽っているのは、屍たちの声にならぬ声に満ち満ちた静寂である。

九州・天草の海から一転して北へむかって何百キロか離れた奥州・平泉。中尊寺「落慶供養願文」を、いまわたしは想い起こしている。平安末期、建立時に藤原清衡《きよひら》が捧げた一文である。

「官軍夷虜之死事　古来幾多　毛羽鱗介之受屠　過現無量　精魂皆去他方之界　朽骨猶為此土之塵」

蝦夷侵略の官軍やそれを迎え撃った蝦夷軍の兵士たち、奥州には古来多くの不運の死者があった。そればかりではない。屠殺された禽獣魚介もまた過去現在ともに無数である。精魂は皆他界に去り、骨は朽ちて土くれとなった。〝そのすべての御霊をこの鐘の音にて極楽往生させてあげたい〟との意味である。

中尊寺から少し南に下がった太平洋岸。福島県浪江、双葉、大熊、富岡、楢葉の町々は、原発の連続爆発によって、人の住まない荒野と化した。外界に飛び散った夥しい量の放射能が、人家ばかりか山林原野のすべてを汚染させた。人影は見当たらず、白い芒《すすき》の簇《むら》がりと人間の背丈よりも高く、毒々しい黄色を放つセイタカアワダチソウが繁茂しているだけだ。

牧舎から放たれた牛が餌をもとめて彷徨《さまよ》い歩き、豚が野生の猪と交合して猪豚が繁殖し、野良犬が徘徊し、大量発生した鼠が情容赦もなく家屋を食い荒らす。

この荒れ果てたありさまを眺むれば、いまなお無益な戦乱と、足尾銅山、チッソ水俣、東電福島など大企業犯罪から、学ぶことの少ない人間の愚かさを痛感させられる。

この『苦海浄土』全一冊は、『サークル村』一九六〇年一月号に書きだされた、水俣病の記念すべき最初の記録からはじまった、石牟礼道子の神話的な叙事詩全篇である。

不知火海に面した、寄る辺なきほどのひそやかな漁村に発生していた、「奇病」といわれた水俣病の病像が、やがて世間を震撼させるようになる。東京駅前のチッソ本社占拠という患者の叛乱とそれへの苛烈な弾圧を経て、「怨」の黒旗を掲げた、あたかも天草四郎時貞のような、「死民」たちの大闘争となり、ついには最高裁にまで駆け上る、五十年におよぶ記録である。

ほぼ半世紀にわたる長い歳月を、たゆむことなく、緩急自在、情況に押されたかのように、時には医学報告書やカルテを駆使し、精魂こめて書き続けられた、石牟礼道子の大事業である。七転八倒する水俣病患者と生き死にをともにする道行きの同伴記であり、異形の集団の直接行動従軍記である。

わたしの持っている『苦海浄土』は、チッソ（旧名・新日本窒素肥料㈱）が廃棄したカーバイド滓堆積のひび割れを捉えた、桑原史成のシュールな写真を表紙カバーにした、昭和四十四年一月、講談社刊の初版本である。

その頃は、記憶力が衰えたいまとはちがって、わたしは本に傍線をひくことなどしなかったのだが、一カ所だけ、万年筆で線が引かれてある。「わが故郷と『会社』の歴史」の章で、「それは全部わたくしのものである」（本書二二〇頁）という条《くだり》である。わたしは、フリーライターになったばかりで、対馬のイタイイタイ病取材の準備をしていて、やはり「公害病」の水俣病に関心があった。

その著者は、「わたくしの死者たちは、終わらない死へむけてどんどん老いてゆく。そして、木の葉とともに舞い落ちてくる。それは全部わたくしのものである」と書いているのだ。

相手と自分とを突き放したこの書き方は、おなじ公害被害者について書こうとする者にとって、意表をつく一行だった。突き放していながら、丸ごと引き受ける。この深淵は、単純な運動参加型の文章ではない。どこかべつな位相から、異次元から、たとえば、肉体を離れ、宙を浮遊する魂魄が、残照に輝く世界をつぶさに観察しているような、まったく新しい物書きの出現を物語っていた。

編集部にそそのかされて、あらたに編纂された『苦海浄土』全三部作合本に、なにかを書き付けることを承諾してしまってから、わたしは身の程知らずの軽挙妄動を愧じた。まるで俗世間からしゃしゃり出る罰当たりの行為である。彼女の作品にとっては邪魔くさいだけなのだ。

言い訳になるが、引き受けてしまったのは、石牟礼さんにはなんどかお目にかかっていて、懐かしさが先にたっていたからだ。患者さんのなんにんかともお会いしている。それでふらふらと引き受けたのだ。しかし、たとえば、第一部第三章「ゆき女きき書」の二編、第四章「天の魚」の二編、もちろんそればかりではないにしても、最初に読んだときの驚きは強烈だった。いったい、この物怪《もののけ》が憑依しているような語り、読み終えても頭の中でゆったりした水俣弁の響きがこだましているような口説節《くどきぶし》を、彼女以外のだれが文字にできるだろうか。

はじめて水俣を訪れたときの、足許にぽっかりと穴が空いたような世界、湯堂湾を見下ろしたときの感動が、わたしにとっての水俣だった。深い海の色を湛えたちいさな湾は、シーンと静まり返っていて、そこで悲劇が起こっていることなど想像させなかった。

六九年、『苦海浄土』が発刊され、患者互助会が訴訟派と一任派とに分裂したあとだった。わたしは急な坂道を降りて、海辺にある訴訟派の渡辺会長のお宅を訪問した。その前に、石牟礼さんのお宅をまわっていたことは、『環』(藤原書店、二〇一三年四月)に書いたことがある。おなじ海を石牟礼さんはこう書いている。

「みしみしと無数の泡のように、渚の虫や貝たちのめざめる音が重なりあって拡がってゆく。それは海が遠くて、満ちかえしてくる気配でもある。優しい朝。ニワトリが啼《な》く」(本書一八〇頁)

と、部落の坂道を若い男が降りてくるのが、目にはいる。なんと卓抜な描写なのだろう。生き物がたてるかそけき気配。とその静寂《しじま》を破る鶏の一声。目に見えない虫のクローズアップと人間の動きのロングショット。中尊寺供養願文に描かれた「毛羽鱗介」の世界でもある。

石牟礼さんは「取材」とはいわない。「一瞬の出会いを夢見て」（『全集』第三巻、五一八頁、上野英信との対談）、その場に居合わせるだけ、という。しかし、遺体の解剖にまで立ち合うほどの気迫と、髪の毛一本の動きまでも捉える、こまやかなクローズアップは、尋常ではない。

「その解体に立ち合うことは、わたくしにとって水俣病の死者たちとの対話を試みるための儀式であり、死者たちの通路に一歩たちいることにほかならないのである」（本書一四〇頁）

「それは全部わたくしのものである」

この一行の前に、初版本にはなかった記述が、文庫化に際して書き加えられてある。柄にもなく考証しているわけではないが、著者もこだわっている描写のようだ。
「潮の回路の中にあらわれるように、わたくしの日常の中に、死につつあるひとびとや死んでしまったひとびとが浮き沈みする。ひとの寝しずまっている夜中に、まるで、きゃあくさったはらわたを吐き出すような溜息を吐くな！　と家人たちがいう。自分が深い深いほら穴に閉じこもっていることをわたくしは感じ出す」（本書二一九頁）
『苦海浄土』は、死者たちとの対話の書である。死者は目の前の美しい海から獲れた、有機水銀入りの魚を食べて中枢神経を冒され、無念の死を遂げた漁師とその家族たちである。
石牟礼文学とは、たとえば、「釜鶴松のかなしげな山羊のような、魚のような瞳と流木じみた姿態と、決して往生できない魂魄は、この日から全部わたくしの中に移り住んだ」（本書一一四頁）と書いても、「安らかに眠って下さい」とは書かない。
「このとき釜鶴松の死につつあったまなざしは、まさに魂魄この世にとどまり、決して安らかになど往生しきれぬまなざしであったのである」（本書一一三頁）

初版本に掲載されている登場人物の写真が証明するように、多くは実名である。その魂が成仏できない無念に、著者は付き合う覚悟である。漁婦坂上ゆきは、こういう。

「うちゃぼんのうの深かけんもう一ぺんきっと人間に生まれ替わってくる」（本書一四三頁）

石牟礼道子は、水俣病事件の渦中にいて、水俣闘争とともに文章を書きつづけてきた。それでも、どこか居心地の悪さを感じている。運動と表現、複雑で、生半可な関係ではない。

「けれども、今のところ他の表現も考えつかないままに、運動らしきものの起こってくる時に立ちあい、そのような、魂たちのいるところになんとかいざり寄るべく、かかわりうるかぎりの人間関係の核の中に、わたくしはしどろもどろの秘かな志を織り込み埋め込み、護摩《ごま》を焚くかわりに、ことばを焚いてきた。／ことばが立ち昇らなくなると、自分を焚いた」（『全集』第三巻、四二一頁）

不思議な世界、というよりは、わたしたちが喪った、キツネやタヌキなどの小動物と共生していた原初的な世界から、そのまま抜け出してきたような石牟礼ワールドを解く鍵が、渡辺京二の「解説」（文庫版）に引用されている、「愛情論」にある。

「じぶんの体があんまり小さくて、ばばしゃまぜんぶの気持ちが、冷たい雪の外がわにはみ出すのが申しわけない気がしました」（『全集』第一巻、九一頁。「妣《はは》たちへの文序章」として収録）

ある冬の夜、気の触れた祖母が雪の外に飛び出したのを追いかけ、抱き止めたときの描写である。祖母の全身大の感情のぜんぶを受け止めるには、自分の体がちいさすぎた。それは体から溢れ、雪の降り積もった街路に流れ出てしまった、との記述である。「わたしは大まじめに愛への出発をしたのです」

「受苦の文学」というべきか。だからこそ、死んだ患者たちを「往生できない」といい切れるのだ。「愛情論」(初稿)には、こう書かれている。

「その夜を頂点に、ばばしゃまは私の中に這入り、ばばしゃまについてゆくと、そこから先はあてどなく累々とつづく妣《はは》の国でした」(『全集』第一巻、六四頁)

石牟礼道子の出発である。

二〇〇六年夏、わたしは、熊本市内に暮らすようになっていた、石牟礼さんのお宅を訪問した。

水俣病は、予兆というべき猫の異常な行動と大量死から注目されるようになるのだが、彼女の生家は猫好きなうちで、猫の仔が生まれると、漁師の家にあげていた。と、猫が死んだ、とつづけて言われるようになる。訪ねていってみると、人間が病気になっていた。ウサギの後を追っていくと、不思議な世界にはまりこんだ、アリスのように。

「わたしは文学は、東京ではこういう文章がいまはやっているんだな、と読んではみますが、当時の文体をつくっていく意識というのは、分かりませんでした。心の襞《ひだ》というのか、デリカシーが限りなく足りないような、もっと人間の心というのはちがう。なぜだろうとよく考えてみると、東京を目指して出ていった村々の選良たちは、青春の時期に東京に行って、故郷の、庶民の、底辺の気持ちを知らないまま、都市市民になってしまったんだなと思って、それがこういう文体になるにちがいないと思いました。それで私が文章を書くのであれば、やはり違うように書かなければいけない。方言のままでは書けませんけれども、方言を新しい語り言葉として甦《よみがえ》らせてゆけば、水俣の現実をいくらか書けるかなと思って書きはじめたのです。

日本の近代というのは、上昇志向で、ある線を突破したエリートたちの言葉や考えが、庶民とはべつにできてしまったにちがいない。それはそれで近代と見てよいのでしょうが、何かもっと日本の庶民の魂というか、それを掬《すく》いとっていない。いちばん大事な基層の部分を抱え込んでいない近代になってしまっているなと思って。

——水俣の魚とかネズミとかネコとか、いろいろな小動物が亡くなっていったころが、日本の近代化にとって、ものすごく象徴的なことだったんですよね。

渚《なぎさ》も山の裾野も川岸もコンクリートになってしまって、そこにいた生物たちは絶滅しつつあります。そういう動植物を殺した人間たちは、やっぱり情緒的に欠落していって、それの反映がいまの子どもたちだと思うのです」(『週刊金曜日』二〇〇六年九月一日号、九月十五日号)

水俣の海は「負の世界」である。しかし、さまざまなユニークな運動と文化、それをささえる人びとを生みだした豊穣の海でもある。チッソの東京本社に乗り込み、会議室を占拠して社長と相対する自主交渉をつくりだした川本輝夫は、大衆運動での歴史的な人物である。と同時に、『チッソは私であった』(葦書房、二〇〇一年)を書いた緒方正人は、チッソを告発し、水俣病を生みだした近代文明を批判しながらも、近代が生みだす製品（たとえば、プラスチック文化）を享受している自分との矛盾に苦しむようになる。緒方正人は、川本輝夫の個としての運動から出発して、川本の対極（反対ではない）に立ったその苦しみの果てに、「患者」と「補償金」との関係を自己否定して乗り越えた。

足尾、三里塚（成田）、サリドマイドなどの薬害、アスベスト禍、三池炭坑の二酸化炭素（CO_2）中毒事故、近代文明の厄災は性懲りもなくつづけられてきた。そして、極めつきのフクシマ原発爆発事故。

水俣から出発した石牟礼文学は、日本文学のひとつの極致である。それはチェルノブイリ原発事故から生み出され、ノーベル文学賞を受賞した、ベラルーシのスベトラーナ・アレクシエービッチの『チェルノブイリの祈り』（邦訳、岩波現代文庫）と並びたつ黙示録である。

『チェルノブイリの祈り』の出版は、事故から十一年たった一九九七年である。六九年に出版された『苦海浄土』の二八年後だが、ここでもまた生活の場でいのちが奪われていく様子が語られている。あるジャーナリストはつぎのように証言している。

「なにかまったく未知のものが以前の世界をすっかり破壊し、人間に忍びこみつつある、入りこみつつあるのが感じられる」（『チェルノブイリの祈り』一四三頁）

ミナマタ、チェルノブイリ、フクシマ。「産業」の餌食にされた悲劇の地での、新たな歴史がはじまっている。石牟礼さんは、チッソが水俣病を多発させた、有機水銀を垂れ流した排水溝ばかりが問題なのではない。かつて水俣川の河口に積み上げられた、カーバイドの残滓のこれからが不安だ、という。

ミナマタも、チェルノブイリも、フクシマもまだまだ終わっていない。さて、フクシマに石牟礼道子はあらわれるだろうか。

生き方の純度と魂の香りを壊さぬ文明を求めて

生命誌研究者　中村桂子

一ページ目を開く。

「年に一度か二度、台風でもやって来ぬかぎり、波立つこともない小さな入江を囲んで、湯堂《ゆどう》部落がある。／湯堂湾は、こそばゆいまぶたのようなさざ波の上に、小さな舟や鰯籠《いわしかご》などを浮かべていた。子どもたちは真っ裸で、舟から舟へ飛び移ったり、海の中にどぼんと落ち込んでみたりして、遊ぶのだった。／夏は、そんな子どもたちのあげる声が、蜜柑畑や、夾竹桃や、ぐるぐるの瘤をもった大きな櫨《はぜ》の木や、石垣の間をのぼって、家々にきこえてくるのである。」日本人なら誰もが、どこか自分の知っている海辺の村を思い起こすに違いない。それにしても、なんとみごとな描写だろう。

そこに暮らす山中九平少年は野球が大好きで、石をボールに見立てて投げたり、棒きれで石ころを探す。ただ、腰はへっぴり腰、下駄をはいた足を踏んばるが、下駄をはくことが彼にとってはひとかどの労働なのである。目が見えない。これを説明するのが、昭和三十一年に出された新日本窒素附属病院細川一による報告書である。その地方に四肢の痙性失調性麻痺と言語障害を主症状とする原因不明の疾病が多く見られるとある。猫の大量死も記されている。その後その原因は、この病院の親会社である新日本窒素肥料株式会社が湯堂湾を含む海に流した有機水銀であることが明らかにされ、水俣病と呼ばれることになる。九平少年はその患者である。因みに著者は細川医師を尊敬し、終生頼りにする。

一一〇〇ページに及ぶ本書は、水俣病の患者はもちろんそこに関わる人々の苦しみや怒りを克明に記したものである。私たち日本人のすべてが自らのものとして引き受けなければならないこの重いテーマを、本書を読むことで誰もが真剣に考えることになる。著者の筆力が、有無を言わせず自分のこととして考えるようにと迫ってくるのである。しかし、本書はそれだけのものではない。水俣の人々の毎日の暮らしを通して、地域を考え、社会や国のありようの中からおかしな点を探り出し、ついには人間とはなにかを見せてくれる。これが本書の真骨頂と言いたい。

著者は言う。「白状すればこの作品は、誰よりも自分に語り聞かせる、浄瑠璃のごときもの、である」と。まさにその通りであり、だからこそ読む者すべてに自分の物語りとして響いてくるのである。声高に何かをののしり、他人をあげつらう言葉はない。著者はそんな言葉を自分に聞かせたくないのである。読む者も同じである。著者の自分への語り聞かせを私への語り聞かせとして受け止め、静かに考えるところにこそ意味がある。それにしても、その語りがなんと強く深く響いてくることか。水俣病についてこれだけの言葉を紡ぎ出して下さった著者に心からのお礼を申し上げたい。もしこれがこのような形で示されなかったとしたら、私たちは水俣から今ほど多くのことを学べなかっただろう。私の場合、人間を生きものとして捉えるという当然のようでありながら難しい「生命誌」の視点から現代文明について考えているので、とくにそのありがたさを強く感じている。著者の日常には辛いことが多かったに違いない。患者、市民運動の人、チッソの人、市や県や国の人……何かの力につき動かされて始めてしまった活動のために、一人の主婦としては本来自分の生活の中に登場するはずもなかったこれらの人々と向き合うことになった日々の大変さは想像するに余りある。けれども、自らを〝一主婦〟と位置づける人だからこそ見えてきたものはたくさんあり、そこに私たちは惹かれるのである。

最初に第一部第一章の冒頭を引用した。本当は各章の導入をすべて引用したい気持である。すべての章の題名とその導入は、地域に根ざして生活する人こそ価値あるものであることを実感させる、みごとな石牟礼世界へと読者を導く表現になっている。それゆえに、この大部の本を常に新鮮な気持で読み続けることができるのである。池澤夏樹氏が個人で編んだ『世界文学全集』に、日本文学からただ一冊『苦海浄土』を選んだのは、本書が文学として第一級であるという評価あってのことだろう。むべなるかなである。

一例として第二部第四章「花ぐるま」を見よう。

「沿線の桜はすっかり散っていた」と始まるこの章は、チッソ大阪本社の株主総会へ巡礼姿で行き、御詠歌を歌うという大きなできごとの始まりを描く。水俣は、「労働と牧歌と祖型の神舞いのごときが、日常の中に混和して、山間の祠の間や洋上の舟の上で、わかちがたい世界をつくっている。水揚量の多寡も漁の種類もそういう世界のためにこそあり、年寄りたちから赤子まで、そのような村落の欠くべからざる要員だった」。そのような村落で、胎児から年寄りまでが思いがけない病に冒されたのだ。思いがけないと言えば、胎児は外部の毒から守られていると教えられてきたので、その胎児が水銀の影響を受けたという事実に衝撃を受けたことを思い出す。生命現象の複雑さを改めて思い知らされた体験だった。

年寄りから赤子までが重要な役割を持つ村落が「時代というものはたしかに動き、村や町がそのままそっくり来るべき時代の供犠にされることがある」というところに置かれるのである。なんともやりきれないし、二十一世紀の今、この言葉を眼にすると、それだけのものを供犠にして得た来るべき時代とは何だったのだろうという思いを抱かざるを得ない。供犠の一つは、「昭和三十四年、チッソと県と国が患者らの訴えを圧殺して非人道的な低額補償を押しつけた」ことである。私はこの年に大学を卒業したので、当時の社会の雰囲気をよく憶えている。理学部化学科を一緒に卒業した仲間は、企業からの引く手あまた、これからの日本の発展を支えることを期待されていた。私はたまたま女性であったがために、どの企業からも声をかけられず、生物系の大学院に入ったことが今の仕事につながったのだから何が幸いするかわからない。それはともかく、当時は私も、化学を生かして豊かな社会をつくるという夢を同級生たちと共有していた。その前年に公開された木下恵介監督の「この天の虹」は、北九州にある八幡製鉄（現新日鐵住金）の工場から立ち上る七色の煙に希望を委ねる若者たちを描いた。

本書にもチッソ水俣工場歌がある。「矢城の山にさす光／不知火海にうつろえば／工場のいらかいやはえて／煙はこもる町の空／わが名は精鋭　水俣工場」

水俣も同じだったことがわかる。しかし、その陰ですでに水俣病の患者の訴えが出されていたのである。患者への差別も含め、水俣に暮らす人々の複雑な思いは、成長志向の現代文明と一人一人が人間として生きることの間にある葛藤の縮図である。あれから六〇年近くたった今、社会は何も変っていない。いやグローバル化の名の下、普通の人々の生きにくさは増し、そして広がっている。大きなものにからめとられるしかない状況に気落ちしながらも、少しでも暮らしよい社会にしたいと努める自分の日常が、本書に登場する人たちと重なる。水俣病の苦労を知らぬ不遜な言葉とされるだろうと思いながらも、読みながら同じだと思うことがしばしばであることは事実なのである。

「花ぐるま」に戻ろう。それから十年、昭和四十四年になって、ついに患者互助会の人々が肚をきめ、有志三十四名の名を連ね、水俣病の交渉がはじまって以来はじめて、控えめながら、戦闘的な意志を込めチッソへの「申し入れ書」を出すことになったのである。そして二十九世帯が訴訟へと動く。その中で、チッソ大阪本社の株主総会に巡礼という案が出され、御詠歌の練習が始まる。

ひとのこの世はながくして
かはらぬ春とおもへども
はかなき夢となりにけり
あつき涙のまごころを
みたまの前に捧げつつ
おもかげしのぶもかなしけれ
……

練習する十五人ほどの中に「和やかさの中心が、とぼけた笑いをいつもかもし出す、江郷下マスと坂本トキノの二人の婆さま」と書かれる二人がいる。この二人、仲良しでおしゃべり好き。ところが御詠歌の練習ではとんと元気が出ない。師匠は、限られた時間の中で急《せ》いた気持であり「馬鹿ばなしする時の元気は、どこにやんなったか。まいっぺんやる。鈴の持ち方がだいたいなっとらん」と厳しい。そこで、おマスさんが、「はかなき夢」のところを「はかなき恋」とうたうのである。師匠のやり直しの声に、更に三人ほどが「はかなき恋」とうたってしまう。「夢と恋ば間違うちゅうがあるか」。おマスさんは一心に稽古しているうちに夢を恋とおぼえてしまったのだ。そこで、トキノさんが、「夢も恋もたいしてちがわん」ととりなす。この場面、読んでいて思わず笑い、涙まで出てきた。みんな真面目なのだ。でも夢が恋になり、ついにはどっちも同じだと笑い合うところは石牟礼さんの筆が走り、会ったことのないお婆さんたちが頭の中で生き生きと動き始めて止まらなくなってしまった。『苦海浄土』を読んで笑いが止まらなかったなどと書いてはいけなかろう。でもこの二人の婆さまのとぼけた笑いだけでなく、懸命に生きているからこそ自ずと生れてくるユーモアが本書のそこここにある。その愉快さが、熊本弁でのやりとりで増幅され、人間っていいなあと思いながら笑ってしまうのである。だからこそ、このような人々が大阪や東京へ辛い気持で出かけることなく、美しい海と共にこの笑いに包まれながら毎日を送れなかったことが口惜しい。

「霜が降りたような、空気の凛とした朝だった」と書かれた昭和四十五年十一月二十四日。水俣病患者高野山巡礼団十九名が白装束で水俣を出発した。株主総会場で起きたこととその前後は、本文で読んで欲しい。水俣問題が凝縮されており、現場に参加した石牟礼さんの思いを通して実態を知ることができる。ただ、御詠歌は「一切の想念からはなれ、ただただ、亡き者たちに語りかけているだけのような声音であった」ことだけは伝えておきたい。「婆さまたちはやっぱり、ところどころ文言をたがえる。しかしそれが何であろう」。

水俣病は、現代文明の根本を問い、その中で国、自治体、企業という組織の中の人が人として振るまうことができない恐しさを見せつける。ゆえに、事件として表われる事柄に止まらず、そこに関わる人々の思いに触れることに大きな意味がある。婆さまたちはすごいのである。

ここで少し、〝私の水俣〟について書くことをお許しいただきたい。大学で化学を学んだことは先に述べた。そこで出会ったＤＮＡに惹かれて生物学を専門にするようになって十年ほどした一九七〇年、恩師である江上不二夫博士が「生命科学」という新分野の研究所をつくり、そこではたらくことになった。遅ればせながら、この時初めて水俣病を真剣に考えた。

生命科学には三つの特徴がある。一つは、すべての生物はＤＮＡをもつ細胞から成るという共通性を基本に、生命とは何かを問うこと。そして、生きものの一つとしての人間とはなにかを考えること。三つめは、そこで得た知識を用い、生きものである人間が暮らしやすい社会、技術を考えることである。ここで具体例として水俣病を考えた。有機水銀を含む排水を海に流す時、科学技術者は海を〝水〟として捉え、不知火海は広い太平洋につながっているのだから毒物は薄まると考えたのである。しかし、海は水ではなく生きものの棲むところだ。そこで、魚と共に暮らしていた水俣の人たちに水銀が濃縮されて戻ってきてしまったわけだ。今の科学技術は、海を〝生きものの場〟として見るという常識を欠いている。生きものの視点から新しい技術を生み、いのちを基本に置く社会をつくるのだと江上先生に聞かされ、私の歩む道がきまった。

しかし、直接水俣病に関わることはできなかった。生命科学の基礎の組み立てに集中したからである。その後生命科学をより広く展開した「生命誌」を始め、それに専念した。心の奥にはいつも大事なこととして存在している水俣病だが、具体的には関われないという状況で過している中で、ある時思いがけないことが起きた。患者さんたちが一九九四年に石牟礼さんと共に結成した「本願の会」から、水俣病公式認定五十年の会合へのお誘いをいただいたのである。「生命誌」と自分たちの気持が重なると言われ、本当に驚いた。私の方では、ずっと水俣を思ってはいたが、「本願の会」の方々が同じと思って下さっているとは思ってもみなかったからである。

二〇〇六年、初めて水俣を訪れた最初の印象は「なんと美しい所だろう」というものだった。石牟礼さんの描写そのものだ。しかしどこかに事件の場という気持があったのだと思う。鏡のような海にハッとして、この複雑さがこの問題の大切なところなのだと改めて思った。三十八億年前に海で生れた共通の祖先につながる地球上の生きものたち、もちろん人間もその一つとして存在するという「生命誌」の基本に共感を示して下さった「本願の会」の緒方正人さんは、苦しみの中でも水俣の海やそこから獲れる魚を恨む者がいないことを誇りにしていると語った。この美しい海を故郷として持つ人だからこその言葉だ。そして「チッソの人の心も救われん限り、我々も救われん」ともおっしゃった。チッソとの闘いというところを越えて、自然・生命・魂などに眼を向けることで、新しい世界を生み出す動きが水俣にあることに心動かされ、人間ってすばらしい、と希望が持てた。

チッソという企業が行なったことを、私たちは許したり忘れたりはできない。しかし、許さず、忘れないまま、それを乗り越えていくことはしなければならず、今水俣病を巡ってそれが起きつつある。緒方さんは「私もまたもう一人のチッソであった」という心にグサリとくる言葉を、御自身の苦しみの中から掘り起こした方である。本願の会は「水俣病の根源を背負い直してゆくことを誓い合って」生み出され、生命の記憶の蘇りを願っての活動の中で埋め立てられてしまった水俣の海に手彫りの野仏を建立している。実は、今また海から魚が消えている、と緒方さんは教えてくれる。地球温暖化の影響で海水温が変化し、海の生態系が変ってしまったからのようだ。「魚ももう嫌気がさして天へ昇ったのだろう」。まさに「天の魚」である。

東日本大震災とそれに伴う原子力発電所の事故、熊本を中心に九州で続く地震、さらには豪雨……その他にも天災と人災が絡み合っての災難が続き、自然が人間に愛想を尽かしているのではないかと思いたくなる。水俣の教訓が生かされているかと問われれば、否としか答えようがない。金融資本主義と科学技術の組み合せは、教訓を生かすどころかますます生きものである人間を苦しめる方向へ動いている。賢さとはほど遠い動きだ。

石牟礼さんはあとがきで『苦海浄土』三部作を、「我が民族が受けた希有の受難史を少しばかり綴った書と受け止められるかも知れない。間違いではないが、私が描きたかったのは、海浜の民の生き方の純度と馥郁たる魂の香りである」と書いている。そうですよね石牟礼さん。私もそれを充分感じることができました。というのがすべてを読み終えての正直な気持である。「生き方の純度と馥郁たる魂の香り」。水俣にはそれがある。そしてそれをみごとに語って下さった石牟礼さんに改めて感謝しながら、だからこそ余計にそこで起きてしまった水俣病、それ以上の問題を感じさせる今の社会をどう考え、どう行動したらよいのか悩むのである。ただ、生き方の純度と馥郁たる魂の香りのある暮らしを求めることは続けよう。

一一〇〇ページの最後の最後を石牟礼さんは新作能「不知火」の冒頭の言葉で結ぶ。

夢ならぬうつつの渚に
海底より参り候
(おマス小母さん、恋ではなく夢ですよ)

「現代医療の原点」というべき作品

医師　原田正純

一九六二年夏頃、私は水俣病の多発地区を徘徊？していた。まだ、胎児性水俣病が正式に認められていない時期である。車もなく埃っぽい凸凹の小道を歩いて患者宅を回る私の後ろから、影の如く付いて来る女性がいた。女性から付けられることは本来なら気持ちが悪いのだが、彼女の優しい眼差しが印象的で〝何者だろう〟と思っていた。それからどれくらい経ってからだろうか、あの女性が尋ねて見えた。医学用語を二、三解説して欲しいということだった。それから二、三年後の一九六五年創刊の『熊本風土記』という同人雑誌に後の『苦海浄土』の原型「空と海の間に」が発表され、それを偶然に読んで、あの時の彼女が石牟礼道子さんだったことを知った。

「湯堂湾は、こそばゆいまぶたのようなさざ波の上に、小さな舟や鰯籠などを浮かべていた。子供たちは真っ裸で、舟から舟へ飛び移ったり、海の中にどぼんと落ち込んでみたりして、遊ぶのだった。夏は、そんな子どもたちのあげる声が、蜜柑畑や、夾竹桃や、ぐるぐるの瘤をもった大きな櫨の木や、石垣の間をのぼって、家々にきこえてくるのである」。

普通の何処にでもあるような漁村に水俣病という人類史上初めての悲劇が起こるとは誰が想像しえたであろうか。当時の新聞などをみても、熊本大学の水俣病研究者以外の、例えばジャーナリスト、科学者でこの大事件に関心をもつ者は少なかった。そんな中にあって、現地に入り患者やその家族と直接語らうことで歴史に事実を残そうとした人が少数だがいた。その大切な一人が石牟礼さんであった。

「杢（胎児性水俣病患者）よい、お前こそがいちばんの仏さまじゃわい。お前ば拝もうごたる。こいつば抱いてみてくだっせ。軽うござすばい。木で造った仏さんのごたるばい」と愛情溢れる爺さまの言葉がある。

水俣病を人類の教訓として歴史に残そうと書かれたのが『苦海浄土』であるが、初期の頃、ドキュメンタリー作品（作家）と評した人も居た。しかし、現実を知る私は単なるドキュメンタリーではなく、はるかに昇華された作品であることに衝撃を受けた。

恨みごとや怒り、悲しみ、絶望といった薄っぺらな感情ではなく、じっと耐えている患者たちの仏のような姿がやさしい眼差しで描かれている。そこには怒りや悲しみが誰よりも強く、深く内蔵されている。だからこそ、人々の心深く染み渡るのである。

『苦海浄土』に描かれている世界は現実ではあるが、魂の深いところに訴える文学的というか、詩的というか単なるドキュメンタリー作品を超えて人々の心に沁みる何かがあった。同時に描かれた世界が医学的（科学的）であることに私は衝撃を受け、文学と医学は人間の学問であるから融合することができるということを納得した。

九平少年について「彼の足と腰はいつも安定さを欠き、立っているにしろ、かがもうとするにしろ、あの、へっぴり腰ないし、および腰、という外見上の姿をとっていた。そのような腰つきは、少年の年齢にははなはだ不相応で、その後姿、下半身をなにげなく見るとしたら、老人にさえ見えかねないのである。

近寄ってみればその頸すじはこの年頃の少年がもっているあの匂わしさをもっていて、青年期に入りかけている肩つきは水俣病にさえかからねば、伸びざかりの漁村の少年に育っていたにちがいなかった。（中略）下駄をはいた足を踏んばり、踏んばった両足とその腰へかけてあまりの真剣さのために、微かな痙攣さえはしっていたが、彼はそのままかがみこみ、そろそろと両腕の棒きれで地面をたたくようにして、ぐるりと体ながら弧をえがき、今度は片手を地面におき片手で棒きれをのばす。棒の先で何かを探しているふうである。少年は目が見えないのである」。これ以上の完璧な病状記載があろうか。同様に多くの水俣病患者を診てきたが私たちの書くカルテがなんと貧弱であることか。実態を伝え、かつ感動を与えることのできるカルテなど書けるものであろうか。

さらに予言者のように、その後、今日に至るまで未解決な未認定患者の存在も指摘されていることに驚かされる。未認定患者の問題が表面化するのはこれから十年後のことであった。

「あやつは青年のころは、そら人並みすぐれて働きもんでやしたて。今はあんころとくらぶれば半分もござっせん。役に立たん体にちなってしもた。親子二人ながら水俣病でござすちゃ、世間の狭うしてよういわれん。あがんしたふうにしとるのをみれば、水俣病にちがいなか」。

医学の世界では数量化、数字化できるものだけが科学的、客観的とされてきて「根拠に基づく医療（Evidence-based Medicine）」などと呼ばれて重視されてきた。しかし、最近ではその行き過ぎから「語りに基づく医療（Narrative-based Medicine）」などが重視されるようになって来た。半世紀前の石牟礼さんの『苦海浄土』こそは、単に水俣病を伝えるばかりでなく、まさに現代医療の原点というべき作品である。

（『環』四九号、藤原書店、二〇一二年春より）

巨大な交響楽

評論家　渡辺京二

『苦海浄土・第二部』は井上光晴編集の季刊誌『辺境』に、一九七〇年九月から一九八九年にかけて連載された。『辺境』は中断を挿みながら三次にわたって刊行されたが、第二次『辺境』の刊行状況はほとんど年一冊、第二次と第三次の間には十年の空白があった。一九八九年、第三次『辺境』の終刊によって、連載は十八回をもって未完のままに終り、その後単行本となる機会もなかった。二〇〇四年四月から藤原書店の『石牟礼道子全集』の刊行が始まり、その第一回配本は『苦海浄土』の第一部・第二部合本であった。この時作者は第二部の最終章「実る子」の後半を書きあげ、三十数年にわたる懸案の仕事にやっと決着をつけたのである。『苦海浄土・第三部』にあたる『天の魚』ははるか以前、一九七四年にすでに刊行されていた。

このように完成に長期を要したのは、発表媒体の中断によるところが大きかったが、そもそもは時が経過するにつれ、作者の側で執筆に苦渋が伴うようになったのが根本の理由と察せられる。というのは、『第一部』は公害認定から水俣病対策市民会議の結成までの動きを含むとはいえ、基本的には、水俣病がまだ社会・政治問題化する以前、被害民がひっそりと隠れて苦しんでいた時期の状況を照らし出したもので、作者は無名の詩人として、たとえ父親から昔ならはりつけ獄門じゃ、その覚悟はあるのかと雷を落とされることはあったにせよ、自由にその眼と心を働かせることができた。彼女は患者たちを「取材」したのではない。文中にあるように、彼女は市役所職員の赤崎覚氏（作中では蓬氏）に連れられて患者宅を訪ねたのである。「水俣学」の提唱者原田正純氏は昭和三十年代の後半、インターン生として現地検診に参加した頃、たびたび見かける作者をてっきり保健婦と思いこんでいたという。そのように自然に患者家庭に寄り添う姿勢からこの名作は生れた。

しかし、『第二部』が扱っているのは一九六九年の患者二十九家族の訴訟提起から翌年のチッソ株主総会への出席まで、つまり〝訴訟派〟の運動が社会からもっとも注目を浴びた時期である。しかも作者はその昂揚期に筆を起したものの、一九七二年には『第三部・天の魚』の執筆を開始し、『第二部』の執筆は七三年の訴訟判決ののちに持ち越された。そのとき、執筆を開始したときとは運動の状況は一変していた。というのは『天の魚』が扱っているチッソ東京本社占拠は、〝訴訟派〟とそれをバックアップする市民会議とはまったく違うところから出て来た動きだった。この運動の主体となったのは川本輝夫ら新認定患者たちで、作者が七一年の暮から彼らと心身をともにした次第は『天の魚』に委細が尽されている。チッソ本社前にテントを張ったこの歳月は、作者にとって生涯においてもっとも充実した時期だったのである。

しかし、この突出した行動は運動内部に様々なきしみを生まずにはおかなかったし、それは作者自身を巻きこんで苦しめることになった。『第一部』が運動以前の無垢のなかで、『第三部』が運動の頂点の輝きにおいて書かれたとすれば、『第二部』は運動が分裂と混乱に陥った時期に、それ以前の〝訴訟派〟患者のパフォーマンスが最も華やいでいた様態を描写しなければならなかった。それが苦渋のうちに最後の力をふり絞るような力業となったのは当然である。むろん『第二部』は〝訴訟派〟と支援団体の運動を叙べたものではない。しかし、そのように「運動」などを超え、それを無化するような表現を獲得するためにも、作者はおのれの心眼に映る最も深い世界へ降りて行かねばならなかった。それはまさに作者の命を磨り減らす仕事だったのである。

『第一部』が「ゆき女聞き書」に代表されるように、彼女の天質が何の苦渋もなく流露した純粋な悲歌であり、『第三部』がトランス状態のうちに語られた非日常界であるとすれば、『第二部』は水俣病問題の全オクターヴ、その日常と非日常、社会的反響から民俗的底部まですべて包みこんだ巨大な交響楽といってよい。水俣病とは何であったか、そのことをこれだけの振幅と深層で描破した作品はこの『第二部』以外にこれまでもこれからもあるはずがなかった。その意味で『第二部』は『苦海浄土』三部作中、要の位置を占める作品というべきである。

この作品には、水俣病事件史における行政側チッソ側の言語道断な対応と振舞いも、もちろんしっかり書き留められている。とくに一九六九年、患者互助会に確約書の提出を迫った一件のあくどさえげつなさは、山本亦由会長の苦悩を語る形で活写されている。政府の対応においては、元内閣総理大臣橋本龍太郎君の若き日の姿が登場するのもご愛嬌だろう。「政府が人命を大事にしなかったことがあるか。いまのことばを取り消してもらおう」と患者に威丈高に迫ったこの若者は、かの足尾鉱害事件はもとよりのこと、ついこないだの戦災による厖大な生命の消尽も何ら記憶にとどめることはなく、ましてや水俣病発生以来の政府の対応など一度も反省、いや回顧すらすることなくこう言い切ることができた。そして、そのような人間として総理の栄職についたのである。

調停に当った委員たちの言動も龍太郎氏のそれと大差はなく、今日からみれば唖然とするようなものばかりだ。しかしこの作品は、そういう行政・資本・学者のありようを「東大アタマ」とみなす「水俣病アタマ」すなわち「親代々」の「馬鹿の組」の眼を通して浮かびあがらせているのであって、そこにこの作品の並の社会批判と異る表現の深度を認めねばならない。

これは患者を支援する側に対しても同様であって、作者はさし当って組合アタマとも呼ぶべき支援者のメンタリティが、実は「東大アタマ」の影絵でしかないことに焦らだちと悲しみを覚えるのである。もちろん作者には資質からして運動なるものに違和感があった。「動き出している運動体に対して、私一人《いちにん》の気持をいえば、集団というものになじまないものをひそかに持っていた」。「一人の人間に原罪があるとすれば、運動などというものは、なんと抱きされぬほどの劫罪《ごうざい》を生んでゆくことか。人の心の珠玉のようなものをも、みすみす踏みくだかずにはいないという意味で」。

だが、そういう資質的な違和という以外に、労働組合用語を振りかざして意識の低い大衆を啓蒙するといわんばかりの活動家たちに、作者は行政・資本側と同質の鈍感さを感じとっていたのである。彼らは基底の民俗社会の生活の成り立ちとその心性に対する根本的な感受性を欠いていた。これまた「近代」のもうひとつの相貌であって、そのように外からだけでなく内からものしかかる「近代」の相貌を描破するところに彼女の表現のひとつの課題があった。

以上のような事件の社会的波紋を『第二部』の表現の表層レベルとすると、訴訟提起以降の社会的反応を受けた被害民の心の動き、その立ち振舞いが、この作品のそれより一層降った中層レベルの表現ということになろう。

それはたとえば、敬遠したあげくにかり出された「会議」なるものにおける、おばさん婆さんたちの生態となって表われる。もちろん彼女らのすることといったら、神妙な顔をしながら議事と関係のないおしゃべりにふけることだ。近代文学はこういう生態を仮に描くことがあったとしても、愚昧あるいは土俗的な滑稽としてしか描写しなかった。しかし作者はその情景をこう描きとる。「彼女らのその様子は、蟹たちが露地の日だまりや砂地に寄って泡を吹きながら、しわしわと囁き交わしているあののどかな景色を想わせた」。こう書かれた瞬間に、彼女らの私語の世界は意識の低い民衆の愚昧さという近代的規定から抜け出して、生命の湧き立つ原始の海へ立ち戻るのである。

株主総会出席に伴う御詠歌の練習風景もこの私語の世界に連なる。婆さんたちの遊び半分の気持を慨嘆する師匠の言動もなかなかのものだ。彼は村落社会における仕事師のタイプかと思われるが、婆さんたちの心も実はわからぬではないそれなりの人物なのである。しかしこの勝負、結局は「儚なき夢となりにけり」の一句を「儚なき恋となりにけり」といい間違えずにはおれぬ婆さんたち、師匠の説教に「さしうつむいて（白着物《しろぎもん》ちゅうことはいうたが、赤着物ちゅうことは、誰も言わんじゃったもね）と思っている」彼女たちの勝なのである。

総じて裁判所や集会へ出かける被害民の心持ちは、権力や体制と闘う「市民」の心理とははなはだ異なるところがあった。『第二部』のそこらあたりを叙べた部分は圧巻といってよい。彼らは池の魚が水面から顔を出して、外部の世界を不思議がるような、そして自分も華やぐようなそんな気持で裁判所へ通ったのだった。「往還道ちゅうのは、どこまでもどこまでもつないでゆけば、世界の涯までゆかるるとでしょうもん」と彼らの一人は呟く。そして世界に、いや世界とまでいわずとも東京に、東京とまでいわずとも熊本の裁判所に行けば、必ず国というものに出会えて、自分たちが蒙った不正をただしてもらえるというのが彼らの思いだった。

ところが裁判というのは白州のお裁きと違って、チッソに弁護人がつくという。何を弁護しようというのか。その不思議さは彼らが苦しみをもってあがなった事件の真実からして明らかである。正義を顕わしてくれる国というものはどこにもないのか。この疑問に近代の諸制度の仕組みとその縁由をもって答えるのは何ら困難ではない。だが、そのような答が答にならぬ最も原初的な一点に彼らは立っている。『第二部』はこのような機微をみごとに描き出したのである。

『第一部』では決して触れることのなかった村落社会の暗部にも作者は迫らねばならなかった。それはねたみと蔭口と密告の横行する世界である。患者互助会が訴訟に踏み切るらしいという噂が立ったころ、ひとりの患者が山本会長の家に駆けこんで「市民の世論に殺される」と身悶えする。「あんたどもは、二千万取るちゅうが、銭貸せ」といわれたというのだ。会長は「連れて来え《け》、そやつ共《ども》ば。俺がね、一人で引き受けてやる」と言い放つ。作者は村落社会になくてはならぬものであったひとりの義人の姿もまた書きとどめたのである。

しかし、『第二部』はいっそう深い世界へ降りてゆく。それはもはや裁判とも告発とも関係のない基層の民俗世界、作者自身の言葉を借りれば「時の流れの表に出て、しかとは自分を主張したことがないゆえに、探し出されたこともない精神の秘境」であり、「一度も名のり出たことのない無冠の魂であったゆえに、おそらくはこの世に下された存在の垂鉛とでもいうべき人びと」、「かつて一度も歴史の面《おもて》に立ちあらわれたことなく、しかも人類史を網羅的に養ってきた血脈たち」の織りなす世界であって、その造型は『第二部』の表現の深層レベルを形づくっている。

それはたとえば坂本トキノさんの語る狐神の世界である。この人の娘の死にざまは第一章「葦舟」で語られていて、解剖されたわが子を背負って夜道を帰る江郷下マスさんの語りと並んで、『第二部』の最も美しく哀切な部分となっている。そういう彼女が高野山詣での帰りの列車の中で語るシュリ神様の話のなんと醇雅なことだろう。彼女は死んだ娘の霊をこの狐神にあずけていて、そのためにチッソ大阪事務所の所長と会ったときも、蝶のような気分で舞っていたのだった。

またそれは、おそよ小母さんの語る村に往還道が初めて通ったときの賑わいである。婆さんたちばかりでなく爺さんたちまで、紅白粉つけて、水色や桃色の襷の結びをひらひらさせて、飛び上って踊った。「飛ぼうごたる道でしたもん、まっさらか道でしたけん」。「道の神さんたちの、まっさき往きなはっと」だろうと五つの少女は想像した。道の神の前で舞いおさめたとき「みんな神さんの子になっとる気」がした。美しい霧も出た。

神だけではない。それは「ポンポンチャカ殿」や「犬《いん》の子節ちゃん」や「自動車しんけい殿」など、この世とあの世の境に棲む人びとのいる世界だった。このような「魂《たましい》あそんで帰らぬものたち」を慈しむ人びとのいる世界でもあった。兎や狸や狐はむろんこの世界の一員だった。田上義春さんが語るように、人は彼らを狩り立てもする。しかし、狩りは彼らとの命のつながりでもあったのである。作中には貝や魚や、くさぐさの畑のなりものの話が頻繁に出てくる。その描写は肉感的かつ鮮やかで、それ自体みごとといってよい。作者がこれらをたんなる食物としてではなく、無名の民の「精神の秘境」の欠くべからざる構成要素として描いているのは、もはや注意するまでもあるまい。

『第二部』にこの深層レベルの表現が備わったことにより、われわれは水俣病事件がブローデルのいう長期持続の世界、イリイチのいうヴァナキュラーな生活世界へ加えられた資本、いな近代そのものの暴行であったことを知る。この世界はいまやわれわれの廻りに影も形もとどめてはいない。

この作品は文体の面でも複雑な重層性を帯びている。『第一部』以来の語りがみごとなのはいうまでもないが、現実の事態については記録としての正確な文体が駆使され、会話の部分はさながら演劇である。しかし、次のような叙景は何と呼べばよいのだろうか。

「不知火海は光芒を放ち、空を照り返していた。そのような光芒の中を横切る条痕のように、夕方になると舟たちが小さな浦々から出た。舟たちの一艘一艘は、この二十年のこと、いやもっと祖代《おや》々のことを無限に乗せていた。それは単なる風物ではなかった。人びとにとって空とは、空華《くうげ》した魂の在るところだった。舟がそこに在る、という形を定めるには、空と海とがなければならず、舟がそこに出てゆくので、海も空も活き返っていた」。

日本の近代文学者でこういう文章を書いた者はこれまで一人もいない。これはいわば情景を人類史の透視を通じてうたいあげた、いまだかつてない質の抒情である。作中にはこの種の思索的叙景とでもいうべき文章が随所にちりばめられていて、読むものを魅了せずにはおかない。

作者にはいつものことだが、直進的な時間の経過の意識が欠けているように思える。『第二部』は事件の経過を順を追って叙べることをせず、時間が渦を巻いて循環するような構造をもっている。そのために、事件の記録としてみれば、かなりわかりづらいかも知れない。しかし、これは作品である。時間が前後したり繰り返されたりすることによって、すべてが水俣病という現在であるような、現在が過去でもあり未来でもあるような独特の物語の世界が現われるのである。

最後に、この『第二部』は石牟礼道子その人の内面への旅でもあることを指摘しておきたい。これはすでに『第一部』からみられる特徴であるが、『第二部』に至って作者は「じぶんが人間であることがうまくゆかない半毀《はんごわ》れのにんげん」であると語るだけでなく、「生命というものがこの世に存在するということには、どこかに無理があるのではないか」と感じるまでになっている。深夜猫と語ったり、流れゆく水に添って父と逢う夢を見たりしながら、作者はこの『第二部』を書いた。人間の運命を予感する人に安らぎはなかったのである。

(『神々の村――『苦海浄土』第二部』二〇〇六年、「解説」より)

著者紹介

石牟礼道子（いしむれ・みちこ）
1927年、熊本県天草郡に生れる。詩人。作家。2018年歿。
1969年に公刊された『苦海浄土』は、水俣病事件を描いた作品として注目され、第1回大宅壮一ノンフィクション賞となるが、辞退。1973年マグサイサイ賞、1993年『十六夜橋』で紫式部文学賞、2001年度朝日賞を受賞する。2002年度は『はにかみの国——石牟礼道子全詩集』で芸術選奨文部科学大臣賞を受賞。2002年から、初作品新作能「不知火」が、東京・熊本・水俣で上演される。石牟礼道子の世界を描いた映像作品「海霊の宮」（2006年）、「花の億土へ」（2013年）がある。『石牟礼道子全集　不知火』（全17巻・別巻1）が2004年4月から刊行され、10年の歳月をかけて2014年5月完結する。この間に『石牟礼道子・詩文コレクション』（全7巻）が刊行される。『葭の渚——石牟礼道子自伝』『不知火おとめ』『石牟礼道子全句集　泣きながが原』（俳句四季大賞）他、作品多数。

苦海浄土《くかいじょうど》　全三部《ぜんさんぶ》

2016年 9月10日　初版第1刷発行©
2023年 8月30日　初版第8刷発行

著　者　石牟礼道子
発行者　藤原良雄
発行所　株式会社　藤原書店

〒162-0041　東京都新宿区早稲田鶴巻町523
電　話　03（5272）0301
FAX　03（5272）0450
振　替　00160-4-17013
info@fujiwara-shoten.co.jp

印刷・製本　中央精版印刷

落丁本・乱丁本はお取替えいたします　Printed in Japan
定価はカバーに表示してあります　ISBN978-4-86578-083-3

❸ **苦海浄土** ほか　第３部 天の魚　関連エッセイ・対談・インタビュー
「苦海浄土」三部作の完結！　解説・加藤登紀子
608 頁　**6500 円**　◇978-4-89434-384-9（2004 年 4 月刊）

❹ **椿の海の記** ほか　エッセイ 1969-1970　解説・金石範
592 頁　**6500 円**　**品切**◇978-4-89434-424-2（2004 年 11 月刊）

❺ **西南役伝説** ほか　エッセイ 1971-1972　解説・佐野眞一
544 頁　**6500 円**　**品切**◇978-4-89434-405-1（2004 年 9 月刊）

❻ **常世の樹・あやはべるの島へ** ほか　エッセイ 1973-1974　解説・今福龍太
608 頁　**8500 円**　◇978-4-89434-550-8（2006 年 12 月刊）

❼ **あやとりの記** ほか　エッセイ 1975　解説・鶴見俊輔
576 頁　**8500 円**　**在庫僅少**◇978-4-89434-440-2（2005 年 3 月刊）

❽ **おえん遊行** ほか　エッセイ 1976-1978　解説・赤坂憲雄
528 頁　**8500 円**　**在庫僅少**◇978-4-89434-432-7（2005 年 1 月刊）

❾ **十六夜橋** ほか　エッセイ 1979-1980　解説・志村ふくみ
576 頁　**8500 円**　◇978-4-89434-515-7（2006 年 5 月刊）

❿ **食べごしらえ おままごと** ほか　エッセイ 1981-1987　解説・永六輔
640 頁　**8500 円**　◇978-4-89434-496-9（2006 年 1 月刊）

⓫ **水はみどろの宮** ほか　エッセイ 1988-1993　解説・伊藤比呂美
672 頁　**8500 円**　**品切**◇978-4-89434-469-3（2005 年 8 月刊）

⓬ **天　湖** ほか　エッセイ 1994　解説・町田康
520 頁　**8500 円**　◇978-4-89434-450-1（2005 年 5 月刊）

⓭ **春の城** ほか　解説・河瀬直美
784 頁　**8500 円**　◇978-4-89434-584-3（2007 年 10 月刊）

⓮ **短篇小説・批評**　エッセイ 1995　解説・三砂ちづる
608 頁　**8500 円**　**品切**◇978-4-89434-659-8（2008 年 11 月刊）

⓯ **全詩歌句集** ほか　エッセイ 1996-1998　解説・水原紫苑
592 頁　**8500 円**　**品切**◇978-4-89434-847-9（2012 年 3 月刊）

⓰ **新作 能・狂言・歌謡** ほか　エッセイ 1999-2000　解説・土屋恵一郎
758 頁　**8500 円**　◇978-4-89434-897-4（2013 年 2 月刊）

⓱ **詩人・高群逸枝**　エッセイ 2001-2002　解説・臼井隆一郎
602 頁　**8500 円**　**品切**◇978-4-89434-857-8（2012 年 7 月刊）

別巻 **自　伝**　〔附〕未公開資料・年譜　詳伝年譜・渡辺京二
472 頁　**8500 円**　◇978-4-89434-970-4（2014 年 5 月刊）

〝鎮魂〟の文学の誕生

「石牟礼道子全集・不知火」プレ企画

不知火《しらぬひ》

〔石牟礼道子のコスモロジー〕

石牟礼道子・渡辺京二
大岡信・イリイチほか

インタビュー、新作能、童話、エッセイの他、石牟礼文学のエッセンスと、気鋭の作家らによる石牟礼論を集成し、近代日本文学史上、初めて民衆の日常的・神話的世界の美しさを描いた詩人の全体像に迫る。

菊大並製　二六四頁　**二二〇〇円**
（二〇〇四年二月刊）
◇978-4-89434-358-0